Anne McCaffrey

Drachengesang

Drachensinger

Der weiße Drache

Anne McCaffrey

Drachengesang
Drachensinger
Der weiße Drache

3 Science Fiction-Romane in einem Band

Bechtermünz Verlag

Titel der englischen Originalausgaben
DRAGONSONG
Die Illustrationen im Text zeichnete Johann Peterka,
die Karte auf Seite 6/7 zeichneten Erhard Ringer und Johann Peterka

DRAGONSINGER
Die Illustrationen im Text zeichnete Johann Peterka,
die Karte auf Seite 6/7 zeichneten Erhard Ringer und Johann Peterka

THE WHITE DRAGON
Die Illustrationen im Text zeichnete Johann Peterka,
die Karte zeichnete Erhard Ringer

Deutsche Übersetzungen von Birgit Reß-Bohusch

Genehmigte Lizenzausgabe für
Weltbild Verlag GmbH, Augsburg 1998

Umschlaggestaltung: Atelier Bachmann & Seidel, Reischach
Umschlagmotiv: Agentur Thomas Schlück, Garbsen
Gesamtherstellung: Ebner Ulm
Printed in Germany
ISBN 3-8289-0083-6

PERSONEN

Burg in der Halbkreis-Bucht, tributpflichtig dem Benden-Weyr:
Yanus, Burgherr
Mavi, Burgherrin
Menolly, ihre jüngste Tochter
Sella, zweitjüngste Tochter
Alemi, dritter von insgesamt sechs Söhnen
Petiron, der alte Harfner
Elgion, sein Nachfolger
Soreel, Frau des Ersten Pächters
Onkelchen, Menollys Urgroßvater

Benden-Weyr:
F'lar, Weyrführer – Bronzedrache Mnementh
Lessa, Weyrherrin – Drachenkönigin Ramoth
N'ton, Geschwaderführer – Bronzedrache Lioth
T'qellan, Geschwaderführer der Halbkreis-Bucht –
Bronzedrache Monarth
T'qran, Drachenreiter – Brauner Drache Branth
T'sel, Drachenreiter – Grüner Drache Trenth, Bronze-Echse Rill
F'nor, Geschwader-Zweiter – Brauner Drache Canth,
Gold-Echse Grall
Brekke, Königinreiterin – Drachenkönigin Wirenth, tot,
Bronze-Echse Berd
Manora, Aufseherin der Unteren Höhlen
Felena, ihre Stellvertreterin
Oharan, Weyr-Harfner
Mirrim, Pflegetochter von Brekke – Grüne Echse Reppa
Grüne Echse Lok
Braune Echse Tolly
Sanra, Erzieherin der Weyr-Kinder
Robinton, Meister-Harfner
Nicat, Bergwerksmeister
Menollys Feuerechsen: Gold-Echse Prinzessin
Bronze-Echsen Rocky und Taucher
Braune Echsen Faulpelz,
Spiegel und Brownie
Blaue Echse Onkelchen
Grüne Echsen Tantchen Eins und
Tantchen Zwei

Zeichnung: Peterka · Ringer · 1980
Cron Hold
High Reaches Weyr
high reaches
ruath
Ruatha Hold
Nabol Hold
fort
Tillek Hold
tillek
Fort Weyr
boll
Südl. Boll Hold

Weyr
bitra
Bitra Hold
Benden Weyr
lemos
Lemos Hold
benden
Keroon Hold
igen
keroon
Seehold
nerat
Nerat Hold
ista
Südweyr

VORWORT

Rubkat im Sagittarius-Sektor war eine goldene Sonne vom G-Typ. Sie besaß fünf Planeten, zwei Asteroiden-Gürtel und einen Wanderstern, den sie eingefangen und während der letzten Jahrtausende festgehalten hatte. Als sich erstmals Menschen auf Rubkats dritter Welt niederließen und sie Pern nannten, schenkten sie dem Stern, der in einer stark schwankenden Ellipse ihre Sonne umkreiste, wenig Beachtung. Zwei Generationen lang kümmerten sich die Kolonisten nicht um ihn, bis der Weg des Roten Wanderers nahe am Perihel seiner Stiefschwester vorbeiführte.

Da nämlich wirbelten Sporen, die in Massen auf der brodelnd heißen Oberfläche des Roten Sterns gediehen, in den Raum hinaus und überbrückten die Kluft nach Pern. Die Sporen fielen als dünne Fäden auf den fruchtbaren Planeten mit seinem gemäßigten Klima und fraßen sich durch alle organischen Stoffe zum warmen Innern von Pern durch, um dort neue Sporenmassen zu entwickeln.

Die Kolonisten erlitten furchtbare Verluste. Menschen starben an den Ätz- und Brandwunden, die Ernten verkümmerten, die Vegetation wurde zerstört. An der Oberfläche konnte nur Feuer die Fäden vernichten, und nur Fels oder Metall hemmte ihr Vordringen in den Schoß des Planeten. Auch im Wasser wurden sie abgetötet, doch die Kolonisten konnten nicht gut auf dem Meer leben.

Die Menschen gaben nicht auf. Sie schlachteten ihre Transportschiffe aus, verließen den ungeschützten Süd-Kontinent, auf dem sie gelandet waren, und siedelten sich in den Naturhöhlen des Nord-Kontinents an. Und sie entwickelten einen Zwei-Phasen-Plan zur Bekämpfung der Fäden. Zum einen begannen sie eine hochspezialisierte Abart einer heimischen Lebensform zu züchten. Die »Drachen« (so genannt wegen ihrer Ähnlichkeit zu dem mythischen Geschöpf der alten Heimat) besaßen zwei enorm nützliche Eigenschaften: Sie konnten sich durch Teleportation von einem Ort zum anderen bewegen, und sie stießen, wenn sie phosphathaltiges Gestein fraßen, ein Flammengas aus. Mit ihrem heißen Atem verwandelten die Flugdrachen die Sporen schon in der Luft zu Asche, ohne daß ihnen selbst etwas zustieß.

Männer und Frauen mit hohem Einfühlungsvermögen oder angeborenen telepathischen Fähigkeiten lernten diese außergewöhnlichen Geschöpfe reiten, was zu einer lebenslangen, sehr engen Partnerschaft zwischen Mensch und Tier führte.

Die erste Höhlenburg in der Ostflanke der hohen Westberge wurde jedoch bald zu eng, sowohl für die Kolonisten wie auch für die großen Drachen. So errichtete man ein Stück weiter im Norden eine zweite Anlage, günstig an einem großen See und in der Nähe höhlendurchzogener Klippen gelegen. Aber auch die neue Burg Ruatha war nach wenigen Generationen übervölkert.

Dann stieg wieder der Rote Stern auf, und man beschloß, sich auch in den Ostbergen anzusiedeln, falls dort günstige Wohnquartiere zu finden waren. Die alten Kavernen eines erloschenen Vulkans in den Benden-Bergen erwiesen sich als ideal für die Drachenreiter und ihre Tiere, und so begann man in ganz Pern nach ähnlichen Plätzen zu suchen. Die Burgen Fort und Ruatha überließ man den Leuten, die nichts mit den Drachen anzufangen wußten. Sie bildeten fortan die Schicht der Landbarone.

Allmählich versagten die großen Steinbohrer, die man ursprünglich von der Erde mitgenommen hatte, um die spärlichen Metallvorkommen von Pern zu schürfen; die späteren Burgen und Weyr mußten von Hand in den Fels gehauen werden.

Die Drachenreiter der Weyr, die Burgherren mit ihren ausgedehnten Ländereien sowie die Bewohner der Höhlendörfer gingen ihren verschiedenen Aufgaben nach und entwickelten so eigene Gewohnheiten, die zum Brauch und zur Tradition erstarrten und schließlich Gesetz wurden.

Als sich der Rote Stern zum dritten Male zeigte, gab es auf Pern eine vielschichtige soziale, politische und wirtschaftliche Struktur. Man hatte sechs Weyr, deren Hauptaufgabe darin bestand, ganz Pern zu beschützen. Jeder Weyr hatte ein geographisch genau umrissenes Gebiet des Nord-Kontinents buchstäblich unter seinen Fittichen. Die übrige Bevölkerung, vor allem die Burgen, leisteten Tribut an die Weyr, da die Drachenreiter in ihren Vulkantrichtern kein eigenes Weide- und Ackerland hatten und auch gar keine Zeit zu Viehzucht und Ackerbau fanden; sie mußten das Land vor dem Fädeneinfall bewahren.

Burgen entstanden, wo immer man natürliche Höhlen entdeckte; einige waren reich, weil in der Nähe von Quellen und gutem Boden errichtet, andere kleiner und weniger von der Natur bevorzugt. An der Spitze standen starke Führer, die während des Sporenregens die verängstigten Burgbewohner zur Vernunft zwangen; dazu brauchte man eine tüchtige Verwaltung, um Vorräte für Notzeiten anzulegen, in denen man keine Felder bestellen konnte. Eine gewisse Wachstumskontrolle gewährleistete, daß sich das Volk gesund und tüchtig weiterentwickelte, bis der nächste Durchgang des Roten Sterns bevorstand. Oft wuchsen die Kinder einer Familie in einer fremden Burg auf, damit das genetische Erbe breit gefächert wurde und keine Inzucht entstand. Man kannte diese Praxis der »Pfleglinge« übrigens auch in den Gilden, wo handwerkliche Talente für Bergbau und Schmiedekunst, Tier- und Saatzucht oder Fischerei ausgebildet und gefördert wurden. Die Gilden besaßen Unabhängigkeit von den Baronen, in deren Einflußbereich sie sich niedergelassen hatten, da man verhindern wollte, daß die Burgherren die Erzeugnisse »ihrer« Handwerker anderen vorenthielten. Eigene Meister standen den sogenannten Gildehallen vor, und sie wählten bei Bedarf geeignete junge Leute aus, um sie zu erziehen.

Hätte sich nicht alle zweihundert Jahre der Rote Stern am Himmel gezeigt — das Leben auf Pern wäre recht angenehm gewesen.

Es kam eine Zeit, da der Rote Stern aufgrund einer besonderen Konstellation von Rubkats eigenen Planeten nicht nahe genug an Pern vorüberzog, um seine Sporen abzuwerfen. Und die Pern-Bewohner vergaßen die Gefahr, die über ihnen schwebte. Der Reichtum wuchs, immer mehr Burgen entstanden, und die Barone waren so sehr mit ihren eigenen Problemen beschäftigt, daß ihnen entging, wie die Zahl der Drachen immer geringer wurde. Bald gab es nur noch einen einzigen Weyr auf dem ganzen Planeten. Und wenige Generationen später begannen die Nachfahren der Burgherren daran zu zweifeln, daß der Rote Stern je wiederkehren würde. Die Drachenreiter fielen in Ungnade: Weshalb sollte ganz Pern diese Leute mit ihren gefräßigen Tieren erhalten? Die Sagen vergangener Heldentaten gerieten in Vergessenheit, ja, man begann das kleine Häuflein der Tapferen zu schmähen.

Aber die Zeit verstrich, und wieder stand der Rote Stern über Pern, blinzelte mit seinem tückisch glimmenden Auge das auserkorene Opfer an. F'lar, der Reiter des Bronzedrachen Mnementh, glaubte immer noch an den wahren Kern der alten Legenden und überzeugte mit seinen Argumenten schließlich F'nor, seinen Halbbruder, der den Braunen Drachen Canth ritt. Während das letzte goldene Ei der sterbenden Drachenkönigin in der Brutstätte des Benden-Weyr heranreifte, ergriffen F'lar und F'nor die Gelegenheit und rissen die Macht im Weyr an sich. Auf der Suche nach einer neuen starken Weyrherrin fanden sie Lessa, die Letzte des stolzen Ruatha-Geschlechts. Ihr gelang es, Ramoth, die neue Drachenkönigin, für sich zu gewinnen. Damit wurde sie zur Herrscherin auf dem Benden-Weyr. Und F'lars Bronzedrache Mnementh beflog die neue Königin Ramoth.

F'lar, F'nor und Lessa warnten die Burgherren und Gildemeister vor der drohenden Gefahr und zwangen sie, den nahezu schutzlosen Planeten auf den Fädeneinfall vorzubereiten. Aber es stand von Anfang an fest, daß die knapp zweihundert Drachen des Benden-Weyr niemals die weitverstreuten Burgen mit ihren großen Ländereien verteidigen konnten. Sechs volle Weyr hatte man in alter Zeit benötigt, und da war die Bevölkerung weit geringer gewesen. Als Lessa mit ihrer Drachenkönigin den Sprung ins *Dazwischen* übte, entdeckte sie durch Zufall, daß Drachen nicht nur einen anderen Ort, sondern auch eine andere Zeit ansteuern konnten. Unter Lebensgefahr für sich und die einzige Königin von Pern begab sich Lessa in die Vergangenheit, vierhundert Jahre zurück, in die Zeit kurz nach dem letzten Durchzug des Roten Sterns.

Die fünf Weyrführer, die nur den Verlust ihrer Macht sahen und sich nach einem kampfgewohnten Leben langweilten, beschlossen, Lessa in die Zukunft zu folgen, wo man ihre Hilfe dringend benötigte.

Drachengesang beginnt sieben Planetendrehungen später.

1

Rührt die Trommeln für den Krieg,
Schlagt die Harfe für den Sieg.
Feuer, friß dich tief ins Land,
Bis der Rote Stern gebannt.

Fast, als beweinten die Elemente den Tod des gütigen alten Harfners, heulte seit drei Tagen ein Südoststurm, der sogar die Totenbarke in der Dockhöhle festhielt.

Der Sturm ließ dem Burgherrn Yanus zuviel Zeit, über sein Problem nachzusinnen. Er ließ ihm auch Zeit, jeden Mann aufzusuchen, der auch nur einigermaßen Rhythmus und Melodie beherrschte, aber sie gaben ihm alle die gleiche Antwort: Die Totenklage zu Ehren des alten Harfners konnten sie nicht singen; das schaffte einzig und allein Menolly.

Worauf Yanus jedesmal mit einem unwilligen Knurren davonstapfte. Es ärgerte ihn, daß er seiner Ohnmacht und seiner Unzufriedenheit mit dieser Antwort nicht richtig Ausdruck verleihen konnte. Denn Menolly war nur ein Mädchen — und obendrein zu hochgeschossen und zu schlaksig für ein richtiges Mädchen. Die Einsicht, daß sie die einzige in der ganzen Halbkreis-Bucht war, die jedes Instrument ebensogut spielen konnte wie der alte Harfner, verbitterte ihn. Ihre Stimme traf jeden Ton, ihre Finger griffen Saiten, Trommelstock und Pfeifenlöcher gleich sicher — und sie kannte die Totenklage. Wenn Yanus sich nicht täuschte, hatte dieses widerspenstige Gör den Gesang eingeübt, seit den alten Petiron das Fieber dahinraffte.

»Sie wird ihm die Ehren erweisen müssen, Yanus«, erklärte seine Frau Mavi an dem Abend, als der Sturm abflaute. »Es geht schlicht und einfach darum, daß wir Petiron zur letzten Ruhe betten, wie es sich geziemt. Wer die Totenklage gesungen hat, braucht später keiner zu erfahren.«

»Der Alte wußte doch, daß es mit ihm zu Ende ging. Warum hat er nicht noch einen der Männer unterwiesen?«

Eine gewisse Schärfe lag in Mavis Antwort. »Weil du nie einen Mann frei hattest, solange die Boote auslaufen konnten!«

»Der junge Tranilty . . .«

»Den hast du nach Ista in Pflege geschickt.«

»Oder Forolts Jüngster . . .?«

»Er ist im Stimmbruch. Komm, Yanus, finde dich damit ab! Menolly wird singen.«

Yanus haderte immer noch gegen das Unvermeidliche, als er in seine Schlafpelze kroch.

»Haben dir das nicht schon alle anderen gesagt? Warum also versteifst du dich?« — Yanus schloß resigniert die Augen.

»Morgen macht ihr bestimmt einen reichen Fang«, fuhr Mavi mit einem Gähnen fort. Sie sah es lieber, wenn er draußen auf dem Meer war, anstatt in der Burg herumzupoltern, mürrisch und streitsüchtig durch die erzwungene Untätigkeit. Sie wußte, daß er der beste Baron war, den die Halbkreis-Bucht je gesehen hatte. Die Burg gedieh, und in den Vorratshöhlen türmten sich die Tauschgüter; sie hatten seit mehreren Planetendrehungen weder Schiff noch Mann verloren — ein Beweis für seinen guten Wetterinstinkt. Aber Yanus, der sich nur auf einem sturmgepeitschten Deck wohlfühlte, war verloren, wenn es galt, an Land unerwartete Schwierigkeiten zu meistern.

Mavi spürte recht gut, daß Yanus mit seiner Jüngsten unzufrieden war. Sie selbst verzweifelte manchmal schier an dem Mädchen. Gewiß, Menolly arbeitete hart, und sie besaß eine außergewöhnliche Fingerfertigkeit — aber die zeigte sie meist nur, wenn sie ein Instrument der Harfner-Gilde in die Hand nahm. Vielleicht, dachte Mavi, war es unklug gewesen, Menolly in der Umgebung Petirons zu lassen, nachdem sie die alten Lehrballaden alle auswendig kannte. Aber die Kleine hatte ihr die Last abgenommen, den alten Mann zu versorgen, und außerdem hatte er selbst ihre Gesellschaft gewünscht. Keiner mißachtete die Wünsche Petirons. Ach was, überlegte Mavi und zog einen Strich unter das Vergangene, sicher kam bald ein neuer Harfner, und dann konnte man Menolly Aufgaben zuweisen, die sich besser für ein junges Mädchen schickten.

Am Morgen darauf hatte sich der Sturm gelegt. Der Himmel war wolkenlos, die See ruhig. Man schmückte die Totenbarke in der Dockhöhle und legte Petirons Leichnam, in blaue Gildetücher gewickelt, auf das Kippbrett. Die gesamte Flotte der Meeres-Bucht folgte dem Ruderboot hinaus in die starke Strömung oberhalb der Nerat-Untiefen.

Menolly saß am Bug der Barke und sang die Elegie; ihre klare, kräftige Stimme scholl bis hin zu den großen Schiffen; die Männer an den Rudern summten die Begleitmelodie.

Mit den letzten Klängen ließ man Petiron ins Meer gleiten. Menolly senkte den Kopf. Dann warf sie die Trommel mitsamt dem Stock in die Fluten. Wie konnte sie je wieder das Instrument benutzen, das Petirons Totenklage begleitet hatte? Sie hatte seit dem Dahinscheiden des Harfners ihre Tränen zurückgehalten, weil sie wußte, daß sie seine Elegie singen würde, und das konnte sie nur, wenn die Kehle nicht zugeschnürt war vom Schmerz. Nun aber ließ sie ihren Gefühlen freien Lauf, und die Tränen vermischten sich mit der salzigen Gischt. Ihr Schluchzen untermalte die Wende-Kommandos des Steuermanns.

Petiron war ihr Freund, ihr Verbündeter und ihr Lehrmeister gewesen. Sie hatte aus dem Herzen gesungen, wie er es stets verlangte — aus tiefstem Herzen. War es möglich, daß er da, wo er jetzt weilte, ihre Klage gehört hatte?

Sie hob den Blick zu den Küsten-Palisaden, zu dem weißen Sandstreifen zwischen den beiden Armen der Halbkreis-Bucht. Der Himmel hatte drei Tage lang geweint — ein angemessener Tribut. Und die Luft war kalt. Sie zitterte trotz ihrer dicken Wherleder-Jacke. Wäre sie zu den Ruderbänken hinuntergeklettert, so hätte sie wohl Schutz vor dem Wind gefunden. Aber sie konnte sich nicht vom Fleck rühren. Ehre und Verantwortungsgefühl gehörten zusammen, und es geziemte sich, daß sie hier am Bug blieb, bis die Totenbarke die Steine der Dockhöhle erreichte.

Die Burg in der Halbkreis-Bucht würde ihr jetzt noch leerer erscheinen als zuvor. Petiron hatte auszuharren versucht, bis sein Nachfolger eintraf. Er hatte gewußt, daß er den Winter nicht überleben würde und deshalb an Meisterharfner Robinton geschrieben. Seiner Botschaft hatte er zwei von Menollys Liedern beigefügt.

»Frauen haben im Kreis der Harfner nichts zu schaffen«, hatte sie verwirrt und scheu erklärt, als sie davon erfuhr.

Petiron wich aus, wie so oft. »Einer von hundert hat ein gutes Gehör«, hatte er geantwortet. »Einer von zehntausend findet eine annehmbare Melodie und schöne Worte dazu. Wärst du ein Junge, so gäbe es überhaupt keine Probleme.«

»Ich bin nun mal ein Mädchen. Daran können wir beide nichts ändern.«

»Du würdest auch einen hübschen, kräftigen Jungen abgeben«, murmelte Petiron eigensinnig.

»Und was hast du gegen ein hübsches, kräftiges Mädchen ein-

zuwenden?« hatte Menolly halb im Scherz, halb im Ärger gefragt.

»Nichts natürlich. Nichts.« Und Petiron hatte ihr zugelächelt und ihre Hand getätschelt.

Sie hatte ihm das Abendessen eingeflößt, denn die alten Hände waren so verkrüppelt, daß selbst der leichteste Holzlöffel schlimme Furchen in den geschwollenen Fingern hinterließ.

»Außerdem ist Meister-Harfner Robinton ein gerechter Mann. Das kann keiner auf Pern bestreiten. Er wird meine Botschaft ernstnehmen. Er kennt seine Pflichten, und ich bin immerhin im Gilden-Senat. Ich habe mein Handwerk noch früher gelernt als er. Ich werde ihn dazu bringen, daß er dich anhört.«

»Hast du ihm wirklich diese Balladen geschickt, die ich auf dein Geheiß in Wachsplatten kratzte?«

»Gewiß. Das zumindest war ich dir schuldig, Kind.«

Er hatte mit solchem Nachdruck gesprochen, daß Menolly seinen Worten Glauben schenkte. Armer alter Petiron. In den letzten Monaten war sein Gedächtnis immer schlechter geworden. Er verwechselte die Planetendrehungen und vergaß selbst die Ereignisse vom Vortag.

Jetzt braucht er die Zeit nicht mehr, und ich werde ihn nie vergessen, dachte Menolly. Ihre nassen Wangen prickelten vor Kälte.

Der Schatten der Halbkreis-Bucht fiel über sie. Die Barke kehrte heim in die Bucht. Menolly hob den Kopf. Hoch droben am Himmel erkannte sie die Umrisse eines Drachen. Ein stolzer Anblick! Aber wie hatte man im Benden-Weyr vom Tod des alten Harfners erfahren? Unsinn, der Drachenreiter befand sich auf einem Patrouille-Flug. Seit die Fäden nicht mehr so regelmäßig fielen wie früher, kreisten des öfteren Drachen über der Halbkreis-Bucht, die inmitten ausgedehnter Sumpfgebiete lag, abgeschnitten von den Nachbarburgen. Wie dem auch sein mochte, der Drache schwebte im rechten Moment am Himmel, und Menolly sah darin einen Tribut für Petiron, den Harfner.

Die Männer hoben die schweren Ruder aus dem Wasser, und die Barke glitt langsam zu ihrem Liegeplatz am anderen Ende der Docks. Fort und Tillek rühmten sich, daß sie die ältesten Burgen am Meer waren, aber nur die Halbkreis-Bucht besaß eine Höhle, groß genug, um die gesamte Fischfangflotte aufzunehmen und sie vor Fädeneinfall und schlechtem Wetter zu schützen.

Die Dockhöhle hatte Liegeplätze für dreißig Boote, Lagerraum für alle Netze, Trocken- und Lüftgestelle für die Segel und eine Flachzone, wo man die Schiffe reparieren und von Seetang befreien konnte. Ganz am Ende der riesigen Höhle befand sich ein Felsensims, wo die Werftleute neue Boote bauten, sobald sie genug Holz für einen Rumpf beisammen hatten. Dahinter lag die kleine Innere Höhle, wo man das kostbare Holz stapelte, trocknete oder zu Rahmen verwand.

Die Totenbarke stieß leicht an den Pflock.

»Menolly?« Der erste Ruderer hielt ihr die Hand entgegen.

Erstaunt über die unerwartete Aufmerksamkeit, die einem Mädchen ihres Alters gar nicht zukam, wollte sie von selbst nach unten springen. Doch dann las sie in seinen Augen den Respekt, den er ihr in diesem Moment zollte, und die Hand, die sich um ihre schloß, dankte ihr mit einem leisen Druck für den Gesang. Auch die anderen Männer blieben stehen und warteten, daß sie als erste die Barke verließ. Sie straffte die Schultern, auch wenn sie sich wieder den Tränen nahe fühlte, und setzte ihren Fuß stolz auf den Stein.

Als sie sich umdrehte und zur Landseite der Höhle hinüberging, sah sie, daß die anderen Boote ihre Passagiere still und in aller Hast abluden. Das Schiff ihres Vaters, das größte der Halbkreis-Flotte, machte sich bereits zum Auslaufen fertig, und die Stimme des Burgherrn scholl über die Wellen, das Knarren der Ruder und die gedämpften Gespräche hinweg.

»Rasch jetzt, Leute! Eine Brise kommt auf, und nach dem langen Sturm werden die Fische wie wild anbeißen.«

Die Ruderer der Barke eilten an ihr vorbei zu ihren jeweiligen Booten. Es erschien Menolly ungerecht, daß die Burgbewohner, denen der Harfner bis zuletzt treu gedient hatte, ihren Lehrer und Sänger so leicht vergaßen. Und doch — das Leben ging weiter. Man mußte auf Fischfang gehen, wenn man die kargen Wintermonate ohne Hungersnot überdauern wollte. Kein schöner Tag während der kalten Monate einer Planetendrehung durfte vergeudet werden.

Menolly beschleunigte ihre Schritte. Sie mußte in einem weiten Bogen um die Höhle herumgehen, und sie fror. Außerdem wollte sie in der Burg sein, ehe ihrer Mutter auffiel, daß sie die Trommel nicht mehr bei sich hatte. Wenn Yanus Müßiggang nicht ausstehen konnte, so haßte Mavi Verschwendung.

Die Frauen und Kinder, sowie die Männer, die zu alt waren, um aufs Meer hinauszufahren, bildeten einen langen Trauerzug landeinwärts, ehe sie sich in kleinere Gruppen aufsplitterten und zu ihren Höfen entlang dem Südbogen der Schutzpalisade heimkehrten.

Menolly sah, wie Mavi die Kinder des Burghaushalts in Arbeitsgruppen einteilte. Jetzt, da kein Harfner mehr da war, der sie in den alten Balladen und Lehrgesängen unterwies, mußten sie anders beschäftigt werden. Sie erhielten den Auftrag, den weißen Sandstrand vom Treibgut des Sturms zu säubern.

Vielleicht stand noch die Sonne am Himmel und der Braune Drache zog seine Kreise — aber der Wind blies eisig, und Menolly begann mit den Zähnen zu klappern. Sie sehnte sich nach der Wärme des großen Herdfeuers in der Burgküche und einem Becher heißen Klahs.

Ein paar Wortfetzen drangen an ihr Ohr:

»Sie hat jetzt gar nichts zu tun, Mavi, während *ich* noch . . .«

Menolly huschte hinter eine Gruppe von Erwachsenen und entging so dem suchenden Blick ihrer Mutter. Das sah Sella ähnlich. Nur sie konnte in diesem Moment daran denken, daß Menolly nun nicht mehr die Aufgabe — oder die Ausrede, wie ihre Schwester es nannte — hatte, den kranken Harfner zu pflegen. Dicht vor Menolly glitt eine der alten Tanten aus und rief mit ihrer dünnen Keifstimme um Hilfe. Menolly lief an ihre Seite, stützte sie und erhielt dafür laute Dankesbekundungen.

»Einzig und allein Petiron zuliebe habe ich meine alten Knochen heute der Kälte ausgesetzt«, jammerte die Alte und krallte sich mit unerwarteter Kraft an Menolly fest: »Die ewige Ruhe wünsch ich ihm — er hat sie verdient. Du bist ein gutes Kind, Menolly, ja, das bist du. Das ist doch meine kleine Menolly, oder?« Sie blinzelte zu ihr auf. »Und jetzt sei so lieb und führ mich hinauf zu Onkelchen, damit ich ihm alles erzählen kann. Der Ärmste — ohne seine Beine ist er eben ganz an die Burg gefesselt!«

So mußte Sella die Kinder hüten, und Menolly gelangte ans Feuer, wenigstens so lange, bis sie nicht mehr vor Kälte zitterte. Dann meinte die Tante, daß Onkelchen sicher auch über einen Schluck Klah froh wäre, und als Mavi auf einen Sprung in die Küche kam, um nach ihrer jüngsten Tochter zu suchen, fand sie Menolly mit dem alten Mann beschäftigt.

»Brav so, Menolly! Mach es Onkelchen bequem, und dann kümmerst du dich um die Leuchten.«

Menolly trank noch eine Tasse heißen Klah mit Onkelchen und ließ ihn dann mit der Tante allein, in ein langes Gespräch über frühere Bestattungen vertieft. Die Leuchten gehörten seit der Zeit, da sie ihrer älteren Schwester Sella über den Kopf gewachsen war, zu ihrem Aufgabenbereich. Das hieß, daß sie treppauf, treppab durch die Außen- und Innenkammern und die Gänge der weitläufigen Burg rennen mußte, aber sie hatte ein eigenes, zeitsparendes System entwickelt, das ihr die Arbeit erleichterte und sogar ein wenig Spielraum ließ, ehe Mavi wieder nach ihr zu suchen begann. Früher hatte sie diese kostbaren freien Minuten beim alten Harfner verbracht, um an seinen Instrumenten zu üben. So lenkte sie auch an diesem Tag ganz mechanisch ihre Schritte zu Petirons Wohnung.

Zu ihrer Verblüffung hörte sie im Innern Stimmen. Sie wollte eben wütend die angelehnte Tür aufstoßen, als sie den Tonfall ihrer Mutter erkannte.

»Der Raum sieht noch gut aus. Viel gibt es für den neuen Harfner nicht herzurichten.«

Menolly zog sich in den Schatten des Korridors zurück. Der neue Harfner?

»Ich möchte wissen, Mavi, wer die Kinder unterrichten soll, bis er kommt.« Das war Soreel, die Frau des Ersten Pächters und deshalb Wortführerin der anderen Pächterfrauen, wenn es darum ging, etwas mit der Burgherrin zu besprechen. »Sie hat ihre Sache heute gut gemacht. Das mußt du ihr lassen, Mavi.«

»Yanus wird die Botschaft mit dem Schiff abschicken.«

»Aber weder heute noch morgen. Das richtet sich nicht gegen den Burgherrn, Mavi; wir verstehen, daß der Fischfang vorgeht und er keinen Mann entbehren kann. Aber es bedeutet, daß vier oder fünf Tage vergehen werden, ehe der Bote Igen erreicht. Falls sich ein Drachenreiter von Igen herabläßt, die Nachricht weiterzubefördern ... Aber wir alle kennen die sturen Alten von Igen. Also rechnen wir lieber weitere zwei, drei Tage hinzu, bis die Harfner-Trommeln von Igen nach Fort durchgedrungen sind. Dann muß Meister-Harfner Robinton einen geeigneten Mann auswählen und ihn zu uns schicken, erst auf dem Landweg, dann per Schiff. Und bei dem unberechenbaren Fädeneinfall kommt man in einem Tag nicht weit voran. Es wird sicher Frühling, ehe wir den neuen Harfner sehen. Sollen die Kinder etwa monatelang ohne Unterricht bleiben?«

Soreel hatte ihre Worte mit heftigem Bettenschütteln untermalt. Nun schwieg sie, und man hörte, daß der Raum des verstorbenen Harfners geputzt und gescheuert wurde. Zwei schüchterne Stimmen unterstützten Soreel.

»Petiron war ein guter Lehrmeister . . .«

»Das sieht man an *ihr*«, fiel Soreel der Burgherrin ins Wort.

»Der Harfner-Beruf ist Männersache . . .«

»Gut. Wenn der Baron einen Mann dafür freistellt . . .« Soreels Stimme klang beinahe aufsässig, denn jeder kannte die Antwort darauf. »Sei doch ehrlich! Das Mädchen hat die Balladen besser gesungen als der alte Mann. Du weißt, wie sich sein Geist im Laufe der letzten Planetendrehungen verwirrte.«

»Yanus wird schon das Rechte veranlassen«, sagte Mavi scharf und beendete damit die Debatte.

Menolly hörte Schritte, die sich der Tür näherten, und hetzte den Korridor zurück, wischte um die nächste Kurve und lief hinunter ins Küchengewölbe.

Es störte Menolly, daß künftig ein anderer, selbst wenn er ein Harfner war, in Petirons Zimmer wohnen sollte. Andere störten sich eher daran, daß noch kein Nachfolger für den alten Mann gefunden war. Im allgemeinen stellte sich dieses Problem überhaupt nicht. Jede Burg konnte sich rühmen, einen oder zwei musikalische Männer zu besitzen, und jede Burg legte Wert darauf, daß diese Talente gefördert wurden. Harfner ließen sich während der langen Winterabende am Kamin gern von anderen Spielern und Sängern begleiten. Und es war auch klug, Ersatz heranzuziehen — eben für den Notfall, wie er sich jetzt in der Halbkreis-Bucht zeigte. Aber die Fischerei machte die Hände rauh und klobig: die schwere Arbeit, das kalte Wasser, das Salz und der Tran ließen Gelenke anschwellen und die Finger steif werden. Fischerleute waren oft tagelang auf Fangfahrten. Nach einer Planetendrehung oder zwei an Netz, Reuse oder Segelleine verloren die jungen Männer ihr Talent und konnten nur noch die einfachsten Melodien spielen. Die Lehrgesänge der Harfner aber erforderten flinke, geschickte Finger und ständiges Üben.

Daß Yanus sofort nach der Bestattung des alten Harfners in See stach, war eine Art Flucht. Er versuchte Zeit zu gewinnen, bis er eine Lösung des Problems fand. Es bestand kein Zweifel daran, daß die Kleine gut singen und gut spielen konnte, und sie hatte an diesem Morgen weder der Burg noch dem Harfner Schande gemacht. Und sicher dauerte es eine Weile, bis er nach einem neuen Harfner geschickt hatte und dieser die Halbkreis-Bucht erreichte. Inzwischen durften die Kinder ihr Grundwissen nicht wieder vergessen.

Aber Yanus hatte eine Menge Skrupel, die große Last und Verantwortung des Lehrens auf die Schultern einer noch nicht Fünfzehnjährigen zu legen. Zu seinen Vorbehalten gehörte nicht zuletzt Menollys schlimme Angewohnheit, selbst Melodien und Reime zu erfinden. Gewiß, es machte Spaß, hin und wieder etwas Neues zu hören; das verscheuchte die Langeweile des Winters. Aber solange der alte Petiron gelebt hatte, war es leicht gewesen, Menolly in ihren Schranken zu halten. Yanus dagegen konnte nicht sicher sein, daß sie ihre Kapriolen ließ, wenn sie die Kinder unterrichtete. Woher sollten die Jüngsten wissen, daß die Lieder, die sie ihnen beibrachte, nicht zu den Lehrballaden gehörten? Dumm war nur, daß ihre Melodien im Gedächtnis haften blieben — daß er selbst sie manchmal vor sich hinpfiff, ohne es zu wollen.

Die Schiffe machten reichen Fang in den Untiefen und liefen zurück in den Heimathafen, aber Yanus hatte immer noch keinen Kompromiß gefunden. Es tröstete ihn auch nicht, daß von den Pächtern kein Widerspruch zu erwarten war. Hätte Menolly an jenem Morgen schlecht gesungen . . . aber das hatte sie nicht. Als Baron der Halbkreis-Bucht war er verpflichtet, die Jüngsten des Burg-Bereichs in der Tradition von Pern zu erziehen, damit sie später danach handelten. Er schätzte sich äußerst glücklich, daß er dem Benden-Weyr unterstand, mit F'lar, dem Reiter des Bronzedrachen Mnementh als Weyrführer und Lessa auf Ramoth als Weyrherrin. Deshalb nahm er seine Aufgabe, Tradition und Sitte zu erhalten, besonders ernst. Das junge Volk mußte die Lehrgesänge beherrschen — selbst wenn ein Mädchen den Unterricht erteilte.

An diesem Abend, nachdem der Fang entladen und eingesalzen war, bat er Mavi, ihre Tochter in die Kammer neben dem Großen Saal zu bringen, wo er die Geschäfte der Burg verwaltete und ein Archiv angelegt hatte. Mavi hatte die Harfner-Instrumente bis zum Eintreffen von Petirons Nachfolger auf dem Kaminsims verstaut, damit sie nicht zu Schaden kamen.

Wie es sich geziemte, überreichte Yanus Menolly die Gitarre von Petiron. Sie nahm das Instrument ehrfürchtig entgegen, ein Zeichen für den Burgherrn, daß sie um ihre Verantwortung wußte.

»Du bist ab morgen von deinen Vormittagspflichten befreit«, erklärte er, »weil du dich um den Unterricht der Kleinen kümmern wirst. Aber ich dulde nicht, daß du deine eigenen Melodien spielst!«

»Als Petiron noch lebte, hat es dir nichts ausgemacht.«

Yanus sah seine hochgewachsene Tochter mit gerunzelter Stirn an.

»Petiron ist aber tot, und du wirst mir gehorchen . . .«

Über die Schulter des Vaters sah Menolly, wie Mavi warnend den Kopf schüttelte. Sie schluckte gerade noch eine gereizte Antwort hinunter.

»Also, denk an meine Worte! Du bringst den Kindern die Lehrballaden bei und sonst nichts!« Und Yanus faßte grimmig an seinen breiten Ledergürtel.

»In Ordnung.«

»Fang gleich morgen an — es sei denn, wir erleben einen Sporenregen. In diesem Fall müssen die Kinder Angelhaken mit Ködern bestücken.«

Yanus schickte die beiden Frauen fort und begann eine Nachricht an den Meister-Harfner aufzusetzen. Sobald er ein Schiff entbehren konnte, sollte es hinüber nach Igen segeln, und die Botschaft dort abliefern. Wurde ohnehin höchste Zeit, daß man in der Halbkreis-Bucht erfuhr, was es Neues auf Pern gab. Außerdem konnten die Leute einen Teil des Räucherfisch-Tributs mitnehmen, daß sich die Fahrt auch lohnte.

Draußen im Gang umklammerte Mavi hart den Arm ihrer Tochter. »Wehe, du tust nicht, was er sagt, Kind!«

»Was ist denn so Schlimmes an meinen Liedern? Du weißt, daß Petiron . . .«

»Ich mache dich noch einmal darauf aufmerksam, daß der alte Mann tot ist. Und das verändert eine ganze Menge. Benimm dich anständig, solange du die Stelle eines Mannes vertrittst! Keine selbsterfundenen Melodien, ja? Geh jetzt schlafen — und vergiß nicht die Leuchten auszumachen! Wir müssen sparen . . .«

2

Lob gebührt dem Drachenreiter,
Zollt es ihm durch Wort und Tat,
Seine starken Hände greifen
Lenkend in das Schicksalsrad.

Drachenreiter, Maß laß walten,
Machtgier bringt den Untergang.
Achte das Gesetz der Alten,
So des Weyrs Fortbestand.

Es fiel Menolly anfangs leicht genug, während des Unterrichts ihre eigenen Melodien zu vergessen. Der neue Harfner sollte bei seiner Ankunft eine gut vorbereitete Klasse finden; das war sie Petiron schuldig. Die Kinder lernten gern; das war schöner als Fische ausnehmen und einpökeln, schöner als Netze flicken und Köder aufspießen. Außerdem herrschten in diesem Jahr die schlimmsten Winterstürme seit vielen Planetendrehungen, und der Unterricht vertrieb allen ein wenig die Langeweile.

Wenn die Flotte nicht auslaufen konnte, stapfte Yanus gelegentlich in den Großen Saal und horchte hinüber in den Kleinen Saal, wo Menolly ihre Stunden abhielt. Mit düsterer Miene beobachtete er dann seine Tochter. Zum Glück blieb er nie lange, denn er machte die Kinder nervös. Einmal sah sie, wie sein Fuß im Takt mitwippte; er schnitt eine wütende Grimasse, als er sich dabei ertappte, und ging dann rasch hinaus.

Drei Tage nach dem Bestattungs-Ritual hatte er eine Schaluppe zur Burg Igen geschickt. Die Besatzung brachte Neuigkeiten heim, die Menolly wenig bedeuteten, den Erwachsenen aber Kopfzerbrechen zu bereiten schienen — etwas über die Weyrführer der Vergangenheit; Dinge, die junge Mädchen nichts angingen, wie es hieß. Also kümmerte sich Menolly nicht weiter darum. Die Männer lieferten auch eine Wachstafel ab, die an Petiron gerichtet war und das Siegel des Meister-Harfners trug.

»Armer, alter Petiron!« seufzte eine der alten Tanten und tupfte sich die Augen trocken. »Er hat sich immer *so* auf Robintons Botschaften gefreut. Ach ja, nun bleibt das Päckchen wohl verschlossen, bis der neue Harfner eintrifft. Er wird wissen, was damit zu geschehen hat.«

Es dauerte eine Weile, bis Menolly herausfand, wo die Tafel aufbewahrt wurde: sie hatte einen Ehrenplatz auf dem Kaminsims in der Archivkammer ihres Vaters. Menolly war absolut sicher, daß die Botschaft etwas mit ihr zu tun hatte, mit ihren Liedern, die Petiron dem Meister-Harfner geschickt hatte. Der Gedanke quälte sie so, daß sie eines Tages Mavi fragte, weshalb Yanus das Paket nicht öffnete.

»Eine versiegelte Nachricht vom Meister-Harfner an einen Toten?« Mavi starrte ihre Tochter ungläubig, ja entsetzt an. »So etwas würde dein Vater nie wagen. Die Zeilen eines Meister-Harfners sind für Gildeangehörige bestimmt und für niemand sonst.«

»Mir fiel nur ein, daß Petiron eine Nachricht an Robinton geschickt hatte. Ich meine, vielleicht steht etwas über seinen Nachfolger drin. Das heißt, ich dachte . . .«

»Ich jedenfalls werde heilfroh sein, wenn der neue Harfner endlich eintrifft, mein Kind. Mir scheint, dir ist dieser Unterricht in den Kopf gestiegen . . .«

Die nächsten Tage lief Menolly mit besorgter Miene umher; sie hatte Angst, daß Mavi ihren Vater überreden könnte, ihr die neue Aufgabe wieder wegzunehmen. Nun, das war nicht gut möglich — aus den gleichen Gründen, die Yanus von Anfang an gezwungen hatten, sie als Lehrerin einzusetzen. Aber es ließ sich nicht leugnen, daß Mavi die unangenehmsten, härtesten und langweiligsten Arbeiten für sie bereit hatte, sobald der Vormittag im Klassenzimmer um war. Und Yanus setzte es sich in den Kopf, beinahe täglich im Kleinen Saal zu erscheinen.

Dann klarte das Wetter auf, und alles drehte sich wieder um den Fischfang. Die Kinder bekamen unterrichtsfrei, weil sie den Seetang einsammeln mußten, den die Flut in die Bucht geschwemmt hatte. Und die Frauen kochten den Saft aus den Stengeln zu einem dicken Brei, der gegen manche Krankheiten gut war. Das behaupteten jedenfalls die alten Tanten. Aber die fanden in den schlimmsten Dingen etwas Angenehmes und wußten einem die größte Freude durch ihr Gift zu vergällen. Und das Schlimmste am Seetangbrei war der Gestank, dachte Menolly, die das Zeug in den großen Kesseln umrühren mußte.

Etwas später regnete es Fäden, und die Burgbewohner gerieten wie immer in Panik. Ängstlich zusammengekauert saßen sie

in ihren Felskammern, während am Himmel die Drachen mit ihrem Feueratem die Sporen verbrannten. (Menolly sehnte sich danach, diesen Kampf ein einziges Mal selbst mit anzusehen, anstatt immer nur davon zu singen; aber die dicken Mauern und die Fensterläden aus Metall schlossen sie von der Außenwelt ab.) Später begleitete sie die Flammenwerfer-Trupps auf ihrer Suche nach Fädenknäueln, die den Drachenreitern entgangen waren und sich unbemerkt in den Boden gefressen hatten. Nicht daß es für die Sporen viel Nahrung im weiten, windgepeitschten Marschland um die Halbkreis-Bucht gegeben hatte. Und die Steinpalisaden, die der Bucht ihren Namen verliehen, waren winters wie sommers frei von Grün. Aber es konnte nicht schaden, die Moorwiesen und Strände abzusuchen. Die Fäden konnten sich ins Sumpfgras wühlen oder in die Wurzeln der Moosbeeren und Strandpflaumensträucher — bis alles Grün vertilgt und die Küste so nackt wie der Fels war.

Draußen herrschte rauhes Wetter, aber Menolly genoß es, weit weg von der Burg zu sein, in der frischen, klaren Luft. Ihr Trupp stieß bis zu den Drachenfelsen im Süden vor. Petiron hatte ihr einmal erklärt, daß diese Steine, die ein Stück vom Ufer entfernt aus tückischen Strudeln ragten, einst ein Teil der Halbkreis-Palisade gewesen waren und sicher ähnliche Höhlen aufwiesen wie alle Klippen in der Gegend.

Die Krönung für Menolly kam, als der berühmte Weyrführer F'lar mit seinem Bronzedrachen Mnementh landete, um ein paar Worte mit Yanus zu wechseln. Sie kam zwar nicht nahe genug heran, um zu verstehen, was die beiden Männer besprachen, aber der Feuerstein-Geruch des gigantischen Bronzedrachens wehte ihr in die Nase, und sie konnte einen Blick in die schönen Augen tun; das Licht der blassen Wintersonne fing sich in den Facetten und funkelte in allen Farben. Die Muskeln unter der weichen Haut verknoteten und lockerten sich wieder. Menolly stand in gebührendem Abstand, aber einmal, als der Drache lässig den Kopf umwandte und zum Trupp der Flammenwerfer hinüberspähte, da war sie sicher, daß Mnementh *sie* mit seinen Feueraugen betrachtete. Sie wagte nicht zu atmen, so schön war er.

Unvermittelt zerbrach der Bann. F'lar sprang leichtfüßig auf die Schulter des Drachen, ergriff die Kampfriemen und zog sich mit einem Schwung hoch zu den Nackenwülsten. Ein heftiger

Luftzug erfaßte Menolly und die anderen, als der Bronzedrache seine dünnen Schwingen ausbreitete. Im nächsten Moment schien er sich vom Boden zu lösen, der Aufwind trug ihn höher, die Flügel schlugen gleichmäßig auf und nieder. Dann entschwand Mnementh ihren Blicken. Menolly war nicht die einzige, die tief seufzte. Es galt schon als großes Ereignis, wenn man einen Drachenreiter am Himmel erspähte. Aber nun hatte sie ganz in der Nähe dieses gewaltigen Tieres gestanden und mitangesehen, wie er aufstieg und im *Dazwischen* verschwand. Ein Wunder!

All die Gesänge über Drachenreiter und Drachen erschienen Menolly mit einem Mal nichtssagend. Sie stahl sich in die kleine Kammer der Frauen-Schlafgemächer, die sie mit Sella teilte. Sie wollte allein sein. Sie hatte eine kleine Flöte unter ihren Habseligkeiten, eine sanfte Riedpfeife, und sie begann zu spielen — eine aufgeregte kleine Melodie, die ihre Reaktion auf das große Ereignis widerspiegelte.

»Da bist du also!« Sella stürmte keuchend und mit hochroten Wangen in den Raum. Offensichtlich war sie die lange, steile Treppe nach oben gerannt. »Ich hab es Mavi gleich gesagt!« Sie packte die kleine Flöte. »Und du machst schon wieder eigene Musik!«

»Quatsch, Sella! Das ist ein altes Lied«, entgegnete Menolly scheinheilig und hatte ihrer Schwester im nächsten Moment das Instrument wieder entrissen.

Sella schluckte wütend. »Alt — daß ich nicht lache! Ich kenn dich doch. Und du drückst dich schon wieder von der Arbeit. Los, in die Küche mit dir! Du wirst gebraucht.«

»Wer drückt sich von der Arbeit? Ich habe heute morgen meinen Unterricht gehalten und mußte dann mit den Flammenwerfer-Trupps ins Freie!«

»Deine Trupps sind schon eine Ewigkeit zurück, und du stehst hier immer noch mit deinen vergammelten Sachen rum! Das Zeug stinkt wie die Pest. Vergiß nicht, daß ich auch in diesem Zimmer schlafen muß. Du gehst jetzt auf der Stelle nach unten, oder ich verrate Yanus, daß du wieder eigene Melodien ausprobiert hast.«

»Pah! Du kannst doch keine zwei Noten auseinanderhalten.«

Aber Menolly zog ihre Arbeitskleider aus, so rasch sie konnte. Sella sah es gleich, daß sie zu Mavi lief (vor Yanus hatte sie die gleiche Angst wie ihre jüngere Schwester) und ihr erzählte, daß Menolly in ihrer Kammer Flöte gespielt hatte — eine Tatsache, die bestimmt Argwohn weckte. Obwohl Menolly nie versprochen hatte, daß sie keine Lieder mehr komponieren wollte; sie hatte lediglich gesagt, daß sie es nicht mehr in Gegenwart anderer tun würde.

Doch an diesem Abend waren alle guter Laune. Yanus, weil er mit Weyrführer F'lar gesprochen hatte und weil man morgen mit einem guten Fang rechnen konnte, wenn das Wetter hielt. Die Fische kamen immer nach oben, um die ins Wasser gefallenen Fäden zu fressen, und der größte Teil des Sporenregens war diesmal nahe der Nerat-Bucht niedergegangen. In der Untiefe würde es von Schwärmen nur so wimmeln. Und da Yanus gute Laune zeigte, konnten sich auch die Pächter offen freuen, denn auf ihren Ländereien hatte sich kein einziges Fadenknäuel eingegraben.

So nahm es nicht wunder, daß sie Menolly baten, ein wenig zu spielen und zu singen. Sie wählte zwei lange Drachen-Sagas und dann das Namen-Lied des Benden-Weyr, damit die Bewohner der Meeres-Burg nicht vergaßen, wie die Drachen und ihre Reiter hießen. Sie überlegte, ob in jüngster Zeit neue Eier in der Brutstätte herangereift waren, von denen man in der abgelegenen Halbkreis-Bucht noch nichts wußte. Aber sie war sicher, daß F'lar darüber mit Yanus gesprochen hätte. Nur — würde Yanus sein Wissen an Menolly weitergeben? Sie war schließlich nicht der Harfner.

Die Leute wollten noch mehr hören, aber ihre Kehle war wie ausgedörrt. So spielte sie etwas, das alle kannten, und sie gröl-ten den Text mit Stimmen, die rauh von der See und den Stürmen waren. Ihr fiel auf, daß Yanus sie düster beobachtete, obwohl er mit den anderen sang, und sie fragte sich, ob es ihm nicht recht war, daß sie — nur ein Mädchen — Männergesänge spielte. Das verbitterte sie, denn sie hatte die gleichen Melodien oft genug gespielt, solange Petiron noch lebte. Sie seufzte über die Ungerechtigkeit. Und überlegte dann, was wohl F'lar gesagt hätte, wenn ihm zu Ohren gekommen wäre, daß in der Halbkreis-Bucht ein Mädchen den Harfner ersetzte. Es hieß allgemein, daß F'lar ein gerechter Mann mit großer Weitsicht war und ein guter Drachenreiter obendrein. Es gab sogar Balladen um ihn und seine Weyrherrin Lessa.

So sang sie ihm zu Ehren diese Balladen, und die Miene ihres Vaters hellte sich auf. Sie sang weiter, bis sie keinen Ton mehr herausbrachte, und sie wünschte sich sehnlichst, daß jemand sie für eine Weile ablösen würde, aber im Kreis der Pächter gab es keinen einzigen, der auch nur die Trommel schlagen, geschweige denn Gitarre oder Flöte spielen konnte.

Deshalb erschien es nur logisch, daß Menolly am nächsten Tag mit einem der Kinder Trommelwirbel einübte. Viele der Balladen konnte man zu einfacher Trommelbegleitung singen. Und einer von Soreels beiden Söhnen, die dem Unterricht beiwohnten, besaß Talent genug für das Flötenspiel.

Aber irgend jemand — bestimmt wieder Sella, dachte Menolly bitter — erzählte Mavi von diesen Versuchen.

»Hat Yanus dir nicht ausdrücklich verboten, etwas anderes als die Lehrballaden zu spielen?«

»Aber Trommeln hat doch nichts mit . . .«

»Instrumentenlehre ist Aufgabe eines Harfners, nicht deine, mein Kind. Dein Glück, daß der Burgherr draußen bei Nerat fischt, sonst hättest du jetzt eine Tracht Prügel mit dem Lederriemen bekommen. Laß also in Zukunft diesen Unfug!«

»Aber es ist kein Unfug, Mavi. Gestern abend hätten wir so notwendig einen Trommler oder Pfeifer gebraucht . . .«

Ihre Mutter hob drohend die Hand; Menolly biß sich auf die Lippen und schwieg.

»Keine Widerspenstigkeiten, Menolly!«

Und damit war der Fall erledigt.

»So — sorg jetzt für die Leuchten, ehe die Flotte einläuft!«

Diese Aufgabe brachte Menolly, ob sie es wollte oder nicht, zum Zimmer des Harfners. Man hatte es blankgefegt und Petirons persönliche Dinge entfernt. Immer wieder fiel ihr die versiegelte Botschaft auf dem Kaminsims des Archivraums ein. Wenn nun der Meister-Harfner eine Antwort von Petiron erwartete? Wenn er Näheres über den Verfasser der neuen Lieder wissen wollte? Menolly war absolut sicher, daß es in dieser ungeöffneten Nachricht auch um sie ging. Obwohl, was sollte das schon nützen? überlegte sie düster. Dennoch schlich sie oft in die Nähe des kleinen Raumes und warf neugierige Blicke auf das versiegelte Päckchen.

Der Winter neigte sich seinem Ende zu, und Menolly empfand den Verlust des alten Petiron immer härter. Er war der einzige in der ganzen Halbkreis-Bucht gewesen, der sie je zu irgend etwas ermutigt hatte — und ganz besonders zu den Dingen, die ihr jetzt strikt untersagt waren. Es ist nicht so, daß die Melodien im Innern einfach schweigen, wenn man sie nicht mehr spielen darf. Und so hörte Menolly nicht auf, neue Gesänge zu komponieren — ja, sie fand sogar Argumente, um ihr Gewissen zu beruhigen.

Was Yanus und Mavi am meisten zu ängstigen schien, war der Gedanke, daß die Kinder, die Menolly unterrichtete, ihre Melodien für echte Lehrballaden der Harfnergilde halten können. (Wenn die Lieder nach Ansicht ihrer Eltern so gut klangen, welchen Schaden konnten sie dann anrichten?) Im Grunde wollten sie doch nur, daß sie ihre Lieder für sich behielt, damit keiner sie hörte und zur unrechten Zeit sang.

Menolly sah deshalb nichts Verbotenes darin, neue Stücke niederzuschreiben. Sie spielte die Melodien leise im Kleinen Saal, wenn die Kinder fort waren und ihr noch Zeit bis zur Nachmittagsarbeit blieb, und versteckte die Noten dann sorgfältig zwischen den Harfner-Aufzeichnungen im Regal. Bis zum Eintreffen des neuen Mannes waren sie hier sicher; keiner außer ihr würde sie entdecken.

Dieses geringe Abweichen vom strengen Verbot ihres Vaters half Menolly ein wenig, die wachsende Verzweiflung und Einsamkeit zu meistern. Was Menolly nicht wußte, war die Tatsache, daß ihre Mutter sie die ganze Zeit über scharf beobachtete. Mavi waren die Zeichen der Rebellion nicht entgangen. Die Baronin wollte mit allen Mitteln verhindern, daß die Burg irgendwie ins Gerede kam; sie fürchtete vor allem, daß Menolly die eindeutige Gunst des Harfners in den Kopf gestiegen war und das Mädchen nicht die nötige Reife besaß, sich zu zügeln. Auch Sella hatte sie gewarnt, daß Menolly immer widerspenstiger wurde. Mavi tat einen Teil dieser Reden als Geschwisterneid ab. Aber als Sella ihr dann verriet, daß Menolly eigenmächtig begonnen hatte, einige Kinder als Trommler und Pfeifer auszubilden, fühlte sie sich zum Eingreifen verpflichtet. Wenn nämlich erst einmal Yanus von Menollys Ungehorsam erfuhr, dann stand es schlimm um die Kleine.

Der Frühling nahte, und die See beruhigte sich. Vielleicht traf jetzt bald der neue Harfner ein.

Und dann brachen die schönen Tage mit Macht herein. Eine leichte Brise wehte vom Meer herein und trug den süßen Duft blühender Strandpflaumen- und Moosbeerensträucher durch die weit offenen Fensterläden des Kleinen Saales. Die Kinder sangen aus voller Kehle, als könnten sie damit das Ende des Unterrichts beschleunigen. Vielleicht war es ihr Übermut, der Menolly ansteckte und sie an eine Melodie erinnerte, die sie erst am Vortag niederzuschreiben versucht hatte.

Ihr kam nicht zu Bewußtsein, was sie tat. Und sie hatte keine Ahnung, daß die Flotte von ihrem Morgenfang bereits wieder zurück war. Ebensowenig merkte sie, daß die Akkorde, die sie anschlug, nicht zu jenen gehörten, die ein Harfner lehrte. Es war also doppelt unselig, daß gerade in diesem Moment der Burgherr am offenen Fenster des Klassenraumes vorbeikam.

Sekunden später stand er im Eingang und befahl den Kindern schroff, beim Entladen der schweren Netze zu helfen. Dann nahm er wortlos seinen breiten Ledergürtel ab, riß Menolly den Kittel über die Schultern hoch und legte sie mit harter Hand über den Hocker.

Als er fertig war, kniete sie auf den kalten Steinfliesen und biß sich die Lippen blutig, um das Schluchzen zu unterdrücken. Yanus hatte sie noch nie zuvor so brutal geschlagen. Das Blut dröhnte ihr in den Ohren, und sie hörte nicht einmal, wie er den Raum verließ. Es dauerte lange Zeit, ehe sie das Gewand über die aufgeschwollenen Striemen streifen konnte. Erst als sie sich langsam aufrichtete, merkte sie, daß er auch die Gitarre mitgenommen hatte. Da wußte sie, daß sein Schuldspruch hart und unumstößlich war.

Und ungerecht! Sie hatte nur die ersten Takte gespielt . . . mitgesummt . . . weil die Schlußakkorde der Lehrballade in die neue Melodie übergingen. Sicher hätte diese winzige Variation keinem ihrer Schüler geschadet. Sie kannten inzwischen jede Silbe und jeden Ton der Lehrballaden. Und sie hatte nicht mit *Absicht* gegen das Gebot verstoßen!

»Menolly?« Ihre Mutter stand an der Tür, die Tragschlaufe eines leeren Ledersacks in der Hand. »Du hast sie heute früher fortgeschickt? Ist das vernünftig . . .« Mavi unterbrach sich mitten im Satz und starrte ihre Tochter an. Zorn und Kummer spiegelten sich in ihren Zügen wider. »Konntest du dich wirklich nicht besser beherrschen? Wo soviel auf dem Spiel stand . . .?«

»Ich hab es doch nicht absichtlich getan, Mavi! Das Lied —

kam mir einfach so in den Sinn. Und ich hatte nicht mehr als die ersten Takte gespielt.«

»Da, nimm den Sack! Wir brauchen frisches Grünzeug«, sagte Mavi mit ausdrucksloser Stimme. »Und halte Ausschau nach Gelbfasergras! Die ersten Büschel müßten allmählich sprießen.«

Ergeben nahm Menolly den Sack und schlang die Tragschlaufe unbedacht über die Schulter. Sie unterdrückte ein Stöhnen, als die steifen Lederfalten gegen ihren wunden Rücken schlugen.

Ehe Menolly es verhindern konnte, hatte ihr Mavi den Kittel hochgeschlagen. Die Burgherrin stieß einen Schreckensruf aus. »Du wirst einige dieser Striemen mit Salbe einstreichen müssen.«

Menolly trat einen Schritt zurück. »Welchen Sinn hätte eine Tracht Prügel, wenn man die Schmerzen gleich betäubt?« Und sie rannte ins Freie.

Die Schmerzen, die ich spüre, sind ihr doch egal, dachte Menolly bitter. Aber Mavi weiß, daß man einem gesunden Körper härtere Arbeit abverlangen kann.

Leichtfüßig lief sie dahin, ohne auf den Schmerz zu achten, der sie bei jedem Schritt durchzuckte. Je schneller sie sich aus dem Burghof entfernte, desto besser. Sie hatte wenig Lust, einer der alten Tanten zu begegnen und sich ausfragen zu lassen, warum der Unterricht schon zu Ende war oder weshalb Menolly zum Grünzeugsammeln ging, anstatt mit den Kindern zu singen.

Zum Glück begegnete sie keiner Menschenseele. Die Leute waren entweder in der Dockhöhle, um beim Entladen und Aufbereiten des Morgenfangs zu helfen, oder sie machten sich rar, damit der Burgherr sie nicht erspähte und ihnen Arbeit zuwies. Menolly lief an den Pachthöfen vorbei, die Straße entlang, welche das Marschland durchschnitt und dann den Fußweg, der nach rechts abzweigte und bis an die Südgrenze der Halbkreis-Bucht führte. Sie hatte eine gewaltige Distanz zwischen sich und der Burg gelegt — und tat dabei nichts ausdrücklich Verbotenes, denn sie hatte den Auftrag, nach Grünzeug zu suchen.

So spähte sie nach jungen Trieben und Gräsern, während sie über den lockeren Sand lief, aber sie entdeckte nichts. Ihr Rücken begann zu brennen. Sie biß die Zähne zusammen und hetzte weiter.

Ihr Bruder Alemi hatte einmal gesagt, daß sie genauso schnell rennen konnte wie jeder Junge auf der Burg — ja, daß sie den meisten auf langen Strecken überlegen war. Warum konnte sie kein Junge sein ...? Dann wären durch den Tod des alten Petiron kaum Probleme entstanden. Und Yanus hätte einen Jungen, der so kühn war, seine eigenen Lieder zu singen, niemals geschlagen.

Das erste der tiefgelegenen Marschtäler leuchtete rosa und gelb: Strandpflaumen und Moosbeeren standen in voller Blüte. Hier und da zeigten schwarze Stellen an, wo sich in der Vergangenheit ein Fädenknäuel in den Boden gefressen oder der Feueratem der Drachen die Vegetation versengt hatte. Eines Tages, so schwor sich Menolly, würde sie einfach die stählernen Verschläge eines Fensters aufstoßen und *zusehen,* wie die Drachen im Flug die Sporen verbrannten. Was mußte das für ein Anblick sein!

Aber auch furchterregend, überlegte sie weiter. Sie hatte einmal mitangesehen, wie ihre Mutter nach einem Sporenregen die Verwundeten behandelte. Die Male sahen aus, als habe jemand mit einem glühenden Schürhaken eine rote Furche durch die Haut gezogen. Torly zum Beispiel würde sein Leben lang gezeichnet bleiben; Fädennarben heilten schlecht.

Sie mußte eine Pause einlegen. Schweiß rieselte ihr den Rükken hinunter und fraß sich salzig in die Striemen. Sie löste den Wherledergürtel und fächelte sich Kühlung zu.

Vorbei am ersten Sumpftal, die Hügelkuppe hinauf und dann in die nächste Senke. Hier war Vorsicht geboten; unter trügerischen Moospolstern verbargen sich oft tiefe Morastlöcher. Keine Spur von Gelbfasergras. Letzten Sommer hatte sie zwei Hügelkuppen weiter eine größere Fläche entdeckt.

Zuerst hörte sie nur das Schwirren, und Entsetzen durchzuckte sie. *Drachen?* Sie wirbelte herum und hielt ängstlich Ausschau nach dem verräterischen grauen Flimmern im Osten. Der Türkishimmel war frei von Fäden — aber erfüllt von Flügelrauschen. Drachen? Das konnte nicht sein. Niemals flogen Drachen in einem so wirren Haufen. Drachen bildeten eine strenge Formation, die sich wie ein geometrisches Muster vom Himmel abhob. Diese Geschöpfe dagegen schossen in wilden Schleifen und Kurven dahin, tauchten und stiegen wieder in die Höhe. Menolly hielt eine Hand über die Augen. Blaue Blitze, grüne, ein weiches Braun — und da ... in den Schuppen des pfeilschnellen

Tierchens an der Spitze fing sich golden die Sonne. Eine Königin! *Was?* Dieses winzige Ding?

Sie merkte jetzt erst, daß sie die ganze Zeit den Atem angehalten hatte. Eine Feuerechsen-Königin? Das mußte es sein. Nur Feuer-Echsen konnten so zierlich sein und doch wie Drachen aussehen. Where kannte sie. Die paarten sich nicht im Flug. Und genau das war es, was Menolly miterlebte: den Paarungsflug einer Feuer-Echse mit ihren Bronze-Gefährten.

Also gibt es Feuer-Echsen nicht nur in den Träumen kleiner Jungen, dachte Menolly. Ehrfürchtig verfolgte sie den schnellen, eleganten Flug. Die Königin hatte ihren Schwarm so hoch hinauf geführt, daß die schwächeren Tiere, die Grünen, die Blauen und zuletzt auch die Braunen, erschöpft zurückfielen. Sie kreisten jetzt weiter unten, bemüht, die Flieger in der Höhe nachzuahmen, jede ihrer Schleifen und Spiralen mitzumachen.

Es mußten einfach Feuer-Echsen sein! Das Herz blieb Menolly fast stehen, so prächtig und erregend war der Anblick. Feuer-Echsen! Und sie erinnerten *wirklich* an Drachen. Nur daß sie viel, viel kleiner waren. Menolly hatte ihre Lehrballaden genau im Kopf. Eine Drachenkönigin war golden. Sie paarte sich mit dem Bronzedrachen, der noch höher und weiter fliegen konnte als sie. Und die Feuer-Echsen schienen das gleiche Ritual zu haben.

Die Königin wandte sich der Sonne zu, und Menolly konnte sie nur noch als schwarzen Punkt ausmachen.

Sie lief weiter, folgte der Gruppe der abgeschlagenen Echsen. Sie hätte wetten mögen, daß ihr Ziel die Küste nahe der Drachensteine war. Im letzten Herbst hatte ihr Bruder Alemi behauptet, er sei in jener Gegend morgens einer Gruppe Feuer-Echsen begegnet, die im seichten Wasser nach Fingerschwänzen tauchten. Sein Bericht hatte einen Wirbel ausgelöst, den Petiron als »Echsen-Fieber« bezeichnete. Sämtliche Jungen auf der Burg waren ganz verrückt danach gewesen, so eine kleine Echse einzufangen, und ließen sich von Alemi genau beschreiben, wo er die Tiere gesehen hatte.

Ein Glück, daß die steilen Klippen so schwer zu erreichen waren. Nicht einmal ein erfahrener Bootsmann konnte die tückischen Strudel dort draußen meistern. Aber wenn jemand auch nur die geringste Chance gewittert hätte, an jener Stelle eine Feuer-Echse zu ewischen . . . nun, sie würde kein Sterbenswörtchen verraten.

Nicht einmal ihrem Freund Petiron, wäre er noch am Leben gewesen, hätte sie dieses Geheimnis anvertraut. Er selbst hatte nie eine Feuer-Echse zu Gesicht bekommen, räumte jedoch auf Fragen der Kinder ein, daß die Schriften die Existenz der Echsen nicht ausschlossen.

»Sie tauchen hin und wieder auf«, hatte Petiron ihr später erläutert, »aber sie lassen sich nicht einfangen.« Er lachte leise. »Auch wenn es die Leute seit dem ersten Ei versucht haben.«

»Und weshalb lassen sie sich nicht einfangen?«

»Weil sie zu schlau sind. Sie verschwinden ganz einfach . . .«

»Ins *Dazwischen* wie die Drachen?«

»Dafür gibt es keinen Beweis«, hatte Petiron erklärt, ein wenig schroff, als mißbillige er den Vergleich zwischen Feuer-Echsen und den erhabenen Drachen von Pern.

»Wohin sonst kann man verschwinden?« hatte sich Menolly erkundigt. »Was ist dieses *Dazwischen*?«

»Etwas, das es — gar nicht gibt.« Ein Schauer schüttelte den alten Mann. »Man ist weder hier noch dort«, setzte er hinzu und deutete von der Ecke des Kleinen Saales zum Dock auf der anderen Seite der Bucht. »Es ist kalt — ein *Nichts*. Man sieht nichts, hört nichts, empfindet nichts.«

»Du bist schon einmal auf einem Drachen geflogen?« hatte Menolly beeindruckt gefragt.

»Ein einziges Mal, vor vielen Planetendrehungen.« Selbst die Erinnerung ließ ihn frösteln. »Aber sing mir jetzt das Rätsel-Lied — wenn wir schon beim Thema sind.«

»Das Rätsel ist längst gelöst. Weshalb müssen wir das Lied immer noch lernen?«

»Sing es für mich, damit ich sehe, daß du es nicht vergessen hast, Mädchen«, hatte Petiron unwirsch erwidert — und das war keine Antwort auf ihre Frage.

Aber Petiron war immer gut zu ihr gewesen, und sie spürte einen dicken Klumpen im Hals, wenn sie an ihn dachte. (War er ins *Dazwischen* gegangen? Wie die Drachen, wenn sie ihre Reiter verloren oder zu gebrechlich zum Fliegen wurden? Nein, wenn man ins *Dazwischen* ging, blieb nichts zurück. Petirons toter Leib war geblieben, und sie hatten ihn in der Untiefe versenkt.) Und Petiron hatte mehr zurückgelassen als seine Hülle. Er hatte ihr jedes Lied vermacht, das ihm je zu Ohren gekommen war, jede Ballade und Saga, jeden Gitarrengriff und jeden Trommelwirbel. Es gab keine Tonart, die sie nicht beherrschte, und keine Schlagfolge, die sie nicht im exakten Rhythmus spielte. Sie konnte mit der Zunge pfeifen wie ein Waldwher und jede Flöte Doppel-Triolen entlocken. Aber es hatte auch Dinge in ihrer Welt gegeben, die Petiron ihr nicht erklären wollte oder konnte. Menolly fragte sich, ob der Grund dafür in der Tatsache lag, daß sie ein Mädchen war und daß es Geheimnisse gab, die nur der männliche Verstand zu durchdringen vermochte.

»Na und?« hatte Mavi einmal zu Menolly und Sella gesagt. »Es gibt auch Weibertricks, die kein Mann je erlernen wird. Dadurch sind wir quitt.«

»Mehr als quitt«, murmelte Menolly, während sie den Feuer-Echsen folgte. Ein Mädchen hatte gesehen, wovon die Jungen und Männer der Burg am Meer nur zu träumen wagten — Feuer-Echsen beim Spiel.

Sie hatten es aufgegeben, der Königin und ihren Bronzegefährten zu folgen, und vollführten nun wilde Scheinkämpfe, bei denen sie oft in die Tiefe tauchten und Menollys Blicken entschwanden. Allem Anschein nach befand sie sich bereits in Küstennähe. Sie mußte achtgeben, wohin sie lief. Ein unvorsichtiger Schritt — und sie rutschte in ein Treibsandloch. Weiter vorn rauschte das Meer. Menolly hielt Ausschau nach größeren Flekken des harten Marschgrases. Hier war der Grund sicherer, und die Feuer-Echsen konnten sie nicht so leicht sehen.

Sie erreichte eine kleine Anhöhe; jenseits des Kammes brach der Hügel nahezu senkrecht zur Küste hin ab. In der Ferne ragten die Drachensteine aus dem Wasser, umhüllt von einem feinen Dunstschleier. Die Feuer-Echsen zirpten und kreischten. Menolly legte sich flach ins Gras und robbte bis zur Bruchkante, getrieben von dem Wunsch, die Tiere genauer zu beobachten.

Am Strand herrschte Ebbe, und die Echsen tummelten sich im Watt, holten Muscheln von den freigelegten Felsbrocken, badeten in den seichten Tümpeln und breiteten die zarten Flügel aus, um sie zu trocknen. Hin und wieder gab es kleinere Kämpfe, wenn zwei der Tiere die gleiche Beute ins Auge gefaßt hatten. Darin, dachte Menolly, unterschieden sie sich wohl von den Drachen. Sie hatte noch nie gehört, daß Drachen sich um irgend etwas stritten. Soviel sie wußte, hielt man für die Drachen eigene Herden, um sie satt zu bekommen. Zum Glück fraßen sie nicht sehr häufig, sonst hätten alle Vorräte von Pern nicht ausgereicht, die Riesengeschöpfe zu ernähren.

Ob Drachen Fische mochten? Menolly lachte leise vor sich hin. Höchstens jene sagenumwobenen Riesenfische, die nie in den Netzen der Flotte landeten. Die Burg in der Halbkreis-Bucht schickte einen Teil ihres Fanges, geräuchert, gepökelt oder gesäuert, als Tribut zum Benden-Weyr. Hin und wieder kam auch ein Drachenreiter und holte für besondere Festlichkeiten wie die Gegenüberstellung frischen Fisch. Und die Frauen vom Weyr stellten sich jeden Frühling und Herbst ein, um frische Gräser zu schneiden oder Beeren zu sammeln. Menolly hatte einmal Manora, die Aufseherin der Unteren Höhlen, bedient; eine freundliche, angenehme Frau war das gewesen. Leider hatte Mavi ihre Töchter bald aus dem Zimmer geschickt, weil sie wichtige Dinge mit Manora besprechen wollte. Aber Menolly hatte auf den ersten Blick Vertrauen zu der Fremden gefaßt.

Unvermittelt erhob sich der ganze Echsenschwarm in die Luft, aufgescheucht durch die Rückkehr der Königin und des Bronzepartners, der sie erobert hatte. Die beiden landeten erschöpft im seichten Wasser, die Flügel weit ausgebreitet. Die Bronze-Echse schlang ihren langen, biegsamen Hals zärtlich um den Nacken der Königin, und so ruhten sie aus, während die anderen Tiere ihnen eifrig Fingerschwänze und Felsmuscheln anboten.

Wie in Trance beobachtete Menolly durch ihren Vorhang aus Marschgras das Treiben. Nach und nach, einzeln oder zu zweit, flogen die Tiere hinauf zu den Uferfelsen und verschwanden in den Höhlen und Spalten des Gesteins.

Dann entstiegen auch die Königin und ihr neuer Gefährte dem Badetümpel. Sie glitten in einer langsamen Spirale zu den Drachensteinen und verschwanden schließlich aus Menollys Blickfeld.

Erst jetzt kam dem Mädchen zu Bewußtsein, daß die Sonne heiß auf ihren zerschundenen Rücken brannte und Sandkörner ihre Haut wundscheuerten.

Vorsichtig zog sie sich von der Klippe zurück. Wenn die Feuer-Echsen merkten, daß ein Mensch sie beobachtete, kehrten sie vielleicht nicht mehr in diese Bucht zurück. Erst nach geraumer Zeit richtete Menolly sich auf und rannte los.

In ihr war das gleiche Hochgefühl, als hätte man sie zum Benden-Weyr eingeladen. Übermütig sprang und hüpfte sie dahin.

Dann entdeckte sie ein paar besonders kräftige Marschgras-Stengel und schnitt einen davon dicht über der Wurzel ab. Yanus hatte ihr zwar die Gitarre weggenommen, aber es gab noch andere Instrumente, die Musik machten.

Sie maß die rechte Länge ab, schnitzte geschickt sechs Ober- und zwei Unterlöcher hinein, wie Petiron es sie gelehrt hatte, und Minuten später besaß sie eine Rohrflöte. Sie spielte eine helle, fröhlich hüpfende Melodie, weil sie tief im Innern glücklich war. Eine Melodie über eine kleine Feuerechsen-Königin, die auf einem Stein im Wasser saß und sich für ihren Bronze-Gefährten putzte.

Es dauerte eine Weile, bis sie das neue Thema beherrschte, aber dann gefiel ihr die Weise besonders gut. Sie klang so anders als alles, was Petiron ihr beigebracht hatte, anders als die traditionellen Balladen. Sie klang wie — wie ein Feuerechsen-Lied: übermütig, funkelnd, geheimnisumwoben.

Verwirrt hielt sie inne. Ob die Drachen wußten, daß es Feuer-Echsen gab?

3

Sammle Erfahrung immerdar,
Etwas Neues in jedem Jahr,
Höre nicht nur auf die Alten,
Weises Maß laß walten.

Als Menolly endlich die Burg erreichte, brach bereits die Dämmerung herein. Im Großen Saal herrschte die gewohnte Hektik kurz vor Feierabend. Die Tantchen deckten die Tische und schwatzten, als hätten sie sich ganze Planetendrehungen nicht mehr gesehen.

Wenn sie Glück hatte, konnte sie ihren Sack unbemerkt nach unten bringen . . .

»Wo warst du denn, um dieses Grünzeug zu sammeln, Menolly? Bis in Nerat?« Unvermutet stand Mavi vor ihr.

»Fast.«

Gleich darauf merkte sie, daß ihre patzige Antwort im unpassenden Moment kam. Mavi entriß ihr grob den Sack und warf einen kritischen Blick auf die gesammelten Kräuter.

»Dein Glück, daß du wenigstens nicht mit leeren Händen heimkommst . . . Man hat ein Segel gesichtet.«

»Ein Segel?«

Mavi schloß den Sack und schob ihn wieder Menolly zu. »Ja. Du hättest schon vor Stunden zurück sein sollen. Wie kannst du nur so lange ausbleiben, wo ständig Fäden . . .«

»Es war kein Grünzeug in der näheren Umgebung . . .«

». . . Fäden fallen können! Du wirst einfach nicht gescheiter!«

»Keine Angst! Ich sah einen Drachenreiter auf Patrouille-Flug . . .«

Das gefiel Mavi. »Ein Glück, daß wir zu Benden gehören. Das ist ein Weyr, der seine Pflichten ernst nimmt.« Mavi schob ihre Tochter zur Küche hin. »Trag das Zeug nach unten und gib acht, daß die Weiber den Sand gründlich herauswaschen! Weiß der Himmel, wer uns da besuchen kommt.«

Menolly lief ins Küchengewölbe und schwang nur den Sack mit dem jungen Grün, wenn die anderen Frauen sie für Hilfsdienste einspannen wollten. In der Spülecke waren einige ältere, aber noch kräftige Mägde damit beschäftigt, das gute Geschirr mit Sand zu scheuern.

»Ich brauche einen Spülstein für das da, Tantchen«, sagte Menolly und schaute sich nach einem freien Platz um.

»Ah, her mit dem Grünzeug«, seufzte eines der Weiber erleichtert. »Das putzt sich leichter als Silber.« Sie stellte einen Tellerstapel resolut ins Nebenbecken, zog den Stöpsel und ließ das Wasser ablaufen.

»In dem Gemüse da ist mehr Sand als im Scheuereimer«, spöttelte giftig die Alte, der sie ihr Geschirr aufgehalst hatte.

»Ja, aber den wäscht man raus, ohne sich die Finger blutig zu schrubben«, meinte die Magd. »O, das erste Gelbfasergras! Wo hast du das um diese Jahreszeit gefunden, Kind?«

»Auf halbem Wege nach Nerat.« Menolly unterdrückte ein Kichern, als die Küchenweiber erschreckt losquietschten. Ihr weitester Ausflug führte auf die Sonnenterrasse der Burg, wenn es draußen besonders schön war.

»Bei Fädeneinfall — du ungezogenes Ding!« — Habt Ihr schon Näheres über dieses Segelboot gehört?« — »Wer könnte das wohl sein?« — »Der neue Harfner — wer sonst!« Unter Riesengekicher begannen sie sich Gedanken über das Aussehen des neuen Harfners zu machen.

»Sie schicken immer was Junges her.«

»Petiron war alt.«

»Nicht immer. Genau wie wir.«

»Wie willst *du* dich daran noch erinnern?«

»Pah, ich habe mehr Harfner überlebt als du, meine Liebe!«

»Hast du nicht! Ich stamme von der Roten Sandburg aus Ista und . . .«

»Du bist in de Halbkreis-Bucht zur Welt gekommen, alte Närrin! Ich habe selbst bei deiner Geburt mitgeholfen.«

»Nie!«

Menolly hörte dem Gezanke der vier alten Weiber zu, bis ihre Mutter von draußen rief, wann das Grünzeug endlich gewaschen sei und wo das gute Geschirr bliebe und daß sie bei ihrem Tratsch bis morgen früh brauchen würden.

Menolly suchte ein großes Sieb, schüttete das gewaschene Frischgemüse hinein und brachte es ihrer Mutter.

»Na, das wird für den Gästetisch reichen«, meinte Mavi und stocherte mit einer Gabel im Sieb herum. Dann starrte sie ihre Tochter an. »*So* kannst du dich unmöglich sehen lassen! He, Bardie, nimm das Grün und übergieß es mit Marinade! Die in der braunen Flasche auf dem vierten Regalbrett. Und du, Menolly, sei so gut, wasch dich und zieh dir was Ordentliches an! Du kümmerst dich um Onkelchen. Sobald er den Mund aufmacht, schiebst du ihm einen Happen hinein, sonst redet er den ganzen Abend.«

Menolly stöhnte. Onkelchen redete nicht nur viel, er roch auch entsetzlich.

»Sella versteht es viel besser mit ihm, Mavi . . .«

»Sella muß am Gästetisch servieren. Du tust, was ich sage. Sei froh, daß dir Schlimmeres erspart bleibt!« Mavi musterte ihre Tochter mit strengem Blick und erinnerte sie schweigend an ihre Schmach. Zum Glück rief in diesem Moment die Köchin nach ihr.

Menolly ging zu den Baderäumen und versuchte sich zu freuen, daß man sie an diesem Abend nicht ganz aus dem Großen Saal verbannte. Obwohl es fast einer Verbannung gleichkam, wenn man Onkelchen versorgen mußte. Aber die Tradition verlangte, daß der Burgherr seinen gesamten Haushalt versammelte, um den neuen Harfner zu begrüßen.

Menolly streifte ihren schmutzigen Kittel und die lange Hose ab und legte sich in den warmen Badeteich. Vorsichtig spülte sie Sand und Schweiß aus den Striemen, die Rücken und Schultern bedeckten. Auch in ihrem Haar klebte der Sand, und so wusch sie es gleich mit. Sie beeilte sich, denn mit Onkelchen würde sie alle Hände voll zu tun kriegen. Es war einfacher, wenn er bereits an seinem Platz am Kamin saß, ehe sich die anderen zum Abendessen versammelten.

Splitternackt rannte sie zu den Schlafräumen hinüber. Sie wußte, daß sie kaum jemandem begegnen würde, da alle mit den Festvorbereitungen beschäftigt waren.

Als sie später Onkelchen abholte, mußte sie ihm noch Gesicht und Hände waschen und einen sauberen Kittel über die knochigen Schultern streifen. Die ganze Zeit über sabberte er, daß frisches Blut in der Burg nicht schaden könne und welches der Mädchen — hihi — der neue Harfner wohl heiraten würde. Er habe ein oder zwei Wörtchen mit dem Neuen zu reden, und verflixt nochmal, mußte sie ihn unbedingt so grob behandeln? Sämtliche Knochen täten ihm weh. Sicher schlug das Wetter wieder um. Das spürte er allemal in den alten Beinstümpfen. Und hatte er sie damals nicht vor dem großen Sturm gewarnt? Zwei Boote mit allen Mann an Bord versunken! Wenn sie auf ihn gehört hätten, wäre das nie passiert! Weshalb hetzte sie ihn denn so? Er ließ sich gern Zeit. Und konnte er nicht den blauen Kittel anziehen, den ihm seine Tochter genäht hatte? Der paßte besser zu seinen Augen. Und warum hatte ihn Turlon heute nicht besucht, obwohl er immer wieder nach ihr gefragt hatte? Aber ihn beachtete ja keiner!

Der Alte war so hager, daß er keine Last für ein kräftiges Mädchen wie Menolly darstellte. Sie trug ihn die Treppe hinunter, und er schimpfte die ganze Zeit über Leute, die längst tot waren. Onkelchens Zeitgefühl stimmte nicht mehr; das hatte Petiron ihr erklärt. Am besten erinnerte sich der alte Mann an die früheren Zeiten, als er noch Burgherr in der Halbkreis-Bucht gewesen war. Doch dann hatte ihm ein Trawler-Tau beide Beine unterhalb der Knie abgetrennt.

Der Große Saal war bereit für die Gäste, als Menolly mit ihm nach unten kam.

»Sie haben die Dockhöhle erreicht«, sagte jemand, während Menolly Onkelchen in seinem Sessel am Kamin verstaute. Sie deckte ihn mit weichen Wherlederdecken zu und befestigte den Riemen, der den alten Mann vor dem Umkippen bewahrte. Wenn Onkelchen sich erregte, vergaß er manchmal, daß er keine Beine mehr hatte.

»Wer ankert in der Dockhöhle? Was ist das für ein aufgeregtes Durcheinander heute?«

Menolly erklärte es ihm, und er gab eine Weile Ruhe, doch dann quängelte er, warum ihm keiner was zu essen brächte.

Sella schwebte herein. Sie trug das Kleid, an dem sie den ganzen Winter über genäht hatte, und drückte Menolly ein kleines Päckchen in die Hand.

»Da — steck ihm das Zeug in den Mund, wenn er schwierig wird!«

Und sie wirbelte davon, ehe Menolly Zeit zu einer Antwort fand.

Als Menolly das Paket aufmachte, fand sie darin Kaukugeln, eine Süßigkeit aus Tangsirup und Purpurgras-Samen. Man konnte sie stundenlang im Mund behalten. Das erfrischte den Atem und schmeckte würzig. Kein Wunder, daß Sella immer so leicht mit Onkelchen fertig wurde! Menolly lachte leise und überlegte dann, weshalb ihre Schwester plötzlich so hilfreich war. Es mußte ein Triumph für Sella sein, daß Menolly die Kinder nicht mehr unterrichtete. Oder wußte sie das gar nicht? Mavi hatte ihr kaum etwas verraten. Egal. Jetzt kam ja ohnehin der neue Harfner.

Nun, da Onkelchen bequem in seinem Sessel ruhte, trieb die Neugier Menolly zu einem der Fenster. Vom Segelboot war nichts zu sehen, aber eine Gruppe von Männern mit Leuchten in den Händen kamen vom Dock zur Burg herauf. Leider konnte Menolly trotz ihrer scharfen Augen die Gesichter nicht unterscheiden.

Onkelchen setzte wieder zu einem seiner schrillen Monologe an, und Menolly huschte an ihren Platz zurück, ehe Mavi bemerkte, daß sie ihre Pflichten vernachlässigte. Aber es herrschte ein solcher Trubel, daß niemand auf sie achtete.

Genau da kam Onkelchen wieder zur Vernunft und schaute sie mit klaren Augen an. »Was ist denn heute los, Kind? Ein guter Fang? Oder hat sich jemand verletzt?«

»Ein Segelschiff ist eingelaufen, Onkelchen. Die Leute glauben, daß es den neuen Harfner bringt.«

»Was — schon wieder einer?« Onkelchen rümpfte die Nase. »Diese Harfner sind längst nicht mehr das, was sie in meiner Zeit waren . . .«

Im Saal war es unvermittelt still geworden. Jeder konnte Onkelchens letzte Worte verstehen.

»Menolly!« wisperte Mavi scharf.

Menolly klaubte zwei Kugeln aus dem Päckchen und stopfte sie Onkelchen in den Mund. Was immer er noch hatte sagen wollen — er schaffte es nicht. Zufrieden brummelte und kaute er vor sich hin.

Alle hatten Platz gefunden, und das Essen war aufgetragen, ehe Menolly auch nur einen Blick auf die Besucher werfen konnte. Der neue Harfner war in der Tat eingetroffen. Sie hörte seinen Namen, sah ihn aber nur von hinten. Elgion — Harfner Elgion. Es hieß, daß er jung und stattlich sei und zwei Gitarren mitgebracht hatte, dazu zwei Holzflöten und drei Trommeln, jede in einer eigenen Hülle aus gehärtetem Wherleder. Es hieß auch, daß ihn die lange Überfahrt durch die Bucht von Keroon seekrank gemacht habe und er deshalb dem Festessen nicht so recht zusprach. Mit ihm war ein Meister der Schmiede-Gilde gekommen, um die Metallarbeiten an dem neuen Schiff durchzu-

führen und dem Burgschmied bei schwierigen Reparaturen an die Hand zu gehen. Außerdem erfuhr Menolly, daß Igen um Räucher- und Pökelfisch gebeten hatte; das Schiff sollte auf der Rückfahrt etwas von den Vorräten der Halbkreis-Bucht mitnehmen.

Von ihrem Platz aus bekam Menolly nur die Hinterköpfe und gelegentlich ein Profil der Neuankömmlinge zu sehen. Das nervte sie ebenso wie Onkelchen und all die Alten, die sich um den warmen Kamin scharten. Die Tanten zankten wie gewohnt darum, wer die saftigsten Fischportionen erhalten hatte, und Onkelchen beschloß, sie zur Vernunft zu bringen, nur hatte er den Mund voll und verschluckte sich. Nun wiederum hackten die Tanten vereint auf Menolly herum, daß sie den armen Alten ersticken ließe. Bei dem Gezeter konnte Menolly kein Wort von dem verstehen, was an der Gästetafel gesprochen wurde. Sie versuchte sich damit zu trösten, daß der Harfner ihnen später sicher etwas vorsang. Aber es war heiß so dicht am Feuer, und Onkelchen roch penetranter denn je, und sie fühlte sich todmüde nach den Anstrengungen des Tages.

Offenbar war sie eingenickt, denn sie schrak hoch, als Stühle polterten und schwere Seemannsstiefel über den Boden scharrten. Am Gästetisch hatte sich der neue Harfner erhoben. Er stützte einen Fuß auf die Steinbank, legte die Gitarre aufs Knie und begann ein paar lockere Akkorde anzuschlagen.

»Seid ihr sicher, daß der Saal die Echos aushält?« fragte er und stellte die G-Saite eine Spur zu hoch ein, so daß sie jaulte wie ein seekrankes Burggespenst.

Alles lachte. Menolly warf einen ängstlichen Blick zu Yanus hinüber. Der Burgherr besaß wenig Humor. Für ihn war der Empfang eines Harfners eine ernste Angelegenheit — aber Elgion schien das nicht wahrzunehmen. Petiron hatte Menolly oft erzählt, wie sorgfältig die Gilde darauf achtete, daß jeder Harfner zu der Burg paßte, auf der er Dienst tat. Hatte denn keiner Elgion gesagt, was für ein nüchterner Mensch ihr Vater war?

Unvermittelt störte Onkelchen die Klänge mit einem schrillen Lachen. »Ha! Ein Mann mit Humor! Genau das brauchen wir auf dieser Burg — mehr Schwung und Leben! Los, Harfner, spiel auf! Etwas Lustiges, das diese trüben Gestalten munter macht!«

Menolly war entsetzt. Sie redete leise auf Onkelchen ein und fischte gleichzeitig nach den Kaukugeln in ihrer Tasche. Genau so einen Zwischenfall hatte sie verhindern sollen.

Harfner Elgion drehte sich bei dem gebieterischen Tonfall um und verbeugte sich tief vor dem alten Burgherrn am Kamin. »Das würde mir auch mehr Freude bereiten, werter Onkel«, sagte er liebenswürdig, »aber wir leben in schlimmen Zeiten . . .« Seine Finger schlugen dumpfe Akkorde an. »In sehr schlimmen Zeiten, die uns Lachen und Fröhlichkeit vergällen. Es gilt, weitsichtig für die Zukunft zu planen . . .« Und er begann eine Ballade, die von der Gehorsamspflicht der Barone gegenüber dem Weyr handelte.

Die Kaukugeln hatten sich erwärmt und klebten an der Innenseite ihrer Tasche, aber schließlich gelang es Menolly, einige zu lösen und Onkelchen in den Mund zu schieben. Er schmatzte wütend, weil er genau merkte, daß sie seinen Redefluß unterbrechen wollte. Menolly empfand den Gesang als kraftvoll, und die Worte wühlten sie auf. Doch nun bekam der alte Mann einen Schluckauf. Menolly zischte ihm zu, den Atem anzuhalten, aber er war zornig, daß man ihn nicht reden ließ, und zornig über den Schluckauf und begann mit den Fäusten auf die Armlehnen seines Sessels zu trommeln. Das störte den Rhythmus der Ballade und trug Menolly wütende Blicke von der Haupttafel ein.

Eine der Tanten reichte ihr ein Glas Wasser, aber der störrische Alte goß es über Menollys Kittel. Dann stand mit einem Mal Sella neben ihr, und gemeinsam brachten sie Onkelchen auf sein Zimmer.

Er hickste immer noch, als sie ihn ins Bett legten, ruderte mit den Armen und beschwerte sich lautstark über die schlechte Behandlung.

»Du mußt bei ihm bleiben, bis er sich beruhigt hat, Menolly, sonst fällt er noch aus dem Bett. Weshalb in aller Welt hast du ihm denn die Kugeln nicht gegeben? Die bringen ihn meist zum Schweigen«, meinte Sella.

»Die waren schuld an seinem Schluckauf!«

»Du lernst doch nie, irgend etwas richtig zu machen.«

»Bitte, Sella, bleib du bei ihm! Du wirst so leicht mit ihm fertig. Ich mußte ihn den ganzen Abend versorgen und hörte kein Wort von den Balladen . . .«

»*Du* solltest auf ihn achten! *Du* hast das versiebt! Also bleibst *du*!« Und Sella rauschte aus dem Zimmer.

Damit endete der erste einer Reihe schwerer Tage für Menolly. Es dauerte Stunden, bis sich der alte Mann beruhigt hatte und eingeschlafen war. Dann, als sie völlig erschöpft ihre eigene Kammer aufsuchte, empfing Mavi sie mit Vorwürfen, weil sie nicht besser auf den Alten achtgegeben und die Burg zum Gespött der Leute gemacht hatte. Menolly erhielt keine Gelegenheit, sich zu verteidigen.

Am Tag darauf fielen Fäden, und sie waren stundenlang in der Burg eingeschlossen. Menolly gehörte zu den Trupps, die später mit Flammenwerfern ausrückten. Der Sporenregen war zum Teil über dem Marschland niedergegangen; das bedeutete mühseliges Waten durch Sumpflöcher und Schlicksand.

Sie war todmüde, als sie heimkam, aber dann mußten sie noch alle mithelfen, die schweren Netze zu verstauen, denn die Boote wollten nachts mit der Flut auslaufen.

Sie wurde noch vor Sonnenaufgang am nächsten Morgen geweckt, um beim Ausnehmen und Pökeln des gewaltigen Fangs zu helfen. Das dauerte den ganzen langen Tag und kostete soviel Kraft, daß sie abends gerade noch die verdreckten Sachen ausziehen und sich ins Bett sinken lassen konnte.

Einen Tag später mußten sie Netze flicken. Das war im allgemeinen eine Arbeit, die sie mochte, denn die Frauen konnten dabei plaudern und singen. Aber Yanus stand herum und trieb sie zur Eile an, denn er wollte mit der Abendflut noch einmal hinausfahren zur Untiefe. Menolly hatte das Gefühl, daß er sie schärfer als sonst beobachtete; das machte sie nervös, und alles fiel ihr aus der Hand.

Zu diesem Zeitpunkt begann sie sich erstmals Gedanken darüber zu machen, ob der neue Harfner den Wissensstand der Kinder vielleicht bemängelt hatte. Aber von Petiron wußte sie, daß es nur eine Version der Lehrgesänge gab, und die hatte sie den Kleinen wortgetreu beigebracht. Weshalb schien dann ihr Vater so unzufrieden mit ihr? Weshalb funkelte er sie so böse an? War er etwa immer noch wütend, daß sie Onkelchen nicht rechtzeitig zum Schweigen gebracht hatte?

Ihre Zweifel wuchsen so sehr, daß sie abends, als die Schiffe endlich Segel gesetzt hatten und alle ein wenig verschnaufen konnten, ihre Schwester ins Vertrauen zog.

»Wütend wegen Onkelchen?« Sella zuckte die Achseln. »Was um Himmels willen bildest du dir ein, Kleine? Ich glaube, dein

Hauptproblem liegt darin, daß du dich zu wichtig nimmst. Was sollte Yanus sich schon *deinetwegen* den Kopf zerbrechen!«

Der abschätzige Tonfall brachte Menolly schmerzhaft zu Bewußtsein, daß sie nur ein Mädchen war, zu ungelenk und langbeinig für ein richtiges Mädchen und obendrein die Jüngste in einem großen Haushalt. Aber sie fand es alles andere als tröstlich, daß Yanus sie deshalb wie ein Nichts behandelte — auch wenn er vielleicht ihre Schandtaten schneller vergaß. Nur ihr Lied, das hatte er nicht überhört. Ob Sella von diesem Vorfall überhaupt wußte?

Wahrscheinlich schon, dachte Menolly, als sie sich auf dem alten Strohsack hin und her wälzte, um ein bequemes Plätzchen für ihre müden Glieder zu finden. Und ausgerechnet Sella warf ihr vor, daß sie sich zu wichtig nahm! Ihre Schwester, die den ganzen Tag vor dem Spiegel stand und nur an ihr Aussehen dachte! Sie stand jetzt im heiratsfähigen Alter, und Yanus versuchte sie sicher mit Gewinn an den Mann zu bringen. Er selbst zog im Moment drei Pfleglinge auf, während vier von Menollys sechs Brüdern in anderen Burgen lebten. Nun, auch das war eine Aufgabe des neuen Harfners — Ehen zu stiften. Vielleicht gab es in der Halbkreis-Bucht bald eine Hochzeit.

Am nächsten Tag hatten sie dann große Wäsche. Der Fädeneinfall war vorbei, die Sonne schien, und man konnte damit rechnen, daß die Sachen in der Meeresbrise rasch trockneten. Menolly hoffte auf ein Gespräch mit ihrer Mutter; sie wollte herausfinden, ob der Harfner ihren Unterricht kritisiert hatte. Aber nie ergab sich die Gelegenheit. Statt dessen geriet Mavi in Wut, weil Menollys Kleider nicht geflickt waren und sie das Bett nicht gelüftet hatte — weil sie ungepflegt und verschlampt aussah. Am Abend verkroch sich Menolly mit ihrer Suppenschale in den dunkelsten Winkel der großen Küche und überlegte bitter, warum immer nur sie die Schelte abbekam.

Ihre größte Sünde war es wohl gewesen, daß sie ein paar Takte ihrer eigenen Musik gespielt hatte — und daß sie, ein minderwertiges Mädchen, den Harfner vertreten hatte, weil es weit und breit keinen Mann gab, der das konnte.

Jawohl, entschied sie nach langem Nachdenken, das war der Grund, weshalb sie immer und überall Mißfallen weckte! Der neue Harfner sollte unter keinen Umständen erfahren, daß ein Mädchen die Jüngsten unterrichtet hatte. Aber wenn ihr dabei ein Fehler unterlaufen war, dann lag die Schuld bei Petiron. Und sie glaubte nicht, daß er ihr etwas Falsches beigebracht hatte. Außerdem, wenn der alte Mann wirklich ihretwegen an den Meister-Harfner geschrieben hatte – würde sich dann der neue Mann nicht wenigstens nach ihr erkundigen? Vielleicht waren die Balladen doch nicht so gut gewesen. Oder Petiron hatte sie nie abgeschickt. Und in jener Botschaft an den Harfner war mit keinem Wort von ihr die Rede gewesen. Das Päckchen lag jedenfalls nicht mehr im Archivraum. Und so wie sie die Lage einschätzte, würde sie es nie schaffen, auch nur in Elgions Nähe zu gelangen.

Menolly konnte sich ausrechnen, welche Arbeiten Mavi als nächstes für sie bereit haben würde: Grünzeug sammeln, irgendwo weit draußen im Morast, oder getrocknete Binsen in Strohsäcke füllen. Die widerwärtigsten und langweiligsten Aufgaben fielen nämlich immer ihr zu.

Sie täuschte sich. Es kam noch schlimmer. Im Morgengrauen lief die Flotte ein, und in den Laderäumen wimmelte es von Gelbstreifen- und Stachelschwanz-Fischen. Alle versammelten sich in der Dockhöhle, um beim Ausnehmen und Pökeln zu helfen, während die Mägde die Räucherkammer einheizten.

Es gab einen Fisch, den Menolly haßte wie die Pest, und das war der Stachelschwanz – ein glitschiges Biest, über und über mit Widerhaken bedeckt; der fettige Schleim, der von seinen Schuppen tropfte, zerfraß die Hände, bis sich die Haut schälte. Stachelschwänze schienen vor allem aus einem Riesenmaul zu bestehen, aber wenn man den Kopf abtrennte, ließ sich der Rest locker vom Grätenstrang abziehen. Frisch gegrillt stellte er eine Delikatesse dar; aber auch geräuchert schmeckte das Fleisch noch hervorragend. Leider war das Ausnehmen von Stachelschwänzen die ekligste Arbeit, die es überhaupt gab.

Irgendwann im Lauf des Vormittags rutschte Menolly das Messer ab, und sie schnitt sich tief ins Handgelenk. Der Schmerz und der Schock waren so groß, daß sie einfach dastand und ihre Hand anstarrte, bis Sella merkte, daß sie mit den anderen nicht mehr Schritt hielt.

»He, Menolly, schläfst du mit offenen Augen ... ach, du meine Güte ... Mavi, Mavi!« Sella konnte gemein sein, aber sie behielt stets die Nerven. Sie packte Menollys Hand und begann den Blutstrom zu stillen, der aus der Arterie schoß.

Als Mavi kam und sie an den Pächterfrauen vorbeiführte, die rasch und geschickt Berge von Fisch ausnahmen, überkam Menolly ein Schuldgefühl. Die Weiber starrten sie an, als habe sie sich die Wunde absichtlich beigefügt, um nicht mehr arbeiten zu müssen. Nicht der Schmerz oder das seltsame Pochen in der Hand, sondern die Demütigung und die stummen Anklagen trieben ihr Tränen in die Augen.

»Ich hab es doch nicht mit Absicht getan!« stieß sie hervor, als Mavi sie in die Krankenstube der Burg brachte.

Ihre Mutter starrte sie an. »Wer hat denn so etwas behauptet?«

»Keiner. Aber sie schauen mich alle so komisch an.«

»Mein Kind, du bist viel zu ichbezogen. Ich versichere dir, daß kein Mensch etwas Derartiges denkt. Und jetzt halt die Hand einen Moment lang still — so!«

Das Blut schoß hoch, als Mavi den Daumen von der Schnittstelle nahm. Einen Moment lang wurde Menolly schwarz vor den Augen, aber sie nahm sich zusammen. Nur nicht schon wieder diese Ichbezogenheit! Sie tat so, als gehörte ihr die Hand nicht, die Mavi versorgte.

Mavi befestigte geschickt einen Knebelverband und wusch die Wunde mit einem scharfen Kräuterextrakt. Die Hand begann taub zu werden, und Menollys Gleichgültigkeit wuchs. Die Blutung ließ nach, aber irgendwie schaffte sie es nicht, die Wunde anzuschauen. Statt dessen betrachtete sie ihre Mutter, die rasch die durchtrennte Ader nähte und den langen Schnitt klammerte. Schließlich strich Mavi dick Salbe auf die Verletzung und verband die Hand mit weichen Tüchern.

»So! Ich hoffe nur, daß nichts von dem Schleim in der Wunde geblieben ist.«

Zweifel und Besorgnis spiegelten sich auf Mavis Zügen, und in Menolly stieg Angst auf. Mit einem Male fielen ihr andere Dinge ein: Frauen, die ihre Finger verloren hatten, und . . .

»Meine Hand wird doch wieder wie früher?«

»Ich nehme es an.«

Mavi log nie, und der kleine harte Knoten in Menollys Kehle löste sich.

»Sicher kannst du sie wieder benutzen — zumindest für alle praktischen Arbeiten.«

»Wie meinst du das — für alle praktischen Arbeiten? Werde ich — nicht mehr spielen können?«

»Spielen?« Mavi starrte ihre Tochter an, als habe sie gegen ein strenges Tabu verstoßen. »Diese Tage sind endgültig vorbei, Menolly. Du kennst alle Lehrgesänge und . . .«

»Aber Elgion hat neue Lieder mitgebracht . . . die Ballade, die er am ersten Abend sang . . . ich habe sie nie zu Ende gehört. Ich kenne die Begleitmelodie nicht. Ich möchte . . .« Sie schwieg, zutiefst verängstigt von der verschlossenen Miene ihrer Mutter und dem Mitleid, das sie in ihren Augen las.

»Selbst wenn du nach diesem Schnitt die Finger noch bewegen kannst — spielen wirst du nicht mehr können. Gib dich damit zufrieden, daß Yanus so nachsichtig war, als du den alten Petiron versorgtest . . .«

»Aber Petiron . . .«

»Schluß jetzt mit dem Wenn und Aber. Hier, trink das! Und geh sofort ins Bett. Du hast viel Blut verloren, und es würde mir gerade noch fehlen, wenn du hier in Ohnmacht fielst.«

Betäubt von den Worten ihrer Mutter, achtete Menolly kaum auf den bitteren Geschmack des Getränks. Sie stolperte, gestützt von Mavi, die Steinstufen zu ihrer Kammer hinauf. Trotz der Felldecken fror sie. Es war eine Kälte, die aus dem Innern kam. Aber der Wein und die Medizin wirkten rasch, und ihr letzter bewußter Gedanke war, daß man sie um das einzige betrog, das ihr Leben erträglich machte. Sie konnte sich nun vorstellen, was ein Reiter fühlte, der seinen Drachen verlor.

4

Schwarz, unendlich schwarz,
Losgelöst von den Dingen.
Nichts, furchtbares Nichts,
Durchschnitten von Drachenschwingen.

Obwohl Mavi den Schnitt sorgfältig ausgewaschen hatte, schwoll Menollys Hand dick an, und gegen Abend bekam sie heftiges Wundfieber. Eine der Tanten saß an ihrem Bett, legte ihr kühle Tücher auf und sang mit brüchiger alter Stimme ein Schlaflied. Sie meinte es gut, aber die Laute durchdrangen Menollys Fieberfantasien und erinnerten die Kranke daran, daß von nun an die Musik für sie verloren war. Sie bäumte sich auf und schrie, bis Mavi ihr eine starke Dosis Fellis-Sud mit Wein einflößte.

Menolly fiel in eine Art Betäubungsschlaf, und das war gut, denn ihre Hand schwoll immer stärker an. Ohne Zweifel hatte der Fisch-Schleim zu einer Blutvergiftung geführt. Mavi holte eine Pächtersfrau, die als Heilerin galt. Zum Glück für Menolly beschlossen sie, die primitiven Klammern zu lösen, damit der Eiter besser abfließen konnte. Stündlich wechselten sie die Umschläge.

Blutvergiftungen durch Stachelschwanz-Schleim verliefen oft bösartig, und Mavi graute vor dem Gedanken, daß man Menolly den Arm amputieren müßte, um ein Übergreifen der Infektion auf den ganzen Körper zu verhindern. Sie wachte Tag und Nacht an der Seite ihrer Tochter, eine Tatsache, die Menolly mit Erstaunen und Dankbarkeit registriert hätte, wäre sie bei Bewußtsein gewesen. Am Abend des vierten Tages verschwanden zum Glück die dunkelroten Striemen an der Innenseite des Arms. Die Schwellung ging zurück, und die Ränder des tiefen Schnitts wirkten nicht mehr so entzündet wie zu Beginn.

In ihren Fieberträumen bettelte Menolly immer wieder verzweifelt, noch einmal, ein einziges Mal spielen zu dürfen, und das brach Mavi fast das Herz, denn sie war sich im klaren darüber, daß die Hand für immer verkrüppelt bleiben würde. Allerdings löste der Unfall auch manches Problem, denn der neue Harfner stellte Yanus Fragen, die den Burgherrn in Verlegenheit brachten. Elgion erkundigte sich immer wieder, wer den Jüngsten die Lehrballaden beigebracht hatte. Yanus in seiner Angst vor einer Blamage wich aus und murmelte etwas von einem Pflegling, der kurz vor der Ankunft des Harfners auf seine eigene Burg zurückgekehrt sei.

»Wer immer es war, er hat das Zeug zu einem guten Harfner«, erklärte Elgion dem Baron. »Der alte Petiron war ein ausgezeichneter Lehrmeister.«

Das Lob beunruhigte Yanus eher. Er konnte seine Aussage nicht mehr zurücknehmen, und er wollte nicht eingestehen, daß ein Mädchen die Kinder unterrichtet hatte. Wie man es auch drehte und wendete — ein Mädchen konnte niemals der Harfner-Gilde beitreten. Menolly war jetzt zu alt, um selbst am Unterricht teilzunehmen, und er wollte schon dafür sorgen, daß sie mit anderen Dingen beschäftigt war, bis sie ihre Sehnsucht nach Musik selbst als kindisch empfand. Aber zumindest hatte sie der Burg keine Schande gebracht.

Es tat ihm natürlich leid, daß die Kleine sich diese schlimme Wunde zugefügt hatte — und das nicht nur, weil sie im Haushalt tüchtig zupacken konnte. Hin und wieder fehlte ihm ihre klare, sanfte Stimme bei den Wechselgesängen, die sie früher mit Petiron bestritten hatte. Er verdrängte diese Gedanken. Weiber hatten anderes zu tun, als herumzusitzen und zu musizieren.

Wenn Elgions Berichte stimmten, dann tat sich allerhand auf den Burgen und Weyrn. Es gab tiefgreifende Probleme, die ihn von Alltags-Ereignissen wie einer kranken Tochter ablenkten.

Der Harfner überschüttete den Baron mit merkwürdigen Fragen: Welches Verhältnis hatte er zum Benden-Weyr? Pflegte er oft Kontakt mit den Alten vom Ista-Weyr? Was hielten er und seine Pächter von den Drachenreitern? Wie fanden sie den Weyrführer und die Weyrherrin von Benden? Störte es sie, wenn die Drachenreiter in den Burgen und Gilde-Hallen Nachwuchs suchten? Hatte Yanus oder sonst jemand aus der Halbkreis-Bucht je an einer Gegenüberstellung teilgenommen?

Yanus beantwortete die Fragen in seiner gewohnt knappen Art, und für den Anfang schien das den Harfner zufriedenzustellen.

»Unsere Burg hat auch vor dem Fädeneinfall stets ihren Tribut an den Weyr entrichtet. Wir kennen unsere Pflicht, und Benden tut die seine. Seit Beginn des Sporenregens vor mehr als sieben

Planetendrehungen hat sich kaum ein Knäuel auf unserem Gebiet eingegraben.«

»Die Alten? Nun, wir sehen nicht viel von ihnen. Weniger zumindest als die Leute von Keroon und Nerat, die näher am Ista-Weyr liegen. Wir haben uns damals gefreut, daß die Alten das Opfer brachten und so viele Jahrhunderte übersprangen, um uns zu retten.«

»Drachenreiter sind in der Halbkreis-Bucht jederzeit willkommen. Die Frauen von Benden weilen im Frühling und Herbst ohnehin hier, um Kräuter zu sammeln oder Beeren zu lesen. Wir nehmen sie gern auf.«

»Die Weyrherrin Lessa kenne ich nicht persönlich. Ich sah sie nur hin und wieder mit ihrer Königin Ramoth am Himmel. Aber F'lar, der Weyrführer, das ist ein feiner Kerl.«

»Nachwuchs-Suche? Nun, wenn sie bei uns einen geeigneten Jungen finden, dann betrachten wir das als Ehre und lassen ihn ziehen.«

Das allerdings war ein Problem, das den Baron kaum berührte; noch nie hatte einer von der Burg am Meer den Ruf vernommen. Insgeheim erleichterte ihn das, denn er wußte, daß Neid unter den Jungen entstehen würde, wenn einer auserwählt wurde und der andere nicht. Auf den Meeren von Pern aber brauchte man seine Gedanken für die Arbeit; Träumer hatten keinen Platz auf einem Fischerboot. Schlimm genug, daß hin und wieder diese lästigen Feuer-Echsen bei den Drachen-Steinen auftauchten. Aber da keiner nahe genug an die Felsen herankam, um eine Echse zu fangen, entstand kein Schaden dabei.

Der neue Harfner war gut auf seine Aufgabe vorbereitet, und so überraschte ihn die nüchterne, traditionsbewußte Art des Burgherrn kaum. Ihm ging es mehr darum, einen langsamen, kaum merklichen Wandel der Denkweise herbeizuführen. Meister-Harfner Robinton verlangte von seinen Gesellen, daß sie den Baronen und Handwerkern mehr Weitblick vermittelten und sie dazu brachten, über die Grenzen des eigenen kleinen Reiches hinauszusehen. Harfner waren nicht nur Geschichtenerzähler und Sänger; sie entschieden Streitfälle, formten die Jugend und standen ihren Brotgebern mit Rat und Tat zur Seite. Im Moment schien es notwendiger denn je, die Traditionen zu lockern, alte Gewohnheiten zu vergessen und dem Neuen eine Chance zu geben. Hätte F'lar von Benden sich nicht vom Althergebrachten gelöst, wäre Lessa nicht ins *Dazwischen* getaucht, um die Drachenreiter aus der Vergangenheit zu holen — ganz Pern würde nun unter dem Fädeneinfall schmachten. Die Weyr hatten von der modernen Denkart profitiert. Vielleicht konnte man nach und nach auch die Burgen und Handwerksgilden dazu bringen, neues Gedankengut zu prüfen und anzuerkennen.

So fand Elgion, daß Yanus die Burg ohne weiteres vergrößern könnte. Der Wohnraum für den großen Haushalt wurde allmählich knapp. Dabei gab es in den angrenzenden Bergen genug Höhlen. Das hatten ihm die Kinder erzählt. Und das unterirdische Dock faßte mehr Schiffe als die gegenwärtige Fangflotte.

Im großen und ganzen aber zeigte sich Elgion mit seiner ersten Stelle als Harfner nicht unzufrieden. Er besaß seine eigenen, gut ausgestatteten Räume in der Burg, hatte genug zu essen, und die Burgbewohner waren verträgliche, wenn auch ein wenig muffige Leute.

Nur eines quälte ihn: Wer hatte die Kinder so gut unterrichtet? Der alte Petiron hatte Robinton geschrieben, daß es auf der Burg am Meer ein begnadetes Musik-Talent gäbe, und zwei Gesänge beigefügt, die den Meister-Harfner sehr beeindruckten. Petiron hatte aber auch angedeutet, daß es mit dem Sänger einige Probleme geben könnte. Ein neuer Harfner — denn Petiron hatte sehr wohl gewußt, daß seine Tage gezählt waren — müsse mit Fingerspitzengefühl zu Werke gehen. In der Burg am Meer achte man noch streng auf die alten Sitten und Bräuche.

So hatte sich Elgion bis jetzt nur unauffällig umgehört, in der Hoffnung, der Junge würde sich schon irgendwann zu erkennen geben. Musikalisches Talent ließ sich schlecht unterdrücken, und nach den Liedern, die Elgion gesehen hatte, war dieses Kind in der Tat hochbegabt. Allerdings, wenn es sich um einen Pflegling handelte, der nun in einer anderen Burg weilte, dann mußte er sich gedulden.

Elgion schaffte es in kurzer Zeit, alle kleineren Höfe innerhalb der Halbkreis-Palisaden aufzusuchen, und er kannte die meisten Leute bald mit Namen. Die jungen Mädchen schwärmten von ihm, und viele schauten ihn mit sehnsüchtigen Blicken an, wenn er abends im Großen Saal seine Balladen spielte.

Elgion hatte wirklich keine Möglichkeit, Menolly als »den Sänger« zu erkennen, den er suchte. Den Kindern war eingeschärft worden, daß es eine Schande für die Burg sei, wenn ein Mädchen den Harfner ersetzte, und so schwiegen sie. Und nachdem Menolly sich die böse Schnittwunde zugefügt hatte, ging das Gerücht um, daß sie nie wieder spielen könne. So fanden es die meisten herzlos, sie abends zum Singen aufzufordern.

Als Menolly die Infektion überstanden hatte und die Wunde verheilt war, blieb die Hand steif. Jeder im Haus vermied es, sie an ihre Musik zu erinnern. Sie selbst nahm an den Singabenden im Großen Saal nicht teil. Und da sie ihre Hand nicht gut gebrauchen konnte, die meisten Tätigkeiten in der Burg aber zwei gesunde, kräftige Hände erforderten, schickte man sie tagsüber meist fort zum Kräuter- und Beerensammeln.

Wenn Mavi das stille, zurückgezogene Wesen ihrer Jüngsten auffiel, so sah sie darin eine Folge der langen, schlimmen Krankheit. Auf den Gedanken, daß Menolly die geliebte Musik fehlen könnte, kam sie nicht. Mavi hatte die Erfahrung gewonnen, daß die Zeit alles Leid heilte, und darum versuchte sie ihre Tochter durch Arbeit abzulenken.

Die Beschäftigung im Freien machte Menolly sogar Spaß. Sie war den ganzen Tag an der frischen Luft und weit weg von anderen Menschen. Morgens frühstückte sie ruhig in der großen Küche, während alles umherhetzte, um die Männer zu versorgen, die entweder von der Nachtfahrt heimkamen oder alles zum Morgenfang vorbereiteten. Danach packte Menolly etwas Proviant ein, nahm ein Netz oder einen Sack und wanderte los.

Die Sonne schien jetzt wärmer, und ein Blütenteppich lag über dem Sumpfland. Vom Meer her kamen Scharen von Spinnenklauen und legten ihre Eier ins seichte Wasser der Bucht. Da diese dicken Schalentiere als Delikatesse galten, schickte man die jungen Leute aus der Burg — Menolly unter ihnen — mit Netzen, Reusen und Schaufeln los. Vier Tage später waren die Strände nahe der Burg leergeräumt, und die Kinder mußten immer weiter gehen, um die begehrten Leckerbissen zu sammeln. Allerdings ermahnten die Erwachsenen sie, nicht allzu weit fortzulaufen, da man jederzeit mit einem Fädeneinfall rechnen mußte.

Es gab noch eine Gefahr, die dem Burgherrn viel Kummer bereitete: In diesem Jahr stand das Wasser ungewöhnlich hoch und erfaßte bei Flut Landstriche, die seit Menschengedenken trocken geblieben waren. Wenn der Meeresspiegel noch weiter stieg, konnte er die beiden größten Schiffe seiner Fangflotte nicht mehr in die Dockhöhle steuern, ohne die Masten zu kappen. Bereits jetzt stand das Wasser zwei Handbreit über allen Marken vergangener Flut-Perioden.

Yanus ließ die tiefergelegenen Höhlen absichern und die niedrigen Kaimauern durch Sandsäcke verstärken.

Ein einziger kräftiger Sturm würde genügen, die Dämme zu überfluten. Yanus zeigte sich so besorgt, daß er ein langes Gespräch mit Onkelchen führte, um herauszufinden, ob der alte Mann sich an ähnliche Begebenheiten von früher erinnerte. Onkelchen war begeistert, daß er einmal reden durfte, und faselte etwas vom Einfluß der Sterne, aber als Yanus, Elgion und zwei der älteren Schiffsmeister sich näher mit seinen Aussagen befaßten, blieb nicht viel Greifbares übrig. Jeder wußte, daß die beiden Monde und nicht die drei hellen Sterne am Himmel die Gezeiten steuerten.

Der Baron sandte jedoch eine Botschaft nach Igen, in welcher er das auffällige Verhalten der Gezeiten schilderte, und er bat, daß man sie so rasch wie möglich an Fort weiterleiten möge; dort befand sich die älteste und größte Meeres-Burg. Yanus wollte unter allen Umständen verhindern, daß seine größte Schiffe auf offener See bleiben mußten, und so achtete er genau auf die Gezeiten, fest entschlossen, die Boote in der Dockhöhle zu lassen, wenn der Meeresspiegel noch eine Handbreit anstieg.

Den Kindern befahl man, am Strand die Augen offen zu halten und alle Veränderungen zu melden, besonders neue Hochwasser-Marken in den Buchten. Natürlich benutzten das die Mutigeren als Ausrede für lange Streifzüge entlang der Küste. Menolly, die jene abgelegenen Strände lieber allein erforschte, erwähnte immer wieder die Gefahr eines plötzlichen Sporenregens.

Dann, nach dem nächsten Fädeneinfall, als alle ausrücken mußten, um Spinnenklauen zu sammeln, sicherte sich Menolly einen kleinen Vorsprung und lief los; sie wußte, daß mit ihren langen Beinen kaum einer Schritt halten konnte.

Es machte Spaß, so dahinzurennen, dachte Menolly. Eine Hügelkuppe entzog sie den Blicken ihrer nächsten Verfolger. Das Gelände wurde uneben, und sie verlangsamte ihre Schritte ein wenig; ein verstauchter oder gebrochener Knöchel hätte ihr gerade noch gefehlt, Denn Laufen, das konnte man auch, wenn man eine verkrüppelte Hand hatte.

Menolly verschloß ihr Inneres vor diesem Gedanken. Sie hatte sich einen Trick angewöhnt, wenn der Kummer sie zu überwältigen drohte: sie zählte. Im Moment zählte sie ihre Schritte. Sie lief weiter, den Blick fest nach vorn auf den Weg geheftet. Die Jungen konnten sie jetzt nie mehr einholen; sie rannte aus reiner Freude an der Bewegung und summte zu jedem Schritt eine Zahl. Sie rannte, bis sie Seitenstechen und ein Ziehen in den Oberschenkeln spürte.

Einen Moment lang blieb sie stehen und hielt das heiße Gesicht in die Brise, die vom Meer her wehte. Der Wind schmeckte nach Salz und Tang. Menolly atmete tief durch. Sie war erstaunt, wie weit sie sich von der Burg entfernt hatte. Nur ein Stück von ihr entfernt ragten die Drachen-Steine aus dem Wasser. Und da erinnerte sie sich wieder an die kleine Echsenkönigin. Leider erinnerte sie sich auch an die Melodie, die sie an jenem Tag auf ihrer Rohrflöte gespielt hatte: es war der letzte Tag ihrer Kindheit gewesen.

Sie ging weiter, immer der Höhenlinie nach, und spähte in die Tiefe, ob sie neue Hochwassermarken an den Felsen entdecken konnte, die steil zum Strand hin abfielen.

Die Flut hatte etwa ihren Halbstand erreicht. Und ja, da lag ein Streifen aus Tang und Muscheln, wo das letzte Hochwasser geendet hatte. Er reichte an manchen Stellen bis an die Klippen heran und das, obwohl der Strand an dieser Bucht sehr breit war.

Ein Schatten in der Höhe, und Menolly hob den Kopf: ein Drachenreiter auf Patrouille. Sie wußte, daß er sie von dort oben nicht erkennen konnte; dennoch winkte sie mit beiden Armen und schaute ihm nach, bis er ihren Blicken entschwunden war.

Sella hatte ihr einmal abends im Bett mit Entsetzen und Bewunderung erzählt, daß Elgion schon mehrmals auf einem Drachen geflogen sei. Überhaupt drehten sich Sellas Gespräche in letzter Zeit nur noch um den Harfner. Und sie war nicht die einzige, das wußte Menolly. Sämtliche heiratsfähigen Mädchen in der Burg benahmen sich albern, wenn es um Harfner Elgion ging. Das sagte sich Menolly immer wieder vor — dann tat es nicht so weh, an Musik im allgemeinen zu denken.

Wieder hörte sie die Feuer-Echsen, ehe sie etwas sah. Ihr Zirpen und Kreischen deutete darauf hin, daß sie sich in hellem Aufruhr befanden. Menolly duckte sich und robbte zur Bruchkante des Hügels, spähte hinunter zum Strand. Nur ein schmaler

Streifen war übrig, und die Feuer-Echsen umflatterten eine Stelle im Sand, direkt unter ihr.

Sie kniff die Augen zusammen. Die Königin jagte den hereinströmenden Wogen entgegen und schlug mit den Flügeln, als könne sie das Wasser dadurch aufhalten. Dann schoß sie wie ein Pfeil zurück, und der ganze Schwarm schrie, verstört wie Herdentiere, wenn ein wilder Wher die Weide umkreiste. Die Königin schrillte in ohnmächtigem Zorn; allem Anschein nach versuchte sie ihrem Schwarm einen Befehl zu erteilen, der nicht befolgt wurde. Menolly beugte sich noch ein wenig vor — und die Geröllkante unter ihr gab nach.

Menolly umklammerte ein Grasbüschel, aber die harten Halme rutschten ihr durch die Finger und bissen sich in die Haut. Sie kugelte über die Böschung in die Tiefe. Der Aufprall war so heftig, daß sie wie betäubt dalag. Aber der feuchte Sar.d hatte doch die schlimmste Wucht abgefangen. Sie lag ein paar Minuten lang einfach da und versuchte tief durchzuatmen. Dann rappelte sie sich hoch und floh vor der hereinströmenden Flutwelle.

Sie schaute hinauf zum Hügelkamm. Mindestens eine Drachenlänge war sie in die Tiefe gestürzt. Und wie sollte sie wieder nach oben kommen? Aber noch während sie die Klippe betrachtete, merkte sie, daß der Felsen zwar senkrecht in die Höhe führte, jedoch eine Reihe von Simsen und Löchern aufwies. Wenn es ihr gelang, Halt für die Zehen und Fingerspitzen zu finden, schaffte sie es vielleicht. Sie wischte sich den Sand von den Händen und begann die kleine Bucht entlangzugehen, auf der Suche nach dem leichtesten Aufstieg.

Sie hatte erst ein paar Schritte getan, als die Gold-Echse mit Zorngekreisch auf sie zuschoß. Menolly schützte ihr Gesicht mit beiden Händen vor den Krallen der aufgebrachten kleinen Königin. Jetzt fiel ihr wieder das seltsame Verhalten der Feuerechsen ein. Sie schaute sich um. Keinen halben Schritt vor ihr war eine Kuhle in den Sand gebuddelt — und darin befand sich ein Gelege.

»Oh, das wollte ich wirklich nicht! Wo hatte ich nur meine Augen? Nun hör schon zu schimpfen auf!« rief Menolly, als das winzige Geschöpf sie erneut attackierte. »Bitte, hör auf! Ich tu deinen Eiern nichts.«

Um zu beweisen, daß sie es ehrlich meinte, zog sich Menolly zu einem Felsüberhang am anderen Ende der Bucht zurück. Als sie zum Strand hin spähte, war von der kleinen Königin nichts mehr zu sehen. Aber Menollys Erleichterung hielt nicht lange an. Wie sollte sie den steilen Felshang erklimmen, wenn die Feuer-Echse sie angriff, sobald sie sich den Eiern näherte? Menolly setzte sich ratlos in den Sand.

Und wenn sie es hier mit dem Aufstieg versuchte? Sie warf einen Blick nach oben. Auch hier wirkte das Gestein unregelmäßig und voll von Nischen und Löchern. Sie warf einen Blick auf das Gelege, das von der warmen Sonne angestrahlt wurde, und griff nach dem ersten Vorsprung.

Sofort stieß die Feuer-Echse auf sie herunter.

»Ach, laß mich zufrieden! Autsch! Los, verschwinde — schsch!« Die Klauen der Echse zerkratzten ihr die Wange.

»Bitte! Ich lasse dir ja deine Eier.«

Die Königin holte Schwung zum nächsten Angriff, und Menolly verkroch sich unter dem Felshang.

Blut tropfte aus dem langen Kratzer, und Menolly tupfte es mit dem Saum ihres Kittels ab.

»Hast du denn gar keinen Verstand?« fragte sie ihre unsichtbare Feindin. »Was könnte ich schon mit deinen blöden Eiern anfangen? Behalte sie! Ich will nur heim. Begreifst du das nicht? Heim will ich!«

Vielleicht vergißt sie mich, wenn ich hier ganz still sitzenbleibe, dachte Menolly und zog die Knie bis ans Kinn, aber ihre Zehen und Ellbogen schauten unter der Felskante hervor.

Plötzlich kreiste eine Bronze-Echse über dem Gelege und stieß ängstliche Rufe aus. Menolly sah, daß die Königin an die Seite ihres Gefährten schoß. Offenbar hatte sie auf dem Felsensims gelauert, bis Menolly aus ihrer Deckung kam.

Und für euch beide habe ich so ein schönes Lied gemacht, dachte Menolly, während sie die beiden Echsen beobachtete. Mein allerletztes Lied war euch gewidmet! Ihr seid ein undankbares Pack, nur damit ihr es wißt!

Trotz ihrer Bedrängnis mußte Menolly lachen. Die Situation war einfach unmöglich. Ein Geschöpf, nicht größer als ihr Unterarm, hielt sie in einem Felsversteck fest!

Bei ihrem Lachen verschwanden die beiden Feuer-Echsen.

Hatten sie etwa Angst? Vor Gelächter?

»Ein Lächeln bringt dich meist weiter als eine finstere Miene«, pflegte Mavi zu sagen.

Wenn ich lache, merken sie dann vielleicht, daß ich ihnen nichts Böses will? Oder bleiben sie mir dann wenigstens so lange fern, bis ich die Böschung erklommen habe? Gerettet durch ein Lachen?

Menolly schüttelte besorgt den Kopf. Sie sah, daß die Flut jetzt ziemlich rasch hereinkam. Vorsichtig kroch sie aus ihrem Versteck, schlang den Ledersack über die Schulter und begann den Fels zu erklettern. Sie versuchte zu lachen, aber sie merkte, daß sie ihre ganze Konzentration für das Klettern brauchte.

Unvermittelt umkreiste die kleine Königin ihren Kopf. Und sie hatte ihren Gefährten zur Verstärkung mitgebracht.

Wieder verkroch sich Menolly unter dem Felshang und überlegte.

Wenn Lachen die Tiere aufgescheucht hatte — wie stand es dann mit Gesang? Vielleicht ließen die beiden sie laufen, wenn sie ihnen ein paar Takte des neuen Liedes vorsummte. Ihre Stimme klang rauh und unsicher, denn seit ihrem Unfall hatte sie keine Silbe mehr gesungen. Aber sie hoffte, daß den Echsen die übermütige kleine Melodie gefallen würde.

Vorsichtig schob sie den Kopf aus ihrem Versteck — und schaute für Sekundenbruchteile in zwei Feuerechsen-Gesichter. Dann war der Felsensims leer. Sie glaubte, Neugier in den Blikken der beiden Geschöpfe gelesen zu haben.

»Was ist — könnnt ihr mich hören? Ich mache euch einen Vorschlag. Ihr wartet, bis ich diese verflixte Böschung erklommen habe, und zum Dank singe ich euch Serenaden vor.«

Sie tauchte aus ihrem Versteck und sang dazu eine Drachenballade. Fünf Schritte hatte sie geschafft, dann erschien die Echsenkönigin mit ihrem ganzen Schwarm und scheuchte sie zurück. Menolly hörte, wie über ihr auf dem Sims scharfe Klauen in den Stein kratzten. Ihr Publikum wuchs ständig. Jetzt — wo sie keines brauchte!

Vorsichtig hob sie den Kopf, sah zehn Augenpaare, die zu kreisen schienen.

»Ein Geschäft, meine Freunde! Ein langes, langes Lied, und dann gebt ihr die Klippe frei, ja?«

Echsen-Augen kreisten.

Menolly nahm das als Einverständnis und sang. Bei der letzten Strophe wagte sie sich ins Freie. Eine Königin und neun Bronze-Echsen schienen gebannt von ihrem Gesang.

»Kann ich jetzt gehen?« fragte sie und legte eine Hand auf den Sims.

Die Königin stieß auf ihre Finger herunter, und Menolly zog sie rasch zurück.

»Ich dachte, wir hätten ein Geschäft vereinbart.«

Die Königin zirpte mitleiderregend, und Menolly merkte erst jetzt, daß ihre Gebärden keinerlei Drohung enthielten. Die goldene Echse wollte lediglich verhindern, daß sie die Böschung erklomm.

»Du möchtest mich nicht fortlassen?« fragte Menolly.

Die Augen der Königin schienen heller zu leuchten.

»Aber ich muß fort. Wenn ich bleibe, kommt die Flut, und ich ertrinke.« Menolly begleitete ihre Worte mit erklärenden Gesten.

Plötzlich stieß die Königin einen durchdringenden Schrei aus, schien einen Moment lang reglos in der Luft zu verharren und glitt dann, gefolgt von ihren Bronze-Echsen, zu dem Gelege im Sand. Sie schwebte über den Eiern und kreischte erregt.

Natürlich! Die Flut, die jetzt mit Macht hereindrängte, stellte nicht nur für Menolly eine Gefahr dar. Sie drohte auch das Nest am Strand zu überschwemmen. Die kleinen Bronzegeschöpfe nahmen die Klage ihrer Königin auf. Einige flogen mutig bis zu Menolly und wieder zurück zum Gelege.

»Ach so — ich soll euch helfen? Ihr greift mich nicht mehr an?« Menolly tat ein paar Schritte auf das Gelege zu.

Die Schreie klangen verändert, und Menolly begann zu laufen. Als sie das Nest erreichte, hatte die kleine Königin ein Ei in den Klauen und hievte es unter größter Mühe hoch. Die Bronze-Echsen umkreisten sie ängstlich, aber da sie kleiner als ihre Königin waren, konnten sie ihr nicht helfen.

Nun erst sah Menolly, daß am unteren Rand der Klippe zerbrochene Eier und die armseligen toten Körperchen fast ausgeschlüpfter Echsen lagen. Die Königin hatte das Ei zu einem Sims auf halber Höhe des Steilhangs geflogen. Sie legte es sanft ab und rollte es mit den Klauen zu einem kleinen Loch — offenbar einem Höhleneingang. Es dauerte eine halbe Ewigkeit, bis die Goldechse wieder erschien. Dann schoß sie hinunter zum Strand, flatterte einen Moment lang über dem Brandungsschaum, der bereits gefährlich nahe an das Nest heranreichte, und flog dann zurück zu Menolly. Sie begann zu keifen wie ein altes Weib.

Mitleid und Bewunderung erfüllten Menolly. Dieses winzige Geschöpf versuchte unter Aufbietung all seiner Kräfte die Eier vor der Flut zu retten. Den toten Embryos nach zu schließen, mußten die Jungen bald schlüpfen. Kein Wunder, daß die Königin so schwer zu schleppen hatte.

»Du willst, daß ich deine Eier aus der Gefahrenzone hole? Na, mal sehen, was ich tun kann!«

Vorsichtig nahm Menolly ein Ei auf. Die Schale war hart, und es fühlte sich warm an. Drachen-Eier, das wußte sie, waren anfangs weich und erhärteten langsam auf dem heißen Sand der Weyr-Brutstätten. Die kleinen Echsen mußten wirklich jeden Moment ausschlüpfen.

Sie schloß die Finger der verletzten Hand um das Ei und kroch mühselig zu dem Sims hinauf. Sorgsam legte sie das Ei ab. Die Königin packte es besitzergreifend, dann beugte sie sich vor und schaute Menolly tief in die Augen. Ein leises Zirpen — doch gleich darauf schimpfte sie wieder los wie eines der Tantchen.

Beim nächsten Aufstieg brachte Menolly drei Eier mit. Aber es war unschwer zu erkennen, daß die Rettungsaktion letzten Endes zu einem Wettlauf mit der Flut führen würde.

»Wenn der Höhleneingang nur breiter wäre«, erklärte sie der kleinen Königin, »dann könnten dir deine Bronze-Verehrer beim Verstauen der Eier helfen.«

Die Königin achtete nicht auf ihre Worte, sondern rollte geschäftig ein Ei nach dem anderen zur Höhle.

Menolly versuchte einen Blick in die Öffnung zu werfen, aber der Körper der Feuerechse versperrte ihr die Sicht. Wenn die Höhle größer und der Sims ein wenig breiter gewesen wäre, dann hätte sie alle Eier auf einmal in ihrem Ledersack nach oben bringen können. Menolly schob das lockere Geröll beiseite, bis sie einen hübschen Tunnel mit einem etwas verbreiterten Eingang geschaffen hatte.

Ohne auf das vorwurfsvolle Gezeter der kleinen Königin zu achten, kletterte Menolly in die Tiefe, schnürte den Sack auf und legte vorsichtig ein Ei nach dem anderen hinein. Als die Gold-Echse das bemerkte, ging sie zu einem hysterischen Angriff über.

»Schluß jetzt!« befahl Menolly streng. »Ich habe nicht die Absicht, deine Eier zu stehlen. Ich versuche sie nur rechtzeitig in Sicherheit zu bringen. Das schaffe ich aber nicht, wenn ich mit jedem Ei einzeln nach oben turne, verstanden?«

Menolly wartete einen Moment lang und schaute die kleine Königin, die sie in Augenhöhe umflatterte, streng an.

»Begreifst du mich?« fuhr sie fort und wies auf die Brandung, die immer näher rückte. »Die Flut kommt herein. Nicht einmal Drachen können sie aufhalten.« Sie legte das nächste Ei in den Sack. Vermutlich mußte sie den schweren Aufstieg zwei- oder dreimal machen, um die Eier unterwegs nicht zu zerdrücken. »Ich bring den Sack nach oben«, erklärte sie und deutete zum Sims. »Versteh mich doch, du einfältiges kleines Ding!«

Offensichtlich begriff die Echsen-Königin den Sinn ihrer Worte, denn sie flog auf den Felsvorsprung und wartete dort mit halbgespreizten Schwingen.

Jetzt, da Menolly beide Hände frei hatte, konnte sie schneller klettern. Und sie schaffte es, die Eier aus dem Sack bis zum Höhleneingang zu rollen.

»So — jetzt laß dir von deinen Bronze-Echsn helfen. Ich brauche Platz für die nächste Ladung.«

Insgesamt erklomm Menolly den Sims dreimal; beim letzten Mal war das Wasser nur noch einen Fuß von der Nestmulde entfernt.

Die kleine Königin hatte ihre Bronzegefährten eingespannt, und man hörte sie irgendwo im Innern der Höhle schelten. Es schien sich um eine größere Kaverne zu handeln. Menolly erstaunte das nicht. Die meisten Hügel hier in der Gegend waren von Gängen und Höhlen durchzogen.

Sie warf einen letzten Blick nach unten. Das Wasser stand inzwischen knöcheltief in der ganzen Bucht. Dann musterte sie prüfend den Steilhang. Sie hatte etwa die Hälfte des Weges geschafft, und sie glaubte genug Vorsprünge zu erkennen, an denen sie sich hochziehen konnte.

»Lebt wohl!« Statt einer Antwort hörte sie das schrille Keifen der Königin, die ihre Bronze-Echsen zur Arbeit antrieb.

Menolly war völlig erschöpft, als sie endlich die Bruchkante des Hügels erreicht hatte. Sie ließ sich ins Gras fallen. Die linke Hand pochte von der ungewohnten Anstrengung. Eine Zeitlang blieb sie einfach liegen. Dann, als ihr Atem leichter ging und die Lungen nicht mehr so stachen, merkte sie, wie hungrig sie war. Der mitgebrachte Proviant hatte sich durch den Sturz und die

Kletterpartien in Krümel aufgelöst. Sie verschlang gierig selbst die kleinsten Brösel, die sie fand.

Unvermittelt kam ihr zu Bewußtsein, was für ein Abenteuer sie eben erlebt hatte, und sie war hin- und hergerissen zwischen Heiterkeit und Entsetzen. Noch einmal robbte sie vorsichtig an den Rand der Klippe und spähte in die Tiefe. Der Strand stand jetzt völlig unter Wasser. Die Sandkuhle, in der die Feuerechsen-Eier gelegen hatten, war verschwunden. Sobald das Wasser zurückfloß, erinnerte nichts mehr an das Geschehen. Selbst die zerbrochenen Eierschalen und Kadaver würde die Flut hinwegspülen, Menolly konnte den Sims erkennen, hinter dem sich die Höhle befand, aber von der goldenen Echse sah sie keine Spur mehr.

Sie fuhr sich mit der Hand über die Wange. Da war der blutverkrustete Riß, den ihr die kleine Königin mit ihren scharfen Klauen zugefügt hatte.

»Also ist es doch geschehen!«

Woher aber wußte die Echse, daß ich ihr helfen könnte? Nun, niemand hatte behauptet, daß die Feuer-Echsen keinen Verstand besaßen. Immerhin war es ihnen seit vielen Planeten-Drehungen gelungen, den Fallen der Menschen zu entgehen. Ja, sie versteckten sich so gut, daß die meisten Bewohner von Pern ihre Existenz anzweifelten und sie als Produkte kindlicher Phantasien abtaten.

Menolly war sich völlig sicher, daß die goldene Echse sie verstanden hatte. Wie sonst hätte Menolly ihr helfen können? Eine andere Frage schoß ihr durch den Kopf. Weshalb war das kleine Geschöpf mit seinen Eiern nicht einfach ins *Dazwischen* getaucht? Ach so, in den Balladen hieß es immer, daß im *Dazwischen* eisige Kälte herrschte. Und Kälte schadete den Eiern — zumindest Dracheneiern. Ob das Gelege in der kühlen Höhle sicher war? Hmmm. Menolly spähte in die Tiefe. Nun, wenn die Königin weiterhin soviel Vernunft bewies wie bisher, dann brachte sie ihr Gefolge dazu, die Eier mit der Körperwärme zu schützen, bis die Zeit zum Ausschlüpfen kam.

Menolly stülpte ihren Ledersack um, in der Hoffnung, noch ein paar Krümel zu finden. Ihr Hunger wollte nicht nachlassen. Sicher, im Marschland gab es genug Frühbeeren und saftige Sprossen, aber sie zögerte, den Hügel zu verlassen. Obwohl sie eigentlich selbst nicht so recht glaubte, daß die Königin noch einmal auftauchen würde. . . .

Nach langem Warten erhob sich Menolly. Sie war wie zerschlagen von der ungewohnten Anstrengung. Ihre Hand schmerzte dumpf, und die lange Narbe wirkte rot und geschwollen. Aber als Menolly die Finger bewegte, hatte sie das Gefühl, daß sie sich besser biegen und strecken ließen als zuvor. Ja — die Hand war längst nicht so stark gekrümmt wie sonst. Sie spürte zwar Schmerzen, aber das kam von der gedehnten Narbe. Die geliebte Gitarre fiel ihr ein, und in der Luft griff sie ein paar Akkorde. Wieder der Schmerz, der von der straff gespannten Haut herrührte. Wenn sie vielleicht öfter übte ... Bis jetzt hatte sie es ängstlich vermieden, die Hand zu beanspruchen. Aber heute, da ihre Gedanken mit anderen Dingen beschäftigt waren, hatte sie die Finger zum Klettern und Tragen und allem anderen benutzt.

»Siehst du, nun sind wir quitt, kleine Königin«, murmelte Menolly und schwenkte beide Arme in die Brise. »Siehst du? Meiner Hand geht es viel besser.«

Sie vernahm kein Antwortzirpen, nur das Rauschen der Brandung und das sanfte Fächeln des Windes, der vom Meer her wehte. Aber sie glaubte fest, daß die kleine Echse ihre Worte gehört hatte. Sie wandte sich landeinwärts, gutgelaunt und zufrieden mit der Arbeit, die sie geleistet hatte.

In aller Eile begann sie Beeren und Kräuter zu sammeln. Nach Spinnenklauen suchte sie gar nicht erst; das hatte bei dem Wasserhochstand wenig Sinn.

5

Oh, preist die starken Drachenschwingen,
Die Mut und neue Hoffnung bringen.

Wie gewöhnlich bemerkte keiner Menolly, als sie in die Burg zurückkehrte. Pflichtbewußt suchte sie den Hafenmeister auf und berichtete ihm über den Stand des Hochwassers.

»Du solltest nicht so weit fortlaufen«, meinte der Mann freundlich. »Wir rechnen jeden Tag mit Fädeneinfall. Was macht die Hand?«

Sie murmelte etwas, doch er hörte nicht mehr hin, denn ein Schiffsmeister rief nach ihm.

Das Abendessen wurde in aller Hast eingenommen, denn die Männer wollten noch in der Dockhöhle Wasserstand, Schiffe und Masten überprüfen. In dem Durcheinander kümmerte sich niemand um Menolly.

Sie suchte ihre Kammer auf, kroch ins Bett und ging im Geiste noch einmal die überwältigenden Erlebnisse des Vormittags durch. Sie war sicher, daß die Königin sie verstanden hatte. Genau wie die Drachen wußten die Feuer-Echsen, was im Kopf und im Herzen eines Menschen vorging. Deshalb verschwanden sie wohl auch so rasch, wenn die Jungen sie einzufangen versuchten. Und sie hatten Menollys Gesang gern gehört.

Aber konnten die Echsen wirklich die Gedanken der Menschen lesen, wenn sie sich immer von ihnen fernhielten? Natürlich, Drachen wußten, was ihre Reiter dachten, aber sie knüpften von Geburt an ein festes Band zueinander, das bis zum Tode nicht mehr zerriß. Wie also hatte die kleine Königin sie verstanden?

»Die Not weckt ungeahnte Kräfte!« Das hatte der alte Petiron immer gesagt.

Not?

Arme Königin! Sicher war sie verzweifelt gewesen, als sie erkannte, daß die Flut ihr Gelege überspülen würde. Wahrscheinlich hatte sie seit vielen Planetendrehungen ihre Eier stets an der gleichen Stelle gelegt. Wie lange lebten Feuer-Echsen eigentlich? Die Drachen wurden so alt wie ihre Reiter. Manchmal starben sie jung, besonders jetzt, im Kampf gegen die Sporen. War es möglich, daß die kleinen Echsen länger lebten, weil sie der Gefahr leichter entgehen konnten? Fragen über Fragen. Menolly beschloß, am nächsten Morgen noch einmal hinauszugehen zur Bucht, vielleicht mit ein wenig Futter. Sie konnte sich denken, daß Spinnenklauen auch für die Feuer-Echsen Leckerbissen waren; vielleicht gelang es ihr, das Vertrauen der Königin damit zu gewinnen. Oder sollte sie lieber ein paar Tage warten? Jetzt, da so häufig Fäden fielen, war es gefährlich, sich aus dem sicheren Umkreis der Burg zu entfernen.

Was würde geschehen, wenn die jungen Feuer-Echsen ausschlüpften? Ein herrlicher Anblick mußte das sein. Hah! Da redeten sämtliche Jungen der Burg davon, wie sie eine Echse fangen wollten, und dann blieb es ihr, Menolly vorbehalten, mit den Tierchen zu reden und ihre Eier zu retten. Wenn sie Glück hatte, konnte sie sogar das Ausschlüpfen beobachten. Das war bestimmt nicht weniger aufregend als eine Gegenüberstellung in einem der Weyr. Und nicht einmal Yanus hatte bis jetzt dieses große Ereignis miterlebt.

Irgendwann schlief Menolly doch ein.

Am nächsten Morgen stach und pochte ihre Hand, und sie fühlte sich ganz steif von dem Sturz und der Kletterei. Vor allem das Wetter vereitelte ihre Absicht, zurück zur Bucht der Drachen-Steine zu gehen. In der Nacht war ein Sturm aufgekommen, und hohe Wogen donnerten gegen die Kaimauern. Selbst in der Dockhöhle schäumte das Wasser, und der Wind blies so heftig, daß sogar der kurze Weg zwischen Hafen und Burg gefährlich war.

Die Männer versammelten sich vormittags im Großen Saal, um ihre Geräte auszubessern. Mavi holte das Weibervolk zusammen und ordnete einen gründlichen Hausputz an. Menolly und Sella wurden so oft nach neuen Leuchten losgeschickt, daß Sella am Ende zu maulen begann.

Menolly überprüfte schweigend die Lichtquellen in jedem einzelnen Raum. Arbeiten war besser als Nachdenken. An diesem Abend brachte sie es nicht fertig, der Zusammenkunft im Großen Saal zu entfliehen. Alle sehnten sich nach diesem langen Tag innerhalb der Burgmauern nach ein wenig Zerstreuung. Der Harfner würde sicher aufspielen. Menolly schloß einen Moment lang die Augen. Nun, es hatte keinen Sinn, vor den Problemen wegzulaufen. Irgendwann mußte sie wieder Musik hören. Und sie konnte wenigstens mit den anderen singen. Aber sie fand bald heraus, daß ihr selbst das verwehrt wurde. Mavi setzte sich neben sie, als der Harfner seine Gitarre stimmte. Und sobald er die Leute zum Singen aufforderte, kniff Mavi ihre Jüngste so kräftig, daß Menolly um ein Haar aufgeschrien hätte.

»Sing so leise, wie es sich für ein Mädchen deines Alters geziemt«, zischte sie. »Oder halt am besten ganz den Mund!«

Auf der anderen Seite des Saales sang Sella alles andere als schön und so laut, daß man sie bis nach Benden hören konnte. Aber als Menolly widersprechen wollte, kniff Mavi sie von neuem.

Also saß sie neben ihrer Mutter, stumm und zutiefst gekränkt, ohne auf die Musik zu achten. In ihr brannte nur der Gedanke, wie ungerecht, ja gemein Mavi sie behandelte.

War es nicht schlimm genug, daß sie nie mehr spielen konnte? Weshalb nahm man ihr nun auch noch die Freude am Gesang? Als der alte Petiron noch lebte, hatten alle sie zum Singen ermutigt. Alle hatten ihr begeistert zugehört und immer noch ein und noch ein Lied gefordert.

Dann sah Menolly, daß ihr Vater sie beobachtete. Seine Miene war düster, und seine Hand zuckte auf dem Tisch, aber nicht im Rhythmus der Musik, sondern aus innerer Erregung. Ihr *Vater* wollte also nicht, daß sie sang! Das war gemein. Das war so gemein! Offensichtlich wußten die anderen Bescheid. Sie waren froh gewesen, daß sie den Singabenden fernblieb! Sie wollten sie gar nicht in ihrer Mitte haben!

Sie riß sich von der harten Hand ihrer Mutter los, ohne ihre wütenden Blicke zu beachten, und stahl sich aus dem Saal. Wer sie gehen sah, dachte: Das arme Kind! Seit dem Unfall macht Musik sie traurig.

Menolly war sich im klaren darüber, daß Mavi später heraufstürmen und ihr eine Strafpredigt halten würde — auch wenn sie froh sein konnte, daß die Stimme ihrer Tochter nicht unangenehm aufgefallen war. So nahm sie ihr Bettzeug und eine Leuchte und ging in eine der unbenutzten inneren Kammern, wo keiner sie vermuten würde. Nach kurzem Überlegen kehrte sie noch einmal um und holte auch ihre Kleider. Falls der Sturm nachließ, wollte sie gleich in aller Frühe zu den Feuer-Echsen hinauswandern. *Die* mochten ihren Gesang. Die mochten *sie.*

Lang, ehe die anderen aufgestanden waren, hatte sie sich bereits erhoben. Sie trank einen Becher kalten Klah und aß ein

Stück Brot, dann steckte sie ein wenig Proviant ein und machte sich auf den Weg. Ihr Herz hämmerte laut, als sie die großen Metallflügel des Burgportals öffnete. Sie hatte bis zu diesem Moment nicht gewußt, wie schwer dieses Tor war. Und natürlich konnte sie es auch nicht mehr verriegeln — aber dazu bestand ja wohl auch keine Notwendigkeit.

Nebel kräuselte sich über dem stillen Hafenbecken. Der Eingang zur Dockhöhle war ein dunkles Loch in der grauen Masse. Aber die Sonne bahnte sich bereits einen Weg durch die Schwaden, und Menollys Wetterinstinkt sagte, daß es bald aufklaren würde.

Als sie die breite Burgstraße entlangschlenderte, teilte sich der Nebel zu ihren Füßen. Sie fand es schön, daß wenigstens etwas vor ihr nachgab — selbst wenn es so schwer greifbar wie dieser Dunst war. Menolly sah nicht weit, aber sie kannte jeden Stein entlang der Straße und bog bald darauf ab, um die Hügel zu erklimmen.

Sie wandte sich ein wenig landeinwärts, dem ersten der Sümpfe zu. Ein Becher Klah und ein Stück Brot, das reichte nicht, um einen Tag lang satt zu bleiben, und sie wußte, wo einige Moosbeeren-Sträucher mit reifen Früchten zu finden waren. Sie hatte den ersten Hügelkamm hinter sich, als unvermittelt der Nebel wich, und der Glanz der Frühlingssonne schmerzhaft hell das Land überflutete.

Sie fand die Moosbeerensträucher, aß eine Handvoll der saftigen Früchte und sammelte einen kleinen Vorrat für unterwegs.

Nun, da sie besser sehen konnte, wohin sie ging, lief sie zur Küste hinunter und suchte in einer kleinen Bucht Spinnenklauen. Ein leckeres Mitbringsel für die Echsenkönigin, dachte sie, während sie ihren Lederbeutel füllte. Oder konnten Feuer-Echsen auch im Nebel nach Beute Ausschau halten.

Menolly schleppte ihren Sack durch langgestreckte Täler und über Hügelrücken, und nach einer Weile verwünschte sie sich, weil sie mit dem Sammeln der Spinnenklauen nicht länger gewartet hatte. Sie fühlte sich matt und verschwitzt. Nun, da das prickelnde Gefühl von Trotz und Ungehorsam nachließ, empfand sie eine gewisse Niedergeschlagenheit. Auf der Burg bemerkte vermutlich kein Mensch, daß sie fortgegangen war. Und keinem würde in den Sinn kommen, daß sie das Eingangsportal offen gelassen hatte — ein schlimmer Verstoß gegen die Sicherheitsvorschriften der Burg. Menolly wußte nicht genau, warum — denn wer sollte schon in die Burg am Meer eindringen, wenn er dort nichts zu tun hatte? Wer würde den weiten, gefährlichen Weg durch die Sümpfe wagen? Wozu? Es gab noch mehr Vorsichtsmaßnahmen in der Halbkreis-Bucht, die ihr lächerlich erschienen. Weshalb mußte man Nacht für Nacht alle Türen verriegeln und offene Leuchten aus unbenutzten Räumen entfernen, wenn die Dinger in allen Korridoren brannten? Leuchten konnten kein Feuer entfachen, und wenn man einige mehr anließ, gab es dafür um so weniger blaue Flecken an den Schienbeinen.

Nein, vermutlich bemerkte keiner ihre Abwesenheit, außer es gab eine unangenehme oder langweilige Arbeit, die auch ein einhändiges Mädchen erledigen konnte. Und da man von ihr gewohnt war, daß sie tagsüber verschwand, würde man frühestens am Abend nach ihr suchen.

Erst bei diesen Gedankengängen kam ihr zu Bewußtsein, daß sie nicht die Absicht hatte, in die Burg zurückzukehren. Erschrocken über ihren eigenen Mut, blieb sie unvermittelt stehen. Nie mehr zur Burg zurückkehren? Nie mehr all die gräßlichen, monotonen Arbeiten verrichten? Nie mehr Fische ausnehmen, salzen, säuern, räuchern? Nie mehr Netze, Segel, Kleider flicken? Nie mehr Kräuter, Beeren, Gräser, Spinnenklauen sammeln? Nie wieder alte Onkel und Tanten versorgen, Geschirr spülen, am Webstuhl sitzen? Singen, lachen, schreien und spielen, wann immer sie Lust dazu hatte? Schlafen ... oh, wo sollte sie schlafen? Und wo würde sie sich bei Fädeneinfall verkriechen?

Menolly stapfte langsam durch die Sanddünen, aufgewühlt von ihren rebellischen Gedanken. Nachts mußte einfach jeder zurück in die Burg? Seit sieben Planetendrehungen regnete es Sporen, und keiner wagte sich weit von seinem Unterschlupf weg. Sie erinnerte sich vage an ihre Kindheit, an Händler-Karawanen, die vom Frühling bis zum Herbst durch das Marschland zogen. Das waren bessere Zeiten gewesen, mit viel Musik und manchem Fest. Damals hatte man das Burgportal noch nicht verrammelt. Sie seufzte ... Die guten alten Zeiten, von denen Onkelchen und die zänkischen Tanten immer erzählten. Aber mit dem Fädeneinfall hatte sich alles verändert — zum Schlechten. Zumindest gewann man diesen Eindruck aus den Reden der Erwachsenen.

Eine seltsame Stille, ein vages Unbehagen, ließ Menolly aufmerksam umherschauen. Ganz sicher war zu so früher Stunde niemand außer ihr unterwegs. Sie warf einen prüfenden Blick zum Himmel. Der Nebel entlang der Küste löste sich rasch auf. Sie sah, wie die Schwaden nach Norden und Westen zogen. Im Osten strahlte die Morgensonne, und nur weit im Nordosten erkannte man einen Streifen Grau — die letzte Spur des Frühnebels. Dennoch beunruhigte etwas Menolly. Sie kam nicht dahinter, was es war.

Sie befand sich inzwischen in einem Sumpftal nahe der Drachen-Steine; von hier aus stieg das Land sanft zu den Küstenklippen an. Als sie das Marschland durchquerte, wußte sie mit einemmal, was sie störte: die Stille. All die winzigen Insekten, die sonst geschäftig umhersummten, und die Wildwhere, die durch das Gras raschelten — sie schwiegen. Jene tausend kleinen Aktivitäten, die begannen, sobald die Sonne aufging, und andauerten bis zum Abend — sie ruhten.

Es war, als hielte jedes Lebewesen den Atem an. Unbewußt lief Menolly schneller. Und sie schaute immer wieder über die rechte Schulter, zu jenem Streifen Grau am nordöstlichen Horizont . . .

Grau? Oder Silber?

Furcht stieg in Menolly auf, Furcht und das Wissen, daß sie zu weit von der Sicherheit der Burg entfernt war. Das schwere Metalltor, das sie so nachlässig offen gelassen hatte, würde bald fest verriegelt sein und sie aussperren — sie und die Sporen. Und selbst wenn die anderen merkten, daß sie nicht rechtzeitig heimgekehrt war — keiner würde es wagen, sie zu holen.

Sie begann zu rennen, und der Instinkt führte sie zur Klippe, ehe sie sich bewußt an den Felsvorsprung erinnerte. Ob sie ins Meer tauchen sollte? Fäden ertranken im Wasser. Aber auch sie würde ertrinken, wenn sie den Vorbeizug der Sporen unter Wasser abwartete? Wie lange mochte es dauern, bis die Fäden die Küste erreichten? Sie hatte keine Ahnung.

Sie stand jetzt am Hügelkamm und schaute hinunter auf den Strand. Sie konnte den Vorsprung ein Stück zur Rechten sehen. Da war auch die Kante, die unter ihrem Gewicht nachgegeben hatte. So kam sie natürlich am schnellsten in die Tiefe, aber sie wollte das Risiko kein zweites Mal eingehen.

Sie spähte über die Schulter. Das Grau breitete sich am Horizont aus. Nun konnte sie Blitze erkennen, welche die düstere

Wand durchzuckten. Blitze? Drachen! Sie sah Drachen im Kampf gegen die Fäden! Ihr Feueratem versengte das gefürchtete Zeug mitten in der Luft. Aber sie waren so weit entfernt, daß sie eher an verirrte Sterne als an Drachen erinnerten.

Vielleicht kam die Sporenfront gar nicht bis hierher? Vielleicht befand sie sich in Sicherheit. »Verlaß dich nie auf ein Vielleicht!« pflegte Mavi zu sagen.

In die Stille drang unvermittelt ein seltsamer Laut: ein leises, rhythmisches Summen, das aus dem Boden zu dringen schien.

Sie legte sich flach hin und preßte ein Ohr gegen den blanken Fels. Der Laut kam in der Tat aus dem Erdinnern.

Natürlich! Der Hügel war ausgehöhlt ... deshalb hatte auch die Echsen-Königin ...

Auf Händen und Knien kroch Menolly an den Klippenrand und erspähte in halber Höhe den Felsensims mit dem Höhleneingang.

Sie hatte dieses Loch schon einmal vergrößert. Vielleicht ließ es sich so erweitern, daß sie ins Innere der Höhle gelangen konnte. Sicher nahm die kleine Königin sie gastfreundlich auf; sie hatte ihr immerhin das Gelege gerettet.

Menolly schlang den mit Spinnenklauen gefüllten Beutel über die Schulter, umklammerte mit beiden Händen ein paar Grasbüschel, die fest genug verwurzelt schienen, und ließ sich mit den Beinen voraus langsam in die Tiefe. Ihre Zehen tasteten nach einer Stütze im Fels; einmal rutschte sie ab, aber sie fing sich wieder. Sie preßte das Gesicht gegen den kühlen Stein und atmete tief durch. Auch hier vernahm sie das dumpfe Summen, und irgendwie verlieh es ihr Kraft und Mut. Der Laut hatte etwas Erregendes an sich.

Es war reiner Zufall, daß sie schließlich auf dem Felsensims unterhalb des Höhleneingangs landete. Während der Kletterpartie hatte sie nämlich kaum nach unten geschaut — aus Angst, der Anblick könnte sie schwindlig machen. Nun zitterte sie so sehr, daß sie eine Weile rasten mußte.

Das Summen drang eindeutig aus der Höhle der Königin. Der Eingang war breit genug, daß sie den Kopf durchbrachte, aber nicht die Schultern. Sie buddelte mit den Händen an den Rändern, bis ihr das Gürtelmesser einfiel. Damit lockerte sie einen großen Brocken; Geröll rieselte auf sie herab. Sie spuckte Sand und rieb sich den Staub aus den Augen. Als sie jedoch weitermachen wollte, erkannte sie, daß ihr jetzt blanker Fels den Weg versperrte.

Egal, wie sie sich drehte und schlängelte, sie brachte die Schultern nicht durch das Loch. Entschlossen kratzte Menolly mit ihrem Messer weiter, aber die Klinge glitt an dem harten Gestein wirkungslos ab.

Wieviel Zeit blieb ihr noch, bis zur Bucht abzusteigen, ehe die Fäden auf ihren ungeschützten Körper niederregneten?

Körper? Auch wenn sie mit den Schultern nicht an diesem Felsknubbel vorbeikam . . .

Sie drehte sich vorsichtig um. Füße, Beine, Hüften — bis hin zu den Schultern verschwand sie in dem Tunnel. Ihr Kopf wurde, wenn auch nur notdürftig, von den überhängenden Felsen geschützt.

Konnten Sporen erkennen, wohin sie fielen? Stürzten sie sich gezielt auf Menschen? In diesem Moment erspähte Menolly die Schlaufe ihres Lederbeutels, den sie auf dem Sims vergessen hatte.

Sie zog sich weit aus dem Loch und spähte zum Himmel. Von den Silberfäden war nichts zu sehen. Nur das Summen in der Tiefe der Felsenhöhle verstärkte sich. Das hatte doch nichts mit dem Sporeneinfall zu tun, oder?

Der Beutel hatte sich in dem Gestein verheddert, und sie ruckte heftig an der Schlaufe, um ihn freizubekommen. Im nächsten Moment brach der Felsensims unter ihren Hüften, sie schlug mit dem Hinterkopf gegen die obere Höhlenkante — und rutschte ins Berginnere.

Sie landete in einer weiten, tiefen Höhle, umklammerte den Beutel mit den Spinnenklauen und schaute sich erschrocken um.

Das Summen klang ganz nah. Menolly wirbelte herum.

Feuer-Echsen kauerten auf Felsvorsprüngen und starrten angespannt zu dem Gelege auf dem sandigen Boden der Höhle. Das Summen drang aus den Kehlen der kleinen Geschöpfe, und sie waren so mit den Eiern beschäftigt, daß sie ihren ungebetenen Gast gar nicht zu bemerken schienen.

Eben als Menolly zu Bewußtsein kam, daß sie der Schlüpfzeremonie beiwohnte, begann das erste Ei zu schaukeln, und Risse zeigten sich in der Schale.

Es rollte von dem kleinen Eierhügel herunter, zerbrach — und ins Freie schlüpfte ein winziges Geschöpf, kaum größer als

Menolly. Seine Haut schimmerte bräunlich, der Kopf pendelte hin und her, und dann stieß das Kleine ein klägliches Hungergeschrei aus. Mit ein paar unsicheren Schritten stolperte es zum Eingang. Die transparenten Flügel spreizten sich, flappten unbeholfen.

Die anderen Echsen summten, ermutigten das Junge zum Flug. Mit einem zornigen Schrei lief es ins Freie. Menolly keuchte, als die winzige braune Echse wie ein Stein in die Tiefe plumpste. Doch kurz ehe sie den Boden erreichte, spannte sie die Schwingen aus und flatterte über das Wasser.

Neues Hungergeschrei lenkte ihre Aufmerksamkeit zurück in die Höhle. Einige Grüne und Blaue waren geschlüpft, dazu zwei weitere Braune und eine Bronze-Echse. Sie drängten an ihr vorbei zum Höhleneingang. Und dann, als sie zusah, wie der kleine Blaue startete, stieß Menolly einen Schrei aus. Kaum hatte das winzige Tierchen die Sicherheit der Klippe verlassen, da zuckte einer der dünnen, schlangenförmigen Silberfäden nieder. Im nächsten Moment war der Blaue umhüllt von den tödlichen Schlingen. Er wimmerte einmal kläglich und war dann verschwunden. Tot? Oder im *Dazwischen?* Ganz sicherlich schwer verwundet.

Wieder taumelten zwei kleine Echsen an Menolly vorbei, und jetzt erst handelte sie.

»Nein! Nein! Ihr dürft nicht ins Freie! Das wäre euer Tod!« Sie warf sich den kleinen Geschöpfen in den Weg.

Wütend stießen die Echsen nach ihrem ungeschützten Gesicht, und als sie instinktiv einen Arm vor die Augen hielt, entwichen sie. Die Schmerzensschreie, die sie gleich darauf vernahm, gingen ihr durch und durch.

»Laßt sie doch nicht fortfliegen!« flehte sie die großen Echsen an, die auf den Felsvorsprüngen saßen und summten. »Ihr seid älter! Ihr wißt, was Fäden bedeuten. Sagt ihnen, daß sie hier bleiben müssen.« Sie lief geduckt bis zur kleinen Königin.

»Bring du ihnen bei, daß sie nicht ins Freie dürfen! Draußen fallen Fäden. Das ist ihr Tod!«

Die Königin schaute sie an, und ihre Facettenaugen schienen zu kreisen. Sie zeterte kurz, dann begann sie wieder zu summen: das nächste Junge spreizte die Schwingen und taumelte dem sicheren Tod entgegen.

»Bitte, kleine Königin! Tu etwas! Halte sie auf!«

Ihre anfängliche Freude, daß sie dem Ritual des Schlüpfens beiwohnen durfte, verwandelte sich in blankes Entsetzen. Drachen mußten geschützt werden, weil sie Pern schützten. In ihrer Angst und Verwirrung machte Menolly keinen Unterschied zwischen Feuer-Echsen und den gigantischen Drachen.

Verzweifelt lief sie zurück zum Höhleneingang und versuchte die jungen Echsen zurückzuscheuchen, wehrte sie mit ihrem ganzen Körper ab. Hungergefühle übermannten sie, ein Hunger, der ihr den Magen zusammenpreßte und Krämpfe hervorrief. Es dauerte einen Moment, bis ihr dämmerte, daß die Triebkraft dieser kleinen Geschöpfe Hunger war — daß der Hunger sie hinausjagte in die Gefahr. Sie mußten etwas fressen. Ihr fiel ein, daß auch Drachen gleich nach dem Schlüpfen Nahrung suchten, daß sie von den Teilnehmern der Gegenüberstellung gefüttert wurden.

Menolly riß ihren Lederbeutel auf. Mit einer Hand zerrte sie eine Feuer-Echse vom Eingang zurück, mit der anderen holte sie eine Spinnenklaue aus dem Sack. Die kleine Bronze-Echse kreischte einmal, dann tötete sie ihre Beute mit einem gezielten Biß hinter dem Auge, zerrte sie in einen Winkel und verschlang sie.

Menolly griff sich aufs Geratewohl das nächste Tier aus dem Getümmel und hielt zu ihrem Erstaunen eine winzige Königin in der Hand. Sie holte zwei Spinnenklauen hervor, legte sie in eine Ecke der Höhle und setzte die neugeborene Gold-Echse davor. Dann aber merkte sie, daß sie nicht alle ausgeschlüpften Jungen auf diese Weise abfertigen konnte; kurzentschlossen stülpte sie den Lederbeutel um und schüttete die Spinnenklauen auf den Boden.

Winzige Feuer-Echsen stürzten sich auf die Leckerbissen. Menolly fing zwei weitere Tierchen ein, ehe sie zum Ausgang gelangten, und setzte sie zu ihren Gefährten. Sie war so beschäftigt, alle Kleinen zu versorgen, daß sie erst nach einiger Zeit das leise Zupfen an ihrer Schulter bemerkte. Überrascht schaute sie auf und sah, daß sich die kleine Bronze-Echse an ihrem Kittel festklammerte. Ihre runden Augen kreisten, und sie hatte immer noch Hunger. Menolly hob eine Spinnenklaue auf, die noch keinen Besitzer gefunden hatte, und setzte das Tierchen wieder in seine Ecke. Dann versorgte sie auch die kleine Königin ein zweites Mal mit Futter.

Kaum eine der jungen Echsen verließ die Höhle, und es dauerte nicht lange, bis die hungrigen Tiere den Riesenvorrat an Spinnenklauen verspeist hatten. Die armen Dinger hüpften kreischend umher und pickten selbst die kleinsten Fleischfasern von den Schalen. Aber sie blieben in der Höhle, und nun fingen die älteren Echsen an, sie zu beruhigen und zu streicheln.

Völlig erschöpft lehnte sich Menolly gegen die Höhlenwand und betrachtete das hektische Geflatter. Wenigstens waren die Tiere nicht umgekommen. Sie warf einen vorsichtigen Blick ins Freie. Nirgends fielen Fäden. Auch der graue Nebel am Horizont hatte sich aufgelöst. Der Sporenregen war vorbei.

Und keinen Augenblick zu früh, denn wieder erreichten sie die Hungergefühle der kleinen Echsen-Schar. Und sie brachten ihr zu Bewußtsein, daß sie selbst einen völlig leeren Magen hatte.

Die kleine Königin — die Königinmutter, um es genau zu sagen — begann durch die Höhle zu schwirren und erteilte keifende Befehle an ihr Gefolge. Dann schoß sie ins Freie, umringt von den erwachsenen Tieren. Die Jungen flatterten mit ungeübten Schwingenschlägen hinterher. Sekunden später war Menolly allein in der Höhle. Nur die Schalen der Spinnenklauen zeugten vom Heißhunger der Feuer-Echsen.

Erst nach geraumer Zeit fiel Menolly das Stück Brot ein, das sie am Morgen in ihre Tasche gesteckt hatte. Mit einem Seufzer holte sie es hervor und aß es bis zum letzten Krümel.

Dann suchte sie sich eine Mulde im Sand, wickelte sich in den leeren Ledersack und schlief ein.

6

Herr der Burg, versenge alles Grün,
Soll das Leben ringsum blüh'n.

Der Fädeneinfall war längst vorüber, und die Flammenwerfer-Trupps befanden sich wieder in der Sicherheit der Burg, ehe man Menolly vermißte. Sella bemerkte ihr Fehlen zuerst, denn sie hatte keine Lust, Onkelchen zu versorgen. Dem alten Mann ging es sehr schlecht, und jemand mußte an seinem Bett wachen.

»Das ist doch ohnehin das einzige, wozu sie noch taugt«, sagte Sella zu Mavi und zog den Kopf ein, als die Mutter ihr einen zornerfüllten Blick zuwarf. »Ist doch wahr«, maulte sie trotzig. »Die steife Hand dient ihr als Ausrede, den ganzen Tag im Freien rumzustrolchen und uns die schwere Arbeit zu überlassen.«

»Halt den Mund! Ich habe genug echte Probleme um die Ohren«, entgegnete Mavi. »Ausgerechnet heute, bei Fädeneinfall, läßt jemand das Eingangsportal zur Burg offen . . .« Mavi schauderte bei dem Gedanken, daß die gräßlichen Sporen ins Innere der Burg hätten eindringen können. »Such jetzt Menolly und sag ihr, was sie zu tun hat, wenn der alte Mann wieder einen Anfall erleidet.«

Es dauerte fast eine Stunde, bis Sella herausgefunden hatte, daß sich Menolly weder in der Burg noch in der Dockhöhle aufhielt. Sie war auch nicht mit den Flammenwerfer-Trupps draußen gewesen. Überhaupt — kein Mensch erinnerte sich, sie irgendwann im Laufe des Tages gesehen zu haben.

»Sie wird doch nicht wie sonst zum Kräutersammeln gegangen sein?« jammerte eine der alten Tanten ängstlich. »Die Warnung vor den Sporen kam schon beim Frühstück. Aber da fällt mir ein — heute morgen war sie nicht in der Küche. Sie ist immer so hilfsbereit mit uns alten Leutchen, trotz ihrer kaputten Hand, das arme Ding.«

Anfangs war Sella schlicht wütend. Das sah Menolly ähnlich — fehlte immer dann, wenn man sie dringend brauchte. Mavi war einfach zu nachsichtig mit dem Kind. Nun, wenn sie am Morgen nicht in der Burg gewesen war, dann hatten die Fäden sie im Freien erwischt. Geschah ihr ganz recht.

Dann kamen Sella die ersten Zweifel. Und sie spürte, wie Angst in ihr aufkeimte. Wenn Menolly während des Fädeneinfalls draußen gewesen war ... würde man dann ... überhaupt noch etwas ... von ihr finden?

Übelkeit erfaßte sie. Sella schluckte und suchte ihren Bruder Alemi auf, der die Flammenwerfer-Trupps beaufsichtigt hatte.

»Alemi — dir ist nichts — Ungewöhnliches aufgefallen, als du draußen warst?«

»Was meinst du mit *ungewöhnlich*?«

»Na ja, Überreste und so ...«

»Überreste wovon? Ich habe jetzt keine Zeit für Rätsel, Sella.«

»Ich meine, wenn die Fäden einen Menschen im Freien erwischen — würde dann etwas von ihm übrigbleiben?«

»Was redest du da für ein Zeug?«

»Menolly ist nirgends in der Burg zu finden. Auch in der Dockhöhle hat man sie nicht gesehen. Und sie war nicht bei den Suchtrupps ...«

Alemi zog die Stirn kraus. »Stimmt, das ist mir auch aufgefallen. Aber ich dachte, Mavi würde sie im Haushalt brauchen.«

»Da haben wir es! Und keine der alten Tanten scheint ihr heute morgen begegnet zu sein. *Und* das Burgtor stand offen!«

»Du glaubst, daß Menolly schon in aller Frühe fortgegangen ist?« Alemi erkannte, daß ein hochgewachsenes, kräftiges Mädchen wie Menolly ohne weiteres die schweren Bolzen öffnen konnte.

»Du weißt doch, wie sie seit diesem Unfall ist — verdrückt sich, wo immer sie eine Gelegenheit findet.«

Alemi wußte das sehr gut, denn er hatte seine schlaksige Schwester gern, und ihm fehlte vor allem ihr Gesang. Es störte ihn, wie die Eltern sie behandelten. Und er fand es auch nicht richtig, daß Yanus dem Harfner verschwieg, wer die Kinder unterrichtet hatte.

»Nun?« Sellas Frage unterbrach abrupt seine Gedankengänge.

»Ich habe nichts Ungewöhnliches gesehen.«

»Gäbe es denn Spuren — ich meine, wenn die Fäden sie wirklich erwischt hätten?«

Alemi warf Sella einen scharfen Blick zu. Das klang ja, als sei es ihr gleichgültig, wenn Menolly nicht mehr zurückkam.

»Nein, das wohl nicht. Aber den Geschwadern von Benden sind keine Fäden entwischt.«

Damit drehte er sich auf dem Absatz herum und ließ Sella einfach stehen. Sie starrte ihm mit offenem Mund nach. Seine

Worte waren merkwürdigerweise kein Trost für sie. Aber es bereitete ihr Genugtuung, Mavi zu melden, daß Menolly nirgends zu finden war. Sie ließ auch keinen Zweifel daran, wer ihrer Meinung nach das Burgtor offen gelassen hatte.

»Menolly?« Mavi teilte der Köchin Salz und Würzkraut zu, als Sella ihr die Neuigkeit brachte. »Menolly?«

»Ganz recht — Menolly. Sie ist fort. Verschwunden. Sie hat das Portal offen gelassen. Bei Fädeneinfall!«

»Als Yanus das offene Tor entdeckte, hatte der Sporenregen noch nicht eingesetzt«, widersprach Mavi mechanisch. Sie schauderte bei dem Gedanken, daß irgend jemand — und sei es selbst eine widerspenstige Tochter — in den silbernen Regen geraten sein könnte.

»Alemi sagte, daß den Drachen keine Fäden entgangen seien, aber wie kann er das so sicher wissen?«

Mavi schwieg und drehte an der Kurbel der Gewürzmühle. »Ich werde Yanus Bescheid sagen. Und ein paar Worte mit Alemi reden. Du kümmerst dich jetzt um Onkelchen.«

»Ich?«

»Nun, warum nicht? Es ist eine Arbeit, die weder unter deiner Würde liegt, noch deine Fähigkeiten übersteigt.«

Yanus blieb eine Weile stumm, als er von Menollys Verschwinden hörte. Er haßte es, wenn jemand gegen seine strengen Vorschriften verstieß. Und er hatte den ganzen Tag darüber nachgegrübelt, wer das Portal geöffnet haben mochte. Es war nicht gut, wenn ein Fischer-Baron den Kopf nicht bei der Arbeit hatte. So fühlte er sich erleichtert, daß dieses Rätsel gelöst war; andererseits empfand er Ärger und Sorge wegen des Mädchens. Einfach verrückt, die Burg schon so früh zu verlassen! Aber sie hatte seit jener Tracht Prügel gebockt. Und Mavi hatte sie offenbar doch nicht genug beschäftigt, um sie von ihrer Musik abzulenken.

»Soviel ich hörte, sind die Küstenklippen von Höhlen durchzogen«, sagte Elgion. »Vielleicht hat das Mädchen in einer davon Schutz gefunden.«

»Ja, das ist möglich«, erwiderte Mavi rasch, dankbar für den Hoffnungsschimmer. »Menolly kennt die Küste ganz genau. Sie hat jeden Winkel durchstreift.«

»Dann kommt sie sicher zurück, sobald sie den ersten Schock wegen des Fädeneinfalls überwunden hat«, erklärte Yanus.

»Doch, sie kommt zurück.« Yanus klammerte sich an diese Theorie und wandte sich dann wichtigeren Geschäften zu.

»Es ist ja Frühling«, murmelte Mavi, mehr zu sich selbst als zu den anderen. Nur dem Harfner fiel ihr besorgter Tonfall auf.

Zwei Tage später war Menolly immer noch nicht daheim, und man unterrichtete alle Bewohner der Halbkreis-Bucht von ihrem Verschwinden. Keiner erinnerte sich, sie am Tag des Fädeneinfalls gesehen zu haben. Die Kinder, die zum Sammeln von Beeren und Spinnenklauen ausgeschickt wurden, entdeckten keine Spur von ihr. Auch die Höhlen, die sie kannten, waren leer.

»Es hat wenig Sinn, eine Suche zu organisieren«, meinte einer der Schiffsmeister. Er fand, daß der Fang vorging. Was sollte man Zeit wegen eines Mädchens vertrödeln — besonders wegen eines Mädchens mit einer verkrüppelten Hand? »Entweder sie befindet sich in Sicherheit und will nicht heimkommen, oder . . .«

»Sie könnte verletzt sein«, warf Alemi ein. »Von Fäden verwundet — ein Bein gebrochen . . .«

»Wer hat ihr denn erlaubt, die Burg zu verlassen, ohne jemand Nachricht zu geben?« Der Schiffsmeister schielte zu Mavi hinüber, in der Hoffnung, sie habe den leisen Vorwurf nicht auf sich bezogen.

»Sie war es gewohnt, in aller Frühe aufzustehen und Kräuter zu sammeln«, entgegnete Alemi. Wenn keiner sonst Menolly verteidigte, mußte er es tun.

»Trug sie ein Gürtelmesser? Oder irgendeine Schnalle aus Metall?« fragte Elgion. »Fäden lassen Metall nämlich unberührt.«

»Ja — diese Spuren müßten bleiben«, meinte Yanus.

»*Wenn* die Sporen sie überhaupt erwischt haben«, sagte der Schiffsmeister finster. Er neigte eher zu der Ansicht, daß sie in ihrer Panik über die Klippen oder in einen Felsriß gestürzt war. »Ihr Leichnam müßte wohl irgendwo bei den Drachen-Steinen angespült werden. Die Strömung trägt eine Menge Strandgut in diese Gegend.«

Mavi stieß einen Laut aus, der wie Schluchzen klang.

»Ich kenne das Mädchen nicht«, sagte Elgion rasch, als er den Kummer der Burgherrin sah. »Aber wenn sie viel im Freien umherstreifte, dann kannte sie das Land sicher zu gut, um an den Klippen zu verunglücken.«

»Der Fädeneinfall bringt selbst vernünftige Leute um den Verstand ...«, widersprach der Schiffsmeister.

»Menolly *war* vernünftig«, fauchte Alemi mit solcher Heftigkeit, daß alle erstaunt aufschauten. »Und sie kannte die Lehrballaden besser als die Erwachsenen. Sie wußte sicher genau, wie sie sich bei einem Sporenregen zu verhalten hatte.«

»Du hast recht, Alemi«, erklärte Yanus ruhig und stand auf. »Wenn sie gekonnt und gewollt hätte, wäre sie zurückgekommen. Ich werde den Befehl erteilen, daß alle, die sich ins Freie begeben, nach ihr Ausschau halten — an Land und auf See. Mehr kann ich als Burgherr unter den gegebenen Umständen nicht tun. Wir laufen mit der Flut aus.«

Elgion hatte zwar nicht erwartet, daß der Fischer-Baron eine umfangreiche Suche nach einem vermißten Mädchen einleiten würde, aber der harte Beschluß überraschte ihn doch. Mavi nahm ihn ruhig hin, fast als sei sie froh, daß ihr jemand diese Entscheidung abgenommen hatte. Und der Schiffsmeister zeigte sich erfreut über die Gerechtigkeit des Burgherrn. Nur Alemi verriet Ärger. Der Harfner hielt den jungen Mann unauffällig zurück, als die anderen den Raum verließen.

»Ich habe genug Freizeit. Wo soll ich mit der Suche beginnen?«

Hoffnung flammte in Alemis Blick auf, doch im nächsten Moment wirkte er verschlossen.

»Ich würde sagen, es ist besser, wenn Menolly da bleibt, wo sie sich gerade befindet ...«

»Auch wenn sie tot ist — oder verletzt?«

»Auch dann.« Alemi seufzte tief. »Und ich wünsche ihr Glück und ein langes Leben.«

»Dann glaubst du, daß sie noch lebt und absichtlich nicht zurückkehrt?«

Alemi warf dem Harfner einen ruhigen Blick zu. »Ja. Und ich glaube weiter, daß sie glücklicher ist als irgendwo in der Burg.« Damit ging der junge Baron fort und überließ den Harfner seinen Betrachtungen.

Elgion war nicht gerade unglücklich in der Burg am Meer. Aber der Meister-Harfner hatte recht behalten, als er seinem jungen Gesellen erklärte, er werde sich in manchen Dingen umstellen müssen. Ein so abgelegener Ort förderte starre, altmodische Ansichten, hatte Robinton erklärt. Elgion war dies als Herausforderung erschienen. Nun jedoch überlegte er, ob er seine Kräfte nicht überschätzt hatte. Es war ihm nicht gelungen, den Fischer-Baron und seine Leute zu einer Suchaktion zu bewegen — zu einer Suchaktion nach der Tochter des Burgherrn!

Dann, als Elgion sich noch einmal die Gespräche in Erinnerung rief, erkannte er, daß diese Menolly wohl eine Art Problemkind war — und das hatte offensichtlich nichts mit ihrer verkrüppelten Hand zu tun. So sehr er sich den Kopf zerbrach, Elgion konnte sich nicht entsinnen, die Kleine je gesehen zu haben, obwohl er jedes Mitglied des Haushalts zu kennen glaubte. Er hatte sich lange mit der Familie befaßt, mit den Kindern im Kleinen Saal, mit den Fischern, mit den alten Leutchen, die sich nach den Plagen des Lebens die wohlverdiente Ruhe gönnten.

Er versuchte sich zu erinnern, wann er einem Mädchen mit einer verletzten Hand begegnet war, und sah flüchtig das Bild einer hochgeschossenen, schmalen Gestalt vor sich, die eines Abends, während er spielte, aus dem Saal gelaufen war. Er hatte damals ihr Gesicht nicht beobachten können, aber er würde die gebeugte, schlaksige Gestalt wiedererkennen.

Leider war die Halbkreis-Bucht so abgelegen, daß man Nachrichten nicht einmal durch Trommeln verbreiten konnte. Nun, wenn er die Signalflagge hißte, brachte vielleicht ein Drachenreiter die Botschaft zum Benden-Weyr. Die Patrouille-Reiter konnten nach dem Mädchen Ausschau halten und die anderen Burgen jenseits der Sümpfe verständigen. Elgion glaubte zwar nicht, daß sich Menolly in einer Zeit der unberechenbaren Sporeneinfälle so weit von der Halbkreis-Bucht entfernt hatte — aber er wollte nichts unversucht lassen.

Niedergeschlagenheit erfaßte ihn. Er hatte auch nichts unversucht gelassen, um den Namen jenes unbekannten jungen Barden zu erfahren — ohne Erfolg. Dabei drängte der Meister-Harfner, den Jungen in seine Gilde aufzunehmen und zu erziehen. Begabte Liederschreiber waren eine Seltenheit. Man mußte solche Talente unter allen Umständen fördern.

Inzwischen glaubte Elgion zu wissen, weshalb der alte Harfner den Namen des Jungen mit keiner Silbe erwähnt hatte. Der Burgherr dachte nur an seine Flotte; jeder Mann, jede Frau und jedes Kind seines Haushalts hatten einen festen Platz und eine feste Aufgabe im Fischereibetrieb. Sie waren alle hervorragend ausgebildet. Yanus wäre sicher nicht erfreut gewesen, wenn einer der Halbwüchsigen, anstatt kräftig mit anzupacken, seine Zeit mit

Musik verplempert hätte. Es gab in der Tat nicht einen einzigen, der Elgion abends beim Musizieren helfen konnte. Ein Junge besaß ein gewisses Rhythmusgefühl, und der Harfner hatte begonnen, ihn an den Trommeln auszubilden, aber die Mehrzahl seiner Schüler hatte plumpe Finger. Oh, sie kannten ihre Lehrballaden auswendig — aber sie blieben passiv. Kein Wunder, daß Petiron so von dem begabten Kind geschwärmt hatte. Und schade, daß der alte Mann gestorben war, ehe er Robintons Botschaft erhielt. Auf diese Weise hätte der Junge erfahren, daß man in der Harfner-Gilde sehnsüchtig auf ihn wartete.

Elgion sah die Flotte auslaufen. Er trommelte die Kinder zusammen, ließ sich in der Küche von einer der alten Frauen Fleisch und Brote mitgeben und zog dann mit seiner Schar los, angeblich, um Gräser und Kräuter zu sammeln.

Die Halbwüchsigen kannten den Harfner inzwischen gut vom Unterricht, aber sie blieben scheu und hielten einen respektvollen Abstand ein. Als er sie dann bat, unterwegs nach Menollys Gürtelmesser oder sonstigen Habseligkeiten Ausschau zu halten, vertiefte sich die Kluft noch mehr. Sie schienen zu zögern und gaben keine vernünftigen Antworten auf die Frage, in welcher Gegend die Suche am ehesten Erfolg haben könnte. So erklärte ihnen Elgion, daß Yanus selbst angeordnet habe, jeder, der die Burg verließ, solle nach dem vermißten Mädchen suchen. Allerdings gelang es ihm kaum, das Vertrauen der Kinder wiederzugewinnen.

Er kehrte mit seinen Schützlingen in die Burg zurück, beladen mit Beeren, Gräsern und auch einigen Spinnenklauen. Die einzige Information, die er im Laufe des ganzen Vormittags erhalten hatte, war, daß Menolly jeden Fleck kannte, an dem es Spinnenklauen gab. Wie sich herausstellte, mußte der Harfner die Signalflagge nicht mehr hissen. Schon am nächsten Tag landete ein Geschwaderführer mit seinem Bronzetier am Strand der Halbkreis-Bucht, begrüßte Yanus liebenswürdig und fragte, ob er ein paar Worte mit dem Harfner wechseln könne.

»Sie sind sicher Elgion«, sagte der junge Mann und winkte ihm zur Begrüßung. »Ich heiße N'ton, und das hier ist Lioth. Ich hörte, daß Sie sich allmählich eingewöhnen.«

»Was kann ich für Sie tun, N'ton?« fragte Elgion und ging mit dem Bronzereiter den Strand entlang, bis sie außer Hörweite waren.

»Sie haben von den Feuer-Echsen gehört?«

Elgion starrte N'ton einen Moment lang überrascht an und lachte dann. »Dieses alte Ammenmärchen?«

»Kein Ammenmärchen, mein Freund«, erklärte N'ton. In seinen Augen blitzte der Schalk, aber seine Stimme klang völlig ernst.

»Nein?«

»Ganz und gar nicht. Wissen Sie, ob die Jungen hier entlang der Küste welche gesehen haben? Die Echsen graben ihre Gelege gern in den warmen Sand. Und wir sind hinter ihren Eiern her.«

»Wirklich? Also, die Kinder haben nichts beobachtet, aber der Sohn des Burgherrn, ein nüchterner, fast erwachsener Bursche, erzählte einmal, er habe Feuer-Echsen nahe der Drachen-Steine entdeckt.« Elgion deutete die Küste entlang. »Kein Mensch glaubte ihm das.«

»Ich werde mich einmal dort umsehen.« N'ton machte eine Pause. »Sehen Sie, Canths Reiter F'nor war auf dem Südkontinent, um sich von seinen Verletzungen zu erholen. Er fand dort eine Feuerechsen-Königin — und entwickelte die gleiche enge Bindung zu ihr wie zu einem richtigen Drachen . . .«

»Was? Ich dachte . . .«

»Feuer-Echsen sehen aus wie Miniatur-Drachen.«

»Aber das würde bedeuten . . .« Elgion hob hilflos die Schultern und sprach den Satz nicht zu Ende.

»Genau, Harfner«, sagte N'ton mit einem breiten Lachen. »Und nun brennt jeder darauf, eine Feuer-Echse zu besitzen. Ich kann mir nicht vorstellen, daß Baron Yanus seine Zeit und Energie damit vergeuden würde, nach Feuerechsen-Gelegen zu suchen. Aber falls man hier in der Gegend wirklich solche Tiere beobachtet hat, dann könnte sich auf jedem Sandstrand ein Gelege verbergen.«

»Das Hochwasser in diesem Frühjahr hat die meisten kleinen Buchten überspült.«

»Ein Jammer. Aber vielleicht können Sie die Kinder zu einer Suche überreden. Ich glaube, die machen sicher begeistert mit.«

»Allerdings.« Und Elgion kam zu Bewußtsein, daß N'ton, obwohl er heute einen Drachen ritt, in seinem Innern die gleichen Kindheitsträume bewahrt hatte, die er selbst hegte. »Was sollen wir tun, wenn wir ein Gelege finden?«

»*Falls* Sie eines finden«, erklärte N'ton, »hissen Sie die Signal-

flagge, und der Patrouille-Reiter gibt uns Bescheid. Wenn die Flut das Nest zu überspülen droht, legen Sie die Eier entweder in heißen Sand oder in vorgewärmte Felle.«

»Und man kann die kleinen Tiere beim Ausschlüpfen an sich binden . . .?«

»Würde mich für Sie freuen, Harfner, wenn Sie dieses Glück hätten. Man muß die eben ausgeschlüpften Jungen füttern — mit irgend etwas — und dabei liebevoll auf sie eingehen. Aber was rede ich lange? Sicher waren Sie schon bei einer Gegenüberstellung. Das gleiche Prinzip.«

»Feuer-Echsen . . .« Elgion war begeistert von der Aussicht.

»Schnappen Sie mir nicht alle weg, Harfner! Ich hätte auch gern eines der Kleinen.«

»Reicht Ihnen Ihr Drache nicht?«

»Oh, die Echsen lassen sich in keiner Weise mit Lioth und seiner Intelligenz vergleichen. Sie sind eher etwas zum Spielen.« N'ton nickte seinem Bronzedrachen zu, der eine Wange im Sand rieb. Als er sich wieder Elgion zuwandte, sah der Drachenreiter hinter der Kaimauer eine Gruppe von Kindern, die wie gebannt zu Lioth hinüberstarrten. »Ich schätze, Sie bekommen genug Helfer, Harfner.«

»Wenn wir schon beim Thema Helfen sind, Geschwaderführer — ein junges Mädchen aus der Burg wird vermißt. Sie ging am Morgen des Fädeneinfalls ins Freie und kam nicht mehr zurück.«

N'ton stieß einen leisen Pfiff aus und nickte mitfühlend. »Ich werde den Patrouillereitern Bescheid sagen. Wenn die Kleine intelligent ist, hat sie vermutlich Unterschlupf in den Klippen gefunden. Diese Felsen sind überall von Höhlen durchzogen. In welchem Gebiet hat man denn nach ihr gesucht?«

»Darum geht es ja gerade. Kein Mensch hier hält es für nötig, sich um die Sache zu kümmern.«

N'ton runzelte die Stirn und warf einen Blick zu Yanus hinüber, der ein Stück entfernt stand. »Wie alt war das Mädchen?«

»Ehrlich gestanden, ich weiß es nicht. Die jüngste Tochter des Burgherrn, wenn ich mich nicht täusche.«

N'ton schüttelte entrüstet den Kopf. »Es gibt doch noch andere Dinge im Leben als prall gefüllte Netze!«

»Das möchte man meinen.«

»Nicht so bitter, mein junger Freund. Ich werde dafür sorgen, daß man Sie zur nächsten Gegenüberstellung nach Benden einlädt.«

»Das wäre ein Lichtblick.«

»Kann ich mir vorstellen.« N'ton winkte ihm kurz zu, bestieg seinen Bronzedrachen und schwang sich in die Lüfte. Als er fort war, fühlte Elgion sich leichter. Und die Aussicht, wenigstens für kurze Zeit der Eintönigkeit der Burg zu entrinnen, besserte seine Laune ganz erheblich.

7

Wer will,
Vermag.
Wer wagt,
Gewinnt.
Wer liebt,
Lebt.

Es dauerte vier Tage, bis Menolly die richtigen Steine zum Funkenschlagen gefunden hatte. In der Zwischenzeit sammelte sie einen schönen Vorrat an dürrem Strauchwerk und getrocknetem Tang und baute eine Feuerstelle an der Seite der Höhle, wo sich ein natürlicher Rauchabzug befand. Sie schlief auf duftendem Heu, das sie aus Marschgräsern bereitet hatte, und deckte sich mit dem aufgetrennten Ledersack zu. Diese Decke war nicht lang genug, außer sie rollte sich zusammen, aber die Feuer-Echsen schliefen bei ihr, und ihre Körperwärme glich den Mangel aus. So hatte sie es nachts einigermaßen bequem.

Mit Feuer wurde alles noch viel bequemer. Sie fand einige Bäume mit Klahrinde, und obwohl das Gebräu, das sie daraus bereitete, bitter schmeckte — es gab ihr neue Energie. Dann wanderte sie zu den Lehmgruben der Halbkreis-Bucht und holte sich genug Ton, um einige Tassen, Teller und Vorratskrüge zu formen, die sie in der Asche des Feuers brannte. Und sie benutzte einen ausgehöhlten porösen Stein in Kesselform zum Wasserkochen.

Fisch gab es genug in Reichweite, so daß sie nicht schlechter, vielleicht sogar besser aß als in der Burg. Lediglich das Brot fehlte ihr anfangs sehr.

Sie legte sogar einen Pfad die Klippe hinunter an: mit Hilfe von Steinen hämmerte sie Fußleisten in den Fels und brachte Holzgriffe an, die ihr den Auf- und Abstieg erleichterten.

Und sie hatte Gesellschaft. Neun Feuer-Echsen umlagerten sie von früh bis spät.

Am Morgen nach den hektischen Ereignissen war Menolly erschrocken hochgefahren, weil sie das Gewicht und die Wärme fremder Körper um sich spürte. Sobald die kleinen Echsen erkannten, daß sie wach war, sandten sie ihr Hungersignale entgegen, aber auch Liebe und Zärtlichkeit. Aufgescheucht von der

Not der Kleinen war sie über die gefährliche Klippe in die Tiefe geklettert und hatte Fingerschwänze in den seichten Watt-Tümpeln gesucht. Das Sammeln von Felswürmern bereitete ihr mehr Schwierigkeiten, aber nachdem sie ihren Schützlingen gezeigt hatte, in welchen Nischen die Insekten hausten, war es für die Echsen mit ihren langen, beweglichen Zungen ein Leichtes, die Beute aus ihren Schlupfwinkeln zu holen. Nach der Fütterung war Menolly zu erschöpft gewesen, um Feuersteine zu suchen; sie hatte einen Plattfisch kurzerhand roh verspeist. Dann war sie mit den Feuer-Echsen zurück in die Höhle gekrochen und sofort wieder eingeschlafen.

Der Hunger der kleinen Tiere trieb Menolly zu Anstrengungen, die sie für sich selbst nie unternommen hätte. Aber auf diese Weise fand sie wenigstens keine Zeit, über sich und ihre Lage nachzusinnen. Ihre Freunde wollten gefüttert, getröstet, unterhalten werden. Obendrein mußte sie für sich selbst sorgen. Zu ihrem eigenen Staunen war sie viel selbständiger, als sie geglaubt hatte. Und sie begann manches in Zweifel zu ziehen, was sie auf der Burg gelernt hatte.

Da war einmal das Dogma, daß jeder, der im Freien von Fäden überrascht wurde, sterben mußte. Keiner schien daran zu denken, daß die Drachenreiter ja einen Großteil der Sporen vernichteten, ehe die Knäuel den Boden erreichten — obwohl das der Sinn und Zweck der Drachen war. Man hatte starre Denkschemata entwickelt, von denen man nicht mehr loskam: Wer bei Fädeneinfall kein Dach über dem Kopf hatte, war dem Tod geweiht — basta!

Wäre sie allein gewesen, so hätte Menolly trotz ihrer wachsenden Selbständigkeit das Abenteuer wohl bedauert und sich nach einigen Tagen zurück zur Burg begeben. Die Nähe und die Zuneigung der Feuer-Echsen schenkten ihr den Mut zum Ausharren. Und die Tiere mochten ihre Musik.

Es war überhaupt nichts dabei, eine Rohrflöte zu schneiden. Menolly ging einen Schritt weiter. Sie verband fünf dieser kleinen Flöten, so daß sie mehrstimmig spielen konnte. Die Feuer-Echsen bewunderten ihre Melodien und wiegten die schmalen Köpfe im Takt mit. Wenn sie sang, summten sie leise, anfangs einfach so, später dann, als sie ein besseres Gehör entwickelten, wie ein regelrechter kleiner Chor. Belustigt trug Menolly all die Lehrballaden vor, besonders jene, die von Drachen handelten.

Die Feuer-Echsen verstanden vielleicht weniger als kleine Kinder, aber sie reagierten mit Geschrei und Flügelschlagen auf die Drachenballaden, als wüßten sie genau, daß Menolly von ihren großen Verwandten sang.

Für Menolly gab es gar keinen Zweifel, daß die liebenswerten kleinen Geschöpfe mit den Riesendrachen verwandt waren. Auf welche Weise, das wußte sie allerdings nicht, und es war ihr im Grunde auch gleichgültig. Fest stand jedoch, daß sie die gleichen Reaktionen zeigten wie Drachen, wenn man sie gemäß den Weyr-Regeln behandelte. Menolly ihrerseits wurde empfänglich für die Stimmungen und Gefühle der Tiere und versuchte darauf einzugehen, so gut sie konnte.

Sie wuchsen rasch in jenen ersten Tagen. So rasch, daß Menolly alle Hände voll zu tun hatte, all die hungrigen Schnäbel satt zu bekommen. Von den übrigen Jungechsen, die sie nach dem Ausschlüpfen nicht selbst gefüttert hatte, sah sie kaum etwas. Nur gelegentlich tauchten ein paar kleinere Tiere auf, wenn der ganze Schwarm bei Ebbe nach Felswürmern suchte. Aber die ältere Königin und ihr Bronzegefährte kreisten oft in der Nähe und beobachteten ihre Schar. Die Königin keifte manchmal auf Menolly ein oder schalt ihre junge Nachfolgerin. Hin und wieder packte sie sogar eines der Kleinen und schüttelte es tüchtig durch. Weshalb, das konnte Menolly nie herausfinden, aber die Jungen schienen sich dem Gezänk der Königin ohne weiteres zu fügen.

Manchmal bot Menolly auch den fremden Tieren ein paar Brocken an, aber sie nahmen das Futter nur, wenn sie selbst nicht in der Nähe war. Sie empfand das nicht weiter schlimm. Die neun Echsen, die mit ihr in der Höhle lebten, machten Arbeit genug.

Als sie erstmals merkte, daß ihre kleine Königin eine stumpfe, rissige Haut bekam, überlegte Menolly krampfhaft, woher sie Öl bekommen könnte. Öl, das würden die Tiere alle brauchen, denn Risse in der Haut konnten tödlich sein, wenn sie bei Gefahr ins *Dazwischen* gingen.

Die nächstliegende »Ölquelle« war wohl das Meer. Aber sie hatte kein Boot, um die tranreichen Tiefseefische zu fangen. So suchte sie entlang der Küste, bis sie einen toten Stachelschwanz fand, den die Flut in der Nacht angespült hatte. Sie öffnete den Kadaver — wobei sie genau darauf achtete, daß sie das Messer stets weg vom Körper führte — und preßte die glitschige Flüssigkeit in eine Tonschale. Nicht gerade eine angenehme Arbeit — und als sie fertig war, hatte sie kaum eine Tasse voll gelbes Öl. Die kleine Königin roch wie ein ranziger Fisch, aber das Öl überdeckte wenigstens die rissigen Hautstellen. Der Gerechtigkeit halber schmierte Menolly auch die anderen Echsen mit dem Zeug ein.

Der Gestank in der Höhle war in dieser Nacht kaum zu ertragen, und ehe sie einschlief, dachte sie lange nach, wie sie diesem Mißstand in Zukunft abhelfen könnte. Am Morgen hatte sie einen Entschluß gefaßt: sie wollte den Tran mit bestimmten aromatischen Gräsern aus dem Marschland versetzen. Es gab keine Möglichkeit, an das klare, duftende Öl der Burg heranzukommen; das stammte von Nerat und wurde aus einer Frucht gepreßt, die nur in den heißen Regenwäldern gedieh. Und die ölhaltigen Samenkörner der Küstensträucher ließen sich frühestens im Herbst verarbeiten.

Bei Sonnenaufgang machte sich Menolly auf den Weg nach Süden und landeinwärts, in ein Gebiet, das die Bewohner der Halbkreis-Bucht selten aufsuchten, da es zu weit entfernt von der Burg lag. Die kleinen Echsen bildeten eine geflügelte Eskorte.

Menolly wechselte zwischen schnellen Wanderschritten und einem lockeren Lauf. Sie hatte sich vorgenommen, weiterzugehen, bis die Sonne am höchsten Punkt stand, und dann umzukehren; sie wollte nicht riskieren, daß die Dunkelheit hereinbrach, ehe sie den Schutz der Höhle erreicht hatte.

Die Feuer-Echsen hatten sichtlich Spaß an dem Abenteuer. Sie schossen umher, bis Menolly sie ermahnte, ihre Kräfte nicht so zu verschwenden. Hier in den Niederungen fand sie höchstens Beeren und die ersten sauren Pflaumen, und davon bekam sie die hungrige Meute kaum satt. Von da an hingen ihr meist einige der Echsen auf der Schulter oder in den Haaren, bis Menolly ihr Ziepen zuviel wurde und sie alle fortscheuchte.

Bald war sie in völlig unbekanntem Gelände und bewegte sich langsamer, um nicht etwa in ein Sumpfloch zu schlittern. Gegen Mittag war sie weit in das Marschland vorgedrungen und sammelte Beeren für sich, ihre Freunde und ihren Vorratskorb. Sie hatte auch schon einige der aromatischen Gräser gefunden, aber die Menge reichte längst nicht mehr für ihre Zwecke. So beschloß Menolly, in einem weiten Bogen zu ihrer Klippe zurückzukehren, und suchte eben nach dem günstigsten Weg, als sie in der Ferne die Schreie vernahm.

Die kleine Königin hörte sie auch, denn sie flatterte auf Menollys Schulter und gab ihren aufgeregten Kommentar ab.

Menolly befahl ihr, still zu sein, damit sie hören konnte, woher die Laute kamen, und zu ihrer Verblüffung schwieg die goldene Echse sofort. Auch die anderen verhielten sich ruhig und schienen angespannt zu warten. Menolly erkannte das Angstgeschrei eines wilden Wher.

Sie erklomm eine Hügelkuppe und schaute hinunter in die nächste Moorniederung. Das Tier war mit den Beinen und einem Teil des Körpers im trügerischen Treibsand versackt und schlug aufgeregt mit den Flügeln, ohne sich jedoch aus seiner mißlichen Lage befreien zu können.

Ungeachtet der Feuer-Echsen, die in dem Wher einen Feind erkannten und zu zetern begannen, zog Menolly ihr Messer und rannte los. Der große Vogel hatte Beeren von den Sträuchern am Rande des Schwimmsands gefressen und war wohl aus Unachtsamkeit in den Trichter geschlittert. Menolly schlich vorsichtig näher und prüfte bei jedem Schritt, ob sie noch auf festem Grund stand. Dann hielt sie sich an einem Strauch fest und stieß ihr Messer bis ans Heft in den Nacken des Whers.

Ein schrilles Kreischen, und gleich darauf ließ das Tier die Flügel schlaff herunterhängen.

Menolly nahm ihren Gürtel ab und machte eine Schlinge daraus, die sie über den Kopf des rasch versinkenden Tieres streifte. Dann begann sie es langsam zu sich heranzuziehen.

Der Wher würde sie und ihre Schar nicht nur mit Fleisch versorgen; die dicke Fettschicht unter der zähen Haut eignete sich besser als jeder Fischtran zum Einreiben der kleinen Echsen.

Wieder schien die Gold-Echse zu Menollys großem Staunen Situation genau zu begreifen. Sie grub ihre winzigen Klauen in einen Flügel des Whers und zerrte ihn aus dem Sand. Ein schrilles Zirpen, und im nächsten Moment packten auch die anderen Tiere mit an.

Es dauerte eine Weile, aber mit gemeinsamen Kräften hievten sie den Wher schließlich auf festen Boden.

Den Rest des Tages verwendete Menolly dazu, den Kadaver zu häuten und auszunehmen. Die Feuer-Echsen tranken begeistert das warme Blut und fielen über die Innereien her. Der Anblick weckte anfangs Ekel in Menolly, aber sie nahm sich zusammen und achtete nicht weiter auf die Gefräßigkeit, mit der ihre sonst so sanften Gefährten die Beute verschlangen.

Sie hoffte nur, daß der Genuß von rohem Fleisch die Echsen nicht blutrünstig machen würde — aber die Drachen verwandelten sich ja auch nicht in wilde Bestien, obwohl man ihnen Herdentiere vorwarf. Zumindest hatten sich ihre Schützlinge an diesem Tag richtig satt gefressen.

Der Wher war ein Prachtexemplar gewesen. Sicher stammte er aus den fruchtbaren Gebieten um Nerat, denn seine Fettschicht wies eine beträchtliche Dicke auf. Er konnte kein Vogel aus dem Norden sein. Menolly schnitt das Fleisch in Stücke und wickelte es in die Haut; am Ende hatte sie einen schweren Packen heimzuschleppen, und die übrig gebliebenen Knochen waren keineswegs blank. Nur schade, daß sie der älteren Königin nicht sagen konnte, wo die Beute lag.

Sie bastelte gerade eine Tragschlaufe aus ihrem Gürtel, als es über ihr mit einem Mal von Feuer-Echsen wimmelte. Mit Begeisterungsschreien stürzten sich die alte Königin und ihre Bronze-Gefährten über die Knochen. Menolly wich hastig zurück, ehe die Tiere auf den Gedanken kamen, ihr den Fleischvorrat zu entreißen.

Auf dem langen, ermüdenden Heimweg hatte sie genug Zeit, über das plötzliche Erscheinen der Tiere nachzusinnen. Offenbar fing die kleine Königin ihre Gedanken auf, ebenso wie die anderen Echsen, die sie großgezogen hatte. Aber — hatte die kleine Gold-Echse ihre Mutter gerufen? Oder besaß sie selbst soviel Ausstrahlung, daß die alte Königin sie empfangen konnte?

Ihre Schar zeigte keine Lust, bei den anderen zu bleiben, sondern leistete ihr auf dem Rücken Gesellschaft. Es war längst dunkel, als Menolly ihre Höhle erreichte. Nur das Mondlicht und die Vertrautheit mit den Klippen halfen ihr, den steilen Weg in die Tiefe zu finden. Das Feuer war zu einer trüben Glut heruntergebrannt, die sie mit viel Mühe wieder anfachte. Menolly war so erschöpft, daß sie nur noch ein Stück Wher-Fleisch in große Blätter wickelte und in den heißen Sand neben der Feuerstelle schob. Dann fiel sie auf ihr Lager und schlief ein.

Während der nächsten Tage ließ sie das Fett aus; und sie bedauerte mehr als einmal, daß sie nicht einen einzigen richtigen

Kochtopf besaß. Sie warf aromatische Gräser in das heiße Fett und goß die Mixtur zum Abkühlen in Tongefäße. Das Wherfleisch schmeckte ein wenig nach Fisch, was darauf schließen ließ, daß der Vogel sich eher an der Küste als im Landesinnern oder in den Bergen herumgetrieben hatte. Aber das erstarrte Fett roch angenehm nach Kräutern. Obwohl das den Feuer-Echsen sicher egal war . . .

Sie liebten es, lang ausgestreckt dazuliegen und sich die weiche Bauchhaut einfetten zu lassen. Sie summten wohlig dazu und rieben ihre kleinen, dreieckigen Köpfe dankbar an Menollys Finger.

Allmählich entdeckte sie, daß jeder ihrer Schützlinge einen eigenen Charakter besaß. Die kleine Königin war genau, wie sie sein sollte — überall vorn dran, diktatorisch und streng wie eine Burgherrin. Aber sie hörte auf Menolly. Und sie gehorchte auch der älteren Königin. Ihre Gefährten allerdings zankte sie tüchtig aus, wenn einer es wagte, sich ihr zu widersetzen.

Der Schwarm bestand aus zwei Bronze-Echsen, drei Braunen, einem Blauen und zwei Grünen. Der Blaue tat Menolly ein wenig leid; die anderen hackten ständig an ihm herum oder ließen ihn einfach links liegen. Besonders die beiden Grünen quälten ihn. So nannte sie den Blauen Onkelchen und die Grünen Tantchen Eins und Tantchen Zwei. Und die beiden Bronze-Echsen, die besonders geschickt im Watt und an den Klippen nach Felswürmern und Fingerschwänzen jagten, bekamen die Namen Rocky und Taucher. Die Braunen sahen einander so ähnlich, daß sie lange Zeit namenlos blieben. Erst allmählich fand Menolly heraus, daß der Größte von ihnen vor sich hindöste, wann immer er Gelegenheit dazu fand: deshalb hieß er Faulpelz. Der zweite bekam den Namen Spiegel, weil er gern die Gesten der anderen nachäffte, und den dritten taufte sie ganz einfach Brownie.

Für die kleine Königin gab es nur einen treffenden Namen — Prinzessin. Das eitle kleine Tier putzte sich den ganzen Tag und erbettelte sich sogar häufiger als die anderen ein Ölbad.

Anfangs redete Menolly mit den Tieren nur, um ihre eigene Stimme zu hören. Später schienen sie dann zu verstehen, was sie ihnen erzählte. Und sie wurden es nie müde, ihrem Gesang oder Flötenspiel zuzuhören, ja, sie summten manche Melodien sogar mit.

8

Gleitet, taucht,
Feuer haucht.
Dazwischen fliegt,
Die Kälte siegt.
Weicht aus, greift an,
Tier und Mann.
Drachenreiter müssen streiten,
Wenn Silberfäden vom Himmel gleiten.

Ein Unfall führte dazu, daß Alemi mit dem Harfner zu den Drachen-Steinen segelte, um dort nach den legendären Feuer-Echsen Ausschau zu halten. An einem stürmischen Tag nicht lange nach dem Besuch von N'ton hatte sich der junge Baron ein Bein gebrochen, als ein schwerer Brecher das Deck überspülte und ihn gegen das Steuerhaus seines Schiffes schleuderte. Yanus schimpfte, daß so etwas einem erfahrenen Seemann nicht zustoßen dürfe, aber er beruhigte sich, als Mavi meinte, nun könne man endlich herausfinden, ob Alemis Obermaat auch in der Lage sei, das Kommando zu führen. Er war nämlich als Kapitän des neuen Bootes vorgesehen, das die Leute in der Dockhöhle bauten.

Alemi versuchte die Sache leicht zu nehmen, aber nachdem er vier Tage im Bett gelegen hatte und die Schwellung zurückging, langweilte er sich gräßlich. Er plagte Mavi so lange, bis sie ihm vor der vereinbarten Zeit eine Krücke aushändigte und erklärte, wenn er sich unbedingt den Hals brechen wolle, so sei das seine Sache.

Alemi dachte nicht daran, der Aufforderung nachzukommen. Er mied die engen, dunklen Innenstiegen und humpelte vor allem durch die geräumigen, ebenen Außenbezirke der Burg. Nun besaß er zwar eine gewisse Mobilität, aber da die Flotte ausgelaufen war, konnte er wenig tun. Angelockt von Kinderstimmen, die eine neue Ballade einübten, blieb er am Eingang zum Kleinen Saal stehen. Der Harfner nickte ihm zu und winkte ihn herein. Wenn es die Kleinen wunderte, in ihrem Chor plötzlich einen Bariton zu hören, so besaßen sie doch soviel Respekt vor Elgion, daß sie sich nur verstohlen umdrehten und gleich darauf weitersangen.

Alemi machte der Unterricht Spaß, weil er merkte, daß er die Worte und den Rhythmus noch genauso traf wie früher. Er bedauerte es fast, als der Harfner die Kinder entließ.

»Was macht das Bein, Alemi?« fragte Elgion, nachdem sich der Raum geleert hatte.

»Nun, in Zukunft werde ich auch eine Narbe haben, die mir jeden Wetterwechsel rechtzeitig ankündigt.«

»War das der Grund für deinen Leichtsinn? Soviel ich hörte, wolltest du Tilsit eine Chance am Ruder geben.«

Alemi lachte trocken. »Ach wo. Aber ich hatte seit dem letzten langen Sturm keinen freien Tag mehr. Eine schöne Ballade übrigens, die Sie den Kindern beibringen.«

»Und eine schöne Stimme, die uns eben begleitet hat. Warum singst du nicht öfter mit? Ich dachte schon, der Seewind hier draußen verdammt euch alle zum Krächzen, wenn ihr erst mal älter als zwölf Planetendrehungen seid.«

»Ha, da hätten Sie meine Schwe . . .« Alemi biß sich auf die Lippen, wurde rot und begann zu stammeln.

»Ah, das erinnert mich an etwas. Ich war so frei und habe Lioths Reiter N'ton gebeten, im Benden-Weyr die Kunde von ihrem Verschwinden zu verbreiten. Vielleicht lebt sie noch.«

Alemi nickte langsam.

»Ihr Küstenbewohner verblüfft mich immer wieder«, begann Elgion in dem Wunsch, von dem schmerzlichen Thema abzulenken. Er ging an das Regal mit den Wachstafeln und holte zwei davon aus dem Stapel. »Diese Dinger hier scheinen von dem Pflegesohn zu stammen, der nach Elgions Tod den Unterricht abhielt. Die übrigen Tafeln weisen die altmodischen Schriftzeichen des Harfners auf. Aber die hier . . . Ein Junge, der so etwas kann, gehört unbedingt in die Harfner-Gilde. Du weißt auch nicht, wer dieser Bursche ist, oder?«

Alemi fühlte sich hin- und hergerissen zwischen Geschwisterliebe und seiner Pflicht der Burg gegenüber. Aber Menolly war nicht mehr in der Halbkreis-Bucht, und der gesunde Menschenverstand sagte Alemi, daß sie tot sein mußte, wenn sie bis jetzt nicht einmal die Patrouille-Reiter entdeckt hatten. Außerdem war sie nur ein Mädchen — was nützte es also, wenn ihre Lieder dem Harfner gefielen? Und Alemi zögerte, seinen Vater als Lügner bloßzustellen. So antwortete er nach einer kleinen Pause wahrheitsgemäß, daß er »den Burschen« nicht kenne.

Elgion schlug die Wachstafeln in Schutzhüllen und seufzte. »Nun, ich werde sie auf alle Fälle zur Gildehalle schicken. Robinton will sie sicher verbreiten.«

»Der Meister-Harfner? Sind sie so gut?« Alemi war verblüfft und bedauerte es nun doppelt, daß er die Lüge aufrechterhalten mußte.

»Sie sind großartig. Vielleicht meldet sich der Junge von selbst, wenn er sie hört — da du ganz offenkundig aus irgendeinem Grund seinen Namen nicht verraten willst.« Er lachte über die Reaktion des jungen Barons. »Ich bin doch nicht blind, Mann! Irgendwie scheint dieser Pflegling Schande über die Halbkreis-Bucht gebracht zu haben. Das kommt vor, und jeder vernünftige Harfner bringt Verständnis dafür auf. Die Ehre der Burg — und so fort. Keine Angst, ich komme nicht mehr darauf zu sprechen. Er wird schon auftauchen, wenn er seine eigene Musik hört.«

Sie sprachen dann von anderen Dingen, bis die Flotte einlief — zwei etwa Gleichaltrige völlig unterschiedlicher Herkunft und Erziehung: der eine erfüllt von brennender Sehnsucht nach der Welt jenseits der Meeres-Bucht, der andere weitgereist und durchaus gewillt, seine Fragen zu beantworten. Elgion empfand echte Erleichterung, daß Alemi nichts von der Sturheit und Engstirnigkeit des alten Barons besaß, und er begann zu hoffen, daß es ihm nach und nach doch noch gelingen könnte, den Plan des Meister-Harfners durchzuführen und das Verständnis der Küstenbewohner über die Grenzen ihrer Bucht auszuweiten.

Alemi kam am nächsten Tag wieder, als die Kinder gegangen waren, und stellte weitere Fragen. Irgendwann unterbrach er sich erschrocken, weil ihm zu Bewußtsein kam, daß er die kostbare Zeit des Harfners verschwendete.

»Ich schlage dir ein Geschäft vor, Alemi. Ich bringe dir alles bei, was du wissen willst, und du weist mich dafür in die Kunst des Segelns ein.«

»Segeln?«

Elgion lachte. »Ganz recht, denn davon verstehe ich weniger als der kleinste meiner Schüler. Meine Berufsehre steht auf dem Spiel. Schließlich verlangt man von einem Harfner, daß er alles weiß.

Mag sein, daß ich mich täusche, aber ich glaube kaum, daß du zwei gesunde Beine brauchst, um eines dieser kleinen Boote zu segeln, mit denen hier die Kinder herumschippern.«

Alemis Züge hellten sich auf, und er klopfte dem Harfner begeistert auf die Schulter.

»Ganz sicher nicht. Los, raus aufs Wasser, Mann!«

Und Alemi schleppte den Harfner auf der Stelle zur Dockhöhle, um ihm die Grundbegriffe des Segelns beizubringen. Auf seinem Gebiet war der junge Baron ein ebenso guter Lehrmeister wie der Harfner; und nach der ersten Lektion konnte Elgion bereits selbständig durch die Hafenbucht kreuzen. Allerdings herrschte ideales Segelwetter und genau der richtige Wind, wie Alemi immer wieder betonte.

»Und das trifft nicht oft zusammen, was?« fragte Elgion.

Alemi lachte. »Dagegen hilft nur eines — üben!«

So bahnte sich durch den Austausch von Wissen eine enge Freundschaft zwischen den beiden jungen Männern an, und sie verbrachten viel Zeit miteinander. Noch am ersten Tag drang der Harfner darauf, daß Alemi ihn duzte, und dabei blieb es. Sie hatten eine Menge Gesprächsstoff, aber Elgion zögerte, die Rede auf die Feuer-Echsen zu bringen; er verschwieg auch, daß er vom Weyr den Auftrag bekommen hatte, nach den kleinen Geschöpfen Ausschau zu halten. Er hatte auf eigene Faust entlang der Küste gesucht, so weit er zu Fuß vordringen konnte. Allerdings gab es einige Buchten, die sich nur vom Meer aus erreichen ließen. Jetzt, da Alemi ihm das Segeln beibrachte, hoffte er, in Kürze auch zu diesen unerforschten Stränden vorzustoßen. Elgion wußte mit Sicherheit, daß Yanus eine Suche nach Feuer-Echsen als Unfug abtun würde, und er wollte den jungen Baron nicht in Schwierigkeiten bringen. Alemi hatte genug auszuhalten, weil er beim Fischfang fehlte.

An einem hellen, sonnigen Morgen beschloß Elgion, seinen Plan in die Tat umzusetzen. Er gab den Kindern schon am frühen Vormittag frei, suchte Alemi auf und meinte, die See sei wohl rauh genug für eine längere Kreuzfahrt. Alemi blinzelte zum Himmel hinauf und entgegnete, am Nachmittag werde sie glatt wie ein Badetümpel sein, aber die Übung könne wohl nicht schaden.

Elgion bettelte der Küchenaufsicht ein Paket Gewürzkuchen und ein paar Fischbrote ab, und die beiden Männer brachen auf. Alemi hatte sich zwar an seine Krücke gewöhnt und kam recht geschickt vom Fleck, aber auf dem Wasser fühlte er sich doch am wohlsten.

Jenseits der schützenden Palisaden warfen Strömung und Brise das leichte Boot hin und her. Der Harfner hatte alle Mühe, den von Alemi festgesetzten Kurs einzuhalten. Der junge Baron bemerkte als erster, daß der Wind nachließ, aber es zeugte von seiner Qualität als Lehrer, daß Elgion den Wechsel kurz darauf selbst erkannte.

»Eine Flaute, was?«

Alemi nickte und schob seine Mütze leicht ins Genick. Sie fuhren weiter, bis der Wind nur noch schwach gegen das Segel fächelte und sie mehr von der Strömung als von der Brise vorangetrieben wurden.

»Ich habe Hunger«, erklärte Alemi, als an der Leeseite die violetten Zacken der Drachen-Steine auftauchten.

Elgion löste die Leine, und Alemi holte mit geübtem Griff das Segel herunter. Dann band der Harfner auf Geheiß von Alemi das Ruder so fest, daß die Strömung sie langsam die Küste entlangtrieb.

»Ich weiß nicht, warum«, meinte Alemi und biß kräftig in sein Brot, »aber auf See schmeckt das Essen immer doppelt so gut.«

Elgion nickte mit vollem Mund. Auch sein Appetit war übermächtig.

»Dabei kriege ich selten Gelegenheit dazu«, fügte Alemi hinzu. Er umfaßte mit einer weiten Geste das blaue Meer, die Küste und das schaukelnde Boot. »So faul wie im Moment war ich seit meiner Kindheit nicht mehr.« Er streckte sich, schnitt eine Grimasse, als er einen Schmerz im Bein spürte, und griff in ein kleines Fach, das in die Seitenwand des Bootes eingearbeitet war. »Dachte ich es mir doch!« Mit einem Grinsen hielt er zwei Angelruten samt Köder hoch.

»Du kannst wohl nie entspannen?«

»Damit Yanus mir Vorträge über meine Unproduktivität hält?« Alemi bereitete eine Rute geschickt vor und drückte die andere Elgion in die Hand. »Hier, versuch mal! Oder glaubst du, daß Robinton etwas dagegen hat, wenn seine Harfner in ein fremdes Handwerk hineinschnuppern?«

»Bestimmt nicht. Der Meister-Harfner sagt immer: Je vielseitiger einer ist, desto besser.«

Alemi nickte, den Blick aufs Wasser gerichtet. »Das Aufziehen von Pflegekindern aus anderen Burgen ist wohl nicht die ganze Lösung, was?« Geschickt warf er die Angel aus und sah zu, wie der Köder in der Strömung versank.

Elgion ahmte ihn nach, und dann saßen beide da und warteten.

»Was könnten wir hier draußen fangen?«

Alemi hob die Schultern. »Nicht viel. Mittags bei Flut ist die Strömung stark. Und Fische fressen gewöhnlich am frühen Morgen — außer bei Fädeneinfall.«

»Benutzt du deswegen einen Trockenwurm als Köder? Weil er einem Faden ähnelt?« Elgion unterdrückte einen Schauer bei dem Gedanken an die Sporenknäuel.

»Genau.«

Dann schwiegen sie lange Zeit. Es war eine angenehme Stille, die das kleine Boot einhüllte.

»Gelbstreifen, wenn überhaupt etwas«, meinte Alemi nach langer Zeit, als Elgion seine Frage schon wieder vergessen hatte. »Gelbstreifen oder einen sehr hungrigen Stachelschwanz. Die fressen alles.«

»Stachelschwänze? Schmecken ausgezeichnet!«

»Sind aber zu schwer für unsere Angelruten.«

»Ach so.«

Die Strömung trieb sie immer näher an die Drachen-Steine. Alemi warf einen prüfenden Blick zu den schroffen Zacken, die aus dem Wasser ragten und begann dann mit ruhiger Hand, das Segel zu setzen und die Leine aufzurollen.

»Ein Teil der Felsen liegt dicht unter der Wasserfläche. Bei Flut geschieht es leicht, daß die Strömung ein Boot erfaßt und gegen die Klippen drückt. Wenn du allein bist, achte darauf, daß du einen ausreichenden Abstand zu den Drachen-Steinen einhältst.«

»Die Kinder behaupten, du hättest hier draußen mal Feuer-Echsen gesehen.« Der Satz war Elgion entschlüpft, ehe er es selbst merkte.

Alemi warf ihm einen belustigten Blick zu. »Sagen wir es lieber so: Ich weiß beim besten Willen nicht, was es sonst gewesen sein soll. Für Where wirkten die Geschöpfe viel zu klein und wendig. Aber Feuer-Echsen . . .« Seine Miene drückte Skepsis aus.

»Und wenn ich dir versichere, daß es diese Tiere wirklich gibt? Daß F'nor, Canths Reiter, auf dem Süd-Kontinent eines der Geschöpfe zähmte? Er und noch ein paar andere Leute. Daß die

Weyr seitdem nach Feuerechsen-Eiern suchen und ich den Auftrag erhielt, mich auf den Stränden hier ein wenig umzusehen?«

Alemi starrte den Harfner an. Dann begann das Boot in der Querströmung zu schaukeln. »Paß auf, leg das Ruder scharf nach Backbord. Nein, links, Mann!«

Sie segelten an den Drachen-Steinen vorbei. Dann erst fanden sie Zeit, das Gespräch fortzusetzen.

»Man kann Feuer-Echsen genauso an sich binden wie Drachen?« Alemis Stimme klang ungläubig, aber seine Augen blitzten begeistert, und Elgion wußte, daß er einen Verbündeten gewonnen hatte. So erzählte er alles, was er selbst über die Geschöpfe gehört hatte.

»Nun, das würde erklären, weshalb man so selten erwachsene Tiere sieht und sie sich so geschickt ihren Verfolgern entziehen.« Alemi schüttelte lachend den Kopf. »Wenn ich überlege, wie oft ich . . .«

»Ich auch.« Elgion grinste breit, als er an die Fallen dachte, die er in seiner Kindheit gebastelt hatte, um Feuer-Echsen zu fangen.

»Und wir sollen uns auf den Stränden umschauen?«

»Das hat N'ton vorgeschlagen. Sandstrände, geschützte Plätze, schwer zu erreichen selbst für findige Burschen. Hier in der Gegend gibt es eine Menge Stellen, wo eine Echsen-Königin ihr Gelege verstecken könnte.«

»Nicht bei dem Hochwasser, das wir heuer hatten.«

»Irgendwo ist der Strand sicher breit genug . . .«

Der junge Seefahrer gab Elgion durch einen Wink zu verstehen, daß er nun selbst das Steuerruder übernehmen wolle. Sie tauschten den Platz.

»Ich habe die Echsen an den Drachen-Steinen gesehen. Und diese Klippen würden ausgezeichnete kleine Weyr abgeben. Nicht, daß ich glaube, wir könnten heute welche entdecken. Sie suchen sich ihre Nahrung im Morgengrauen. Da sah ich sie auch.« Alemi lachte leise. »Es war gegen Ende einer langen Wache, und ich glaubte fest, meine Müdigkeit hätte mir einen Streich gespielt.«

Alemi steuerte das kleine Boot näher an die Drachen-Steine heran, als Elgion es je gewagt hätte. Im Gegenteil, der Harfner umklammerte den Bootsrand und neigte den Körper weit nach der anderen Seite, als sie an den senkrechten Felsen vorbeisegelten. Es bestand kein Zweifel daran, daß die Steine von Höhlen durchzogen waren — ideale Wohnplätze für Feuer-Echsen.

»Ich mache das nur, weil wir gerade Flut-Hochstand haben, Elgion«, erklärte Alemi, als sich das Boot zwischen der letzten Felszacke und dem Strand durchfädelte. »Selbst bei halber Flut wären die Unterwasserfelsen zu gefährlich.«

Es war still zwischen Küste und Klippen, so still, daß Elgion den Klang der Rohrflöten deutlich vernahm.

»Hast du das gehört?« Elgion packte Alemi hart am Arm.

»Was?«

»Die Musik!«

»Welche Musik?« Alemi überlegte für einen Moment, ob der Harfner die pralle Sonne nicht vertrug. Aber er horchte selbst angespannt und folgte Elgions Blicken zu den steilen Küstenfelsen. Einen Moment lang klopfte sein Herz schneller. »Musik? Unsinn. Die Uferfelsen sind zerfurcht von Höhlen und Spalten. Was du hörst, ist höchstens der Wind . . .«

»Oh? Im Moment weht kein Lüftchen.«

Das stimmte. Alemi hatte sich eben überlegt, wie sie bei der Flaute wieder aufs offene Meer hinauskommen sollten.

»Und sieh doch!« rief Elgion. »Da gähnt ein Riesenloch in der Felswand. Das könnte ein Höhleneingang sein. Alemi, gehen wir doch an Land!«

»Nur, wenn du zu Fuß heimwandern oder auf die nächste Flut warten willst!«

»Alemi — das ist Musik! Da bläst jemand die Rohrflöte!«

Einen Moment lang huschte eine tiefe Trauer über Alemis Züge, die dem Blick des Harfners nicht entging. Und mit einemmal begriff er.

»Deine Schwester — das vermißte Mädchen! *Sie* schrieb die Lieder. *Sie* gab den Kindern Unterricht, nicht jener obskure Pflegesohn, der noch vor meiner Ankunft verschwand.«

»Menolly kann die Rohrflöte nicht spielen, Elgion. Sie zerschnitt sich beim Ausnahmen von Stachelschwänzen die linke Hand und ist seitdem nicht mehr fähig, die Finger zu bewegen.«

Elgion ließ sich zurücksinken und lauschte den klaren Flötentönen. Es mußte eine Doppel- oder Mehrfachpfeife sein. Und um die zu spielen, brauchte man unbedingt beide Hände. Die Musik schwieg, und der Wind, der nun aufkam, als sie den Schutz der Felsen verließen, trug die Melodie fort.

»Aber es stimmt, daß Menolly die Kinder unterrichtet hat?«

Alemi zögerte und nickte dann. »Yanus hielt es für eine Schande, daß in der Halbkreis-Bucht ein Mädchen den Harfner ersetzen mußte.«

»Eine Schande?« Wieder einmal verblüffte Elgion die Engstirnigkeit des Fischer-Barons. »Obwohl sie ihre Sache so gut machte? Obwohl sie eigene Musikstücke komponierte?«

»Es hat alles keinen Zweck, Elgion. Sie kann nicht mehr spielen. Sie mochte abends nicht einmal mehr singen, sondern verließ den Saal, sobald sie den Klang deiner Gitarre hörte.«

Also hatte ich richtig vermutet, dachte Elgion. Jenes hochgewachsene, schmale Mädchen war in der Tat Menolly.

»Wenn sie lebt, hat sie es schöner hier draußen. Wenn nicht . . .« Alemi sprach den Satz nicht zu Ende.

Gedrückt und schweigsam segelten sie zurück; die Drachen-Steine versanken im violetten Dunst, und die beiden Männer vermieden es, einander anzusehen.

Jetzt begriff Elgion so manches, was ihn im Zusammenhang mit Menollys Verschwinden gewundert hatte. Er verstand, weshalb man in der Burg nie über sie sprach und auch nicht nach ihr suchte. Für ihn stand fest, daß dieses Mädchen fortgelaufen war. Ein empfindsames Gemüt — und jemand, der so schöne Musik ersann, war empfindsam — mußte das Leben auf der Burg unerträglich gefunden haben. Elgion war wütend, daß Petiron sich nicht klarer ausgedrückt hatte. Wenn er Robinton nur geschrieben hätte, daß die vielversprechenden neuen Stücke von einem Mädchen stammten! Vielleicht wäre sie dann noch vor ihrem Unfall in die Harfner-Gilde geholt worden.

»Ich glaube nicht, daß wir in der Bucht jenseits der Drachen-Steine ein Feuerechsen-Gelege finden werden«, unterbrach Alemi die düsteren Gedankengänge des jungen Harfners. »Das Wasser reicht heuer bei Flut-Hochstand bis an die Küstenfelsen. Aber ich kenne noch einen Fleck . . . ich bringe dich gleich nach dem nächsten Fädeneinfall hin. Die Bootsfahrt dauert einen ganzen Tag.« Er machte eine Pause. »Und du bist sicher, daß man die Feuer-Echsen beim Ausschlüpfen an sich binden kann?«

»Wenn du willst, hisse ich die Signalflagge. Dann kannst du N'ton selbst fragen.« Elgion war froh um jede Ablenkung von dem heiklen Thema, das seine Freundschaft mit dem jungen Baron zu überschatten drohte. »Soviel ich hörte, schafft das jeder.

Allerdings werden sie Jungharfner und Seeleute wohl ganz unten auf die Warteliste setzen.«

»Beim Roten Stern, wenn ich daran denke, wieviel Zeit ich als kleiner Junge damit verbrachte . . .«

»Glaubst du, ich nicht?« lachte Elgion.

Als sie am Spätnachmittag zur Dockhöhle zurückkehrten, schnitt Alemi noch einmal das Thema an, das sie beide bedrückte. »Du verstehst, weshalb du nicht wissen darfst, daß Menolly die Kinder unterrichtete?«

»Die Burg braucht sicn dieses Mädchens nicht zu schämen!« fuhr Elgion auf, doch gleich darauf spürte er Alemis harte Finger auf seinem Arm und lächelte. »Nein, keine Sorge — ich weiß die Dinge, die man mir anvertraut, gut zu bewahren.«

Seine Antwort beruhigte den jungen Baron. Elgion aber war fest entschlossen, herauszubringen, *wer* bei den Drachen-Steinen Rohrflöte gespielt hatte. Denn er wußte genau, daß er Musik gehört hatte. Wind, der sich in Felsspalten verfing, klang anders. Irgendwie, und sei es unter dem Vorwand der Feuerechsen-Suche, mußte er an die Küstenklippen herankommen und sich diese Höhle in der Steilwand genauer ansehen.

Am nächsten Tag fiel ein dünner Nieselregen, der zwar die Fischer nicht in ihrer Arbeit behinderte, Elgion und Alemi jedoch vor einer längeren Fahrt im offenen Boot zurückschrecken ließ.

Abends bat Yanus den Harfner dann, den Kindern am nächsten Vormittag freizugeben, da sie zum Anheizen der Räucherkammer Seetang und Treibholz sammeln sollten. Elgion verbarg seine Freude über den geschenkten Tag und gab mit gespieltem Zögern seine Einwilligung. Er beschloß, in aller Frühe aufzustehen und der geheimnisvollen Musik nachzuspüren. Mit dem ersten Sonnenstrahl war er wach und im Großen Saal; er mußte eigenhändig das Burgtor öffnen, um ins Freie zu gelangen. Ihm kam nicht zu Bewußtsein, daß er damit Menollys »Verbrechen« wiederholte. Ausgerüstet mit Trockenobst und Fischbroten, seiner eigenen Flöte und einem Kletterseil, machte sich Elgion auf den Weg.

9

Oh, preist die starken Drachenschwingen,
Die Mut und neue Hoffnung bringen.

Der Hunger der Feuer-Echsen riß Menolly aus dem Schlaf. In der Höhle waren keine Vorräte mehr, denn der Regen des vergangenen Tages hatte sie davon abgehalten, ins Freie zu gehen. Sie sah, daß die Flut zurückwich. Ein klarer Himmel spannte sich über dem Wasser.

»Wenn wir uns beeilen, finden wir entlang der Küste sicher eine Menge Spinnenklauen«, erklärte sie ihren Freunden. »Oder ihr könnt nach Felswürmern Ausschau halten. Nun mach schon, Prinzeßchen!« Die kleine Königin summte behaglich aus dem duftenden Binsenlager; auch die anderen Tiere begannen sich zu regen. Menolly kitzelte Faulpelz, der sich zu ihren Füßen zusammengerollt hatte, mit den Zehen. Er gähnte und blinzelte schwach. Seine Augen glommen rot.

»Nun fallt nicht gleich alle über mich her! Der Hunger wird euch schon vergehen, wenn ihr mich zur Küste hinunter begleitet.«

Sie kletterte geschickt in die Tiefe; die Tiere kreisten mit eleganten Schwüngen hinaus ins Watt, wo bereits einige ihrer ungezähmten Artgenossen nach Nahrung suchten. Menolly sandte den fremde Echsen einen Gruß zu. Sie fragte sich manchmal, ob die Geschöpfe, mit Ausnahme der älteren Königin, sie überhaupt wahrnahmen, aber sie hielt an dem Gruß-Ritual fest. Vielleicht gewöhnten sich die Kleinen eines Tages so an sie, daß sie die Geste erwiderten.

Menolly glitt an den nassen Felsen am Rande der Bucht aus und zuckte zusammen, als sich eine scharfe Kante schmerzhaft durch die dünnen Sohlen ihrer Stiefel bohrte. Das war auch ein Problem, welches sie in naher Zukunft lösen mußte: sie brauchte neue Stiefelsohlen. Bei dem rauhen Boden hier konnte sie nicht barfuß laufen. Und erst recht konnte sie nicht barfuß klettern. Dazu hätte sie die Hornhaut eines Wach-Wher benötigt. Vielleicht gelang es ihr, die Haut des erlegten Whers zu gerben! Aber wie nähte sie das Leder auf ihre alten Stiefel? Sie seufzte, und um die Sohlen zu schonen, setzte sie vorsichtig einen Fuß vor den anderen.

Menolly wanderte mit ihrer Schar weiter als sonst, in eine Bucht, die sie bis jetzt noch nicht erforscht hatte. Die Drachen-Steine zeichneten sich als winzige Buckel am Horizont ab. Aber der lange Weg lohnte sich, denn auf dem weitgeschwungenen, sanft ansteigenden Strand wimmelte es von Spinnenklauen. Die Klippen waren hier an manchen Stellen nur noch mannshoch, und jenseits der halbmondförmigen Bucht ergoß sich ein breiter Wasserlauf ins Meer.

Prinzeßchen und ihr Gefolge stürzten sich über die Spinnenklauen, als seien sie dem Hungertod nahe. Als Menolly ihr Netz mit den köstlichen Schalentieren gefüllt hatte, sammelte sie Tang und Treibholz, um ein Feuer zu entfachen. Rein zufällig stieß sie dabei auf den kleinen Ringwall, der kaum höher war als die Strandfläche selbst; als sie den Sand beiseite buddelte, entdeckte sie die gesprenkelten Schalen von Feuerechsen-Eiern. Sie schaute sich nach der älteren Königin um, doch die war nirgends zu sehen. Vorsichtig tippte Menolly mit dem Finger gegen das oberste Ei. Die Schale war noch weich. Rasch deckte sie wieder Sand über das Gelege und entfernte sich von dem Fleck. Der Saum der Flut reichte längst nicht bis hierher; und die Kinder der Halbkreis-Bucht kamen bestimmt nicht in diese abgelegene Gegend. Die Eier waren also sicher.

Menolly entfachte ein Feuer und legte die Spinnenklauen auf einen flachen Stein. Während die Schalentiere in der Glut rösteten, unternahm sie einen Streifzug.

Der Wasserlauf ergoß sich breit ins Meer. Den Sandbänken und Gräben nach zu schließen, änderte er von Zeit zu Zeit sein Bett. Menolly folgte ihm ein Stück landeinwärts. Sie hoffte, an seinen Ufern ein paar saftige Kresse-Büschel zu finden. Frische Kresse und Spinnenklauen — das Wasser lief ihr im Mund zusammen.

Sie fand die begehrten Kräuter ein gutes Stück stromaufwärts, wo mehrere kleine Rinnsale aus dem Marschland zusammentrafen. Gierig rupfte sie ein paar Händevoll aus und verschlang sie — doch dann richtete sie sich entsetzt auf. Am Horizont zuckten Blitze gegen eine graue Wand.

Fäden! Das Entsetzen ließ sie wie angewurzelt dastehen; um ein Haar hätte sie sich an der Kresse verschluckt. Sie atmete tief durch. Wenn die Drachenreiter bereits am Werk waren, dann kam die Sporenfront vielleicht nicht bis hierher.

Aber wie groß mußte der Abstand zur Gefahr überhaupt sein? Sie hatte sich damals, beim ersten Fädeneinfall, gerade noch in Sicherheit gebracht. Heute dagegen — selbst wenn sie wie ein Pfeil dahinschnellte, schaffte sie es nicht mehr bis zur Klippe. Hinter ihr war das Meer, neben ihr floß der Bach. Wasser! Fäden ertranken im Wasser. Nur — wie tief mußten sie sinken, bis sie ihre Ätzwirkung verloren?

Nur jetzt nicht in Panik geraten! sagte sie sich vor. Sie zwang sich, die Kresse zu kauen und ganz langsam zu schlucken. Aber dann gehorchten ihr die Beine nicht mehr. Sie rannte los, in einer schrägen Linie zwischen dem Meer und der fernen Höhle.

Prinzeßchen tauchte auf, angesteckt von ihrer Furcht. Gleich darauf kamen Rocky, Taucher und Spiegel. Aufgeregt umkreisten sie Menolly und stießen ihre hellen Kampfschreie aus. Dann verschwanden alle zugleich. Das erleichterte Menolly, denn nun konnte sie besser auf den Weg achten.

Sie überlegte kurz, ob es nicht besser sei, einfach entlang der Küstenlinie zu rennen. Dort war sie der zweifelhaften Sicherheit des Wassers näher. Sie übersprang einen Graben, stolperte, fing sich wieder und lief weiter. Nein, in Küstennähe gab es zu viele Felsen, die sie zu Umwegen zwangen und die Sturzgefahr erhöhten. Ein verstauchter Knöchel hätte ihr gerade noch gefehlt . . .

Zwei Königinnen schimmerten golden über ihr. Auch Rocky und Taucher kehrten zurück, gefolgt von Faulpelz, Spiegel und Brownie. Die beiden Königinnen schimpften ärgerlich, und die Männchen flogen ein Stück höher, wo sie Menolly nicht behinderten. Sie rannte und rannte.

Sie erreichte eine Anhöhe und mußte ihre Schritte verlangsamen. Seitenstechen plagte sie, aber irgendwie stolperte sie weiter. Die Drachen-Steine vor ihr nahmen Gestalt an, aber sie hatte noch einen langen Weg vor sich. Ein Blick über die Schulter verriet ihr, daß die Sporenfront immer näher rückte.

Sie begann wieder zu laufen. Die beiden Königinnen kreisten dicht über ihrem Kopf, und seltsamerweise fühlte sie sich beschützt. Sie hatte jetzt wieder Luft und schnellte dahin. Wenn sie es nur schaffte, die Distanz zwischen sich und den Fäden zu halten . . . Sie richtete den Blick fest auf die Drachen-Steine. Es hatte keinen Sinn, wenn sie sich umdrehte; die drohende Gefahr preßte ihr den Atem ab, den sie so dringend zum Laufen brauchte.

Sie rannte jetzt ganz nahe an der Bruchkante der Küstenklippen. Sie war schon einmal in die Tiefe geschlittert, ohne sich den Hals zu brechen: sie würde es noch einmal riskieren, wenn das Wasser die letzte Rettung bedeutete.

Sie lief, und ihre Aufmerksamkeit wanderte hin und her zwischen den Drachen-Steinen und dem Terrain.

Sie hörte das Sausen, das erregte Kreischen der Feuer-Echsen, sah den Schatten und warf sich zu Boden. Instinktiv warf sie beide Arme über den Kopf und wartete auf den sengenden Schmerz der Fäden. Dann roch sie Feuerstein, und eine Sturmböe fegte über sie hinweg.

»Los, steh auf, du Dummkopf! Rasch! Die Fäden haben uns fast erreicht.«

Ungläubig schaute Menolly auf, direkt in die wirbelnden Augen eines braunen Drachen. Er hielt den Kopf schräg und summte erregt.

»Steig auf!« befahl sein Reiter.

Nach einem Blick auf die Feuerblitze und die nahe Phalanx des Drachengeschwaders verschwendete Menolly keine Zeit mehr. Sie rappelte sich hoch, umklammerte die ausgestreckte Hand des Drachenreiters und wurde mit rauhem Schwung auf den Nacken des großen Tieres gehoben.

»Halt dich an mir fest! Und hab keine Angst. Ich bringe dich nach Benden. Das *Dazwischen* ist kalt und schwarz, aber ich werde bei dir sein.«

Das Gefühl, in einem Moment gerettet zu werden, da sie schon fest mit dem Tod gerechnet hatte, überwältigte das Mädchen so sehr, daß sie kein Wort herausbrachte. Der braune Drache nahm kurz Anlauf, ließ sich ein Stück in die Tiefe fallen, um Raum für seinen Schwingenschlag zu gewinnen, und stieg dann in den Himmel. Menolly spürte sein weiches, warmes Fleisch und das rauhe Wherleder, in das sich der Reiter gehüllt hatte. Sie atmete tief durch. Einen Moment lang sah sie, daß ihre kleinen Echsen sich abmühten, dem Drachen zu folgen — dann war sie im *Dazwischen.*

Der Schweiß gefror ihr auf Stirn und Wangen, Kälte durchdrang ihre zerrissenen Stiefel und biß sich in den wunden Sohlen fest. Sie hatte das Gefühl, daß sie gleich ersticken mußte. Angstvoll umklammerte sie den Reiter, aber sie spürte weder ihn noch den Drachen.

Jetzt erst begriff sie jedes Wort der Lehrballaden. Jetzt, in ihrem Entsetzen, verstand sie, was gemeint war.

Unvermittelt konnte sie wieder sehen, hören und atmen. Sie schwebten in schwindliger Höhe über dem Benden-Weyr. So groß die Halbkreis-Bucht war, die Stätte der Drachen und ihrer Reiter hatte noch gewaltigere Ausmaße.

Als der Braune tiefer schwebte, sah sie die gigantischen Sternsteine und das Felsöhr, in dem sich der Rote Stern immer dann zeigte, wenn eine Periode des Sporenregens bevorstand. Sie sah den Wach-Drachen zwischen den Steinen, hörte ihn laut trompeten, als der Braune näherkam. Sie entdeckte mehrere Drachen mit ihren Betreuern im Weyr-Becken, sah die Stufen, die zum Lager der Königin führten, und das gähnende Höhlenmaul, das den Eingang zur Brutstätte bildete. Benden war in der Tat viel größer, als sie erwartet hatte.

Der Braune landete in der Nähe seiner Gefährten; Menolly erkannte, daß die Tiere von Fäden verwundet waren und gerade behandelt wurden. Der braune Drache drehte den Kopf nach hinten und schlug ungeduldig mit den halb gespreizten Flügeln.

»Du kannst deinen Würgegriff jetzt lockern, Junge«, meinte der Reiter mit einem nachsichtigen Lächeln und löste die Kampfriemen von seinen Schenkeln.

Menolly murmelte eine Entschuldigung. »Ich weiß gar nicht, wie ich Ihnen danken soll. Ich dachte, die Fäden würden mich einholen und . . .«

»Wer hat dich denn überhaupt aus der Burg gelassen? Der Sporenregen war angekündigt!«

»Ich machte mich in aller Frühe auf den Weg — da findet man die meisten Spinnenklauen.«

Der Mann ging nicht näher auf ihre hastige Erklärung ein, aber Menolly begann zu überlegen, wie sie sich bei den anderen herausreden sollte. Leider fiel ihr nicht ein, wie die Nerat-Burg hieß, welche der Halbkreis-Bucht am nächsten lag.

»Herunter mit dir, mein Junge! Ich muß zurück zu meinem Geschwader.«

Das war nun schon das zweitemal, daß er sie »Junge« nannte.

»Du kannst nicht schlecht rennen. Schon mal dran gedacht, dich zum Botenläufer ausbilden zu lassen?«

Der braune Reiter stützte sie, so daß sie über die Schulter des Drachen in die Tiefe rutschen konnte. In der gleichen Sekunde, da ihre Füße den Boden berührten, glaubte sie vor Schmerz ohnmächtig zu werden. Sie umklammerte hastig die Pfote des Drachen; das Tier begann leise zu summen und stupste sie sanft mit der großen Schnauze an.

»Branth sagt mir, daß du verletzt bist?« Der Mann schwang sich geschickt zu Boden.

»Meine Füße!« Sie hatte die Stiefel völlig durchgelaufen, ohne es zu merken, und an ihren Fußsohlen war kein Fetzen Haut heil geblieben. »Ich sag gleich im Weyr Bescheid. Komm!«

Er umklammerte ihr Handgelenk und hievte sie mit geübtem Schwung über seine Schulter. Als er den Eingang der Unteren Höhlen erreichte, rief er sofort nach Heilsalbe.

Sie fand sich in einem Stuhl wieder; in ihren Schläfen dröhnte das Blut. Jemand stützte ihre wunden Füße auf einen Hocker. Von allen Seiten liefen Frauen herbei.

»He, Manora, Felena!« rief der braune Reiter ungeduldig.

»Seht euch seine Füße an! Nur noch Fleischklumpen sind das!«

»T'gran, wo in aller Welt ...«

»Ich war in der Gegend von Nerat, als ich ihn entdeckte. Versuchte der Fädenfront davonzulaufen, der Bursche — und hätte es um ein Haar auch noch geschafft!«

»Du liebe Güte! Manora, kannst du einen Augenblick herkommen?«

»Sollen wir ihm zuerst die Füße waschen oder ...?«

»Zuallererst einen Fellistrank«, schlug T'gran vor. »Das betäubt den ärgsten Schmerz. Und dann schneidet ihm die Stiefel von den Füßen!«

Jemand hielt ihr einen Becher gegen die Lippen und befahl ihr, ihn rasch leerzutrinken. Sie hatte außer der Kresse noch nichts im Magen, und so wirkte das Felliskraut auf der Stelle. Die Gesichter ringsum verschwammen.

»Sind denn die Burgleute wahnsinnig geworden, daß sie ihre Schutzbefohlenen bei Fädeneinfall ins Freie lassen?« Menolly glaubte Manoras Stimme wiederzuerkennen. »Das ist nun schon der zweite, den wir heute gerettet haben.«

Danach verschmolzen die Stimmen zu einem unverständlichen Gemurmel. Menolly konnte ihre Blicke nicht mehr auf einen festen Punkt richten. Sie schien etliche Handbreit über dem Boden zu schweben, was ihr gar nicht so ungelegen kam, denn sie wollte auf gar keinen Fall die Fußsohlen belasten.

An einem Tisch auf der anderen Seite der großen Küchen-Kaverne saß Elgion. Er dachte anfangs, der Junge sei, vom Schock der knappen Rettung übermannt, in Ohnmacht gefallen. Er hätte ihm das nachfühlen können, denn auch ihn hatte ein Drachenreiter aufgegriffen, als er außer Atem und völlig erschöpft zur Burg zurückhetzte. Jetzt, da er eine anständige Mahlzeit im Bauch hatte und wieder ohne Seitenstechen atmen konnte, machte er sich Vorwürfe wegen seines Leichtsinns. Und er dachte nur ungern an den Empfang, den ihm der Fischerbaron bereiten würde. Mit der Erklärung, er habe nach Feuerechsen-Eiern gesucht, konnte Yanus ganz bestimmt nichts anfangen. Und was sollte Alemi von ihm denken? Elgion seufzte und sah zu, wie mehrere Frauen den Jungen zu den Wohnquartieren trugen. Er richtete sich ein wenig auf und überlegte eben, ob er seine Hilfe anbieten solle — als er die erste Feuer-Echse seines Lebens erblickte und alles andere vergaß.

Es war eine kleine goldene Königin, die in die Höhle geschossen kam und zum Erbarmen jammerte. Sie schien reglos mitten in der Luft zu schweben und verschwand wie durch Zauberei. Einen Moment später tauchte sie wieder in der Küche auf, weniger erregt, aber immer noch auf der Suche nach jemand oder etwas.

Ein Mädchen kam aus den Wohnräumen, sah die Feuer-Echse und hob den Arm. Die kleine Königin landete geschickt und schmiegte den kleinen Kopf an die Wange des Mädchens, das sie offensichtlich beruhigte. Die beiden gingen hinaus zum Weyrbecken.

»Sie haben noch nie eine Echse gesehen, Harfner?« fragte eine belustigte Stimme, und Elgion schrak aus seiner Trance. Neben ihm stand die Frau, die das Essen gebracht hatte.

»Nein.«

Sie lachte über die Wehmut in seiner Stimme. »Das ist Grall, F'nors kleine Königin«, erklärte Felena. Dann erkundigte sie sich, ob der Harfner noch eine Kleinigkeit essen wolle.

Er lehnte höflich ab, weil er bereits zwei Teller Fleischsuppe verschlungen hatte.

»Ich überlege gerade, wie ich zurück in die Halbkreis-Bucht komme. Der Baron hat meine Abwesenheit inzwischen sicher bemerkt und . . .«

»Keine Sorge, Harfner, unsere Reiter haben längst ausgerichtet, daß Sie hier sind.«

Elgion bedankte sich, aber er kam nicht von dem Gedanken los, daß er das Mißfallen des Burgherrn auf sich geladen hatte. Und wenn er einfach sagte, er habe einem Befehl des Weyrs gehorcht? Yanus achtete streng darauf, daß seine Leute ihre Pflichten gegenüber Benden kannten. Dennoch sehnte sich Elgion nicht gerade nach der Rückkehr. Und er fand, daß die Drachen von ihrem Kampfeinsatz erschöpft waren und nicht noch leichtsinnige Harfner heimfliegen konnten.

Ein Teil von Elgions Befürchtungen wurden durch den Bronzereiter T'gellan zerstreut, der an diesem Tag den Einsatz des Geschwaders geleitet hatte. »Ich überbrachte persönlich die Nachricht, daß Sie sich hier befinden. Und keine Sekunde zu früh, denn man wollte eben einen Suchtrupp nach Ihnen ausschicken. Was für den alten Yanus ein großes Zugeständnis ist.«

Elgion schnitt eine Grimasse. »Er wollte wohl nicht in so kurzer Zeit gleich zwei Harfner verlieren.«

»Unsinn! Yanus ist ganz begeistert von Ihnen. Das sagte zumindest Alemi.«

»War er wütend?«

»Wer? Yanus?«

»Nein. Alemi.«

»Weshalb denn? Ich würde sagen, er verriet mehr Freude als der alte Baron, daß Ihnen nichts zugestoßen war. Aber eine andere Frage: *Haben* Sie nun ein Gelege gefunden oder nicht?«

»Nicht.«

T'gellan öffnete mit einem Seufzer den breiten Reitgürtel und zog die Wherleder-Jacke aus. »Dabei brauchen wir diese kleinen Flatterbiester so notwendig.«

»Sind Sie derart nützlich?«

T'gellan warf ihm einen langen Blick zu. »Kaum. Lessa hält sie sogar für ausgesprochen lästig. Aber sie sehen wie Drachen aus und benehmen sich auch so. Und sie vermitteln diesen bornierten Klötzen von Baronen einen kleinen Einblick in das Leben und die Probleme eines Drachenreiters. Das wiederum hilft uns vielleicht, die nötigen Reformen durchzusetzen.«

Elgion hoffte insgeheim, daß jemand vom Weyr Yanus diese Dinge klarmachen würde, und er wollte eben andeuten, daß er bereit sei, zur Halbkreis-Bucht zurückzukehren, als der Bronzereiter fortgeholt wurde, um die verletzte Schwinge eines Drachen zu untersuchen.

Elgion fand die Verzögerung sehr aufschlußreich, und er nahm sich vor, bei seiner Rückkehr ans Meer das Weyr-Leben in allen Einzelheiten zu schildern. Wußten die Burgbewohner denn, daß ein verletzter Drache wimmerte wie ein kleines Kind, bis seine Wunden mit Heilsalbe eingestrichen wurden? Elgion beobachtete, wie ein junger grüner Drache rührende Sorge zeigte, während die Armwunde seines Herrn behandelt wurde. Er sah auch zu, wie die Jungreiter ihre Tiere badeten und einölten und wie die Kinder Feuersteinsäcke für den nächsten Einsatz füllten. Ihm fiel auf, daß sie ihre Arbeit weitaus williger verrichteten als etwa die Jungen auf der Burg. Und Elgion wagte sogar einen Blick in die Brutstätte, wo Ramoth, die goldene Königin, eifersüchtig über ihr Gelege wachte.

Die Zeit verging wie im Flug. Erst als die Frauen zum Essen riefen, merkte Elgion, wie spät es war. Er wartete unschlüssig am Eingang zur Küche, doch da packte T'gellan ihn am Arm und schob ihn zu einem freien Tisch.

»G'sel, komm mal mit deiner kleinen Bronze-Plage hierher! Ich möchte, daß der Harfner von der Halbkreis-Bucht das Tierchen sieht.« Halblaut fügte er hinzu: »G'sel hat eine Echse aus dem Gelege, das F'nor auf dem Süd-Kontinent fand.« Ein untersetzter junger Mann bahnte sich einen Weg an den Tischen vorbei. Eine Bronze-Echse saß auf seiner Hand.

»Das hier ist Rill, Harfner«, sagte G'sel und gab Elgion die Hand. »Benimm dich anständig, Rill; er ist ein Harfner.«

Mit großer Würde spreizte die Feuer-Echse ihre Schwingen, neigte den Kopf und betrachtete Elgion mit glitzernden Augen. Der Harfner zögerte unsicher.

»Sie mögen es, wenn man ihre Augenwülste krault«, erklärte G'sel.

Zu Elgions Erstaunen und Freude ließ sich die kleine Echse streicheln und schloß hingebungsvoll die Lider.

»Schon wieder ein Bekehrter«, lachte T'gellan und stand auf. Das Scharren des Stuhls erschreckte das Tierchen, und es fauchte T'gellan an. »Sie sehen, Harfner, Respekt kennen die kleinen Biester keinen.«

G'sel lockte Rill auf seine Schulter und begann zu essen.

»Wieviel verstehen die Echsen eigentlich?« fragte Elgion und nahm G'sel gegenüber Platz, damit er Rill besser im Auge behalten konnte.

T'gellan grinste spöttisch. »Wenn man Mirrim glauben darf — alles. Mirrim hat nämlich drei von diesen Biestern.«

»Ich kann Rill bitten, Botschaften an Orte zu bringen, wo sie schon einmal war«, erklärte G'sel. »Besser gesagt, zu *Personen* an diesem Ort, die sie kennt. Und sie folgt mir überallhin. Selbst während des Fädeneinfalls.« Als T'gellan das Gesicht verzog, fügte G'sel hinzu: »Ehrenwort, sie war heute dabei.«

»Ist ja gut«, lachte der Bronze-Reiter. »Nun mach uns nicht länger neidisch auf deinen Schatz. Wenn Elgion in der Halbkreis-Bucht kein Gelege findet, müssen wir uns seine Prahlereien in alle Ewigkeit anhören.«

Damit wechselte T'gellan das Thema und kam auf die Halbkreis-Bucht zu sprechen. Er stellte allgemeine Fragen, die Elgion nicht in Verlegenheit bringen konnten. Allem Anschein nach kannte der Bronzereiter den Ruf des Fischerbarons.

»Wenn Sie sich mal zu einsam fühlen, Harfner, dann hissen Sie ruhig die Signalflagge. Wir holen Sie dann für einen Abend hierher.«

G'sel blinzelte. »Die Eier in der Brutstätte werden immer härter . . .«

»Zur Gegenüberstellung laden wir ihn auf alle Fälle ein«, versicherte T'gellan.

Dann bettelte Rill um ein paar Fleischbrocken, und der Bronzereiter schalt G'sel, daß er seine kleine Echse demütigte. Jeder bot dem zierlichen Geschöpf einen Leckerbissen an; sie nahm die Gunstbeweise mit der Grazie einer wahren Königin entgegen.

Nach dem Essen fühlte sich Elgion stark genug, selbst die grimmigste Laune des Burgherrn zu ertragen, wenn er nur ein paar Echsen-Eier fand und eines der winzigen Tiere für sich gewinnen konnte. Diese Aussicht erleichterte ihm auch die Rückkehr.

»Ich bringe Sie schon rechtzeitig heim, Elgion«, meinte T'gellan beruhigend und erhob sich. »Wir wollen Yanus nicht mehr als nötig reizen.«

Elgion war nicht sicher, wie er diese Worte auffassen sollte: Draußen herrschte tiefe Finsternis, und das Burgportal war sicher längst verrammelt. Warum hatte er den Drachenreiter nicht vor dem Essen gebeten, ihn heimzufliegen? Aber dann wäre er niemals Rill begegnet.

Sie schwangen sich auf den Bronzedrachen, und Elgion genoß es, durch die Nachtluft zu schweben. Einen Moment lang erblickte er die Gipfelkette des Benden-Gebirges, dann trug Monarth sie ins *Dazwischen.*

Gleich darauf war das Dunkel gewichen. Die Sonne hing dicht über dem rotgefärbten Meer, als sie in der Halbkreis-Bucht nahe dem Hafenbecken auftauchten.

»Hab ich Ihnen nicht versprochen, daß wir rechtzeitig da sein würden?« grinste T'gellan. »Wir sollen zwar keine Zeitsprünge machen, aber ein guter Grund rechtfertigt sicher eine Ausnahme . . .«

Monarth flog in gemächlichen Kreisen tiefer, so daß sich die Burgbewohner bereits in der Bucht versammelt hatten, als der Drache landete. Yanus stand ein paar Schritte vor den anderen; Elgion suchte in der Menge nach Alemis Gesicht.

T'gellan schwang sich in die Tiefe und half dem Harfner betont höflich beim Absteigen. Erleichtertes Gemurmel drang an Elgions Ohr.

»Ich bin weder verkrüppelt noch altersschwach«, zischte Elgion und sah aus dem Augenwinkel, wie Yanus nähertrat. »Nun übertreiben Sie die Schau nicht!«

T'gellan legte ihm kameradschaftlich den Arm um die Schultern und strahlte dem Fischerbaron entgegen. »Tu ich doch gar nicht!« murmelte er dabei. »Der Mann muß sehen, daß der Weyr voll auf Ihrer Seite steht.«

»Baron, es tut mir wirklich leid, daß ich Ihnen . . .« begann Elgion, aber der Drachenreiter fiel ihm ins Wort.

»Wenn sich hier jemand entschuldigt, dann der Weyr«, sagte er ruhig. »Ihr Harfner wollte umgehend zur Burg zurückkehren, Baron, aber Lesse bestand auf einem persönlichen Bericht, und so mußten wir warten.«

Was immer Yanus seinem Harfner hatte vorwerfen wollen, die Worte blieben ihm in der Kehle stecken. Er schluckte und blinzelte, und man sah förmlich, wie er seine Gedanken neu ordnete.

»Sollte im übrigen einer Ihrer Leute Spuren von Feuer-Echsen entdecken, so bitte ich Sie, dies unverzüglich dem Weyr zu melden«, fuhr T'gellan gelassen fort.

»Dann — dann stimmt die Geschichte?« stammelte Yanus ungläubig. »Diese Geschöpfe gibt es in der Tat?«

»Und ob, Baron!« Elgion nickte aufgeregt. »Ich habe mit eige-

nen Augen eine kleine Bronze-Echse gesehen ... und berührt ... und sogar gefüttert. Sie heißt Rill und ist etwa so groß wie mein Unterarm.«

»Was? Wirklich?« Alemi schob sich atemlos durch die Menge und kam auf Elgion zugehumpelt. »Dann hast du doch etwas in der Höhle gefunden?«

»Höhle?« Elgion hatte völlig vergessen, mit welcher Absicht er an diesem Morgen aufgebrochen war.

»Höhle?« fragte auch T'gellan.

»Die ...« Elgion schluckte und schmückte kühn die Lüge aus, die T'gellan begonnen hatte. »Ich sprach bereits mit Lessa darüber. Vielleicht waren Sie da gerade nicht im Zimmer.«

»Welche Höhle?« Yanus trat gereizt in den Kreis der jungen Männer. Es verdroß ihn, daß sie ihn nicht in das Gespräch einbezogen.

»Alemi und ich entdeckten eine Höhle in den Küstenklippen nahe der Drachen-Steine«, erklärte Elgion. Er wandte sich an T'gellan. »Alemi ist der junge Seemann, der letztes Frühjahr Feuer-Echsen an den Drachen-Steinen beobachtete. Vor einigen Tagen segelten wir die Küste entlang und sahen die Höhle. Falls wir je Feuerechsen-Eier finden — dann meiner Ansicht nach am ehesten dort.«

»Nun, Harfner Elgion, da Sie wieder sicher in Ihrer Burg sind, kann ich ja aufbrechen.« T'gellan hatte es eilig, zu Monarth zu kommen. Und zur Höhle.

»Sie geben uns Bescheid, wenn Sie etwas finden, ja?« rief Elgion ihm nach. Der Bronzereiter winkte nur heftig und schwang sich dann auf Monarths Nacken.

»Wir haben ihm nicht einmal unsere Gastfreundschaft angeboten«, meinte Yanus schuldbewußt. Der hastige Aufbruch des Drachenreiters verwirrte ihn ein wenig.

»Er hatte eben erst gegessen«, entgegnete Elgion und sah dem Drachen nach, der über dem rotgefärbten Wasser der Hafenbucht schwebte.

»So früh?«

»Äh — er hatte Fäden bekämpft und war hungrig. Außerdem ist er Geschwaderführer. Man braucht ihn wohl im Weyr.«

Das beeindruckte Yanus.

Reiter und Drache verschwanden im *Dazwischen,* und die Burgbewohner stießen Rufe der Bewunderung aus. Alemi schaute den Harfner prüfend an, und Elgion blinzelte. Er wollte dem Freund später erzählen, wie sich alles wirklich abgespielt hatte. Nur — würde er selbst das Nachsehen haben, wenn T'gellan nach all den Halbwahrheiten in der Tat ein Gelege in der Höhle fand . . . oder ein Mädchen, das Rohrflöte spielte?

»Harfner Elgion«, sagte Yanus ruhig und schickte die übrigen Burgbewohner mit einer Geste fort. »Harfner Elgion, ich wäre Ihnen dankbar für eine Erklärung.«

»Sie haben recht, Baron, ich muß Ihnen ausführlich von den Ereignissen im Weyr berichten.« Elgion folgte dem Fischerbaron mit gebührendem Respekt. Er wußte nun, wie er Yanus behandeln mußte, ohne Zuflucht zu Ausreden oder Lügen zu nehmen.

10

Wie von selbst zuckt der Fuß und schnellt das Bein,
Dumpf pocht das Blut in den Ohren.
Ein Kressezweig fällt aus der angststarren Hand . . .
Ich fliehe entsetzt vor den Sporen.

Als Menolly erwachte, lag sie in einem ruhigen, dunklen Raum, und etwas summte tröstend an ihrem Ohr. Sie wußte, daß es Prinzessin war, aber sie verstand nicht, weshalb sie sich am ganzen Körper so warm fühlte. Sie rührte sich und merkte, daß ihre Füße wund und dick geschwollen waren.

Gleich darauf hörte sie eine leise Bewegung, und jemand deckte die Leuchte in der Zimmerdecke halb ab.

»Fühlst du dich wohl? Schmerzen die Füße sehr?«

Die Wärme neben Menollys Ohr war fort. Kluges Prinzeßchen, dachte Menolly, nachdem sie den ersten Schreck überwunden hatte.

Jemand beugte sich jetzt über Menolly und strich den Schlafpelz um ihre Schultern glatt, jemand mit sanften, beruhigenden Händen, die nach Heilkräutern und ganz schwach nach Fellis-Tropfen rochen.

»Nur ein wenig«, erwiderte Menolly, auch wenn das nicht stimmte, denn ihre Füße pochten so hart, daß sie das Gefühl hatte, die Frau müßte es hören.

Ihre leise Stimme und die sanften Hände verrieten Menolly, daß die Fremde ihre Schmerzen sehr wohl erkannte.

»Sicher bist du hungrig. Du hast den ganzen Tag durchgeschlafen?«

»Wirklich?«

»Wir flößten dir einen Fellistrank ein. Du hast deine Fußsohlen zu Fetzen gelaufen . . .« Die Frau stockte ein wenig. »Aber in etwa sieben Tagen verheilt das wieder. Keine tiefen Schnitte . . .« In der ruhigen Stimme schwang nun Heiterkeit mit. »T'gran ist überzeugt davon, daß du — der schnellste Läufer von ganz Pern bist.«

»Ich bin kein Läufer. Ich bin nur ein Mädchen.«

»Was heißt da ›nur‹ ein Mädchen? Ich bringe dir jetzt etwas zu essen. Und dann schläfst du am besten weiter.«

Als Menolly allein war, bemühte sie sich, nicht an ihre schmerzenden Sohlen und die steinharten Muskeln zu denken. Sie machte sich Sorgen, daß Prinzessin oder einige der anderen auftauchen könnten und von ihrer Pflegerin entdeckt wurden ... und was geschah mit Faulpelz, der viel zu träg war, sich selbst Beute zu suchen, und ...

»Ich heiße Manora«, sagte die Frau, als sie mit einer Schüssel heißer Fleischsuppe und einem Krug wiederkam. »Weißt du überhaupt, daß du im Benden-Weyr bist? Gut. Du kannst hierbleiben, so lange du möchtest.«

»Ja?« Die Erleichterung, die sie durchflutete, war fast so stark wie der Schmerz.

»Aber sicher.« Die Antwort klang so entschieden, daß Menolly ihre Zweifel verlor.

»Mein Name ist Menolly ...« Sie zögerte, weil Manora nickte. »Woher wußten Sie das?«

Manora gab ihr durch eine Geste zu verstehen, daß sie weiteressen solle. »Ich hatte dich letztes Frühjahr in der Halbkreis-Bucht gesehen. Außerdem bat der Harfner unseren Geschwaderführer, nach dir Ausschau zu halten, als du — verschwunden warst. Wir wollen darüber im Moment nicht sprechen, Menolly, aber ich versichere dir, daß du auf Benden willkommen bist.«

»Bitte, Sie *dürfen* mich nicht verraten ...«

»Du genießt hier Gastrecht. Iß jetzt fertig und trink den Krug leer. Ich habe Felliskraut hineingemischt. Du mußt viel schlafen, damit deine Füße rascher heilen.«

Sie ging so lautlos, wie sie gekommen war. Menolly atmete freier. Manora befehligte alle Dienstboten im Bende-Weyr, und was sie sagte, galt.

Die Suppe schmeckte herrlich und enthielt große, saftige Fleischbrocken. Sie war fast fertig mit ihrer Mahlzeit, als Prinzessin mit leisem Flügelschlag zurückkehrte und ihr heftige Hungergefühle übermittelte. Mit einem Seufzer schob Menolly der kleinen Königin die Schale hin. Prinzessin leckte sie völlig leer und begann dann zufrieden zu summen.

»Wo sind die anderen?« fragte Menolly besorgt.

Die kleine Königin rieb den Kopf an Menollys Wange und begann sich auf ihrer Schulter einzurollen. Sie wäre wohl nicht so friedfertig gewesen, wenn den anderen eine Gefahr gedroht hätte. Menolly nippte gehorsam an ihrem Fellistrank.

»Prinzeßchen«, wisperte sie dann und stieß die kleine Feuer-

Echse an, »wenn jemand kommt, dann verschwindest du. Sie dürfen dich hier nicht sehen.«

Die Königin schlug verärgert mit den Flügeln.

»Prinzeßchen, keiner darf dich sehen!« Menolly sagte das in strengem Tonfall; die Kleine öffnete ein Glitzerauge und schaute sie träge an. »Du liebe Güte, begreifst du denn nicht?« Darauf summte Prinzessin beruhigend und schloß beide Augen.

Der Fellistrank verlieh Menolly ein Gefühl der Schwerelosigkeit. Das schreckliche Pochen in den Fußsohlen ließ nach. Ehe sie ganz in den Schlaf hinüberdämmte, kam ihr flüchtig ein Gedanke: Woher hatte Prinzessin gewußt, daß sie hier war?

Menolly erwachte von einem hellen Kinderlachen, einem so ansteckenden Laut, daß sie unwillkürlich selbst lächeln mußte. Prinzessin war verschwunden, aber dicht neben Menollys Kopf befand sich eine warme kleine Grube. Der Eingangsvorhang teilte sich, und gegen das Licht von draußen hob sich eine Gestalt ab.

»Was ist denn nur in dich gefahren, Reppa?« sagte das Mädchen leise zu jemandem, den Menolly nicht sehen konnte. »Ah, schon gut. Ich kann dich jetzt nicht gebrauchen.« Sie drehte sich um und sah, daß Menolly die Augen offen hatte. »Nun, wie fühlst du dich heute?« Als sie die Leuchte abdeckte, sah Menolly ein Mädchen, etwa so alt wie sie selbst, mit dunklem, streng aufgestecktem Haar und einem merkwürdigen traurigen, müden Gesicht. Dann lächelte die Fremde, und der düstere Eindruck verflog. »Bist du wirklich quer durch Nerat gerannt?«

»Nein, ganz sicher nicht — obwohl meine Füße sich so anfühlen.«

»Nicht zu fassen! Jemand aus einer Burg bei Fädeneinfall im Freien!« In der Stimme des Mädchens schwang widerwillige Bewunderung mit.

»Ich versuchte nur, einen Unterschlupf zu erreichen«, erklärte Menolly.

»Was deine Füße angeht — Manora konnte heute nicht selbst nach dem Rechten sehen, und so hat sie dich in meiner Obhut zurückgelassen. Sie gab mir genaue Anweisungen . . .« Das Mädchen schnitt eine Grimasse, und Menolly glaubte Manoras ruhige, aber strenge Stimme zu hören. »Außerdem besitze ich Erfahrung in der Krankenpflege ...« Etwas wie Schmerz huschte über ihre Züge.

»Bist du Manoras Pflegetochter?« fragte Menolly höflich.

Der Schmerz schien sich zu vertiefen, doch dann warf das Mädchen den Kopf zurück und sagte stolz: »Nein, ich bin Brekkes Pflegetochter. Ich heiße Mirrim und komme aus dem Süd-Weyr.«

Sie sagte das, als sei damit alles erklärt.

»Du meinst — vom Süd-Kontinent?«

»Was denn sonst?« Mirrims Stimme klang verärgert.

»Ich wußte gar nicht, daß dort jemand lebte.« Die Worte waren ihr kaum entschlüpft, da dachte sie an den einen oder anderen Gesprächsbrocken, den sie von ihrem Vater oder dem alten Petiron aufgeschnappt hatte.

»Sag mal, wo *lebst* du eigentlich?« fragte Mirrim entgeistert.

»In einer Burg am Meer — in der Halbkreis-Bucht«, erwiderte Menolly schüchtern. Sie wollte ihre Pflegerin nicht kränken.

Mirrim starrte sie an.

»Hast du noch nie davon gehört?« Jetzt klang Menollys Stimme herablassend. »Wir haben die größte Dockhöhle von ganz Pern.«

Mirrim schaute ihr in die Augen, und dann mußten sie beide lachen. Das war der Beginn ihrer Freundschaft.

»Komm, ich bring dich nach draußen — du mußt ja bald platzen ...« Und Mirrim schlug geschäftig die Schlafpelze zurück. »Stütz dich einfach auf mich!«

Menolly blieb keine andere Wahl, denn ihre Füße brannten wie Feuer. Zum Glück lag der bewußte Ort nur wenige Schritte neben der Schlafkammer. Als Menolly zurück ins Bett kroch, zitterte sie am ganzen Körper.

»Bleib auf dem Bauch liegen, Menolly — da kann ich die Verbände leichter wechseln«, riet Mirrim. »Mit wunden Füßen hatte ich bisher wenig zu tun; aber wenn du nicht hinschaust, ist es einfacher. Im Süden sagen sie immer, ich hätte besonders sanfte Hände. Außerdem streiche ich deine Sohlen mit Heilsalbe ein. Oder willst du noch einen Schluck Fellistrank? Manora erlaubt es sicher.«

Menolly schüttelte den Kopf.

»Brekke ...« Und hier schwankte Mirrims Stimme leicht — »Brekke hat mir beigebracht, wie man klebrige Verbände ablöst, weil ich ... ach, du liebe Güte, wie sieht das aus! Verzeih, das wollte ich nicht sagen, aber es stimmt. Keine Angst, das kommt in Ordnung. Manora hat es gesagt.« Das klang so zuversichtlich, daß Menolly selbst daran zu glauben begann. »Eine Wunde von Fädenknäueln dagegen — das ist schlimm. Heilt schlecht und hinterläßt Narben. Du hast die Haut völlig zerfetzt, das ist alles — na ja, ich kann mir schon denken, daß es dir reicht. Ein Glück, daß T'grans Branth dich entdeckte. Drachen haben nämlich enorm scharfe Augen. So, das tut gut ...«

Menolly stieß einen kleinen Schrei aus, als Mirrim ihr kühle Heilsalbe auf die rechte Sohle strich. Sie hatte die Zähne in die Unterlippe gegraben, während Mirrim mit wirklich sanften Händen die blutdurchtränkten Verbände löste, aber die Schmerzbetäubung traf sie dann fast wie ein Schock. Wenn wirklich nur die Haut abgegangen war, weshalb tat das dann viel mehr weh als der Schnitt in die Hand?

»So, jetzt noch den linken Fuß. Die Salbe hilft, nicht wahr? Aber mußtest du das Zeug je einkochen?« Mirrim stöhnte. »Drei Tage lang beiße ich einfach die Zähne zusammen und sage mir vor, daß wir *ohne* Heilsalbe viel schlimmer dran wären. Das hat uns Manora geraten. Aber freu dich — ich sehe nicht die kleinste Infektion ...«

»Infektion?« Menolly riß den Kopf hoch und versuchte einen Blick auf ihre Fußsohlen zu werfen.

»Halt still!« Mirrim sagte das so bestimmt, daß Menolly sich wieder flach auf den Bauch legte. »Und das ist ein Riesenglück, denn in den Wunden war Sand, Schmutz und einiges an Splittern. Wir brauchten eine halbe Ewigkeit, bis wir das Zeug herausgewaschen hatten.« Mirrim lachte leiste. »Ein Glück, daß du da betäubt warst!«

»Du bist völlig sicher, daß es diesmal keine Infektion geben wird?«

»Was heißt da *diesmal*? Machst du sowas denn öfter?« Mirrims Stimme klang entsetzt.

»Nein, das nicht — aber meine Hand.« Menolly drehte sich zur Seite und streckte die verkrüppelte Hand aus. Sie stellte besorgte Anteilnahme in Mirrims Zügen fest, und das tat ihr gut.

»Wie hast du denn das geschafft?«

»Ich mußte Stachelschwänze ausnehmen, und dabei rutschte das Messer ab.«

»Ein Glück, daß die Sehnen heil geblieben sind.«

»Heil?«

»Na ja, du kannst doch die Finger bewegen. Obwohl die Narbe ganz schön zieht.« Mirrim schüttelte mit Kennermiene den Kopf. »Eine tüchtige Heilerin scheint ihr auf eurer Burg nicht zu haben — wenn das ein Beispiel ihrer Kunst ist.«

»Stachelschwanz-Schleim ist schlimm. Wenn eine offene Stelle damit in Berührung kommt, heilt sie fast so schlecht wie eine Sporenwunde«, murmelte Menolly. Sie begriff selbst nicht, weshalb sie ihre Burg verteidigte.

»Mag schon sein.« Mirrim strich noch einmal kritisch über den frischen Verband. »Bei *unserer* Pflege behältst du jedenfalls keine solchen Narben zurück. Ich hol dir jetzt etwas zu essen. Sicher bist du halb verhungert.«

Nun, da die Füße nicht mehr schmerzten, spürte Menolly in der Tat ein großes Loch im Magen.

»Ich komm gleich wieder, Menolly, und wenn du etwas brauchst, ruf einfach nach Sanra. Sie versorgt draußen die Kleinen, und sie weiß, daß sie auf dich achten soll.«

Während Menolly die üppige Mahlzeit verzehrte, die Mirrim ihr ans Bett gestellt hatte, dachte sie über ein paar harte Wahrheiten nach. Mavi hatte ihr stets erklärt, daß die Hand in Zukunft steif bleiben würde. Aber Mavi war eine so geübte Heilerin, daß sie wissen mußte, ob die Fingersehnen durchtrennt waren oder nicht. Sie hatte die Wunde absichtlich so zusammenwachsen lassen, daß die Narbe spannte. Menolly wurde eines schmerzhaft klar: Ihre Mutter hatte, wohl beeinflußt von Yanus, mit Absicht verhindert, daß sie wieder spielen konnte.

Dumpf schwor sich Menolly, daß sie nie, nie wieder in die Halbkreis-Bucht zurückkehren würde. Sie bezweifelte, ob sie für immer im Benden-Weyr bleiben konnte; Manora hatte ihr zwar die Gastfreundschaft angeboten, aber wie lange galt das? Nun, im Notfall konnte sie wieder weglaufen. Und ganz allein leben. Jawohl, genau das würde sie tun. Der Gedanke gefiel Menolly. Wer sollte sie beispielsweise daran hindern, zur Gilde der Harfner zu laufen? So weit weg lag der Fort-Weyr auch nicht. Vielleicht hatte Petiron ihre Lieder doch an den Meister-Harfner geschickt. Vielleicht waren sie doch mehr als Singsang. Vielleicht . . . vielleicht. Fest stand jedoch, daß sie nicht in die Halbkreis-Bucht zurückkehren würde. Das auf gar keinen Fall.

Während der nächsten Tage erhob sich diese Frage nicht. Ihre Füße juckten — ein gutes Zeichen, wie Mirrim sagte — und sie selbst wurde ganz zappelig, weil sie nichts tun konnte.

Sie machte sich auch Sorgen um die kleinen Echsen, die sie jetzt nicht mehr füttern konnte. Als Prinzessin sie jedoch am ersten Abend besuchte, strahlte die winzige Königin keine Hungergefühle aus. Dennoch nahm sie dankbar die kleinen Leckerbissen in Empfang, die Menolly vom Abendessen aufgehoben hatte. Kurz vor dem Einschlafen bemerkte Menolly, daß Rocky und Taucher erschienen und es sich wie gewohnt an ihrer Seite bequem machten. Auch sie waren nicht hungrig.

Am nächsten Morgen waren die beiden verschwunden, ehe sie selbst aufwachte. Nur Prinzessin blieb und schmiegte sich an Menolly, bis sie Schritte im Korridor hörte.

»Ich weiß, es ist langweilig, im Bett zu bleiben«, meinte Mirrim am dritten Morgen mit einem müden Seufzer, der Menolly verriet, daß ihre Pflegerin gern mit ihr getauscht hätte. »Aber hier gerätst du wenigstens Lessa nicht in die Quere. Seit der . . .« Sie verschluckte ihren Satz und begann noch einmal: »Seit Ramoth über ihren Eiern brütet, hat sie schlechte Laune, und wir alle gehen wie auf heißem Sand.«

»Gibt es denn gar nichts, was ich tun kann? Wenigstens mit den Händen . . .« Menolly stockte und schwieg.

»Sanra würde eine Hilfe bei den Kleinen sicher begrüßen. Kannst du Geschichten erzählen?«

»Ja, ich . . .« Um ein Haar hätte Menolly hervorgestammelt, was sie in der Burg am Meer getan hatte. »Das geht sicher.«

Menolly entdeckte, daß die Kinder im Weyr ganz anders erzogen waren als die in der Halbkreis-Bucht. Sie wirkten aktiver und besaßen eine unersättliche Neugier. So wollten sie in allen Einzelheiten wissen, wie man Fische fing und ein Segelboot steuerte. Erst als sie der Meute beibrachte, kleine Schiffchen aus Stöckchen und Blättern zu basteln, und alle loszogen, um die Dinger im Weyr-See zu erproben, bekam sie eine Verschnaufpause.

Am Nachmittag erzählte sie dann, wie T'gran sie gerettet hatte. Die Weyr-Kinder fürchteten sich nicht so stark vor den Fäden wie ihre Altersgenossen in der Burg und fragten mehr nach Einzelheiten der Flucht als nach dem Grund. Unbewußt trug sie ihre Geschichte im Balladenstil vor und ertappte sich gerade noch rechtzeitig dabei, daß sie zu singen angefangen hatte. Die Kinder schienen den Ausrutscher zum Glück nicht zu bemerken, und dann war es auch schon Zeit, Rüben für das Abendessen zu schälen.

Es fiel ihr schwer, die kleine Melodie während der Arbeit zu vergessen. Sie hatte genau den Rhythmus ihres Laufes ...

»Oh ...«

»Hast du dich geschnitten?« fragte Sanra von der anderen Seite des Tisches her.

»Nein«, erwiderte Menolly und lachte. Ihr war eben etwas sehr Wichtiges eingefallen: Sie befand sich ja nicht mehr in der Halbkreis-Bucht. Hier wußte keiner, daß sie den Harfner ersetzt hatte. Und hier wußte auch keiner, ob sie ihre eigenen Lieder oder die Balladen der Burg sang. So summte sie die kleine Melodie weiter, und sie paßte gut zu dem Rhythmus des Rübenschälens.

»Wie schön, daß hier auch mal jemand fröhlich ist«, meinte Sanra und lächelte ihr aufmunternd zu.

Menolly kam zu Bewußtsein, daß sie schon den ganzen Tag über eine angespannte Atmosphäre gespürt hatte. Das erinnerte an Zeiten auf der Burg, wenn die Flotte überfällig war und alles wartete. Mirrim machte sich augenscheinlich große Sorgen um Brekke, aber sie wollte nicht sagen, warum, und Menolly zögerte, in die Trauer ihrer Pflegerin einzudringen.

»Ich freue mich, weil meine Füße heilen«, erklärte sie Sanra und fuhr dann hastig fort: »Aber ich wollte, jemand würde mir erklären, was mit dieser Brekke los ist. Mirrim scheint ganz krank vor Sorge und ...«

Sanra starrte Menolly einen Moment lang an. »Du willst sagen, daß du nicht weißt ...« Sie senkte die Stimme und schaute umher, ob auch niemand auf das Gespräch achtete. »Du weißt wirklich nicht, was mit den Königinnen geschehen ist?«

»Nein. In der Burg am Meer hält man es nicht für nötig, wichtige Nachrichten an Mädchen weiterzugeben.«

Sanra zog erstaunt die Brauen hoch, aber sie nahm die Erklärung an. »Nun, Brekke stammt vom Süd-Kontinent. Das hast du wenigstens gewußt, oder? Als F'lar die rebellischen Alten in den Süden verbannte, mußten die Machtbereiche neu abgesteckt werden. T'bor wurde Weyrführer in Fort, und Kylara ...« Sanras sonst so sanfte Stimme wurde hart. »Kylara mit Prideth war Weyrherrin, während Brekke und Wirenth ...« Sanra fiel es schwer genug, die Geschichte einigermaßen ruhig zu erzählen, und Menolly war froh, daß sie nicht Mirrim gefragt hatte. »Wirenth stieg zum Paarungsflug auf, aber Kylara ...« — wieder schlug der Haß in ihrer Stimme durch — »Kylara hatte Prideth nicht rechtzeitig fortgebracht. Die Königin war ebenfalls der Hitze nahe, und als die Bronzedrachen Wirenth verfolgten, stieg sie auf ...«

Tränen standen in Sanras Augen. Sie schüttelte den Kopf, weil sie nicht mehr weitersprechen konnte.

»Beide Königinnen — kamen um?«

Sanra nickte.

»Aber Brekke lebt doch?«

»Kylara hat den Verstand verloren, und wir befürchten, daß es Brekke nicht anders ergehen wird ...« Sanra wischte sich die Tränen ab.

»Arme Mirrim! Und sie ist so gut zu mir.«

Sanra putzte sich geräuschvoll die Nase und sagte dann ein wenig spöttisch: »Mirrim bildet sich ein, die Verantwortung für den Weyr würde allein auf ihren Schultern lasten.«

»Nun, ich finde es jedenfalls bewundernswert, daß sie trotz ihres Kummers weiterschuftet, anstatt sich in irgendeinen Winkel zu verkriechen und in Selbstmitleid zu zerfließen.«

Sanra starrte Menolly an. »Das ist noch lange kein Grund, mich anzufauchen, Mädchen! Und fuchtle nicht so mit dem Messer herum, sonst schneidest du dich noch!«

»Für Brekke gibt es also wenig Chancen?« fragte Menolly, nachdem sie eine Zeitlang schweigend Rüben geschnitzelt hatte.

Sanra zuckte die Achseln. »In der Brutstätte reifen die Eier von Ramoth heran, und Lessa ist überzeugt davon, daß Brekke die Königin für sich gewinnen könnte. Brekke hat nämlich zu allen Drachen ein ähnlich enges Verhältnis wie Lessa selbst. Auch Grall und Berd sind ständig in ihrer Nähe ... Vorsicht, da kommt Mirrim.«

Es stimmte schon, daß Mirrim, die nicht älter sein konnte als sie selbst, eine gebieterische Miene zur Schau trug. Menolly konnte verstehen, daß eine erwachsene Frau wie Sanra diese Art nicht besonders schätzte. Andererseits fand sie, daß Mirrims Anweisungen immer vernünftig waren. So ließ sie es wortlos zu, daß Mirrim sie zu ihrem Schlafquartier brachte und die Verbände wechselte.

»Du warst den ganzen Tag auf den Beinen, und ich möchte sichergehen, daß sich kein Schmutz in den Wunden gesammelt hat«, erklärte sie streng.

Menolly legte sich gehorsam auf den Bauch und schlug dann schüchtern vor, daß sie in Zukunft die Verbände selbst anlegen könne, um Mirrim diese Arbeit zu ersparen.

»Sei nicht albern! Das wäre viel zu schwierig für dich. Außerdem habe ich kaum Mühe mit dir. Da solltest du mal C'tarel wimmern hören! Der tut, als sei er der einzige Reiter von ganz Pern, der je von Fäden getroffen wurde. Und Manora hat ausdrücklich gesagt, daß ich mich um dich kümmern soll. So, das heilt ja prächtig — obwohl es dir vielleicht nicht so vorkommt. Manora sagt, daß die Füße und Hände eines Menschen am schmerzempfindlichsten sind.« Darauf wußte Menolly nichts zu erwidern. Sie seufzte nur erleichtert, als die verklebten Verbände endlich gelöst waren.

»*Du* hast den Weyr-Kindern gezeigt, wie man diese Schiffchen baut, ja?«

Menolly drehte sich erschrocken um. Hatte sie schon wieder etwas Verbotenes getan? Aber Mirrim strahlte über das ganze Gesicht.

»Du hättest sehen sollen, wie die Drachen die kleinen Boote über den See pusteten!« Mirrim kicherte. »Ein Anblick war das — ich hab seit Wochen nicht mehr so gelacht!« Sie richtete sich auf. »So, das hätten wir.« Und dann sauste sie los zu ihrer nächsten Pflicht.

Am Tag darauf konnte Menolly mit Mirrims Hilfe erstmals allein bis zur Küchen-Kaverne gehen.

»Ramoths Eier sind jeden Moment soweit«, erklärte Mirrim, als sie Menolly an einen der Arbeitstische führte. »Deinen Händen fehlt nichts, und wir brauchen jede verfügbare Kraft für die Festvorbereitungen . . .«

»Glaubst du, daß Brekke es schaffen wird?«

»Sie muß einfach, Menolly, sie muß!« Mirrim zerrte nervös an ihren Fingern. »Ich weiß nicht, was sonst aus ihr und F'nor wird. Er macht sich solche Sorgen um sie. Manora kann es gar nicht mehr mitansehen . . .«

»Es wird bestimmt alles gut, Mirrim«, sagte Menolly mit Nachdruck.

»Meinst du wirklich?« Einen Moment lang legte Mirrim ihre

Tüchtigkeit ab und war nur ein junges Mädchen, das Trost brauchte.

»Aber ja!« Und Menolly ärgerte sich nachträglich über Sanras unfreundliche Bemerkungen. »Siehst du, ich rechnete schon ganz fest mit meinem Tod, da kam T'gran und rettete mich. Und meine ...« Menolly schluckte und sprach den Satz nicht zu Ende. Um ein Haar hätte sie ihr Geheimnis mit den Echsen und der Höhle in den Klippen ausgeplaudert.

»Aber irgend jemandem müssen sie doch gehören!« rief aufgebracht ein Mann vom Eingang her. Zwei Drachenreiter betraten das Küchengewölbe, lösten die Schnallen ihrer Reitgürtel und klopften die staubigen Handschuhe an den Stiefeln ab.

»Vielleicht locken unsere Tiere sie an, T'gellan.«

»Wenn man bedenkt, wie dringend wir diese Biester brauchen könnten ...«

»Allerdings!«

»Und da fliegt ein ganzer Schwarm durch die Gegend, der keinem gehört, sich aber auch nicht einfangen läßt!«

Er hatte die Worte noch nicht zu Ende gesprochen, da landete ein aufgeregt kreischends Prinzeßchen auf Menollys Schulter, wickelte ihren Schweif um den Hals des Mädchens und vergrub den kleinen Kopf in ihrem Haar. Als nächstes versuchten sich Rocky und Taucher in ihre Arme zu flüchten. Und dann schwirrte es in der Kaverne von Feuer-Echsen. Bestimmt waren es mehr als die neun, die Menolly großgezogen hatte. Mirrim starrte ihre Patientin mit ungläubigen Augen an.

»He, Mirrim! Gehören die Biester etwa dir?« rief T'gellan und trat an den Tisch.

»Nein.« Mirrim deutete auf Menolly. »Es sind ihre.«

Menolly brachte keinen Ton hervor. Sie hielt Rocky und Taucher fest und versuchte die beiden zu beruhigen. Die übrigen Echsen hatten sich auf Simse und Kanten geflüchtet und gaben durch ihr Geschrei zu verstehen, daß sie Angst hatten. Menolly war nicht weniger verwirrt als ihre Schützlinge. Was suchten sie im Weyr? Und die Leute auf Benden schienen Feuer-Echsen zu kennen, und ...

»Das werden wir gleich geklärt haben!« fauchte eine gereizte Stimme. Eine zierliche Frau in Reitkleidern, gefolgt von einem Mann, kam mit energischen Schritten in die Küche. »Ich bat Ramoth, sie auszuhorchen ...«

»Komm mal hierher, Lessa!« rief T'gellan und winkte sie näher, ohne den Blick von Menolly zu lassen.

Als sie diesen Namen hörte, sprang Menolly auf; die drei Echsen hatten alle Mühe, sich an ihr festzuklammern. Sie dachte an Mirrims Warnung, der Weyrherrin nicht in die Quere zu kommen, aber als sie fliehen wollte, stieß sie mit einem Fuß gegen ihren Stuhl und kam nicht mehr weiter. Mirrim packte sie am Arm und versuchte sie zu beschwichtigen; im gleichen Moment umkreiste der Echsenschwarm mit aufgeregtem Gekreisch Menollys Kopf. »Herrscht nun bald Ruhe in diesem Flattergesindel!« fauchte die dunkelhaarige Frau. Sie stemmte beide Arme in die Hüften, und ihre Augen blitzten vor Zorn. »Ramoth! Kannst du nicht . . .«

Unvermittelt herrschte Stille im riesigen Küchengewölbe. Prinzeßchen zitterte noch heftiger als vorher, und die beiden Bronze-Drachen gruben ihre Klauen in Menollys Arm.

»So ist es besser«, sagte Lessa streng. »Und wer bist du? Gehören diese Echsen alle dir?«

»Ich heiße Menolly, und . . .« — das Mädchen schielte nervös in der Höhle umher — »und die Echsen gehören *nicht* alle mir.«

»Menolly?« Lessas Zorn war Unsicherheit gewichen. »Menolly?« Der Name schien ihr nichts zu sagen.

»Manora hat Ihnen sicher von ihr erzählt, Lessa«, warf Mirrim ruhig ein, und Menolly bewunderte ihren Mut. »T'gran rettete sie im letzten Moment vor den Sporen. Sie versuchte vor der Fädenfront davonzurennen und lief sich dabei die Sohlen blutig . . .«

»Richtig, das hatte ich vergessen. Also, Menolly — wie viele Feuer-Echsen besitzt du nun?«

Menolly versuchte zu erkunden, ob Lessa wütend oder erfreut war — ob man sie zur Halbkreis-Bucht zurückschicken würde oder nicht, wenn sie zu viele Echsen besaß. Mirrim stieß sie in die Rippen.

»Die hier«, murmelte Menolly und deutete auf die drei, die sich an ihr festklammerten. »Und von den anderen nur sechs.«

»*Nur* sechs?«

Menolly sah, wie Lessa ihre Daumen energisch in den Reitgürtel hakte; einer der Drachenreiter prustete los und hielt sich dann erschrocken die Hand vor den Mund. Nun erst wagte sie, Lessa anzusehen. Die Weyrherrin lächelte.

»Das macht zusammen wohl neun«, meinte Lessa. »Wie in aller Welt ist dir das gelungen, Menolly?«

»Das — das war nicht Absicht. Ich befand mich in ihrer Höhle, als sie ausschlüpften, und sie strahlten solchen Hunger aus, und weil ich eine Menge Spinnenklauen gesammelt hatte, fütterte ich sie eben . . .«

»Eine Höhle?« Lessas Worte klangen scharf, aber nicht unfreundlich.

»An der Küste. Oberhalb Nerat, in der Nähe der Drachensteine.«

T'gellan pfiff durch die Zähne. »*Du* hast in dieser Höhle gehaust? Ich fand Schüsseln und Teller darin — aber keine Spur von Feuer-Echsen.«

»Ich wußte gar nicht, daß Echsen ihre Eier in Höhlen legen«, warf Lessa ein.

»Das war nur, weil wir Hochwasser hatten und die Flut das Gelege sonst überspült hätte. Ich half der kleinen Königin, die Eier in der Höhle zu verstauen.«

Lessa musterte Menolly eine Zeitlang durchdringend. »Du hast der Echsen-Königin geholfen?«

»Ja. Es war so — ich fiel über die Klippe, und die Königin — ich meine, die alte Königin, nicht die hier . . .« — sie nickte zu Prinzeßchen hin — »wollte mich nicht vom Strand fortlassen, bis ich ihr half.«

T'gellan starrte sie an, aber die beiden anderen Reiter grinsten breit. Dann sah sie, daß auch Mirrim ihr zulächelte. Unbegreiflich war für Menolly die Tatsache, daß auf Mirrims Schulter eine kleine braune Echse saß und zu Prinzessin herüberstarrte, die den Kopf nicht aus ihrem Haar nehmen wollte.

»Ich würde diese Geschichte gern einmal in aller Ruhe hören«, meinte Lessa. »Im Moment muß ich dich aber bitten, deine wilde Schar gut zu beaufsichtigen. Sie machen Ramoth nervös. Neun Stück . . .« Und Lessa wandte sich mit einem Seufzer ab. »Wenn ich daran denke, was wir mit neun Eiern anfangen könnten . . .«

»Bitte — brauchen Sie denn Echsen-Eier?«

Lessa wirbelte so rasch herum, daß Menolly unwillkürlich einen Schritt zurücktrat.

»Und ob! Woher kommst *du* denn, daß du das nicht weißt?« Sie wandte sich an T'gellan: »Geschwaderführer — haben Sie nicht in allen Burgen entlang der Küste Bescheid sagen lassen?«

»Doch, Lessa.« T'gellans Blick ruhte auf Menolly. »Aber zu diesem Zeitpunkt war Menolly gerade aus der Burg in der Halbkreis-Bucht verschwunden. Unsere Patrouille-Reiter hielten überall Ausschau nach ihr — während sie gemütlich in ihrer Höhle saß und neun Feuer-Echsen großzog!«

Menolly schlug schuldbewußt die Augen nieder.

»Bitte, bitte, Weyrherrin, schicken Sie mich nicht zurück in die Halbkreis-Bucht!«

»Ein Mädchen, das neun Feuer-Echsen für sich gewinnt, hat in einem Fischer-Haushalt nichts verloren!« erklärte Lessa mit großer Bestimmtheit. »T'gellan, Menolla wird Ihnen beschreiben, wo dieses Gelege ist, und Sie bringen es auf der Stelle in Sicherheit. Hoffentlich kommen wir nicht zu spät, und die Jungen sind bereits geschlüpft . . .« Die Weyrherrin lächelte Menolly zu, und dem Mädchen fiel ein Stein vom Herzen. Die Aussicht, bald Echsen-Eier zu besitzen, hatte Lessas Laune sichtlich gebessert. »Du sorgst inzwischen dafür, daß deine kleinen Biester Ramoth nicht belästigen. Mirrim kann dir helfen, sie zu erziehen. Ihre eigenen Echsen machen sich inzwischen schon recht nützlich.«

Sie wirbelte herum und verließ das Küchengewölbe. Die anderen erwachten aus ihrer Erstarrung. Mirrim drückte Menolly in einen Stuhl und reichte ihr einen Becher *Klah;* T'gellan zwang sie, das Gefäß Schluck für Schluck leerzutrinken.

»Jeder, der Lessa zum erstenmal gegenübersteht, kriegt weiche Knie.«

»Dabei sieht sie so — winzig aus«, murmelte Menolly verwirrt.

»Auf die Körpergröße kommt es nicht an.«

Menolly schaute Mirrim ängstlich an. »Glaubst du, das hat sie ernst gemeint — daß ich bleiben darf . . .?«

»Aber sicher. Wer mit Feuer-Echsen umgehen kann, gehört unbedingt hierher. Aber warum hast du mir nichts von deinen Tieren erzählt? Ich selbst besitze drei . . .«

Sie merkte, daß T'gellan über ihre Geschäftigkeit grinste, und streckte ihm die Zunge heraus.

»Ich hatte meiner Schar befohlen, in der Höhle zu bleiben . . .«

»Und wir zermarterten uns den Kopf, ob vielleicht der eine oder andere Drachenreiter ein Gelege gefunden und uns unterschlagen hatte . . .«, meinte Mirrim lachend.

»Ich *wußte* doch nicht, daß ihr Echsen-Eier sucht!«

»Mirrim, hör auf, sie zu necken! Siehst du nicht, daß sie völlig fertig ist? Los, Menolly, trink aus und entspann dich!« befahl T'gellan.

Menolly nippte gehorsam an ihrem Becher und erklärte nebenbei, wie die Jungen der Burg immer nur daran gedacht hätten, die kleinen Feuer-Echsen in eine Falle zu locken, und daß ihr das unrecht vorgekommen sei und daß sie deshalb kein Sterbenswörtchen von den Eieren gesagt habe.

»Unter diesen Umständen hast du genau das Richtige getan, Menolly«, beruhigte T'gellan sie. »Aber nun holen wir endlich dieses Gelege! Wo hast du es gesehen? Wann werden deiner Ansicht nach die Jungen ausschlüpfen?«

»Die Eier wirkten noch ganz weich, als ich sie fand — am gleichen Tag übrigens, da mich T'gran vor den Fäden rettete. Und sie liegen etwa einen halben Tagesmarsch von den Drachen-Steinen entfernt.«

»Monarth schafft das im Nu. Aber wo genau? Im Süden oder Norden?«

»Im Süden. Ganz in der Nähe fließt ein breiter Fluß aus dem Marschland ins Meer.«

T'gellan zog mit einem Seufzer die Brauen hoch. »Im Süden fließen eine Menge Flüsse aus dem Marschland ins Meer. Am besten nehme ich dich mit.«

»T'gellan!« Mirrims Stimme klang entrüstet. »Menollys Füße sind völlig wund . . .«

»Aber Lessa frißt mich, wenn ich ihr diese Eier nicht bringe! Wir umwickeln Menollys Füße mit Lappen, dann kann gar nichts geschehen. Außerdem bist du hier nicht die Aufseherin, meine Liebe«, sagte T'gellan und drohte Mirrim mit dem Finger.

Es dauerte nicht lange, Menolly auszurüsten. Mirrim lieh ihr die eigene Reitkleidung und brachte ein Paar übergroße Stiefel, die T'gellan vorsichtig über die dick eingewickelten Füße streifte und mit Lederschnüren festband.

Rocky und Taucher ließen sich durch Fleischbrocken rasch besänftigen, aber Prinzessin krallte sich eigensinnig in Menollys Haar fest und fauchte T'gellan an, als er Menolly zu Monarth trug.

Sobald der Drachenreiter sich anschickte, die Schenkelgurte festzuziehen, schlug die kleine Königin mit den Klauen nach ihm.

»So zornig habe ich sie noch nie gesehen«, meinte Menolly entschuldigend.

»Monarth, redest du mal mit der Kleinen?« meinte T'gellan gutmütig.

Im nächsten Moment hörte Prinzessin zu fauchen auf, und ihre Augen kreisten weniger heftig.

»So gefällst du mir schon besser, du kleines Ungetüm!« lachte T'gellan. »Weißt du was, Menolly? Monarth beschreibt deinen Echsen ganz genau, wohin wir fliegen. Sonst proben sie noch den Aufstand, wenn wir starten.«

»Ja — kann man denn das?«

»Ist schon geschehen!« T'gellan legte den Arm um ihre Schulter. »Es geht los.«

Diesmal genoß Menolly den Flug. Sie begriff nicht, was der alte Petiron so schlimm daran gefunden hatte. Nicht einmal die Kälte und Leere des *Dazwischen* störte sie. Zwar biß sich das eisige Nichts durch ihre halbverheilten Sohlen, aber der Schmerz dauerte nur den Bruchteil einer Sekunde.

Gleich darauf schwebten sie dicht über den Drachen-Steinen, und Menolly hielt den Atem an, so schön fand sie das Schweben über dem Wasser.

»Vielleicht legt die alte Königin ihre Eier wieder in diese Höhle«, meinte T'gellan. »Aber dazu müßtest du wohl erst deine Habseligkeiten entfernen.«

Sie landeten am Strand, und Monarth betrachtete mißmutig die winzige Bucht, während die Brandung seine Füße umspülte.

Gleich darauf tauchte Menollys Schwarm auf und dicht daneben eine größere Gold-Echse.

»Da, T'gellan, das ist die alte Königin!«

Aber sie war fort, als der Drachenreiter aufschaute.

»Schade, daß sie uns hier sah. Ich hatte gehofft . . . Wo war das Gelege, als du es vor der Flut in Sicherheit brachtest?«

»Wir stehen genau an der Stelle.«

Monarth tat einen Schritt zur Seite.

»Versteht er denn, was ich Ihnen sage?« flüsterte Menolly dem Drachenreiter zu.

»Aber ja. Sei also vorsichtig, wenn du von ihm sprichst. Er ist sehr leicht gekränkt.«

»Habe — habe ich denn etwas gesagt, das ihn kränken könnte?«

»Menolly!« T'gellan schaute sie lachend an. »Das war doch nur Spaß!«

»Ach so!«

»Sag mal, wie hast du es fertiggebracht, diesen Steilhang hinaufzuklettern?«

»Das war gar nicht so schwer. Anfangs benutzte ich die Felsvorsprünge und Simse als Stützen, und später hieb ich dann einen Pfad in den Fels.«

»Einen Pfad — einfach so, was? Monarth, bringst du uns noch ein Stückchen näher?«

Monarth gehorchte, und zu ihrem Staunen sah Menolly, daß sie von den Schultern des großen Tieres direkt die Höhle betreten konnten.

Ihre Schar schwirrte ihr kreischend entgegen. Und dann wurde es mit einemmal dunkel in der Höhle. Monarth hatte seinen riesigen Kopf in die Öffnung gesteckt und schaute sich um.

»He, Monarth, dein Dickschädel nimmt uns das ganze Licht!« rief T'gellan.

Der Drache blinzelte und schnob ein wenig, aber er trat zurück.

»Warum hat man dich eigentlich nie bei einer Suche entdeckt, Mädchen?« fragte T'gellan, und sie merkte, daß er sie aufmerksam beobachtet hatte.

»Von der Halbkres-Bucht wurde noch keiner in den Weyr geholt«, gab sie zur Antwort.

»Das verwundert mich nicht weiter. Wo hatte nun die alte Königin ihr Gelege?«

»Genau da, wo Sie stehen.«

T'gellan sprang zur Seite und warf ihr erneut einen Blick zu, den sie nicht zu deuten wußte. Er kniete nieder, wühlte mit den Fingern im lockeren Sand und murmelte zufrieden vor sich hin.

»Du hast die alten Schalen hinausgeworfen?«

»Ja. War das falsch?«

»Ich glaube nicht.«

»Könnte sie wieder hierherkommen?«

»Möglich. Wenn das Wasser in der Bucht nach dem nächsten Paarungsflug immer noch so hoch steht. Weißt du zufällig, wann sie das erstemal aufstieg?«

»Ja — weil wir gleich danach diesen Sporenregen hatten, der bis in die Sümpfe von Nerat reichte . . .«

»Braves Mädchen!« T'gellan warf den Kopf zurück, schloß die Augen und schien etwas auszurechnen. Alemi hatte die gleiche Angewohnheit, wenn er den Bootskurs bestimmte. »Und wann schlüpften die Jungen aus?«

»Ich habe die Siebener-Spannen nicht mehr genau im Kopf. Ich weiß nur noch, daß es fünf Fädeneinfälle her ist.«

»Großartig. Das heißt, daß sie sich noch vor dem Hochsommer ein zweitesmal paaren könnte — wenn die Echsen dem gleichen Zyklus folgen wie die Drachen.« Er warf einen Blick auf die Gegenstände, mit denen sich Menolly das Höhlenleben erleichtert hatte. »Brauchst du noch etwas von diesen Dingen?«

»Wenig«, meinte Menolly und tastete unter ihre Schlafdecke. Die Rohrflöten waren noch da, also hatte er sie bei seinem ersten Besuch in der Höhle nicht entdeckt. Sie wickelte das Instrument wieder in die Decke. »Mein Öl . . .«, sagte sie und nahm den Topf. »Das werde ich benötigen.«

»Bestimmt nicht«, grinste T'gellan. »Aber nimm es ruhig mit. Manora hat eine Schwäche für selbstgebrautes Zeug.«

Sie holte auch ihre getrockneten Kräuter und packte alles zu einem Bündel zusammen, das sie bequem auf dem Rücken tragen konnte. Dann begann sie resolut ihr primitives Tongeschirr ins Freie zu werfen.

»Du liebe Güte — Monarth!« Entsetzt lief sie zum Ausgang.

»Du hast ihn nicht getroffen. Der weiß schon, daß er sich verdrücken muß, wenn Hausputz ansteht!« Damit packte T'gellan den ausgehöhlten Stein, den sie zum Wasserkochen benutzt hatte, und schleuderte ihn hinterher.

»Das dürfte alles sein«, meinte sie.

»Gut, dann verschwinden wir«, drängte T'gellan.

Am Eingang drehte sich Menolly noch einmal um und betrachtete lächelnd ihr Reich. Sie hätte nie geglaubt, daß sie diese Höhle für immer verlassen würde — und das auf den Schultern eines Drachen. Nichts deutete mehr darauf hin, daß hier ein Mensch Unterschlupf gefunden hatte. Selbst ihre Fußabdrücke verschwanden, als der trockene Sand in die flachen Mulden rutschte. T'gellan streckte die Hand aus und half ihr beim Aufsteigen, und dann flogen sie los, um das Feuerechsen-Gelege zu suchen.

11

Die Königin klein und golden,
Droht schrill der weiten See.
Tod bringt die Flut
Der jungen Brut.
Sie schreit hinaus ihr Weh.

Menolly und T'gellan beförderten die einunddreißig Eier des Geleges, ohne daß auch nur eines angeknackst wurde. Ein doppelt genähter Sack mit Pelzfutter schützte die kostbare Fracht vor der Kälte des *Dazwischen.* Im Benden-Weyr empfing man die beiden mit lautem Hallo. Jeder wollte einen Blick auf die Eier werfen. Lessa wurde gerufen, und sie bestimmte, daß man das Gelege in einem Korb neben den kleinen Herd stellen und mit heißem Sand aus der Brutstätte bedecken solle. Ihrer Ansicht nach blieb noch eine Siebenspanne bis zum Ausschlüpfen der Jung-Echsen.

»Und das ist gut so«, meinte sie in ihrer trockenen Art. »Es reicht, wenn morgen oder übermorgen die kleinen Drachen aus den Eiern kriechen. Da kommt alles, was Rang und Namen hat. in den Weyr geströmt. Oh, da fällt mir etwas ein! Vielleicht können wir bei diesem Anlaß die Eier als Gastgeschenke verteilen.« Sie schien großen Gefallen an dieser Lösung zu finden und strahlte Menolly an. »Manora sagt, daß deine Füße noch nicht verheilt sind. Du wirst auf das Gelege achten, ja? Hör mal, Felena, zieh dem Kind diese lächerlichen Stiefel aus und besorg ihr ein paar vernünftige Kleider. Wir haben doch sicher etwas in den Vorratstruhen, das ihr paßt.«

Lessa rauschte hinaus, und Menolly blieb in der Obhut von Felena zurück, einer hochgewachsenen, gertenschlanken Frau mit schön geschwungenen dunklen Brauen und grünen Augen, die sie nun aufmerksam musterten. Eine Magd wurde in die Bügelkammer geschickt, eine zweite zum Gerber, weil der Menolly neues Schuhwerk anpassen sollte, und ein Kind mußte eine große Schere holen. Wer ihr denn das schöne Haar so abgerupft habe, wollte Felena wissen. Das sah ja aus, als sei jemand mit einer Sense drübergegangen! Ob Menolly hungrig wäre? Dieser T'gellan hatte sie einfach mitgeschleppt, ohne etwas zu fragen. Los, stellt den Stuhl an den kleinen Tisch dort drüben! Steht nicht rum und gafft, sondern bringt dem Mädchen etwas zu essen!

»Wie viele Planetendrehungen zählst du denn?« fragte Felena, nachdem sie das Gesinde in Trab gebracht hatte.

»Fünfzehn, bitte«, murmelte Menolly mit zusammengeschnürter Kehle. Sie konnte kaum fassen, was sich da abspielte: Fremde Leute kümmerten sich darum, wie sie aussah und was sie anhatte. Und Lessa war richtig freundlich zu ihr gewesen, weil sie die Echsen-Eier besorgt hatte. Es schien, als müßte sie wirklich nicht mehr zurück in die Halbkreis-Bucht. Nicht, wenn die Weyrleute ihr Schuhe anpaßten und Kleider schenkten . . .

»Fünfzehn? Schade, da bist du schon fast zu alt für einen Pflegeplatz. Ich hätte dich gern zu mir genommen.« Das klang fast enttäuscht. »Na — mal sehen, was Manora mit dir im Sinn hat.«

Menolly brach in Tränen aus. Und das schuf eine heillose Verwirrung, denn sofort kamen die Feuer-Echsen herbeigeflattert und umschwirrten die Köpfe des Gesindes. Prinzessin hackte mit ihrem scharfen Schnabel nach Felena, die Menolly zu trösten versuchte.

»Was ist denn hier los?« rief eine gebieterische Stimme. Alle mit Ausnahme der Feuer-Echsen schwiegen und machten Platz für Manora. »Du bist jetzt auch still!« fuhr sie die keifende Prinzessin an. »Husch . . .!« — und sie verscheuchte die aufgeregten Echsen — »Setzt euch irgendwohin! Warum weint denn Menolly?«

»Sie ist plötzlich in Tränen ausgebrochen, Manora«, erklärte Felena, ebenso verwirrt wie alle anderen.

»Weil ich so glücklich bin«, stammelte Menolly, »so glücklich — so glücklich . . .« Und sie schluchzte herzzerreißend.

»Das verstehe ich sehr gut«, meinte Manora begütigend und machte einer der herumstehenden Frauen ein Zeichen. »Es war alles ein bißchen viel für dich.« Die Frau kam mit einem Krug zurück. »So — trink das aus! Und ihr anderen geht wieder an eure Arbeit, ja?«

Menolly trank gehorsam. Das Zeug schmeckte nicht nach Felliskraut, sondern ein wenig bitter. Manora drängte sie, den Krug leerzutrinken, und allmählich spürte Menolly, wie der Druck in der Kehle nachließ und sie wieder freier atmen konnte.

Als sie aufschaute, saß nur noch Manora an dem kleinen

Tisch. Sie hatte die Hände im Schoß gefaltet und wirkte sehr gelöst.

»Besser? Gut, dann iß erst mal in aller Ruhe. Wir nehmen kaum neue Leute im Weyr auf, deshalb macht das Gesinde wohl so ein Getöse um dich. Wie viele Feuer-Echsen habt ihr denn gefunden?«

Menolly fiel es leicht, mit Manora zu sprechen, und bald schilderte sie der Aufseherin der Unteren Höhlen, auf welche Weise sie das Öl zum Einreiben ihrer Echsen hergestellt hatte.

»Ich finde, du hast das Problem großartig gelöst — so ganz auf dich gestellt. Und Mavis Ausbildung in diesen Dingen war sicher nicht die beste.«

Menolly zuckte zusammen, als sie den Namen ihrer Mutter hörte. Unwillkürlich ballte sie die Linie, bis das Narbengewebe schmerzte.

»Soll ich nicht wenigstens eine Nachricht in die Halbkreis-Bucht schicken?« fragte Manora. »Ein paar Worte, daß du dich in Sicherheit befindest . . .?«

»Bitte, bitte nicht! Ich nütze dort doch keinem etwas.« Sie hielt die verkrüppelte Hand hoch. »Hier dagegen scheint man mich gebrauchen zu können . . .« Menolly deutete auf den Korb mit den Echsen-Eiern.

»Und ob, Menolly, und ob!« Manora erhob sich. »Iß jetzt in aller Ruhe fertig! Reden können wir später.«

Als sie ihren Teller leer hatte, fühlte sich Menolly weit besser. Sie saß in ihrer Ecke am Herd und beobachtete die Geschäftigkeit der anderen. Nach einer Weile kehrte Felena zurück und schnitt ihr die Haare. Dann befahl sie einem Jungen, auf die Eier zu achten, während Menolly die ersten neuen Kleider anprobierte, die sie je besessen hatte. Der Gerber kam, und er nahm nicht nur Maß für ein Paar Stiefel, sondern brachte ihr noch am gleichen Abend weiche Pantoffel aus Wildleder, die sie bequem über ihre dick verbundenen Füße streifen konnte.

So verändert wirkte sie, daß Mirrim zweimal an ihr vorbeirannte, ohne sie zu erkennen. Menolly fürchtete schon, daß Mirrim wegen der neun verheimlichten Feuer-Echsen gekränkt sein könnte, aber sie täuschte sich. Die neue Freundin ließ sich auf einen Stuhl fallen und schlug die Hände über dem Kopf zusammen. Voll Staunen und Bewunderung musterte sie die neuen Kleider und Schuhe.

»Ich habe schon von dem Gelege gehört, aber ich war ständig in Hetze, treppauf, treppab — ich kam bis jetzt kaum zum Verschnaufen!«

Menolly unterdrückte ein Kichern. Mirrim ahmte sogar den Tonfall von Felena nach.

Dann hielt Mirrim den Kopf schräg. »Du siehst jetzt richtig hübsch aus. Nur — kannst du überhaupt nicht lächeln?«

Genau in diesem Moment schwirrte eine kleine Bronze-Echse durch das Gewölbe, landete auf Mirrims Schulter und schmiegte sich an ihren Hals. Das Tierchen blinzelte zu Menolly herüber.

»Gehört die dir?«

»Ja, das ist Tolly. Dann habe ich noch zwei Grüne — Reppa und Lok. Und damit das ein für allemal feststeht: Mir reichen die drei vollauf. Wie hast du es nur geschafft, neun durchzufüttern? Die Biester können einen arm fressen!«

Menollys Hemmungen schwanden, und sie erzählte der Freundin ausführlich, wie sie ihren Schwarm gebändigt hatte.

Dann war das Abendessen fertig, und Mirrim brachte Menolly ein Gedeck, ohne auf ihren Protest zu achten. T'gellan setzte sich an ihren Tisch, und zu Menollys großer Verblüffung holte sich Prinzessin ein paar Fleischbrocken von seinem Messer.

»Die gierigen kleinen Biester fressen *jedem* aus der Hand«, dämpfte Mirrim ein wenig schnippisch T'gellans Stolz. »Ohne Ansicht der Person . . .« Sie rollte die Augen. »Außerdem — bei neun Echsen . . .«

T'gellan lachte. »Merkst du was, Menolly? Sie eifert!«

»Quatsch, stimmt gar nicht. Drei sind mehr als genug — nur . . . eine Königin hätte ich auch gern besessen. Glaubst du, daß Prinzessin auch zu mir kommt, Menolly? Grall hat keine Scheu vor mir.«

Mirrim lockte Prinzessin mit einem Stück Fleisch, während der junge Drachenreiter sie hänselte und neckte. Menolly fand, daß er manchmal zu weit ging, aber Mirrim setzte sich schlagfertig zur Wehr, und das Mädchen aus der Halbkreis-Bucht staunte, wie respektlos man hier im Weyr den Drachenreitern begegnete.

Sie fühlte sich todmüde, aber sie fand es schön, in der großen Küche zu sitzen und die anderen zu beobachten. Am Ende war es nicht Prinzessin, sondern Faulpelz, der Mirrim aus der Hand fraß. Auch an den anderen Tischen saßen kleinere Gruppen zusammen und plauderten, und Menolly bemerkte, daß Weinschläuche die Runde machten. Das überraschte sie anfangs, denn in der Burg am Meer wurde Wein nur zu ganz besonderen Gelegenheiten aufgetragen. T'gellan bat einen der Weyr-Jungen, ihm Becher und eine gefüllte Karaffe zu bringen, und bestand darauf, daß die beiden Mädchen mit ihm anstießen.

»Den Wein von Benden schlägt man nicht aus«, belehrte er Menolly. »Sag selbst — ist das nicht der beste Tropfen, den du je probiert hast?«

Menolly wollte nicht zugeben, daß es ihr erster Wein überhaupt war — einmal abgesehen von dem Betäubungstrank, den Mavi ihr nach dem Unfall eingeflößt hatte. Hier im Weyr galten ganz offensichtlich andere Sitten als in der Halbkreis-Bucht.

Als der Harfner dann begann, leise vor sich hinzuspielen, mehr zu seinem eigenen Vergnügen als dem der anderen, klopfte Menolly ohne Scheu den Rhythmus mit. Es war ein Lied, das sie liebte, und weil sie fand, daß er wenig lustlos spielte, begann sie eine Gegenstimme zu summen. Sie merkte kaum, was sie tat, bis Mirrim ihr lächelnd zunickte.

»Das klingt ja wunderbar, Menolly. He, Oharan, komm her! Menolly hat eine neue Stimme für dein Lied.«

»Bitte, Mirrim — sei doch still!«

»Warum?« fragte T'gellan und schenkte ihr Wein nach. »Ein wenig Musik tut uns allen gut. Manche Leute hier machen Gesichter — so lang wie eine verregnete Planetendrehung.«

Schüchtern paßte Menolly ihre Stimme dem warmen Bariton von Harfner Oharan an.

»Hm, nicht schlecht, Menolly. Du besitzt ein sicheres Gehör«, strahlte Oharan, und sie senkte verlegen den Kopf.

Wenn Yanus wüßte, daß sie im Weyr sang . . . Aber Yanus war weit weg, und er würde es nie erfahren.

»Paß auf, kannst du das da begleiten?« Und Oharan stimmte eine der alten Balladen an, die sie immer im Wechselgesang mit Petiron vorgetragen hatte.

Mit einem Mal klang ein Chor auf, leise und zart, aber nicht zu überhören. Mirrim hob den Kopf, sah erst mißtrauisch T'gellan an und deutete dann auf Prinzessin.

»Sie summt die Melodie mit! Menolly, wie hast du ihr das beigebracht? Und die anderen . . . singen auch!« Mirrim machte große, runde Augen.

Oharan spielte weiter und gab Mirrim durch einen Wink zu

verstehen, daß sie still sein solle. T'gellan hielt den Kopf schräg und lauschte angespannt. Prinzessin, Rocky und Taucher sangen . . .

»Das ist doch nicht zu glauben«, murmelte er.

»Erschreck sie nicht!« flüsterte Oharan und leitete mit einigen Akkorden die nächste Strophe ein.

Als sie die Ballade beendeten, summten alle Feuer-Echsen im Chor mit. Mirrim konnte sich nicht mehr beruhigen. »Wie hast du das denn nur geschafft, Menolly?«

»Ich spielte und sang für sie in der Höhle, wenn ich mich einsam fühlte. Einfache kleine Sachen . . .«

»Einfache kleine Sachen! Ich besitze meine drei schon viel länger als du — aber ich hatte nicht einmal eine Ahnung, daß sie Musik mögen.«

»Was beweist, daß du doch nicht allwissend bist, Mirrim«, ärgerte sie T'gellan.

»Also, das finde ich un . . .«, wollte Menolly ihre Freundin verteidigen, aber plötzlich bekam sie einen Schluckauf, der nicht mehr aufhören wollte.

»Wieviel Wein hast du ihr eigentlich gegeben, T'gellan?« fragte Mirrim und sah den Bronzereiter mit düsterer Miene an.

»Bestimmt nicht genug für einen Schwips.«

Menolly hickste von neuem.

»Hol Wasser!«

»Halt den Atem an!« schlug Oharan vor.

T'gellan brachte Wasser, und Menolly trank es in kleinen Schlucken, bis sie sich besser fühlte. Sie beharrte darauf, daß sie den Wein ü-ber-haupt nicht spürte, sondern nur tod-mü-de sei. Wenn jemand die Echsen-Eier hüten könnte . . . es sei soo spät . . . Fürsorglich brachten T'gellan und Oharan sie zu ihrer Schlafkammer, verfolgt von Mirrims Geschimpfe, daß Männer eben keinen Funken Verstand im Kopf hätten.

Menolly war froh, als sie endlich auf ihrem Bett lag. Sie ließ es zu, daß Mirrim ihr die Pantoffel und neuen Kleider auszog und sie zudeckte. Und sie war eingeschlafen, ehe die Feuer-Echsen sich an ihre Seite gekuschelt hatten.

12

Drachenflug, Drachenflug,
Entflammt sind die Triebe.
Weyrherrin, teil mit mir
Die Glut dieser Liebe.

Mirrim weckte Menolly in aller Frühe und scheuchte ungeduldig die Feuer-Echsen weg, die sie gereizt anfauchten.

»Menolly, wach auf! Wir brauchen heute jeden in der Küche. Die kleinen Drachen sollen schlüpfen, und halb Pern ist zur Gegenüberstellung eingeladen. Los, dreh dich um! Manora kommt gleich und sieht sich deine Füße an.«

»Autsch — mußt du so grob sein?«

»Erklär deiner Prinzessin ... Du liebe Güte, ich *tu* dir doch nichts! Prinzessin! Benimm dich, oder ich sage Ramoth Bescheid.«

Zu Menollys Staunen stellte Prinzessin ihre Angriffsflüge ein und verzog sich mit einem ängstlichen Kreischen in die entfernteste Zimmerecke.

»Du hast mir ganz schön weh getan«, murrte Menolly, noch zu schläfrig, um taktvoll zu sein.

»Aber doch nicht mit Absicht! Hmmm. Deine Füße sehen wirklich viel besser aus.«

»Wir versuchen es heute mit einem leichteren Verband«, erklärte Manora, die in diesem Moment die Kammer betrat. »Die Pantoffel bieten dir zusätzlichen Schutz.«

Menolly drehte den Kopf nach hinten, als Manoras kräftige und zugleich sanfte Finger die Sohlen untersuchten.

»Ja, Mirrim — Salbe und ein leichterer Verband. Am Abend dann gar keine Bandagen mehr. Wunden brauchen nämlich auch Luft. Aber du hast deine Sache gut gemacht, Kind. Menolly, du siehst wieder nach den Eiern, ja?«

Damit ging sie, und Mirrim versorgte rasch Menollys Füße. Als sie fertig war und Menolly aufstand, um in die neuen Kleider zu schlüpfen, ließ sie sich mit einem übertriebenen Seufzer auf das Bett fallen.

»Was ist denn los mit dir?« fragte Menolly.

»Ach, ich ruhe mich noch eine Weile aus«, erwiderte Mirrim. »Später geht das nicht mehr. Du weißt nicht, wie das ist, wenn all diese Burgbewohner und Gildeleute im Weyr herumtrampeln, ihre Nasen in Dinge stecken, die sie nichts angehen, und die Drachen kopfscheu machen. Und wie die essen!« Mirrim rollte die Augen. »Man könnte meinen, die kriegen daheim nichts. Und . . .« Mirrim warf sich in die Kissen und fing wild zu schluchzen an.

»Mirrim, was hast du denn? Ach so — Brekke! Geht es ihr nicht gut? Ich meine, wird sie nicht zur Gegenüberstellung gehen? Sanra sagt, das sei ohnehin nur Lessas Idee gewesen . . .«

Menolly beugte sich vor, um die Freundin zu trösten, selbst ganz aufgeregt von dem herzzerreißenden Schluchzen. Mirrims Worte waren schwer zu verstehen, aber Menolly entnahm dem Gestammel, daß sich alle vor dem entscheidenden Moment fürchteten. Brekke wollte nicht mehr leben, und man mußte ihr wieder ein Ziel geben. Mit ihrer Drachenkönigin hatte sie die Hälfte ihres Ichs verloren — völlig ohne Schuld. Sie war so weich und sensibel, und sie liebte F'nor, und das war aus irgendeinem Grund auch nicht recht.

Menolly ließ Mirrim weinen. Sie wußte, welche Erleichterung sie selbst empfunden hatte, als sie am Vortag in Tränen ausgebrochen war. Und sie hoffte aus tiefstem Herzen, daß auch Mirrim noch vor Freude weinen würde. Das mußte einfach so sein. Sie verzieh der Freundin in diesem Moment alle kleinen Posen und Attitüden, weil sie erkannte, daß Mirrim darunter ihre Angst und ihren Schmerz verbarg.

Etwas raschelte am Türvorhang, und dann schoß Tolly in die Kammer. Seine Augen kreisten vor Entrüstung und Sorge. Als er Menolly über seine Herrin gebeugt sah, ging er zum Angriff über, aber Prinzessin in ihrer Ecke stieß einen schrillen Ruf aus, und Mirrims kleine Echse landete sanft auf der Bettkante. Sekunden später flatterten die beiden Grünen herein. Sie nahmen auf dem Hocker Platz und ließen kein Auge von Mirrim.

Prinzessin überwachte sie alle.

»Mirrim, Mirrim!« Das war Sanras Stimme. »Mirrim, bist du *noch* nicht mit Menollys Füßen fertig? Wir brauchen euch beide — ganz dringend.«

Als sich Menolly hastig erhob, nahm Mirrim ihre Hand und drückte sie ganz fest. Dann stand sie vom Bett auf, strich ihre Kleider glatt und verließ ebenfalls die Schlafkammer.

Mirrim hatte keineswegs übertrieben, als sie von einem Berg

Arbeit sprach. Die Sonne war eben erst aufgegangen, aber allem Anschein nach schufteten die Köche schon seit Stunden. Auf langen Tischen kühlten Brote ab. Zwei Knechte schleiften ein frisch geschlachtetes Herdentier zum großen Spieß. An den übrigen Tischen wurden große Wherhühner gerupft und ausgenommen.

Jemand hatte einen niedrigen Tisch über den Korb mit den Echsen-Eiern geschoben, wohl um ihn in der Hektik besser zu schützen. Felena erspähte Menolly, drückte ihr rasch einen Becher Klah in die Hand und fragte, ob sie ein schmackhaftes Gericht aus gedörrtem Fisch kenne oder lieber beim Gemüseputzen helfen wolle.

Menolly entschied sich für ein Fisch-Stew und nannte Felena die Zutaten, die sie benötigte. Allerdings war sie ein wenig erschrocken über die Menge, die sie zubereiten mußte. Sie hatte nicht geahnt, daß zur Gegenüberstellung so viele Leute kamen — weit mehr, als in der Burg am Meer überhaupt *lebten.*

Der Trick bei einem saftigen Fisch-Stew lag ganz einfach darin, die Masse lange schmoren zu lassen, und so setzte Menolly in Windeseile Fisch und Gemüse in einem großen Kessel an. Danach blieb ihr noch genug Zeit, den anderen zu helfen.

Erregung lag in der Luft. Der Berg von Wurzelgemüse vor Menolly schwand dahin, während sie den Gesprächen der Frauen und Männer lauschte. Es herrschte großes Rätselraten darüber, wer von den Jungen einen Drachen für sich gewinnen würde und welches Mädchen wohl die Königin bekam.

»Keiner hat bisher eine zweite Gegenüberstellung mitgemacht«, meinte eine Frau düster. »Glaubt ihr, daß Brekke es schafft?«

»Man gab bisher keinem die Gelegenheit dazu . . .«

»Ob das Risiko nicht zu groß ist?« fragte eine andere.

»*Uns* hat man nicht gefragt«, bemerkte Sanra spitz. »Lessa jedenfalls scheint sich etwas davon zu versprechen. Aber F'nor und Manora sind dagegen . . .«

»Irgend etwas muß man doch tun«, erklärte die erste Sprecherin. »Mir zerreißt es das Herz, wenn ich sie so daliegen sehe — nicht tot und nicht lebendig. Mit D'namal ging es genauso, wenn ihr euch erinnert. Er — er verzehrte sich einfach . . .«

»Beeilt euch mit den Wurzeln, das Wasser siedet schon!« mahnte Sanra.

»Wird das Zeug wirklich alles gegessen?« fragte Menolly ihre Nachbarin.

»Aber ja — und manche suchen sicherlich nach mehr«, antwortete die Frau mit einem selbstgefälligen Lächeln. »Zu einer richtigen Gegenüberstellung gehört ein Festschmaus. Ich habe übrigens heute einen Pflegling und einen Blutssohn in der Brutstätte«, fügte sie stolzgeschwellt hinzu. »Sanra!« rief sie über die Schulter. »Ein mittlerer Kessel wird für den Rest ausreichen.«

Als nächstes mußte Menolly weiße Rüben fein schnitzeln, mit Kräutern bestreuen und in Tontöpfe zum Schmoren ansetzen. Das Aroma des Fisch-Stews brachte ihr ein Lob von Felena ein, die über alle Herde und Backrohre wachte. Dann half Menolly, die Gewürzkuchen mit Zuckerguß zu verzieren — auch eine Arbeit, die sie im Sitzen erledigen konnte.

Menolly vergaß nicht, von Zeit zu Zeit die Echsen-Eier zu drehen oder ihre Freunde zu füttern. Prinzessin blieb meist in Sichtweite, aber von den anderen bemerkte sie wenig. Es hieß, daß sie im Weyr-See umherplanschten und einen großen Bogen um Ramoth machten, die immer wieder laut und zornig in den Morgen hinaustrompetete.

»So ist sie immer vor der Gegenüberstellung«, erklärte T'gellan, der zu einer hastigen Mahlzeit an Menollys Tisch gekommen war. »Glaubst du, daß deine Echsen auch heute abend im Chor summen? Die anderen haben mich einen Lügner genannt, als ich ihnen erzählte, du hättest sie zum Singen abgerichtet.«

»Hmm — ich fürchte, sie werden zu aufgeregt und scheu sein, wenn sie all die Leute sehen.«

»Wir warten eben, bis sich das Durcheinander ein wenig gelegt hat, und versuchen es dann, ja? Ich soll übrigens dafür sorgen, daß du rechtzeitig zur Brutstätte gelangst. Es geht schätzungsweise am Frühnachmittag los — also halte dich bereit!«

Aber als es dann losging, war sie alles andere als fertig. Sie spürte das Summen, ehe sie es bewußt hörte. Alle ließen ihre Arbeit stehen, als das dumpfe, erregende Geräusch durch den Weyr vibrierte. Menolly keuchte. Genauso hatten die Feuer-Echsen gesummt, als ihre Eier zersprangen.

Sie fand keine Zeit mehr, in ihre Kammer zurückzukehren und sich umzuziehen. T'gellan stand am Eingang des Küchengewölbes und winkte sie zu sich. Sie lief, so schnell sie es mit ihren wunden Füßen konnte, denn sie sah, daß Monarth bereits draußen wartete. T'gellan hatte sie schon an der Hand genommen, als sie mit Schrecken die Kochspritzer und Flecken auf ihrem Kittel bemerkte.

»Ich hab dir doch gesagt, du sollst dich herrichten. Ich werde dich in eine dunkle Ecke stellen, Mädchen — obwohl heute bestimmt keiner auf Flecken achtet.«

Ein wenig verärgert stellte Menolly fest, daß er eine neue dunkle Hose, eine hübsch bestickte Jacke und einen metallbeschlagenen Gürtel trug; aber sie beharrte nicht darauf, sich umzuziehen.

»Ich bringe dich zuerst hin, weil ich danach noch einige Besucher abholen muß«, sagte T'gellan und setzte sie mit Schwung auf Monarths Nacken. »F'lar versammelt sämtliche Leute in der Brutstätte, die es wagen, mit einem Drachen ins *Dazwischen* zu fliegen.«

Monarth stieg steil vom Boden des Weyrkessels zu einer riesigen Öffnung im Fels auf, die Menolly bisher nie gesehen hatte. Von allen Seiten strömten Drachen auf das gleiche Loch zu. Menolly keuchte, als sie, bedrängt von fremden Schwingen, in die Höhle flogen. Ein Tunnelschlauch, der am fernen Ende hell schimmerte — und unvermittelt waren sie in der gigantischen Brutstätte angelangt.

Menolly erkannte mit ehrfürchtigem Staunen, daß der gesamte Nordquadrant des Weyr ausgehöhlt sein mußte. Dann sah sie die hellen Drachen-Eier im Sand und hielt den Atem an. Ein wenig abseits lag ein Ei, das größer wirkte als die anderen, eifersüchtig bewacht von der goldenen Ramoth. Ihre Augen sprühten und funkelten vor Erregung.

Monarth ließ sich abrupt fallen und landete auf einem Sims.

»So, Menolly — der beste Platz auf den Rängen. Ich hole dich wieder ab, wenn alles vorbei ist.«

Menolly war nur zu froh, daß sie nach diesem jähen Flug ein wenig verschnaufen konnte. Sie saß in der dritten Reihe der schräg ansteigenden Zuschauerränge und zwar nahe der Außenwand, so daß sie die Brutstätte überblicken konnte und gleichzeitig den Eingang im Auge hatte, durch den die Besucher hereingeströmt kamen. Sie waren alle so elegant gekleidet, daß sie verlegen an den Flecken ihres Kittels herumrieb und, als das alles nichts half, die Arme über der Brust verschränkte. Nun, wenigstens waren ihre Kleider neu.

Andere Drachen flogen durch den oberen Tunnel in die Brutstätte und setzten ihre Fracht ab, oft drei oder vier Leute auf einmal. Sie beobachtete den steten Strom von Besuchern, der jetzt auch durch das untere Tor quoll. Es machte Spaß, die eleganten, ganz schön aufgedonnerten Damen zu beobachten, die ihre schweren Röcke rafften und mit lächerlichen Trippelschritten über den heißen Sand liefen. Die Ränge füllten sich rasch, und das erregte Summen der Drachen schwoll an. Menolly fiel es schwer, stillzusitzen.

Ein Schrei verkündete, daß einige der Eier zu schaukeln begonnen hatten. Nachzügler hasteten über den Sand, und auf den Sitzen vor Menolly nahmen Angehörige der Bergwerks-Gilde in rotbrauner Tracht Platz.

Sie verschränkte die Arme und ließ sie dann doch hängen, weil sie sich weit vorbeugen mußte, um an den bulligen Bergwerksleuten vorbeischauen zu können.

Alle Eier schaukelten jetzt — alle bis auf ein kleines graues Ding, das ein wenig abseits nahe der inneren Wand lag.

Flügelrauschen, und diesmal brachten Bronzedrachen die Mädchen, die man als Kandidaten für das Königinnen-Ei ausgewählt hatte. Menolly versuchte zu erkennen, welche von ihnen Brekke war, aber sie sahen alle gesund und munter aus. Hatte die Aufseherin heute morgen nicht erwähnt, daß Brekke zwischen Leben und Tod dahindämmerte? Die Mädchen bildeten einen lockeren, unvollständigen Halbkreis um das Königinnen-Ei, während Ramoth leise zischte.

Vom Weyr-Kessel marschierten weißgekleidete Jungen ein, mit ernsten Mienen und straffen Schultern. Sie näherten sich zielbewußt den übrigen Eiern.

Menolly übersah Brekkes Eintreten, weil sie gerade zu erraten versuchte, welches der heftig schaukelnden Eier wohl zuerst aufbrechen würde. Dann begann einer der jungen Männer vor ihr zu flüstern und deutete zum Eingang, auf eine schmale Gestalt, die unsicher und langsam nähertrat; den heißen Sand unter ihren Sohlen schien sie kaum zu bemerken.

»Das muß sie sein — Brekke«, sagte er zu seinen Kameraden. »Der Drachenreiter hat mir erzählt, daß man sie ganz in die Nähe des Eies stellen will.«

Ja, dachte Menolly, sie geht wie eine Schlafwandlerin. Jetzt erst bemerkte sie Manora und einen unbekannten Mann neben

dem Eingang. Sie standen da, als könnten sie Brekke durch ihre Nähe Kraft geben.

Plötzlich schüttelte Brekke den Kopf und straffte die Schultern. Sie ging mit ruhigen Schritten auf die fünf Mädchen zu, die in der Nähe des goldenen Eies warteten. Eine der Bewerberinnen drehte sich um und winkte sie zu sich.

Das Summen der Drachen hörte abrupt auf. In der erwartungsvollen Stille hörte man ein Knistern und Knacken.

Ein junger Drache und dann noch einer schoben sich feucht und ungeschickt aus den Schalen. Die keilförmigen Köpfe wirkten viel zu groß für die dünnen, biegsamen Hälse.

Menolly fiel auf, wie starr die Jungen dastanden. Sie hatte sich damals ähnlich gefühlt, in jener Höhle der Küstenklippen, als die winzigen Echsen aus ihren Eiern schlüpften, rasend vor Hunger.

Gleich darauf aber wurde der Unterschied deutlich: Die Feuer-Echsen hatten keine fremde Hilfe erwartet; der Instinkt trieb sie dazu, ihre leeren Mägen so rasch wie möglich vollzustopfen. Die Drachen dagegen schauten sich erwartungsvoll um. Einer stolperte an dem ersten Jungen vorbei, der ängstlich zur Seite wich, und fiel dem nächsten, einem hochgewachsenen, schwarzhaarigen Burschen, tolpatschig vor die Füße. Der Junge kniete nieder, half dem kleinen Drachen auf und schaute ihm in die kreisenden Regenbogen-Augen.

Eine Faust schien Menolly das Herz zusammenzupressen. Ja, sie hatte ihre Feuer-Echsen, aber einen Drachen zu besitzen ... Verwirrt überlegte sie, wo Prinzessin, Rocky, Taucher und all die anderen sein mochten. Sie fehlten ihr — sie sehnte sich so nach Prinzeßchens Wärme.

Ein Riß klaffte mit einemmal in der goldenen Schale, verbreiterte sich. Ein kräftiger kleiner Schnabel hackte sich den Weg ins Freie, und das Drachenkind fiel mit lautem Geschrei in den Sand. Drei der Mädchen bückten sich und halfen der kleinen Königin auf die Beine; dann traten sie zögernd zurück und schauten Brekke an. Menolly wagte nicht zu atmen. Brekke schien nicht zu bemerken, was rund um sie vorging. Sie wirkte kraftlos, gebrochen. Die kleine Königin wandte Brekke den Kopf zu, starrte sie mit riesigen, glitzernden Augen an ...

In diesem Moment sah Menolly aus dem rechten Augenwinkel, wie eine Bronze-Echse über die Brutstätte schwirrte. Doch nicht etwa Taucher? Aber das konnte nicht sein, denn die Echse umflog mit einem hellen, zornigen Kreischen den Kopf des kleinen Golddrachen. Mit einem Schrei wich die junge Königin zurück und breitete instinktiv die Flügel aus, um ihre empfindlichen Augen zu schützen.

Drachen auf den Felsvorsprüngen begannen warnend zu trompeten, und Ramoth schüttelte die Schwingen. Eines der Mädchen warf sich zwischen die Königin und den kleinen Angreifer.

»Berd! Nicht!« Auch Brekke lief los und streckte die Arme nach der zornigen kleinen Bronze-Echse aus.

Die junge Drachenkönigin wimmerte und barg ihren Kopf im Schoß des Mädchens, das sich schützend vor sie gestellt hatte. Die Fremde sah einen Moment lang zu Brekke hinüber, angespannt, beunruhigt. Dann streckte Brekke lächelnd die Hand aus. Die Geste dauerte nur einen flüchtigen Moment, dann stieß die kleine Königin das Mädchen gebieterisch an und meldete, daß sie Hunger hatte.

Als Brekke sich abwandte, war sie nicht mehr die Schlafwandlerin von vorher. Sie ging mit gezielten Schritten zum Ausgang, umflattert von der kleinen Bronze-Echse, die zugleich schimpfte und schmeichelte — genau wie Prinzessin, wenn Menolly etwas tat, das ihr nicht paßte.

Menolly merkte erst, daß sie weinte, als ihr dicke Tränen auf die bloßen Arme tropften. Sie warf einen hastigen Blick zu den Bergleuten, aber die beachteten sie nicht. Sie verfolgten angespannt, was sich auf der Brutstätte abspielte. Aus ihren Gesprächen schloß sie, daß ein Junge ihrer Gilde zu den Auserwählten gehörte und sie nun ungeduldig darauf warteten, ob er Erfolg hatte. Einen Moment lang war Menolly wütend auf die groben Klötze. Hatten sie etwa nicht Brekkes Heilung mitangesehen? Begriffen sie nicht, was für ein Wunder das war? Ach, und wie glücklich Mirrim jetzt sein würde!

Menolly ließ sich erschöpft zurücksinken, völlig im Bann der emotionsgeladenen Ereignisse. Und Brekkes Gesichtsausdruck, als sie unter dem Torbogen durchging! Manora war da und strahlte, und der fremde Mann, der wohl F'nor sein mußte, hob Brekke auf seine Arme und trug sie hinaus. In seinen müden Zügen spiegelte sich Erleichterung und Freude.

Aus dem Triumphgeschrei der Bergleute schloß Menolly, daß ihr Kandidat es geschafft hatte, auch wenn sie nicht genau erkannte, welchen der Jungen sie meinten. Die meisten Bewerber hatten inzwischen einen Drachen als Partner gewonnen und versorgten mit Eifer die ungeschickten, hungrigen kleinen Tiere.

Menolly saß da und freute sich über Brekke, aber auch über die Entschlossenheit und den Mut der Bronze-Echse, die sogar Ramoths Zorn getrotzt hatte. Warum, überlegte sie, wollte Berd nicht, daß Brekke eine neue Königin für sich gewann? Egal. Immerhin hatte das Experiment Brekke aus ihrer Lethargie gerissen.

Drachen landeten jetzt in der Brutstätte, und ihre Reiter halfen den Jungen oder geleiteten Gäste nach draußen. Die Ränge leerten sich. Bald sah sie nur noch einen Mann mit den Abzeichen des Burgherrn in der ersten Reihe sitzen, an seiner Seite zwei Jungen. Der Mann sah so müde aus, wie sie sich fühlte. Dann stand einer der Buben auf und deutete zu dem kleinen Ei an der Seite, das nicht einmal schaukelte.

Vielleicht liegt ein totes Junges darin, dachte Menolly. Manchmal wurden auch Kinder tot geboren. Das hatte sie von den Frauen in der Burg gehört. Möglich, daß es sich bei den Drachen ähnlich verhielt.

Der Junge lief jetzt bis ans Ende der Sitzreihe. Zu Menollys Verblüffung sprang er hinunter in die Brutstätte und begann mit den Fäusten gegen das Ei zu trommeln. Seine Rufe weckten die Aufmerksamkeit des Weyrführers und der Handvoll Jungen, die bei der Gegenüberstellung leer ausgegangen waren. Der Burgherr sprang hoch und hob beschwörend die Hände. Der andere Junge schrie seinem Freund etwas zu.

»Jaxom, was tust du da?« rief der Weyrführer.

In diesem Moment zerbarst das Ei, und der Junge brach ein paar Stücke von der Schale ab. Man sah, wie ein winziger Körper gegen die zähe innere Membran preßte.

Jaxom zerschlitzte die Membran mit seinem Gürtelmesser, und ein kleiner weißer Körper fiel ihm entgegen, nicht viel größer als er selbst. Der Junge half dem kleinen Geschöpf auf die Füße.

Menolly sah, wie der kleine weiße Drache den Kopf hob und seine gelbgrün schillernden Augen den Blick des Jungen suchten.

»Er sagt, daß er Ruth heißt«, rief der Junge freudestrahlend.

Mit einem erstickten Aufschrei sank der ältere Mann zurück

auf seinen Steinsitz, die Züge schmerzverzerrt. Der Weyrführer und die anderen, die herbeigelaufen waren, um zu verhindern, was doch geschehen war, blieben stehen. Menolly begriff nur, daß dieser Verlauf der Dinge keinem der Erwachsenen recht war. Aber sie konnte sich nicht vorstellen, warum. Der Junge und der Drache sahen so froh aus. Weshalb gönnte man ihnen das Glück nicht?

13

Harfner, dein Lied ist voll Kummer und Schmerz,
Jeden Frohsinn trägt es zu Grab.
Deine Stimme klingt dumpf, es stockt deine Hand,
Und du wendest den Blick von mir ab.

Als Menolly endlich zu dem Schluß kam, daß T'gellan sein Versprechen vergessen hatte und sie hier sitzen ließ, kletterte sie mühselig nach unten und humpelte durch den heißen Sand der verlassenen Brutstätte zum Ausgang.

Prinzessin kam ihr entgegengeschwirrt und verlangte Zuspruch und Zärtlichkeit. Dann tauchte der ganze Schwarm auf, mit nervösem Zetern und offenbar immer noch auf der Hut vor Ramoth.

Obgleich Menolly nicht weit über den Sand gehen mußte, durchdrang die Hitze rasch die dünnen Sohlen ihrer Pantoffel. Ihre Füße brannten, als sie den kühleren Boden des Kessels erreicht hatte. Sie ließ sich neben dem Ausgang niedersinken und wartete, bis der schlimmste Schmerz nachgelassen hatte.

Da im Moment alle im Küchengewölbe auf der anderen Seite des Kessels zu tun hatten, bemerkte sie keiner, und das war ihr ganz recht, denn sie kam sich nutzlos und lächerlich vor. Ein langer Fußmarsch am Rand des Kessels bis zum Kücheneingang stand ihr bevor. Nun, vielleicht schaffte sie ihn in kleinen Etappen.

Sie hörte das schwache Blöken der Herdentiere am Ende des Talkessels und sah Ramoth über der Weide schweben. Die Küchenweiber hatten erzählt, daß Ramoth seit zehn Tagen ohne Futter geblieben war und wohl auch deshalb so leicht in Zorn geriet.

Am Seeufer badeten die Jungreiter erstmals ihre kleinen Drachen; die Erwachsenen zeigten ihnen, wie man die empfindliche Haut der Tiere ölte. Die kleine Königin befand sich ein wenig abseits, zusammen mit zwei Bronzedrachen. Wo der weiße Drache war, konnte Menolly nicht erkennen.

Auf den Felsvorsprüngen des Weyrkessels lagen einige Drachen zusammengerollt in der Spätnachmittagssonne. Hoch zu ihrer Linken entdeckte Menolly den Bronzedrachen Mnementh vor dem Eingang zu Ramoths Höhle. Er saß aufgerichtet da und beobachtete seine Gefährtin bei der Beutesuche. Dann wandte er den Kopf, und Menolly sah, daß ein Mann den Königinnen-Weyr verließ und die Stufen im Fels herunterkam.

Felenas Stimme, die sich über das allgemeine Gewirr erhob, lenkte ihre Aufmerksamkeit zurück zum Küchengewölbe. Drachenreiter stellten Tische und Bänke für den abendlichen Festschmaus auf. Man erkannte sie an den leuchtenden Gewändern, die sich deutlich von den gedeckten Trachten der Burgbewohner und Gildeangehörigen unterschieden.

Der Mann hatte inzwischen die Stufen geschafft, und Menolly sah zu, wie er den Kessel durchquerte. Tantchen Eins und Zwei landeten auf ihrer Schulter und zirpten aufgeregt. Irgend etwas schien sie erschreckt zu haben. Ihre Haut brauchte dringend Öl, und Menolly hatte ein schlechtes Gewissen, daß sie sich nicht besser um die Kleinen kümmerte.

»Hast du gleich *zwei* Grüne?« fragte eine belustigte Stimme, und der hochgewachsene Mann stand vor ihr. Er musterte sie mit freundlichen, teilnahmsvollen Blicken.

»Ja«, bestätigte sie, »die beiden gehören mir.« Und sie hob Tantchen Zwei hoch, damit er sie besser betrachten konnte. »Sie mögen es, wenn man sie an den Augenwülsten krault — so . . .«

Der Mann beugte sich zu Tantchen Zwei herunter und streichelte sie, bis sie die Lider schloß. Tantchen Eins begann eifersüchtig zu zetern und pickte Menolly mit dem scharfen Schnabel in die Hand.

»Hör auf damit, du ungezogenes Biest!«

Prinzessin, Rocky und Taucher schimpften so heftig auf Tantchen Eins ein, daß sie die Flucht ergriff.

»Du willst doch nicht behaupten, daß dir die *auch* gehören?« fragte der Mann verwirrt.

»Doch . . .«

»Dann mußt du Menolly sein«, fuhr er fort, richtete sich auf und machte eine so tiefe Verbeugung vor ihr, daß sie errötete. »Lessa erzählte mir eben, daß ich zwei Eier von dem Gelege erhalte, das du entdeckt hast. Ich wünsche mir sehnlichst einen Braunen — obwohl ich natürlich gegen eine kleine Bronze-Echse auch nichts einzuwenden hätte.« Er lächelte. »Und jetzt, da ich sehe, wie entzückend die Grünen aussehen . . .«

»Die Königin wollen Sie nicht?«

»Oh, wer wird denn gleich unbescheiden sein?« Er rieb sich die Nase und blinzelte. »Allerdings bringt es sicher Probleme, wenn mein Erster Geselle Sebell — er soll nämlich das andere Ei bekommen — ausgerechnet die Königin erwischt. Ach was . . .« Er winkte ab, und die Geste schien zu besagen, daß er alles dem Zufall überließ. »Sag mal, wartest du hier auf jemanden? Oder regt die Hektik in der Küchenregion deine Kleinen so sehr auf?«

»Ich sollte längst drüben sein. Die Eier müssen gewendet werden. T'gellan brachte mich in die Brutstätte und wollte mich auch wieder abholen . . .«

»Was er in all dem Durcheinander sicher vergessen hat.« Der Mann räusperte sich und reichte ihr den Arm.

Sie nahm seine Hilfe an, denn sie merkte, daß sie sich allein nicht aufrichten konnte. Er tat drei Schritte und drehte sich erstaunt um, als sie nicht folgte, Menolly versuchte normal zu gehen, aber als sie gegen einen Stein stieß, schrie sie unwillkürlich auf. Prinzessin wirbelte herum und zeterte los, unterstützt von Rocky und Taucher.

»Komm, ich führe dich, Mädchen. Warst du zu lange auf dem heißen Sand? Moment — du bist zwar groß, aber dünn . . .«

Und ehe Menolly widersprechen konnte, hatte er sie hochgehoben und trug sie wie ein kleines Kind quer durch den Weyrkessel.

»Sag deiner Königin, daß ich dich nicht umbringe«, bat er, als Prinzessin ihm das silbergraue Haar zerrupfte. »Wenn ich es so recht bedenke, wäre mir ein Grüner doch am liebsten.«

Ihre Ankunft im Küchengewölbe erregte natürlich Aufsehen, aber die Leute machten sofort eine Gasse frei und verneigten sich so tief, daß Menolly zu rätseln begann, wer der Mann war. Er trug einen einfachen grauen Rock mit schmalen blauen Streifen; also mußte er irgendwie zu den Harfnern gehören. Vielleicht kam er vom Fort-Weyr, weil ein gelbes Wappen seinen Ärmel zierte.

»Menolly, deine Füße!« Felena erschien, angelockt von der allgemeinen Aufregung. »Hat dich T'gellan etwa nicht abgeholt? Der Kerl merkt sich rein gar nichts! Wie kann ich Ihnen nur für Ihre Hilfe danken, Meister?«

»Schon gut, Felena. Ich entdeckte, daß *sie* die Wächterin der Echsen-Eier ist. Aber wenn du zufällig einen Becher Wein zur Hand hast . . . der Durst ist wieder mal stärker als ich.«

»Ich kann wirklich allein stehen«, warf Menolly ängstlich ein, denn etwas in Felenas Benehmen verriet ihr, daß sie es mit einer

hochgestellten Persönlichkeit zu tun hatte. »Felena, ich wollte das nicht ...«

»Ich versuche mich nur einzuschmeicheln«, erklärte der Mann. »Und hör auf zu strampeln! Dafür bist du zu schwer.«

Felena lachte und ging voraus, um ihm Menollys Platz neben dem Eierkorb zu zeigen.

»Sie sind ein schrecklicher Mensch, Meister Robinton, das muß ich schon sagen. Aber Sie sollen ihren Wein bekommen, und Menolly wird Ihnen das schönste Ei des ganzen Geleges aussuchen. Hast du das Königinnen-Ei schon entdeckt, Menolly?«

»Nur keine Königin, Felena! Wenn du wüßtest, wie unfreundlich mich Menollys kleine Prinzessin empfangen hat! Jede andere Farbe wäre mir lieber. Und nun husch — wo bleibt mein Wein? Ich bin völlig ausgedörrt.«

Als er sie vorsichtig absetzte, hörte Menolly Felenas lachende Bemerkung: »... ein schrecklicher Mensch, Meister Robinton ... ein schrecklicher Mensch, Meister Robinton ...« Sie starrte ihn ungläubig an.

»Na, was ist denn los, Menolly? Du siehst mich an, als hätte ich den Aussatz.« Er wischte sich den Schweiß von der Stirn. »Ah, danke, Felena. Du hast mir das Leben gerettet. Meine Zunge war schon am Gaumen festgeklebt. Auf dein Wohl, du streitsüchtige, kleine Königin!« Und er hob den Becher Prinzessin entgegen, die auf Menollys Schulter saß und ihn immer noch böse anfunkelte. »Also?« fragte er das erstarrte Mädchen noch einmal. »Was ist los?«

»Sie sind der *Meisterharfner*?«

»Ja, ich bin Robinton.« Er sagte das mit einem Achselzucken. »Und wenn ich mich nicht irre, könntest du auch einen Schluck Wein vertragen.«

»Nein, bitte nicht!« Menolly hob abwehrend die Hände. »Ich krieg davon einen Schluckauf und schlafe ein.« Sie hatte das eigentlich nicht sagen wollen, aber irgendwie mußte sie ihre Ablehnung ja begründen. Verlegen dachte sie an ihren verkleckerten Kittel, ihre sandbedeckten Pantoffel und ihr schlampiges Aussehen. So hatte sie sich ihre erste Begegnung mit dem Meisterharfner von Pern nicht vorgestellt. Sie senkte den Kopf.

»Ich rate den Leuten immer, daß sie erst tüchtig essen sollen, ehe sie etwas trinken«, entgegnete Meister Robinton mit einem freundlichen Lächeln. Er hob die Stimme. »Felena, das Kind hier bricht uns gleich vor Hunger zusammen.«

Menolly schüttelte den Kopf und wollte widersprechen, aber Felene befahl bereits einem der Helfer, Klah, einen Korb Brot und eine Platte mit Bratenaufschnitt zu bringen. Als alles vor ihr stand, wagte Menolly nicht aufzuschauen.

»Glaubst du, daß du einen winzigen Happen für einen erschöpften alten Mann entbehren könntest?« fragte Meister Robinton so kläglich, daß sie unwillkürlich aufschaute und lachen mußte. »Ich brauche auch eine Grundlage für den Wein. Außerdem steht mir heute abend harte Arbeit bevor.« Nun klang seine Stimme wieder sehr ernst.

Menolly beobachtete den Meisterharfner nachdenklich, während er das Brot brach und einige Scheiben Fleisch darauf legte. War irgend etwas auf Benden nicht in Ordnung? An einem Tag wie heute durfte es doch nur Glück geben ...

Aber schon lächelte er wieder, aß das Fleisch, trank den Wein leer und erhob sich. Mit einer tiefen Verbeugung nahm er Abschied von Menolly.

»Aber, Meisterharfner, Ihre Echsen-Eier ...«

»Später, Menolly. Ich hole sie später ab.«

Sie schaute der hochgewachsenen Gestalt nach, bis Robinton aus dem Küchengewölbe verschwunden war, und sie erkannte nur zu gut, daß sie es niemals wagen würde, ihn nach ihren Liedern zu fragen. Spielerei, mehr war das alles nicht — genau, wie Mavi und Yanus immer gesagt hatten. Zu unbedeutend, um einen Mann wie Meisterharfner Robinton damit zu belästigen.

Prinzessin summte leise und stupste ihre Wange mit dem kleinen Kopf an. Rocky flatterte von seinem Hochsitz nahe der Gewölbedecke auf ihre Schulter. Er schmiegte sich eng an sie und versuchte sie zu trösten.

So fand Mirrim sie, und beim Anblick der Freundin erwachte Menolly aus ihrer Apathie.

»Oh, ich freue mich so für dich, Mirrim! Siehst du, nun hat sich doch alles zum Guten gewendet.« Wenn Mirrim mit ihren großen Sorgen es fertiggebracht hatte, gute Laune zu zeigen, so würde sie es doch schaffen, ihrem Beispiel zu folgen.

»Hast du alles mitangesehen? Warst du wirklich in der Brutstätte? Ich hatte solche Angst, daß ich gar nicht hinzuschauen wagte!« Jede Sorge war jetzt aus Mirrims strahlenden Zügen gewichen. »Brekke hat zum erstenmal seit Tagen etwas gegessen. Und sie hat mich angelächelt, Menolly. Sie hat mich erkannt! Oh, es wird alles wieder gut. Auch F'nor stürzte sich über die Bratenstücke, die ich ihm brachte.« Sie lachte, nun nicht mehr ein Abbild von Felena oder Manora, sondern Mirrim, ein fröhliches, junges Mädchen. »Ich stibitzte aber auch die besten Bissen. Hoffentlich wird ihm nicht schlecht davon. Dann befahl ich ihm, sich um den armen Canth zu kümmern. Der Braune war ja schon ganz durchsichtig vor Hunger.« Sie senkte die Stimme. »Canth hat nämlich versucht, Wirenth und Prideth zu trennen. Kannst du dir das vorstellen? Ein Brauner, der eine Königin verteidigt! Und das nur, weil F'nor Brekke so liebt. Aber jetzt wird alles gut. Alle Probleme sind gelöst. Also — erzähl schon!«

»Erzählen? Was denn?«

Mirrim schaute sie ärgerlich an. »Wie sich alles abspielte, als Brekke die Brutstätte betrat. Ich sagte dir doch, daß ich nicht hinzuschauen wagte.«

Also schilderte Menolly den Verlauf der Ereignisse und beantwortete Mirrims tausend Fragen, bis sie völlig erschöpft war.

»So — und jetzt will ich von dir etwas wissen. Weshalb sehen alle so finster drein, weil dieser Jaxom den kleinen weißen Drachen für sich gewann? Er hat dem Tier doch das Leben gerettet! Der Drache wäre gestorben, wenn Jaxom ihn nicht aus dieser zähen Membran befreit hätte.«

»*Was!* Jaxom hat einen Drachen für sich gewonnen? Das wußte ich gar nicht.« Mirrims Augen waren schreckgeweitet. »Wie kam dieses Kind nur auf die entsetzliche Idee!«

»Weshalb entsetzlich?«

»Weil er der zukünftige Baron von Ruatha ist. Deshalb!«

Menolly war ein wenig verärgert über Mirrims schroffe Besserwisserei und sagte das auch.

»Schau — er kann nicht Baron und Drachenreiter *gleichzeitig* sein. Hast du denn gar nichts auf deiner Burg am Meer gelernt? Ach, da fällt mir etwas ein! Ich habe den Harfner von der Halbkreis-Bucht gesehen. Elgion heißt er, glaube ich. Soll ich ihm sagen, daß du hier bist?«

»Nein!«

»Deshalb brauchst du mir nicht gleich den Kopf abzureißen!« Und damit wirbelte Mirrim davon.

»Menolly, kannst du mir noch einmal verzeihen? Ich hatte völlig verschwitzt, dich abzuholen.« T'gellan trat an ihren Tisch, ehe sie Atem schöpfen konnte. »Paß auf, der Bergwerksmeister soll zwei Eier bekommen. Er kann nicht lange hierbleiben, und so brauchen wir rasch einen Behälter, der die Eier im *Dazwischen* schützt. Nein, bleib sitzen! He, du — komm mal her!« Er winkte einen der Weyrjungen näher. »Du spielst jetzt mal Menollys Kurier, ja?«

So verbrachte Menolly einen Großteil des Abends damit, in der Küche Fellbeutel für den Transport der kostbaren Eier zu nähen. Aber sie konnte die Fröhlichkeit draußen hören, und sie genoß das Spiel und den Gesang. Fünf Harfner, zwei Trommler und drei Pfeifer machten Musik für das Fest. Sie glaubte des öfteren Elgions kräftigen Tenor zu erkennen, aber sie rechnete nicht damit, daß er hier in der dunklen Küche nach ihr suchen würde.

Seine Stimme weckte einen Moment lang Heimweh nach der Meeresbrise und dem Geschmack herber Salzluft, und sie begann sich nach der Einsamkeit ihrer Klippenhöhle zu sehnen. Aber nur kurz. Sie gehörte hierher — in den Weyr. Ihre Sohlen würden bald verheilt sein; dann mußte sie nicht mehr wie ein altes Tantchen am Feuer sitzen. Aber wo brauchte man sie? Felena hatte genug Küchenhelferinnen, und wie oft aß man im Weyr schon Fisch? Aber gab es sonst etwas, wovon sie mehr verstand als die anderen? Nein, an ihre Musik wollte sie nicht mehr denken. Es fand sich bestimmt irgend etwas.

»Bist du Menolly?« fragte ein Mann unsicher.

Sie schaute auf und sah einen der Bergwerksleute, die bei der Gegenüberstellung einer Reihe unter ihr gesessen hatten.

»Ich bin Nicat, der Bergwerksmeister von Crom. Die Weyrherrin versprach mir zwei der Echsen-Eier.«

Trotz seiner steifen Zurückhaltung erkannte Menolly, daß er darauf brannte, diese beiden Eier zu besitzen.

»Hier sind sie, Meister«, sagte sie mit einem warmen Lächeln und deutete auf den Korb, der immer noch gut geschützt unter dem Tisch stand.

»Donnerwetter, du gehst kein Risiko ein, was?«

Er half ihr, den Tisch zur Seite zu rücken, und schaute ihr ängstlich auf die Finger, als sie die oberen Eier aus dem Sand buddelte.

»Könnte — ich wohl das Königinnen-Ei haben?« fragte er.

»Meister Nicat, Lessa hat Ihnen sicher erklärt, daß man bei den

Feuer-Echsen das Königinnen-Ei nicht erkennt.« T'gellan war unbemerkt an den Tisch getreten und hatte für Menolly geantwortet. Das Mädchen schaute ihn erleichtert an. »Das heißt, Menolly weiß es vielleicht . . .«

»Ja?« Bergwerksmeister Nicat schaute sie überrascht an.

»Sie besitzt nämlich neun Feuer-Echsen.«

»Neun?« Meister Nicat schaute sie jetzt mit gerunzelter Stirn an, und sie konnte seine Gedanken lesen: *Neun für ein Kind — und nur zwei für den Bergwerksmeister?*

»Such Meister Nicat zwei der besten aus, Menolly! Wir wollen ihn auf keinen Fall enttäuschen.« T'gellans Miene war todernst, aber er blinzelte Menolly hinter dem Rücken des Gildemeisters zu.

Sie nickte und verglich umständlich die Eier, ehe sie zwei für Nicat auswählte. Insgeheim hatte sie jedoch längst beschlossen, das Königinnen-Ei für den Meister-Harfner zurückzubehalten.

»Hier, Meister«, sagte sie und reichte Nicat den Fellbeutel mit dem kostbaren Inhalt. »Tragen Sie die Eier während des Fluges unter Ihrem Reitgewand — so sind sie am besten gegen die Kälte des *Dazwischen* geschützt.«

»Und was kommt danach?« fragte Meister Nicat unterwürfig, während er die Eier gegen die Brust preßte.

Menolly schaute hilfesuchend zu T'gellan, aber beide Männer hingen an ihren Lippen. Sie schluckte.

»Nun, nichts anderes als hier. Legen Sie die Eier in einen Korb, der mit Fell ausgekleidet oder mit heißem Sand gefüllt ist. Die Weyrherrin meinte, es sei noch etwa eine Siebenspanne Zeit, bis sie heranreifen. Sobald die Jungtiere schlüpfen, geben Sie ihnen etwas zu fressen — und reden Sie mit ihnen, die ganze Zeit über. Es ist wichtig, daß Sie . . .« Sie zögerte. Wie konnte sie diesem vierschrötigen Mann erklären, daß er Liebe und Zärtlichkeit ausstrahlen mußte . . .

»Es ist wichtig, daß Sie die kleinen Echsen ständig beruhigen. Gleich nach dem Schlüpfen sind sie sehr nervös. Sie haben heute die Drachen gesehen. Berühren Sie die Tierchen, streicheln Sie ihre Augenwülste . . .« Der Bergwerksmeister nickte zu jedem Satz. »Außerdem müssen sie täglich gebadet und eingeölt werden. Die Echsen kratzen sich, wenn ihre Haut rissig wird oder sich zu schälen beginnt.«

Meister Nicat warf T'gellan einen zweifelnden Blick zu.

»O doch, Menolly kennt sich aus. Sie hat ihren neun Echsen sogar beigebracht, im Chor zu singen . . .«

T'gellans lässige Beruhigung war bei Nicat fehl am Platz.

»Ja — aber wie bringt man sie erst mal dazu, daß sie *bleiben*?« fragte er spitz.

»Den Wunsch müssen *Sie* in ihnen wecken, Meister«, erklärte Menolly so fest, daß der Bergwerksmeister schwieg.

»Güte und Liebe, Meister Nicat — das sind die Hauptpunkte«, fügte T'gellan mit gleichem Nachdruck hinzu. »Aber ich sehe, daß T'gran wartet. Er wird Sie und Ihre Echsen-Eier nach Crom zurückbringen.« Und er führte den Bergwerksmeister hinaus.

Als T'gellan zu Menolly zurückkehrte, blitzte in seinen Augen der Schalk.

»Ich wette meine neue Reitjacke, daß der seine Echse nicht lange behält. Ein sturer Eisenschädel — kein Wunder bei seinem Beruf!«

»Sie hätten nicht sagen sollen, daß meine Echsen singen.«

»Warum nicht?« T'gellan schien ihre Kritik zu überraschen. »Mirrim hat das mit ihrem Trio nicht geschafft, obwohl sie die Kleinen schon länger abrichtet. Ich sagte . . . Aber selbstverständlich, Meister, F'lar hat auch für Sie ein Ei reservieren lassen.«

Und so ging es den ganzen Abend lang. Strahlend nahmen die ehrgeizigen Barone und Gilde-Oberen die kleinen Fellbeutel mit dem wertvollen Inhalt in Empfang. Als nur noch die Eier für Meisterharfner Robinton im Korb lagen, hatte sich Menolly daran gewöhnt, daß T'gellan immer wieder die Geschichte mit den singenden Feuer-Echsen auftischte. Zum Glück nahm niemand sie beim Wort, denn ihre erschöpften Freunde lagen zusammengerollt auf den Wandvorsprüngen und ließen sich auch durch das ausgelassene Singen und Lärmen im Weyrkessel nicht wecken.

Harfner Elgion genoß das Fest in vollen Zügen. Erst an diesem Abend kam ihm zu Bewußtsein, wie muffig das Leben in der Halbkreis-Bucht ablief. Yanus war ein tüchtiger Mann, ein hervorragender Fischer, gewiß, und seine Untertanen hielten eine Menge von ihm, aber ganz sicher verstand er es nicht, die Freuden des Daseins zu genießen.

In der Brutstätte, wo die Halbwüchsigen den jungen Drachen

gegenüberstanden, war sein Entschluß herangereift, selbst ein Echsen-Gelege zu finden — koste es, was es wolle. Das würde den tristen Alltag in der Burg am Meer ein wenig aufhellen. Und er wollte dafür sorgen, daß auch Alemi ein Ei bekam. Er hatte auf den Rängen flüstern gehört, daß T'gellan das Gelege an der Küste unterhalb der Halbkreis-Bucht entdeckt habe. Elgion hatte sich vorgenommen, ein längeres Gespräch mit dem Bronze-Reiter zu führen; aber seit der Gegenüberstellung war der Mann wie vom Erdboden verschwunden. Nun, irgendwann mußte er ja wieder auftauchen. Inzwischen spielte Elgion mit Oharan, dem Weyr-Harfner, den Gästen auf.

Eben war wieder ein Lied zu Ende, als er T'gellan entdeckte. Der Drachenreiter stand im Weyrkessel und half einem Gildeangehörigen in den Sattel eines Grünen. Gleichzeitig fiel Elgion auf daß sich die meisten Besucher im Aufbruch befanden. Der schöne Abend näherte sich unerbittlich seinem Ende. Er würde noch mit T'gellan sprechen und vielleicht ein paar Worte mit dem Meisterharfner wechseln und dann . . .

»Hierher, Freund!« rief er und winkte dem Bronzereiter.

»Oh, Elgion — einen Schluck Wein, bitte. Ich habe mir den Mund fransig geredet! Wenn man wenigstens das Gefühl hätte, daß es etwas nützt! Aber diese sturen Typen besitzen doch kein Gespür für Feuer-Echsen.«

»Ich hörte schon, daß Sie das Gelege entdeckt hatten. Doch nicht etwa in jener Höhle nahe den Drachen-Steinen?«

»Nahe den Drachen-Steinen? Aber nein. Ein ganzes Stück weiter entlang der Küste.«

»Dann war — *gar nichts* in der Höhle?« Elgions Stimme klang so bitter enttäuscht, daß T'gellan ihm einen scharfen Blick zuwarf.

»Kommt darauf an, was Sie erwartet hatten. Warum? Rechneten Sie mit etwas ganz Bestimmtem?«

Elgion überlegte kurz, ob er Alemis Vertrauen mißbrauchte, wenn er darüber sprach. Andererseits mußte er ganz einfach wissen, ob jene Laute aus der Höhle Flötenklänge gewesen waren. Das schuldete er seiner Berufsehre.

»Damals, als Alemi und ich die Höhle vom Boot aus sahen, hätte ich schwören mögen, daß ich eine Flötenmelodie hörte. Alemi beharrte darauf, daß es der Wind war, aber an jenem Tag wehte nicht einmal ein Lüftchen.«

»Sie haben sich nicht getäuscht«, sagte T'gellan mit einem Lächeln. »Es war eine Panflöte — aus Schilfrohr geschnitzt. Ich sah sie, als ich die Höhle durchsuchte.«

»Was? Und — und wer . . .?«

»Nun bleiben Sie doch sitzen. Weshalb sind Sie so aufgeregt?« T'gellan wollte den Harfner ein wenig zappeln lassen.

»Ich muß unbedingt wissen, wer die Flöte gespielt hat. Und wo sich dieser Unbekannte jetzt befindet!«

»Ach so. Das ist ganz einfach. Hier im Benden-Weyr.«

Elgion ließ sich auf den Stuhl zurückfallen, so traurig und enttäuscht, daß T'gellan beschloß, mit der Wahrheit herauszurükken.

»Erinnern Sie sich noch an den Tag, als wir Sie vor den Fäden retteten? Damals brachte auch T'gran jemanden in den Weyr.«

»Diesen Jungen?«

»Es war kein Junge, sondern ein Mädchen. Menolly. Sie hatte in jener Höhle gehaust . . . Aber was ist denn los?«

»Menolly! Hier? In Sicherheit? Wo ist der Meisterharfner? Ich muß ihn sofort sprechen. Kommen Sie, T'gellan, helfen Sie mir!«

Elgions Erregung war ansteckend, und obwohl T'gellan keine Ahnung hatte, worum es ging, unterstützte er den Harfner bei seiner Suche. Er entdeckte Meister Robinton im Gespräch mit Manora an einem versteckten Tisch des Weyrkessels.

»Meister, Meister, ich habe sie gefunden!« schrie Elgion und baute sich neben Robinton auf.

»Was? Die Liebe deines Lebens?« fragte Robinton freundlich.

»Nein, Meister. Petirons Schülerin.«

»Der alte Mann hatte eine Schüler*in*?«

Elgion sah zu seiner Genugtuung das Staunen in den Zügen des Meisterharfners. Er nahm ihn am Arm und versuchte ihn hochzuzerren.

»Sie lief aus der Burg am Meer weg, weil man ihr dort nicht erlaubte, Musik zu machen. Zumindest nehme ich das an. Sie ist Alemis Schwester . . .«

»Was höre ich da über Menolly?« fragte Manora und stellte sich den beiden in den Weg.

»Menolly?« Robinton hob die Hand, um Elgions aufgeregte Worte zu unterbrechen. »Das reizende Kind mit den neun Feuer-Echsen?«

»Was wollen Sie von Menolly, Meister Robinton?« Manoras Stimme klang so streng, daß der Harfner stehenblieb.

Er holte tief Atem. »Meine hochverehrte Manora, der alte Petiron schickte mir zwei Balladen, die sein ›Schüler‹ geschrieben hatte. Zwei der schönsten Melodien, die ich während meiner ganzen Laufbahn als Harfner zu Ohren bekommen habe. Er wollte wissen, ob sie etwas taugten . . .« Robinton drehte die Augen zur Decke. »Ich sandte ihm sofort Antwort, aber inzwischen war der alte Mann gestorben. Elgion fand meine Botschaft ungeöffnet vor, als er in der Halbkreis-Bucht eintraf, und er konnte um nichts in der Welt diesen Schüler ausfindig machen. Der Fischer-Baron schwindelte etwas von einem Pflegling, der auf seine eigene Burg zurückgekehrt sei. Was nimmt Sie denn so mit, Manora?«

»Es ist — wegen Menolly. Ich wußte, daß irgend etwas dem Mädchen das Herz gebrochen hatte, aber nicht, was es war. Sie — sie kann vielleicht nie wieder spielen, Meister Robinton. Mirrim verriet mir, daß sie eine schlimme Narbe an der linken Hand hat.«

»Und ob sie spielen kann!« riefen T'gellan und Elgion gleichzeitig.

»Ich hörte aus jener Höhle eine Panflöte — und die kann man nur mit zwei Händen greifen«, erklärte Elgion hastig.

»Und ich sah, wie Menolly diese Flöte versteckte, als wir die Höhle ausräumten«, fügte T'gellan hinzu. »Außerdem hat sie ihre Feuer-Echsen zum Singen abgerichtet.«

»Was!« Blitze sprühten in den Augen des Meisterharfners, und er ging zielstrebig auf die Küchenkaverne zu.

»Nicht so rasch, Meister«, bremste ihn Manora. »Erschrecken Sie das Kind nicht!«

»Ja, das weiß ich. Ich unterhielt mich bereits eine Weile mit ihr, und jetzt begreife ich auch, weshalb sie so scheu war.« Der Meisterharfner runzelte die Stirn und schaute T'gellan so lange an, bis der Bronzereiter unruhig wurde. »Woher wissen Sie, daß ihre Echsen singen können?«

»Weil sie gestern abend einen Begleitchor zu Oharans Musik anstimmten.«

»Hmm, das ist ja sehr aufschlußreich. Paßt auf — wir machen es so . . .«

Die meisten Besucher waren aufgebrochen, und Müdigkeit überfiel Menolly. Aber immer noch tauchte der Meisterharfner nicht auf, um seine Echsen-Eier abzuholen. Und sie wollte nicht gehen, ehe sie ihn noch einmal gesehen hatte. Er war so freundlich zu ihr gewesen, und sie hütete die Erinnerung an dieses Zusammentreffen wie einen kostbaren Schatz. Der Meisterharfner von Pern hatte sie auf den Armen getragen, Menolly — Menolly von den Neun Feuer-Echsen. Sie stützte die Ellbogen auf den Tisch und legte das Kinn in die Hände. Nicht einmal die rauhe Narbe störte sie in diesem Moment.

Sie nahm die Musik nicht gleich wahr, so sanft und verhalten klang sie. Oharan saß an einem Tisch in der Nähe und fingerte verträumt an seiner Gitarre herum.

»Magst du mich nicht begleiten, Menolly?« fragte Oharan nach einer Weile leise. Sie schaute auf, und er kam an ihren Tisch. Nun ja, warum nicht? Das half ihr vielleicht, wach zu bleiben, bis der Meisterharfner kam. Also sang sie zum Klang der Gitarre. Prinzessin und Rocky hoben die Köpfe. Rocky schlief nach einem verdrießlichen Zetern wieder ein, aber Prinzessin flatterte Menolly auf die Schulter, und ihr zarter Sopran verschmolz mit Menollys Stimme.

»Sing noch eine Strophe, Menolly!« bat Manora. Sie tauchte aus dem Schatten des Küchengewölbes auf.

Die Aufseherin zog sich einen Stuhl heran und schloß die Augen. Oharan spielte einen Zwischenakkord und begann mit der zweiten Strophe.

»Deine Stimme ist eine Wohltat«, murmelte Manora. »Noch ein einziges Lied, Mädchen, dann gehe ich schlafen.«

Dagegen konnte Menolly kaum etwas sagen. Sie warf Oharan einen fragenden Blick zu, weil sie nicht wußte, was sie als nächstes singen sollte.

»Versuch mich einfach zu begleiten«, schlug der Weyrharfner vor und ließ sie nicht aus den Augen, als er die ersten Töne anschlug. Menolly kam das Lied bekannt vor; es hatte einen mitreißenden Rhythmus, und sie begann zu singen, ehe ihr bewußt wurde, weshalb ihr die Melodie so vertraut erschien. Sie war müde und hatte weder von Manora noch von Oharan eine Falle erwartet. Aber was der Harfner spielte, war eines der beiden Lieder, die sie für Petiron niedergeschrieben hatte: die Melodien, die er dem Meisterharfner hatte schicken wollen.

Sie stockte.

»Sing weiter, Menolly«, sagte Manora. »Es ist so ein schönes Lied.«

»Vielleicht sollte sie ihre eigene Komposition besser *spielen*«, meinte jemand dicht hinter ihr im Schatten. Und der Meisterharfner trat vor und reichte ihr seine Gitarre.

»NEIN! NEIN!« Menolly war aufgesprungen und verschränkte die Hände hinter dem Rücken. Prinzessin zeterte ängstlich und drückte sich enger an sie.

»Tu es für mich!« bat der Meisterharfner eindringlich.

Noch zwei Leute kamen aus dem Dunkel — T'gellan, der sie breit angrinste, und Elgion. Woher wußte der junge Harfner Bescheid? Und warum wirkte er so zufrieden und stolz? In ihrer Verwirrung schlug Menolly beide Hände vors Gesicht. Sie war ihnen glatt in die Falle gegangen.

»Hab doch keine Angst, Kind«, sagte Manora rasch. Sie nahm Menolly am Arm und drückte sie sanft zurück auf ihren Stuhl. »Es gibt hier nichts zu befürchten — weder für dich noch für dein großes Musiktalent!«

»Aber ich kann nicht spielen . . .« Sie hielt die Hand hoch. Robinton nahm sie in seine und fuhr mit dem Finger prüfend über den Narbenwulst.

»Doch, Menolly«, sagte er ruhig und schaute sie dabei freundlich an. »Elgion hörte dich, als du in jener Höhle die Panflöte spieltest.«

»Aber ich bin nur ein Mädchen«, warf sie ein. »Und Yanus sagte mir . . .«

»Unsinn!« unterbrach sie der Meisterharfner mit einer Spur von Ungeduld. »Hätte Petiron mir nur gleich die Wahrheit geschrieben, dann wäre dir eine Menge Kummer und uns eine lange Suche erspart geblieben. *Willst* du denn nicht zu uns Harfnern gehören?« Das klang so wehmütig und enttäuscht, daß Menolly ihn beruhigen mußte.

»O doch, doch! Musik bedeutet mir mehr als alles andere im Leben . . .« Prinzessin auf ihrer Schulter summte sanft, und Menolly hielt den Atem an.

»Was gibt es denn nun schon wieder?« fragte Robinton.

»Meine Feuer-Echsen. Und Lessa sagte, daß ich in den Weyr gehöre.«

»Lessa läßt es bestimmt nicht zu, daß *neun singende Feuer-Echsen* ihren Weyr unsicher machen!« sagte der Harfner mit einer Stimme, die keinen Widerspruch duldete. »Und sie gehören in *meine* Gildehalle. Du wirst uns einiges beibringen müssen, Mädchen.« Er strahlte so gutgelaunt, daß sie schüchtern zu lächeln begann. »So«, meinte er und drohte ihr mit dem Finger. »Und ehe dir neue Ausreden oder Hindernisse einfallen, packst du bitte meine Echsen-Eier und deine Habseligkeiten ein und begleitest mich in die Gildehalle, ja? Der Tag war anstrengend für mich.«

Er drückte ihr beruhigend die Hand, und seine freundlichen Blicke erstickten jeden Widerspruch im Keim. Alle Zweifel und Ängste, die Menolly je gehegt hatte, verflogen in diesem Augenblick.

Prinzessin schmetterte mit heller Stimme und weckte die anderen. Langsam stand Menolly auf, gestützt vom Meisterharfner.

»Ich komme ja so gern, Meister Robinton«, sagte sie unter Tränen.

Und neun Feuer-Echsen gaben im Chor ihre Zustimmung.

ANNE McCAFFREY

DRACHENSINGER

Science Fiction-Roman

Bechtermünz Verlag

PERSONEN

In der Harfner-Gilde:
Robinton, Meisterharfner – Bronze-Echse Zair

Meister Jerint, Instrumentenbauer
Domick, Komposition
Morshal, Musiktheorie
Shonagar, Stimmausbildung
Arnor, Archivar
Oldive, Heiler

Gesellen Sebell – Goldechse Kimi
Brudegan
Talmor
Dermently

Lehrlinge Piemur
Ranly
Timiny
Brolly
Bonz

Menolly – neun Feuerechsen:
Goldechse Prinzessin
Bronze-Echsen Rocky und Taucher
Braune Echsen Faulpelz, Spiegel und Brownie
Blaue Echse Onkelchen
Grüne Echsen Tantchen Eins und Tantchen Zwei

Gastschülerinnen Amania
Audiva
Pona
Briala
Silvina, Wirtschafterin
Abuna, Köchin
Camo, schwachsinniger Küchenhelfer
Dunca, Verwalterin des Mädchenhauses

Zeichnung: Peterka · Ringer · 1990
High Reaches Weyr
Cron Hold
high reaches
Ruatha Hold
Nabol Hold
fort
Tillek Hold
tillek
Fort Weyr
boll
Südl. Boll Hold

bitra
Bitra Hold
Benden Weyr
lemos
Lemos Hold
benden
Keroon Hold
keroon
Seehold
nerat
Nerat Hold
Südweyr

Auf der Burg Fort:
Baron Groghe – Goldechse Merga
Benis, Sohn von Groghe
Viderian, Pflegesohn
Ligand, Gerber-Geselle
Palim, Bäcker
T'ledon, Drachenreiter

Auf der Burg in der Halbkreis-Bucht:
Yanus, See-Baron
Mavi, seine Frau
Alemi, Sohn von Yanus
Petiron, alter Harfner
Elgion, neuer Harfner

Im Benden-Weyr:
F'lar, Weyrführer
Lessa, Weyrherrin
T'gellan, Bronzereiter
F'nor, Brauner Reiter – Goldechse Grall
Brekke, Königinreiterin – Bronze-Echse Berd
Manora, Gesinde-Aufseherin
Felena, ihre Stellvertreterin
Merrim, Pflegetochter von Brekke – drei Feuerechsen

1

Die Königin klein und golden
Droht schrill der weiten See.
Tod bringt die Flut
Der jungen Brut.
Sie schreit hinaus ihr Weh.

Ein junger Fischer kam des Wegs,
Als sie die Wogen schalt.
Nach Muscheln sucht
Er in der Bucht,
Doch plötzlich macht er halt.

Er konnte es nicht glauben,
Was seine Augen sahn:
War's Fantasie?
Geschöpfe wie sie
Galten als Spuk und Wahn.

Das Weh der kleinen Echse
Trieb rasch zum Handeln ihn.
Am Klippenrand
Eine Höhle er fand,
Und brachte die Eier hin.

Die Königin klein und golden
Auf seine Schulter flog.
Ein strahlender Blick
Verriet ihr Glück,
Eh dankbar von dannen sie zog.

Als Menolly, die Tochter des See-Barons Yanus, in der Gildehalle Einzug hielt, kam sie stilgerecht per Drachenschwingen. Sie saß auf Monarths Rücken zwischen dem Bronzereiter T'gellan und Robinton, dem Meisterharfner von Pern. Wenn man bedachte, daß man ihr eingehämmert hatte, Mädchen könnten nie und nimmer den Harfnerberuf erlernen; wenn man bedachte, daß sie von daheim fortgelaufen war und in der Wildnis gelebt hatte, weil sie ein Leben ohne Musik nicht ertrug — dann war ihre Ankunft hier ein gewaltiger Triumph.

Und doch hatte sie Angst vor dem, was sie erwartete. Sicher, die Musik würde ihr in der Harfner-Gilde keiner verwehren. Und sie hatte auch einige Balladen geschrieben, die dem Meisterharfner zu Ohren gekommen waren und ihm gefielen. Aber das betrachtete sie als Spielerei, als nutzloses Zeug. Was konnte schon ein Mädchen, selbst wenn es den Kindern auf der Burg Unterricht in den alten Lehrgesängen erteilt hatte, hier in der Gildehalle, dem Ursprung aller Balladen, arbeiten? Besonders ein Mädchen, das unbeabsichtigt neun Feuerechsen an sich gebunden hatte — wo jeder auf Pern seinen linken Arm dafür geben würde, nur eine einzige zu besitzen! Was hatte Meister Robinton mit ihr im Sinn?

Sie konnte nicht mehr denken, sie war zu müde. Sie hatte einen langen, aufregenden Tag im Benden-Weyr hinter sich, auf der anderen Seite des Kontinents, wo jetzt tiefe Nacht herrschte. Hier in Fort dagegen setzte erst die Abenddämmerung ein.

»Noch ein paar Minuten«, flüsterte ihr Robinton zu. Sie hörte ihn lachen, weil genau in diesem Moment Monarth hell lostrompetete, um den Wachdrachen der Burg zu begrüßen. »Halt durch, Menolly! Ich weiß, du mußt völlig am Ende sein. Sobald wir landen, hole ich Silvina; die wird dich pflegen. Schau . . .!« Er deutete auf ein erleuchtetes Gebäudeviereck am Fuße der Burgklippe. »Das ist die Harfnerhalle.«

Ein Zittern durchlief sie, weil sie müde war, weil sie von dem Ritt durchs *Dazwischen* fror — und weil sie Angst hatte. Monarth kreiste jetzt über den Dächern, und Gestalten strömten aus den Toren in den Hof. Sie winkten begeistert nach oben. Irgendwie hatte Menolly nicht erwartet, so viele Leute in der Gildehalle anzutreffen.

Sie hielten einen Respektabstand ein, als der große Bronzedrache mit seinen weiten Schwingen landete.

»Ich habe zwei Feuerechsen-Eier!« rief Meister Robinton. Die Tongefäße mit dem kostbaren Inhalt fest an die Brust gedrückt, glitt er von Monarths Schulter in die Tiefe. Man merkte seinen Bewegungen an, daß er Drachenritte gewohnt war. »Zwei Feuerechsen-Eier!« wiederholte er strahlend und eilte mit raschen Schritten davon, um seinen neuen Besitz herumzuzeigen.

»Meine Echsen!« Besorgt schaute Menolly sich um. »Sind sie

uns gefolgt, T'gellan? Oder haben sie sich im *Dazwischen* verirrt?«

»Bestimmt nicht, Menolly!« erwiderte T'gellan und deutete auf das Schieferdach im Hintergrund. »Aber Monarth hat ihnen auf meinen Rat hin befohlen, sich erst mal dort niederzulassen.«

Mit einem Seufzer der Erleichterung betrachtete Menolly die vertrauten Silhouetten ihrer Feuerechsen, die sich gegen das Dämmerlicht vom Dachfirst abhoben.

»Wenn sie sich nur nicht so aufführen wie in Benden . . .«

»Das glaube ich kaum«, beruhigte T'gellan sie leichthin. »Du hast sie gut im Griff — besser als F'nor seine kleine Königin. Dabei ist F'nor ein ausgebildeter Drachenreiter.« Er schwang sein rechtes Bein über Monarths Nackenwulst und ließ sich zu Boden gleiten. Dann streckte er beide Arme aus. »Mach das nach! Ich fang dich auf, damit deine wunden Sohlen keinen Stoß abbekommen.« Und geschickt hielt er sie, als sie von Monarths Rücken rutschte. »So ist es gut — und damit wären wir wohlbehalten in der Harfnerhalle angelangt.« Er machte eine weitausholende Geste, als sei die Ankunft einzig und allein sein Werk.

Menolly warf einen Blick über den Hof, wo die hochgewachsene Gestalt des Meisterharfners alle anderen überragte. Befand sich Silvina unter seinen Zuhörern? Menolly hoffte nur, daß Robinton sie bald abholte. T'gellans Beteuerungen, daß ihre Echsen brav sein würden, traute sie nicht so recht. Die Tiere hatten sich eben erst an den Benden-Weyr und seine Bewohner gewöhnt — und die besaßen einige Erfahrung mit geflügelten Hausgenossen.

»Nun sorg dich doch nicht, Menolly!« meinte T'gellan und faßte sie ungeschickt an der Schulter. »Denk lieber daran, daß jeder Harfner von Pern verzweifelt nach Petirons verschwundenem Schützling gesucht hat . . .«

»Weil sie glaubten, ich sei ein Junge!«

»Meister Robinton fand den Unterschied unwichtig, sonst hätte er dich kaum gebeten, mit hierherzukommen. Die Zeiten ändern sich, Menolly, und auch die anderen werden nichts dabei finden, daß du ein Mädchen bist — ganz sicher nicht! Paß nur auf, in einer Siebenspanne wirst du vergessen haben, daß du je anderswo warst.« Der Bronzereiter lachte leise. »Beim Großen Ei, Mädchen, du hast in der Wildnis gelebt, du hast einen Wettlauf mit den Fäden gewagt und neun Feuerechsen für dich gewonnen! Und da fürchtest du dich vor den Harfnern?«

»Wo steckt denn Silvina?« Die Stimme des Meisterharfners übertönte den Lärm der anderen. Einen Moment lang herrschte Schweigen, und jemand lief los, um die Frau zu suchen. »Und jetzt bitte keine Fragen mehr! Ihr wißt das Wichtigste — Einzelheiten erzähle ich euch später. Laß mir diese Tongefäße nicht fallen, Sebell! Aber eine gute Nachricht habe ich noch für euch: Petirons verschwundener Schützling ist gefunden!«

Robinton achtete nicht auf die erstaunten Ausrufe, sondern löste sich von der Menge und winkte T'gellan, Menolly zu ihm zu bringen. Eine Sekunde lang kämpfte das Mädchen gegen den Wunsch an, kehrtzumachen und davonzulaufen, so unmöglich das auch mit ihren zerfetzten Sohlen war. T'gellan legte ihr fest den Arm um die Schulter, als spürte er ihre Unsicherheit.

»Du hast von den Harfnern nichts zu befürchten«, wiederholte er leise, als er sie über den Hof führte.

Robinton kam ihnen auf halbem Wege entgegen. Er strahlte vor Freude, als er ihre rechte Hand nahm. Dann befahl er mit einem Wink Stille.

»Das hier ist Menolly, die Tochter des See-Barons Yanus aus der Burg in der Halbkreis-Bucht — und Petirons Schützling!«

Wie immer die Harfner diese Eröffnung aufnahmen, man verstand kein Wort, denn mit einemmal vollführten die Feuerechsen auf dem Dachfirst einen Höllenspektakel. Ergriffen von der Furcht, der ganze Schwarm könne sich auf die Harfner stürzen, wirbelte Menolly herum — und wirklich, sie spreizten bereits angriffslustig die Schwingen. Streng befahl ihnen das Mädchen, auf dem Dach sitzenzubleiben. Dann aber blieb ihr keine Ausflucht mehr; sie mußte sich dem Meer von Gesichtern zuwenden, die einen lächelnd, die anderen verblüfft über ihre Feuerechsen — aber insgesamt einfach viel zu viele.

»Ja, und diese Feuerechsen gehören Menolly«, fuhr Robinton fort. Sein mächtiger Baß übertönte mit Leichtigkeit das Gemurmel der Menge. »Genauso wie die schöne Ballade von der Echsenkönigin Menollys Werk ist. Nur daß es kein Fischer war, der die Eier vor dem Hochwasser rettete, sondern sie selbst. Und als man ihr nach dem Tod des alten Petiron daheim in der Halbkreis-Bucht das Singen und Musizieren verbot, lief sie fort und fand Unterschlupf in der Höhle der Echsenkönigin; dort erlebte sie mit, wie die Jungtiere schlüpften, und gewann neun von ihnen für sich, ohne zu wissen, was sie tat.« Applaus brandete auf, und Robinton mußte schreien, um sich verständlich zu machen. »Außerdem hat sie ein zweites Gelege am Strand gefunden, und ich — ich bekam zwei von den Eiern!«

Der Jubel, der jetzt erklang, hallte von den Mauern wider; die Echsen fielen mit schrillem Geschrei ein. »Na, was habe ich gesagt!« flüsterte T'gellan dem Mädchen zu.

»Wo steckt denn Silvina?« fragte der Harfner von neuem, diesmal mit einem ungeduldigen Unterton.

»Hier — und du solltest dich schämen, Robinton!« entgegnete eine Frau, die sich durch die dichtgedrängte Menschentraube schob. Menolly erblickte flüchtig ein sehr hellhäutiges Gesicht mit großen, ausdrucksvollen Augen und hohen Wangenknochen, eingerahmt von dunklem Haar. Dann zogen kräftige, aber sanfte Hände sie von Robinton fort. »Wie kann man ein Kind solchen Strapazen aussetzen! Schsch — Ruhe jetzt! Ihr bringt mit eurem Geschrei die armen kleinen Geschöpfe da droben halb um den Verstand. Bist du denn von allen guten Geistern verlassen, Robinton? Los — verschwindet jetzt alle! Meinetwegen könnt ihr die ganze Nacht im Saal durchfeiern, wenn ihr die Energie dazu aufbringt, aber die Kleine schaffe ich jetzt erst mal ins Bett. T'gellan, wenn du mir helfen könntest . . .«

Gutmütig machten die Leute ihr eine Gasse frei.

»Es ist heute schon zu spät, sie in Duncas Pension bei den anderen Mädchen unterzubringen«, sagte Silvina zu T'gellan. »Wir legen sie einfach in eines der Gästezimmer.«

Menolly, die im Halbdunkel des Korridors kaum etwas erkennen konnte, stieß mit den Zehen gegen eine Fliesenkante und schrie unwillkürlich auf.

»Was ist denn, Kind?« fragte Silvina besorgt.

»Meine Füße . . .« Menolly würgte die Tränen zurück. Silvina sollte sie nicht für weichlich halten.

»Moment, ich trage sie«, sagte T'gellan, und ehe Menolly widersprechen konnte, hatte er sie hochgehoben. »Geh voraus, Silvina!«

»Dieser verflixte Robinton!« schimpfte Silvina. »Er macht freilich Tag und Nacht ohne eine Spur von Müdigkeit durch, aber er vergißt, daß andere . . .«

»Aber nein, ich stehe tief in seiner Schuld«, verteidigte ihn Menolly. »Er hat so viel für mich getan.«

»Pah, im Gegenteil, er steht in *deiner* Schuld, Menolly«, meinte der Drachenreiter mit einem rätselhaften Lachen. »Du wirst den Heiler holen müssen, Silvina, damit er sich um ihre Füße kümmert«, fuhr er fort, während er das Mädchen die breite Treppe nach oben trug. »Wir haben sie so gefunden. Sie lief vor den Sporen davon.«

»Was?« Silvina drehte sich um und starrte Menolly mit weit aufgerissenen Augen an.

»Beinahe hätte sie es auch geschafft. Lief sich natürlich die Sohlen wund. Ein Reiter aus meinem Geschwader entdeckte sie und brachte sie zum Benden-Weyr.«

»In dieses Zimmer, T'gellan. Das Bett steht links. Ich mache gleich Licht.«

»Keine Angst, ich sehe gut genug.« T'gellan legte Menolly vorsichtig auf das Bett. »Ich öffne erst mal die Läden, Silvina, damit ihre Echsen herein können. Die Biester halten bestimmt nicht mehr lange still.«

Menolly hatte sich auf den weichen, duftenden Strohsack sinken lassen. Nun löste sie den Riemen, mit dem sie das winzige Bündel ihrer Habseligkeiten festgeschnallt hatte, aber sie fand nicht mehr die Kraft, nach der Felldecke zu greifen, die zusammengerollt am Fußende des Bettes lag. Sobald T'gellan die Läden aufgestoßen hatte, rief sie ihre Freunde.

»Ich habe schon viel von diesen Feuerechsen gehört«, plauderte Silvina. »Aber bisher bekam ich nur kurz die kleine Königin von Baron Groghe zu Gesicht . . . beim Ei, was ist denn das?«

Silvinas erschreckter Aufschrei ließ Menolly hochfahren. Sie sah, daß ihre Echsen die Wirtschafterin in engen Kreisen umflogen.

»Wie viele von den Biestern hast du denn, Menolly?«

»Nur neun«, lachte T'gellan, belustigt über Silvinas Verwirrung. Sie reckte den Hals und bemühte sich, die eine oder andere der kreisenden Echsen genauer zu betrachten.

Menolly befahl ihnen, auf der Stelle das wilde Geflatter zu lassen. Rocky und Taucher landeten auf dem Tisch nahe der Wand, während Prinzessin, wie immer die Mutigste, sich auf Menollys Schulter setzte. Die anderen kauerten sich auf die Fenstersimse. Ihre schillernden Augen sprühten orangerote Funken; das verriet ihre Angst und ihr Mißtrauen.

»Also, das sind die schönsten Geschöpfe, die ich je gesehen

habe«, meinte Silvina und musterte aufmerksam die beiden Bronze-Echsen auf dem Tisch. Rocky begann zu zetern, als er merkte, daß die Rede von ihm war. Er faltete die Schwingen eng an den Körper, hielt den Kopf schräg und starrte Silvina an. »Guten Abend, mein kleiner Bronze-Freund!«

»Der freche Kerl heißt Rocky«, erklärte T'gellan, »und die zweite Bronze-Echse ist Taucher, stimmt's, Menolly?« Sie nickte, froh darüber, daß der Drachenreiter ihr das Reden abnahm. »Die Grünen werden Tantchen Eins und Zwei genannt . . .« Die beiden begannen zu keifen wie alte Weiber, und Silvina lachte hell auf. »Der Blaue ist Onkelchen, aber die Braunen kenne ich immer noch nicht auseinander . . .«

Er schaute Menolly fragend an.

»Faulpelz, Spiegel und Brownie«, stellte Menolly die drei Echsen der Reihe nach vor. »Und das hier ist meine Prinzessin, Silvina.« Sie sprach den Namen der Wirtschafterin scheu aus, weil sie ihren Rang in der Harfner-Gilde nicht genau kannte.

»Der Name paßt zu ihr. Wie eine kleine Drachenkönigin sieht sie aus. Und scheint genauso stolz zu sein.« Dann warf Silvina Menolly einen hoffnungsvollen Blick zu. »Wäre es möglich, daß aus einem der Eier, die Robinton mitgebracht hat, eine kleine Goldechse schlüpft?«

»Ich würde es mir so sehr wünschen!« rief Menolly leidenschaftlich. »Aber bei Echsen-Gelegen kann man nur schwer erkennen, welches das Königinnen-Ei ist.«

»Na, ich glaube, ihm kommt es auf die Farbe nicht an.« Silvina wandte sich dem Drachenreiter zu. »Aber da wir gerade beim Thema sind — hat Brekke nun die Jungkönigin für sich gewonnen oder nicht? Wir machen uns solche Sorgen um das Mädchen, seit ihre Drachenkönigin umkam.«

»Nein, Brekke ging leer aus.« T'gellan setzte rasch ein Lächeln auf, um Silvina zu beruhigen. »Ihre Feuerechse vereitelte die Gegenüberstellung.«

»Das ist nicht möglich!«

»Doch. Du hättest dabeisein sollen, Silvina. Das winzige Bronze-Kerlchen schoß auf die Drachenkönigin zu und kreischte sie an wie ein Wher. Ließ das Mädchen nicht in die Nähe der neuen Königin. Aber Brekke löste sich durch den Schock aus ihrer Trance, und F'nor meint, sie sei nun über dem Berg. Der kleine Berd hat sie gerettet.«

»Einfach unglaublich.« Silvina betrachtete die beiden Bronze-Echsen mit neuem Respekt. »Das heißt ja, daß sie Verstand besitzen . . .«

»Sieht so aus«, bestätigte T'gellan. »F'nor setzt seine kleine Königin Grall für Botenflüge zu den anderen Drachen-Weyrn ein. Leider . . .« — T'gellan lachte nachsichtig — »kehrt sie nicht immer so prompt zurück, wie sie fortfliegt. Menolly hat ihre Schar besser erzogen, du wirst schon sehen.« Der Drachenreiter wandte sich zum Gehen; auf der Schwelle gähnte er mit weit aufgerissenem Mund. »Tut mir leid . . .«

»Ach was«, fiel Silvina ihm ins Wort. »Die Schuld liegt bei mir. Ich bedränge euch da mit meiner Neugier, obwohl ihr euch kaum noch auf den Beinen halten könnt. Sieh zu, daß du jetzt heimkommst, T'gellan! Und vielen Dank für deine Hilfe.«

»Alles Gute, Menolly — einen gesunden Schlaf brauche ich dir wohl nicht zu wünschen.« T'gellan verabschiedete sich mit einem Blinzeln und war im Korridor verschwunden, ehe sie ihm danken konnte.

»So, und jetzt sehen wir uns mal deine Füße an . . .« Silvina streifte vorsichtig Menollys Pantoffeln ab. »Hmm. So gut wie verheilt — kein Wunder bei Manoras Pflege. Aber Meister Oldive soll die Sohlen morgen noch einmal untersuchen. Was ist in dem Packen da?«

»Meine Sachen. Ich habe nicht viel mitgebracht . . .«

»Da, ihr beiden, paßt auf das Bündel auf, dann könnt ihr keinen Unfug treiben.« Silvina legte die Sachen zwischen Rocky und Taucher auf den Tisch. »Und jetzt mach es dir bequem, Menolly. Der Schlaf bringt alles wieder in Ordnung. Du hast ganz dunkle Ringe unter den Augen.«

»Ich fühle mich hier aber wohl . . .«

»Das hoffe ich auch. Wo hast du bisher gelebt? In einer Höhle? Weißt du auch, daß die Harfner von Pern in allen Höfen und Gildehallen nach dir suchten?« Silvina half ihr geschickt beim Ausziehen. »Und nur, weil der alte Petiron zu erwähnen vergaß, daß du ein Mädchen bist!«

»Ich glaube nicht, daß er es vergaß«, sagte Menolly langsam; ihr kam wieder der erbitterte Kampf in den Sinn, den ihre Eltern gegen sie geführt hatten. »Er erklärte mir, daß Mädchen niemals Harfner werden dürften.«

Silvina musterte sie lange und aufmerksam. »Das galt vielleicht früher. Oder unter einem anderen Meisterharfner. Aber Petiron hätte seinen Sohn gut genug kennen müssen . . .«

»Petiron war Meister Robintons Vater?«

»Hat er dir das nie erzählt?« Silvina schwieg, während sie die Felldecke über Menolly ausbreitete. »Der alte Sturkopf! Fest entschlossen, sich aus der Wahl seines Sohnes zum Meisterharfner nur ja keine Vorteile zu verschaffen! Deshalb verkroch er sich auch in dieser Klitsche am anderen Ende der Welt . . . oh — entschuldige, Menolly!«

»Aber die Halbkreis-Bucht liegt nun mal ganz schön abseits.«

»Nicht, wenn Petiron *dich* dort fand«, erklärte Silvina mit großer Entschiedenheit, »und in seinen Künsten unterrichtete.« Sie deckte die Leuchte ab. »Aber jetzt ist genug geredet. Ich lasse die Läden offen, wenn du mir versprichst, daß du morgen früh ausschläfst.«

Das Mädchen murmelte eine Antwort und seufzte tief, als sich die Tür hinter Silvina schloß. Prinzessin kuschelte sich sofort an ihr Ohr, und gleich darauf suchten auch die anderen Echsen Zuflucht in dem weichen Bett. Menolly rollte sich behaglich zusammen; sie war todmüde, aber sie konnte keinen Schlaf finden. Die schier unglaublichen Ereignisse des Tages wirbelten in ihren Gedanken umher.

Sie spürte den schwachen Duft von Prinzeßchen, die süßen Kräuter des Strohsacks und den Erdgeruch der Felder, den der Nachtwind hereintrug, hin und wieder vermischt mit Torfgeruch. Das Frühjahr hatte eben erst begonnen, und man kam abends noch nicht ohne Feuer aus.

Seltsam, daß sie nicht mehr den Salzgeschmack der See spürte, denn Meer und Fischgeruch hatten, von der letzten Siebenspanne abgesehen, die fünfzehn Planetenumläufe ihres Lebens bestimmt. Wie schön zu wissen, daß sie für immer mit der See gebrochen hatte. Sie würde nie mehr im Leben einen Stachelschwanz ausnehmen müssen, nie wieder einen Schnitt oder eine Infektion riskieren. Noch konnte sie ihre beschädigte Hand nicht voll einsetzen, aber eines Tages würde sie auch das schaffen. Nichts war unmöglich, jetzt, da sie allen Schwierigkeiten zum Trotz in der Harfnergilde Zuflucht gefunden hatte. Manora hatte ihr versichert, daß die Finger nach und nach ihre alte Gelenkigkeit wiederbekämen. Und ihre Füße heilten bereits jetzt. Der Gedanke, daß sie versucht hatte, vor der Sporenfront davonzurennen, belustigte Menolly nun fast. Dieser Wahnsinnslauf hatte sie nicht nur vor den ätzenden Fäden gerettet; er hatte sie zum Benden-Weyr gebracht, wo sie dem Meisterharfner von Pern begegnet war. Ein ganz neues Leben lag vor ihr.

Und ihr heißgeliebter Lehrer Petiron war Meister Robintons Vater gewesen? Sie hatte gewußt, daß der alte Harfner eine Menge von seinem Handwerk verstand, aber ihr war nie der Gedanke gekommen, was ein so hochbegabter Mann in der verlassenen Halbkreis-Bucht tat, wo keiner außer ihr seine Musik zu schätzen wußte. Wenn nur Yanus, ihr Vater, zugelassen hätte, daß sie bei der Ankunft des neuen Harfners die Gitarre spielte ... aber man hatte so sehr befürchtet, daß sie Schande über die Burg am Meer bringen könnte. Eines Tages würden ihr Vater und auch ihre Mutter einsehen, daß sie Menolly Unrecht getan hatten.

Menolly spann die Triumphgedanken weiter, bis Lärm ihre Überlegungen durchdrang. Dunkles Männerlachen und Gesprächsfetzen hingen in der klaren Nachtluft. Harfnerstimmen — Tenor, Baß und Bariton in gutmütigem Wettstreit; dazwischen ein quengeliger Tonfall, wie von einem schlechtgelaunten Greis. Beschwichtigend hob sich ein leichter, samtweicher Bariton über das Gezeter, suchte es zu besänftigen. Dann beherrschte die dunklere Stimme des Meisterharfners alle anderen und brachte sie zum Schweigen. Obwohl Menolly nicht verstand, was er sagte, wiegten seine Worte sie in den Schlaf.

2

Harfner, wohin führt der Weg,
Der von der Burg sich windet?
Sag, endet er im Hügelland?
Sag, schlängelt weiter er sein Band,
Bis die Abendsonne er findet?

Menolly schreckte kurz hoch, aufgescheucht von einem inneren Ruf, der nichts mit dem Sonnenaufgang auf dieser Seite von Pern zu tun hatte. Sie sah schwarze Nacht und Sterne durch das Fenster, spürte die Feuerechsen, die sich an sie schmiegten, und schlief dankbar wieder ein. Sie war so müde.

Als die Sonne die Außenfassade des Gebäudevierecks hochgekrochen war, schien sie direkt in Menollys Fenster, die nach Osten hin schauten. Nach und nach erfüllte Helligkeit den Raum, und das Licht und die Wärme weckten sie.

Sie lag da, immer noch schlaftrunken, und überlegte, wo sie war. Als es ihr wieder in den Sinn kam, wußte sie nicht so recht, was sie nun anfangen sollte. Hatte sie irgendeine allgemeine Weckzeit versäumt? Nein, Silvina hatte ausdrücklich betont, sie solle ausschlafen.

Als sie die Felldecke zurückschob, hörte sie von draußen einen vielstimmigen Chor. Der Rhythmus war ihr vertraut. Sie lächelte, als sie eine der langen Sagas erkannte, die sie den Kindern in der Burg damals eingebleut hatte. Die Lehrlinge mußten den schwierigen Takt auch immer wiederholen. Das beruhigte sie. Ihre Unterrichtsmethode war also nicht die schlechteste gewesen.

Als sie die Beine aus dem Bett schwang, biß sie die Zähne zusammen. Sie hatte Angst vor dem Moment, da ihre Sohlen den kalten, harten Steinboden berühren würden. Aber zu ihrem Staunen fühlten sich die Füße nur steif und überhaupt nicht mehr wund an. Menolly warf einen Blick aus dem Fenster. Die Sonne stand schon hoch am Himmel; offenbar hatte sie lange geschlafen. Dann lachte sie sich selbst aus. Und ob sie lange geschlafen hatte! Sie befand sich jetzt auf der anderen Hälfte von Pern; immerhin gab es zwischen dem Benden-Weyr und der Gildehalle eine Zeitverschiebung von sechs Stunden. Zum Glück waren die

Echsen genauso erschöpft gewesen wie sie, sonst hätte das Hungergeschrei der Kleinen sie längst geweckt.

Sie streckte sich, schüttelte das Haar aus und humpelte vorsichtig zum Waschkrug. Nachdem sie sich mit Kleie geschrubbt hatte, zog sie sich an und bürstete gründlich ihr Haar.

Prinzessin begann ungeduldig zu schimpfen. Sie war wach. Und *sehr* hungrig. Rocky und Taucher unterstützten ihre Beschwerde.

Menolly mußte versuchen, Nahrung für ihre Schar aufzutreiben — und das rasch. Es reichte schon, daß sie mit neun Echsen hier aufkreuzte. Wenn die Biester, durch leere Mägen gereizt, auch noch allerhand Unfug anstellten, war die Geduld der Bewohner sicher bald erschöpft.

Entschlossen öffnete Menolly die Tür. Vor ihr lag ein verlassener Gang. Der würzige Duft von *Klah,* frischem Brot und Bratengebrutzel erfüllte die Luft. Menolly beschloß, einfach ihrer Nase zu folgen.

Zu beiden Seiten des Korridors befanden sich Türen; die entlang der Außenfassade standen offen, um Sonne und Luft hereinzulassen. Sie stieg vom oberen Stockwerk zur breiten Eingangshalle hinunter. Jenseits des Treppenschachtes entdeckte sie drachenhohe Metalltüren mit einem seltsamen Schließmechanismus; an der Rückseite der Portale waren Kurbeln angebracht, die allem Anschein nach dazu dienten, schwere Riegel in Decke und Boden zu treiben. In der Halbkreis-Bucht hatte man nur Bolzen und dicke Querstangen benutzt, um die Burgtore zu sichern; dieser Mechanismus hier wirkte sicherer und ließ sich bestimmt leichter bedienen.

Zur Linken befand sich eine Flügeltür, die in den Großen Saal führte — vermutlich der Raum, aus dem sie nachts die Stimmen der Harfner vernommen hatte. Rechts sah sie den Speisesaal, beinahe ebenso lang wie der Große Saal, mit drei langgestreckten Tischen, die parallel zu den Fenstern standen. Ebenfalls zu ihrer Rechten, neben dem Treppenschacht, war ein offener Durchgang, der zu niedrigen Stufen führte. Dahinter lag — den herrlichen Düften nach zu schließen — das Küchengewölbe.

Die Feuerechsen kreischten vor Hunger, aber Menolly konnte nicht zulassen, daß der ganze Schwarm über die Küche herfiel und das Gesinde in Aufruhr brachte. Sie befahl den Tieren, sich auf den hohen Türleisten niederzulassen, die halb im Schatten lagen, und versprach, daß sie ihnen Futter bringen würde, wenn sie sich brav und leise verhielten. Prinzessin zeterte, bis die anderen nachgaben und gehorchten. Nur die glitzernden Facettenaugen verrieten, wo sie sich befanden. Dann nahm Prinzessin ihren Lieblingsplatz auf Menollys Schulter ein — den Kopf halb im dichten Haar ihrer Herrin vergraben, den Schwanz wie eine goldene Kette um ihren Hals geschlungen.

Menolly erreichte die Küche, und der Anblick der Mägde und Köche, die hin und her flitzten, um das Mittagsmahl zu bereiten, weckte flüchtige Erinnerungen an glücklichere Tage in der Halbkreis-Bucht. Aber hier kam ihr Silvina lächelnd entgegen, was Mavi, ihre eigene Mutter, nie getan hatte.

»Du bist wach? Und ausgeruht?« Silvina winkte gebieterisch einem plumpen Mann mit wirrem Gesichtsausdruck, der neben dem Herd kauerte. »*Klah*, Camo! Gieß einen Becher *Klah* für Menolly ein! Du mußt halbverhungert sein, Kind. Was machen deine Füße?«

»Oh, sie schmerzen überhaupt nicht. Aber ich möchte niemanden stören . . .«

»Stören? Was heißt da stören! Camo, gieß einen Becher *Klah* ein!«

»Ich komme auch nicht meinetwegen . . .«

»Aber du mußt etwas essen, Kind!«

»Bitte, es ist wegen der Echsen. Wenn ich vielleicht ein paar Reste oder Abfälle haben könnte . . .«

Silvina preßte eine Hand an den Mund. Sie schaute umher, als erwartete sie jeden Moment den Echsenschwarm in der Küche.

»Nein, ich habe ihnen befohlen, draußen zu warten«, beruhigte Menolly sie rasch. »Sie kommen nicht hier herein.«

»Du bist aber ein rücksichtsvolles Kind«, sagte Silvina so entschieden, daß Menolly ganz verwirrt war. Dann erst bemerkte sie, daß sie Mittelpunkt einer verstohlenen Neugier war. »Camo, Vorsicht! Gib her — komm!« Silvina streckte die Hand nach dem Becher aus, den der Mann mit übertriebener Sorgfalt trug. »Und nun hol die große blaue Schüssel aus dem Kühlraum! Die große blaue Schüssel, Camo, aus dem Kühlraum. Bring sie mir!« Silvina reichte Menolly den randvollen Becher, ohne einen Tropfen zu verschütten. »Im Kühlraum, Camo, die große blaue Schüssel.« Sie nahm den Mann an den Schultern und gab ihm einen sanften Schubs in die angegebene Richtung. »Abuna, du stehst gerade am Herd. Richte bitte eine Schale Weizenbrei her — mit viel Zucker! Die Kleine besteht ja nur aus Haut und Knochen.« Silvina lächelte Menolly zu. »Es wäre nicht sehr sinnvoll, die Tiere zu mästen und die Herrin hungern zu lassen. Ich habe ein paar Fleischbrocken für deine Echsen auf die Seite gelegt, als wir den Rostbraten vorbereiteten . . .« Und Silvina deutete zum Hauptherd hin, wo große Fleischkeulen auf Spießen rotierten. »So, wo ist der günstigste Platz . . .« Sie blickte unentschlossen umher, aber Menolly hatte bereits eine niedere Tür entdeckt, von der ein paar Stufen in eine Ecke des Innenhofes führten.

»Würde ich da draußen jemand stören?«

»Ganz und gar nicht. Du bist wirklich ein kluges Mädchen. Gut gemacht, Camo, vielen Dank.« Silvina tätschelte freundlich den Arm des halbblöden Knechtes, und er strahlte vor Freude, weil er den Auftrag richtig ausgeführt hatte. Silvina hielt die Schüssel Menolly entgegen. »Ist das genug? Ich habe noch mehr draußen . . .«

»Oh, fast zuviel, Silvina!«

»Camo, das hier ist Menolly. Trag ihr die Schüssel nach. Sie kann nicht ihr Frühstück *und* das Futter für die Echsen schleppen. Das hier ist Menolly, Camo, trag ihr die Schüssel nach! Geh ruhig los, Liebes, er macht das recht geschickt . . .«

Silvina wandte sich ab und fauchte zwei Küchenmägde an, lieber Rüben zu schneiden, anstatt andere Leute anzugaffen. Menolly war sich des Aufsehens bewußt, das sie erregte, und verlegen ging sie auf die Stufen zu, ihren *Klah*-Becher in einer, den Weizenbrei in der anderen Hand. Camo schlurfte hinter ihr drein. Prinzessin, die sich in ihrem Haar verkrochen hatte, reckte nun den Hals, weil sie das rohe Fleisch roch, das Camo in der Schüssel trug.

»Schön, schön«, mauschelte der Mann, als er die Feuerechse entdeckte. »Schöner kleiner Drachen?« Er tippte Menolly auf die Schulter. »Schöner kleiner Drachen?« Er wartete so angespannt auf ihre Antwort, daß er um ein Haar über die Stufen gestolpert wäre.

»Ja, sie ist wie ein kleiner Drachen, und sie ist schön«, pflichtete Menolly ihm lächelnd bei. »Sie heißt Prinzessin.«

»Heißt Prinzessin.« Camo war wie gebannt. »Heißt Prinzessin. Schöner kleiner Drachen.« Strahlend verkündete er sein neues Wissen.

Menolly legte den Finger auf den Mund. Sie wollte Silvinas Mägde weder ablenken noch beunruhigen. Draußen angelangt, stellte sie ihren Becher und die Schale ab und griff nach dem Fleisch.

»Schöner kleiner Drachen Prinzessin«, murmelte Camo und merkte nicht, daß sie an der Schüssel zerrte.

»Geh du jetzt wieder zu Silvina! Geh zu Silvina!«

Camo blieb stehen, wo er war. Sein schwerer Kopf pendelte hin und her, und der feuchte schlaffe Mund war zu einer seligen Grimasse verzogen. Menollys Worte drangen überhaupt nicht bis zu ihm durch.

Prinzessin kreischte jetzt gebieterisch, und Menolly packte eine Handvoll Fleischbrocken, um sie zu beruhigen. Aber ihr Geschrei hatte die anderen auf den Plan gerufen. Sie kamen angeflattert, einige durch die offenen Fenster des Speisesaals über Menollys Kopf, andere, der allgemeinen Aufregung nach zu urteilen, quer durch die Küche.

»Schön, schön!« rief Camo. »Alle schön.« Er drehte den Kopf heftig hin und her, weil er alle gleichzeitig sehen wollte.

Aber er hielt sich ganz still, als Tantchen Eins und Zwei auf seine Arme flogen und ihre Fleischbrocken selbst aus der Schüssel schnappten. Onkelchen krallte sich auf Camos Schulter fest und kämpfte mit Flügelschlagen um seinen Anteil. Brownie, Spiegel und Faulpelz umflatterten Menolly, die sich alle Mühe gab, das Futter gerecht zu verteilen.

Verlegen, weil sich ihre Freunde so schlecht benahmen, und zugleich dankbar über Camos Hilfe, merkte Menolly mit einemmal, daß in der Küche jede Arbeit ruhte. Das Gesinde beobachtete das ungewohnte Schauspiel. Einen Moment lang fürchtete sie, Silvina könnte den Knecht schelten und an seinen Platz zurückrufen, aber sie hörte nur das Gewisper der Mägde.

»Wie viele sind das denn?« erkundigte sich jemand.

»Neun«, entgegnete Silvina ungerührt. »Und wenn die zwei Eier, die der Harfner bekam, gedeihen, haben wir insgesamt elf in der Gildehalle.« Das klang beinahe eitel. Das Stimmengewirr verstärkte sich. »Abuna, der Brotteig ist lange genug aufgegangen. Du kannst jetzt mit Kayla Laibe daraus formen.«

Die Feuerechsen hatten die letzten Fleischfasern gefressen, und Camo starrte mit betrübten Grimassen in die leere Schüssel.

»Alles fort? Meine schönen Kleinen hungrig?«

»Nein, Camo. Sie haben wirklich genug bekommen. Sie sind nicht mehr hungrig.« Im Gegenteil, ihre Bäuche spannten sich prall, so unmäßig hatten sie das Futter verschlungen. »Du gehst jetzt zu Silvina. Silvina braucht dich, Camo!« Sie folgte dem Beispiel der Wirtschafterin, nahm ihn an den Schultern, drehte ihn zur Küche hin und gab ihm einen sanften Schubs.

Menolly trank den Becher mit heißem *Klah* und dachte nach. Sie hatte den Eindruck, daß Silvina sie betont freundlich behandelte. Oder war das Unsinn? Silvina ging mit allen Leuten nett und rücksichtsvoll um; sie war die Geduld selbst, wenn sie etwa mit dem schwachsinnigen Camo redete. Dennoch, Silvina befehligte das Gesinde in der Gildehalle und besaß damit zweifellos eine ähnliche Machtposition wie Manora im Benden-Weyr. Wenn Silvina sie mit offenen Armen aufnahm, würden die anderen ihrem Beispiel folgen.

Menolly begann sich in der warmen Sonne zu entspannen. Ihre Träume letzte Nacht waren bedrohlich gewesen, aber in der Morgenhelle konnte sie sich an Einzelheiten nicht mehr erinnern. Nur ein Gefühl des Unbehagens und der Hilflosigkeit war geblieben. Aber Silvina hatte viel dazu beigetragen, ihre dummen Zweifel zu zerstreuen.

Über den Hof klangen frische junge Stimmen, die noch einmal die lange Saga einübten. Die Feuerechsen stoben bei dem Gesang hoch und nahmen erst wieder Platz, als Menolly sie lachend beruhigte.

Dann erhob sich unvermittelt ein heller, glockenklarer Diskant über die dunkleren Stimmen der Harfner-Lehrlinge. Prinzessin sang die Gegenmelodie. Rocky und Taucher stimmten ein, die Schwingen halb gespreizt, damit sie ihre Lungen besser mit Luft füllen konnten. Spiegel und Brownie flatterten von ihrem Fenstersims herunter und sangen ebenfalls mit. Faulpelz mochte sich nicht anstrengen, und die beiden Tantchen sowie die blaue Echse Onkelchen waren allenfalls mäßige Sänger. Aber sie hielten die Köpfchen schräg und horchten zu; ihre glitzernden Augen kreisten. Die fünf Sänger saßen da, die Kehlen gebläht, die Augen halb geschlossen und völlig konzentriert auf ihren süßen Gesang.

Sie sind hier glücklich, dachte Menolly erleichtert und begann die Gegenstimme mitzusingen.

Sie waren bei den letzten beiden Takten des Chors angelangt, als Menolly plötzlich merkte, daß nur sie und die Echsen sangen, während die Stimmen der Lehrlinge verstummt waren. Verwirrt schaute sie auf und sah, daß an den Fenstern des Innenhofs ganze Trauben von Neugierigen hingen. Nur in dem Saal, aus dem der Gesang erschollen war, rührte sich nichts.

»He, wer hat da eben gesungen?« fragte ein quengeliger Tenor, und ein Männerkopf erschien an einem der leeren Saalfenster.

»Also, das war ein herrlicher Weckruf, Brudegan!« entgegnete der schöne Bariton des Meisterharfners von irgendwo hoch droben. Menolly hob den Kopf und erkannte Robinton im obersten Stockwerk zu ihrer Linken.

»Ich wünsche einen guten Morgen, Meisterharfner«, sagte Brudegan höflich, doch sein Ton verriet, daß ihn Robintons Eingreifen verärgert hatte.

Menolly versuchte sich ganz klein zu machen; am liebsten wäre sie im *Dazwischen* verschwunden.

»Ich wußte gar nicht, daß deine Feuerechsen singen können!« Silvina war neben Menolly aufgetaucht und räumte geistesabwesend Becher und Schale von den Stufen. »Eine schöne Ergänzung für deinen Chor, Brudegan, was?« fügte sie lauter hinzu. Dann hob sie den Kopf. »Nun, Robinton — ein Becher *Klah* gefällig?«

»Gern, Silvina.« Er beugte sich weit aus dem Fenster, um einen Blick auf Menolly werfen zu können. »Ein Schwarm singender Feuerechsen! Etwas Schöneres kann man sich zum Aufstehen gar nicht wünschen. Guten Morgen, Menolly!« Ehe das Mädchen antworten konnte, verzog er plötzlich das Gesicht zu einer Grimasse. »Mein Feuerechsen-Ei! Mein Ei!« Und er verschwand vom Fenster.

Silvina lachte leise und nickte Menolly zu. »Der ist zu nichts mehr zu gebrauchen, bis er selbst eine kleine Echse besitzt.«

In diesem Moment begannen Brudegans Sänger von neuem ihr Lied. Prinzessin zirpte fragend.

»Schsch, Prinzessin! Jetzt ist Schluß mit dem Gesang.«

»*Die dort* brauchen die Übung!« Silvina deutete zum Saal hinauf. »Aber nun muß ich das Frühstück des Harfners richten und dir ein Quartier verschaffen . . .« Sie unterbrach sich und betrachtete die Feuerechsen. »Was fangen wir nur mit denen an?«

»Wenn sie so satt sind wie jetzt, schlafen sie meist.«

»Gut, gut — aber wo? Ach, du liebe Güte . . .«

Menolly bemühte sich, ernst zu bleiben, als sie Silvinas Verwirrung sah, denn alle Echsen bis auf Prinzessin, die wie gewohnt auf ihrer Schulter saß, waren verschwunden. Sie deutete auf das gegenüberliegende Dach, wo die kleinen Geschöpfe jetzt aus dem Nichts landeten.

»Sie — sie gehen ins *Dazwischen*?« staunte Silvina. »Der Harfner deutete schon an, daß sie viel Ähnlichkeit mit Drachen besitzen.«

»Ich kenne die Eigenheiten der Drachen nicht, aber es stimmt, daß Echsen ins *Dazwischen* tauchen. Gestern nacht folgte mir mein Schwarm vom Benden-Weyr hierher.«

»Und sie gehorchen aufs Wort! Ich wollte, das könnte man auch von den Lehrlingen behaupten.« Dann zog Silvina das Mädchen mit in die Küche. »Camo, dreh den Spieß! Camo, dreh jetzt den Spieß! Und ihr anderen habt wohl in den Hof hinaus gegafft, anstatt hier weiterzuarbeiten!« Die Wirtschafterin sah sich mit gerunzelter Stirn um. Sofort nahmen die Mägde und Köche ihre verschiedenen Tätigkeiten wieder auf. »Ich habe eine Idee, Menolly. *Du* bringst Meister Robinton das Frühstück nach oben, dann kannst du gleich einen Blick auf dieses verflixte Ei werfen. Anschließend will ich Meister Oldive bitten, daß er sich deine Sohlen ansieht, obwohl ich volles Vertrauen in Manoras Heilkunst habe. Und . . .« Silvina hielt Menollys linke Hand fest und betrachtete düster die rote Narbe. »Sag, Kind, wo hast du dir diese gräßliche Wunde geholt? Und welcher Heiler hat sie so stümperhaft behandelt? Kannst du überhaupt richtig damit greifen?« Während Silvina sprach, hatte sie das Frühstück des Harfners auf ein Tablett gestellt, das sie nun Menolly in die Hände drückte. »Hier. Sein Zimmer befindet sich zwei Türen rechts von deinem. Du sollst den Spieß drehen, Camo, und dich nicht einfach nur daran festhalten! Menollys Feuerechsen sind satt und schlafen. Du darfst sie später wieder anschauen. Dreh den Spieß jetzt!«

Menolly verließ die Küche so rasch, wie sie es mit ihren steifen Füßen vermochte, und ging die breite Treppe zum zweiten Stock hinauf. Prinzessin summte an ihrem Ohr, einen trotzigen kleinen Diskant zu der Saga, die Brudegans Schüler übten.

Meister Robinton hatte ihr das Morgenlied nicht verübelt, dachte Menolly. Aber sie würde sich bei Brudegan entschuldigen, sobald sie die Gelegenheit dazu fand. Sie hatte einfach nicht daran gedacht, daß sie seine Schüler ablenken könnte. Die

Freude, daß ihre Schützlinge satt und zufrieden vor sich hin sangen, war zu groß gewesen.

Zweite Tür rechts von der ihren. Menolly klopfte. Nichts rührte sich. Erst als sie mit der Faust gegen das Holz schlug, bekam sie Antwort.

»Nur herein! Paß auf, Silvina . . . ach, du bist es, Menolly! Das ist ja großartig«, rief der Harfner, als er die Tür öffnete. »Einen schönen guten Morgen, Prinzeßchen«, fügte er lachend hinzu, und die kleine Königin zirpte eine Antwort. Robinton nahm Menolly das Tablett ab. »Immer errät Silvina meine Gedanken. Könntest du bitte einen Blick auf das Ei werfen? Es ist im Nebenzimmer, dicht beim Herd. Ich finde, daß es sich schon viel härter anfühlt . . .« Das klang ängstlich.

Menolly betrat gehorsam den Nebenraum, und er folgte ihr, nachdem er das Tablett auf dem Sandtisch neben dem Fenster abgestellt und sich einen Becher *Klah* eingeschenkt hatte. Am Kamin brannte ein freundliches kleines Feuer; das Tongefäß mit dem Echsenei hatte einen Platz auf dem Sims gefunden.

Menolly öffnete es und buddelte mit den Fingerspitzen vorsichtig den warmen Sand beiseite, der das kostbare Ei bedeckte. Es war härter, aber höchstens um eine Spur; schließlich hatte sie es dem Harfner erst am Vorabend überreicht.

»Alles in Ordnung, Meister Robinton. Und das Gefäß hat genau die richtige Wärme«, versicherte sie ihm. Sie schob den Sand wieder über das Ei und legte den Deckel auf. »Als wir das Gelege vor zwei Tagen zum Benden-Weyr brachten, meinte die Weyrherrin, daß die Jungen etwa in einer Siebenspanne schlüpfen würden. Wir haben also noch fünf Tage Zeit.«

Der Harfner seufzte erleichtert. »Hast du gut geschlafen, Menolly? Und dich richtig erholt? Oder bist du schon lange wach?«

»Lange genug!«

Der Harfner lachte schallend, als er ihre betrübte Miene sah.

»Lange genug, um ein paar Leute hochzubringen, was? Mein liebes Kind, hast du nicht den Unterschied gehört, als die Jungen die Saga das zweitemal sangen? Die Feuerechsen waren eine Herausforderung für sie. Und daß Brudegan lospolterte, kam einfach von seiner Verwirrung. Sag, können deine Echsen zu jeder Melodie Gegenstimmen erfinden?«

»Ich weiß es wirklich nicht, Meister Robinton.«

»Immer noch kein Selbstvertrauen, mein Kind?« In seiner

Stimme klang soviel Wärme mit, daß in Menollys Augen Tränen brannten.

»Ich will doch keinem zur Last fallen ...«

»Und du glaubst, dies sei der Fall?« Der Meisterharfner schüttelte den Kopf und führte sie zurück in den Wohnraum, der im Gegensatz zu seinem ordentlich aufgeräumten Schlafzimmer überquoll von Arbeitsmaterial. Zwar hingen die Musikinstrumente ordentlich an der Wand oder waren in Regalen verstaut, aber ganze Stapel von Archiv-Pergamenten, Skizzen, Wachs- und Steintafeln türmten sich auf jeder freien Fläche und am Boden. An einer Wand befand sich eine genaue Karte des Pern-Kontinents mit kleineren Detailzeichnungen aller wichtigen Burgen und Gildehallen entlang der Ränder. Der langgestreckte Sandtisch am Fenster war bedeckt mit Musiknoten, einige durch Glasplatten vor dem Verwischen geschützt. Der Harfner hatte das Tablett auf die mittlere Bahn gestellt, welche den Sandtisch in zwei Hälften teilte. Nun klappte er eine Holzfläche heraus, um den Sand abzudecken, und verrutschte das Tablett so, daß er bequem Platz zum Frühstücken fand. Mit dem Löffel deutete er auf einen Hocker, und Menolly nahm Platz.

»Wir leben in einer Zeit der großen Veränderungen, Menolly«, sagte er. »Und du könntest dabei eine wichtige Rolle spielen. Gestern habe ich einen gewissen Druck auf dich ausgeübt, um dich in die Harfnergilde zu holen. Das war nicht fair, ich weiß, aber du gehörst einfach hierher.« Sein Zeigefinger stach auf die Tischplatte und deutete dann hinaus zum Hof. »Erstens«, fuhr er nach einem Schluck *Klah* fort, »müssen wir herausbringen, welche Grundkenntnisse unseres Handwerks dir Petiron beigebracht hat und was du noch brauchst, um deine Fertigkeiten zu vervollkommnen. Außerdem ...« – er deutete auf ihre linke Hand – »wollen wir versuchen, diese Narbe zu behandeln. Ich habe nämlich die Hoffnung, daß du uns eines Tages die Balladen, die du schreibst, auch *vorspielst.*« Jetzt erst merkte Menolly, daß sie die ganze Zeit geistesabwesend ihre linke Handfläche massiert hatte. »Wenn einer das richten kann, dann Meister Oldive.«

»Silvina sagte, daß ich ihn heute noch aufsuchen sollte.«

»Wir bringen dich schon wieder so hin, daß du mehr Instrumente spielen kannst als deine Panflöte. Denn Leute, die wie du Balladen komponieren ... ach ja, da ist noch etwas, das ich dir erklären wollte ...« Er strich sich über den Haaransatz im Nakken, und Menolly hatte den Eindruck, daß er verlegen war.

»Erklären?«

»Ja. Siehst du, dieses Lied über die Echsenkönigin, das du im Archivraum eurer Burg zurückgelassen hattest — es war noch nicht ganz fertig ...«

»Stimmt. Ich kam nicht mehr dazu ...« Menolly traute ihren Ohren kaum. Was mußte der Meisterharfner ihr *erklären*? Sie hatte doch nur ein paar Zeilen hingekritzelt, um ihr Erlebnis festzuhalten. Aber schon am Abend zuvor hatte er von der Ballade gesprochen, als sei sie allen Harfnern bekannt. »Hat Ihnen etwa Harfner Elgion das Zeug geschickt?«

»Wie sonst hätte ich es bekommen? Und wir konnten dich einfach nicht finden?« Robintons Stimme klang verärgert. »Wenn ich daran denke! Da lebt ein junges Mädchen allein in einer Höhle, mit einer verletzten Hand — weil man ihm *verboten* hat, diese herrliche Ballade fertigzuschreiben ... Versteh mich bitte nicht falsch — ich habe das Lied selbst vervollständigt.«

Er stand auf, wühlte in einem Stapel von Wachstafeln unter dem Fenster, zog eine hervor und reichte sie Menolly. Sie warf gehorsam einen Blick darauf, ohne jedoch die Melodie zu lesen.

»Ich benötigte dringend eine Ballade über Feuerechsen, da ich glaube, daß diese kleinen Geschöpfe bald eine viel größere Rolle spielen werden, als wir bisher ahnen. Und dieses Lied ...« Er deutete mit einer Geste der Anerkennung auf die Wachstafel. »Dieses Lied war genau das Richtige für mich. Ich mußte lediglich die Begleitung aufpolieren und die Lyrik etwas kompakter gestalten. Du hättest das wahrscheinlich selbst noch getan, wenn du dazugekommen wärst. An der Melodie dagegen habe ich keinen Ton verändert ... Was ist denn los, Menolly?«

Menolly hatte ihn ungläubig angestarrt. Ihr wollte nicht in den Kopf, daß er ein albernes Liedchen, das sie ganz nebenbei niedergekritzelt hatte, so sehr lobte. Schuldbewußt senkte sie den Blick auf die Wachstafel.

»Ich hatte nie Gelegenheit, es zu spielen ... ich durfte in der Burg meine eigenen Sachen nicht spielen. Das hatte mir mein Vater verboten. Deshalb — deshalb ...«

»Menolly!«

Verwirrt über seinen strengen Tonfall, schaute sie auf.

»Du bist ab jetzt mein Lehrling, und ich verlange, jawohl, ich

verlange, daß du jede Melodie, die dir in den Sinn kommt, aufschreibst. Und ich verlange ferner, daß du sie so oft spielst, bis sie den letzten Schliff hat ... Begreifst du mich? Deshalb habe ich dich nämlich hergeholt.« Er wies von neuem auf die Wachstafel. »Das hier war eine herrliche Komposition, noch ehe ich sie in die Finger bekam. Wir brauchen dringend Talente wie dich!

Was ich anfangs über die Veränderungen sagte, betrifft uns Harfner nämlich mehr als alle anderen Gilden, weil wir die Aufgabe haben, den Wechsel in die Wege zu leiten. Genauso, wie wir mit unseren Balladen das Wissen um die Vergangenheit aufrechterhalten, helfen wir den Leuten, neue Ideen anzunehmen und notwendige Wandlungen zu bejahen. Deshalb suchen wir Talente wie dich ...

Noch muß ich mich streng an die Grundsätze und Richtlinien unserer Gilde halten — ganz besonders in deinem Fall, der ohnehin nicht in den Rahmen des Gewohnten paßt. Sobald jedoch die Formalitäten überwunden sind, kannst du selbst das Tempo deiner Ausbildung bestimmen. Jedenfalls gehört ihr hierher, Menolly, du und deine singenden Feuerechsen. Es war ein Genuß heute morgen, euch anzuhören. Hallo, Silvina, einen guten Morgen — und da ist ja auch Meister Oldive ...«

Menolly wußte, daß es ungezogen war, andere Leute anzustarren, und so wandte sie sich rasch ab, als sie sich dabei ertappte, aber Meister Oldive zog wohl oft neugierige Blicke auf sich. Er war kleiner als sie, jedoch nur, weil sein Kopf schief auf dem Hals saß. Sie hatte den Eindruck eines großflächigen und doch hageren Gesichts, in dem riesige dunkle Augen brannten.

»Stören wir, Meister Robinton?« Silvina blieb zögernd auf der Schwelle stehen.

»Ja und nein. Ich fürchte, daß ich Menolly mit meinen Argumenten noch nicht ganz überzeugen konnte, aber so etwas braucht wohl seine Zeit.« Der Meisterharfner nickte dem Mädchen zu. »Geh jetzt mit Meister Oldive, Menolly! Er wird sein Bestes tun. Sie muß wieder spielen können, Oldive.« Seine Worte drückten großes Vertrauen zu dem Heiler aus. Mit einem Lächeln wandte er sich an die Wirtschafterin. »Paß auf, Silvina! Menolly schätzt zwar, daß mein Echsen-Ei erst in vier oder fünf Tagen soweit ist, aber könntest du vielleicht doch jemand ...«

»Warum nicht Sebell? Er muß sein Echsen-Ei ja auch im Auge behalten, oder? Und wenn das Mädchen bei uns bleibt ...« Mehr hörte Menolly nicht, denn Meister Oldive schob sie aus dem Zimmer und schloß die Tür.

»Ich will mir mal deine Füße ansehen«, meinte der Mann und gab Menolly durch einen Wink zu verstehen, daß sie in ihr Zimmer vorausgehen solle. Die Stimme des Heilers war unerwartet dunkel. Und trotz des verwachsenen Rumpfes hielt er leicht Schritt mit ihren langen Beinen.

»Bei meinem Leben!« rief Oldive aus, als Menolly die Tür öffnete und plötzlich im Sonnenlicht stand. »Im ersten Moment dachte ich, du wärst mit dem gleichen Buckel geschlagen wie ich. Das ist eine Feuerechse, nicht wahr?« Er lachte leise. »Da hast du mich aber schön hereingelegt. Ist die Kleine friedlich?« Er blinzelte zu Prinzessin hinauf, die sich angesprochen fühlte und zu schnalzen begann. »Aha, ich verstehe — du tust mir nichts, solange ich nett zu deiner Herrin bin, was? Menolly, du wirst deiner Feuerechsen-Ballade noch einen Vers anfügen müssen, der die sanfte Natur dieser kleinen Geschöpfe beschreibt.« Der Heiler deutete auf das Kopfende des Bettes. Menolly setzte sich, und Oldive zog einen Hocker heran.

»Oh, das ist nicht meine Ballade«, widersprach sie, während sie aus den Pantoffeln schlüpfte.

Meister Oldive zog die Stirn kraus. »Nein? Robinton nennt dich aber stets als Urheberin.«

»Er hat das Lied umgeschrieben . . . das erzählte er mir eben selbst.«

»Das ist normal«, tat Meister Oldive ihren Widerspruch ab. Dann betrachtete er nachdenklich ihre Sohlen. »Die hast du ja schön zugerichtet«, sagte er mit einem Kopfschütteln. »Wie eine Irre gelaufen, was?«

Menolly spürte einen leisen Tadel in seiner Stimme. »Mir blieb gar nichts anderes übrig. Der Sporenregen erwischte mich im Freien, weit entfernt von meiner Höhle — autsch!«

»Habe ich dir weh getan? Die Haut ist sehr empfindlich — und wird es wohl noch eine Weile bleiben.«

Er begann eine scharfriechende Salbe aufzustreichen, und sie konnte ihren Fuß nicht stillhalten. Der Heiler packte sie fest am Knöchel und entgegnete auf ihre verlegene Entschuldigung, das Muskelzucken bedeute nur, daß die Nerven keinen Schaden erlitten hätten.

»Im Moment solltest du die Sohlen so wenig wie möglich belasten. Ich werde auch Silvina Bescheid sagen. Und massiere die Salbe hier ein, morgens und abends. Das beschleunigt die Heilung und mindert den Juckreiz.« Er schob ihr die Pantoffeln hin. »Und nun werfen wir noch einen Blick auf deine Hand!«

Sie zögerte, weil sie befürchtete, daß er wie Manora und Silvina von Pfuscherei sprechen würde. Und sie empfand eine merkwürdige Loyalität ihrer Mutter gegenüber.

Oldive musterte sie aufmerksam, und sie hatte das Gefühl, daß er den Grund ihres Zögerns erriet. Es war, als übte sein ruhiger Blick einen Zwang auf sie aus, und so streckte sie ihm die Hand entgegen. Zu ihrem Erstaunen las sie in seiner Miene weder Mißbilligung noch Mitleid, sondern einzig und allein Interesse an dem medizinischen Problem des dicken Narbenwulstes. Er stach mit dem Finger in das Gewebe und räusperte sich nachdenklich.

»Mach eine Faust!«

Das schaffte sie gerade noch, aber als er sie bat, die Finger auszustrecken, zerrte die Narbe einfach zu stark.

»Nicht so schlimm, wie ich anfangs befürchtete. Eine Infektion, nehme ich an . . .«

»Stachelschwanz-Schleim . . .«

»Hmm, ja. Heimtückisches Zeug.« Er drehte ihre Handfläche nach oben. »Aber die Narbe ist noch nicht lang verheilt, und das Gewebe läßt sich bestimmt ein wenig strecken. Ein paar Monate später, und alles wäre verhärtet gewesen. Du mußt jetzt erst mal Fingerübungen machen — einen harten kleinen Ball umfassen und wieder loslassen.« Er zeigte ihr, was er meinte, und sie stieß unwillkürlich einen Schrei aus, als er ihre Finger zusammenpreßte. »Wenn du dich zwingst, bis an die Schmerzgrenze zu gehen, dann machst du es richtig. Wir müssen die Haut zwischen den Fingern und die versteiften Sehnen wieder geschmeidig bekommen. Ich besorge dir obendrein eine Salbe, die das Narbengewebe weicher und lockerer werden läßt. Je mehr du übst, desto rascher geht es voran. An der Motivation wird es dir ja nicht fehlen.«

Ehe Menolly einen Dank stammeln konnte, hatte der erstaunliche Mann das Zimmer verlassen und die Tür hinter sich geschlossen. Prinzessin tschilpte halb fragend, halb bewundernd hinter ihm drein. Sie war von Menollys Schulter heruntergeflattert und hatte die Behandlung von einer Kuhle in der Bettdecke aus beobachtet. Nun kam sie zu Menolly und schmiegte das Köpfchen in ihren Arm.

Aus dem Saal der Lehrlinge scholl ein vielstimmiger Chor herüber, kraftvoll und laut. Prinzessin hielt den Kopf schräg und summte entzückt mit. Als Menolly sie zum Schweigen mahnte, schaute sie wehmütig auf.

»Ich glaube nicht, daß wir mitsingen dürfen, aber das klingt wunderbar, findest du nicht auch?«

Sie saß da, lauschte der Musik und streichelte Prinzessin. Nur geübte und hochbegabte Sänger verfügten über eine solche Harmonie.

»Hörst du?« meinte Silvina, als sie mit raschen Schritten das Zimmer betrat. »Du scheinst den Ehrgeiz dieser Faulpelze geweckt zu haben. Es ist schön, wenn dieses alte Lied mal mit Schwung gesungen wird.«

Menolly fand keine Zeit, sich über Silvinas Rede zu wundern, denn die Wirtschafterin deutete auf ihr Bündel, das auf dem Tisch lag, und zupfte die Schlafdecke glatt.

»Ich bringe dich jetzt in Duncas Pension unter«, fuhr Silvina fort. »Zum Glück steht eines der äußeren Zimmer leer . . .« Die Wirtschafterin rümpfte verächtlich die Nase. »Diese Mädchen von den Burgen haben eine heillose Angst von Fenstern, die ins Freie führen. Dir macht das sicher nichts aus.« Sie lächelte Menolly zu. »Oldive sagte mir, daß du deine Füße noch schonen sollst, aber den einen oder anderen Weg kann ich dir leider nicht ersparen. Nun, von der Hausarbeit bist du im Moment freigestellt — noch ein guter Grund, dich bei Dunca einzuquartieren . . .« Silvina runzelte die Stirn und warf einen Blick auf Menollys winziges Bündel. »Ist das alles, was du mitgebracht hast?«

»Ja — außer neun Feuerechsen.«

Silvina lachte. »Allerdings — ein reicher Schatz.« Sie trat ans Fenster und warf einen Blick zur anderen Seite des Hofes, wo sich die Feuerechsen immer noch auf dem Dach sonnten. »Sie tun wirklich, was du ihnen sagst?«

»Meistens. Bei ungewohntem Lärm allerdings oder großen Menschenansammlungen kann ich für nichts garantieren.«

»Oder bei Situationen, die sie faszinieren . . .« Silvina lächelte Menolly zu und deutete zu den Fenstern des Übungssaales, aus denen immer noch Musik scholl.

»Sie haben oft mit mir gesungen ... ich wußte doch nicht, daß so etwas hier nicht erlaubt ist ...«

»Woher auch? Nun mach dir keine Gedanken, Menolly. Du wirst dich hier großartig einleben. So, nun packen wir deine Sachen und bringen dich zu Dunca. Dann möchte Robinton, daß du dir eine Gitarre besorgst. Meister Jerint hat sicher in seiner Werkstatt eine für dich übrig. Du wirst dir später selbst eine bauen müssen, hast du das gewußt? Außer du hast bereits eine bei Petiron in der Halbkreis-Bucht angefertigt ...«

»Ich besaß keine eigene.« Menolly war erleichtert, daß ihre Stimme ruhig blieb.

»Aber Petiron nahm seine doch mit. Sicher ...«

»Ich durfte eine benutzen, ja.« Schmerzhafte Erinnerungen stiegen in ihr auf. Sie dachte an die Prügel, die sie von ihrem Vater bezogen hatte, weil sie eigene Kompositionen darauf spielte. »Aber ich kann Flöten schnitzen ...« fügte sie hinzu und lenkte Silvina von weiteren Fragen ab. Sie wühlte in ihrem Bündel und zog die Panflöte hervor, die sie in ihrer Höhle am Meer gemacht hatte.

»Aus Rohr? Und mit dem Gürtelmesser geschnitten?« Silvina ging ans Fenster, um das Instrument kritisch bei Licht zu betrachten. »Nicht schlecht.« Sie nickte anerkennend. »Petiron war ein ausgezeichneter Lehrer.«

»Kannten Sie ihn gut?« Menolly befiel wie immer, wenn sie an den alten Harfner dachte, eine dumpfe Trauer. Er war ihr einziger Vertrauter auf der Burg in der Halbkreis-Bucht gewesen.

»Und ob!« Silvina schaute Menolly mit gerunzelter Stirn an. »Hat er mit dir nie von der Harfnerhalle gesprochen?«

»Nein. Weshalb sollte er?«

»Weshalb sollte er nicht? Du warst seine Schülerin, oder? Er ermutigte dich zum Schreiben ... schickte Robinton diese Balladen ...« Silvina starrte das Mädchen lange Zeit verblüfft an, dann zuckte sie die Achseln und lachte leise. »Nun, Petiron hatte immer seine eigenen Gründe für alles, was er tat. Aber er war ein guter Mann.«

Menolly nickte stumm.

»Ehe ich es vergesse«, fuhr Silvina fort, »wie oft brauchen deine Feuerechsen Futter?«

»Morgens sind sie am hungrigsten, obwohl sie zu jeder Zeit fressen — aber das kommt vielleicht daher, daß ich am Strand immer erst stundenlang Futter für sie suchen mußte. Die wilden Echsen gingen selbst auf die Jagd . . .«

»Ich verstehe. Wenn man die Biester einmal füttert, wollen sie es immer so bequem haben.« Silvina lächelte. »Die Köche werfen alle Fleischabfälle in eine große Tonschüssel, die im Kühlraum steht . . . das meiste bekommen die Wachwhere, aber ich werde Bescheid sagen, daß du davon nehmen kannst, was du brauchst.«

»Ich möchte doch keinem zur Last fallen . . .«

Die Wirtschafterin warf ihr einen Blick zu, der sie verstummen ließ. »Keine Sorge, ich sage dir Bescheid, wenn du mir *wirklich* zur Last fällst.« Silvina lachte. »Die Lehrlinge wissen ein Lied davon zu singen.«

Während sie sprach, war Silvina die Treppe hinunter und ins Freie gegangen. Nun wandte sie sich, gefolgt von Menolly, einem breiten Torbogen zu, der in einer gepflasterten Straße mündete. Kein Grashalm und kein Moosstengel wuchsen in den Ritzen. Zum erstenmal bekam Menolly eine Ahnung von der Größe der Burg Fort. Sie hatte zwar gewußt, daß es sich um die älteste und größte Burg des Kontinents handelte, aber der Anblick war doch überwältigend.

In den Klippen und Hütten entlang der Fels-Palisade mußten Tausende von Menschen leben. Menolly verlangsamte ihre Schritte und starrte die breite Rampe hinauf, die zum Hof und Haupteingang der eigentlichen Burg führte. Sie lag höher als die Gildehalle; Fensterreihen, in den Fels gehauen, reichten in schwindelnde Höhen, bis fast hinauf zu den Wachfeuern. In der Halbkreis-Bucht hatten sich alle Räume im Innern der Klippen befunden; hier dagegen ragten gemauerte Gebäudeflügel aus den Felsen und schlossen sich zu trotzigen Vierecken wie die Harfnerhalle. Zu beiden Seiten der Rampe und entlang der Straße reihten sich kleinere Hütten. Die Straße selbst war vielbefahren; sie führte nach Süden zu den Feldern und Wiesen, nach Osten in ein Tal und weiter ins Vorgebirge und nach Westen zu einem Paß in den Klippen, welcher den Zugang zum Zentral-Massiv von Fort bildete.

Silvina brachte Menolly zu einer größeren Hütte, die im oberen Geschoß fünf mit schweren Läden verriegelte Fenster besaß. Das Bauwerk schmiegte sich gegen den Hang der Rampe. Als sie näher kamen, merkte Menolly, daß die Hütte ein ehrwürdiges Alter hatte. Und die Tür war ganz aus Metall! Unglaublich! Silvina schob sie auf und rief nach Dunca. Menolly sah gerade noch, daß der Mechanismus der gleiche war wie in der Harfnerhalle — ein kleines Handrad, mit dessen Hilfe schwere Stäbe in Nuten entlang der Decke und des Bodens gekurbelt wurden.

»Menolly, darf ich dir Dunca vorstellen, die Hauswirtin unserer Gastschülerinnen?«

Menolly begrüßte pflichtschuldig die beleibte kleine Frau. Schwarze Augen blinzelten ihr aus den Speckfalten des Gesichts entgegen. Dunca warf dem Mädchen einen scharfen Blick zu, der gar nicht zu ihrem gemütlichen Aussehen passen wollte. Es schien, als messe sie Menolly an dem Klatsch, den sie bereits von ihr gehört hatte. Dann sah die Frau Prinzeßchen aus Menollys dichtem Haar hervorspitzen. Sie stieß einen schrillen Schrei aus und wich zurück.

»Was ist denn das?«

Menolly griff nach der Echse, die zu zischen begann und mit den Flügeln schlug.

»Aber, Dunca!« Silvinas Stimme klang tadelnd. »Sie wußten doch sicher, daß Menolly neun Feuerechsen besitzt.«

Menollys scharfes Ohr vernahm Silvinas unterdrückten Ärger; auch der kleinen Königin entging er nicht, denn ihre Augen kreisten wild. Menolly schickte der Echse ein paar beruhigende Gedanken zu.

»Ich hatte das eine oder andere Gerücht gehört«, sagte Dunca. »Aber darauf gebe ich im allgemeinen nichts.« Sie stand am Ende der Diele und trat keinen Schritt näher.

»Eine kluge Einstellung«, erwiderte Silvina. Ihr spöttischer Blick verriet, daß sie keine allzu hohe Meinung von der kleinen Pensionswirtin hatte. »Sie haben doch ein Zimmer mit Fenstern frei, nicht wahr? Ich halte es für das Beste, wenn wir Menolly da unterbringen.«

»Nein! Ich will nicht wieder so ein hysterisches Ding im Hause, das während der Sporenregen in Panik gerät und den anderen Mädchen einredet, die Fäden könnten ins Innere der Hütte gelangen!«

Silvinas Augen blitzten belustigt. »Da kann ich Sie beruhigen, Dunca. Menolly ist die jüngste Tochter von Yanus, dem See-Baron in der Halbkreis-Bucht. Das Leben am Meer härtet ab.«

Duncas scharfe Äuglein musterten Menolly von neuem. »Dann kanntest du Petiron, ja?«

Menolly nickte.

Die Pensionswirtin murmelte etwas und drehte sich so rasch um, daß ihr weiter Rock bei jedem Schritt wippte. Sie ging zu einer Steintreppe, die in die hintere Wand der Eingangsdiele gehauen war. Ächzend stieg sie nach oben.

Zwei schmale Gänge, an jedem Ende durch schwache Leuchten erhellt, führten rechts und links von den Stufen ab. Dunca wandte sich nach rechts, führte sie ganz nach hinten und öffnete die letzte Tür zur Außenfassade.

»Faule Schlampen«, murmelte sie schlecht gelaunt und trat an den Leuchtkorb heran. »Alles leer!«

»Wo verwahren Sie die Leuchten?« fragte Menolly, um der Pensionswirtin ihren guten Willen zu zeigen. Flüchtig überlegte sie, ob sie ihr Leben lang nicht davon loskommen würde, Leuchten durch enge Korridore zu schleppen und auszuwechseln.

»Wo ist Ihre Magd, Dunca? Sie hat für die Leuchten zu sorgen, nicht Menolly«, meinte Silvina, während sie an Dunca vorbeiging und die Fensterläden aufstieß. Helles Sonnenlicht durchflutete den Raum.

»Silvina! Was machen Sie da?«

»Nun seien Sie doch vernünftig, Dunca! Wir rechnen in frühestens zwei Tagen mit einem Sporenregen. Das Zimmer riecht muffig.«

Duncas Antwort war ein Kreischen, als die übrigen Feuerechsen durch das offene Fenster hereinschwirrten und aufgeregt im Zimmer umherflatterten. Da die Wände kahl und außer einem Bettrahmen kaum Möbel vorhanden waren, suchten sie vergeblich nach Landegelegenheiten. Die beiden Tantchen und Onkelchen kämpften um einen Platz auf dem Hocker, jagten aber wieder davon, erschreckt durch Duncas schrilles Geschrei. Die kleine Pensionswirtin kauerte in einer Ecke und hatte die Röcke über den Kopf geschlagen.

Menolly befahl den Braunen, ihre Sturzflüge einzustellen, sagte Tantchen Eins und Zwei sowie Onkelchen, daß sie auf dem Fenstersims bleiben sollten, und wies Rocky und Taucher einen Platz auf dem Bettrahmen zu. Inzwischen versuchte Silvina die Wirtin zu beruhigen. Als sich Dunca endlich dazu aufraffte, Faulpelz aus der Nähe zu betrachten — der Braune ließ sich von jedem streicheln, solange das von ihm keine Anstrengung erforderte —, hatte Menolly bereits erkannt, daß die Frau von nun an ihre unversöhnliche Feindin war. Die fette kleine Person würde es ihr nie verzeihen, daß sie ihre Blamage mitangesehen hatte. Einen Moment lang wünschte Menolly, sie wäre im Weyr geblieben, wo jeder die Feuerechsen akzeptierte.

Mit einem leisen Seufzer streichelte Menolly Prinzeßchen, während Silvina der Pensionswirtin immer wieder versicherte, daß die Feuerechsen weder ihr noch ihren Schützlingen gefährlich werden konnten — daß sie im Gegenteil jeder darum beneiden würde, neun Feuerechsen zu beherbergen . . .

»Neun?« quiekte Dunca erschreckt, und schon wollte sie sich wieder in ihre Ecke zurückziehen. »Neun dieser gespenstischen Biester in *meinem* Haus!«

»Sie sind tagsüber meist nicht da«, warf Menolly ein. »Da gehen sie ihre eigenen Wege.«

Dunca gab keine Antwort, sondern bedachte sie mit einem ängstlichen und zugleich haßerfüllten Blick.

»Wir können uns nicht länger aufhalten, Menolly. Du sollst dir eine Gitarre in der Werkstatt aussuchen«, sagte Silvina. »Wenn Sie einen frisch gefüllten Strohsack brauchen, Dunca, schicken Sie Ihre Magd zu mir.« Sie nahm Menolly am Arm und wandte sich zum Gehen. »Das Mädchen wird mehr in den Gilderäumen beschäftigt sein als Ihre übrigen Gastschülerinnen . . .«

»Wenn sie abends nicht zur festgesetzten Zeit heimkommt, bleibt die Tür verriegelt«, rief Dunca ihnen nach, als sie die Treppe hinunterstiegen.

»Sie ist streng mit den Mädchen«, stellte Silvina fest, als sie in die helle Mittagssonne hinaustraten und über den breiten, gepflasterten Platz gingen. »Aber das muß sie sein, bei all den jungen Burschen, die ihren Schützlingen nachstellen. Und nimm es nicht tragisch, wenn sie über Petiron schimpft. Sie hatte gehofft, er würde sie nach Merelans Tod heiraten. Ich glaube, daß Petiron die Gildehalle nicht nur verließ, um seinem Sohn Robinton den Weg freizumachen. Er floh auch vor Duncas hartnäckiger Aufmerksamkeit.«

»Die Halbkreis-Bucht liegt aber weit weg von Fort.«

Silvina lachte. »Und so abgeschieden, daß sogar Dunca die Lust verlor, ihm dorthin zu folgen, Kind. Als ob Petiron je eine zweite Frau genommen hätte! Merelan war ungewöhnlich schön, und sie hatte eine glockenreine Stimme. Wir denken alle gern an sie zurück.«

Inzwischen waren viele Leute unterwegs: Feldarbeiter kamen zum Mittagessen heim; eine Gruppe von Männern auf langbeinigen Rennern schob sich langsam durch die Menge. Ein Lehrling auf einem eiligen Botengang rempelte Menolly an und murmelte eine Entschuldigung. Prinzessin auf der Schulter des Mädchens richtete sich auf und zischte ihm empört entgegen. Mit einem erschreckten Ausruf wirbelte der Junge herum und rannte den Weg zurück, den er gekommen war.

Silvina schmunzelte. »Ich würde gern seinen Bericht hören, wenn er in die Halle zurückkehrt.«

»Silvina, ich . . .«

»Kein Wort, Menolly! Ich will es nicht haben, daß du dich ständig für deine Feuerechsen entschuldigst! Auch Meister Robinton teilt meine Ansicht. Es wird immer Narren wie Dunca auf der Welt geben, die sich vor allem Neuen oder Unbekannten fürchten.« Sie hatten den Torbogen der Gildehalle betreten. »Durch diese Tür, dann die Treppe hinauf, und du stehst vor Meister Jerints Werkstatt. Er wird dir ein Instrument geben, auf dem du später Meister Domick vorspielen kannst.« Mit einem ermutigenden kleinen Schubs ließ Silvina sie allein.

3

Sprecht sanft mit meiner Echsenschar,
Ihr Zorn ist rasch entbrannt.
Und rascher noch jagen sie herbei,
Erhebt gegen mich ihr die Hand.

Menolly wäre es lieber gewesen, wenn Silvina sie zu Meister Jerint gebracht und vorgestellt hätte; aber sie erkannte schuldbewußt, daß sie die kostbare Zeit der Wirtschafterin schon über Gebühr in Anspruch genommen hatte. So unterdrückte sie ihre Nervosität und ging auf die Tür zu, die in die Werkstatt führen mußte.

Sie hörte schon von draußen emsiges Hämmern, Sägen und Klopfen; aber sobald sie die Tür aufmachte, schlug ihr der Lärm voll entgegen. Prinzeßchen stieß einen schrillen Schrei aus und schoß blitzschnell hinauf zu den Stützbalken des hohen Saales. Ihr Kreischen und ihr Flug brachten auf der Stelle jede Tätigkeit zum Stillstand. Das plötzliche Schweigen und dann das Gewisper der jüngeren Arbeiter, die alle zu Menolly herüberstarrten, weckte die Aufmerksamkeit eines älteren Mannes, der sich tief über eine Gitarre auf seinem Schoß beugte und ein Stück Einlegeholz festleimte. Er schaute auf und bemerkte die gaffenden Lehrlinge.

»Na — was gibt es?«

Prinzeßchen stieß erneut einen Schrei aus und flatterte von der Decke zurück auf Menollys Schulter, nun, da der ungewohnte Lärm verstummt war.

»War das eben eine Stimme? So klingt doch kein Instrument?«

Mit einemmal erspähte Meister Jerint Menolly, die schüchtern an der Tür stehengeblieben war.

»Nun, mein Junge? Was suchst du hier? Und was hast du da für ein komisches Ding auf deiner Schulter sitzen? Du weißt genau, daß es nicht erlaubt ist, Haustiere durch die Gildehalle zu schleppen! He — bist du stumm?«

Leises Gekicher in den Werkstattwinkeln machte ihn auf seinen Irrtum aufmerksam.

»Entschuldigen Sie — Meister Jerint, nicht wahr? Ich heiße Menolly . . .«

»Wenn du Menolly heißt, kannst du kein Junge sein.«
»Nein, Meister.«
»Außerdem habe ich dich erwartet.« Er starrte die Einlegearbeit auf seinem Schoß an, als trage sie die Schuld an seiner Geistesabwesenheit. »Und dieses winzige Biest hat so laut gekreischt?«
»Sie war erschrocken, Meister.«
»Kein Wunder bei dem Lärm, der hier drinnen herrscht«, sagte Jerint gutmütig und reckte den Hals, um Prinzessin näher zu betrachten. Sie begann leise zu zirpen, und er zuckte zurück. »Das ist also eine dieser legendären Feuerechsen?« Seine Stimme klang skeptisch.
»Ich nenne sie Prinzessin, Meister Jerint«, sagte Menolly, fest entschlossen, neue Freunde für ihre Echsen zu gewinnen. Sie lockte Prinzeßchen auf ihren Arm. »Hier! Sie mag es, wenn man sie zwischen den Augen streichelt . . .«
»Ja?« Jerint kraulte das winzige goldene Geschöpf. Prinzessin schloß die Innenlider ihrer glitzernden Augen und schmiegte sich an seine Hand. »Tatsächlich.«
»Sie ist im Grunde recht lieb — nur der Lärm und die vielen Menschen haben sie beunruhigt.«
»Also, ich finde sie entzückend«, erwiderte Jerint, und sein schwieliger Finger fuhr immer wieder über das Köpfchen der kleinen Echse, bis sie zufrieden summte. »Ganz entzückend. Ist die Haut der Drachen auch so weich?«
»Ja, Meister.«
»Ein schönes Geschöpf. Und handlicher als die Drachen.«
»Außerdem kann sie singen.« Aus dem Hintergrund schlenderte ein kräftiger Mann heran, der sich die Hände an einem Handtuch abtrocknete.
Als hätte der Neuankömmling die geheime Spannung gelöst, begannen die Lehrlinge in allen Ecken zu wispern und zu lachen. Der Mann nickte Menolly zu.
»Was sagen Sie da, Domick?« Einen Moment lang vergaß Jerint, Prinzessin zu streicheln; sie stupste ihn mit der Nase an, und er machte weiter. »Sie kann singen?«
»Haben Sie den Diskant heute morgen denn nicht gehört, Jerint?«
Der untersetzte Mann war Meister Domick, dem sie später vorspielen sollte? Zwar trug er einen alten Kittel mit dem Em-

blem der Gesellen, aber kein Geselle hätte es gewagt, einen Meister nur mit seinem Namen anzusprechen.

»Heute morgen?« Jerint schaute überrascht auf. »Ja, ich erinnere mich. Die Höhe war ungewöhnlich für Flöten, und zudem wird diese Saga traditionsgemäß ohne Begleitung gesungen, aber da Brudegan gern improvisiert . . .« Er spreizte hilflos die Hände. Prinzessin flatterte auf Menollys Arm hin und her, als sie das Gleichgewicht zu halten versuchte. Ihre Krallen gruben sich schmerzhaft durch den dünnen Stoff des Ärmels.

»Du warst doch nicht gemeint, du hübsches Ding«, entschuldigte sich Jerint und streichelte Prinzessin, bis sie sich wieder beruhigt hatte. »Aber daß so ein winziges Geschöpf einen ganzen Chor ersetzen kann . . .«

»Wie viele haben denn nun wirklich gesungen, Menolly?« fragte Meister Domick.

»Nur fünf«, antwortete sie schüchtern; sie erinnerte sich noch zu gut an Duncas Reaktion.

»Fünf!« Meister Jerint schaute sie verblüfft an. »*Du* . . . besitzt fünf Feuerechsen?«

»Also, um die Wahrheit zu sagen . . .«

»Es ist klüger, stets die Wahrheit zu sagen, Menolly«, warf Meister Domick ein, und sie merkte an seinem Lächeln, daß er sie neckte.

»Also, ich habe neun Feuerechsen für mich gewonnen«, stieß Menolly hervor. »Sehen Sie, ich befand mich in der Echsenhöhle, als die Eierschalen aufsprangen — weil draußen Sporen fielen — und ich konnte doch nicht zulassen, daß die Jungen auf Nahrungssuche ins Freie flatterten und getötet wurden — und deshalb fütterte ich sie eben und . . .«

». . . und so entstand die Bindung zwischen dir und ihnen«, ergänzte Meister Domick, als sie stockte. »Du wirst deiner Echsen-Ballade noch eine oder zwei Strophen anfügen müssen, Kind!«

»Der Meisterharfner hat das Lied schon umgeschrieben«, sagte sie ruhig und, wie sie hoffte, einigermaßen würdevoll.

Meister Domicks Lächeln vertiefte sich.

»Es ist klüger, stets die Wahrheit zu sagen, Menolly. Hast du nicht alle neun Feuerechsen zum Singen abgerichtet?«

»Nicht bewußt. Ich spielte einfach auf meiner Flöte, und sie summten mit . . .«

»Ach, weil wir gerade von der Flöte sprechen, Jerint — das Mädchen braucht ein Instrument, bis sie sich selbst eines bauen kann. Oder hatte Petiron nicht genug Holz, um dich in diese Kunst einzuweisen?«

»Er *erklärte* mir alles ...«, entgegnete Menolly. Glaubte Meister Domick im Ernst, der See-Baron Yanus hätte sein kostbares Holz geopfert, damit ein *Mädchen* das Harfnerhandwerk erlernen konnte?

»Wir werden sehen, wieviel du dir gemerkt hast. Inzwischen mußt du auf einem geliehenen Instrument spielen und *üben* ...« Er betonte das letzte Wort und warf einen strengen Blick in die Runde.

Mit einemmal huschten all die neugierigen Gaffer an ihre Arbeitsplätze. Das Hämmern, Sägen und Klopfen setzte mit solcher Lautstärke ein, daß Prinzessin die Flügel spreizte und empört loskreischte.

»Das kann man ihr kaum verübeln«, meinte Domick, während Menolly die Feuerechse beruhigte.

»Eine bemerkenswerte Klangspanne«, murmelte Meister Jerint.

»Eine Gitarre für Menolly!« erinnerte Domick den zerstreuten Instrumentenbauer.

»Ach ja«, meinte Jerint hastig. »Bei uns liegen genug Instrumente herum. Sie kann sich selbst eines aussuchen.« Und mit steifen Schritten ging er auf die Seite der L-förmigen Werkstatt, die dem Hof zugewandt war.

Menollys Augen weiteten sich, als sie all die verschieden großen Trommeln, Pfeifen, Harfen und Gitarren sah. Die Instrumente hingen von Wandhaken und Deckenschnüren oder lagen staubig in Regalen; je tiefer sie in den Raum vordrangen, desto dicker wurde die Staubschicht.

»Eine Gitarre, hast du gesagt?« Jerint schaute sich mit zusammengekniffenen Augen um und griff nach einer Gitarre, deren Holz nach frischem Firnis glänzte.

»Die nicht.« Die Worte waren Menolly entschlüpft, ehe sie merkte, was sie da sagte.

»Nein?« Jerint schaute sie an, ohne den ausgestreckten Arm zu senken. Das klang knurrig, aber er musterte Menolly aufmerksam. Seine Geistesabwesenheit von vorher war völlig verflogen.

»Sie ist viel zu grün, um einen vernünftigen Klang zu geben.«

»Und das siehst du auf den ersten Blick?«

Ah, ein Aufnahmetest, dachte Menolly.

»Ich würde kein Instrument vom bloßen Ansehen her wählen, Meister Jerint, sondern immer den Klang prüfen, aber ich erkenne von hier aus, daß sich das Holz dieser Gitarre verzogen hat und der Hals nicht gerade sitzt, auch wenn die Lackschicht das zu vertuschen sucht.«

Die Antwort gefiel ihm offensichtlich, denn er trat zur Seite und gab ihr mit einem Wink zu verstehen, daß sie selbst die Wahl treffen solle. Sie befingerte die Saiten einer Gitarre, die am Regal lehnte, und schüttelte leicht den Kopf. Weiter vorn sah sie eine Hülle aus Wherleder, abgenutzt, aber gut eingefettet. Sie schaute die beiden Männer fragend an, und als sie nickten, holte sie die Gitarre aus dem Futteral. Ihre Hände streichelten das glatte, dünne Holz, ihre Finger umspannten bewundernd den Hals. Sie strich mit dem Daumen über die Saiten, direkt am Schalloch. Der Klang entzückte nicht nur sie, sondern auch Prinzessin, die aufgeregt mitzusummen begann. Ehrfürchtig verstaute Menolly das Instrument wieder in seiner Hülle.

»Warum legst du sie zurück? Gefällt sie dir nicht?« fragte Meister Jerint scharf.

»O doch, Meister, aber diese Gitarre muß einem guten Musiker gehören. Sie ist viel zu schade zum Üben.«

Domick lachte schallend auf, und er klopfte Jerint auf die Schulter.

»Keiner hat ihr verraten können, daß es deine Gitarre ist, Jerint. Nur zu, Mädchen, such dir ein Instrument, das schlecht genug zum Üben, aber gut genug für dich ist!«

Sie versuchte es mit mehreren anderen; ihr war klar, daß sie eine gute Wahl treffen mußte. Eine hatte einen sanften Klang, aber die Stimmwirbel waren so abgenutzt, daß die Saiten ihre Spannung während einer langen Ballade kaum halten würden. Sie fürchtete schon, kein einziges brauchbares Instrument in der Sammlung zu finden, als sie im Schatten ganz hinten noch eines an einem Wandhaken entdeckte. Eine Saite war gerissen, aber als sie die anderen anschlug, klangen sie seidenweich und rein. Sie befühlte das dünne Holz des Resonanzbodens. Rund um das Schalloch hatte der Instrumentenbauer ein herrliches Ornament aus verschiedenfarbigen Hölzern geschaffen. Die Stimmwirbel waren aus neuerem Holz als die übrige Gitarre, aber, von der fehlenden Saite abgesehen, war es das beste Instrument, das sie bisher entdeckt hatte.

»Darf ich die hier nehmen?« Sie streckte die Gitarre Meister Jerint entgegen.

Der Meister nickte langsam und anerkennend, ohne auf Domick zu achten, der ihm wuchtig auf die Schulter hieb. »Ich besorge dir eine neue E-Saite . . .« Und Jerint ging zu einer Reihe von Schubladen am Ende der Regale, kramte in einer davon und holte eine sorgfältig aufgerollte Darmsaite heraus.

Da die Saite bereits eine Schlinge hatte, schob Menolly sie über den Haken, spannte sie entlang Steg und Hals bis zum Loch des Stimmwirbels. Sie merkte, daß die beiden Männer sie aufmerksam beobachteten, und versuchte das Zittern ihrer Finger zu verbergen. Zuerst stimmte sie den neuen Darm an der benachbarten Saite, dann an den übrigen, und griff einen Akkord; der weiche, volle Klang bestätigte ihr, daß sie richtig gewählt hatte.

»Nun, da du gezeigt hast, daß du etwas von Instrumenten verstehst, wollen wir auch sehen, wie du mit ihnen umgehen kannst«, meinte Domick. Er nahm sie am Ellbogen und führte sie aus der Werkstatt.

Sie hatte gerade noch Zeit, sich mit einem Kopfnicken bei Meister Jerint zu bedanken, ehe die Tür hinter ihr zuschlug. Ungerührt von Prinzeßchens Zischen dirigierte Domick sie die Treppe hinauf und in einen rechteckigen Raum oberhalb des Eingangstorbogens. Der Saal diente wohl zugleich als Büro und Unterrichtszimmer, denn Menolly sah neben einem Sandkasten und Archivrollen eine Wandtafel und ein Regal mit Instrumenten. Entlang der Wände standen Hocker, aber es gab auch drei lederbezogene Liegen, die ersten, die Menolly je zu Gesicht bekam, mit altersdunklen Arm- und Rückenlehnen, die an einigen Stellen geflickt waren. Zwei breite Fenster mit Faltjalousien aus Metall zeigten auf einer Seite zur breiten Burgstraße und auf der anderen zum Innenhof.

»Spiel mir vor!« sagte Domick zu ihr und deutete auf einen Hocker, während er selbst sich auf die Liege gegenüber dem Kamin plumpsen ließ.

Seine Stimme war ausdruckslos und seine Miene so zurückhaltend, daß Menolly den Eindruck gewann, er traute ihr nicht gerade viel zu. Das eben erst durch die richtige Wahl des Instruments gestärkte Selbstvertrauen bröckelte schon wieder ab. Sie tändelte an den Stimmwirbeln und überlegte, was sie spielen sollte, um ihr Können zu zeigen. Denn sie war fest entschlossen, diesen spöttischen Meister Domick, der sie ständig wegen ihrer neun Feuerechsen hänselte, zu überraschen.

»Sing nicht mit«, fügte Domick hinzu. »Und du auch nicht!« Er deutete auf Prinzessin, die immer noch auf Menollys Schulter saß. Dann faltete er die Hände über dem Bauch und wartete.

Sein Tonfall weckte Menollys Trotz. Ohne lange zu überlegen, schlug sie den Eröffnungsakkord von ›Moretas Ritt‹ an. Sie stellte befriedigt fest, daß Domick erstaunt die Augenbrauen hochzog. Das Stück war schwer genug, wenn Stimmen die Melodie trugen, aber Melodie und Begleitung gleichzeitig zu spielen, erhöhte den Schwierigkeitsgrad beträchtlich. Sie glitt auch einige Male ab, da ihre linke Hand die schnellen Griffwechsel nicht schaffte, aber der Rhythmus stimmte exakt, und die Finger der rechten Hand spielten die Melodie klar und rein.

Sie hatte erwartet, daß er sie nach der ersten Strophe und dem Chor unterbrechen würde, aber da er ihr kein Zeichen gab, machte sie weiter und wandelte die Begleitung an der Stelle ab, wo sie mit dem Greifen Probleme hatte. Als sie die dritte Strophe anstimmte, beugte er sich plötzlich vor und umfaßte ihr rechtes Handgelenk. »Genug jetzt mit der Gitarre«, sagte er. Seine Miene blieb undurchdringlich. Dann deutete er stumm auf ihre Linke. Menolly streckte zögernd die Finger aus. Die Narbe spannte. Er drehte die Handfläche nach oben und berührte ganz leicht den dicken Wulst. Sie spürte ein Kribbeln im Rücken, zwang sich aber, ganz still zu halten. Er knurrte, als er einen frischen kleinen Riß entdeckte. »Hat Oldive das schon gesehen?«

»Ja, Meister.«

»Und dir eine seiner gräßlichen Schmieren verordnet, was? Wenn das Zeug hilft, wirst du die Griffe meistern, die dir in der ersten Strophe mißlungen sind.«

»Ich hoffe es.«

»Ich auch, denn bei Lehrballaden sind Varianten fehl am Platze.«

»Das hat mir auch Periton beigebracht«, entgegnete sie ebenso ausdruckslos wie er. »Aber im Archiv der Halbkreis-Bucht ist die Begleitung, die ich gerade spielte, als erlaubte Variante verzeichnet.«

»Erlaubt, aber uralt. Heutzutage kennt und spielt man sie kaum noch.«

Menolly sagte nichts, aber sie erkannte an seiner schroffen Reaktion, daß sie ihn beeindruckt hatte. Er brachte es nur nicht übers Herz, ein Kompliment auszusprechen.

»Welche anderen Instrumente spielst du?«

»Nun, die Trommel natürlich . . .«

»Natürlich. Da hinter dir liegt ein kleines Tamburin.«

Sie führte die wichtigsten Schlagfolgen vor und spielte dann den Rhythmus eines schweren Tanzes, der besonders bei den Fischern beliebt war. Obwohl Domicks Miene ausdruckslos blieb, sah sie, wie seine Finger im Rhythmus mitzuckten, und freute sich innerlich über diese Reaktion. Als nächstes spielte sie ein einfaches Wiegenlied auf der Schoßharfe, das gut zu dem leichten, sanften Ton des Instruments paßte. Dann wollte sie die große Harfe nehmen, aber Domick wehrte ab und meinte, die Oktavgriffe seien zu anstrengend für ihre linke Hand. Er reichte ihr statt dessen eine Altflöte, nahm selbst ein Tenorinstrument und ließ sie die Harmonien zu seiner Melodie spielen. Das machte Spaß, und sie hätte endlos weitermachen können; sie spielte leidenschaftlich gern Duette.

»Gab es auch Blasinstrumente in der Burg am Meer?«

»Nur das einfache Horn, aber Petiron erklärte mir die Theorie der Klappen und Ventile, und er sagte, mit mehr Übung könnte ich eine gute Lippentechnik entwickeln.«

»Freut mich, daß er nichts vernachlässigt hat.« Domick stand auf. »Nun, ich weiß jetzt, wo ich dich etwa einstufen kann. Vielen Dank, Menolly. Du gehst jetzt am besten zum Mittagessen.«

Mit einem leisen Zögern griff Menolly nach der Gitarre. »Muß ich die jetzt Meister Jerint zurückgeben?«

»Aber nein.« Seine Miene war immer noch kühl, beinahe grimmig. »Du brauchst sie noch, Mädchen. Auch wenn du eine Menge weißt — ohne Übung geht es nicht.«

»Meister Domick, wem hat diese Gitarre gehört?« Sie stellte die Frage hastig, denn sie hatte plötzlich Angst, es könnte seine eigene gewesen sein. Das würde zumindest einen Teil seiner sonderbaren Feindseligkeit erklären.

»Das hier? Das war Robintons Gesellenstück.« Meister Domick grinste breit, als sie ihn entsetzt anstarrte, und verließ den Raum.

Menolly blieb, immer noch halb betäubt von ihrer Kühnheit, und preßte die nun doppelt kostbare Gitarre an sich. Ob sich auch Meister Robinton ärgerte, so wie es Meister Jerint zu tun schien, daß sie seine Gitarre gewählt hatte? Die Vernunft gewann wieder die Oberhand. Meister Robinton mußte inzwischen längst bessere Instrumente besitzen, sonst hätte er sein Gesellenstück kaum in Meister Jerints Lager zurückgelassen. Sie fuhr mit dem Finger leicht über die Saiten und lächelte, als sie den weichen Klang vernahm. Prinzessin zirpte anerkennend, und leise Echos im Raum verrieten Menolly, daß sich auch die übrigen Feuerechsen eingeschlichen hatten.

Doch sie ergriffen allesamt kreischend die Flucht, als eine laute Glocke irgendwo dicht über ihnen zu bimmeln begann. Die schrillen Töne leiteten einen Höllenlärm ein, der nun in den Gängen und im Hof ausbrach. Lehrlinge und Gesellen, entlassen vom Vormittagsunterricht, rannten ins Freie und zum Speisesaal. Dabei schoben und schubsten und schrien sie, daß Menolly das Treiben wie erstarrt beobachtete. Einige von ihnen zählten sicher schon zwanzig Planetenumläufe! Kein Küstenbewohner hätte sich je so kindisch benommen. In der Burg am Meer mußten Jungen in ihrem Alter bereits von früh bis spät auf den Booten arbeiten. Freilich, ein langer Tag an den Segelleinen und Netzen verbrauchte die Energie, so daß nicht mehr viel für Lachen und Toben übrigblieb. Vielleicht war das mit ein Grund, weshalb ihre Eltern nicht geduldet hatten, daß sie Musik machte — so etwas betrachteten sie kaum als vernünftige Arbeit. Menolly schüttelte die Hände aus. Ihre Gelenke schmerzten, und die Finger zitterten von der langen Anspannung beim Spiel. Nein, ihre Eltern würden nie begreifen, daß Musizieren ebenso hart sein konnte wie die Arbeit an Segeln oder Netzen.

Und sie war genauso hungrig, als hätte sie auf einem Kutter geschuftet. Sie zögerte, die Gitarre immer noch in der Hand. Ihr blieb sicher nicht mehr die Zeit, das Instrument zu ihrem Zimmer in der Pension zu bringen. Keiner im Hof schien ein Instrument zu tragen. So legte sie die Gitarre sorgfältig auf ein hohes Regalbrett und befahl Prinzessin mit ihrem Schwarm dazubleiben. Sie konnte sich gut vorstellen, was geschah, wenn sie ihre Feuerechsen mit in den Speisesaal brachte. Der Lärm draußen reichte schon . . .

Plötzlich war alles verlassen. Sie rannte die Treppe hinunter, so rasch sie es mit ihren wunden Füßen vermochte, und überquerte den Hof. Am breiten Portal zum Speisesaal blieb sie stehen. Der Raum schien vollgepfropft mit jungen Menschen, die in strammer Haltung an den langen Tischen standen. Die meisten schielten in die Ecke zu ihrer Rechten. Sie wollte sich eben umdrehen, als ein Zischeln sie ablenkte. Es war Camo, der ihr mit Gesten und Grimassen zu verstehen gab, daß sie zu einem der drei leeren Plätze am Fenstertisch gehen sollte. So rasch und unauffällig wie möglich befolgte sie seinen Wink.

»He«, flüsterte der kleine Junge neben ihr, ohne sie anzuschauen. »Eigentlich gehörst du nicht hierher, sondern zu denen dort drüben.« Er wies mit dem Daumen zu einem langen Tisch nahe dem Kamin.

Menolly streckte sich ein wenig und sah die Mädchen aus Duncas Pension dort sitzen, im Rücken das warme Feuer.

An einem Ende entdeckte sie einen freien Stuhl.

»Nein!« Der Junge packte sie an der Hand. »Nicht jetzt!«

Wie auf ein geheimes Kommando setzten sich in genau diesem Moment alle hin.

»Schöne Prinzessin! Wo ist schöne Prinzessin?« fragte eine besorgte Stimme neben ihr. »Prinzessin nicht hungrig?« Das war Camo, in jeder Hand eine schwere Platte, vollbeladen mit Bratenstücken.

»Nimm sie ihm rasch ab!« sagte der Junge neben ihr und stieß sie in die Rippen.

Menolly gehorchte.

»Na los, bedien dich und gib die Schüssel weiter!« fuhr der Junge fort.

»Sitz doch nicht da wie festgefroren!« setzte ein schwarzhaariger Bursche ihr gegenüber hinzu und runzelte finster die Stirn.

»He, wie lange dauert das noch?« wollte ein anderer am Ende des Tisches wissen.

Menolly murmelte etwas und, ehe lange nach ihrem Gürtelmesser zu greifen, packte sie die oberste Scheibe mit zwei Fingern und legte sie auf ihren Teller. Der Bursche ihr gegenüber spießte geschickt vier Stücke mit der Messerspitze auf und jonglierte sie zu sich herüber.

»*Darf* man denn soviel nehmen?« fragte sie. Das Staunen über seine Gier vertrieb ihre anfängliche Scheu.

»In der Harfnerhalle verhungert keiner«, erklärte er mit einem breiten Grinsen. Er schnitt das erste Stück in die Hälfte, klappte es auf der Gabel zusammen und schob es in den Mund. Der Saft tropfte ihm über das Kinn.

Seine Worte wurden unterstrichen von einer gewaltigen Gemüseschüssel und einem Korb mit Brot, die Camo beide vor sie hinstellte. Diesmal bediente sich Menolly reichlich und gab die Sachen sofort weiter.

»Du bist Menolly, stimmt's?« fragte der Junge neben ihr, während er mit vollen Backen kaute.

Sie nickte.

»Waren es wirklich deine Feuerechsen, die heute morgen gesungen haben?«

»Ja.«

Ihre aufkeimende Verlegenheit wurde von dem verstohlenen Gekicher und Grinsen ihrer Tischgefährten zerstreut.

»Bruddies Mienenspiel war sehenswert!«

»Bruddies?«

»So nennen wir den Gesellen Brudegan. Er ist dieses Jahr Chorleiter. Erst dachte er, ich wollte ihm einen Streich spielen, weil ich Sopran singen kann. Also stellte er sich dicht neben mich. Ich hatte natürlich keine Ahnung, was los war. Dann ging er weiter zu Feldon und Bonz, und da hörte ich erst die Stimmen draußen.« Der Junge hatte ein so gewinnendes Lachen, daß er Menolly mit seiner Fröhlichkeit ansteckte. »Beim Ei, Bruddie wetzte hin und her und konnte nicht rauskriegen, woher der Gesang kam. Dann deutete einer der Bässe aus dem Fenster.« Der Junge prustete unterdrückt los. »Wie hast du ihnen das beigebracht, he? Ich wußte gar nicht, daß man Feuerechsen zum Singen abrichten kann. Drachen summen bloß zur Zeit der Gegenüberstellung. Und — stimmt es, daß du gleich elf besitzt?«

»Nur neun . . .«

»Nur neun, sagt sie!« Der Junge rollte die Augen. Dann fügte er hinzu: »Ich heiße übrigens Piemur.«

»Sie hat hier nichts verloren«, knurrte der Bursche, der ihr gegenübersaß. Wie um sie absichtlich zu kränken, sprach er an Menolly vorbei mit Piemur. »Sie gehört zu denen dort.« Und er machte eine kleine Kopfbewegung zum Kamin, wo die Mädchen an einem eigenen Tisch saßen.

»Jetzt ist sie jedenfalls hier, Ranly«, fuhr Piemur auf. »Und wen stört das? Sie konnte nicht gut den Platz wechseln, nachdem wir uns gesetzt hatten, oder? Außerdem habe ich gehört, daß sie Lehrling wird, genauso wie wir. Dann hat sie ohnehin nichts mit denen zu schaffen.«

»Sind das keine Lehrlinge?« fragte Menolly und schaute unauffällig zu den Mädchen hinüber.

»Die?« Piemurs erstaunte Frage war so verächtlich wie Ranlys Miene. »Sie sind in einer Sonderklasse bei den Gesellen, aber Lehrlinge — nie und nimmer!«

»Eine echte Plage, diese Weiber«, zischte Ranly.

»Schon, schon«, seufzte Piemur, »aber wenn wir sie nicht hätten, müßte ich bei sämtlichen Stücken Sopran singen — igitt! He, Bonz, reich mir mal das Fleisch!« Plötzlich stieß er einen kleinen Wutschrei aus. »Feldon! Ich habe zuerst gefragt! Wie kommst du dazu . . .« Ein Junge hatte das letzte Fleisch von der Platte gefischt, als sie zu Piemur weitergegeben wurde.

Die anderen Jungen machten *Pssst!* und warfen verstohlene Blicke in die rechte hintere Ecke.

»Das war gemein! Ich hatte mich zuerst gerührt!« Piemur dämpfte zwar die Stimme, nicht aber seinen Zorn. »Und Menolly erwischte nur ein einziges Stück! Ihr steht viel mehr zu.«

In diesem Moment zupfte jemand Menolly am Ärmel. Es war Camo.

»Camo Prinzeßchen füttern!«

»Nicht jetzt, Camo. Die Echsen haben jetzt keinen Hunger«, versicherte ihm Menolly mit Nachdruck. Sein schwerfälliges Gesicht verriet Enttäuschung.

»Die Echsen haben jetzt keinen Hunger, aber Menolly hat Hunger«, erklärte Piemur und deutete auf die leere Fleischplatte. »Mehr Fleisch, Camo. Noch mehr Fleisch, Camo, bitte!«

»Mehr Fleisch«, murmelte der Schwachsinnige und nickte. Und ehe Menolly etwas sagen konnte, war er an die Durchreiche geschlurft, von der ein Gleitband in die Küche führte.

Die Jungen kicherten über Piemurs Trick, den Küchenhelfer zu verscheuchen, aber sie machten große Augen, als er mit einer vollbeladenen Platte wiederkam.

»Vielen, vielen Dank, Camo«, sagte Menolly und nahm noch ein großes Stück Fleisch. Sie konnte es den Jungen nicht verdenken, daß sie mit solchem Appetit aßen. Das Fleisch war zart und saftig, ganz anders als die zähen, salzigen Gerichte, die sie von der Halbkreis-Bucht kannte.

Noch eine Scheibe Fleisch landete auf ihrem Teller.

»Du ißt zuwenig«, meinte Piemur mit gerunzelter Stirn. Er wandte sich an seine Tischgefährten. »Zu schade, daß sie in Zukunft bei den Weibern sitzen muß. Camo mag sie. Und ihre Feuerechsen.«

»Hat er dir wirklich beim Füttern geholfen?« fragte Ranly, und das klang fast ein wenig neidisch.

»Er hatte nicht die geringste Angst vor ihnen«, erwiderte Menolly, erstaunt darüber, wie rasch sich hier die Neuigkeiten verbreiteten.

»Ich hätte auch keine«, versicherten ihr Piemur und Ranly wie aus einem Mund.

»Sag, du warst doch bei der Gegenüberstellung im Benden-Weyr, oder?« fragte Piemur und brachte Ranly durch einen Tritt ins Schienbein zum Schweigen. »Hast du *gesehen*, wie Jung-Baron Jaxom den weißen Drachen für sich gewann? Wie groß ist er denn? Und glaubst du, daß er durchkommt?«

»Ja, ich war bei der Gegenüberstellung . . .«

»Komm, laß dir nicht jedes Wort einzeln herauslocken!« drängte Ranly. »Wir hören immer bloß Gerüchte.«

»Ich war droben auf der Zuschauer-Galerie, und Baron Jaxom saß mit einem älteren Mann und einem anderen Jungen ein Stück unter mir . . .«

»Das waren sicher sein Vormund Lytol und Felessan, der Sohn von F'lar und Lessa.«

»Weiß ich doch, Piemur! Mach weiter, Menolly!«

»Nun, alle Drachen waren bereits geschlüpft. Nur ganz am Rand lag ein kleineres Ei — völlig vergessen. Jaxom sprang plötzlich hoch, rannte die Sitzreihe entlang und rief um Hilfe. Dann lief er einfach über den heißen Sand und begann die Eischale mit dem Stiefel zu bearbeiten. Eine ganz dicke weiße Membran kam zum Vorschein. Er schlitzte sie mit dem Messer auf, und als nächstes taumelte der kleine weiße Drache ins Freie . . .«

»Die Gegenüberstellung!« Piemur klatschte in die Hände. »Habe ich es dir nicht gesagt, Ranly? Man muß nur im rechten Moment am rechten Ort sein! Glück braucht man, nichts als Glück.« Piemur schien auf ein Streitgespräch anzuspielen, das er des öfteren mit seinem Freund führte. »Manche Leute haben dieses Glück, andere wieder nicht.« Er wandte sich an Menolly:

»Stimmt es, daß du die Tochter des See-Barons Yanus bist? Und daß du früher in der Halbkreis-Bucht gelebt hast?«

»Jetzt lebe ich in der Harfnerhalle, oder?«

Piemur hob die Schultern, als wolle er sagen: War ja nicht so gemeint!

Menolly wandte sich wieder ihrem Essen zu. Eben als sie die letzte Soße auf ihrem Teller mit einem Stück Brot ausgetunkt hatte. ertönte ein Gong, und es wurde augenblicklich still im Saal. Ein Stuhl scharrte über die Steinfliesen, und ein Geselle ganz am Ende des Raumes stand auf.

»Eure Nachmittagspflichten sehen wie folgt aus: Gruppe 10 räumt den Lehrlingssaal auf, Gruppe 9 den Hof, Gruppe 8 die Vorratskammern. Und wenn ihr diesmal wieder nicht in den Ekken putzt, gibt es einen halben Tag Strafdienst! Gruppe 7 übernimmt die Scheunen, 6, 5 und 4 arbeiten auf den Feldern, 3 wird in die Burg abgestellt, 2 und 1 machen die Schlafsäle sauber. Alle, die sich heute morgen krank gemeldet haben, sollen bei Meister Oldive vorsprechen. Wer ein Instrument spielt, hat sich heute abend pünktlich einzufinden. Wir treffen uns um acht Uhr.«

Der Mann setzte sich, und an den Tischen brach Gestöhne und unterdrücktes Schimpfen los.

»Schon wieder den Hof kehren!« maulte Piemur. Dann sah er Menolly an. »Hast du schon eine Gruppen-Nummer?«

»Nein.« Sie sah Ranlys finsteren Blick und fügte hastig hinzu: »Noch nicht.«

»Du scheinst ein echter Glücksvogel zu sein!«

Der Gong ertönte, und alle erhoben sich. Aber während die anderen zielstrebig davoneilten, stand Menolly herum und wußte nicht recht, was sie tun sollte.

Zwei Jungen begannen das Geschirr abzuräumen, und Menolly wollte ihnen helfen, aber einer der beiden entriß ihr empört den Teller.

»He, du bist doch nicht in meiner Gruppe«, rief er mit einem Anflug von Unverständnis und kehrte ihr den Rücken zu.

Jemand klopfte ihr leicht auf die Schulter, und sie fuhr herum.

»Du bist Menolly?« fragte ein Mann, und das klang wie ein Vorwurf. Seine Nase sprang so weit vor, daß es ihm Schwierigkeiten zu bereiten schien, daran vorbeizuschielen. Seine Züge waren mißbilligend, und die bleiche Haut, eingerahmt von grauen Locken, unterstrich diesen Eindruck noch. Arroganz und Mißmut schienen sein Wesen zu prägen.

»Ja, das stimmt.«

»Ich bin Meister Morshal und leite hier die Abteilung Musiktheorie und Komposition. Komm, Mädchen, in diesem Lärm versteht man sein eigenes Wort nicht!« Er nahm sie am Arm und führte sie aus dem Speisesaal. Die Lehrlinge huschten zur Seite und gaben eine Gasse frei, als wollten sie ihm nicht begegnen. »Der Meisterharfner hat mich um meine Meinung hinsichtlich deiner theoretischen Kenntnisse gebeten.«

Menolly entnahm seinem Tonfall, daß der Meisterharfner großen Wert auf Meister Morshals Meinung in dieser und weit wichtigeren Angelegenheiten legte. Und sie gewann den deutlichen Eindruck, daß er ihre Kenntnisse nicht allzu hoch einschätzte.

Sie bedauerte jetzt, daß sie so herzhaft gegessen hatte, denn die Mahlzeit lag ihr wie ein schwerer Klumpen im Magen. Morshal war zweifellos voreingenommen gegen sie.

»Ssst! Menolly!« Ein Flüstern von der Seite her zog ihre Aufmerksamkeit an. Piemur duckte sich halb hinter einen größeren Jungen, schnitt eine fürchterliche Grimasse in Richtung Meister Morshal und gab ihr dann durch heftiges Gestikulieren zu verstehen, daß er den Daumen drücken würde.

Irgendwie ermutigte sie das. Ein lustiger kleiner Kerl war dieser Piemur mit seinem Gewirr schwarzer Locken und dem halb abgebrochenen Schneidezahn. Wie lieb von ihm, ihr die Angst zu nehmen, obwohl er selbst einer der jüngsten Lehrlinge zu sein schien.

Als Menolly merkte, daß Meister Morshal sie in den gleichen Raum führte, in dem sie vor dem Mittagessen gespielt hatte, sandte sie ihren Echsen heimlich den Befehl zu, ganz still zu bleiben oder sich auf ein sonniges Dach zurückzuziehen, bis sie wieder Zeit hatte. So hörte sie nicht ein einziges Rascheln oder Zirpen, als sie mit Morshal eintrat. Entschlossen setzte er sich auf den einzigen Stuhl mit hoher Lehne neben dem Sandkasten. Da es sie nicht zum Platznehmen aufforderte, blieb sie stehen.

»Nun nenne mir mal die Noten eines C-Dur-Akkords!«

Sie tat es. Er sah sie einen Moment lang starr an und begann dann wieder zu schielen.

»Welche Noten umfaßt eine Quint in C-Dur?«

Als sie auch darauf geantwortet hatte, begann er neue Fragen abzufeuern, gereizt, wenn sie nur Sekundenbruchteile mit der Antwort zögerte. Aber Petiron hatte sie zu oft in ähnlicher Weise gedrillt. Morshals überhebliche Miene machte sie nervös, doch als seine Fragen schwerer und schwerer wurden, merkte sie plötzlich, daß er Beispiele aus verschiedenen traditionellen Sagen und Balladen wählte. Da sie ein gutes Gedächtnis besaß, kannte sie die meisten Stellen auswendig und konnte sie herunterschnurren.

Mit einemmal räusperte er sich, winkte ab und wollte wissen, ob sie die Trommel schlagen könne. Als sie bejahte, stellte er eine Menge zermürbender Fragen über die einzelnen Zeit- und Schlagfolgen. Sie hätte ihm das alles viel leichter zeigen als erklären können, aber dazu gab er ihr keine Gelegenheit.

»Halt dich still, Mädchen!« knurrte er, als sie ihre schmerzenden Sohlen bewegte. »Schultern zurück, Füße nebeneinander, Kopf hoch!« Er hörte ein leises Zischen, aber da er Menolly die ganze Zeit über wütend anstarrte, stand eindeutig fest, daß sie den Mund nicht aufgetan hatte. Er blickte umher, um den Ursprung der Störung zu suchen. Inzwischen beruhigte Menolly heimlich Prinzeßchen. »Steh nicht so krumm da! Was hatte ich gefragt?«

Sie wiederholte es, und er setzte sein Kreuzverhör fort. Je rascher sie antwortete, desto rascher prasselten die Fragen auf sie ein. Ihre Sohlen schmerzten so sehr, daß sie ihn einfach bitten *mußte,* ihr eine kleine Ruhepause zu gönnen. Doch ehe sie dazu kam, deutete Morshal zu ihrer Verblüffung auf einen Hocker. Sie zögerte.

»Los, los, setz dich!« fauchte er. »Nun wollen wir mal sehen, ob du auch schreiben kannst, was du so glatt herunterleierst!«

Also waren ihre Antworten richtig gewesen, und er ärgerte sich, weil sie soviel wußte. Ihre Niedergeschlagenheit wich, und als Meister Morshal diktierte, zog sie den Stab mit flinken Strichen durch den Sand. In ihrem Innern hörte sie eine andere, sanftere Stimme; die Übung war plötzlich ein Spiel und kein Verhör durch einen befangenen Richter.

»Geh zur Seite, damit ich sehen kann, was du geschrieben hast!«

Er warf einen Blick auf den Sandkasten, preßte die Lippen zusammen und räusperte sich. Dann befahl er ihr, die Fläche wieder glattzustreichen, und begann mit schwierigeren Aufgaben.

Aber nach den ersten Takten erkannte sie den »Rätsel-Gesang«, und sie war froh, daß Petiron ihr die düstere Melodie so gründlich beigebracht hatte.

»Das reicht!« Meister Morshal zerrte seinen Umhang fester um die Schultern. »Hast du ein Instrument?«

»Ja, Meister.«

»Dann hol es und bring die Noten da aus dem oberen Regal mit. Beeil dich!«

Menolly stöhnte leise, als sie die ersten Schritte machte. Ihre Knöchel fühlten sich steif und geschwollen an.

»Los, los — du verschwendest meine Zeit!«

Prinzessin zischte warnend, und Menolly merkte, daß auch die anderen Echsen aufgeregt waren. Sie versuchte noch einmal, ihre Schar zu beruhigen.

So rasch sie konnte, kam sie mit der Gitarre und den Noten zurück. Sie erkannte, daß es sich um eine neue Abschrift handeln mußte, denn die Häute waren noch weiß, und die Noten ließen sich klar lesen. Mit verkniffenem Mund blätterte Meister Morshal das Material durch.

»Da! Spiel mir das!« Menolly zuckte zusammen, als sie sah, wie nachlässig er ihr die kostbaren Pergamente zuwarf.

Der böse Zufall wollte es, daß er ausgerechnet »Moretas Ritt« gewählt hatte. Sie wußte, daß sie die Begleitgriffe mit der linken Hand niemals schaffen würde.

»Sir, meine . . .«, begann sie und streckte ihm die Hand entgegen.

»Ich will keine Ausreden hören. Entweder du spielst vom Blatt, oder ich muß annehmen, daß du nicht in der Lage bist, die Traditionsballaden in angemessener Qualität wiederzugeben.«

Menolly fuhr mit den Fingern über die Saiten, um zu hören, ob sie noch richtig gestimmt waren.

»Komm, komm! Wenn du das Zeug lesen und schreiben kannst, wirst du es auch spielen können.«

Eine übertriebene Schlußfolgerung, fand Menolly, aber sie schlug den Anfangsakkord an, und da sie damit rechnete, daß er ihr eine Falle stellen würde, spielte sie nicht auswendig, sondern vom Blatt. Es waren in der Tat einige Variationen eingetragen; die ersten meisterte sie mühelos, aber bei der vierten und fünften patzte sie, weil die Narbe einen schnellen Griffwechsel einfach nicht zuließ.

»Aha, aha«, murmelte er, und das klang merkwürdig befriedigt. »Das Spielen vom Blatt scheint dich etwas zu überfordern. Nun gut, das wäre es. Du kannst gehen.«

»Ich bitte um Verzeihung, Meister Morshal . . .«, begann Menolly und streckte erneut die Hand aus, um ihm die Narbe zu zeigen.

»Was?« Er funkelte sie zornentbrannt an. »Hinaus! Ich sagte, du kannst gehen! Wohin kämen wir denn, wenn sich nun schon Mädchen einbilden, sie könnten das Harfner-Handwerk oder gar das Komponieren erlernen!« Sein Keifen wich schriller Panik. »*Was ist das?* Was sind das für Geschöpfe? Wer hat sie hereingelassen?«

Menolly, bereits auf dem Wege zur Treppe, drehte sich um. Ihr Ärger ließ nach, als sie die hilflose Angst in seiner Stimme vernahm. Ihre innere Wut hatte die Feuerechsen aufgescheucht, die sie in Gefahr glaubten und sich mit Geschrei auf Meister Morshal stürzten. Sie mußte lachen, als sie hörte, wie eine schwere Tür ins Schloß schlug, doch im nächsten Moment bereute sie die Szene. Morshal war von nun an bestimmt ihr erbitterter Feind, eine Tatsache, die ihr das Leben in der Harfnerhalle nicht gerade erleichtern würde. Wie hatte T'gellan letzte Nacht gesagt? *»Du hast von den Harfnern nichts zu befürchten!«* Nun, zu befürchten hatte sie vielleicht nichts, aber Vorsicht schien ihr durchaus angebracht. Vielleicht war es falsch gewesen, so mit ihrem Wissen zu glänzen. Das hatte ihn erzürnt. Aber sollte er nicht gerade ihren Wissensstand prüfen? Wieder kamen ihr Zweifel, ob die Harfnerhalle der richtige Ort für sie war. *Wenn sich nun schon Mädchen einbilden* . . . Sie hatte sich überhaupt nichts eingebildet. Die ganze Idee stammte von Meisterharfner Robinton, oder? Gehörten Meister Domick und Meister Morshal zu den konservativen Kräften, die Robinton erwähnt hatte? Selbst wenn sie in Zukunft vielleicht nicht viel mit ihnen zu tun hatte — sie spürte ihre Abwehr und Feindseligkeit.

Mit einem Seufzer wandte sie sich dem zweiten Treppenabsatz zu — und blieb stehen. Piemur wartete im Korridor, stocksteif, mit weit aufgerissenen Augen, und starrte die erregt flatternden Feuerechsen an. Faulpelz und Onkelchen hatten sich auf dem Geländer niedergelassen.

»Ich sehe doch keine Gespenster, oder?« fragte er und beobachtete die beiden mißtrauisch.

»Nein, bestimmt nicht. Der Braune heißt Faulpelz, und der Blaue da ist Onkelchen.«

Seine Blicke folgten den anderen, die Menolly umkreisten, aber er gab es rasch auf, sie zu zählen. Dann landete die kleine Goldechse wie gewohnt auf Menollys Schulter.

»Das ist Prinzeßchen, die Königin des Schwarms.«

»Wirklich?« Piemur starrte Menolly nach, während sie ins Erdgeschoß weiterging.

Prinzessin reckte den Hals, und ihre Augen kreisten ein wenig, als sie seinen Blick erwiderte. Plötzlich blinzelte sie, und Piemur tat erschrocken das gleiche. Menolly prustete los.

»Kein Wunder, daß Camo so verrückt nach ihr ist.« Dann schüttelte sich Piemur wie eine Feuerechse, die Meerwasser aus ihren Flügeln spritzt. »Ich sollte dich abholen und zu Meister Shonagar bringen.«

»Wer ist das schon wieder?« Menolly hatte genug von ihrer Begegnung mit Meister Morshal.

»Hat dich der alte Morschkopf geschunden? Mach dir nichts draus! Meister Shonagar wird dir gefallen. Er unterrichtet Gesang, und ich gehöre in seine Abteilung. Er ist der netteste Lehrmeister von allen.« Piemur strahlte begeistert. »Und er hat gesagt, wenn du nur halb so gut singen kannst wie deine Echsen, dann bist du ein echter Gewinn.«

Er machte eine Pause und schielte Prinzessin an. »Glaubst du, sie mag mich?«

»Warum nicht?«

»Sie starrt mich so an, und ihre Augen kreisen!«

»Du starrst sie aber auch an!«

Piemur schluckte und kicherte dann verlegen. »Das habe ich gar nicht gemerkt. Entschuldige, Prinzeßchen. Ich weiß, so was gehört sich nicht, aber ich wollte schon immer eine Feuerechse sehen. He, Menolly, komm!« Und er rannte über den Hof, als sei ihm sein Auftrag eben wieder eingefallen. »Du bist zwar neu hier, aber laß dir gleich eines sagen: Kein Meister wartet gern. Und noch eines! Könntest du bitte deine Feuerechsen wegschikken? Meister Shonagar hat nämlich ausdrücklich erklärt, er wolle im Moment nur *dich* und nicht die Echsen singen hören.«

»Sie halten still, wenn ich sie darum bitte.«

»Ranly — das ist der Junge, der dir heute mittag gegenübersaß — Ranly also kommt von Crom, und er weiß eine ganze Menge.

Er hat behauptet, die Echsen würden nur so tun, als könnten sie singen.«

»Das stimmt nicht.«

»Da bin ich aber froh. Ich entgegnete nämlich, sie seien genauso klug wie Drachen, und das wollte er nicht glauben.« Piemur führte sie zu dem großen Saal, in dem am Vormittag der Chor geübt hatte. »Rasch, Menolly! Ich war nämlich eine ganze Weile unterwegs, ehe ich dich fand.«

»Ich kann nicht schnell gehen«, erklärte Menolly mit zusammengebissenen Zähnen.

»Ist mir auch schon aufgefallen, daß du so komisch humpelst. Was ist los mit deinen Füßen?«

Menolly wunderte sich, daß ihm diese Neuigkeit entgangen war, wo er sonst alles aufzuschnappen schien. »Ich war im Freien, als mich ein Sporenregen überraschte. Ich mußte wegrennen.«

Piemurs Augen quollen beinahe aus den Höhlen. »Wegrennen?« quiekte er. »Vor den Fäden?«

»Ich habe die Schuhe durchgelaufen — und meine Fußsohlen dazu.«

Menolly kam nicht mehr dazu, ihm Einzelheiten zu erzählen, denn Piemur blieb am Saaleingang stehen. Ehe sie ihre Augen an das Halbdunkel gewöhnt hatte, das im Innern herrschte, befahl eine Stimme, sie solle nicht herumtrödeln, sondern endlich eintreten.

»Mit Verlaub, Meister, Menolly hat sich auf der Flucht vor den Sporen die Füße verletzt«, warf Piemur ein, als sei er von Anfang an im Besitz dieser Fakten. »Sie gehört nicht zu den Leuten, die absichtlich trödeln.«

Nun konnte Menolly eine klobige Gestalt neben dem riesigen Sandkasten erkennen.

»Na, dann laß dir ruhig Zeit, Kind. Ein Mädchen, das den Sporen entflieht, hat sicher gelernt, sich zu beeilen.« Die Stimme floß aus dem Dunkel, voll und weich, mit rollendem R und reinen, klaren Vokalen.

Der Feuerechsenschwarm flog durch die offene Tür herein, und die Augen des Meisters weiteten sich. Er warf Menolly einen halb spöttischen, halb erstaunten Blick zu.

»Piemur!« Das einzige Wort ließ den Jungen herumwirbeln, aber die Lautstärke, die Menolly erschreckte, entlockte ihm nur ein Grinsen. »Hast du meine Botschaft nicht ausgerichtet? Die Echsen sollten draußen warten!«

»Sie folgen ihr überallhin, Meister Shonagar, aber Menolly meint, daß sie stillhalten, wenn sie es ihnen befiehlt.«

Meister Shonagar wandte den Blick wieder Menolly zu. »Gut, dann befiehl es ihnen!«

Menolly schob Prinzeßchen sacht von ihrer Schulter und befahl der Schar, sich irgendwo niederzulassen und keinen Laut von sich zu geben, solange sie es nicht erlaubte.

»Ein willkommener Anblick«, meinte Meister Shonagar und nickte anerkennend. »Wenn man bedenkt, daß ich den ganzen Tag von einer unfolgsamen Meute umgeben bin . . .« Er musterte Piemur mit zusammengekniffenen Augen, doch der ließ sich nicht beeindrucken und kicherte. »Dein freches Gesicht und Benehmen reichen mir für heute, mein Freund. Verschwinde!«

»Jawohl, Meister!« Piemur blinzelte Menolly zu, ging zur Tür und hüpfte die Treppe hinunter.

»Spitzbub!« schmunzelte der Meister und deutete auf einen Hocker in der Nähe. Menolly setzte sich. »Ich höre, daß Petiron seine Tage als Harfner auf eurer Burg beendet hat, Menolly.«

Sie nickte, insgeheim erleichtert, daß er sie beim Vornamen nannte. Das schien ihr ein gutes Zeichen.

»Und er hat dich einige Instrumente spielen gelehrt, sowie dir Musiktheorie beigebracht?«

Wieder nickte Menolly.

»Wofür Meister Domick und Meister Morshal einen Beweis verlangten?« Sein trockener Tonfall ließ Menolly aufschauen. »Und besaß Petiron auch die Kühnheit . . .« — er legte Mißvergnügen in seinen wohlklingenden Baß, und einen Moment lang befürchtete sie, er sei ebenso voreingenommen wie der zynische Domick und der verbitterte Morshal — » . . . die Kühnheit, deine Stimme auszubilden?«

»Nein, Sir. Ich — ich glaube es wenigstens nicht. Wir haben einfach hin und wieder zusammen gesungen.«

»Ha!« Und die riesige Hand von Meister Shonagar patschte so hart auf den Sandkasten, daß die trockenen Teile aufwirbelten. »Ihr habt einfach zusammen gesungen? So wie du einfach zusammen mit deinen Echsen gesungen hast?«

Ihre Freunde zirpten mißtrauisch.

»Ruhe!« donnerte er und patschte wieder auf den Sand.

Zu Menollys Überraschung falteten die Feuerechsen brav ihre Schwingen und blieben ganz still sitzen.

»Nun?«

»Ob . . . ob ich ganz einfach mit meinen Echsen gesungen habe? Ja, genauso war es.«

»Und bei Petiron?«

»Meist sang ich die Gegenstimme zu Petirons Melodie. Später übernahm dann ich die Melodie, und meine Echsen sangen Diskant.«

»Das hatte ich zwar nicht gemeint, aber lassen wir es gut sein. Sing mir etwas vor!«

»Was, Sir?« Sie wollte die Gitarre von der Schulter nehmen.

»Die brauchen wir nicht«, wehrte er ungeduldig ab. »Was bei mir zählt, ist einzig und allein die Stimme. Ich mag es nicht, wenn unsaubere Töne durch eine schöne Begleitung vertuscht werden . . . Es ist die Stimme, mit der wir uns verständigen, die Stimme, mit der wir an das Innere anderer Menschen heranzukommen versuchen, die Stimme, die Gefühlsregungen weckt: Tränen, Lachen, Vernunft. Deine Stimme ist das wichtigste, vielseitigste, erstaunlichste Instrument, das es gibt. Und wenn du diese Stimme nicht richtig, nicht nutzbringend einzusetzen verstehst, kannst du ebensogut zu deiner kleinen Klitsche am Meer zurückkehren.«

Menolly war so fasziniert von dem vollen Klang und der Farbigkeit seiner Stimme, daß sie kaum auf den Inhalt achtete.

»Nun?« fragte er.

Sie blinzelte, merkte jetzt erst, daß er auf ihren Gesang wartete, und holte tief Luft.

»Nein, nicht so! Unfug! Du atmest von hier . . .« Und er spannte die Finger um seinen faßförmigen Bauch. »Durch die Nase, so . . .« Er sog die Luft ein, bis der ohnehin mächtige Brustkorb noch größer wirkte. »Dann die Luftröhre hinunter — zum Bauch . . .« Seine Stimme war mit einemmal eine ganze Oktave tiefer. »Wenn du richtig atmest, kommt die Luft zum Singen vom Bauch her.«

Sie atmete, wie er es vorgemacht hatte, stieß die Luft aber wieder aus, weil sie nicht recht wußte, was sie singen sollte.

»Bei der Burg, die uns schützen möge!« Und er rollte die Augen nach oben, als käme von dort die Geduld, um die er flehte. »Das Mädchen sitzt einfach da! Sing, Menolly!«

Menolly wollte ja, aber er unterbrach sie ständig. Sie merkte, daß sie im Sitzen nicht gut durchatmen konnte, erhob sich und begann die Ballade, welche die Lehrlinge am Vormittag geübt hatten. Einen Moment lang hegte sie den Wunsch, laut und kräftig loszuschmettern, um ihm zu zeigen, daß nicht er allein einen Raum mit seiner Stimme ausfüllen konnte, doch dann besann sie sich auf Petirons Ratschläge und gab ihrer Stimme mehr Fülle als Lautstärke.

Er schaute sie nur an.

Sie hielt den letzten Ton, ließ ihn verklingen, als entfernte sich der Sänger, und dann sank sie auf den Hocker. Sie zitterte, und ihre Füße begannen dumpf zu pochen.

Meister Shonagar saß immer noch da, die massigen Kinnfalten auf die Brust gedrückt. Dann hob er den Kopf und starrte sie an, die buschigen Brauen zu einer Hecke zusammengezogen.

»Und du bleibst dabei, daß Petiron deine Stimme nicht ausgebildet hat?«

»Nicht so wie Sie!« Mechanisch preßte Menolly beide Hände gegen den flachen Bauch. »Er hat mir nur immer gesagt, ich solle mit dem Herzen singen.« Shonagar zog die Brauen noch stärker zusammen. »Ich meine — ich kann lauter singen, wenn ich will«, fügte sie hastig hinzu.

Er hob den Finger und stocherte damit umher. »Röhren kann jeder Idiot. Röhren kann selbst Camo. Aber das hat mit Gesang nichts zu tun.«

»Petiron hat immer gesagt: ›Wenn du laut singst, hören sie nur Lärm, nicht aber den Klang und den Sinn!‹«

»So? Das hat er dir gesagt? Meine Worte! Genau meine Worte! Also habe ich nicht ganz umsonst gepredigt.« Der letzte Satz war fast ein Selbstgespräch. »Petiron war klug genug, seine Grenzen zu erkennen.«

Insgeheim sträubte sich Menolly gegen diese Herabsetzung. Prinzessin am Fenstersims begann zu zischen, und Rocky und Taucher unterstützten sie. Meister Shonagar hob den Kopf und betrachtete die Tiere verblüfft.

»So?« Er richtete seinen scharfen Blick auf Menolly. »Diese hübschen Geschöpfe drücken aus, was die Herrin fühlt? Und du hast Petiron geliebt und willst kein böses Wort über ihn hören?« Er beugte sich leicht vor und stach mit dem Zeigefinger in ihre Richtung. »Paß auf, Menolly, du schnelle Läuferin! Wir alle haben unsere Grenzen, und weise ist der, der sie erkennt.« Er ließ sich zurückplumpsen. »Ich wollte den verstorbenen Petiron nicht beleidigen. Für mich war das ein Lob.« Er hielt den Kopf wieder schräg. »Dir konnte gar nichts Besseres zustoßen, denn Petiron pfuschte nicht herum, sondern wartete ab, bis ich deine Stimmausbildung übernehmen würde. Bis ich das Naturtalent schleifen und verfeinern und eine schöne, klare Singstimme daraus machen würde.« Der Meister atmete tief aus.

Jetzt erst, da seine Grimassen sie nicht mehr ablenkten, begriff Menolly den Sinn seiner Worte.

»Sie meinen — ich *kann* singen?«

»Jeder Narr auf Pern kann singen«, wehrte der Meister ab. »Lassen wir jetzt das viele Reden. Ich bin müde.« Er scheuchte sie mit kleinen Gesten von ihrem Hocker. »Und nimm deine Flattergeister mit den goldenen Kehlen fort! Mir reichen ihre grimmigen Blicke und ihr Gezeter.«

»Ich werde dafür sorgen, daß sie in Zukunft . . .«

»Nicht mehr herkommen? Nein!« Meister Shonagar hob die Augenbrauen. »Bring sie nur mit! Sie lernen durch das Beispiel, wie es scheint. Also wirst du ihnen ein gutes Beispiel geben.« Ein geistesabwesender Blick huschte über sein Gesicht, und dann lächelte er ein wenig. »Geh, Menolly! Geh jetzt! All das hat mich unsagbar müde gemacht.«

Damit lehnte er den Ellbogen schwer auf die Kante des Sandkastens, stützte das Kinn in die Hand und begann zu schnarchen. Menolly konnte sich nicht vorstellen, daß ein Mensch so rasch einschlief, aber sie winkte ihre Echsen zu sich und huschte aus dem Raum.

4

Harfner, dein Lied ist voll Kummer und Schmerz,
Jeden Frohsinn trägt es zu Grab.
Deine Stimme klingt dumpf, es stockt deine Hand,
Und du wendest den Blick von mir ab.

Menolly hätte sich am liebsten irgendwo zusammengerollt und geschlafen, aber Prinzessin begann leise zu jammern. Da Silvina am Morgen etwas von Resten gesagt hatte, ging Menolly über den Hof zum Kücheneingang. Sie konnte in der hektischen Geschäftigkeit weder Camo noch Silvina erspähen. Dann jedoch kam der Schwachsinnige mit einem großen gelben Käselaib aus der Kühlkammer gewankt. Er bemerkte sie, grinste breit und legte den Käse auf den erstbesten freien Platz an den Arbeitstischen.

»Camo füttern? Camo schöne kleine Drachen füttern?«

»Camo, wo bleibt der Käse? Los, Camo, sei ein braver Kerl und bring den Käse!« Menolly erkannte Abuna, die Stellvertreterin von Silvina.

»Camo füttern . . .« Und der Mann packte eine Schüssel, kippte den Inhalt einfach aus und marschierte zum Kühlraum.

»Camo! Camo, komm sofort zurück und bring den Käse her!«

Menolly tat es leid, daß sie gerade jetzt in die Küche gekommen war, aber da entdeckte Abuna sie schon.

»Ach, du bist es! Deshalb benimmt er sich so komisch. Na gut! Der gibt ja doch keine Ruhe, bis er deine Echsen gefüttert hat. Aber sorge bitte dafür, daß sie nicht in die Küche fliegen!«

»Ich werde aufpassen, Abuna. Tut mir leid, daß ich Ihnen zur Last falle . . .«

»Das sollte dir auch leid tun, mitten in den Vorbereitungen zum Abendessen, aber . . .«

»Camo schöne kleine Drachen füttern? Camo füttern?« Der Knecht schleppte eine übervolle Schüssel aus dem Kühlraum an.

»Nicht in meiner Küche, Camo! Raus mit dir! Raus jetzt! Und schick ihn zurück, wenn die Echsen satt sind, ja, mein Kind? Er soll noch den Käse aufschneiden — das macht er recht brav.«

Menolly nickte Abuna zu und zog Camo aus der Küche, die

Stufen hinauf. Prinzessin und die anderen kamen sofort herbeigestürzt. Die beiden Tanten und Onkelchen klammerten sich wieder an Camo fest. Das Gesicht des Mannes war glücklich, und er stand stocksteif da, als könne er mit der kleinsten Geste die Tierchen verscheuchen. Prinzessin, Rocky und Taucher ließen sich von Menolly füttern, während die übrigen einfach im Flug nach den Fleischbrocken schnappten. Die Schüssel war bald leer.

»Camo mehr holen? Camo mehr holen?«

Menolly nahm ihn am Arm und zwang ihn, sie anzuschauen. »Nein, Camo, sie haben genug. Nichts mehr holen, Camo. Du mußt jetzt den Käse schneiden.«

»Schöne kleine Drachen fort?« Camos Miene spiegelte tiefe Trauer wider, als die Echsen eine nach der anderen zu den Giebeln der Gildehalle hinaufflogen. »Schöne Drachen fort?«

»Sie möchten in der Sonne schlafen, Camo. Sie sind nicht mehr hungrig. Du schneidest jetzt den Käse, ja?« Sie gab ihm einen sanften Schubs zur Küche hin. Er ging, die Schüssel in beiden Händen, und schaute dabei immer wieder nach den Feuerechsen, bis er gegen den Türrahmen stieß. Geistesabwesend änderte er die Richtung und verschwand in der Küche.

»Könnte ich vielleicht auch beim Füttern mithelfen? Nur ein einziges Mal?« fragte eine sehnsüchtige Stimme neben ihr. Verwirrt zuckte Menolly zusammen und erblickte Piemur mit seinem zerzausten Haar und dem nicht gerade sauberen Hals.

Andere Jungen und einige Gesellen wanderten über den Hof zum Speisesaal. »Spitzbub«, hatte Meister Shonagar Piemur genannt, und Menolly mußte ihm recht geben, denn in den Augen des Kleinen blitzte trotz des kläglichen Tonfalls der Schalk.

»Du hast wohl mit Ranly gewettet?«

»Gewettet?« Piemur schaute sie fragend an. Dann kicherte er. »Wenn einer so mickrig ist wie ich, Menolly, dann muß er sehen, daß er den Großen immer eine Nasenlänge voraus bleibt, sonst verspotten sie einen im Schlafsaal.«

»Und was hast du Ranly erzählt?«

»Daß du mich ganz sicher beim Füttern der Echsen helfen läßt, weil sie mich längst mögen. Das stimmt doch, oder?«

»Du bist wirklich ein Spitzbub!«

Piemurs Grinsen verwandelte sich in eine genau berechnete, schuldbewußte Grimasse.

»Ich habe schon Camo am Hals, der keine Ruhe gibt, bis er sie füttern darf . . .«

»›Schöne kleine Drachen‹«, ahmte Piemur den Knecht perfekt nach, »›schöne Drachen füttern!‹ Keine Angst, Menolly! Camo und ich sind Freunde. Er hat sicher nichts dagegen, wenn ich dir helfe.«

Als ob damit alles geregelt sei, zog Piemur Menolly die Stufen hinauf. »He, du willst doch nicht schon wieder zu spät zum Essen kommen!« sagte er und eilte zum Speisesaal.

»Menolly!«

Die beiden blieben stehen, als sie die Stimme des Meisterharfners hörten.

Robinton kam aus dem Obergeschoß.

»Wie war der Tag für dich, Menolly? Du hast Domick, Morshal und Shonagar kennengelernt, nicht wahr? Mit Sebell muß ich dich noch bekannt machen — und zwar möglichst bald, ehe die Eier reif sind!« Der Meisterharfner lächelte. Man merkte ihm an, daß er das Ereignis mit Sehnsucht erwartete. »Und der kleine Schurke da hat sich auch schon an deine Fersen geheftet! Na, vielleicht bewahrst du ihn vor ein paar dummen Streichen. Oh, Brudegan, auf ein Wort vor dem Abendessen . . .«

»Rasch . . .« Piemur nahm sie am Arm und drängelte sie in den Speisesaal. Menolly gewann den Eindruck, daß sowohl Robinton wie auch Piemur ihr die Begegnung mit Brudegan ersparen wollten; ihn hatten ihre Echsen am Morgen beim Unterricht gestört. »Sebell ist ein netter Kerl«, fügte Piemur so beiläufig hinzu, daß Menolly das Gefühl bekam, sich getäuscht zu haben.

»Er soll das zweite Ei bekommen.«

Piemur pfiff durch die Zähne. »Echt? Der hat doch eben erst den Tisch gewechselt?«

»Den Tisch gewechselt?« Menolly sah ihn verwirrt an.

»Das sagt man so bei uns, wenn einer befördert wird. Die Zeremonie findet nämlich während des Abendessens statt. Da tritt dann beispielsweise ein Geselle vor den auserwählten Lehrling und führt ihn feierlich an seinen neuen Platz.« Er deutete von den langgestreckten Lehrlingstischen zu den ovalen Tafeln der Gesellen am anderen Ende des Speisesaals. »Und ein Meister geleitet den erfolgreichen Gesellen in die Runde der Meister. Aber das kann bei mir noch eine Weile dauern«, meinte er mit einem Seufzer. »Wenn es je geschieht . . .«

»Wie? Werden denn nicht alle Lehrlinge eines Tages Gesellen?«

»Nein«, erwiderte der Junge und schnitt eine Grimasse. »Einige schickt man wieder heim, weil man sie nicht brauchen kann. Andere bleiben hier und kriegen langweilige Aufgaben als Helfer von Gesellen oder Meistern. Oder man schickt sie in eine kleinere Gildehalle.«

Vielleicht war es das, was der Meisterharfner mit ihr beabsichtigte: Sie sollte einem Gesellen oder Meister in einer Burg oder Gildehalle zur Seite stehen. Das erschien zwar logisch, aber Menolly seufzte wie vorher Piemur.

»Wie lange bist du schon hier?« fragte sie. Ihr Begleiter sah aus wie ein schwächliches Kind von neun oder zehn Planetenumläufen — in diesem Alter holte man die Begabten meist in die Gildehallen. Seinen Worten nach zu schließen, befand er sich jedoch schon lange hier.

»Man nahm mich vor zwei Planetenumläufen als Lehrling auf«, erwiderte er mit einem Grinsen. »Früher als die meisten anderen — wegen meiner Stimme.« Er sagte das ohne eine Spur von Eitelkeit. »Paß auf, du mußt jetzt rüber an den Mädchentisch. Und laß dir nichts gefallen! Du stehst im Rang über ihnen!«

Ohne diese Worte näher zu erläutern, huschte er zwischen den Tischen durch. Menolly bemühte sich, nicht zu humpeln, als sie an ihren Platz ging. Sie straffte die Schultern und bewegte sich sehr langsam, um ihre Schmerzen zu verbergen. Sie bemerkte die offenen und verstohlenen Blicke der Lehrlinge in ihrem Rücken. Vielleicht war es gut, wenn sie sich von Piemur beim Füttern der Echsen helfen ließ; sie brauchte einen Verbündeten.

Die Plätze, die man für die Mädchen reserviert hatte, waren durch Kissen auf den harten Bänken gekennzeichnet. Menolly wählte den Sitz, der am weitesten von der Kaminglut abgewandt war, und wartete höflich im Stehen.

Die anderen Mädchen betraten den Speisesaal geschlossen. Aber ihre Einheit drückte sich nicht nur darin aus. Als sie sich dem Tisch näherten, betrachteten sie alle Menolly mit starren, ausdruckslosen Gesichtern. Menolly schluckte und schaute überall umher, nur nicht auf diese Front feindseliger Blicke. Sie entdeckte Piemur, der ihr zublinzelte, und mußte lächeln.

»Du bist Menolly?« fragte eine ruhige Stimme. Die Mädchen scharten sich hinter ihrer Sprecherin, wieder in einer Reihe, die ihre Einheit ausdrückte.

»Dumme Frage, wer sollte sie sonst sein?« warf ein dunkelhaariges Mädchen hinter ihr ein. »Ich heiße Pona, und mein Großvater ist Burgherr von Boll.« Sie streckte die Rechte aus, und Menolly entgegnete zögernd den ihr ungewohnten Händedruck.

»Ich bin Menolly.« Ihr fiel ein, was Piemur über die Rangfolge gesagt hatte, und so fügte sie hinzu: »Mein Vater ist Yanus, der See-Baron aus der Halbkreis-Bucht.«

Von den anderen kam ein verblüfftes Murmeln.

»Sie steht über uns«, sagte eines der Mädchen, erstaunt und beleidigt zugleich.

»Gibt es denn eine Rangordnung in der Harfnerhalle?« fragte Menolly, und ein ungutes Gefühl beschlich sie. Welche anderen Etiketteregeln mochte sie schon verletzt haben, während sie hier weilte? Hatte nicht Petiron immer wieder betont, daß in der Harfnerhalle mehr Wert auf musikalisches Talent gelegt wurde als auf Titel und Namen? Aber auch Piemur hatte erklärt: *»Du stehst im Rang über ihnen.«*

»In der Halbkreis-Bucht steht nicht die älteste Meeresburg. Diesen Anspruch erhebt Tillek«, meinte das dunkle Mädchen ein wenig verärgert.

»Menolly ist aber die Tochter und somit direkte Linie«, entgegnete das andere Mädchen, das die Rangfolge erwähnt hatte. Sie streckte nun die Hand aus, weniger arrogant als ihre Vorgängerin, fand Menolly. »Mein Vater ist Webermeister Timareen von Telgar. Ich heiße Audiva.«

Auch das dunkelhaarige Mädchen wollte sich eben vorstellen, als ein allgemeines Füßescharren sie unterbrach. Die Mädchen eilten an ihre Plätze und stellten sich gerade hin wie die anderen. Menolly sah sich einem hochgewachsenen Jungen mit leicht vorquellenden Augen gegenüber, der die kleine Szene aufmerksam mitverfolgt hatte. Halb verdeckt von seiner Schulter stand Piemur, der angestrengt nach rechts spähte. Menolly versuchte in die gleiche Richtung zu schielen und kam zu dem Schluß, daß Piemur den Tisch der Meister beobachtete. Doch dann nahmen alle Platz, und sie beeilte sich, das gleiche zu tun.

Große Schüsseln mit dicker, heißer Fleischbrühe wurden herumgereicht, dazu Tabletts mit dem gelben Käse, den Camo offenbar doch noch aufgeschnitten hatte, und Bergen knuspriger Brotschnitten. Allem Anschein nach nahm man in der Gildehalle die Mahlzeiten in umgekehrter Reihenfolge ein, mit dem Hauptgewicht auf dem Mittagessen. Menolly aß mit Heißhunger, bis sie merkte, daß die anderen Mädchen an ihren Portionen nur nippten und das Brot geziert in kleine Krumen zerpflückten. Pona und Audiva beobachteten sie verstohlen, und eines der übrigen Mädchen kicherte. Ah, dachte Menolly, meine Tischmanieren passen euch nicht! Aber wenn sie jetzt zu essen aufhörte, gab sie mehr oder weniger zu, daß der Fehler bei ihr lag. So ließ sie es sich weiter schmecken und langte ein zweitesmal zu, als die anderen noch kaum die Hälfte der ersten Portion geschafft hatten.

»Ich habe gehört, daß du die Gegenüberstellung im Benden-Weyr miterleben durftest«, begann Pona herablassend.

»Ja, ich war dabei.« Miterleben *durftest*! Sicher, so etwas betrachteten die Mädchen wohl als Privileg.

»Du kannst dich nicht zufällig erinnern, wer von den Auserwählten einen Drachen für sich gewinnen konnte?« Die Frage schien Pona sehr zu beschäftigen.

»Einige weiß ich noch. Talina von Ruatha bekommt die neue Königin . . .«

»Bist du sicher?«

Menolly schaute an ihr vorbei zu Audiva und entdeckte Vergnügen in ihrem Blick.

»Aber ja.«

»Zu schade, daß die drei Mädchen von der Burg deines Großvaters nicht zum Zuge kamen, Pona«, sagte Audiva. »Aber das nächstemal vielleicht . . .«

»Und wer sonst noch?«

»Ein Junge von Meister Nicats Gildehalle gewann einen Braunen . . .« Aus irgendeinem Grund schien das Pona zu gefallen. »Meister Nicat bekam übrigens auch zwei Feuerechsen-Eier.«

Pona starrte Menolly hochmütig an. »Wie kommt es eigentlich, daß *du* . . .«, ihre ganze Verachtung lag in diesem kleinen Wort, » . . . neun Feuerechsen besitzt?«

»Sie war eben zur rechten Zeit am rechten Ort, Pona«, warf Audiva ein. »Das Glück hält sich nicht an Rangfolgen und Vorrechte. Und wir haben es Menolly zu verdanken, daß Meister Robinton und Meister Nicat nun ebenfalls Echseneier besitzen.«

»Woher weißt du das?« Ponas Stimme klang überrascht, aber ihr Ton hatte an Arroganz verloren.

»Nun, ich habe mich kurz mit Talmor unterhalten, während du damit beschäftigt warst, dich an Jessuan und Benis heranzumachen.«

»Ich — niemals!« Pona war allem Anschein nach ebenso rasch beleidigt, wie sie selbst Kränkungen austeilte, aber sie senkte die Stimme, als Audiva ihr einen warnenden Blick zuwarf.

»Keine Sorge, Pona. Solange Dunca dich nicht beim Poussieren erwischt — ich halte den Mund!«

Menolly wußte nicht recht, ob Audiva geschickt versuchte, Pona von ihr abzulenken, aber jedenfalls ließ das Mädchen von Boll sie für den Rest des Abendessens in Ruhe. Da Menolly gelernt hatte, daß es sich nicht gehörte, über die Köpfe der anderen hinweg Gespräche zu führen, konnte sie sich leider kaum mit Audiva unterhalten, und der Junge auf der anderen Seite hatte ihr den Rücken zugekehrt und sprach mit seinen Freunden.

»Mein Onkel in Tillek sagt, daß Feuerechsen letzten Endes nur eine Spielerei sind, vergnügliche Haustiere, und soviel ich weiß, sind Haustiere in der Pension verboten . . .«, meinte das dunkelhaarige Mädchen mit zusammengepreßten Lippen und schaute Menolly von der Seite an.

»Der Meisterharfner ist da ganz anderer Ansicht, Briala«, sagte Audiva gedehnt und blinzelte Menolly über Ponas Kopf hinweg zu. »Ihr auf Tillek habt allerdings auch nur eine Echse.«

»Nun, mein Onkel findet, daß die Weyrleute ohnehin zuviel Zeit mit diesen Geschöpfen verplempern, anstatt die wichtigen Probleme zu lösen — wie man beispielsweise auf den Roten Stern gelangt und dort die Fäden vernichtet. Das wäre der einzige Weg, der schrecklichen Plage ein Ende zu bereiten.«

»Was?« fragte Audiva verächtlich. »Selbst du müßtest wissen, daß die Drachen nicht blindlings ins *Dazwischen* fliegen können!«

»Sie bräuchten bloß den Roten Stern mit ihrem Flammenatem zu überstreichen — und wir hätten für immer Ruhe.«

»Könnten sie das *echt*?« fragte das Mädchen hinter Briala, mit runden erstaunten Augen und einem Gemisch aus Entsetzen und Hoffnung in der Stimme.

»Ach, sei nicht albern, Amania«, fauchte Audiva. »Keiner war je auf dem Roten Stern.«

»Sie könnten wenigstens versuchen, dort zu landen«, warf Pona ein. »Das sagt mein Großvater immer.«

»Wer weiß denn, daß es die ersten Drachenreiter *nicht* versuchten?« fragte Audiva.

»Das müßte irgendwo in den Archiven stehen«, entgegnete Pona hochnäsig.

»Sie hätten sicher eine Ballade darüber geschrieben«, setzte Briala hinzu, erfreut, daß Audiva mit ihren Argumenten ins Wanken geriet.

»Nun, der Rote Stern ist nicht unser Problem«, erklärte Audiva.

»Nein, wir sollen die Balladen lernen.« Brialas Stimme hatte einen jammernden Klang. »Und *wann* werden wir das Zeug endlich schaffen, das Talmor uns heute aufgab? Wir haben heute abend Probe, und die wird sich ewig hinziehen, weil diese Jungen immer . . .«

»Die Jungen? Das sieht dir ähnlich, daß du wieder alles auf die Jungen schiebst, Briala«, meinte Audiva. »Du hattest heute nachmittag Zeit genug, dein Zeug zu lernen, genauso wie wir.«

»Ich mußte mir doch die Haare waschen, und Dunca hat mein rotes Kleid herausgelassen . . .«

»Wenn du nicht dauernd . . . oh, schon wieder Rotfrüchte!« Pona schüttelte sich, aber Menolly lief beim Anblick der Delikatesse das Wasser im Mund zusammen.

So angeekelt Pona tat, sie schnappte sich als erste eine der seltsam geformten Früchte, als der Korb an ihren Platz gestellt wurde. Menolly nahm auch eine und aß sie rasch, um das süße, würzige Aroma so lange wie möglich auf der Zunge zu spüren. Sie fand leider nicht den Mut, sich die Finger abzulecken, wie es die Lehrlinge taten. Die Mädchen an ihrem Tisch hätten ihr das sicher verübelt.

Unvermittelt machte sich der lange Tag mit all seinen Aufregungen und Anspannungen bemerkbar. Menolly hatte einfach keine Kraft mehr. Sie fand es beinahe unerträglich, am Tisch zu sitzen, inmitten so vieler unbekannter Leute, ohne zu wissen, was man noch alles von ihr verlangen würde, ehe sie in der Stille ihres Zimmers aufs Bett sinken konnte. Sie machte sich Sorgen um ihre Echsen, verdrängte diese Gedanken aber gleich wieder, aus Angst, der ganze Schwarm könnte in den Speisesaal flattern. Sie spürte ihre wunden Füße; ihre Hand pochte, und die Narbe juckte unerträglich. Unruhig rutschte sie auf der Bank hin und her. Worauf warteten die anderen noch? Am Tisch der Meister schien sich ein gemütliches Gespräch angebahnt zu haben. Mußten sie etwa alle bleiben, bis die Meister fertig geplaudert hatten?

Sie sehnte sich nach der Einsamkeit ihrer Höhle nahe den Drachen-Steinen. Und sogar nach ihrer winzigen Kammer in der Burg des Vaters. Meist war es ihr geglückt, sich heimlich und unbemerkt von den anderen fortzustehlen. Zumindest, wenn die Tagesarbeit getan war. Und sie hätte sich nie träumen lassen, daß in der Harfnerhalle so viele Menschen lebten, daß ein solches Kommen und Gehen herrschte. All die Meister und Silvina und . . .

Sie fuhr zusammen, als die anderen sich unerwartet erhoben. Gedankenverloren wollte sie den Saal verlassen. Erst als Pona warnend zischte, merkte sie, daß nur die Meister und Gesellen gingen. Verlegen blieb sie stehen. Die Mädchen starrten sie an, als habe sie ein Verbrechen begangen. Unauffällig kehrte sie an ihren Platz zurück. Dann, als die Lehrlinge und Mädchen zur Tür drängten, setzte sie sich wieder. Sie wollte nicht unter Leuten sein, besonders nicht unter diesen merkwürdigen Leuten mit ihren komischen Ansichten und fremden Manieren, die allem Anschein nach einem Neuling keinerlei Sympathie entgegenbrachten. Der Weyr war auch groß und voll von Menschen gewesen, aber dort hatte sie sich daheim gefühlt.

»Tun dir die Füße weh?« Das war Piemur. Er stand neben dem Tisch und schaute sie besorgt an.

Menolly biß sich auf die Lippen.

»Ich bin nur mit einemmal todmüde«, sagte sie.

Er zog die Nase kraus und bog sie mit dem Finger nach einer Seite hin. »Kein Wunder. Gleich am ersten Tag haben dich sämtliche Meister ausgequetscht. Paß auf, du kannst dich auf meine Schulter stützen, wenn du zu Dunca rübergehst. Ich schaff' das schon noch bis zur Probe . . .«

»Probe? Sind wir etwa heute abend noch nicht fertig?« Menolly hätte am liebsten losgeheult.

»Du bestimmt. Oder hat Shonagar dich hinbestellt? Nein? Die wissen ja noch gar nicht, in welche Gruppe du gehörst. Außerdem siehst du echt matsch . . . äh, ich meine, du siehst wirklich müde aus. Komm, ich helfe dir.«

»Aber du sollst zur Probe . . .«

»Laß mich nur machen!« Er grinste breit. »Manchmal ist es ganz gut, wenn man klein ist.« Er machte eine schlängelnde Handbewegung, dann straffte er die Schultern und stand wie ein Soldat vor ihr. Das war so komisch, daß Menolly herzhaft lachen mußte.

Sie erhob sich langsam, während er unbefangen von den Proben für das Frühlingsfest in der Burg Fort erzählte. In diesem Jahr hatte Brudegan die Leitung, und das machte Spaß, weil er so gut erklären konnte. Wenn man also genau hinhorchte, konnte man praktisch keinen Fehler machen ...

Das frühe Dunkel des Frühlingsabends lag über Burg und Gildehalle, und nur noch wenige Leute waren unterwegs.

Piemurs Nähe und sein Geplauder halfen Menolly mehr als seine knochige Schulter, aber sie hätte den Weg ohne diese Stütze nicht geschafft. Sie war dankbar, daß sie nur ein paar Stufen zu gehen hatte. Die Feuerechsen zirpten mitleidig vom Fenstersims her.

»Den Rest schaffst du allein«, meinte Piemur. »Ich wetze schon mal los. Und morgen, wenn du ausgeschlafen hast, geht es dir sicher wieder besser.«

»Sicher, Piemur, und vielen Dank ...«

Sie sprach nicht weiter, denn er war bereits die Treppe hinuntergesprungen und außer Hörweite. Menolly öffnete die Haustür und rief leise nach Dunca, aber es kam keine Antwort, und die dicke Pensionswirtin ließ sich auch nicht sehen. Dankbar zog sich Menolly die steile Stiege hinauf, eine Stufe nach der anderen, begleitet von dem ermutigenden Gezwitscher Prinzeßchens. Auf halber Höhe gesellten sich noch Rocky und Taucher dazu.

Mit einem Gefühl unendlicher Erleichterung schloß Menolly die Tür hinter sich. Sie humpelte zum Bett und rollte sich in die Felldecken, bis sie das Scharren an den Fensterläden hörte. Zum Glück mußte sie nur den Arm ausstrecken, um die Riegel zu öffnen. Die beiden Tantchen stürzten zuerst herein und fingen sich gerade noch ab, ehe sie auf den Boden plumpsten. Faulpelz, Brownie und Onkelchen segelten mit mehr Würde herein, und Spiegel gähnte erst einmal, ehe er ins Zimmer flog.

Menolly fiel ein, daß sie noch Salbe auf ihre Sohlen streichen mußte; die Haut war so empfindlich, daß ihr bei jeder Berührung Tränen in die Augen traten. Einen Moment lang wünschte sie sich, Mirrim mit ihrem energischen Ton und den sanften Händen wäre da. Sie massierte die andere Salbe in die Narbe und widerstand tapfer dem Drang, den Wulst zu kratzen.

Dann zog sie sich aus und schlüpfte ins Bett. Sie merkte unterbewußt, daß die Feuerechsen sich an sie schmiegten. *Du hast von den Harfnern nichts zu befürchten.* Pah! T'gellans Bemerkung klang wie Spott in ihren Ohren. Ehe sie in einen tiefen Schlaf versank, überlegte sie, ob Neid verwandt war mit Furcht.

5

Auf weißer Gischt mein Traumboot fliegt,
Ein Drachen auf nachtschwarzem Meer.
Pfeilschnell, gesteuert vom Schlaf allein,
So segelt es kreuz und quer.
Ich fahr durch hundert Gezeiten der Nacht,
Wo noch nie ein Seemann war.
Und nur mein weißes Traumboot und ich
Kennen Inseln wunderbar.

Der nächste Tag begann alles andere als glücklich für Menolly. Ihr Schlaf wurde von schrillen Schreien unterbrochen: Dunca, die Mädchen und ihre Feuerechsen kreischten um die Wette. Noch halb im Traum, bemühte sich Menolly, die Echsen zu beruhigen, die wie wild durch das Zimmer kreisten, aber Dunca, die in der Tür stand, schrie weiter, und ihr Entsetzen, ob gespielt oder echt, verwirrte die Echsen so sehr, daß sie schließlich allen befahl, ins Freie zu fliegen.

Das jedoch gab Duncas Entsetzen nur ein neues Ziel, denn nun deutete sie starr auf Menollys Nacktheit, bis das Mädchen ihr Hemd nahm und überstreifte.

»Und wo warst du die ganze Nacht?« keifte Dunca, von Schluchzern unterbrochen. »Wie bist du ins Haus gekommen? Und wann?«

»Ich war die ganze Nacht hier. Und ich kam durch die Haustür. Sie waren nicht da.« Dann, als sie den ungläubigen Blick auf Duncas Zügen bemerkte, fügte sie hinzu:

»Es war gleich nach dem Abendessen. Piemur half mir über den Hof.«

»Er mußte doch zur Probe, und die fing gleich nach dem Abendessen an«, sagte eines der Mädchen, die sich hinter Dunca zusammendrängten.

»Ja, aber er traf ganz schön atemlos ein«, meinte Audiva mit gerunzelter Stirn. »Ich erinnere mich, daß Brudegan ihn deswegen schalt.«

»Du mußt mir immer Bescheid sagen, wenn du heimkommst«, erklärte Dunca, mitnichten versöhnt.

Menolly zögerte und nickte dann nur; es hatte keinen Sinn,

mit dieser Frau zu streiten, die ganz offensichtlich darauf aus war, ihr das Leben so schwer wie möglich zu machen.

»Wenn du gewaschen und ordentlich gekleidet bist . . .« – Duncas Tonfall verriet, daß sie Menolly keines von beiden zutraute – »komm zum Frühstück! Los, Mädchen, wir fangen inzwischen an!«

Als die Mädchen gehorsam hinter ihr dreintrabten, spiegelten die meisten Gesichter Duncas Mißbilligung wider. Nur Audiva blinzelte ihr zu und grinste kurz, ehe ihre Miene wieder ausdruckslos wurde.

Bis Menolly ihre wunden Füße versorgt, sich gewaschen und angezogen und den kleinen Raum gefunden hatte, in dem die anderen Mädchen frühstückten, war die Mahlzeit fast vorbei. Die Schar beäugte sie kritisch, und Dunca wies ihr brummig einen leeren Platz zu. Wieder beobachteten sie alle, so daß sie sich selbst beim Kauen und Schlucken unbeholfen vorkam. Das Essen schmeckte trocken, und der *Klah* war kalt. Sie aß mühsam fertig und murmelte ein Danke. Dann erst merkte sie, daß auf ihrer Bluse ein paar Obstflecken prangten. Die Mädchen hatten also Grund, sie anzustarren. Und sie besaß nichts zum Wechseln, wenn sie die Bluse wusch, nur die alten Klamotten aus der Höhle.

Obwohl sie gegessen hatte, spürte sie immer noch quälenden Hunger. *Die Feuerechsen warteten auf ihr Futter!* Sie bezweifelte, daß Dunca Verständnis für ihre Lage aufbringen würde, aber die Verantwortung gegenüber den kleinen Freunden gab ihr Mut.

»Darf ich jetzt bitte gehen? Die Feuerechsen warten auf ihr Futter. Ich muß zu Silvina . . .«

»Weshalb belästigst du Silvina mit solchem Schnickschnack?« fragte Dunca, und die Augen quollen ihr vor Entrüstung ein Stück weit aus dem Kopf. »Weißt du nicht, daß sie das gesamte Wirtschaftswesen der Harfnerhalle leitet? Sie hat enorm viel zu tun, und wenn du diese Biester nicht besser beaufsichtigst . . .«

»Ihr Eindringen heute morgen hat sie erschreckt.«

»Ich dulde so ein Theater jedenfalls nicht wieder. Die Bestien fliegen gefährlich schnell und verängstigen die Mädchen . . .«

Menolly verschluckte die Bemerkung, daß allein Duncas Geschrei die Feuerechsen in Aufruhr versetzt hatte.

»Wenn du sie nicht beaufsichtigst . . . Wo sind sie denn eigentlich?« Ihre Äuglein wanderten ängstlich umher.

»Sie warten darauf, daß ich sie füttere.«

»Sei nicht schnippisch, Mädchen! Auch als Tochter des See-Barons hast du dich hier in der Harfnerhalle unterzuordnen und dich zu benehmen, wie es sich gehört. Von Rang und Titel lasse ich mich nicht beeindrucken.«

Hin- und hergerissen zwischen Verachtung und Lachen, erhob sich Menolly. »Kann ich jetzt bitte gehen, ehe die Echsen hereinkommen und nach mir suchen?«

Das genügte. Dunca entließ sie auf der Stelle ins Freie. Jemand kicherte, aber als Menolly aufschaute, war sie nicht sicher, ob der unterdrückte Laut von Audiva kam oder nicht. Sie empfand es jedoch als kleine Ermutigung, daß jemand Duncas Heuchelei durchschaute.

Als sie in den frischen Morgen hinaustrat, merkte Menolly erst, wie muffig es in der Pension roch. Sie warf einen Blick über die Schulter. Natürlich, alle Fensterläden, bis auf die ihrer eigenen Kammer, waren fest verschlossen. Sie ging über den breiten Hof, und die Bauern, die auf ihre Felder hinausgingen, nickten ihr genauso freundlich zu wie die Lehrlinge, die zum Unterricht eilten. Sie schaute sich nach ihren Feuerechsen um und entdeckte eine hinter dem Außenflügel der Harfnerhalle. Sobald sie den Torbogen durchquert hatte, sah sie auch die anderen auf den Simsen von Küche und Speisesaal kauern. Camo stand im Eingang, eine riesige Schüssel in der linken Armbeuge, die rechte Hand mit einem Fleischbrocken ausgestreckt, um die Echsen anzulocken.

Sie hatte etwa die Hälfte des Weges zurückgelegt, als sie merkte, daß sie viel leichter als am Vortag gehen konnte. Das war allerdings so ziemlich der einzige Lichtblick an diesem Morgen. Camo bekam von Abuna Schelte, weil er die Echsen anlockte, anstatt den Haferflockenbrei in den Speisesaal zu bringen (die Tiere nahmen keinen Bissen von ihm, solange Menolly nicht in der Nähe war). Dann wurden die Echsen aufgescheucht, als die Lehrlinge und Gesellen aus dem Speisesaal stürmten und ihre Klassenzimmer aufsuchten. Menolly hielt vergeblich Ausschau nach Piemur, und dann war der Hof mit einemmal leer bis auf einige ältere Gesellen, von denen sie einer barsch fragte, was sie noch hier zu suchen habe. Als sie erklärte, daß sie nicht wisse, wohin sie gehen solle, schickte er sie in den Saal über dem Eingangstorbogen, wo die Mädchen ihren Unterricht bekamen.

Sie entdeckte, daß die Mädchen bereits Tonleitern übten. Der Geselle, der mit ihnen arbeitete, wies darauf hin, daß der Unterricht bereits begonnen habe. Sie murmelte eine Entschuldigung, holte ihre kostbare Gitarre und nahm auf einem Hocker neben den anderen Platz. Bei der Übung handelte es sich um Grundformen, die sie selbst mit ihrer verletzten Hand ohne Probleme greifen konnte. Nicht so die anderen. Pona schien es Schwierigkeiten zu machen, den Steg mit dem Zeigefinger zu überspannen; immer wieder glitt sie ab, und selbst als ihr der Geselle geduldig einen Ausweichgriff zeigte, schaffte sie ihn nicht schnell genug, um den Rhythmus der Übung aufrechtzuerhalten. Talmor besitzt große Ruhe, dachte Menolly und fingerte gedankenverloren die zweite Version nach. Sicher, der Griff war nicht ganz leicht, wenn man schnell spielen mußte, aber Pona stellte sich enorm ungeschickt ...

»Du scheinst das Stück ja zu beherrschen, wenn du nicht mitübst, Menolly«, meinte Talmor plötzlich. »Komm, spiel vor ...« Und er gab das Tempo vor.

Sie nahm den Takt mit dem Blick auf und hielt den Kopf dabei ganz still, denn Petiron hatte Musiker gehaßt, die mit dem Körper im Rhythmus mitzappelten. Sie spielte die Noten locker durch und sah erst dann, daß Audiva sie verblüfft anstarrte. Pona und die anderen Mädchen wirkten eisig.

»Und jetzt die richtigen Finger«, sagte Talmor. Er stellte sich dicht neben sie und schaute ihr genau auf die Hände.

Menolly gehorchte. Er nickte kurz, als sie fertig war, warf ihr einen scharfen Blick zu und kehrte dann zu Pona zurück, um das ganze Stück noch einmal langsam mit ihr durchzuspielen. Beim drittenmal schaffte sie es und legte die Gitarre mit einem stolzen Lächeln beiseite.

Talmor gab ihnen eine zweite Fingerübung und holte dann die Abschrift einer Festmusik hervor. Menolly war begeistert, denn sie kannte die Noten noch nicht. Petiron war, wie er selbst stets betont hatte, ein Lehr-Harfner gewesen, kein Unterhaltungsmusiker, und obwohl das eine oder andere Tanzstück in seinem Archiv lag, hatte er nie Wert darauf gelegt, mehr davon zu beschaffen. Der See-Baron, das wußte Menolly, bevorzugte Musik, bei der man mitsingen konnte; er hörte nicht gern zu. Der größte Teil der leichteren Musik war jedoch nur für Instrumente geschrieben. In den großen Burgen, so hatte Petiron ihr erzählt, besaßen die Barone eigene Orchester, um ihre Gäste während der Tafel zu unterhalten.

Kein schwieriges Stück, fand Menolly, als sie stumm die einzelnen Griffe einübte und einen Moment bei den Übergängen verweilte.

»Also, Audiva, mal sehen, was du heute damit anfangen kannst«, sagte Talmor und lächelte dem Mädchen ermutigend zu.

Audiva schluckte. Sie verriet eine Nervosität, die Menolly verwunderte. Als das Mädchen dann zu spielen begann und den Rhythmus mit dem Fuß dazu klopfte, viel langsamer, als das Stück es erforderte, wuchs Menollys Staunen. Nun, dachte sie, vielleicht ist Audiva eine neue Schülerin. Jedenfalls spielte sie weit sicherer als danach Briala, die offensichtlich Probleme hatte, die Noten überhaupt zu lesen.

Talmor bat Briala, die Noten zur Übung noch einmal abzuschreiben. Pona, die als nächste drankam, war nicht besser als die beiden anderen. Das blonde Mädchen mit den wachen, lauernden Zügen spielte zwar laut und kräftig, aber mit vielen Ungenauigkeiten. Als Menolly endlich an der Reihe war, konnte sie kaum noch zuhören.

»Bitte«, sagte Talmor mit einem Seufzer, der seine eigene Niedergeschlagenheit ausdrückte.

Menolly empfand es als solche Erleichterung, das Stück richtig zu spielen, daß sie unbewußt das Tempo beschleunigte und die Begleitung selbständig abwandelte.

Talmor schaute sie nur an. Dann schluckte er und preßte die Lippen zusammen.

»Hmm, ja. Du kennst das Stück?«

»Nein. Solche Musik wurde in der Halbkreis-Bucht kaum gespielt. Aber sie klingt schön.«

»Du hast das zum *erstenmal* gespielt?«

Erst jetzt begriff Menolly, was sie getan hatte — die anderen Mädchen erniedrigt. Sie bemerkte das kalte, feindselige Schweigen, die bösen Blicke. Aber ihr war immer eingebleut worden, daß man beim Spiel sein Bestes geben mußte. Zu spät fiel ihr ein, daß sie mit ihrer verletzten Hand eine Ausrede gehabt hätte. Aber sie hatte es so genossen, die Musik nach der elenden Stümperei richtig vorzutragen . . .

»Ich kam ja als letzte dran«, machte sie den schwachen Versuch, die Situation zu retten. »Ich hatte mehr Zeit, mir die Noten einzuprägen und . . .«

. . .und zu sehen, wo die anderen ihre Fehler machten, hatte sie sagen wollen.

»Schon gut«, warf Talmor hastig ein. Vermutlich war auch ihm die Reaktion der Mädchen nicht entgangen. Dann fügte er beinahe verärgert hinzu: »Wer hat dir denn gesagt, daß du in meine Klasse kommen sollst? Ich dachte . . .« Ein Kichern unterbrach seine Frage, und er warf den Mädchen einen wütenden Blick zu. »Nun?« wandte er sich wieder an Menolly.

»Ein Geselle . . .«

»Wer?«

»Ich kenne ihn nicht. Ich war im Hof, und da schickte er mich hierher.«

Talmor rieb sich das Kinn. »Ich werde der Sache nachgehen.« Er schaute die anderen Mädchen an. »Wir spielen jetzt das Ganze . . .« Die Mädchen starrten betont zum Eingang, und er drehte sich um. »Ja, Sebell?«

Menolly warf einen Blick über die Schulter, um den Mann zu sehen, dem das zweite kostbare Echsen-Ei gehören sollte. Sebell war ein schmächtiger Mann, kaum eine Handbreit größer als sie, und er schien Braun zu bevorzugen: braungebrannte Haut, Haar und Augen hellbraun, braun gekleidet, mit einem verwaschenen Lehrlingsabzeichen in der Schulterfalte seiner Jacke.

»Ich suche Menolly«, sagte er und schaute sie ruhig an.

»Ich hatte schon gehofft, daß jemand das tun würde. Man hat sie versehentlich hierher geschickt.« Talmors Stimme klang verärgert, und er gab Menolly mit einer knappen Geste zu verstehen, daß sie Sebell begleiten solle.

Menolly erhob sich von ihrem Hocker und warf einen fragenden Blick auf ihre Gitarre.

»Die brauchst du jetzt nicht«, meinte Sebell, und so legte Menolly das Instrument ruhig auf ein Regalbrett.

Sie spürte, wie die Mädchen ihr nachstarrten, und wußte, daß Talmor mit seinem Unterricht erst weitermachen würde, wenn sie den Raum verlassen hatte. So erleichterte es sie ungemein, als die Tür hinter ihr und dem stillen, braungekleideten Mann ins Schloß fiel.

»Wo hätte ich mich denn einfinden sollen?« fragte sie, aber er winkte sie die Treppe hinunter.

»Du hast keine Nachricht erhalten?« Seine Augen musterten sie aufmerksam, aber seine Miene verriet nichts von seinen Gedanken.

»Nein.«

»Aber du warst doch zum Frühstück in Duncas Pension?«

»Gewiß . . .« Menolly konnte ihre Abscheu nicht ganz unterdrücken. Dann, als ihr die Wahrheit dämmerte, hielt sie den Atem an und sagte leise: »Sie wird doch nicht . . .«

Sebell nickte. In seinen braunen Augen las sie, daß er die Lage durchschaute. »Und du konntest noch nicht wissen, daß du im Zweifelsfall zu mir kommen . . .«

»Zu dir?« Hatte Piemur nicht erwähnt, daß Sebell erst vor kurzem ›den Tisch gewechselt‹, also Geselle geworden war? »Äh — zu Ihnen, Sir?«

Ein Lächeln stahl sich über die Züge des Mannes.

»Der Meisterharfner nimmt es mit der Etikette nicht so genau wie die anderen Meister hier. Die Tradition verlangt, daß der Geselle, der am längsten unter dem gleichen Meister gearbeitet hat, sich um seinen jeweils jüngsten Lehrling zu kümmern hat. Also trage ich die Verantwortung für dich. Zumindest, solange ich in der Harfnerhalle weile und mich von meiner Wanderschaft erhole. Ich hatte keine Gelegenheit, dich gestern kennenzulernen. Heute morgen wartete Meister Domick vergeblich auf dich . . .«

»Ach, du Schreck!« Menolly schluckte. »Ausgerechnet!« Selbst Piemur achtete darauf, Meister Domick nicht zu verärgern. »War er — sehr ungehalten?«

»Nun ja, in gewisser Weise schon. Aber mach dir deshalb keine Sorgen, Menolly, ich werde die Sache klarstellen und versuchen, sie zu deinem Vorteil zu nutzen. Meister Domick wollen wir uns nicht zum Feind machen.«

»Besonders, wo er mich ohnehin nicht leiden kann.« Menolly schloß die Augen und stellte sich Meister Domicks spöttische Züge vor.

»Woraus schließt du denn das?«

Menolly zuckte die Achseln. »Ich mußte ihm gestern vorspielen. Ich habe genau gespürt, daß er mich nicht mag.«

»Meister Domick mag auch die anderen nicht«, entgegnete Sebell mit einem trockenen Lachen. »Und sich selbst am allerwenigsten. Du bist also keine Ausnahme. Aber was den Unterricht bei ihm angeht . . .«

»Ich soll bei *ihm* Unterricht haben?«

»Nur keine Panik! Als Lehrmeister ist er absolute Spitzenklasse. Das weiß ich. Auf manchen Gebieten überflügelt er sogar den Meisterharfner, auch wenn er nicht Robintons Schwung und Kraft besitzt oder die gute Beobachtungsgabe, was die Ereignisse außerhalb der Gildehalle betrifft.« Obwohl Sebell ruhig und unpersönlich sprach, spürte Menolly seine unbedingte Loyalität und Ergebenheit gegenüber dem Meisterharfner. »*Du*«, und er betonte das Wort leicht, »kannst eine Menge von Domick lernen. Laß dich nicht von seiner ruppigen Art verwirren! Er hat sich einverstanden erklärt, dich auszubilden, und das ist eine große Ehre.«

»Aber ich habe ihn heute morgen versetzt . . .« Jetzt erst kam Menolly die Schwere ihres Vergehens voll zu Bewußtsein.

Sebell lächelte beruhigend. »Wie schon gesagt, ich werde das zu deinem Vorteil ausnutzen. Domick kann es absolut nicht leiden, wenn jemand seine Anweisungen mißachtet. Du trägst keine Schuld an dem Vorfall. Aber komm jetzt! Wir haben schon zuviel von diesem Vormittag vertrödelt.«

Er hatte sie während des Sprechens die Treppe hinauf geführt und öffnete nun zu ihrem Erstaunen das Portal zum Großen Saal. Er war doppelt so groß wie der Speisesaal und mindestens dreimal so groß wie der entsprechende Raum in der Halbkreis-Bucht. An der Stirnseite erhob sich ein mit Vorhängen abgeteiltes Podium. Stühle und Tische waren entlang der Seitenwände und unter den Fenstern gestapelt. Unmittelbar zu ihrer Rechten entdeckte Menolly eine bequeme Sesselgruppe, angeordnet um einen niedrigen, runden Tisch. Hierhin deutete Sebell, und sie nahmen beide Platz.

»Ich habe einige Fragen an dich, kann dir aber nicht näher erklären, weshalb ich sie stelle. Das ist ein Harfner-Geheimnis — und wenn du dieses Wort hörst, tust du besser daran, nicht nachzuhaken. Jedenfalls brauche ich deine Hilfe . . .«

»*Meine* Hilfe?«

»So seltsam dir das erscheinen mag — ja.« Seine braunen Augen lachten sie an. »Ich muß wissen, wie man ein Segelboot bedient, wie man Fische ausnimmt, überhaupt, alle Dinge eben, die mit der Seefahrt zu tun haben . . .«

Er zählte die einzelnen Punkte an den Fingern ab, und sie starrte wie gebannt auf seine Hände.

»Wenn einer deine Hände sieht, weiß er sofort, daß du kein Seemann bist.«

Er musterte seine Handflächen. »Warum?«

»Matrosenhände sind schwielig und hart vom Knotenziehen, rissig vom Salzwasser und Fischtran und braungegerbt von Wind und Wetter . . .«

»Würde das auch jemand merken, der selbst kein Seemann ist?«

»Nun, *ich* zum Beispiel.«

»Ich gebe mich geschlagen. Könntest du mir wenigstens beibringen, aus der Ferne wie ein Seemann zu wirken? Ist es schwer, das Segeln zu erlernen? Oder Netze auszuwerfen? Oder Fische auszunehmen?«

Ihre linke Hand brannte nicht weniger als ihre Neugier. Harfner-Geheimnisse? Wozu mußte ein Harfner-Geselle diese Dinge wissen?

»Segeln, Netze auswerfen, Fische säubern — das ist alles Übungssache . . .«

»Kannst du mir Unterricht erteilen?«

»Mit einem Boot und Wasser, ja — mit Netzen und Ködern und ein paar Fischen.« Dann lachte sie.

»Was ist daran so komisch?«

»Nur — weißt du, als ich hierherkam, hatte ich gehofft, daß ich nie mehr im Leben einen Fisch ausnehmen müßte.«

Sebell betrachtete sie einen Moment lang sehr ernst, dann spielte ein Lächeln um seine Augenwinkel. »Ja, das kann ich gut verstehen, Menolly. Ich bin eine Landratte, und ich hatte gehofft, das ewige Umherwandern würde eines Tages aufhören. Dich wird in dieser Gilde noch so manches überraschen. Der Meisterharfner verlangt, daß wir unsere Lehrballaden nicht nur mit Gitarre oder Trommel spielen . . .« Er machte eine Pause. »Ich werde also dafür sorgen, daß uns ein Boot, Wasser und Fische zur Verfügung stehen. Aber wann?« Er pfiff leise durch die schmale Lücke der oberen Schneidezähne. »Die Zeit ist unser größtes Problem, denn du hast Unterricht, und dann sind da noch die beiden Eier . . .« Er schaute sie lachend an. »Da wir schon beim Thema sind — hast du eine Ahnung, welche Farbe meine Echse . . .«

Sie erwiderte sein Lächeln. »Das kann man bei Feuerechsen nicht so sicher vorherbestimmen wie bei Drachen, aber ich habe jedenfalls für Meister Robinton die beiden größten Eier zurückbehalten. Aus einem davon müßte die Königin schlüpfen, und bei dem zweiten rechne ich mit Bronze . . .«

»Eine Bronze-Echse?«

Der verzückte Gesichtsausdruck des Gesellen erschreckte sie. Was geschah, wenn nun aus beiden Eiern Braune schlüpften? Oder Grüne? Als hätte er ihre Furcht gespürt, lächelte Sebell.

»Eigentlich ist mir die Farbe gleichgültig. Ich freue mich, daß ich überhaupt eines der Tierchen bekommen soll. Der Harfner meint, man kann sie für Botenflüge abrichten. Und zum Singen.« Obwohl er so still und ernst wirkte, dieser Sebell, konnte er ganz schön sticheln. Aber Menolly fühlte sich wohl in seiner Nähe. »Und es heißt, daß sie mit ihren Freunden eine ebenso enge Bindung eingehen wie die Drachen mit ihren Reitern.«

Sie nickte. »Möchtest du meine einmal sehen?«

»Gern, aber nicht jetzt«, entgegnete er und schüttelte traurig den Kopf. »Ich muß dich über die Seefahrt ausquetschen. Also, erzähl mal, wie läuft der Alltag in einer Meeresburg ab?«

Ein wenig belustigt darüber, daß man ihr solche Fragen ausgerechnet in der Harfnerhalle stellte, schilderte Menolly nüchtern und sachlich den Alltag in der Halbkreis-Bucht, so wie sie ihn viele Planetenumläufe hindurch erlebt hatte. Sebell war ein aufmerksamer Zuhörer. Manchmal wiederholte er Punkte, die ihm wichtig erschienen, oder er stellte ihr Fragen, wenn er etwas nicht verstand. Sie erläuterte eben, welche Fischarten in den Meeren von Pern lebten, als von neuem die Glocke losdröhnte. Ihre Erklärung ging unter im Lärm der Lehrlinge, die auf den Hof hinausströmten.

»Wir warten, bis der größte Ansturm vorbei ist, Menolly«, meinte Sebell. Er mußte schreien, daß sie ihn verstand. »Wenn du mir noch einmal die Tiefsee-Fische aufzählen könntest . . .«

Als Sebell sie an ihren Platz im Speisesaal geleitete, empfingen die Mädchen sie mit eisigem Schweigen und zusammengepreßten Lippen. Sie hatten die Blicke abgewandt und kicherten untereinander. Gestärkt von Sebells Worten, beachtete Menolly ihr Benehmen gar nicht. Sie genoß den Braten und die großen, knusprig gebackenen Erdknollen, die innen weich und mehlig schmeckten. Man verstand es hier in der Gildehalle, die Gerichte besonders schmackhaft zu bereiten.

Da die Mädchen sie so offensichtlich schnitten, wanderten

Menollys Blicke im Saal umher. Sie konnte Piemur nicht entdekken; dabei hätte sie ihn gern eingeladen, ihr abends beim Füttern der Echsen zu helfen. Sie mußte die wenigen Freundschaften, die sie hier in der Harfnerhalle hatte, stärken und pflegen.

Der Gong weckte ihre Aufmerksamkeit; als die Nachmittagsstundenpläne verlesen wurden, erfuhr Menolly zu ihrem großen Staunen, daß Meister Oldive sie bei sich erwartete. Sofort begannen die Mädchen wieder die Köpfe zusammenzustecken und zu tuscheln, als sei das etwas Schlimmes. Nun, vielleicht taten sie das nur, um sie zu verwirren. Sie beachtete die Mädchen auch weiterhin nicht. Dann kündete der Gong das Ende der Mittagspause.

Die Mädchen blieben sitzen, die Blicke abgewandt, und sie mußte sich mühsam durch die Reihe zwängen.

»Und wo beim Großen Ei warst du heute morgen?« fragte Meister Domick. Seine Miene verriet Zorn, und seine Augen glitzerten. Obwohl er leise sprach, duckten sich die Mädchen.

»Man befahl mir . . .«

»Das hat mir Talmor gesagt«, unterbrach er ihre Erklärung. »Aber *ich* hatte eine Nachricht bei Dunca hinterlassen, daß du zu mir kommen solltest.«

»Dunca sagte kein Wort davon, Meister Domick.« Menollys Blick streifte die Mädchen, und sie merkte an ihren hämischen Mienen, daß sie sehr wohl in das Komplott eingeweiht waren.

»Sie behauptet das Gegenteil«, erklärte Meister Domick.

Menolly starrte ihn sprachlos an. Warum kam ihr Sebell nicht zu Hilfe?

»Wie ich höre«, fuhr Domick sarkastisch fort, »hast du eine Zeitlang allein in der Wildnis gelebt. Merke dir eines — solange du hier Lehrling bist, hast du dich den Befehlen der Meister zu fügen.«

Angesichts seines Zorns senkte Menolly nur den Kopf. Im nächsten Moment kam Prinzessin in den Saal geschossen, gefolgt von zwei Bronze-Echsen und zwei Braunen.

»Prinzessin! Rocky! Taucher! Laßt das!«

Menolly stellte sich mit einem Sprung vor Meister Domick und breitete die Arme aus, um ihn vor dem Angriff der geflügelten Rachepfeile zu schützen. »Aufhören! Meister Domick ist ein Harfner! Wollt ihr wohl gehorchen!«

Menolly mußte schreien, da die Mädchen beim Anblick der

wild flatternden Feuerechsen mit Gekreische unter den Tischen Zuflucht suchten und dabei Bänke und Stühle umstießen.

Domick besaß Verstand genug und hielt still. Ungläubig starrte er die Angreifer an. Trotz des Lärms konnte sich Menolly mit ihrer Stimme durchsetzen.

Prinzessin schimpfte noch einmal aufgebracht und setzte sich dann auf Menollys Schulter, von wo sie Domick mit zornkreisenden Augen anblitzte. Die anderen landeten auf dem Kaminsims, wo sie mit den Flügeln schlugen und wütend zischten. Menolly streichelte Prinzessin und suchte krampfhaft nach einer Entschuldigung.

»Los, an die Arbeit und Schluß mit der Gafferei! Wer nichts zu tun hat, auf sein Zimmer!« Domicks dröhnende Stimme schlug die Neugierigen in die Flucht. »Ich hatte deine getreuen Beschützer ganz vergessen«, fuhr er leiser fort, an Menolly gewandt.

»Meister Domick, können Sie mir je verzeihen . . .«

»Meister Domick . . .«, erklang eine andere zaghafte Stimme, und Audiva kroch unter dem Tisch hervor. Domick streckte eine Hand aus und half dem Mädchen beim Aufstehen. Sie warf einen Blick zum Eingang und nickte dann Menolly kurz zu. »Meister Domick, Dunca hat Menolly nichts von Ihrer Botschaft gesagt, aber *wir* wußten alle davon. Es wäre unfair, das zu verschweigen.« Mit einem letzten Blick zu Menolly hin eilte sie aus dem Speisesaal und schloß sich den anderen Mädchen im Hof an.

»Wie hast du es geschafft, dir Dunca zur Feindin zu machen?« fragte Domick, immer noch düster, aber ohne Zorn.

Menolly schluckte und warf einen Blick auf die Feuerechsen.

»Ach so! Ich verstehe.« Meister Domicks Haltung blieb unverändert. »Mich können die Biester jedenfalls nicht einschüchtern, das merke dir!«

»Meister Domick . . .«

»Es reicht, Mädchen. Da du offenbar zu wenig angeborenes Taktgefühl besitzt, muß ich . . .«

»Meister Domick . . .« Sebell kam herbeigeeilt.

»Ich weiß, ich weiß«, schnitt Domick die Erklärung des Gesellen ab. »Du scheinst einige Beschützer hier in der Halle zu haben. Hoffen wir, daß sich die Mühe am Ende lohnt! Wir sehen uns morgen gleich nach dem Frühstück in meinem Arbeitszimmer. Es liegt im zweiten Stock rechts, die vierte Tür außen. Heute nachmittag hast du die erste Stunde bei Meister Jerint. Bring deine Flöte mit! Es stimmt doch, daß du in dieser Höhle eine Panflöte angefertigt hast— oder? Gut. Die zweite Stunde bist du bei Meister Shonagar. Und nun ab zu Meister Oldive. Sein Zimmer liegt am Ende der Treppe, rechts innen. Nein, Sebell, du brauchst dich nicht zwischen sie und mich zu stellen. Ich bin nicht so unvernünftig, jemanden zu bestrafen, der das Opfer einer Neid-Intrige geworden ist.«

Er winkte den Gesellen ungeduldig zu sich. Gemeinsam verließen sie den Saal, nachdem Sebell Menolly rasch zugenickt hatte.

»Pssst!« Erschrocken fuhr Menolly herum. Piemur krabbelte unter dem Tisch hervor.

»Ist die Luft rein?«

»Sag mal, hast du keine Arbeit?«

»Doch, aber die läuft mir nicht davon. Auf ein paar Sekunden hin oder her kommt es nicht an. He, diese Weiber haben dich ganz schön in die Pfanne gehauen! Oder meinst du, Dunca hat sie irgendwie *gezwungen*, den Mund zu halten?«

»Wieviel hast du mitgehört?«

»Alles.« Piemur richtete sich mit einem Grinsen auf. »Mir entgeht hier selten etwas.«

»Piemur!«

»Menolly, darf ich dir heute abend beim Füttern der Feuerechsen helfen?« fragte er und warf Prinzessin einen argwöhnischen Blick zu.

»Darum wollte ich dich gerade bitten.«

»Klasse!« Er strahlte vor Freude. »Und denk dir nichts wegen *denen* da!« Er deutete mit dem Daumen zum Hof hin. »Du siehst viel besser aus als die!«

»Du willst dich nur bei meinen Feuerechsen einschmeicheln . . .«

»Stimmt.« Sein Grinsen war die Unverschämtheit selbst, aber Menolly spürte, daß er auch ohne Prinzeßchen und die anderen zu ihr gehalten hätte. »Aber jetzt muß ich los, sonst merken die anderen was. Bis später!«

Sie suchte Meister Oldive auf. Er hatte den Hartgummiball bereitgelegt und zeigte ihr, wie sie damit üben mußte.

»Sicher bekommt deine Hand auch sonst allerlei zu tun«, meinte er mit einem schwachen Lächeln. »Schmerzt sie sehr?«

Sie murmelte etwas. Er schaute sie aufmerksam an und drückte ihr dann ein Döschen in die Hand.

»Das hier ist die einzige Berechtigungsgrundlage für die Existenz jenes stinkenden Gewächses namens Taubwurzeln — eine Salbe, die den Schmerz vertreibt. Reib die Hand damit ein, wenn sie weh tut. Das Mittel ist so mild, daß es das Tastgefühl nicht beeinträchtigt.«

Prinzessin, die von ihrem Hochsitz auf Menollys Schulter alles beobachtet hatte, zirpte mahnend, als wolle sie Meister Oldives Rat unterstützen. Der Mann lachte leise und schaute die kleine Königin an.

»Die halten dich ganz schön in Trab, was?« Die Feuerechse hielt den Kopf schräg und tschilpte. »Wächst die Kleine hier eigentlich noch? Soviel ich hörte, ist der Schwarm erst vor kurzem ausgeschlüpft, oder?«

Menolly lockte die kleine Goldechse von der Schulter auf ihre Hand, damit Meister Oldive sie genauer betrachten konnte.

»Was ist denn das?« fragte er kopfschüttelnd. »Da schält sich ja die Haut!«

Menolly erschrak. Sie war so in ihre eigenen Probleme vertieft gewesen, daß sie die Pflege der Echsen vernachlässigt hatte. Vermutlich sah nicht nur Prinzeßchens Haut so stumpf und rissig aus . . .

»Öl. Ich muß sie mit Öl einreiben . . .«

»Nur keine Panik, Kind. Das haben wir gleich.« Er griff in ein Regal und holte einen großen Tiegel herunter. »Das hier mache ich für die zarte Haut der Burgbewohnerinnen — wenn es deine Echsen nicht stört, wie feine Damen zu riechen . . .«

Menolly lachte erleichtert, denn sie erinnerte sich noch gut an den stinkenden Fischtran, mit dem sie ihre Echsen das erstemal eingerieben hatte. Meister Oldive tauchte einen Finger in das Gefäß und deutete auf Prinzeßchens Rücken. Als Menolly ihm zunickte, massierte er das Zeug sanft in die trockene Haut ein. Prinzessin summte mit geschlossenen Augen und rieb ihr Köpfchen dankbar gegen seine Hand.

»Ein sensibles kleines Geschöpf, nicht wahr?« meinte Meister Oldive erfreut.

»Sehr«, seufzte Menolly. Der Zwischenfall mit Meister Domick steckte ihr noch in den Knochen.

»Und nun wollen wir uns mal deine Füße ansehen. Hmm. Du

bist zuviel herumgerannt«, sagte er streng. »Sie sind wieder geschwollen. Habe ich nicht deutlich genug erklärt, daß du dich noch schonen mußt?«

Prinzessin schnarrte ärgerlich.

»Ist sie meiner Meinung, oder verteidigt sie dich?« fragte der Heiler.

»Vermutlich beides, Meister. Gestern mußte ich so lange stehen . . .«

»Kann ich mir vorstellen«, fuhr er ein wenig freundlicher fort. »Aber versuch wenigstens, deine Füße zu entlasten. Die meisten Leute werden dafür Verständnis haben.« Er entließ sie mit den Töpfen und ermahnte sie, am nächsten Tag nach dem Mittagessen wiederzukommen.

Menolly war froh, daß der Raum des Heilers nach innen ging, denn so konnte er nicht sehen, daß sie quer über den großen Hof wanderte, um ihre Flöte zu holen; aber es gab keine andere Möglichkeit, wenn sie das Instrument Meister Jerint zeigen sollte. Und den Mut, noch einen Harfner zu verärgern, hatte sie nicht.

Die Tür zur Pension war angelehnt, als sie ankam, aber Menolly hörte deutlich die erhobenen Stimmen von drinnen.

»Sie ist ein *Lehrling*«, rief Pona mit schriller, streitsüchtiger Stimme. »Er hat *gesagt*, daß sie ein *Lehrling* ist! Sie gehört nicht zu uns. Wir sind keine Lehrlinge. Wir haben auf unseren Rang zu achten. Soll sie doch hingehen, wo sie hingehört — zu den Lehrlingen!« Bosheit und Haß schwangen in Ponas Tonfall mit.

Menolly trat zitternd zur Seite. Sie lehnte sich an die Hauswand und wünschte, sie wäre irgendwo, nur nicht hier. Prinzessin zirpte ihr fragend ins Ohr und stupste dann mit dem Köpfchen gegen ihre Wange.

Eines stand fest: Menolly wollte auf gar keinen Fall in die Pension gehen, um ihre Flöte zu holen. Aber was geschah, wenn sie ohne das Instrument bei Meister Jerint auftauchte? Sie *konnte* einfach nicht nach drinnen. Nicht jetzt. Die Echsen umkreisten sie, ihres gewohnten Landeplatzes beraubt, da jemand die Läden von Menollys Fenster geschlossen hatte. Am liebsten hätte sie die neun Winzlinge in einen großen Drachen verwandelt, der sie zurück zu ihrer Höhle am Strand trug. Sie gehörte dorthin, wo sie sich selbst eine Heimat geschaffen hatte. Was sollte sie in der Gildehalle? Oder gar in dieser Pension? Sie gehörte weder zu den

Gastschülerinnen noch zu den Lehrlingen. Das hatte Ranly beim Essen deutlich genug zum Ausdruck gebracht.

Und Meister Morshal wollte nicht, daß sich ein Mädchen »einbildete«, das Harfner-Handwerk zu erlernen. Meister Domick hatte sich zwar bereit erklärt, sie zu unterrichten, aber auch er war alles andere als begeistert von ihrer Anwesenheit. Sie *hatte* gut gespielt, trotz ihrer verletzten Hand. Dessen war sie sicher. Und sie spielte Klassen besser als die Mädchen. Das konnte sie ohne falsche Bescheidenheit sagen.

Wenn ihr einziger Nutzen in der Gildehalle darin bestehen sollte, Leute zu Schein-Matrosen auszubilden oder Feuerechsen-Eier zu hüten, dann konnte sie auch gehen. Das schaffte jeder andere genausogut. Sie hatte mehr Leute verärgert als Freunde gewonnen, und die wenigen Freunde waren eher an den Echsen als an ihr interessiert. Sie überlegte kurz, welchen Empfang man ihr wohl bereitet hätte, wenn sie ohne die Feuerechsen oder die beiden Eier angekommen wäre. Dann hätte es keine Feuerechsen-Ballade gegeben. Und Meister Robinton hätte sich nicht bei ihr entschuldigt, weil er ihre Melodie ein wenig verändert hatte. Der Meisterharfner von Pern hatte sich bei *ihr,* Menolly aus der Halbkreis-Bucht, entschuldigt! Und er hatte gesagt, daß er Lieder wie die ihren brauchte! Menolly holte tief Atem.

Immerhin gab es Musik in der Harfnerhalle, und das war schon etwas. Möglich, daß Mädchen das Harfner-Handwerk nicht erlernen konnten, aber wer sagte, daß Mädchen keine Balladen schreiben und Stücke komponieren durften? Das war vielleicht auch keine schlechte Zukunft.

Träum nicht, Menolly! schalt sie sich. Überleg lieber, was du zu Meister Jerint sagst, wenn du ohne deine Flöte auftauchst! Er wirkte zwar geistesabwesend, aber sie bezweifelte, daß er es war. Das Instrument lag in ihrem Zimmer, auf dem kleinen Schrank, und nichts, nicht einmal Gehorsam oder Liebe zum Meisterharfner, konnte sie zwingen, die Pension zu betreten, solange diese Mädchen über sie herzogen.

Prinzessin flatterte von ihrer Schulter auf, rief gebieterisch die anderen Echsen zu sich, und plötzlich waren alle im *Dazwischen* verschwunden. Menolly löste sich von der Wand und ging langsam zurück zur Harfnerhalle. Ihr würde schon noch eine Entschuldigung einfallen.

Der Feuerechsen-Schwarm tauchte unvermittelt über ihr aus

dem Nichts. Die Tiere kreischten so schrill, daß sie erschrocken aufschaute. Sie flogen in einem dichten Knäuel, eine völlig ungewohnte Formation, und stoben plötzlich auseinander. Etwas fiel zu Boden. Mechanisch streckte sie die Hände aus und fing die Panflöte auf.

»Ihr seid meine Retter! Ich wußte gar nicht, daß ihr so etwas schafft!« Sie drückte die Flöte begeistert an sich, und wenn die steifen Füße sie nicht daran gehindert hätten, wäre sie vor Freude über den Hof getanzt. Wie schlau ihre kleinen Freunde waren! In Zukunft sollte nur einer wagen, in ihrer Gegenwart zu erklären, daß sie nichts weiter waren als lästige kleine Schoßtiere!

»Je schlimmer der Sturm, desto mehr Treibholz spült er an Land!« hatte ihre Mutter immer gesagt, wenn die Flotte nicht auslaufen konnte und ihr Vater schlechtgelaunt durch die Burg stapfte.

Wenn sie die Flöte nicht so dringend gebraucht hätte und wenn die Mädchen nicht so boshaft gewesen wären, nun, dann hätte sie wohl nie entdeckt, wie klug ihre Feuerechsen sein konnten!

So traf sie leichten Herzens bei Meister Jerint ein. Die Werkstatt war wider Erwarten leer. Nur der Meister saß an seinem Arbeitstisch, über einen großen Schraubstock gebeugt. Sie sah, daß er sorgfältig Furnier an einen Harfenrahmen leimte, und so wartete sie eben. Und wartete und wartete, bis sie gelangweilt seufzte.

»Wie? Ach, das Mädchen! Und wo warst du so lange? Ich verstehe, du wolltest mich nicht stören. Hast du deine Flöte mitgebracht?« Er streckte die Hand aus, und sie reichte ihm das Instrument.

Sie war ein wenig verwirrt über die Gründlichkeit, mit der Meister Jerint das Ding untersuchte. Er wog die Panflöte in der Hand und betrachtete mit zusammengekniffenen Augen den geflochtenen Strandhafer, mit dem sie die einzelnen Pfeifen verbunden hatte; dann fuhr er mit einem Werkzeug in Mundansatz und Fingerlöcher. Er murmelte etwas, trug das Instrument an ein Fenster und drehte es in der Nachmittagssonne hin und her. Nachdem er ihr einen fragenden Blick zugeworfen hatte, setzte er die Flöte an die Lippen und blies hinein. Der klare, reine Ton schien ihn zu verblüffen. Er zog die Brauen hoch.

»Meeresried? Warum nicht Süßwasser?«

»Teichried, aber eingeweicht in Brackwasser.«

»Und wie hast du den dunklen Glanz erzielt?«

»Mit einem Gemisch aus Fischtran und Seegräsern, das ich noch warm in das Holz rieb . . .«

»Läßt die Oberfläche beinahe purpurn schimmern. Könntest du die Mixtur noch einmal herstellen?«

»Ich denke schon.«

»Besondere Arten von Gräsern? Oder Fisch?«

»Stachelschwanz . . .« Und unwillkürlich schüttelte sich Menolly. Sie haßte diesen Fisch, dem sie ihre Narbe verdankte. »Und Tümpelgräser — die Sorte, die eher auf sandigem Boden als auf Fels gedeiht.«

»Sehr gut.« Er gab ihr die Panflöte zurück und winkte sie an einen anderen Tisch, wo Trommelreifen und Häute in verschiedenen Größen ausgelegt waren, dazu eine Spule mit der gefetteten Schnur, die man benötigte, um Trommelhäute am Rahmen zu befestigen. »Kannst du eine Trommel bauen?«

»Ich kann es versuchen.«

Er zog die Nase kraus, nicht abwertend, sondern eher nachdenklich, und gab ihr durch eine Geste zu verstehen, daß sie anfangen könne. Er selbst wandte sich wieder seiner Harfe zu.

Menolly war sich im klaren darüber, daß sie von Meister Jerint zum zweitenmal geprüft wurde, und so untersuchte sie jeden der neun Trommelreifen sorgfältig nach verborgenen Sprüngen sowie nach der Trockenheit und Härte des Holzes. Nur einen fand sie der Mühe wert, und auch hier würde die fertige Trommel ein straffes, eher hart klingendes Instrument sein. Sie dagegen liebte Trommeln mit tiefen, vollen Schlägen, welche die Männerstimmen im Chor übertönten und sie im Rhythmus hielten. Dann fiel ihr ein, daß sie sich hier bestimmt nicht darum bemühen mußte, Sängern den richtigen Rhythmus beizubringen. Sie machte sich an die Arbeit und befestigte die Metallklammern für die Haut am Reifenrand. Die meisten Häute waren gut gegerbt und gedehnt, so daß es vor allem darum ging, eine zu nehmen, welche die richtige Größe hatte und dünn genug für ihren Rahmen war. Sie weichte die geeignete Haut in einem Bottich ein und knetete sie durch, bis sie geschmeidig war und sich über den Rahmen spannen ließ. Vorsichtig schnitt sie Löcher und spießte die Haut symmetrisch an die Klammern, denn wenn sie ungleichmäßig gespannt wurde, gab es Vibrationen am Rand und dumpfe Klänge in der Mitte. Erst als sie sicher war, daß alles stimmte, brachte sie die Kordel an, zwei Finger vom Rand entfernt.

»Du verstehst dein Handwerk, was?«

Sie zuckte zusammen, als sie Meister Jerints Stimme dicht neben sich hörte. Er lächelte ihr zu. Wie lange mochte er schon dagestanden und sie beobachtet haben? Er nahm die Trommel, begutachtete sie lange und pfiff dabei leise vor sich hin. Menolly konnte seiner Miene nicht entnehmen, ob er zufrieden mit der Arbeit war oder nicht.

Dann legte er das Werkstück vorsichtig auf eines der oberen Regalbretter. »Wir lassen das hier erst mal trocknen. Und du gehst jetzt am besten zu deiner nächsten Stunde. Meine Lehrlinge sind im Anmarsch, wie ich höre«, fügte er trocken hinzu.

Menolly hörte den Lärm von draußen ebenfalls; Lachen, Geschrei und das Trampeln von vielen Stiefeln. Pflichteifrig suchte sie den Chorsaal auf, wo Meister Shonagar sie in der gleichen Haltung wie am Vortag erwartete. Er schien sich seit ihrer ersten Begegnung nicht von der Stelle bewegt zu haben.

»Sag deinen kleinen Freunden, daß sie sich aufs Zuhören beschränken sollen«, begrüßte er sie mit einem Blick auf die Feuerechsen, die dicht unter der gewölbten Decke kreisten. Prinzessin ließ sich auf Menollys Schulter nieder. »Du!« sagte er streng und deutete mit dem dicken Zeigefinger auf die kleine Königin, »du suchst dir heute einen anderen Platz!« Sein Finger wies unerbittlich auf eine Bank. »Dort!«

Prinzessin zirpte einmal kurz, gehorchte aber, als Menolly in Gedanken den Befehl des Meisters wiederholte. Shonagars Augenbrauen hoben sich erstaunt, als die kleine Königin sich niederließ, die Flügel eng an den Körper gelegt und mit schwach kreisenden Augen. Er knurrte; sein Bauch wackelte verdächtig.

»So, Menolly, Schultern zurück, Kinn hoch, aber nicht zu weit nach vorn gereckt, Hände gegen das Zwerchfell, einatmen, vom Bauch in die Lungen ... Nein, ich will nicht sehen, daß sich deine Brust dabei bewegt wie ein Blasebalg ...«

Am Ende der Stunde war Menolly erschöpft: das Kreuz und die Bauchmuskeln schmerzten, und ihr kam es vor, als sei das Schleppen der schweren nassen Netze ein Kinderspiel dagegen gewesen. Dennoch hatte sie nicht mehr getan als versucht, ihren Atem richtig zu kontrollieren. Meister Shonagar hatte sie nur einzelne Noten und dann Folgen von fünf Noten singen lassen, locker, aber genau im richtigen Ton und der richtigen Höhe. Sie war unendlich dankbar, als er auf einen Stuhl deutete.

»So, Piemur, jetzt bist du an der Reihe.«

Menolly drehte sich erstaunt um. Wie lange mochte Piemur schon still neben der Tür gewartet haben?

»Vor einigen Tagen, Menolly, hörten wir einen ganz und gar reinen Diskant zur Melodie unseres Chors. Piemur hier behauptet, daß die Feuerechsen für oder mit jedermann singen würden. Glaubst du das auch?«

»Es käme auf eine Probe an. Beim erstenmal habe ich mitgesungen, und das waren sie gewohnt.«

»Dann machen wir doch die Probe! Mal sehen, ob sie uns begleiten, wenn wir sie ausdrücklich dazu einladen.«

Piemur verstecktes Grinsen beruhigte sie. Der Meister hatte nichts gegen ihre Echsen, auch wenn er sich ein wenig spöttisch ausdrückte.

»Soll ich allein die Melodie singen, die wir damals einübten?« fragte Piemur. »Denn wenn Menolly mitmacht, wissen wir nicht genau, ob . . .«

»Weniger Worte, mehr Musik, Piemur«, mahnte Meister Shonagar ungeduldig.

Piemur holte Luft, mit der richtigen Technik, wie Menolly feststellte, und öffnete den Mund. Zu ihrem Entzücken sang er einen reinen, glasklaren Ton. Der Kleine blinzelte belustigt, als er ihre Verwunderung sah, aber seine Stimme schwankte dabei nicht den Bruchteil einer Sekunde. Erst jetzt ermunterte sie ihre Echsen zum Mitsingen. Prinzessin flatterte auf ihre Schulter, ringelte ihr den Schwanz leicht um den Hals und betrachtete Piemur mit schräggelegtem Kopf, als versuche sie die Melodie und Menollys Befehl zu ergründen. Rocky und Taucher zeigten sich weniger zurückhaltend. Sie richteten sich an der Kante des Sandtisches auf und begannen Piemur zu begleiten. Prinzessin schimpfte kurz, doch dann erhob sich ihre zarte, sanfte Stimme glockenhell im Diskant zu Piemurs Gesang. Als auch Spiegel und Brownie einstimmten, trat der Junge ein paar Schritte zurück, um alle Echsen gleichzeitig im Blick zu haben.

Ängstlich schielte Menolly zu Meister Shonagar hinüber, aber der saß da, die Hände vor den Augen, versunken ins Zuhören. Menolly zwang sich, kritisch zu lauschen, aber sie fand wenig auszusetzen. Sie hatte den Feuerechsen das Singen nicht beigebracht: sie hatte ihnen nur vorgesungen, um ihnen eine Freude zu bereiten, und sie hatten Spaß an den Klängen gefunden und sie imitiert. Ihre Stimmen waren nicht auf die wenigen Oktaven der Menschen beschränkt. Die süßen Töne schienen in den Schläfen der Zuhörer zu vibrieren.

»So, junger Freund«, meinte Shonagar nüchtern, als das Echo des Gesangs verklungen war, »das weist dich in deine Schranken, was?«

Piemur grinste nur.

»Sie sind also durchaus bereit, auch andere Sänger zu begleiten«, fuhr der Meister fort, zu Menolly gewandt.

Aus dem Augenwinkel sah Menolly, wie Piemur die Hand nach Rocky ausstreckte, der ihm am nächsten saß. Die Bronze-Echse rieb sofort das Köpfchen gegen seine Finger, und der Junge strahlte selig.

»Sie singen gern, Meister. Es fällt schwer, sie ruhig zu halten, wenn in ihrer Nähe Musik ist.«

»Tatsächlich? Nun, ich werde mir die Möglichkeiten dieses Phänomens durch den Kopf gehen lassen.« Mit einer brüsken Handbewegung entließ Meister Shonagar sie alle. Er stützte das Kinn in die Hände und begann gleich darauf zu schnarchen.

»Schläft er wirklich? Oder tut er nur so?« fragte Menolly den Jungen, als sie im Hof draußen waren.

»Soweit man es erkennen kann, schläft er echt. Das einzige, was ihn weckt, ist ein falscher Ton oder eine Mahlzeit. Er verläßt den Chorsaal nie, sondern verbringt die Nacht in einem winzigen Hinterzimmer — einer Art Verschlag. Treppen kann er nicht mehr steigen. Dafür ist er viel zu fett. He, du hast übrigens keine schlechte Stimme, Menolly. Irgendwie samtig.«

»Danke.«

»Bitte, bitte. Ich mag weiche Klänge«, fuhr Piemur fort, ungerührt von ihrem sarkastischen Tonfall. »Diese hohen, dünnen Kreischstimmen von Briala oder Pona gehen mir auf die Nerven.« Er warf einen Blick zur Pension hinüber. »Sag mal, wird es nicht Zeit, die Echsen zu füttern? Es gibt bald Abendessen, und die Kleinen sehen ganz eingefallen aus.«

Menolly nickte, als Prinzessin auf ihrer Schulter jämmerlich zu betteln begann.

»Ich hoffe, daß Shonagar die Echsen in unseren Chor einbaut«, sagte Piemur und kickte einen Stein quer über den Hof. Dann lachte er und deutete zur Küche. »Sieh mal! Camo wartet schon auf uns!«

Und das tat er wirklich, mit einer Riesenschüssel im Arm. Er hielt ein paar Fleischbrocken hoch und lockte damit die Echsen.

Onkelchen und die beiden Grünen hatten Camo eindeutig als Pfleger adoptiert. Sie nahmen seine ganze Aufmerksamkeit in Anspruch, und so merkte er gar nicht, daß Rocky, Faulpelz und Spiegel sich von Piemur verwöhnen ließen. Menolly fand, daß man das Futter weit gerechter verteilen konnte, wenn sich drei Leute um die gierigen kleinen Biester kümmerten. Deshalb schlug sie Piemur vor, er solle ihr immer beim Füttern helfen — falls er nicht Schwierigkeiten mit seinen Lehrmeistern bekam.

»Ich bin Lehrling von Meister Shonagar, und *der* hat sicher nichts dagegen. Ich übrigens auch nicht.« Piemur lachte und begann »seine« Echsen zu streicheln.

Sobald die Tiere satt waren, schickte Menolly Camo zurück in die Küche, Abuna beschwerte sich zwar nicht, aber Menolly merkte, daß viele Augenpaare sie durch die Küchenfenster beobachteten. Camo verschwand brav, nachdem sie ihm versprochen hatte, daß er am nächsten Morgen die Echsen wieder füttern durfte. Zufrieden flog der Schwarm auf das äußere Dach der Gildehalle und ließ sich von den Strahlen der Nachmittagssonne wärmen. Keine Sekunde zu früh, denn schon kamen die Lehrlinge in den Hof geströmt.

»Schade, daß du bei *denen* sitzen mußt«, meinte Piemur, als sie den Speisesaal betraten, und wies mit dem Daumen an den Mädchentisch.

»Kannst du nicht mir gegenüber Platz nehmen?« fragte Menolly hoffnungsvoll.

»Schlecht. Die lassen mich nicht mehr.«

»Nicht *mehr*?«

Piemur schnitt eine Grimasse und grinste dann. »Pona hat sich bei Dunca beschwert, und die ist gleich zu Silvina gerannt . . .«

»Was hast du denn angestellt?«

»Ooch, nichts Besonderes.« Piemurs Achselzucken sprach Bände. »Pona ist eine alberne Wherhenne, die sich was auf ihre Herkunft einbildet und ständig ihre vornehme Verwandtschaft rausstreicht. Ein gewöhnlicher Lehrling hat in diesen Kreisen ohnehin nichts zu suchen.«

Menolly fand das schade, aber ihre Achtung vor Piemur wuchs. Als sie sich zögernd dem Tisch am Kamin zuwandte, kam ihr der Gedanke, wie sie in Zukunft ein Zusammentreffen mit den Mädchen vermeiden konnte. Sie brauchte bloß zu spät zum Essen aufzutauchen und irgendwo Platz nehmen. Das gefiel ihr so, daß ihr Schritt entschlossener wurde und sie während der Mahlzeit die Feindseligkeit der Mädchen gelassen ertrug. Sie begegnete dem kühlen Klima mit ebenso kühler Gleichgültigkeit und langte tüchtig zu, als Suppe, Käse, Brot und süße Pasteten aufgetragen wurden. Als die Termine für die Abendproben bekanntgegeben wurden, erfuhr sie, daß man zur Mittagszeit des nächsten Tages mit einem Sporenregen rechnete. Alle Gildenangehörigen sollten sich in der Nähe der Halle aufhalten und vor, während und nach dem Fädeneinfall die ihnen zugewiesenen Aufgaben erfüllen. Menolly hörte mit heimlicher Schadenfreude das ängstliche Gewisper der Mädchen und gestattete sich ein herablassendes Lächeln. Wie konnte man sich vor Dingen fürchten, mit denen man seit seiner Geburt zu leben hatte?

Sie dachte nicht daran, den Tisch zu verlassen, als die Mädchen sich erhoben; und sie sah deutlich, daß Audiva ihr zublinzelte, als sie mit den anderen zur Tür ging. Erst nachdem die Mädchenschar verschwunden war, stand auch Menolly auf. Vielleicht kam sie in die Hütte, ohne Dunca unter die Augen zu treten.

»Ah, Menolly, einen Augenblick bitte.« Die gutgelaunte Stimme des Meisterharfners rief sie zurück, als sie den Ausgang erreichte. Robinton stand am Fuß der Treppe, im Gespräch mit Sebell, und winkte sie näher. »Sei so gut und wirf noch einen Blick auf die Eier! Ich weiß, Lessa hat gesagt, daß es ein paar Tage dauern wird, bis . . .« Der Meisterharfner zuckte die Achseln. »Hier entlang.« Während sie die beiden Männer ins Obergeschoß begleitete, fuhr Robinton fort: »Sebell hat mir eben erzählt, daß du ein wahrer Wissensquell bist.« Er grinste sie an. »Das hast du sicher nicht geglaubt, daß du hier in der Harfnerhalle mit Fischfang zu tun bekommen würdest, was?«

»Nein, Meister. Aber offen gestanden, ich hatte keine Ahnung, wie sich das Leben in einer Harfnerhalle abspielt.«

»Gut gesprochen, Menolly, gut gesprochen.« Und der Harfner lachte. »Die anderen Gilden mögen spotten, daß wir unsere Nasen in Dinge stecken, die uns nichts angehen, aber ich finde immer, daß man um so besseres Verständnis für seine Umwelt entwickelt, je mehr man weiß. Wer sich weigert, immer weiter zu lernen, ist in Gefahr, eines Tages zu stagnieren.«

»Ja, Meister.« Menolly hoffte nur, daß Robinton nichts von der versäumten Stunde bei Meister Domick erfahren hatte. Sebell lächelte und schüttelte kaum merklich den Kopf.

»Nun, was hältst du von den Eiern, Menolly? Ich bin im Moment viel unterwegs, möchte aber unbedingt das Ausschlüpfen miterleben, stimmt's, Sebell?«

Der Geselle nickte. »Sonst bin am Ende ich stolzer Besitzer von zwei Echsen . . .«

Die beiden Männer tauschten wissende Blicke, als Menolly die Eier in den mit warmem Sand gefüllten Tongefäßen überprüfte. Sie drehte sie ein wenig, so daß nun die kältere Seite der Kaminglut zugewandt war. Robinton schürte nach und schaute das Mädchen erwartungsvoll an.

»Die Eier sind härter, Meister, aber in den nächsten beiden Tagen schlüpfen die Kleinen bestimmt noch nicht.«

»Könntest du morgen wieder nachsehen, Kind? Ich bin zwar nicht da, aber Sebell weiß immer, wo er mich erreichen kann.«

Menolly versicherte dem Meisterharfner, daß sie ein wachsames Auge auf die beiden Echsen-Eier haben würde. Der Harfner nickte befriedigt und brachte sie durch sein Arbeitszimmer zur Tür.

»So, Menolly, du bist inzwischen von Domick, Morshal und Shonagar gründlich unter die Lupe genommen worden. Es gab wenig auszusetzen. Jerint meint, deine Panflöte sei beachtlich, und die Trommel müßte nach dem Trocknen einen guten Klang geben. Die Feuerechsen zeigen sich bereit, auch mit Fremden zu singen. Du hast gleich in den ersten Tagen eine Menge erreicht. Oder was sagst du, Sebell?«

Sebell nickte und lächelte ihr in seiner stillen Art zu. Sie fragte sich, ob die beiden Männer über ihre Schwierigkeiten mit Dunca und den anderen Mädchen Bescheid wußten.

»Und ich kann die Echsen-Eier in guter Obhut lassen. Das ist großartig. Das ist wirklich großartig.« Der Meisterharfner fuhr sich mit den Fingern durch das silbergraue Haar.

Einen flüchtigen Moment lang lag Ruhe auf seinen sonst so bewegten Zügen, und Menolly erkannte Spuren der Erschöpfung und Sorgen. Dann aber lächelte er sie so heiter an, daß sie meinte, sich seine Müdigkeit nur eingebildet zu haben. Nun, wenigstens das Problem mit den Feuerechsen konnte sie ihm abnehmen. Sie beschloß, die Eier mehrmals am Tage zu kontrollieren — und selbst wenn sie dadurch zu spät zu Meister Shonagar kam.

Auf dem Weg zur Pension fiel ihr wieder die Bemerkung des Meisterharfners über den Fischfang ein. Und zum erstenmal kam Menolly zum Bewußtsein, daß sie nie tiefer über das Leben in einer Harfnerhalle nachgedacht hatte. Für sie war das ein Ort gewesen, an dem man Musik machte. Petiron hatte hin und wieder von Lehrlingen gesprochen und auch aus seinen Tagen als Geselle erzählt. Aber das alles war verschwommen geblieben. Sie hatte sich die Harfnerhalle als eine Art Zauberschloß vorgestellt, wo die Leute sangen statt redeten oder ernst die alten Balladen kopierten. Die Wirklichkeit war ernüchternd, besonders, wenn sie Dunca und die neidischen Mädchen um Pona in Betracht zog. Warum hatte sie geglaubt, alle Harfner und Angehörigen der Harfnerhalle seien über niedere Gefühle erhaben? Warum hatte sie Morshal und Domick mit mehr Menschlichkeit verbrämt, als sie besaßen? Sie wußte es nicht. Sie lächelte über ihre eigene Naivität.

Und doch, Harfner wie Robinton und Sebell, ja selbst der zynische Domick, standen hoch über dem Durchschnitt. Und Silvina und Piemur hatten sie immer nett behandelt. Sie lebte hier besser als in der Halbkreis-Bucht. Warum sollte sie also nicht auch mit den negativen Seiten zurechtkommen?

Es war gut, daß sie zu diesem Entschluß gelangte, denn kaum hatte sie die Pension erreicht, da stürzte sich Dunca mit einer ganzen Litanei von Beschwerden auf sie: die gefährlichen, unruhigen Feuerechsen, die jegliche Ordnung im Hause störten und die Bewohnerinnen in Angst und Schrecken versetzten; ihre Hochnäsigkeit gegenüber den anderen Mädchen, die schließlich schon viel länger hier lebten und im Gegensatz zu ihr genau wußten, was sich gehörte; ihre Arroganz, nur weil ihr Vater See-Baron sei, und so weiter und so fort.

Nach den ersten paar Sätzen erkannte Menolly, daß es keinen Sinn hatte, sich oder ihre Echsen bei Dunca zu verteidigen. Sie konnte höchstens ein »Ja« oder »Nein« einwerfen, wenn die dicke Pensionswirtin kurz Luft holte. Einen Moment lang dachte Menolly daran, ihren Echsen-Schwarm zu Hilfe zu holen, doch das hätte das Klima ein für allemal vergiftet. So stand sie ruhig da und ließ den Wortschwall über sich ergehen.

»So — habe ich mich klar genug ausgedrückt?« fragte Dunca schnaufend.

»Und ob!« entgegnete Menolly ruhig und eilte die Treppe hinauf, so rasch sie ihre wunden Füße trugen. Dunca brachte im ersten Moment keinen Ton über diese neue Frechheit heraus. Erst als die Tür hinter Menolly ins Schloß fiel, begann sie von neuem zu zetern.

6

Der Tränen heiße Flut
Verdränge ich bis morgen;
Heut brauch ich Kraft und Mut,
Zu wehren all den Sorgen.
Mein Blick muß hell und klar sein,
Weit soll die Stimme schallen.
Mein Wort muß echt und wahr sein,
Ein Trost den andern allen.
Verratet, Lippen, nicht den Schmerz,
Den Kummer, der mir zerreißt das Herz.

Menollys »Lied für Petiron«

Prinzessin weckte sie bei Sonnenaufgang. Auch die anderen Echsen rührten sich bereits. In der Pension dagegen war noch alles still.

Am Abend zuvor hatte Menolly die Tür zu ihrem Zimmer verriegelt und dann die Fensterläden aufgestoßen, um ihre Freunde hereinzulassen. Sie war wieder ruhiger geworden, nachdem sie die Kleinen mit Meister Oldives Öl eingerieben hatte. Sie nahm sich die Zeit, sie zu streicheln und mit ihnen zu spielen. Dabei fing sie mancherlei Eindrücke und Bilder auf. Allem Anschein nach planschten die Echsen mit Vorliebe in den Seen oberhalb der Burg Fort. Menolly »sah« aber auch große Drachen und einen Weyr, der keine Ähnlichkeit mit Benden hatte. Die Gedanken, die Prinzessin ihr übermittelte, waren wie immer am schärfsten. Menolly hatte den stillen Abend genossen; er bot einen gewissen Ausgleich für Duncas Ungerechtigkeiten.

Nun, da die Morgenstille sie umgab, fiel ihr ein, daß sie endlich auch etwas für sich selbst tun könnte. Sie beschloß, ein Bad zu nehmen und die Obstflecken aus ihrer Bluse zu waschen. Für heute mittag war zwar Fädeneinfall vorausgesagt, aber auf dem Fensterbrett müßte das Zeug in der Morgensonne eigentlich rasch trocknen.

Leise entriegelte sie die Tür und horchte in den Korridor hinaus. Sie hörte nichts außer einem schwachen Schnarchen. Sicher Dunca. Nachdem sie ihre Echsen ermahnt hatte, sich ganz still zu verhalten, huschte sie die Stufen hinunter ins Bad, das im hintersten Winkel des Erdgeschosses lag. Sie hatte schon von den Warmbecken in den großen Burgen und Weyrn gehört, aber das hier war ihre erste tatsächliche Begegnung mit einer solchen Einrichtung. Die Feuerechsen drängten hinter ihr in den Raum, und sie hatte Mühe, das aufgeregte Gezirpe zu dämpfen, als sie den hüfttiefen Badeteich mit dem warmen Wasser entdeckten. Menolly legte sich Sandseife zurecht, streifte ihre Kleider am Bekkenrand ab und tauchte in das herrliche Naß.

Die Echsen spielten in ihrer Nähe, und ehe Menolly merkte, was geschah, spritzten und planschten sie alle im Wasser. Sie mußte den Schwarm mehr als einmal energisch zur Ruhe bringen; es hätte ihr gerade noch gefehlt, daß Dunca aufwachte und ihr wieder eine Predigt hielt.

Menolly seifte sich und die Kleinen gründlich ein, schrubbte sich und wusch sich das Haar. Dann weichte sie ihre Sachen ein, rieb die Flecken heraus, spülte sie sauber und huschte splitternackt in ihr Zimmer zurück. Sie ölte eben Spiegel ein, als sie im Freien die ersten Morgenlaute hörte — die fröhlichen Grußworte der Hirten, die Stalldienst hatten. Die Herden blieben nämlich an diesem Tag wegen des angekündigten Sporenregens drinnen.

Menolly überlegte, auf welche Weise der Fädeneinfall den Alltag in der Harfnerhalle beeinflussen mochte. Vermutlich mußten die Lehrlinge und Gesellen den Burgleuten und Pächtern an den Flammenwerfern zur Hand gehen. Sie hörte unten eine Tür schlagen und schloß daraus, daß Dunca wach war. Menolly schlüpfte in die geflickten alten Sachen, einen Kittel und eine lange Hose, die sie noch aus ihrer Höhlenzeit besaß. Es waren ihre einzigen Kleider zum Wechseln, schäbig, aber immerhin sauber.

Aber sie ziemten sich nicht für ein junges Mädchen, das in Duncas Pension lebte. Das erfuhr sie beim Frühstück. Als Menolly erklärte, sie habe die anderen Sachen gewaschen und in ihrem Zimmer zum Trocknen ausgebreitet, stieß Dunca einen Zornschrei aus und fauchte Menolly an, daß man in einem »anständigen« Haus keine Wäsche zum Trocknen auf das Fensterbrett legte wie bei ordinären Bauern.

Menolly mußte das feuchte Zeug nach unten bringen, und Dunca zeigte ihr eine Trockenkammer im hintersten Winkel der Pension, wo alles muffig roch.

Verlegen und beschämt frühstückte Menolly. Als sie sich je-

doch vom Tisch erheben wollte, fragte Dunca, wo in aller Welt sie jetzt hinginge.

»Ich muß meine Feuerechsen füttern, Dunca, und außerdem habe ich heute morgen eine Stunde bei Meister Domick . . .«

»Davon weiß ich nichts.« Dunca machte eine ungläubige Miene.

»Meister Domick hat mich aber zu sich bestellt.«

»Und warum erfahre ich das nicht?«

»Vielleicht, weil die gestrige Nachricht an mich verlorenging.«

Und während Dunca noch stammelte und stotterte, verließ Menolly den Frühstücksraum und die Pension. Sie schlenderte die Straße entlang, umkreist von ihren Echsen, die erst verschwanden, als sie merkten, daß sie in Richtung Speisesaal ging.

Als Menolly den kleinen Platz hinter der Küche erreichte, saßen sie bereits auf den Fenstersimsen, und ihre Augen glommen rot vor Hunger. In der Küche schien noch mehr Wirbel zu herrschen als gewöhnlich, aber sobald Camo sie kommen sah, ließ er den Riesenbrocken Fleisch, den er gerade von den Knochen löste, einfach liegen und rannte in den Kühlraum. Gleich darauf tauchte er mit einem Berg von Abfällen wieder auf. Abuna sah ihn und drohte ihm mit einem hölzernen Kochlöffel. Er schlängelte sich geschickt an ihr vorbei ins Freie.

»Menolly, komme ich zu spät . . .?« Piemur sauste aus dem Lehrlings-Schlafsaal herbei, die Schuhbänder offen, die Hemdverschlüsse nur halb verknotet und im Gesicht die Spuren einer hastigen Wäsche. Ehe er sich fertig anziehen konnte, stürzten Rocky, Faulpelz und Spiegel auf ihn herab; Camo, der aus der Küche kam, wurde von »seinen« drei Echsen überfallen, und der Rest scharte sich mit Geschrei um Menolly.

Camos Riesenschüssel war rasch leer, und als hätte sie nur darauf gewartet, rief Abuna den schwerfälligen Knecht zurück zu seinen Pflichten. Menolly bedankte sich in aller Hast bei ihm und schob ihn zurück in die Küche, nachdem sie ihm versichert hatte, daß die »schönen Kleinen« auch nicht eine Faser mehr fressen konnten.

Als der Frühstücksgong ertönte, blieb Menolly auf dem kleinen Platz hinter der Küche, bis sich der Hof geleert hatte. Sie mußte zu Meister Domick, und dafür brauchte sie ihre Gitarre. Sie ging in den Raum über dem Torbogen, nahm das Instrument und stimmte es, während die anderen drunten beim Essen saßen.

Dann übte sie einige der Übergänge, die sie in der Mädchenklasse gehört hatte, und streckte immer wieder die Hand, um die Narbe ein wenig zu dehnen — bis die Muskeln sich zu verkrampfen begannen. Plötzlich fiel ihr ein, daß sie noch etwas zu erledigen hatte — die Feuerechsen-Eier! Aber wenn der Meisterharfner noch schlief ... Sie lief leichtfüßig die Treppe hinunter, erfreut, daß ihre Sohlen an diesem Morgen weniger steif und empfindlich waren als noch am Vortag. In der Hauptdiele blieb sie stehen und horchte. Ja, die Stimme des Meisterharfners klang aus dem Speisesaal. Er saß wohl mit den anderen um den runden Tisch und frühstückte. So eilte sie wieder nach oben und den Korridor entlang zu seinem Zimmer.

Die Tongefäße waren auf beiden Seiten warm, also hatte sie schon jemand umgedreht. Sie schob vorsichtig den Sand beiseite und untersuchte die Schalen nach Sprüngen. Nichts. So deckte sie die Eier wieder zu und verschloß die Gefäße.

Als sie den Raum des Meisterharfners verließ, hörte sie Domicks Stimme von der Treppe her. Sebell und Talmor begleiteten ihn, Sebell mit einer kleinen Harfe unter dem Arm, Talmor mit einer Gitarre.

»Da ist sie ja!« rief Sebell. »Hast du einen Blick auf die Eier geworfen?«

»Ja. Alles in Ordnung«, beruhigte sie ihn.

»Dann beeil dich ... äh ... wenn du kannst ...«, brummte Domick. Offenbar waren ihm jetzt erst ihre wunden Füße eingefallen.

»Meine Sohlen heilen allmählich, Meister«, sagte Menolly.

»Na, hoffentlich rennst du heute nicht gleich wieder mit den Sporen um die Wette!«

Während Menolly den drei Männern folgte, überlegte sie, ob Domick seine Worte ernst gemeint hatte oder ob er sie nur nekken wollte. Sebell schien ihre Gedanken zu ahnen. Er drehte sich um und blinzelte ihr beruhigend zu.

In Domicks Arbeitszimmer, das große Leuchtkörbe erhellten, stand eine riesige Sandtischfläche. Glasplatten deckten die Schriftzeichen ab; Menolly bezähmte ihre Neugier — vielleicht hatte Domick es nicht gern, wenn andere Leute seine Musik lasen. Die Regale waren vollgestopft mit engbeschriebenen Häuten und dünnen, gebleichten Blättern aus einem unbekannten Material, das exakt geschnittene Ränder aufwies. Sie versuchte diese Schriften näher zu betrachten, aber Meister Domick befahl ihr, auf dem mittleren Hocker Platz zu nehmen.

Sebell und Talmor saßen bereits vor den Notenpulten und stimmten ihre Instrumente. So setzte sie sich und warf einen raschen Blick auf die Noten. Ein wenig aufgeregt erkannte sie, daß es ein Stück für vier Instrumente war — und gar nicht so leicht zu lesen.

»Du übernimmst die zweite Gitarre, Menolly«, erklärte Domick mit einem Lächeln, als erweise er ihr eine große Gnade. Er selbst holte sich eine Metallpfeife mit Klappen, eine jener Flöten, von denen Petiron gesagt hatte, sie eigneten sich nur für geübte Bläser. Höflich unterdrückte sie ihre Neugier, aber ihre Augen leuchteten begeistert, als Domick zur Probe eine Tonfolge blies. Das klang wie die Stimmen der Feuerechsen.

»Schau dir die Noten ruhig an«, meinte er, als er ihr Interesse bemerkte.

Sie kam seiner Aufforderung nicht sofort nach.

Meister Domick räusperte sich. »Das ist sogar *üblich* bei Musik, die man noch nicht kennt.« Er spielte die Melodie kurz an und fuhr mit scharfem Tonfall fort: »Es handelt sich hier schließlich nicht um ein Anfängerstück.«

Verlegen überflog sie die Noten und probierte an einer Stelle eine etwas veränderte Begleitung, um zu sehen, ob ihre Hand damit leichter zurechtkam. Sie vergaß, daß sie drei Harfner warten ließ, als sie verzückt die komplexe Melodie betrachtete. »Verzeihung«, murmelte sie, blätterte zurück und schaute Meister Domick an.

»Bist du fertig?«

»Ich glaube schon — Meister.«

»Einfach so?«

»Was meinen Sie damit?«

»Nun gut, Mädchen, dann fangen wir an.« Und Domick gab den Takt vor.

Es hatte Menolly immer Spaß gemacht, mit Petiron zu spielen, besonders wenn sie die Begleitung zu seiner Melodie improvisieren durfte. Aber daß sie nun gleich mit drei Musikern zusammenarbeiten konnte, denen das Spielen im Blut lag, begeisterte sie so sehr, daß ihre Finger wie von selbst über die Saiten glitten. Sie verlor sich völlig in den Zauber der Musik, und als das Stück zu Ende war, spürte sie fast einen körperlichen Schmerz.

»Ach, das war herrlich! Könnten wir das noch einmal spielen?«

Talmor lachte los, Domick starrte sie sprachlos an, und Sebell beugte sich tief über seine Harfe und bedeckte die Augen mit der Hand.

»Ich wollte dir nicht glauben, Talmor«, sagte Domick kopfschüttelnd.

Menolly schaute ihn ängstlich an. Hatte sie wieder etwas falsch gemacht, wie am Vortag bei den Mädchen?

»Wenn ich nicht genau wüßte, daß sie dieses Stück nie zuvor gesehen hat . . .«

Menolly starrte den Meister an. »Es war einfach wundervoll. Dieses Verflechten der Melodie, dieses — Ineinanderfließen von Flöte, Harfe und Gitarre . . .« Sie blätterte ein Stück zurück. »Es tut mir leid, daß ich die eine Stelle nicht so spielen konnte, wie sie hier steht, aber meine Hand . . .«

Domicks scharfer Blick machte sie unsicher, und sie sprach den Satz nicht zu Ende. »Hat Sebell dir verraten, was dich heute erwarten würde?«

»Nein, Meister. Er hat mir nur eingeschärft, pünktlich zu kommen.«

»Jetzt reicht es aber, Domick! Die Kleine ist völlig verstört, weil sie glaubt, etwas falsch gemacht zu haben.« Talmor nahm ihre Hand und drückte sie kurz. »Verstehst du, Menolly, Meister Domick hat das Stück eben erst vollendet. Sebell und ich spielten uns die Finger wund, um dir folgen zu können, und Domick kriegt jetzt noch keine Luft. Wie du es geschafft hast, dich durch diese vertrackte Melodie zu ackern . . .«

Jetzt schaute Sebell zum erstenmal auf. Er hatte Tränen in den Augen, aber es waren Lachtränen. Unfähig zu sprechen, deutete er mit dem Finger auf Domick.

Domick schob seine Hand ärgerlich zur Seite und funkelte die beiden Gesellen wütend an. »Lacht nur! Schön, ich habe mich diesmal blamiert, aber ihr müßt zugeben, daß meine Zweifel im allgemeinen berechtigt sind. Allein musizieren kann jeder . . .« Er wandte sich Menolly zu, die noch völlig verwirrt war. »Hast du oft mit Petiron gespielt? Oder mit einem der anderen Musiker in der Halbkreis-Bucht?«

»Petiron war der einzige Musiker auf der Burg. Fischerhände sind zu rauh und steif für Instrumente.« Sie warf Sebell einen Blick zu. »Sicher, es gab ein paar Trommler . . .«

Ihre Antwort brachte Sebell erneut zum Lachen. Merkwürdig, fand Menolly. Ihr war er gestern so ernst und ruhig erschienen.

»Ich schlage vor, daß du mir jetzt einmal genau schilderst, was du in der Halbkreis-Bucht getan hast. Sofern es die Musik betrifft, versteht sich. Meister Robinton hatte bis jetzt keine Zeit, mir Näheres zu erzählen.«

In Domicks Worten klang durch, daß er ein Recht darauf hatte, alles zu erfahren, was auch Meister Robinton wußte, und sie sah, wie Sebell ihr schwach zunickte. So überlegte sie einen Augenblick lang. War es richtig, wenn sie den Harfnern erzählte, daß sie nach Petirons Tod die Kinder in der Halbkreis-Bucht unterrichtet hatte? Ja, denn sicher wußte das Meister Robinton inzwischen von Elgion, und *er* hatte sie mit keiner Silbe deswegen getadelt. Außerdem legte Meister Domick Wert auf die Wahrheit, das hatte er bereits einmal betont. So sprach sie offen von der Situation in der Halbkreis-Bucht — wie Petiron sie zu seiner Schülerin gemacht hatte, sobald sie alt genug war, die Sagen und Balladen zu lernen. Wie er sie bald darauf im Gitarren- und Harfenspiel unterrichtet hatte, »damit mir das Lernen leichter fiel und ich ihn beim Abendgesang in der Burg unterstützen konnte«. Domick nickte. Und wie Petiron ihr schließlich alles an Musik beigebracht hatte, was im Archiv lag, »leider nicht sehr viel, da Yanus keinen großen Wert auf Konzertstücke legte«.

»Ich verstehe.« Und wieder nickte Domick.

Petiron hatte ihr beigebracht, Pfeifen aus Ried zu schnitzen, Trommelrahmen zu bespannen und eine Gitarre und eine kleine Harfe zu bauen. Zumindest theoretisch, denn es gab wenig Holz in der Burg am Meer, und der See-Baron fand es unpassend, wenn ein Mädchen eigene Instrumente besaß. Aber während der letzten beiden Planetenumläufe hatte sie allein gespielt, weil Petirons Hände aufgeschwollen waren und zu sehr zitterten. Und nach Petirons Tod — Menolly spürte einen Klumpen im Hals — hatte sie die Unterweisung der Kinder weitergeführt, weil Yanus einsah, daß die Jugend gemäß den Traditionen erzogen werden mußte und sie die einzige war, die das konnte.

»Und dann — nachdem das mit deiner Hand geschah?«

»Ach, zu der Zeit kam der neue Harfner. Ich wurde ohnehin nicht mehr gebraucht. Außerdem . . .« Sie hielt die Hand hoch. »Keiner glaubte, daß ich je wieder spielen könnte.«

Sie bemerkte die Stille nicht gleich. Sie hatte den Kopf gesenkt und rieb mit dem Daumen geistesabwesend über die Narbe, die nach dem Spiel ein wenig schmerzte.

»Als Petiron noch hier in der Gildehalle lebte, gab es keinen besseren Musiker und Lehrer als ihn«, erklärte Domick ruhig. »Ich hatte das große Glück, von ihm ausgebildet zu werden. Du brauchst dich nie wieder deines Spiels zu schämen . . .«

»Oder deiner Freude an der Musik«, fügte Sebell hinzu, und er war wieder ganz ernst.

Freude an der Musik. Seine Worte öffneten ihr Herz. Woher wußte er so genau, was sie fühlte?

»Jetzt, da du in der Harfnerhalle lebst, Menolly, was möchtest du denn am liebsten tun?« fragte Meister Domick so beiläufig, so neutral, daß Menolly keine Ahnung hatte, welche Antwort er erwartete.

Freude an der Musik. Wie konnte sie das am besten ausdrücken? Indem sie die Balladen schrieb, die Meister Robinton brauchte? Aber woher wußte sie, was er brauchte? Und hatte Talmor nicht gesagt, daß dieses herrliche Quartett von Meister Domick stammte? Wozu benötigte Meister Robinton noch jemanden, der Balladen komponierte, wenn er bereits Domick hatte?

»Sie meinen — spielen oder singen oder unterrichten?«

Meister Domick warf ihr einen etwas erstaunten Blick zu und lächelte schwach. »Wenn du das gern willst . . .«

»Ich bin doch hier, um noch mehr zu lernen, oder?« Sie vermied es, Domicks Spott herauszufordern.

Domick bestätigte ihre Frage.

»Dann würde ich am liebsten das lernen, wozu ich bisher keine Gelegenheit hatte, denn Petiron sagte immer, es gäbe eine Menge Dinge, die er mir nicht beibringen könne. Etwa, meine Stimme richtig einzusetzen. Das wird noch harte Arbeit bei Meister Shonagar kosten. Er läßt mich nur Atemübungen machen und hin und wieder ein paar Noten singen . . .« Talmor grinste breit, und sie spürte, daß er ihre Abneigung gegen diese Art von Unterricht teilte. »Was mir wirklich Spaß machen würde . . .« Dann zögerte sie, weil sie Domicks scharfe, spöttische Zunge fürchtete.

»Nun, was denn?« fragte Sebell ruhig.

»Du erschreckst sie, Domick«, stellte Talmor fest.

»Ich? Unsinn! Hast du etwa Angst vor mir, Menolly?« Das klang überrascht. »Weißt du, ich habe den ganzen Tag mit Idioten zu tun, und das drückt die Laune«, erklärte er, und seine Stimme klang mit einemmal nicht mehr so brummig. »Nun erzähl *mir*, welche Art von Musik dir am besten gefällt.«

Er schaute ihr ruhig in die Augen.

»Was mir am besten gefällt? Nun — so wie eben zu spielen, in einer Gruppe.« Sie stammelte ein wenig, gab sich einen Ruck und fuhr hastig fort: »Es befriedigt ungeheuer, diese Harmonie zu spüren ... zu hören, wie die Melodie von Instrument zu Instrument wechselt. Ich ... ich hatte das Gefühl, als würde ich auf einem Drachen hoch oben in der Luft schweben.«

Domick schaute sie verblüfft an. Dann stahl sich ein leises Lächeln über seine Züge.

»Sie meint das ernst, Domick«, warf Talmor ein.

»Aber sicher. Es ist das schönste Stück, das ich je gespielt habe. Nur ...«

»Nur was?« ermunterte sie Talmor, als sie stockte.

»Ich habe es nicht richtig gespielt. Ich hätte mir die Musik länger ansehen sollen— ehe ich anfing, denn während des Spiels war ich dann voll damit beschäftigt, die Noten und den Takt in den Griff zu bekommen, und hatte keine Zeit mehr, auf die Dynamik zu achten. Das tut mir leid.«

Domick schlug sich mit der flachen Hand gegen die Stirn. Sebell lachte von neuem los, und Talmor hieb sich vor Vergnügen auf die Schenkel. »In diesem Fall spielen wir das Stück noch einmal«, sagte Domick mit erhobener Stimme, um das Gelächter der beiden anderen zu ersticken. »Und diesmal achten wir alle auf die Dynamik, ja?«

Sie spielten das Stück nicht voll durch. Domick machte hier und da eine Pause, bestand auf dieser und jener Variation, verlangte in dem einen oder anderen Abschnitt eine bessere Harmonie der Instrumente. In gewisser Weise war das für Menolly ebenso befriedigend wie das Spiel selbst, da Domicks Worte ihr einen tiefen Einblick sowohl in die Musik als auch in seine Arbeit als Komponist gaben. Sebell hatte recht. Sie konnte eine Menge von diesem Mann lernen.

Dann begann Talmor mit dem Meister ein Streitgespräch über die Interpretation, doch mitten im Satz unterbrach ihn ein unheimlicher Laut, der leise begann und immer mehr anschwoll, bis er in dem geschlossenen Raum beinahe unerträglich wurde. Aus dem Nichts tauchten die Feuerechsen auf.

»Wie kommen die hier herein?« fragte Talmor und zog den Kopf ein, als die kleinen Geschöpfe erregt durch das Zimmer schossen.

»Sie sind wie Drachen«, erklärte Sebell. Er duckte sich ebenfalls.

»Menolly, sag den Biestern, daß sie mit ihrem Geflatter aufhören sollen!« befahl Domick.

»Der Lärm ängstigt sie.«

»Das ist nur der Sporenalarm«, erklärte Domick, aber die Männer legten ihre Instrumente weg.

Menolly rief ihre Echsen zur Vernunft, und sie ließen sich mit aufgeregt kreisenden Augen auf den Regalen nieder.

»Warte hier auf uns, Menolly!« sagte Domick, während er mit den beiden anderen zur Tür eilte. »Wir kommen gleich zurück. Das heißt, ich . . .«

»Ich auch«, riefen Sebell und Talmor beinahe gleichzeitig, und dann war sie allein.

Menolly wartete unruhig. Sie merkte, daß man sich in der Halle auf den Fädeneinfall vorbereitete. Schritte hasteten durch die Korridore, Jalousien rasselten, Metall knirschte, Rufe ertönten hier und dort, und die Luft im Zimmer wirkte mit einemmal stickig.

Dann begannen große Ventilatoren zu arbeiten. Wieder einmal wünschte sie sich zurück in ihre Höhle an den Klippen. Sie hatte das Eingesperrtsein während des Sporenregens auch in der Burg am Meer stets gehaßt. Sie brauchte Luft zum Atmen. Die Angst der anderen machte sie kribbelig. Die einsame Höhle mit ihrem weiten Ausblick auf das Meer war der perfekte Kompromiß zwischen Sicherheit und Freiheit gewesen.

Prinzessin zirpte fragend und flog dann vom Regal auf Menollys Schulter. Sie spürte den bevorstehenden Fädeneinfall, und ihr kleiner Körper spannte sich an.

Das Klirren und Rasseln verstummte, die wirren Rufe ließen nach. Menolly hörte Stimmen draußen, und dann kehrte Domick mit den beiden Gesellen zurück.

»Ich weiß, daß du mit deiner Hand keine Oktaven greifen kannst«, wandte sich Domick an sie, als hätte es keine Unterbrechung gegeben, »aber hat Petiron dich überhaupt an der Harfe unterrichtet?«

»Er besaß eine kleine Bodenharfe, doch es war so schwierig,

gerissene Saiten zu erneuern, daß wir meist improvisieren mußten ...«

Sebell hielt ihr seine Harfe entgegen.

Sie dankte ihm und gab ihm statt dessen die Gitarre.

Domick hatte inzwischen in seinen Regalen gekramt und ein neues Notenblatt hervorgeholt, abgegriffen und an manchen Stellen vergilbt, aber noch einigermaßen lesbar.

Menolly warf einen Blick auf ihre Fingerkuppen. Die Schwielen vom Harfenspiel waren längst verschwunden, und die Haut bekam sicher Blasen, aber ... Sie schaute zu Domick auf, und als er ihr zunickte, begann sie ein Arpeggio. Sebells Harfe hatte einen herrlichen Klang, der im Raum schwebte und leise im Holz mitsang. Sie mußte die Finger stark verkrümmen, um die Oktaven zu greifen, doch obwohl die Narbe schmerzte, fing die Musik sie so ein, daß sie nicht darauf achtete. Erst gegen Ende des Stücks bemerkte sie, daß die anderen sie begleitet hatten.

»Schluß für heute«, sagte Domick entschieden, als sie das nächste Blatt in die Hand nehmen wollte. Er hielt ihre Narbe ans Licht, und sie sah, daß sich am Rand ein kleiner blutender Riß gebildet hatte.

»Aber ...«

»*Aber* ...« Domick unterbrach sie weniger schroff als gewohnt. »Es ist Essenszeit. Du hast sicher auch Hunger, Menolly.«

Jetzt erst drang der Duft von Braten und Gemüse in ihre Nase, und sie spürte, wie ihr das Wasser im Mund zusammenlief. Nun ja, in der Pension hatte sie, angestarrt von den anderen, kaum etwas zu sich genommen.

Zu ihrem Erstaunen — und ihrer Freude — war der Mädchentisch an diesem Tag leer. Vor den Fenstern des Speisesaals hatte man die Metall-Jalousien heruntergelassen, und entlang der Wände brannten große Leuchtkörbe. Irgendwie wirkte der Saal wärmer und freundlicher als je zuvor.

Alle anderen saßen schon an ihren Plätzen. Meister Morshal warf ihr einen düsteren Blick zu, bis Domick sie mit einer kurzen Geste an ihren Platz schickte. Sebell und Talmor schien es nicht das geringste auszumachen, daß sie zu spät kamen. Aber Menolly spürte sämtliche Augen auf sich gerichtet, als sie den leeren Tisch am Kamin ansteuerte — und das bildete sie sich nicht nur ein.

»He, Menolly«, wisperte ihr eine bekannte Stimme zu. »Beeil dich, damit wir anfangen können!« Piemur hatte am Nebentisch Platz genommen. »Siehst du?« wandte er sich an seinen Nachbarn. »Ich habe dir gleich gesagt, daß sie sich nicht wie die anderen Weiber in der Burg verkriecht!« Und während sich alle setzten, fragte er sie: »Du hast keine Angst vor den Sporen, oder?«

»Weshalb sollte ich?« Die Antwort schien den Jungen zu gefallen. »Aber was machst du hier? Ich dachte, du darfst dich in der Nähe des Mädchentisches nicht mehr blicken lassen?«

»Die Weiber sind ja nicht da, oder? Und du hast dich beschwert, daß es dir langweilig ist, wenn du keinen zum Reden hast. Also — jetzt hast du mich.«

»Menolly?« fragte der Junge mit den vorquellenden Augen, der ihr meist gegenübersaß. »Stimmt es, daß Echsen Feuer atmen wie die Drachen und Jagd auf Fäden machen?«

Menolly warf Piemur einen Blick zu, doch der war die Unschuld selbst.

»Meine haben das noch nie getan, aber sie sind auch sehr jung.«

»Siehst du, Brolly!« trumpfte Piemur auf. »Die Jungdrachen in den Weyrn kämpfen auch nicht gegen die Fäden an. Feuerechsen sind nämlich nichts anderes als kleine Drachen, habe ich recht, Menolly?«

»Es scheint zumindest so.«

»Wo sind sie denn jetzt?« wollte Brolly wissen.

»In Meister Domicks Arbeitszimmer.«

Das Fleisch kam, und die Gespräche verstummten vorübergehend. An diesem Tag holte sich Menolly kühn vier Scheiben Braten von der Platte. Sie griff noch vor Brolly nach dem Brot. Und sie legte Piemur einige der Rotknollen auf den Teller, die er großzügig übersehen hatte. Er war viel zu klein und dünn und mußte ordentlich essen, fand sie.

Menolly wußte nicht, ob es Piemurs Gesellschaft oder die Abwesenheit der Mädchen war, aber plötzlich schloß man sie in die Gespräche bei Tisch ein. Die Jungen begannen sie wieder nach den Feuerechsen auszufragen. Wie es schien, hofften sie alle darauf, daß die kleine Königin bald zum Paarungsflug aufstieg und dann Eier legte.

»Was nützt uns das?« maulte Piemur. »Die Meister und Gesellen sind ja doch vor uns dran!«

»Man müßte die Tiere selbst wählen lassen, so wie bei der Gegenüberstellung der Drachen«, warf Brolly ein.

»Da unterscheiden sich die Echsen von den Drachen, Brolly«, meinte Piemur. »Denk doch nur an Baron Groghe! Welcher Drache hätte *den* ausgesucht, wenn er die Wahl gehabt hätte!«

Die anderen Jungen warfen ihrem vorlauten Freund warnende Blicke zu.

»Die Weyr nehmen das Ganze fest in die Hand«, fuhr Brolly fort. »Und sie verteilen die Eier so, wie es ihnen günstig erscheint.«

»Sicher, aber man kann eine Echse nicht dazu zwingen, bei jemandem zu bleiben, der sie quält«, widersprach Piemur. »Ich habe gehört, daß Baron Merons Echse oft tagelang einfach verschwindet.«

»Wohin fliegen die Kleinen denn?«

Da Menolly diese Frage auch nicht beantworten konnte, war sie fast froh um den schrillen Alarmton, der ihr Gespräch unterbrach.

»Das bedeutet, daß die Fäden direkt über uns fallen«, erklärte Piemur und schielte argwöhnisch zur Decke.

»Seht euch das an!« Brollys verblüffter Ausruf weckte die Aufmerksamkeit der anderen.

Auf dem Kaminsims hinter Menolly saßen in einer Reihe die neun Feuerechsen. Ihre Augen kreisten und schillerten in allen Regenbogenfarben, ein Zeichen höchster Erregung. Sie hatten die Schwingen gespreizt und die Krallen entblößt. Ihre Zungen schnellten vor, als holten sie unsichtbare Fäden aus der Luft.

Menolly richtete sich auf und warf einen Blick zum Tisch der Meister. Domick nickte ihr zu und stand ebenfalls auf. Er winkte einen der Gesellen zu sich.

»Jetzt wäre der Warn-Chor angebracht, Brudegan«, meinte er und näherte sich dem Kamin, ohne die Echsen aus den Augen zu lassen.

Menolly streckte die Hand nach Prinzessin aus, aber die kleine Königin beachtete sie gar nicht. Sie hob den Kopf und begann ganz hoch zu klagen, auf und ab, auf und ab, in Oktaven, die an der Grenze des menschlichen Hörbereichs lagen und gegen die Schläfen der Zuhörer preßten. Die anderen Echsen stimmten ein.

»Menolly, kannst du die kleinen Geschöpfe dazu bringen, daß sie uns begleiten? Brudegan, den Takt . . .«

Füße begannen zu stampfen — eins, zwei, drei, vier —, und unvermittelt wurde das Wehklagen der Feuerechsen vom Chor der Lehrlinge übertönt. Prinzessin legte erstaunt die Schwingen an den Körper, und Spiegel wäre vor Schreck um ein Haar vom Sims gekippt.

»Rührt die Trommeln für den Krieg,
Schlagt die Harfe für den Sieg . . .«

sangen die Stimmen. Menolly fiel ein, wandte sich mit ihrem Gesang direkt an die Feuerechsen. Sie merkte, daß Brudegan neben sie trat, gefolgt von Sebell und Talmor. Brudegan dirigierte die Lehrlinge, gab ihnen jeweils den richtigen Einsatz. Über die Knaben- und Männerstimmen klang rein und hell der Gesang der Echsen, die ihre eigenen Harmonien um die Melodie flochten.

Der letzte Ton verklang in den Gängen der Harfnerhalle. Und vom Eingang zum Speisesaal kam ein großer Seufzer des Bedauerns. Menolly sah die Küchenmägde und in ihrer Mitte einen völlig entrückten, selig lächelnden Camo.

»Und jetzt ›Moretas Ritt‹, wenn es deinen Freunden recht ist«, meinte Brudegan und winkte Menolly, seinen Platz einzunehmen.

Prinzessin, als hätte sie die Worte verstanden, zirpte und schloß die feinen Innenlider, so daß die Lehrlinge in ihrer Nähe zu kichern begannen. Das erschreckte sie, und sie schlug mit den Flügeln, als wolle sie die Jungen wegen ihrer Unverschämtheit schelten. Das rief neues Gelächter hervor, aber nun richtete Prinzessin den Blick auf Menolly.

»Gib den Takt, Mädchen«, sagte Brudegan, und nach kurzem Zögern gehorchte sie.

Der Chor setzte ein, und sie erlebte ein seltsames Gefühl der Macht, als sie merkte, daß sich die vielen Stimmen ihr unterwarfen. Prinzessin führte den Gesang ihrer Echsen in schwindelnde Höhen, Oktaven über dem Summen der Baritone, welche die Tragödie von »Moretas Ritt« einleiteten.

Menolly hatte oft die Abendgesänge in der Halbkreis-Bucht dirigiert, doch hier sprachen geschulte Stimmen auf ihre Geste an, und das machte einen Unterschied wie Tag und Nacht.

Weiche Baritonstimmen sangen von der schlimmen Seuche,

die sich in Windeseile über das ganze Land gebreitet hatte. Dann fiel der Chor mit dem Refrain ein, schilderte Moretas Not, allein gelassen im Fort-Weyr mit Orlith, die jeden Moment ihre Eier ablegen mußte, während alle Heiler des Landes verzweifelt versuchten, die Ursache des Leidens zu ergründen und ein Heilmittel dagegen zu entdecken. Die Tenöre nahmen den Faden des Dramas auf, Bässe und Baritone sangen eindringlich von dem Elend auf Pern, den vernachlässigten Herden, den verdorrten Ernten, den Wher-Rudeln, welche die mit Siechtum geschlagenen Höfe umlauerten.

Nun das Solo von Capiam, dem Meister-Heiler von Pern, der den Erreger der Seuche findet und einen Heiltrank braut. Die Drachenreiter, die sich noch auf ihren Tieren halten können, fliegen in die Regenwälder von Nabol und Ista und bringen Capiam die Samenkapseln mit, welche die Rettung bedeuten.

Das Duett zwischen Bariton Capiam und Sopran Moreta; verschwommen kam Menolly zu Bewußtsein, daß Piemur die Rolle der Moreta sang. Moretas Schwanken zwischen Pflicht und Liebe, als sich herausstellt, daß sie zu den wenigen gehört, die immun gegen die Seuche sind. Sie zwingt ihre Königin Orlith fort von dem frischen Gelege ins *Dazwischen*, reitet von Burg zu Burg, von Weyr zu Weyr, um den Heiltrank zu verteilen. Die letzte Strophe, ein klagender Diskant, gesummt von den Feuerechsen, als Orlith, die zu Tode erschöpfte Moreta auf dem Rükken, Vergessen im *Dazwischen* sucht.

Ein tiefes Schweigen folgte dem leisen Schlußakkord, und Menolly konnte sich nur mit Mühe aus dem Bann der Ballade lösen.

»Ich frage mich, ob wir das Lied je in dieser Reinheit wiederholen können«, meinte Brudegan leise. Ein Seufzer ging durch die Halle.

»Das machen die Feuerechsen«, hörte man Piemur murmeln.

»Du hast recht, Piemur«, pflichtete Brudegan ihm bei, und auch die anderen nickten zustimmend.

Menolly hatte sich hingesetzt. Ihre Knie zitterten. Sie nahm einen Schluck kalten *Klah*. Das half.

Brudegan beobachtete aufmerksam die Echsen. Sie saßen auf dem Kaminsims, schüttelten die Schwingen und schienen nicht zu ahnen, welchen Aufruhr sie in der Harfnerhalle hervorgerufen hatten.

»Schöne Kleine schön singen«, stammelte Camo. Er trat neben Menolly und goß ihr aus einem Krug dampfenden *Klah* ein. Dann ging er durch die Reihen und schenkte die anderen Becher voll.

»Das gefällt auch dir, Camo, was?« meinte Brudegan mit einem Lächeln. »Sie singen noch reiner als Piemur, und der hat die schönste Stimme weit und breit.« Brudegan fuhr Piemur durch das Haar. »Was der Schlingel natürlich genau weiß!«

»Schöne Kleine wieder singen?« fragte Camo wehmütig.

»Wir werden sie sicher noch öfter hören«, entgegnete Brudegan und nickte Menolly zu. »Aber im Moment müssen wir andere Dinge üben. Da ist beispielsweise der Festchoral für Baron Groghe, der immer noch nicht sitzt.« Mit einem Seufzer stand er auf und hob die Hand. Die Lehrlinge schwiegen. »Fesnal, wir beginnen mit dem Tenor-Solo . . .«

Menolly zog sich etwas zurück und lauschte. Ihre Fingerkuppen schmerzten von den harten Harfensaiten, und die Narbe an der Handfläche schien zu glühen. Leider hatte sie das Gefäß mit der Betäubungssalbe in der Pension vergessen. Das bedeutete, daß sie warten mußte, bis der Sporenregen vorbei war. Sie überlegte, ob die Mädchen wußten, was während des Fädeneinfalls in der Harfnerhalle vorging. Hatte nicht Piemur gesagt, daß sie Zuflucht in der Burg suchten? Sie zuckte die Achseln; ihr jedenfalls gefiel es hier besser.

Wieder schnitt der unheimliche Heulton alle anderen Laute ab.

Brudegan beendete unvermittelt die Übung und dankte dem Chor für seine Aufmerksamkeit. Dann trat er höflich zur Seite, und ein hochgewachsener, älterer Geselle stand mit einem Räuspern auf.

»Kennt jeder seine Pflichten?« Ein zustimmendes Murmeln antwortete ihm. »Gut. Sobald sich die Tore öffnen, kehrt ihr zu euren Gruppen zurück. Mit etwas Glück und der gewohnten Tüchtigkeit des Fort-Weyrs treffen wir uns zum Abendessen wieder hier . . .«

»Ich habe Proviant für diejenigen herrichten lassen, die im Freien mithelfen«, verkündete Silvina, die an den Tisch der Meister getreten war. »Camo, nimm das Tablett und stell dich an die Tür!«

Ein zweiter, langgezogener Ton, dann das Rasseln und Klirren von Metall. Jubel klang auf, und die Jungen rannten zum Ausgang. Einige holten sich Essenspakete bei Camo ab.

Dann klappten die Jalousien im Speisesaal hoch, und die Nachmittagssonne sickerte herein, blendend hell nach dem schwachen Schein der Leuchtkörbe.

»Da kommen sie, da kommen sie!« hörte man einen aufgeregten Schrei, und das Geschiebe am Ausgang wurde noch hektischer. Die Gesellen und Meister hatten Mühe, einigermaßen für Ordnung zu sorgen.

»Wir sehen am Fenster weit mehr, Menolly. Los, so komm doch!« Piemur zupfte sie am Ärmel.

Die Feuerechsen nutzten die allgemeine Aufregung und flogen durch die offenen Fenster davon. Menolly sah zu, wie die Drachen in Geschwader-Formation am Himmel kreisten, ehe sie sich senkten und jenseits des Großen Hofes landeten. In der Tat, es war ein überwältigender Anblick. Am Himmel wimmelte es von den großen, majestätischen Geschöpfen. Die Lehrlinge schrien begeistert, und Menolly sah, wie die Drachenreiter ihnen zuwinkten.

»Menolly!«

Sie drehte sich um und sah Silvina dastehen, eine schmale Falte des Unmuts auf der Stirn. Zum erstenmal seit dem frühen Morgen überlegte Menolly, was sie nun wieder falsch gemacht hatte.

»Menolly, hat man dir im Benden-Weyr keine Kleider mitgegeben? Ich weiß, Meister Robinton hat dich kurzerhand mitgeschleppt und dir kaum Zeit zum Packen gelassen, aber . . .«

Menolly schluckte. Also hatte sich Dunca wegen ihrer geflickten Sachen bei Silvina beschwert. Die Wirtschafterin musterte sie aufmerksam.

»Nun«, meinte sie nach einem kurzen Zögern, »zum erstenmal muß ich Dunca recht geben. Deine Kleider bestehen nur noch aus Fransen. Das geht nicht an — es würde die Harfner-Gilde in Verruf bringen.«

»Silvina, ich . . .«

»Beim Großen Ei, Kind, ich bin doch nicht böse auf *dich*!« Silvina hob Menollys Kinn und zwang sie, ihr in die Augen zu schauen. »Ich bin wütend über mich selbst, daß ich nicht mitgedacht habe. Ganz zu schweigen davon, daß ich Dunca Gelegenheit gab, über dich herzufallen. Aber bitte, das bleibt unter uns, denn Dunca ist auf ihre Weise ganz nützlich für mich. Nicht daß ich dich für geschwätzig halte! Ich habe dich noch keine zwei Sätze am Stück reden hören. Du liebe Güte, Kind, was habe ich nun wieder gesagt, daß du so unglücklich bist? Du kommst jetzt einfach mit mir, ja?« Und Silvina nahm Menolly am Ellbogen und führte sie sanft, aber bestimmt zu den Lagerräumen im Hintergrund des Küchentraktes.

»In den letzten Tagen war soviel los, daß ich kaum besser denken kann als Camo. Aber siehst du, im Normalfall bringt jeder neue Lehrling zwei neue Ausstattungen mit. Deshalb dachte ich gar nicht daran, daß du — und weil du außerdem vorher im Benden-Weyr warst . . .«

»Felena schenkte mir den Rock und die Bluse, und jemand nahm Maß für neue Stiefel . . .«

»Und dann hat dich Meister Robinton auf einen Drachen gesetzt, ehe du auch nur den Mund auftun konntest, ja?« Silvina öffnete eine Tür. Menolly sah in Regalen, die vom Boden bis zur Decke reichten, Stoffballen und Kleider, Leder, fertige Stiefel, Felldecken, Teppiche und Vorhänge. »Hm, mal sehen . . .« Sie musterte Menolly. »Wir sind zwar besser für männliche Lehrlinge ausgerüstet . . .«

»Ich trage am liebsten Hosen.«

Silvina lachte leise. »Sie passen bestimmt gut zu dir und sind in der Harfnerhalle praktischer als Röcke, aber du brauchst auch ein wenig Tand, mein Kind. Das hebt das Selbstbewußtsein, und es gibt genug Feste hier . . .« Sie kramte Stapel von schwarzen und braunen Röcken durch und legte sie verächtlich beiseite. »Das hier vielleicht . . .« Sie wählte einen Stoff in einem satten Rot und hielt ihn hoch.

»Das ist viel zu schön für mich!«

»Glaubst du, daß ich dich in den gleichen Röcken herumlaufen lasse wie meine Küchenmägde? Und selbst die machen sich fein, wenn sie mit der Arbeit fertig sind.« Silvinas Stimme klang mit einemmal schroff. »Du besitzt zu wenig Selbstvertrauen, Menolly. Ich sage ja nichts gegen Bescheidenheit, aber du mußt dir klar darüber werden, daß sich deine Stellung geändert hat. Du bist nicht mehr das jüngste Kind eines mehr als sparsamen See-Barons. Du bist Harfner-Lehrling, und *wir* . . .« — Silvina tippte sich mit dem Finger gegen die Brust — »wir müssen auf unser Ansehen achten. Du wirst dich genauso gut, ja sogar besser anziehen als diese albernen jungen Damen, die nichts außer Mode im Kopf haben. Das Rot hier kleidet dich gut.« Sie schlug Menolly den Stoff um die Schultern. »Bis er allerdings fertiggenäht ist, müssen wir uns mit Hosen behelfen.« Sie kramte eine dunkelblaue Hose aus weichem Wherleder hervor. »Beim Ei, bist du schlank! Die hier vielleicht noch.« Sie reichte ihr eine zweite Hose aus einem dichtgewebten blaugrünen Stoff. »Und das da . . .« Ein dunkelblaues Wams. »Leg die anderen Sachen auf die Truhe dort und probier das an! Hmm, nicht schlecht. Hier sind Blusen und Kittel. Und nun noch Unterwäsche.« Silvina kramte Bruststützen und Höschen hervor. »Dunca war empört, daß du ganz ohne herumläufst.« Sie lachte, schwieg aber gleich darauf, als sie Menollys Gesicht sah. »Was schaust du mich so entsetzt an? Weil Dunca in deinen Sachen geschnüffelt hat? Du wirst dir doch nicht im Ernst Gedanken darüber machen, was die alte Vettel sagt oder tut? Mädchen, ich sehe schon, ich muß ein ernstes Wörtchen mit dir reden!«

Silvina legte Menolly den Arm um die Schultern und setzte sich mit ihr auf eine der Truhen.

»Ich glaube«, begann sie mit sehr sanfter Stimme, »daß du zuviel allein gelebt hast. Und nicht nur in jener Höhle an den Klippen. Ich glaube, der Tod von Petiron war ein schlimmer Verlust für dich. Er schien als einziger in der Halbkreis-Bucht begriffen zu haben, was in dir steckt. Obwohl ich nicht verstehe, weshalb er so lange zögerte, Meister Robinton die Wahrheit zu sagen. Nun, in gewisser Weise vielleicht doch, aber das gehört jetzt nicht her. Eines steht jedenfalls fest. Du bleibst nicht in dieser Pension. Keine Nacht mehr . . .«

»Aber Silvina . . .«

»Kein Aber«, unterbrach die Wirtschafterin streng. »Glaube ja nicht, daß mir Ponas oder Duncas schäbige kleine Tricks entgangen sind! Nein, die Pension ist der falsche Ort für dich. Ich dachte es mir gleich bei deiner Ankunft, aber es gab mehrere Gründe, dich dort einzuquartieren. Nun jedoch wollen wir die Sache auf lange Sicht planen und dich hier in der Halle unterbringen. Oldive wünscht nicht, daß du so lange auf den Beinen bist, und deinen Echsen gefällt es in Duncas Haus auch nicht. Die alte Närrin! Nein, Menolly, du kannst nichts dafür. Außerdem hast du als Lehrling wirklich nichts mit diesen Gastschülerinnen gemein. Du bleibst hier in der Halle — und Schluß mit der

Debatte!« Silvina richtete sich auf. »Komm, nimm die Kleider! Ich bringe dich in das Zimmer, in dem du die erste Nacht geschlafen hast. Es liegt in der Nähe der Harfner-Räume und . . .«

»Aber das ist doch viel zu vornehm für mich!«

Silvina lachte. »Wenn du darauf bestehst, lasse ich die Möbel abholen und stelle dir eine Lehrlingspritsche auf.«

»Im Ernst — ich würde mich wohler dabei fühlen. Das Zimmer allein ist herrlich. Außerdem mache ich ohnehin genug Umstände mit meinen neun Echsen. Ich möchte keine Sonderstellung . . .«

Silvina schaute sie lange an und schüttelte dann den Kopf.

»Nun, im Grunde hast du recht. Wir haben ja erlebt, wie schnell hier geklatscht wird. Aber eine Lehrlingspritsche ist schmal, und deine Echsen . . .«

»Wie wäre es mit — zwei Pritschen? Wenn Sie eine übrig haben, meine ich.«

»Gemacht. Wir rücken sie zusammen und legen einen breiten Strohsack hinein.«

Und genau das taten sie. Ohne die kostbaren Behänge und schweren Möbel wirkte das Zimmer riesig und kahl. Menolly versicherte zwar, daß es ihr nichts ausmachte, aber Silvina holte ein paar alte Vorhänge aus den Flickstuben und schlug Menolly vor, sie in ihrer Freizeit umzunähen. Mehrere schmale Läufer wurden auf die Holzdielen gebreitet. Ein Tisch aus dem Lernsaal der Lehrlinge, eine Bank und ein kleiner Kleiderschrank verliehen dem Raum gleich mehr Wärme. Silvina fand immer noch, daß er karg aussah, meinte jedoch, nun könne bestimmt niemand mehr behaupten, daß Menolly irgendwelche Vorrechte genieße.

»So, das wäre geregelt. Piemur, was ist? Suchst du mich?«

»Nein, Silvina. Meister Shonagar wartet auf Menolly. Sie hat jetzt eine Stunde bei ihm.«

»Unsinn, es gibt keinen geregelten Unterricht, wenn Sporen fallen. Das weiß er genauso gut wie jeder andere.« Silvina wandte sich zum Gehen.

»Das habe ich ihm auch erklärt, Silvina«, grinste Piemur. »Aber er fragte mich, ob Menolly zu einer bestimmten Einsatzgruppe gehörte, und als ich verneinte, entgegnete er, dann solle sie ihre Zeit vernünftig nutzen und . . .« Piemur hob die Schultern.

»Gut, Mädchen, dann geh zu ihm! Hier haben wir ja alles erledigt. Und du, Piemur, du rennst rasch hinüber zu Dunca! Bitte

Audiva — aber höflich, verstanden? —, daß sie Menollys Sachen zusammenpackt.«

Silvina lächelte, als wüßte sie ganz genau, daß Menolly nicht gern in die Pension zurückkehrte.

»Wenn sie vielleicht an die Medizin denkt . . .«, warf Menolly schüchtern ein.

»In Ordnung. Also ab mit dir, Piemur, und sieh zu, daß du Audiva erwischst!«

»Klar, Silvina! Mit den anderen Wei . . . äh . . . mit den anderen Mädchen rede ich gar nicht.«

»Frecher Knirps!« rief Silvina ihm nach, als er die Treppe hinunterrannte. »Aber er hat ein gutes Herz. Und eine wundervolle Stimme. Er ist fast noch zu jung für den Lehrlingsbetrieb hier, aber bei dem Gesang . . . So, Mädchen, verschwinde, ehe Meister Shonagar in Zorn gerät.«

Silvina war langsam an Menollys Seite die Treppe hinuntergegangen und gab ihr nun einen leichten Schubs zum Portal hin, während sie selbst in Richtung Küche verschwand. Menolly sah ihr einen Moment lang nach. Ein Gefühl der Wärme und Dankbarkeit überflutete sie. Silvina war ganz anders als Petiron, und doch wußte Menolly, daß sie zu ihr gehen konnte, so wie sie zu Petiron gegangen war, wenn sie sich nicht mehr zurechtfand. Silvina war wie . . . wie ein Sturmanker. Während Menolly über den Hof schlenderte, mußte sie selbst über diesen Seemannsvergleich lächeln.

Meister Shonagar wetterte und schimpfte in der Tat, aber gestärkt durch Silvinas Worte, hörte sich Menolly das Geschrei in aller Ruhe an. Am Ende mußte sie dem Meister feierlich versprechen, von nun an jeden Nachmittag eine Stunde zu ihm zu kommen, egal, ob Fäden fielen, eine Feuersbrunst wütete oder die Gildehalle einstürzte . . .

7

Laßt mich nicht allein!
Ein Schrei in der Nacht.
Herzzerreißende Angst —
Ihr Drachen, erwacht!

Die Unruhe der Feuerechsen weckte Menolly aus einem tiefen Schlaf. Sie ärgerte sich fast, daß die Kleinen immer darauf beharrten, bei ihr zu schlafen; es war ein anstrengender Tag für sie gewesen, und sie hatte lange keine Ruhe gefunden. Prinzeßchens Schweif peitschte nun heftig gegen ihr Ohr. Sie stieß die kleine Königin an, in der Hoffnung, sie aus irgendwelchen schlimmen Träumen wachzurütteln. Aber Prinzessin schlief gar nicht: sie starrte in die Nacht, und ihre Augen kreisten vor Angst. Auch die anderen Echsen schienen in das Dunkel zu horchen.

Als Prinzessin sah, daß Menolly sich aufsetzte, stieß sie ein ängstliches, beunruhigtes Klagen aus. Rocky und Taucher schmiegten sich an ihre Beine. Sie schienen sich in heller Aufregung zu befinden.

Menolly warf einen Blick zu den offenen Fenstern. Sie konnte gerade noch die Feuerhöhen von Fort erkennen, schwarz gegen den dunklen Himmel; es dauerte eine Weile, bis sie auch die verschwommenen Umrisse des Wach-Drachen ausmachte. Er rührte sich nicht. Also schien er die Furcht der Feuerechsen nicht zu teilen.

»Was gibt es denn, Prinzessin?«

Das Klagen der kleinen Königin wurde eindringlicher. Rocky fiel ein, dann Taucher. Die beiden Tantchen drückten sich in Menollys linke Armbeuge. Faulpelz, Spiegel und Onkelchen hatten Zuflucht in einer Mulde der Felldecke gefunden, während Brownie dicht an ihre Füße rutschte. Sie hatten Angst.

»Was ist nur in euch gefahren?« Menolly konnte sich um nichts in der Welt vorstellen, welche Gefahr ihren Echsen hier in der Harfnerhalle drohte.

»Jetzt haltet mal einen Moment lang still und laßt mich horchen!« Prinzessin und Rocky zirpten kleinlaut, aber sie folgten. Menolly lauschte angestrengt in die Nacht, doch die einzigen Laute waren die Stimmen der Harfner drunten im Saal, ab und zu unterbrochen von Gelächter. Es war also nicht so spät, wie sie anfangs geglaubt hatte, wenn die Meister und älteren Gesellen noch unten saßen und plauderten.

Sanft schob sie die Echsen zur Seite, kroch aus den Decken und trat ans Fenster. Aus einigen der Fenstervierecke fiel noch Licht in den Hof, vom Großen Saal und aus einem Raum darüber — Robintons Arbeitszimmer, wenn sie sich nicht täuschte.

Prinzessin stieß einen besorgten Ruf aus und flog Menolly auf die Schulter. Sie wickelte den Schwanz ganz fest um den Hals des Mädchens und vergrub sich zitternd in ihrem Haar. Auch die anderen begannen jetzt angstvoll zu schreien. Menolly hastete zu ihrem Bett. Ausgerechnet jetzt, da sie in der Harfnerhalle einquartiert waren, machten sie einen solchen Krach!

Sie versuchte die Kleinen mit einem leisen Wiegenlied zu beruhigen, aber Prinzessins Stimme erhob sich streitsüchtig über die ihre. So blieb ihr keine andere Wahl, als die ganze Schar eng an sich zu drücken und zu streicheln.

Und plötzlich überkam auch sie ein Gefühl der drohenden Gefahr. Sie kämpfte gegen die Panik an, die in ihr aufstieg. »Benehmt euch doch nicht so albern! Was kann uns hier in der Harfnerhalle geschehen?«

Prinzessin und Rocky stupsten sie drängend an und jammerten zum Erbarmen. Durch ihre Nähe und ihre Gedanken gewann sie den deutlichen Eindruck, daß sie vor einer Gefahr zitterten, die weit jenseits der Gildehalle drohte.

»Aber dann kann sie euch doch nichts anhaben!«

Unvermittelt nahm das Entsetzen der Kleinen eine solche Schärfe an, daß Menolly aufschrie.

»Nicht!« Sie versuchte, die Hände vor das Gesicht zu schlagen, um sich vor der unbekannten Gefahr zu schützen, aber die Echsen klammerten sich an ihre Arme. Und stammelnd wiederholte sie: »NICHT! NICHT!«

Aus der Leere empfing Menolly Bilder und Eindrücke: heftige Turbulenzen, wild, grausam, zerstörerisch; ein unerbittlicher, tödlicher Druck; brodelnde Massen einer glitschigen, fahlgrauen Substanz, die sich aufbäumte und zusammensackte; Hitze, die in hohen Wogen heranbrandete. Furcht! Entsetzen! Ein unausgesprochenes Sehnen!

Ein Schrei in ihrem Innern, ein Schrei wie ein Messer, das Nervenstränge durchtrennte!

Menolly glaubte nicht, daß sie aufgeschrien hatte. Sie war, soweit sie noch klar denken konnte, sicher, daß sie den Schrei nicht gehört hatte; sie fühlte, daß jemand in tiefster Not und Verzweiflung die Worte *gedacht* hatte.

In diesem Moment flog die Tür zu ihrem Zimmer auf, und der Wach-Drache auf den Feuerhöhen der Burg stieß einen wilden Schrei aus, in dem das gleiche Flehen mitschwang, das sie in ihrem Innern vernommen hatte. Sie überlegte, ob der Drache sie gerufen hatte. Aber Drachen bedienten sich nicht der Menschensprache.

»Menolly! Was geht hier vor?« Meister Robinton kam auf sie zugelaufen. Die Feuerechsen stoben aus einem Fenster und kamen durch das andere wieder hereingeschossen, halb wahnsinnig vor Angst.

»Der Drache!« Menolly deutete zur Burg, um dem Harfner zu zeigen, daß sich nicht nur ihre Echsen in Aufruhr befanden. Sie sahen beide, wie sich der Drache mit einem verzweifelten Trompeten ohne seinen Reiter in die Lüfte warf und verschwand. Robinton und Menolly hörten in der Ferne schwache Antwortschreie. Einen Augenblick lang war alles still, und dann begann im Burghof ein Wher zu heulen.

»Sind denn alle geflügelten Wesen von Pern verrückt geworden?« fragte Robinton. »Und weshalb hast du so laut ›NICHT!‹ geschrien, Menolly?«

»Ich habe keine Ahnung!« Menolly liefen Tränen über die Wangen. Ein dumpfer Schmerz hatte sie nun erfaßt, und sie wehrte sich gegen die kalte Furcht, die sie bis ins Innerste durchdrang. »Wirklich nicht!«

Robinton duckte sich, als Prinzessin an der Spitze ihres Schwarms an ihm vorbeischoß. Sie jagten in die Nacht und tauchten gleich darauf ins *Dazwischen*. Ehe Menolly eine Erklärung stammeln konnte, kam Meister Domick ins Zimmer gerannt.

»Robinton, was ist hier los?«

»Ruhe!« unterbrach ihn die scharfe Stimme des Meisterharfners. »Was immer Menolly geängstigt hat, scheint auch die Drachen und den Wach-Wher in der Burg zu beunruhigen. Der Drache ist ohne seinen Reiter ins *Dazwischen* getaucht!«

»Was?« rief Domick verblüfft. Sein Zorn schien sich gelegt zu haben.

»Menolly!« Robinton legte ihr beide Hände auf die Schultern. »Atme tief durch! So — und noch einmal ...«

»Ich kann nicht! *Ich kann nicht!* Da draußen spielt sich etwas Grauenhaftes ab.« Wildes Schluchzen schüttelte sie. »Etwas *Grauenhaftes* ...«

Andere drängten jetzt in das Zimmer, aufgeschreckt von ihren Schreien. Jemand schimpfte, daß ein hysterisches Kind erwachsene Männer um ihren wohlverdienten Schlaf brächte ...

»Seien Sie nicht albern, Morshal«, fauchte Silvina und schob sich durch die Menge zu Menollys Bett. »Los, verschwindet alle! Ich kann euch hier nicht gebrauchen.«

»Es ist doch nicht etwa — weil die Eier reif sind?« fragte Sebell verstört.

Menolly schüttelte den Kopf und versuchte die Furcht zu vertreiben, die ihr immer noch die Sprache raubte.

Silvina nahm sie in die Arme. »Ihre Hände sind eiskalt, Robinton«, sagte sie. »Mit Hysterie hat das nichts zu tun ...«

Unvermittelt ließ der Krampf nach. Menolly taumelte gegen Silvina und begann endlich tief durchzuatmen, wie es ihr Robinton geraten hatte.

»Was immer da draußen geschah — jetzt ist es vorbei«, sagte sie erschöpft.

Silvina und der Harfner legten sie auf das Bett und deckten sie zu.

»Haben die Feuerechsen die Flucht ergriffen?« fragte die Wirtschafterin. »Ich sehe sie nirgends ...«

»Sie sind ins *Dazwischen* geflogen — ich weiß nicht, wohin. Sie hatten solche Angst. Es war gräßlich. Ich konnte ihnen nicht helfen.«

»Erzähl ganz langsam, der Reihe nach!« meinte der Meisterharfner beschwichtigend.

»Ich weiß nur Bruchstücke. Ich wachte auf, weil die Echsen so unruhig waren. Im allgemeinen schlafen sie ganz fest. Und ihre Unruhe wuchs. Sie hatten Angst. Aber ich sah keinen Grund ...«

»Irgend etwas muß sie erschreckt haben.« Robinton hatte Menollys Hand genommen und streichelte sie. »Versuch der Reihe nach zu berichten!«

»Sie ... sie waren außer sich vor Furcht. Und sie steckten mich an damit. Dann . . .« Menolly schluckte, weil das Bild immer noch lebhaft vor ihr stand. »Dann sah ich — in Gedanken — etwas Graues, Tödliches, das sich wälzte — ganze Massen davon. Und heiß. Ja — die Hitze, sie hat das Entsetzen mit ausgelöst. Und ich spürte einen Wunsch. Ich weiß nicht, was am schlimmsten war . . .« Sie umklammerte die tröstenden Hände und begann von neuem zu schluchzen. »Ich habe auch nicht geschlafen. Es war kein böser Traum.«

»Sprich nicht weiter, Menolly! Wir können hoffen, daß dieses Entsetzen nun vorüber ist.«

»Nein, ich muß fertigerzählen. Das gehört dazu. Ich *soll* es erzählen. Danach hörte ich — das heißt, es war kein richtiges Hören — aber es kam so klar, als hätte es jemand mitten ins Zimmer gerufen — etwas schrie in meinem Kopf: ›Laßt mich nicht allein!‹«

Ihre Muskeln wurden schlaff, nun, da sie sich das Entsetzen von der Seele geredet hatte.

»›Laßt mich nicht allein?‹« Der Harfner murmelte nachdenklich die Worte. Was mochten sie bedeuten?

»Jetzt ist alles vorbei. Die Angst, meine ich, und . . .«

Die Feuerechsen schossen durch das offene Fenster auf Menollys Bett zu und begannen unsicher zu kreisen, als sie Silvina und den Meisterharfner entdeckten. In ihrem Verhalten zeigte sich Staunen, aber keine Furcht mehr. Prinzessin und die beiden Bronze-Echsen landeten am Fußende der Doppelpritsche und taten, als sei nicht das geringste geschehen. Menolly richtete sich wütend auf.

»Nicht schelten, Menolly!« warf der Meisterharfner ein. »Vielleicht kannst du herausfinden, wo sie herkommen.«

Menolly winkte Prinzessin zu sich. Die Kleine hüpfte ihr auf die Hand und ließ sich streicheln.

»Angst hat sie jedenfalls keine mehr.«

»Gut, aber wo war sie?«

Menolly hob das kleine Geschöpf hoch und schaute ihm in die langsam kreisenden Augen. »Wo warst du, Kleines? Wo kommst du her?«

Prinzessin schmiegte ihr Köpfchen in Menollys Hand, zirpte sanft und blinzelte. Ein Bild drängte sich in Menollys Inneres: ein Weyr-Kessel, in dem es von Drachen und aufgeregten Menschen wimmelte.

»Ich glaube, sie waren im Benden-Weyr. Ja, es muß Benden sein. Den Weyr von Fort kennen sie nicht gut genug, um Einzelheiten so scharf wiederzugeben. Und was immer geschah — es waren viele Menschen und Drachen beteiligt.«

»Frag Prinzessin, was sie so erschreckt hat.«

Menolly zögerte. Sie befürchtete, daß diese Frage die kleine Echsenkönigin von neuem erregen könnte. Und sie hatte recht. Prinzessin riß sich so heftig von ihrem Arm los, daß sie ihr mit den Krallen die Haut blutig ritzte.

»Ein Drache, der vom Himmel stürzte!« stieß Menolly hervor. »Aber — das gibt es doch nicht . . .«

»Sie hat dich gekratzt, Kind.«

»Ach, das ist nicht schlimm. Ich glaube nur, Meister Robinton, daß wir im Moment nichts von ihr erfahren werden.«

Prinzessin kauerte am Kaminsims und kreischte wütend. Ihre Augen glommen orangerot.

»Wenn im Benden-Weyr etwas geschehen ist, Robinton«, warf Silvina trocken ein, »dann wird man ohnehin bald nach Ihnen schicken.« Sie mußte laut sprechen, um sich über den Lärm der Echsen verständlich zu machen. »Es wäre gut, wenn wir die Kleinen jetzt in Ruhe ließen. Und dir, mein Kind, mische ich einen Schlaftrunk, sonst grübelst du die ganze Nacht weiter.«

»Ich wollte wirklich niemanden stören . . .«

Silvina winkte ab und ging hinaus, aber Menolly merkte genau, daß sich die Harfner draußen im Korridor versammelt hatten und flüsternd die Köpfe zusammensteckten.

»Das Seltsame an diesem Zwischenfall«, begann Robinton nachdenklich, »ist die Tatsache, daß sich auch der Drache mehr als ungewöhnlich verhielt. Ich habe noch nie erlebt, daß ein Drache ohne seinen Reiter in die Lüfte stieg — außer zum Paarungsflug. Es sollte mich nicht wundern, wenn T'ledon bald hier auftaucht und dich fragt, weshalb sein Drache verschwunden ist.«

Die Vorstellung, daß ein Drachenreiter sie um eine Erklärung bitten könnte, entlockte Menolly ein schwaches Lächeln.

»Was ist übrigens mit deiner Hand? Wie ich höre, hast du viel gespielt.« Der Harfner drehte ihre linke Handfläche nach oben. »Die Narbe ist rot und geschwollen. Du arbeitest zu hart. Da — tut das weh?«

»Nicht sehr. Meister Oldive hat mir eine Salbe gegeben.«

»Und die Füße?«

»Solange ich nicht viel stehen und gehen muß . . .«

»Zu schade, daß deine Echsen zusammen nicht die Kraft eines Drachen ersetzen, was?«

»Meister Robinton . . .«

»Ja?«

»Ich hatte das ganz vergessen. Meine Echsen *können* Gegenstände tragen. Sie brachten mir neulich meine Panflöte — um mir den Weg zu ersparen«, fügte sie hastig hinzu. »Sie schleppten das Instrument gemeinsam aus meinem Zimmer in Duncas Pension und ließen es in meine Hände fallen.«

»Das ist ja eine gute Neuigkeit. Ich hatte keine Ahnung, daß sie so etwas aus eigenem Antrieb schaffen. Siehst du, Brekke und F'nor haben ihre Echsen dazu abgerichtet, kleine Briefe zu befördern . . .« Der Meisterharfner lächelte. »Aber sie treffen nur selten pünktlich ein.«

»Ich glaube, man muß ihnen verständlich machen, wie dringend ein Auftrag ist.«

»War die Sache mit der Panflöte denn so dringend?«

»Ich wollte nicht zu spät bei Meister Jerint erscheinen, und meine Füße schmerzten.«

»Lassen wir das als Grund gelten, Menolly«, entgegnete der Meisterharfner sanft, und als das Mädchen aufschaute, glaubte sie Verständnis in seinen Augen zu lesen. Sie errötete. Er nahm ihre Hand und streichelte sie. »Ich weiß nicht alles, aber ich ahne eine Menge, weil ich die Menschen kenne, Menolly. Laß es mich ruhig merken, wenn du mal Kummer hast. Und berichte mir alles, was dir an den Echsen auffällt. Das ist im Moment wichtiger als jedes *Warum*. Wir wissen nicht viel über diese kleinen Verwandten der Drachen, aber ich ahne irgendwie, daß sie eines Tages von großer Bedeutung für uns sein werden.«

»Wie geht es eigentlich dem kleinen weißen Drachen?«

»Ah, du liest meine Gedanken, Menolly? Ruth gedeiht.« Aber Menolly entging nicht das Zögern in der Stimme des Harfners. »Mach dir keine Sorgen um Jaxom und Ruth. Das tun so ziemlich alle anderen Bewohner von Pern.« Er drückte ihr fest die Hand.

Silvina kam zurück und brachte Menolly einen Becher mit einer bitteren Flüssigkeit. Sie blieb neben dem Bett stehen, bis das Mädchen sie leergetrunken hatte.

»Ich weiß, das Zeug schmeckt abscheulich, aber du mußt jetzt schlafen. Und Meister Robinton, drunten wartet ein Bote von der Burg auf Sie. Er ist völlig außer Atem, so sehr hat er sich beeilt.«

Hastig verließ der Harfner den Raum.

»Gibt es Probleme?« fragte Menolly.

»Nicht für dich und nicht deinetwegen, Kind.« Silvina lachte leise, während sie Menolly bis ans Kinn zudeckte. »Soviel ich mitbekam, hatte Baron Groghe von der Burg Fort den gleichen unheimlichen ›Alptraum‹ wie du, und er brennt darauf, sich mit Meister Robinton auszusprechen. Nun mach die Augen zu und reg dich nicht auf!«

»Keine Sorge, das kann ich kaum.« Menolly gähnte. »Sie haben sicher die doppelte Dosis Felliskraut genommen.« Sie konnte kaum noch die Augen offenhalten. Ihr letzter Gedanke vor dem Einschlafen war: Baron Groghes Feuerechse hatte auch reagiert, also konnte keiner *sie* hysterisch nennen.

Irgendwann glaubte sie eine dumpfe Stimme und das Hungergeschrei ihrer Echsen zu hören, aber sie vermochte sich nicht aus den Fesseln des Schlafes zu lösen. Als sie dann viel später richtig erwachte, sah sie eine leere Schüssel am Boden stehen, und ihre Freunde lagen faul und satt auf dem Bett. Ihr eigener leerer Magen ließ darauf schließen, daß sie weit in den Tag hinein geschlafen hatte. Sie nahm an, daß Camo und Piemur ihre Echsen gefüttert hatten; sicher waren die beiden begeistert ans Werk gegangen.

Die Fensterläden standen offen. Aus keinem der Klassenzimmer erscholl Musik; also war es wohl schon Nachmittag. Der Wach-Drache sonnte sich wieder auf den Feuerhöhen der Burg.

Sie fuhr hoch, als die Erinnerung an die Geschehnisse der letzten Nacht ihre Schlaftrunkenheit durchbrach. Im gleichen Moment klopfte jemand an die Tür, und ehe sie antworten konnte, trat Silvina mit einem kleinen Tablett ein.

»Ich glaube, ich komme gerade zur rechten Zeit«, meinte sie lächelnd. »Fühlst du dich gut erholt?«

Menolly nickte und dankte Silvina für den heißen *Klah.* »Sie allerdings sehen nicht so aus, als hätten Sie viel Schlaf erwischt.« Dunkle Ringe lagen unter Silvinas Augen.

»Allerdings, aber ich werde mich gleich hinlegen . . .« Die Wirtschafterin setzte sich auf den Bettrand. »Du möchtest sicher erfahren, was deine Freunde letzte Nacht so erschreckt hat. Um es kurz zu machen — F'nor, der braune Reiter von Canth, hat es sich letzte Nacht in den Kopf gesetzt, zum Roten Stern zu fliegen . . .«

Menollys Aufschrei weckte die Feuerechsen.

»Ruhig, Mädchen! Ich kann es nicht haben, daß die Kleinen wieder in Hysterie verfallen.« Silvina wartete, bis die Echsen sich zusammengerollt hatten und weiterschliefen.

»Dieses Ereignis jedenfalls scheint die Feuerechsen in Aufruhr versetzt zu haben. Und zwar nicht nur die deinen. Nach Robintons Worten hat jeder, der mit einem dieser kleinen Geschöpfe befreundet ist, das gleiche durchgemacht wie du — nur daß die Wirkung bei neun Echsen natürlich wesentlich stärker war. Canth und F'nor gingen also ins *Dazwischen* und steuerten den Roten Stern an . . . Kein Wunder, daß du halb wahnsinnig vor Entsetzen warst. Diese grauen, mahlenden Massen und die Hitze — so sieht es auf dem Roten Stern aus. Keiner könnte je dort landen!« Sie machte eine Pause und fuhr dann mit grimmiger Befriedigung fort: »Das wird diesen selbstgerechten Baronen die Mäuler stopfen! Sie hatten seit langem gefordert, daß die Drachenreiter die Sporen auf dem Roten Stern selbst bekämpfen sollten.«

»Canth und F'nor?« Eine kalte Furcht schnürte Menolly die Kehle zusammen. Sie erinnerte sich an den Schrei.

»Sie leben, sind dem Untergang aber nur knapp entronnen. Und dieser Aufschrei *›Laßt mich nicht allein!‹*, den dir wohl die Echsen übermittelten — er kam von Brekke, die F'nor und Canth zurückholen wollte.« Wieder schwieg Silvina einen Moment lang. »Irgendwie schafften es die beiden. Zumindest konnten sie sich wieder vom Roten Stern lösen. Danach — es muß ein unglaublicher Anblick gewesen sein . . .« Silvina schloß die Augen. »Der Wach-Wher flog ins *Dazwischen*, um Canth bei der Landung zu unterstützen. Es war nach Robintons Schilderung wie ein Spalier von Drachen in der Luft. Sie fingen Canth und F'nor ab, bremsten ihren Sturz in die Tiefe. Die beiden hatten die Besinnung verloren. Robinton sagt, daß Canths Haut sich in Fetzen aufgelöst hat; F'nor geht es nicht viel besser, obwohl er ein Reitgewand aus Wherleder trug.«

»Silvina, wie konnten meine Feuerechsen wissen, was sich im Benden-Weyr abspielte?«

»Ramoth rief die Drachen . . . die Königin von Benden versteht sich darauf. Deine Feuerechsen waren im Benden-Weyr, das wissen wir. Vielleicht hörten auch sie den Ruf.« Silvina zuckte ungeduldig die Achseln.

»Aber, Silvina, die Echsen waren schon völlig verängstigt, ehe Ramoth den Drachen von Fort holte und ehe ich Brekkes Ruf hörte.«

»Hm, da hast du recht. Nun, irgendwann finden wir sicher auch auf dieses Geheimnis eine Antwort. Wenn Drachen es fertigbringen, sich über längere Strecken mit ihresgleichen zu verständigen — weshalb nicht auch mit Feuerechsen?«

»Drachen besitzen Vernunft«, meinte Menolly und kraulte Prinzessin sanft über den Augen. »Meine Kleinen dagegen kaum.«

»Vergiß nicht, daß sie noch sehr jung sind. Von Babys kann man keine Vernunft verlangen. Und etwas anderes, Menolly: Auch Camo besitzt nicht viel Vernunft, aber er kann sehr tief fühlen.«

»Hat er heute morgen meine Echsen gefüttert, während ich schlief?«

»Er und Piemur. Der arme Kerl lief so verzweifelt herum, daß ich ihn schließlich hierherschickte, um meine Ruhe zu bekommen.« Silvina lachte leise. »Piemur meint, du seist nicht davon aufgewacht. Stimmt das?«

»Ja.« Aber Menolly war in Gedanken immer noch bei dem merkwürdigen Verhalten ihrer Echsen. »Vielleicht reagierten sie auf den Ruf, weil sie ein paar Tage lang im Benden-Weyr gelebt haben.«

»Kaum«, entgegnete Silvina. »Baron Groghes Echse folgte dem Ruf ebenfalls, obwohl sie noch nie in Benden war. Es ist leicht möglich, daß wir die kleinen Geschöpfe bisher unterschätzt haben. Sie scheinen mehr zu sein als Schoßtiere für eitle Burgherren, die gern Drachenreiter spielen.«

»Ich bin mit meinem *Klah* fertig. Sollen wir jetzt einen Blick auf die Echsen-Eier werfen?«

»Ja, unbedingt. Wenn die Jungen ausschlüpfen und der Harfner ist nicht dabei, werden wir unseres Lebens nicht mehr froh.«

»Ist wenigstens Sebell in der Nähe?«

»Und ob!« Silvina schnitt eine Grimasse, und Menolly mußte lachen. »Was machen deine Füße?«

»Sie fühlen sich ein wenig steif an, aber sie schmerzen nicht.«

»Dann reib die Salbe ein! Sie nützt dir wenig, wenn du sie im Topf läßt.« Damit wandte sich Silvina zum Gehen.

Menolly wusch sich und schlüpfte in die neuen Sachen, die sie am Vortag von der Wirtschafterin erhalten hatte. Dann schüttelte sie noch rasch den Strohsack auf und breitete die Felldecke darüber.

Silvina hatte inzwischen das Zimmer des Meisterharfners aufgeräumt. Sie war eben fertig, als Menolly mit Prinzessin auf der Schulter eintrat. Die kleine Königin beäugte die Eier in den Tongefäßen mit großer Aufmerksamkeit und zirpte hin und wieder fragend.

»Na, was meinen die Experten?« wollte Silvina nach einer Weile wissen.

Menolly kicherte. »Prinzessin hat noch nie ein Gelege gesehen. Sie spielt sich nur auf. Aber die Schalen sind inzwischen viel härter. Ich denke, daß wir bald mit dem großen Ereignis rechnen können.«

Silvina seufzte tief. »Dieser Harfner! Nie ist er in der Halle.« Sie klatschte mit der flachen Hand den Bettüberwurf glatt und starrte grimmig zur Burg hinüber. »Wenn ihn Baron Groghe gerade nicht in Anspruch nimmt, schickt F'lar nach ihm, oder Baron Lytol hat Fragen wegen des kleinen weißen Drachen.«

»Falls er eine Feuerechse für sich gewinnen will, wird er seine Besuche wohl oder übel einschränken müssen.«

»Nicht schlecht, mein Kind!« Die Wirtschafterin lachte. »Der Mann schläft kaum noch richtig . . .« Sie deutete zum Arbeitszimmer, auf die Stapel von Archivschriften, den vollgekritzelten Sandtisch und den schlaffen Weinschlauch. »Aber gibt es gar kein Anzeichen, wann es soweit ist? Die Drachenreiter wissen immer vorher Bescheid. Und der Harfner ist wirklich meist in dringenden Angelegenheiten unterwegs.«

»Als Prinzessin und die anderen schlüpften, begannen die alte Königin und ihr Schwarm zu summen, ganz tief in der Kehle . . .«, meinte Menolly zögernd.

Silvina nickte ermutigend.

»Das hier ist allerdings nicht Prinzessins Gelege; ich weiß nicht, wie sie sich verhalten wird. Obwohl — die Drachen in Benden haben auch für Ramoths Gelege gesummt. Es erscheint logisch, daß die Echsen ähnlich reagieren.«

Silvina pflichtete ihr bei. »Das gäbe uns eine gewisse Frist, in der wir den Harfner verständigen könnten — falls er sich die nächsten ein, zwei Tage wirklich nicht festnageln läßt.«

Menolly war immer noch unschlüssig; sie verließ sich nicht gern auf Vermutungen. Aber die Wirtschafterin tat ihre Zweifel mit einer raschen Geste ab.

»Und die Kleinen fressen alles, sobald sie ausgeschlüpft sind?«

»In etwa.« Menolly erinnerte sich an den Sack mit den Spinnenklauen, die sie damals an ihre Freunde verfüttert hatte — bestimmt keine leichte Kost. »Rohes Fleisch wäre allerdings am besten.«

»Das wird Camo freuen«, meinte Silvina trocken. »Ich halte es für das Beste, wenn du hierbleibst. Nein? Was stört dich daran? Dem Meisterharfner macht es sicher nichts aus, wenn du seine Räume benutzt. Er ist schließlich ganz wild darauf, eine Feuerechse zu besitzen. Sogar auf seinen geliebten Wein will er verzichten, wenn ...« Silvina lachte ungläubig und schaute dann Menolly an. »Na, begeistert scheinst du nicht zu sein.«

»Es — es ist doch bestimmt schon Nachmittag.«

»Ja.«

»Dann muß ich zu Meister Shonagar. Er besteht darauf, daß ich ...«

»So, tut er das? Was ist wohl wichtiger? Eine Stunde Unterricht oder die Feuerechse des Meisterharfners? Aber laß, ich kenne ihn. Sebell wird die Wache übernehmen. Bitte nur deine Echsen, daß sie in der Nähe bleiben ...« Silvina trat ans offene Fenster und schaute in den Hof hinunter. »Piemur! Piemur, lauf zu Sebell und richte ihm aus, daß er in die Räume des Meisterharfners kommen soll! Menolly? Ja, die ist wach und bei mir. Nein, zu Meister Shonagar kann sie erst, wenn Sebell hier eintrifft. Dann gehst du eben selbst zu Meister Shonagar und erklärst ihm das. Mit einem schönen Gruß von *mir*, ja? Menolly untersteht an erster Stelle Meister Robinton, dann mir und dann erst den anderen Meistern.«

Menolly war ganz zappelig, als Piemur mit Sebell im Schlepptau endlich eintraf.

»Sie schlüpfen?« fragte Sebell atemlos.

»Noch nicht ganz«, entgegnete Menolly und versuchte, sich an dem Gesellen vorbei in den Korridor zu schieben.

»Wie merke ich denn, wann es soweit ist?«

»Menolly meint, daß die Feuerechsen dann zu summen anfangen«, erwiderte Silvina. »Sie muß jetzt leider fort. Shonagar besteht auf seinem Unterricht.«

»Kann ich mir denken. Wo ist der Harfner?«

»Inzwischen wohl auf Ruatha«, sagte Silvina. »Er hatte im Benden-Weyr zu tun und wollte unterwegs noch bei Schmiedemeister Fandarel von Telgar vorbeischauen . . .«

Menolly befahl ihren Echsen, bei Sebell zu bleiben, und eilte dann zum Chorsaal.

Trotz Silvinas Worten beschlich sie ein unbehagliches Gefühl, als sie Meister Shonagar gegenübertrat. Aber er sagte nichts. Das ließ Menolly ihr Versäumnis noch schlimmer erscheinen. Er starrte sie an, bis sie nervös von einem Fuß auf den anderen trat.

»Ich weiß nicht, wie du das schaffst, Mädchen, daß du eine ganze Gilde in Aufruhr versetzt. Du bist nicht anmaßend. Im Gegenteil, du bist beinahe unverschämt bescheiden. Du prahlst weder mit deinen Talenten noch mit deiner Herkunft. Du hörst zu — eine wahre Wonne für jeden Lehrer —, und du lernst aus den Dingen, die du hörst — eine noch seltenere Tugend. Ich beginne langsam zu hoffen, daß ich in einem unauffälligen Mädchen die Begeisterung entdeckt habe, die den wahren Musiker, den Künstler ausmacht. Ja, ich könnte eines Tages sogar deine Stimme einigermaßen hinkriegen.« Seine Faust hämmerte auf die Kante des Sandtisches, daß die Platte dröhnte. »Aber wie soll ich das erreichen, wenn du nie da bist?«

»Silvina sagte . . .«

»Silvina ist eine prächtige Frau. Ohne sie würde in der Gildehalle das totale Chaos herrschen«, erklärte Meister Shonagar, immer noch mit lauter Stimme. »Sie ist auch eine gute Musikerin . . . ah, das wußtest du gar nicht? Nimm dir mal die Zeit, Kind, und hör ihr zu, wenn sie singt. *Aber* . . .« Und er holte so tief Luft, daß sich sein Bauch aufzublähen schien. »Aber ich hatte doch klar zum Ausdruck gebracht, daß du nachmittags *unter allen Umständen* hier auftauchen solltest.«

»Jawohl, Meister.«

»*Dann* . . .« Seine Stimme klang mit einemmal ganz normal, »fangen wir mit den Atemübungen an!«

Menolly unterdrückte nur mühsam ein Kichern. Sie atmete tief durch und konzentrierte sich auf den Unterricht.

Als Meister Shonagar sie mit der Ermahnung entließ, unbedingt am übernächsten Tag wiederzukommen — der nächste Tag war ein Ruhetag, und er brauchte, wie er feststellte, die Ruhe dringender als alle anderen —, kehrten die Arbeitstrupps gerade von den Feldern zurück. Zu ihrem Staunen grüßten viele der Lehrlinge, als sie über den Hof lief, um nach den Echsen-Eiern zu schauen. Sie kannte die wenigsten mit Namen, aber sie lächelte allen freundlich zu. Während sie die Stufen hinaufhastete, überlegte sie, ob die Jungen wohl schon von dem nächtlichen Zwischenfall wußten. Wahrscheinlich. In der Gildehalle verbreiteten sich Neuigkeiten schneller als die Fäden.

Leise Gitarrenklänge drangen an ihr Ohr, als sie den oberen Korridor erreichte. Sebell schaute bei ihrem Eintreten auf und deutete zum Sandtisch hinüber. Ihre Echsen saßen aufgereiht an der Kante und starrten Sebell an.

»Ich hatte ein aufmerksames Publikum. Allerdings weiß ich nicht, ob sie mit meiner Musik zufrieden waren oder nicht.«

»Doch«, erklärte Menolly lächelnd. Sie streckte die Hand nach Prinzessin aus, die ihr sofort auf die Schulter flog. »Sieh mal, das erkennt man an den Augen. Wenn die grüne Farbe überwiegt, fühlen sie sich wohl. Rot bedeutet Hunger, Blau zeigt an, daß nichts Besonderes los ist, Weiß verrät Gefahr und Gelb Angst. Je schneller die Augen kreisen, desto intensiver sind ihre Gefühle.«

»Und der da?« Sebell deutete auf Faulpelz, der die Innenlider geschlossen hatte.

»Der heißt nicht umsonst Faulpelz.«

»Ich habe aber kein Wiegenlied gespielt.«

»Der rührt sich nie — außer er ist hungrig. Hier . . .« Menolly nahm Faulpelz hoch und setzte ihn auf Sebells Hand. Der Mann stand stocksteif da. »Streichle ihn an den Augenwülsten und hinter den Flügelansätzen. Da! Siehst du? Er summt vor Vergnügen.«

Sebell befolgte Menollys Rat, und Faulpelz schmiegte das Köpfchen gegen sein Handgelenk. Ein Lächeln stahl sich über die Züge des sonst so ernsten Mannes.

»Ich hätte nie gedacht, daß ihre Haut so weich ist.«

»Sie bekommt leicht rauhe Stellen und Risse. Deshalb muß man sie oft einölen. Warte einen Moment . . .« Menolly ging rasch in ihr Zimmer und holte die Salbe.

Anfangs verriet Sebell eine gewisse Scheu, die kleinen Geschöpfe zu pflegen, aber die legte sich rasch, als Menolly ihm die richtigen Handgriffe zeigte. Mit einem glücklichen Lächeln unterstützte er sie bei ihrer Arbeit.

»Singen eigentlich alle Echsen?« fragte er, während er Brownies Haut einrieb.

»Ich habe keine Ahnung. Meine lernten es wohl, weil ich ihnen in der Höhle immer vorsang.« Sie sah im Geiste die winzigen Feuerechsen auf den Felssimsen kauern, die Köpfchen aufmerksam schräggelegt, und lauschen.

»Besser Echsen als gar kein Publikum, was?« fragte Sebell. »Wußtest du übrigens, daß Baron Groghes kleine Königin seit kurzem den Harfner der Burg begleitet, wenn er singt?«

»Nein!«

»Dabei bringt Baron Groghe selbst keinen richtigen Ton heraus. Er soll jedoch ganz begeistert von dem neuen Talent seiner kleinen Echse sein.« Sebells Miene wurde mit einemmal wieder ernst.

»Gestern nacht war er wohl weniger begeistert«, meinte Menolly. Sie stotterte ein wenig und stieß dann hervor: »Glaubst du, daß Canth und F'nor durchkommen werden?«

»Sie haben ein Ziel vor Augen, Menolly. Brekke braucht sie, um am Leben zu bleiben. Sie hat bereits ihre Königin verloren. Aber wir werden mehr erfahren, wenn der Harfner zurückkommt.«

Camo betrat den Raum mit einem schwerbeladenen Tablett. Seine plumpen Züge wirkten ängstlich, doch er strahlte, als er die Feuerechsen und Menolly entdeckte.

»Schöne Echsen hungrig? Camo Futter?« Und Menolly sah zwei große Schalen mit geschnittenem Fleisch neben den Speisen.

»Vielen Dank, daß du heute morgen meine Echsen gefüttert hast, Camo.«

»Camo ganz leise. Ganz leise.« Der Knecht nickte so heftig zu seinen Worten, daß *Klah* aus einem Becher schwappte.

Sebell nahm ihm ruhig das Tablett ab und stellte es auf das Mittelbrett des Sandtisches.

»Du bist ein braver Kerl, Camo«, erklärte der Geselle, »aber geh jetzt in die Küche! Du mußt Abuna helfen. Abuna braucht dich.«

»Schöne Echsen hungrig?« Enttäuschung breitete sich auf Camos Zügen aus.

»Nein, nicht jetzt, Camo«, sagte Menolly freundlich. »Schau, sie schlafen.«

Camo warf einen Blick auf die Fensterbretter, wo die ölglänzenden kleinen Geschöpfe kauerten und sich von der Sonne wärmen ließen.

»Wir füttern sie heute abend, Camo.«

»Abend? Gut. Nicht vergessen? Versprechen? Versprechen? Camo füttern?«

»Ich verspreche es dir, Camo«, erklärte Menolly mit Nachdruck. Der armselige Ton, in dem der Knecht sie bettelte, ließ darauf schließen, daß viele die Dinge, die sie ihm versprachen, wieder vergaßen.

»So«, sagte Sebell, als Camo aus dem Zimmer schlurfte. »Silvina erzählte mir, daß du noch gar nicht richtig gegessen hast. Und wie ich Shonagar kenne, nimmt er darauf keine Rücksicht.«

Zu Menollys großer Freude lagen neben Fleischbroten, Käse und Kompott auch Rotfrüchte auf dem Tablett. Sebell aß nur wenig, in der Hauptsache, um ihr Gesellschaft zu leisten. Er begann die Namen und Eigenschaften der Meeresfische aufzuzählen, die sie ihm am Vortag genannt hatte.

»Alles richtig?« fragte er, als sie ihn erstaunt anstarrte.

»Und ob! Hast du das etwa auswendig gelernt?«

»Glaubst du, daß ich nun als Seemann anerkannt werde?«

»Wenn du nur über Fische reden mußt, bestimmt.«

Er schnitt eine Grimasse. »Ich unterhielt mich mit einem Bronzereiter, den ich vom Fort-Weyr her kenne. Er hat sich bereit erklärt, uns an irgendeinen Tümpel oder See zu bringen, wo du mir das Segeln beibringen kannst.«

»Dir das Segeln beibringen?« Menolly schaute ihn entsetzt an. »So ganz nebenher — wie die Namen der Fische?«

»Ach, ich glaube nicht, daß ich richtig segeln muß. Nur die Grundbegriffe . . .« Er grinste sie an. »Die Knochenarbeit überlasse ich gern den Experten.«

Sie seufzte erleichtert, denn sie mochte Sebell, und der Gedanke, daß er sich allein in einem Segelboot auf das Meer wagen könnte, erschreckte sie. Yanus hatte oft gesagt, das Meer, die Gezeiten und die Winde seien unberechenbar. Selbst dem besten Seemann konnte es zustoßen, daß ein plötzlicher Sturm aufkam und sein Schiff zu Kleinholz zerschmetterte.

»Und noch etwas. Ich fürchte, um das Fischerhandwerk richtig zu verstehen, muß ich auch das Ausnehmen und Einpökeln des Fanges lernen. N'ton meinte, er könne ohne Schwierigkeiten ein paar frische Fische auftreiben.«

Wieder unterdrückte Menolly ihre Neugier, wozu ein Harfnergeselle all diese Dinge wissen mußte.

»Morgen ist ein Ruhetag«, stellte Sebell fest. »Vielleicht gibt es sogar ein Fest in der Burg, wenn das Wetter hält. Aber sobald die kleinen Echsen geschlüpft sind und wir unauffällig verschwinden können ... in ein, zwei Tagen vielleicht ...«

»Ich darf aber meinen Unterricht bei Meister Shonagar nicht versäumen ...«

»Hat er dich schon so stramm am Zügel?«

»Er tobt sofort, wenn ...«

»Ja, das kenne ich. Aber er versteht es, eine Stimme aufzubauen, wenn dir das ein Trost ist. Mit Instrumenten hatte ich nie Schwierigkeiten, nur das Singen ...« Sebells Gedanken schienen in die Vergangenheit zu schweifen. »Ich befürchtete immer, man würde mich eines Tages aus der Gildehalle fortschicken ...«

»Was?«

»Doch, ehrlich. Ich hatte mir schon als kleiner Junge in den Kopf gesetzt, Harfner zu werden. Mein Pflegevater unterstützte mich, so gut er konnte, und der Harfner in unserer Burg — nun, er war nicht gerade kreativ, aber ein gründlicher Lehrer, der die Techniken beherrschte. Ich hielt mich also für einen begabten Musiker — bis ich hierherkam.« Sebell schüttelte den Kopf. »Erst mit der Zeit begriff ich, daß zum Harfnerberuf weit mehr gehört als ein einigermaßen sauberes Spiel.«

Menolly zeigte volles Verständnis. »So wie zum Seemannsberuf mehr gehört als Fische-Ausnehmen und Segelsetzen?«

»Genau. Wobei mir etwas einfällt: Domick hat dir zwar die Vormittagsstunde erlassen, aber er besteht darauf, daß du übst. Damit könnten wir uns gemeinsam die Wartezeit verkürzen. Mein Kompliment übrigens! Du hast Domick gestern ja ganz schön eingewickelt!«

»Eingewickelt? Was meinst du damit?«

Sebell starrte sie mit großen Augen an. »Heißt das etwa, daß du diese Art von Musik *echt* magst?«

»Aber ... aber sie war doch *großartig*! Ich hatte noch nie etwas Schöneres gehört.« Menolly begriff Sebells Haltung nicht ganz.

»Richtig, du bist noch neu hier. Das erklärt vieles. Ich hoffe nur, dir hängt Domicks ewige Suche nach ›den reinen Musikformen‹ in ein paar Planetenumläufen nicht zum Halse heraus.« Er schüttelte sich und breitete einige Notenblätter aus. »Hier. Mal sehen, wie dir das gefällt. Domick möchte, daß du die erste Gitarre übernimmst, es schadet aber nichts, wenn du auch die zweite lernst.«

Die Festmusik für zwei Gitarren war äußerst schwierig zu spielen, mit ständig wechselnden Rhythmen und Griffen, die auch eine gesunde Hand kaum bewältigen konnte. Zusammen mit Sebell arbeitete Menolly Ersatzgriffe für die Stellen aus, die ihre linke Hand nicht schaffte. Das Leitthema wechselte ständig von einer Gitarre zur anderen. Sie hatten zwei der drei Sätze durchgespielt, als Sebell eine Pause vorschlug. Er stand auf, streckte sich und knetete seine verkrampften Finger und Arme.

»Wir kriegen das Stück heute doch nicht mehr hin«, protestierte er, als Menolly den dritten Satz beenden wollte.

»Tut mir leid, ich wußte nicht . . .«

»Entschuldige dich doch nicht dauernd!«

»Tut mir . . . äh, ich . . .« Sebell lachte sie aus, und sie fuhr fort: »Diese Musik ist eine Herausforderung. Ehrlich. Zum Beispiel hier . . .« Und sie deutete auf eine schnelle Passage, die ungemein schwierig zu greifen war.

»Es reicht, Menolly. Ich bin todmüde. Daß du nicht längst aufgegeben hast, wundert mich.«

»Aber du bist doch Harfnergeselle . . .«

»Nicht einmal ein Harfnergeselle kann den ganzen Tag Musik machen.«

»Was tust du eigentlich sonst noch? Außer den Fischern auf die Finger gucken, meine ich.«

»Was immer der Meisterharfner von mir verlangt. In erster Linie gehe ich auf Wanderschaft. Ich suche in den Burgen und Gilden nach begabtem Harfner-Nachwuchs und bringe neue Musik zu den abgelegenen Orten — in jüngster Zeit vor allem deine Balladen . . .«

»*Meine* Balladen?«

»Anfangs geschah das in der Absicht, dich aus deinem Versteck zu locken. Und dabei zeigte sich, daß es genau die Lieder waren, die wir brauchten.«

»Das sagte Meister Robinton auch schon.«

»Und warum erstaunt dich das so? Zugegeben, ich finde es

herrlich, wenn ein Lehrling zur Abwechslung auch mal bescheiden ist . . . he, was hast du denn?«

»Warum nehmt ihr nicht Meister Domicks Musik?«

»Weil sich *deine* Balladen leicht spielen lassen — und weil sie ins Ohr gehen. Das mögen die Leute. Mit Domicks Musik können die wenigsten etwas anfangen.«

Menolly schluckte.

»Sicher, wir brauchen auch Komponisten wie Meister Domick. Er dringt bis in die Theorie vor, und das ist vor allem hier in der Gildehalle wichtig.«

Das Mädchen nickte. Ihr brannte die Frage auf den Lippen, und sie faßte ihren ganzen Mut zusammen, um sie zu stellen. »Sag mal, Sebell, was soll ich wegen der Feuerechsen-Ballade tun? Meister Robinton hat sie umgeschrieben, und sie ist jetzt viel, viel besser. Aber er erzählt allen Leuten, daß sie von *mir* stammt.«

»Na, und? Wenn der Harfner das erzählt, dann hat er seine Gründe, Menolly.« Sebell legte ihr sacht eine Hand auf das Knie. »Außerdem hat er kaum etwas geändert — nur hier und da den Text gestrafft. Aber deine Melodie ist geblieben, und jeder summt sie inzwischen. Du mußt nur noch lernen, die Musik abzurunden, ohne daß sie an Frische verliert. Deshalb ist der Unterricht bei Domick so wichtig. Er besitzt die Disziplin, du die schöpferische Kraft.«

Menolly konnte keine Antwort darauf geben. Sie spürte einen Klumpen im Hals, als sie an die Prügel dachte, die sie bezogen hatte, wenn sie sich daheim mit Musik beschäftigte.

»Was duckst du dich so?« fragte Sebell mit einer gewissen Schärfe. »Mädchen, was ist los? Du bist ja schneeweiß. Beim Großen Ei!« Der letzte Ausruf klang wie ein Fluch, und Menolly schaute den Gesellen überrascht an. »Wenn ich mal ungestört reden möchte . . .«

Sie folgte seinem Blick und sah den Bronzedrachen, der in weiten Spiralen tieferglitt und jenseits des Hofes landete.

»Das ist N'ton. Ich muß ihn kurz sprechen, Menolly, wegen unseres Segelausflugs.« Sebell rannte aus dem Zimmer, und sie hörte, wie er die Treppe hinunterpolterte.

Sie warf einen Blick auf die Noten, die sie eben durchgespielt hatten; Sebells Worte kreisten in ihren Gedanken: »Er besitzt die Disziplin, du die schöpferische Kraft. — Jeder summt sie inzwischen.« Die Leute mochten ihre Musik? Das wollte ihr nicht in den Kopf, obwohl Sebell keinen Grund hatte, sie zu belügen. Ebensowenig wie der Meisterharfner, der ihr versichert hatte, daß er ihre Balladen brauchte. Unglaublich! Sie schlug einen Akkord an, einen triumphierenden, ungläubigen Akkord, und modulierte ihn dann hastig, beschämt über ihre undisziplinierte Reaktion.

Entschlossen wandte sie ihre Gedanken dem Gitarrenduett zu und spielte die schwierigen Passagen langsam durch, bis die Griffe saßen.

Eine der Tonfolgen erinnerte sie an den Aufschrei, den sie in der vergangenen Nacht gehört hatte, und sie stockte.

»Laßt mich nicht allein . . .« Zögernd griff sie in die Saiten. »Ein Schrei in der Nacht/ Herzzerreißende Angst/ Ihr Drachen erwacht.« Was hatte Sebell gesagt? Daß Brekke am Leben verzweifeln würde, wenn Canth oder F'nor starben? »Stößt euch etwas zu/ Geh ich in den Tod/ Laßt mich nicht allein/ In Schmerzen und Not.«

Bis Menolly endlich die passende Melodie zu dem kleinen Lied gefunden hatte, summten Prinzessin, Rocky und Taucher begeistert mit.

»Zufrieden?« fragte sie ihre Schar. »Vielleicht sollte ich das niederschreiben . . .«

»Schon geschehen«, sagte eine ruhige Stimme hinter ihr, und sie wirbelte herum. Sebell saß am Sandtisch und ritzte eifrig Zeichen in die Fläche. »So, das meiste habe ich.« Er schaute auf und lächelte, als er die Verwirrung in ihren Zügen las. »Mach den Mund zu und komm her!«

»Aber . . . aber . . .«

»Habe ich dir nicht vorhin gesagt, daß du dich nicht ständig wegen der falschen Dinge entschuldigen sollst?«

»Ich habe doch nur so vor mich hingespielt . . .«

»Sicher, die Ballade muß noch zurechtgefeilt werden. Aber der Refrain ist so stark, daß er die Burgleute zu Tränen rühren wird.« Er winkte sie zu sich. »Du könntest vielleicht umstellen, die Gefahr an den Anfang und dann die Auflösung . . . aber ich weiß nicht. Bei der Melodie — nimmst du eigentlich immer Moll-Klänge?« Er legte eine Glasplatte über den Sand, damit niemand die Zeichen verwischen konnte. »Mal sehen, was der Harfner dazu meint.«

»Du willst das stehenlassen? Aber das kann doch nicht dein Ernst sein!«

»Und ob das mein Ernst ist!« Er stand auf und griff nach seiner Gitarre. »Paß auf!«

Menolly saß verlegen auf ihrem Hocker und hörte zu, wie Sebell *ihre* Melodie spielte. Als dann die Feuerechsen leise mitsummten, mußte sie insgeheim zugeben, daß die Ballade gar nicht so schlecht war.

»Ausgezeichnet, Sebell! Ich hatte keine Ahnung, daß auch noch ein Komponist in dir steckt«, rief Meister Robinton von der Tür her und klatschte begeistert in die Hände. »Mir selbst wollte einfach keine Musik zu diesem Zwischenfall gelingen . . .«

»Die Ballade stammt von Menolly, Meister Robinton.« Sebell war beim Eintreten des Harfners aufgestanden und verbeugte sich nun vor Menolly. »Komm, Mädchen, genier dich nicht! Weshalb, glaubst du wohl, hätten wir Harfner einen ganzen Kontinent nach dir abgesucht?«

»Menolly, mein liebes Kind, wozu die Verlegenheit?« Robinton nahm ihre Hände und hielt sie fest. »Denk lieber daran, welche Arbeit du mir abgenommen hast! Los, Sebell, ich habe nur den Schluß gehört . . .« Der Harfner angelte sich einen Hocker, nahm Platz und lauschte gespannt, als Sebell die klagende Melodie spielte. »So, Menolly, und nun horch dir die Musik als solche an, nicht als dein Werk. Lerne objektiv zu urteilen — als Angehörige der Harfner-Gilde!«

Er hielt ihre Hände immer noch ganz fest, und sie konnte sich ihm nicht entziehen. Sie wollte es auch gar nicht. Die Wärme tat ihr wohl. Ihre Verlegenheit schwand, als Sebells schöner Bariton, getragen von der Musik, durch den Raum strömte. Die Feuerechsen stimmten ein, und Robinton lächelte ihr zu.

»Ja, der Text läßt sich noch ausfeilen. Hier und da ein anderes Wort, um die Wirkung zu verstärken, aber die Melodie bleibt. Schreib sie nieder — ah, Sebell, gut gemacht. Gut gemacht.« Der Meisterharfner nickte zufrieden, als Sebell zum Sandtisch hindeutete. »Ich möchte, daß die Noten auf einige dieser glatten neuen Papiere übertragen werden, die uns Bendarek liefert. Dann kann Menolly sie in aller Ruhe überarbeiten. Nein, nicht in aller Ruhe«, verbesserte er sich. »Denn dieser Vorfall hat ganz Pern erregt, und das Volk drängt auf eine Erklärung. Eine gute Ballade, Menolly, eine sehr gute Ballade. Leg endlich deine

Selbstzweifel ab! Du besitzt einen ausgeprägten Instinkt für die Melodie. Vielleicht sollte ich mehr Lehrlinge in die Burgen am Meer schicken, wenn der Gesang von Wind und Wellen solche Talente hervorbringt. Hörst du, dein Schwarm summt immer noch den Refrain . . .«

Menolly löste sich lange genug aus ihrer Verwirrung, um zu erkennen, daß der Gesang der Echsen nichts mit ihrer Ballade zu tun hatte: sie achteten überhaupt nicht auf die Menschen, sondern . . .

»Die Eier! Sie sind reif . . .«

»Was!« Meister und Geselle stürzten gleichzeitig zum Kamin und den beiden warmen Tongefäßen. »Menolly! Hierher!«

»Ich hole nur das Fleisch!«

»Sie schlüpfen!« rief der Harfner. »Sie schlüpfen! Halt das Gefäß fest, damit es nicht kippt!«

Als Menolly in das Zimmer schoß, knieten die beiden Männer vor dem Feuer und beobachteten ängstlich die Tongefäße, die hin und her schwankten.

»So schlüpfen sie nie«, meinte Menolly trocken. Sie nahm Sebell den Tontopf aus den Händen und holte vorsichtig das Ei heraus, um es neben den Kamin zu legen. Robinton folgte ihrem Beispiel. Beide Eier schaukelten hin und her, und die Schalen zeigten die ersten feinen Sprünge.

Die Feuerechsen kauerten auf dem Kaminsims und summten schrill. Die Laute schienen die heftigen Bewegungen der Jungen innerhalb ihres Schalengefängnisses zu unterstreichen.

»Meister Robinton!« rief Silvina vom anderen Zimmer her. »Meister Robinton?«

»Silvina! Sie schlüpfen!« Die dröhnende Stimme des Harfners erschreckte die Feuerechsen. Sie begannen aufgeregt mit den Flügeln zu schlagen.

Andere Harfner, angezogen von dem Lärm, schoben sich in den Raum. Menolly wurde unruhig. Allzu viele Zuschauer konnten nur stören . . .

»Nicht!« rief sie, ehe sie merkte, was sie tat. »Alles draußen bleiben!«

»In Ordnung«, erwiderte Silvina. »Hinaus mit euch! Ihr seht bei dem Gedränge ohnehin nichts. Hast du das Fleisch, Menolly? Ah, gut so. Glaubst du, daß es reicht?«

»Bestimmt.«

»Was sollen wir nun machen?« fragte der Harfner hilflos.

»Sobald sich die Kleinen einen Weg ins Freie bahnen, müßt ihr sie mit Futter anlocken«, entgegnete Menolly ein wenig erstaunt. Sicher hatte der Meisterharfner schon mehr als eine Gegenüberstellung miterlebt. »Schiebt ihnen einfach kleine Fleischbrocken in die aufgesperrten Mäuler!«

»Und *wann* schlüpfen sie?« warf Sebell ein. Er zerrte nervös an seinen Fingern.

Das schrille Summen der Echsen steigerte sich noch; die Augen der kleinen Geschöpfe kreisten erregt. Plötzlich tauchte aus dem Nichts eine zweite Königin auf. Sie stieß einen durchdringenden Schrei aus, den Prinzessin beantwortete.

»Silvina!« Menolly deutete auf die fremde Königin.

»Meister Robinton, sehen Sie doch!« rief die Wirtschafterin. Die Echsenkönigin flatterte auf den Kaminsims, setzte sich neben Prinzessin und stimmte in das schrille Summen ein.

»Das ist Merga, Baron Groghes Königin«, meinte der Harfner und warf einen raschen Blick zur Tür. »Hoffentlich hat sie ihn nicht wieder so erschreckt . . .«

Sie alle hörten, wie draußen im Korridor jemand mit polternder Stimme nach dem Harfner rief.

»Los, bringt den Baron hierher!« befahl der Meisterharfner, ohne den Blick von den beiden Eiern abzuwenden.

»Robinton!« Sein Befehl erwies sich als unnötig, denn die Schritte draußen kamen rasch näher. »Robin . . . Was? Tatsächlich? Diese Merga spielt wieder verrückt. Zwingt mich einfach, hierherzukommen! Was soll das eigentlich? Wo *ist* Robinton?«

Menolly drehte sich um, obwohl sie in einem der beiden Eier einen Riß entdeckt hatte, der sich rasch vergrößerte. Der Baron von Fort war ein Hüne von einem Mann, fast so groß wie der Harfner selbst, aber mit einem wuchtigen Körper und muskelbepackten Armen und Beinen. Er schnaufte schwer.

»Da ist er ja! Was bedeutet das nun wieder?«

»Die Eier sind reif, Baron Groghe!«

»Eier?« Der Burgherr runzelte die Stirn. »Ach so. Ihre Echsen-Eier! Und Merga hat das gemerkt?«

»Ich hoffe, wir haben Sie nicht mitten in der Arbeit gestört, Baron Groghe?«

»Ah, schon gut. Ich bin der Sklave dieses winzigen Geschöpfs. Aber woher wußte sie Bescheid?«

»Fragen Sie Menolly!«

»Menolly?« Mit einemmal spürte Menolly scharfe Blicke auf sich gerichtet. »Du bist Menolly?« Das klang überrascht. »Ein wenig spillerig, was? Hatte mir ein ganz anderes Bild von dir gemacht. Na, du brauchst nicht rot zu werden. Ich beiße selten. Das überlasse ich Merga. Aber dir tut sie bestimmt nichts. Die gehören alle dir? Nun seht euch das an! Meine Merga friedlich neben deiner Königin . . .«

»Menolly!« Der Aufschrei des Harfners ließ sie herumschnellen.

Sein Ei hatte gefährlich zu schaukeln begonnen und wäre um ein Haar vom Herdstein gekippt. Entsetzt streckte er beide Hände aus. Die Schale platzte, und eine kleine Bronze-Echse kugelte ihm in die Arme. Ihr Körper war noch feucht, aber sie kreischte vor Hunger.

»Füttern! Los, füttern!« rief Menolly.

Robinton ließ keine Auge von dem Winzling. Ungeschickt tastete er nach dem geschabten Fleisch und stopfte es in den weit aufgerissenen Rachen. Das Bronzetier spreizte die Flügel, um besser Gleichgewicht halten zu können, schnappte gierig nach dem Fleisch und würgte es so rasch hinunter, daß Menolly Angst bekam, der Kleine könne daran ersticken.

»Langsamer! Reden Sie auf das Tier ein! Besänftigen Sie es«, befahl Menolly. In diesem Moment zersprang das zweite Ei.

»Eine Königin!« rief Sebell und trat verblüfft einen Schritt zurück. Nur Baron Groghes Hand bewahrte ihn vor dem Sturz.

»Füttern, Mann!« fuhr ihn der Burgherr an.

»Aber — die Königin ist doch nicht für mich bestimmt!« Er schaute ratlos zum Meisterharfner hinüber. »Zu spät!« sagte Menolly und drückte ihm ein paar Fleischbrocken in die Hand. »Eine gehört dir, und er hat sich schon für die andere entschieden. Los, gib ihr etwas zu fressen!«

Der Meisterharfner sah und hörte nichts von dem Gespräch. Er richtete seine ganze Aufmerksamkeit auf die kleine Bronze-Echse, streichelte und fütterte sie, flüsterte ihr beruhigende Worte zu. Die kleine Königin hatte sich inzwischen fest um Sebells Handgelenk gewunden und verschlang die Bissen, die er ihr zusteckte. Baron Groghe stand neben ihm und gab ihm gute Ratschläge. Als die beiden Jungtiere prall gespannte Bäuchlein hatten, trug Menolly die Fleischreste weg.

»Sie platzen, wenn ihr sie weiter füttert«, erklärte sie, als sie die vorwurfsvollen Blicke der beiden Harfner sah. »Und jetzt streichelt sie, dann schlafen sie ein. So.« Die beiden kleinen Geschöpfe schlossen müde und zufrieden die Augen, eingerollt in den Armen ihrer neuen Besitzer. Menolly hatte völlig vergessen, wie winzig die Echsen gleich nach dem Ausschlüpfen waren. Ihre Freunde hatten sich inzwischen prächtig entwickelt.

»Es ist unglaublich«, flüsterte der Meisterharfner, und seine Augen leuchteten vor Freude. »Das schönste Ereignis meines Lebens . . .«

»Verstehe, verstehe«, polterte Baron Groghe, der sich krampfhaft bemühte, seine Rührung zu verbergen. »Hab' mich damals ganz ähnlich gefühlt.«

Vorsichtig richtete sich Meister Robinton auf, die Hand schützend um die schlafende Echse gelegt.

»Es erklärt so manches an den Drachenreitern, was ich früher nie begreifen konnte. Ja, es eröffnet in vielen Bereichen ein ganz neues Verständnis.« Er setzte sich auf den Bettrand. »Nun erst kann ich mir vorstellen, was Lytol und Brekke gelitten haben. Und ich weiß, weshalb Jaxom seinen kleinen weißen Drachen behalten muß.« Er lächelte, als Baron Groghe zustimmend nickte. »Was für ein herrliches Geschenk, Menolly! Ich danke dir.«

Prinzessin flog auf die Schulter ihrer Herrin und summte zufrieden, während Merga es sich bei Baron Groghe bequem machte.

»Ich weiß wirklich nicht, wie das geschehen konnte, Meister Robinton«, sagte Sebell und stand mit übertriebener Vorsicht auf. »Die Gefäße waren wohl vertauscht. Die Königin stand Ihnen zu.«

»Aber Sebell, das spielt doch überhaupt keine Rolle. Das kleine Kerlchen da ist mehr, als ich je erwarten konnte. Außerdem halte ich es fast für günstiger, wenn du die Königin besitzt. Du wanderst von Burg zu Burg, mußt die einfachen Leute überzeugen. Ja, ich glaube, der Zufall hat für uns und nicht gegen uns gearbeitet. Und ich bin glücklich mit meiner Bronze-Echse. Was für ein hübsches Ding!« Er streckte sich auf dem Bett aus, und die winzige Echse schmiegte sich in seine Armbeuge. Der Meisterharfner schloß die Augen.

»Also, das ist ein echtes Wunder«, sagte Silvina leise. »Er ist eingeschlafen — ohne Wein und ohne Fellis-Trank! Los, hinaus mit euch!« Sie verscheuchte die Gaffer von der Tür und winkte Baron Groghe, ihr zu folgen. Der Burgherr verließ auf Zehenspitzen den Raum.

Silvina räumte das Geschirr zusammen, und Menolly schickte ihren Schwarm hinaus auf die Dächer.

»Gut erzogen, die Kleinen«, meinte Baron Groghe anerkennend, als Silvina die Tür zu Meister Robintons Räumen geschlossen hatte. »Wir beide müssen uns mal ausführlich unterhalten. Robinton hat angedeutet, daß dein Schwarm Gegenstände von einem Ort zum anderen befördern kann. Glaubst du, daß alle Echsen die gleichen Talente besitzen?«

Verwirrt schaute Menolly zu Silvina hinüber. Die Wirtschafterin nickte ihr ermutigend zu. »Es erscheint logisch, Baron Groghe. Und — es würde die Ereignisse von gestern nacht erklären. Außer wir beide verstehen die Sprache der Drachen.«

»Außer wir verstehen die Sprache der Drachen?« Baron Groghe lachte dröhnend und legte Menolly den Arm um die Schultern. »Die Sprache der Drachen — hahaha!«

Menolly fand sein Lachen ansteckend, obwohl sie ihre Antwort durchaus ernst gemeint hatte. Doch Silvina legte den Finger auf die Lippen und deutete auf die Tür des Harfners.

»Entschuldigung, Silvina«, sagte Baron Groghe zerknirscht. »Aber das war schon eine verrückte Sache! Weckt mich das kleine Biest mitten aus dem schönsten Schlaf und jagt mir eine Angst ein, daß ich nicht mehr ein noch aus weiß! Ist mir noch nie im Leben passiert.« Er nickte so heftig, daß Merga zirpte. »War ja nicht deine Schuld, Kleines«, fuhr er fort und streichelte die Echse. »Hast nur das gleiche getan wie die anderen.« Er wandte sich Menolly zu. »Und du hilfst mir, meine Merga abzurichten, Mädchen, damit sie auch so gehorcht wie deine Schar?«

»Gern, Baron Groghe.«

Der Burgherr drehte sich um und warf der Wirtschafterin einen erstaunten Blick zu. »Ich danke dir, Kind, ich danke dir. Du bist ganz anders, als ich dachte. Man soll nicht auf das Geschwätz der Leute achten. Hab' ich nie getan. Und werd' ich nie tun. Ich spreche noch mit Robinton über die Sache. Später, wenn er wach ist. Wiedersehen allerseits.« Damit stapfte er in den Korridor, vorbei an den Harfnern, die immer noch neugierig herumstanden. Menolly sah, wie Sebell und Silvina besorgte Blicke tauschten, und sie trat vor die beiden hin.

»Was hat Baron Groghe eben gemeint, Silvina?«

»Ich hatte schon gefürchtet, daß dir seine Bemerkung nicht entgehen würde«, erwiderte Silvina, und ihre Augen blitzten wütend. Sie klopfte Menolly sacht auf die Schulter. »Es hat viel Getratsche gegeben. Nun, ihnen hat es nicht genützt und dir nicht geschadet, wie man sieht. Dennoch, ich werde mich mal darum kümmern.«

Heißer Zorn durchfuhr Menolly, und Prinzessin tschilpte mit rotglühenden Augen.

»Die Mädchen aus der Pension halten sich während des Sporenregens in der Burg auf, nicht wahr?«

Silvina warf Menolly einen langen, durchdringenden Blick zu. »Ich sagte bereits, daß ich die Angelegenheit in die Hand nehmen werde, Kind. Du kümmerst dich nur um *Harfner*dinge, ja?« Sie war nicht weniger aufgebracht als Menolly. »Ihr beiden bleibt in Meister Robintons Arbeitszimmer und achtet darauf, daß der Harfner nicht gestört wird. Durch nichts und niemand, verstanden?« Sie spießte Menolly und Sebell mit den Blicken auf. »Er soll schlafen, solange ihn das kleine Geschöpf da schlafen läßt — sonst bricht er uns eines Tages noch zusammen.« Sie nahm das Tablett auf. »Camo bringt euch später das Abendessen.«

Sie schloß die Tür hinter sich. Menolly starrte eine Zeitlang stumm vor sich hin. Was hatte sie den Mädchen getan, daß sie den Burgherrn aufzuhetzen versuchten? Oder war das Duncas Werk? Sie wußte, daß die dicke Pensionswirtin sie haßte, weil sie sich in ihrer Gegenwart erniedrigt hatte. Aber weshalb ließ sie nicht ab von ihr, jetzt, da Menolly ohnehin in der Gildehalle wohnte? Sebell beobachtete sie aufmerksam.

»Laß doch, Menolly«, sagte er ruhig, aber bestimmt und deutete zum Sandtisch. »Silvina hat recht. Du sollst dich nur um Harfnerdinge kümmern. Robinton wollte, daß du die neue Ballade auf Blätter überträgst.« Er holte Schreibzeug und Bögen aus einer Schublade und legte alles auf das Mittelbrett. »Also, an die Arbeit!«

»Ich verstehe nicht, was sie mit ihren Intrigen erreichen wollten. Kann denn Baron Groghe etwas gegen mich unternehmen?«

Sebell holte sich schweigend einen Hocker und nahm Platz. Er deutete auf die Noten.

»Es ist mein Recht, die Wahrheit zu erfahren. Und die Angelegenheit selbst zu regeln.«

»Setz dich endlich, Menolly! Und schreib! Das ist wichtiger für die Harfnerhalle als das kleinliche Gezänk von neidischen Mädchen.«

»Sie *könnten* mir schaden, nicht wahr? Wenn sie Baron Groghe auf seine Seite brächten. Ich habe ihnen nie etwas getan.«

»Sicher, aber das ist alles nicht so wichtig wie diese Ballade. Schreib sie endlich ab! Und wenn ich noch ein Wort zu diesem leidigen Thema höre . . .«

»Schrei nicht so, sonst weckst du deine Feuerechse«, mahnte Menolly, aber sie setzte sich an den Tisch und begann zu schreiben. Gegen Sebells Sturheit kam sie nicht an, und sie hatte auch keine Lust, mit einem ihrer wenigen Freunde zu streiten.

»Wie wirst du sie nennen?« fragte sie.

»Nennen?« fragte Sebell verwirrt, und Menolly bemerkte erschrocken, daß sie ihm mit ihrer albernen Angst vor dem Klatsch der Mädchen fast die Freude an seiner Königin verdorben hatte. »Darf ich ihr selbst einen Namen geben? Aber das ist ja . . .« Seine Augen leuchteten. »Wie gefällt dir Kimi?«

»Gut — sehr gut«, erklärte Menolly und beugte sich besänftigt über ihre Arbeit.

8

Strömt herbei! Heut ist Feiertag!
Die Arbeit ruht, die Müh' und Plag'.
Vergessen ist der Rote Stern.
Strömt herbei von nah und fern!
Seht ihr die bunten Buden steh'n?
Seht ihr die bunten Flaggen weh'n?
Strömt herbei zu Speis und Trank,
Zu Spiel und Spaß und frohem Gesang!

»Was starrst du dauernd so ängstlich zur Burg?« fragte Menolly am nächsten Morgen Piemur, als sie mit ihm und Camo die Echsen fütterte. Der kleine Lehrling reckte immer wieder den Hals, um über die Dächer der Harfnerhalle hinweg zu den Feuerhöhen der Burg zu schauen.

»Wieso ängstlich? Ich möchte nur wissen, ob sie die Festflagge gehißt haben.«

»Festflagge?« Menolly fiel ein, daß auch Sebell etwas von einem Feiertag erwähnt hatte.

»Klar. Es ist Frühling, die Sonne scheint, und keiner rechnet mit einem Sporeneinfall. Der ideale Tag für ein Fest!« Piemur schielte sie von der Seite her an und schüttelte dann ungläubig den Kopf. »Sag bloß, daß ihr daheim nie Feste hattet?«

»Die Halbkreis-Bucht liegt nun mal sehr abseits«, entgegnete Menolly fast ein wenig gekränkt. »Und wenn da Fäden fallen . . .«

»Stimmt. Das hatte ich total vergessen. Kein Wunder, daß du in Musik einsame Spitze bist.« Er schüttelte den Kopf, als sei das kein echter Vorteil. »Massig Zeit zum Üben. Puh!« Piemur überlegte. »Aber *vor* den Fäden — da muß es doch selbst bei euch Feste gegeben haben!«

»Sicher. Handelskarawanen kamen durch das Sumpfland, drei- oder viermal im Laufe eines Planetenumlaufs.« Piemur blieb skeptisch, und Menolly merkte, daß sie kaum noch eine Erinnerung an jene Zeit besaß. Die Sporenregen hatten begonnen, als sie knapp acht Planetenumläufe zählte.

»Wenn bei uns an einem Ruhetag die Sonne scheint und kein Fädeneinfall zu erwarten ist, halten wir ein Fest ab«, erklärte Piemur eifrig. »Na ja, zu Fort gehören mehrere kleine Zünfte und das Stammhaus der Harfner-Gilde. Da ist immer was los.« Er hielt den Kopf schräg. »Du hast nicht zufällig ein paar Marken?«

»Marken?«

Piemur schien entsetzt über soviel Unwissenheit. »Marken! Die kriegt man, wenn man auf einem Fest etwas verkauft.« Er griff in seine Tasche und zog vier kleine weiße Scheibchen aus poliertem Holz hervor. Auf einer Seite war die Zahl 32 eingebrannt, auf der anderen ein Emblem der Schmiedezunft. »Nur Zweiunddreißigstel, aber vier davon ergeben immerhin ein Achtel — und das von der Schmiedezunft!«

Menolly hatte noch nie zuvor richtige Marken gesehen. In der Halbkreis-Bucht hatte einzig und allein der See-Baron die Handelschaften abgewickelt. Sie war erstaunt, daß ein Halbwüchsiger wie Piemur eigene Tauschmarken besaß, und sagte das auch. »Ach, weißt du, ich habe gesungen, noch ehe ich als Lehrling hierherkam. Die eine oder andere Marke fiel immer für mich ab. Meine Pflegemutter hob sie auf und gab sie mir mit.« Er zog die Nase kraus. »Aber hier muß unsereiner ja umsonst singen. Und Meister Jerint weigert sich strikt, meine Flöte als Pfand zu nehmen. Wenn mir kein Trick einfällt, bin ich bald pleite ... He, Menolly, schau!« Piemur packte sie am Arm. »Da geht die Flagge hoch! Es gibt ein Fest! Es gibt ein Fest!« Er schoß wie der Blitz über den Hof zum Schlafsaal der Lehrlinge.

Auf den Feuerhöhen erkannte Menolly nun das leuchtendgelbe Banner der Burg Fort und darunter einen rot-schwarz gestreiften Wimpel, der allem Anschein nach das Fest ankündigte. Sie hörte Piemurs Geschrei im Schlafsaal und den Protest seiner Kameraden, die er unsanft weckte.

In diesem Moment kamen die Mägde, angeführt von Abuna und Silvina, in die Küche. Auch sie bemerkten die Flagge und den Wimpel und begannen fröhlich draufloszuschwatzen.

Menolly schickte ihren Schwarm zum Badeteich und bot Silvina an, dem Harfner und seiner kleinen Bronze-Echse Zair das Frühstück zu bringen.

»Siehst du, Abuna? Wenn Menolly uns hilft, bemerken wir gar nichts von unserem Echsen-Zuwachs.« Die Wirtschafterin lächelte Menolly freundlich an und rief dann der brummigen Abuna nach: »Außerdem weißt du genau, wie selten die beiden Männer daheim sind.«

Menolly wollte Silvina wegen der Mädchen ausfragen, aber die Wirtschafterin wich ihren Blicken aus. In diesem Moment kam Sebell in die Küche gepoltert und rief verzweifelt nach Menolly. Kimi umklammerte seinen Arm und kreischte vor Hunger.

»Da bist du ja! Ich habe dich überall gesucht. Was ist denn los mit der Kleinen?« Sebell war außer sich.

»Sie hat nur Hunger.«

»*Nur* Hunger?«

»Los, komm mit!« Menolly nahm das Tablett, das sie für den Meisterharfner hergerichtet hatte, und zerrte Sebell aus der Küche, fort von Abunas finsteren Blicken in den leeren Speisesaal. »So, jetzt füttere sie!«

»Ich kann nicht! Meine Hose!« Jetzt erst merkte Menolly, daß er mit der freien Hand krampfhaft seine Hose festhielt, die ihm von den Hüften zu rutschen drohte. »Ich hatte keine Zeit mehr, mich richtig anzuziehen.« Lachend löste Menolly ihren Gürtel und gab ihn Sebell. Dann holte sie die kleine Echse von seinem zerkratzten Arm und schob ihr ein paar Fleischbrocken zu.

»Danke. Vielen Dank.« Mit einem Seufzer ließ sich Sebell auf einen Stuhl plumpsen. »Und du mußtest neun dieser gierigen Biester füttern?« Er betrachtete sie mit neuem Respekt. »Ich weiß nicht, wie du das geschafft hast!«

Menolly drückte ihm einen Becher *Klah* in die Hand und fütterte die Echse weiter. Der Kleinen war es egal, wer ihr die Fleischbrocken zuschob, und Sebell nahm einen tiefen Zug des heißen Getränks.

»Menolly!« Das war die Stimme des Meisterharfners am oberen Treppenabsatz.

»Ja?« Menolly rannte in den Korridor.

»Der kleine Kerl führt sich auf wie ein Wilder«, rief der Harfner laut. »Ist er verletzt oder nur hungrig? Seine Augen glühen richtig!«

»Hier.« Silvina erschien mit einem zweiten Tablett in der Küchentür. »Wir dachten uns schon, daß Menolly Unterstützung brauchen würde, nachdem wir Sebells Geschrei hörten.«

Menolly lachte. Sie nahm Silvina das Tablett ab und brachte es im Laufschritt nach oben.

Der Harfner hatte sich wenigstens angezogen und auch die Zeit gefunden, ein Tuch um seinen Arm zu wickeln, aber er wirkte genauso aufgelöst wie Sebell.

»Bist du ganz sicher, daß sie nur Hunger hat?« fragte Robinton. Er beruhigte sich erst, als die Bronze-Echse gierig nach den Fleischbrocken zu schnappen begann.

Der Meisterharfner winkte Menolly in sein Arbeitszimmer, aber die Feuerechse glaubte allem Anschein nach, man wolle ihr das Futter vorenthalten, und stürzte sich mit lautem Kreischen auf das Tablett.

»Ist ja schon gut, du gieriges Biest«, versuchte der Meisterharfner sie zu besänftigen. »Psst, halt dich still! Heute ist Ruhetag, und die Leute wollen ausschlafen.«

»Zu spät«, brummte Domick mißgelaunt. Er stand in der Tür seines Zimmers, in seine Felldecke gewickelt. »Außerdem brüllen Sie selbst wie ein verwundeter Drache!«

»Na, stehen Sie ruhig auf, die Festflagge weht!« meinte Robinton versöhnlich und schob Zair den nächsten Fleischbrocken zu.

»Ein Fest? Das hat mir gerade noch gefehlt!« Damit knallte Domick seine Tür zu.

»Ich hoffe sehr, daß wir in Zukunft von diesem Lärm verschont bleiben«, meinte Meister Morshal spitz, als der Harfner und Menolly an seinem Zimmer vorbeikamen. Er trug einen Morgenmantel, aber ganz offensichtlich hatte ihn der Tumult im Korridor geweckt. Sein mürrischer Blick war auf Menolly gerichtet, als trüge sie allein die Schuld an dem Lärm.

»Das hoffe ich auch«, entgegnete Robinton gut gelaunt. »Aber ich muß mich erst mit den Gewohnheiten des Kleinen vertraut machen. Geben Sie uns bitte noch ein paar Tage Gnadenfrist, Morshal.«

Morshal stotterte etwas, warf Menolly einen grimmigen, anklagenden Blick zu und schloß dann seine Tür betont leise. Auch andere Türen entlang des Korridors klickten. Menolly war froh, daß sie sich in Begleitung des Harfners befand.

»Laß dich nicht von dem alten Griesgram Morshal einschüchtern, Mädchen«, sagte Robinton, als sie sein Arbeitszimmer betraten. Sie stellte das Tablett auf dem Mittelbrett des Sandtisches ab.

»Zum Glück hast du keinen Unterricht bei ihm«, fuhr der Harfner fort, während er sich in einen Sessel fallen ließ und Zair fütterte.

»Nein?«

Robinton lachte über ihren erleichterten Tonfall, und die

kleine Echse kreischte empört, weil er sich einen Moment lang von ihr abwandte.

»Meister Morshal unterrichtet nur die Anfänger.« Der Harfner seufzte. »Er besitzt viel Geschick darin, Grundlagen in widerspenstige Lehrlingsköpfe zu pauken. Aber Petiron hat dir bereits mehr beigebracht, als Morshal weiß. Froh darüber, Menolly?«

»Sehr. Meister Morshal mag mich nicht besonders.«

»Meister Morshal hat es schon immer für Zeitverschwendung gehalten, Mädchen zu unterrichten. Das bringt nicht den geringsten Nutzen.«

Menolly schüttelte verwirrt den Kopf. Solche Ansichten in der Harfner-Gilde? Und sie hatte geglaubt, nur ihr Vater sei rückständig. Aber dann merkte sie, daß Robinton nur Meister Morshal nachgemacht hatte, und sie lächelte. Eine warme Hand faßte sie am Kinn und zwang sie, nach oben zu schauen. Rund um die gütigen Augen des Meisterharfners waren tiefe Falten eingegraben.

»Morshals Haß auf das weibliche Geschlecht ist hier in der Halle ständiger Anlaß zu Witzen, Menolly. Sei höflich zu ihm, wie es seinem Rang und Alter gebührt, aber achte nicht auf seine Vorurteile. Wie gesagt, du mußt nicht mit ihm zusammenarbeiten. Nicht daß der Unterricht bei Domick leichter wäre. Er verlangt eine Menge, aber er kann da aufbauen, wo Petiron deine Ausbildung in Komposition abgebrochen hat. Später arbeitest du dann mit mir.« Er lächelte bedauernd. »Ich hätte dich gern sofort in meine Obhut genommen, aber mir mangelt es im Moment einfach an Zeit. Immerhin, Domick versteht mehr als jeder andere von den klassischen Musikformen, und er beansprucht ohnehin jeden Musiker, der seine schwierigen Kompositionen spielen kann. Und versäume keine Stunde bei Meister Shonagar, denn du solltest in der Lage sein, deine eigenen Balladen vorzutragen. Laß dich allerdings nicht von Brudegan wegen des Echsen-Chores drängen. Das hat Zeit, bis du dich besser in unsere Gilde eingelebt hast.

Ich möchte auch gern, daß du dich auf deine Instrumente konzentrierst — so weit und so rasch es deine Hand gestattet. Wie geht es der Narbe denn?« Er drehte ihre linke Handfläche nach oben. »Hmm, den Rissen nach zu schließen, hast du zuviel geübt. Tut das weh? Ich will nicht, daß du dir aus Übereifer Schaden zufügst, Menolly, verstehst du?«

Menolly schluckte und lächelte zögernd.

»Man hat es nie leicht, wenn man echtes Talent besitzt, Kind. So etwas ist oft mit Verzicht auf die Annehmlichkeiten des Daseins verbunden.«

Menolly war verblüfft über die Trauer, die tiefe Melancholie, die sich in seinen Zügen spiegelte. Robinton fuhr fort, und es klang, als spräche er zu sich selbst: »Wenn man nicht vorzeitig sein Ziel aufsteckt, führt man immer nur ein halbes Leben.« Doch dann warf er den Kopf zurück und lachte. »Ach was, heute ist ein Festtag, und wir wollen nicht in düstere Gedanken verfallen. Hier . . .« Er zog ein Schubladenfach auf und drückte ihr etwas in die Hand. »Genieß den Rummel! Ich nehme an, daß es in der Burg am Meer selten Zerstreuung gab. Kauf dir was Hübsches an den Ständen . . . einen neuen Gürtel vielleicht . . . und Pasteten. Piemur, das kleine Schleckermaul, führt dich sicher an die richtigen Buden.«

Meister Robinton drohte ihr scherzhaft mit dem Finger. »Aber morgen geht es wieder an die Arbeit. Sebell sagt, daß du sauber kopierst. Bist du gestern abend noch dazugekommen, Brekkes Lied auszufeilen? Im vierten Satz klingt die Melodie ein wenig holprig, findest du nicht?« Er summte ihr die Zeile vor. »Nimm vielleicht eine der traditionellen Liedformen. Das ist zugleich eine gute Übung in Musiktheorie. Versteh mich recht, ich finde, daß deine Stärke im lockeren, weniger formellen Stil liegt. Aber es gibt Puristen in unserer Gilde, die wir besänftigen müssen — zumindest, solange du noch Lehrling bist.«

Zair hatte es sich in der Armbeuge des Meisters bequem gemacht und war eingeschlafen.

»Kann der kleine Wicht eigentlich nur fressen und schlafen?« Die Stimme des Harfners klang ein wenig enttäuscht.

»Die erste Siebenspanne und vielleicht noch ein paar Tage länger«, erklärte Menolly, die immer noch über seine seltsame Philosophie nachdachte. »Danach entwickelt er rasch eine eigene Persönlichkeit.«

»Wie schön.« Der Harfner seufzte erleichtert. »Ich hatte schon befürchtet, der lange Flug im *Dazwischen* könnte ihm geschadet haben.« Er lächelte sie strahlend an. »Siehst du, wenn es um die Echsen geht, bin ich dein Lehrling. So, und jetzt entlasse ich dich für das Fest. Könntest du so lieb sein und im Vorbeigehen das Tablett in die Küche bringen?«

Menolly erfüllte seine Bitte, und Abuna meinte weniger mürrisch als sonst, daß sie rasch frühstücken solle, weil im Speisesaal bald die Tische abgeräumt würden.

Während Menolly zum Speisesaal ging, warf sie einen Blick auf die Marke, die der Harfner ihr zugesteckt hatte. Anfangs dachte sie, das schwache Licht im Korridor habe sie getäuscht, aber im Eingang konnte sie klar erkennen, daß der Strich unter der Zwei stand; bei einer halben Marke wäre er darüber gewesen. Sie umklammerte das kostbare Plättchen. Zwei ganze Marken! Damit konnte sie die Welt kaufen!

Halt, Meister Robinton hatte gesagt, sie solle sich nach einem hübschen Gürtel umsehen. Sicher war ihm nicht entgangen, daß sie im Moment keinen trug. Sie hatte ihn Sebell geliehen, aber es war ohnehin ein schäbiges, ausgefranstes Stück gewesen. Einen neuen Gürtel hatte sie noch nie besessen — einen, den sie noch dazu selbst aussuchen durfte! Wie lieb von Meister Robinton! Sie warf einen Blick über die Tischreihen hinweg und suchte nach Piemurs Lockenschopf. Er war wie gewohnt in ein Gespräch mit seinen Nachbarn vertieft, und da die Jungen die Köpfe zusammensteckten, heckten sie sicher einen dummen Streich aus. Am Rundtisch saßen keine Meister, und die wenigen Gesellen, die zum Frühstück erschienen waren, drängten sich um Kimi, die friedlich auf Sebells Arm schlief.

»Sie könnte keine hergeben, selbst wenn sie es wollte«, sagte Piemur gerade laut, als Menolly sich seinem Tisch näherte. Jemand gab ihm wohl einen Rippenstoß, denn er drehte sich um und fragte keineswegs verlegen: »Oder könntest du?«

»Was?«

»Eine deiner Echsen herschenken.« — »Nein.«

»Bitte — da hörst du es!« Piemur deutete mit spitzem Zeigefinger auf Ranly. »Also hätte Sebell dem Meisterharfner auch nicht seine Königin geben können. Was sagst du, Menolly?«

»Aber Robinton gebührt nun mal die Königin«, widersprach Ranly streitsüchtig.

»Sebell bot sie dem Meisterharfner an, sobald er merkte, was sich ereignet hatte«, berichtete Menolly. »Aber es war zu spät. Wenn die Bindung zwischen Mensch und Tier einmal besteht, kann man sie nicht mehr lösen.«

»Und wie kam dann ausgerechnet Sebell an das Ei der Königin?« Nun schaute Ranly sie argwöhnisch an.

»Reiner Zufall«, entgegnete Menolly und schluckte ihren Zorn über die versteckte Anspielung herunter. »Erstens kann man einfach nicht sicher vorherbestimmen, welches das Königinnen-Ei ist. Zweitens geht die Sache nur Sebell und Meister Robinton etwas an.« Sie konnte den beiden Männern einen Gefallen erweisen, wenn sie solche Gerüchte gleich im Keim erstickte. »Drittens habe ich zwar die beiden größten Eier des Geleges für Meister Robinton ausgesucht . . .« — die Jungen nickten anerkennend —, »aber es hätten ebensogut zwei Bronze-Echsen schlüpfen können.« Dann lachte sie. »Alles geschah so schnell, daß wir gar nicht darauf achteten, wer welches Gefäß nahm. Meister Robinton und Sebell hatten genug zu tun, um die Eier vor dem Herunterstürzen zu bewahren. Die kleine Bronze-Echse schlüpfte zuerst und kugelte geradewegs in Meister Robintons Arme.« Die Jungen hörten mit angehaltenem Atem zu. »Und dann hatte Sebell plötzlich eine Königin in der Hand. Er *versuchte* sie dem Harfner zu geben, aber die Bindung bestand bereits. So etwas läßt sich nicht mehr ändern. Und ich will von euch jetzt keinen Ton mehr hören, wem was gebührt hätte! Es gibt genug dummen Klatsch in der Harfnerhalle.« Sie dachte immer noch darüber nach, was diese Mädchen wohl dem Burgherren zugetragen hatten.

»Mir wollten sie es ja nicht glauben«, meinte Piemur mit beleidigter Unschuldsmiene. »Und ich habe mich halb heiser geredet . . .« Er faßte sich dramatisch an den Hals.

»Wie schrecklich für unser Goldkehlchen!« spottete Ranly.

Piemur schob Menolly einen Becher *Klah* hin und drängte sie, rasch zu trinken. Dann wandte er sich wieder seinen Freunden zu.

»So, und jetzt überlegen wir noch einmal, wie wir am besten zu mehr Marken kommen. Es ist erst das zweite Fest dieses Planetenumlaufs, also schätze ich, daß sie einen älteren Gesellen von der Schmiedezunft herschicken werden, der ein Auge auf den Handel der Jüngeren werfen soll. Dieser Mann ist vermutlich Pergamol, ein Freund meines Vaters; und wenn es Pergamol ist, dann garantiere ich, daß er Spitzenpreise zahlt. Und . . .« Er hielt die Hand hoch, als Ranly ihn unterbrechen wollte. »Und wenn es nicht Pergamol ist, dann bestimmt einer, der ihn kennt.«

»Und wenn es ein junger Kerl ist, der sich nicht von dir einwikkeln läßt?« fragte Ranly bissig.

»Dann drück' ich auf die Tränendrüse.« Piemur zuckte die Achseln. »Wo ich doch noch so klein bin und immer hintenan stehen muß, weil mir die Großen alle Marken wegschnappen . . .« Dicke Tränen zitterten in seinen Augenwinkeln, und in seinem Gesicht lag vertrauensselige Unschuld.

»Darf ich die taktischen Gespräche einen Moment unterbrechen?« Schuldbewußt fuhren die Jungen herum. Sebell stand am Tisch, die Feuerechse im Arm. »Ich habe noch ein paar Fragen an Menolly . . .«

Sie erhob sich und folgte dem Gesellen ans Fenster. Er bedankte sich noch einmal für ihre Hilfe am Morgen und reichte ihr den zusammengerollten Gürtel.

»Meinst du, daß ich Kimi dauernd bei mir haben kann?« fragte er, während er leicht über die gefalteten Schwingen des winzigen Geschöpfs strich. Selbst im Schlaf reagierte die Echse mit einem wohligen Seufzer.

»Je öfter sie bei dir ist, desto enger wird die Bindung. Und wenn sie nicht bei dir ist, sollte sie zumindest in der Nähe sein.«

»Glaubst du, sie kann schon auf meiner Schulter sitzen wie Prinzessin? Ich brauche nämlich zwischendurch beide Hände.«

»Versuch es, wenn sie aufwacht.« Menolly lachte. »Aber mach dich darauf gefaßt, daß sie dir mit ihrem Schwanz hin und wieder die Luft abschnürt.«

»Wie oft frißt sie?«

»Du merkst es bestimmt, wenn sie Hunger kriegt.« Menolly lächelte über Sebells entsetzte Miene. Sicher war ihm die Szene vom frühen Morgen eingefallen. »Wenigstens mußt du kein Futter für sie suchen. Es reicht, wenn du ein paar Fleischbrote in deiner Gürteltasche bereithälst. Außerdem bin ich sicher, daß Camo sogar den Festtagsbraten anschneidet. wenn es darum geht, eine Echse zu versorgen.« Nun mußte auch Sebell lachen. »Eines noch — vergiß nicht, täglich ihre Haut zu ölen.«

»Buh — mit dem gleichen duftenden Zeug, das du für deine Echsen benutzt?«

Menolly unterdrückte ein Kichern. »Meister Oldive hatte nichts anderes zur Hand. Im Normalfall schmieren sich die feinen Burgdamen dieses Öl ins Gesicht . . .«

»Nein!«

»Aber ich bin sicher, er braut dir etwas mit einer herb-männlichen Note zusammen«, neckte ihn Menolly.

Sebell drohte ihr. »Kein schlechter Gedanke! Ich werde ihm den Vorschlag unterbreiten.« Damit verließ er den Tisch.

Piemur stieß sie an. »Paß auf, Menolly«, sagte er. »Ich muß jetzt noch einiges organisieren, aber nach dem Mittagessen machen wir beide einen Bummel über den Festplatz, ja? Ich zeige dir alle Sehenswürdigkeiten.«

Sie nickte, und er schoß hinter seinen Freunden her aus dem Speisesaal.

Einige Gesellen saßen noch am ovalen Tisch und tranken *Klah*, aber die meisten Lehrlinge hatten sich zurückgezogen. Am Rundtisch frühstückte einsam Meister Morshal und warf ihr mißgelaunte Blicke zu. Menolly verließ den Speisesaal und ging auf ihr Zimmer.

Ihre Feuerechsen lagen zusammengerollt auf dem Fensterbrett und hatten die Augen geschlossen. Prinzessin schaute kurz auf, als sie hereinkam, zirpte leise und schlief gleich wieder ein.

Von ihrem Aussichtspunkt im zweiten Stock konnte Menolly den Platz jenseits der Harfnerhalle und die breite Straße zur Burg überblicken. Dort herrschte bereits reges Treiben: Lasttiere zogen den Fluß entlang, im lockeren Trab, als spürten sie ihre Pakken nicht. In einem großen Karree wurden Buden und Stände errichtet. Rund um die Tanzfläche hatte man bereits Tische und Bänke aufgestellt. Denn bei so vielen Harfnern gab es natürlich Musik genug. Menolly überlegte, ob man hier wohl andere Tänze kannte als in der Burg am Meer. Oh, sie freute sich auf das Fest! Es war ihr erstes seit vielen Planetenumläufen.

Menolly sah, wie die Mädchen aus der Pension kamen, vornehm herausgeputzt, mit zarten Schleiern, die ihre Frisuren vor der leichten Brise schützen sollten. Ah, wie gern sie ihnen die Haare einzeln herausgerissen hätte! Menolly verdrängte die Gedanken, selbst ein wenig erschrocken über ihren Haß. Schließlich hatten die Mädchen ihr Ziel nicht erreicht, Baron Groghe gegen sie aufzuhetzen. Weshalb machte sie sich also Sorgen? Es gab bessere Dinge, mit denen sie sich beschäftigen konnte. Sie war keine Gastschülerin, sondern Lehrling. Sogar Lehrling des Meisterharfners!

Und sie hatte die Absicht, das zu bleiben. Mehr denn je, seit die Mädchen versuchten, sie von hier zu verdrängen. Sie wollte bleiben, ihnen und ihren Eltern zum Trotz. Sie wollte sich einen festen Platz hier erkämpfen, denn sie gehörte in die Harfner-

Gilde, wie Meister Robinton immer wieder betonte. Hier konnte sie ihre Musikkenntnisse vervollständigen. Hier mußte sie nicht nur einspringen, wenn jemand ausfiel, sondern hatte ihren ganz eigenen Aufgabenbereich. Und das ließ sie sich nicht von einer albernen Wherhenne nehmen, die mit irgendeinem reichen oder berühmten Großvater protzte wie etwa diese Pona.

Menolly fragte sich, was Silvina wohl unternommen hatte, um die Gerüchte einzudämmen. Doch dann verscheuchte sie diese Gedanken. War das Gerede wirklich so wichtig? Vor allem, da Baron Groghe ihr doch wohlgesonnen schien und sie sogar gebeten hatte, seine Königin Merga abzurichten!

Menolly lachte leise. Wenn die Tratschtanten das erst erfuhren! Sie, die einzige Feuerechsen-Expertin von ganz Pern! In der Harfnerhalle warteten mehr Aufgaben auf sie, als sie gedacht hatte.

Eigentlich schade, die Sache mit den Mädchen. Besonders leid tat ihr, daß Audiva bei den anderen in der Pension wohnte. Mit ihr hätte sie gern näheren Kontakt bekommen. Eine Freundin in der Harfnerhalle — nun ja, sie hatte ja noch Piemur und Sebell.

Menolly trat vom Fenster weg, stimmte ihre Gitarre und begann Brekkes Lied auszuarbeiten. Sie spielte leise, damit sie den Meisterharfner nicht störte, falls er in seinen Räumen war. Glaubte er ehrlich, daß man so eine kleine Melodie, mehr zum Zeitvertreib ersonnen, niederschreiben sollte?

Ihre Finger glitten über die Saiten; sie spielte, bis sie den Mittagsgong hörte. Dann erst kam ihr zu Bewußtsein, daß die Narbe wieder schmerzte und ihre Nackenmuskeln ganz steif waren.

Menolly nahm ein Bad und zog die neuen Kleider an. Sie waren zwar nicht so prunkvoll wie die der anderen Mädchen, aber das Lehrlingsabzeichen an der ärmellosen Wherlederweste bedeutete ihr mehr als Samt und Seide und feine Schals. Als sie die Pantoffeln anzog, sah sie, daß die Sohlen von dem harten Steinboden fast durchgelaufen waren. Nun, wenigstens wußte sie, daß sie jederzeit ohne Scheu zu Silvina gehen und ihr das Problem schildern konnte. Und vielleicht waren ihre Füße bald so verheilt, daß ihr wieder richtige, feste Stiefel paßten.

9

Der ränkische Wind, die zänkische Flut
Verhetzen das Liebchen mir.
Es bäumt sich und schäumt in wilder Wut
Und grollt wie ein wildes Tier.

Ich fleh' dich an, o stürmische Braut,
Hör nicht auf Neid und Haß!
Trag sicher mich heim, denn Schatz, mir graut
Vor deinem kühlen Naß.

Ballade aus der Burg an der Ostküste

Freudige Erregung lag in der Luft. Die Lehrlinge im Speisesaal unterhielten sich lauter als gewohnt, und der Lärm ebbte nur für kurze Zeit ab, als die großen Platten mit dem Braten herumgereicht wurden. Menolly saß bei Ranly, Piemur und Timiny, die sie drängten, herzhaft zu essen, da es abends im besten Falle trockenes Brot geben würde.

»Silvina rechnet damit, daß wir uns auf dem Fest die Bäuche vollschlagen«, erklärte Piemur und stopfte sich einen dicken Fleischbrocken in den Mund. Er stöhnte, als sie ihm Knollengemüse auf den Teller häufte. »Ich hasse das Zeug!«

»Sei froh, daß du so was Gutes bekommst! Bei uns daheim war das eine Delikatesse.«

»Ich trete dir gern meine Portion ab.«

Er war die Großzügigkeit selbst, aber sie wachte streng darüber, daß er den Teller leer aß.

An diesem Tag trödelte keiner am Tisch, und es dauerte nicht lange, bis Brudegan sich erhob und die Arbeitsliste verlas.

»Zum Glück hat es mich heute nicht erwischt«, seufzte Piemur erleichtert.

»Ich denke, heute ist Ruhetag.«

»Sicher, aber weil wir zur Harfner-Gilde gehören, rechnen die in der Burg mit unserer Musik. Manche singen vor, andere spielen zum Tanz auf. Da fällt mir übrigens was ein, Menolly! Nimm deine Feuerechsen nicht mit auf das Fest!« Sie schlenderten über den Hof, und die anderen Jungen nickten. »Man kann nie wissen, was für Gesindel auf so einem Fest erscheint.« Das klang wie eine düstere Warnung.

»Wer würde denn einer Echse etwas Böses antun?« fragte Menolly erstaunt.

»Keiner. Aber es gibt genug Typen, die versuchen könnten, deine Freunde zu klauen.«

Menolly schaute auf. Ihr Schwarm sonnte sich auf den Fenstersimsen. Als hätten sie ihre Sorge gespürt, flatterten Prinzessin und Rocky auf ihre Schulter und zirpten fragend.

»Könnte ich nicht wenigstens Prinzessin mitnehmen? Keiner sieht sie, wenn sie sich in meinen Haaren versteckt.«

Piemur schüttelte bedächtig den Kopf. Die anderen Jungen ahmten die Geste ernst nach.

»*Wir*. . .« Und Piemurs Geste umfaßte die ganze Harfnerhalle. »Wir kennen dich und deine Schar. Aber heute kommen sicher einige von diesen Klugscheißern, die nichts wissen und sich doch überall aufspielen. Und du trägst dein Lehrlingsabzeichen. Lehrlinge besitzen nichts und haben nichts zu sagen. Sie müssen jedem Gesellen und jedem Meister gehorchen, selbst wenn er von einer anderen Gilde kommt. Beim Ei, weißt du, wie Prinzessin sich verhalten würde, wenn jemand versuchte, dich rumzukommandieren? Stell dir vor, die Kleine greift einen Meister oder einen verwöhnten jungen Baron an!«

»Könnte das Meister Robinton in Schwierigkeiten bringen?« fragte Menolly ängstlich.

»Möglich«, entgegnete Piemur. Die beiden anderen nickten ernst.

»Und wie schaffst du es, dich aus solchen Dingen rauszuhalten, Piemur?« fragte Menolly.

»Nun, bei einem Fest nehme ich mich ganz besonders zusammen. Hier in der Harfnerhalle ist alles halb so wild, aber unter so vielen Fremden . . .«

»He, Piemur!« Sie drehten sich um. Brolly und ein anderer Lehrling, den Menolly nicht kannte, kamen auf sie zugerannt. Brolly schwenkte ein buntbemaltes Tamburin und der andere eine polierte Tenorflöte.

»Wir dachten schon, du seist allein losgezogen, Piemur«, keuchte der Junge. »Hier ist meine Flöte. Meister Jerint hat mir und Brolly für sein Tamburin den Stempel gegeben. Nimmst du sie jetzt zum Schätzstand mit?«

»Klar. Der Schätzer ist tatsächlich Pergamol, ein Freund meines Vaters.«

Piemur übernahm die Instrumente, winkte Menolly und ging auf die locker verteilten Stände am Rand des Festplatzes zu.

Zum erstenmal kam Menolly zu Bewußtsein, wie viele Menschen im Bereich der Burg Fort lebten. Sie hätte sich gern noch ein wenig am Rande aufgehalten, um einen Blick auf die Menge zu werfen, aber Piemur nahm sie an der Hand und zog sie mitten ins Gewühl.

Um ein Haar wäre sie mit ihrem Führer zusammengestoßen, als der unvermittelt zwischen zwei Ständen anhielt. Er warf einen warnenden Blick über die Schulter, und Menolly bemerkte, daß er die Instrumente hinter seinem Rücken verbarg, während er eine treuherzige Miene aufsetzte. Ein Gerbergeselle verhandelte mit dem gutgekleideten Schätzer, in dessen Rockaufschlag mit Goldfäden das Emblem der Schmiede-Gilde gestickt war.

»Das ist Pergamol«, wisperte Piemur. Er wandte sich an seine Kameraden. »Los, verschwindet jetzt und wartet drüben am Messerstand, bis ich fertig bin! Kein Mann mag es, wenn er Zeugen bei seinen Handelschaften hat. Nein, Menolly, du kannst natürlich bleiben.« Piemur hielt sie fest, als sie den anderen folgen wollte.

Obwohl Menolly sah, daß sich Pergamols Lippen bewegten, hörte sie nichts von seinen Worten und nur hin und wieder ein Murmeln seines Geschäftspartners. Der Schätzer strich immer wieder über ein fein gegerbtes Wherleder, fast als hoffte er, einen Fehler in dem schönen, hellblau eingefärbten Stück zu finden.

»Vermutlich eigens bestellt«, flüsterte ihr Piemur ins Ohr. »Das kommt teuer. Siehst du, bei uns ist das so. Sobald Jerint ein Instrument gestempelt hat, verkaufen wir es an einem fremden Stand. Der Schätzer braucht dann nicht weiterzusagen, daß es ein Lehrling gemacht hat, und kann es mit Gewinn losschlagen. So kriegen wir einen besseren Preis dafür, als wenn wir am Harfner-Stand verkaufen. Dort sind die Leute verpflichtet, den Hersteller zu nennen.«

Nun begriff Menolly Piemurs Strategie.

Der Handel mit dem Gerber wurde per Handschlag besiegelt, und Marken wechselten ihren Besitzer. Der Schmied faltete sorgfältig das blaue Wherleder und legte es in eine Reisetasche.

Piemur wartete, bis die beiden Geschäftspartner ihr Abschiedsgeplauder beendet hatten — auch das gehörte zu den Spielregeln — und schoß dann blitzschnell an den Stand, ehe ihm jemand zuvorkommen konnte.

»Ja, wen haben wir denn da? Na, mal sehen, was du mitgebracht hast. Hmm — in der Tat gestempelt . . .« Menolly stellte fest, daß Pergamol nicht nur das Siegel auf dem Tamburin prüfte. Er warf ihr einen fragenden Blick zu, als er die straff gespannte Haut des Tamburins mit dem Knöchel anstieß und die am Rahmen befestigten Schellen zart zu tönen begannen. »Und welchen Preis hast du dir dafür ausgerechnet?«

»Vier Marken«, erklärte Piemur in einem Tonfall, der enorm bescheiden klang.

»Vier ganze Marken?« staunte Pergamol, und ein zähes Ringen begann.

Menolly war mehr als beeindruckt von Piemurs Schlauheit, als die beiden den Handel bei dreieinhalb Marken abschlossen. Der Junge schien das Feilschen schon in der Wiege gelernt zu haben, so gut beherrschte er die Regeln. Der Handel um die Flöte ging rascher voran, weil Pergamol zwei Bauern bemerkte, die geduldig im Hintergrund warteten. Aber auch dieses Geschäft kam zustande und wurde mit Handschlag besiegelt, und Piemur steckte die Marken ein. Seine Miene verriet, daß er unendlich enttäuscht über Pergamols Geiz war. Menolly tat er fast leid. Aber kaum hatten sie sich ein paar Schritte von dem Stand entfernt, da grinste er sie breit an.

»Na, was habe ich gesagt? Mit Pergamol kommt man klar!«

»Wie?« Menolly war völlig verwirrt.

»Aber ich bitte dich! Dreieinhalb Marken für ein Tamburin und drei für eine Flöte! Das sind Spitzenpreise.« Die Jungen umringten ihn, und Piemur schilderte in dramatischen Worten, wie er Pergamol erpreßt habe. Er bekam für seine Mühe von jedem der Freunde eine Viertelmarke und erklärte Menolly, damit seien sie noch billig weggekommen, denn am Harfnerstand müßten sie eine halbe Marke Vermittlungsgebühren bezahlen.

»Los, Menolly, gehen wir!« drängte er und zerrte sie weg von den anderen Jungen. »Hier riecht es nach frischen Pasteten.«

»Pasteten?« Davon hatte auch Meister Robinton gesprochen.

»Dich lade ich ein, weil es dein erstes Fest ist«, meinte er großmütig. »Aber bilde dir nicht ein, daß ich denen was stifte!«

»Wir kommen doch eben erst vom Essen . . .«

»Feilschen macht hungrig.« Er leckte sich die Lippen. »Und so eine saftige Pastete mit viel Beerensaft ist nicht zu verachten. Hier durch — komm!«

Er steuerte sie durch das Gewühl, bis sie eine breite Öffnung erreichten. Von dort konnten sie zum Fluß und der Wiese hinunterschauen, wo die Lasttiere der Händler grasten. Auf allen Wegen und Gassen strömten Leute herbei. Selbst von der Ebene und den Berghöfen rückten sie an. Ihre bunten Gewänder lagen wie Farbtupfer über dem frischen Grün der Frühlingsfelder. Die Sonne schien warm und golden. Ein herrlicher Tag für ein Fest, fand Menolly. Piemur zerrte sie ungeduldig weiter.

»Die haben bestimmt noch nicht alle Pasteten verkauft«, meinte sie lachend.

»Nein, aber die Dinger werden schnell kalt, und ich mag sie am liebsten ofenheiß, wenn der Saft noch Blasen wirft.«

Und das lange, breite Blech, das eben aus dem Backofen auf die Theke geschoben wurde, bot in der Tat einen verlockenden Anblick: Beerensaft quoll dick über die braunen Krusten der süßen Kuchen.

»He, du bist ja früh dran, Piemur! Zeig mal her, ob du überhaupt Marken hast.«

Piemur holte widerstrebend ein Zweiundreißigstel hervor und zeigte es dem Zweifler.

»Dafür kriegst du ganze sechs Pasteten.«

»Was? Bloß sechs?« In Piemurs Miene spiegelte sich Verzweiflung. »Mehr konnten wir, daß heißt, die Jungen aus meinem Schlafsaal und ich, beim besten Willen nicht auftreiben.«

»Da fall ich nicht drauf rein, Piemur«, spottete der Bäcker. »Ich weiß genau, daß du die Dinger allein verdrückst und deinen Freunden keinen Bissen abgibst.«

»Meister Palim . . .«

»Geselle reicht mir auch. Sechs Kuchen für ein Zweiundreißigstel oder ab mit dir, mein Freund!« Der Bäckergeselle nahm grinsend sechs Pasteten von seinem Blech. »Wer ist denn dein langbeiniger Kumpel hier?«

»Das ist Menolly . . .«

»Menolly!« Der Bäcker schaute überrascht auf. »Das Mädchen, das die Feuerechsen-Ballade schrieb?« Eine siebente Pastete landete auf dem Tablett.

Menolly suchte in ihrer Tasche nach der Zweiermarke.

»Die eine Pastete geht auf mich, Mädchen, als Willkommensgruß. Und wenn du mal zufällig ein Echsen-Ei übrig hast — ich wüßte ein warmes Plätzchen dafür . . .« Er blinzelte ihr zu und lachte breit.

»Menolly!« Piemur packte sie am Handgelenk und starrte mit großen Augen auf die Zweiermarke. »Wo hast du die denn her?«

»Von Meister Robinton. Er gab sie mir heute morgen und sagte, ich solle mir einen hübschen Gürtel und Kuchen kaufen. Bitte, Geselle, was kosten die Pasteten?«

»Unsinn!« erklärte Piemur beleidigt. »Ich hatte dich eingeladen, klar? Du brauchst dein Geld heute noch.« Er hatte sich halb vom Bäckerstand abgewandt und blinzelte ihr heftig zu.

»Piemur, ich weiß nicht, was ich die letzten Tage ohne dich angefangen hätte«, entgegnete Menolly und schob ihn zur Seite, um dem Bäcker ihr Geld zu geben. »Bitte, ich bezahle.«

»Los, ihr beiden, einigt euch! Ihr vertreibt mir die Kunden«, lachte der Bäcker, und er deutete auf Camo, der mit schwerfälligen Schritten näher kam.

»Camo! Wo warst du so lange, Camo?« rief Piemur. »Wir haben dich überall gesucht. Hier ist dein Kuchen, Camo.«

»Kuchen?« Und Camo kam mit ausgestreckten Händen näher. Er trug einen frischen Kittel, sein Gesicht glänzte vor Sauberkeit, und jemand hatte ihm die struppige Mähne glattgebürstet. Offensichtlich war auch er vom Duft der Pasteten angelockt worden.

»Ja, Kuchen, wie ich's dir versprochen hatte, Camo.« Piemur reichte ihm zwei Pasteten.

»So, dann hast du mich ausnahmsweise nicht angeschwindelt, du kleiner Spitzbub. Obwohl ich nicht verstehe, wie Camo und Menolly . . .«

»Hier ist dein Geld«, erklärte Piemur arrogant und schob Palim das Zweiunddreißigstel zu. »Ich hoffe, daß deine Pasteten halten, was der Preis verspricht.«

Menolly schluckte, denn inzwischen lagen neun kleine Kuchen auf dem Tablett.

»Drei für dich, Camo.« Piemur reichte Camo eine dritte Pastete. »Aber verbrenn dir nicht den Mund, hörst du? Drei für dich, Menolly.« Der Kuchen war so heiß, daß sie ihn kaum festhalten konnte. »Und drei für mich. Danke, Palim. Das war echt großzügig von dir. Ich werde allen erzählen, daß deine Backwaren die besten sind . . .« Er winkte Camo und Menolly zu. »Los jetzt, ihr beiden!« Der Bäcker starrte ihm erst verblüfft nach und begann dann schallend zu lachen. »Bis später, Palim.«

»Wir haben neun Pasteten zum Preis von sechs bekommen!« sagte Menolly, als sie sich weit genug vom Stand entfernt hatten.

»Klar, und wenn ich noch mal hingehe, kriege ich wieder neun, weil er denkt, daß ich immer mit dir und Camo teile. Den habe ich noch nie so prächtig reingelegt wie heute!«

»Piemur!«

»War gar nicht dumm von dir, die Zweiermarke rumzuzeigen. So früh am Tag hätte er die gar nicht wechseln können. Den Trick probier ich bei Gelegenheit selbst.«

»Du bist ein richtiger Gauner, Piemur.«

»Hmm!« Er biß in den Kuchen und kaute ganz verzückt. »Gut, nicht wahr?«

»Ja, aber das ändert nichts an der Tatsache, daß . . .«

»Was hast du denn? So ein Geschäft macht allen Beteiligten Spaß. Besonders, wenn es noch früh am Tag ist. Später langweilen sie sich dann, und da hilft es nicht einmal, wenn man ganz klein und armselig tut.«

Piemur schnitt eine erschrockene Grimasse. »Mann, Camo, wie siehst du denn aus?«

»Kuchen gut!« Camo hatte sich blitzschnell alle drei Pasteten in den Mund gestopft. Sein Kittel war jetzt fleckig von Beerensaft, und überall im Gesicht klebten ihm Kuchenreste.

»Menolly, schau dir den Kerl an! Der bringt die ganze Gilde in Verruf. Keinen Moment kann man ihn aus den Augen lassen. Los, komm mit!«

Piemur zerrte Camo hinter die Buden, bis er einen Wasserschlauch entdeckte. Er befahl dem Knecht, sich die Hände und das Gesicht zu waschen. Menolly fand einen einigermaßen sauberen Lappen und rieb damit die schlimmsten Flecken aus seinen Kleidern.

»Verflixt noch mal, jetzt ist das Zeug kalt!« schimpfte Piemur, als er nach seiner dritten Pastete griff. »Camo, manchmal schadest du mehr, als du nützt!«

»Camo schlimm? Camo schlimm?« fragte der Knecht traurig und verwirrt.

»Ach wo, laß nur, war nicht so gemeint! Ich mag dich, Camo.

Du bist mein Freund.« Piemur tätschelte den Arm des Trottels, und der strahlte erleichtert.

»Kalt oder nicht«, meinte Menolly, als sie ihre letzte Pastete in Angriff nahm, »die Dinger schmecken einfach herrlich.«

Piemur warf ihr einen nachdenklichen Blick zu. »Hmm, dann könntest eigentlich du das nächste taktische Gespräch mit Palim führen.«

»Ich schaffe keinen Bissen mehr . . .«

»Jetzt nicht — später.«

»Gut, dann lade aber ich dich ein.«

»Einverstanden!« Das kam blitzschnell, und Menolly merkte, daß sie den Köder mitsamt Haken und Schnur geschluckt hatte. »Aber jetzt suchen wir erst mal den Gerber.« Er nahm sie an der Hand und Camo am Ärmel und schleppte die beiden hinter sich drein. »Du bist also wirklich Meister Robintons Lehrling? Puh! Warte, bis ich das den anderen erzähle! Ich hab's ihnen prophezeit, aber die wollten mir nicht glauben.«

»Ich verstehe nicht, was du meinst.«

Piemur warf ihr einen verwirrten Blick zu. »Er hat doch gesagt, daß du sein Lehrling bist, als er dir die Zweiermarke gab, oder?«

»Er hat mir das schon öfter gesagt, aber ich fand das nicht ungewöhnlich. Unterstehen ihm denn nicht alle Lehrlinge in der Gilde? Er ist der Meisterharfner . . .«

»Ich merke schon, du hast wirklich keine Ahnung.« Piemurs Miene verriet Mitleid. »Jeder Meister hat ein paar Lehrlinge ganz für sich. Ich gehöre beispielsweise zu Meister Shonagar. Deshalb mache ich auch alle Botengänge für ihn. Ich weiß nicht, wie das bei euch in der Burg am Meer war, aber hier wird man als allgemeiner Lehrling aufgenommen. Wenn man sich irgendwo als besonders gut erweist, wie ich im Singen oder Brolly im Instrumentenbauen, dann übernimmt einen der Meister dieses Fachs zur besonderen Ausbildung. Und wenn er zufrieden ist, schenkt er einem hin und wieder eine Marke. Wenn dir also Meister Robinton eine Zweiermarke geschenkt hat, bist du sein Lehrling, und er ist besonders zufrieden mit dir. Er bildet nicht oft jemanden aus.« Piemur schüttelte bedächtig den Kopf und pfiff durch die Zähne. »Wir hatten schon Wetten abgeschlossen, wer an die Reihe kommen würde, nachdem Sebell zum Gesellen aufgerückt war . . . und Ranly bildete sich ganz fest ein, er könnte es schaffen.«

»Mag Ranly mich deshalb nicht?«

Piemur tat ihre Frage mit einer lässigen Geste ab. »Ranly hatte von Anfang an keine Chance, und das wußte jeder außer ihm. Er hält sich für klüger, als er ist. Meister Robinton hatte so lange gesucht — nach dem Jungen, von dem die Balladen stammten. Schau, da drüben ist der Stand des Gerbers! Und sieh dir diesen schönen blauen Gürtel an! Er hat sogar eine Feuerechse als Schnalle.« Er senkte die Stimme. »Du läßt mich verhandeln, klar?«

Ehe Menolly antworten konnte, schlenderte Piemur an den Stand und betrachtete die ausgestellten Wappenröcke, Pantoffeln und Stiefel. Nur den Gürtel schien er nicht zu sehen.

»Doch«, sagte er zu Menolly. »Die haben auch blaues Stiefelleder.«

Da Menolly Piemurs Verhandlungsgeschick bereits erlebt hatte, gehorchte sie dem Wink und strich mit dem Finger über das kräftige Wherleder. Sie konnte den Gürtel im Hintergrund erkennen, und die Schnalle besaß in der Tat die Form einer Feuerechse.

»Sagt bloß, daß ihr bezahlen könnt, ihr junges Gemüse!« meinte der Gerbergeselle, an Piemur gewandt, und schielte unsicher zu Menolly, die mit ihrem kurzgeschnittenen Haar, den langen Hosen und dem Lehrlingsabzeichen kaum von einem Jungen zu unterscheiden war.

»Ich? Bestimmt nicht. Aber *sie* braucht neue Schuhe. Ihre Pantoffeln sind eine Schande.«

Der Gerber warf einen Blick auf ihre Füße, und Menolly hätte die ausgefransten Slipper am liebsten versteckt.

»Das ist Menolly«, fuhr Piemur fort, ohne sich um ihre Verlegenheit zu kümmern. »Sie hat neun Feuerechsen, und sie ist Meister Robintons neuer Lehrling.«

Menolly wäre vor Scham am liebsten im Boden versunken. Dann entdeckte sie zu allem Überfluß dicht neben sich helle Schleier und prunkvoll bestickte Kleider. Pona kam näher, am Arm eines jungen Mannes. Dieser trug das Gelb von Fort und den Schulterknoten, der ihn als engen Angehörigen des Barons auswies. Hinter Pona kamen Briala, Amania und Audiva, alle in Begleitung von vornehm gekleideten jungen Männern. Den Farben und Schulterknoten nach zu schließen, handelte es sich um Pflegesöhne von Baron Groghe.

»Hier, Menolly, was hältst du von diesem Stück Leder?« fragte Piemur.

»Erkundigen Sie sich lieber, ob sie überhaupt Marken besitzt«, warf Pona ein. Ihre Stimme klang sanft und glatt, aber gerade das gab ihren Worten Schärfe. »Sicher fingert sie das Zeug nur an und kauft dann doch nichts. Ich dagegen möchte, daß Sie mir Maß für ein Paar leichte Sommerschuhe nehmen ...« Sie hielt den prallgefüllten Beutel hoch.

»Sie hat eine Zweiermarke«, fuhr Piemur wütend auf.

»Die ist sicher gestohlen«, entgegnete Pona und gab ihre überlegene Haltung auf. »Sie besaß nichts, als sie noch in der Pension wohnen durfte.«

»*Gestohlen*?« Menolly spannte sich an.

»Quatsch, gestohlen!« entgegnete Piemur. »Meister Robinton hat sie ihr heute morgen geschenkt.«

»Nimm deine Beleidigung auf der Stelle zurück, Pona!« forderte Menolly. Ihre Hand umklammerte das Gürtelmesser.

»Benis, sie bedroht mich!« kreischte Pona und hielt sich an ihrem Begleiter fest.

»Nun hör mir mal gut zu, Lehrlingsmädchen!« begann Benis im Befehlston. »Du hast es mit einem Burgfräulein zu tun. Gib ihr das Geld, und die Sache ist erledigt.«

»Menolly, laß dich nicht zum Streit herausfordern!« Audiva hatte sich an den anderen vorbeigeschoben und packte Menolly nun am Arm. »Genau das bezweckt sie doch!«

»Pona hat mich zu oft gekränkt, Audiva.«

»Menolly, du darfst nicht ...«

»Hol mir diese Zweiermarke, Benis!« zischte Pona. »Der werd' ich's zeigen.«

»Rühr mich nicht an, Benis!« warnte Menolly, als der junge Mann einen Schritt auf sie zukam. »Diese Angelegenheit trage ich mit Pona allein aus.«

Und sie wandte sich Pona zu, die mit einem entsetzten Quieken zurückwich.

»Benis, sie ist gefährlich! Das habe ich dir doch gesagt.«

»Bleib ruhig, Menolly!« drängte Audiva. »Merkst du nicht, was sie vorhat ... Piemur, so hilf mir doch!«

»Warte, Audiva, mit dir rechne ich auch noch ab!« fauchte Pona.

»Komm, Mädchen!« begann Benis von neuem mit herablassender Stimme. »Her mit dem Geld, und wir sprechen nicht mehr darüber, daß du Pona beleidigt hast!«

»Aber Pona hat doch Menolly beleidigt!« fuhr Piemur entrüstet dazwischen.

»Halt den Mund!« sagte Benis knapp. Er trat einen Schritt vor und maß lächelnd seine drei leichten Gegner.

Pona quietschte los, als Menolly an dem jungen Mann vorbeischoß und versuchte, sie an den langen Flechten zu packen.

»He, Moment mal!« sagte der Gerber laut, als er merkte, daß es ernst wurde. »Das hier ist ein Fest und kein . . .«

Benis war ebenfalls flink auf den Beinen. Er wirbelte herum, packte Menollys linken Arm und drehte ihn nach hinten. Mit einem Triumphschrei faßte Pona nach der Gürteltasche mit dem Geld. Piemur lief Menolly zu Hilfe. Er trat Benis gegen das Schienbein und riß Pona an den Haaren.

Menolly schüttelte ihren Widersacher ab; sie hatte bei der jahrelangen Arbeit an den schweren Fischernetzen mehr Kraft entwickelt als der blasse Jüngling. »Überlaß Pona mir!« rief sie Piemur zu und winkte ihn zur Seite.

»Benis, rette mich!« kreischte Pona und wollte zu dem jungen Baron laufen, aber Piemur hielt sie noch am Zopf fest.

Benis versetzte dem Kleinen einen Tritt, der ihn stürzen ließ, und stieß dem am Boden Liegenden hart den Schuh zwischen die Rippen.

»Laß den Jungen in Ruhe!« Menolly vergaß ihren Streit mit Pona und warf sich auf Benis. Sie ballte die Hand zur Faust und schlug sie dem Baron mit aller Kraft ins Gesicht. Der stolperte mit einem Schmerzensschrei zurück. Einer der anderen vornehmen jungen Männer wollte sich auf Menolly stürzen, aber Audiva umklammerte seinen Arm.

»Viderian! Menolly ist die Tochter des See-Barons! Hilf uns doch!«

Verblüfft schaute der junge Mann in die Runde und stellte sich dann Benis in den Weg, der von neuem Piemur angreifen wollte. Dem kleinen Lehrling lief Blut aus der Nase.

Im nächsten Moment war die Luft erfüllt von kratzenden, flügelschlagenden Feuerechsen. Piemur schrie, daß es Benis noch leid tun würde, einen Lehrling des Meisterharfners angegriffen zu haben; Camo glaubte seine geliebten Echsen in Gefahr und hieb ohne Unterschied auf Freund und Feind ein. Menolly erhielt einen schmerzhaften Schlag gegen das Ohr, als sie versuchte, den Rasenden zurückzuhalten.

»Beim Ei! Der blöde Küchenknecht!«

»Los, rennt weg!«

»Packt sie!«

»Ich hab' sie, Menolly!«

Die Feuerechsen dagegen kannten Feind und Freund genau auseinander. Sie stürzten sich auf Pona, Briala, Amania und ihre Galane. Menolly bemühte sich verzweifelt, ihre Schar zur Vernunft zu bringen. Die Mädchen und ihre Begleiter ergriffen die Flucht vor den wilden Luftangriffen.

»Herrscht hier endlich Ruhe!« Die Stimme dröhnte so gewaltig, daß sie Kreischen, Heulen und Kampfgeschrei übertönte, und sie klang so streng, daß alle auf der Stelle gehorchten. »Los, haltet Camo fest! Gießt ihm einen Eimer Wasser über den Kopf, damit er sich beruhigt! Hilf mit, Gerber! Menolly, bring deine Feuerechsen zur Vernunft! So ein Krawall auf einem Fest!«

Der Harfner trat in die Mitte des Getümmels, riß einen Pflegling vom Boden hoch, stieß eines der Mädchen in die Arme der Zuschauer, welche die Kämpfer in einem dichten Kreis umstanden, und half dem blutenden Piemur beim Aufstehen. Das Eingreifen Robintons wurde beeinträchtigt von dem erschrockenen Kreischen der kleinen Bronze-Echse, die sich an seinem linken Arm festkrallte, aber es bestand kein Zweifel am Zorn des Meisterharfners. Stille breitete sich aus, nur unterbrochen von Ponas und Brialas Schluchzen.

»So«, sagte Robinton mit blitzenden Augen. »Was hat es hier gegeben?«

»Sie hat an allem schuld!« Pona wankte einen Schritt auf Meister Robinton zu und deutete mit spitzem Zeigefinger auf Menolly. Lange Kratzer liefen ihr über die Wangen, ihr Schleier war zerfetzt und ihr kunstvoll geflochtenes Haar aufgelöst. »Dauernd macht sie Schwierigkeiten . . .«

»Meister, das stimmt nicht«, warf Piemur entrüstet ein. »Menolly und ich suchten eben einen Gürtel aus, als Pona . . .«

»Der kleine Gauner da hat mir ein Bein gestellt, als wir ahnungslos vorbeigingen, und plötzlich griffen uns diese gefährlichen Bestien an. Nicht zum erstenmal übrigens! Dafür habe ich Zeugen!«

»Baronesse«, begann er sehr ruhig. »Sie sind im Moment nicht in der Lage, objektiv zu urteilen. Briala, bringen Sie Ihre Freundin zurück in Duncas Pension. Das Fest scheint zu aufregend für ihr zartes Gemüt gewesen zu sein. Amania, vielleicht sollten Sie Briala helfen.« Wenngleich der Harfner Besorgnis über ihren Zustand äußerte, entging doch keinem der Umstehenden, daß er in Wirklichkeit die drei Mädchen scharf tadelte.

Dann wandte er sich den jungen Männern von der Burg zu. Benis hatte eine blaues Auge, das allmählich zuschwoll, und ein übel zerkratztes Gesicht. Unter dem strengen Blick des Meisterharfners versuchte er den Staub aus seinen Kleidern zu klopfen. Die anderen Begleiter der Mädchen hatten Haltung angenommen, als plötzlich Robinton in ihrer Mitte auftauchte.

»Baron Benis?«

»Ja, Meisterharfner?« Der Blick des jungen Mannes blieb gesenkt.

»Wie schön, daß Sie meinen Rang kennen«, meinte Robinton mit einem dünnen Lächeln.

Menolly hatte inzwischen Prinzessin und Rocky besänftigt, die sich nicht wie die anderen Echsen fortschicken ließen. Sie schaute überrascht auf, als sie den strengen Tonfall des Meisterharfners vernahm.

Einer der Burgpfleglinge stieß Benis in die Rippen, und der junge Mann fuhr ärgerlich herum.

»Ich nehme an, daß Sie alle für den Rest des Tages beschäftigt sind«, fuhr der Meisterharfner fort.

»Beschäftigt? An einem Festtag ... äh ... Meister?«

»Sie scheinen ein wenig spät zu merken, daß heute ein Festtag ist. Ich rechne damit, daß Sie sich in die Burg begeben und dort Ihre Verletzungen pflegen. Oder wäre Ihnen ein Hinweis an Baron Groghe lieber?« Die jungen Männer schüttelten heftig die Köpfe.

Dann gab er den Gaffern mit einem Wink zu verstehen, daß sie weitergehen sollten, und kümmerte sich um Camo. Der wurde immer noch von drei kräftigen Gesellen festgehalten und jammerte, weil er seine schönen Kleinen in Gefahr glaubte.

»Den Echsen geht es gut, Camo. Siehst du? Menolly hat ihre kleinen Echsen wieder. Den Echsen geht es gut.« Der Harfner sprach beruhigend auf den erregten Mann ein, und Menolly hielt ihm Prinzessin und Rocky entgegen.

»Schöne Kleine gut?«

»Ja, Camo. Brudegan, wer ist sonst noch in der Nähe?« fragte Robinton seinen Gesellen. Ein paar andere junge Harfner meldeten sich. »Bringt Camo zurück in die Halle«, befahl er und drückte Brudegan eine Marke in die Hand. »Und kauft ihm unterwegs noch ein paar Kuchen. Die hat er sich verdient.«

Die Menschenmenge verlief sich. Der Meisterharfner streichelte seine Echse und wandte sich dann der kleinen Gruppe zu, die übriggeblieben war. Er winkte alle an einen freien Platz hinter den Ständen.

»Und nun erzählt mir einmal in Ruhe, was vorgefallen ist«, begann er, aber seine Stimme klang längst nicht mehr so eisig wie zuvor.

»Es war nicht Menollys Schuld!« sagte Piemur und stieß Audiva beiseite, die ihm das Blut von der Nase wischen wollte. »Wir schauten uns gerade Gürtel an . . .« Seine Blicke suchten Bestätigung beim Gerber.

»Ich weiß zwar nichts von Gürteln, Meister Robinton«, sagte der, »aber die beiden lieferten keinerlei Anlaß zu Klagen. Plötzlich näherte sich die blonde junge Dame, Baronin Pona, und versuchte ihren Rang gegen das Harfnermädchen auszuspielen. Machte eine häßliche Andeutung, daß Ihr Lehrling Geld gestohlen habe . . .«

Ein bestürzter Ausdruck huschte über die Züge des Harfners. »Du hast doch nicht etwa deine Zweiermarke bei dem Durcheinander verloren, Menolly?« Er schaute sich suchend auf dem zertrampelten Boden um. »Ich habe nämlich nicht viele davon.«

Menolly hielt das Streitobjekt feierlich in die Höhe.

»Ein Glück«, lächelte der Harfner und bat den Gerber, mit seinem Bericht fortzufahren.

»Dann ergriff das Mädchen da . . .« — der Geselle nickte zu Audiva hin — »Menollys Partei, ebenso der junge See-Baron, der sie begleitete. Ich glaube, die Gemüter hätten sich beruhigt, wenn nicht plötzlich Camo und die Echsen dazwischengefahren wären. Gehören die alle *ihr*?« Und er wies mit dem Daumen auf Menolly.

»Ja«, entgegnete der Harfner, »eine Tatsache, die man im Auge behalten sollte. Die Tiere merken offenbar, wenn ihre Herrin in Bedrängnis ist.«

»Ich habe sie nicht zu Hilfe gerufen, Meister«, versicherte Menolly, die endlich ihre Stimme wiederfand.

»Das war bestimmt nicht notwendig.« Robinton legte ihr beruhigend eine Hand auf die Schulter.

»Meister Robinton«, sprudelte Audiva hervor. »Pona haßt Menolly, obwohl sie gar keinen Grund dazu hat.«

»Danke, Audiva, mir waren ihre Ränke auch schon aufgefallen.« Der Harfner verbeugte sich leicht vor ihr. »In Zukunft wird Baronin Pona weder Sie, Audiva, noch dich, Menolly, belästigen.« Seine Stimme war mit einemmal hart wie Stahl. »Und vielen Dank, Baron Viderian, daß Sie Loyalität gegenüber der Halbkreis-Bucht bewiesen haben. Ich hoffe, daß sich irgendwann die Kluft zwischen Land- und Seeburgen überbrücken läßt.«

»Mein Vater teilt Ihre Hoffnung, Meister Robinton. Deshalb hat er mich zur Ausbildung nach Fort geschickt.« Der junge Mann verneigte sich vor dem Meisterharfner. Doch im nächsten Moment erstarrte seine Miene, und er schluckte heftig.

»Ah«, meinte der Harfner nach einem Blick über die Schulter. »Ich hatte mich schon gewundert, wo Baron Groghe so lange bleibt . . .« Er lachte leise. »Viderian, Sie verschwinden jetzt mit Audiva. Und noch viel Spaß auf dem Fest!«

Audiva hakte sich bei dem jungen See-Baron unter und zerrte ihn fort.

»Mann — Baron Groghe!« wisperte Piemur Menolly zu und zog sie am Ärmel.

Der Harfner hielt den Jungen an der Schulter zurück. »Du bleibst, Freund Piemur, damit wir diese Angelegenheit endlich abschließen können.« Dann wandte er sich an den Gerber: »Welcher Gürtel hat Menolly gefallen?«

»Der mit der Feuerechsen-Schnalle«, murmelte Piemur und verkroch sich hinter dem Rücken des Harfners, als der Burgherr näher kam.

»Robinton, meine Königin scheucht mich schon wieder durch die Gegend«, klagte Baron Groghe. Dann stahl sich ein Lächeln über sein gerötetes Gesicht. »Ah, Menolly, das trifft sich gut. Merga benimmt sich entsetzlich — nanu, jetzt hat sie aufgehört.« Der Burgherr warf seiner Echse einen anklagenden Blick zu.

»Das ist rasch erklärt«, sagte Robinton leichthin.

»Ja? Nun sehen Sie sich die beiden an!«

Die Königinnen zirpten und tschilpten mit schräggelegten Köpfen wie zwei Küchenmägde, die den neuesten Klatsch austauschten.

»Was soll das alles?« wollte Baron Groghe wissen.

»Ich nehme an, die beiden haben sich einiges zu erzählen«, lachte Robinton. »Und dabei fällt mir ein Gerücht ein, das ich vorhin hörte, Baron. Der Weinschenk hat heute ein Faß des edlen Benden-Tropfens mitgebracht.«

»Was?« Baron Groghes Interesse war geweckt. »Wie ist er an diese Kostbarkeit gekommen?«

»Fragen wir ihn doch!«

»Sehr gut. Gleich?«

»Wäre schade, wenn er ihn an Leute verteilt, die ihn nicht zu würdigen wissen, oder?« Robinton nahm Baron Groghe am Arm.

»Allerdings.« Ehe sich der Burgherr endgültig abwandte, schaute er Menolly an. Sie erschrak, aber sein Blick war freundlich. »Mit dem Mädchen möchte ich mich einmal länger unterhalten. Bei unserer letzten Begegnung herrschte einfach zuviel Trubel.«

»Gern. Baron Groghe, sobald Menolly ihren Handel abgeschlossen hat . . .«

»Handel? Oh, da wollen wir nicht stören.« Baron Groghe schob die Unterlippe vor und schaute von Menolly zum Gerber. »Aber beeil dich, Mädchen. Ich finde so selten Zeit, mich gemütlich hinzusetzen und zu plaudern.«

»Besorg dir den Gürtel, Menolly«, sagte der Harfner leise. »Und komm dann zu uns ins Weinzelt. Und *du* . . .« — der Zeigefinger des Meisterharfners spießte Piemur auf —, »du wäschst dir das Gesicht, hältst den Mund und machst keine Schwierigkeiten, solange ich meinen Wein genießen möchte.« Der Baron zerrte ihn ungeduldig am Ärmel, und die beiden Männer entfernten sich.

Ein leiser Pfiff scheuchte Menolly aus ihrer Erstarrung. Sie wandte den Blick von den beiden einflußreichsten Männern Forts ab. Piemur fuhr sich mit der Hand dramatisch über die Kehle.

»Nun wird es wohl ein ewiges Geheimnis bleiben, wer Benis ein blaues Auge verpaßt hat. Einen Schlag hast du drauf, Menolly . . .«

»Als ich sah, wie dich der feige Kerl mit den Füßen trat, wurde ich so wütend . . .«

»Darf ich mich Piemurs Gratulation anschließen?« fragte eine ruhige Stimme. Die beiden wirbelten herum und entdeckten Sebell, der an der Theke des Gerberstandes lehnte. Die Augen seiner kleinen Königin glommen immer noch rot.

»O nein!« stöhnte Menolly nach einem Blick auf die Echse. »Nicht auch noch *du!*« Sie war vollkommen niedergeschlagen. Diese Rauferei ausgerechnet mit dem Sohn des Burgherrn hatte ihr gerade noch gefehlt.

»Es war doch nicht deine Schuld, Menolly«, erklärte Piemur.

»Das nicht — aber irgendwie schlittere ich immer in solche Situationen.«

»Und seit wann sind Sie hier, Sebell?« fragte Piemur, ohne auf Menollys Jammern zu achten.

»Ich kam gleich nach dem Burgherrn«, grinste der Geselle. »Und ich sah gerade noch, wie Benis auf Umwegen heimschlich. Es war nicht schwer zu erraten, wer ihm die Kratzer zugefügt hatte.« Er streichelte geistesabwesend seine Echse. »Wissen möchte ich nur brennend gern, wer die Kühnheit besaß, ihm das herrliche Veilchen zu verpassen.«

»Ein seltener Anblick war das«, meldete sich der Gerber zu Wort. »Das Mädchen landete einen herrlichen Treffer bei dem jungen Schnösel. So was ist mir noch nie untergekommen, und ich habe manche Festtagsrauferei miterlebt. Nun, Harfnermädchen, welchen Gürtel hattest du im Sinn, ehe der Streit losbrach? Ich dachte, du wärst mehr auf Stiefelleder aus.« Er warf Piemur einen scharfen Blick zu.

»Menolly möchte den blauen mit der Feuerechsen-Schnalle.«

»Der ist sicher viel zu teuer«, warf Menolly hastig ein.

Der Gerber drehte sich um und holte den Gürtel vom Haken.

»Den hier hast du gemeint?«

Menolly schaute das kostbare Stück sehnsüchtig an. Sebell nahm den Gürtel in die Hand und prüfte ihn genau.

»Eine schöne Arbeit, Harfner«, sagte der Gerbergeselle. »Und wie geschaffen für das Mädchen mit ihren Feuerechsen.«

»Was verlangen Sie dafür?« erkundigte sich Piemur mit wichtiger Miene.

Der Gerber warf einen Blick auf Piemur, strich mit den Fingerspitzen über den Gürtel und schaute dann Menolly an.

»Er gehört dir, Mädchen. Und ich nehme kein Geld von dir. Es war mir Lohn genug, mitanzusehen, wie du den jungen Raufbold abgefertigt hast. Hier, trag ihn, und er möge dir Glück bringen!«

Piemur starrte ihn mit weit offenem Mund an.

»Aber das kann ich nicht annehmen.« Menolly schob die Zweiermarke über die Theke.

Der Gerber schüttelte den Kopf und drückte ihr den Gürtel und das Geld in die Hand.

»O doch, du kannst, Harfnermädchen. Und damit ist der Handel abgeschlossen.« Und mit einem kräftigen Händedruck besiegelte er seine Worte.

»Noch etwas, Gerber Ligand . . .« Sebell trat näher, beugte sich über die Theke und fuhr leise fort: »Ich glaube, wir alle sollten diesen Zwischenfall so rasch wie möglich vergessen . . .«

»Ich verstehe, Harfner Sebell«, erwiderte der Gerber und nickte. »Auch wenn es mir schwerfallen wird, diese Geschichte für mich zu behalten . . . Nein, keine Sorge, Harfnermädchen! Du machst ein Gesicht wie eine Siebenspanne Schlechtwetter. Und wenn du Schuhe brauchst, die zu deinem neuen Gürtel passen sollen, dann gib mir nur Nachricht. Ich arbeite preisgünstig.« Er grinste Piemur an. »Auch wenn ich hin und wieder gern feilsche . . .«

Piemur setzte eine unschuldige Miene auf. Er wollte etwas entgegnen, aber Sebell brachte ihn mit einem scharfen Blick zum Schweigen. »Dir waschen wir jetzt erst mal das Gesicht, mein Junge.«

»Hinter meinem Stand befindet sich ein Wassertrog«, warf der Gerber ein. »Bedient euch — und hier habt ihr ein sauberes Tuch!« Er drückte Menolly einen Lappen in die Hand und tat ihren Dank mit einer lässigen Geste ab.

Kaum hatte sich Sebell, Menolly und Piemur zurückgezogen, drängten Kunden an den Gerberstand heran.

»Ha!« meinte Piemur, der einen Blick über die Schulter warf. »Gar nicht dumm von diesem Ligand, daß er dir den Gürtel geschenkt hat. Er macht jetzt bestimmt dreimal soviel Geschäfte wie vorher . . .«

»Du hältst jetzt den Mund!« befahl Sebell und rubbelte ihm das Gesicht sauber.

»He — ich . . .« Piemurs Proteste erstickten unter dem Lappen.

»Je weniger wir über diese Sache sprechen, Piemur, desto besser. Und was ich zu Ligand sagte, gilt erst recht für dich. Hier und in der Halle, verstanden? Es wird ohnehin genug Gerüchte geben.«

»Glauben Sie — ich — puh, das reicht doch — ich würde — etwas tun — das Menolly schadet?«

Sebell warf einen kritischen Blick auf sein Werk und ließ den sauberen Piemur los. »Nein, das glaube ich nicht. Du willst sicher auch weiterhin die Echsen füttern . . .«

»Also, das ist unfair!«

»Sebell, was mache ich nur, wenn sich meine Echsen auch in Zukunft so aufführen?« Menolly brachte es nicht länger fertig, ihre Ängste zu unterdrücken.

»Sie haben dich nur verteidigt . . .«, begann Piemur, aber er schwieg sofort, als Sebell mit dem Lappen drohte.

»Heute hatten sie, wie Piemur ganz recht bemerkte, Grund für ihre Angriffslust. Und der nächtliche Spuk vor kurzem war die Folge ungewöhnlicher Ereignisse, die sämtliche Drachen und Echsen von Pern beeinflußten.« Sebell drehte sich um und entdeckte, daß die Leute vor dem Harfnerstand ihr Gespräch unauffällig zu belauschen suchten. Er winkte die beiden Lehrlinge ein Stück hinter die Verkaufsbuden, wo sie besser vor den Blicken der Neugierigen geschützt waren. »Das alles . . .« — Sebells Geste umfaßte den Festplatz, die Harfnerhalle und die Burghöhe — »ist für sie genauso neu wie für dich. Sie sind jung wie du, auch wenn du schon eine Menge geleistet hast, Mädchen. Das alles ist wieder einmal eine Frage der Disziplin«, schloß er, aber in seiner Stimme war kein Tadel.

»Du hast recht, mir fehlte die Selbstbeherrschung«, gestand Menolly. Ihre Herausforderung an Pona hätte alles verderben können.

»He, das darfst du nicht sagen!« rief Piemur entrüstet. »Deine Rechte war einsame Spitze . . .« — er ahmte den Schlag nach —, »und nach allem, was Pona dir angetan hatte, war es nur recht und billig, eine Entschuldigung von ihr zu fordern . . .« Piemur schluckte, als er Sebells Interesse bemerkte, und sprach den Satz nicht zu Ende.

»Du hast eine Entschuldigung von Pona gefordert?« fragte der Harfnergeselle überrascht. »Du wußtest doch, daß Silvina diese Angelegenheit in Ordnung bringen wollte!«

»Sie nannte mich eine Diebin und hetzte Benis auf, mir die Zweiermarke wegzunehmen.«

»Die Zweiermarke, die ihr Meister Robinton für einen neuen Gürtel geschenkt hatte!« empörte sich Piemur.

»In diesem Fall mußtest du dich wehren«, sagte Sebell bedächtig. Er schaute Menolly lächelnd an. »Es ist sogar gut, zu wissen, daß du dich zu wehren verstehst. Nur — der Einsatz der Feuerechsen . . .«

»Ich habe sie nicht gerufen, Sebell, ehrlich nicht! Aber als Benis Piemur zu Boden stieß und mit den Füßen trat, bekam ich Angst. Der Kleine lag wie tot da.«

»Das Beste, was man machen kann, wenn der Gegner überlegen ist«, grinste Piemur.

»Dennoch kann ich es nicht billigen, daß Harfnerlehrlinge raufen — und schon gar nicht mit Angehörigen des Burgherrn . . .«

»Benis ist der schlimmste Radaubruder von Fort, Sebell, und Sie wissen genau, daß er ständig Stunk macht.«

»Jetzt reicht es aber, junger Mann«, erklärte Sebell mit einer Schärfe, die Menolly gar nicht an ihm kannte. »Allerdings hatte ich mit Disziplin nicht das gemeint, Menolly. Ich meinte die Fähigkeit, ein Projekt, eine Aufgabe zu Ende zu führen — so wie das Lied, das du gestern geschrieben hast . . . War es wirklich erst gestern?« Und er streichelte Kimi, die zusammengerollt in seiner Armbeuge schlief.

»Du hast ein *neues* Lied geschrieben?« Piemur strahlte. »Das weiß ich noch gar nicht. Wann kriegen wir es zu hören?«

»Wann ihr . . .« Menollys Stimme versagte.

»Was ist denn los, Mädchen?« Sebell nahm sie am Arm und schaute sie besorgt an.

»Es ist nur — alles so anders . . .«, stammelte sie, unfähig, den Aufruhr in ihrem Innern zu bekämpfen. »Wißt ihr . . . wißt ihr, was früher geschah, wenn ich ein Lied schrieb?» Sie versuchte die Worte zurückzuhalten, die aus ihr hervorbrachen, aber sie schaffte es nicht. Piemurs spitzes kleines Gesicht verriet tiefes Mitgefühl, und Sebell ermutigte sie weiterzusprechen. »Mein Vater *verprügelte* mich, wenn ich *herumspielte*, wie er es nannte. Und als ich mich beim Ausnehmen von Stachelschwänzen in die Hand schnitt . . .« — sie öffnete die Faust, damit die beiden die häßliche rote Narbe sehen konnten —, »da ließen sie die Wunde mit Absicht falsch zusammenwachsen, damit ich nie wieder ein Instrument greifen könnte. Sie verboten mir, abends im Großen Saal mitzusingen, weil sie Angst hatten, Harfner Elgion könnte herausbringen, wer die Kinder in der Burg nach dem Tode des alten Petiron unterrichtet hatte. Sie *schämten* sich für mich! Sie befürchteten, ich könnte die Burg in Verruf bringen. Deshalb bin ich weggelaufen. Ich wollte lieber in einem Sporenregen sterben, als noch eine Nacht in der Halbkreis-Bucht leben ...«

Bittere Tränen über das Unrecht, das man ihr angetan hatte, liefen Menolly die Wangen entlang. Sie merkte, wie Piemur sie bat, nicht mehr zu weinen, weil doch jetzt alles gut sei, und sie spürte Sebells starken Arm um ihre Schultern. Aber erst Prinzessins erregtes Zirpen ermahnte sie, ihre Gefühle zu beherrschen. Meister Robinton und Baron Groghe freuten sich bestimmt nicht über einen zweiten Echsen-Aufruhr an diesem Nachmittag.

Sie wischte sich heftig die Wangen trocken und warf dann einen trotzigen Blick auf die verwirrten Gesichter von Piemur und Sebell.

»Und ich wollte, daß du mir zeigst, wie man Fische ausnimmt!« Sebell schüttelte seufzend den Kopf. »Ich wunderte mich schon über dein Zögern. Aber keine Sorge, ich frage jemand anderen, nun, da ich weiß, weshalb du diese Arbeit so haßt.«

»Nein, ich *will* dir diese Dinge beibringen, Sebell — das Ausnehmen von Fischen genauso wie das Segeln! Ich bin vielleicht nur ein Mädchen, aber ich möchte zu den besten Harfnern der ganzen Gilde gehören ...«

»Langsam, Menolly«, lachte Sebell. »Ich glaube dir ja.«

»Ich auch«, sagte Piemur. Die Stimme des Jungen klang sehr nachdenklich. »Wir hatten keine Ahnung, daß es dir daheim in der Burg so schlecht ergangen war. Wollte denn gar niemand deine Balladen hören?«

»Doch, Petiron, aber als er starb ...«

Sebell nahm ihre Hand. »Jetzt verstehe ich auch, weshalb es dir so schwerfällt, an dich selbst zu glauben. Aber versprich mir, Menolly, daß du von nun an mehr Selbstvertrauen zeigst! Deine Balladen sind sehr wichtig — für den Meisterharfner, die Gilde und mich. Siehst du, Domick schreibt herrliche Musik, aber nur wir Harfner begreifen sie. Deine Lieder wenden sich an alle Leute — Burgbewohner, Bauern, Seefahrer. Die Themen deiner Lieder rütteln die Menschen auf und helfen die starren Traditionen zu durchbrechen, denen du beinahe zum Opfer gefallen wärst.

Es ist falsch, wenn man seine eigenen Fähigkeiten geringschätzt, Mädchen. Gut, finde heraus, wo deine wahren Grenzen liegen, aber setz dir keine willkürlichen Schranken durch falsche Bescheidenheit.«

»Schau mich an«, warf Piemur altklug ein. »Ich tu das auch nicht.«

Menolly lachte los. Dann straffte sie die Schultern und atmete tief durch. Prinzessin rieb das Köpfchen gegen ihre Wange und zirpte zufrieden.

»Jetzt geht es besser, Menolly, nicht wahr?« fragte Piemur. »Dann aber nichts wie los ins Weinzelt! Du hast deinen Gürtel, und ich bin gewaschen – wir dürfen Meister Robinton und Baron Groghe nicht länger als unbedingt nötig warten lassen.«

Menolly zögerte einen Moment lang.

»Nun?« Sebell zog fragend die Augenbrauen hoch.

»Und wenn der Burgherr erfährt, daß ich Benis das blaue Auge geschlagen habe?«

»Nicht von Benis, das steht fest«, entgegnete Piemur und schnitt eine verächtliche Grimasse. »Außerdem hat er fünfzehn Söhne. Aber nur eine Feuerechse. Er will mit dir über Merga reden, nicht über Benis!«

Wie von selbst zuckt der Fuß und schnellt das Bein,
Dumpf pocht das Blut in den Ohren.
Ein Kressezweig fällt aus der angststarren Hand . . .
Ich fliehe entsetzt vor den Sporen.

Menollys »Fluchtgesang«

Zu Menollys gewaltiger Erleichterung wollte Baron Groghe in der Tat über Feuerechsen sprechen — und zwar ausschließlich über die seine. Zu viert — Robinton, Sebell, Baron Groghe und sie — saßen sie an einem Nebentisch, jeder eine Echse auf dem Arm oder auf der Schulter. Menolly kam es ein wenig seltsam vor, daß ausgerechnet sie, der Neuankömmling in der Harfner-Gilde, einen Platz in dieser vornehmen Runde fand. Mit dem Burgherrn kam sie trotz seines polternden Tonfalls und den finsteren Grimassen, die er schnitt, schnell ins Gespräch, nachdem sie ihre anfängliche Nervosität überwunden hatte. Sie erfuhr in allen Einzelheiten, wie die kleine Echse des Barons geschlüpft war und welche Ängste er dabei empfunden hatte.

»Ich wäre froh gewesen, dich an meiner Seite zu haben, Mädchen.«

»Sie vergessen, Baron, daß meine Freunde etwa zur gleichen Zeit schlüpften wie Merga. Ich hätte Ihnen damals kaum gute Ratschläge geben können.«

»Aber jetzt kannst du, Kind, jetzt kannst du. Wie bringe ich Merga nur bei, daß sie Gegenstände für mich befördert? Ich habe von der Sache mit der Panflöte gehört.«

»Sie hat vermutlich nicht die Kraft dazu. Sehen Sie, um die Flöte anzuschleppen, mußte sich mein ganzer Schwarm anstrengen.« Menolly spürte die Enttäuschung des Barons und dachte nach. »Ein Zettel mit einer Botschaft — das würde sie vielleicht schaffen. Aber Sie müßten ihr das Gefühl vermitteln, daß dieser Auftrag unbedingt notwendig ist. Bei mir . . . nun ja, meine Füße schmerzten ganz entsetzlich, und der Weg zur Pension war so weit . . .«

Seine Augen, von einem sonderbar hellen Braun, betrachteten Menolly aufmerksam. »Ah, unbedingt notwendig, sagst du? Hmmm. Ich wüßte nicht, was ich *so* notwendig brauche.« Er lachte, als er ihren Gesichtsausdruck bemerkte. »In der Jugend, Mädchen, da ist alles enorm wichtig. Wenn du erst mal so alt bist wie ich, dann hast du gelernt, dein Leben zu *planen.*« Er blinzelte ihr zu. »Werde mir den Ratschlag aber merken, denn meine Merga ist ein Bündel von Emotionen. Stimmt's, Kleine?« Er streichelte sie zärtlich mit dem klobigen Zeigefinger. »Gefühle, darauf reagieren sie also am ehesten. Und ein brennender Wunsch ist eine Art Gefühl, was? Wenn man etwas ganz notwendig braucht . . .« Er lachte wieder und schaute den Harfner an. »Nun haben Sie es gehört, Robinton. Gefühle vermitteln diese kleinen Geschöpfe, nicht Wissen. Wie kürzlich Brekkes Angst. Und heute . . .« Wieder wandte er den hellen Blick Menolly zu.

»Heute — war alles meine Schuld, Baron«, erklärte Menolly und benutzte die Ausrede, die Piemur ausgeklügelt hatte. »Mein kleiner Freund Piemur stolperte im Gedränge, und ich hatte solche Angst, er könne zertrampelt werden . . .«

»Ah, warum haben Sie mir das nicht eher erzählt, Robinton?« fragte Baron Groghe und hielt sein leeres Weinglas hoch. Der Harfner füllte es rasch.

»Ich wußte wirklich nicht«, fuhr Menolly mit echter Zerknirschung fort, »daß ich damit Sie, den Meisterharfner und Sebell auf den Plan rufen würde.«

»Ob Menschen- oder Echsenkinder — die Jugend macht viel Wirbel«, stellte der Harfner mit einem Lächeln fest. »Ich denke, solche Zwischenfälle werden sich nicht mehr ereignen, wenn die Echsen eine gewisse Reife besitzen.«

Wieder wandte sich der Baron an Menolly: »Glaubst du, daß unsere Kleinen noch ein Stück wachsen?« Er verglich Merga und Prinzessin mit kritischen Blicken.

»Mirrims drei Echsen im Benden-Weyr waren vom ersten Gelege, nicht wahr? Sie sind kaum einen Fingerbreit höher«, entgegnete Menolly, froh über den Themawechsel. »Dabei müßten sie um einige Siebenspannen älter sein.« Der Meisterharfner nickte zustimmend. »Und als ich F'nors Königin Grall zum erstenmal sah, hielt ich sie für Prinzessin.« Ihre Echse zirpte empört. »Nur einen Moment lang«, fügte Menolly hinzu und streichelte Prinzessin. »Und nur weil ich keine Ahnung hatte, daß es im Weyr überhaupt Feuerechsen gab.«

»Kannst du dir denken, wann die erste Paarung stattfindet?« Der Baron schaute sie hoffnungsvoll an.

»Nein, das weiß ich wirklich nicht, Baron. T'gellan, der Reiter von Monarth, will jedoch die Höhle im Auge behalten, in der meine Echsen schlüpften, um zu sehen, ob die alte Königin ihre Eier wieder dorthin bringt.«

»Höhle? Ich dachte, die Feuerechsen legten ihre Eier in Sandkuhlen am Strand?«

Meister Robinton gab ihr durch einen Wink zu verstehen, daß sie frei sprechen könne. Und so erzählte Menolly, wie sie den Paarungsflug der Feuerechsen nahe den Drachen-Steinen beobachtet hatte und später bei der Suche nach Spinnenklauen auf das Gelege der Königin gestoßen war. Sie berichtete von der drohenden Flut und der Verzweiflung der kleinen Echse, die ihr Nest in Gefahr sah. Und wie sie, Menolly, am Ende die Eier in eine Höhle der Uferklippen gebracht hatte, um sie vor dem Untergang zu retten.

»Dann hast *du* diese Ballade geschrieben, die jetzt alle Leute singen?« Baron Groghe nickte anerkennend. »Weshalb haben Sie mit keinem Wort erwähnt, daß dieses Lied von einem Mädchen stammt, Robinton?«

»Als das Lied in unsere Hände gelangte, wußten wir nichts von Menolly.«

»Hmm. Na ja, ist auch egal. Weiter, Mädchen! Geschah alles so, wie du es in der Ballade beschrieben hast?«

»Ja, Baron.«

»Und wie kamst du gerade in dem Moment, da die Jungen schlüpften, zu dieser Höhle?«

»Ich war bei der Suche nach Spinnenklauen zu weit die Küste entlanggelaufen. Ein Fädeneinfall stand bevor. Ich befand mich im Freien, als die graue Wand näherrückte, und die einzige Zuflucht, die mir einfiel, war die Höhle. Ich kam an — einen Sack voll Spinnenklauen in der Hand — gerade, als die ersten Eierschalen platzten. Und ich konnte die Kleinen doch nicht ins Freie fliegen lassen, wo gerade die Sporen fielen. Ich fütterte alle, die ich erwischen konnte, mit Spinnenklauen. Deshalb der große Schwarm, den ich jetzt besitze.«

Als hätte die Erwähnung von Futter ihren Hunger geweckt, begannen Kimi und Zair laut zu kreischen.

Robinton sprang auf. »Entschuldigen Sie, Baron, ich will nicht unhöflich sein, aber ich . . .«

»Unsinn! Sie bleiben. Und Sie auch, Sebell«, fügte der Burgherr hinzu, als der Geselle sich erheben wollte. »Die Kleinen fressen überall. Und sie sind nicht heikel. He, du . . .« — Baron Groghe schnippte mit den Fingern, und der Lehrling des Weinhändlers kam an den Tisch gerannt —, »hol uns von den Buden ein Tablett mit Fleischpasteten. Ein großes Tablett, hörst du? Es muß für zwei hungrige Echsen und ein paar Harfner reichen. Kenne nicht einen einzigen Harfner, der zu wenig Appetit entwickelt hätte. Bist du auch hungrig, Harfnermädchen?«

»Nein, danke, Baron.«

»Willst mich wohl Lügen strafen, was? He, Junge, bring auch ein paar Beerenkuchen mit!« schrie der Burgherr dem davoneilenden Lehrling nach. »Hoffentlich hat er das noch gehört. Du bist also die Tochter von Yanus in der Halbkreis-Bucht?«

Menolly nickte.

»War selbst noch nie dort. Aber die Fischer brüsten sich oft mit den großen Felsenhöhlen, in denen die Schiffe ankern. Stimmt es, daß die gesamte Fangflotte darin Platz findet?«

»Ja, Baron, das ist richtig. Selbst der größte Segler kann in die Höhle einlaufen, ohne die Masten zu kappen — außer der Wasserstand ist ungewöhnlich hoch. Außerdem gibt es im Innern einen Felsensockel für Reparaturen, eine kleine Schiffswerft und eine trockene Nebenhöhle, in der das Holz für neue Boote aufbewahrt wird.«

»Und der Wohntrakt liegt über dieser Dockhöhle?« Baron Groghe schien das anzuzweifeln.

»O nein, Baron. Die Burg hat ihren Namen nicht umsonst.« Menolly formte Daumen und Zeigefinger zu einem Halbkreis. »Hier, bei meinem Daumen, liegt die Dockhöhle. Und das da . . .« — sie deutete zur Fingerspitze — »ist die Burg, am längeren Ende des Halbkreises. Dazwischen erstreckt sich Sandstrand. Dort machen sie die Ruderboote fest. Und bei gutem Wetter nehmen sie Fische aus oder flicken und trocknen die Netze und Segel.«

»Sie?« Baron Groghe zog die buschigen Augenbrauen hoch.

»Ja, Baron, sie. Ich gehöre jetzt zu den Harfnern.«

»Ausgezeichnet, Menolly«, entgegnete Baron Groghe und schlug sich mit der flachen Hand auf den Schenkel, daß Merga erschrocken hochflatterte. »Mädchen oder nicht, Robinton, da haben Sie einen echten Gewinn für Ihre Gilde. Das gefällt mir. Das gefällt mir wirklich.«

»Danke, Baron Groghe. Ich war überzeugt davon, daß Sie es so sehen würden«, erwiderte der Meisterharfner mit einem schwachen Lächeln. Dann nickte er Menolly beruhigend zu.

»Dieser Gedanke von Ihnen, Robinton, die Zünfte, Gilden und Burgen näher zusammenzubringen, scheint Früchte zu tragen«, fuhr der Baron nachdenklich fort. »Vielleicht schicke ich den einen oder anderen meiner Söhne in eine Meeres-Burg.«

Der Gedanke, daß Benis unter der Fuchtel ihres Vaters arbeiten müßte, gefiel Menolly, obwohl sie natürlich nicht wußte, ob der Baron gerade ihn meinte.

In diesem Moment kam atemlos der Weinhändler-Lehrling zurück. Er schleppte zwei riesige Tabletts an und stellte sie vorsichtig auf den Tisch.

Während die kleinen Echsen gefüttert wurden, sah Menolly, daß immer mehr Leute auf das Karree zwischen den Buden und Zelten drängten. An einem Ende befand sich ein hölzernes Podium, auf dem nun eine Gruppe von Harfnern Platz nahm und die Instrumente stimmte. Sofort bildeten sich Tanzpaare. Ein hochgewachsener Harfnergeselle stellte sich in die Mitte, rief laut die Tanzfiguren aus und schlug auf einem Tamburin den Rhythmus.

Die Zuschauer an den Seitenlinien klatschten im Takt zur Musik und riefen den Tänzern aufmunternde Worte zu. Auch Baron Groghe begann zu klatschen und mit den Füßen zu stampfen.

Menolly sah die Farben aller Zünfte und Gilden; auch die Bauern aus der Nachbarschaft waren herbeigeströmt und standen jetzt herum, Weingläser in den klobigen Händen, die Stiefel für den festlichen Anlaß sauber gewichst. Als die Musik eine Pause machte, zogen einige der Pächter ihre Frauen auf den Platz.

Nach und nach ermüdeten die Tänzer, und die Musiker auf dem Podium machten Brudegan und einigen seiner älteren Lehrlinge Platz. Auf ein Zeichen von ihm hin sangen sie die Ballade, die Elgion bei seiner Ankunft in der Halbkreis-Bucht vorgetragen hatte: jenes Lied, das Menolly nie zu Ende gehört hatte. Sie beugte sich vor, eifrig darauf bedacht, jedes Wort und jede Note zu erhaschen. Prinzessin hob den Kopf, zirpte leise und schaute ihre Herrin fragend an.

»Laß sie mitsingen«, sagte Meister Robinton. Er beugte sich vor. »Aber es wäre besser, wenn die anderen auf ihren Dächern blieben.«

Menolly übermittelte ihren Freunden den Befehl, doch im gleichen Moment fiel Merga auf Baron Groghes Schulter in den Gesang ein.

Der Diskant der Echsen erhob sich über die Harfnerstimmen, und Menolly merkte, daß sie wieder einmal im Blickpunkt der Menge stand. Baron Groghe strahlte vor Stolz und trommelte den Rhythmus auf der Tischplatte mit.

Donnernder Beifall brandete auf, und Rufe wie: »Die Feuerechsen-Ballade!« »Das Lied der Königin!« wurden laut.

Brudegan winkte von seinem Podium Menolly gebieterisch zu sich.

»Los, Mädchen! Worauf wartest du noch?« Baron Groghe schnippte mit den Fingern. »Sing das Lied! Schließlich hast du es auch geschrieben. Habe noch nie im Leben einen Harfner gesehen, der sich zierte, wenn es ums Singen ging!«

Menolly warf Meister Robinton einen flehenden Blick zu, aber in den Augen des Harfners funkelte der Schalk, und er lächelte nur.

»Du hast Baron Groghes Worte gehört. Und es wird Zeit, Menolly, daß du dich als Harfnerin einführst.« Er erhob sich und reichte ihr den Arm. Ihr blieb keine andere Wahl, als auf den Platz zu gehen, wenn sie nicht die Gilde blamieren und Baron Groghe verärgern wollte.

»Ich begleite dich, wenn ich darf. Erinnerst du dich noch an die geänderten Stellen?« fragte Robinton, während er sie die Stufen hinaufgeleitete.

Sie nickte stumm. Brudegan grinste breit, als sie näher kam, und winkte zwei Gitarrenspieler herbei.

Menolly starrte in ein Meer von Gesichtern. Stille breitete sich aus, und der Meisterharfner summte die erste Zeile der Feuerechsen-Ballade. Meister Shonagars Worte durchzuckten Menolly: ›Halte dich gerade, Schultern zurück, Bauchatmung, Mund weit auf — *und sing!*‹

»Die Königin, klein und golden,
Droht schrill der weiten See.
Tod bringt die Flut
Der jungen Brut.
Sie schreit hinaus ihr Weh.«

Der Beifall, der nach der letzten Strophe der Ballade aufbrandete, war so ohrenbetäubend, daß Prinzessin mit Angstgekreisch davonstob. Erst als sich der Lärm legte, kehrte die kleine Echse zurück.

»Sing ein Lied aus der Halbkreis-Bucht«, flüsterte ihr der Meisterharfner ins Ohr, während er einige Übergangsakkorde spielte. »Etwas, das die Landbewohner vielleicht noch nicht kennen. Fang einfach an — wir begleiten dich dann.«

Menolly räusperte sich, und die Menge schwieg. Sie sang zur Einleitung den Refrain, um Meister Robinton den Einsatz zu erleichtern. Die Gitarren fielen prompt ein.

»O weite See, o sanfte See,
Mein einzig Liebchen du,
Deine weichen Arme umfangen mich,
Und wiegen mich zur Ruh' . . .«

»Gut gemacht«, lobte der Harfner, während von neuem Beifall losbrach. »Das Lied war ihnen neu.« Er verbeugte sich, und Menolly winkte schüchtern. Dann begann wieder eine Harfnergruppe zum Tanz aufzuspielen.

Robinton führte Menolly zurück an den Tisch, wo Baron Groghe immer noch begeistert klatschte, Sebell reichte dem Meisterharfner seine mehr als entrüstete kleine Bronze-Echse.

Menolly hätte sich gern für einen Moment hingesetzt und von ihrem ersten öffentlichen Auftritt erholt, aber Talmor wartete bereits auf sie.

»Komm, Menolly! Du hast jetzt deine Harfner-Pflicht erfüllt. Tanzt du mit mir?« Er warf Prinzessin einen skeptischen Blick zu. »Ob sie auf deiner Schulter sitzenbleibt?«

Die Musiker hatten einen temperamentvollen Galopp angestimmt.

»Sie kommt inzwischen zu mir«, meinte Sebell und streckte den Arm aus. »Zair war auch einigermaßen brav . . .«

Prinzessin schimpfte zwar ärgerlich, aber sie ließ sich am Ende doch überreden. Talmor legte einen Arm um Menollys Taille und wirbelte sie geschickt über die Tanzfläche.

Danach fand Menolly kaum noch Zeit, einen Schluck Wein zu trinken oder Prinzessin ein paar beruhigende Worte zu sagen. Viderian holte sie zu einem Gruppentanz, bei dem Audiva Tal-

mor zum Partner hatte. Dann kam Brudegan und zu ihrer großen Verblüffung auch Meister Domick. Piemur meinte beleidigt, daß er besser tanze als jeder Geselle und schließlich ihr bester Freund sei, oder? Also tanzte sie auch mit ihm.

Gesangsquartette wechselten mit der Tanzmusik ab. Die beiden Lieder, die Petiron an den Meisterharfner geschickt hatte, wurden immer wieder verlangt. Sebell spürte Menollys Verlegenheit und blinzelte ihr lachend zu.

Mit dem Einbruch der Dunkelheit ließ der Trubel ein wenig nach, denn diejenigen, die einen weiten Heimweg hatten, mußten allmählich an den Aufbruch denken. Die Buden wurden abgebaut, die Zugtiere eingespannt und die Renner gesattelt. Der Weinhändler hatte seine Fässer zum Glück in den Kellern des Burgbergs gelagert und bediente bereitwillig auch noch die späten Zecher.

Prinzessin zwickte Menolly ungeduldig in die Wange und erinnerte sie daran, daß der Echsenschwarm lange genug auf sein Abendessen gewartet hatte. Erschrocken über ihre Gedankenlosigkeit, eilte Menolly zur Harfnerhalle zurück. Auf den Stufen zum Innenhof stand Camo mit verzweifelter Miene, im Arm eine riesige Schüssel mit Fleischabfällen. Kaum hatte er Menolly und ihre Schar erspäht, da begann er zu strahlen.

»Schöne Kleine hungrig? Schöne Kleine *sehr* hungrig! Camo warten. Camo auch hungrig!«

Aus dem Nichts tauchte Piemur auf.

»Siehst du, Camo, ich habe dir *gesagt,* daß sie noch kommt. Und daß sie sich freut, wenn wir ihr beim Füttern helfen!«

Piemur unterbrach ihre atemlosen Entschuldigungen, indem er eine Handvoll Fleischbrocken packte und sein Trio zu füttern begann.

»So ein Fest macht Spaß, nicht wahr? War auch höchste Zeit, daß du mal was erlebst. Und wie du gesungen hast — einsame Spitze! Du solltest die Feuerechsen-Ballade öfter bringen. Das gefällt den Leuten. Und woher kommt es, daß wir die Meeres-Balladen nicht kennen? Ein ganz merkwürdiger Rhythmus.«

»Ich weiß nicht — es ist ein uraltes Lied . . .«

»*Ich* habe es jedenfalls noch nie gehört!«

Menolly mußte lachen, weil Piemur sich benahm wie ein rechthaberischer Greis.

»Hoffentlich weißt du noch mehr von der Sorte, denn die anderen kenne ich alle schon auswendig ... He, du hast eben was gekriegt, Faulpelz! Jetzt ist Spiegel dran — *schsch!* Benimm dich gefälligst!«

Die hungrigen Echsen hatten Camos Schüssel im Nu geleert. Dann beugte sich Ranly aus dem Fenster des Speisesaals und rief, sie sollten sich beeilen, weil das Essen gleich abgeräumt würde. Der Saal war halbleer. Piemur hatte mit seiner Behauptung, daß es an einem Festtag nur schmale Kost in der Halle gab, recht behalten. Aber mehr als Brot und ein wenig Käse schaffte Menolly ohnehin nicht.

Als der Lehrlings-Älteste die Jungen in den Schlafsaal schickte, ging auch Menolly nach oben in ihr Zimmer. Vom Festplatz drangen leise Melodien an ihr Ohr. Sie hatte ihren ersten Auftritt als Harfnerin gehabt, und alles war gutgegangen. Zum erstenmal fühlte sie, daß sie hierhergehörte. Begleitet von der Musik und dem fernen Lachen schlief sie ein, die warmen kleinen Körper der Echsen neben sich.

Am nächsten Morgen erinnerte nur das niedergetrampelte Gras an das Fest. Bauern waren unterwegs zu den Feldern, Hirten trieben ihre Tiere auf die Weiden, und Lehrlinge liefen mit geschäftigen Mienen zwischen den Gebäuden hin und her. Eine Gruppe von Rennern stob den schrägen Weg von der Burg herunter und verschwand in einer Staubwolke auf der langen Straße nach Osten.

Menolly hörte Geschrei aus dem Schlafsaal der Jungen und ein leiseres, aber eindringliches Zirpen. Sie zog sich hastig an und lief die Treppe hinunter.

»Ich dachte mir schon, daß du kommen würdest, Menolly«, meinte Silvina und drückte ihr ein vollbeladenes Tablett in die Hand. »Bring das dem Meisterharfner nach oben, ja? Camo plündert inzwischen die Vorratskammer für deinen Echsenschwarm.«

Auf Menollys schüchternes Klopfen kam sofort ein »Herein!«. Meister Robinton hatte sich in seine Schlafdecke gewickelt und bemühte sich verzweifelt, Zair zu beruhigen.

»Wie hast du das gewußt?« fragte er erleichtert. »Ein Glück, daß du gekommen bist! Ich kann schließlich nicht splitternackt in der Küche erscheinen. Da, du verfressenes Biest! Du kriegst ja dein Futter, keine Sorge! Wie lange hält dieser Heißhunger nur an, Menolly?«

Sie stellte das Tablett auf dem Sandtisch ab und lockte die kleine Bronze-Echse mit ein paar Fleischbrocken zu sich, damit Meister Robinton einen Schluck heißen *Klah* trinken konnte. Der Harfner scheuchte sie mit einer Handbewegung auf.

»Das schaffe ich jetzt schon. Sieh zu, daß du selbst dein Frühstück bekommst! Und vergiß nicht, an diesem neuen Lied zu arbeiten. Ich brauche noch heute vormittag eine fertige Kopie.«

Sie nickte und ging. Auf dem Weg nach unten überlegte sie, ob Sebell vielleicht auch ihre Hilfe benötigte, aber der Geselle saß bereits im Speisesaal, Kimi auf dem Arm, und hatte mehr als einen freiwilligen Helfer um sich geschart.

Ihre Echsen warteten geduldig mit Camo und Piemur an den Treppenstufen. Sobald ihre Freunde gefüttert waren, genehmigte sie sich einen Becher *Klah.* Allerdings wurde sie dabei von Meister Domick gestört.

»Menolly«, begann er mit ärgerlich gerunzelter Stirn. »Ich weiß zwar, daß du für Meister Robinton dieses Lied fertigschreiben sollst, aber dauert das den ganzen Vormittag? Ich wollte noch einmal dieses Quartett mit euch durchspielen. Meister Morshal unterrichtet die Mädchen nämlich heute in Theorie, und da hat Talmor frei. Wir schaffen das Stück nie bis zum Konzert, wenn wir es nicht gründlich proben.«

»Gut, ich fange gleich an, nur . . .«

»Nur was!«

»Ich habe noch kein Schreibzeug.«

»Ist das alles? Trink schnell aus! Ich zeige dir Arnors Höhle.« Domick eilte voraus, quer über den großen Hof. »Ganz gut, wenn ich dich begleite. Meister Robinton legt sicher Wert darauf, daß du dieses Lied auf die neuen Holzfaserblätter schreibst, und *die* gibt Arnor keinem Lehrling.«

Meister Arnor, der Archivar der Gildehalle, hatte sein Reich in einem geräumigen Saal am Ende des Hauptgebäudes. In den Ekken und im Zentrum strahlten große Leuchtkörbe, und von der Decke hingen kleinere Ampeln bis fast auf die schrägen Schreibpulte herab, an denen Lehrlinge und Gesellen saßen und verblichene alte Pergamente kopierten. Meister Arnor war ein Pedant. Er wollte ganz genau wissen, wozu Menolly Holzfaserblätter brauchte: Lehrlinge hatten gefälligst auf alten Häuten zu üben, ehe man ihnen das kostbare Material anvertraute. Und warum die Eile? Überhaupt, weshalb hatte Meister Robinton *ihm* nicht Bescheid gesagt, wenn die Sache so wichtig war? Und ausgerechnet ein Mädchen! Ja, sicher, er hatte von Menolly gehört. Und sie gesehen, im Speisesaal, zusammen mit diesen lauten Lehrlingen und den Gastschülerinnen. Also schön, sie bekam ausnahmsweise Schreibzeug und Tinte, aber sie sollte sparsam damit umgehen, denn es kostete ungeheure Mühe, das alles herzustellen, und die Lehrlinge richteten oft genug Unfug an, wenn sie die Lösung einkochten, und dann verblaßte die Schrift so leicht, und das würde eines Tages noch zur Katastrophe führen . . .

Ein Geselle hatte inzwischen wortlos die Sachen hergerichtet und drückte sie Menolly mit einem Blinzeln in die Hand. Sie beschloß, in Zukunft gleich zu ihm zu gehen, wenn sie etwas benötigte.

Domick gelang es schließlich, sie dem keifenden Alten zu entführen. Während sie über den Hof eilten, schärfte er ihr nochmals ein, nicht den ganzen Vormittag mit Schreiben zu verplempern, sonst schafften sie das Quartett nie mehr rechtzeitig. Als er die Tür zur Haupthalle öffnete, vernahm Menolly die Stimme des Meisterharfners und eilte nach oben.

Während sie in ihrem Zimmer arbeitete, hörte sie gelegentlich die Stimmer der Meister aus dem Großen Saal. Zu ihrer Überraschung schien sich auch Silvina an der Diskussion zu beteiligen. Da es jedoch darum ging, wie man die neuen Gesellen über das Land verteilen sollte, achtete sie nicht weiter auf das Gespräch.

Sie schrieb eben die letzte Zeile einer dritten, sehr spielerischen Version, als jemand hart an der Tür klopfte. Um ein Haar hätte sie die Feder fallen lassen. Auf ihr Herein öffnete Meister Domick die Tür.

»Bist du noch nicht fertig?«

Sie deutete auf die Blätter, die zum Trocknen ausgebreitet waren. Stirnrunzelnd trat er näher und nahm eines davon in die Hand.

»Hmm. Saubere Schrift. Daran kann nicht einmal Arnor viel aussetzen. Ah ja . . .« Er überflog die anderen Seiten. »Die Form der traditionellen Ballade bleibt gewahrt — nicht schlecht, wirklich nicht schlecht.« Er nickte beifällig. »Ein wenig dünn in den Akkorden vielleicht, aber das Thema benötigt keine musikalischen Schnörkel. Komm, komm, schreib fertig!« Er deutete auf das Blatt, das vor ihr lag. »Ach so, du hast es schon geschafft.

Wunderbar.« Er blies vorsichtig über die feuchten Stellen. »Das reicht. Ich bringe die Kopien gleich weg. Du nimmst jetzt dein Instrument mit ins Studio und siehst dir die Musik an, die ich aufgelegt habe! Dein Part ist die zweite Gitarre. Achte besonders auf die Dynamik der zweiten Variation!«

Damit hastete er aus dem Zimmer. Ihre rechte Hand schmerzte von der ungewohnten Schreibarbeit, und sie knetete die Finger eine Zeitlang durch, um die Verkrampfung zu lockern.

»Fassen wir zusammen!« hörte sie die Stimme des Meisterharfners aus dem Großen Saal. »Alle Voraussetzungen bis auf eine sind erfüllt. Zugegeben, die hier verbrachte Spanne war sehr kurz, aber eine Lehrzeit unter einem tüchtigen Gesellen ist immer noch anerkannt worden, auch wenn sie außerhalb der Gildehalle erfolgte. Und wer wollte an den Fähigkeiten dieses Lehrmeisters zweifeln?« Es entstand eine kurze Pause. »Das wäre also geregelt. Ah, vielen Dank, Domick. Nun, Meister Arnor . . .« Menolly hörte nicht mehr, was Robinton sagte, denn er schien sich vom Fenster zu entfernen.

Ihr kam zu Bewußtsein, daß sie erstens gelauscht und zweitens Meister Domicks Befehl mißachtet hatte — nicht mit Absicht, denn das Zusammenspiel mit Talmor, Sebell und Domick machte ihr Spaß. Und sie glaubte den Worten Meister Domicks entnehmen zu können, daß sie dabeisein sollte, wenn sein Werk uraufgeführt wurde. Nach ihrem Auftritt am Vortag hatte sie jedoch keine Angst mehr vor einem öffentlichen Konzert. Es gehörte zu ihrem neuen Leben, einem breiten Publikum die Musik näherzubringen.

Als Menolly Domicks Studio betrat, diskutierten Talmor und Sebell bereits über das Stück. Kimi saß auf Sebells Schulter und schien nicht gerade erfreut über diesen Platzwechsel. Die beiden begrüßten Menolly gut gelaunt und fragten, wie ihr das Fest gefallen habe. Sie lachten über ihre begeisterte Antwort.

»Nach einem gelungenen Fest sind alle besser gelaunt«, meinte Talmor.

»Alle bis auf Morshal«, grinste Sebell und blinzelte Talmor zu, als teilten die beiden ein Geheimnis.

»Fangen wir zu spielen an!« sagte Talmor knapp. »Fertig, Menolly?«

Während Menolly ihre Gitarre stimmte, blätterte Talmor die Noten auf dem Ständer durch. »Wo sollen wir anfangen?«

»Meister Domick hat gesagt, ich müßte mir die Dynamik der zweiten Variation besonders gut einprägen«, warf Menolly schüchtern ein.

»Na schön, wenn er das sagt.« Talmor suchte die Stelle heraus. »Beim Großen Ei ... jetzt hat er den Text zum drittenmal geändert! Was verlangt er denn noch alles von uns?«

»Ist das Stück schwer?« fragte Menolly ängstlich.

»Nicht schwer — nur durch und durch Domick«, seufzte Talmor. Aber er klopfte den Rhythmus auf das Holz seiner Gitarre, und sie fingen an. Ein einzigesmal konnten sie die Variation durchspielen, ehe Domick ins Studio gehetzt kam. Er nickte ihnen zu und nahm seinen Platz ein.

»Beginnen wir gleich mit der zweiten Variation! Ihr hattet ja Zeit genug zum Üben.«

Sie arbeiteten das Stück gründlich durch und verweilten immer wieder an den schwierigen Passagen. Der Gong zum Mittagessen unterstrich das Finale. Talmor und Sebell legten ihre Instrumente mit einem erleichterten Seufzer weg. Nur Menolly spielte noch einmal leise die drei Schlußakkorde.

»Schmerzt deine Hand sehr?« erkundigte sich Domick mit ungewohnter Rücksichtnahme.

»Nein. Ich wollte nur hören, ob das weich genug klingt.«

»Wenn dich ein Mißton gestört hat, dann sicher mein Magenknurren«, erklärte Talmor.

»Gestern zuviel gefeiert?« fragte Sebell spöttisch.

»Nein, heute zu wenig gefrühstückt«, erklärte Talmor und schnitt eine Grimasse, als er den Raum verließ. Sebell folgte ihm lachend.

»Mußt du heute nachmittag zu Meister Shonagar?« fragte Domick, während er an Menollys Seite aus dem Studio ging.

»Ja.«

»Nun, da läßt sich wohl nichts ändern.« Menolly spürte, daß er es lieber gesehen hätte, wenn sie sein Stück übte, aber Meister Robinton hatte ihr strikte Anweisung erteilt: vormittags Meister Domick und nachmittags Meister Shonagar.

Als sie den Speisesaal betraten, waren die meisten Tische bereits besetzt. Domick ging nach rechts zu den Meistern. Menolly erhaschte einen bitterbösen Blick von Meister Morshal, und sie schaute rasch weg, denn sie wollte sich von dem grämlichen alten Mann die Laune nicht verderben lassen.

»Pona ist fort!« Piemur stand plötzlich neben ihr, und seine Miene strahlte tiefe Befriedigung aus. »Also kann ich jetzt wieder in deiner Nähe sitzen. Audiva hat gesagt, daß nur Pona sich beschwerte. Und sie *bittet* dich, daß du den Platz neben ihr einnimmst.«

»Pona ist fort?« Menolly war erstaunt und beunruhigt zugleich. Sie ließ sich von Piemur zu dem Tisch am Kamin ziehen. Links und rechts von Audiva war je ein Platz frei, und das hochgewachsene Mädchen deutete mit einem schüchternen Lächeln auf den Eckplatz neben sich.

»Siehst du — Pona fehlt«, wisperte Piemur. »Ein Drachenreiter hat sie heimgebracht.«

Der ehrenvolle Abgang seiner Widersacherin schien ihm weniger zu gefallen.

»Wegen gestern?« Menolly spürte einen kalten Klumpen im Magen. Pona in Duncas Pension, eingeschränkt durch die Vorschriften der Harfner-Gilde, das ging gerade noch. In der Burg ihres Großvaters konnte sie jedoch ungehindert auf Rache sinnen.

»Nein, nicht *nur* wegen gestern«, erklärte Piemur mit Nachdruck. »Du brauchst dir also keine Sorgen zu machen. Gestern, das hat allerdings den Ausschlag gegeben — eine Verleumdung in aller Öffentlichkeit. Und Dunca bekam von Silvina einiges zu hören . . .«

Timiny belegte drei Plätze gegenüber Audiva und winkte ihnen ungeduldig.

»Setz du dich zu Timiny, Piemur! Ich gehe zu Audiva. Sieht so aus, als versuchten die anderen Mädchen sie zu schneiden.«

Als sie neben Audiva Platz nahm, fing sie einen erstaunten, feindseligen Blick von Briala auf. Das dunkelhaarige Mädchen stieß ihre Nachbarin Amania an, die empört den Kopf schüttelte. Menolly lächelte Audiva beruhigend zu und spürte unter der Bank einen dankbaren Händedruck. Audivas Augen wirkten rot und verschwollen.

Die Mahlzeit begann. Menolly war zu verwirrt und Audiva zu errregt zum Plaudern, aber Piemur fühlte sich frei von Hemmungen, und er erzählte munter, auf welche Weise er seine Marken vermehrt hatte.

»Du bewahrst sie doch nicht im Schlafsaal auf, oder?« fragte Timiny beunruhigt.

»Pah! Ich habe Silvina gebeten, sie in sichere Verwahrung zu nehmen. Ich bin doch nicht blöd, Mann.«

Briala schien zwar das Gegenteil zu finden, wie ihre Miene ausdrückte, aber das störte Piemur nicht. Er erzählte die Geschichte mit den Pasteten, bis Menolly ihn mit einem Tritt gegen das Schienbein zum Schweigen brachte.

Aber lange konnte der Kleine den Mund nicht halten. Er beugte sich mit geheimnisvoller Miene über den Tisch und sagte: »Die Gesellen bekommen heute neue Aufgaben zugeteilt.«

»So?« Menolly wußte nicht allzuviel mit dieser Nachricht anzufangen.

»Hast du denn nichts Genaueres gehört? Die Fenster im Großen Saal standen weit offen, und du wohnst doch genau darüber!«

»Ich hatte wichtigere Dinge zu tun, als Gespräche zu belauschen, die mich nichts angehen«, entgegnete Menolly streng. »So etwas gehört sich nicht.«

Piemur rollte die Augen zur Decke. »Mit gutem Benehmen setzt du dich in der Harfner-Gilde nie durch, Menolly! Du mußt den Meistern und den Burgherren immer eine Nasenlänge voraus sein. Von einem Harfner erwartet man, daß er sich soviel Wissen wie möglich aneignet ...«

»Aber nicht durch Lauschen!« widersprach Menolly.

»Außerdem bist du noch kein Harfner, Piemur«, fügte Audiva hinzu.

»Ein Lehrling *wird* zum Harfner, wenn er seinen Meister genau beobachtet, oder?« fragte Piemur. »Außerdem muß ich jetzt schon an die Zukunft denken. Meine Stimme bleibt nicht ewig so hell. Habt ihr gewußt, daß nur ein Knabensopran von hundert später eine Sängerstimme kriegt? Wenn ich also zu den neunundneunzig Pechvögeln gehöre, muß ich mich auf anderen Gebieten nützlich machen, um nicht aus der Gilde rauszufliegen. Ich stelle mir vor, daß ich später wie Sebell von Burg zu Burg wandere und wichtige Botschaften verteile. Eine Feuerechse würde mir diese Arbeit natürlich enorm erleichtern ...« Piemur schluckte, als er merkte, daß er zuviel verraten hatte.

Menolly mußte gegen ihren Willen lachen. Timiny, der Piemurs Zukunftspläne offenbar schon kannte, preßte sich entsetzt die Hand auf den Mund.

»Ich mag deine Echsen *echt*, Menolly, das mußt du mir glauben!« beteuerte Piemur in dem Versuch, seinen Schnitzer wiedergutzumachen.

Sie beschloß, ihn ein wenig zu bestrafen, und tat, als sei er Luft für sie, aber sein flehender Blick zwang sie in die Knie.

»Piemur, du warst mein erster und bester Freund in der Gildehalle. Und ich habe das Gefühl, daß auch meine Echsen dich mögen, sonst würden sich Spiegel, Rocky und Taucher nicht von dir füttern lassen. Ich kann dir vermutlich nicht helfen, aber *falls* ich je ein Mitspracherecht haben sollte, werde ich dafür sorgen, daß du ein Ei aus einem von Prinzessins Gelegen bekommst.«

Piemurs übertriebener Seufzer weckte die Aufmerksamkeit der anderen Mädchen, die bis dahin so getan hatten, als existierte das andere Ende des Tisches nicht. Während mit Geklapper große Fleisch- und Gemüseplatten aufgetragen wurden, nutzte Menolly die Gelegenheit und fragte Audiva leise, wie es ihr ginge.

»Danke, ganz gut, nachdem sich der erste Sturm gelegt hat. Ich stehe rangmäßig über den anderen, auch wenn das angeblich in der Harfner-Gilde keine Rolle spielt.«

»Du spielst auch weit besser als sie«, meinte Menolly in dem Versuch, das Mädchen aufzuheitern. Die Stimme Audivas klang sehr bedrückt, und offensichtlich hatte sie lange geweint.

»Findest du das wirklich?« fragte Audiva überrascht und erfreut.

»Ja — soweit ich das in der einen Stunde beurteilen konnte. Die anderen Mädchen sind hoffnungslos. Weißt du, vielleicht treffen wir uns manchmal in unserer Freizeit und üben gemeinsam.«

»Ich? Mit dir üben? Oh, Menolly, meinst du das im Ernst? Ich möchte so gern mehr lernen, aber die anderen reden bloß dauernd über die Pflegesöhne des Barons und ihre Kleider und welchen reichen Bräutigam ihnen ihre Väter ausgesucht haben . . .«

Menolly streckte ihr die Hand hin, und Audiva schlug mit einem strahlenden Lächeln ein.

»Warte nur, bis ich dir erzähle, was in der Pension los war«, wisperte sie. Menolly sah, wie Piemurs Kopf immer näherrückte, und sie verscheuchte ihn mit einer Handbewegung. »Silvina hat es dieser Dunca richtig gezeigt!« Audiva kicherte.

»Aber wird es nicht Schwierigkeiten geben, wenn Pona in ihre

Burg zurückkehrt? Ihr Großvater ist der Baron von Boll, einer der mächtigsten Männer von ganz Pern.«

Audivas Miene umwölkte sich kurz. »Der Harfner hat das Recht, Gastschüler aus der Gilde zu verweisen«, entgegnete sie trotzig. »Er besitzt den gleichen Rang wie ein Baron, der sich seine Pfleglinge auch auswählen kann. Außerdem bist du ja die Tochter eines Barons.«

»Das spielt keine Rolle. Hier in der Gilde habe ich nur Lehrlingsrechte.«

»Oho, du bist immerhin Lehrling des Meisterharfners«, mischte sich Piemur ein. Der Kleine besaß in der Tat ein scharfes Gehör, wenn er das leise geführte Gespräch verstand. »Und darauf kannst du dir etwas einbilden.« Er warf einen Blick auf Briala, die auch versucht hatte, Menolly und Audiva zu belauschen. »Ja, merk dir das ruhig, Briala!« setzte er hinzu und schnitt dem dunkelhaarigen Mädchen eine Grimasse.

»Du kannst dich gern für etwas Besonderes halten, Menolly«, meinte Briala hochmütig, »aber im Grunde hast du als Lehrling überhaupt nichts zu melden. Und Pona ist der Liebling ihres Großvaters. Wenn sie ihm erzählt, daß *du* hinter ihrer Rückkehr steckst, wird er schon dafür sorgen, daß du von hier verschwindest.« Sie schnippte verächtlich mit den Fingern.

»Ach, sei doch still, Briala! Du redest den ganzen Tag nur dummes Zeug«, meinte Audiva, aber Menolly spürte eine leise Unsicherheit in ihrer Stimme.

»Dummes Zeug? Na, dann warte mal ab, bis Benis mit deinem Viderian fertig ist!«

Sie alle wurden von ihrem Streitgespräch abgelenkt, als Piemur plötzlich die Augen verdrehte und stöhnte. »Mann, wenn Pona fort ist, muß *ich* ihren Part singen! Das hat mir gerade noch gefehlt.« Seine übertriebenen Grimassen brachten die anderen zum Lachen und lenkten die Aufmerksamkeit auf das bevorstehende Frühlings-Konzert.

Piemur schwärmte Menolly vor, daß ein Fest noch gar nichts gegen das Frühlings-Konzert sei. Zwei Tage lang rückten im gesamten Burgbereich die Bewohner zusammen, weil man Herbergen für die Besucher brauchte, die aus dem ganzen Land herbeigeströmt kamen. Drachenreiter fanden sich ein, Harfner, Angehörige aller Zünfte und Gilden, dazu die großen und kleinen Landpächter. Beim Frühlings-Konzert wurden die neuen Meister vorgestellt und Lehrlinge in die Gilden aufgenommen. Piemur strahlte bei seiner Schilderung und vergaß ganz, daß er Ponas Rolle spielen mußte.

Der Gong erscholl, und ein Geselle verlas die Nachmittagspflichten. Die meisten Gruppen mußten beim Säubern des Festplatzes mithelfen oder die von Reittieren zertrampelte Erde auflockern. Piemur machte ein finsteres Gesicht, weil man ihn mit zu den Feldarbeiten abkommandiert hatte. Briala lächelte boshaft, und er wollte sich eben mit einem geflüsterten Schimpfwort rächen, als ihm Menolly gegen das Schienbein trat. Piemur warf ihr einen empörten Blick zu, aber als sie auf ihre Schulter deutete, benahm er sich gleich wieder zahm und gesittet. Er wollte die Chance, eines Tages eine Feuerechse zu bekommen, nicht leichtfertig verspielen.

Menolly mußte sich bei Meister Oldive einfinden. Er untersuchte ihre Sohlen, nickte zufrieden und schlug ihr vor, in Zukunft wieder feste Stiefel zu tragen. Auch ihre Hand hatte sich gebessert, aber der Heiler warnte sie vor Überanstrengung, da das Narbengewebe zu Rissen neigte.

Als sie über den Hof zu Meister Shonagar ging, tauchte unvermittelt ihr Echsenschwarm in der Luft auf. Prinzessin landete auf ihrer Schulter und übermittelte Eindrücke von einem herrlichen Badeteich und Sonnenschein auf warmen Felsen. Merga hatte offenbar den Ausflug mitgemacht, denn Menolly erkannte deutlich eine zweite kleine Goldechse in Prinzessins Gedanken-Bildern.

Meister Shonagar schien sich seit ihrem letzten Fortgehen nicht vom Platz gerührt zu haben. Eine Faust stützte den schweren Kopf, die andere lag auf dem Schenkel. Im ersten Moment glaubte Menolly, der Meister sei eingeschlafen.

»Ah, du suchst mich doch noch auf? Nachdem du beim Fest *gesungen* hast?«

»War das falsch?« Menolly hatte ihre Schritte verlangsamt, als sie den Tadel in seiner Stimme hörte, und Prinzessin zirpte aufgeregt.

»Du sollst *niemals* ohne meine ausdrückliche Erlaubnis singen!« Die mächtige Faust hieb auf die Tischkante.

»Aber der Meisterharfner . . .«

»Wer bildet deine Stimme aus? Ich oder der Meisterharfner?« Sein Baß grollte von den Wänden wider.

»Sie, Meister. Ich dachte nur . . .«

»Du *dachtest* nur? Solange du meine Schülerin bist, junge Dame, so lange denke *ich* . . . und du wirst noch eine ganze Weile meine Schülerin bleiben, bis deine Stimme einer Harfnerin würdig ist! Habe ich mich klar genug ausgedrückt?«

»Ja, Meister. Es tut mir leid. Ich wußte nicht, daß ich etwas Verbotenes tat . . .«

»Nun . . .« Sein Tonfall änderte sich so abrupt, daß ihn Menolly wiederum ungläubig anstarrte. »Ich hatte wohl auch nicht erwähnt, daß es noch zu früh für öffentliche Auftritte ist. Deshalb nehme ich deine Entschuldigung an.«

Menolly schluckte erleichtert.

»Und alles in allem war dein Vortrag gestern abend gar nicht so schlecht«, fuhr er fort.

»Haben Sie mich denn singen gehört?«

»Was sonst?« Wieder landete die Faust auf dem Tisch, wenn auch diesmal mit halber Kraft. »Ich höre jede Singstimme in dieser Halle. Die Phrasierung hat absolut nichts getaugt. Ich schätze, wir gehen das Lied noch einmal zusammen durch, damit du deine Komposition entsprechend abändern kannst.« Er seufzte in tiefer Resignation. »Man wird zweifellos verlangen, daß du diese Ballade noch öfter singst; immerhin hast du sie geschrieben, und sie scheint recht beliebt zu sein. Dann lern sie aber gleich *richtig* singen! So — und nun fangen wir mit den Atemübungen an. Aber die schaffen wir nie . . .« — wieder sauste seine Hand auf den Tisch —, »wenn du in der hintersten Ecke des Zimmers stehst und zitterst. Ich fresse dich nicht, Mädchen«, fügte er ganz leise hinzu. Ein Lächeln huschte über seine Züge. »Ich will dir nur beibringen, das Beste aus deiner Stimme zu machen.«

Trotz des unerwarteten Empfangs verließ Menolly den Meister mit dem Gefühl, ein gutes Stück vorangekommen zu sein. Sie waren die Feuerechsen-Ballade Zeile um Zeile gemeinsam durchgegangen, manchmal begleitet von Prinzessins Summen. Am Ende der Lektion hatte Meister Shonagar jede nur mögliche Nuance der Melodie aufgespürt und unterstrichen und damit den Gesamteindruck ungeheuer verstärkt. Menollys Bewunderung für ihn stieg ins Grenzenlose.

»Morgen«, sagte Meister Shonagar, als er sie entließ, »bringst du mir eine Kopie deiner neuesten Komposition. Dieses Lied über Brekke. Wenigstens besitzt du Verstand genug, Musik zu schreiben, die für deine Stimme gut geeignet ist. Machst du das eigentlich mit Absicht? Nein, nein, das war eine gehässige Frage. Trifft auf dich nicht zu. So, fort jetzt mit dir — ich bin entsetzlich müde!«

Er stützte die Faust unter das Kinn, und ehe Menolly ihm danken konnte, schnarchte er bereits.

Prinzessin flog ihr auf die Schulter und zirpte zufrieden, und Menolly, die sich ebenfalls erschöpft fühlte, hielt geistesabwesend nach dem übrigen Schwarm Ausschau. Die Echsen saßen wie gewohnt auf den Dächern und sonnten sich.

Menolly betrat die Haupthalle und überlegte, ob sie zu Silvina gehen und um neue Stiefel bitten sollte, aber aus der Küche drang Lärm und Hektik, und sie beschloß, noch ein wenig zu warten. So ging sie auf ihr Zimmer. Die Tür war nur angelehnt, und zu ihrer Überraschung entdeckte sie Audiva, die ihr schüchtern entgegenlächelte.

»Ich habe dich beim Wort genommen, Menolly. Ehrlich gestanden — ich hielt es keinen Moment mehr in dieser vergifteten Atmosphäre aus . . .«

»Um so besser, daß du gekommen bist.«

»Du siehst müde aus. Meister Shonagars Unterricht strengt an. Wir haben nur eine Stunde in der Woche, aber du mußt jeden Tag hin! Wie oft ist heute seine Faust auf den Tisch gekracht?« Audiva kicherte.

Auch Menolly mußte lachen. »Ich habe nicht mitgezählt. Er war wütend, weil ich gestern beim Fest ohne seine ausdrückliche Erlaubnis sang.«

»Ach, du Schreck!« Audivas Miene verriet Besorgnis. »Aber weshalb hat er sich beschwert? Dieses Lied vom Meer war wunderbar vorgetragen. Viderian kennt es, und er sagte, so schön habe es noch nie jemand gesungen. Du hast einen neuen Freund in Viderian gewonnen, falls dir das ein Trost ist. Wie oft hatte er sich gewünscht, jemand würde diesen arroganten Lümmel Benis zurechtstutzen . . .«

»Audiva, könnte Baron Sangel von Boll Meister Robinton wirklich zwingen . . .?«

»Du läßt dir doch von dieser rachsüchtigen Wherhenne Briala keine Angst einjagen?«

»Aber wäre es möglich, daß man einen Lehrling . . .«

»Einen gewöhnlichen Lehrling vielleicht«, seufzte Audiva. »Weil Lehrlinge auf der niedrigsten Stufe stehen, die es überhaupt gibt. Bei Gesellen ist das etwas anderes. Sie besitzen schon Rang und Macht. Aber, wie Piemur ganz richtig erwähnte, du bist Meister Robintons Schützling, und der Harfner läßt sich von keinem noch so einflußreichen Baron umstimmen, wenn er sich einmal etwas in den Kopf gesetzt hat. Außerdem war es nicht deine Schuld. Pona hat dich verleumdet. Ich bitte dich, Menolly, laß dich doch von diesen neidischen Mädchen nicht aus der Ruhe bringen! Schau, Baron Groghe braucht dich zum Abrichten seiner Echse.« Audiva lächelte. »Und da ist dein neues Lied. Talmor hat es uns vorgespielt, und ich war begeistert! *›Stößt euch etwas zu, geh ich in den Tod! Laßt mich nicht allein in Schmerzen und Not!‹*« Audiva hatte eine weiche Altstimme, die besonders in den tiefen Lagen voll zum Tragen kam. »Ich hätte am liebsten losgeheult, aber ich kam mir albern vor.«

»Unsinn, du bist doch nicht albern, Audiva. Ich fand es gestern ungeheuer mutig von dir, daß du mich in aller Öffentlichkeit gegen Pona verteidigt hast.«

Audiva biß sich auf die Unterlippe. »Leider hatte ich beim erstenmal geschwiegen ...« Sie zögerte einen Moment lang und machte ein zerknirschtes Gesicht. »Ich wußte von Meister Domicks Botschaft wie alle anderen. Und ich wußte auch, daß sie sich abgesprochen hatten, dich hinauszuekeln — wegen deiner Feuerechsen ...«

»Aber du hast Meister Domick erklärt, daß mir niemand die Nachricht ausrichtete.«

»Was recht ist, muß recht bleiben.«

»Siehst du, das gilt auch umgekehrt. Ohne deine Hilfe hätte ich gestern ernste Probleme bekommen. Aber ich schlage vor, wir lassen das Vergangene ruhen.« Menolly lächelte schüchtern. »Ich hatte mir immer schon eine Freundin gewünscht, weil ich so allein war.«

Audiva schüttelte verständnislos den Kopf. »Hat man dich denn nie in Pflege auf eine andere Burg gegeben?«

»Nein. Als jüngste Tochter hatte ich zuallerletzt Anspruch darauf. Und die Halbkreis-Bucht liegt so weit ab, daß man unterwegs immer mit Fädeneinfall rechnen mußte. Außerdem besorgt im allgemeinen der Burg-Harfner die Pflegestellen, und Petiron sprach das Thema nie an ...«

»Nun, so wie die Dinge stehen, war es ein Glück, daß der alte Petiron dich behielt, nicht wahr?« Audiva lachte. »Und ab heute *hast* du eine Freundin!«

Sie streckte Menolly die Hand entgegen.

»Habt ihr wirklich mein Lied geübt?« fragte Menolly nach einer Weile.

»Ja, und du kannst dir denken, mit welchem Widerwillen das geschah!« kicherte Audiva. Talmor ließ nämlich keinen Zweifel daran, wer es geschrieben hatte. Sag mal, könntest du mir eine einfachere Begleitung beibringen als die im Original? Meine Finger sind einfach zu klobig . . .«

»Das bildest du dir nur ein. Komm!« Menolly drückte Audiva ihre Gitarre in die Hand. »Du fängst mit einem einfachen E-Akkord an. Los!«

Menolly merkte bald, daß sie nicht genug Geduld mit Audiva hatte, obwohl das Mädchen jetzt ihre Freundin war und sich wirklich die allergrößte Mühe gab, ihre Anweisungen zu befolgen. Aber sie waren beide erleichtert, als Prinzessins Hungergeschrei die Übung unterbrach. Audiva erklärte, sie müsse noch rasch in die Pension und sich zum Abendessen umziehen. Sie verabschiedete sich mit einem herzlichen Händedruck von Menolly und rannte die Treppe hinunter.

Camo und Piemur erwarteten Menolly bereits auf den Küchenstufen. Während sie die hungrigen Echsen fütterten, kam Menolly in den Sinn, daß sie erst eine Siebenspanne in der Harfner-Gilde weilte. Sie konnte das kaum glauben, denn so viel war inzwischen geschehen. Und doch hatten sich die Feuerechsen eingewöhnt, als wären sie von Geburt an in der Harfnerhalle gewesen. Sie selbst besaß einen festen Arbeitsplan, und der Unterricht machte ihr Spaß. Vor allem aber hatte sie das Recht, das herrliche Recht — nein, es war sogar der *ausdrückliche Befehl* des Meisterharfners —, die Lieder zu schreiben, die man ihr einst strikt verboten hatte.

Als sie sieben Tage zuvor erstmals in diesem Hof gestanden hatte, war sie den Tränen nahe gewesen. Was hatte T'gellan gesagt? Daß sie sich rasch eingewöhnen würde. Und er hatte recht behalten, auch wenn ihr damals Zweifel gekommen waren. Er hatte auch gesagt, daß sie nichts von den Harfners zu befürchten hatte. Nun, ihr war Neid begegnet — und sie hatte ihn zu einem gewissen Grad besiegt. Sie hatte Freunde gewonnen, und die

Leute in der Gildehalle, die ihre Zukunft mitbestimmten, respektierten sie. Es gab nicht nur eine, sondern gleich mehrere Aufgaben für sie bei den Harfnern: Man brauchte ihre Lieder, ihre Feuerechsen und — was sie zuallerletzt vermutet hätte — ihr Wissen über das Meer und seine Bewohner.

Nur ein kleiner, nagender Zweifel blieb: Was geschah, wenn es Pona wirklich gelang, ihren Großvater gegen ein einfaches Harfnermädchen aufzuhetzen? Nicht alle Barone waren so tolerant wie Groghe. Nicht alle von ihnen besaßen Feuerechsen. Menolly vermochte ihre Angst nicht ganz zu unterdrücken — und ihr graute vor einer Rückkehr in den tristen Alltag der Halbkreis-Bucht.

11

O, preist die starken Drachenschwingen,
Die Mut und neue Hoffnung bringen!

Domick hielt sie am nächsten Morgen zurück, als sie den Speisesaal verlassen wollte.

»Erinnerst du dich noch an diese Meeres-Ballade, die du beim Fest gesungen hast? Glaubst du, es dauert lange, sie niederzuschreiben? Ich kenne sie nämlich nicht.« Das klang beinahe gekränkt. »Und Meister Robinton legt Wert darauf, daß wir auf dem Festland die Lieder der Meere verbreiten und umgekehrt . . .« Meister Domicks Tonfall verriet Mißbilligung, doch als er Menollys Miene sah, fügte er hastig hinzu: »Oh, ich bin ja nicht grundsätzlich dagegen, mich stört nur, daß er die Noten *sofort* will. Heute werden nämlich die Gesellen auf Wanderschaft geschickt, und sie sollen die Balladen gleich mitnehmen. Das erspart spätere Reisen . . .«

»Wenn Sie möchten, schreibe ich gleich mehrere Kopien«, bot sie ihm an.

Domick schlug sich gegen die Stirn. »Natürlich, ich hatte völlig vergessen, daß du eine gute Handschrift besitzt. Das mußte sogar Arnor eingestehen.« Domick lachte. »Also schön, verschwenden wir keine Zeit mehr! Du bist so nett und fertigst einige Kopien der Meeres-Ballade an. Wenn dir noch Zeit bleibt, kannst du auch dein Feuerechsen-Lied abschreiben. Ich weiß nicht genau, wie viele Abschriften Arnor geschafft hat — und du hast seine Laune ja gestern kennengelernt. Geh übrigens in Zukunft zu Dermently, dem Archiv-Gesellen, wenn du Schreibmaterial brauchst!«

Damit ließ er sie stehen und schlenderte leise pfeifend auf die geschlossene Tür des Großen Saales zu.

Meeresballaden auf dem Festland und Festlandslieder an der Küste, dachte Menolly, während sie die Treppe zu ihrem Zimmer hinaufging. Was mochte wohl ihr Vater dazu sagen? Und angenommen, Harfner Elgion trug eines Tages ein Lied vor, das sie, Menolly, geschrieben hatte? Eine Schande für die Burg — *pah*!

Sie spielte mit dem Gedanken, an Mavi, ihre Mutter, oder an ihre Schwester zu schreiben und ganz nebenbei zu erwähnen, daß sie nun der Schützling des Meisterharfners von Pern war. Daß alle sie verkannt hatten ...

Nein, sie würde weder ihren Eltern noch ihrer Schwester Nachricht geben. Aber vielleicht richtete sie ein paar Zeilen an ihren Bruder Alemi. Er hatte als einziger ihren Gesang geschätzt und ihr seine Anteilnahme gezeigt. Und er würde die Neuigkeit für sich behalten.

Sie verdrängte diese Gedanken und machte sich an die Arbeit. Bis der Mittagsgong ertönte, hatte sie sechs Kopien der Meeres-Ballade zum Trocknen ausgelegt.

Domick stand im Korridor, in ein ernstes Gespräch mit Jerint vertieft, der über irgend etwas verärgert schien. Der Meister kam erleichtert auf sie zugeschossen.

»Sechs ...«, sagte er strahlend, »und jede sauber ausgeführt. Ich danke dir, Menolly. Könntest du ...? Nein, nachmittags mußt du mit Meister Shonagar arbeiten, ich weiß.«

»Ich brauche vermutlich neues Papier, Meister Domick, aber ich kann sicher noch vor dem Abendessen ein oder zwei Blätter schaffen.«

Domick ließ die Blicke über den Speisesaal schweifen, der sich langsam füllte. »Hmm — mit zwei oder drei Kopien deiner Feuerechsen-Ballade wäre mir sehr geholfen. Komm! Arnor hat seine Höhle inzwischen sicher verlassen, und von Dermently kriegen wir soviel Papier, wie wir wollen. Zumindest heute.«

Sie machten kehrt und eilten zum Archiv.

»Glaub nicht, daß ich es mir zur Gewohnheit machen will, dich für solche Arbeiten auszunutzen, Menolly. Es ist viel wichtiger, wenn du komponierst. Abschreiben kann jeder Lehrling. Aber im Moment verlassen uns eine Menge Gesellen ... Deshalb war Jerint auch so verärgert. Und warte nur, bis Arnor die Neuigkeit erfährt!«

»Die Gesellen *verlassen* die Gilde?«

»Du hast doch nicht geglaubt, daß sie hierbleiben, bis sie verschimmeln?«

Bedauern überkam Menolly, als sie an Talmor und Sebell dachte; Sebell hatte ja bereits angedeutet, daß er auf Wanderschaft gehen mußte.

»Mach dir keine Sorgen wegen unseres Quartetts«, meinte Domick, der ihr Schweigen richtig deutete. »Die wirklich tüchtigen Leute kommen wieder. Und wir bilden ja immer neue aus.

Die Hauptaufgabe der Harfner-Gilde besteht darin, Wissen zu verbreiten.« Domicks Armbewegung schien ganz Pern zu umfassen. »Wir dürfen es nicht in Archiven zusammenraffen. Das war unser größter Fehler in der Vergangenheit. Deshalb hat sich unsere Welt nicht weiterentwickelt. Das Wissen wurde gehütet und verwaltet von Kleingeistern, die wichtig und unwichtig nicht unterscheiden konnten, sich gegen das Neue sperrten, nicht aus Erfahrungen lernen wollten . . .« Domick lächelte. »Aus dem gleichen Grunde weiß ich, daß *deine* Lieder für die Gilde und für Pern genauso wichtig sind wie meine Kompositionen. Sie bringen neue Themen, frische Ansichten unter das Volk — mit Hilfe von Melodien, die einfach jeder mitsummen muß!«

»Würden *Sie* die Gildehalle je verlassen?« fragte Menolly in einem Anflug von Neugier.

»Ich?« fragte Domick verwirrt und runzelte die Stirn. »Vielleicht, aber das hätte wenig Sinn. Würde höchstens mir guttun.« Dann schüttelte er den Kopf und tat die Idee mit einer Handbewegung ab. »Ich komme hin und wieder auf eine der großen Burgen, wenn ein Konzert stattfindet — und eine Gegenüberstellung möchte ich auch einmal erleben . . . Aber im Grunde braucht man mein Talent außerhalb der Gilde nicht.« Domick stellte das ganz ruhig fest, ohne jede Arroganz.

»Bleiben Meister immer in der Gildehalle?«

»Beim Ei, nein. Viele leben auf den großen Burgen. Das wirst du schon noch merken, wenn . . . oh, Dermently, einen Augenblick . . .« Und Domick winkte den Gesellen, den er am Ende des langen Korridors erspäht hatte, zu sich.

Menolly fand gerade noch Zeit, den Papierstoß in ihr Zimmer zu bringen und zurück in den Speisesaal zu hasten, ehe die Mahlzeit begann. Nun, da sie darauf achtete, erkannte sie, daß Meister Jerint und Meister Arnor in der Tat äußerst gereizt wirkten. Sie überlegte, wer wohl auf die Wanderschaft geschickt wurde. Aber ihr blieb wenig Zeit zu Spekulationen. Nach dem Mittagessen mußte sie sofort weiter zum Unterricht.

Kaum hatte Meister Shonagar sie entlassen, da eilte sie zurück an die Schreibarbeit. Anfangs kam es ihr komisch vor, die eigenen Melodien zu kopieren, bald aber begann ihr die Sache Spaß zu machen. Ihre Lieder würden landeinwärts wandern und von den Feuerechsen künden, die man bis vor kurzem für Märchengeschöpfe gehalten hatte. Und die Lieder vom Meer, die sie sang, seit sie erstmals mit Musik in Berührung gekommen war, vermittelten den Festlandbewohnern vielleicht einen ganz neuen Eindruck von den Seeleuten und den rauhen Küsten des Kontinents.

Auch Domicks Einstellung gegenüber ihrer Musik war ein Trost gewesen. Das Gefühl, daß er ihre Melodien nicht verachtete, sondern sogar wichtig fand, erleichterte sie. Ja, allmählich wuchs sie hinein in das Leben und die Arbeit der Harfner-Gilde. Robinton und T'gellan hatten recht behalten. Sie gehörte hierher.

Die Zeit verging im Flug. Ehe sie es merkte, war der Abend hereingebrochen. Sie räumte vorsichtig ihr Schreibzeug und das kostbare Papier auf die Seite, brachte die fertigen Kopien zu Meister Domicks Studio und ging nach draußen, um ihre Freunde zu füttern.

Prinzessin und die Bronze-Echsen umdrängten sie, aber mitten im Fressen schauten sie plötzlich zum Himmel. Die kleine Königin stieß einen kehligen Laut aus, und Rocky und Taucher stimmten ein. Sekunden später wandten sie sich wieder ihrem Futter zu.

»Was sollte das denn?« erkundigte sich Piemur.

Menolly hob die Schultern.

»Nun sieh dir das an!« rief Piemur aufgeregt und deutete zum Himmel, wo drei, nein, vier Drachen auftauchten und langsam in die Tiefe kreisten. »Und deine Feuerechsen haben es gewußt! Ist dir das klar, Menolly? Deine Feuerechsen haben *gewußt*, daß die Drachen gleich aus dem *Dazwischen* kommen würden!«

»Was tun die denn hier?« fragte Menolly, und die kalte Furcht in ihrem Innern wuchs, obwohl sie sich kaum vorstellen konnte, daß Baron Sangel Drachenreiter ausschicken würde, um ein einfaches Harfnermädchen fortzuholen. »Es steht doch kein Sporenregen bevor?«

»Menolly, du paßt aber wirklich nicht auf!« Piemur schüttelte den Kopf über soviel Unwissen. »Die Meister hatten gestern und heute lange Debatten, wohin sie welche Gesellen schicken sollten. Na ja, und die Drachenreiter bringen die Leute eben zu den jeweiligen Burgen. Zwei Blaue, ein Grüner und — Mann! — ein Bronze-Drache!« Er bekam große, runde Augen. »Für wen der wohl bestimmt ist?«

Nun schmetterte der Wach-Drache von der Burg seinen Willkommensgruß, und die vier Neuankömmlinge erwiderten ihn. Prinzessin und ihr Schwarm zirpten aufgeregt.

»O nein!« stöhnte Piemur. »Sie landen auf dem Feld, und das haben wir heute erst in Ordnung gebracht!«

»Drachen sind keine Zugtiere«, wies Menolly ihn zurecht. »Und stopf die Echsen nicht so voll, sonst ersticken sie noch! Du siehst die Drachenreiter früh genug, wenn sie die Gesellen abholen.«

Piemur war nicht der einzige Lehrling mit scharfen Augen. Bald drängten sich auf dem Hof Gruppen von neugierigen Jungen. Die Drachenreiter traten aus dem Schatten des Torbogens, und Menolly erkannte die Farben von Istan, Igen, Telgar und Benden auf den weiten Umhängen der Männer. Keiner von ihnen kam aus Boll. Dann sah sie, daß der Reiter vom Benden-Weyr T'gellan war.

»Menolly!« rief er und schwenkte ein unförmiges Bündel über dem Kopf. »Ich habe etwas für dich!« Während seine Gefährten auf die Stufen der Halle zugingen, wo Domick, Talmor und Sebell sie empfingen, lief T'gellan ihr entgegen. Menolly erkannte, daß er ein Paar Stiefel an den Bändern hochhielt: hellblaue Harfnerstiefel mit Stulpen aus dunkelblau eingefärbtem Wildwherleder. »Hier, Menolly. Felena machte sich schon Sorgen, daß du barfuß laufen müßtest. Na, wenn ich deine Pantoffeln so anschaue — viel hat nicht mehr gefehlt. Die lassen dich wohl ganz schön rumrennen, was? Aber gut siehst du aus. Und deine Feuerechsen wachsen.« Er strahlte Menolly an und winkte dann Piemur und Camo zu, deren Blicke wie gebannt an dem Bronze-Reiter hingen. »Ein Glück, daß du so tüchtige Helfer hast.«

»Das hier sind Piemur und Camo, und ich wüßte wirklich nicht, was ich ohne sie anfangen würde.«

»Mit anderen Worten — der Kleine hier bekommt eines Tages eine junge Echse von dir, was?« T'gellan blinzelte Menolly zu.

»Deshalb hilft er ja so eifrig.« Menolly konnte es sich nicht verkneifen, Piemur ein wenig zu necken.

»Menolly!« Piemur wurde rot, schlug die Augen nieder und machte ein so tieftrauriges Gesicht, daß Menolly ihre Worte sofort leid taten.

»Nein, im Ernst, T'gellan, Piemur hat mir das Eingewöhnen sehr erleichtert. Ohne ihn und Camo wäre ich mit meiner Schar kaum fertig geworden.«

»Camo schöne Kleine füttern. Camo gut füttern. Viel füttern.«

T'gellan warf Menolly einen erstaunten Blick zu, aber dann klopfte er dem Schwachsinnigen freundlich auf die Schulter. »Du bist ein tüchtiger Kerl, Camo. Hilf Menolly nur weiter beim Füttern!«

»Schöne Kleine noch hungrig?« Camo horchte auf.

»Nein, jetzt nicht mehr, Camo«, sagte Menolly hastig. »Die Kleinen sind satt.«

»Kannst du Camo wieder entbehren, Menolly?« Abuna erschien an der Küchentür. »Oh . . .« Sie war überrascht, in welcher vornehmen Gesellschaft sich der Knecht befand.

»Camo, hilf jetzt Abuna! Die Kleinen sind satt, Camo. Du sollst Abuna helfen, verstehst du?« Menolly drehte ihn herum und schob ihn zur Küche.

»Komm, Menolly, setz dich auf die Stufen«, drängte T'gellan, »und probier die Stiefel an! Felena bat mich ausdrücklich, darauf zu achten, daß sie auch passen.«

»Das müßten sie eigentlich, denn der Gerber von Benden hatte eigens Maß genommen.« Menolly streifte die zerrissenen Pantoffeln ab und schlüpfte in die Stiefel. »Da, sie passen! Wie angegossen! Und innen sind sie mit einem ganz weichen, dünnen Leder gefüttert!«

»Du kannst den doppelten Schutz gebrauchen, Menolly«, sagte T'gellan grinsend. »Vor allem, wenn du in nächster Zeit wieder einen Wettlauf beabsichtigst . . .«

»Bestimmt nicht«, versicherte Menolly und schob den Gedanken an Baron Sangel und Pona ganz weit von sich. »Richte Felena und Manora meinen Dank aus und grüße Mirrim und die anderen . . .«

»He, Moment! Ich bin doch eben erst angekommen. Wir sehen uns sicher noch im Laufe des Abends.«

»Ein Drachenreiter . . .«, flüsterte Piemur ehrfürchtig, als T'gellan sich zum Gehen gewandt hatte. »Ein *Bronze*-Reiter bringt dir blaue Stiefel . . .«

»Na ja, erst sollte ich doch im Weyr bleiben«, erklärte Menolly. »Und da das Leder schon mal zugeschnitten war, wollten sie es sicher nicht verschwenden.«

Dennoch war auch sie tief gerührt von dem Geschenk. Sie strich über das feine Leder. Und ausgerechnet Blau, die Farbe der Harfner!

Der Gong zum Abendessen ertönte, und die Trauben neugieriger Lehrlinge lösten sich auf. Als Menolly mit Piemur zum Speisesaal ging, sah sie im Korridor Gepäck und Instrumentenkästen liegen.

»Da!« Piemur stieß sie in die Rippen. »Heute abend erhalten die Gesellen ihre neuen Arbeitsplätze. Am ovalen Tisch werden morgen einige Lücken sein.«

Menolly nickte und dachte an die Meister, die noch grimmiger als sonst herumlaufen würden, weil ihnen die Arbeitskräfte fehlten.

T'gellan saß am Rundtisch, aber die anderen Drachenreiter hatten sich bei den Gesellen niedergelassen. Menolly ging zu ihrem Platz zwischen Audiva und Piemur.

Statt der gewohnten Suppe gab es Platten mit kaltem Fleisch, Fisch und scharfgewürztem Käse und danach Beerenkuchen. Piemur schimpfte, weil der Kuchen kalt war, aber Menolly meinte, er solle froh sein, wenn er so kurz nach dem Fest schon wieder eine solche Leckerei bekam.

Im Speisesaal herrschte knisternde Spannung, besonders am Tisch der Gesellen. Aber auch die Lehrlinge steckten die Köpfe zusammen und tuschelten unentwegt.

»Sie haben nur erfahren, daß sie die Gilde verlassen müssen«, erklärte Piemur. »Wohin die Reise geht, wissen sie nicht. Acht machen sich diesmal auf die Wanderschaft, wenn ich das Gepäck richtig gezählt habe. Der Meisterharfner meint es ernst mit seinem Vorsatz, das Wissen möglichst breit zu fächern.«

»Wie meinst du das?« fragte Timiny verblüfft.

»Mann, kriegst du denn gar nichts mit?« Piemur schüttelte den Kopf. »Wetten, daß kein einziger Geselle in die Burg oder Zunft zurückkehrt, aus der er stammt? Früher war das üblich, aber Meister Robinton möchte, daß sie in der ganzen Welt herumkommen. Austausch von Wissen. Und sie nehmen alle deine Lieder mit, Menolly, habe ich recht?«

Und dann kam der Moment, dem sie alle entgegengefiebert hatten. Der Gong ertönte, und noch ehe das metallische Dröhnen verklungen war, herrschte im Saal vollkommene Stille. Alle Augen waren auf den Meisterharfner gerichtet, der sich vom Tisch erhoben hatte.

»Nun, meine Freunde, damit die Spannung nicht ins Unerträgliche wächst und unsere Lehrlinge wieder richtig Luft holen können, will ich die neuen Arbeitsgebiete unserer scheidenden Gesellen verkünden.« Er machte eine Pause, lächelte und fuhr fort:

»Geselle Farnor, Sie gehen nach Gar in Ista. Geselle Sefran, Ihnen vertraue ich Balen auf Telgar an. Campiol, auch Sie werden zu Telgar gehören und unter Facenden in der Bergwerks-Zunft arbeiten. Vielleicht gelingt es, eine Metallegierung zu entwikkeln, die sich besser als das bisherige Material für unsere Blasinstrumente eignet. Geselle Dermently, Sie sollen Wansor, den Schmiedemeister von Telgar, unterstützen.« Ein erstauntes Murmeln erhob sich. »Sie besitzen ein besonderes Zeichentalent. Es tut mir leid, daß ich Meister Arnor seinen besten Mann wegnehmen muß, aber wenn Wansors Erfindungen Früchte tragen sollen, muß sie jemand in Wort und Skizze festhalten.

Geselle Strud, es gibt eine kleine Siedlung im Delta des Igen-Flusses; Ihre Toleranz und Ruhe wird Ihnen dort eine große Hilfe sein. Außerdem möchte ich Sie bitten, an den Stränden nach Echsen-Gelegen Ausschau zu halten. Melden Sie Funde jedoch nicht mir, sondern dem Baron.« Das leise Bedauern in der Stimme des Meisterharfners löste ein Schmunzeln unter den Zuhörern aus. »Auch Geselle Deece geht nach Igen, und zwar auf die Stammburg. Harfner Bantur benötigt dringend einen jungen Assistenten. Sie werden dort die vielfältigen Aufgaben eines Meisters kennenlernen. Und er wartet schon auf die neuen Balladen, die Sie ihm mitbringen. Petillo, ich weiß, Sie haben eine schwere Aufgabe. Aber ich verlasse mich auf Ihren Takt und Ihre Geduld bei der Arbeit auf Bitra unter Harfner Fransman.

Geselle Rammany, Baron Asgenar von Lemos hat um einen Mann aus Meister Jerints Werkstatt gebeten. Sie sollen in der Hauptsache Benelek bei der Auswahl der Hölzer beraten, die sich für den Instrumentenbau am besten eignen. Bestimmt eine angenehme Arbeit bei dem Wälderreichtum von Telgar.

Darf ich später die Gesellen zu einem Abschiedstrunk in den Großen Saal bitten? Ein Faß Benden-Wein steht bereit. Doch zuvor habe ich noch eine erfreuliche Mitteilung zu machen:

Ein guter Harfner benötigt, wie Sie alle wissen, eine ganze Reihe von Talenten und Fähigkeiten.« Meister Robinton warf einen Blick auf die jüngeren Lehrlinge, die verlegen kicherten. »Nicht alle davon werden in der Gildehalle entwickelt. Im Gegenteil, viele unserer wertvollsten Erfahrungen machen wir durch eine harte Lehre in der Fremde.« Nun schaute er die Gesellen an, die zustimmend nickten. »Wenn die Voraussetzungen unseres Standes erfüllt sind, soll jedoch keinem der Rang vorenthalten werden, der ihm gebührt, auch wenn er sein Wissen nicht hier bei uns erworben hat. Dies gilt um so mehr, wenn es sich, wie in diesem Falle, um ein seltenes Talent handelt. Sebell, Talmor, da keiner von euch zugunsten des anderen verzichten wollte . . .«

Eine Stille, nur unterbrochen von Piemurs erstauntem Ausruf, machte sich im Saal breit, als Sebell und Talmor sich vom Tisch der Gesellen erhoben und feierlich durch den Mittelgang zum Kamin gingen. Sie blieben vor Menolly stehen, die hilflos von einem zum anderen schaute. Sebell lächelte schüchtern, und Talmor nickte ihr aufmunternd zu.

Sie begriff nicht, was die Zeremonie zu bedeuten hatte, obwohl sie Audivas Freudenschrei hörte und das starre Staunen auf den Gesichtern von Briala und Timiny bemerkte. Sie warf Meister Robinton einen Blick zu. Der strahlte und gab ihr durch einen Wink zu verstehen, daß sie sich erheben sollte. Aber erst Piemurs Tritt gegen das Schienbein löste sie aus der Erstarrung.

»Du rückst zum Gesellentisch auf, Menolly!« zischte der Kleine ihr zu. »Los, steh doch auf! Du bist jetzt Gesellin. Mädchen, du hast es geschafft!«

»Menolly ist Gesellin! Menolly ist Gesellin!« riefen die anderen Lehrlinge und klatschten im Takt dazu. »Menolly ist Gesellin! Geh, Menolly, geh! Geh, Menolly, geh!«

Sebell und Talmor faßten sie an den Ellbogen und zogen sie hoch.

»Ich habe noch nie einen Lehrling erlebt, der sich so gegen das Aufrücken sträubte!« flüsterte Talmor Sebell zu.

»Wir können sie ja notfalls tragen«, entgegnete Sebell ebenso leise.

»Danke, ich kann selbst gehen.« Menolly schüttelte die Hände der beiden ab. »Ich besitze sogar Harfner-Stiefel. Von heute an gehe ich überallhin!«

Der letzte Rest von Furcht verließ Menolly. Als Gesellin, in Harfner-Blau gekleidet, besaß sie Rang und Status. Sie mußte sich nie mehr verstecken, nie mehr die Flucht ergreifen. Sie hatte eine Aufgabe zu erfüllen, sie ganz allein. Sie war in dieser kurzen Siebenspanne einen weiten, weiten Weg gegangen. Eine Melodie schoß ihr durch den Kopf. Später. Später konnte sie die Noten niederschreiben. Jetzt ging sie hocherhobenen Hauptes an den Tisch der Gesellen, begleitet von Talmor und Sebell und den Feuerechsen, die durch die offenen Fenster in den Saal schossen und sie jubelnd umkreisten.

ANNE McCAFFREY

DER WEISSE DRACHE

Science Fiction-Roman

Bechtermünz Verlag

Prolog

Rubkat im Sagittarius-Sektor war eine goldene Sonne vom G-Typ. Sie besaß fünf Planeten, zwei Asteroiden-Gürtel und einen Wanderstern, den sie angezogen und während der letzten Jahrtausende festgehalten hatte. Als sich Menschen auf Rubkats dritter Welt niederließen und sie Pern nannten, schenkten sie dem Wanderer, der in einer stark ellipsenförmigen Bahn um seine Adoptivsonne zog, wenig Beachtung. Zwei Generationen lang verschwendeten die Kolonisten kaum einen Gedanken an ihn – bis sich der helle Rote Stern im Perihel seiner Stiefschwester näherte. Waren nämlich die Umstände günstig und schoben sich keine anderen Planeten des Systems dazwischen, dann versuchte eine bestimmte Lebensform des Wanderplaneten ihrer unwirtlichen Heimat zu entfliehen und den Raum nach Pern mit seinem gemäßigten, angenehmen Klima zu überbrücken. Zu diesen Zeiten regneten Silberfäden von Perns Himmel, die alles vernichteten, was sie berührten. Die Verluste, welche die Siedler anfangs erlitten, waren erschreckend hoch. Und während des Kampfes ums Überleben ging Perns enge Bindung zum Mutterplaneten verloren.

Um die Gefahr der schrecklichen Fäden in den Griff zu bekommen – denn die Bewohner von Pern hatten gleich zu Beginn ihre Transportschiffe ausgeschlachtet und auf alle technischen Geräte verzichtet, die auf einem ländlichen Planeten nicht unbedingt nötig waren – arbeiteten weitsichtige Männer und Frauen einen langfristigen Plan aus. In der ersten Phase züchteten sie aus einer einheimischen Lebensform eine spezielle Abart und bildeten Menschen mit starkem Einfühlungsvermögen und telepathischen Fähigkeiten aus, diese Tiere zu steuern. Die Drachen – so genannt nach den mythischen Geschöpfen der Erde, mit denen sie Ähnlichkeit aufwiesen – besaßen zwei wertvolle Eigenschaften: sie konnten ohne Zeitverzug von einem Ort an den anderen gelangen, und sie spien Flammen, wenn sie bestimmtes Phosphorgestein fraßen. Da die Drachen fliegen konnten, waren sie in der Lage, die Fäden mitten in der Luft zu versengen und sich blitzschnell an einen anderen Ort zu begeben, wo ihnen die Plage nichts anhaben konnte.

Es dauerte Generationen, bis das Potential dieser Drachen voll entwickelt war. Die zweite Phase der Abwehr gegen die tödliche

Infiltration sollte aber noch länger dauern. Denn die Fäden, Pilzgeflecht-Sporen ohne jeden Verstand, verschlangen in blinder Gefräßigkeit jede organische Materie und vermehrten sich, sobald sie einmal im Boden eingenistet waren, mit erschreckendem Tempo. Man hatte jedoch einen Wurm entdeckt, der eine Symbiose mit den Fäden einging und verhinderte, daß sie sich im Boden ausbreiteten. Diesen Wurm setzte man auf dem Südkontinent aus. Der ursprüngliche Plan sah vor, daß die Drachen Menschen und Herden aus der Luft schützen sollten, während die Würmer alle Fäden vernichteten, die zu Boden fielen und die Vegetation gefährdeten.

Die Leute, die diesen Zweistufenplan ausgearbeitet hatten, bedachten jedoch nicht, daß sich im Laufe der Zeit manches verändern könnte, und sie ließen zudem geologische Besonderheiten außer acht. Der Südkontinent, üppiger und schöner als der rauhe Norden, erwies sich nämlich als instabil, und die gesamte Kolonie mußte schließlich in den Norden ziehen und vor den Fäden Zuflucht in den natürlichen Höhlen der Gebirge suchen, von denen unzählige den gesamten Kontinent durchzogen.

Fort, die erste Siedlung, in die Ostflanke der Großen Westberge gebaut, wurde bald zu eng, um alle Menschen aufzunehmen. Eine neue Kolonie entstand ein Stück weiter im Norden, an einer höhlendurchzogenen Klippe nahe einem großen See. Aber auch Ruatha, wie sich der Ort nannte, war nach wenigen Generationen übervölkert.

Da der Rote Stern im Osten stand, beschlossen die Bewohner von Pern, auch einen Stützpunkt in den Ostbergen zu errichten, falls sich dort geeignete Höhlen finden ließen. Denn nur Felsen und Metall, beides beklagenswert knapp auf Pern, waren ein zuverlässiger Schutz gegen die sengende Sporenplage.

Inzwischen hatte man die geflügelten, feuerschnaubenden Drachen immer größer gezüchtet, so daß sie mehr Raum benötigten, als die Höhlenfestungen boten. Uralte Kegel erloschener Vulkane, einer hoch über der Burg Fort, der andere in den Bergen von Benden, erwiesen sich als bewohnbar, vor allem, da sich auch in ihren Flanken Höhlen fanden. Mit der letzten Kraft der großen Steinschneider, die man einst von der Erde mitgebracht hatte, um Bergwerke anzulegen, sprengte man zwei Drachen-Weyr in den Fels. Alle nachfolgenden Burgen und Weyr mußten von Menschenhand in den Stein gehauen werden.

Die Drachenreiter auf den Höhen und die Bewohner der Burgen und ihrer Dörfer gingen ihren jeweiligen Aufgaben nach, und im Laufe der Zeit entwickelte jede der Gruppen ihre eigenen Gebräuche und Traditionen, die bald so starr wie Gesetze waren.

Dann kam eine Spanne von zweihundert Umläufen des Planeten Pern um seine Sonne; in dieser Zeit befand sich der Rote Stern am anderen Ende seines stark ellipsenförmigen Orbits, ein eisbedeckter, einsamer Gefangener des fremden Systems. Keine Fäden fielen auf Pern. Die Bewohner tilgten die Spuren der Verheerungen, bauten Getreide an und zogen Obstbäume aus den kostbaren Samen, die sie mitgebracht hatten. Ja, sie dachten sogar daran, die kahlen, versengten Berghänge wieder aufzuforsten. Nach und nach vergaßen sie, welche Plage einst ihre Vorfahren um ein Haar ausgelöscht hätte. Dann fielen die Fäden von neuem, als der Wanderplanet in Perns Nähe zurückkehrte; fünfzig Jahre lang litt die Welt unter dem Sporenangriff aus dem Raum. Die Bewohner von Pern gedachten mit Dankbarkeit ihrer Vorfahren, welche die Drachen gezähmt hatten. Die Geschöpfe mit ihrem Feueratem erwiesen sich auch jetzt als die Retter von Pern.

Die Drachenreiter hatten sich während des langen Intervalls ausgebreitet und gemäß dem alten Verteidigungsplan an weiteren vier Orten niedergelassen.

Die Bedeutung der Südhemisphäre und der dort ausgesetzten Würmer war im unmittelbaren Kampf um die neuen Lebensräume verlorengegangen. Mit jeder Generation verblaßte zudem die Erinnerung an die Erde, bis sie den Bewohnern von Pern nur noch als Mythos oder Legende greifbar war oder ganz in Vergessenheit geriet.

Beim dritten Auftauchen des Roten Sterns hatte sich ein kompliziertes wirtschaftliches und soziologisches Gefüge entwickelt, mit dessen Hilfe man die stets wiederkehrende Plage zu besiegen hoffte. Die sechs Weyr, wie man die alten Vulkan-Horte des Drachenvolkes nannte, verpflichteten sich, Pern in Zeiten der Gefahr beizustehen, wobei jeder Weyr ein genau abgegrenztes geographisches Gebiet im wahrsten Sinn des Wortes unter seine Fittiche nahm. Die übrige Bevölkerung leistete den Weyrn Tribut, denn die Drachenkämpfer besaßen auf ihren Vulkankegeln kein Ackerland und konnten auch kein Handwerk erlernen, da sie in ruhigen Zeiten mit der Ausbildung von Drachen und Jungreitern und bei Fädeneinfall mit dem Schutz der Siedlungen genug zu tun hatten.

Kolonien entstanden überall da, wo sich Höhlen fanden – manche natürlich größer oder strategisch günstiger gelegen als andere. Eine starke Hand war vonnöten, um die verängstigten, hysterischen Menschen während der Fädeneinfälle zu leiten; man brauchte eine kluge Vorratswirtschaft, um Lebensmittel zu lagern, wenn der Anbau stets in Gefahr war, und außergewöhnliche Maßnahmen, um das Volk gesund und produktiv zu halten, bis die Zeit der Gefahr wieder vorüber war.

In der Umgebung jeder Felsenburg entstanden auch Werkstätten, wo Leute in den verschiedensten Fertigkeiten ausgebildet wurden. Die Handwerksgilden waren unabhängig von den Burgen, in deren Bereich sie sich befanden, und kein Burgherr konnte die Produkte »seiner« Gildehallen Bewohnern aus anderen Gebieten vorenthalten. Jede Gilde hatte ihre Meister, Gesellen und Lehrlinge, dazu einen Mann, der den Berufsstand nach außen hin vertrat und verwaltete. Er trug die Verantwortung für die Qualität der Waren, die seine Gilde herstellte, und sorgte dafür, daß die Produkte gerecht verteilt wurden.

Natürlich entwickelten sich im Laufe der Zeit gewisse Rechte und Privilegien der Burgherren und Gildemeister, ebenso der Drachenreiter, von denen in Zeiten der Sporenregen ganz Pern abhing.

Es geschah aber auch, daß der Rote Stern durch die Konjunktion der übrigen fünf Planeten Rubkats lange daran gehindert wurde, seine Sporen abzuwerfen. Für die Bewohner von Pern waren das die Großen Intervalle. In diesen Zeiträumen gedieh das Volk, breitete sich weiter aus und baute, nur für den Fall, daß die Fäden wiederkehrten, neue Felsenburgen. Aber die Probleme des Alltags traten in den Vordergrund, bis sie den Gedanken an den Roten Stern ganz verdrängten und die Menschen sich einredeten, die Gefahr sei für immer gebannt.

Keiner merkte, daß nur noch wenige Drachen am Himmel kreisten und ein einziger Weyr auf ganz Pern von Drachenreitern bewohnt wurde. Da jedoch der Rote Stern nicht in Sicht war, kümmerte sich auch keiner darum. Innerhalb fünf Generationen fielen die Nachkommen der tapferen Drachenreiter in Ungnade; die Legenden vergangener Heldentaten, ja selbst der Grund für ihre Existenz gerieten in Vergessenheit.

Band Eins des Zyklus DIE DRACHENREITER VON PERN mit dem Titel DRAGONFLIGHT (DIE WELT DER DRACHEN*) setzt da ein, wo der Rote Stern, den Naturkräften gehorchend, wieder näher an Pern heranrückt und mit tückisch rotem Auge

---

*HEYNE BUCH Nr. 06/3291

das Opfer von einst beobachtet. Ein Mann, F'lar, der Reiter des Bronzedrachen Mnementh, hatte nie aufgehört, an die Mythen der Alten zu glauben, und es gelang ihm auch, seinen Halbbruder F'nor, den Reiter des braunen Drachen Canth, zu überzeugen. Als das letzte goldene Ei der sterbenden Drachenkönigin in der Brutstätte des Benden-Weyrs heranreifte, ergriffen F'lar und F'nor die Gelegenheit, den Weyr unter ihre Herrschaft zu bringen. Auf der Suche nach einer willensstarken Frau, welche die junge Drachenkönigin für sich gewinnen sollte, entdeckten die beiden Lessa, die einzige Überlebende des stolzen alten Ruatha-Geschlechts. Sie stellte die telepathische Bindung zu Ramoth, der eben ausgeschlüpften Königin, her und stieg damit zur Weyrherrin von Benden auf. Später eroberte F'lars Bronzedrache Mnementh die junge Königin bei ihrem ersten Paarungsflug: nach altem Brauch bedeutete das die Weyrherrschaft für den Bronzereiter.

Lessa, F'lar und F'nor zwangen die Burgherren und Gildemeister, die drohende Gefahr zu erkennen und den nahezu schutzlosen Planeten auf den Fädeneinfall vorzubereiten. Es stand fest, daß die knapp zweihundert Drachen des Benden-Weyrs niemals ausreichen würden, um die weit verstreuten Ländereien zu schützen. Sechs volle Weyr hatte man dazu in der Vergangenheit benötigt, als nur ein Bruchteil des Landes bebaut war. Selbst der halbvergessene Südkontinent kam wieder ins Gespräch.

Während Lessa mit ihrer Drachenkönigin übte, durch die Kälte des *Dazwischen* von einem Ort zum anderen zu gelangen, fand sie heraus, daß Drachen auch Zeitabstände überbrücken konnten. Unter Einsatz ihres Lebens kehrte Lessa mit Ramoth vierhundert Planetenumläufe in die Vergangenheit zurück, in jene Epoche, als kurz nach dem Vorbeiziehen des Roten Sterns auf geheimnisvolle Weise die Bewohner der übrigen fünf Weyr verschwunden waren. Die Weyrleute der alten Zeit, die sich nach einem Leben des Kampfes langweilten und ihren Ruhm im Sinken sahen, erklärten sich bereit, Lessa zu helfen. Ihre Drachengeschwader folgten der Weyrherrin in die Zukunft und retteten Pern vor dem Verderben.

Band Zwei des Zyklus, DRAGONQUEST (DIE SUCHE DER DRACHEN*) nimmt den Faden der Geschichte sieben Planetenumläufe später auf. Die anfängliche Erleichterung und Dankbarkeit der Burgen und Gilden hatte nachgelassen. Die Alten fühl-

---

*HEYNE-BUCH Nr. 06/3330

ten sich nicht wohl in der Welt der Zukunft, die ihre neue Heimat geworden war. In vierhundert Planetenumläufen hatte sich manches geändert. Die Alten, an Unterwürfigkeit und absoluten Gehorsam gewöhnt, gerieten in Streit mit Burgherren und Gildemeistern – besonders aber mit dem Weyrführer von Benden, dem sie vorwarfen, zu liberal zu herrschen.

Die Spannungen zwischen den beiden Parteien erreichte einen Höhepunkt, als der braune Reiter F'nor von einem Angehörigen des ehemaligen Weyrs Fort angegriffen und verletzt wurde. F'nor begab sich in den neu erschlossenen Süden, um dort seine Wunde auszuheilen. F'lar berief inzwischen eine Versammlung ein, zu der alle bis auf zwei Weyrführer erschienen. Man konnte sich auch bei diesem Treffen nicht einigen, aber es zeigte sich, daß die Alten ihre Verantwortung nicht so ernst nahmen, wie es von ihnen erwartet wurde. F'lars Argumente stimmten d'ram von Ista und G'narish von Igen um. Diese beiden stellten sich auf die Seite des jungen Weyrführers. Inzwischen begannen Fäden zu völlig unerwarteten Zeiten zu fallen; die Tabellen, die F'lar nach alten Schriften sorgfältig ausgearbeitet hatte, stimmten nicht mehr. Robinton, der Meisterharfner von Pern und Bewahrer des alten Wissens, sowie Fandarel, der Meisterschmied, versuchten F'lar in dieser neuen Notlage zu unterstützen. Fandarel entwikkelte beispielsweise eine Art Telegraph, der eine Verbindung zu den von Fäden bedrohten Burgen und Gildehallen herstellen sollte.

Inzwischen wurde F'nor im Süd-Weyr von Brekke, einer jungen Königin-Reiterin, gesundgepflegt. Durch Zufall entdeckte er die sagenumwobenen Feuer-Echsen, die er wie die meisten Bewohner von Pern für Mythenwesen gehalten hatte. Sie gingen beim Ausschlüpfen ähnlich enge Bindungen mit Menschen ein wie ihre »großen« Artgenossen, die Drachen. Kylara, die egozentrische Weyrherrin des Südens, fand ein Feuerechsen-Gelege, das sie zu Baron Neron von Nabol, einem der starrsinnigsten Burgherren von Pern, brachte.

F'lar, herbeigerufen von F'nors Nachricht über die Feuer-Echsen, traf im Süd-Weyr ein und bemerkte, daß T'bor, der junge Weyrführer, Schwierigkeiten mit seiner Gefährtin, der sinnlichen Kylara, hatte. Als im Süden die Fäden fielen, flog F'lar im Geschwader des Süd-Weyrs mit. Dabei entdeckte er ein Bodeninsekt, das die Vegetation vor den Sporen zu schützen schien, und er brachte einige Exemplare davon dem Herdenmeister Sograny, einem engstirnigen Mann, der sich gegen jede Neuerung sträubte und auch die Würmer ablehnte. Aber F'lar setzte seine Untersuchungen fort, unterstützt von dem inzwischen zurückgekehrten F'nor und N'ton, dem Bronzereiter von Lioth, der von Bauern abstammte und sich mit Pflanzen und Tieren auskannte.

Lytol, der Vormund des jungen Baron Jaxom, dem Lessa ihr Geburtsrecht über Ruatha abgetreten hatte, stattete kurz darauf dem Benden-Weyr einen Besuch ab, um die angespannte Lage auf Pern mit F'lar, Robinton und Fandarel zu besprechen. Da Jaxom die Felessan, dem einzigen Sohn von Lessa und F'lar, befreundet war, brachte er den Jungen mit. Während die Erwachsenen diskutierten, stahlen sich die Kinder durch alte, unbenutzte Korridore des Benden-Weyrs zur Brutstätte der Drachen, um einen Blick auf Ramoths Gelege zu werfen. Unerwartet kam die Drachenkönigin von der Futterstelle zurück, die Jungen ergriffen die Flucht und verirrten sich in dem Gänge-Labyrinth. Dabei stießen sie auf ein paar längst vergessene Gewölbe. Ein Suchtrupp fand die bewußtlosen Kinder in einem stickigen Raum, der eine Reihe seltsamer Geräte enthielt, darunter auch ein Vergrößerungsinstrument. Der Meisterschmied nahm es an sich und enträtselte seinen Aufbau. F'lar schlug vor, daß man unauffällig auch in den anderen alten Burgen und Weyrn nach Spuren verlorengegangenen Wissens forschen sollte.

Kurz danach erschienen Kylara und Baron Meron mit gezähmten Feuer-Echsen bei der Hochzeit von Baron Asgenar und erregten gewaltiges Aufsehen. Mitten in das Fest platzte ein Reiter mit der Nachricht, daß Sporen über Igen niedergingen. F'lar bat die übrigen Weyrführer um Hilfe, aber T'ron nahm den Anlaß wahr, um den Benden-Führer zum Duell herauszufordern. F'lar blieb trotz einer Wunde Sieger und verbannte T'ron sowie die anderen Alten, die ihn nicht als Weyrführer anerkennen wollten. Die Burgherren und Gildemeister sowie D'ram, G'narish und R'mart, die Weyrführer von Ista, Igen und Telgar, stellten sich hinter F'lar. T'kul vom Hochland folgte T'ron mit siebzig Drachenreitern der Alten ins Exil. Trotz seiner Verletzung flog F'lar ins *Dazwischen,* zurück zu dem Zeitpunkt, da der Fädeneinfall in Igen begonnen hatte.

Die ehemaligen Drachenreiter des Südens, vertrieben von T'ron, ließen sich im Hochland-Weyr nieder, der sich in einem völlig verwahrlosten Zustand befand. Brekke, die nicht wußte, daß ihre Königin Wirenth bald zum ersten Paarungsflug aufsteigen würde, begann Ordnung zu schaffen, während sich Kylara, die eigentliche Weyrherrin, mit Baron Meron vergnügte. Auch

Kylaras Königin Prideth war der Paarungszeit nahe, und als Wirenth in Hitze geriet, folgte die ältere Königin ihrem Beispiel und stieg auf. Zwischen den beiden entspann sich ein Kampf; Canth versuchte zwar verzweifelt, Wirenth zu retten, aber die beiden Königinnen waren tödlich verwundet und verschwanden im *Dazwischen.* Kylara verfiel dem Wahnsinn, und Brekke überließ sich einer dumpfen Apathie. Allein F'nors Liebe und Canths Fürsorge, dazu die innige Freundschaft ihrer kleinen Feuer-Echsen hielt sie am Leben.

Inzwischen bauten Fandarel und Wansor nach dem Prinzip des in Benden entdeckten Vergrößerungsapparates ein starkes Fernrohr, mit dessen Hilfe man die wolkenumwirbelte Oberfläche des Roten Sterns und die übrigen Planeten näher heranholen konnte. Lessa, Robinton und eine Reihe von Burgherren, darunter auch der abtrünnige Baron Meron, kamen zum Fort-Weyr, um das neue Gerät zu begutachten. Meron beharrte darauf, daß die Drachenreiter nun, da man die Oberfläche des Roten Sterns scharf genug sah, ihre Tiere ins *Dazwischen* lenken und die Fäden am Ursprung bekämpfen könnten. Um diese Theorie zu untermauern, versuchte er seine kleine Feuer-Echse auf die Reise zu schicken. Das Tier verschwand im Nichts, nachdem es sein Entsetzen an die anderen Echsen übermittelt hatte.

Ramoths Gelege reifte heran, und zur feierlichen Gegenüberstellung der Jungreiter waren auch Baron Lytol und Jaxom eingeladen. Ein Versuch, Brekke aus ihren Depressionen zu reißen, indem man sie erneut als Kandidatin vor dem Königinnen-Ei präsentierte, scheiterte an einer erregten Eifersuchtsattacke ihrer Bronze-Echse Berd. Doch der Zwischenfall holte die junge Frau endlich aus ihrer Trance. Als Jaxom bemerkte, daß das kleinste Ei – ausgerechnet das, welches er bei seinem verhängnisvollen Ausflug in die alten Stollen des Weyrs berührt hatte – auf dem heißen Sand hin und her schaukelte, ohne jedoch zu zerbrechen, zertrümmerte er kurzerhand die Schale und half damit dem kleinen Geschöpf im Innern ans Licht – einem schneeweißen Drachen, der sofort telepathischen Kontakt mit seinem Retter aufnahm. So gehörte nun der künftige Burgherr von Ruatha zu den Drachenreitern. Man erlaubte ihm, Ruth mit auf seine Burg zu nehmen, da alles darauf hindeutete, daß der schwächliche kleine Drache den ersten Planetenumlauf nicht überleben würde.

F'lar nutzte das Zusammentreffen der Barone auf seinem Weyr und demonstrierte die Nützlichkeit der fädenfressenden Würmer aus dem Süden. Andemon, der Saatmeister, erkannte, daß man bisher die Mahnung der alten Lehrballaden: *Achtet auf die Würmer!* falsch ausgelegt hatte, indem man die Tiere vernichtete, anstatt sie zu schützen.

Nach Jahrhunderten konnte die zweite Phase der Fädenabwehr doch noch so eingeleitet werden, wie sie die Vorfahren der Siedler im Sinn gehabt hatten. Mit F'nors und N'tons Hilfe führte F'lar zwei Kampagnen durch: Erstens setzte man überall im Nordkontinent die Würmer aus, und zweitens begann man damit, das Wissen der Ahnen zwischen Gilden, Weyrn und Burgen auszutauschen, um sicherzugehen, daß in Zukunft derartige Mißverhältnisse nicht mehr vorkamen.

Aber die Barone, aufgestachelt von Meron, drängten die Drachenreiter immer stärker, den Roten Stern aufzusuchen und dort die Fäden zu vernichten. F'nor, der befürchtete, daß F'lar nachgeben würde, kam seinem Halbbruder zuvor und dirigierte Canth zu einer Wolkenformation auf dem Roten Stern, die er sich genau eingeprägt hatte. Sie schafften den gewaltigen Sprung im *Dazwischen,* wären jedoch um ein Haar in der wildbewegten Atmosphäre des Roten Sterns umgekommen. Brekkes verzweifelter telepathischer Appell, sie nicht allein zu lassen, rettete Reiter und Drachen vor dem sicheren Ende. F'nors Tat bewies den anderen, daß man den Roten Stern nicht direkt angreifen konnte. Es war einfach zu gefährlich.

F'lar wandte seine Energie wieder den realen Problemen zu. Er überwachte die Ausbreitung der Würmer im Norden und ließ heimlich den Südkontinent beobachten, der wie vereinbart unter der Herrschaft der Alten stand. Ihre Lage wurde allmählich kritisch, denn sie besaßen keine jungen Königinnen mehr, die zum Paarungsflug aufstiegen. Auch von anderen Seiten machte sich Druck bemerkbar, ein Druck, den Meisterharfner Robinton für nicht minder kritisch hielt.

Hier setzt nun Band Drei des Zyklus DIE DRACHENREITER VON PERN ein. Er trägt den Titel THE WHITE DRAGON – DER WEISSE DRACHE.

Zeichnung Peterka · Ringer · 1980
High Reaches
Cron Hold
Weyr
high
reaches
Ruatha Hold
Nabol Hold
fort
Tillek Hold
tillek
Fort Weyr
boll
Südl. Boll Hold

bitra
Bitra Hold
Benden Weyr
lemos
Lemos Hold
benden
Igen Weyr
Keroon Hold
igen
keroon
Seehold
nerat
Nerat Hold
ista
Südweyr

I

Ruatha, 12. Planetenumlauf seit dem Wiedererscheinen des Roten Sterns

»Wenn es jetzt noch nicht reicht«, meinte Jaxom, zu N'ton gewandt, und rubbelte Ruths Nacken ein letztes Mal mit dem ölgetränkten Lappen, »dann weiß ich nicht, was sauber ist.« Er wischte sich mit dem Ärmel den Schweiß von der Stirn. »Oder was denken Sie, N'ton?« fragte er höflich, weil ihm plötzlich zu Bewußtsein kam, daß er den Rang des Weyrführers von Fort außer acht gelassen hatte.

N'ton lachte und deutete zum grasbewachsenen Seeufer. Sie stapften durch die Pfützen, die sich gebildet hatten, als Jaxom seinem kleinen Drachen den Seifensand herunterspülte, und begutachteten Ruth, der feucht in der Morgensonne glänzte.

»Ich habe ihn nie strahlender gesehen«, stellte N'ton nach einer Weile fest und fügte hastig hinzu: »Damit will ich nicht sagen, daß du ihn sonst nachlässig pflegst. Aber hol ihn besser aus dem Schlamm, sonst war die Mühe vergeblich.«

Jaxom gab den Vorschlag hastig weiter. »Und halt den Schweif hoch, bis du im Gras stehst, Ruth!« fügte er hinzu.

Aus dem Augenwinkel bemerkte Jaxom, daß Dorse und seine Kumpel sich aus dem Staub machten, aus Angst, N'ton könnte neue Arbeit für sie finden. Irgendwie war es Jaxom gelungen, seine Schadenfreude zu verbergen, als er Dorse und die anderen beim Eimerschleppen beobachtete. Die Jungen hatten nicht gewagt, dem Drachenreiter zu widersprechen, als er sie in seine Dienste einspannte. Jaxoms Laune war beträchtlich gestiegen, als sie über dem »Winzling«, dem »Bastard« schwitzten und ihn nicht einmal hänseln konnten, wie sie es sicher geplant hatten. Er war sich im klaren darüber, daß dieser Zustand nicht lange anhalten würde. Aber wenn die Weyrführer von Benden heute zu dem Schluß kamen, daß Ruth kräftig genug zum Fliegen war, dann konnte Jaxom in Zukunft dem Gespött seines Pflegebruders und dessen Freunden auf Drachenschwingen entgehen.

N'ton verschränkte die Arme und über der naßgespritzten Jacke und runzelte leicht die Stirn. »Eigentlich ist Ruth gar nicht richtig weiß.«

Jaxom starrte seinen Drachen ungläubig an. »Nein?«

»Nein. Siehst du die braunen und goldenen Schatten da – und die blaugrün gesprenkelten Flanken?«

»Sie haben recht!« Jaxom riß die Augen auf, erstaunt, daß er etwas völlig Neues an seinem Freund entdeckte. »Vermutlich sieht man die Farben, weil er heute besonders sauber ist und die Sonne so hell scheint.« Es machte ihm Spaß, mit einem verständigen Partner über sein Lieblingsthema zu sprechen.

»Er – scheint alle Drachenfarben in sich zu vereinen«, fuhr N'ton fort. Er strich mit der Hand über Ruths kräftige Schulter und hielt den Kopf schräg, um den muskulösen Rücken zu betrachten. »Schöne Proportionen. Er ist vielleicht kleiner als die anderen Drachen, Jaxom, aber er sieht prächtig aus.«

Jaxom seufzte und wölbte unbewußt die Brust vor, als habe das Lob ihm selbst gegolten.

»Nicht zuviel Fleisch und nicht zu wenig, was, Jaxom?« N'ton stieß ihn leicht mit dem Ellbogen an und grinste. Wie oft hatte Jaxom den Weyrführer um Hilfe bitten müssen, wenn sein Kleiner wieder einmal an einem verdorbenen Magen litt! Jaxom hatte irrigerweise angenommen, daß der kleine Drache bald die Größe seiner Geschwister erreichen würde, wenn er nur soviel Futter wie möglich in ihn hineinstopfte. Das Ergebnis war meist katastrophal gewesen.

»Glauben Sie, er ist kräftig genug, mich zu tragen?«

N'ton warf Jaxom einen nachdenklichen Blick zu. »Mal überlegen. Im Frühling war er einen Planetenumlauf alt, und nun gehen wir auf die kalte Jahreszeit zu. Die meisten Drachen erreichen ihre volle Größe während des ersten Planetenumlaufs. Ich glaube nicht, daß Ruth in den letzten sechs Monaten auch nur eine halbe Handspanne gewachsen ist. Daraus können wir folgern, daß er seine Entwicklung abgeschlossen hat. Na hör mal!« reagierte N'ton auf Jaxoms traurigen Seufzer. »Er ist um einen halben Kopf größer als jeder Renner, oder nicht? Und die kann man stundenlang reiten, ohne daß sie ermüden. Dazu kommt, daß du nicht gerade ein Schwergewicht bist wie etwa Dorse.«

»Fliegen ist weit anstrengender als Laufen.«

»Sicher, aber Ruths Schwingen sind im Verhältnis zu seinem Körper groß genug . . .«

»Er ist also ein richtiger Drache, nicht wahr?«

N'ton starrte Jaxom an. Dann legte er dem Jungen beide Hände auf die Schultern. »Ja, Jaxom, Ruth ist ein richtiger Drache, auch wenn er nur halb so groß wirkt wie seine Gefährten.

Und er wird es heute beweisen, wenn du mit ihm aufsteigst. Los jetzt, bring ihn zurück in die Burg! Du mußt dich noch fein machen, wenn du neben ihm glänzen willst.«

»Komm, Ruth!«

Kann ich nicht in der Sonne bleiben? entgegnete Ruth, aber er trat gehorsam an die Seite des Freundes und kehrte mit ihm und dem Weyrführer zurück zur Burg.

»Im Hof ist auch Sonne, Ruth«, versicherte Jaxom und legte die Hand leicht auf den Nackenwulst des Drachen. Er bemerkte den blauen Schimmer des Wohlbehagens in Ruths kreisenden Facettenaugen.

Während sie schweigend weitergingen, hob Jaxom den Blick zu der schroffen Klippenwand, die Ruatha beherbergte, den zweitältesten Wohnsitz der Menschen auf Pern. Die Burg unterstand ihm, sobald er großjährig war oder wann immer sein Vormund, Baron Lytol, einst Webergeselle und Drachenreiter, ihn reif genug dafür fand – das hieß, falls die übrigen Barone endlich ihren Widerstand aufgaben, nur weil er durch Zufall den kleinen Drachen Ruht für sich gewonnen hatte. Jaxom seufzte wieder. Nie in seinem Leben würde er diesen Moment vergessen dürfen, dafür sorgten schon die anderen.

Ohne daß er es wollte, hatte die Beziehung zwischen ihm und Ruth jede Menge Probleme gebracht – für F'lar und Lessa vom Benden-Weyr, für die Barone und für ihn selbst, da man ihm nicht gestattete, wie ein richtiger Jungreiter in einem Weyr aufzuwachsen. Er mußte Herr von Ruatha bleiben, sonst hätten sämtliche jüngeren Söhne der Barone, die in der Erbfolge unberücksichtigt blieben, um den Besitz der Burg gekämpft. Aber den ärgsten Kummer hatte er ausgerechnet dem Mann bereitet, dem er so verzweifelt zu gefallen versuchte, seinem Vormund Baron Lytol. Hätte Jaxom nur einen Moment lang überlegt, ehe er auf den heißen Sand der Brutstätte hinauslief, um die zähe Eierschale zu zerbrechen, dann wäre ihm zu Bewußtsein gekommen, welche Qual er dem Mann zumutete, der seinen eigenen braunen Drachen Larth verloren hatte. Es spielte keine Rolle, daß Larth lange Zeit vor Jaxoms Geburt auf Ruatha umgekommen war – die Tragödie blieb schmerzhaft frisch in Lytols Gedächtnis, so bekam Jaxom wenigstens immer wieder zu hören. Wenn das stimmte, überlegte Jaxom oft, weshalb hatte dann Lytol nicht widersprochen, als die Weyrführer und Barone den Entschluß faßten, daß Jaxom versuchen sollte, den kleinen Drachen auf Ruatha großzuziehen?

Ein Blick zu den Feuerhöhen zeigte Jaxom, daß N'tons Bronzedrache Lioth dicht neben Wilth, dem alten braunen Wachdrachen, saß. Was hatten die beiden Drachen zu besprechen? Ging es um Ruth? Um die Entscheidung, die heute bevorstand? Er bemerkte einen Schwarm Feuer-Echsen, die winzigen Verwandten der Drachen, die in lässigen Spiralen die beiden großen Geschöpfe umkreisten. Männer trieben Where und Renner aus den Ställen auf die Weiden im Norden der Burg. Rauch stieg von den kleineren Höfen auf, welche die Rampe zum Großen Hof und die Straße nach Osten säumten. Überall entlang der Zufahrten entstanden neue Hütten, da man die tieferen Höhlen von Ruatha nicht mehr sicher genug fand.

»Wie viele Pfleglinge hat Lytol eigentlich auf Ruatha, Jaxom?« fragte N'ton unvermittelt.

»Pfleglinge? Gar keine, F'nor.« Jaxom runzelte die Stirn. Sicherlich wußte N'ton das.

»Warum nicht? Du mußt andere junge Leute deines Standes kennenlernen.«

»Oh, ich begleite Baron Lytol öfter zu den Nachbarburgen.«

»Ich dachte weniger an Besuche als daran, daß du gleichaltrige Freunde brauchst.«

»Da wären Dorse, der Sohn meiner Amme, und seine Freunde aus den umliegenden Hütten.«

»Ja, das stimmt.«

Etwas im Tonfall des Weyrführers ließ Jaxom aufblicken, aber die Miene des Weyrführers verriet nichts.

»Triffst du dich eigentlich noch mit Felessan? Ich erinnere mich recht gut, wie ihr beide immer im Benden-Weyr umhergeschlichen seid, nichts als Unfug im Kopf.«

Jaxom spürte, wie er bis an die Stirn errötete, aber er konnte nichts dagegen tun. Hatte N'ton womöglich herausgefunden, daß er und Felessan sich durch einen Felsspalt gezwängt hatten, um in die Brutstätten der Königin zu gelangen und Ramoths Eier aus der Nähe zu betrachten? Er konnte sich nicht vorstellen, daß F'lessan diesen Streich verraten hatte. Aber Jaxom stellte sich insgeheim oft die Frage, ob das Berühren des kleinen Eies irgendwie schicksalhaft gewesen war – ob er schon damals den Kontakt zu Ruth geschaffen hatte.

»Ich sehe Felessan in letzter Zeit selten. Da ist die Arbeit mit Ruth – und Lytol braucht mich . . .«

»Ich verstehe«, sagte N'ton. Er schien noch etwas anfügen zu wollen, schwieg dann aber.

Während sie weiterschlenderten, überlegte Jaxom, ob er etwas Falsches gesagt hatte. Aber lange kam er nicht zum Nachdenken, denn N'tons Feuer-Echse Tris landete auf der wattierten Schulter des Weyrführers und zirpte aufgeregt.

»Was ist los?« fragte Jaxom.

»Ich verstehe ihn nicht, er denkt völlig krauses Zeug«, entgegnete N'ton lachend und strich über den Nacken des kleinen Geschöpfs, bis Tris sich beruhigte und die gespreizten Schwingen auf dem Rücken faltete.

Er mag mich, stellte Ruth fest.

»Alle Feuer-Echsen mögen dich«, entgegnete Jaxom.

»Ja, das ist mir auch aufgefallen, und nicht erst heute, als uns ganze Schwärme halfen, ihn zu waschen«, meinte N'ton.

»Warum eigentlich?« Dieses Problem quälte Jaxom schon lange, aber er hatte es nie angeschnitten, da er N'tons kostbare Zeit nicht mit albernen Fragen vergeuden mochte. Heute aber kam ihm die Sache gar nicht so albern vor.

N'ton wandte sich seiner Echse zu. Tris zirpte kurz und begann gleich darauf seine Krallen zu reinigen. N'ton lachte leise. »Er mag Ruth. Mehr erfahre ich nicht von ihm. Ich könnte mir denken, daß es mit Ruths Größe zu tun hat. Die Echsen können ihn betrachten, ohne ein paar Drachenlängen Abstand dazwischen zu legen.«

»Mag sein.« Jaxom hatte immer noch Zweifel. »Was immer der Grund ist, die Echsen kommen von weither, um ihn zu besuchen. Sie erzählen ihm die wildesten Geschichten, aber ihm macht das Spaß, besonders, wenn ich nicht bei ihm sein kann.«

Sie hatten die Straße erreicht und gingen auf die Rampe des Großen Hofes zu.

»Beeil dich mit dem Umziehen, Jaxom, ja? Lessa und F'lar müßten jeden Moment eintreffen«, sagte N'ton, während er geradeaus weiterging, durch das Hofportal auf die Metalltür der Burg zu. »Ist Finder um diese Zeit in seinen Räumen?«

»Ich schätze, ja.«

Dann, als Jaxom und Ruth sich dem Küchentrakt und den alten Stallungen näherte, überfiel ihn von neuem die Sorge wegen der Prüfung. N'ton hätte ihm doch keine Hoffnungen gemacht, wenn er nicht einigermaßen sicher gewesen wäre, daß die Weyrführer von Benden das Vorhaben auch befürworteten?

Er stellte es sich wunderbar vor, Ruth zu fliegen. Außerdem konnte er dann ein für allemal beweisen, daß Ruth ein echter Drache war und nicht nur eine zu groß geratene Feuer-Echse, wie Dorse oft spottete. Und schließlich würde er auf Ruths Rükken mehr Abstand zu Dorse gewinnen. Heute zum erstenmal seit vielen Planetenumläufen hatte er das dumme Gerede seines Ziehbruders nicht ertragen müssen. Der Junge war nicht nur auf Ruth neidisch. Solange sich Jaxom zurückerinnern konnte, hatte Dorse ihn mit seinem Spott verfolgt. Ehe Ruth auf die Burg gekommen war, hatte sich Jaxom oft in die dunklen, abgelegenen Räume der großen Burg zurückgezogen. Dorse mochte die dumpfen, düsteren Korridore nicht und ließ ihn dort in Ruhe. Aber mit Ruths Ankunft konnte Jaxom nicht mehr einfach verschwinden. Er wünschte oft, daß er Dorse weniger zu Dank verpflichtet wäre. Aber wenn Deelan nicht zwei Tage vor Jaxoms unerwarteter Geburt Dorse das Leben geschenkt hätte, wäre Jaxom in den ersten Stunden gestorben. Deshalb, so hatten Lytol und der Harfner der Burg ihm eingeprägt, mußte er alles mit seinem Ziehbruder teilen. Wie Jaxom das sah, profitierte Dorse davon weit mehr als er selbst. Der Junge, eine ganze Handspanne größer als er und kräftig gebaut, hatte sicher nicht darunter gelitten, daß er die Muttermilch mit einem anderen teilte. Und Dorse sorgte schon dafür, daß er von allem, was Jaxom besaß, den größeren Anteil erhielt.

Jaxom winkte den Köchen zu, die eifrig damit beschäftigt waren, ein Festmahl herzurichten. Er hoffte mit ganzer Kraft, daß es auch für ihn einen Anlaß zum Feiern geben würde. Neben seinem weißen Drachen ging er weiter zu den alten Ställen, die man ihnen als Quartier zugeteilt hatte. So winzig Ruth bei seiner Ankunft vor anderthalb Planetenumläufen gewesen war, es zeichnete sich doch rasch ab, daß er nicht lange durch den Eingang der Burg-Suite passen würde, welche dem jungen Herrn von Ruatha traditionsgemäß zustand.

So hatte Lytol beschlossen, die alten Ställe mit ihren hohen Deckengewölben in ein Schlafgemach und einen Arbeitsraum für Jaxom sowie einen geräumigen Weyr für den kleinen Drachen umbauen zu lassen. Fandarel, der Meisterschmied, hatte eigens neue Tore entworfen, die ein schmal gebauter Junge und ein tolpatschiger Drache leicht öffnen und schließen konnten.

Ich bleibe hier in der Sonne, erklärte Ruth seinem Freund und starrte vorwurfsvoll zu den Ställen hinüber. Mein Schlaf-Platz ist noch nicht gefegt.

»Alle sind voll damit beschäftigt, die Burg für Lessas Besuch auf Hochglanz zu bringen«, erwiderte Jaxom und mußte unwillkürlich grinsen. Deelan hatte entsetzt losgezetert, als Lytol ihr mitteilte, daß die Weyrherrin nach Ruatha kommen würde. In den Augen seiner Amme war Lessa immer noch die einzige reinblütige Ruatha; sie allein hatte damals vor mehr als zwanzig Planetenumläufen das schändliche Massaker des machtgierigen Baron Fax überlebt.

Jaxom schälte sich aus seinen feuchten Sachen, nachdem er sein Zimmer betreten hatte. Das Wasser im Krug neben dem Waschtisch war abgestanden. Er schnitt eine Grimasse. Es stimmte schon, daß er zur Feier des Tages ebenso sauber sein sollte wie sein Drache, aber ihm blieb wohl nicht mehr die Zeit, zu den Badequellen der Burg zu laufen, ehe die Weyrführer kamen. Und er durfte auf keinen Fall fehlen, wenn sie eintrafen. So wusch er sich mit Seifensand und dem alten Wasser.

Sie kommen, verkündete Ruth, und gleich darauf begrüßten Lioth und Wilth, der alte Wachdrache, die Besucher mit lautem Trompeten.

Jaxom rannte ans Fenster und sah gerade noch, wie die hohen Gäste im Großen Hof landeten. Er wartete nicht ab, bis die Benden-Drachen wieder aufstiegen zu den Feuerhöhen, begleitet von aufgeregten Echsenschwärmen. Hastig trocknete er sich ab, streifte frische Sachen über und schlüpfte in die Stiefel, die er eigens für diesen Tag bekommen hatte – gefüttert mit weicher Wher-Haut, welche die Kälte abhielt. Da er oft geübt hatte, gelang es ihm mit ein paar Handgriffen, seinem eifrigen kleinen Drachen das Reitgeschirr anzulegen.

Als er mit Ruth losging, überfiel Jaxom von neuem Angst. Wenn sich nun N'ton getäuscht hatte? Wenn Lessa und F'lar entschieden, ein paar Monate abzuwarten, ob Ruth vielleicht doch noch wuchs? Wenn Ruth nicht die Kraft hatte, ihn auf dem Rükken zu tragen? Wenn er Ruth weh tat?

Ruth summte ermutigend. *Du tust mir nicht weh. Du bist mein Freund.* Und er stupste Jaxom liebevoll an, hauchte ihm seinen warmen Atem ins Gesicht.

Jaxom holte tief Luft, in der Hoffnung, daß sich sein rebellischer Magen wieder beruhigte. Dann erst bemerkte er die Menschenmenge, die sich auf den Stufen der Burg versammelt hatte. Weshalb all die Leute?

Es sind doch nicht viele, erklärte Ruth leicht erstaunt. *Nur eine Menge Feuer-Echsen. Und die wollen mich sehen. Außerdem kennen wir die Besucher doch.*

Das stimmte. Jaxom nahm sich ein Beispiel an Ruths Gelassenheit, straffte die Schultern und ging weiter.

F'lar und Lessa, die ranghöchsten Drachenreiter von Pern, waren die wichtigsten Gäste. Auch F'nor, der Reiter des braunen Drachen Danth und Lebensgefährte der unglücklichen Brekke, hatte sich eingefunden, aber er war ein guter Freund von Jaxom. N'ton als Weyrführer von Fort mußte anwesend sein, denn Ruatha leistete dem Fort-Weyr Tribut. Auch Meister Robinton, der Harfner von Pern, war gekommen, und zu seiner Erleichterung bemerkte Jaxom, daß er Menolly mitgebracht hatte, das Harfnermädchen, das sich schon so oft für ihn eingesetzt hatte. Widerwillig mußte er sich eingestehen, daß auch Baron Sangel von Süd-Boll und Baron Groghe von Fort als Vertreter der Burgherren ein Recht darauf hatten, an der Prüfung teilzunehmen.

Anfangs konnte Jaxom Baron Lytol nirgends sehen. Dann trat Finder etwas zur Seite, um mit Menolly zu sprechen, und Jaxom entdeckte seinen Vormund. Er hoffte, daß Lytol wenigstens dieses eine Mal seine Ruth *richtig* anschauen würde.

Sie hatten inzwischen den Hof überquert und blieben am unteren Ende der Stufen stehen. Jaxom legte die Rechte auf Ruths elegant gewölbten Nacken und schaute die Prüfer offen an.

Lessa kam ihnen lächelnd entgegen und begrüßte ihn. Dann wies sie auf Ruth. »Dein Drache hat sich seit dem Frühjahr prächtig entwickelt, Jaxom«, sagte sie anerkennend. »Aber *du* solltest etwas mehr Fleisch ansetzen. Lytol, gibt Deelan dem Jungen denn nichts zu essen? Er besteht nur aus Haut und Knochen.«

Jaxom stellte verblüfft fest, daß er Lessa über den Kopf gewachsen war und sie zu ihm aufschauen mußte. Er hatte sich Lessa immer sehr groß vorgestellt. Daß er auf die Weyrherrin von Benden herunterschauen mußte, brachte ihn irgendwie in Verlegenheit.

»Ich schätze, du bist noch länger als Felessan, und bei dem habe ich schon das Gefühl, daß er in den Himmel wächst«, fügte sie hinzu.

Jaxom begann eine Entschuldigung zu stammeln.

»Unsinn, Jaxom, halte dich gerade, damit wir dich in deiner ganzen Länge bewundern können«, lachte F'lar und trat neben seine Weyrgefährtin. Er warf einen prüfenden Blick auf Ruth, und der weiße Drache hob den Kopf ein wenig, um in Augenhöhe mit dem hochgewachsenen Weyrführer zu sein. »Du hast dich besser entwickelt, Ruth, als ich dir gleich nach der Gegenüberstellung zugetraut hätte. Baron Jaxom, die Pflege hier hat ihm gut getan.« Der Benden-Führer betonte den Titel, als er sich Jaxom zuwandte.

Jaxom zuckte kaum merklich zusammen. Er mochte es nicht, wenn ihn jemand an seine Stellung erinnerte.

»Aber ich nehme nicht an, daß du je die Statur unseres guten Meisterschmieds erreichen wirst, und deshalb glaube ich auch kaum, daß Ruth beim Fliegen durch dein Gewicht überfordert ist.« F'lar warf einen Blick auf die versammelten Gäste. »Ruth ist in der Schulter wesentlich höher und breiter als jeder Renner.«

»Wie sieht es mit der Flügelspanne aus?« fragte Lessa, die Brauen nachdenklich hochgezogen. »Jaxom, könntest du ihn bitten, einmal die Schwingen zu spreizen?«

Lessa hätte Ruth ebensogut selbst ansprechen können, da sie mit jedem Drachen telepathischen Kontakt bekam. Jaxom fühlte sich geschmeichelt durch die Gleichstellung der Weyrherrin und gab die Bitte unverzüglich an Ruth weiter. Mit aufgeregt kreisenden Augen richtete sich der weiße Drache auf. Seine Schulter- und Brustmuskeln wölbten sich unter der Haut, die in allen Drachenfarben zu schillern begann.

»Er besitzt herrliche Proportionen«, stellte F'lar fest und beugte sich unter einen Flügel, um die breite, transparente Membran zu begutachten. »Danke, Ruth«, fügte er hinzu, als der Drache die Schwinge schräg stellte. »Sieht so aus, als sehnte er sich nicht weniger nach dem Fliegen als du.«

»Ja, Sir, denn er *ist* ein Drache, und *alle* Drachen wollen fliegen.«

Der Blick, den F'lar ihm zuwarf, ließ Jaxoms Atem stocken. War seine Antwort vorschnell gewesen? Als er Lessa lachen hörte, schaute er zu ihr hinüber. Aber sie lachte weder ihn noch Ruth aus. Ihr Blick war F'lar zugewandt. Der Weyrführer zog eine Augenbraue hoch und grinste dann breit. Jaxom hatte das Gefühl, daß es hier um Dinge ging, die sich nur zwischen den beiden abspielten.

Dann hob F'lar den Blick zu den Feuerhöhen, wo die goldenen Ramoth, sein Bronzedrache Mnementh und die beiden Braunen Canth und Wilth die Szene im Hof aufmerksam mitverfolgten.

»Was meint Ramoth, Lessa?«

Lessa schnitt eine Grimasse. »Du weißt, daß sie von Anfang an für Ruth gesprochen hat.«

F'lar wandte sich an N'ton, der wortlos grinste, und dann an F'nor, der ihm zunickte. »Keine Einwände, Jaxom. Mnementh begreift gar nicht, warum wir alle so einen Wirbel machen. Steig auf, Junge!« F'lar trat einen Schritt nach vorn, als wolle er Jaxom Hilfestellung geben.

Jaxom fühlte sich einerseits geschmeichelt, daß ihm der Weyrführer von Pern persönlich beistehen wollte, andererseits aber gekränkt, daß F'lar ihm nicht zutraute, er könne allein aufsteigen.

Ruth löste das Problem, indem er die eine Schwinge hochklappte und das linke Knie beugte. Jaxom trat leichtfüßig auf die angebotene Stütze und schwang sich zwischen die beiden Nakkenwülste des Drachen. Im allgemeinen bot der Einschnitt zwischen diesen Erhebungen einem Mann im Flug Sicherheit genug, aber Lytil hatte darauf beharrt, daß Jaxom Schenkelriemen umschnallte. Während Jaxom die Gurte befestigte, warf er verstohlene Blicke in die Menge. Aber niemand zeigte Erstaunen oder Verachtung wegen dieser Vorsichtsmaßnahme. Er beendete seine Vorbereitungen, und noch einmal kroch die Kälte des Zweifels in sein Inneres. Wenn Ruth nun doch nicht...?

Er fing das zuversichtliche Lächeln N'tons auf und sah, daß ihm Meister Robinton und Menolly zuwinkten. Dann hob F'lar die geballte Faust hoch über den Kopf – das Zeichen zum Start.

Jaxom holte tief Luft. »Fliegen wir, Ruth!«

Er spürte die Muskelknoten, als Ruth sich duckte, fühlte die Anspannung im Rücken, das Spiel der Sehnen unter seinen Waden, als die großen Flügel sich zu dem ersten, alles entscheidenden Schwungholen spreizten. Ruth duckte sich noch ein wenig tiefer und stieß sich mit den kräftigen Hinterbeinen vom Boden ab. Jaxoms Kopf ruckte nach hinten. Instinktiv griff er nach den Gurten und hielt sie fest umklammert, während der kleine weiße Drache mit mächtigen Flügelschlägen in die Höhe stieg, vorbei an den ersten Fensterreihen und den verblüfften Gesichtern der Pächter, hinauf zu den Feuerhöhen, so rasch, daß die übrigen Stockwerke ganz verschwommen an Jaxom vorbeihuschten. Dann breiteten die großen Drachen ihre Flügel aus und ermutigten Ruth mit lauten Trompetenstößen. Feuer-Echsen umwirbelten sie und fielen mit ihren Silberstimmen in das Gedröhn ein. Jaxom hoffte nur, daß sie Ruth nicht in die Quere kamen.

Sie freuen sich, daß wir gemeinsam durch die Luft gleiten. Ramoth und Mnementh sind glücklich, daß du mich endlich reitest. Ich bin auch sehr glücklich? Und du? Geht es dir jetzt besser?

Die beinahe vorwurfsvolle Frage löste den Klumpen, der sich in Jaxoms Hals festgesetzt hatte. Er wollte etwas erwidern, aber der Flugwind riß ihm die Worte von den Lippen.

»Natürlich bin ich glücklich! Ich bin glücklich, weil wir beide zusammen sind!« rief er begeistert. »Ich fliege, wie ich es mir immer gewünscht habe. Das wird allen beweisen, daß du ein richtiger Drache bist!«

Du schreist!

Ich bin glücklich. Warum sollte ich nicht schreien!«

Hier oben höre nur ich zu, und ich verstehe dich auch, wenn du leiser redest.

»Aber du sollst merken, wie sehr ich mich freue – für *dich* freue!«

Sie glitten jetzt in einer weiten Kurve dahin, und Jaxom lehnte sich mit angehaltenem Atem in die entgegengesetzte Richtung. Er hatte zwar schon unzählige Male auf einem Drachenrücken gesessen, aber immer als »Mitflieger«, eingekeilt zwischen zwei Erwachsene. Dieser erste Alleinflug war etwas ganz anderes, berauschend, auf angenehme Weise kribbelnd und einfach wunderschön.

Ramoth sagt, du mußt die Schenkel enger an mich pressen, so wie du es bei den Rennern machst.

»Ich hatte Angst, dir die Luft abzuschnüren.« Jaxom drückte die Beine fest in die Wärme des seidigen Nackens, ermutigt durch den Halt, den er dabei spürte.

So ist es besser. Mein Nacken hält allerhand aus. Du kannst mir nicht wehtun. Du bist mein Reiter. Aber Ramoth sagt, daß wir landen müssen. Der letzte Satz klang zornig.

»Landen? wir sind doch eben erst aufgestiegen!«

Ramoth sagt, ich darf mich nicht überanstrengen. Dabei spüre ich dein Gewicht kaum. Ich mag dich durch die Lüfte tragen. Sie meint, daß wir jeden Tag ein Stückchen weiter fliegen dürfen. Das finde ich gut.

Ruth veränderte die Landeschleife so, daß sie vom Südosten her in den Großen Hof einflogen. Die Leute auf der Straße blieben stehen und starrten zu ihnen herauf, um dann begeistert zu winken. Jaxom glaubte, ein paar Beifallsrufe zu hören, aber der Wind dröhnte so laut in seinen Ohren, daß er kaum etwas verstand. Die im Hof Versammelten verfolgten seinen Weg ganz genau mit. In den Fenstern der Burg hingen Trauben von Menschen.

»Jetzt müssen sie alle zugeben, daß du ein richtiger Drache bist, Ruth.«

Das einzige, was Jaxom bedauerte, war die kurze Dauer des Fluges. Jeden Tag ein Stückchen weiter, hm? Er schwor sich, daß ihn weder Fäden, Feuer noch Nebelschwaden von seinen Übungsflügen abhalten würden. Je größer der Abstand, den er zwischen sich und Ruatha legen konnte, desto besser.

Unvermittelt prallte er mit dem Oberkörper gegen Ruths Nakkenwulst, als der Drache geschickt an der gleichen Stelle landete, von der er seinen Flug gestartet hatte.

Tut mir leid, sagte Ruth zerknirscht. *Offenbar muß ich doch noch einiges lernen.*

Jaxom blieb einen Moment lang sitzen und genoß den Triumph des ersten Alleinflugs. Dann sah er, daß F'lar, F'nor und N'ton auf ihn zukamen. Ihre Mienen verrieten Anerkennung. Aber weshalb blickte der Harfner so nachdenklich drein? Und warum runzelte Baron Sangel die Stirn?

Die Drachenreiter sagen, daß wir fliegen können, erklärte Ruth. *Und ihre Meinung zählt.*

In Baron Lytols Zügen konnte Jaxom nicht die geringste Regung entdecken. Das dämpfte seinen Stolz auf die eben vollbrachte Leistung. Wie er darauf gehofft hatte, wenigstens an diesem Tag eine Spur von Lob, eine einzige positive Reaktion bei seinem Vormund zu erleben!

Er kann nun mal Larth nicht vergessen, meinte Ruth sanft.

»Siehst du, Jaxom, ich hatte recht!« rief N'ton, als die drei Drachenreiter neben Ruth traten. »Es ist überhaupt nichts dabei.«

»Sehr schöner Erstflug, Jaxom«, meinte auch F'lar und beobachtete den weißen Drachen aufmerksam. »Und Ruth ist nicht im geringsten erschöpft.«

»Der Kerl kann mit einem einzigen Flügelschlag wenden. Trag besser die Schenkelriemen, Jaxom, bis ihr aneinander gewöhnt seid«, fügte F'nor hinzu und faßte den jungen Baron am Ellbogen. Es war eine Geste unter Gleichgestellten, und Jaxom fühlte sich ungeheuer geschmeichelt.

»Da haben Sie sich getäuscht, Baron Sangel.« Lessas Stimme drang klar zu Jaxom herüber. »Es bestand nie ein Zweifel daran, daß der kleine weiße Drache fliegen konnte. Wir zögerten nur den Moment des ersten Aufstiegs hinaus, bis wir sicher waren, daß Ruth seine volle Größe erreicht hatte.«

F'nor blinzelte Jaxom zu, und N'ton schnitt eine Grimasse, während F'lar die Augen nach oben verdrehte, als wolle er den Himmel um Geduld anflehen. Diese Vertraulichkeiten gaben dem Jungen das Gefühl, daß die drei mächtigsten Drachenreiter von Pern ihn, Jaxom von Ruatha, in ihre Mitte aufgenommen hatten.

»Du bist jetzt ein Drachenreiter, Junge«, sagte N'ton.

»Ja.« F'lar dehnte das Wort ein wenig. »Ja, aber du darfst nicht gleich morgen die ganze Welt auf Drachenschwingen erobern. Und versuche ja noch nicht, ins *Dazwischen* zu gehen! Das wäre viel zu früh. Ich hoffe, du siehst das ein. Schön! Du wirst Ruth von jetzt an täglich trainieren. N'ton, hast du einen Übungsplan mitgebracht?« N'ton reichte dem Weyrführer von Benden eine Schiefertafel, und der gab sie an Jaxom weiter. »Die Flügelmuskeln müssen langsam und sorgfältig gekräftigt werden, sonst überlastest du den Drachen. Darin liegt die Hauptgefahr. Es könnte ein Moment kommen, da Ruth blitzschnell reagieren muß, und dann machen untrainierte Muskeln nicht mit. Du hast sicher von der Tragödie im Hochland gehört?« F'lars Miene war düster.

»Ja, Sir. Finder erzählte mir davon.« Jaxom verschwieg, daß Dorse und seine Kumpane ihn ständig an den Vorfall mit dem Jungreiter erinnerten, der in den Bergen abgestürzt war, weil er von seinem Drachen zuviel verlangt hatte.

»Du trägst stets eine doppelte Verantwortung, Jaxom, gegenüber Ruth und gegenüber deiner Burg.«

»O ja, Sir, das weiß ich.«

N'ton lachte und hieb Jaxom mit der flachen Hand aufs Knie. »Und ob er das weiß – was, Jaxom? Er bekommt es so oft zu hören, daß es ihm sicher schon zum Hals raushängt.«

F'lar wandte sich an den Weyrführer, erstaunt über diese Antwort. Jaxom hielt den Atem an. Konnte es sein, daß N'ton sich unbedacht geäußert hatte? Baron Lytol hämmerte ihm stets ein, erst zu denken und dann zu reden.

»Ich werde Jaxoms Training anfangs selbst beaufsichtigen, F'lar«, fuhr N'ton fort. »Und sein Verantwortungsgefühl ist mehr als ausgeprägt. Mit Ihrer Erlaubnis werde ich ihm auch beibringen, ins *Dazwischen* zu fliegen, wenn ich finde, daß er reif genug dafür ist. Ich glaube . . .« – er deutete auf die beiden Barone, die immer noch heftig mit Lessa diskutierten –, »je weniger wir diese Phase der Ausbildung publik machen, desto besser.«

Jaxom spürte die leise Spannung, die in der Luft lag, als N'ton und F'lar einander ansahen. Unvermittelt trompeteten Mnementh und Ramoth von den Feuerhöhen.

»Sie sind einverstanden«, sagte N'ton leise.

F'lar schüttelte leicht den Kopf und schob die Haarlocke beiseite, die ihm in die Augen fiel.

»Es steht fest, daß Jaxom verdient, ein Drachenreiter zu werden«, erklärte F'nor mit der gleichen Eindringlichkeit. »Und die letzte Entscheidung liegt beim Weyr. Die Barone haben nicht das geringste Mitspracherecht. Ruth ist ein Benden-Drache.«

»Das Hauptgewicht liegt auf der Verantwortung«, sagte F'lar

und betrachtete die beiden anderen Reiter mit düsterer Miene. Dann wandte er sich Jaxom zu, der nicht genau wußte, worüber die drei Männer sprachen; ihm war nur klar, daß es um ihn und Ruth ging. »Also gut, meinetwegen. Er soll lernen, ins *Dazwischen* zu fliegen. Sonst versucht er es eines Tages auf eigene Faust, oder nicht, Baron Jaxom? Immerhin fließt Ruatha-Blut in seinen Adern.«

»Sir?« Jaxom traute seinem Glück noch nicht so recht.

»Nein, F'lar, Jaxom würde so etwas nie tun«, entgegnete N'ton in einem seltsamen Tonfall. »Das ist ja das Problem. Ich fürchte, Lytol hat seine Aufgabe zu gut durchgeführt.«

»Was soll das heißen?« fragte F'lar knapp.

F'nor hielt die Hand hoch. »Da kommt Lytol selbst«, sagte er warnend.

»Jaxom, wenn du nun deinen Freund in seinen Weyr zurückbringen und dann zu uns in den Festsaal kommen könntest?« Der Vormund des jungen Barons verbeugte sich höflich vor den Drachenreitern. Ein Muskel in seiner Wange begann zu zucken, als er sich rasch abwandte und zurück zur Treppe ging.

Er hätte wenigstens jetzt ein Lob aussprechen können ... wenn er gewollt hätte, dachte Jaxom und starrte ihm traurig nach.

N'ton hieb ihm erneut aufs Knie und blinzelte ihm zu. »Du bist ein tüchtiger Junge, Jaxom, und ein guter Reiter obendrein.« Dann schlenderte er hinter den anderen Drachenreitern her.

»Sie lassen doch nicht etwa Benden-Wein zur Feier des Tages auftragen, Lytol?« dröhnte die Stimme des Meisterharfners über den Hof.

»Keiner würde wagen, Ihnen etwas anderes vorzusetzen, Robinton!« entgegnete Lessa lachend.

Jaxom sah ihnen nach, wie sie Treppen hinauf und durch die Flügeltür zum Festsaal gingen. Mit lautem Gekreisch stellten die Feuer-Echsen ihr Luftballett ein und jagten zum Eingang, haarscharf am Kopf des Meisterharfners vorbei.

Der Anblick hob Jaxoms Laune, und er brachte Ruth zurück zu den Ställen. Bei seinem Näherkommen zogen sich die Grafen von den Fenstern zurück. Er hoffte von ganzem Herzen, daß Dorse und seine Kumpane jede Sekunde des Fluges miterlebt hatten – und daß ihnen auch der Händedruck F'nors und sein Gespräch mit den drei wichtigsten Drachenreitern von Pern nicht entgangen war. Dorse mußte nun vorsichtiger sein, da für Jaxom die Chance bestand, ins *Dazwischen* zu fliegen. Damit hatte sein Ziehbruder wohl nie gerechnet. Jaxom selbst konnte sein Glück noch kaum fassen. War es nicht einfach großartig von N'ton, diesen Vorschlag zu machen? Den Brocken sollte Dorse erst mal verdauen!

Ruth untermalte seine Gedanken mit einem selbstzufriedenen Summen. Sie betraten den alten Stallhof, und der Drache neigte die linke Schulter, damit Jaxom absteigen konnte.

»Wir können jetzt fliegen, Ruth, und uns aus der Burg entfernen. Und eines Tages werden wir sogar ins *Dazwischen* gehen. Dann gehört ganz Pern uns. Du hast deine Sache heute sehr gut gemacht, und es tut mir nur leid, daß ich ein so ungeschickter Reiter war. Aber ich lerne es schon noch – du wirst sehen!«

Ruths Augen wirbelten liebevoll in einem schimmernden Blau, als er Jaxom in den Weyr folgte. Der Junge lobte ihn immer noch, während er den gröbsten Staub und die Hautfitzel entfernte, die sich im Laufe der Nacht in Ruths Schlafmulde gesammelt hatten. Der Drache legte sich hin und hielt den Kopf schräg. Jaxom strich ihm sanft über die Augenwülste. Er ging nicht gern zu einem Fest, bei dem der eigentliche Ehrengast fehlte.

Gewarnt durch das Geschrei der Feuer-Echsen, drückte sich Robinton rasch gegen den rechten Flügel des großen Metallportals und schützte das Gesicht mit den Händen. Er war schon zu oft in Echsenschwärme geraten und ging lieber kein Risiko ein. Allerdings mußte er zugeben, daß sich die Feuer-Echsen in der Harfner-Halle dank Menollys Erziehung einigermaßen gut benahmen. Er lächelte, als er Lessas überraschten und etwas verärgerten Aufschrei hörte. Und er blieb noch einen Moment lang stehen, nachdem die wilde Jagd an ihm vorbeigebraust war. Wie vermutet, stob die Schar Sekunden später wieder ins Freie. Er hörte, wie Baron Groghe seine kleine Königin Merga zur Vernunft rief. Dann entdeckte ihn seine eigene Bronze-Echse Zair und flog ihm schimpfend auf die Schulter, als habe sich der Meisterharfner absichtlich vor ihr verborgen.

»Braver Kerl!« sagte Robinton und streichelte die aufgeregte Echse mit einem Finger, bis sie ihr Köpfchen an seine Wange schmiegte. »Ich würde dich nie allein zurücklassen, das weißt du doch. Hast du Jaxom auch auf seinem Flug begleitet?«

Zair hörte zu schimpfen auf und gab zufriedene kleine Laute von sich. Dann reckte der Kleine den Hals und schaute in den Hof hinunter. Robinton beugte sich vor, um zu sehen, was Zairs Neugier geweckt hatte, und entdeckte Ruth, der zu den Ställen

trottete. Der Harfner seufzte. Fast wünschte er, die Drachenreiter hätten Jaxom nicht gestattet, den weißen Drachen zu fliegen. Wie vorausgesehen, war vor allem Baron Sangel strikt dagegen, daß der Jungbaron die Vorrechte eines Drachenreiters genoß. Und er blieb bestimmt nicht der einzige der älteren Burgherren-Generation, der Jaxom die neue Freiheit mißgönnte. Robinton glaubte zwar, daß es ihm geglückt war, wenigstens Baron Groghe für den Jungen einzunehmen, aber Groghe besaß mehr Verstand als Sangel. Außerdem hatte er eine Feuer-Echse, und das beeinflußte sein Urteil. Robinton überlegte, ob Sangel keine Echse gewollt hatte oder ob es ihm nicht gelungen war, eine für sich zu gewinnen. Er mußte Menolly fragen. Ihr Prinzeßchen legte sicher bald Eier. Ganz nützlich, daß seine Harfnergesellin eine Königin besaß, so daß er Echsen-Eier da verteilen konnte, wo sie am meisten Eindruck machten.

Er starrte noch eine Weile aus dem Fenster, gerührt von dem Anblick. Zwischen Jaxom und Ruth gab es eine Aura der Unschuld und Verwundbarkeit; die beiden hingen stark voneinander ab und beschützten sich gegenseitig.

Jaxom hatte das Licht der Welt im denkbar ungünstigsten Moment erblickt: Geboren aus dem Leib der toten Mutter, war ihm auch der Vater eine halbe Stunde später im Duell gestorben. Robinton dachte an das Gespräch, das er kurz vor Jaxoms Flug mit N'ton und Finder geführt hatte, und er machte sich Vorwürfe, daß er bisher nicht besser auf den Jungen geachtet hatte. Lytol war nicht so verknöchert, daß er keinen Tip vertragen konnte, besonders wenn es um Jaxoms Wohl ging. Aber Robinton hatte so viele Dinge zu regeln und zu bedenken, daß ihm ständig die Zeit davonlief – obwohl Menolly und Sebell sich redlich bemühten, ihm einen Teil seiner Last abzunehmen. Zair tschilpte und rieb sein Köpfchen gegen das Kinn des Harfners.

Robinton lachte leise und streichelte die Echse. Die kleinen Geschöpfe waren höchstens eine Armspanne lang. Sie besaßen nicht die Intelligenz der Drachen, aber sie waren gute Freunde der Menschen und erwiesen sich oft als sehr nützlich.

Nun, er gesellte sich jetzt besser zu den anderen und versuchte irgendwie, Lytol seinen Vorschlag zu unterbreiten. Der junge Jaxom paßte hervorragend in seinen Plan.

»Robinton!« rief F'lar ihm vom Eingang der Empfangshalle entgegen. »Beeilen Sie sich! Ihr Ruf steht auf dem Spiel.«

»Mein was? Ich komme ja schon . . .« Mit langen Schritten erreichte der Harfner den Raum. Aus dem Lächeln der anderen und den herumstehenden Weinkaraffen erkannte er sofort, worum es ging.

»Pah! Ihr glaubt wohl, daß ihr mich überflügeln könnt?« rief er und machte eine dramatische Geste zu den Weinschläuchen hin. »Keine Sorge, das schafft ihr nicht.«

Lessa lachte, schenkte ein Glas randvoll mit dunkelrotem Wein und reichte es Robinton. In dem Wissen, daß alle Blicke auf ihn gerichtet waren, ging der Harfner mit betont schweren Schritten zum Tisch. Sein Blick fiel auf Menolly, und sie blinzelte ihm ein wenig zu. Sie hatte ihre Schüchternheit in seiner Nähe völlig abgelegt. Wie der kleine weiße Drache war sie bereit zum Ausfliegen. Sie hatte einen langen Weg von dem unsicheren, verachteten Mädchen aus der einsamen Fischerbucht bis hierher zurückgelegt. Er mußte dafür sorgen, daß sie allmählich die Harfnerhalle verließ und sich ganz auf eigene Füße stellte.

Robinton kostete mit ernster Miene den Wein, wie es von ihm erwartet wurde. Er prüfte die Farbe, indem er das Glas gegen die Sonne hielt, atmete tief die Blume ein und nahm dann einen Schluck, den er lange im Mund hin und her wälzte.

»Hmm, ja. Der Jahrgang ist nicht zu verkennen«, sagte er fast ein wenig arrogant.

»Nun?« Baron Groghes Wulstfinger zupften an dem breiten Gürtel herum, in den er seine Daumen gehakt hatte. Er wippte ungeduldig auf den Zehenspitzen.

»Beim Wein muß man sich Zeit lassen.«

»Entweder Sie wissen Bescheid oder nicht!« warf Sangel ein und rümpfte skeptisch die Nase.

»Aber sicher weiß ich Bescheid. Es ist die Benden-Kelter – elf Planetenumläufe alt. Habe ich recht, Lytol?«

Robinton, dem die Stille im Raum auffiel, erschrak ein wenig über den Ausdruck auf Lytols Zügen. Erregte sich der Mann etwa immer noch über Jaxoms Flug? Nein, das Zucken seines Wangenmuskels hatte aufgehört.

»Ich habe recht«, sagte Robinton und stach mit erhobenem Finger in Lytols Richtung. »Und Sie wissen es, Baron. Noch genauer, es ist die zweite Kelter, da der Wein einen fruchtigen Beigeschmack hat. Außerdem handelt es sich um die erste Benden-Ausfuhr überhaupt. Sie haben dem alten Baron Raid vermutlich mit dem Hinweis auf Lessas Ruatha-Abkunft einen Teil davon abgebettelt.« Er imitierte Lytols dumpfen Bariton. »Die Weyrherrin von Pern muß Benden-Wein vorfinden, wenn sie ihren einstigen Stammsitz besucht. Habe ich nicht recht, Lytol?«

»Aber ja, in allen Punkten«, gab Lytol zu, und um ein Haar hätte er gelächelt. »Wenn es um Wein geht, sind Sie unschlagbar!«

»Welch ein Glück!« F'lar hieb Robinton auf die Schulter. »Ich hätte es nicht ertragen, Ihren Ruf schwinden zu sehen.«

»Es ist jedenfalls der rechte Tropfen zur Feier des Tages. Ich trinke auf Jaxom, den jungen Herrn von Ruatha und stolzen Reiter von Ruth.« Robinton wußte, daß er mit seinen Worten einen Stachel in die Herzen der Barone pflanzte, aber es hatte keinen Sinn, die Augen vor der Tatsache zu verschließen, daß der künftige Baron von Ruatha nun auch zu den Drachenreitern gehörte. Baron Sangel räusperte sich, ehe er antrank. Lessas Stirnrunzeln verriet, daß sie lieber einen anderen Trinkspruch gehört hätte.

Dann, nach einem zweiten Räuspern, griff Sangel das Thema auf, wie Robinton es erhofft hatte. »Darüber müssen wir wohl noch sprechen – ich meine, inwieweit der junge Jaxom als Drachenreiter zu gelten hat. Nach der Gegenüberstellung gab man mir zu verstehen, daß dieser Winzling von einem Drachen ...« – er deutete vage in Richtung der alten Ställe – »nicht überleben würde. Nur deshalb erhob ich damals keinen Widerspruch.«

»Wir haben Sie nicht absichtlich getäuscht, Baron Sangel«, warf Lessa scharf ein.

»Es wird kaum Probleme geben, Sangel«, meinte F'lar diplomatisch. »Wir haben genug große Drachen im Weyr und benötigen Ruth deshalb nicht bei unserem Kampf gegen die Fäden.«

»Wir haben auch genug junge Edelleute, die eine Burg verwalten können«, entgegnete Sangel und schob das Kinn kampflustig vor. Robinton war erleichtert, daß dieser Einwand kam. Der alte Sangel tappte ihm glatt in die Falle.

»Keinen einzigen mit Ruatha-Blut in den Adern«, sagte Lessa, und ihre grauen Augen blitzten. »Als ich damals in den Weyr zog, gab ich mein Geburtsrecht nur auf, um dem einzigen männlichen Nachkommen mit Ruatha-Blut Platz zu machen – Jaxom. Solange ich lebe, lasse ich nicht zu, daß ausgerechnet Ruatha zum Ziel kontinentweiter Duelle und Fehden zwischen den jüngeren Söhnen der Barone wird. Jaxom bleibt Burgherr von Ruatha; er wird nie einem Kampfgeschwader der Drachenreiter angehören.«

»Ich habe nur gern Klarheit«, antwortete Sangel und trat ein wenig zur Seite, um Lessas Blick zu entgehen. »Und Sie müssen zugeben, Weyrherrin, daß der Ritt auf einem Drachen nicht ganz ungefährlich ist, auch nicht in eingeschränkter Form. Sicher wissen Sie von der Angelegenheit im Hochland ...«

»Wir überwachen Jaxoms Ritte«, versprach F'lar und warf N'ton einen warnenden Blick zu. »Er soll keine Fäden bekämpfen. Diese Gefahr wäre in der Tat zu groß.«

»Jaxom ist ein sehr umsichtiger junger Mann«, mischte sich Lytol in die Debatte. »Und ich habe dafür gesorgt, daß er seine Verantwortung kennt.«

Robinton sah N'tons Grimasse.

»Allzu umsichtig vielleicht, N'ton?« fragte F'lar, dem die Miene des Fort-Weyrführers ebenfalls nicht entgangen war.

»Vielleicht«, entgegnete N'ton taktvoll und warf Lytol einen Blick zu, der um Verzeihung bat. »Eher noch gehemmt. Ich will Sie nicht kränken, Lytol, aber ich entdeckte heute, daß der Junge sehr – abgekapselt von seinen Altersgenossen aufwächst. Das liegt zum Teil wohl daran, daß er seinen Drachen versorgen muß. Da man den Jungbaronen, mit denen er gelegentlich zusammentrifft, keine eigenen Feuer-Echsen zugesteht, begreifen sie seine Probleme wohl nicht so recht.«

»Hat Dorse ihn wieder einmal gequält?« fragte Lytol und kaute an seiner Unterlippe.

»Dann sind Sie sich über die Situation im klaren?« N'ton wirkte erleichtert.

»Aber ja. Es war mit ein Grund, daß ich F'lar bat, sein Einverständnis zum Fliegen zu geben. Jaxom könnte dann andere Burgen besuchen, wo er junge Leute in seinem Alter und von seinem Stande antrifft.«

»Aber Sie haben doch sicher Pfleglinge?« rief Lessa und sah sich im Raum um, als sei ihr die Anwesenheit von Jungbaronen bisher nur durch Zufall entgangen.

»Ich hatte die Absicht, Jaxom ein halbes Jahr auf eine andere Burg zu schicken, aber dann kam die Gegenüberstellung dazwischen.« Lytol breitete hilflos die Arme aus.

»Ich bin dagegen, daß Jaxom Ruatha verläßt«, sagte Lessa mit gefurchter Stirn. »Immerhin ist er der letzte seines Geschlechts . . .«

»Mir gefällt der Gedanke auch nicht«, erwiderte Lytol. »Aber es ist notwendig, daß so etwas im Austausch geschieht . . .«

»Absolut nicht!« warf Baron Groghe ein und schlug Lytol auf die Schulter. »Ich fände es im Gegenteil einen Segen, wenn ich keinen Pflegling annehmen müßte. Und ich habe einen Jungen in Jaxoms Alter, der sich mal anderen Wind um die Nase wehen lassen soll. Wenn ich sehe, was Sie geleistet haben, um Ruatha wieder auf die Beine zu bringen, dann glaube ich, daß der Lümmel allerhand von Ihnen lernen könnte. Das heißt, *falls* er eines Tages in die glückliche Lage kommt, einen eigenen Besitz zu übernehmen.«

»Das ist auch so eine Sache, über die ich mir den Kopf zerbreche«, hakte Baron Sangel ein und trat neben Groghe, als suche er dessen Unterstützung. »Was sollen wir Burgleute nur tun?«

»Tun?« fragte F'lar, einen Moment lang verwirrt.

»Es geht um die jüngeren Söhne der Burgen«, warf Robinton ruhig ein, »für die es keinen Landbesitz mehr gibt. Ich nenne nur die größten Familien wie Süd-Boll, Fort, Ista und Igen.«

»Der Süd-Kontinent, F'lar . . . wann können wir damit beginnen, den Süd-Kontinent zu besiedeln?« fragte Groghe. »Glauben Sie, daß dieser Toric, der im Süden blieb, einen tatkräftigen, ehrgeizigen jungen Mann aufnehmen würde – vielleicht auch zwei oder drei?«

»Auf dem Süd-Kontinent leben die Alten«, erklärte Lessa scharf. »Dort können sie wenig Schaden anrichten, denn die Würmer schützen das Land vor Sporen.«

»Ich hatte nicht vergessen, wo die Alten leben, Weyrherrin«, stellte Baron Groghe mit hochgezogenen Brauen fest. »Ist auch der beste Ort für sie. Sie können tun und lassen, was ihnen Spaß macht, und sie fügen uns keinen Schaden zu.« In Groghes Tonfall war bemerkenswert wenig Bitterkeit, fand Robinton, wenn man in Rechnung stellte, wie sehr gerade die Burg Fort unter der Diktatur von T'ron gelitten hatte. »Aber der Süd-Kontinent ist riesig und überall von Würmern durchsetzt. Es spielt also gar keine Rolle, ob die Alten dort unten die Fäden bekämpfen oder nicht.«

»Waren Sie schon mal bei Sporenregen außerhalb Ihrer Burg?« fragte F'lar Baron Groghe.

»Ich? Nie! Halten Sie mich für wahnsinnig? Wäre zwar kein Wunder bei meinem Jungvolk, das ständig um nichts und wieder nichts ins Streit gerät . . . Keine Sorge, sie verprügeln sich nur. Ich achte darauf, daß die Klingen stumpf bleiben. Aber das Geschrei allein reicht, um einen alten Mann ins *Dazwischen* zu treiben . . . Ach, nun verstehe ich, Weyrführer!« Groghe nickte düster und trommelte mit den Fingern gegen seinen breiten Gürtel. »Das erschwert die Sache, was? Wir sind nicht dazu geschaffen, ohne ein festes Dach über dem Kopf zu leben. Und Sie glauben nicht, daß Toric seinen Besitz ausdehnt? Irgend etwas muß mit den jungen Hitzköpfen geschehen. Nicht nur auf meiner Burg, habe ich recht, Sangel?«

»Darf ich einen Vorschlag machen?« warf Robinton rasch ein, als er F'lars Zögern bemerkte. Der Weyrführer nickte – wie es schien, erleichtert. »Sehen Sie, vor einem halben Planetenumlauf hat Benelek, der fünfte Sohn von Baron Groghe, ein Ackergerät so verbessert, daß sich der Meisterschmied Fandarel ganz begeistert zeigte. Der junge Mann ging zur Schmiede-Gilde von Telgar und überredete einen der Hochland-Söhne, ihn zu begleiten, da er wußte, daß der Junge ebenfalls großes Geschick für mechanische Dinge besaß. Um es kurz zu machen – inzwischen arbeiten acht Jungbarone in der Schmiede-Gilde.«

»Was wollen Sie damit sagen, Robinton?«

»Dumme Flausen und Unfug entstehen aus Langeweile. Ich sähe es gern, wenn sich junge Leute aus allen Gilden und Burgen regelmäßig träfen, um ihre Gedanken auszutauschen – anstatt, wie bisher, Beleidigungen.«

Groghe knurrte. »Meine Söhne suchen Land. Von Theorie halten sie nicht viel. Wie steht es nun mit dem Süden?«

Robinton bemühte sich, Groghes Beharrlichkeit zu übergehen, ohne den Mann zu kränken. »Damit sollte man sich durchaus näher beschäftigen«, sagte er. »Die Alten leben schließlich nicht ewig.«

»Wir haben wirklich nichts dagegen, die Kolonien im Süden auszudehnen«, sagte F'lar. »Es ist nur so . . .«

»Der Zeitpunkt muß sorgfältig gewählt werden«, warf Lessa ein, als er zögerte. Aber in ihren Augen lag ein merkwürdiger Glanz, und der Harfner spürte, daß es noch andere Gründe für ihre Zurückhaltung gab.

»Sollen wir etwa warten, bis der Rote Stern wieder abwandert?« fragte Sangel übelgelaunt.

»Nein – nur bis wir nicht mehr in Gefahr sind, unser Wort zu brechen«, entgegnete F'lar. »Wenn Sie zurückdenken, waren die Weyr sich einig, den Südkontinent zu erforschen . . .«

»Die Weyr wollten auch die Fäden und den Roten Stern vernichten«, erklärte Sangel, jetzt deutlich verärgert.

»F'nor und Canth tragen heute noch die Spuren ihres Kampfes gegen den Stern«, erinnerte ihn Lessa, entrüstet über die Kritik an den Weyrn.

»Ich wollte die Anwesenden nicht kränken«, murmelte Sangel, aber er konnte seinen Zorn nur schlecht verhehlen.

Robinton war mehr als zufrieden mit Sangels Verhalten. Er hatte F'lar und Lessa erst vor kurzem darauf hingewiesen, daß die älteren Barone immer noch glaubten, Drachenreiter könnten, wenn sie sich nur Mühe gaben, die Sporen auf dem Roten Stern selbst bekämpfen und damit die Plage, welche die Menschen in den Schutz der Burgen trieb, für immer vernichten. Nun, da er seine Warnung unterstrichen sah, wechselte er das Thema.

»Es gibt noch mehr Gründe, die jungen Barone auch für die Gildenarbeit zu gewinnen«, sagte er. »Mein Archivar, Meister Arnor, bekommt immer schlechtere Augen, weil er sich mit den halbverwischten Schriften der alten Häute abplagen muß. Er leistet gewiß Großes, aber manchmal habe ich den Eindruck, daß er gar nicht alles versteht, was er da für die Nachwelt zu retten versucht. So schreibt er schwer leserliche Worte hin und wieder falsch ab. Fandarel hat dieses Problem auch schon angedeutet. Er ist der festen Überzeugung, daß sich manche Mißverständnisse vermeiden und manche Rätsel lösen ließen, wenn jemand die alten Schriften richtig kopiert . . .«

»Das wäre vielleicht eine dankbare Aufgabe für Jaxom«, meinte Lytol.

»Ich hatte auf diesen Vorschlag gehofft.«

»Nun machen Sie aber keinen Rückzieher, Lytol«, lachte Groghe. »Sie hatten versprochen, mich von einem meiner Söhne zu erlösen.«

»Wenn Jaxom . . .«

»Das eine schließt das andere doch nicht aus«, vermittelte Robinton. »Wir hätten dann auf Ruatha junge Leute von Jaxoms Rang, die sich mit ihm zusammen auf spätere Verwaltungspflichten vorbereiten; andererseits sollte er sich von Zeit zu Zeit mit Gildeangehörigen treffen und mehr über ihre Arbeit erfahren.«

»Nach den mageren die fetten Jahre?« sagte N'ton so leise, daß nur Robinton und Menolly ihn verstanden. »Aber da kommt ja unser Ehrengast.«

Jaxom blieb zögernd auf der Schwelle stehen und verbeugte sich vor den Besuchern.

»Ist Ruth versorgt, Jaxom?« fragte Lessa freundlich und winkte den Jungen neben sich.

»Ja, Lessa.«

»Wir haben inzwischen auch einiges geregelt«, fuhr sie fort und lächelte, als sie seinen besorgten Blick sah.

»Du kennst doch meinen Sohn Horon, oder?« mischte sich Baron Groghe in das Gespräch. »Er müßte in deinem Alter sein.«

Jaxom nickte verwirrt.

»Also, er kommt eine Weile als Pflegling nach Ruatha, um dir Gesellschaft zu leisten.«

»Und vielleicht noch der eine oder andere junge Edelmann dazu«, ergänzte Lessa. »Würde dir das Spaß machen?«

Robinton sah, wie sich die Augen des Jungen ungläubig weiteten. Jaxom schaute von Lessa zu Groghe und dann zu Lytol. Der Burgverwalter nickte feierlich.

»Und wenn Ruth gut genug fliegt, könntet ihr uns mal in der Harfnerhalle einen Besuch abstatten«, meinte Robinton. »Sicher gibt es da noch einiges über Pern zu lernen, das Lytol dir bisher unterschlagen hat.«

»Sir?« Verwirrt schaute Jaxom seinen Vormund an. »Darf ich das wirklich?« Unverfälschte Freude und Erleichterung schwangen in seiner Stimme mit.

II

Benden-Weyr, 13. Planetenumlauf seit Wiedererscheinen des Roten Sterns

Der Abend legte sich über den Benden-Weyr, als Robinton zum Königinnen-Weyr hinaufstieg. Wie oft hatte er diesen Weg in den letzten dreizehn Planetenumläufen erklommen? Er blieb stehen, um Atem zu schöpfen, und wandte sich dem Mann zu, der ihm folgte.

»Wir haben einen günstigen Zeitpunkt gewählt, Toric. Ich glaube nicht, daß jemand unsere Ankunft bemerkt hat. Und N'ton stellen sie bestimmt keine Fragen.« Er deutete hinunter zum Weyrführer von Fort, der quer durch den Benden-Kessel zu den erleuchteten Küchengewölben ging.

Toric schaute nicht in die Tiefe. Er starrte hinauf zu dem Felsensims, wo Mnementh, der Bronzedrache, saß und mit glitzernden Augen die beiden Neuankömmlinge musterte. Robintons Echse Zair krallte sich in die Schulter des Harfners und wickelte ihm den Schweif eng um den Hals.

»Er tut dir nichts, Zair«, sagte Robinton, in der Hoffnung, seine Worte würden auch den Baron des Südens beruhigen, der wie erstarrt dastand.

»Er ist fast doppelt so groß wie die Drachen der Alten«, meinte Toric mit gedämpfter Stimme. »Und ich hielt schon N'tons Lioth für riesig.«

»Ich glaube, Mnementh ist der mächtigste Bronzedrache, den es je gab«, erklärte Robinton und überwand die letzten paar Stufen. Er spürte schon wieder diesen stechenden Schmerz in der Herzgegend. Dabei hatte er gehofft, daß die erzwungene Ruhepause sich günstig auf seine Gesundheit auswirken würde. Er mußte bei Gelegenheit mal mit Meister Oldive darüber sprechen.

»Guten Abend, Mnementh«, sagte er und neigte sich zu dem großen Bronzegeschöpf hin. Dann murmelte er Toric zu: »Irgendwie erscheint es mir immer respektlos, mich ohne Gruß an ihm vorbeizudrücken.« Er hob die Stimme wieder. »Und das hier ist mein Freund Toric. Lessa und F'lar erwarten ihn.«

Ich weiß. Ich habe eure Ankunft bereits gemeldet.

Robinton räusperte sich. Er erwartete nie eine Reaktion auf

sein Geplauder, fühlte sich aber ungemein geschmeichelt, wenn Mnementh etwas erwiderte. Allerdings gab er die Antwort des Drachen nicht an Toric weiter. Der Mann schien sich in der Nähe des Bronze-Giganten nicht wohl zu fühlen.

Toric hastete auf den kleinen Korridor zu und achtete darauf, daß Robinton zwischen ihm und Mnementh stand.

»Ich sage Ihnen am besten gleich, daß Ramoth noch größer ist«, erklärte Robinton und bemühte sich, jeden Spott aus seiner Stimme zu verbannen.

Toric knurrte etwas und hielt dann die Luft an, als der schmale Gang sich zu einer großen Felsenkammer weitete, dem Schlafplatz der Drachenkönigin von Benden. Ramoth hatte den keilförmigen Kopf auf den Pfoten liegen und döste. Ihre Haut schimmerte golden im Schein der Leuchtkörbe.

»Robinton, wir haben Sie also unversehrt wieder!« rief Lessa. Sie kam ihm strahlend entgegengelaufen. »Und so braungebrannt!«

Sie warf ihm die Arme um den Hals und zog ihn kurz an sich.

»Ich sollte mich öfter von einem Sturm umwehen lassen«, meinte er leichthin, obwohl ihm das Herz bis zum Hals klopfte. Lessas Körper war zart und vibrierend wie Schmetterlingsflügel.

»Unterstehen Sie sich!« Lessa blitzte ihn an. Dann wandte sie sich mit einem zurückhaltenden Lächeln dem zweiten Besucher zu. »Herzlich willkommen, Baron Toric. Und vielen Dank, daß Sie unseren guten Meisterharfner gerettet haben.«

»Ich tat überhaupt nichts dazu«, entgegnete Toric erstaunt. »Er hatte ein geradezu unverschämtes Glück. Bei dem Sturm wäre jeder normale Mensch ertrunken.«

»Menolly ist nicht umsonst die Tochter eines Fischerbarons«, warf Robinton ein und schluckte, als er an jene bitteren Stunden zurückdachte. »Sie sorgte dafür, daß der Kahn über Wasser blieb. Obwohl ich zwischendurch lieber abgesoffen wäre, so elend fühlte ich mich.«

»Sie sind also nicht der geborene Seemann, Robinton?« fragte F'lar lachend. Er streckte dem Südländer die Rechte entgegen und hieb Robinton mit der Linken kräftig auf die Schulter.

Unvermittelt kam Robinton zu Bewußtsein, daß sein Abenteuer im Benden-Weyr wohl große Angst und Sorge ausgelöst hatte. Er war darüber zugleich geschmeichelt und betrübt. Sicher, während des Sturms war er zu sehr mit seinem rebellischen Magen beschäftigt gewesen und hatte nur von einer Sturzwelle bis zur nächsten gedacht. Menollys Geschick hatte dazu beigetragen, daß er die Gefahr, in der sie sich befanden, gar nicht richtig einschätzte. Erst danach war ihm die Lage voll zu Bewußtsein gekommen, und er fragte sich, ob Menolly ihre eigene Furcht unterdrückt hatte, um sich nicht vor ihm zu blamieren. Sie hatte ruhig den Großteil der zerfetzten Segel geborgen, einen provisorischen Meeresanker ausgeworfen und ihn an den Mast gebunden, als er von der Seekrankheit so geschwächt war, daß er sich nicht mehr festhalten konnte.

»Nein, F'lar, ich bin ganz sicher kein geborener Seemann«, sagte Robinton mit einem Schaudern. »Da lasse ich gern anderen den Vortritt.«

»Ich hoffe, Sie hören in Zukunft auch auf den Rat von geborenen Seeleuten«, meinte Toric trocken. Er wandte sich an die Weyrführer. »Ihm geht nämlich auch jedes Gefühl für das Wetter ab. Und Menolly konnte nicht ahnen, wie stark die Weströmung zu dieser Jahreszeit reißt.« Er hob die Schultern, als wollte er andeuten, daß er gegen soviel Starrsinn machtlos gewesen sei.

»Wurden Sie deshalb so weit vom Süd-Weyr abgetrieben?« fragte F'lar und brachte die Gäste zu einem Rundtisch am anderen Ende des Raumes.

»Es scheint so«, meinte Robinton und schnitt eine Grimasse, eingedenk der langen Vorträge, die man ihm über Strömung, Gezeiten, Drift und Windrichtung gehalten hatte. Er wußte jetzt mehr über diese Aspekte der Seefahrt, als er je zu erfahren gewünscht hatte.

Lessa lachte bei seinem gedehnten Tonfall und schenkte ihm Wein ein.

»Überlegen Sie mal!« sagte er und wirbelte die Flüssigkeit im Glas umher. »Kein einziger Tropfen Wein an Bord!«

»Das darf nicht sein!« entgegnete Lessa mit gespieltem Entsetzen. F'lar lachte laut los. »Soviel Wasser, und Sie saßen auf dem Trockenen!«

Doch dann kam Robinton auf den Zweck seines Besuchs zu sprechen. »Nun, das Abenteuer hatte auch seine gute Seite. Der Südkontinent, meine Lieben, ist nämlich weit größer, als wir je geglaubt hatten.« Er warf einen Blick auf Boric, und der breitete ein Pergament aus, das er in aller Eile von einer größeren Karte in seiner Burg kopiert hatte. F'lar und Lessa halfen ihm, die Ränder zu glätten. Der Nordkontinent war in allen Details eingetragen, ebenso das erforschte Gebiet des Südkontinents. Robinton deutete auf den daumenähnlichen Vorsprung der Süd-Halbinsel, die den Süd-Weyr und Torics Besitz beherbergte. Dann fuhr sein Finger links und rechts dieser Landmarke die Küstenlinie entlang, wo ein breiter Streifen, abgegrenzt von zwei Flüssen, bereits in topographischen Einzelheiten skizziert war. »Toric hat in der Zwischenzeit einiges geleistet. Ihr seht, wie weit er seit F'nors Aufenthalt im Süden das Terrain erkundet hat.«

»Ich bat T'ron um sein Einverständnis für die Forschungsexpeditionen.« Die Miene des Südländers spiegelte Verachtung und Feindseligkeit wider. »Aber er hörte mir kaum zu und meinte, ich könnte tun und lassen, was ich wollte, solange sein Weyr ausreichend mit Fleisch und frischem Obst beliefert werde.«

»Beliefert?« F'lar schüttelte den Kopf. »Ein paar Drachenlängen vom Weyr entfernt finden sie alles, was sie zum Leben brauchen.«

»Manchmal versorgen sie sich selbst. Mir ist es aber fast lieber, meine Pächter übernehmen das. Dann belästigen sie uns nicht.«

»Belästigen?« Lessas Stimme klang entrüstet.

»Ganz recht, Weyrherrin«, erwiderte Toric mit eisiger Stimme. Dann wandte er sich wieder der Karte zu. »Meine Leute konnten bis hierher ins Landesinnere vordringen. Sehr unwegsames Gelände. Dichter Dschungel, der selbst die schärfsten Buschmesser nach einer Stunde stumpf werden läßt. Ich habe noch nie eine so verfilzte Vegetation gesehen. Wir wissen, daß sich hier ein Höhenzug und dort hinten ein Gebirgsstock befindet« – er deutete auf bestimmte Stellen der Karte –, »aber das Gelände ist kaum bezwingbar. So arbeiteten wir uns entlang der Küstenlinie vor, entdeckten die beiden Flüsse da und drangen mit Booten so weit vor, wie wir konnten. Der Westfluß endet in einem flachen Moorsee, der Südostfluß an einem Wasserfall, sechs oder acht Drachenlängen hoch.« Toric richtete sich auf und betrachtete den kleinen Fleck erforschten Südens mit leiser Verachtung. »Ich schätze, selbst wenn das Land nicht weiter in den Süden reicht als bis zu dieser Bergkette, dann hat es immer noch die doppelte Größe von Süd-Boll oder Tillek.«

»Und die Alten haben keine Lust, ihren Besitz zu erforschen?« Robinton merkte, daß F'lar diese Gleichgültigkeit verärgerte.

»Nein, Weyrführer, nicht die geringste. Und, offen gestanden, wenn mir keine einfachere Methode einfällt, diese Vegetation zu durchdringen . . .« – Toric klopfte mit dem Fingernagel auf die Karte –, »bringe ich weder die Leute noch die Energie auf, mich weiter mit den Expeditionen zu befassen. Ich habe eine Menge

Land, das ich verwalten und vor den Fäden schützen muß.« Er machte eine Pause. Obwohl Robinton ziemlich genau wußte, weshalb er zögerte, wollte der Harfner, daß die Weyrführer aus erster Hand erfuhren, was dieser energische Südländer dachte.

»Die meiste Zeit kümmern sich nämlich die Drachenreiter auch *darum* nicht.«

»Was?« fuhr Lessa auf, aber F'lar legte ihr die Hand auf die Schulter.

»Ich hatte mir schon meine Gedanken gemacht, Toric.«

»Wie können sie es wagen!« ereiferte sich Lessa, und ihre grauen Augen blitzten. Ramoth wälzte sich unruhig auf ihrem Lager.

»Sie wagen es eben«, meinte Toric mit einem ängstlichen Blick auf die Königin.

Aber Robinton spürte, daß Lessas Empörung über die Nachlässigkeit der Alten dem Mann wohltat.

»Aber . . . aber . . .«, stammelte sie zornentbrannt.

»Kommen Sie allein zurecht, Toric?« fragte F'lar und beruhigte seine Gefährtin mit einem festen Händedruck.

»Ich mußte es lernen«, entgegnete er. »Wir besitzen dank F'nor eine Menge Flammenwerfer. Wir lassen kein Gras in der Nähe unserer Häuser wachsen und treiben die Herden während des Sporenregens in Ställe aus Stein.« Er zuckte die Achseln und lächelte über die düstere Miene der Weyrherrin. »Sie fügen uns keinen Schaden zu, Lessa, auch wenn sie uns nicht viel nützen. Keine Sorge. Wir werden schon mit ihnen fertig.«

»Darum geht es nicht«, meinte Lessa gereizt. »Sie sind Drachenreiter und haben die Pflicht, das Land zu schützen . . .«

»Man hat sie in den Süden verbannt, weil sie dieser Pflicht nicht nachkamen«, erinnerte Toric sie. »Man wollte verhindern, daß sie hier Unheil anrichteten.«

»Das gibt ihnen noch lange nicht das Recht . . .«

»Ich sagte doch schon, Lessa, sie fügen uns keinen Schaden zu. Wir kommen ganz gut allein zurecht.«

Die Herausforderung in Torics Tonfall ließ Robintons Atem stocken. Lessa war bekannt für ihr aufbrausendes Temperament.

»Gibt es hier im Norden Dinge, mit denen wir euch aushelfen könnten?« fragte F'lar, fast als wolle er sich für seine Standesgenossen entschuldigen.

»Ich hatte auf diese Frage gehofft«, sagte der Südländer mit einem Lachen. »Ich weiß, daß Sie nicht das Wort brechen können, das Sie den Alten gaben. Obwohl ich bestimmt beide Augen zudrücken würde . . .«, fügte er rasch hinzu, als er merkte, daß Lessa erneut auffahren wollte. »Aber uns geht vor allem Stahl für die Schmiedewerkstatt zur Neige. Außerdem brauchen wir Ersatzteile für die Flammenwerfer, die angeblich nur Fandarel herstellen kann.«

»Ich werde alles Nötige beschaffen lassen.«

»Und dann würde es mich freuen, wenn Sharra, eine meiner jüngeren Schwestern, bei eurem Heiler Oldive Unterricht nehmen könnte. Im Süden gibt es mitunter rätselhafte Fieberanfälle und Infektionen.«

»Sie ist jederzeit willkommen«, sagte Lessa rasch. »Und unsere Manora versteht sich auf das Brauen von Heiltränken und das Herstellen von Heilsalben.«

»Und . . .« Toric zögerte einen Moment lang und schaute Robinton an, doch der nickte ihm aufmunternd zu. »Und wenn es ein paar wagemutige junge Männer und Frauen gibt, die im Süden Land nehmen möchten, so könnte ich sie wohl ohne das Wissen der Alten einschleusen. Nur ein paar, wohlgemerkt, denn wir haben zwar Platz genug, aber die meisten Leute werden unruhig, wenn sie während des Sporeneinfalls keine Drachen am Himmel sehen.«

»Hm – ja«, entgegnete F'lar mit einer gespielten Gleichgültigkeit, die Robinton beinahe zum Lachen brachte. »Da findet sich bestimmt der eine oder andere junge Abenteurer, der Ihr Angebot annimmt.«

»Gut. Wenn ich Hilfe beim Landbau bekomme, kann ich in der nächsten kühlen Jahreszeit meine Forschungsexpeditionen vielleicht über die beiden Flüsse ausdehnen.« Torics Erleichterung war klar zu erkennen.

»Sagten Sie vorhin nicht, das sei unmöglich . . .«, begann F'lar.

»Nicht unmöglich – nur schwierig«, entgegnete Toric und setzte mit einem Lächeln hinzu: »Ich habe einige Männer, die es trotz der harten Bedingungen hinauszieht, und ich möchte selbst brennend gern wissen, was sich in den unerforschten Gebieten verbirgt.«

»Wir auch«, sagte Lessa. »Die Alten werden nicht ewig leben.«

»Dieser Satz tröstet mich oft«, erklärte Toric. »Aber da ist noch etwas . . .« Er machte eine Pause und betrachtete die Weyrführer mit zusammengekniffenen Augen.

Bis jetzt hatte Torics Schwung Robinton begeistert. Der Harfner war auch zufrieden mit sich selbst, daß er den Mann dazu gebracht hatte, genau das zu fordern – oder anzubieten – was der

Norden am dringendsten brauchte: einen Ort, an den man die tüchtigen, freiheitsliebenden jungen Männer schickte, die im Norden keine Chance hatten, zu eigenem Besitz zu kommen. Das Auftreten des hochgewachsenen Südländers war sicher etwas Ungewohntes für die Benden-Herrscher: nicht unterwürfig und schüchtern, aber auch nicht aggressiv fordernd. Toric war unabhängig geworden, weil es keinen gab, der ihn im Notfall schützte – weder Drachenreiter noch Gilden oder andere Barone. Daß er dennoch überlebt hatte und daß sein Besitz gedieh, machte ihn selbstbewußt. Er verstand es, seinen Willen durchzusetzen. Deshalb wandte er sich als Gleichgestellter an Lessa und F'lar.

»Eine kleine Sache, die ich gern geklärt wüßte«, fuhr er fort.

»Ja?« F'lar schaute ihn fragend an.

»Was geschieht mit dem Süden, mit meinen Pächtern und mir, wenn der letzte der Alten gegangen ist?«

»Ich würde sagen, daß Sie es verdient haben, das Land zu *behalten* ...« ... F'lar betonte das letzte Wort –, »das Sie dem Dschungel abgetrotzt haben.«

»Gut.« Toric nickte entschieden und sah dabei dem Weyrführer fest in die Augen. Dann huschte ein Lächeln über seine Züge. »Ich hatte vergessen, wie ihr Nordländer seid. Schickt mir ruhig ein paar von eurer Sorte ...«

»Werden sie auch behalten, was sie sich schaffen?« fragte Robinton rasch.

»Was sie sich erarbeiten, gehört ihnen«, entgegnete Toric ernst. »Aber überschwemmt mich nicht mit Leuten! Ich muß sie einschmuggeln, wenn die Alten mich gerade nicht beachten.«

»Wie viele könnten Sie denn ohne Probleme aufnehmen?« erkundigte sich F'lar.

»Hm, sechs bis acht, fürs erste. Dann, wenn sie ihr Land abgesteckt haben, vielleicht noch einmal so viele.« Er lachte. »Die Neuen müssen bereits eingewöhnt sein, ehe der zweite Schwung eintrifft. Aber es gibt genug Platz bei uns.«

»Das ist tröstlich, denn auch ich habe meine Pläne für den Süden«, sagte F'lar. »Eine andere Frage, Robinton: Wie weit sind Sie und Menolly eigentlich in den Osten vorgedrungen?«

»Ich wollte, ich könnte Ihnen darauf eine Antwort geben. Ich weiß, wo wir landeten, als der Sturm endlich nachließ. Der schönste Platz, den ich je im Leben sah, eine Halbkreis-Bucht mit weißem Sandstrand, und weit draußen im Wasser dieser riesige Bergkegel ...«

»Aber Sie sind doch der Küste entlang zurückgekehrt, oder?« F'lars Stimme klang ungeduldig. »Wie sah die Landschaft aus?«

»Die Küste war da«, meinte Robinton mit einem Achselzukken. »Mehr weiß ich nicht . . .« Toric schmunzelte, und der Harfner warf ihm einen strafenden Blick zu. »Wir hatten die Wahl, entweder hart entlang der Küste zu segeln, was nach Menollys Ansicht unmöglich war, da wir die Beschaffenheit des Meeresgrunds nicht kannten, oder so weit entfernt von der Weströmung, daß sie uns nicht wieder in jene Bucht spülen konnte. Wie gesagt, es war ein herrlicher Fleck, aber ich empfand es nicht als Unglück, ihn wieder für eine Weile zu verlassen. Der langen Rede kurzer Sinn – wir sahen zwar Land, aber nur sehr verschwommen.«

»Zu schade.« F'lar sah betrübt drein.

»Ja und nein«, meinte Robinton. »Wir brauchten insgesamt neun Tage zurück. Wenn Toric den ganzen Streifen erforschen will, bekommt er eine Menge zu tun.«

»Ich bin gern bereit dazu, wenn ich die nötigen Vorräte erhalte . . .«

»Wie schaffen wir das Zeug in den Süden, Toric?« erkundigte sich F'lar. »Ich wage es nicht, Drachenreiter damit loszuschicken, obwohl das meiner Ansicht nach die einfachste und beste Methode wäre.«

Robinton lachte leise und blinzelte den anderen zu. »Wenn nun durch Zufall noch ein Schiff vom Sturm verblasen wird – sagen wir mal südlich von Ista . . . Ich unterhielt mich vor einiger Zeit ausgiebig mit Meister Idarolan, und er erwähnte die steifen Brisen, die heuer herrschen.«

»Sind Sie auf diese Weise in den Süden gelangt?« fragte Lessa.

»Wie sonst?« entgegnete Robinton mit Unschuldsmiene. »Menolly gab mir gerade Segelunterricht, als plötzlich ein böses Unwetter losbrach und uns geradewegs in Torics Hafen spülte. So war es doch, Toric, oder?«

»Wenn Sie es sagen, Harfner!«

III

Morgen auf Ruatha und in der Gilde-Halle der Schmiede von Telgar, 9.5.15 seit Wiedererscheinen des Roten Sterns

Jaxom hieb mit beiden Fäusten auf den schweren Holztisch, so hart, daß die Tassen und Teller klirrten.

»Jetzt reicht es«, sagte er in das verdutzte Schweigen. Er stand aufrecht da, die breiten, knochigen Schultern gestrafft. Die Wucht der Faustschläge ließ seine Arme schmerzen. »Jetzt reicht es wirklich!«

Er schrie nicht, und das gab ihm eine merkwürdige Befriedigung, wenn er später an diese Szene zurückdachte, aber seine Stimme wirkte voll und dunkel durch den Ausbruch lange aufgestauten Ärgers und durchdrang jeden Winkel des großen Raumes. Die Magd, die eben einen Krug mit heißem *Klah* hereinbrachte, blieb verwirrt stehen.

»Ich bin Herr auf Ruatha«, fuhr Jaxom fort und starrte seinen Ziehbruder Dorse an. »Ich bin Ruths Reiter und weiß, daß er alle Eigenschaften eines guten Drachen besitzt.« Er wandte sich an Brand, dem vor Schreck der Mund offenstand. »Es geht ihm prächtig wie immer.« Jaxoms Blicke streiften die vier Pfleglinge, die noch so neu auf Ruatha waren, daß sie es bestimmt nicht gewagt hätten, gegen ihn zu sticheln. »Und noch eines . . .« – er schaute geradewegs seine Amme Deelan an, deren Unterlippe zu zittern begann –, »ich habe heute in der Gilde-Halle der Schmiede zu tun und bekomme dort sicher eine Mahlzeit vorgesetzt, wenn ich hungrig bin. Also ist es sinnlos, all die wohlbekannten Argumente in meiner Gegenwart noch einmal aufzuwärmen. Habe ich mich klar genug ausgedrückt?«

Er wartete die Antwort nicht ab, sondern verließ mit festen Schritten den Raum, erleichtert, daß er endlich den Mut gefunden hatte, etwas zu sagen, und ein wenig schuldbewußt, weil ihm die Selbstbeherrschung entglitten war. Er hörte, wie Lytol nach ihm rief, aber zum erstenmal achtete er nicht darauf.

Auch wenn er der Jüngere war, diesmal würde er nicht nachgeben und sich entschuldigen. Zu oft hatte er bei ähnlichen Vorfällen seinen Ärger heruntergeschluckt oder logische Gründe für das Verhalten der anderen gesucht. Nun aber war das Maß voll, und er dachte nur noch daran, einen möglichst großen Abstand zwischen sich und seinen allzu gewissenhaften und vernünftigen Vormund zu legen, seiner mißlichen Lage zu entfliehen und dem lästigen Gespött gewisser Leute, die glaubten, sie könnten sich alles leisten, nur weil sie ihn von klein auf kannten.

Ruth, der den Kummer seines Reiters spürte, kam aus dem alten Stall gerannt, den Lytol in einen kleinen Weyr umgewandelt hatte. Die beinahe transparenten Schwingen des weißen Drachen waren halb ausgespannt, als er herbeistürmte, um seinen Gefährten zu trösten.

Mit einem tiefen Atemzug, der ein halbes Schluchzen war, schwang sich Jaxom auf Ruths Rücken und befahl ihm, sofort zu starten. Sie schwebten noch über dem Hof, als Lytol vor dem schweren Portal erschien, das den Eingang zur Burg bildete. Jaxom wandte sich ab, um später wahrheitsgetreu sagen zu können, er habe Lytol nicht winken sehen.

Ruth stieg mit kräftigen Flügelschlägen in die Höhe; es fiel ihm leichter als den normal großen Drachen, sich vom Boden zu lösen.

»Du bist doppelt so tüchtig wie die anderen Drachen – jawohl, doppelt so tüchtig! Du schaffst alles weit besser als sie!« Jaxoms Inneres war so aufgewühlt, daß Ruth erregt lostrompetete.

Der braune Wachdrache stimmte verwirrt ein, und gleich darauf umkreisten sämtliche Feuer-Echsen der Burg den weißen Drachen mit lautem Gekreisch.

Ruth ließ die Feuerhöhen hinter sich und verschwand im *Dazwischen,* um den hochgelegenen Bergsee anzusteuern, den sie zu ihrem Zufluchtsort gewählt hatten.

Die beißende Kälte des *Dazwischen* brachte Jaxom wieder zur Vernunft; er spürte sie zwar nur einen Moment lang, aber da er nur seine ärmellose Weste trug, begann er mit den Zähnen zu klappern. Ruth glitt in einer geübten Schleife zum Seeufer.

»Es ist ganz einfach gemein und unfair!« sagte Jaxom und hieb mit der Rechten so hart auf seinen Schenkel, daß Ruth erschrokken zusammenfuhr.

Was bereitet dir heute so großen Kummer? fragte der Drache, als er elegant landete.

»Alles! Nichts!«

Was nun? Wollte Ruth ganz logisch wissen und drehte den Kopf nach hinten, um seinen Reiter kritisch zu mustern.

Jaxom rutschte von dem glatten weißen Nacken in die Tiefe und schmiegte sich eng an den Kopf seines besten Freundes.

Warum läßt du dich von ihnen so hochbringen? fragte Ruth, und seine kreisenden Facettenaugen drückten zärtliche Zuneigung aus.

»Eine sehr gute Frage!« entgegnete Jaxom, nachdem er einen Moment lang überlegt hatte. »Aber sie wissen auch ganz genau, wie sie es anstellen müssen.« Dann lachte er. »Da redet sich Robinton den Mund fusselig von wegen Objektivität – und was hilft es? Rein gar nichts!«

Der Meisterharfner ist seiner Weisheit wegen hochgeachtet. Ruth klang unsicher, und sein Tonfall rief ein Lächeln bei Jaxom hervor.

Da hieß es immer, Drachen hätten nicht die Fähigkeit, abstrakte Begriffe oder komplexe Zusammenhänge zu verstehen. Aber Ruth überraschte ihn ständig mit Bemerkungen, die ihn an dieser Theorie zweifeln ließen. Drachen – und ganz besonders Ruth, wie Jaxom fand – begriffen weit mehr, als ihnen die Menschen zugestehen wollten. Selbst Weyrführer wie Lessa und F'lar, ja sogar N'ton unterschätzten die Intelligenz ihrer Gefährten. Bei dem Gedanken an den Weyrführer von Fort fiel Jaxom wieder sein Vorhaben ein, zur Schmied-Gilde nach Telgar zu fliegen. N'ton wollte sich auch dort einfinden, um die Erklärungen Wansors anzuhören, und er war wohl der einzige Drachenreiter, der ihm helfen konnte.

»Beim Ei!« Wütend kickte Jaxom einen Stein in den See und sah zu, wie sich um die Aufschlagstelle Ringe bildeten und nach allen Richtungen ausbreiteten.

Robinton hatte den Vergleich mit den Wasserringen oft benutzt, um aufzuzeigen, welche vielfältigen Reaktionen ein winziges Geschehen hervorrief. Jaxom knurrte. Vorhin, als er im Sturmschritt die Burg verließ, waren die Wogen sicher übergeschwappt. Aber warum hatte er sich ausgerechnet heute so reizen lassen? Es war losgegangen wie an vielen Morgen, mit Dorses spitzen Kommentaren über zu groß geratene Feuer-Echsen, mit Lytols gewohnter Frage nach Ruths Befinden – als ob der Drache über Nacht vom Fleisch fallen würde! – und mit Deelans Altweibergeschwätz, daß es in der Gildehalle der Schmiede nie etwas Vernünftiges zu essen gäbe. Sicher, Deelans übertriebene Sorge um sein leibliches Wohl ärgerte ihn schon eine ganze Weile, vor allem, da ihn die treue Seele vor den Augen ihres eifersüchtigen leiblichen Sohnes Dorse verhätschelte. Aber alles Dinge, mit denen auf Ruatha ein Tag, jeder Tag, begann. Warum war er also gerade heute aufgesprungen und aus der Burg geflohen, die ihm gehörte, vor Menschen, die theoretisch seine Untertanen waren und ihm zu gehorchen hatten?

Und mit Ruth war alles in Ordnung! Absolut alles in Ordnung!

Aber sicher, bekräftigte Ruth und fügte dann ungehalten hinzu: *Nur zum Schwimmen bin ich heute noch nicht gekommen!*

Jaxom strich ihm sanft über die Augenwülste und lächelte. »Tut mir leid, daß ich dir den Tagesanfang verdorben habe!«

Hast du doch nicht. Ich schwimme hier im See. Ist ohnehin ruhiger. Ruth stupste Jaxom an. *Mach es dir auch schön!*

»Ich will es versuchen.« Zorn war Jaxom fremd, und er ärgerte sich über die Heftigkeit seiner Gefühle nicht weniger als über jene, die ihn gereizt hatten. »Schwimm am besten gleich! Wir müssen nämlich noch in die Gilde-Halle der Schmiede.«

Ruth hatte kaum die Schwingen ausgebreitet, da tauchte aus dem Nichts ein Schwarm Feuer-Echsen auf und kreischte begeistert. Man konnte unschwer erkennen, wie sich die kleinen Geschöpfe freuten, daß sie den weißen Drachen entdeckt hatten. Eine braune Echse verschwand sofort wieder im *Dazwischen,* und Jaxom spürte, wie Groll in ihm aufstieg. Sie spionierten ihm nach, was? Den Punkt mußte er auch noch regeln, wenn er auf die Burg zurückkehrte. Glaubten die vielleicht, er sei ein kleines Kind – oder einer der Alten?

Er seufzte reumütig. Es war ganz klar, daß sie sich Sorgen machten, wenn er einfach so davonrannte. Obwohl er kaum einen anderen Fleck als den See aufsuchen würde. Obwohl ihm mit Ruth kaum etwas zustoßen konnte. Und obwohl es auf ganz Pern kaum einen Ort gab, wo die Feuer-Echsen ihn und Ruth nicht aufstöberten.

Sein Zorn flackerte von neuem auf, diesmal gegen die dämlichen Feuer-Echsen. Warum hatten es die neugierigen Biester ausgerechnet auf Ruth abgesehen? Wo immer er auf Pern mit seinem weißen Drachen auftauchte, sammelten sich im Nu sämtliche Echsen der Umgebung und starrten ihn an. Im allgemeinen hatte diese Tatsache Jaxom eher belustigt, denn die Echsen übermittelten Ruth oft unglaubliche Bilder von Dingen, an die sie sich erinnerten, und der Drache gab dann die schärfsten Eindrücke an Jaxom weiter. Aber heute ärgerte ihn einfach alles.

»Du mußt analysieren«, predigte ihm Lytol immer. »Objektiv denken! Du kannst nie und nimmer andere steuern, wenn du keine Selbstbeherrschung besitzt und das größere Ziel aus den Augen verlierst.«

Jaxom atmete ein paarmal tief durch. Auch das war eine Lehre von Lytol: Sammle dich, ehe du zu sprechen beginnst! Ordne deine Gedanken!

Ruth flog über das tiefblaue Wasser des kleinen Sees, umringt von Feuer-Echsen. Dann legte er unvermittelt die Schwingen an und tauchte. Jaxom schauderte. Wie konnte Ruth die eisige Kälte des Sees ertragen, der von einem Gletscherbach aus dem Hochgebirge gespeist wurde? In der sengenden Hochsommerhitze fand Jaxom das Wasser manchmal erfrischend, aber jetzt, da der Winter kaum vorbei war? Wieder fröstelte er. Nun ja, wenn die Drachen die Kälte des *Dazwischen* nicht spürten, dann machte ihnen ein Bad in einem Bergsee sicher noch viel weniger aus.

Ruth tauchte auf, und Wellen klatschten neben Jaxoms Füßen ans Ufer. Der junge Mann zupfte spielerisch ein paar dicke Nadeln von einem Ast und warf sie nacheinander in das gekräuselte Wasser. Eine Reaktion seines Ausbruchs war also, daß man ihm die Feuer-Echsen auf die Spur setzte.

Und eine zweite: Dorses völlig erstarrter Gesichtsausdruck. Es war das erstemal geschehen, daß Jaxom sich gegen seinen Ziehbruder zur Wehr setzte. Beim Ei, wie oft hatte er sich danach gesehnt, dem Kerl die Meinung zu sagen, aber immer hielt ihn der Gedanke zurück, Lytol könnte ihm das als unbeherrschtes Benehmen auslegen. Dorse kannte kein größeres Vergnügen, als Jaxom wegen Ruths schwächlicher Statur zu hänseln. Er tarnte seine Bosheiten als brüderliches Geplänkel, weil er genau wußte, daß Jaxom sich dann nicht rächen konnte, ohne von Lytol getadelt zu werden. Und Deelan mit ihrer übertriebenen Sorge um sein Wohlergehen ging ihm längst gründlich auf die Nerven, aber Dankbarkeit und eine angeborene Scheu davor, anderen Menschen wehzutun, hatte ihn bisher daran gehindert, ihre Entlassung zu fordern.

Warum also war heute der Kessel übergelaufen?

Ruths Kopf tauchte wieder aus dem Wasser. Das helle Morgenlicht brach sich in den Facettenaugen, die leuchtend grün und blau strahlten. Die Feuer-Echsen bearbeiteten seinen Rücken mit ihren Krallen und rauhen Zungen, schrubbten ihm die Staubkörnchen aus den Poren und schaufelten mit ihren Schwingen Wasser über ihn.

Eine grüne Echse wandte sich zwei blauen zu und begann laut zu keifen, bis sie gehorchten und genau da rubbelten, wo sie es verlangte. Unwillkürlich mußte Jaxom lachen. Es war Deelans Grüne und im Verhalten seiner Pflegemutter so ähnlich, daß er an den alten Weyr-Spruch denken mußte: Ein Drache ist nicht besser als sein Reiter.

In diesem Punkt hatte Lytol seinem Mündel keinen schlechten Unterricht erteilt. Ruth war der beste Drache von ganz Pern. Wenn – und nun erkannte Jaxom den unterschwelligen Grund für seine Rebellion – man ihm je die Möglichkeit gab, das zu zeigen. Unvermittelt kehrte all der Ärger vom Morgen zurück und verdrängte das Körnchen von Objektivität und Einsicht, das er am stillen Seeufer gewonnen hatte. Weder er, Jaxom, Baron von Ruatha, noch Ruth, der kleine weiße Drache aus Ramoths Gelege, durften das sein, was sie in Wirklichkeit waren.

Jaxom war nur dem Namen nach Herr auf Ruatha, weil Lytol die Burg verwaltete, alle Entscheidungen traf und selbst im Rat für Ruatha sprach. Noch mußte Jaxom von den übrigen Baronen als Herr von Ruatha bestätigt werden. Sicher, das war nur eine Formsache, da es außer ihm auf ganz Pern keinen männlichen Nachfolger mit Ruatha-Blut in den Adern gab. Und Lessa, die letzte Überlebende der Hauptlinie, hatte zu seinen Gunsten auf ihr Erbrecht verzichtet.

Jaxom wußte, daß er nie Drachenreiter werden konnte, weil er Baron auf Ruatha bleiben mußte. Nur besaß er nicht die Handlungsvollmacht eines Barons, denn er wagte es nicht, vor Lystol hinzutreten und zu sagen: »Ich bin jetzt alt genug, um selbst nach dem Rechten zu sehen. Vielen Dank und adieu!« Lytol hatte zu lange und schwer geschuftet, um Ruatha vor dem Verfall zu retten. Man konnte ihm nicht zumuten, daß er nun die zweite Stelle hinter einem unerfahrenen Halbwüchsigen einnahm. Lytol lebte nur für Ruatha. Er hatte in seinem Leben schon soviel verloren: erst seinen Drachen, dann, durch die Habgier von Fax, seine kleine Familie. Sein ganzes Denken drehte sich nun um Ruathas Weizenfelder, Ruathas Läufer-Herden und Wherböcke ...

Nein, es war nur fair, daß er wartete, bis Lytol eines Tages den Besitz selbst übergab.

Aber, dachte Jaxom weiter, wenn Lytol sich so aktiv um Ruatha kümmerte, weshalb konnten dann er und Ruth sich nicht als Kampfreiter ausbilden lassen? Man brauchte im Moment, da die Fäden des Roten Sterns in völlig unregelmäßigen Abständen fielen, jeden feuerspeienden Drachen. Warum mußte er bei den Bodentrupps bleiben und einen sperrigen Flammenwerfer mitschleppen, wenn er die Sporen auf Ruths Rücken viel wirksamer bekämpfen konnte? Weil man Ruth nicht erlaubte, Feuerstein zu kauen! Der weiße Drache mochte zwar kleiner als seine Artgenossen sein, aber er hatte sich bisher in jeder Hinsicht als echter Drache erwiesen.

Klar doch, bestätigte Ruth vom See her.

Jaxom schnitt eine Grimasse. Er hatte sich Mühe gegeben, seine Gedanken zu unterdrücken.

Ich habe auf deine Gefühle und nicht auf deine Gedanken geachtet, erklärte Ruth gelassen. *Du bist verwirrt und unglücklich.* Er hob sich aus dem Wasser und schüttelte seine Flügel trocken. Dann paddelte er ans Ufer. *Ich bin ein Drache. Du bist mein Reiter. Kein Mensch kann das ändern. Bekenne dich zu dem, was du bist. Ich tue es auch.*

»Aber sie lassen uns einfach nicht!« rief Jaxom. »Sie zwingen mich, alles andere als ein Drachenreiter zu sein.«

Du bist ein Drachenreiter. Du bist aber auch – und Ruth sagte das langsam, als versuche er die Zusammenhänge selbst zu begreifen – *ein Burgherr. Du lernst in der Schmiede- und in der Harfner-Gilde. Deine Freunde sind Menolly, Mirrim, F'lessan und N'ton. Ramoth kennt deinen Namen. Ebenso Mnementh. Und sie kennen mich. Du mußt eine Menge Leute zugleich sein. Das ist schwer.*

Jaxom starrte Ruth an, der seine Schwingen ein letztes Mal schüttelte und dann sorgfältig zusammenfaltete.

Ich bin sauber. Ich fühle mich wohl, verkündete der Drache, als würde das sämtliche Zweifel auslöschen, die in Jaxoms Innern brodelten.

»Ruth, was würde ich je ohne dich anfangen?«

Ich weiß nicht. N'ton erwartet dich. Er war auf Ruatha. Der kleine Braune, der vorhin verschwand, gehört ihm.

Jaxom hielt nervös die Luft an. Typisch Ruth, daß er wußte, wem welche Echse gehörte. Er selbst hatte angenommen, daß der Braune irgendwo auf Ruatha daheim war.

»Warum hast du mir das nicht eher gesagt?« Eilig schwang sich Jaxom auf Ruth. Er wollte N'ton unbedingt sprechen, und ihm lag viel daran, sich die Freundschaft des Weyrführers von Fort zu erhalten. N'ton aber hatte wenig Zeit zur Verfügung.

Ich wollte vorher schwimmen, erklärte Ruth. *Wir kommen nicht zu spät.* Kaum hatte Jaxom es sich bequem gemacht, da startete der Drache senkrecht in die Höhe. *Wir werden sogar noch vor N'ton da sein.* Und ehe Jaxom seinen Freund darauf hinweisen konnte, daß es ihnen verboten war, Zeitsprünge zu machen, hatte der Drache sich schon eigenmächtig darüber hinweggesetzt.

»Ruth, wenn N'ton das herauskriegt!« sagte Jaxom mit klap-

pernden Zähnen, als sie aus dem *Dazwischen* in den strahlenden Vormittag von Telgar stießen und über der Gilde-Halle der Schmiede kreisten.

Er wird nicht danach fragen.

Jaxom fand Ruths Lässigkeit entnervend. Aber der weiße Drache mußte auch nicht N'tons Gepolter ertragen, wenn sie erwischt wurden. Dabei war ein Sprung durch das Zeitkontinuum verdammt gefährlich.

Ich weiß immer, welchen Zeitpunkt ich ansteuern muß, erklärte Ruth völlig ungerührt. *Und das können nur wenige Drachen von sich behaupten.*

Sie hatten eben zum Landen angesetzt, als N'tons großer Bronzedrache Lioth über ihnen auftauchte.

»Und ich werde nie begreifen, wie du es schaffst, diesen Zeitpunkt so knapp zu berechnen«, meinte Jaxom.

Ach das, entgegnete Ruth leichthin. *Ich habe mitgekriegt*, wann *die Braune Echse zu N'ton zurückkehrte und wählte genau dieses* Wann.

Jaxom wußte, daß Drachen eigentlich nicht lachen konnten, aber das Gefühl, das Ruth ausstrahlte, war einem Gelächter so nahe, daß er keinen Unterschied sah.

Lioth flog nahe an Ruth und Jaxom heran, und der junge Baron konnte den Gesichtsausdruck des Bronzereiters erkennen – ein fröhliches Lachen. Hatte Ruth nicht erwähnt, daß N'ton auf Ruatha gewesen war? Dann sah Jaxom, daß der Weyrführer von Fort etwas hin- und herschwenkte – seine Reitjacke aus Wherleder.

Während sie in die Tiefe glitten, erkannte Jaxom, daß sie keineswegs die ersten waren. Er zählte fünf Drachen, darunter F'lessans Golanth und Mirrims Path, der Ruth sofort begrüßte. Der weiße Drache landete elegant auf der Wiese vor der Gilde-Halle. Sekunden später setzte Lioth neben ihm auf. Während N'ton von der Schulter des Bronzedrachen rutschte, tauchte Tris, seine braune Echse, aus dem *Dazwischen* auf und tschilpte selbstgefällig.

»Deelan sagte mir, daß du deine Reitjacke vergessen hättest«, meinte N'ton und warf Jaxom das Kleidungsstück zu. »Nun, ich schätze, meine alten Knochen sind empfindlicher gegen Kälte als die deinen. Oder sollte das ein Überlebenstraining sein?«

»Bitte, N'ton – nun fangen Sie nicht auch noch an!«

»Womit denn, junger Mann?«

»Sie wissen sicher . . .«

»Ich weiß gar nichts.« N'ton musterte Jaxom. »Oder hatte Deelans aufgeregtes Geschnatter heute morgen etwas zu bedeuten?«

»Sie haben nicht mit Lytol gesprochen?«

»Nein. Deelan lief mir über den Weg, als ich dich suchte. Und sie schluchzte, weil du ohne deine Jacke losgeflogen warst.« N'ton ahmte Deelans zitternde Unterlippe nach. »Ich kann heulende Weiber nicht ausstehen – zumindest nicht in dem Alter – also packte ich die Jacke und versprach beim Großen Ei, sie eigenhändig über deinen zarten Leib zu streifen. Dann schickte ich Tris auf die Suche nach Ruth – und hier sind wir nun. Sag mal, hat sich heute morgen etwa eine Tragödie ereignet? Ruth sieht prächtig aus.«

Verlegen wich Jaxom dem durchdringenden Blick des Weyrführers von Fort aus; er schlüpfte umständlich in seine Jacke.

»Ich habe heute morgen sämtliche Bewohner von Ruatha angebrüllt.«

»Und ich habe Lytol prophezeit, daß es über kurz oder lang dazu kommen würde.«

»Was?«

»Wer hat das Gewitter denn ausgelöst? Deelan mit ihrem ewigen Geflenne?«

»Ruth *ist* ein richtiger Drache!«

»Aber sicher«, erwiderte N'ton so energisch, daß Lioth sich umdrehte und ihn erstaunt anstarrte. »Wer behauptet das Gegenteil?«

»Alle. Auf Ruatha. Und anderswo. Sie spotten, er sei nur eine zu groß geratene Feuer-Echse. Das haben Sie sicher auch schon gehört.«

Lioth zischte. Tris flatterte erschrocken hoch, aber Ruth summte zufrieden vor sich hin, und die anderen beruhigten sich wieder.

»Ich weiß, daß viel Unsinn geredet wird«, erklärte N'ton und legte Jaxom eine Hand auf die Schulter. »Aber jeder Drachenreiter, den ich kenne, weist solches Geschwätz scharf zurück – hin und wieder sogar handgreiflich.«

»Wenn ... wenn Sie ihn *auch* für einen Drachen halten – warum darf er dann keiner sein?«

»Darf er doch!« N'ton warf Ruth einen schrägen Blick zu, als habe der sich in den letzten Sekunden irgendwie verändert.

»Ich meine – ein Drache wie alle anderen, die Feuerstein fressen und gegen die Fäden ankämpfen.«

»Ach so.« N'ton schnitt eine Grimasse. »Das ist es also. Sieh mal, Junge ...«

»Da steckt Lytol dahinter, habe ich recht? Er will nicht, daß ich mit Ruth auf Sporenjagd gehe. Deshalb darf ich Ruth auch nicht beibringen, Feuerstein zu kauen.«

»Da täuschst du dich, Jaxom . . .«

»Woran liegt es dann? Es gibt keinen Fleck auf ganz Pern, den wir nicht auf Anhieb finden. Ruth ist klein, aber fliegt schneller als die meisten Drachen und besitzt eine ungeheure Wendigkeit . . .«

»Es geht nicht darum, ob er kämpfen kann, Jaxom«, sagte N'ton und hob die Stimme ein wenig, damit sich der junge Baron seine Worte einprägte. »Es geht darum, ob es auch ratsam ist.«

»Schon wieder Ausflüchte!«

»Nein.« N'tons bestimmte Antwort durchdrang Jaxoms Abwehr. »Der Flug mit einem Kampfgeschwader während des Fädeneinfalls ist gefährlich. Ich will deinen Mut nicht heruntersetzen, aber, so tüchtig du sein magst, und so flink und geschickt Ruth ist – ihr wärt ein Hindernis in einem Kampfgeschwader. Du hast weder das Training noch die Disziplin . . .«

N'ton packte Jaxom hart an beiden Schultern, um seine Aggressivität zu durchbrechen.

»Es ist nicht nur das Training.« N'ton holte tief Luft. »Ich sagte bereits, daß deine oder Ruths Fähigkeiten nicht zur Debatte stehen; das Ganze ist einzig und allein eine Frage der Taktik. Pern kann es sich nicht leisten, den jungen Herrscher von Ruatha oder den einzigen weißen Drachen, den es gibt, zu verlieren.«

»Aber ich bin auch nicht Herrscher von Ruatha! Noch nicht. Lytol bestimmt. Er trifft alle Entscheidungen . . . Ich höre nur zu und nicke mit dem Kopf wie eine Wherhenne, die zu lange in der Sonne gesessen hat.« Jaxom stockte, als ihm zu Bewußtsein kam, daß er Lytol kritisierte. »Ich meine, mir ist klar, daß Lytol die Burg verwalten muß, bis mich die Barone bestätigen . . . und ich will im Grunde auch nicht, daß Lytol von Ruatha fortgeht. Aber wenn ich als Drachenreiter leben könnte, käme es gar nicht zu diesem Konflikt. Begreifen Sie das?«

Als Jaxom den Ausdruck in N'tons Augen las, ließ er die Schultern sinken. »Sie begreifen es, aber die Antwort bleibt Nein! Es würde noch mehr Konflikte heraufbeschwören, größere Streitereien, nicht wahr? Also muß ich wie bisher weitermachen – kein echter Burgherr, kein echter Drachenreiter . . . höchstens ein echtes Problem für alle.«

Nicht für mich, widersprach Ruth gekränkt und stupste ihn mit der Schnauze an.

»Du bist kein Problem, Jaxom, aber ich sehe, daß du eines hast«, erwiderte N'ton ruhig und freundlich. »Wenn ich entscheiden dürfte, würde ich dich in einem Geschwader mitfliegen lassen. Dir täte es gut, und du hättest den anderen Baronen etwas voraus.«

Einen hoffnungsvollen Moment lang glaubte Jaxom, N'ton würde ihm das sehnlich erwartete Angebot machen.

»*Wenn* es meine Entscheidung wäre, Jaxom. Aber sie ist es nicht und kann es nicht sein. Dennoch . . .« – N'ton machte eine Pause, und sein Blick glitt prüfend über Jaxoms Züge –, »man sollte die Angelegenheit zur Diskussion stellen. Du bist alt genug, um als Herr von Ruatha bestätigt zu werden – oder zumindest, um etwas Nützliches zu leisten. Ich werde mit F'lar und Lytol sprechen.«

»Lytol wird sagen, daß ich der Burgherr bin, und F'lar wird sagen, daß Ruth nicht groß genug für ein Kampfgeschwader ist . . .«

»Und ich werde überhaupt nichts sagen, wenn du dich wie ein bockiges Kind benimmst.«

Ein lautes Trompeten unterbrach sie. Zwei Drachen kreisten über der Wiese und gaben zu verstehen, daß sie landen wollten. N'ton winkte ihnen zu und begab sich mit raschen Schritten zur Gilde-Halle, gefolgt von Jaxom. Kurz vor dem Eingang hielt er den jungen Baron noch einmal zurück.

»Ich vergesse die Sache nicht, Jaxom, nur . . .« N'ton grinste mit einem Mal. »Beim Ersten Ei, laß dich nicht dabei *erwischen*, daß du Ruth Feuerstein zu fressen gibst! Und sei verdammt vorsichtig, *welche* Zeiten du ansteuerst!«

Reichlich verdattert starrte Jaxom den Weyrführer von Fort an, doch der winkte einem Bekannten zu, den er im Innern der Gilde-Halle erspäht hatte. N'ton verstand ihn also doch! Jaxoms Niedergeschlagenheit war wie fortgeblasen.

Am Eingang zur Gildehalle blieb er einen Moment lang zögernd stehen; nach dem hellen Licht der Frühlingssonne mußten sich seine Augen erst an das Halbdunkel in der Gilde-Halle gewöhnen. Völlig abgelenkt von den eigenen Problemen, hatte er vergessen, wie wichtig diese Zusammenkunft war. Meisterharfner Robinton saß an der langgestreckten Werkbank, die man für diesen Tag freigeräumt hatte, in ein Gespräch mit F'lar von Benden vertieft. Jaxom erkannte drei weitere Weyrführer und den neuen Herdenmeister Briaret. Die meisten Barone waren gekommen und mindestens ein halbes Geschwader Bronzereiter, dazu die ranghöchsten Angehörigen der Schmiede-Gilde und einer Reihe anderer Gilden. Jaxom meinte mehr Harfner als sonst zu sehen.

Jemand flüsterte scharf seinen Namen. Jaxom wandte den Kopf nach links und sah, daß sich F'lessan und die anderen Schüler an der Wand unter dem Fenster versammelt hatten, mit einem Respektabstand von den wichtigen Versammlungsteilnehmern. Die Mädchen saßen auf Arbeitshockern.

»Halb Pern ist gekommen«, stellte F'lessan erfreut fest, während er ein Stück zur Seite rückte und für Jaxom Platz an der Mauer machte.

Jaxom nickte den anderen zu, aber die beachteten ihn kaum, sondern starrten neugierig hinüber zu den Gästen. »Ich hätte nie geglaubt, daß sich so viele Menschen für Wansons Vortrag über Sternenmathematik interessieren«, wisperte Jaxom F'lessan zu.

»Pah! Die versäumen keine Gelegenheit, auf einem Drachen mitzufliegen.« F'lessan grinste. »Ich habe allein vier hergebracht.«

»Viele Leute haben Wansor beim Sammeln von Material geholfen«, mischte sich Benelek im Schulmeisterton ein. »Nun wollen sie natürlich erfahren, ob sich der Aufwand auch gelohnt hat.«

»Wegen des Essens sind sie ganz sicher nicht da!« bemerkte F'lessan mit einem boshaften Lachen.

Also, warum regt mich der Satz bei F'lessan nicht auf? überlegte Jaxom verwundert.

»Unsinn, F'lessan«, entgegnete Benelek, der immer alles zu wörtlich nahm. »Das Essen hier ist nicht schlecht. Du faßt jedenfalls immer nach.«

»Ich bin wie Fandarel«, erklärte F'lessan. »Ich verwerte alles Eßbare. *Psst!* Da kommt Wansor. Du liebe Güte!« Der junge Bronzereiter schnitt ein Gesicht. »Könnte ihn nicht mal jemand dazu bringen, seine Kluft zu wechseln?«

»Als ob Kleider bei einem Mann mit Wansors Geist eine Rolle spielten!« Benelek senkte die Stimme, zischte aber seine Verachtung für F'lessans Oberflächlichkeit förmlich heraus.

»An einem Tag wie heute könnte auch Wansor einigermaßen gepflegt aussehen«, erklärte Jaxom. »Das hat F'lessan gemeint.«

Benelek rümpfte die Nase, verfolgte das Thema aber nicht weiter. F'lessan stieß Jaxom in die Rippen und blinzelte ihm zu.

Auf der Schwelle schien Wansor plötzlich bewußt zu werden, daß der große Raum vollgepackt mit Menschen war. Er blieb stehen und schaute sich zaghaft um. Dann, als er hier und da vertraute Gesichter sah, nickte er und lächelte scheu. Von allen Seiten ermutigten ihn Zurufe und Grußworte.

»Sowas – also, das ist ja – nur wegen meiner Sterne? Du liebe Güte, alles wegen meiner Sterne!« Seine Reaktion rief ein allgemeines Schmunzeln hervor. »Das freut mich aber sehr. Ich hatte keine Ahnung – das freut mich wirklich. Und Robinton, auch Sie sind gekommen . . .«

»Warum nicht?« Der Meisterharfner setzte eine würdevolle Miene auf, aber Jaxom sah, wie seine Mundwinkel zuckten. Robinton nahm Wansor am Arm und schleppte ihn mit festem Griff zu einem Podium vorne im Saal.

»Fangen wir an, Wansor!« sagte Fandarel mit dröhnender Stimme.

»Ja, ist schon gut – ich meine, es tut mir leid. Ich wollte keinen warten lassen. Ach – Baron Asgenar. Nett, daß Sie gekommen sind. Was ich fragen wollte, ist N'ton auch hier?« Wansor drehte sich im Kreis und blinzelte kurzsichtig in das Meer von Gesichtern. »Er sollte eigentlich . . .«

»Hier bin ich, Wansor.« N'ton hob den Arm.

»Ach.« Die besorgte Miene des Sternen-Schmieds, wie Menolly ihn respektlos, aber treffend genannt hatte, glättete sich. »Mein lieber N'ton, Sie müssen mit nach vorne kommen! Sie haben die Hauptarbeit geleistet, sind mitten in der Nacht aufgestanden und haben die Sterne zu den unmöglichsten Zeiten beobachtet. Bitte . . .«

»Wansor!« Fandarel richtete sich ein wenig auf, damit sein Baß noch besser zum Tragen kam. »Jeder im Saal hat mal Sternenwache gehalten. Sie können nicht sämtliche Besucher hier vorne aufreihen. Die Leute sind doch hergekommen, um zu erfahren, welchen Nutzen ihre Arbeit hatte. Nun machen Sie schon! Sie verplempern kostbare Zeit. Sowas von Getrödel . . .«

Wansor widersprach und entschuldigte sich in einem Atemzug, während er auf das Podium stolperte. Er sah tatsächlich so aus, als habe er in seinen Kleidern geschlafen. Den Knitterfalten nach zu urteilen, hatte er sich seit dem letzten Sporenregen nicht mehr umgezogen.

Aber an den Karten mit den Sternpositionen, die Wansor nun an der Wand befestigte, war keine Spur von Schludrigkeit zu sehen. Woher hatte er nur die leuchtende Farbe, mit der er den Roten Stern kennzeichnete? Sie pulsierte geradezu auf dem Papier. Auch sein Vortrag hörte sich flüssig und exakt an. Aus Respekt vor dem Redner bemühte sich Jaxom, Wansors Worten aufmerksam zu folgen, aber seine Gedanken kehrten immer wieder zu N'tons Abschiedssatz zurück: »Laß dich nicht dabei erwischen, daß du Ruth Feuerstein zu fressen gibst!«

So dämlich war er nun auch wieder nicht! Hier zögerte Jaxom. Er kannte zwar theoretisch das Wie und Warum des Feuerstein-Kauens, hatte im Unterricht jedoch immer wieder erfahren müssen, daß zwischen Theorie und Praxis Abgründe klafften. Ob er F'lessan um Rat und Hilfe bitten konnte?

Er warf seinem Freund aus Kindertagen, der vor zwei Planetenumläufen einen Bronze-Drachen für sich gewonnen hatte, einen prüfenden Blick zu. Wenn Jaxom ehrlich war, so betrachtete er F'lessan immer noch als halbes Kind, das seine Verantwortung als Drachenreiter nicht ernst genug nahm. F'lessan würde mit einem Witz oder einem Achselzucken über seine Fragen hinweggehen.

Mirrim? Jaxoms Blicke wanderten zu ihr hinüber. Die Morgensonne zauberte einen Goldschimmer in ihr braunes Haar, der ihm noch nie vorher aufgefallen war. Sie sah und hörte nichts außer Wansor. Vermutlich würde sie ihm eine Predigt halten, daß er dem Weyr nicht noch mehr Probleme aufhalsen solle, und ihm dann heimlich eine ihrer Feuer-Echsen auf die Fährte setzen, damit er keinen Unfug anstellte.

Innerlich war Jaxom davon überzeugt, daß auch T'ran, der zweite junge Bronzereiter vom Ista-Weyr, Ruth nur für eine zu groß geratene Echse hielt. Er bedeutete wohl noch weniger Hilfe als F'lessan.

Benelek kam auch nicht in Frage. Drachen und Feuer-Echsen waren ihm so gleichgültig, wie er ihnen. Aber eine Skizze oder Maschine, die man Benelek gab, ja schon ein rostiges Teil, das irgendwo in einem vergessenen Winkel der alten Weyr und Burgen auftauchte – und er verbrachte Tage damit, um Sinn und Funktion herauszufinden. Im allgemeinen setzte er jede Maschine wieder in Gang, selbst wenn er vorher das ganze Ding auseinandernehmen mußte. Benelek und Fandarel verstanden sich ohne Worte.

Menolly? Menolly war genau die Richtige, wenn es um eine Verschwörung ging, trotz ihrer Vorliebe, alles, was um sie geschah, in Balladen zu fassen – ein Tick, der einem manchmal auf die Nerven ging. Aber dieses Talent machte sie zu einer ausgezeichneten Harfnerin; ja, sie war das erste Mädchen, das Aufnahme in die traditionsreiche Lehr-Gilde gefunden hatte. Er beobachtete sie lange und sah, wie sich ihre Lippen lautlos bewegten. Ob sie für Wansors Sterne eine Melodie ausdachte?

»Die Sterne helfen uns, den Lauf der Zeit zu markieren und einen Planetenumlauf vom anderen zu unterscheiden«, sagte Wansor gerade, und Jaxom wandte seine Aufmerksamkeit schuldbewußt dem Redner zu. »Die Sterne haben Lessa bei ihrem mutigen Ritt in die Vergangenheit geleitet, als sie die Alten aufsuchte und hierherholte.« Wansor räusperte sich, als sei ihm nicht ganz wohl bei der Erwähnung der Alten. »Und die Sterne werden unsere ständigen Begleiter auf künftigen Planetenumläufen sein. Landmassen, Meere, Menschen und Orte können sich ändern, doch die Sterne bewegen sich stets in geordneten, sicheren Bahnen.«

Jaxom erinnerte sich an ein Gerücht, das vor einiger Zeit in Umlauf gekommen war – daß man versuchen wolle, den Roten Stern aus seiner Bahn zu drängen und von Pern abzulenken. Hatte Wansor mit seinen Worten eben angedeutet, daß sich dieses Vorhaben nicht durchführen ließ?

Wansor schilderte mit großem Nachdruck, daß man die Position eines Sterns am Himmel für jeden Zeitpunkt genau berechnen konnte, sobald man seine Bahndaten und Geschwindigkeit kannte und die Einflüsse der Nachbargestirne während der Konjunktion berücksichtigte.

»Wir sind deshalb sicher, daß wir in Zukunft den Fädeneinfall exakt vorhersagen können, wenn wir den Roten Stern in Bezug zu seinen Nachbarn am Himmel betrachten.«

Jaxom stellte lächelnd fest, daß Wansor *wir* sagte, wenn er eine Folgerung vortrug, und *ich*, sobald er eine Neuentdeckung ankündigte.

»So glauben wir fest, daß die Sporen wieder nach dem von F'lar errechneten Plan fallen werden, sobald der blaue Stern hier sich aus dem Einfluß des gelben Sterns am Frühlingshorizont löst und nach Osten weiterwandert.

Mit dieser Gleichung . . .« – Wansor schrieb rasch eine Zahlenreihe an die Tafel, und wieder wunderte sich Jaxom, wie exakt die Schrift im Vergleich zu Wansors nachlässigem Auftreten wirkte – »können wir auch die späteren Konjunktionen berechnen, welche den Fädeneinfall bis zum Abwandern des Roten Sterns beeinflussen werden. Mehr noch, wir sind nun in der Lage festzustellen, wann die jeweiligen Sterne an welchem Punkt des Himmels standen – und stehen werden.«

Er schrieb mit atemberaubendem Tempo und erklärte dazu,

welche Sterne von welchen Gleichungen erfaßt wurden. »Mit Hilfe der neuen Erkenntnisse läßt sich sogar vorausberechnen, wann der Rote Stern das nächste Mal an Pern vorbeizieht. Das liegt natürlich so viele Planetenumläufe in der Zukunft, daß wir uns darüber nicht den Kopf zerbrechen müssen. Aber ich finde das Wissen dennoch tröstlich.«

Gekicher da und dort ließ ihn verwundert aufschauen. Erst jetzt merkte er, daß sein letzter Satz der Grund dafür war, und er lächelte zögernd.

»Außerdem müssen wir sichergehen, daß während des nächsten langen Intervalls keiner mehr den Roten Stern vergißt.« Fandarels grollender Baß schreckte die Zuhörer auf, die immer noch Wansors sanften Tenor im Ohr hatten. »Deshalb auch diese Zusammenkunft«, fügte er hinzu und erfaßte mit einer großen Geste alle Anwesenden.

Einige Planetenumläufe zuvor, als Ruths Lebenserwartung noch sehr gering gewesen war, hatte Jaxom eine eigene, etwas egozentrische Theorie hinsichtlich der Zusammenkünfte in der Gilde- Halle der Schmiede entwickelt. Er war davon überzeugt gewesen, daß man ihn dazu einlud, um seinem Leben einen Sinn zu geben, falls Ruth starb. Die heutige Versammlung entlarvte diesen Gedankengang als reine Illusion, und Jaxom schämte sich ein wenig für sein aufgeblähtes Ichbewußtsein. Je mehr Leute in den Burgen und Weyrn Bescheid wußten, was in den einzelnen Gilde-Hallen geleistet wurde, desto geringer war die Gefahr, daß die ehrgeizigen Pläne zur Erhaltung Perns eines Tages wieder in Vergessenheit gerieten.

Jaxom, F'lessan, Benelek, Mirrim, Menolly, T'ran, Piemur, dazu eine Reihe von tüchtigen Hoferben und begabten Gilde-Gesellen bildeten den Kern einer jungen Truppe, die ihr Wissen austauschte und im Gespräch mit anderen ergänzte. Auf diese Weise lernten sie auch fremde Arbeitsgebiete kennen und besser einschätzen.

Kontakte sind wesentlich. Das war einer von Robintons Lehrsätzen. Sagte er nicht immer: »Tauscht Wissen aus, lernt, mit Verstand über jedes Thema zu reden, lernt, eure Gedanken in Worte zu fassen, seid bereit, neue Konzepte anzunehmen, prüft sie, untersucht sie! Denkt objektiv! Denkt in die Zukunft!«

Jaxom ließ seine Blicke durch den Saal schweifen und überlegte, wie viele der Anwesenden Wansors Erklärungen ganz verstanden. Gewiß, er besaß den Vorteil, daß er wie die meisten seiner Freunde hier die Sterne in ihrer Bahn beobachtet hatte, Nacht für Nacht, Jahreszeit um Jahreszeit, bis sich die erhabenen Kreise auf Wansors Skizzen und Zahlen übertragen ließen. Das Problem lag darin, daß die Leute im Saal alle gewillt waren, sich neuen Gedanken zu öffnen. Es galt jedoch, diejenigen zu beeinflussen, die sich gegen den Fortschritt wehrten – wie etwa die Alten, die jetzt in der Verbannung des Südkontinents lebten.

Jaxom vermutete, daß man die Geschehnisse im Süden heimlich beobachtete. N'ton hatte einmal eine versteckte Anspielung über Torics Besitz gemacht. Man besaß zudem einen genauen Plan des Landstrichs um die Burg und der benachbarten Gebiete; die Karte deutete darauf hin, daß sich der Süd-Kontinent viel weiter ins Meer erstreckte, als man noch vor fünf Planetenumläufen angenommen hatte. Im Gespräch mit Lytol hatte Robinton angedeutet, daß er selbst erst vor kurzem im Süden gewesen war. Mit einem leisen Lächeln überlegte Jaxom, was wohl die Alten von den Vorgängen auf dem Hauptkontinent mitbekamen. Es gab eine Reihe von augenfälligen Veränderungen, die selbst dem gleichgültigsten Beobachter nicht verborgen bleiben konnten. So etwa die Waldflächen, die den Alten ein Greuel gewesen waren und die sich nun immer weiter ausdehnten – geschützt von den Würmern, welche die Farmer einst auszurotten versucht hatten, in der irrigen Annahme, sie stellten eine Plage dar.

Jaxom schrak aus seinen Gedankengängen, als die anderen mit den Füßen stampften und zu klatschen begannen. Er schloß sich dem Applaus hastig an und überlegte schuldbewußt, ob er etwas Wichtiges versäumt hatte. Er mußte später Menolly fragen. Sie merkte sich einfach alles.

Der Beifall hielt so lange an, daß Wansor rot vor Stolz und Verlegenheit wurde. Dann erhob sich Fandarel und gebot mit einer entschiedenen Geste Schweigen. Aber der Hüne kam nicht zum Sprechen. Einer der Teilnehmer von Ista war aufgestanden und fragte, warum eigentlich das Dreigestirn, das man die »Tag-Schwestern« nannte, immer an der gleichen Stelle verharre. Das sei eine Anomalie. Ehe Wansor sich damit befassen konnte, erhob sich ein anderer und entgegnete, er sähe darin keineswegs eine Anomalie. Eine hitzige Debatte entspann sich.

»Ich frage mich, ob uns Wansors Gleichungen beim Zeitsprung in die Zukunft helfen könnten«, meinte F'lessan nachdenklich.

»Mann, setz dein letztes Fünkchen Verstand ein!« fuhr ihm Mirrim scharf über den Mund. »Du kannst nur eine Zeit ansteuern, die schon vorbei ist! Woher willst du wissen, wie es in der

Zukunft aussieht? Du könntest an einer Klippe zerschellen, mitten in einer Menschenmenge landen oder während eines Sporenregens auftauchen. Es ist gefährlich genug, in die Vergangenheit zurückzukehren, aber da läßt sich wenigstens nachprüfen, was geschehen ist oder wer sich wo befand. Obwohl man auch da ganz schön pfuschen kann, besonders wenn man F'lessan heißt! Schlag dir die Idee aus dem Kopf!«

»Ein Sprung in die Zukunft hätte im Moment auch gar keinen logischen Zweck«, warf Benelek in seiner trockenen Art ein.

»Das nicht, aber er würde Spaß machen«, meinte F'lessan unbeirrt. »Man könnte beispielsweise in Erfahrung bringen, was die Alten vorhaben. F'lar ist überzeugt davon, daß sie eine krumme Sache planen. Sie halten sich viel zu still da unten.«

»Du verplapperst Weyr-Geheimnisse, F'lessan!« zischte Mirrim und schaute sich ängstlich um, ob einer der Erwachsenen zugehört hatte.

»Tauscht Wissen aus! Teilt eure Gedanken mit!« spottete F'lessan.

»Es ist ein kleiner Unterschied zwischen einer Diskussion und Tratsch«, meinte Jaxom.

F'lessan warf seinem Freund aus Kindertagen einen langen, prüfenden Blick zu. »Weißt du, ich habe diese Lehre anfangs für ganz vernünftig gehalten. Aber inzwischen finde ich, daß sie uns alle in eine Schar von Quasselköpfen und Philosophen verwandelt hat.« Er rollte die Augen zur Decke. »Wir zerreden und zerdenken alles. Wir packen nichts mehr richtig an. Ein Glück, daß ich wenigstens beim Fädeneinfall erst handeln und dann denken darf.« Er drehte sich auf dem Absatz herum, blieb dann stehen und verkündete strahlend: »He, es gibt was zu essen!« Er begann sich durch die Menge zum Portal zu schlängeln, wo Küchenmägde mit schwerbeladenen Tabletts erschienen.

Jaxom wußte, daß F'lessan ihn nicht persönlich gemeint hatte, aber der Hieb mit dem Fädeneinfall saß.

»Dieser F'lessan!« flüsterte Menolly neben ihm. »Er will den Ruhm seines Geschlechts ein wenig aufpolieren. Der kleine Held . . .« Und ihre meerblauen Augen funkelten spöttisch, als sie hinzufügte: »Soll ich ihm zu Ehren eine Ballade verfassen?« Dann seufzte sie. »Weshalb regt er sich auf? *Er* denkt nur an sich und keinen Schritt weiter. Aber er hat einen guten Kern. Komm! Wir helfen den anderen beim Verteilen des Essens.«

»In Ordnung. Handeln, nicht denken ist die Devise!« sagte er, und Menolly zog ihn lachend mit sich.

Beide Aspekte hatten etwas für sich, entschied Jaxom, als er eine keuchende Magd von ihrer Last befreite. In der Küche der Schmiede-Gilde hatte man sich auf das große Ereignis vorbereitet, und neben saftigen Fleischpasteten gab es Fischfrikadellen, würzigen Käse aus dem Hochland, Brot und zwei riesige Kessel mit Klah.

Während er die Tabletts herumreichte, kam Jaxom zu Bewußtsein, daß ihn noch eine andere Sache ärgerte. Die Barone und Gildemeister erkundigten sich alle freundlich nach Ruth und Lytol. Sie schienen durchaus gewillt, mit ihm zu plaudern, aber keiner von ihnen erwähnte Wansors Theorien auch nur mit einem Wort. Vielleicht, dachte Jaxom zynisch, hatten sie die Gleichungen nicht verstanden und schämten sich, ihre Unwissenheit vor dem Jüngeren einzugestehen. Jaxom seufzte. Würde er je alt genug sein, daß man ihn als gleichberechtigten Gesprächspartner behandelte?

»He, Jaxom, leg das Zeug hin!« F'lessan packte ihn am Ärmel. »Ich will dir was zeigen.«

Jaxom fand selbst, daß er genug gearbeitet hatte. Er stellte das Tablett ab und folgte seinem Freund nach draußen. F'lessan grinste wie ein Idiot und deutete dann auf das Dach der Gilde-Halle.

Die Halle war ein geräumiger Bau mit spitzen Giebeln. Vom Dach aber sah man im Moment nichts. Riesige Schwärme von Feuer-Echsen in allen Farben hockten auf den grauen Schieferplatten und schienen in ernsthafte Debatten vertieft – eine perfekte Parodie der eifrigen Diskussionen, die im Innern des Gebäudes geführt wurden. Jexom begann zu lachen.

»Die Echsen da droben können gar nicht alle den Besuchern gehören«, sagte er zu Menolly, die neben ihn getreten war. »Oder hast du inzwischen noch ein paar Schwärme für dich gewonnen?«

Sie wies entrüstet jede Schuld weit von sich. »Mir reichen meine zehn – und die kleben nicht ständig an mir. Im Gegenteil, es vergehen Tage, an denen ich sie überhaupt nicht sehe. Ich würde sagen, außer Prinzessin sind höchstens zwei oder drei in der Nähe.« Ihre Miene verdüsterte sich. »Wißt ihr, diese Echsen werden allmählich zu einem echten Problem. Nicht meine, denn die gehorchen mir, aber das hier zum Beispiel . . .« Sie deutete zu dem Gewimmel auf dem Dach. »Die Kleinen sind entsetzlich geschwätzig. Ich möchte wetten, daß die wenigsten den Gästen der Schmiede-Gilde gehören. Die Drachen haben sie angelockt, vor allem dein Ruth.«

»Wo immer ich mit Ruth auftauche, haben wir eine Wolke von Feuer-Echsen um uns«, bestätigte Jaxom ein wenig mürrisch.

Menolly schaute über das Tal zum sonnenbeschienenen Flußufer, wo Ruth mit drei anderen Drachen lag, umflattert von eifrigen Echsen.

»Stört das Ruth?«

»Nein.« Jaxom lachte. »Im Gegenteil, ich glaube, *ihm* macht es Spaß. Sie leisten ihm Gesellschaft, wenn ich in der Burg zu tun habe. Und er sagt, daß sie die verrücktesten Bilder ausstrahlen. Er nimmt die Eindrücke gern auf – meistens jedenfalls. Hin und wieder behauptet er auch verärgert, daß sie übertreiben.«

»Wie denn?« Menollys Stimme klang skeptisch. »Echsen besitzen doch kaum eigene Phantasie. Sie geben nur das wieder, was sie sehen.«

»Vielleicht auch das, was sie zu sehen glauben . . .«

Menolly überlegte. »Ihre Bilder sind meist recht zuverlässig. Ich weiß zum Beispiel . . .« Sie verschluckte den Rest des Satzes und wandte sich verwirrt ab.

»Schon gut«, sagte Jaxom. »Ich müßte ja völlig bescheuert sein, wenn ich nicht merken würde, wie sehr ihr Harfner euch mit dem Süden beschäftigt.« Jaxom drehte sich nach F'lessan um, aber der war verschwunden.

»Ich will dir etwas verraten, Jaxom.« Menolly senkte die Stimme. »F'lessan hatte recht. Irgend etwas braut sich im Süden zusammen. Meine Echsen regen sich entsetzlich auf. Ich empfange immer wieder das Bild von einem Ei, aber es befindet sich nicht in einem geschlossenen Weyr. Erst dachte ich, Prinzessin hätte vielleicht wieder ein Gelege versteckt. Manchmal tut sie das nämlich. Dann bekam ich den Eindruck, daß das, was sie sah, schon lange Zeit zurücklag. Aber Prinzessin ist nicht älter als Ruth. Wie kann sie Ereignisse übermitteln, die länger als fünf Planetenumläufe her sind?«

»Deine Feuer-Echsen erliegen dem Wahn, das Erste Ei entdeckt zu haben!« Jaxom lachte schallend.

»Irgendwie finde ich das weniger lustig als du. Die Echsen wissen die verrücktesten Sachen. Erinnerst du dich noch, wie F'nors Grall sich sträubte, auf den Roten Stern zu fliegen? Ich habe herausgebracht, daß *alle* Feuer-Echsen den Roten Stern fürchten.«

»Wir vielleicht nicht?«

»Sie *wußte* um die Gefahr, Jaxom, ehe die Menschen auf Pern eine Ahnung davon hatten.«

Instinktiv wandten sich beide nach Osten, dem unheilvollen Stern zu.

»Was schließt du daraus?« fuhr Menolly geheimnisvoll fort.

»Ich? Gar nichts. Warum?«

»Feuer-Echsen besitzen ein Erinnerungsvermögen.«

»Jetzt hör aber auf, Menolly! Du willst mir doch nicht weismachen, daß Feuer-Echsen weiter in die Vergangenheit blicken als die Menschen?«

»Hast du eine bessere Erkärung?« fragte Menolly streitlustig.

»Nein, aber das bedeutet nicht, daß es keine bessere gibt.« Jaxom grinste sie an. Dann verdüsterte sich seine Miene mit einemmal. »Du – wenn nun einige der Echsen da droben aus dem Süd-Weyr stammen?«

»Das bereitet mir weniger Kummer. Erstens sitzen sie auf dem Dach und nicht im Saal. Und zweitens können sie nur das in Bilder fassen, was sie verstanden haben.« Menolly lachte leise, eine Angewohnheit, die sie von den schrill kichernden Mädchen aus den vornehmen Familien wohltuend unterschied. »Stell dir mal vor, was für ein Quatsch herauskommt, wenn ein Mann wie T'kul Wansors Gleichungen, übermittelt von einer Feuer-Echse, auszuwerten versucht!«

Jaxom selbst kannte den einstigen Weyrführer vom Hochland kaum, aber er hatte genug von Lytol und N'ton gehört und wußte, daß der Alte sich stur gegen jeden Fortschritt verschloß. Nun, vielleicht hatte der lange Aufenthalt im Süden seinen Starrsinn ein wenig gemildert.

»Sieh mal, ich bin nicht die einzige, die sich Sorgen macht«, fuhr Menolly fort. »Mirrim empfindet ähnlich. Und wenn jemand etwas von Feuer-Echsen versteht, dann ist es Mirrim.«

»Na, setz dich nicht herunter – für eine schlichte Harfnerin gehst du recht geschickt mit ihnen um.«

»Vielen Dank, Baron.« Sie verneigte sich tief. »Hör mal, könntest du rauskriegen, was die Echsen Ruth erzählen?«

»Reden sie denn nicht mit Mirrims grünem Drachen?« Im Moment war Jaxom nicht scharf darauf, sich mehr als nötig mit Feuer-Echsen zu beschäftigen.

»Drachen vergessen alles. Das weißt du. Aber Ruth ist anders . . .«

»*Ganz* anders.«

Menolly entging sein trotziger Tonfall nicht. »Was ist dir heute über die Leber gelaufen? War etwa Baron Groghe bei Lytol?«

»Baron Groghe? Weshalb denn?«

In Menollys Augen funkelte der Schalk. Sie winkte ihn näher und flüsterte ihm zu: »Ich glaube, Baron Groghe hat seine dritte Tochter – die häßliche mit dem flachen Busen – als Braut für dich auserkoren.«

Jaxom stöhnte entsetzt.

»Keine Sorge! Robinton will ihm das ausreden. Dieses Unglück tut er dir nicht an.« Menolly musterte ihn belustigt. »Aber wenn du schon eine Auserwählte hast, wird es Zeit, daß du den Mund auftust.«

Jaxom war wütend, eigentlich nicht auf Menolly, sondern wegen der Neuigkeit, die sie ihm übermittelt hatte; aber es fiel schwer, Botschaft und Botin auseinanderzuhalten.

»Eine Frau hat mir gerade noch gefehlt!«

»Oh? Schon versorgt?«

»Menolly!«

»Schau nicht so empört! Wir Harfner wissen um die Schwächen des Fleisches. Du bist gut gewachsen und siehst prima aus, Jaxom. Und Lytol hat den Auftrag, dich in *allen* Dingen zu unterweisen . . .«

»Menolly!«

»Jaxom!« Sie ahmte ihn perfekt nach. »Läßt dir Lytol nie so viel Spielraum, daß du dich mal amüsieren kannst? Ehrlich, Jaxom . . .« Ihr Tonfall verriet jetzt Ungeduld. »Ich schätze Lytol und Robinton, und ich mag auch F'lar, Lessa und Fandarel – aber was machen sie aus dir? Ein blasses Abbild ihrer selbst! Wo bleibt *Jaxom*?«

Ehe ihm eine passende Antwort auf diese Unverschämtheit einfiel, fuhr sie mit zusammengekniffenen Augen fort: »Man sagt, der Drache sei wie ein Reiter. Kommt es daher, daß Ruth so – *anders* ist?«

Mit dieser rätselhaften Frage ließ sie ihn stehen und schlenderte zu den anderen zurück.

Jaxom war empört über die neue Kränkung. Jeder beleidigte ihn. Am liebsten hätte er Ruth bestiegen und wäre weggeflogen.

»Wie ein bockiges Kind!« N'tons Worte fielen ihm wieder ein. Mit einem Seufzer lagerte er sich ins Gras. Nein, er würde nicht ein zweitesmal die Flucht ergreifen. Er mußte Reife beweisen. Menolly sollte nicht die Befriedigung erleben, daß ihre herausfordernden Worte ihn getroffen hatten.

Er starrte zum Fluß hin, wo sein Freund in der Sonne lag, und überlegte: Warum ist Ruth anders? Ist der Drache wirklich wie sein Reiter? Gewiß, sie hatten einige Besonderheiten gemeinsam. Seine Geburt zum Beispiel war genauso merkwürdig verlaufen wie Ruths Ausschlüpfen – er aus dem Leib einer Toten geholt, Ruth aus einer Eischale, die zu hart zum Durchbrechen war. Und Ruth lebte nicht im Weyr, obwohl er ein Drache war; ihm selbst gehörte Ruatha, aber keiner bestätigte seinen Rang als Baron.

Nun, vielleicht konnten sie sich beide noch beweisen!

Laß dich nicht dabei erwischen, daß du Ruth Feuerstein zu fressen gibst! hatte N'ton gesagt.

Also gut, das sollte sein erstes Ziel sein.

IV

Ruatha, Fidellos Hof und verschiedene Orte *dazwischen*, 10. 5. 15–16. 5. 15

Im Laufe der nächsten Tage erkannte Jaxom, daß zwischen dem Entschluß, Ruth mit Feuerstein zu füttern, und der Durchführung dieses Plans Abgründe klafften. Es war unmöglich, auch nur eine freie Stunde herauszuschinden. Jaxom hegte flüchtig den häßlichen Gedanken, daß N'ton seinem Vormund einen Tip gegeben hatte und Lytol ganz bewußt seinen Tag mit allen möglichen Aktivitäten füllte, doch er verwarf diesen Verdacht genauso schnell.

N'ton war weder hinterlistig noch unehrlich. Bei nüchterner Betrachtung mußte Jaxom zugeben, daß sein Tageslauf ihm auch vorher selten eine Verschnaufpause gegönnt hatte: Erst galt es, Ruth zu versorgen, dann kamen der Unterricht und Pflichten auf der Burg und, während der letzten Planetenumläufe, Zusammenkünfte bei anderen Burgherren, die er nach Lytols Ansicht besuchen mußte – als stiller Beobachter – um sein Wissen als künftiger Baron zu erweitern.

Jaxom hatte den Umfang seiner Verpflichtungen einfach unterschätzt – bis zu dem Moment, da er verzweifelt Zeit für sich selbst brauchte, die er nicht eigens erklären oder im voraus einplanen konnte.

Das zweite Problem, mit dem er sich nicht gründlich genug auseinandergesetzt hatte, war die Tatsache, daß, wo immer er mit Ruth auftauchte, garantiert auch eine Feuer-Echse erschien. Menolly hatte recht, wenn sie die Kleinen Klatschtanten nannte, und er war alles andere als scharf darauf, sich von ihnen bei seinem verbotenen Tun über die Schulter schauen zu lassen. Er wagte einen ersten Versuch und lenkte Ruth zu dem Berghang im Hochland, der ihnen als Übungsgelände für ihre ersten Sprünge ins *Dazwischen* gedient hatte. Die Gegend war kahl und menschenleer, und auf dem Grat lag noch die harte Schneedecke des Winters. Jaxom hatte Ruth die Koordinaten übermittelt, als sie sich in der Luft befanden, in einem Moment, da ihn gerade keine Echsen umschwirrten. Er hatte nicht mehr als zweiundzwanzig Atemzüge gezählt, ehe Deelans Grüne und die Blaue des Gesindeverwalters über Ruths Kopf auftauchten. Sie zeterten erstaunt und begannen sich dann über die entlegene Landestelle zu entrüsten.

Darauf versuchte es Jaxom mit zwei weiteren Plätzen, die ebenso einsam lagen, in der Ebene von Keroon und auf einer unbewohnten Insel vor der Küste Tilleks. Die kleinen Biester verfolgten ihn auch dorthin.

Anfangs schäumte er vor Wut über diese hautnahe Bewachung und beschloß, Lytol scharf die Meinung zu sagen. Die Vernunft siegte jedoch. Er konnte sich kaum vorstellen, daß sein Vormund den Verwalter oder Deelan beauftragt hatte, ihre Feuer-Echsen auf seine Spur zu hetzen. Übereifer – das war es wohl eher. Wenn er aber Deelan offen zur Rede stellte, würde sie losflennen, die Hände ringen und sofort zu Lytol laufen. Bei Brand dagegen, dem Verwalter des Hauswesens, sah die Sache anders aus. Man hatte ihn vor zwei Planetenumläufen von Burg Telgar geholt, als sich der damalige Verwalter unfähig zeigte, mit den übermütigen Pfleglingen fertig zu werden. Jaxom dachte nach. Brand hatte sicher Verständnis für die Probleme eines jungen Mannes.

Als daher Jaxom nach Ruatha zurückkehrte, suchte er Brand sofort in seinem Büro auf. Der Verwalter hielt gerade einigen Mägden vor, daß er Tunnelschlangen in den Vorratskammern entdeckt habe. Bei Jaxoms Eintreten entließ er die Frauen mit der finsteren Drohung, er würde ihnen ein paar Tage die Kost kürzen, wenn nicht jede von ihnen mindestens zwei Schlangen fing.

Der Jungbaron war erstaunt. Nicht daß es Brand je an Höflichkeit ihm gegenüber hatte fehlen lassen, aber eine so prompte Aufmerksamkeit überraschte ihn doch, und er mußte sich erst wieder fangen, ehe er zu sprechen begann. Brand wartete mit der gleichen Ehrerbietung, die er Lytol oder hochstehenden Besuchern zollte. Ein wenig verlegen entsann sich Jaxom seines Ausbruchs vor einigen Tagen und überlegte, ob da ein Zusammenhang bestand. Nein, Brand war nicht der Typ des Kriechers. Er hatte den festen Blick, die ruhige Hand und die entschlossene Haltung, die nach Lytols Worten einen vertrauenswürdigen Mann auszeichneten.

»Brand, es scheint, daß ich nirgends hingehen kann, ohne von Feuer-Echsen aus der Burg verfolgt zu werden. Deelans und – mit Verlaub – auch Ihr Flattergeist sind ständig hinter mir her. Halten Sie eine solche Aufsicht wirklich für nötig?«

Brands überraschte Miene wirkte echt.

»Gelegentlich«, fuhr Jaxom in aller Hast fort, »habe auch ich das Bedürfnis, ungestört zu sein – *völlig* ungestört. Und wie Ihnen bekannt sein dürfte, schwätzen die Feuer-Echsen das dümmste Zeug zusammen. Sie könnten einen falschen Eindruck verbreiten – wenn Sie verstehen, was ich meine.«

Brand wußte, was er meinte, aber seinen Zügen ließ sich nicht entnehmen, ob er belustigt oder erstaunt war.

»Ich bitte um Verzeihung. Baron Jaxom. Eine Nachlässigkeit, das versichere ich Ihnen. Sie wissen, wie ängstlich Deelan war, als Sie und Ruth die ersten Flüge ins *Dazwischen* wagten, und so folgten Ihnen die Feuer-Echsen als eine Art Geleitschutz. Ich hätte diese Vorsichtsmaßnahme längst aufheben sollen.«

»Seit wann bin ich für Sie *Baron* Jaxom?«

Die Lippen des Verwalters zuckten kaum merklich. »Seit – jenem Morgen, Baron Jaxom.«

»Ich hatte das nicht so gemeint, Brand.«

Brand verneigte sich leicht und kam jeder weiteren Entschuldigung zuvor. »Wie Baron Lytol ganz richtig feststellte, sind Sie alt genug, um in Ihrem Rang bestätigt zu werden, Baron Jaxom, und wir . . .« – nun grinste Brand ungezwungen – »sollten uns entsprechend verhalten.«

»Ach so – nun, dann vielen Dank.« Jaxom schaffte es, Brands Büro in aufrechter Haltung zu verlassen, und ging hoch erhobenen Hauptes noch bis zur ersten Biegung des Korridors.

Dort blieb er stehen und dachte über die Bedeutung des Gesprächs nach. *»Alt genug, um in Ihrem Rang bestätigt zu werden . . .«* Zu einem Zeitpunkt, da Baron Groghe die Absicht hatte, ihn mit seiner Tochter zu verheiraten. Sicher tat das der schlaue Burgherr von Fort nur, wenn absolut kein Zweifel daran bestand, daß Jaxom in seinem Rang bestätigt wurde. Die neuen Rechte, die ihm am Vortag noch ungeheuren Aufschwung gegeben hätten, begannen Jaxom jetzt zu beunruhigen und zu verärgern. Sobald man ihn offiziell zum Herren über Ruatha machte, war jede Chance, in einem Drachengeschwader zu reiten, endgültig dahin. Er wollte nicht Herr von Ruatha sein – zumindest nicht sofort. Und er wollte ganz sicher keine Braut, die er nicht selbst ausgewählt hatte.

Er hätte bei Menolly andeuten sollen, daß er durchaus das eine oder andere Mädchen bekommen konnte – wenn er es darauf anlegte. Nicht daß er sich so benahm wie einige dieser geilen Pfleglinge. Er wollte nicht in den Ruf eines Schürzenjägers kommen wie Meron oder dieser eitle Sohn von Baron Laudey, den Lytol mit einer für alle durchschaubaren Ausrede heimgeschickt hatte. Es schadete nicht, wenn ein Baron das eine oder andere Halbblut in seinem Haushalt zeugte, aber es hatte wenig Sinn, die Linie durch Beziehungen außerhalb der Burg zu schwächen. Dennoch, er mußte sich ein nettes Mädchen suchen, das ihm ein Alibi verschaffte – und dann die Zeit für wichtigere Dinge verwenden.

Jaxom straffte die Schulter und ging weiter. Brands Ehrerbietung hatte ihm gut getan. Jetzt, da er darüber nachdachte, merkte er, daß es noch mehr Zeichen einer veränderten Haltung ihm gegenüber gab, Zeichen, die er bei seiner totalen Beschäftigung mit dem Feuerstein-Problem bisher nicht beachtet hatte. Ihm fiel plötzlich auf, daß Deelan ihn am Frühstückstisch nicht mehr bedrängte, mehr zu essen, als er wollte, und daß Dorse sich in den vergangenen Tagen kaum hatte blicken lassen. Auch Lytols morgendliche Fragen zielten nicht auf Ruths Wohlbefinden, sondern betrafen den Burgalltag.

Als er damals aus der Gildehalle der Schmiede zurückgekehrt war, hatten Lytol und Finder reges Interesse an Wansors Sternen bekundet und ihn den ganzen Abend mit Fragen belagert. Wenn die Pfleglinge und die übrigen Anwesenden auffallend still gewesen waren, so hatte Jaxom dies ihrer Begeisterung für das Thema zugeschrieben.

Am nächsten Morgen war nur Zeit für eine Tasse Klah und ein paar Bissen Fleisch und Brot gewesen, da man im Südwesten mit Fädeneinfall auf den bestellten Frühjahrfeldern rechnete und sie einen langen Ritt vor sich hatten.

Ich hätte mich schon vor Monaten wehren sollen, dachte Jaxom, als er seine Wohnräume betrat.

Es war vereinbart, daß ihn niemand störte, wenn er sich um Ruth kümmerte; erst jetzt begann er diese Momente der Zurückgezogenheit zu schätzen. Im allgemeinen versorgte Jaxom seinen Drachen am frühen Morgen oder späten Abend – schrubbte ihn und rieb seine Haut mit Öl ein. Da der weiße Drache öfter eine regelmäßige Mahlzeit brauchte als seine großen Brüder, nahm er ihn jeden vierten Tag mit auf die Jagd. Dabei begleiteten sie meist die Feuer-Echsen, die sich über die Reste hermachten. Zwar fütterten die meisten Leute ihre kleinen Lieblinge täglich, aber die Lust auf frisch gerissene oder selbst gefangene Beute ließ sich bei den Feuer-Echsen nie ganz unterdrücken, und man hatte entschieden, nicht gegen diesen Instinkt anzukämpfen. Feuer-Echsen waren rätselhafte Geschöpfe, und obwohl es keinen Zweifel daran gab, daß sie eine echte telepathische Bindung zu den Menschen entwickelten, die sie gleich nach dem Ausschlüpfen versorgten, zeigten sie doch sonderbare Launen und Ängste und verschwanden oft über längere Zeiträume spurlos. Wenn sie zurückkehrten, taten sie, als sei nichts geschehen, oder sie übermittelten in seltenen Fällen ziemlich wirre Bilder.

Jaxom wußte, daß Ruth an diesem Tag zur Jagd wollte, und spürte die Ungeduld seines Gefährten. Lachend streifte er die schwere Reitjacke über, schlüpfte in die Stiefel und erkundigte sich höflich, was Ruth zu speisen beliebte.

Einen Wherhahn, zart und saftig – nicht diese flachsigen Biester aus den Bergen. Ruth betonte seine Abscheu vor letzteren mit einem Schnauben.

»Selbst deine Gedanken klingen hungrig«, meinte Jaxom, während er das Drachenlager betrat.

Ruth drückte seine Nase leicht gegen Jaxoms Brust. Sein Atem drang kühl durch die schwere Reitjacke. Die Augen kreisten und hatten den roten Schimmer, der kräftigen Appetit veriet. Er ging auf die großen Metalltore zu, die sich zum Wirtschaftshof hin öffneten, und schob sie mit seinen Vorderpfoten auf.

Aufgescheucht durch Ruths Hungergedanken, wirbelten die Feuer-Echsen der Burg eifrig herbei. Jaxom bestieg den Drachen, und sie erhoben sich in die Luft. Der alte Braune auf den Feuerhöhen wünschte ihnen gute Jagd, und der Wachreiter winkte ihnen zu.

Die sechs Weyr auf Pern besaßen aus Tributabgaben ihre eigenen Herden, die den Weyrdrachen als Nahrung dienten. Aber kein Baron oder Pächter murrte, wenn hin und wieder ein Reiter seinen Drachen auf Burgbesitz jagen ließ. Da Jaxom Baron von Ratha und innerhalb der Ruatha-Grenzen absoluter Herrscher war, mußte er, wenn er mit Ruth auf Jagd ging, im Grunde nur gewisse Anstandsregeln beachten. Lytol hatte ihm nicht einschärfen müssen, seine »Besuche« auf den einzelnen Pachthöfen gerecht zu verteilen.

An diesem Morgen gab Jaxom seinem Drachen die Koordinaten eines prächtigen Weidegebietes, auf dem nach Lytols Aussagen gerade Wherhähne für das Frühjahrsschlachten gemästet wurden. Der Pächter war auf seinem Renner im Freien, als Jaxom und Ruth auftauchten, er begrüßte den jungen Baron mit gebührendem Respekt und beantwortete höflich seine Fragen nach dem eigenen Befinden und dem Erfolg der Wherhennen-Zucht.

»Da wäre noch eine Angelegenheit, die ich gern zu Baron Lytols Gehör gebracht hätte«, setzte der Mann hinzu, als das Gespräch stockte. »Ich habe immer und immer wieder um ein Feuerechsen-Ei gebeten. Das ist mein Recht als Großpächter – und ich brauche so ein Tierchen dringend. Ich kann die Zucht nicht in den Griff bekommen, wenn mir immer wieder Räuber an die Nester gehen und die Schalen zerbrechen. Vier oder fünf Eier eines jeden Geleges verliere ich an Schlangen und ähnliches Viehzeug. Feuer-Echsen würden dieses Geschmeiß fernhalten. Zumindest tun sie es für den Pächter des Ödsee-Hofes und andere, mit denen ich sprach. Feuer-Echsen sind sehr nützliche Geschöpfe, Baron Jaxom, und ich führe diesen Hof nun immerhin seit zwölf Planetenumläufen. Da habe ich wohl ein gewisses Vorrecht. Balon vom Ödsee ist erst seit zehn Planetenumläufen Pächter, und er besitzt längst eine.«

»Ich kann mir nicht vorstellen, weshalb man Sie übersehen hat, Tegger. Aber ich werde dafür sorgen, daß etwas geschieht. Wir besitzen zwar im Moment kein Echsen-Gelege, aber sobald es wieder soweit ist, denke ich an Sie.«

Tegger bedankte sich brummig und gab Jaxom dann den Rat, einen Hahn aus der Herde am anderen Ende der Grasebene zu nehmen. Wie er erklärte, wollte er die Tiere, die näher am Hof weideten, in Kürze schlachten, und ein Drache auf der Jagd erschreckte sie so, daß sie beträchtlich an Gewicht verloren.

Jaxom bedankte sich, und auch Ruth summte zufrieden, ein Laut, der den Renner von Tegger fast in Panik versetzte. Der Hofpächter riß hart an den Zügeln.

Tegger wird es kaum schaffen, eine Feuer-Echse für sich zu gewinnen, dachte Jaxom, als er sich auf Ruths Rücken schwang.

Ruth pflichtete ihm bei. *Der Mann erhielt schon mal ein Ei. Das Kleine flatterte aber ins* Dazwischen *und kehrte nie mehr an den Ort zurück, wo es ausgeschlüpft war.*

»Woher weißt du das?«

Die Echsen erzählten es mir.

»Wann?«

Als es geschah. Es ist mir eben wieder eingefallen. Ruth klang sehr selbstzufrieden. *Sie erzählten mir viele Neuigkeiten, wenn du nicht dabei bist.*

Jaxom kam erst jetzt zu Bewußtsein, daß sie nicht von dem gewohnten Echsenschwarm umgeben waren, und das, obwohl Ruth jagte. Er hatte mit seiner Beschwerde nicht bewirken wollen, daß Brand nun alle Feuer-Echsen aus seiner Umgebung verbannte.

Ruth fragte vorwurfsvoll, ob es denn nun endlich etwas zu

fressen gäbe, weil er völlig ausgehungert sei. So flogen sie in das angegebene Gebiet, und Ruth setzte Jaxom auf einer grasbedeckten Anhöhe ab, wo er bequem die Jagd mitverfolgen konnte. Kaum befand sich Ruth wieder in der Luft, da tauchte ein Schwarm Feuer-Echsen auf und kreiste erwartungsvoll in der Nähe des weißen Drachen.

Manche Drachen ließen sich Zeit, wenn sie ihre Mahlzeit auswählten, schwebten lange über der Herde und trieben sie auseinander, um die fettesten Brocken abzusondern. Entweder hatte sich Ruth rasch entschieden, oder er ließ sich von Jaxoms Wissen beeinflussen, daß Tegger abgehetzte Wherhähne nicht schätzte. Jedenfalls fing sich Ruth das erste Tier mit einem blitzschnellen Tauchmanöver und tötete es gleich im Anflug durch einen Hieb in den langen Nacken.

Ruth ließ den begeisterten Echsen genug Fleisch an den Knochen und holte sich einen zweiten Hahn, den er ebenso rasch verspeiste. Die Herde war noch nicht am anderen Ende der Weide angelangt, da stieß er unerwartet ein drittes Mal zu.

Ich sagte dir doch, daß ich ausgehungert bin, meinte er so verlegen, daß Jaxom loslachte und erklärte, daß er sich so vollstopfen könne, wie er nur wolle.

Ich stopfe mich nicht voll, entgegnete Ruth mit mildem Vorwurf. *Wie kannst du so etwas überhaupt von mir denken? Man wird doch seinen Hunger stillen dürfen.*

Jaxom betrachtete nachdenklich die Feuer-Echsen, die ein Festmahl abhielten. Er überlegte, ob welche von Ratha dabei waren. Ruth entgegnete sofort, daß es sich um einheimische Geschöpfe handelte.

Also, überlegte Jaxom, *habe ich nur das Problem gelöst, mir die Echsen des eigenen Haushalts vom Leibe zu halten.* Aber was eine Feuer-Echse wußte, schienen alle anderen zu wissen, und das bedeutete, daß er irgendwie versuchen mußte, auch den fremden Schwärmen zu entkommen.

Jaxom hatte gelernt, daß ein Drache Zeit brauchte, um den Feuerstein gut zu zerkleinern und zu verdauen. Drachenreiter begannen ihre Tiere im allgemeinen einige Stunden vor dem errechneten Fädeneinfall zu füttern. Wieviel von den Felsbrocken mußte Ruth kauen, damit aus seinem Schlund ein kräftiger Feuerstrahl kam? Das ließ sich nicht vorhersagen. Es war besser, mit wenig zu beginnen. Da Drachen ganz verschieden auf den Feuerstein ansprachen, mußte jeder Reiter die Eigenheiten seines Tieres selbst herausfinden. Wenn er nur mit Ruth in einem

Weyr aufgewachsen wäre, unter der Aufsicht eines erfahrenen Lehrers . . .

Nun, der Feuerstein ließ sich leicht beschaffen. Da der alte Wachdrache damit versorgt werden mußte, lag auf den Feuerhöhen ein hübscher Vorrat. Außerdem brauchte Ruth sicher nicht so viel wie ein großer Drachen.

Das Hauptproblem blieb der Zeitpunkt. Zwar hatte Jaxom an diesem Vormittag frei, um Ruth zu versorgen, aber es wäre unvernünftig gewesen, den Drachen mit vollem Magen ins *Dazwischen* zu bringen – die Kälte schadete dem Verdauungsprozeß. So blieb Jaxom keine andere Wahl, als Ruth auf normalem Wege nach Ruatha zu fliegen. Am Nachmittag wollten sie die Frühjahrsaussaat bei einem der Pächter beaufsichtigen, und es ging nicht an, daß sich der künftige Burgherr vor solchen Pflichten drückte.

Ruth rülpste zufrieden und watschelte seinem Reiter entgegen. Er legte sich in das sonnenwarme, duftende Gras und begann, reinlich wie immer, seine Klauen zu lecken.

»Kannst du überhaupt fliegen, wenn du so vollgestopft bist?« fragte Jaxom, als Ruth mit seiner Toilette fertig war.

Ruth drehte den Kopf zu ihm herum, und seine Augen kreisten vorwurfsvoll. *Ich kann immer fliegen!* Der Drache schnaubte kräftig. *Du macht dir schon wieder zu viele Sorgen.*

»Ich wünsche mir nur, daß wir ein richtiges Kampfgespann werden, das sich auch bei Fädeneinfall bewährt – du mit deinem Feueratem, ich mit einem Flammenwerfer auf deinem Rücken.«

Und wo liegt da das Problem? fragte Ruth mit großer Ruhe. Ich bin ein Drache, du bist mein Reiter. Das schaffen wir schon.

»Denkst du! Wo immer ich mit dir üben möchte – diese verflixten Feuer-Echsen folgen uns.«

Du hast dem Dicken mit der blauen Echse – das war Ruths Umschreibung für Brand, – *doch gesagt, daß sie nicht mitkommen sollen. Sie sind heute daheim geblieben.*

»Dafür kamen andere, und du weißt, wie geschwätzig die kleinen Biester sind.« Dann erinnerte sich Jaxom an Nemollys Worte. »Woran denken sie jetzt überhaupt?«

An ihre vollen Bäuche. Die Wherhähne waren sehr zart und saftig. Ein Festmahl. Ihr Gedächtnis ist nicht besonders gut.

»Glaubst du, sie verschwinden, wenn du sie darum bittest?«

Ruth schnaubte, und seine Augen kreisten. Er strahlte Belustigung aus. *Sie würden sich fragen, weshalb ich sie wegschicke, und nachsehen kommen. Ich bitte sie trotzdem, wenn du darauf bestehst.*

»Sieht den Biestern ähnlich – die Neugier ist größer als der Verstand. Aber wie sagt Robinton immer? Jedes Problem hat seine Lösung. Wir müssen sie nur erst finden.«

Während ihrer Rückkehr nach Ruatha rumpelte Ruths Magen besorgniserregend. Der Drache hatte keinen anderen Wunsch, als sich auf einem sonnenwarmen Felsen zusammenzurollen und zu schlafen, und da der braune Wachdrache seinen gewohnten Posten verlassen hatte, blieb Ruth gleich auf den Feuerhöhen. Jaxom wartete im Großen Hof, bis er sah, daß sein Gefährte bequem auf dem Felsplateau lag, dann suchte er Lytol auf.

Falls Brand seine Bitte an Lytol weitergegeben hatte, so ließ sich sein Vormund jedenfalls nichts anmerken. Er begrüßte Jaxom mit der gewohnten Zurückhaltung und bat ihn, rasch eine Kleinigkeit zu essen, da sie einen weiten Weg vor sich hätten. Tordril und noch einer der älteren Pflegesöhne, die unter Lytols Aufsicht lebten, sollten sie begleiten. Saatmeister Andemon hatte einen neu gezüchteten Samen geschickt, der angeblich besonders widerstandsfähig war und schneller reifte als die herkömmlichen Sorten. Auf den Feldern im Süden hatte sich daraus ein prächtiger Weizen entwickelt, der kaum von Fäulnis befallen wurde und auch längere Trockenzeiten unbeschadet überstand. Andemon wollte nun wissen, ob die Kreuzung auch im feuchteren Klima des Nordens gedieh.

Leider lehnten viele der älteren Pächter moderne Anbaumethoden stur ab. »So engstirnig wie die Alten«, murmelte Lytol manchmal, aber irgendwie schaffte er es immer, sich durchzusetzen. Bei Fidello allerdings, auf dessen Feld sie das neue Saatgut ausprobieren wollten, gab es diese Schwierigkeiten nicht. Er war ein junger, aufgeschlossener Mann, der den Hof zwei Planetenumläufe zuvor übernommen hatte, als sein Vorgänger bei der Jagd auf Wildwhere einen tödlichen Sturz erlitt.

Jaxom aß eine Kleinigkeit, dann ritten die Männer auf einigen der kräftigen Renner los, die einen ganzen langen Sommertag durchtraben konnten, ohne zu ermüden. Obwohl es Jaxom im allgemeinen langweilig fand, Stunden für einen Weg zu verwenden, den er auf Ruth mit einem einzigen Sprung ins *Dazwischen* schaffte, genoß er es doch hin und wieder, über Land zu reiten. Besonders an diesem Tag, da alles nach Frühling roch und Lytol ihm nichts nachzutragen schien, fand er die Reise herrlich.

Fidellos Hof lag im Nordosten von Ratha, auf einer Hochfläche mit den schneebedeckten Bergen Croms im Hintergrund. Als sie die Anhöhe erreichten, kreischte die blaue Echse, die auf Tordrils Arm saß, zur Begrüßung los und flatterte zu einem Braunen, der wohl Fidello gehörte und die Aufgabe hatte, nach den Besuchern Auschau zu halten. Sofort verschwanden die beiden Winzlinge im *Dazwischen.* Tordril und Jaxom wechselten bedeutsame Blicke. Sie wußten nun, daß bei ihrer Ankunft ein Krug dampfender Klah und ein paar Schüsseln mit Gebäck auf dem Tisch stehen würden - keine schlechte Aussicht, denn der Ritt hatte sie hungrig gemacht.

Fidello selbst kam ihnen entgegen und begleitete sie auf dem letzten Stück des Weges. Er saß auf einem gedrungenen Arbeitsrenner, dessen Sommerfell bereits samtig durch die Zottelreste des Winterpelzes schimmerte. Sein Hof, auf dem er sie ernst und zurückhaltend willkommen hieß, war klein, aber blitzsauber. Das Gesinde, darunter die Leute des verstorbenen Pächters, hatte sich versammelt, um die Besucher zu begrüßen.

»Er hat eine gute Köchin«, raunte Tordril Jaxom zu, als die drei jungen Männer über das vorbereitete Mahl herfielen. »Und eine verdammt hübsche Schwester«, fügte er hinzu. Seine Blicke hefteten sich auf ein junges Mädchen, das mit einem Krug dampfender Klah hereinkam.

Sie ist wirklich hübsch, dachte Jaxom, als er sie näher betrachtete. Typisch Tordril, daß der sofort Ausschau nach einem lohnenden Flirt hielt. Brand würde gut auf ihn achten müssen, wenn er die Handwerkerhütten am Fuße der Burg aufsuchte. Diesmal hatte er jedoch Pech. Das Mädchen bedachte Jaxom und nicht Tordril mit einem schüchternen Lächeln, und obwohl der künftige Herr von Ista sie mehrmals in ein Gespräch zu verwickeln suchte, gab sie ihm nur knappe Antworten und widmete ihre Aufmerksamkeit weiterhin Jaxom. Sie wich erst von seiner Seite, als ihr Bruder kam und meinte, es sei wohl besser, jetzt mit dem Säen zu beginnen, damit die Gäste nicht bei Dunkelheit heimreiten müßten.

»Ich glaube nicht, daß du sie so schnell rumgekriegt hättest, wenn ich der Baron von Ratha gewesen wäre«, meinte Tordril, als sie draußen die Sattelgurte festzogen.

»Rumgekriegt?« Jaxom starrte Tordril verständnislos an. »Wir haben doch nur ein paar Worte gewechselt.«

»Mann, die gehört dir, sobald ihr das nächste Mal ... äh ... ein paar Worte wechselt. Oder stört es Lytol, wenn im Bereich der Burg ein paar Ableger des Ruatha-Blutes herumlaufen? Vater meint, ein wenig Konkurrenz hält die Hauptlinie in Schwung. Müßte doch leichtes Spiel für dich sein, sie aufs Kreuz zu legen -

Lytol kommt immerhin aus einem Weyr und denkt in diesen Dingen bestimmt nicht prüde.«

Lytol und Fidello gesellten sich zu ihnen, aber Tordrils Worte spukten Jaxom im Kopf herum und lenkten seine Gedanken in eine bestimmte Richtung. Wie hieß das Mädchen? Corana? Nun, Corana war vielleicht ein Faktor, der sich in seine Pläne einbauen ließ. Es gab nur eine Feuer-Echse auf dem Hof – und wenn er ihr klarmachte, daß sie ungestört bleiben wollten . . .

Als sie spätabends auf die Burg zurückkehrten, erklomm Jaxom heimlich die Feuerhöhen und nahm von dem Steinevorrat einen Sack voll mit, während der alte Wachdrache und sein Reiter zu einem kurzen Patrouilleflug unterwegs waren.

Am nächsten Morgen fragte er Lytol beiläufig, ob das Saatgut, das sie Fidello gebracht hatten, für das riesige Feld ausreichte. Lytol betrachtete seinen Schützling einen Moment lang mit zusammengekniffenen Augen und meinte dann, die Frage sei berechtigt. Tordrils Miene spiegelte Erstaunen und, wie Jaxom schien, Bewunderung für die schlaue Ausrede wider. Lytol ließ Brand in der Saatkammer noch einen halben Sack der neuen Sorte abfüllen, und Jaxom zog damit ab, um seine Reitkleider anzulegen.

Ruth, nach der üppigen Mahlzeit sehr selbstbewußt, erkundigte sich, ob in der Nähe des Hofes ein hübscher See zu finden sei. Jaxom entgegnete, daß er bei seinem Ritt eigentlich nicht an Wassersport gedacht habe, Ruth aber durchaus im Fluß ein Bad nehmen könne. Es gelang ihnen, die Burg zu verlassen, ohne daß jemand den zweiten Sack oder die Kampfriemen um Jaxoms Schenkel bemerkte. Obwohl die Feuer-Echsen wie gewohnt herbeischwirrten, als Ruth in die Luft stieg, tauchte keine einzige mit ihnen zusammen auf der Hochfläche auf.

Fidello nahm das Saatgut persönlich in Empfang und dankte Jaxom so überschwenglich, daß sich der seiner List fast ein wenig schämte.

»Ich wollte vor dem Burgverwalter nicht aufdringlich erscheinen, Baron Jaxom, aber das vorbereitete Feld ist wirklich sehr groß, und ich möchte einen guten Ertrag erzielen, um das Vertrauen zu rechtfertigen, das Baron Lytol im mich gesetzt hat. Darf ich Ihnen vielleicht eine Erfrischung anbieten? Meine Frau . . .«

Nur seine Frau? »Gern. Der Morgen ist ziemlich kühl.« Er gab Ruth einen liebevollen Klaps, stieg ab und folgte Fidello ins

Haus. Anerkennend stellte er fest, daß der große Wohnraum genauso ordentlich wirkte wie damals für ihren erwarteten Besuch. Corana war nirgends zu sehen, aber Fidellos hochschwangere Frau erriet sofort den wahren Grund seiner Rückkehr.

»Die anderen arbeiten auf der Flußinsel«, meinte sie mit einem leichten Lächeln, während sie heißen Klah servierte. »Sie schneiden Schilf. Mit Ihrem prachtvollen Drachen, Baron Jaxom, ist das sicher nur ein Sprung.«

»Glaubst du wirklich, daß der Baron unseren Leuten beim Schilfschneiden zuschauen will?« fragte Fidello, aber seine Frau gab darauf keine Antwort.

Nachdem sie noch ein paar höfliche Floskeln ausgetauscht hatten, stieg Jaxom mit Ruth auf und kreiste eine Weile über dem Hof, dann lenkte er den Drachen ins *Dazwischen* und zu einem Berg, der weit entfernt von jeder Siedlung lag. Die braune Echse Fidellos folgte ihnen.

»Beim Ei! Ruth, sag ihr, daß sie verschwinden soll!«

Im nächsten Augenblick war die braune Echse nicht mehr zu sehen.

»So – und nun bringe ich dir bei, wie ein Drache Feuerstein frißt!«

Das kann ich schon.

»Denkst du! Ich habe mich oft genug mit Drachenreitern unterhalten und weiß, daß das gar nicht so einfach ist.«

Ruth schnaubte verächtlich, während Jaxom einen faustgroßen Feuersteinklumpen aus seinem Vorrat klaubte.

»Und jetzt stell dir deinen zweiten Magen vor!«

Ruth deckte beide Lider über die Augen, als er den Brocken in Empfang nahm. Das krachende Geräusch beim Zermahlen des Gesteins ließ ihn zusammenzucken. Er riß die Augen weit auf, und Jaxom fragte verwirrt: »Mußt du solchen Lärm machen?«

Es ist immerhin Stein!

Er zog das innere Lid über die Augen und schluckte. *Ich denke an meinen zweiten Magen,* erklärte er mit Nachdruck, ehe Jaxom ihn erneut daran erinnern konnte. Später schwor der Jungbaron, daß man die zerkauten Brocken geradezu in den Schlund des Drachens rollen hörte. Die beiden saßen da und schauten einander an; sie wußten beide nicht so recht, was als nächstes geschehen sollte.

»Eigentlich müßtest du jetzt rülpsen.«

Weiß ich. Und ich weiß auch, wie man rülpst. Aber ich schaffe es nicht auf Befehl.

Jaxom bot ihm höflich einen zweiten, etwas größeren Brocken an. Diesmal fielen die Kaugeräusche leiser aus. Ruth schluckte und schien ein wenig auf seinen Hinterpfoten zu schwanken.

Oh!

Diesem Gedankenstöhnen folgte ein Rumpeln; Ruth starrte ängstlich seinen weißen Bauch an und öffnete das Maul. Mit einem leisen Aufschrei warf sich Jaxom zur Seite, gerade noch rechtzeitig, ehe ein dünner Flammenstrahl aus der Drachenschnauze drang. Ruth zuckte zurück, und nur der aufgestützte Schwanz verhinderte, daß er vor Schreck umkippte.

Ich schätze, ich brauche noch mehr Feuerstein, um eine ordentliche Flamme zu erzeugen.

Jaxom bot ihm mehrere kleine Brocken an. Ruth zermalmte sie rasch. Und noch rascher stieß er Gaswolken aus.

So sieht die Sache schon besser aus, meinte er befriedigt.

»Gegen Fäden würden die paar Flämmchen aber nichts ausrichten.«

Statt einer Antwort sperrte Ruth nur den Rachen auf und verlangte mehr Feuerstein. Der Vorrat, den Jaxom mitgebracht hatte, ging im Nu zur Neige. Aber am Ende schaffte es der Drache, einen breiten Feuerstrahl gegen die Felsen zu hauchen. Ein schwarzer Streifen zog sich quer durch Flechten und Unkraut.

»Ich glaube, das klappt immer noch nicht so recht.«

Warte ab, bis wir die Fäden aus der Luft bekämpfen!

»Damit lassen wir uns erst mal Zeit. Für den Anfang reicht der Beweis, daß du Feuerstein verträgst.«

Daran habe ich nie gezweifelt.

»Ich auch nicht, Ruth, aber . . .« – Jaxom seufzte schwer – »wir werden eine Menge von dem Zeug brauchen, ehe du es schaffst, eine schön gleichmäßige Flamme zu erzeugen.«

Ruth wirkte so niedergeschlagen, daß Jaxom ihn sofort tröstete und an den Augenwülsten kraulte.

»Wir hätten eben zusammen mit den anderen Jungreitern üben müssen. So ist es einfach nicht fair. Das habe ich von Anfang an gesagt. Du trägst keine Schuld daran, daß es heute Schwierigkeiten gab. Aber beim Ersten Ei, wir beide schaffen es!«

Ruths Laune besserte sich merklich. *Wir strengen uns in Zukunft noch mehr an, dann geht es. Aber die ganze Sache wäre einfacher, wenn wir mehr Feuerstein hätten. Wilth benutzt doch kaum etwas von dem Vorrat. Er ist im Grunde schon viel zu alt, um überhaupt Feuerstein zu schlukken.*

»Deshalb hat er ja die Burgwache übernommen.«

Jaxom schüttelte die letzten Feuersteinkrümel aus dem Sack, schnürte ihn zusammen und hakte ihn an seinem Gürtel fest. Er wollte Ruth eben den Befehl geben, nach Ruath heimzufliegen, als ihm einfiel, daß es vielleicht besser war, sein Alibi für künftige Gelegenheiten zu festigen. Die Schilfsammler auf der Flußinsel waren rasch gefunden, und Corana begrüßte ihn mit großer Herzlichkeit. Sie sah wirklich hübsch aus mit ihrer zart geröteten Haut und den großen, grünlich schillernden Augen. Ein paar dunkle Strähnen hatten sich aus ihren Flechten gelöst und hingen in Kringeln um ihre Stirn und Schläfen.

»Hat es Fäden geregnet?« fragte sie, und ihre Miene wirkte mit einem Mal besorgt.

»Nein. Warum?«

»Ich rieche Feuerstein.«

»Ach so – sicher meine Reitkleider. Ich benutze sie immer, wenn wir Fäden bekämpfen. Da hat sich der Geruch festgesetzt. Mir war das nicht aufgefallen.« An dieses Risiko hatte er gar nicht gedacht, und er mußte sich etwas dagegen einfallen lassen. »Ich habe deinem Bruder noch etwas Saatgut gebracht . . .«

Sie dankte ihm mit großer Wärme, daß er sich all die Mühe für einen so kleinen Hof machte. Dann stand sie ein wenig verlegen herum. Jaxom machte es Spaß, diese Verlegenheit zu schüren, und er begann ihr beim Schilfschneiden zu helfen.

»Ich muß schließlich alle Arbeitsvorgänge auf den Pachthöfen kennenlernen«, sagte er, als sie ihn daran hindern wollte.

Jaxom genoß das Spiel. Als sie ein großes Schilfbündel zusammengetragen hatten, bot er an, es zum Hof zu fliegen, wenn Corana mit aufsaß. Sie zögerte, weil sie Angst vor Ruth hatte, aber Jaxom versprach ihr, nicht ins *Dazwischen* zu fliegen, weil sie dafür nicht warm genug gekleidet war. Er fand Gelegenheit zu ein paar Küssen, während Ruth über dem Hof kreiste, und kam bald zu dem Schluß, daß Corana für ihn mehr war als eine bloße Ausrede.

Nachdem er sie und das Schilf abgeladen hatte, steuerte er Ruth ins *Dazwischen* und landete an ihrem Bergsee. Obwohl ihm nicht nach einem kalten Bad zumute war, wußte Jaxom, daß er und sein Drache den Feuersteingeruch besser herunterspülten, ehe sie nach Ruatha zurückkehrten. Es dauerte eine Weile, bis er Ruth mit Sand gescheuert hatte. Dann mußte Jaxom noch warten, bis seine Kleider in der Sonne getrocknet waren. Inzwischen brach der Nachmittag an, und er hatte viel mehr Zeit vertrödelt, als er für seinen Besuch auf Fidellos Hof plausibel machen konnte. So ging er das Risiko ein und lenkte Ruth ein Stück zurück zu einem Zeitpunkt, da die Sonne den Zenit noch nicht überschritten hatte. Alles klappte – bis auf eine Kleinigkeit, die sie um ein Haar verraten hätte.

Er saß gerade beim Essen, als sein Drache ihm einen drängenden Hilferuf zusandte. »Ruth!« sagte er nur hastig, sprang von seinem Stuhl auf und rannte quer durch den Saal nach draußen.

Mein Magen brennt! teilte ihm Ruth verzweifelt mit.

»Verdammt, das sind die Steine«, murmelte Jaxom, während er den menschenleeren Korridor entlangeilte. »Geh ins Freie, zu den Feuerhöhen! Du weißt, wo Wilth die Asche immer hinspuckt!«

Ruth entgegnete verzagt, daß er in seinem Zustand bestimmt nicht fliegen könnte.

»Unsinn! Du kannst immer fliegen.« Ruth mußte seinen zweiten Magen unbedingt außerhalb des Lagers entleeren. Jaxom befürchtete, daß Lytol auftauchen könnte, um nachzusehen, was dem Drachen fehlte.

Ich kann mich nicht rühren. In meinem Bauch liegt ein Riesengewicht.

»Du wirst gleich die Feuersteinasche hochwürgen. Kein Drache behält das Zeug im Magen; aber der Darm scheidet es nicht aus. Deshalb erbrichst du es.«

Genauso fühle ich mich.

»Nicht im Lager, Ruth, ich flehe dich an!«

Kaum eine Sekunde später schaute ihn Ruth zerknirscht an. Mitten auf dem Boden seiner Schlafkammer lag ein dampfendes kleines Häufchen, das an graubraunen Sand erinnerte.

Jetzt fühle ich mich sehr viel besser, erklärte Ruth, immer noch verlegen.

»Kommt Lytol mir nach?« fragte Jaxom; sein Herz hämmerte vom schnellen Laufen so laut, daß er sonst nichts hörte. Er raste durch das metallene Schwingtor zum Küchentrakt und holte aus dem Hof einen Eimer und eine Schaufel. »Wenn ich das Zeug nur nach draußen schaffen kann, ehe der ganze Raum schwefelig riecht . . .«

Er arbeitete in fieberhafter Eile. Zum Glück reichte der eine Eimer aus, um die Asche aufzunehmen. Etwas anderes wäre es wohl gewesen, wenn Ruth Feuerstein für eine vierstündige Sporenabwehr zerkaut hätte.

Jaxom stellte den Kübel ins Freie und streute Duftsand über die bewußte Stelle der Schlafkammer.

»Kein Lytol?« fragte er einigermaßen überrascht.

Nein.

Jaxom atmete erleichtert auf und tätschelte Ruth. Das nächste Mal durfte er nicht vergessen, seinen Drachen an einen sicheren Ort zu bringen, wo er seinen zweiten Magen in aller Ruhe entleeren konnte.

Jaxom gab keine Erklärung ab, als er sich wieder an den Tisch setzte, und es wurde auch keine verlangt – ein weiteres Zeichen für den neugewonnenen Respekt seiner engsten Vertrauten.

In der nächsten Nacht stahlen er und der Drache soviel Feuerstein, wie Ruth nur schleppen konnte – an dem einzig logischen Ort für ein solches Unternehmen, den Feuerstein-Minen von Crom. Ein halbes Dutzend Echsen erschienen während des Raubzugs, aber Ruth schickte sie wieder fort, sobald sie aufgetaucht waren.

»Sag ihnen, daß sie uns ja nicht folgen sollen!«

Sie haben es nicht böse gemeint. Sie mögen mich eben.

»Es ist schon eine Last, wenn man allzu populär ist.«

Ruth seufzte.

»Wird dir der Feuerstein zu schwer?« fragte Jaxom. Er wollte den Freund auf keinen Fall überlasten.

Aber nein! Ich bin sehr stark.

Jaxom steuerte Ruth ins *Dazwischen* und von dort in die Wüste von Keroon. Dieser Fleck eignete sich besonders gut für die verbotene Ausbildung, weil sie anschließend im Meer baden konnten und mehr als genug Sand hatten, um den Feuersteingestank abzurubbeln. Außerdem schien die Sonne so heiß, daß Jaxoms Kleider im Nu trockneten.

V

Vormittag in der Harnerhalle und auf Burg Fort, Nachmittag im Benden-Weyr, Spätnachmittag in der Harfnerhalle, 26. 5. 15

Ein weiterer Sporenregen ging nieder, ehe Jaxom wieder Zeit für einen Besuch auf der Hochfläche fand. Bei Corana schien er schneller ans Ziel zu kommen als bei dem Versuch, Ruth zu einem feuerspeienden Drachen zu erziehen. Sein weißer Freund versengte sich fast den Schlund, wenn zu den ungünstigsten Zeiten plötzlich Feuer-Echsen auftauchten und er mühsam die Feuerschwaden zurückhalten mußte. Jaxom war überzeugt davon, daß ihnen inzwischen jedes der neugierigen Biester von Keroon seine Aufwartung gemacht hatte. Selbst Ruths Geduld war allmählich am Ende; außerdem mußten sie meist sechs Stunden in die Vergangenheit zurückspringen, damit ihre lange Abwesenheit nicht auffiel. Diese Zeitsprünge ermüdeten Jaxom, und so fiel er am Abend total erschöpft und entnervt ins Bett.

Zu allem Übel hatte er den Auftrag, am nächsten Morgen den Harfner von Ruatha zur Gildehalle zu bringen, weil Finder dort mehr über Wansors Sternengleichungen erfahren sollte. Man verlangte von den Burgharfnern, daß sie sich genügend mit diesen Dingen auskannten, um dem jeweiligen Baron bei der Vorausberechung der Sporeneinfälle zur Seite zu stehen.

Die Gildehalle der Harfner gehörte zu einem ausgedehnten Gebäudekomplex inner- und außerhalb der Burgklippen von Fort. Als Jaxom und Finder über der Harfnerhalle erschienen, gerieten sie mitten in ein Chaos. Feuer-Echsen wirbelten mit aufgeregtem Gekreische umher, und der Wachdrache auf den Feuerhöhen der Burg peitschte halb aufgerichtet mit den Schwingen. Sein wildes Trompeten erfüllte die Luft.

Wütend! Sie sind wütend! lautete Ruths erschrockener Kommentar. *Ruth! Ich bin es, Ruth! Ruth!* rief er mit seinem unnachahmlich hellen Schmettern.

»Was ist geschehen?« fragte Finder dicht an Jaxoms Ohr.

»Ruth erklärt, daß sie wütend sind.«

»Wütend? Ich habe noch nie zuvor einen Drachen erlebt, der so getobt hat.«

Höchst beunruhigt steuerte Jaxom seinen weißen Drachen in

den Hof der Harfnerhalle. Menschen rannten umher, und Feuer-Echsen schossen durch die Luft. Es fiel ihm schwer, ein Plätzchen zum Landen zu finden. Kaum hatte Ruth festen Boden unter den Krallen, da umflatterte ihn eine Echsenschar und übermittelte aufgeregte, ängstliche Gedanken, die der Drache nicht verstand. Auch für Jaxom ergaben sie wenig Sinn, als Ruth sie wiederholte. Er begriff nur, daß es sich bei dem Schwarm um Menollys Echsen handelte, offensichtlich ausgesandt, ihn zu holen.

»Da bist du ja! Hast du meine Botschaft erhalten?« Menolly kam aus der Halle herbeigerannt, die schweren Reitkleider in einem Bündel unter dem Arm. »Wir müssen sofort zum Benden-Weyr. Sie haben das Königinnen-Ei gestohlen.«

Sie saß hinter Finder auf, entschuldigte sich kurz, daß sie ihm den Platz stahl, und drängte Jaxom zum Aufbruch. Erst dann merkte sie, daß der weiße Drache zu zögern schien. »Sind drei Leute zuviel für Ruth?« fragte sie besorgt.

Niemals!

»Wer hat Ramoths Ei gestohlen? Wie? Wann?« fragte Finder.

»Vor einer halben Stunde. Sie trommeln alle Bronzedrachen und die Königinnen der übrigen Weyr zusammen. Sie wollen mit einer ganzen Streitmacht zum Südkontinent fliegen und die Alten zwingen, das Ei herauszugeben.«

»Woher wissen sie, daß die Bewohner vom Südkontinent dahinterstecken?« erkundigte sich Jaxom.

»Wer sonst käme auf den Gedanken, ein Königinnen-Ei zu stehlen?«

Dann trug Ruth sie geschickt ins *Dazwischen,* und das Gespräch verstummte. Sie tauchten über dem Benden-Weyr auf, und plötzlich schossen drei Bronzedrachen mit flammendem Atem auf sie zu. Ruth kreischte und verschwand im *Dazwischen,* um gleich darauf über dem See zu kreisen und mit lautem Trompeten ihre Angreifer zu schelten.

Ich bin Ruth. Ich bin Ruth. Ich bin Ruth.

»Das war knapp!« Finder schluckte und krallte die Hände hart in Jaxoms Arm.

Ihr hättet beinahe meinen Flügel versengt! Ich bin Ruth. Etwas ruhiger wandte sich der weiße Drache an seinen Reiter. *Sie haben sich entschuldigt.* Aber er drehte die Schwingspitze nach vorn und untersuchte sie genau.

Menolly stöhnte. »Ich vergaß euch zu sagen, daß alle Drachen sich beim Auftauchen mit Namen melden sollten. Aber Ruth hätten sie doch durchlassen können. Er ist wirklich nicht zu verwechseln.«

Noch während sie sprach, erschienen weitere Drachen und trompeteten den drei Wächtern auf den Feuerhöhen ihre Namen zu. Die Neuankömmlinge senkten sich in engen Kreisen und landeten neben dem Eingang zur Brutstätte. Jaxom, Finder und Menolly liefen durch den Kessel, um sich ihnen anzuschließen.

»Jaxom, hast du je so viele Drachen versammelt gesehen?« Menolly warf einen Blick zum Kesselrand, wo die großen Geschöpfe dichtgedrängt auf den Felsvorsprüngen saßen, die Schwingen halb gespreizt, zum Angriffsflug bereit. »Was soll nur werden, wenn eines Tages Drachen gegeneinander kämpfen?«

Das Entsetzen in ihrer Stimme spiegelte seine Gefühle wider.

»Diese verrückten Alten müssen in einer verzweifelten Lage sein«, meinte Finder grimmig.

»Aber wie konnte ihnen ein derart dreister Diebstahl glükken?« wollte Jaxom wissen. »Ramoth läßt ihr Gelege nie lange allein.«

Zumindest nicht seit der Zeit, da F'lessan und ich uns in die Brutstätte schlichen, dachte er schuldbewußt.

»F'nor brachte uns die Nachricht«, entgegnete Menolly. »Er berichtete, daß Ramoth die Brutstätte kurz verlassen hatte, um zu fressen. Die Hälfte der Benden-Echsen bewachten die Eier. Das machen sie immer . . .«

»Sicher hatten sich einige aus dem Süd-Wyr darunter gemischt«, fügte Finder hinzu.

Menolly nickte. »Das vermutet F'nor auch. Auf diese Weise erfuhren die Alten, wann die Königin ihr Lager verlassen hatte. Sie riß eben ihre Beute, als drei Bronzedrachen erschienen, am Wachdrachen vorbeiflogen . . . ich meine, weshalb sollte der Wachdrache drei Bronzedrachen mißtrauen? Sie jagten durch den oberen Tunnel zur Brutstätte. Ramoth stieß einen lauten Schrei aus und ging ins *Dazwischen.* Als die drei Räuber wieder aus dem Tunnel geflogen kamen, tauchte plötzlich Ramoth vor ihnen auf und griff an. Aber sie waren im *Dazwischen* verschwunden, ehe sie etwas ausrichten konnte.«

»Hetzte man ihnen keine Verfolger auf die Spur?«

»Ramoth selbst flog ihnen nach, begleitet von Mnementh. Aber es half nichts.«

»Weshalb nicht?«

»Die Bronzedrachen machten einen Zeitsprung.«

»Und nicht einmal Ramoth wußte, in welche Zeit?«

»Genau. Mnementh suchte den ganzen Süd-Weyr, die Burg und die Hälfte der heißen Strände ab.«

»Nicht einmal die Alten sind so dumm, daß sie ein Königinnen-Ei direkt in den Süden befördern lassen.«

»Aber die Alten wissen doch gar nicht, daß wir sie im Verdacht haben«, wandte Finder müde ein.

Inzwischen hatten sie das Gedränge aus Drachenreitern, Burgherren und Gildemeistern erreicht, die in aller Eile zusammengeströmt waren. Lessa stand am Felsensims ihrer Weyrs neben F'lair, Fandarel und Robinton. Die beiden Letztgenannten wirkten ungewöhnlich ernst und besorgt. N'ton stand auf halber Höhe der Steinstufen und diskutierte erregt mit zwei anderen Bronzereitern. Etwas seitlich hielten sich die drei übrigen Königin-Reiterinnen von Benden auf, dazu einige Fremde, wohl die Herrinnen der anderen Weyr. Die Atmosphäre des Zorns und der Niedergeschlagenheit lastete schwer auf der Menge. Beherrscht wurde das Bild von Ramoth, die vor der Brutstätte auf und ab wanderte und nur gelegentlich anhielt, um einen Blick auf die verbliebenen Eier zu werfen, die im heißen Sand lagen. Ihr Schweif peitschte, und ihr zorniges Trompeten überlagerte die heftigen Debatten ringsum.

»Es ist gefährlich, ein Ei ins *Dazwischen* zu bringen«, sagte jemand vor Jaxom und Menolly.

»Ich glaube, daß der kurze Aufenthalt nichts schadet, wenn das Ei gut durchwärmt war und nicht beschädigt wurde.«

»Man sollte einfach in den Südkontinent fliegen und diese Alten aus ihrem Weyr vertreiben.«

»Drachen gegen Drachen? Du bist nicht besser als die Alten!«

»Wir dürfen es nicht zulassen, daß Drachen ein Königin-Ei stehlen! Das ist die schlimmste Kränkung, die Benden je von den Alten hinnehmen mußte. Und ich sage es noch einmal – diese Tat schreit nach Rache!«

»Der Süd-Weyr befindet sich in einer verzweifelten Lage«, raunte Menolly Jaxom zu. »Keine ihrer Königinnen ist zum Paarungsflug aufgestiegen. Die Bronze-Drachen siechen dahin. Sie haben nicht einmal genug Grüne.«

In diesem Moment stieß Ramoth einen mitleiderregenden Schrei aus, warf den Kopf hoch und starrte Lessa an. Alle Drachen im Weyr beantworteten den Schrei – ein ohrenbetäubender Chor. Jaxom konnte erkennen, daß sich Lessa über den Sims beugte, eine Hand nach der verzweifelten Königin ausgestreckt.

Plötzlich – er stand etwas oberhalb der dichtgedrängten Menge und schaute zufällig in die Richtung – sah er einen dunklen Schatten in die Brutstätte flattern. Er hörte einen unterdrückten Schmerzensschrei.

»Da! Was ist das? In der Brutstätte!«

Nur die Leute dicht neben ihm hörten seinen Ausruf und folgten mit den Blicken seinem ausgestreckten Arm. Jaxom hatte nur den einen Gedanken, daß die Südländer in ihrer Verzweiflung die allgemeine Verwirrung ausnützen und noch ein Bronze-Ei stehlen wollten.

Er rannte los, gefolgt von Menolly und Finder, wurde jedoch unvermittelt von einem Schwächegefühl befallen und mußte stehenbleiben. Etwas schien ihm die Kraft aus den Knochen zu saugen.

»Was ist los, Jaxom?«

»Nichts.« Jaxom schüttelte Menollys Hand von seiner Schulter ab und drängte sie zur Brutstätte. »Die Eier, die Eier!«

Seine Worte wurden übertönt von Ramoths jubelnden Trompeten. »Das Ei! Das Königin-Ei!«

Als sich Jaxom von seinem unerklärlichen Schwindelanfall erholt und die Brutstätte erreicht hatte, starrten bereits alle erleichtert das goldene Ei an, das wieder sicher zwischen Ramoths Vorderpfoten lag.

Eine Feuer-Echse, von Neugier getrieben, flatterte über den Sand der Brutstätte. Sie kam nicht eine Schwingspanne weit, da wurde sie von Ramoths Wutgebrüll verscheucht.

Erleichtert entfernte sich die Menge von der Brutstätte, wo der Boden unangenehm heiß gegen die Sohlen brannte. Jemand stellte die Vermutung an, daß das Ei vielleicht zur Seite gerollt sei und Ramoth es nur gestohlen geglaubt habe. Aber zu viele hatten die leere Kuhle gesehen. Und welche Erklärung gab es für die drei Bronze-Drachen, die durch den oberen Felstunnel entwichen waren? Eher glaubhaft erschien die Version, daß den Alten Bedenken nach ihrem Diebstahl gekommen waren – daß auch sie zögerten, Drachen gegen Drachen zu hetzen.

Lessa war in der Brutstätte geblieben und redete Ramoth gut zu, ihr eine Untersuchung des Eies zu erlauben. Bald darauf kam sie zu F'lar und Robinton geeilt.

»Es ist das gleiche Ei, aber älter und härter. Mit anderen Worten – die Jungkönigin kann jeden Moment schlüpfen. Holt die Mädchen zusammen!«

Zum drittenmal an diesem Vormittag herrschte im Benden-

Weyr helle Aufregung – diesmal war das Chaos allerdings mit freudiger Erwartung gemischt. Jaxom und Menolly sicherten sich einen Platz, wo sie nicht im Wege standen, aber doch das Wesentliche mithören konnten.

»Wer immer dieses Ei wegnahm, er hat es mindestens zehn Tage behalten«, sagte Lessa zornig. »Das erfordert unser Eingreifen.«

»Das Ei befindet sich wieder sicher in der Brutstätte«, meinte Robinton besänftigend.

Sie wandte sich von ihm ab und musterte die Drachenreiter. »Sind wir Feiglinge, daß wir so eine Kränkung einfach übergehen?«

»Wenn *Tapferkeit* . . .« – Robinton legte eine Spur von Verachtung in das Wort – »wenn Tapferkeit bedeutet, Drachen gegen Drachen aufzuhetzen, dann gelte ich lieber als Feigling.«

Lessas Zorn kühlte sich merklich ab.

Drachen gegen Drachen. Die Worte gingen wie ein Echo durch die Menge. Der bloße Gedanke machte Jaxom elend, und er konnte spüren, daß sich auch Menolly gegen die Konsequenzen einer solchen Entscheidung sperrte.

»Das Ei war so lange in einer anderen Zeit, daß die Schale sich hart und spröde anfühlt«, fuhr Lessa mit grimmiger Miene fort. »Ich nehme an, daß es von der Kandidatin des Süd-Weyrs versorgt wurde. Und wenn sie es nun so beeinflußt hat, daß die Jungkönigin keines unserer Mädchen mehr annimmt?«

»Es gibt keinen Beweis dafür, daß ein Ei vor dem Ausschlüpfen durch den Kontakt mit Menschen beeinflußt wird«, warf Robinton ruhig ein. »Zumindest höre ich das immer von euch Drachenreitern. Ich glaube nicht, daß die Südländer da irgend etwas tun können, es sei denn, sie setzen ihre Kandidatin bei der Gegenüberstellung genau vor das Ei.«

Die versammelten Drachenreiter wirkten immer noch angespannt, aber ihre Rachegelüste waren mit der Rückkehr des goldenen Eies deutlich geschwunden. »Fest steht ab heute«, meinte F'lar und warf einen Blick zu den Wachdrachen hinauf, »daß wir uns nicht mehr auf die Unverletzlichkeit der Brutstätte verlassen können. *Keiner* Brutstätte«, fügte er hinzu. Nervös schob er eine Strähne aus der Stirn. »Beim Ersten Ei, die haben Nerven, eines von Ramoths Eiern zu entführen.«

»Der erste Schritt, diesen Weyr wieder sicher zu machen, besteht darin, die verdammten Feuer-Echsen zu verbannen«, sagte Lessa hitzig. »Sie sind kleine Schwätzer, total nutzlos . . .«

»Nicht alle, Lessa.« Brekke trat neben die Weyrherrin. »Einige leisten sogar hervorragende Botendienste.«

»Das ist mir egal«, fauchte Lessa und starrte die versammelte Menge wütend an. »Ich lasse es nicht mehr zu, daß Ramoth von den lästigen Biestern geplagt wird. Etwas muß geschehen, damit sie bleiben, wo sie hingehören.«

»Wir kennzeichnen sie mit Farben«, warf Brekke rasch ein. »Wir kennzeichnen sie und bringen ihnen bei, ihre Namen und Herkunft zu nennen wie die Drachen. Sie sind durchaus fähig, Manieren zu lernen. Zumindest die von Benden.«

»Richtet sie so ab, daß sie sich bei Brekke oder Mirrim melden!« schlug Robinton vor.

»Aber sorgt dafür, daß sie weder mir noch meinem Drachen zu nahe kommen!« Lessa warf einen Blick auf ihre Königin und wirbelte dann herum. »Jemand soll den Wher bringen, den Ramoth gerissen hat. Sie ist noch hungrig. Wir besprechen diesen Überfall auf den Weyr später. In allen Einzelheiten.«

F'lar gab einigen Drachenreitern den Auftrag, die Beute zu holen, und dankte den Versammelten höflich für ihr rasches Erscheinen. Dann bat er die Weyrführer und Robinton, ihm in den Versammlungsraum zu folgen.

»Es ist keine einzige Feuer-Echse in Sicht«, sagte Menolly zu Jaxom. »Ich befahl Prinzeßchen, sich von hier fernzuhalten. Ihre Antwort klang völlig verstört.«

»Auch Ruth scheint unruhig«, erwiderte Jaxom, als sie quer durch den Kessel auf den Drachen zugingen.

Ruth war mehr als unruhig. Er zitterte am ganzen Leib.

Etwas stimmt nicht. Etwas stimmt nicht, erklärte er seinem Reiter, und in seinen heftig kreisenden Augen überwogen die grauen Farbtöne der Angst. »Haben sie deinen Flügel doch versengt?«

Nein. Ich meine doch nicht meinen Flügel. In meinem Kopf stimmt etwas nicht. Ich fühle mich ganz wirr. Ruth richtete sich auf und legte sich gleich darauf wieder hin, die Schwingen halb gespreizt.

»Kommt es daher, daß alle Feuer-Echsen verschwunden sind? Oder ist es die Aufregung um das gestohlene Ei?«

Ruth entgegnete, es sei beides und doch keines von beiden. *Die Feuer-Echsen sind verstört. Sie erinnern sich an etwas, das ihnen Entsetzen einflößt.*

»Sie erinnern sich? Woran denn, beim Ei?« Jaxom bekam allmählich einen Zorn auf die Echsen und ihr Gemeinschaftsgedächtnis, auf die lächerlichen Bilder, die sie ausstrahlten und die seinen sensiblen Ruth so erschreckten.

»Jaxom?« Menolly hatte einen Umweg zu den Unteren Höhlen gemacht und teilte mit ihm die Fleischfladen, die sie der Köchin abgebettelt hatte. »Robinton ließ mir durch Finder ausrichten, daß ich zur Gildehalle zurückkehren und berichten soll, was sich hier abgespielt hat. Außerdem muß ich meine Echsen markieren. Schau doch!« Sie deutete auf den oberen Weyrrand und die Sternsteine. »Der Wachdrache kaut Feuerstein. Ach, Jaxom!«

»Drachen gegen Drachen.« Ein Schauder überfiel ihn.

»Jaxom, dazu darf es nicht kommen!« sagte sie bedrückt.

Keiner von ihnen mochte die Fladen fertigessen. Schweigend kletterten sie auf Ruths Rücken, und der Drache trug sie nach oben.

Als Robinton die Stufen zum Weyr erklomm, dachte er angestrengter nach als je zuvor. Zuviel hing davon ab, was jetzt geschah – die gesamte Zukunft des Planeten, wenn er die Reaktionen richtig auslegte. Er wußte über die Verhältnisse im Süd-Weyr mehr, als er sollte, aber dieses Wissen hatte ihm nicht geholfen, die heutigen Geschehnisse vorauszusehen. Er machte sich bittere Vorwürfe, daß er so naiv, so blind und starrköpfig gewesen war wie die Drachenreiter, die einen Weyr für unantastbar und die Brutstätte für heilig hielten. Piemur hatte ihn mehr als einmal gewarnt; aber es war ihm nicht gelungen, die Warnungen richtig einzuordnen. Dabei hätte er einfach folgern müssen, daß die verzweifelten Bewohner des Südkontinents diesen Wahnsinnsschritt wagen würden, um ihren heruntergekommenen Weyr mit dem Blut einer jungen, lebenstüchtigen Königin aufzufrischen. Doch selbst wenn er diesen Schluß gezogen hätte, dachte Robinton bitter, wäre es ihm wohl kaum gelungen, Lessa und F'lar zu überzeugen. Die Weyrführer hätten eine solche Anschuldigung einfach als lächerlich zurückgewiesen.

Heute dagegen fand es keiner lächerlich. Kein einziger. Seltsam, daß so viele Leute angenommen hatten, die Alten würden sich ohne Murren ins Exil fügen und gehorsam auf ihrem Kontinent bleiben. Man hatte sie nicht im Lebensraum beschnitten, ihnen aber jede Hoffnung auf die Zukunft genommen. T'kul war sicher die treibende Kraft gewesen – T'ron hatte all seinen Kampfgeist nach jenem Duell mit F'lar verloren. Robinton glaubte nicht, daß Merika und Mardra, die beiden Weyrherrinnen, von dem Plan gewußt hatten; ihnen lag sicher nicht daran, von einer jungen Königin und deren Reiterin verdrängt zu werden. Hatte vielleicht eine von ihnen das Ei zurückgebracht?

Nein, dachte Robinton, es mußte jemand gewesen sein, der sich in der Brutstätte des Benden-Weyrs genau auskannte ... oder jemand, der blind auf sein Glück vertraute, als er durch das *Dazwischen* das Höhleninnere ansteuerte.

Robinton durchlebte noch einmal kurz das Entsetzen, das er empfunden hatte, als das Ei verschwunden war. Bei dem Gedanken an Lessas Zorn verkrampfte sich sein Inneres. Er traute ihr zu, daß sie auch jetzt noch die Drachenreiter des Nordens zusammentrommelte. Sie war dazu fähig, die ungezügelte Wut, welche die Ereignisse des Morgens überlagert hatte, neu anzufachen. Wenn sie weiterhin auf Rache gegen den Süd-Weyr bestand, konnte das zur gleichen Katastrophe für Pern werden wie der erste Sporeneinfall.

Jemand hatte das gestohlene Ei zurückgebracht. Robinton klammerte sich an den Gedanken, daß es in der Zeitspanne, die subjektiv verstrichen war, keinen Schaden erlitten hatte. Lessa ließ sich vielleicht bis zum Ausschlüpfen der Jungkönigin in Schach halten. Aber wenn das Kleine irgendwie negativ beeinflußt worden war, würde sie auf Vergeltung bestehen.

»Das ist in der Tat ein schwarzer Tag«, sagte hinter ihm jemand mit dunkler, ernster Stimme. Der Harfner drehte sich um, dankbar für die ruhige Art des Schmiedemeisters. Fandarels schwerfällige Züge wirkten besorgt, und zum erstenmal fiel Robinton auf, wie sehr sein Gesicht vom Alter gezeichnet, wie müde sein Blick war.

»Ein solcher Verrat muß bestraft werden – doch genau das darf nicht geschehen!« Der Gedanke, daß Drachen gegen Drachen kämpfen könnten, rann erneut heiß durch Robintons Gedanken. »Zuviel steht auf dem Spiel!« sagte er zu Fandarel.

»Sie haben bereits alles verloren, was ihnen teuer war, als wir sie ins Exil schickten. Ich rechnete eigentlich schon eher mit einer Rebellion.«

»Jetzt ist es soweit. Sie beginnen zu kämpfen.«

»Und fordern immer neue Kämpfe heraus. Mein Freund, wir müssen heute unser Sinne mehr denn je zusammenhalten. Ich fürchte, Lessa kann im Moment nicht kühl und logisch denken. Gefühle überlagern ihre Vernunft.« Der Schmied deutete auf den Lederfleck an Robintons Schulter, wo für gewöhnlich die Bronzeechse Zair saß. »Wo befindet sich Ihr kleiner Gefährte?«

»In Brekkes Weyr bei Grall und Berd. Ich wollte, daß er mit Menolly zur Harfnerhalle zurückkehrte, aber er weigerte sich.«

Der Schmied schüttelte wieder langsam und schwermütig den Kopf, und die beiden Männer betraten den Beratungsraum.

»Ich besitze zwar selbst keine Feuer-Echse, aber ich habe bisher nur Gutes über die kleinen Geschöpfe gehört. Mir kam nie der Gedanke, daß sie eine Drohung darstellen könnten.«

»Dann werden Sie mich in diesem Punkt unterstützen, Fandarel?« fragte Brekke, die in Begleitung von F'nor hinter ihnen den Raum betreten hatte. »Lessa läßt nicht mit sich reden. Ich verstehe ja ihre Sorgen, aber wir dürfen nicht zulassen, daß sie alle Feuer-Echsen verbannt, nur weil eine oder zwei sich einen dummen Streich erlaubt haben.«

»Einen Streich?« F'nor zog besorgt die Brauen hoch. »Laß Lessa ja nicht hören, daß du den Zwischenfall von vorhin einen dummen Streich nennst. Ein Königin-Ei zu stehlen – also wirklich, das ist mehr als ein Streich.«

»Ich spreche ja nur von der Rolle, welche die Feuer-Echsen bei der Geschichte spielten . . . sie schauten sich in Ramoths Höhle um wie so viele andere, die neugierig auf das Gelege waren.« Brekkes Stimme klang schärfer als gewöhnlich, und ein paar harte Linien um F'nors Augen und Mund verrieten Robinton, daß die beiden einem Streit nahe waren. »Feuer-Echsen haben kein Gefühl für Recht oder Unrecht.«

»Dann werden sie es eben lernen müssen . . .«, begann F'nor hitzig.

Robinton versuchte den Frieden zu retten. »Ich fürchte«, warf er ein, »daß wir, die wir keine Drachen besitzen, die kleinen Tiere zu sehr verhätschelt haben. Wir schleppen sie überall mit uns herum und lassen ihnen alles durchgehen. Allerdings hat unser künftiges Verhalten gegenüber den Feuer-Echsen nur am Rande mit den Geschehnissen des heutigen Tages zu tun.«

F'nor hatte seinen Ärger geschluckt und nickte dem Harfner jetzt zu. »Angenommen, das Ei wäre verschwunden geblieben, Robinton . . .« Seine Schultern zuckten, und er rieb sich die Stirn, als versuche er die Erinnerung an jene Szene auszulöschen.

»Wenn das Ei verschwunden geblieben wäre«, sagte Robinton unerbittlich, »hätten Drachen gegen Drachen gekämpft.« Er betonte jedes Wort und legte soviel Abscheu hinein, wie er nur konnte.

F'nor schüttelte rasch den Kopf. »Nein, dazu wäre es nicht gekommen, Robinton. Nicht, nachdem Sie so klug . . .«

»Klug?« Die Weyrherrin zischte das Wort wütend hervor. Sie stand im Eingang zum Beratungsraum, die schmale Gestalt hart wie eine Feder angespannt, das Gesicht bleich von unterdrückten Emotionen. »Klug? Den Alten ein solches Verbrechen durchge-

hen zu lassen? Damit sie wieder neue Gemeinheiten planen können? Warum nur hielt ich es damals für notwendig, sie in die Zukunft zu holen? Wenn ich daran denke, wie ich diesen Abschaum T'ron gebettelt habe, uns zu helfen! Aber hilft er uns? Er schaut nur darauf, daß er selbst nicht zu kurz kommt! Stiehlt mein Königin-Ei!«

»Ihre Dummheit liegt in Ihrem augenblicklichen Verhalten«, sagte der Harfner kalt. Er wußte, daß die Dinge, die er den versammelten Weyrherrschern und Gildemeistern ins Gesicht sagen mußte, sie alle befremden würde. »Das Ei wurde zurückgebracht . . .«

»Ja, aber . . .«

»Das war es doch, was Sie vor einer halben oder einer Stunde wollten, nicht wahr?« Robinton hob die Stimme. »Sie wollten das Ei zurückhaben. Um dieses Ziel zu erreichen, hatten Sie das Recht, Drachen gegen Drachen zu hetzen, und keiner hätte Ihnen einen Vorwurf daraus gemacht. Aber das Ei wurde zurückgebracht. Wollen Sie nun die Drachen aufwiegeln, um Ihren persönlichen Rachedurst zu befriedigen? Nein, Lessa, dazu haben Sie kein Recht. Nicht zur Rache!

Und wenn Sie oder Ihre Königin unbedingt einen Trost brauchen, dann denken Sie einfach: Die Leute vom Süd-Weyr haben versagt. Sie besitzen das Ei nicht mehr. Ihr Handeln hat alle Weyr aufgeschreckt, so daß ihnen ein zweiter Überfall niemals glücken würde. Sie haben ihre einzige Chance vertan, Lessa. Ihre letzte Hoffnung, den sterbenden Bronzedrachen zu neuem Blut zu verhelfen. Ihre Pläne sind durchkreuzt. Und sie stehen vor dem Nichts: Keine Hoffnung, keine Zukunft.

Schlimmeres kann man ihnen nicht antun, Lessa. Nach der Rückgabe des Eies haben Sie daher kein Recht, etwas zu unternehmen und den Frieden von Pern aufs Spiel zu setzen . . .«

»Ich habe das Recht, die Kränkung, die mir, meiner Königin und dem Weyr zugefügt wurde, zu rächen.«

»Kränkung?« Robinton lachte kurz und trocken. »Meine liebe Lessa, das war keine Kränkung. Das war ein Kompliment ersten Ranges.«

Sein unerwartetes Lachen sowie seine verblüffende Auslegung der Vorgänge ließen Lessa verstummen.

»Wie viele Königin-Eier sind in diesem Planetenumlauf gelegt worden?« fragte Robinton und sah die übrigen Weyrherrinnen an. »In Weyrn, welche die Alten genauer kannten als Benden! Nein, sie wollten unbedingt eine Königin aus Ramoths Gelege.

Für sie mußte es das Allerbeste von ganz Pern sein.« Geschickt machte Robinton eine Pause, um dann voller Wärme und Mitgefühl fortzufahren: »Kommen Sie, Lessa, diese Sache hat uns allen zugesetzt! Keiner von uns kann im Moment klar denken . . .« Er wischte sich mit der Hand über die Stirn, und das war keine Scheingeste. Es kostete Schweiß, die Stimmung von so vielen Leuten herumzuschwenken. »Die Gefühlswellen schlagen hoch. Und Sie stehen mitten in der Brandung, Lessa.« Er nahm die starre, widerstandslose Weyrherrin am Arm und führte sie an ihren Platz, wo er mit großer Fürsorge und Ehrerbietung ihren Stuhl zurechtrückte. »Ramoths Verzweiflung muß Sie halb um den Verstand gebracht haben. Sie ist jetzt wieder ruhiger, nicht wahr?«

Lessas Mund klappte auf, und sie starrte Robinton groß an. Dann fuhr sie sich mit der Zunge über die Lippen und nickte.

»Auch Sie werden das Gleichgewicht bald wiederfinden.« Robinton reichte ihr einen Becher Wein. Immer noch beeindruckt von seiner Fürsorge, begann sie daran zu nippen. »Und Sie werden zu der Einsicht kommen, daß es die schlimmste Katastrophe für unsere Welt wäre, wenn Drachen gegen Drachen kämpften.«

Lessa setzte den Becher so hart ab, daß der Wein auf die Steinplatte des Tisches schwappte. »Sie . . . Sie mit Ihren klugen Worten . . .« Sie schnellte vom Stuhl wie eine Stahlfeder. »Sie . . .«

»Er hat recht, Lessa«, sagte F'lar vom Eingang her. Er stand schon eine ganze Weile dort und beobachtete die Szene. Nun trat er an Lessas Tisch. »Wir wären in den Südkontinent eingedrungen, um nach dem verschwundenen Ei zu suchen – aber nur darum! Nun, da es wieder in der Brutstätte liegt, würde ganz Pern uns verdammen, wenn wir uns zu einem Racheakt hinreißen ließen.« Er sprach mit ihr, aber seine Blicke schweiften über die anderen Weyrführer und die Gildemeister, als versuchte er ihre Reaktion zu erforschen. »Wir, die Drachenreiter von Pern, stellen uns außerhalb der Gemeinschaft, falls wir nicht mit allen Kräften verhindern, daß unsere Drachen sich gegenseitig bekämpfen.«

Er warf Lessa einen langen, strengen Blick zu, den sie starr und unversöhnlich erwiderte. Breitbeinig stand er da und betrachtete die anderen. »Ich bedaure aus tiefstem Herzen, daß wir damals auf Telgar keine andere Lösung für T'ron und T'kul fanden. Der Südkontinent erschien uns als Ausweg. Wir dachten, dort könnten sie Pern am wenigsten schaden . . .«

»Sie wollen nicht Pern schaden, sondern *nur* – Benden allein!« Lessas Stimme enthielt Bitterkeit. »T'ron und Mardra haben es wieder einmal auf uns beide abgesehen.«

»Mardra sähe es sicher nicht gerne, wenn eine andere Königin sie entmachtete«, warf Brekke ein und blieb ruhig stehen, als Lessa zu ihr herumwirbelte.

»Brekke hat recht, Lessa«, meinte F'lar und legte seiner Gefährtin betont lässig die Hand auf die Schulter. »Mardra würde die Konkurrenz scheuen.«

Robinton konnte sehen, daß die Finger des Weyrführers an den Knöcheln weiß vor Anspannung waren, aber Lessa ließ sich nicht im geringsten anmerken, daß sein Griff ihr Schmerzen bereitete.

»Das gleiche gilt für Merika, T'kuls Weyrherrin«, sagte D'ram, der Weyrführer von Ista. »Ich kenne sie gut genug.«

Robinton empfand stärker als die anderen im Raum, daß für D'ram die Ereignisse besonders schmerzlich sein mußten. Er war ein aufrechter, loyaler Mann. Er hatte sich damals gezwungen gesehen, F'lar gegen die eigenen Zeitgenossen zu verteidigen. Durch sein Beispiel hatte er R'mart und G'narish, die übrigen Weyrführer aus der Vergangenheit, dazu bewogen, sich auf die Seite von Benden zu stellen. So viele unterschwellige Strömungen und Konflikte durchdrangen den Raum, dachte Robinton. Wer immer auf den Gedanken gekommen war, das Ei der Königin zu entführen, hatte zwar sein Ziel nicht erreicht – er hatte es aber geschafft, die Solidarität der Drachenreiter gründlich zu erschüttern.

»Ich kann gar nicht zum Ausdruck bringen, wie schlimm ich das Ganze empfinde, Lessa«, fuhr D'ram kopfschüttelnd fort. »Als ich davon hörte, wollte ich es erst nicht glauben. Ich begreife einfach nicht, welchen Vorteil ihnen dieser Schritt bringen sollte. T'kul ist älter als ich. Sein Salth hätte es nie geschafft, eine Benden-Königin im Flug zu überwinden. Das gilt im übrigen für alle Drachen des Süd-Kontinents.«

D'rams verwirrte Worte trugen ebenso wie zuvor Robintons Offenheit dazu bei, die Anspannung im Beratungsraum ein wenig zu entschärfen. Ohne es zu merken, hatte D'ram Robintons Theorie unterstrichen, daß der Raub im Grunde ein Kompliment für Benden sei.

»Vermutlich leben die Bronzedrachen gar nicht mehr, bis die junge Königin zum ersten Paarungsflug aufsteigt«, fuhr D'ram nach einer kleinen Pause fort. »Acht Drachen des Süd-Kontinents sind, wie wir alle wissen, im Laufe des letzten Planetenumlaufs gestorben. Also haben sie das Ei umsonst gestohlen – völlig umsonst.« In seiner Miene spiegelte sich tiefe Trauer wider.

»Nicht ganz umsonst«, entgegnete Fandarel mit dumpfer Stimme. »Denn seht nur, was mit uns geschehen ist, die wir seit vielen Planetenumläufen Freunde und Verbündete sind! Ihr Drachenreiter . . .« – sein Zeigefinger schien sie aufzuspießen – »wart nur einen winzigen Schritt davon entfernt, eure Tiere gegen die des Südens zu hetzen.« Fandarel schüttelte langsam den Kopf. »Ein furchtbarer Tag war das heute, ein furchtbarer Tag! Wenn man ihn nur ungeschehen machen könnte!« Sein Blick ruhte lange auf Lessa. »Ich habe Angst um uns und um Pern, wenn nicht der Zorn schwindet und die Vernunft siegt. Lebt wohl, ich gehe jetzt.«

Mit großer Würde verneigte er sich vor jedem der Weyrführer und ihren Gefährtinnen, vor Brekke und zuallerletzt vor Lessa. Sie hielt den Blick gesenkt. Seufzend verließ er den Raum.

Fandarel hatte klar zum Ausdruck gebracht, was Robinton Lessa beizubringen versuchte – daß die Drachenreiter ihren Einfluß auf Burgen und Gilden verlieren würden, wenn sie sich von Zorn und Rachelust leiten ließen. Man hatte in der Hitze des Augenblicks ohnehin fast zuviel gesagt – und das vor Zeugen, die sich nur ungern der Vorherrschaft des Weyrvolkes beugten.

Aber wie kam man an Lessa heran, die stur auf Rache sann und alles andere zu vergessen schien? Zum ersten Mal in seiner langen Amtszeit als Meisterharfner von Pern fehlten Robinton die Worte. Als ob es nicht reichte, daß er Lessas Wohlwollen verloren hatte! Wie konnte er sie nur zur Vernunft bringen?

F'lar räusperte sich. »Fandarel hat mich daran erinnert, daß Drachenreiter mit weitreichenden Folgen rechnen müssen, wenn sie Privatfehden austragen. Ich ließ es einmal so weit kommen, daß eine Kränkung mir die Vernunft raubte. Der heutige Tag ist die Konsequenz von damals.«

D'ram schaute auf, starrte F'lar an und schüttelte dann langsam den Kopf. Auch die anderen Drachenreiter murmelten entrüstet. Alle fanden, daß F'lar damals in Telgar richtig gehandelt hatte.

»Unsinn, F'lar«, sagte Lessa und schüttelte mühsam ihre Starre ab. »Das war doch keine Privatfehde! Du mußtest an jenem Tag gegen T'ron antreten, um Pern zusammenzuhalten.«

»Und heute darf ich *nicht* gegen ihn oder T'kul antreten, sonst besteht von neuem die Gefahr, daß Pern zerfällt.«

Lessa löste den Blick lange nicht von F'lars Zügen. Dann sanken ihre Schultern nach vorn; sie gab sich zögernd geschlagen.

»Aber – wenn dem Ei irgendein Schaden zugefügt wurde – wenn die kleine Königin stirbt oder sonst etwas . . .«

»Dann werden wir uns ganz sicher noch einmal mit der Angelegenheit befassen«, versprach F'lar und hob feierlich den Arm.

Inbrünstig hoffte Robinton, daß sich die Kleine als gesund und kräftig erweisen würde – daß sie dieses Abenteuer ohne Folgen überstanden hatte. Bis zu dem Zeitpunkt, da sie ausschlüpfte, wußte er vielleicht schon mehr und konnte Lessa endgültig besänftigen.

»Ich muß jetzt zu Ramoth«, verkündete Lessa. »*Sie* braucht mich.« Sie verließ den Raum mit energischen Schritten. Die Drachenreiter machten ihr ehrerbietig eine Gasse frei.

Robinton warf einen Blick auf den Becher Wein, den er ihr gereicht hatte, nahm ihn vom Tisch und leerte ihn in einem Zug. Seine Hand zitterte, als er das Gefäß abstellte. Er spürte F'lars Blick auf sich gerichtet.

»Wir könnten alle eine Erfrischung gebrauchen«, sagte F'lar und winkte die Gäste an den Tisch, während Brekke sich rasch erhob und die Pflichten der Gastgeberin übernahm.

»Warten wir erst einmal die Gegenüberstellung ab«, fuhr F'lar fort. »Ich muß wohl nicht eigens betonen, daß ihr Vorsichtsmaßnahmen gegen einen ähnlichen Überfall treffen solltet.«

»Keine unserer Brutstätten beherbergt im Moment ein Gelege«, sagte R'mart vom Telgar-Weyr. »Und keiner von uns besitzt Benden-Königinnen.« Er schaute den Harfner mit einem listigen Blinzeln an. »Wenn im Laufe des letzten Planetenumlaufs wirklich acht Drachen auf dem Südkontinent starben, dann sind es insgesamt noch zweihundertachtundvierzig – und nur fünf Bronze-Reiter. Wer von ihnen mag wohl das Königin-Ei zurückgebracht haben?«

»Das Ei ist wieder an seinem Platz – das allein zählt«, erwiderte F'lar und nahm einen tiefen Zug. »Obwohl ich jenem Reiter zutiefst dankbar bin.«

»Es ließe sich herausfinden«, warf N'ton ruhig ein.

F'lar schüttelte den Kopf. »Vielleicht mag ich es gar nicht wissen. Vielleicht ist es besser, nichts darüber zu erfahren – wenn nur aus dem Ei eine gesunde kleine Königin schlüpft.«

»Fandarel hat den Finger in die Wunde gelegt«, meinte Brekke, während sie anmutig Wein nachschenkte. »Seht nur, wie sich alte Freunde und Verbündete heute gegenüberstehen! Das bereitet mir mehr Kummer als alles andere. Und . . .« – sie schaute die Anwesenden der Reihe nach an – »ich finde es schlimm, daß man die Feuer-Echsen plötzlich mit Haß verfolgt, nur weil einige aus Loyalität zu ihren Besitzern in dieser schrecklichen Angelegenheit eine Rolle spielten. Ich weiß, ich urteile in diesem Punkt nicht objektiv . . .« – sie lächelte traurig –, »aber ich habe auch mehr Grund als alle anderen, den kleinen Geschöpfen dankbar zu sein. Ich wäre froh, wenn auch in ihrem Fall die Vernunft siegen würde.«

»Ich verstehe dich, Brekke«, antwortete F'lar, »aber wir müssen im Moment behutsam sein. In der Aufregung dieses Morgens fiel manches Wort, das nicht so ernst gemeint war.«

»Ich hoffe es, ich hoffe es von ganzem Herzen«, sagte Brekke. »Aber Berd übermittelt mir Bilder von Echsen, die vom Feuer der Drachen versengt wurden.«

Robinton stieß einen erstaunten Ruf aus. »Ich erhielt die gleichen wirren Eindrücke von Zair, ehe ich ihn zu dir schickte, Brekke. Aber kein Drache hier hat . . .« Er ließ seine Blicke über die anderen Weyrführer schweifen. Einige nickten, andere zeigten Besorgnis und Ungläubigkeit.

»Noch nicht . . .«, meinte Brekke und warf einen bedeutsamen Blick zu Ramoths Lager.

»Dann müssen wir dafür sorgen, daß die Königin durch den Anblick von Echsen nicht mehr verärgert wird«, erklärte F'lar energisch. Er hob beschwichtigend die Hand, als die ersten Proteste laut wurden. »Wenigstens im Augenblick! Ich weiß, daß sie nützlich sind. Einige haben sich sogar als sehr zuverlässige Boten erwiesen. Viele von euch schätzen die kleinen Tierchen. Aber schickt sie zu Brekke, wenn es unbedingt nötig ist, Benden eine Nachricht zu übermitteln.« Bei seinen letzten Worten schaute er Robinton an.

»Feuer-Echsen meiden Orte, an denen sie nicht willkommen sind«, sagte Brekke. Dann, um ihren Worten den Stachel zu nehmen, fügte sie mit einem schwachen Lächeln hinzu: »Außerdem wirken sie im Moment total verängstigt.«

»Wir tun also gar nichts, bis die junge Königin geschlüpft ist?« erkundigte sich N'ton.

»Doch – eines. Holt die Mädchen in den Weyr, die man bei der Suche entdeckt hat! Lessa möchte Ramoth sicher langsam an ihre Nähe gewöhnen. Wir sehen uns dann bei der Gegenüberstellung wieder, Weyrführer.«

»Ich wünsche viel Glück für den großen Augenblick«, sagte D'ram sehr ernst. Die anderen pflichteten ihm bei.

Robinton hatte halb gehofft, daß F'lar ihn zurückhalten würde, bis die anderen gegangen waren. Aber F'lar vertiefte sich in ein Gespräch mit D'ram, und Robinton spürte mit leiser Bitterkeit, daß seine Anwesenheit nicht erwünscht war. Es schmerzte den Meisterharfner, daß ein Mißklang das Verhältnis zwischen ihm und den Weyrführern von Benden trübte, und er fühlte sich müde, als er den Rückweg antrat. Immerhin, F'lar hatte seine Bitte um Bedachtsamkeit unterstützt. Als er die letzte Biegung des Korridors erreichte, sah er Mnementh auf dem Felsensims kauern und zögerte, mit einemmal unsicher, ob er sich Ramoths Gefährten nähern sollte.

»Nun machen Sie kein so langes Gesicht, Robinton!« N'ton war neben ihn getreten und faßte ihn am Ellbogen. »Sie hatten vollkommen recht, daß Sie Lessas Wahnsinn den Riegel vorschoben – und Sie waren vermutlich der einzige, der die Macht dazu besaß. F'lar weiß das sehr gut.« N'ton grinste. »Aber er muß schließlich mit Lessa leben.«

»Meister Robinton!« F'nor hatte die Stimme gesenkt, als wolle er nicht, daß jemand seine Worte hörte. »Hätten Sie noch Zeit, Brekke und mich zu besuchen? Sie auch, N'ton, wenn man Sie nicht auf Fort zurückerwartet?«

»Ich stehe gern zu Ihrer Verfügung«, meinte der jüngere Bronzereiter freundlich.

»Brekke kommt gleich nach.« Der Geschwaderzweite ging voraus durch den Weyrkessel, der unnatürlich still wirkte. Nur das Stöhnen und Schnauben, das Ramoth in der Brutstätte ausstieß, hallte dumpf wider. Mnementh hielt auf seinem Felsensims Wache. Er drehte den Kopf beständig von einer Seite auf die andere, um die Sandfläche bis in den letzten Winkel im Auge zu behalten. Kaum hatten die Männer den Weyr betreten, da stürzten ihnen vier hysterische Feuer-Echsen entgegen, die auf den Arm genommen und beruhigt werden mußten. Alle schienen die Furcht zu teilen, daß die Drachen sie mit ihrem Flammenatem versengen wollten.

»Was bedeutet dieses riesige Dunkel, das ich in Zairs Bildern erkenne?« fragte Robinton, nachdem er seine kleine Bronze-Echse einigermaßen zur Vernunft gebracht hatte. Zair zitterte am ganzen Körper, und sobald der Harfner aufhörte, sie zu streicheln, stupste sie gebieterisch seine Hand an.

Berd und Grall saßen auf F'nors Schultern, schmiegten die

Köpfe an seine Wangen uand ließen die gelb gesprenkelten Augen ängstlich kreisen. »Sobald sie ruhiger sind, werden Brekke und ich versuchen, diese Eindrücke zu ordnen. Ich habe das Gefühl, daß sie sich an irgendein Ereignis erinnern.«

»Doch nicht an etwas wie den Roten Stern?« fragte N'ton. Dieser Name fiel im ungünstigsten Moment, denn Tris, der bis dahin still auf seinem Arm gelegen war, begann heftig mit den Flügeln zu schlagen, und die anderen kreischten ängstlich. »Das wollte ich nicht! Nun beruhige dich, Tris!«

»Nein, das nicht«, erwiderte F'nor.

»Wir wissen, daß sie in telepathischem Kontakt mit Angehörigen ihrer Rasse stehen können und offensichtlich alles ausstrahlen, was sie stark empfinden oder erleben.« Robinton fiel es schwer, seine Gedanken in Worte zu kleiden. »Das hier könnte also eine Art Massenreaktion sein. Nur – von welcher Echse haben sie das Bild aufgefangen? Auf der anderen Seite könnten Grall, Berd oder gar Merons kleine Echse niemals durch Artgenossen erfahren haben, daß der . . . ihr wißt schon, was . . . eine entsetzliche Gefahr barg. Woher dann jene Hysterie, jenes Entsetzen? Wie war es möglich, daß sie davon wußten?«

»Auch Renner scheinen sich stets in tückischem Gelände zurechtzufinden . . .«, warf N'ton ein.

»Instinkt?« Robinton überlegte. »Möglich.« Dann schüttelte er den Kopf. »Nein, das Zurechtfinden in tückischem Gelände hat nichts damit zu tun. Das gilt immer. Dagegen die Angst vor dem R-O-T-E-N S-T-E-R-N . . .« – er buchstabierte das kritische Wort – »war etwas ganz Spezielles.«

»Feuer-Echsen besitzen im Grunde die gleichen Anlagen wie Drachen. Aber mir ist noch nie aufgefallen, daß Drachen ein nennenswertes Gedächtnis haben.«

F'nor hob den Blick zur Decke. »Dann vergessen sie hoffentlich rasch, was sich heute zugetragen hat!«

Robinton seufzte tief. »Was Lessa ganz sicher nicht tut . . .«

»Nun, Lessa ist alles andere als dumm, Meisterharfner.« Geschickt fügte N'ton den Titel an, um seinen Respekt vor dem alten Mann zu unterstreichen. »Das gleiche gilt für F'lar. Aber die beiden sind in tiefer Sorge. Sobald sie sich etwas gefaßt haben, werden sie Ihr heutiges Eingreifen sicher richtig sehen.« N'ton räusperte sich und schaute dem Meisterharfner fest in die Augen. »Wissen Sie, wer das Ei weggenommen hat?«

»Ich hörte gewisse Gerüchte. Und ich wußte – wie jeder andere, der die Planetenumläufe zählt –, daß die Drachen und ihre

Reiter im Süden an Altersschwäche leiden. Ihre Lage ist verzweifelt. Nun kann man Zair nicht mit einem Drachen vergleichen, aber ich erlebte vor kurzem mit, wie er in Hitze geriet . . .« Robinton machte eine Pause und dachte an das verblüffende Wiedererwachen von Wünschen, die er für längst abgeklungen gehalten hatte. Dann hob er die Schultern. N'ton warf ihm einen belustigten Blick zu. »Ich kann mir in etwa vorstellen, welchen Druck brünstige Braune oder gar Bronzedrachen auf ihre Reiter ausüben . . .«

F'nor runzelte die Stirn. »Wieviel wissen Sie von den Vorgängen im Südweyr, Robinton? Ich erinnere mich, daß ich Ihnen alle Karten aushändigte, die ich während meiner Genesungszeit drunten im Süden skizziert hatte.«

»Offen gestanden, weiß ich mehr über die Ereignisse auf den Höfen und Burgen. Aber Piemur schickte mir vor kurzem eine Botschaft, in der es hieß, daß sich die Drachenreiter auffällig zurückgezogen hätten. Sie pflegen, gemäß der Tradition ihrer eigenen Zeit, ohnehin wenig Umgang mit Hofbesitzern, aber gewisse Beziehungen hatten sich doch gebildet. Die brachen nun abrupt ab. Plötzlich ließ man keine Außenstehenden mehr in die Nähe des Weyrs. Gründe wurden nicht genannt. Und die Drachen flogen immer seltener. Piemur berichtete, daß man sie zwar aufsteigen sah, aber nicht zu Patrouillen. Sie verschwanden einfach im *Dazwischen.*«

»Zeitsprünge«, meinte F'nor nachdenklich.

Zair begann mitleiderregend zu kreischen, und Robinton besänftigte ihn. Wieder strahlte die Echse das Bild von Drachen aus, die Feuer spien. Dann schwarzes Nichts – und ganz kurz der Blick auf ein Ei. »Habt ihr von euren kleinen Freunden die gleichen Eindrücke erhalten?« fragte Robinton, obwohl die überraschten Ausrufe der anderen diese Frage unnötig machten.

Der Harfner drängte Zair, ihm Einzelheiten zu übermitteln, und erkundigte sich, wo das Ei lag; doch statt einer Antwort sandte das Tierchen wieder Angstgefühle aus.

»Wenn die Biester nur etwas mehr Verstand besäßen!« seufzte Robinton. Er verdrängte mühsam seinen Ärger. So nahe dem Ziel – und doch nichts zu erreichen, weil das Aufnahmevermögen der Echsen beschränkt war!

»Sie sind jetzt zu erregt«, beschwichtigte F'nor. »Später werde ich Grall und Berd noch einmal aushorchen. Ich möchte nur wissen, ob Menolly von ihrem Schwarm die gleichen Bilder erhält. Erkundigen Sie sich doch, Meister Robinton, wenn Sie in die Gildehalle zurückkehren! Bei zehn Echsen ergibt sich vielleicht mehr Klarheit als bei einer.«

Robinton nickte und erhob sich, doch dann fiel ihm noch etwas ein. »N'ton, gehörten Sie nicht zu den Bronzereitern, die in den Süden flogen, um nach dem Ei zu suchen?«

»Ja. Und der Weyr lag verlassen da. Vollkommen verlassen. Nicht ein alter Drache war zu sehen.«

»Ja. Das wäre die logische Folge, nicht wahr?«

Als Jaxom und Menolly über der Burg Fort auftauchten, rief Ruth dem Wachdrachen seinen Namen zu. Gleich darauf wurde er von Feuer-Echsen fast erdrückt. Sie behinderten ihn so sehr, daß er einige Längen absackte, ehe sie ein wenig von ihm abließen und er seine Schwingen wieder bewegen konnte. In dem Moment, da er landete, schwärmten die Echsen von neuem herbei und kreischten angsterfüllt. Menolly redete beruhigend auf die Tiere ein, die sich in ihrem Haar verkrochen und an ihre Kleider hängten. Auch Jaxom bestürmten sie, kauerten auf seinen Schultern, schlangen ihm die Schweifenden um den Hals und flatterten in Augenhöhe vor ihm.

»Was ist denn in die gefahren?«

»Sie haben entsetzliche Angst. Angeblich hauchen ihnen Drachen Feuerstrahlen entgegen«, rief Menolly. »Aber hier tut euch doch keiner etwas, ihr albernen Geschöpfe! Ihr müßt nur dem Benden-Weyr eine Zeitlang fernbleiben.«

Harfner, herbeigelockt von dem Aufruhr, kamen ihnen zu Hilfe. Sie lockten die eigenen Echsen zurück und befreiten Menolly und Jaxom von den anderen. Als Jaxom begann, die kleinen Geschöpfe von Ruth fortzuscheuchen, meinte der weiße Drache, das sei nicht nötig, mit den Echsen werde er schon fertig. Und da die Harfner sie mit Fragen nach den Vorgängen auf Benden überhäuften, gab Jaxom nach und ließ Ruth mit den Quälgeistern allein.

Die Harfner hatten von den Echsen, die völlig verschreckt in die Gildehalle zurückgekehrt waren, nur verzerrte Bilder erhalten: Der Benden-Weyr, voll von riesigen Bronzedrachen, die Feuerstein kauten und sich kampfbereit machten; Ramoth, die wie ein gepeinigter Wachwher kreischte; das Königin-Ei, das einsam im Sand lag. Und über allem die furchteinflößende Vision von Drachen, die Feuer-Echsen versengten.

»Unsinn! Kein Benden-Drache hat je eine Echse angegriffen!« erklärten Jaxom und Menolly gleichzeitig.

»Aber sämtliche Feuer-Echsen sollen im Moment einen großen Bogen um Benden machen!« fügte Menolly energisch an. »Wichtige Botschaften nehmen nur Brekke oder Mirrim entgegen. Und wir haben vereinbart, alle Tiere, die zu uns gehören, mit den Gildefarben der Harfner zu kennzeichnen.«

Jaxom und Menolly gingen nach drinnen, wo man ihnen Wein und dampfend heiße Suppe anbot. Doch kaum hatten sie Platz genommen, da prasselten erneut Fragen auf sie ein. Menolly erzählte, und Jaxoms Respekt vor dem Harfnermädchen wuchs, als er merkte, mit welchem Geschick sie die Ereignisse wiedergab, wie sie Empfindungen in den Zuhörern zu wecken verstand, ohne das Geschehen zu verzerren. Einer der älteren Harfner, der eine blaue Echse auf dem Arm hielt und streichelte, nickte vor sich hin, als sei er sehr zufrieden mit ihrer Leistung.

Sobald Menolly schwieg, entspann sich eine erregte Diskussion. Die wichtigste Frage blieb, wer das Ei zurückgebracht hatte – und vor allem, *warum*. Wie sollten sich die Weyr in Zukunft gegen solche Überfälle schützen? Waren auch die großen Burgen in Gefahr? Wer konnte sagen, was die Alten noch alles im Schilde führten, wenn sie nicht einmal vor solchen Freveltaten zurückschreckten? Da waren überdies einige rätselhafte Vorfälle – unbedeutend an sich, aber im Lichte der Ereignisse doch verdächtig – die man nach Ansicht der Harfner im Benden-Weyr erwähnen sollte. Die unverständlichen Liefer-Engpässe in den Eisenerzminen zum Beispiel. Oder die Sache mit den jungen Mädchen, die spurlos verschwunden waren, allem Anschein nach verschleppt von Drachenreitern. War es möglich, daß die Alten im Norden noch mehr an sich reißen wollten als Drachen-Eier?

Menolly löste sich aus dem Kreis der Zuhörer und winkte Jaxom, ihr zu folgen. »Ich habe mir den Mund total fransig geredet«, stöhnte sie und führte ihn den Korridor entlang zu dem hohen Archivgewölbe, wo alte, halb verschimmelte Schriften kopiert wurden, ehe ihre Botschaften für immer verlorengingen. Ihr Echsenschwarm tauchte mitten im Raum auf, und sie erlaubte den Tieren, auf einem der Tische zu landen. »So, meine Kleinen, dann verpasse ich euch eben die neueste Mode!« Sie kramte in den Schubladen. »Ich brauche Gelb und Weiß. Hilf mir mal suchen, Jaxom! Die Dose hier ist ausgetrocknet.« Sie warf den Behälter in einen Abfallkorb.

»Was soll das denn für ein Kunstwerk werden?«

»Hmm. Da ist ja Weiß. Dunkelblau für die Harfnergilde und Hellblau als Zeichen des Gesellenstandes, beides getrennt durch einen weißen Strich und eingerahmt mit dem gelben Gitter von Fort. So hat alles seine Richtigkeit, oder?«

Jaxom nickte. Menolly verdonnerte ihn dazu, die Feuer-Echsen festzuhalten, während sie malte. Das war um so schwieriger, weil die kleinen Biester sich durchaus einbildeten, sie müßten ihm dabei tief in die Augen schauen.

»Wenn die versuchen, mir eine Botschaft zu übermitteln, so muß ich gestehen, daß ich den Sinn nicht begreife«, meinte Jaxom, während er geduldig die fünfte seelenvolle Betrachtung über sich ergehen ließ.

»Ich vermute . . .« – Menolly sprach abgehackt, während sie ihre Wurzelfarben auf den Rücken der Echsen pinselte –, »daß du als einziger auf ganz Pern . . . einen Drachen besitzt . . . vor dem sie sich nicht fürchten. Schließlich frißt Ruth . . . keinen Feuerstein.«

Jaxom seufzte. Es sah wieder einmal so aus, als würde Ruths Beliebtheit seine Pläne zunichte machen. So sehr er die Aussicht verabscheute, er mußte in Zukunft wohl wieder mit Zeitsprüngen arbeiten; wenn die Echsen nicht wußten, in welche Zeit sich Ruth begab, konnten sie ihm auch nicht folgen. Bei diesem Gedanken fiel ihm siedendheiß sein ursprünglicher Auftrag wieder ein.

»Ich kam heute morgen eigentlich her, um Wansors Gleichungen abzuholen . . .«

»Ach ja, richtig!« Menolly lachte ihn über eine zappelnde blaue Echse hinweg an. »Das scheint Planetenumläufe zurückzuliegen. So, verzieren wir noch Onkelchen, dann bekommst du das Zeug. Und dazu noch ein paar Karten über die Winter- und Sommersternbilder, weil du dich so nützlich gemacht hast. Sie sind Piermurs Werk. Sehr viele gibt es davon noch nicht.«

Eine blaue Echse schoß ins Archiv und zirpte erleichtert, als sie Jaxom entdeckte.

Die gehört dem Dicken, erklärte Ruth von draußen.

»He, ich habe doch nur eine Blaue, und die ist bereits gekennzeichnet, oder?« fragte Menolly erstaunt.

»Das ist Brands Echse«, sagte Jaxom. »Ich glaube, ich muß schleunigst nach Ruatha. Die warten sicher seit Stunden auf mich.«

»Mann, paß bloß auf, daß du dir nicht mal selbst begegnest!« meinte sie lachend. »Aber diesmal hast du doch eine echte Entschuldigung für dein langes Wegbleiben.«

Jaxom zwang sich zu einem Grinsen, als er die Rolle auffing, die sie ihm zuwarf. Spielte sie etwa auf sein heimliches Treiben an? Ach was, er reagierte überempfindlich! Ein Zeichen von schlechtem Gewissen!

»Dann bekomme ich von dir ein Alibi für Lytol?«

»Jederzeit, Jaxom.«

Auf Ruatha angelangt, mußte er die ganze Geschichte noch einmal schildern. Die Zuhörer waren ebenso verwirrt, empört und erleichtert wie die Harfner in der Gildehalle. Unbewußt ahmte Jaxom Menollys dramatischen Vortrag nach. Als er es merkte, überlegte er mit einem Lächeln, wie lange es wohl dauern würde, bis sie eine Ballade aus dem Stoff geschrieben hatte.

Am Ende ordnete er an, alle Echsen von Ruatha in den Farben der Burg zu kennzeichnen: Braun mit roten Quadraten, umrahmt von Schwarz und Weiß. Während er seine Anweisungen erteilte, fiel ihm auf, daß Lytol immer noch in seinem Lehnstuhl saß, einen Finger an den Mundwinkel gelegt, den Blick starr in die Ferne gerichtet. »Lytol?«

Der Burgverwalter kehrte mühsam in die Gegenwart zurück und sah Jaxom stirnrunzelnd an. Dann seufzte er. »Ich habe von Anfang an befürchtet, daß dieser Konflikt zu einem Kampf zwischen den Drachen führen könnte.«

»Noch ist es nicht soweit, Lytol.« Jaxom gab seiner Stimme einen beruhigenden Klang.

Der Mann schaute Jaxom forschend an. »Aber viel fehlt nicht, mein Junge, viel fehlt nicht. Und du und ich, wir beide schulden Benden eine Menge. Glaubst du, die Weyrführer brauchen mich jetzt?«

»Finder ist dortgeblieben.«

Lytol nickte und fuhr sich mit der Hand über die Augen. »Besser so. Er verträgt den Drachenflug.« Wieder starrte er geradeaus.

»Du fühlst dich nicht gut, Lytol. Einen Becher Wein?«

»Nein, es geht schon wieder, Junge.« Lytol gab sich einen Ruck und stand auf. »Ich fürchte, daß du bei all dem Durcheinander die Gleichungen vergessen hast.«

Erleichtert, daß sein Vormund wieder so barsch wie gewohnt klang, brachte ihm Jaxom die Schriften und auch die Sternkarten. Von da an bis zum Abendessen bereute er das allerdings fast wieder, denn Lytol holte Brand, und die beiden ließen sich von ihm in allen Einzelheiten erklären, wie man den Sporeneinfall vorausberechnete.

Einen Vorteil hatte die Lektion allerdings, fand Jaxom, als er später über seinen privaten Gleichungen saß. Wenn man etwas erklären mußte, verstand man es hinterher selbst besser. Er hatte sich die Karte des Südkontinents vorgenommen. Im Norden von Pern herrschte einfach zuviel Aktivität, und es war gefährlich, Zeitsprünge mit Ruth zu wagen. Falls er den Freund aber in den Süden brachte, zwölf Planetenumläufe in die Vergangenheit, zu einem Zeitpunkt, da die Alten den Kontinent noch nicht bewohnten . . . Er wußte sogar, wo er dort unten Feuerstein finden konnte. Die Nachtgestirne waren über den halben Himmel gewandert, ehe er die Zeit, in die er zurückkehren wollte, genau berechnet hatte.

Kurz vor Tagesanbruch weckte ihn Ruth mit einem jämmerlichen Wimmern. Jaxom wühlte sich aus seinen Fellen, stolperte barfuß über den kalten Steinboden und rieb sich den Schlaf aus den Augen. Ruths Vorderpranken zuckten, und seine Schwingen waren halb gespreizt. Offenbar quälte ihn ein böser Traum. Feuerechsen umschwirrten ihn. Die wenigsten trugen Ruatha-Farben. Jaxom verscheuchte die fremden Geschöpfe, und sein Drache fiel in einen tiefen, ruhigen Schlaf.

VI

Ruatha und Südkontinent, 27. 5. 15–2. 6. 15

Der Tag auf der Burg begann damit, daß man Feuer-Echsen an alle kleineren Höfe und Handwerkshütten losschickte. Sie überbrachten die Botschaft, daß jede Echse mit den Farben von Ruatha markiert und ausdrücklich gewarnt werden sollte, den Benden-Weyr zu meiden. Im Laufe des Vormittags strömten dann die Pächter und Siedler aus der Nähe beunruhigt nach Ruatha, weil sie sich die wirren Bilder ihrer Echsen nicht erklären konnten. So kamen Lytol, Jaxom und Brand keine Minute zum Verschnaufen. Für den nächsten Tag war ein Sporenregen angekündigt, und er fiel genau in dem Moment, den Lytol vorausberechnet hatte. Das befriedigte ihn ungemein und beruhigte die Ängstlicheren unter den Pächtern.

Jaxom nahm wortlos seinen Platz bei den Bodensuchtrupps ein, obwohl den Drachengeschwadern vom Fort-Weyr selten ein Fadenknäuel entging. Aber insgeheim hoffte er, daß er bereits das nächstemal in der Luft gegen die Sporen kämpfen würde.

Am dritten Tag nach dem Diebstahl des Königin-Eis erklärte Ruth, er sei am Verhungern, und Jaxom nahm ihn mit auf die Jagd. Obgleich ihn die Feuer-Echsen in ganzen Schwärmen begleiteten, riß er nur einen Bock und fraß ihn mit Haut und Haaren.

Ich denke nicht daran, denen da Futter zu besorgen, erklärte er so trotzig, daß Jaxom verwundert den Kopf schüttelte.

»Was ist denn mit dir los? Ich denke, du magst die Kleinen?«

Jaxom setzte sich zu seinem Drachen ins Gras und streichelte ihn.

Sie erinnern sich an etwas, das ich getan haben soll, aber ich weiß, daß ich es nicht getan habe. Rote Funken sprühten in Ruths Augen.

»Was sollst du denn getan haben?«

Ich war es nicht. In Ruths Gedanken schwangen Angst und Unsicherheit mit. *Ich weiß, daß ich es nicht war. So etwas würde ich nie tun. Ich bin doch ein Drache. Ich bin Ruth. Ich stamme selbst von Benden ab!* Seine letzten Worte klangen verzweifelt.

»Woran erinnern sie sich denn, Ruth? Sag es mir – bitte!«

Ruth senkte den Kopf, als wolle er sich verkriechen, aber dann warf er Jaxom einen mitleiderregenden Blick zu. *Ich würde niemals*

Ramoths Ei nehmen! Ich weiß, daß ich es nicht genommen habe. Ich war die ganze Zeit über hier mit dir am See. Ich erinnere mich genau daran. Und sie wissen auch, daß ich da war. Aber irgendwie behaupten sie trotzdem, daß ich Ramoths Ei genommen hätte.

Jaxom umklammerte Ruths Nacken, weil er vor Schreck beinahe umgekippt wäre. Dann holte er ein paarmal tief Luft.

»Zeig mir die Bilder, die sie dir übermittelt haben, Ruth!«

Und Ruth gehorchte. Die Eindrücke wurden klarer, als der weiße Drache sich unter Jaxoms Zuspruch allmählich beruhigte.

Das ist es, woran sie sich erinnern, meinte er schließlich mit einem tiefen Seufzer der Erleichterung.

Jetzt ganz logisch bleiben! dachte Jaxom. Und so sprach er seine Gedanken laut aus, um sie besser zu ordnen. »Feuer-Echsen können nur das erzählen, was sie gesehen haben. Du sagst, daß sie sich an den Vorfall erinnern. Weißt du, *wann* sie dich Ramoths Ei nehmen sahen?«

Ich könnte dich zu diesem Wann *hinbringen.*

»Wirklich?«

Da waren zwei Königinnen – sie haben mich am meisten bedrängt, weil sie sich am besten erinnern.

»Sie erinnern sich nicht zufällig an die Sternbilder, hm?«

Ruth verneinte. *Feuer-Echsen sind so klein, daß sie nur einen Teil des Himmels überblicken. Außerdem wurden sie zu dem Zeitpunkt versengt. Die Bronzedrachen, die das Ei bewachen, kauen Feuerstein. Sie dulden keine Echsen in ihrer Nähe.*

»Schlau von ihnen!«

Kein Drache mag die Feuer-Echsen mehr! Und wenn sie wüßten, was die Echsen über mich wissen, würden sie mich auch nicht mehr mögen.

»Dann ist es um so besser, daß du der einzige Drache bist, der auf Feuer-Echsen hört, oder?« Diese Feststellung war weder für Ruth noch für Jaxom ein großer Trost. »Aber ich verstehe nicht, warum dich die Echsen noch bedrängen, wo das Ei doch längst wieder im Benden-Weyr ist.«

Weil sie sich nicht erinnern, daß ich bereits dort war.

Jaxom hatte ein weiches Gefühl in den Kniekehlen. Vor allem die letzte Feststellung erforderte gründliches Nachdenken. Nein, widersprach er sich. F'lessan hat schon recht. Wir denken und reden alles kaputt. Er überlegte kurz, ob auch F'lar und Lessa im Augenblick ihrer Entscheidungen von diesem irrationalen Zwang befallen wurden. Er kam zu dem Schluß, daß er auch darüber besser nicht nachdachte. »Du kennst also den genauen Zeitpunkt, den wir ansteuern müssen?« fragte er Ruth nochmal.

Zwei Echsenköniginnen schossen mit Gezirpe herbei. Eine landete sogar auf Jaxoms Arm. Ihre Augen kreisten und strahlten Freude aus.

Sie kennen ihn, und ich kenne ihn.

»Gut. Ich freue mich, daß sie uns hinführen. Nur schade, daß sie sich nicht den einen oder anderen Stern gemerkt haben.«

Jaxom holte noch einmal tief Luft, dann schwang er sich auf Ruth und ließ sich zurück zur Burg bringen.

Nun, da er den Entschluß zum Handeln gefaßt hatte, fiel es ihm erstaunlich leicht, auch den Rest zu erledigen. Wortlos holte er seine Reitkleider, einen Strick und eine Felldecke für das Ei. Er schlang ein paar Bissen hinunter und blinzelte Band mit Verschwörermiene an, als er die Burg verließ, froh um die prächtige Ausrede, die ihm seine sogenannte »Affäre« mit Corana bot.

Länger dauerte es, Ruth zu überzeugen, daß er sich im schwarzen Schlamm des Telgar-Deltas wälzen solle, aber Jaxom gab seinem Gefährten zu bedenken, daß eine weiße Haut sich gegen die Tropennacht ebenso auffällig abhob wie gegen die Schatten der Brutstätte.

Aus den Bildern, die Ruth von den beiden Königinnen erhielt, glaubte Jaxom mit einiger Sicherheit schließen zu können, daß die Alten das Ei zwar zurück in die Vergangenheit getragen hatten, der Ort jedoch unverändert geblieben war. Der warme Sand des alten Vulkans, in dem später der Süd-Weyr entstehen sollte, schien auch der einzig geeignete Platz. Jaxom hatte die Sternbilder des Südens auswendig gelernt und hoffte, daß er ungefähr erkennen würde, in welcher Zeit er landete. Wenn nur Ruths kühne Behauptung stimmte, das Wann eines Zeitsprungs bereite ihm überhaupt keine Schwierigkeiten!

Die Feuer-Echsen tauchten über dem Flußdelta auf und halfen ihm begeistert, Ruths weiße Haut mit dem klebrigen schwarzen Schlamm zu verkleistern. Jaxom rieb das Zeug auch über die glänzenden Teile seiner Ausrüstung und färbte Gesicht und Hände dunkel.

Irgendwie kam dem jungen Baron das ganze Wagnis unwirklich vor, so als sei er nur Beobachter, nicht aber Handelnder. Und doch bewegte er sich unaufhaltsam dem vorbestimmten Ereignis entgegen. Jaxom schwang sich ganz ruhig auf den Drachen, vertraute wie nie zuvor auf die Fähigkeiten des Gefährten. Er atmete zweimal tief durch.

»Du kennst das *Wann,* Ruth. Bringen wir die Sache hinter uns!«

Es war ohne Zweifel der längste Sprung, den er je gemacht hatte. Er hatte einen Vorteil gegenüber Lessa – er rechnete mit der Eiseskälte und der grauenhaften Stille, die ihn umgab. Aber das änderte nichts daran, daß der Aufenthalt im *Dazwischen* ihn halb erstarren ließ und das Schweigen wie ein Druck auf seinen Ohren lag. Die Kälte fraß sich bis ins Mark. Den Rückweg durfte er nicht in einem Sprung wagen, denn da hatte er das Ei bei sich, das unbedingt warm bleiben mußte.

Unvermittelt schwebten sie über einer dunklen, feuchtwarmen Welt; es roch nach üppigem Grün und überreifen Früchten. Einen Moment lang hatte Jaxom das scheußliche Gefühl, daß alles nur ein Sonnen-Traum der Feuer-Echsen war. Aber etwas – Ruths lautlose Schwingenschläge, ein besonderer Hauch in der sanften Nachtbrise – machte die Szene echt und gegenwärtig. Dann sah er das Ei in der Tiefe, einen weißen Fleck rechts unter Ruths vorgestrecktem Kopf.

Jaxom ließ den Drachen ein Stück weitergleiten, um sich den Ostrand des Weyrs anzusehen, die Stelle, von der aus er in der Frühdämmerung eindringen und blitzschnell angreifen wollte. Dann gab er Ruth die neuen Zeitkoordinaten ein; ein paar Sekundenbruchteile im *Dazwischen* – und gleich darauf spürte er die Strahlen der Morgensonne warm auf Schultern und Rücken. Ruth schoß in die Tiefe, dicht über die schläfrigen Bronzedrachen und ihre dösenden Reiter hinweg. Ein geschicktes Tauchmanöver, und die Klauen des Drachen schlossen sich um das Ei. Ehe die verwirrten Bronzedrachen sich erhoben hatten, verschwand Ruth im *Dazwischen.*

Eine Planetendrehung später tauchte der weiße Drache wieder auf, dicht über dem Weyr. Er besaß gerade noch Kraft genug, das Ei vorsichtig in den warmen Sand zu legen. Jaxom schwang sich von seinem Rücken und untersuchte die Schale nach Sprüngen, aber sie wirkte unbeschädigt. Und das Ei war noch warm. Er schaufelte rasch Sand darüber, dann ließ er sich neben Ruth zu Boden fallen und rang nach Luft.

»Wir können nicht lange bleiben. Wenn sie schlau genug sind, probieren sie sämtliche Tage durch. Sie können sich ausrechnen, daß wir das Ei nicht in einem einzigen Sprung zurückbringen.«

Ruth nickte, immer noch völlig außer Atem. Dann spannte er sich so unvermittelt an, daß Jaxom herumwirbelte. Zwei Feuerechsen beobachteten sie von der Weyrkante aus. Jaxom sah sie nur einen Moment lang, da sie sofort ins *Dazwischen* gingen, aber er entdeckte keine Farbmarkierungen.

»Kennst du sie?«

Nein.

»Wo sind die beiden Königinnen, die dir das Wann zeigten?«

Ich weiß nicht. Sie blieben zurück, weil sie glaubten, daß du sie nicht mehr benötigst. War das falsch?

Jaxom ärgerte sich, daß er nicht auf ihrer Begleitung bestanden hatte. Allein fühlte er sich ziemlich unsicher.

Da ist Feuerstein, stellte Ruth fest. *Und sieh mal, hier – Flammenspuren! An dieser Stelle haben die Bronzedrachen die Feuer-Echsen angegriffen. Vor langer Zeit. Über den versengten Streifen wächst schon Unkraut.*

»Drachen gegen Drachen!« Böse Ahnungen bedrängten Jaxom. Er wußte, daß er sich erst wieder wohl fühlen würde, wenn das Ei da war, wo es hingehörte – in Benden.

»Wir machen noch einen Sprung, Ruth. Hier können wir nicht länger warten.«

Entschlossen hüllte er das Ei in die Felldecke, verknotete sie und schlang den mitgebrachten Strick um die Zipfel. Er befestigte das Bündel eben zwischen Ruths Schultern, als er ein lautes Knirschen und Mahlen hörte.

»Ruth! Du denkst doch nicht im Ernst daran, andere Drachen mit deinem Feueratem anzugreifen!«

Nein, natürlich nicht. Aber glaubst du, sie wagen es, mich anzugreifen, wenn ich Flammen speien kann?

Jaxom war so beunruhigt, daß er nicht widersprach. Er begann die Knoten zu überprüfen, doch eine innere Stimme drängte ihn vorwärts, und so stieg er einfach auf.

»Wir gehen fünf Planetenumläufe weiter nach Keroon, an unseren gewohnten Platz. Kannst du dir die Koordinaten vorstellen?«

Ruth dachte einen Moment lang nach und bejahte dann.

Im *Dazwischen* quälte Jaxom die Sorgen, ob die Sprünge nicht zu lange dauerten und das Ei zu sehr abkühlte. Wenn er am Ende die kleine Königin bei seinem Rettungsversuch umbrachte? Ihm schwindelte von all den Zeitsprüngen. Mühsam beruhigte er sich. Er befand sich immerhin auf dem Rückweg. Und noch waren die Drachen nicht gegen ihre Artgenosen zum Kampf angetreten. Noch nicht.

Die flimmernde, heiße Luft der Keroon-Wüste wärmte sein niedergedrücktes Inneres ebenso wie seine durchfrorenen Knochen. Ruth wirkte aschfahl unter der Schlammschicht. Jaxom löste den Strick und legte das Ei in den Sand. Ruth half ihm, es einzuscharren. Es war Vormittag, nicht weit von dem Moment entfernt, da das Ei zurückkehren würde, aber noch mindestens sechs Planetenumläufe früher.

Ruth erkundigte sich, ob er nicht endlich im Meer baden könne, aber Jaxom entgegnete, daß sie damit besser warteten, bis sich das Ei wieder in der Brutstätte befand. Keiner hatte erkannt, wer es zurückgebracht hatte; keiner durfte es erkennen, und das bedeutete, daß der weiße Drache getarnt bleiben mußte.

Was ist mit den Feuer-Echsen?

Das hatte auch Jaxom beunruhigt, aber er glaubte die Antwort zu kennen. »An jenem Tag war keine einzige in der Brutstätte – und was sie nicht sehen, können sie auch nicht wissen.« Jaxom beschloß, nicht genauer über das Thema nachzudenken.

Er war völlig erschöpft, als er sich gegen Ruths warme Flanke lehnte. Sie würden eine Weile ausruhen und das Ei in der Vormittagssonne liegenlassen, ehe sie den letzten und schwierigsten Sprung wagten. Sie mußten genau an der Stelle innerhalb der Brutstätte landen, wo der Eingangsbogen sich abrupt absenkte und die Sicht vom Weyrkessel ins Innere der Brutstätte versperrte. Also genau gegenüber der Felsenspalte, durch die Jaxom und F'lessan vor so vielen Planetenumläufen Ramoths Eier heimlich beobachtet hatten. Ein Glück, daß Ruth so klein und wendig war! Und er rühmte sich ja immer, daß ihm das Aufsuchen des richtigen Zeitpunkts keinerlei Schwierigkeiten bereitete.

Selbst in der heißen Wüstenebene von Keroon herrschte keine vollkommene Stille. Insekten surrten, eine Brise raschelte im vertrockneten Gras, Schlangen glitten durch den Sand, und in der Ferne schlug die Brandung ans Ufer. Das Verstummen solcher Geräusche kann wie ein Donnerschlag wirken, und so war es die unvermittelte Stille und ein kaum wahrnehmbares Schwanken des Luftdrucks, das Jaxom und Ruth aus ihrer Schläfrigkeit riß.

Jaxom schaute hoch, gefaßt auf einen Angriff von Bronzedrachen, die ihnen ihre Beute entreißen wollten. Der Himmel über ihnen wölbte sich klar und blau. Jaxom stand auf, spähte in die Ferne und erkannte die Gefahr: Ein silbriger Schleier verdeckte den Rand der Wüste – es regnete Sporen. Mit einem Sprung war er neben dem Ei. Ruth buddelte in höchster Eile den Sand beiseite. Während Jaxom es in die Felldecke hüllte, rechnete er in aller Hast nach, wann die Fädenfront sie erreichen würde, und überlegte zugleich, weshalb keine Kampfdrachen auftauchten, um die Sporen zu versengen.

Sie waren schnell, aber nicht schnell genug. Die ersten Fäden bohrten sich zischend in den Sand ringsum, als sich Jaxom auf Ruth schwang und ihm befahl aufzusteigen. Ruth jagte einen Feuerstrahl nach oben, versuchte einen freien Streifen zu schaffen, um ins *Dazwischen* zu tauchen.

Eine Feuerschleife versengte Jaxoms Wange, die rechte Schulter unter der Wherlederjacke, den Arm, die Hüfte. Dann waren sie in der Schwärze des *Dazwischen,* und er spürte Ruths Schmerzgebrüll mehr, als er es hörte.

Irgendwie gelang es Jaxom, seine Gedanken auf das *Wo* und *Wann* zu richten. Irgendwie erreichten sie die Brutstätte und hörten Ramoth draußen wütend kreischen. Ruth stieß einen leisen Schmerzenslaut aus, als der heiße Sand in die Wunde an seiner Hinterpfote drang. Jaxom biß sich auf die Lippen und kämpfte gegen die Knoten des Strickes. Sie hatten so wenig Zeit; es schien Planetenumläufe zu dauern, bis er die Schlinge gelöst hatte. Ruth legte das Ei in den Sand, aber es rollte die leichte Schräge hinunter, fort aus dem dunklen Winkel der Brutstätte. Sie durften keine Sekunde verlieren. Ruth schoß zur Gewölbedecke und ging ins *Dazwischen.*

Doch nun mußte kein Drache mehr gegen seine Artgenossen kämpfen.

Es überraschte Jaxom nicht, daß Ruth über dem kleinen Bergsee auftauchte. Das *Wann* war ihm im Moment egal. Seine ganze Sorge galt dem Drachen. Ruth wimmerte vor Schmerzen; er hatte keinen anderen Wunsch, als die Brandwunden an der Pfote und am Bein zu kühlen. Jaxom sprang ins seichte Wasser und spritzte es dem Freund über die graue Haut, wobei er sich bittere Vorwürfe machte, daß er keine Heilsalbe mitgenommen hatte. Arrogant, wie er war, rechnete er gar nicht damit, daß einem von ihnen etwas zustoßen könnte!

Das kalte Wasser linderte den brennenden Schmerz, aber Jaxom befürchtete nun, daß der Schlamm eine Infektion auslösen könnte. Er hätte auch etwas weniger Gefährliches als Flußschlick zur Tarnung aussuchen können! Er wagte nicht, die Verletzungen mit Sand auszuwaschen: Das war sicher zu schmerzhaft für Ruth und konnte den verdammten Schmutz noch tiefer in die Wunde reiben. Zum erstenmal seit langem bedauerte Jaxom, daß keine Feuer-Echsen in der Nähe waren. Sie hätten ihm geholfen, Ruth zu säubern. Einmal schaute er kurz in den Mittagshimmel und überlegte, in welcher Zeit sie sich befinden mochten.

Es ist der Tag nach dem Abend, an dem wir aufbrachen, verkündete

Ruth. *Ich weiß immer, in welche Zeit ich fliege,* fügte er stolz hinzu. *Links am Rücken juckt es fürchterlich. Da klebt noch Schlamm.*

Jaxom säuberte seinen Drachen mit Sand, zumindest da, wo die Haut verletzt war. Er achtete nicht darauf, daß die Körnchen in seinen eigenen Wunden scheuerten. Endlich schimmerte Ruths Haut wieder weiß, und Jaxom erlaubte ihm, ein Stück in den See hinauszuwaten und kurz unterzutauchen; er selbst setzte sich total erschöpft hin. Das Klatschen der Wellen erinnerte ihn an den noch gar nicht so lange zurückliegenden Moment, da er auf Ruatha den Aufstand geprobt hatte. Er lachte leise vor sich hin.

»So, nun haben wir doch Fäden bekämpft!« Daß sie noch einiger Übung bedurften, hatten sie am eigenen Leibe erfahren.

Aber nur, weil wir nicht voll auf die Fäden achten konnten! erinnerte ihn Ruth vorwurfsvoll. *Jetzt kenne ich mich aus. Das nächstemal mache ich keine Fehler mehr. Ich bin schneller als die großen Drachen. Ich kann mitten im Flug wenden und schon eine Länge vom Boden entfernt ins* Dazwischen *gehen!*

Jaxom bestätigte Ruth dankbar und mit Nachdruck, daß er der beste, klügste und geschickteste Drache von ganz Pern sei. Ruths Augen schillerten grünlich, und er patschte mit gespreizten Flügeln an Land.

Du frierst und hast Schmerzen. Mein Bein tut auch weh. Fliegen wir heim!

Jaxom wußte, daß dieser Vorschlag vernünftig war; er mußte dafür sorgen, daß auf Ruths und seine Brandwunden Heilsalbe kam. Aber wie erklärte er die Angelegenheit Lytol? Der ehemalige Drachenreiter würde auf den ersten Blick erkennen, woher die Verletzungen stammten.

Was willst du lange erklären? fragte Ruth logisch. *Wir haben getan, was wir tun mußten.*

»Na ja.« Jaxom tätschelte Ruths Nacken, ehe er sich müde aufrichtete. Zögernd und nicht ohne Gewissensbisse befahl er seinem Drachen, nach Ruatha zurückzukehren.

Der Wachdrache begrüßte sie lautstark, und ein halbes Dutzend Echsen, alle mit den Farben von Ruatha gekennzeichnet, umkreisten Ruth, als er im Hof vor seinem Weyr landete.

Eine der Mägde kam aus der Küche gelaufen, ganz atemlos vor Aufregung.

»Baron Jaxom, die kleine Königin ist geschlüpft! Man hat nach Ihnen geschickt, aber wir konnten Sie nirgends finden!«

»Ich hatte Wichtigeres zu tun. Bring mir rasch Heilsalbe!«

»Heilsalbe?« Die Magd machte große Augen.
»Ja, Heilsalbe! Ich habe einen Sonnenbrand.«
Eine alberne Ausrede, wo er in nassen Kleidern steckte und nühsam ein Zähneklappern unterdrückte! Er sorgte dafür, daß Ruth sich in seinem Lager ausstreckte, und schob ihm eine weiche Decke unter das verletzte Bein.
Jaxom fiel es schwer, sich aus seinen Reitkleidern zu schälen. Das Fadenknäuel hatte sich tief in die Schulter gefressen, ihn am Handgelenk erwischt und eine lange Furche über den Schenkel gebrannt.
Ein schüchternes Klopfen an der Tür kündigte die Rückkehr der Magd an. Jaxom öffnete nur einen Spalt breit, nahm den Krug mit der Salbe entgegen, bedankte sich und rief nach draußen:
»Vielen Dank! Und besorg mir bitte etwas zu essen! Suppe, Klah, was eben auf dem Herd steht!«
Jaxom schloß die Tür, schlang sich ein Badetuch um die Hüften, und ging dann zu Ruth. Er schmierte eine Handvoll von der Salbe auf das Bein des Drachen und lächelte über den tiefen Seufzer der Erleichterung, den Ruth ausstieß.
Doch er teilte die Gefühle seines Drachen, nachdem er die eigenen Wunden versorgt hatte. Das Zeug linderte auf der Stelle den Schmerz. Nie wieder würde er maulen, wenn es galt, das stachelige Kraut zu sammeln, aus dem die Heilsalbe zusammengebraut wurde! Er warf einen Blick in den Spiegel. An der Wange blieb wohl eine fingerlange Narbe. Dagegen ließ sich nichts tun. Wenn er nur irgendwie um Lytols Zorn herumkam ...
»Jaxom!«
Lytol war nach einem ganz knappen Klopfen eingetreten. »Du hast die Gegenüberstellung in Benden versäumt und ...« Beim Anblick seines Zöglings stockte Lytol mitten im Satz. Da Jaxom außer dem Badetuch nichts trug, waren die Sporenverletzungen an der Schulter und im Gesicht absolut nicht zu übersehen.
»Dann ist dem Ei nichts zugestoßen? Wie gut!« entgegnete Jaxom und nahm sein Hemd mit einer Gleichgültigkeit, die er nicht fühlte. »Ich ...« Er unterbrach sich, einmal, weil Lytol ohnehin nichts verstehen konnte, während er sein Hemd überstreifte, und zum anderen, weil er eben im Begriff gewesen war, in gewohnter Offenheit von seinem Abenteuer zu berichten. Etwas in ihm sperrte sich dagegen. Ruth hatte recht. Sie hatten getan, was sie tun mußten. Es war in gewisser Weise seine und Ruths Privatangelegenheit. »Ich hörte auf Benden, daß man sich Sorgen

um die Gesundheit der kleinen Königin machte, nach all den Sprüngen ins *Dazwischen.*«

Lytol trat langsam näher, den Blick fragend auf den jungen Mann gerichtet.

Jaxom streifte das Hemd glatt und rieb noch etwas Heilsalbe in den Schnitt an der Wange. Er wußte nicht, was er sagen sollte.

»Ach, Lytol, könntest du so nett sein und dir einmal Ruths Bein ansehen? Ich weiß nicht, ob ich es richtig versorgt habe.« Jaxom hielt den Blick fest auf Lytol gerichtet. Und er sah, daß die Augen seines Vormunds dunkel vor Rührung waren. Er schuldete dem Mann soviel, besonders in diesem Augenblick, und er begriff nicht, warum er Lytol je für streng oder gefühllos gehalten hatte.

»Es gibt einen Trick, Fäden auszuweichen«, sagte Lytol ruhig. »Und vielleicht solltest du ihn Ruth beibringen.«

»Wenn du mich unterweisen könntest, Lytol . . .«

VII

Vormittag auf Ruatha, 2. 6. 15

»Ich wollte dir nur sagen, daß wir Gäste oben haben, Jaxom. Meister Robinton, N'ton und Menolly warten auf dich; sie kommen eben von der Gegenüberstellung zurück. Aber zuerst sehen wir uns Ruth an!«

»Warst du nicht auf Benden?« erkundigte sich Jaxom.

Lytol schüttelte den Kopf, während er auf Ruths Lager zuging. Der weiße Drache hatte sich zu einem wohlverdienten Schlaf niedergelegt. Lytol verneigte sich höflich vor ihm, ehe er die dick mit Salbe bestrichenen Brandwunden aus der Nähe betrachtete.

»Ich nehme an, du hast sie zuerst im See ausgewaschen.« Lytols Blick glitt über Jaxoms feuchtes Haar. »Das Wasser dort ist sauber genug, und die Heilsalbe kam noch rechtzeitig auf die offenen Stellen. Wir sehen in ein paar Stunden noch einmal nach, aber ich glaube, das Schlimmste hat er überstanden.« Er musterte Jaxoms Wange, auf der sich unverkennbar die Spur des Fädenknäuels abzeichnete.

»Ich hatte keinen Grund, dich bei unseren Gästen zu entschuldigen.« Er seufzte. »Sei froh, daß N'ton gekommen ist und nicht F'lar. Menolly war wohl ohnehin in deine Pläne eingeweiht, oder?«

»Ich sprach mit keinem Menschen über meine Absichten, Baron Lytol«, entgegnete Jaxom ein wenig steif.

»Na, wenigstens hast du gelernt, zur rechten Zeit zu schweigen.« Der Burgverwalter zögerte und sah seinen Mündel forschend an. »Also gut, ich werde N'ton bitten, dich zu Übungsflügen in den Weyr zu holen – das ist sicherer, und du hast den Vergleich mit anderen Jungreitern. Robinton wird sich seinen Reim auf die Geschichte machen, aber er hätte so oder so davon erfahren. Ihm kann man einfach nichts verheimlichen. Komm, sie fressen dich bestimmt nicht! Obwohl du mehr als eine Abreibung verdient hättest. Dich selbst und Ruth so in Gefahr zu bringen! Und gerade jetzt, da sich ohnehin alles in Auflösung befindet . . .«

»Es tut mir leid, Baron Lytol, daß ich immer wieder Anlaß zu Sorge gebe . . .« Der Mann warf seinem Schützling noch einmal einen scharfen Blick zu.

»Schon gut, Jaxom. Die Schuld liegt bei mir. Ich hätte erkennen müssen, daß sich dein Wunsch, Ruths Fähigkeiten zu beweisen, nicht unterdrücken ließ. Wenn du nur etwas älter wärst und wir in gesicherten Zeiten lebten, dann könnte ich dir die Burg übergeben . . .«

»Ich will die Burg nicht haben, Baron Lytol . . .«

»Im Moment wäre ein Wechsel auch kaum möglich, wie du gleich selbst hören wirst. Komm, Jaxom, wir haben unsere Gäste lange genug warten lassen!«

N'ton stand an der Tür zum kleinen Saal, der auf Ruatha benutzt wurde, wenn Gäste sich zu ungestörten Gesprächen zurückziehen wollten. Der Bronzereiter stöhnte leise, als er Jaxoms Wunde bemerkte. Überrascht drehte sich Meister Robinton in seinem Sessel herum. Jaxom glaubte in seinen gequälten Zügen so etwas wie Billigung zu lesen.

»Du bist von Fäden versengt, Jaxom!« rief Menolly entsetzt. »Wie konntest du gerade jetzt so ein Risiko eingehen?« Ausgerechnet sie, die ihn immer gehänselt hatte, weil er zu lange nachdachte und nicht handelte, war jetzt wütend auf ihn!

»Ich hätte wissen müssen, daß du es versuchen würdest, Jaxom«, meinte N'ton mit einem schwachen Lächeln und seufzte dann. »Ich rechnete sogar damit, aber du hast dir einen denkbar ungünstigen Zeitpunkt ausgesucht.«

Jaxom wollte schon einwenden, daß es angesichts der Tatsachen der einzig mögliche Zeitpunkt gewesen war, aber N'ton fuhr fort: »Ruth ist doch nichts zugestoßen, oder?«

»Eine einzige Fädenspur an Schenkel und Hinterpfote«, warf Lytol rasch ein. »Gut versorgt.«

»Ich habe Verständnis für deinen Ehrgeiz, Jaxom«, sagte Robinton ungewöhnlich ernst. »Aber ich muß dich bitten, im Moment Geduld zu üben.«

»Mir wäre es lieber, er lernt von jetzt an gleich richtig fliegen, Robinton«, unterbrach ihn N'ton, und Jaxom empfand Dankbarkeit für den Drachenreiter. »Zusammen mit meinen anderen Schülern. Besonders, wenn er verrückt genug, tapfer genug ist, es allein zu versuchen, ohne Anleitung.«

»Ich bezweifle, daß Benden dazu sein Einverständnis geben wird«, meinte Robinton kopfschüttelnd.

»*Ich* gebe mein Einverständnis«, erklärte Lytol mit fester Stimme und entschlossenem Gesichtsausdruck. »Und ich bin Baron Jaxoms Vormund, nicht etwa F'lar oder Lessa. Sie sollen sich um ihre eigenen Belange kümmern. Es kann ihm wenig zustoßen, wenn er mit den Jungreitern von Fort übt.« Lytol warf Jaxom einen ernsten Blick zu. »Und er verspricht uns, daß er seine neugewonnenen Kenntnisse nicht erprobt, ohne uns vorher zu fragen. Kann ich mich darauf verlassen, Baron Jaxom?«

In seiner Erleichterung, daß die Weyrführer von Benden nicht eingeschaltet werden sollten, ließ sich Jaxom auf größere Zugeständnisse ein, als er es sonst getan hätte. Er nickte und fühlte sich gleich darauf von widerstreitenden Empfindungen bedrängt: Belustigung, weil sich alle auf der falschen Fährte befanden, und Ärger, daß er nun, nachdem er soviel geschafft hatte, mit der Ausbildung ganz von vorne anfangen mußte. Dennoch, das Erlebnis von Keroon hatte ihm klar vor Augen geführt, wie viel er noch über die Vernichtung der Sporen lernen mußte, um mit heiler Haut davonzukommen und seinen Drachen nicht zu gefährden.

N'ton hatte Jaxom genau beobachtet; auf seiner Stirn stand eine tiefe Falte. Einen Moment lang fürchtete Jaxom, daß N'ton irgendwie erraten hatte, was er und Ruth wirklich getrieben hatten, als sie in den Sporenregen gerieten. Wenn das je ans Licht kam, würde man ihm noch viel härtere Einschränkungen auferlegen.

»Ich glaube, ich muß dir ein weiteres Versprechen abnehmen, Jaxom«, sagte der Bronzereiter. »Keine Zeitsprünge mehr! Davon hast du in letzter Zeit zu viele absolviert. Das erkenne ich an deinen Augen.«

Überrascht schaute Lytol seinen Mündel an.

»Mit Ruth ist das überhaupt kein Risiko«, meinte Jaxom, erleichtert, daß sein eigentliches Handeln verborgen geblieben war. »Er weiß immer, in welcher Zeit er sich befindet.«

N'ton tat den Hinweis auf dieses Talent mit einer ungeduldigen Geste ab. »Möglich, aber die Gefahr liegt woanders. Wenn man sich selbst in der subjektiven Zeit zu nahe kommt, kann das ungeahnte Folgen haben. Außerdem erschöpfen Zeitsprünge Drachen und Reiter. Du bist noch jung, Jaxom. Du hast dein Leben vor dir und kannst nach und nach alles erreichen, was du planst.«

Bei N'tons Worten fiel Jaxom wieder die unerklärliche Schwäche ein, die ihn in der Brutstätte überfallen hatte. War es möglich, daß er in genau jenem Augenblick ...?

Robinton unterbrach seine Gedankengänge. »Ich nehme an, Jaxom, du weißt nicht, wie ernst die Lage auf Pern ist. Aber du solltest dir klar darüber werden.«

»Falls Sie auf den Vorfall mit dem Eierraub anspielen, Meister Robinton, und auf die Gefahr, daß Drachen gegen Drachen kämpfen könnten – ich war an jenem Vormittag selbst im Benden-Weyr . . .«

»Tatsächlich?« Robinton zeigte sich leicht erstaunt und schüttelte den Kopf, als hätte ihm das nicht entgehen dürfen. »Dann kannst du dir Lessas Laune vorstellen. Ein Glück, daß die junge Königin gesund und kräftig ist . . .«

»Aber das Ei kehrte zurück, Meister Robinton.« Jaxom war verwirrt. Worüber regte sich Lessa eigentlich noch auf?

»Ja«, entgegnete der Harfner. »Offenbar waren nicht alle Bewohner des Süd-Weyrs blind gegenüber den Folgen dieses Diebstahls. Leider läßt sich Lessa dadurch nicht besänftigen.«

»Benden wurde eine Kränkung zugefügt«, sagte N'ton. »Das kann die Weyrherrin nicht verwinden.«

»Aber Drachen dürfen auf keinen Fall gegen ihresgleichen kämpfen!« Jaxom war entsetzt. »Deshalb wurde doch das Ei zurückgebracht.« Sollte der schwierige Ritt, sollte Ruths Verletzung umsonst gewesen sein . . .?

»Unsere Lessa ist eine Frau mit starken Gefühle, Jaxom – und ihr Rachedurst ist mit am stärksten ausgeprägt. Weißt du noch, auf welche Weise du in den Besitz dieser Burg kamst?« Robintons Miene verriet, daß es ihm leid tat, Jaxom an seine Herkunft zu erinnern. »Ich möchte damit die Weyrherrin keineswegs heruntersetzen. Eine derartige Beharrlichkeit selbst angesichts geringer Erfolgsaussichten ist durchaus lobenswert. Aber ihre starre Haltung wegen dieses Zwischenfalls könnte sich katastrophal für ganz Pern auswirken. Bis jetzt hat die Vernunft überwogen, aber es handelt sich um ein schwankendes Gleichgewicht.«

Jaxom nickte. Er begriff nun, daß er seine Rolle in dieser Angelegenheit niemals preisgeben durfte, und war froh, daß er Lytol sein Abenteuer nicht in der ersten Aufregung gebeichtet hatte. Niemand durfte erfahren, daß er, Jaxom, das Ei geholt hatte – ganz besonders nicht Lessa. Er schickte einen telepathischen Befehl an Ruth, der schläfrig erwiderte, er sei viel zu müde, um mit irgend jemand über irgend etwas zu sprechen.

»Da ist noch etwas.« Robintons ausdrucksstarkes Gesicht verriet plötzlich tiefen Kummer. »Etwas, das unsere Lage in Kürze noch mehr erschweren kann.« Er schaute N'ton an. »Ich spreche von D'ram.«

Der Bronzereiter nickte. »Ganz recht, Robinton. Er wird wohl nicht Weyrführer bleiben, falls Fanna stirbt.«

»Ersetzen Sie das ›falls‹ ruhig durch ›wenn‹. Und Meister Oldive meint, je früher sie Erlösung findet, desto besser für sie.«

»Ich hatte keine Ahnung, daß Fanna krank ist«, sagte Jaxom, und seine Gedanken eilten voaus zu dem offenbar unabwendbaren Ereignis. Bei Fannas Tod würde Mirath, ihre Königin, Selbstmord im *Dazwischen* begehen. Und der Tod einer Drachenkönigin belastete jeden Artgenossen – auch Ramoth und ihre Reiterin Lessa.

Lytols Miene erstarrte, wie immer, wenn ihn etwas an den Tod seines eigenen Drachen erinnerte. Und Jaxom schluckte seinen letzten Ärger darüber, daß er mit der Ausbildung ganz von vorne anfangen mußte, hinunter. Nie wieder würde er das Risiko eingehen, daß Ruth sich verletzte!

»Fannas Kräfte schwinden dahin«, sagte Robinton. »Niemand kann sich erklären, was sie aufzehrt. Meister Oldive hat sich nach Ista begeben, um ihr beizustehen.«

»Seine Feuer-Echse wird mich benachrichtigen, sobald er aufbricht«, warf N'ton ein. »Ich möchte D'ram in seinem Kummer nicht gern allein lassen.«

»Feuer-Echsen, hmm.« Robinton schüttelte den Kopf. »Noch ein wunder Punkt im Benden-Weyr.« Er betrachtete die Bronze-Echse, die zufrieden auf seiner Schulter saß. »Ich fühlte mich bei der Gegenüberstellung ohne meinen Zair richtig nackt. Doch, mein Wort darauf!« Sein Blick wanderte zu Tris, der auf N'tons Arm schlief. »Sie haben sich allem Anschein nach beruhigt.«

»Ruth ist hier«, meinte N'ton und streichelte Tris. »In seiner Nähe haben sie keine Angst.«

»Nein, daran liegt es nicht«, widersprach Menolly, und ihre Blicke ruhten auf Jaxom. »Sie wirkten auch in Ruths Gegenwart aufgeregt und verschreckt. Aber die heftige Unruhe ist jetzt vorbei. Sie übermitteln keine Visionen mehr von dem gestohlenen Ei.« Sie musterte Prinzeßchen. »Das ist auch verständlich. Der kleinen Drachenkönigin fehlt nichts. Was immer die Echsen quälte, es ist nicht geschehen. Oder doch?« Unvermittelt starrte sie Jaxom an.

Der suchte seine Verwirrung zu verbergen.

»Du glaubst, daß sie sich um das Königin-Ei sorgten, Menolly?« fragte Robinton. »Das sollten wir eigentlich Lessa sagen. Es trägt vielleicht dazu bei, daß sie ihren Zorn über die kleinen Geschöpfe vergißt.«

»Nein«, entgegnete Menolly streng. »Es war höchste Zeit, daß sie etwas wegen der Echsen unternahm.«

»Mein liebes Kind . . .«, begann Robinton erstaunt.

»Ich spreche nicht von unseren Echsen, Meister Robinton. Die haben sich als äußerst nützlich erwiesen. Aber zu viele Leute nehmen ihre Dienste ganz selbstverständlich in Anspruch und denken gar nicht daran, sie richtig auszubilden.« Sie lachte leise. »Jaxom kann ein Lied davon singen. Sie stürzen sich auf Ruth, wo immer er auftaucht, bis er ins *Dazwischen* flieht. Stimmt doch, Jaxom, oder?« Etwas in ihrem Blick gab ihm Rätsel auf.

»Ruth hat gar nichts dagegen . . . meistens«, erwiderte er kühl und streckte die langen Beine unter dem Tisch aus. »Aber irgendwann will jeder mal allein sein.«

Lytol räusperte sich vielsagend, für Jaxom ein Beweis, daß Brand doch das eine oder andere Wort über Corana verloren hatte.

»Wozu? Um Feuerstein zu schlucken?« N'ton grinste breit.

»Hast du deine . . . äh . . . Zeit etwa damit zugebracht, Jaxom? erkundigte sich Menolly mit einem unschuldigen Augenaufschlag.

»Wer weiß?«

Robinton kam ihm zu Hilfe. »Stellen die Echsen in der Tat ein Problem dar, Jaxom, wenn sie Ruth ständig umkreisen?«

Jaxom hob die Schultern. »Nun ja, wo immer wir auftauchen, versammeln sich im Nu sämtliche Echsen der Umgebung, um meinem Drachen einen Besuch abzustatten. Im allgemeinen macht mir das aber nichts aus, weil sie Ruth Gesellschaft leisten, während ich mit Burgangelegenheiten beschäftigt bin.«

»Glaubst du, sie würden Ruth verraten, was sie so verstört hat? Oder wußtest du über ihre Visionen Bescheid?« Robinton beugte sich angespannt vor.

»Sie meinen diese Bilder, in denen Echsen von Drachen versengt wurden? Die große Finsternis und das Ei? O ja, sie haben Ruth mit diesem Unsinn halb zur Verzweiflung getrieben«, sagte Jaxom. Er runzelte die Stirn, als sei er seines Freundes wegen verärgert, und schaute dabei absichtlich nicht in Menollys Richtung. »Aber das scheint vorbei zu sein. Vielleicht hing ihre Aufregung mit dem gestohlenen Ei zusammen. Das ist ja nun ausgebrütet, und ich muß sagen, daß sie sich seitdem längst nicht mehr so hektisch benehmen. Ruth kann wieder in aller Ruhe schlafen.«

»Wo warst du eigentlich während der Gegenüberstellung?« überfiel Menolly ihn. Ihre Frage kam so unvermittelt, daß Robinton und N'ton ihr einen erstaunten Blick zuwarfen.

»Hmm . . .« Mit einem schwachen Grinsen tippte Jaxom an seine verbrannte Wange. »Ich habe versucht, Fäden zu bekämpfen.«

Seine rasche Antwort verwirrte Menolly, und sie schwieg, während Robinton, Lytol und N'ton gemeinsam über seinen Leichtsinn losschimpften. Er ertrug die Zurechtweisungen schon deshalb mit Gelassenheit, weil sie Menolly daran hinderten, ihn mit ihrer Neugier zu verfolgen. Sie war also doch mißtrauisch gewesen. Schade, daß er ihr nicht die Wahrheit sagen konnte. Von allen Bewohnern auf Pern war sie die einzige, der er sich gern anvertraut hätte; aber er wußte, daß es klüger war, die anderen in dem Glauben zu lassen, ein Drachenreiter vom Südkontinent habe das Ei zurückgebracht. Dennoch – es hätte ihm Spaß gemacht, irgend jemandem zu erzählen, was er geleistet hatte.

Das Essen wurde aufgetragen, und die Diskussion drehte sich um Last oder Nutzen der Feuer-Echsen, bis Jaxom festellte, daß alle am Tisch eigentlich begeisterte Anhänger der kleinen Tiere waren. Im Moment kam es vor allem darauf an, Lessa und Ramoth zu versöhnen.

»Ramoth vergißt ihren Ärger sicher bald«, meinte N'ton.

»Lessa ist dafür um so nachtragender. Allerdings sind die Probleme wohl nicht so kritisch, daß ich Zair in nächster Zeit zum Benden-Weyr schicken muß.«

Während N'ton und Lytol den Meisterharfner gemeinsam beruhigten, erkannte Jaxom, daß Robinton merkwürdig zurückhaltend wirkte, wenn er Benden oder die Weyrherrin erwähnte. Robinton war nicht nur wegen Lessas Haltung gegenüber den Feuer-Echsen in Sorge.

»Die Sache hat noch einen Aspekt, der mir Kummer bereitet«, erklärte er. »Jedermann richtet seine Blicke jetzt auf den Süd-Kontinent.«

»Warum ist das so schlimm?« wollte Lytol wissen.

Robinton nahm einen Schluck Wein und schwieg einen Moment lang versonnen. »Weil die jüngsten Ereignisse allen klargemacht haben, daß dieser riesige Kontinent nur von einer Handvoll Menschen bewohnt wird.«

»Und?«

»Ich kenne mehr als einen Baron, dessen Burg für die Nachkommen zu eng wird. Und die Weyr, anstatt die Unantastbarkeit des Südkontinents zu schützen, waren halb entschlossen, mit Gewalt dort einzudringen. Was soll die Barone daran hindern, die Initiative zu ergreifen und sich große Stücke von dem Kuchen da unten zu holen?«

»Es gibt einfach nicht genug Drachen im Süden, um große Landflächen zu schützen«, wandte Lytol ein. »Die Alten denken gar nicht daran, neue Aufgaben zu übernehmen.«

»Im Grunde braucht man im Süden keine Drachenreiter«, sagte Robinton langsam.

Lytol starrte ihn an, entsetzt über diese Feststellung.

»Das stimmt.« Er nickte. »Der Boden ist gründlich mit Würmern durchsetzt. Händler haben mir berichtet, daß die Bewohner den Sporenregen mehr oder weniger ignorieren; der junge Toric achtet nur darauf, daß Menschen und Herden sich nicht im Freien befinden, wenn Fädenfronten heraufziehen.«

»Es wird eine Zeit kommen, da man auch im Norden keine Drachenreiter mehr benötigt«, sagte N'ton langsam und faßte mit seinem Satz Lytols Entsetzen noch einmal zusammen.

»Solange es Fäden gibt, braucht man Drachenreiter auf Pern!« Lytol hieb mit der Faust auf den Tisch, um seine Aussage zu unterstreichen.

»Zumindest noch zu unseren Lebzeiten«, warf Robinton besänftigend ein. »Aber mir wäre es lieber gewesen, wenn der Süden weniger im Blickpunkt stünde. Überlegen Sie doch selbst, Lytol!«

»Schon wieder ein Stück voraus, Robinton, was?« Lytols Stimme klang etwas gequält, und er setzte ein mürrisches Gesicht auf.

»Voraussicht hilft uns mehr, als über die Fehler der Vergangenheit zu jammern«, meinte Robinton. Er hielt die geballte Faust hoch. »Ich hatte alle Fakten in der Hand, aber ich sah vor lauter Bäumen den Wald nicht.«

»Sie waren öfter auf dem Südkontinent, Meisterharfner?«

Robinton warf Lytol einen abwägenden Blick zu. »Ja. Unauffällig, versichere ich Ihnen. Es gibt gewisse Dinge, die muß man sehen, damit man sie glaubt.«

»Zum Beispiel?«

Robinton streichelte gedankenverloren Zair und starrte an Lytols Kopf vorbei in die Ferne.

»Manchmal kann übrigens ein Blick in die Vergangenheit auch ganz nützlich sein«, sagte er und wandte sich wieder dem Burgverwalter zu. »Wußten Sie eigentlich, daß wir ursprünglich alle aus dem Südkontinent kamen?«

Lytols erstes Staunen über die unerwartete Wende des Gesprächs machte einem nachdenklichen Stirnrunzeln Platz. »Ja, das ließ sich den ältesten Schriften entnehmen.«

»Ich habe mich oft gefragt, ob nicht irgendwo im Süden noch ältere Dokumente vor sich hinmodern.«

Lytol rümpfte die Nase. »Vor sich hinmodern – das ist der richtige Ausdruck. Nach all den vielen Planetenumläufen ist wohl nichts mehr von solchen Aufzeichnungen übrig.«

»Da bin ich nicht so sicher. Unsere Vorfahren kannten Methoden, Metall so zu härten, daß es weder Rost ansetzte, noch Verschleißerscheinungen zeigte. Denken Sie an die Platten vom Fort-Weyr oder Instrumente wie dieses Fernrohr, das Wansor und Fandarel so fasziniert! Ich glaube nicht, daß die Zeit alle Spuren eines so klugen Volkes vernichtet haben kann.«

Jaxom warf Menolly einen Blick zu. Ihm fielen einige Bemerkungen wieder ein, die ihr entschlüpft waren. Ihre Augen leuchteten nun vor unterdrückter Erregung. Sie wußte mehr, genau wie der Harfner. Jaxoms Blicke wanderten weiter zum Weyrführer, und er erkannte, daß auch N'ton in das Geheimnis eingeweiht war.

»Wir haben nun mal den Südkontinent den Alten überlassen«, sagte Lytol hart.

»Aber sie halten sich längst nicht mehr an ihren Teil des Paktes«, entgegnete N'ton.

»Ist das ein Grund, daß auch wir wortbrüchig werden?« fragte Lytol. Er straffte die Schultern und sah die beiden Männer finster an.

»Sie leben auf einer kleinen Landzunge, die ins Südmeer hereinragt«, besänftigte Robinton in seiner ruhigen Art. »Und sie merken nicht, daß sich in anderen Gebieten – gewisse Dinge abspielen.«

»Sie erforschen den Süden bereits, Robinton?«

»Wir haben diesen Schritt reiflich überlegt.«

»Und Ihr – reiflich überlegtes Eindringen ist nicht bemerkt worden?«

»Nein«, entgegnete Robinton langsam. »Ich beabsichtige auch, das Wissen, das wir gewonnen haben, in Kürze bekanntzugeben. Aber ich will nicht, daß jeder enttäuschte Lehrling und jeder Kleinbauer ohne Land losrennt und das zerstört, was erhaltenswert ist – nur weil diese Leute nicht den Verstand besitzen, den wahren Wert der Funde zu begreifen.«

»Was haben Sie bis jetzt entdeckt?«

»Alte Bergwerke, abgestützt mit einem leichten, aber so unverwüstlichen Material, daß es heute noch aussieht wie an jenem Tag, als man die Schächte anlegte. Werkzeuge, angetrieben von einer uns unbekannten Energie – Teile und Fragmente, die nicht einmal der junge Benelek zusammensetzen kann.«

Es entstand ein langes Schweigen. Lytol brach es schließlich mit einem verdrießlichen Räuspern. »Harfner! Harfner haben die Aufgabe, die Jugend zu belehren!«

»O nein. Sie haben vor allem die Aufgabe, das Erbe unserer Vorfahren zu erhalten.«

VIII

Ruatha, Fort-Weyr, Fidellos Hof, 3. 6. 15–17. 6. 15

Jaxom war enttäuscht, daß der Harfner trotz Lytols bohrenden Fragen nichts Näheres über seine Erkundungsreisen in den Süden verriet. Später dann, als er bereits gegen den Schlaf ankämpfte, merkte er, daß es Robinton doch tatsächlich gelungen war, Lytol für seine und N'tons Ansicht zu gewinnen, daß man in der Öffentlichkeit im Moment so wenig wie möglich vom Süden sprechen solle.

Jaxoms letzter bewußter Gedanke war Respekt vor den raffinierten Methoden des Harfners. Kein Wunder, daß Robinton sich nicht gegen seine Ausbildung zum Drachenreiter ausgesprochen hatte. Der Harfner benötigte den erfahrenen alten Lytol noch als Burgverwalter von Ruatha. Und wenn der junge Baron mit seinem Drachen beschäftigt war, hatte er sicher nicht den Wunsch, Lytols Stelle auf der Burg einzunehmen.

Am nächsten Morgen war Jaxom überzeugt davon, daß er sich während der Nacht nicht ein einzigesmal umgedreht hatte. Er war vollkommen steif, und die Wunden im Gesicht und an der Schulter brannten. Das erinnerte ihn jäh an Ruths Verletzung. Ohne auf den eigenen Schmerz zu achten, warf er die Felldecken beiseite, erwischte im Losstürmen den Topf mit der Heilsalbe und rannte zu Ruth hinüber.

Ein leises Brummen verriet ihm, daß der weiße Drache noch fest schlief. Er schien sich ebenfalls nicht bewegt zu haben, denn seine Pfote lag genauso aufgestützt wie am Abend zuvor. Das erleichterte Jaxom die Arbeit; rasch strich er eine neue Lage der schmerzbetäubenden Salbe über die Wunde. Erst jetzt kam ihm der Gedanke, daß seine und Ruths Wunden erst verheilen mußten, ehe sie mit den Jungreitern vom Fort-Weyr üben konnten.

Lytol schien diese Ansicht nicht zu teilen. Jaxom sollte ja lernen, wie man solche Zwischenfälle vermied und seinen Drachen am besten vor den Sporen schützte. Wenn ihn die anderen Jungreiter hänselten, weil er nicht rasch genug ausgewichen war, geschah ihm das nur recht. Also flog Jaxom gleich nach dem Frühstück mit Ruth zum Weyr.

Zum Glück waren zwei der Jungreiter etwa in seinem Alter, und er kam sich nicht so verloren vor – obwohl es Jaxom kaum gestört hätte, mit Jüngeren zu trainieren, solange er nur Ruth richtig ausbilden durfte. Es fiel ihm allerdings nicht leicht, den wahren Grund für Ruths Brandwunden zu verschweigen und den Tadel des Ungeschicks auf sich sitzen zu lassen. Er suchte Zuflucht bei dem Gedanken, daß er immerhin mehr geleistet hatte, als sie alle ahnten – ein schwacher Trost.

Sein erstes Problem bei den Jungreitern bestand darin, die Schwärme von Feuer-Echsen zu verscheuchen, die Ruth wie immer umkreisten. Kaum war eine Gruppe der hartnäckigen Flattergeister vertrieben, da tauchte schon die nächste auf, sehr zum Mißbehagen von K'nebel, dem Ausbilder der Drachenreiter.

»Geht das den ganzen Tag so, wenn du mit deinem Drachen unterwegs bist?« erkundigte er sich ungeduldig.

»Mehr oder weniger. Sie – sie tauchen einfach auf. Besonders seit den Ereignissen auf dem Benden-Weyr.«

K'nebel knurrte noch ein wenig, nickte dann aber verständnisvoll. »Ich mag auch nichts von solchen Ideen wissen. Drachen, die Feuer-Echsen mit ihren Flammen angreifen – wann hätte es das je gegeben! Aber du bringst Ruth nie in die Lüfte, wenn die Biester ihn nicht in Frieden lassen. Und wenn sie ihn nicht in Frieden lassen, kriegt die eine oder andere schließlich aus Versehen einen Flammenstrahl ab.«

So gab Jaxom seinem Drachen den Befehl, die Echsen zu verscheuchen, sobald sie auch nur in die Nähe kamen, aber es dauerte eine Weile, bis alle verschwunden waren. Dann allerdings blieb der Unterricht für den Rest des Vormittags ungestört.

K'nebel ließ die Jungreiter arbeiten, bis der Gong zum Mittagessen ertönte. Jaxom nahm die Einladung zum Bleiben an, und man wies ihm einen Platz bei den ausgebildeten Drachenreitern zu, um seinem Rang Rechnung zu tragen.

Das Gespräch drehte sich immer noch um das geheimnisvolle Verschwinden des Königin-Eis; wilde Vermutungen, welcher von den Reitern aus dem Süden es zurückgebracht hatte, machten die Runde. Die Diskussion verstärkte Jaxoms Entschluß, die Wahrheit für sich zu behalten. Er ermahnte Ruth, ebenfalls zu schweigen, was sich als völlig unnötig erwies, da der weiße Drache mehr an Feuerstein und den Kampf gegen die Sporen dachte als an vergangene Ereignisse.

Die Feuer-Echsen ringsum hatten ihre Nervosität und Angst völlig abgelegt. Ihre größte Sorge galt nun wieder dem Futter und ihre zweitgrößte der Hautpflege. Mit dem Anbruch des wärmeren Wetters begannen sie sich nämlich zu schälen und litten unter Juckreiz. Die Bilder, die sie an Ruth übermittelten, hatten keinen außergewöhnlichen Inhalt mehr.

Da Jaxom die Vormittage nun im Fort-Weyr verbrachte, konnte er kaum noch an den Zusammenkünften in der Harfner- und Schmiedegilde teilnehmen. Das bedeutete, daß er nicht länger Menollys prüfenden Blicken und Fragen ausgesetzt war, und irgendwie erleichterte ihn das. Belustigt stellte er obendrein fest, daß Lytol ihm die eine oder andere Freistunde am Nachmittag zugestand. Pflichtbewußt begab er sich mit Ruth zu Fidellos Hof auf der Hochfläche – natürlich, um nachzusehen, wie die neue Weizensorte gedieh.

Corana war im Haus, da die Frau ihres Bruders kurz vor der Niederkunft stand. Als sie sich besorgt wegen seiner Verbrennungen zeigte, ließ er sie bei dem Glauben, er habe sich die Wunde geholt, als er die Burg und damit auch ihren Hof vor den einfallenden Sporen verteidigte. Sie belohnte ihn für seine »Heldentat« in einer Weise, die ihn anfangs verlegen machte, ihm jedoch ein Gefühl der Befreiung und des Glücks schenkte. Als sie später noch ein wenig plauderten, kam Corana auf Echsen-Gelege zu sprechen.

»Jeder Strand im Norden wird im Moment abgesucht und überwacht«, erzählte er. Als er ihre Enttäuschung spürte, fügte er schnell hinzu: »Aber es gibt eine Menge leerer Strände auf dem Südkontinent.«

»Könntest du mit Ruth hinfliegen, ohne daß die Alten das merken?« Offensichtlich wußte Corana wenig von den jüngsten Ereignissen, eine weitere Erleichterung für Jaxom, dem die ständigen Debatten zu diesem Thema allmählich auf die Nerven gingen.

»Ich glaube schon.« Er zögerte etwas, weil ein Flug in den Süden bedeutete, daß er sich eine Ausrede für seine längere Abwesenheit zurechtlegen mußte. Corana allerdings hielt sein Zögern für ein Abwägen der Gefahren – und er widersprach nicht.

Zwei Tage später begab er sich erneut auf die Hochfläche, aber diesmal lag Fidellos Frau in den Wehen, und Corana war so beschäftigt, daß sie sich nur kurz für den Wirbel entschuldigte, in den er hineingeraten war. Jaxom fragte, ob er die Heilerin der Burg schicken sollte, aber Fidello lehnte dankend ab. Er hatte, wie er sagte, auf dem Hof eine erfahrene Hebamme, und ihrer Meinung nach würde es keine Komplikationen bei der Geburt geben. Jaxom murmelte noch ein paar passende Worte und brach

dann auf, ein wenig enttäuscht, daß sich seine Erwartungen nicht erfüllt hatten.

Warum lachst du? fragte Ruth, als sie zur Burg zurückflogen.

»Weil ich ein Idiot bin, Ruth. Ein richtiger Idiot.«

Ich finde das nicht. Sie gibt dir doch ein schönes Gefühl. Weshalb hältst du dich da für einen Idioten?

»Genau deshalb, du einfältiges Drachentier! Weil ich mit einer ganz bestimmten Hoffnung zu ihr gegangen bin . . . und nun hat sie zu tun. Dabei habe ich vor einer Siebenspanne noch nicht einmal geahnt, wie glücklich sie mich machen kann. Deshalb komme ich mir wie ein Idiot vor. Ruth.«

Ich liebe dich immer, entgegnete Ruth, weil er das Gefühl hatte, daß Jaxom diese Antwort brauchte.

Jaxom tätschelte den Nackenwulst seines Drachen, aber es gelang ihm nicht ganz, das Selbstmitleid zu unterdrücken. Als er auf die Burg zurückkehrte. stieß er auf ein zweites Hindernis. Lytol teilte ihm mit, daß der Rest von Ramoths Gelege allem Anschein nach am nächsten Tag schlüpfen würde. Man erwartete Jaxom zur Gegenüberstellung auf dem Benden-Weyr. Der Burgverwalter sah sich Jaxoms verheilte Wunde aus der Nähe an.

»Geh F'lar und Lessa lieber aus dem Weg«, riet sein Vormund. »Die beiden erkennen auf den ersten Blick, was das ist. Hat wenig Sinn, deinen Leichtsinn auch noch an die große Glocke zu hängen.«

Jaxom fand zwar insgeheim, daß ihm die Narbe ein reiferes Aussehen verlieh, aber er versprach Lytol, sich von Lessa und F'lar fernzuhalten.

Die Nachricht, daß die Gegenüberstellung unmittelbar bevorstand, erreichte den Fort-Weyr, als Jaxom gerade mit anderen Jungreitern einen Formationsflug übte. Er beendete das Manöver, entschuldigte sich bei K'nebel und brachte Ruth durchs *Dazwischen* nach Ruatha, damit er sich noch umkleiden konnte. Lytol kam ihm schon entgegen, begleitet von Menollys Rocky, und bat ihn, die junge Harfnerin in der Gildehalle abzuholen, da Robinton sich im Ista-Weyr befand und den Drachenreiter der Harfnerhalle selbst benötigte.

Jaxom nickte. Er konnte sich nicht gut weigern, die Bitte zu erfüllen, aber er beschloß, das neugierige Harfnermädchen so rasch zum Weyr zu bringen, daß ihr keine Zeit für Fragen blieb.

Als er mit Ruth über der Harfnerhalle eintraf, wurde Jaxom wütend. Auf der Landewiese befanden sich genug Drachen, um die halbe Gilde nach Benden zu bringen. Weshalb hatte sich

Menolly ausgerechnet an ihn gewandt? Er war fest entschlossen, kein Wort mehr als nötig mit ihr zu wechseln; so bat er Ruth nur, er möge ihren Echsen Bescheid geben, daß er auf der Wiese wartete. Kaum hatte er den Gedanken übermittelt, da kam die Harfnergesellin auch schon aus dem Torbogen geschossen, begleitet von den wild zirpenden Echsen. Noch im Laufen streifte sie ihre Reitjacke über. Er sah, daß sie mit einer Hand eine Dose umklammert hielt wie eine kleine Kostbarkeit.

»Steig ab, Jaxom!« drängte sie. »Ich schaff das nur, wenn ich dir dabei ins Gesicht schauen kann.«

»Was?«

»Frag nicht, sondern beeil dich!«

»Warum?«

»Mann, nun stell dich nicht so an! Wir verplempern unsere kostbare Zeit. Das hier ist eine getönte Creme, mit der ich deine Wunde abdecken will. Oder möchtest du lieber, daß Lessa und F'lar dir unangenehme Fragen stellen? Los! Wir kommen noch zu spät – und du weißt genau, daß du im Moment keine Zeitsprünge wagen kannst!« Er zögerte immer noch, weil er ihrem Edelmut nicht ganz traute.

»Ich habe eine Haarsträhne über die Stelle frisiert.«

»Die vergißt du nach einer Viertelstunde und schiebst sie zurück.« Sie schraubte den Deckel von der Dose ab, und er stieg endlich ab. »Oldive war so nett und hat mir einige Cremes ohne Duftstoffe zusammengebraut. So. Ein paar Tupfer reichen.« Sie wischte vorsichtig mit den Fingern über die Wunde. »Siehst du? Der Farbton stimmt genau.« Sie starrte ihn kritisch an. »Das genügt. Nun erkennt kein Mensch mehr, was mit dir los ist.« Sie kicherte. »Was sagt denn Corana zu deinem Schmiß?«

»Corana?«

»He, nicht gleich so sauer! Steig auf, wir kommen ehrlich zu spät. Kein schlechter Gedanke von dir, Corana als Vorwand zu benutzen. Du bist fast so raffiniert wie ein Harfner.«

Jaxom schwang sich auf Ruth, wütend, aber fest entschlossen, nicht auf ihre Köder anzubeißen. Echt Menolly, solche Dinge auszukundschaften! Sie wußte, womit sie ihn in Verlegenheit bringen konnte! Nun, diesmal sollte sie Pech haben.

»Danke für die Salbe, Menolly«, sagte er, nachdem er ein paarmal ruhig durchgeatmet hatte. »Ich möchte Lessa wirklich nicht verärgern, aber Lytol bestand darauf, daß ich an der Gegenüberstellung teilnehme.«

»Mit gutem Grund.«

Sie schien mehr zu wissen als er, aber er hatte keine Zeit mehr, darüber nachzudenken, denn Ruth wechselte ins *Dazwischen* und steuerte den Benden-Weyr an. Nein, Menolly brachte ihn nicht aus der Ruhe, die nicht! Aber verdammt schlau war sie, das mußte man ihr lassen.

Ruth tauchte auf und meldete sich beim Wachdrachen. *Hier ist Ruth, hier ist Ruth!*

Das brachte Jaxom wieder in Erinnerung, was geschehen war. Er drehte den Kopf nach hinten und warf einen Blick auf Menollys Schulter.

»Keine Sorge. Sie sind in sicherer Obhut. Brekke hat sie aufgenommen.«

»Alle?«

»Beim Großen Ei, natürlich nicht! Nur Prinzeßchen und die Bronze-Echsen. Die Kleine steht dicht vor der Paarung, und ihre drei Beschützer lassen sie keine Sekunde aus den Augen.« Menolly lachte leise.

»Äh – hast du schon Abnehmer für das nächste Gelege?«

»Was? Soll ich die Eier etwa zählen, ehe sie da sind? Wo denkst du hin!« Menollys Stimme klang gelangweilt. »Warum, du brauchst doch keines, oder?«

»*Ich* bestimmt nicht!«

Menolly lachte los, und er zuckte die Achseln. »Ich habe Corana versprochen, daß ich versuchen würde, ihr eine Echse zu verschaffen. Sie – sie war sehr nett zu mir, weißt du.« Es befriedigte ihn, daß Menolly einen Moment lang verblüfft schwieg.

Dann versetzte sie ihm mit der geballten Faust einen Hieb zwischen die Schulterblätter. Er zuckte zusammen.

»Hör doch auf, Menolly! Ich habe auch auf der Schulter was abbekommen.« Seine Stimme klang wütender als beabsichtigt. Gleich darauf bereute er seine Worte. Er brachte das Gespräch ja selbst auf Dinge, die er eigentlich verschweigen wollte.

»Tut mir leid, Jaxom«, sagte sie so zerknirscht, daß Jaxom sofort besänftigt war. »Wo haben dich die Fäden überall erwischt?«

»Im Gesicht, auf der Schulter und an der Hüfte.«

Sie legte ihm eine Hand ganz leicht auf die unversehrte Schulter. »Hörst du? Die Drachen summen schon. Und da drüben ziehen bereits die Kandidaten ein! Können wir direkt in der Brutstätte landen?«

Jaxom lenkte Ruth durch den oberen Eingang der Brutstätte. Immer noch brachten Bronzedrachen Besucher aus Teilen des Kontinents herbei. Jaxoms Blicke wandten sich unwillkürlich der

Stelle am Torbogen zu, wo er und Ruth das erstemal aufgetaucht waren, um das Ei an seinen Platz zurückzulegen. Mit einem Mal stieg Stolz in seinem Innern auf.

»Ich sehe Robinton, Jaxom. Dort, in der vierten Reihe. Nahe den Farben von Ista. Kommst du mit zu ihm?« Ihr Tonfall klang so bittend, daß Jaxom stutzte. Wer saß nicht gern in der Nähe des Meisterharfners von Pern?

Ruth flog dicht an die Ränge heran, fing sich mit den Klauen am Felsvorsprung ab und blieb lange genug in der Schwebe, daß Menolly und Jaxom absteigen konnten.

Während Jaxom seine Kleidung glattstrich, konnte er Meister Robinton gut beobachten. Er begriff mit einemmal Menollys Bitte. Der Harfner schien verändert. Gewiß, er begrüßte Jaxom mit einem festen Händedruck und warf seiner Gesellin ein freundliches Lächeln zu, aber er wirkte geistesabwesend und bedrückt. Der Meisterharfner von Pern hatte ein längliches, schmales Gesicht, in dem sich meist lebhaft seine Empfindungen widerspiegelten. Während er nun zur Brutstätte hinunterblickte, wo die Kandidaten langsam über den heißen Sand auf die Eier zugingen, wirkten seine Züge zerfurcht, und unter den tiefliegenden Augen zeichneten sich dunkle Schatten ab. Die Haut von Kinn und Wangen hing schlaff nach unten. Er sah alt, müde und illusionslos aus. Jaxom wandte sich erschrocken ab und mied Menollys Blick; das scharfäugige Harfnermädchen las ihm jeden Gedanken von der Stirn ab. Meister Robinton alt? Müde, sorgenbeladen, ja. Aber alt? Eine kalte Leere machte sich in Jaxom breit. Was sollte Pern ohne den Humor und die Weisheit seines Meisterharfners anfangen? Oder gar ohne seine kluge Voraussicht, sein waches Interesse an allem Neuen? Ärgerlich über sich selbst, schüttelte Jaxom seine düsteren Gedanken ab und versuchte sich auf die Gegenwart zu konzentrieren.

Ein kehliges Summen lenkte seine Aufmerksamkeit zurück zur Brustätte. Er hatte genug Gegenüberstellungen mitverfolgt und wußte, daß Ramoths Anwesenheit etwas Ungewöhnliches darstellte; schließlich war kein Königinnen-Ei mehr im Gelege. Er hätte nicht an der Stelle der Kandidaten sein mögen, die sich vor ihren ärgerlich kreisenden, rotglitzernden Augen und dem pendelnden Kopf zu fürchten schienen und immer enger zusammenrückten, anstatt sich im Kreis um die Eier zu scharen.

»Zu beneiden sind die nicht«, raunte Menolly ihm zu.

»Läßt sie die Kandidaten überhaupt an die Eier heran?« fragte Jaxom.

Der Harfner schaute mit einem grimmigen Lächeln auf. »Hat den Anschein, als würde sie sich vergewissern, daß keiner der Anwärter vom Südkontinent kommt.« Wenn er sprach, wirkte Robinton wieder so energisch und lebhaft wie eh und je, und Jaxom fragte sich, ob sein Eindruck von vorher falsch gewesen war, beeinflußt vielleicht vom düsteren Licht in der Brutstätte. »Ein Glück, daß sie mich nicht so genau betrachtet.«

Menolly hüstelte. Jaxom schloß aus dem Verhalten der beiden, daß sie erst vor kurzem im Süden unten gewesen waren. Was mochten sie dabei entdeckt haben?

Mit einemmal stand ihm der kalte Schweiß auf der Stirn. Himmel, die Bewohner des Südens *wußten*, daß keiner von ihnen das Ei zurückgebracht hatte. Wenn Robinton nun ebenfalls im Besitz dieses Wissens war?

Ein wütendes Zischen erklang von der Brutstätte. Bewegung kam in die Zuschauer. Eines der Eier war gesprungen, aber Ramoth stellte sich schützend davor und ließ keinen der Kandidaten in die Nähe. Mnementh, der draußen auf seinem Felsensims kauerte, trompetete los, und die Bronzedrachen im Innern des Kessels begannen zu summen. Ramoth hob den Kopf, spreizte die grüngolden schimmernden Flügel und stieß einen heftigen Antwortschrei aus. Die Bronzedrachen versuchten sie zu besänftigen; Mnemenths Schmettern dagegen war eindeutig ein Befehl.

Ramoth ist sehr aufgeregt, berichtete Ruth seinem Freund. Der weiße Drache hatte sich unauffällig an einen sonnigen Fleck neben dem Badeteich des Weyrs zurückgezogen. *Mnementh meint, sie solle nicht albern sein. Erst wenn die Jungen ausgeschlüpft sind und die Kandidaten ihre Schützlinge in Empfang genommen haben, wird wieder Sicherheit einkehren.*

Der Zuspruch der Bronzedrachen verstärkte sich, und Ramoth trat langsam, immer noch wütend, von den Eiern zurück. Einer der älteren Jungen, der sich tapfer in die erste Reihe gestellt hatte, verbeugte sich tief vor ihr und trat dann auf das gesprungene Ei zu, aus dem sich kreischend ein kleiner Bronzedrache hervorarbeitete.

»Der Kerl besitzt Mut und Geistesgegenwart«, meinte Robinton anerkennend. Er beobachtete das Geschehen jetzt aufmerksam. »Genau, was Ramoth gebraucht hat – einen Beweis der Hochachtung. Ihre Augen kreisen jetzt langsamer, und sie senkt die Schwingen. Gut – sehr gut!«

Zwei weitere Kandidaten folgten dem Beispiel, verneigten sich vor Ramoth und gingen rasch auf die Eier zu, die heftig umherschaukelten, während die kleinen Drachen von innen die Schale zu sprengen versuchten.

»Da, seht, der Bronze-Drache gehört ihm! Er hat ihn verdient«, sagte Robinton und klatschte Beifall, als der Junge mit dem tolpatschigen Geschöpf dem Ausgang der Brutstätte zustrebte.

»Wer ist das?« wollte Menolly wissen.

»Der Statur und den Farben nach ein Sohn des Baron von Telgar – scheint den scharfen Verstand des Vaters geerbt zu haben.«

»Kirnety von Fort bekommt ebenfalls einen Bronze-Drachen«, berichtete Menolly erfreut. »Hab' ich es nicht gesagt?«

»Ich kann mich auch mal täuschen, Mädchen, oder nicht?« entgegnete Meister Robinton friedfertig. »Unfehlbarkeit wäre langweilig. Sind auch von Ruatha Bewerber hier, Jaxom?«

»Zwei, aber ich kann sie von hier aus nicht erkennen.«

»Es ist ein großes Gelege«, meinte Robinton. »Die Chancen stehen gut.«

Jaxom beobachtete fünf Jungen, die sich um ein großes, grüngeflecktes Ei scharten. Er hielt den Atem an, als der Kopf des kleinen Drachen durch die Schale stieß. Das winzige Geschöpf schüttelte sich und ließ die Blicke von einem der Kandidaten zum anderen wandern. »Und doch gibt es immer wieder Enttäuschungen«, warf Jaxom ein, als der kleine braune Drachen an den fünf Jungen vorbei über den heißen Sand taumelte und mitleiderregend schrie.

Der Winzling stolperte, fiel mit der Nase in den Sand und begann heftig zu niesen. Ramoth zischte warnend, und die Jungen, die ihr am nächsten standen, ergriffen die Flucht. Einer von ihnen, ein dunkelhaariger Junge mit abgeschundenen Knien, wäre um ein Haar über den kleinen Drachen gefallen. Er ruderte mit den Armen, richtete sich halb auf und sah dem Tier in die Augen. Und dann – war der Kontakt hergestellt.

Jaxom dachte zurück an seine eigene Gegenüberstellung, und ein Gefühl der Wärme durchrieselte ihn.

»Schon wieder alles vorbei«, sagte Menolly mit einem Seufzer. »Die könnten sich ruhig etwas mehr Zeit lassen.«

»Na, mir reicht es für heute nachmittag«, entgegnete Robinton und deutete auf Ramoth. Die Königin starrte den jungen Drachen und ihren Begleiter nach und trat dabei gereizt von einer Pfote auf die andere.

»Ob sich ihre Laune jetzt bessert, da alle versorgt sind?« fragte Menolly.

»Und die von Lessa ebenfalls?« Robinton unterdrückte ein Grinsen. »Zweifellos werden sich beide beruhigen, sobald Ramoth wieder frißt.«

»Hoffentlich«, wisperte Menolly inständig. Ihre Antwort war wohl nicht für den Harfner bestimmt gewesen, der sich bereits abgewandt hatte und nach jemandem auf den Rängen Ausschau hielt.

Robinton hatte sie jedoch gehört und lächelte seiner Gesellin zu. »Schade, daß wir die Sitzung nicht aufschieben können, bis dieser glückliche Umstand eingetroffen ist.«

»Darf ich Sie nicht wenigstens dieses eine Mal begleiten?«

»Um mich zu beschützen, Menolly?« Der Harfner legte ihr einen Arm um die Schultern. »Nein, es ist leider keine öffentliche Zusammenkunft, und ich möchte die Teilnehmer nicht vor den Kopf stoßen.«

»Er darf natürlich . . .«, Menolly wies mit dem Daumen auf Jaxom und warf ihm einen mißmutigen Blick zu.

»Ich darf was?«

»Hat Lytol dir nichts davon gesagt, daß sich nach der Gegenüberstellung der Rat der Barone auf Benden zusammenfindet?« fragte der Harfner. »Du sollst Ruatha vertreten.«

»Den Meisterharfner konnten sie natürlich nicht ausschließen«, warf Menolly mit gereizter Stimme ein.

»Warum sollten sie?« frgte Jaxom, verblüfft über Menollys ungewöhnliche Abwehrhaltung.

»Weil . . .«

»Jetzt reicht es, Menolly. Ich finde es nett, daß du dich um meine Person sorgst, aber alles zu seiner Zeit. Keiner will mir an Kopf und Kragen. Und sobald Ramoth ihren Hunger gestillt hat, geht die Nervosität im Weyr vorüber.« Robinton klopfte ihr beruhigend auf die Schulter.

In diesem Moment verließ die Königin die Brutstätte und erhob sich in die Lüfte.

»Da – seht ihr! Sie begibt sich zu den Weidegründen!« sagte der Harfner. »Ich habe nichts mehr zu befürchten.«

Menolly warf ihm einen langen, düsteren Blick zu. »Ich wollte Sie ja auch nur begleiten, mehr nicht.«

»Ich weiß. Ah – Fandarel!« Der Harfner hob die Stimme und winkte dem hochgewachsenen Schmiedemeister zu. »Los, Baron Jaxom, der Rat tritt zusammen!«

Das hatte Lytol wohl gemeint, als er sagte, seine Anwesenheit bei der Gegenüberstellung sei dringend erforderlich. Aber warum kam Lytol nicht selbst, wenn die Angelegenheit so wichtig war, wie Menolly andeutete? Jaxom fühlte sich geschmeichelt, daß sein Vormund ihm so großes Vertrauen entgegenbrachte. Auf ihrem Weg aus der Brutstätte begegneten sie weiteren Gildemeistern. Der Ernst, der aus ihren Mienen sprach, unterstrich Menollys Andeutung, daß es sich um eine außergewöhnliche Sitzung handelte. Wieder wunderte sich Jaxom, weshalb Lytol nicht hier war. Er hatte doch zugesagt, daß er Robinton unterstützen würde.

»Einen Moment lang sah es ganz so aus, als wolle Ramoth die Gegenüberstellung verhindern«, meinte Fandarel und nickte dann Jaxom zu. »Wie ich höre, vernachlässigen Sie mich wegen Ihres Lieblingssports, mein Junge, was?«

»Jeder Drache muß lernen, Feuerstein zu kauen, Meister Fandarel.«

»Bei meiner Seele«, meinte Bergwerksmeister Nicat. »Ich hätte nie geglaubt, daß der Kleine durchkommt.«

Jaxom hatte schon eine scharfe Entgegnung auf den Lippen, milderte sie jedoch ab, als er den warnenden Blick des Meisterharfners bemerkte. »Ruth schafft das Training spielend, vielen Dank.«

»Man merkt kaum, wie die Zeit vergeht, Meister Nicat«, warf Robinton geschickt ein. »Plötzlich sind jene, die wir noch als Kinder in Erinnerung haben, reif und erwachsen geworden. Oh, Andenon, wie geht es?« Der Harfner winkte dem Saatmeister, der sich zu ihnen gesellte.

Nicat blieb neben Jaxom. »Dann frißt der kleine weiße Drachen nun auch schon Feuerstein!« Er schüttelte den Kopf und lachte. »Ob deshalb unsere Vorräte auf den Feuerhöhen so rasch schwinden?«

»Meister Nicat, ich werde auf dem Fort-Weyr ausgebildet und bekomme dort soviel Feuerstein, wie ich brauche.«

»Bei den Drachenreitern – tatsächlich?« Nicats Grinsen wurde noch breiter. Seine Blicke hefteten sich einen Moment lang auf Jaxoms Wange und wanderten dann weiter. »Nun, Baron, dann viel Spaß!« Jaxom hatte das Gefühl, daß er den Titel ganz besonders betonte, aber er wischte das Mißtrauen beiseite, denn sie näherten sich den Stufen zum Königinnen-Weyr.

Mnementh, der sonst den Eingang bewachte, war seiner Gefährtin zu den Weidegründen gefolgt und beobachtete sie beim Fressen. Jaxoms Gedanken wanderten zum Badeteich. Er spürte Ruths Nähe.

»Ganz schön spannend diesmal, die Gegenüberstellung«, meinte Nicat beiläufig.

»Waren auch Angehörige Ihrer Gilde unter den Kandidaten?« erkundigte sich Jaxom höflich.

»Nur einer. Aber bei der letzten Gegenüberstellung im Telgar-Weyr brachten wir gleich zwei Bewerber durch. Wir können uns nicht beklagen, wirklich nicht. Wenn ich allerdings – also, wenn ich an das eine oder andere Echsen-Ei herankäme – da würde ich nicht Nein sagen.«

Nicats Blick war offen, und Jaxom gelangte zu der Überzeugung, daß er seine Bemerkung mit dem Feuerstein nicht ernst gemeint hatte.

»Im Moment haben wir keine, aber man weiß nie, wann ein Gelege entdeckt wird.«

»Ich erwähne es auch nur nebenbei. Die kleinen Echsen sind tödlich für die lästigen Tunnelschlangen, die sich in den Stollen herumtreiben. Außerdem entdecken sie Giftgase viel schneller als wir. Und im Moment scheinen wir in unseren Bergwerken nur noch auf Gaseinschlüsse zu stoßen.«

Der Bergwerksmeister wirkte niedergeschlagen und beunruhigt. Jaxom fragte sich, was wohl in der Luft lag, daß die allgemeine Stimmung so gedämpft und sorgenvoll war. Er hatte Meister Nicat immer sehr geschätzt. Vom Unterricht im Bergwerk wußte er, daß der Gildemeister ein äußerst tüchtiger Mann war, der in seiner Jugend selbst unter Tage gearbeitet hatte. Während sie die Stufen zum Königinnen-Weyr erklommen, bereute Jaxom wieder einmal, daß er N'ton versprochen hatte, keine Zeitsprünge mehr durchzuführen. Er war tagsüber so stark eingespannt, dabei hätte Ruth sicher rasch ein Echsen-Gelege an den Stränden im Süden aufgestöbert. So wäre Meister Nicat und Corana geholfen gewesen – und vielleicht auch dem mürrischen Tegger, der inzwischen wohl gelernt hatte, wie man mit Feuer-Echsen richtig umging. Aber im Moment war es Jaxom unmöglich, einen Tag freizukommen, und ein Zeitsprung – nun ja ...

Eben als sie den Eingang erreichten, tauchte mit lautem Trompeten ein Bronzedrache über dem Sternstein auf. Der Wachdrache antwortete. Jaxom fiel auf, daß alle stehengeblieben waren und nach oben blickten. Die Nervosität auf Benden wurde immer schlimmer. Er fragte sich, wer da wohl eingetroffen war.

Der Weyrführer von Ista, teilte ihm Ruth mit.

D'ram? Die anderen Weyrführer mußten nicht an Gegenüberstellungen teilnehmen, aber im allgemeinen kamen sie – es sei denn, in ihren Schutzgebieten fielen gerade Sporen. Jaxom hatte bereits N'ton entdeckt, R'mart vom Telgar-Weyr, G'narisch von Igen und T'bor vom Hochland. Dann fielen ihm die Worte des Meisterharfners über den Gesundheitszustand von Fanna, D'rams Lebensgefährtin, wieder ein. Ging es ihr schlechter?

Als sie den Beratungssaal erreichten, trennte sich Nicat von ihm. Jaxom warf einen Blick auf Lessa, die mit düster gerunzelter Stirn auf dem viel zu großen steinernen Sitz am Ende des langen Tisches thronte, und begab sich rasch in die entgegengesetzte Ecke des Raumes. Hier würden nicht einmal ihre scharfen Augen seine Wunden entdecken.

Der Harfner hatte angedeutet, daß es sich um eine Versammlung im engsten Kreise handelte. Jaxom sah die Gildemeister und Weyrführer, dazu die Barone der größeren Burgen, jedoch keine Weyrherrinnen oder Geschwader-Zweite mit Ausnahme von Brekke und F'nor.

D'ram trat mit F'lar und einem jüngeren Mann ein, der Jaxom unbekannt war, obwohl er die Rangabzeichen eines Geschwader-Stellvertreters trug. Wenn Jaxom vorhin wegen Robintons schlechtem Aussehen besorgt gewesen war, so empfand er nun beim Anblick von D'ram Entsetzen. Der Mann hatte sich in einem einzigen Planetenumlauf völlig verändert. Er wirkte leer und ausgehöhlt. Seine Schultern waren tief gebeugt, und unsicher setzte er einen Fuß vor den anderen.

Lessa erhob sich mit einer ihrer schnellen, geschmeidigen Bewegungen und ging dem Weyrführer von Ista mit ausgestreckten Händen entgegen. In ihrem Gesicht lag ein unerwartet weicher Ausdruck. Ihre ganze Aufmerksamkeit war D'ram zugewandt.

»Wir haben uns nach Ihrem Wunsche versammelt, D'ram«, begann Lessa und begleitete ihn zu dem Platz neben sich, wo sie ihm ein Glas Wein einschenkte.

D'ram dankte ihr und trank einen Schluck, aber er setzte sich nicht. Im Stehen ließ er seine Blicke über die versammelten Gäste schweifen. Jaxom sah, daß tiefe Sorgenfalten sein Gesicht zerfurchten.

»Die meisten von euch wissen bereits, wie es um mich und ... Fanna steht«, begann er leise und zögernd. Er räusperte sich und holte tief Luft. »Ich habe den Wunsch, die Führung des Ista-Weyrs aufzugeben. Zwar ist im Augenblick keine unserer Königinnen zum Paarungsflug bereit, aber ich kann so nicht weitermachen. Der Weyr billigt meinen Entschluß. G'dened ...« –

D'ram deutete auf den Mann, der ihn begleitet hatte – »hat während der letzten zehn Sporeneinfälle unsere Drachengeschwader auf seinem Barnath angeführt. Ich hätte meinen Platz schon früher räumen sollen, aber . . .« – er schüttelte mit einem traurigen Lächeln den Kopf – »wir hatten so gehofft, daß Fanna genesen würde.« Mühsam straffte er die Schultern. »Caylith ist unsere älteste Königin und Cosira eine gute Weyrherrin. Barnath hat sich bereits einmal mit Caylith gepaart. Ein großes Gelege mit kräftigen Jungdrachen war das Ergebnis.« D'ram stockte erneut und sah Lessa unsicher an. »Bei uns Alten war es Sitte, wenn ein Weyr führerlos wurde, den nächsten Paarungsflug den jungen Bronzereitern aller Weyr anzukündigen. Auf diese Weise erhielten alle eine faire Chance. Ich möchte diesen Brauch wieder einführen.« Er sagte den letzten Satz mit hartem Nachdruck, sah Lessa dabei aber beinahe flehend an.

»Dann müssen Sie sehr überzeugt von G'deneds Barnath sein.« R'marts Stimme erhob sich ein wenig spöttisch über das erstaunte Murmeln der anderen.

G'dened lächelte, vermied es aber, den Sprecher herauszufordern.

»Ich möchte den besten Weyrführer für Ista«, erklärte D'ram steif und wies mit seinem Tonfall R'marts Andeutung zurück, daß es sich um einen Wettbewerb mit vorher feststehendem Sieger handeln könne. »G'dened hat mir seine Tüchtigkeit unter Beweis gestellt. Aber er sollte sie auch den anderen beweisen.«

»Ein vernünftiger Vorschlag.« F'lar stand auf und hob die Hand, bis alle schwiegen. »Ich bezweifle nicht, daß G'dened eine gute Chance hat, R'mart, aber D'rams Angebot ist in dieser Zeit der Krisen ungeheuer großzügig. Ich werde meinen Bronzereitern Bescheid geben, aber darauf bestehen, daß nur jene am Wettbewerb teilnehmen, die noch keine Königin geflogen haben. Der Kampf sollte gerecht bleiben.«

»Ist Caylith eigentlich eine Benden-Königin?« fragte Baron Corman von Keroon.

»Nein, sie stammt von Mirath ab. Pirith ist die Königin, die von Benden kam.«

»Dann gehört Caylith zu den Königinnen der Alten?«

»Caylith ist eine Ista-Königin«, warf F'lar ruhig ein.

»Und G'dened?«

»Ich wurde in der alten Zeit geboren«, entgegnete der Mann und schaute Baron Corman offen an.

»Er ist außerdem ein Sohn von D'ram«, wandte sich Baron

Warbret von Burg Ista direkt an Baron Corman, als könne diese Tatsache den unterschwelligen Widerstand des Mannes brechen.

Corman nickte. »Gutes Blut«, meinte er anerkennend.

»Es geht hier um seine Anwartschaft als Weyrführer, nicht um seine Herkunft«, erklärte F'lar. »Der Brauch der Alten erscheint mir gut . . .«

Jemand stellte halblaut fest, das sei der einzige vernünftige Brauch der Alten, von dem er je gehört habe. Jaxom verstand die geflüsterte Bemerkung sehr genau und hoffte nur, daß sie nicht bis zu dem Neuankömmling vordrang.

»Niemand könnte D'ram daran hindern, seine Rechte als Weyrführer bis zuletzt auszuüben«, fuhr F'lar fort, an die Gildemeister und Barone gewandt. »Ich danke ihm von ganzem Herzen für sein Angebot und die Bereitschaft, den Weyr auch anderen Bewerbern zu öffnen.«

»Ich will nichts als die bester Führung für meinen Weyr«, wiederholte D'ram. »Das hier ist der einzige Weg, sie zu erhalten. Der einzig richtige Weg.«

Jaxom erkannte Zustimmung in den Mienen der übrigen Weyrführer. Das war verständlich, denn immerhin konnte es sein, daß sich einer ihrer Bronzereiter durchsetzte. Jaxom hoffte jedoch, daß G'deneds Barnath Caylith erobern würde. Dann ließ sich beweisen, daß die Alten aus gutem Holz geschnitzt waren. Und niemand konnte sich gegen die Führung von G'dened wenden, wenn sie im ehrlichen Wettkampf errungen war.

»Ich habe hiermit Istas Willen kundgetan«, fuhr D'ram mit müder Stimme fort. »Nun muß ich zurück. Lebt wohl.«

Er verneigte sich vor Lessa und dann vor den anderen. Die Weyrherrin stand auf, reichte ihm die Hand und verabschiedete ihn mit herzlichen Worten. Zu Jaxoms Staunen erhoben sich alle, als D'ram den Raum verließ, aber der Kopf des Weyrführers von Ista blieb gesenkt, und Jaxom bezweifelte, daß er die spontane Geste der Ehrerbietung überhaupt bemerkt hatte. Schmerz schnürte ihm die Kehle zu.

»Ich möchte mich ebenfalls verabschieden – falls ich auf Ista gebraucht werde«, sagte G'dened und verbeugte sich formell vor den Weyrführern Bendens und den übrigen Anwesenden.

»G'dened?« Lessa sprach den Namen fragend aus.

Der Mann schüttelte langsam den Kopf. »Ich werde alle Weyr in Kenntnis setzen, wenn Caylith in Hitze gerät.« Damit eilte er D'ram nach.

Als seine Schritte im Korridor verklungen waren, begannen alle gleichzeitig zu sprechen. Die Barone zweifelten die Richtigkeit der Entscheidung an. Auch die Gildemeister waren geteilter Meinung, obwohl Jaxom glaubte, daß Robinton von der Entscheidung D'rams gewußt und sie gebilligt hatte. Die Weyrführer dagegen drückten Befriedigung aus.

»Hoffentlich stirbt Fanna nicht ausgerechnet heute«, murmelte ein Gildemeister zu Jaxoms Linker. »Ein Todesfall am Tage der Gegenüberstellung bringt Unglück.«

»Ganz abgesehen davon, daß es den Festschmaus verdirbt. Ich möchte schon wissen, wie stark G'deneds Bronzedrachen ist. Stellt euch vor, wenn ein Bronzereiter von Benden Ista für sich gewinnen könnte . . .«

Bei dem Wort »Festschmaus« merkte Jaxom erst, wie sehr ihm der Magen knurrte. Er war so früh wie immer aufgestanden, hatte mit den Jungreitern geübt und gerade noch Zeit gefunden, sich für die Gegenüberstellung umzuziehen. So schob er sich langsam und unauffällig dem Ausgang entgegen. Eine der Frauen in den Küchengewölben brachte ihm sicher eine Kleinigkeit zu essen, wenn er sie darum bat.

»War das der ganze Zweck des Zusammentreffens?« fragte Baron Begamon von Nerat in das Schweigen der anderen hinein. Seine Stimme klang grämlich. »Haben die Weyr noch nicht herausgefunden, wer das Ei stahl? Oder wie es wieder in die Brutstätte gelangte? Ich dachte, darüber würden wir heute Näheres erfahren.«

»Das Ei wurde zurückgebracht, Baron Begamon«, erklärte F'lar und legte seine Hand auf Lessas Arm.

»Das weiß ich. Ich war ja selber dabei. Genau wie bei der Gegenüberstellung der kleinen Königin.«

F'lar führte Lessa dem Ausgang zu. »Heute haben wir eine andere Gegenüberstellung, Baron Begamon«, sagte er. »Ein freudiger Anlaß für uns alle. Unten gibt es Wein.« Damit verließen die beiden den Beratungsraum.

»Ich verstehe das nicht.« Begamon wandte sich verwirrt an seinen Nachbarn. »Ich dachte, wir würden endlich etwas erfahren.«

»Das haben Sie doch«, meinte F'nor, der eben mit Brekke an ihm vorbeiging. »D'ram gibt das Amt des Weyrführers ab.«

»Das betrifft mich doch nicht.« Begamon wurde immer ärgerlicher über die Antworten, die er erhielt.

»Das betrifft Sie mehr als alle Mutmaßungen über das verschwundene Ei«, sagte F'nor, ehe auch er den Raum verließ.

»Ich fürchte, mehr werden Sie dazu nicht herausbringen«, sagte Robinton mit einem schwachen Lächeln.

»Aber – aber unternehmen sie denn gar nichts? Wollen sie die Kränkung der Alten etwa widerspruchslos hinnehmen?«

N'ton hatte den Wortwechsel mitverfolgt und trat nun näher. »Im Gegensatz zu den Burgherren können und dürfen Drachenreiter ihren Leidenschaften nicht freien Lauf lassen. Ihre erste Pflicht besteht darin, ganz Pern vor den Fäden zu schützen, Baron Begamon.«

»Kommen Sie, Begamon!« Baron Groghe von Fort nahm den Burgherrn von Nerat am Arm. »Diese Weyr-Geschichten gehen uns nichts an. Da sollten wir uns nicht einmischen. Die Drachenreiter werden schon wissen, was sie tun. Außerdem wurde das Ei zurückgebracht. Jammerschade, daß es so schlimm um D'rams Gefährtin steht. Ich sehe ihn ungern scheiden. Er war ein tüchtiger Bursche!« Er sah den Meisterharfner fragend an. »F'lar hat es zwar nicht ausdrücklich erwähnt, aber ich nehme an, daß man uns zur Feier des Tages mit Benden-Wein bewirtet?«

Robinton nickte lachend und begleitete die beiden Männer aus dem Saal. Jaxom schlenderte langsam hinterher. Als er am Fuße der Treppe anlangte, stürzte sich Menolly auf ihn.

»Sag schon, was war? Haben sie überhaupt mit ihm gesprochen?«

»Wer soll mit wem gesprochen haben?«

»F'lar und Lessa – haben sie das Wort an den Harfner gerichtet?«

»Dazu gab es keinen Anlaß.«

»Hmm. Nun erzähl schon!«

Mit einem Seufzer schilderte Jaxom den Verlauf der Sitzung. »D'ram teilte den anderen mit, daß er die Führung des Ista-Weyrs niederlegen wolle . . .« Menolly nickte, als sei ihr das nichts Neues. »Und er wollte, daß sein Nachfolger gemäß der alten Tradition bestimmt wird. Sobald wieder eine Königin von Ista zum Paarungsflug aufsteigt, sind alle Bronzereiter von Pern eingeladen, sie zu erobern.«

Menolly riß die Augen auf. »Das muß eingeschlagen haben! Gab es irgendwelche Einwände?«

»Von den Baronen, ja.« Jaxom grinste. »Von den anderen Weyrführern natürlich nicht. Nur R'mart spöttelte, daß G'dened wohl von vornherein den Sieg in der Tasche habe.«

»Ich kenne G'dened nicht persönlich, aber ich weiß, daß er ein Sohn von D'ram ist.«

»Das muß noch gar nichts heißen.«
»Stimmt auch wieder.«
»D'ram hob hervor, daß er den besten Führer für Ista wolle und daß man ihn nur auf diese Weise bestimmen könne.«
»Armer D'ram . . .«
»Arme Fanna, meinst du.«
»Nein, du hast schon richtig gehört. D'ram war als Weyrführer sehr stark.« Menolly kam wieder auf ihre anfängliche Frage zurück. »Und Meister Robinton – hat er gar nichts gesagt?«
»Er unterhielt sich mit Begamon.«
»Nicht mit F'lar und Lessa?«
»Dazu gab es keine Gelegenheit. Warum?«
»Sie waren so lange seine besten Freunde – und ich finde, sie verhalten sich jetzt nicht fair. Er mußte in diesem Fall einfach eingreifen. Drachen dürfen nicht gegen Drachen kämpfen.«
Jaxom nickte heftig, doch in diesem Moment knurrte sein Magen so laut, daß Menolly ihn verdutzt ansah. Er wußte nicht recht, ob er sich entschuldigen oder loslachen sollte, und entschied sich für letzteres. Die Harfnerin seufzte.
»Also komm, aus dir bringe ich doch kein vernünftiges Wort heraus, bevor du nicht etwas gegessen hast!«
Es wurde weder ein besonders prunkvolles noch ein besonders fröhliches Fest. Die Drachenreiter wirkten zurückhaltend. Jaxom wollte gar nicht herausfinden, ob das mehr auf D'rams Rücktritt oder auf den Diebstahl des Königin-Eis zurückzuführen war. Und er fühlte sich in Menollys Gesellschaft nicht wohl, weil er den Verdacht nicht loswurde, daß sie wußte, wer das Ei zurückgebracht hatte. Die Tatsache, daß sie ihre Vermutung nicht aussprach, beunruhigte ihn noch mehr, denn irgendwie spürte er, daß sie ihn absichtlich zappeln ließ. Zu F'lessan und Mirrim wollte er sich aber auch nicht gesellen; die beiden hätten ganz sicher seine Brandwunde bemerkt. Benelek gehörte nicht zu seinen engeren Freunden, und an den großen Tischen, wo die übrigen Barone saßen, mochte er erst recht nicht Platz nehmen. Dann kam Oharan und holte Menolly an den Harfnertisch; sie stimmten die alten Balladen an, und die Gäste sangen begeistert mit.
Ruth schien ganz zufrieden mit der Gegenüberstellung; was ihm ein wenig fehlte, war die Gesellschaft der Echsen.
Sie sind gar nicht gern in Brekkes Weyr eingesperrt, erklärte Ruth seinem Reiter. *Warum können sie nicht herauskommen? Ramoth hat einen vollen Bauch und schläft. Sie würde es nicht einmal merken.*

»Da wäre ich an deiner Stelle nicht allzu sicher.« Jaxom warf einen Blick auf Mnementh, der zusammengerollt auf dem Felsensims vor dem Weyr lag. Seine Augen glommen im Halbdunkel des Weyrkessels.

So brachen Jaxom und Ruth schon bald nach dem Festschmaus auf und kehrten zurück nach Ruatha. Der junge Baron machte sich Sorgen wegen Lytol. Der Burgverwalter regte sich vermutlich stark auf, wenn Fanna starb und ihre Königin ins *Dazwischen* ging. Er wußte, daß Lytol dem Weyrführer der Alten großen Respekt entgegenbrachte, und zögerte, ihm die Nachricht von seinem Rücktritt zu übermitteln. Außerdem – wie mochte sich Lytol zu dem offenen Wettbewerb für alle Bronzedrachen stellen?

Lytol aber nickte nur kurz und fragte Jaxom, ob man mehr über den Diebstahl erfahren habe. Als Jaxom von Baron Begamons Beschwerde berichtete, knurrte der Burgverwalter verächtlich. Dann wollte er wissen, ob wieder Echsen-Gelege aufgetaucht seien, weil ihn zwei weitere Pächter um Eier gebeten hätten. Jaxom versprach, N'ton am nächsten Morgen danach zu fragen.

»Wenn man bedenkt, in welchen Verruf die Echsen geraten sind, wundert man sich, daß sie überall so heiß begehrt sind«, stellte der Weyrführer am nächsten Tag fest, als Jaxom ihm Lytols Frage ausrichtete. »Aber vielleicht geschieht es gerade deswegen. Jeder glaubt nun, daß seine Zeit gekommen sei, weil die anderen keinen Wert mehr auf Feuer-Echsen legen. Nein, ich besitze keine. Aber ich wollte dich ohnehin sprechen. Wir vom Fort-Weyr begleiten morgen die Hochland-Geschwader während des Sporenregens im Norden. Wären auch über Ruatha Fäden gefallen, hätte ich dich eingeladen, mit den anderen Jungreitern daran teilzunehmen. So möchte ich lieber darauf verzichten. Ich hoffe, du verstehst meine Entscheidung richtig.«

Jaxom nickte, bohrte aber nach: »Heißt das, daß ich beim nächsten Sporeneinfall über Ruatha mitfliegen darf?«

»Ich habe mit Lytol darüber gesprochen.« N'tons Augen blitzten, und er lachte. »Lytol meint, die Drachen fliegen so hoch, daß niemand von Ruatha es merkt, wenn du dein Leben für die Burg aufs Spiel setzt. Also kann dich auch niemand bei Lessa und F'lar verraten.«

»Ich riskiere weit mehr, wenn ich mit der Flammenwerfer-Mannschaft durch die Wälder streife.«

»Wahrscheinlich, aber wir wollen doch vermeiden, daß die Sache im Benden-Weyr zur Sprache kommt. K'nebel ist sehr zufrieden mit dir. Und Ruth besitzt in der Tat alle Fähigkeiten, die du an ihm gelobt hast – er ist schnell, klug und ungeheuer wendig.« Wieder lachte N'ton. »Unter uns gesagt, K'nebel meint, daß der Kleine ohne weiteres in der Lage sei, mitten im Flug in die Gegenrichtung zu schwenken. Er hat nur Angst, einige der anderen Jungreiter könnten auf die Idee kommen, dieses Kunststück auch mit ihren Drachen auszuprobieren – und dann kämen die Burschen nur so aus dem Himmel gepurzelt.«

So jagte Jaxom am nächsten Vormittag mit Ruth und brachte ihn dann zum See, wo er den Drachen gründlich abschrubbte und ihm dann ein Bad genehmigte. Während die Feuer-Echsen Ruths Nackenwülste bearbeiteten, versorgte Jaxom die Wunde an seinem Schenkel.

Plötzlich begann der weiße Drache zu wimmern. Schuldbewußt schaute Jaxom auf. Auch die Feuer-Echsen hatten in ihrer Arbeit innegehalten. Sie legten die kleinen Köpfe schräg, als horchten sie auf etwas in weiter Ferne.

»Was ist denn, Ruth?«

Die Frau stirbt.

»Bring mich zurück zur Burg, Ruth. Schnell!«

Jaxom biß die Zähne zusammen, als die feuchten Kleider in der Kälte des *Dazwischen* an seiner Haut festfroren. Fröstelnd beobachtete er beim Auftauchen den Wachdrachen auf den Feuerhöhen. Merkwürdig, das Tier sonnte sich, als sei nichts geschehen.

Jetzt stirbt sie noch nicht, erklärte Ruth.

Es dauerte einen Moment, bis Jaxom verstanden hatte, daß Ruth einen Zeitsprung gewagt hatte und noch vor dem kritischen Moment angekommen war.

»Wir haben doch versprochen, daß wir das lassen, Ruth.« Jaxom war dem Drachen zwar dankbar, aber er wollte auf gar keinen Fall sein Wort brechen.

Du hast es versprochen. Ich nicht. Und Lytol braucht dich jetzt, nicht später.

Ruth setzte Jaxom im Burghof ab, und der junge Mann rannte die Treppe hinauf zum großen Saal. Er scheuchte eine Magd, die gerade die Böden wischte, mit der heftigen Frage auf, wo Lytol im Moment sei. Sie schickte ihn zu Brand. Jaxom wußte zwar, daß Brand in seinem Arbeitszimmer eine Karaffe Wein stehen hatte, aber vorsichtshalber ging er in die Vorratskammer, packte einen Weinschlauch an der Trageschlinge, nahm zwei Becher in die freie Hand und lief zu Brands Räumen. Ohne anzuklopfen, drückte er die Türklinke mit dem Ellbogen herunter und platzte mitten in ein Gespräch der beiden Männer.

»Was gibt es, Baron Jaxom?« rief Brand und sprang auf. Lytols Miene verriet Unmut über Jaxoms unhöfliches Eindringen, doch in diesem Moment hielt Brands blaue Echse den Kopf schräg und lauschte. Jaxom deutete auf das Tierchen.

Die Echse richtete sich hoch auf, spreizte die Flügel und stieß einen schrillen, langgezogenen Klagelaut aus. Jegliche Farbe wich aus Lytols Gesicht. Zugleich hörten die Männer das dunklere, ebenfalls durchdringende Geschrei von Ruth und dem Wachdrachen, die ihrer Trauer um den Tod der Drachenkönigin freien Lauf ließen.

Jaxom goß einen Becher randvoll mit Wein und drückte ihn Lytol in die Hand.

»Ich weiß, das macht den Schmerz nicht ungeschehen«, sagte er rauh. »Aber du kannst dich wenigstens betrinken, bis die Erinnerung betäubt wird.«

IX

Frühsommer in der Harfnerhalle und auf Ruatha, 3. 7. 15

Der erste Hinweis, den Robinton erhielt, kam von Zair, der unvermittelt aus seinem Vormittagsschlaf auf dem Fenstersims hochschreckte, dem Harfner auf die Schulter flog und sich an seinem Hals festklammerte. Robinton machte sich vorsichtig frei, denn der Schweif der kleinen Echse schnürte ihm die Luft ab. Wimmernd rieb Zair das Köpfchen gegen seine Wange.

»Was ist denn los mit dir?«

In diesem Moment erhob der Wachdrache auf den Feuerhöhen sein schrilles Trompeten. Ein anderer Drache tauchte auf, beantwortete den Ruf des Wachdrachen und setzte dann in einer steilen Spirale zur Landung an.

Jemand klopfte kurz und riß die Tür auf, ohne das »Herein« abzuwarten. Robinton hatte schon einen Tadel auf den Lippen, als er Menolly erspähte. Prinzeßchen schmiegte sich eng in ihr Haar, während Rocky, Taucher und Poll sie kreischend umflatterten.

»F'lar und Mnementh sind gekommen!«

»Das habe ich eben selbst bemerkt, meine Liebe. Weshalb die Panik?«

»Panik? Ich bin doch nicht in Panik. Nur aufgeregt. Es geschieht zum erstenmal seit jenem Raub des Königin-Eis, daß der Weyrführer uns hier aufsucht.«

»Dann müssen wir uns anstrengen, mein Kind. Frag Silvina, ob sie ein wenig Kuchen zum Klah hat.« Er seufzte sehnsüchtig. »Leider ist es noch etwas zu früh, um ihm Wein anzubieten.«

»Auf Benden ist es längst nicht mehr so früh wie bei uns«, meinte Menolly, ehe sie das Zimmer verließ.

Robinton starrte auf die leere Tür und seufzte noch einmal tief. Das Mädchen hatte sich die Entfremdung zwischen ihm und dem Benden-Weyr sehr zu Herzen genommen. Ihm selbst war die Geschichte natürlich auch nicht angenehm gewesen. Energisch schob er diese Gedankengänge beiseite. Mnementh hatte völlig ruhig geklungen, als er sich beim Wachdrachen anmeldete. Aber was brachte F'lar hierher? Und – eine wichtige Frage – kam er mit Lessas Wissen? Mit ihrem Einverständnis?

Mnementh war inzwischen gelandet. F'lar überquerte jetzt sicher die Wiese. Robintons Ungeduld wuchs. Diese letzten Minuten vor dem Zusammentreffen waren quälender als die vier Siebenspannen der Kälte zwischen Weyr und Gildehalle.

Robinton erhob sich und trat ans Fenster; F'lar überquerte eben mit langen Schritten den inneren Hof. Aber das mußte nichts bedeuten, denn F'lar war immer in Eile.

F'lar grüßte einen Gesellen, der gerade ein Packtier für eine längere Reise belud. Feuer-Echsen versammelten sich auf dem Dach. Robinton sah, wie F'lar den Kopf hob und die kleinen Geschöpfe musterte. Einen Moment lang spielte der Harfner mit dem Gedanken, Zair fortzuschicken, solange F'lar bei ihm weilte. Es hatte wenig Sinn, den Groll noch zu schüren.

F'lar betrat die Halle. Durch das offene Fenster vernahm Robinton die Stimme des Weyrführers. Eine Frau antwortete ihm. Silvina? Nein, wohl eher seine Gesellin, dachte Robinton mit einem Lächeln. Sicher hatte sie bereits auf der Lauer gelegen. Ja, genau – F'lar und Menolly kamen die Treppe herauf und plauderten. Ihre Stimmen klangen ruhig. Tüchtiges Mädchen! Locker bleiben – so war es richtig.

»Hallo, Robinton! Menolly erzählte mir gerade, daß ihre Echsen Mnementh ›den Größten‹ nennen«, sagte F'lar mit einem schwachen Lächeln, als er den Raum betrat.

»Sie gehen mit Auszeichnungen sehr sparsam um, F'lar.« Robinton nahm Menolly das Tablett ab, und die Harfnerin zog sich leise zurück. Das bedeutete allerdings nicht, daß sie ohne Informationen blieb. Prinzeßchen und Zair pflegten einen engen Kontakt und tauschten gern Neuigkeiten aus.

»Es gibt doch keinen Kummer auf Benden?« fragte Robinton und reichte dem Weyrführer einen Becher Klah.

»Kummer nicht gerade.« Robinton wartete. »Aber ein Rätsel, und wir dachten, daß Sie uns vielleicht weiterhelfen könnten.«

»Wenn es in meiner Macht steht – gern.« Der Harfner deutete auf einen Stuhl.

»Wir können D'ram nirgends finden.«

»D'ram?« Robinton schaute überrascht auf. »Weshalb denn nicht?«

»Er lebt. Soviel steht fest. Aber wir wissen nicht, wo er sich aufhält.«

»Kann denn Ramoth keinen Kontakt zu Tiroth aufnehmen?«

F'lar schüttelte den Kopf. »Ich hätte wohl besser sagen sollen, wir wissen nicht, *in welcher Zeit* er sich aufhält.«

»In welcher Zeit? D'ram ist in eine andere Zeit gesprungen?«

»Das scheint die einzig mögliche Erkärung. Und wir glauben nicht, daß er in seine eigene Epoche zurückgekehrt ist. Soviel Kraft besitzt Tiroth nicht mehr. Zeitsprünge setzen sowohl dem Drachen wie dem Reiter enorm zu. Aber D'ram bleibt verschwunden.«

»Das kommt nicht ganz unerwartet«, entgegnete Robinton langsam und ging im Geiste rasch die Möglichkeiten durch, die für D'ram am ehesten in Frage kamen.

»Nein, nicht unerwartet.«

»Zum Süd-Weyr hat er sich nicht begeben?«

»Nein. Dort würde ihn Ramoth ohne weiteres aufstöbern. Und G'dened ging auf Ista selbst in die Zeit vor dem Fädeneinfall zurück, weil er dachte, D'ram könnte sich da aufhalten, wo seine Erinnerungen am glücklichsten waren.«

»Baron Warbret hat D'ram eine der Wohnhöhlen auf der Südseite der Insel Ista angeboten. Er schien geneigt, sich dort niederzulassen.« Als F'lar die Achseln zuckte, nickte Robinton und fügte hinzu: »Ja, er schien bereit – allzu bereit.«

F'lar erhob sich und ging auf und ab. »Haben Sie eine Ahnung, wohin er sich begeben hat? Sie waren doch oft mit ihm zusammen. Können Sie sich an irgendwelche Äußerungen erinnern?«

»Er sprach kaum etwas – saß einfach da und hielt Fannas Hand.« Robinton schluckte. Auch wenn ihm das Sterben etwas Vertrautes war, hatte ihn doch die Liebe D'rams zu seiner Weyrgefährtin und seine grenzenlose Trauer über ihren Tod tief erschüttert. »Auch Baron Groghe und Sangel boten ihm ihre Gastfreundschaft an. Ich glaube, man hätte ihn überall mit offenen Armen aufgenommen. Aber er scheint es vorzuziehen, mit seinen Erinnerungen allein zu sein. Darf ich fragen, ob es einen besonderen Anlaß gibt, daß Sie ihn suchen?«

»Keinen besonderen Anlaß – nur unsere Sorge um ihn.«

»Oldive erklärte, daß er im Vollbesitz seiner geistigen Kräfte sei – falls Sie in dieser Richtung Zweifel hegen, F'lar.«

F'lar winkte ab und strich ärgerlich eine Haarsträhne zurück, die ihm immer wieder über die Augen fiel. »Offen gestanden, Robinton, die Suche geht von Lessa aus. Ramoth kann Tiroth nirgends entdecken. Lessa befürchtet nun, daß er weit genug in die Vergangenheit zurückgegangen ist, um Selbstmord zu begehen, ohne uns zu belasten. Das sähe D'ram ähnlich.«

»Wenn es nun aber sein ausrücklicher Wille wäre . . .«, wandte Robinton leise ein.

»Ich weiß, ich weiß. Jeder von uns versteht ihn. Aber Lessa

gibt nun mal nicht auf. Auch wenn D'ram sein Amt als Weyrführer nicht mehr ausübt, so sind doch sein Wissen und seine Ansichten von großem Wert für uns. Im Moment mehr denn je. Schlicht gesprochen, wir brauchen ihn ... brauchen seinen Rat.«

Robinton dachte kurz über diese Worte nach. Hatte D'ram diese Entwicklung vorausgesehen und sich bewußt zurückgezogen, damit die anderen selbständig entschieden? Auf der anderen Seite konnte er sich nicht vorstellen, daß D'ram Pern und die Drachenreiter einfach im Stich ließ.

»Vielleicht braucht er Zeit, um seinen Schmerz zu überwinden, F'lar.«

»Die Pflege Fannas hat ihn gesundheitlich ausgehöhlt. Sie wissen das ebenso wie ich. Möglicherweise ist er krank. Wer soll ihm aber helfen, wenn wir seinen Aufenthalt nicht kennen? Ich teile Lessas Unruhe.«

»Ich ... ich mache diesen Vorschlag nicht gern, aber hat Brekke schon die Feuer-Echsen gefragt? Ihre und die vom Ista-Weyr?«

Ein Lächeln zuckte um F'lars verkniffene Mundwinkel. »O doch. Das hat sie sich nicht nehmen lassen. Aber es nützte nichts. Die Feuer-Echsen brauchen genau wie die Drachen eine Richtungsangabe, wenn sie in eine andere Zeit wechseln.«

»Ich dachte nicht daran, sie selbst auf die Suche zu schicken. Aber man könnte sie fragen, ob sie sich nicht *erinnern*, einen einsamen Bronzedrachen gesehen zu haben.«

»Erinnern?« F'lar schüttelte ungläubig den Kopf. »Die kleinen Tierchen besitzen ein Gedächtnis?«

»Ein sehr gutes sogar, das man ohne weiteres anzapfen kann. Sehen Sie, F'lar, wie hätten die Feuer-Echsen sonst wissen sollen, daß der Rote Stern ...« Zair kreischte entsetzt los und flatterte so unvermittelt von der Schulter des Harfners auf, daß seine Krallen Robinton an der Stirn streiften. »Da – er haßt sogar den Gedanken an dieses Gestirn.« Robinton fuhr mit der Hand über den Kratzer. »Ich wollte sagen, daß alle Feuer-Echsen um die Gefährlichkeit des Roten Sterns wußten, *ehe* F'nor und Canth dort zu landen versuchten. Die Kleinen reagieren zwar äußerst hysterisch, wenn man den Roten Stern nur erwähnt; aber wir haben sie geduldig befragt und erfahren, daß sie sich an eine schreckliche Angst vor dem Roten Stern *erinnern.* Sie oder ihre Vorfahren – vielleicht, als unsere Vorfahren irgendwann versuchten, ihn zu erreichen?«

F'lar warf dem Meisterharfner einen forschenden Blick zu.

»Und es war nicht das erstemal, daß sie diese Fähigkeit bewiesen«, fuhr Robinton fort. »Meister Andemon hält es beispielsweise für durchaus möglich, daß sich diese Geschöpfe an außergewöhnliche Ereignisse erinnern, die nicht sie selbst, sondern einer ihrer Artgenossen erlebt oder gespürt hat. Instinkt spielt bei allen Tieren eine Rolle – warum sollte sich das nicht auch auf die Erinnerung auswirken?«

»Hmm. Ich verstehe nur nicht, wie Sie dieses . . . dieses Feuerechsen-Gedächtnis dazu einsetzen wollen, D'ram zu finden.«

»Ganz einfach. Wir fragen sie, ob sie einen einsamen Drachen gesehen haben. Das wäre außergewöhnlich genug, um in ihrer Erinnerung haften zu bleiben.«

F'lar bezweifelte, daß sie sich befragen ließen.

»Am ehesten bringt Ruth sie dazu.«

»Ruth?«

»Als die Echsen sich damals so sehr vor dem Feueratem der Bronzedrachen fürchteten, drängten sie sich in Scharen um Ruth. Jaxom erklärt, daß sie mit seinem weißen Drachen plaudern, wo immer sie ihm begegnen. Irgendeines der Tierchen erinnert sich vielleicht an das, was wir in Erfahrung zu bringen versuchen.«

»Wenn es mir gelänge, dadurch Lessas Sorgen zu vertreiben, könnte ich sogar meinen Ärger über diese kleinen Quälgeister vergessen.«

»Ich werde Sie an diese Worte erinnern.« Robinton grinste den Weyrführer von Benden an.

»Begleiten Sie mich nach Ruatha?«

In diesem Moment fiel Robinton Jaxoms Wunde ein. Sie war zwar sicher längst verheilt, aber er wußte nicht, ob N'ton je mit F'lar über Jaxoms Ausbildung zum Drachenreiter gesprochen hatte.

»Sollten wir uns nicht zuerst vergewissern, ob Jaxom auf der Burg ist?«

»Wo sollte er denn sonst sein?« F'lar runzelte die Stirn.

»Nun, er sucht oft die Pächter auf und kümmert sich um die Anpflanzungen. Oder er nimmt mit den anderen jungen Leuten Unterricht bei Fandarel.«

»Also gut.« F'lars Blicke schweiften einen Moment lang in die Ferne. »Nein«, sagte er dann, »Mnementh erklärt mir, daß Ruth auf der Burg weilt.« Lachend fügte er hinzu: »Wie Sie sehen, habe ich meinen eigenen Boten.«

Robinton hoffte, daß Ruth seinem Herrn von dem Gedankenaustausch mit Mnementh erzählen würde. Schade, daß ihm keine Zeit mehr blieb, Zair mit einer Botschaft nach Ruatha zu schicken. Aber ihm fiel keine passende Ausrede ein, und er wollte es sich mit F'lar nicht gleich wieder verderben.

»Zuverlässiger als meiner und weitreichender als Fandarels Drähte.« Robinton schlüpfte in die gefütterte Wherlederjacke und setzte einen Schutzhelm auf. »Fandarel hat seine Anlage übrigens schon bis zu den Bergwerken von Crom ausgedehnt.« Er nickte F'lar zu, und die beiden verließen den Raum.

»Ja, ich weiß. Das ist mit ein Grund, weshalb wir D'ram suchen.«

»Was?«

F'lar lachte über die verblüffte Frage des Harfners, ein zwangloses Lachen, das Robinton hoffen ließ, die Verstimmung zwischen ihm und dem Weyrführer sei nun endgültig beigelegt.

»War denn Nicat nicht auch bei Ihnen, Robinton? Er möchte, daß wir uns die Bergwerke drunten im Süden anschauen.«

»Diese Gruben, von denen Toric sprach?«

»Genau.«

»Ich weiß, daß Nicat sich Sorgen wegen unserer Minen macht. Die Erzvorkommen werden immer spärlicher. Und Fandarel läuft ebenfalls mit düsterem Gesicht umher. Er kann nämlich nur Metalle von hoher Qualität gebrauchen.«

»Wenn wir erst den Gilden gestatten, in den Süden vorzudringen, gibt es für die Söhne der Burgherren kein Halten mehr . . .« F'lar senkte unwillkürlich die Stimme, obwohl der Hof, den sie überquerten, menschenleer war.

»Der Südkontinent ist groß genug, um mühelos ganz Pern aufzunehmen. Wir kennen doch erst einen winzigen Streifen davon, F'lar. Mann – beim Großen Ei!« Robinton blieb stehen und schlug sich mit der flachen Hand gegen die Stirn. »Und da rede ich über das Gedächtnis der Feuer-Echsen! Das ist die Lösung! Dorthin muß sich D'ram begeben haben!«

»Wohin?«

»Zumindest nehme ich es an . . .«

»So reden Sie doch endlich!«

»Das Problem bleibt immer noch die Zeit«, murmelte der Harfner. Entschlossen setzte er seinen Weg fort. »Ohne Ruth schaffen wir es nicht.« Sie hatten nur noch einige Drachenlängen zu gehen, bis sie Mnementh erreichten, der auf der Wiese wartete. Zair umflatterte Robinton aufgeregt, wagte sich aber nicht in die Nähe des Bronzedrachen, obwohl Robinton ihn auf seine Schulter zu locken versuchte.

»Ich fliege nach Ruatha, zu Ruth, dem weißen Drachen. Warte dort auf mich, du albernes, kleines Ding!«

»Mnementh macht es nichts aus, wenn Zair mitkommt«, sagte F'lar.

»Ich fürchte, die Sache liegt genau andersherum«, meinte Robinton.

Eine Spur von Ärger blitzte in den Augen des Bronzereiters auf. »Kein Drache hat je eine Feuer-Echse versengt!«

»Nicht hier, Weyrführer, nicht hier! Aber alle erinnern sich daran, daß es geschehen ist. Und Feuer-Echsen können nur das berichten, was sie – oder zumindest eine von ihnen – gesehen haben.«

»Dann fliegen wir nach Ruatha und fragen nach, ob eine von ihnen D'ram gesehen hat.«

Die Feuer-Echsen waren also immer noch ein heikles Thema, dachte Robinton traurig, als er sich hinter F'lar auf Mnementh schwang. Er ärgerte sich ein wenig, daß Zair seine Furcht vor Mnementh so offen gezeigt hatte.

Jaxom und Lytol warteten bereits auf den Eingangsstufen der Burg, als Mnementh sich beim Wachdrachen anmeldete und in einer weiten Spirale zur Landung ansetzte. Bei der Begrüßung warf Robinton einen prüfenden Blick auf die Wange des jungen Mannes. Er konnte nicht die Spur einer Narbe entdecken und hoffte nur, daß die Wunde bei Ruth ebenso glatt verheilt war. Andererseits schien F'lar so mit seinem Problem beschäftigt, daß er vermutlich gar nicht auf die eine oder andere Narbe achtete.

»Ruth berichtete mir, daß Mnementh Kontakt mit ihm aufgenommen hatte, F'lar«, sagte Jaxom. »Ich hoffe, daß alles in Ordnung ist.«

»Ruth könnte uns vielleicht helfen, D'ram aufzuspüren.«

»D'ram aufzuspüren? Er hat doch nicht . . .« Jaxom unterbrach sich und warf einen besorgten Blick zu Lytol, der mit gerunzelter Stirn den Dialog mitverfolgte.

»Nein, aber er ist in eine andere Zeit gegangen«, erklärte Robinton. »Ich dachte mir, wenn Ruth vielleicht die Feuer-Echsen ausfragt . . . die wissen so manches.«

Jaxom starrte den Harfner an; Robinton entging weder der rasche Blick zu F'lar noch das krampfhafte Schlucken, und er wunderte sich, weshalb der Junge mit einemmal so verwirrt, ja geradezu schuldbewußt dreinsah.

»Wenn ich mich recht entsinne, hast du mir einmal erzählt,

daß die Feuer-Echsen deinem weißen Drachen sämtliche Neuigkeiten berichten«, fuhr Robinton fort, betont lässig, damit Jaxom Zeit fand, sich wieder zu fassen. Was mochte in dem Jungen vorgehen?

»Von anderen Orten, Meister Robinton, das schon. Aber von einer anderen Zeit . . . ich weiß nicht.«

»Ich habe so eine Ahnung, wo sich D'ram aufhalten könnte. Würde das helfen?«

»Ich verstehe nicht ganz.« Lytol schaute von einem zum anderen. »Was soll das alles?« Der Burgverwalter hatte die Besucher nach drinnen geleitet und öffnete nun die Tür zu ihrem privatem Wohnraum. Auf dem Tisch standen bereits Gläser und eine Platte mit Käse, Brot und Obst.

»Sofort.« Robintons Augen leuchteten beim Anblick des Weinschlauches auf. »Ich werde alles erklären . . .«

»Aber zuerst trinken wir einen Schluck«, meinte Jaxom und trat an den Tisch, um die Gläser vollzuschenken. »Es ist Beden-Wein, Meister Robinton. Reserviert für unsere Gäste von Rang.«

»Der Junge wird erwachsen, Lytol«, meinte F'lar.

»Er *ist* bereits erwachsen«, entgegnete Lytol mit düster gerunzelter Stirn. »Was nun die Echsen angeht . . .«

Zair tauchte aus dem Nichts auf, flatterte mit einem erregten Kreischen umher und landete auf der Schulter des Harfners, sichtlich erleichtert, daß seinem Herrn auf dem Rücken »des Größten« nichts zugestoßen war.

»Einen Augenblick noch.« Robinton streichelte Zair, bis sich der Kleine beruhigt hatte. Dann erklärte er Lytol seine Theorie, daß die Feuer-Echsen aus dem Wissen und dem Gedächtnis einer ganzen Rasse schöpfen konnten. Falls die Bilder und Emotionen, welche die Tierchen ausstrahlten, keine Tagträume waren – hier mußte Robinton erneut den erbosten Zair beschwichtigen – dann gelang es vielleicht, D'ram mit Ruths Hilfe zu entdecken. D'ram war offensichtlich in eine Zeit zurückgekehrt, wo Ramoth keinen Kontakt mehr mit ihm aufnehmen konnte. Das beunruhigte Ramoth und Lessa; sie befürchteten beide, daß D'ram bei seinem schlechten gesundheitlichen Zustand ernstlich erkranken könne und dann hilflos sei. Auch wenn D'ram als Weyrführer zurückgetreten war – Pern brauchte seine Erfahrung, und man wollte die Verbindung zu ihm nicht verlieren.

Robinton räusperte sich. »Nun war ich in den letzten Planetenumläufen mehrmals im . . . äh . . . Süden. Bei einer solchen Fahrt wurden Menolly und ich weit nach Osten abgetrieben, wo wir in einer herrlichen Bucht mit weißem Sandstrand landeten. Bäume mit üppigen Früchten erstreckten sich landeinwärts, und im Wasser wimmelte es von schmackhaften Fischen. Die Sonne schien warm, und ein Bach in der Nähe des Ufers versorgte uns mit klarem Süßwasser.« Er betrachtete sehnsüchtig sein Glas. »Ich erzählte D'ram von diesem Paradies, weshalb, das weiß ich nicht mehr. Aber ich bin ziemlich sicher, daß ein Drache mit Tiroths Fähigkeiten die Stelle nach meiner Beschreibung finden könnte.«

»D'ram möchte wohl keine Komplikationen hervorrufen«, meinte Lytol langsam. »Also wird er in eine Zeit zurückkehren, zu der die Alten noch nicht im Süd-Weyr weilten. Einen Sprung von zehn oder zwölf Planetenumläufen in die Vergangenheit schafft Tiroth ohne weiteres.«

»Da ist allerdings ein Punkt, der die Suche erschweren könnte«, wandte F'lar ein. »Wenn sich diese Geschöpfe an bedeutende Ereignisse erinnern können, die ihre Vorfahren miterlebten . . .« – man merkte F'lar seine Skepsis an –, »dann kann keine der Echsen hier etwas wissen, das unseren Nachforschungen nützt. Es gibt bei uns keine Abkömmlinge aus jener Gegend.« Er deutete auf Zair. »Er stammt aus dem Gelege, das Menolly in der Halbkreis-Bucht aufzog, oder?«

»Feuer-Echsen von überall suchen Ruth auf«, meinte Robinton und schaute Jaxom an, als wolle er eine Bestätigung.

Der junge Mann hob die Schultern. »F'lars Einwand ist berechtigt.«

»Nicht, wenn du diese Bucht aufsuchst, Jaxom. Ich bin sicher, daß uns die Faszination, die Ruth auf sämtliche Feuer-Echsen von Pern ausübt, weiterhelfen wird.«

»Sie möchten, daß ich zum Süd-Kontinent fliege?«

Robinton entging weder das Staunen noch die aufflammende Begeisterung in Jaxoms Blick. Der Junge hatte also bereits entdeckt, daß ein Leben als Drachenreiter ihn nicht voll befriedigte.

»Ich würde am liebsten niemanden in den Süden schicken«, erklärte F'lar. »Das stellt einen Bruch unserer Vereinbarungen dar. Aber ich sehe keine andere Möglichkeit, D'ram aufzuspüren.«

»Die Bucht ist weit entfernt vom Süd-Weyr«, warf Robinton leise ein. »Und wir wissen, daß die Alten ihn kaum verlassen.«

»Die jüngsten Ereignisse deuten eher das Gegenteil an, oder?« In F'lars Stimme schwang Zorn mit, und seine Bernsteinaugen blitzten.

Robinton erkannte, daß der Bruch zwischen Harfnerhalle und Benden-Weyr nur oberflächlich vernarbt war.

»Baron Lytol«, fuhr der Weyrführer von Benden fort, »ich vernachlässige meine Pflichten. Gestatten Sie, daß ich Jaxom für diese Suche einsetze?«

Lytol schüttelte den Kopf und deutete auf Jaxom. »Das liegt allein bei Baron Jaxom.«

Robinton sah, daß F'lar diese veränderte Lage erst verdauen mußte. Er warf dem jungen Mann einen langen, scharfen Blick zu. Dann lächelte er. »Nun, Baron Jaxom?«

Der Herr von Ruatha verneigte sich mit unbewegter Miene. »Ich fühle mich geschmeichelt, Weyrführer, daß ich meinen Beitrag leisten darf.«

»Es gibt hier auf der Burg nicht zufällig ein paar Karten des Südkontinents?« erkundigte sich F'lar.

»Doch, ich habe welche«, erklärte Jaxom und fügte hastig hinzu: »Fandarel gab uns Unterricht im Kartenzeichnen.«

Die Skizzen waren jedoch unvollständig. F'lar sah, daß es sich um Kopien der Karten handelte, die F'nor bei seinen Erkundungen des Südkontinents angelegt hatte, als er Ramoths erstes Gelege zum Schutz gegen die Sporeneinfälle zehn Planetenumläufe in die Vergangenheit gebracht hatte.

»Ich besitze genauere Karten des Küstengebiets«, meinte Robinton beiläufig und schrieb eine kleine Notiz an Menolly, die er in die Klammer unter Zairs Halsband schob. Er schickte die kleine Bronze-Echse zur Harfnerhalle los und schärfte ihr ein, den Auftrag nicht zu vergessen. »Wird er die Karten hierherbringen?« fragte F'lar zweifelnd, beinahe etwas verächtlich. »Brekke und F'nor versuchen mich auch ständig von der Nützlichkeit dieser kleinen Plagegeister zu überzeugen.«

»Ich schätze, bei einer so wichtigen Angelegenheit wie den Karten wird Menolly den Wachdrachen bitten, daß er sie selbst hierherfliegt.« Robinton seufzte in sich hinein. Schade, daß er nicht daran gedacht hatte, Zair als Boten einzusetzen. Man durfte keine Gelegenheit versäumen, die Echsen ins rechte Licht zu rükken.

»Wie viele Zeitsprünge hast du hinter dir, Jaxom?« fragte F'lar unvermittelt.

Röte stieg Jaxom ins Gesicht. Erschrocken sah Robinton die feine weiße Narbe, die sich mit einemmal auf seiner Wange abzeichnete. Zum Glück war die verräterische Gesichtshälfte von F'lar abgewandt.

»Äh . . . ich . . .«

»Komm, mein Junge, ich kenne keinen Jungreiter, der diesen Trick nicht benutzt hätte, um rechtzeitig zum Essen daheim zu sein. Ich möchte nur wissen, wie gut Ruths Zeitgefühl ist. Einige Drachen besitzen überhaupt keines.«

»Ruth weiß immer, in welcher Zeit er sich befindet«, entgegnete Jaxom stolz. »Ich würde sagen, er besitzt das beste Zeitgefühl von ganz Pern.«

F'lar dachte eine Weile darüber nach. »Hast du es je mit längeren Sprüngen versucht?«

Jaxom nickte zögernd und warf einen verstohlenen Blick zu Lytol hinüber, dessen Miene unbewegt blieb.

»Kein Schwanken nach dem Sprung? Kein allzulanger Aufenthalt im *Dazwischen*?«

»Nein, F'lar. Außerdem läßt sich der Zeitpunkt haargenau errechnen, wenn man nachts springt.«

»Das verstehe ich nicht ganz.«

»Erinnern Sie sich an die Stern-Gleichungen, die Wansor ausgearbeitet hat? Ich glaube, Sie waren damals auch in der Gildehalle der Schmiede, als er sie erläuterte . . .« Der junge Mann warf ihm einen unsicheren Blick zu und sprach nicht weiter. F'lar nickte ihm aufmunternd zu. »Wenn man die Position der wichtigsten Gestirne am Nachthimmel ausrechnet, kann man die Zeit exakt ermitteln.«

»Wenn man nachts springt . . .«, murmelte der Meisterharfner verblüfft. Ihm war nie der Gedanke gekommen, daß man Wansors Gleichungen auf diese Weise nutzen könnte.

»Das ist ja etwas völlig Neues«, meinte auch der Weyrführer überrascht.

»Nicht ganz.« Robinton grinste ihn an. »Es gibt einen Präzedenzfall in Ihrem eigenen Weyr, F'lar.«

»Lessa nahm die Sterne eines Wandteppichs als Orientierungshilfe, um zu den Alten zurückzukehren, nicht wahr?« Jaxom hatte das völlig vergessen. Und er hatte, wenn man seine erschrockene Miene richtig deutete, auch vergessen, daß die Erwähnung der Alten im Moment ein wenig riskant war. »Wir können sie nicht totschweigen«, sagte der Weyrführer mit größerer Toleranz, als Robinton erwartet hatte. »Sie leben nun mal unter uns und müssen in unser Denken miteinbezogen werden. Aber zurück zu unserem gegenwärtigen Problem, Robinton. Wie lange wird Ihre Echse wohl benötigen, bis sie die Botschaft ausgerichtet hat?«

Genau in diesem Moment hörte man vor dem Burgfenster ein vielstimmiges Gezeter. Sie schauten nach draußen.

»Menolly ist noch schlauer, als ich dachte«, flüsterte Robinton dem jungen Baron zu. Laut rief er: »Sie sind da, F'lar!«

»Wer? Menolly mit dem Wachdrachen?«

»Nein, F'lar.« Jaxoms Stimme klang triumphierend. »Zair, Prinzeßchen und die drei Bronze-Echsen von Menolly. Sie haben die Karten mitgebracht.«

Zair flog ins Zimmer, gefolgt von Menollys Schar. Die kleine Königin begann heftig zu schelten, als sie F'lar bemerkte, und ließ sich absolut nicht zum Landen bewegen. Lytol beobachtete ausdruckslos Robintons und Jaxoms Versuche, die Echsen herunterzulocken.

»Ruth!« rief Jaxom, als er die Erfolglosigkeit seines Bemühens einsah, »sag bitte Prinzeßchen, daß sie sich nicht so albern aufführen soll! Sie macht alles kaputt, was wir eingefädelt haben.«

Prinzeßchen zeterte empört, landete aber gleich danach auf der Tischkante. Sie beschimpfte Jaxom, als er die Karten aus ihrem Halsband löste, und schwieg erst, als sich auch die drei Bronze-Echsen vorsichtig neben ihr niederließen. Sobald alle von ihrer »Post« befreit waren, flatterten die Bronze-Echsen aus dem Fenster. Prinzeßchen bedachte sie noch mit einem schnarrenden Monolog und verschwand dann unvermittelt im *Dazwischen.* Zair vergrub seinen Kopf auf der Brust des Harfners, als schäme er sich für das Benehmen seiner Artgenossen.

»So«, meinte Robinton, als es im Raum endlich wieder still wurde. »Das ging doch schnell, oder?«

F'lar lachte schallend los. »Na, ich weiß nicht. Wenn die sich bei jeder Sendung so aufführen . . .«

»Das war nur, weil Menolly sich nicht in der Nähe befand«, erklärte Jaxom. »Prinzeßchen wußte einfach nicht, wem sie vertrauen konnte und wem nicht.« Er sah F'lar an und fügte hastig hinzu: Äh . . . ich wollte sie nicht kränken, Weyrführer.«

»Aha – die hier brauche ich.« Robinton rollte umständlich eine der Karten aus und gab den anderen durch eine Geste zu verstehen, daß sie die Ecken festhalten sollten. Sie beschwerten die Ränder mit Weingläsern, bis die Karte glatt liegenblieb.

»Ich werde das Gefühl nicht los, Robinton«, meinte Lytol mit leisem Spott, »daß der böse Wind Sie quer durch den ganzen Südkontinent geblasen hat.«

»Oh, das täuscht, Lytol«, entgegnete der Harfner liebenswürdig. »Die Seebarone waren mir eine große Hilfe, hier zum Beispiel – und hier, und hier.« Er deutete auf die Westküste, die in allen Einzelheiten eingetragen war. »Das ist das Werk von Idarolan und seinen Kapitänen.« Er überlegte einen Moment lang, ob er hinzufügen sollte, daß die Echsen der Schiffsmannschaften nicht unwesentlich zu Idarolans Entdeckungen beigetragen hatten. Doch dann beschloß er, die Angelegenheit auf sich beruhen zu lassen. »Toric und seine Pächter haben außerdem das Recht, ihr Land so weit wie möglich zu erforschen. Von ihnen stammt dieser Teil der Karte . . .« Seine Hand umriß die daumenähnliche Halbinsel des Süd-Weyrs und ein Stück Festland dahinter.

»Wo befinden sich diese Minen, von denen Toric sprach?«

»Hier.« Robinton deutete auf ein landeinwärts gelegenes Vorgebirge, das sich westlich des besiedelten Gebiets erstreckte.

F'lar betrachtete aufmerksam die Stelle und verglich sie mit der Position des Süd-Weyrs. »Und wo liegt nun die Bucht, von der Sie sprachen?«

Robinton deutete auf einen Fleck, der vom Süd-Weyr etwa so weit entfernt lag wie Ruatha vom Benden-Weyr. »In dieser Gegend. Da es eine ganze Reihe kleiner Buchten entlang der Küste gibt, kann ich nicht genau sagen, welche diejenige war, aber sie lag etwa in dieser Höhe.«

F'lar wandte ein, daß diese Argumente zu allgemein seien und ein Drache genauere Informationen benötigte, um diese Bucht im *Dazwischen* anzusteuern.

»Genau in der Mitte der Bucht liegt ein völlig symmetrischer Bergkegel.« Robinton deutete ins Wasser. »Zair war bei mir und könnte Ruth das richtige Bild übermitteln.« Robinton wandte den Kopf ein wenig zur Seite und blinzelte Jaxom zu.

»Ruth kann von einer Feuer-Echse Richtungsanweisungen entgegennehmen?« fragte F'lar mit gerunzelter Stirn.

»Das hat er schon des öfteren getan«, stellte Jaxom fest, und Robinton sah das Aufblitzen in den Augen des jungen Barons. Er begann sich zu fragen, wohin die Feuer-Echsen den weißen Drachen geleitet haben mochten. Ob Menolly Bescheid wußte?

»Was ist das eigentlich?« fragte F'lar plötzlich. »Eine Verschwörung, um die Feuer-Echsen ins rechte Licht zu rücken?«

»Ich dachte, wir versuchen gemeinsam, D'ram zu finden?« entgegnete Robinton mit leisem Vorwurf.

F'lar rümpfte die Nase und begann die Karte zu studieren.

Alles, so erkannte Robinton, hing nun von Ruth ab. Das Unterfangen stand und fiel damit, ob es dem weißen Drachen gelang, die Echsen des Süd-Weyrs zu sich zu locken.

Brand kehrte mit einigen Pflegesöhnen der Burg von einer Felder-Inspektion zurück. Jetzt erst merkten sie, daß sich der Nachmittag seinem Ende entgegenneigte. F'lar stellte fest, daß er viel länger geblieben war, als er beabsichtigt hatte. Er ermahnte Jaxom noch einmal, sich die Zeitsprünge sorgfältig einzuteilen und kein Risiko mit Ruth oder sich selbst einzugehen. Wenn es ihm nicht gelang, die Bucht aufzuspüren, sollte er weder Zeit noch Energie verschwenden, sondern sofort zurückkehren. Und falls er D'ram tatsächlich fand, sollte er sich nur Zeit und Ort merken und mit den Daten sofort nach Benden kommen. F'lar wollte D'ram nicht in seinem Schmerz stören, und deshalb wäre es ihm am liebsten gewesen, wenn Jaxom den Weyrführer von Ista aufspürte, ohne selbst gesehen zu werden.

»Ich glaube, wir können Jaxom freie Hand lassen«, warf Robinton ein und beobachtete den jungen Mann aus den Augenwinkeln. »Er hat bereits bewiesen, daß er Diplomatie und Diskretion besitzt.« Seltsam, daß der Junge auf ein so schlichtes Kompliment mit Entsetzen reagierte! Robinton rollte umständlich die Karte zusammen, unterstützt von F'lar und Lytol, denen Jaxoms Verwirrung auf diese Weise entging.

Robinton empfahl dem Jungreiter, lange zu schlafen, ein ordentliches Frühstück zu sich zu nehmen und danach zur Harfnerhalle zu kommen. F'lar und Robinton verließen die Burg. Als Mnementh den Harfner zurück zur Gildehalle brachte, beschränkte sich Robinton auf einige sparsame Höflichkeitsfloskeln. Die Geschicke von Pern hatten den Weyrführer von Benden dazu gebracht, ihn wieder um Rat zu fragen. Aber Robinton durfte nun nichts überstürzen. Ein Schritt nach dem anderen.

Während Robinton zuschaute, wie sich der mächtige Bronzedrache zu den Feuerhöhen hinaufschwang und dann im *Dazwischen* verschwand, tauchte Prinzeßchen auf und kreischte Zair an, der inzwischen wieder seinen gewohnten Platz auf der Schulter des Harfners eingenommen hatte. Zair blieb ungerührt von dem Gezeter, und Robinton grinste vor sich hin. Menolly brannte sicher vor Neugier, etwas über den Verlauf des Nachmittags zu erfahren. Sie selbst wagte es nicht, ihren Lehrmeister zu belästigen, doch das hielt Prinzeßchen nicht davon ab, seine Bronze-Echse zu plagen. Ein prächtiges Mädchen, diese Menolly. Man konnte sie nicht mit Gold aufwiegen. Er hoffte, daß ihr eine Reise in den Südkontinent in Begleitung des jungen Jaxom Spaß machen würde. Da F'lar ihm vor langer Zeit das Versprechen abgenommen hatte, nichts über seine heimlichen Reisen in den Süden zu verraten, hatte Robinton in Lytols Gegenwart verschwiegen, daß Menolly an dem Unternehmen teilhaben sollte. Zair allein würde die Bucht nämlich nicht finden; Menolly aber hatte jene stürmische Expedition mitgemacht, und wenn sie ihre Feuer-Echsen als Mittler einsetzte, gab es sicher keine Probleme. Nur – je weniger Leute darüber Bescheid wußten, desto besser.

Als der Harfner am nächsten Tag Jaxom von der Verstärkung erzählte, die er bekommen sollte, wirkte der junge Mann zugleich erleichtert und überrascht.

»Wohlgemerkt, Jaxom, es soll sich nicht herumsprechen, daß Menolly und ich so weit unten im Süden auf Entdeckungsfahrt waren. Genau genommen hatten wir die weite Reise auch nicht geplant . . .«

Menolly lachte. »Ich hatte Sie gewarnt, daß ein Sturm im Anzug war.«

»Vielen Dank für die Erinnerung. Dabei weißt du genau, daß ich seit jenem Tag deine Wetterprophezeiungen heilig ernst genommen habe.«

Er schnitt eine Grimasse, als er sich an jene drei Tage erinnerte, in denen er, von Übelkeit geplagt, auf den Deckplanken gelegen hatte und Menolly ganz allein mit dem leichten Boot gegen den Sturm ankämpfte.

Er drängte die beiden jungen Leute noch, genügend Proviant aus der Küche mitzunehmen, und verabschiedete sie mit den besten Wünschen. »Hoffentlich kommt ihr mit einem günstigen Bericht zurück.«

»Über D'rams Aufenthalt?« Menollys Augen funkelten. »Oder über die Klugheit der Feuer-Echsen?«

»Beides natürlich, mein vorlautes Kind. Los, ab mit euch!«

Er war zu dem Schluß gekommen, Jaxom wegen seines merkwürdigen Verhaltens am Vortag nicht weiter auszuhorchen. Als er Menolly von seiner Absicht berichtet hatte, sie und ihre Feuer-Echsen mit Jaxom in den Süden zu schicken, hatte sie nur mühsam ein Kichern unterdrückt und auf seine Frage, was denn so lustig an der Sache sei, prustend den Kopf geschüttelt. Er konnte sich nicht vorstellen, was die beiden da heimlich unternommen hatten. Während er nun beobachtete, wie Ruth immer höher stieg, dachte er noch einmal über das Verhältnis der beiden nach. Sie schienen sich zu mögen, aber mehr wie gute Freunde, die auch mal stritten und einander hänselten. Obwohl Menolly bestimmt eine ausgezeichnete Burgherrin abgeben würde, falls die beiden tatsächlich ... Der Harfner schalt sich insgeheim, daß er die Nase schon wieder in Dinge steckte, die ihn nichts angingen. Er kehrte um. Die Gildepflichten warteten. Er hatte sie ohnehin schon zu lange vernachlässigt.

X

Von der Harfnerhalle zum Süd-Kontinent, Abend im Benden-Weyr, 4. 7. 15

Als Ruth von der Wiese aufflog, empfand Jaxom eine gewaltige Erleichterung, vermischt mit jenem Gefühl erregter Spannung, das ihn immer ergriff, wenn er einen langen Sprung im *Dazwischen* machte. Prinzeßchen und Taucher saßen auf Menollys Schultern, die biegsamen Schwänze fest um ihren Hals gewikkelt, während sich Poll und Rocky an Jaxom klammerten. Diese vier Echsen waren auch auf der ersten Reise von Robinton und Menolly in den Süden dabei gewesen. Jaxom hätte sich gern näher erkundigt, was der Harfner mit seinen Segelausflügen im Südkontinent bezweckte. Aber in Menollys Blicken lag ein kampflustiges Funkeln, das seine Fragen im Ansatz erstickte.

Sie legten eine kleine Rast auf der Landspitze von Nerat ein. Während Ruth einige langsame Spiralen zog, konzentrierten sich Menolly und ihre Echsen auf das Bild der Bucht weit im Südosten. Jaxom hätte den Ort gern zu einem Nachtzeitpunkt angesteuert; er hatte stundenlang die Sternpositionen auf der südlichen Hemisphäre errechnet. Menolly und Robinton waren jedoch dagegen gewesen. Sie meinten, das bliebe immer noch als letzter Ausweg, wenn Ruth durch die Echsen keine klare Vorstellung von der Bucht erhielt.

Ein wenig zu Jaxoms Verdruß verkündete Ruth, daß er sein Ziel deutlich erkennen könne. *Menolly übermittelt sehr scharfe Bilder,* fügte er hinzu.

Jaxom blieb keine andere Wahl, als seinen Drachen ins *Dazwischen* zu schicken.

Das erste, was Jaxom nach dem Sprung auffiel, war die veränderte Luft: sanfter, reiner und weniger feucht. Ruth glitt auf die kleine Bucht zu und verriet Vorfreude auf ein ausgiebiges Bad. Der Bergkegel, den sie als Orientierungshilfe benutzt hatten, schimmerte in der Sonne, heiter und vollkommen symmetrisch.

»Ich hatte schon völlig vergessen, wie schön es hier ist«, sagte Menolly mit einem Seufzer.

Das Wasser besaß eine Klarheit, die sie bis auf den Grund sehen ließ, obwohl es nach Jaxoms Schätzung nicht gerade seicht war. Gelbschwänze und Weißfinger schossen umher. Vor ihnen lag ein halbmondförmiger Sandstrand, gesäumt von früchtebeladenen Bäumen. Als Ruth tiefer flog, sah Jaxom, daß sich ein dichter Wald bis zu den Hügeln erstreckte, die in jenem prachtvollen Bergkegel gipfelten. Zu beiden Seiten der Bucht gab es weitere Nischen und Einschnitte, nicht ganz so regelmäßig wie ihr Ziel, aber ebenso friedlich und unberührt.

Ruth landete auf dem Sandstreifen und drängte seine Reiter, endlich abzusteigen, damit er ein tüchtiges Bad nehmen könne.

»Na los, verschwinde!« Jaxom tätschelte liebevoll Ruths Schnauze und lachte, als der weiße Drache in seinem Eifer ziemlich plump ins Wasser watschelte.

»Der Sand hier ist fast so heiß wie in der Brutstätte«, erklärte Menolly und lief mit langen Schritten in den Schatten der Bäume.

»Finde ich gar nicht«, meinte Jaxom, der ihr etwas gemächlich folgte.

»Meine Sohlen sind noch immer empfindlich«, entgegnete sie und ließ sich flach auf den Sand fallen. Sie schaute umher und zog dann ein Gesicht.

»Nichts zu sehen, was?« fragte Jaxom.

»Von D'ram?«

»Von Feuer-Echsen.«

Sie öffnete das Paket mit dem Proviant.

»Wahrscheinlich schlafen sie noch nach der Morgenjagd. Ach, Jaxom, du stehst noch – könntest du mal nachsehen, ob auf dem Baum da drüben schon ein paar reife Rotfrüchte hängen? Fleischbrote machen Durst.«

Jaxom fand genug Rotfrüchte, um einen ganzen Burghaushalt damit zu versorgen, und schleppte so viele, wie er nur tragen konnte, zu Menolly. Er kannte ihre Leidenschaft für dieses Obst. Ruth tollte übermütig und mit mächtigem Gespritze im Wasser umher, ermutigt vom schrillen Kreischen der Feuer-Echsen.

»Wir haben Flut«, stellte Menolly fest und biß mit kräftigen Zähnen in eine Frucht. »Hmm, das schmeckt himmlisch! Warum ist hier im Süden alles so besonders gut?«

»Verbotene Genüsse – das wird es sein. Glaubst du, daß die Flut etwas mit dem Ausbleiben der Feuer-Echsen zu tun hat?«

»Kann ich mir nicht denken. Ich rechne fest mit der Neugier der kleinen Biester.«

»Das heißt, wir müssen wohl warten, bis sie Ruth entdeckt haben.«

»Das wäre die einfachste Methode.«

»Wissen wir überhaupt, ob es in diesem Teil des Süd-Kontinents Echsen gibt?«

»Aber ja. Hatte ich das nicht erwähnt?« Menolly tat zerknirscht. »Wir erlebten einen Paarungsflug mit und hätten Rocky und Taucher beinahe an die fremde Königin verloren. Prinzeßchen war unheimlich wütend.«

»Gibt es sonst noch Dinge, die ich wissen muß und die du zufällig nicht erwähnt hast?«

Menolly grinste ihn an. »Mein löchriges Gedächtnis braucht ein Stichwort, damit es in Schwung kommt. Ich werde dir meine Weisheit jeweils im gegebenen Moment zuteil werden lassen.«

Jaxom zuckte die Achseln und biß in eine saftige Rotfrucht. Es war so warm, daß er Reitjacke und Helm abstreifen mußte. Ruth planschte ausgiebig im Meer, umflattert von Menollys Feuer-Echsen.

Die Hitze wurde immer stärker. Der helle Sand schmerzte in den Augen, und selbst hier im Schatten ließ es sich kaum aushalten. Das klare Meer und Ruths Badevergnügen zogen Jaxom unwiderstehlich an. Er schnürte die Stiefel auf, schlüpfte blitzschnell aus den Kleidern und rannte zum Wasser. Menolly war neben ihm, ehe er sich eine Drachenlänge vom Ufer entfernt hatte.

»Wir müssen bloß aufpassen, daß wir nicht zuviel Sonne erwischen«, riet sie ihm. »Das letztemal bekam ich einen fürchterlichen Sonnenbrand.« Sie schnitt eine Grimasse, als sie daran dachte. »Ich habe mich wie eine Tunnelschlange gehäutet.«

Ruth tauchte neben ihnen auf, prustete ihnen Wasser entgegen und ertränkte sie fast in den Wellen, die er mit seinen Schwingen aufwirbelte. Als er merkte, daß sie keine Luft mehr bekamen, streckte er ihnen reumütig das Schweifende als Rettungsanker entgegen.

Menolly war schlanker und straffer als Corana, stellte Jaxom fest, als sie ans Ufer wateten, herrlich erschöpft von ihrem Bad mit Ruth. Sie hatte längere Beine und sehr schmale Hüften. Vielleicht war der Busen ein wenig flach, aber sie bewegte sich mit einer Grazie, die Jaxom mehr faszinierte, als er sich eingestehen wollte. Er wandte sich bewußt ab; als er sich wieder umdrehte, war sie bereits in ihre Sachen geschlüpft und rubbelte sich das Haar trocken. Obwohl Jaxom bei Mädchen langes Haar liebte, begriff er, daß Menolly diese Mode nicht mitmachen konnte. Als Assistentin des Meisterharfners mußte sie oft genug auf Drachenrücken eine Botschaft übermitteln, und da wäre es lästig gewesen, eine lange Haarmähne unter dem Helm zu verstauen.

Sie teilten eine gelbe Frucht, die Jaxom noch nie zuvor gegessen hatte. Das milde Aroma wurde durch den Salzgeschmack in seinem Mund herrlich ergänzt.

Ruth kam aus dem Wasser gestelzt und schüttelte sich, daß die Tropfen flogen.

Es ist doch warm, meinte er, als sie sich über die Dusche beschwerten. *Eure Kleider trocknen gleich wieder. Wie auf Keroon.*

Jaxom warf Menolly einen vorsichtigen Blick zu, aber sie hatte die Bemerkung offensichtlich überhört, weil sie damit beschäftigt war, den klebrigen Sand von ihren feuchten Kleidern und Armen zu wischen.

»Es ist nicht die Nässe, die uns stört«, erklärte Jaxom seinem Drachen, »sondern der Sand.«

Ich mag Sand. Ruth begann sich eine große Kuhle zu buddeln, und die Feuer-Echsen ließen sich mit müden, aber zufriedenen Zirplauten dicht neben ihm nieder.

Jaxom fand zwar, daß wenigstens einer von ihnen wachbleiben sollte, um zu sehen, ob die hiesigen Feuer-Echsen sich von dem weißen Drachen angezogen fühlten, aber das Schwimmen, die Wärme und das gute Essen waren stärker als er.

Ruths Gedanken weckten ihn. *Rühr dich nicht! Wir haben Besuch.*

Jaxom lag auf der Seite, den Kopf in die linke Hand gestützt. Nun öffnete er vorsichtig die Augen. Ruth befand sich halb im Schatten, umringt von Echsen. Jaxom zählte zwei Königinnen, drei Bronze-Echsen, vier Grüne und eine Blaue. Keine einzige trug die Farbenzeichen des Nordens. Noch während er die fremden Tiere beobachtete, glitt eine weitere Bronze-Echse herbei und landete neben einer der Königinnen. Die beiden begrüßten sich, hielten die Köpfe schräg und schienen mit Ruth zu plaudern.

Prinzeßchen, die auf der anderen Seite der Kuhle geschlafen hatte, trippelte nun über die Schulter des weißen Drachen und begrüßte die Fremden.

»Frag sie, ob sie in dieser Gegend einen Bronze-Drachen gesehen haben«, erinnerte Jaxom seinen Gefährten.

Schon geschehen. Sie denken gerade darüber nach. Sie mögen mich sehr. Sie haben noch nie einen weißen Drachen gesehen.

»Du bist eben einmalig.« Jaxom mußte über Ruths Eitelkeit lächeln. Der weiße Drache sonnte sich darin, daß ihn ganz Pern liebte.

Vor langer Zeit war ein Drache da, ein Bronze-Drache, und ein Mann, der am Strand auf und ab ging. Sie störten ihn nicht. Und er blieb nicht lange, fügte Ruth nach einer kleinen Pause hinzu.

Was kann das bedeuten? überlegte Jaxom. Entweder, daß wir ihn zurückholten – oder daß er mit Tiroth Selbstmord beging.

»Frag, was sie sonst noch von Menschen wissen«, bat Jaxom seinen Drachen. Vielleicht hatten sie F'lar mit D'ram gesehen.

Die fremden Feuer-Echsen antworteten so erregt, daß Ruth mit einem Ruck den Kopf hob und seine Augen ängstlich zu kreisen begannen. Prinzeßchen rutschte ein Stück seinen Nacken herab und kreischte empört.

Sie erinnern sich an Menschen. Warum erinnere ich mich nicht an solche Dinge?

»Und Drachen?« Jaxom unterdrückte eine aufkeimende Angst. Wie beim Ei konnten die Alten wissen, daß er und Menolly hier waren? Dann siegte sein gesunder Menschenverstand. Sie konnten es einfach nicht wissen.

Er wäre vor Schreck beinahe hochgesprungen, als ihm Menolly die Hand auf den Arm legte.

»Frag nach dem Zeitpunkt, Jaxom«, wisperte sie. »Wann war D'ram hier?«

Keine Drachen. Aber viele, viele Menschen, erklärte Ruth und fügte hinzu, daß die Echsen im Moment zu aufgeregt seien, um an den einen Mann und seinen Drachen zu denken. Er begreife nicht, woran sie sich erinnerten; jede schien eine andere Erinnerung zu haben.

»Wissen sie, daß wir hier sind?«

Sie haben euch nicht gesehen. Sie betrachten nur mich. Aber ihr seid nicht die Menschen, die sie meinen. Ruths Gedanken verrieten, daß er über die Botschaft ebenso verwirrt war wie Jaxom.

»Kannst du ihre Aufmerksamkeit nicht wieder auf D'ram lenken?«

Nein, meinte Ruth traurig und ein wenig enttäuscht. *Sie wollen sich nur an die Menschen erinnern. Nicht an meine Menschen, sondern an ihre Menschen.*

»Vielleicht erkennen sie in mir einen Menschen, wenn ich aufstehe.« Langsam erhob sich Jaxom und gab Menolly einen Wink, das gleiche zu tun. Was die Feuer-Echsen brauchten, war die richtige Perspektive.

Ihr seid nicht die Menschen, an die sie sich erinnern, sagte Ruth, als die Echsen, erschreckt durch die beiden Gestalten am Waldesrand, die Flucht ergriffen. Sie schwebten noch einen Moment in sicherer Entfernung und verschwanden dann.

»Ruf sie zurück, Ruth! Wir müssen herausbringen, in welcher Zeit sich D'ram befindet.«

Ruth schwieg einen Moment lang, und seine Augen kreisten langsamer. Dann schüttelte er den Kopf und erklärte seinem Reiter, daß sie fortgeflogen seien, weil sie den Erinnerungen an ihre Menschen nachhängen wollten.

»Die Südbewohner haben sie wohl nicht gemeint«, sagte Menolly, die von ihren Echsen Eindrücke des Gedankenaustausches erhalten hatte. »Denn dieser Bergkegel war im Hintergrund all ihrer Bilder.« Sie wandte sich um, obwohl sie den Berg jenseits des Waldes nicht sehen konnte. »Aber vielleicht Robinton und mich, als wir vom Sturm abgetrieben wurden – erinnerten sie sich an ein Boot, Ruth?« fragte Menolly den weißen Drachen und schaute Jaxom erwartungsvoll an.

Keiner hat mir gesagt, daß ich nach einem Boot fragen sollte, beschwerte sich Ruth. *Aber sie erinnerten sich an einen Menschen und einen Drachen.*

»Würden sie reagieren, wenn – wenn Tiroth ins *Dazwischen* gegangen wäre?«

Von sich aus? Um sein Leben zu beenden? Ja. Sie erinnerten sich nicht an Trauer. Ich erinnere mich an Trauer. Ich weiß noch genau, wie Mirath ging. Die Gedanken des weißen Drachen spiegelten seinen Schmerz wider. Jaxom eilte zu ihm und tröstete ihn.

»Was ist?« fragte Menolly angespannt; sie hatte den Gedankenaustausch zwischen den beiden Gefährten nicht verstanden.

»Ruth glaubt nicht an einen Selbstmord. Außerdem würde es ein Drache nie zulassen, daß sich sein Reiter etwas antut. D'ram kann gar keinen Selbstmord begehen, solange Tiroth lebt. Und Tiroth geht nicht ins *Dazwischen,* solange D'ram ihn braucht.«

Menolly seufzte. »Dann fehlt uns immer noch die Zeit, in der sie sich aufhalten.«

»Das stimmt. Mal überlegen ... Wenn D'ram hier war und zwar lange genug, daß sich die Feuer-Echsen an ihn erinnern – wenn er plante, sich für ganz niederzulassen – dann hat er doch sicher eine Art Unterkunft gebaut. Es gibt Niederschläge in diesem Teil von Pern. Und Sporenregen ...« Jaxom hatte sich dem Waldesrand genähert und ließ die Blicke suchend umherschweifen. Plötzlich blieb er stehen. »He, Menolly – die Fäden fallen doch erst seit fünfzehn Planetenumläufen! Das ist ein Sprung, den Tiroth ohne weiteres schafft. Die Alten kamen in Etappen von fünfundzwanzig Planetenumläufen zu uns. Ich möchte wetten, daß D'ram eine Zeit gewählt hat, als es noch keine Sporen regnete. Er hatte sicher mehr als genug von dieser Plage.« Jaxom lief zurück über den heißen Sand und schlüpfte in seine Kleider.

»Ich würde sagen, D'ram ist zwanzig bis fünfundzwanzig Planetenumläufe zurückgegangen. Ich probiere erst mal die längere Spanne. Sollte ich eine Spur von D'ram oder Tiroth entdecken, komme ich sofort zurück – Ehrenwort.« Er schwang sich auf Ruths Rücken und befestigte seinen Helm, als der Drache bereits in der Luft kreiste.

»Jaxom, warte! Wir wollen nichts überstürzen . . .«

Menollys Worte gingen im Flügelrauschen des Drachen unter. Jaxom grinste vor sich hin, als er sie wütend im Sand hin- und herlaufen sah. Dann konzentrierte er sich auf den Zeitpunkt, den er ansteuern mußte: kurz vor Beginn der Morgendämmerung, wenn der Rote Stern ganz im Osten stand, ein blaß glimmender Punkt, noch nicht nahe genug, um das ahnungslose Pern mit Sporen zu überschütten. Aber noch während des Sprungs spürte er, daß Menolly das letzte Wort behalten hatte: Ein biegsamer, dünner Echsen-Schweif klammerte sich an seinem Hals fest, als er Ruth den Befehl zum Wechsel ins *Dazwischen* gab.

Es schien ein langer Übergang zu sein; er schwebte im Nichts des *Dazwischen*, und die Kälte sickerte langsam durch seine sonnengewärmte Haut bis an die Knochen. Er biß die Zähne zusammen. Und dann hatten sie es geschafft. Kühle Dämmerung umgab sie, und der Rote Stern glänzte matt am Horizont.

»Spürst du Tiroth, Ruth?« Jaxom konnte im Halbdunkel des jungen Tages, der so viele Planetenumläufe vor seiner Geburt lag, nichts erkennen.

Er schläft. Der Mann auch. Sie sind beide hier.

Freude und Erleichterung machte sich in seinem Innern breit. Jaxom bat Ruth, zu Menolly zurückzukehren, aber keinesfalls zu früh. Die Sonne diente ihnen als Orientierung. Sie stand hoch über dem Wald, als Ruth in der Bucht auftauchte.

Einen Moment lang sah er Menolly nirgends am Strand. Dann fielen Prinzeßchen und die beiden übrigen Bronze-Echsen – Rocky hatte ihn begleitet – mit schrillem Gezeter über ihn her. Menolly trat aus dem Wald, beide Arme in die Hüften gestemmt, und wartete einfach. Noch bevor er ihre Miene sah, wußte er, daß sie unheimlich wütend war. Sie blieb reglos stehen, bis Ruth landete.

»Nun?«

Ihre Augen blitzten gefährlich, und Jaxom fand, daß sie in diesem Moment schön und verwegen zugleich aussah.

»Wir haben D'ram aufgespürt. Fünfundzwanzig Planetenumläufe in der Vergangenheit. Der Rote Stern zeigte uns den Weg.«

»Ist dir klar, daß zwischen deinem Start und jetzt Stunden vergangen sind?«

»Du hast doch gewußt, daß alles in Ordnung ist. Rocky war schließlich mit von der Partie.«

»Das hat überhaupt nichts genutzt. Der Sprung war so groß, daß Prinzeßchen den Kontakt nicht aufrechterhalten konnte. Wir hatten keine Ahnung, wo du warst.« Sie ruderte heftig mit den Armen. »Du hättest auf diese anderen Leute stoßen können, an die sich die fremden Echsen erinnern. Du hättest dich verrechnen können. Dann wärst du nie wieder zurückgekommen.«

»Entschuldige, Menolly, ich wollte dich nicht ängstigen.« Jaxom war ehrlich zerknirscht, als er erkannte, welche Sorgen sie sich um ihn gemacht hatte. »Aber ich wußte nicht genau, zu welcher Zeit wir aufbrachen, deshalb legte ich einen größeren Abstand ein. Wäre scheußlich, sich selbst zu begegnen, oder?«

Sie wurde etwas versöhnlicher. »Trotzdem – ich wollte eben Prinzeßchen zu F'lar losschicken.« Sie schlüpfte in ihre Reitjacke und setzte den Helm auf. »Übrigens habe ich die Reste einer Hütte gefunden, an einem kleinen Wasserlauf da hinten.« Sie zeigte zum Wald. Dann reichte sie ihm seinen Rucksack und schwang sich geschickt hinter ihm auf Ruth. »Es kann losgehen.« Die Feuer-Echsen flatterten ihnen auf die Schultern, und Jaxom gab Ruth den Befehl, ins *Dazwischen* zu gehen.

Als sie über Benden auftauchten, trompetete Ruth dem Wachdrachen seinen Namen zu. Menollys Echsen zirpten unsicher.

»Ich wollte, ich könnte euch mit in den Königinnen-Weyr nehmen. Aber fliegt lieber mal zu Brekke!« Kaum waren die vier Echsen verschwunden, da stieß der Wachdrache ein wütendes Geschrei aus, spreizte die Schwingen und machte den Nacken lang. Seine Augen glommen rot. Verwirrt drehten sich Menolly und Jaxom um; sie entdeckten einen Schwarm Feuer-Echsen, der ihnen folgte.

»Die sind sicher aus dem Süd-Kontinent, Jaxom. Ruth, sag ihnen, daß sie sofort ins *Dazwischen* gehen sollen!«

Im nächsten Moment war der Schwarm weggetaucht.

Sie wollten nur sehen, woher wir kamen, erklärte Ruth traurig.

»So etwas geht auf Ruatha, aber nicht hier.«

Keine Sorge, sie kommen nicht wieder. Wir haben sie erschreckt.

Inzwischen hatte der Wachdrache mit seinem Lärm den halben Weyr aufgescheucht. Jaxom und Menolly sahen mit gemischten Gefühlen, wie Mnementh sich auf seinem Felsensims erhob. Ramoth trompetete, und noch ehe sie im Weyrkessel gelandet waren, brach ein Höllenspektakel los. Zwei Gestalten traten neben Mnementh, unverkennbar Lessa und F'lar.

»Jetzt bekommen wir etwas zu hören«, wisperte Jaxom.

»Unsinn! Wir bringen doch eine gute Nachricht. Denk lieber daran!«

»Ich bin viel zu müde, um an irgend etwas zu denken«, entgegnete Jaxom hitziger, als er beabsichtigt hatte. Seine Haut brannte, vielleicht von dem rauhen Sand, vielleicht auch, weil er zuviel Sonne erwischt hatte. Jedenfalls fühlte er sich scheußlich.

Ich bin sehr hungrig, meinte Ruth mit einem sehnsüchtigen Blick zu den eingezäunten Weiden des Weyrs.

Jaxom stöhnte. »Du kannst hier nicht jagen, Ruth.« Er gab dem Freund einen aufmunternden Klaps und strich noch einmal seine Reitkleider glatt, ehe er den Weyrführern entgegenging.

Mnementh wandte den mächtigen, keilförmigen Kopf F'lar zu und schaute ihm in die Augen. F'lar sprach kurz mit Lessa, und die Weyrherrin nickte. »Laß Ruth hier bei uns ein Weidetier reißen, Jaxom«, sagte sie. »Seine Haut sieht ja ganz grau aus.«

Und wirklich – der weiße Drache wirkte alles andere als ansehnlich. Erleichtert bedeutete Jaxom seinem Gefährten, daß er das Angebot annehmen durfte.

Mnementh ist ein treuer Freund, stellte Ruth fest. *Ich fühle mich ganz schwach vor Hunger.*

Ich auch, dachte Jaxom, als er neben Menolly auf die beiden Weyrführer zuging. Er spürte, wie seine Knie nachgaben, und taumelte gegen Menolly. Sie faßte ihn am Arm und stützte ihn.

»Was ist los mit ihm, Menolly? Ist er krank?« F'lar kam ihr zu Hilfe.

»Er ist fünfundzwanzig Planetenumläufe in die Vergangenheit gesprungen, um D'ram zu finden. Er muß völlig erschöpft sein.«

Jaxom wurde es schwarz vor den Augen. Er kam erst wieder zu sich, als ihm jemand ein Fläschchen mit einer scharf riechenden Essenz unter die Nase hielt. Unwillig zuckte er zurück. Jetzt erst merkte er, daß er auf den Stufen des Königinnen-Weyrs saß, gestützt von F'lar und Menolly, während sich Lessa und Manora ängstlich über ihn beugten.

Ein kurzer, durchdringender Schrei verriet ihm, daß Ruth Beute gefunden und getötet hatte. Mit einem Mal fühlte er sich besser.

»Trink das hier – aber langsam!« befahl Lessa und drückte ihm eine Schale in die Hand. Es war eine dicke Fleischbrühe mit vielen Kräutern, und sie hatte genau die richtige Wärme. Er nahm zwei tiefe Schlucke und setzte die Schale dann ab, um etwas zu sagen, aber Lessa schüttelte den Kopf und bedeutete ihm, weiterzutrinken.

»Menolly hat uns das Wesentliche bereits berichtet«, meinte die Weyrherrin und schüttelte streng den Kopf. »Mußtest du wirklich so lange ausbleiben, daß unsere Harfnerin halb verrückt vor Sorge um dich wurde? Wie beim Ei bist du darauf gekommen, daß er genau fünfundzwanzig Planetenumläufe zurückgegangen war? Nein, du sollst nicht antworten. Trink! Du siehst total erschöpft aus, und ich möchte mir von Lytol keine Vorwürfe anhören.« Sie warf ihrem Weyrgefährten einen zornigen Blick zu. »Es stimmt zwar, daß ich große Angst um D'ram hatte, aber ich hätte nie und nimmer Ruths Haus riskiert, um jemanden zu suchen, der es mit aller Gewalt darauf anlegte, verschwunden zu bleiben. Außerdem sind schon wieder diese Echsen im Spiel.« Sie verteilte ihre finsteren Blicke jetzt gleichmäßig zwischen Menolly und Jaxom. »Ich halte sie einfach für eine Plage. Mischen sich überall in Dinge, die sie nichts angehen. Ich vermute, diese fremde Schar ist euch aus dem Süden hierher gefolgt? Das kann ich nicht billigen.«

»Ich schaffe es einfach nicht, sie von Ruth fernzuhalten.« Jaxom war viel zu müde, um sich höflichere Worte zu überlegen. »Sie ahnen ja nicht, was ich schon alles versucht habe!«

»Das glaube ich dir gern, Jaxom.« Lessas Tonfall klang versöhnlich. Ruth hatte sich auf die nächste Beute gestürzt.

»Ich schlage vor, daß du heute nacht im Weyr bleibst, Jaxom«, fuhr Lessa fort. »Menolly, schick eine dieser verdammten Echsen nach Ruatha, damit Lytol Bescheid weiß. Ruth braucht eine Weile, bis er verdaut hat; ein erschöpfter Reiter und ein satter Drache ergeben ein schlechtes Gespann.«

Jaxom erhob sich. »Mir geht es schon viel besser.«

»Dafür schwankst du aber noch ganz schön.« F'lar legte Jaxom den Arm um die Schultern. »Los, in den Weyr mit dir!«

»Ich bringe ihm gleich etwas Ordentliches zu essen«, versprach Manora. »Du kannst mir helfen, Menolly. Und schick deine Echse los!«

Menolly zögerte und warf einen Blick auf Jaxom.

»Ich fresse ihn nicht, Kind«, lachte Lessa. »Mir macht es mehr Spaß, ihm die Meinung zu sagen, wenn er wieder fest auf den Beinen steht. Komm zu uns, sobald du deine Botschaft abgeschickt hast!«

F'lar brachte ihn zu den Wohnräumen und bettete ihn in einen großen Sessel. Lessa schob ihm einen Schemel unter die Füße und breitete eine Felldecke über ihn. Mit einem Mal wurden ihre Augen schmal. Sie fuhr mit den Fingern leicht über seine Wange.

»Woher kommt das denn, Baron Jaxom?« fragte sie und zwang ihn, ihr in die Augen zu schauen.

F'lar kam näher, verwundert über ihren scharfen Ton. »Oh, der junge Mann hat seinem Drachen beigebracht, Feuerstein zu kauen – aber nicht, wie man den Fäden ausweicht!«

»Ich denke, es war vereinbart, Jaxom in die Pflichten eines Burgherrn einzuweisen?«

»Hast du nicht eben selbst erklärt, daß du ihm erst die Meinung sagen willst, wenn er sich erholt hat?« F'lar blinzelte Jaxom zu.

»Da ging es um Zeitsprünge. Das hier . . .« – sie deutete wütend auf die Narbe –, »das hier ist etwas ganz anderes.«

»Wirklich, Lessa?« fragte F'lar in einem Tonfall, der Jaxom verlegen machte. Sie schienen ihn im Moment vergessen zu haben. »Ich erinnere mich an ein Mädchen, das verzweifelt darum kämpfte, seine Drachenkönigin fliegen zu dürfen.«

»Das Fliegen stellt keine Gefahr dar. Aber Jaxom könnte . . .«

»Jaxom hat ganz offensichtlich seine Lektion erhalten und wird in Zukunft besser auf die Fäden achten.«

Der Jungreiter nickte. »Das stimmt. N'ton bildet mich inzwischen im Fort-Weyr aus.«

»Weshalb habe ich nichts davon erfahren?« fragte Lessa.

»Jaxoms Ausbildung liegt in Lytols Hand, und er hat seine Aufgabe bisher ausgezeichnet gelöst. Und was Ruth betrifft – ich meine, daß auch er unter N'tons und nicht unseren Herrschaftsbereich fällt. Wie lange geht das schon, Jaxom?«

»Nicht sehr lange, F'lar. Ich bat N'ton darum, weil . . . nun . . .« Jaxom stockte. Lessa durfte auf keinen Fall den Eindruck gewinnen, daß er etwas mit der Rückkehr des gestohlenen Eies zu tun hatte.

F'lar kam ihm zu Hilfe. »Weil Ruth ein richtiger Drache ist und Drachen nun mal Fäden bekämpfen? Habe ich recht?« Er schaute Lessa an und zuckte die Achseln. »Was hast du anderes erwartet? In seinen Adern fließt Ruatha-Blut.« Er wandte sich wieder Jaxom zu. »Aber gib in Zukunft besser auf dich und deinen Drachen acht!« Er versetzte dem Jungen einen freundlichen Klaps auf die Schulter; dann runzelte er die Stirn. »Wurde Ruth dabei verletzt?«

»Ja.« Der Schmerz darüber spiegelte sich deutlich in Jaxoms Zügen wider.

F'lar nickte Lessa zu, die Jaxom immer noch wütend anstarrte. »Siehst du? Das ist das beste Abschreckungsmittel, das es gibt. Ruth hat doch nichts Ernstliches gefehlt? Du warst in letzter Zeit selten bei uns . . .«

»Nein«, sagte Jaxom hastig. »Die Sache ist längst verheilt. Man kann die Narbe kaum erkennen. Auf der linken Hüfte.«

»Ich kann nicht sagen, daß ich von dieser Entwicklung begeistert bin«, beharrte Lessa.

»Wir hätten Sie gefragt, Weyrherrin«, erklärte Jaxom. »Aber Sie hatten damals andere Sorgen . . .«

»Nun . . .«, begann sie.

F'lar winkte ab. »Im Grunde geht uns die Geschichte nichts an, Lessa. Aber begreifst du, Jaxom, wie schlimm es gerade jetzt wäre, wenn dir etwas zustieße? Wir können es uns nicht leisten, daß die Nachfolge von Ruatha in Frage gestellt wird.«

»Ich verstehe das, F'lar.«

»Und was deine künftigen Aufgaben als Burgherr betrifft . . .«

»Ich möchte nicht, daß Lytol meinetwegen abdankt. Nicht jetzt und nicht später.«

»Diese Loyalität ehrt dich, und ich weiß, daß du dich in einer scheußlichen Lage befindest. Es ist nicht immer leicht, Geduld zu üben, mein Freund, aber es kann sich lohnen.«

Wieder tauschte F'lar einen Blick mit Lessa, der Jaxom ein wenig in Verlegenheit brachte.

»Und«, fuhr der Weyrführer fort, als er Jaxoms Unbehagen bemerkte, »du hast heute bereits bewiesen, was du alles kannst. Ich muß allerdings sagen, daß ich dir genauere Anweisungen gegeben hätte, wenn ich geahnt hätte, daß du so gründlich zu Werke gehst.« F'lars Miene war streng, aber seine Augen blitzten vergnügt. »Fünfundzwanzig Planetenumläufe in die Vergangenheit . . .« Der Weyrführer schüttelte den Kopf.

Lessa räusperte sich mißbilligend.

»Eigentlich bin ich durch Ihre Zeitsprünge auf die Idee gekommen, Lessa«, erklärte Jaxom. »Mir fiel ein, daß die Alten in Etappen von fünfundzwanzig Planetenumläufen aus der Vergangenheit hierhergelangt waren. Ich vermutete, D'ram könnte die gleiche Spanne wählen. Außerdem war damals der Rote Stern noch so weit entfernt, daß er keine Gefahr für Pern darstellte.«

F'lar nickte zustimmend, und Lessa wirkte etwas besänftigt.

Ramoth hob den Kopf und schaute zum Eingang.

»Das Essen«, meinte Lessa mit einem Lächeln. »Und kein Wort mehr, bis du satt bist. Ruth hat schon einen gewaltigen Vorsprung.«

Wie zur Bestätigung kreischte eine Wherhenne, und Jaxom fuhr erschrocken auf. Aber F'lar lachte nur. »Mach dir keine Sorgen wegen einem Happen mehr oder weniger. Das kann der Weyr verkraften.«

Menolly keuchte unter der Last eines Riesentabletts herein. Lessa meinte, das würde für ein ganzes Geschwader reichen, aber die Harfnerin entgegnete, Manora habe gleich das Abendessen für alle heraufgeschickt.

Jaxom erhob sich und trat einen Moment auf den Felsensims hinaus, um nach Ruth zu sehen, doch der weiße Drache lag friedlich neben dem See und pflegte sich. Als er die paar Schritte zu den anderen zurückging, begannen seine Knie wieder zu zittern. Menolly musterte ihn unauffällig und schob ihm dann eine dicke Scheibe Fleisch auf den Teller.

»Und jetzt möchte ich noch einmal ganz genau hören, was die Feuer-Echsen über die Menschen im Süden erzählten«, meinte F'lar nach dem Essen, als sie um den Tisch saßen und sich entspannten.

»Das Dumme ist, daß man Feuer-Echsen so schwer eine logische Antwort entlocken kann«, erwiderte Menolly. »Als Ruth fragte, ob sie sich an Menschen erinnerten, wurden sie so aufgeregt, daß ihre Gedankenbilder keinen Sinn mehr ergaben. Das heißt . . .« – Menolly runzelte nachdenklich die Stirn –, »die Bilder, die sie ausstrahlten, waren so verschieden, daß man nicht viel erkennen konnte.«

»Und was hat das zu bedeuten?« erkundigte sich Lessa. Trotz ihrer Abneigung gegenüber den Echsen hatte sie das Gespräch aufmerksam mitverfolgt.

»Im allgemeinen übermittelt eine Gruppe ein ganz bestimmtes Bild . . .«

Jaxom schloß einen Moment lang die Augen. Sie würde doch nicht etwa die Sache mit dem Ei erwähnen . . .

»So zum Beispiel Canths Sturz vom Roten Stern. Meine Freunde liefern oft erstaunlich klare Bilder von Orten, an denen sie sich aufgehalten haben. Ich schätze, daß sich ihre Ausstrahlungen überlagern und verstärken.«

»Menschen!« sagte F'lar nachdenklich. »Das könnte bedeuten, daß noch anderswo im Süden Menschen leben. Der Kontinent ist riesig.«

»F'lar!« Lessas Stimme klang schneidend. »Bis jetzt hat niemand den Südkontinent erforscht. Und ich meine, wenn es dort unten irgendwo Menschen gäbe, hätten sie sich längst so weit in Richtung Küste gewagt, daß F'nor oder die Leute von Toric auf sie gestoßen wären. Sie hätten deutlichere Spuren hinterlassen als verschwommene Abbilder in Echsen-Gehirnen.«

»Du hast höchstwahrscheinlich recht, Lessa«, pflichtete F'lar ihr bei, aber die Enttäuschung stand ihm im Gesicht geschrieben. Zum erstenmal kam Jaxom der Gedanke, daß die Position des Weyrführers als Erster Drachenreiter von Pern vielleicht doch nicht so beneidenswert war, wie er immer geglaubt hatte.

In jüngster Zeit stand er so oft vor der Entdeckung, daß die Dinge nicht das waren, was sie schienen. Alles hatte seine verborgenen Seiten. Glaubte man etwas fest in der Hand zu halten, so nahm es unter den Fingern plötzlich eine völlig neue Form an.

»Das Problem liegt darin, Jaxom, daß wir . . .« – F'lars Geste schloß Lessa und den ganzen Weyr ein – »andere Pläne für den Süden haben als die Barone, die nur darauf warten, ihn unter ihren jüngeren Söhnen aufzuteilen.« Er schob sich eine Strähne aus der Stirn. »Die Alten haben uns eine wertvolle Lektion erteilt. Wir wissen, was mit einem Weyr geschieht, wenn der Rote Stern unsere Welt längere Zeit nicht mehr bedroht.« F'lar grinste breit. »Wir haben uns alle Mühe gegeben, die Würmer aus dem Süden auch auf unseren Feldern auszusetzen. Bis zum nächsten Vorbeizug des Roten Sterns wird der gesamte Nordkontinent sicher sein, zumindest davor, daß sich die Fäden ins Erdreich eingraben. Wenn die Barone schon vor dieser Maßnahme glaubten, wir Drachenreiter seien überflüssig, so werden sie das nächstemal um so mehr Grund für diese Annahme haben.«

»Aber der Anblick der Drachen ist allen eine Beruhigung«, warf Jaxom hastig ein. Er hatte das Gefühl, die Drachenreiter verteidigen zu müssen.

»Sicher, aber ich sähe es lieber, wenn die Weyr nicht mehr vom Wohlstand der Burgen abhängig wären. Wenn wir eigenes Land besäßen . . .«

»*Ihr* wollt den Süden!«

»Nicht den ganzen Süden.«

»Nur das beste Stück davon«, erklärte Lessa mit Entschiedenheit.

XI

Spätvormittag im Benden-Weyr, Morgen in der Harfnerhalle, Mittag auf Fidellos Hof, 5. 7. 15

Jaxom und Ruth verbrachten die Nacht in einer leeren Weyrkammer, aber Ruth fühlte sich in der Kuhle, die für einen größeren Drachen angelegt war, so unbequem, daß Jaxom seine Felldekken nahm und sich neben den Freund kuschelte. Er träumte von einer weichen schwarzen Grube, in der er versank ...

»Ich weiß, du bist todmüde, Jaxom, aber du mußt aufwachen!« Menollys Stimme durchdrang das behagliche Dunkel. »Außerdem bekommst du einen steifen Nacken, wenn du noch lange auf dem Stein schläfst.«

Jaxom blinzelte. Menolly schwebte irgendwo über ihm, Prinzeßchen auf der Schulter. Er spürte, daß Ruth sich herumwälzte.

»Jaxom, wach auf! Ich habe dir einen Riesenkrug Klah mitgebracht.« Nun kam Mirrim in sein Blickfeld. »Hörst du zu? F'lar möchte endlich aufbrechen, und er will, daß Mnementh vorher mit Ruth Kontakt aufnimmt.«

Menolly blinzelte ihm mit Verschwörermiene zu. Jaxom brummte der Kopf. Wie sollte er sich je merken, wer nun in die jeweiligen Geheimnisse eingeweiht war und wer nicht! Er stöhnte, denn sein Hals war tatsächlich steif.

Ruth öffnete das innere Augenlid einen winzigen Spalt und betrachtete seinen Reiter mit Mißbehagen. *Ich bin erschöpft. Ich brauche noch Schlaf.*

»Du kannst jetzt nicht mehr schlafen. Mnementh will dich sprechen.«

Warum hat er das nicht gestern nacht getan?

»Weil er sich vermutlich die Einzelheiten frisch einprägen wollte.«

Ruth hob empört den Kopf. *Glaubst du, Mnementh kann sich solche Dinge nicht eine Nacht lang merken? Er ist der größte Drache von ganz Pern.*

»Du siehst ihn verklärt, weil er dir ein tüchtiges Abendessen verschafft hat. Außerdem will *er* dich sprechen. Beschwer dich also nicht bei mir! Bist du nun wach?«

Wenn ich mit dir spreche, träume ich doch nicht mehr, oder?

»Du bist heute ganz schön aggressiv.« Mit einem Seufzer kletterte Jaxom aus der Kuhle, schleifte die Felldecken hinter sich her und stolperte zu dem Tisch, an den sich Mirrim und Menolly rücksichtsvoll zurückgezogen hatten. Der dampfende Klah weckte seine Lebensgeister. Er bedankte sich bei den Mädchen.

»Wie spät ist es?«

»Vormittag – Benden-Zeit«, erklärte Menolly. Ihre Miene blieb betont ausdruckslos.

Jaxom schloß einen Moment lang die Augen. Sie alle hörten, wie Ruth sich geräuschvoll dehnte und streckte.

»Wann haben dich denn die Sporen versengt, Jaxom?« fragte Mirrim, direkt wie immer. Sie beugte sich vor und fuhr mit einem Finger mißbilligend die Narbe nach.

»Als ich Ruth beibrachte, Feuerstein zu kauen.« Er machte eine Pause, wartete, bis sie Luft zum Schimpfen holte, und fügte dann hinzu: »Auf dem Fort-Weyr.«

»Weiß das Lessa?« hakte Mirrim nach.

»Ja.« Er hoffte, daß er Mirrim damit abgespeist hatte. Aber so leicht ging das nicht.

»Ich muß sagen, daß ich N'ton mehr zugetraut hätte. Läßt es zu, daß einer seiner Schüler sich versengt!«

»Das war nicht seine Schuld«, murmelte Jaxom zwischen zwei Bissen.

»Und Lytol? Was hat der gesagt? Du solltest wirklich nicht soviel aufs Spiel setzen.«

Jaxom kaute heftig. Er ärgerte sich, daß Menolly ihre energische Freundin mitgebracht hatte.

»Außerdem sehe ich nicht ein, weshalb du überhaupt mit den Drachenreitern übst. Ruth darf ja doch keine Fäden bekämpfen.«

Der Jungbaron schluckte. »Ruth wird genauso kämpfen wie alle anderen Drachen, Mirrim.«

»Und er war bereits im Einsatz«, erklärte Menolly und deutete auf die Narbe. »Aber nun halt den Mund und laß den Mann endlich essen!«

»Mann?« Mirrims Stimme nahm einen spöttischen Klang an, und sie warf Jaxom einen vernichtenden Blick zu.

Menolly seufzte. »Also, wenn Path nicht bald zum Paarungsflug aufsteigt, Mirrim, führst du Krieg gegen den halben Weyr. Wie kann man so eklig sein!«

Jaxom warf einen erstaunten Blick auf Mirrim, die tiefrot angelaufen war.

»Ach so ist das! Na, dann wirst du ja etwas von deiner Überheblichkeit verlieren. Und dazu sonst noch einiges.« Es tat ihm wohl, sie ein wenig zu necken. »Hat Path schon einen bestimmten Bronzedrachen im Auge? Aber, aber – das ist doch kein Grund zum Rotwerden. Ich kann es nicht glauben – unsere Mirrim hat die Sprache verloren. Hoffentlich wird es der wildeste Flug, seit Mnementh Ramoth eroberte!«

Mirrim ballte die Hände zu Fäusten und fauchte ihn an: »Wenigstens verhält sich mein Path normal! Das ist mehr, als man von dir und deiner weißen Mißgeburt behaupten kann!«

»Mirrim!« Bei Menollys scharfem Tonfall zuckte das Mädchen zusammen, aber die Worte ließen sich nicht mehr zurückholen. Jaxom starrte Mirrim an und wußte nicht recht, wie er auf ihren Angriff antworten sollte. »Ich glaube, du gehst jetzt besser, Mirrim«, sagte Menolly. »Du scheinst etwas überarbeitet zu sein.«

»Und ob ich gehe! Steig du meinetwegen zu Fuß in den Weyrkessel hinunter!« Damit rannte Mirrim aus dem Raum.

»Beim Großen Ei, bin ich froh, wenn das große Ereignis erst mal vorüber ist! So wie Mirrim sich benimmt, steigt Path heute noch auf.« Menolly bemühte sich um einen gleichgültigen Tonfall.

Jaxom schluckte. Er hatte eine trockene Zunge. Eisern kämpfte er die aufwallenden Gefühle nieder; er durfte seinen Gefährten nicht in Unruhe versetzen. Ein unauffälliger Blick zu Ruth hinüber zeigte ihm, daß der Drache sich immer noch räkelte. Er hoffte nur, daß Ruth zu schläfrig gewesen war, um das Gespräch mitzuverfolgen. Jaxom beugte sich zu Menollys Ohr und deutete auf den Drachen.

»Wißt ihr etwas, das ich nicht weiß?«

»Über Path?« Menolly tat absichtlich, als habe sie seine Frage falsch verstanden. »Also, falls du noch nie miterlebt hast, wie sich eine Weyrbewohnerin aufführte, sobald ihr Drache in Hitze gerät – Mirrim war eben ein klassisches Beispiel.«

Path ist fast erwachsen, meinte Ruth nachdenklich. Jaxom stöhnte und bedeckte das Gesicht mit einer Hand; er hätte wissen müssen, daß dem Freund wenig entging.

Menolly stieß ihn gebieterisch an und zog fragend die Augenbrauen hoch.

»Würdest du Path gerne fliegen?« erkundigte sich Jaxom bei Ruth und schaute Menolly bedeutungsvoll an.

Warum sollte ich? Ich habe sie bei jedem Wettflug auf Telgar besiegt. Sie ist in der Luft längst nicht so schnell wie ich.

Jaxom wiederholte die Antwort für Menolly und versuchte

seiner Stimme den gleichen verwunderten Tonfall zu geben, den er bei Ruth wahrgenommen hatte.

Menolly lachte los. »Oh, ich wollte, Ruth hätte das in Mirrims Beisein gesagt. Vielleicht wäre sie dann eine oder zwei Sprossen von ihrer Leiter heruntergestiegen.«

Mnementh will mich sprechen, erklärte Ruth. Er hatte den Kopf gehoben und schaute zu Mnemenths Sims hinauf.

»Weißt du etwas, das ich nicht weiß? Über Ruth?« wisperte Jaxom und packte Menolly am Arm.

»Du hast doch selbst gehört, was er meinte.« Menollys Augen blitzten vor Vergnügen. »Er ist nicht an der Drachendame interessiert – noch nicht.«

Jaxoms Griff wurde härter.

»Nun denk doch mal logisch, Jaxom!« sagte sie. »Ruth ist klein, er reift langsamer als andere Drachen.«

»Du meinst – er wird vielleicht nie die Reife erlangen, die man braucht, um zu einem Paarungsflug aufzusteigen?«

Menolly hielt seinem Blick stand. Er las darin weder Mitleid noch ein Ausweichen. »Fühlst du dich bei Corana nicht wohl?«

»Doch.«

»Du hast Angst. Unnötige Angst, wie ich meine. Ich habe nie etwas gehört, das dich beunruhigen müßte. Nur daß Ruth ein außergewöhnlicher Drache ist – und das läßt sich nicht abstreiten, oder?«

Ich habe Mnementh alles erklärt, was er wissen wollte, berichtete Ruth. *Sie brechen jetzt auf. Glaubst du, daß ich in dem See hier ein Bad nehmen kann?*

»Bestimmt«, entgegnete Jaxom. »Aber paß auf, daß Lessa keine Feuer-Echsen in deiner Nähe sieht!«

Und wer schrubbt mir den Rücken? fragte Ruth vorwurfsvoll. Er kroch langsam aus der Schlafkuhle.

»Was möchte er denn?« wollte Menolly wissen, als sie Jaxoms düstere Miene bemerkte.

»Daß ihm jemand den Rücken schrubbt.«

»Ich schicke dir meine Freunde, Ruth, sobald du am See draußen bist. Lessa wird es nicht merken.«

Ruth hielt den Kopf schräg und spähte aus der Weyröffnung ins Freie. *Mnementh ist fort, und Ramoth hat ihn begleitet. Du hast recht, wir werden ungestört sein.*

»Tut mir leid, daß ich dir Mirrim angetan habe, Jaxom«, sagte Menolly, als Ruth zum See flog. »Aber sie haben dich ganz schön hoch einquartiert, und da brauchte ich Paths Hilfe.«

Jaxom nahm einen kräftigen Schluck Klah. »Na ja, wenn Path in der Hitze ist, muß man ihr Benehmen wohl entschuldigen.«

»Ich weiß nicht.« Menollys Stimme klang hart. »Irgendwie kommt sie mit ihren Unverschämtheiten immer durch.«

Jaxom runzelte nachdenklich die Stirn. »Glaubst du eigentlich, daß Mirrim sich vor der Gegenüberstellung in die Brutstätte geschlichen haben könnte? Sie schwört zwar, daß es nicht so war, aber soviel ich weiß, gehörte sie eigentlich gar nicht zu den Kandidatinnen . . .«

»Ebensowenig wie du damals, das stimmt. Mann, nun friß mich nicht – man wird doch noch die Wahrheit sagen dürfen! Nein, ich glaube nicht, daß sie Path noch vor der Gegenüberstellung zu beeinflussen versuchte. Sie hatte ihre Feuer-Echsen und war immer zufrieden mit ihnen. Drei Stück reichen auch voll und ganz. Außerdem weißt du sicher noch, wie wütend Lessa war, nachdem sie Path an sich gebunden hatte. Wenn jemand Mirrim in der Brutstätte gesehen hätte – das wäre damals sicher ans Licht gekommen. Mirrim kann einen manchmal zur Verzweiflung bringen, herrisch, taktlos und schwierig, wie sie ist – aber einen hinterhältigen Plan traue ich ihr nicht zu. Du warst damals gar nicht dabei? Da hast du aber was versäumt. Path kam zu dem Platz gestolpert, an dem Mirrim saß. Die kleine Königin jammerte zum Erbarmen, hatte aber jede der Kandidatinnen, die sich um sie bemühten, verschmäht, bis F'lar zu dem Schluß kam, daß sich die Kleine jemanden von den Zuschauerrängen ausgesucht hatte.«

Menolly zuckte die Achseln. »Dieser Jemand entpuppte sich als Mirrim. Und komisch – ihre Echsen wehrten sich keine Sekunde dagegen. Nein, ich glaube, diese Verbindung war ebenso vorbestimmt wie die von dir und Ruth. Ganz im Gegensatz zu der Geschichte zwischen Poll und mir.« Sie schnitt eine Grimasse. »Als ob mir meine neun Echsen nicht schon gereicht hätten! Aber die Schale platzte genau in dem Moment, als ich das Ei diesem tolpatschigen Sohn von Baron Groghe überreichte. *Er* hat mir übrigens nie einen Vorwurf deswegen gemacht, und der Junge bekam noch eine Grüne. Eine Bronze-Echse wäre bei dem Bengel aber auch verschwendet gewesen.«

Jaxom deutete anklagend auf Menolly: »Du redest und redest, um von meiner Frage abzulenken. Was weißt du über Ruth, das ich nicht weiß?«

Menolly schaute Jaxom offen an. »Ich weiß gar nichts, mein Freund. Aber deinen eigenen Worten nach hat sich Ruth von der

Nachricht über Paths Zustand genauso begeistert gezeigt wie ein Jungreiter von dem Befehl, die Leuchtkörbe zu putzen.«

»Das heißt nicht . . .«

»Eben. Das heißt *überhaupt nichts.* Also ist es unsinnig von dir, in die Defensive zu gehen. Ruth reift eben verspätet. Mehr Gedanken brauchst du dir darüber nicht zu machen – besonders jetzt, da du mit Corana beschäftigt bist.«

»Menolly!«

»Reg dich ab, sonst war der schöne lange Schlaf umsonst! So elend hatte ich dich noch nie gesehen.« Sie legte ihm einen Moment lang die Hand auf den Arm. »Was die Sache mit Corana betrifft – glaub ja nicht, daß ich schnüffeln will! Ich stelle lediglich Tatsachen fest, auch wenn du den Unterschied nicht wahrhaben willst.«

»Ich finde nur, daß die Burg Ruatha nicht in das Einflußgebiet der Harfner fällt«, sagte er langsam. Eigentlich lag ihm ein anderer Satz auf der Zunge, aber er unterdrückte ihn heldenhaft.

»Das stimmt nur zum Teil. Jaxom, der junge Herr von Ruatha, geht uns Harfner überhaupt nichts an. Jaxom, der Reiter des weißen Drachen Ruth, muß dagegen genau beobachtet werden. Ihr beide seid ein einmaliges Gespann.«

»Sind das nicht Spitzfindigkeiten?«

»Ich weiß nicht.« Ihre Stimme klang ernst, aber in ihren Augen blitzte leiser Spott. »Wenn Jaxom die Geschehnisse auf Pern beeinflußt, dann müssen sich die Harfner mit ihm befassen.«

Jaxom starrte sie an, ein wenig verwirrt, daß sie ihren Verdacht nicht offen aussprach. Dann sah er den merkwürdig warnenden Ausdruck in ihrem Blick; aus irgendeinem Grund, den er nicht begriff, wollte sie nicht, daß er seine Tat bestätigte.

»Du spielst mehrere Rollen zugleich, Jaxom«, fuhr sie ernst fort. »Du bist unbestreitbar Herr einer großen Burg, dazu der Reiter eines außergewöhnlichen Drachen – und ein junger Mann, der nicht recht weiß, wer oder was er sein soll. Du kannst alles und mehr sein, ohne deine Verpflichtungen gegenüber anderen oder dir selbst zu brechen.«

Jaxom schnaubte geringschätzig. »Und wer sagt das? Menolly, die Harfnerin, oder Menolly, die ihre Nase in fremde Angelegenheiten steckt?«

Menolly hob die Schultern und lächelte schwach. »Zum Teil die Harfnerin, weil ich die meisten Dinge nun mal aus der Sicht unserer Gilde beurteile. Hauptsächlich aber Menolly, deine Freundin. Ich glaube, es ist falsch, wenn du dir Sorgen machst.

Besonders nach dem anstrengenden Flug, den du gestern unternommen hast.« Ihr Lächeln strahlte nun Wärme aus.

Ihr Echsen-Schwarm kam in den Weyr geschossen. Jaxom verbarg seinen Ärger über die Unterbrechung, denn es kam selten vor, daß Menolly so offen mit ihm sprach. Aber die Feuer-Echsen waren eindeutig erregt, und ehe Menolly sie so weit beruhigt hatte, daß sie vernünftige Bilder ausstrahlten, landete Ruth in der Felsenkammer. Seine Augen funkelten in allen Farben und kreisten.

D'ram und Tiroth sind angekommen, und alles befindet sich in hellem Aufruhr, erklärte Ruth und streckte Jaxom den Kopf entgegen. Sein Reiter kraulte ihn an den Augenwülsten. *Mnementh ist sehr zufrieden mit sich selbst.* Ein wenig Kummer schwang in dieser Feststellung mit.

»Ohne deine Hilfe hätte Mnementh die beiden niemals zurückbringen können«, tröstete ihn Jaxom. »Habe ich nicht recht, Menolly?«

Ich brauchte die Feuer-Echsen, um sie aufzuspüren, warf Ruth bescheiden ein. *Und du bist auf den Gedanken gekommen, fünfundzwanzig Planetenumläufe zurückzugehen.*

Menolly seufzte. Ihr war der Gedankenaustausch zwischen den beiden Gefährten wieder einmal entgangen.

»Eigentlich verdanken wir auch den Echsen im Süden eine ganze Menge . . .«

»Genau das hat Ruth eben festgestellt.«

»Drachen sind ungeheuer ehrliche Geschöpfe.« Menolly atmete tief durch und stand dann auf. »Komm, wir verschwinden jetzt von hier! Wir haben unsere Aufgabe erfüllt. *Gut* erfüllt. Das ist wohl die einzige Befriedigung, die uns zuteil wird.« Sie warf ihm einen belustigten Blick zu. »Oder nicht?« Dann schwang sie sich den Rucksack über die Schulter. »Eine bittere Tatsache, aber wir werden uns damit abfinden.«

Sie lächelte ihm mit Verschwörermiene zu.

Als sie auf den Sims hinaustraten, konnten sie das Gewimmel in der Nähe des Königinnen-Weyrs erkennen. Drachenreiter, aber auch die Bewohner der Unteren Höhlen strömten herbei, um D'ram und seinen Bronzedrachen zu begrüßen.

»Ich muß zugeben, daß sich meine Stimmung bei diesem Anblick beträchtlich hebt«, meinte Menolly, als Ruth sie und Jaxom in die Lüfte trug.

Jaxom beabsichtigte, Menolly in der Harfnerhalle abzusetzen und dann gleich mit Ruth heimzukehren. Aber kaum hatte Ruth sich beim Wachdrachen gemeldet, da flatterten ihnen Zair und eine kleine Echsenkönigin in den Harfner-Farben entgegen und landeten vorsichtig auf Ruths Nacken.

»Das ist Sebells Kimi! Er ist wieder da!« Menolly stieß einen Jubelschrei aus, und Jaxom drehte sich verwundert um. So überschwenglich kannte er die Harfnerin gar nicht.

Der Wachdrache sagt, daß der Harfner uns sprechen möchte, übermittelte Ruth seinem Freund und setzte stolz hinzu: *Er meint auch mich.*

»Warum denn das?« überlegte Jaxom. »Robinton hat uns doch schon gebührend gelobt.« Er tätschelte Ruth liebevoll, um seine Antwort etwas abzumildern, und der Drache setzte zum Landeflug im Innenhof an.

Robinton und ein Mann mit dem Meister-Emblem auf der Schulter kamen die Stufen herunter. Der Gilde-Oberste breitete die Arme aus und drückte sowohl Menolly wie Jaxom begeistert an sich. Jaxom war dieser Überschwang ein wenig peinlich, aber ihm blieb vollends die Luft weg, als der andere Harfner Menolly packte, sie herumwirbelte und immer wieder küßte. Anstatt sich zu beschweren, schienen die Echsen damit einverstanden, denn sie vollführten in der Luft fröhliche Kapriolen und schlossen die fremde kleine Königin in ihre Tänze mit ein. Jaxom schielte vorsichtig zu Robinton hinüber, doch der beobachtete das Schauspiel mit einem zufriedenen Lächeln. Erst als er Jaxoms Blick bemerkte, wurde er wieder ernst.

»Komm, Jaxom, Menolly und Sebell haben sich ein paar Monate nicht gesehen und müssen allerhand Neuigkeiten austauschen! Ich möchte gern deine Version von den Ereignissen im Süden hören.«

Als Robinton und Jaxom auf die Halle zugingen, löste sich Menolly aus Sebells Armen und trat zögernd näher. »Meister?«

»Was!« Robinton schüttelte streng den Kopf. »Du bringst nicht einmal eine Stunde Zeit für Sebell auf, nachdem er so lange fort war?«

Jaxom sah mit Vergnügen, daß Menolly unsicher und verwirrt wirkte. Sebell grinste breit.

»Laß dir von ihm einen ausführlichen Reisebericht geben, Mädchen«, meinte der Meisterharfner freundlich. »Ich komme mit Jaxom schon klar.«

Als Jaxom sich noch einmal nach den beiden umdrehte, gingen sie eng umschlungen auf die Wiese jenseits der Harfnerhalle zu.

»Du hast also D'ram und Tiroth zurückgebracht?« begann der Harfner.

»Ich habe sie nur entdeckt. Die Weyrführer von Benden holten sie heute vormittag persönlich heim.«

Robinton blieb an der Treppe stehen. »Sie waren also tatsächlich in dieser Bucht?«

»Ja – fünfundzwanzig Planetenumläufe in der Vergangenheit.« Und Jaxom berichtete noch einmal von ihrem Abenteuer im Süden. Sein Zuhörer war aufmerksamer und mitfühlender als die Weyrführer, und begann Jaxom seine Rolle zu genießen.

»Menschen?« Robinton, der sich bis dahin bequem in seinem Sessel zurückgelehnt hatte, saß mit einem Male aufrecht da. »Die Echsen strahlten Bilder von Menschen aus?«

Einen Moment lang war Jaxom verwirrt. Während die Weyrführer sich eher beunruhigt und skeptisch zu dieser Beobachtung geäußert hatten, gewann er nun den Eindruck, als habe der Meisterharfner diese Nachricht beinahe erwartet.

»Ich habe schon immer vermutet, daß wir alle aus dem Süden stammen«, murmelte der Harfner vor sich hin. Dann gab er Jaxom mit einer Geste zu verstehen, daß dieser mit seinem Bericht fortfahren solle.

Jaxom tat es, merkte aber bald, daß der Harfner ihm nicht mit voller Aufmerksamkeit zuhörte, auch wenn er gelegentlich nickte oder eine Frage einflocht. Jaxom erzählte von seiner und Menollys sicherer Rückkehr zum Benden-Weyr und vergaß auch nicht zu erwähnen, daß Mnementh seinem Drachen zu einem üppigen Abendessen verholfen hatte. Dann schwieg er. Er hätte Robinton gern selbst die eine oder andere Frage gestellt, aber der Harfner saß mit gerunzelter Stirn da, in Gedanken vertieft.

»Schildere noch einmal ganz genau, was die Feuer-Echsen über diese Menschen sagten!« Robinton beugte sich vor, die Ellbogen auf den Tisch gestützt, den Blick starr auf Jaxom geheftet. Zair auf seiner Schulter stieß ein fragendes Zirpen aus.

»*Gesagt* haben sie nicht viel, Meister Robinton. Das ist ja das Problem. Sie regten sich über die Frage so auf, daß ihre Bilder kaum einen Sinn ergaben. Menolly könnte Ihnen vielleicht mehr erzählen, weil sie Prinzeßchen und die drei Bronze-Echsen bei sich hatte. Aber . . .«

»Was hast du von Ruth erfahren?«

Jaxom zuckte die Achseln, ein wenig unglücklich darüber, daß er keine genauere Antwort geben konnte.

»Er meinte, die Bilder seien zu verworren; aber sie handelten alle von Menschen, den Menschen dieser Echsen. Und wir, Menolly und ich, seien nicht die Menschen, an die sie sich erinnerten.«

Jaxom griff nach dem Krug mit Klah. Sein Mund fühlte sich ausgedörrt an. Höflich schenkte er dem Harfner einen Becher ein. Der nahm ihn und nippte geistesabwesend daran.

»Menschen«, murmelte Meister Robinton. Er schüttelte den Kopf und schnalzte leise mit der Zunge. Dann erhob er sich so unvermittelt, daß Zair zu schimpfen begann und sich an seiner Schulter festkrallte. »Menschen – und das liegt so weit zurück, daß die Feuer-Echsen nur noch vage Eindrücke von ihnen besitzen. Das ist aufschlußreich, äußerst aufschlußreich sogar.«

Der Harfner begann auf und ab zu gehen.

Jaxom warf einen Blick aus dem Fenster. Ruth sonnte sich m Hof, umflattert von den Echsen der Gildehalle. Chorstimmen drangen an sein Ohr. Sie übten eine Ballade, immer wieder von neuem, obwohl Jaxom nicht die leiseste Dissonanz feststellen konnte. Eine sanfte Brise trug Sommerdüfte herein. Er zuckte zusammen, als Robinton ihm eine Hand auf die Schulter legte.

»Du hast deine Sache ausgezeichnet gemacht, mein Junge, aber jetzt fliegst du besser nach Ruatha zurück, sonst schläfst du mir noch im Stehen ein. Dieser Zeitsprung hat mehr Kraft gekostet, als du dir eingestehen willst.«

Als der Harfner Jaxom in den Hof begleitete, ließ er ihn noch einmal wiederholen, welche Bilder die Feuer-Echsen übermittelt hatten. Diesmal nickte der Harfner bei jedem Punkt, als wolle er sich den Bericht dadurch genau einprägen.

»Daß ihr D'ram und Tiroth entdeckt habt, Jaxom, erscheint im Lichte dieser Entdeckung als der kleinere Erfolg des Unternehmens. Ich wußte, daß ich recht hatte, als ich dich und Ruth um Hilfe bat. Sei nicht überrascht, wenn ich bald wieder auf dich zukomme – natürlich nur, falls Lytol nichts dagegen hat.«

Lytol legte ihm noch einmal freundschaftlich den Arm um die Schultern und trat dann zurück, damit sich Jaxom auf Ruth schwingen konnte. Die Feuer-Echsen gaben ihrer Enttäuschung über das Ende des Besuchs lautstark Ausdruck. Während Ruth in einer Spirale immer höher aufstieg, winkte Jaxom der schwindenden Gestalt des Harfners noch einmal zu. Am Fluß entdeckte er Sebell und Menolly und ärgerte sich gleichzeitig, daß er Ausschau nach den beiden gehalten hatte. Er selbst haßte es, wenn jemand seine zärtlichen Stunden mit Corana überwachte.

Aber die beiden brachten ihn auf einen Gedanken. Lytol würde ihn kaum zu einer bestimmten Zeit erwarten. Und da er auch keine Feuer-Echsen sah, die seine Pläne verraten konnten, bat er Ruth, ihn zur Hochfläche zu bringen. Ruth pflichtete ihm eifrig bei, und Jaxom fragte sich, ob der weiße Drache sein Innenleben besser kannte als er selbst.

Im Westen von Pern war jetzt Mittagszeit, und Jaxom überlegte, wie er Coranas Aufmerksamkeit auf sich ziehen konnte, ohne daß die übrigen Bewohner des Hofes von seinem Besuch erfuhren.

Die kommt, erklärte Ruth und wies mit der Flügelspitze in die Tiefe. Das Mädchen hatte gerade den Hof verlassen und wanderte mit einem Korb auf der Schulter zum Fluß hin.

Günstiger hätte der Zufall nicht spielen können! Jaxom bat Ruth, am Flußufer zu landen, an der Stelle, wo sich die Frauen des Hofes meist zum Wäschewaschen trafen.

Der Fluß ist nicht sehr tief, meinte Ruth beiläufig, *aber es liegt ein großer Felsen in der Sonne. Dort habe ich es warm und bequem.* Und ehe Jaxom antworten konnte, glitt er zum Fluß hinunter, vorbei an den schnellen Strudeln, wo das Wasser zwischen Felsbrocken dahinschoß, bis zu einer Biegung, in der das Wasser einen stillen Tümpel bildete. Ruth landete auf einem breiten, flachen Stein, ohne auch nur die Äste zu streifen, die in einem dichten Gewirr das Ufer säumten. *Sie kommt,* wiederholte er und senkte die Schulter, damit Jaxom absteigen konnte.

Mit einemmal fühlte sich Jaxom von Zweifeln gequält. Mirrims bissige Worte fielen ihm wieder ein. Und Ruth war wirklich schon über das Alter hinaus, in dem Drachen ihren ersten Paarungsflug unternahmen . . .

Sie kommt, und sie macht dich glücklich. Wenn du glücklich bist, bin ich es auch, erklärte Ruth. *Und der warme Stein hier entspannt mich wunderbar. Nun geh schon zu ihr!*

Verblüfft von den energischen Gedanken seines Weyrgefährten, schaute Jaxom auf. Die Augen des weißen Drachen kreisten gemächlich, und die sanften grünen und blauen Punkte darin standen im Widerspruch zu seinen strengen Worten.

Dann hatte Corana die letzte Windung des Flußpfades erreicht und sah ihn. Sie warf ihren Korb zu Boden, daß die Wäsche hervorquoll, rannte ihm entgegen und umarmte ihn so stürmisch, daß er nicht mehr zum Denken kam.

Eng umschlungen suchten sie eine schattige Moosinsel unter den Bäumen auf, wo sie allein und ungestört waren.

XII

Ruatha, Fidellos Hof, Sporenregen, 6. 7. 15

Es war nicht leicht, vor seinem Drachen ein Geheimnis zu hüten. Wollte Jaxom über Dinge nachdenken, die Ruth nichts angingen, so konnte er das nur spät nachts tun, wenn sein Freund fest schlief, oder in den frühen Morgenstunden, wenn er zufällig eher aufwachte als der Gefährte. Bisher hatte er seine Gedanken allerdings selten abgeschirmt, und das erschwerte die Angelegenheit noch, weil ihm einfach die Übung fehlte. Außerdem war er von früh bis spät so beschäftigt – das ewige Training mit dem Jungreiter-Geschwader, die vielen Aufgaben in der Burg, die Lytol nicht allein bewältigen konnte, und nicht zuletzt seine Ausflüge auf die Hochfläche – daß er abends wie ein Stein auf sein Lager sank und sofort einschlief. Am Morgen geschah es oft, daß ihn Tordril oder ein anderer Pflegling wachrütteln mußte, damit er nicht zu spät zu irgendwelchen Verabredungen kam.

So geschah es, daß ihm das Problem mit Ruths Reife zu den unpassendsten Zeiten in den Sinn kam und er es dann mit aller Gewalt unterdrücken mußte, um seine Sorgen vor dem Freund zu verbergen.

Wie um die Sache zu verschlimmern, stiegen im Fort-Weyr in kurzen Abständen zwei grüne Drachenweibchen zum Paarungsflug auf, verfolgt von den blauen und braunen Männchen, die sich kräftig genug fühlten, sie zu erobern. Beim erstenmal hatte sich Jaxom mitten in einem Formationsflug befunden und nur zufällig die wilde Jagd bemerkt, die sich ein wenig abseits des Übungsgeländes abspielte. Ruth schien das Ereignis überhaupt nicht zur Kenntnis zu nehmen.

Das zweitemal befanden sich Jaxom und Ruth am Boden, als ein grünes Drachenweibchen ein Herdentier zu reißen begann und mit schrillem Kreischen sein Blut trank. Die anderen Jungreiter und ihre Drachen waren noch zu unreif, um Anteil zu nehmen, aber Jaxom fiel auf, daß der Blick des Geschwaderausbilders lange auf ihm und Ruth lag. Mit einemmal wurde ihm klar, daß K'nebel überlegte, ob er und Ruth sich an der Verfolgungsjagd beteiligen würden.

Ein solcher Sturm von widersprüchlichen Gefühlen – Furcht, Scham, Erwartung, Zögern und blankes Entsetzen – erfaßte Jaxom, daß Ruth erschrocken die Schwingen spreizte und ein Stück vom Boden aufflog.

Was hat dich so erregt? fragte Ruth und betrachtete seinen Reiter mit besorgt kreisenden Augen.

»Es ist alles in Ordnung – wirklich alles in Ordnung«, versicherte Jaxom hastig und strich dem Drachen über den Kopf. Er fragte sich, ob Ruth überhaupt Lust hatte, mit dem grünen Weibchen aufzusteigen, und hoffte insgeheim, daß dem nicht so war.

Mit einem herausfordernden Fauchen schwang sich das grüne Weibchen in die Lüfte. Angestachelt von der Paarungsbereitschaft, hatte es rasch an Höhe gewonnen, ehe die Schar der blauen und braunen Männchen ihm folgen konnten. Dann aber jagten alle hinter ihr her. Inzwischen drängten sich die Reiter in einem dichten Knäuel um die Besitzerin des grünen Drachen. Bald erkannte man die Drachen nur noch als winzige Punkte am Himmel. Die Reiter hasteten zu den Unteren Höhlen, wo eine geräumige Kammer für Ereignisse wie dieses bereitstand.

Jaxom hatte noch nie einen Paarungsflug aus der Nähe miterlebt. Etwas schnürte ihm die Luft ab. Sein Herz hämmerte, das Blut pochte in den Schläfen, und er spürte die gleiche Erregung, die ihn erfaßte, wenn er Coranas biegsamen Körper in den Armen hielt. Mit einemmal kam ihm der Gedanke, welcher Drache wohl Mirrims Path erobert hatte, und welcher Reiter . . .

Eine Hand legte sich auf seine Schulter. Er zuckte mit einem leisen Aufschrei zusammen. »Also, wenn Ruth noch nicht reif genug ist – du bist es jedenfalls, Jaxom«, sagte K'nebel. Der Lehrmeister der Jungreiter starrte zu den fernen Punkten am Himmel hinauf. »Selbst der Paarungsflug eines grünen Weibchens kann einem durch und durch gehen.« Seine Miene verriet Verständnis. Dann deutete K'nebel mit dem Kinn zu Ruth hin. »Ihn hat die Sache überhaupt nicht berührt, was? Nun, lassen wir ihm Zeit. Aber du verschwindest jetzt am besten. Das Training war ohnehin fast zu Ende. Ich muß mich um die Kleinen kümmern, wenn die Grüne mit ihrem Partner zurückkommt.«

Jetzt erst merkte Jaxom, daß die meisten Jungreiter zum Weyr geflogen waren. Mit einem aufmunternden Klaps auf die Schulter ging K'nebel zu seinem Bronzedrachen, schwang sich geschickt auf den Rücken seines Gefährten und stob davon.

Jaxom dachte an den Paarungskampf in der Luft; er stellte sich die Reiter vor, die nun drunten in der Kammer das Ende der Eroberung abwarteten, durch starke Gefühle mit ihren Drachen verbunden. Mirrim kam ihm in den Sinn. Und Corana.

Mit einem Stöhnen schwang er sich auf Ruths Nacken. Er mußte weg von der knisternden Atmosphäre des Fort-Weyr. Theoretisch hatte er längst gewußt, was sich in einer solchen Stunde unter den Reitern abspielte, aber die Realtität war mehr, als er im Moment ertragen konnte.

Er hatte beabsichtigt, an den See zu fliegen und ein kühles Bad zu nehmen, um seine Nerven und seinen Körper zu beruhigen. Aber Ruth brachte ihn statt dessen zur Hochfläche.

»Ruth! Wir wollten doch zum See.«

Der weiße Drache verblüffte ihn mit seiner Antwort. *Hier ist es im Moment besser für dich. Die Feuer-Echse sagt, daß Corana am oberen Feld arbeitet.* Wieder ergriff Ruth die Initiative und glitt zum Feld hinüber, wo das junge Getreide leuchtendgrün in der Mittagssonne wogte. Corana jätete mit einer langstieligen Hacke die zähen Kriechpflanzen, die sich immer wieder vom Waldrand vorschoben und die Saat zu überwuchern drohten.

Ruth landete auf dem schmalen Streifen zwischen Acker und Schutzwall. Corana, ein wenig überrascht von seinem unerwarteten Erscheinen, winkte ihnen zu. Anstatt jedoch wie sonst auf Jaxom loszustürmen, strich sie ihr Haar zurück und wischte sich den Schweiß von der Stirn.

»Jaxom«, begann sie, als er näherkam, von ihrem Anblick aufs neue erregt, »es wäre mir lieber, wenn . . .«

Er brachte sie mit einem Kuß zum Schweigen und drückte sie an sich. Corana versuchte, sich von ihm freizumachen, ebenso verwirrt von seiner Leidenschaft wie er selbst. Er zog sie noch näher an sich, bemühte sich, den Druck, der in ihm aufstieg, zu bekämpfen, bis das Mädchen seine Scheu und Unsicherheit abgelegt hatte. Sie roch nach frischer Erde und Schweiß. Ihr Haar war warm von der Sonne. Irgendwo in seinem Innern hörte er das Kreischen eines grünen Drachen und sah die Drachenreiter zu den unteren Höhlen strömen. Er preßte Corana an sich, und ihr Widerstand ließ nach. Sie lagen auf der warmen Erde, die feucht und frisch roch. Die Sonne brannte ihm auf den Rücken, und er hatte nur den Wunsch, die Erinnerung an die Reiter und das grüne Drachenweibchen auszulöschen. Er spürte Ruths Nähe, als sich der Aufruhr in seinem Körper und Geist noch einmal zusammenballte und dann wohltätig in einem Orgasmus entlud.

Jaxom schaffte es am nächsten Vormittag nicht, mit den Jungreitern zu üben. Lytol und Brand hatten die Burg früh verlassen, um mit den Pfleglingen zu einem entfernten Hof zu reiten, und niemand kümmerte sich um ihn. Als er am Nachmittag endlich aufstand, lenkte er Ruth entschlossen zum See und schrubbte ihn so gründlich, daß der Drache nach einer Weile schüchtern fragte, was denn los sei.

»Ich liebe dich, Ruth. Du gehörst mir. Ich liebe dich«, sagte Jaxom und hätte am liebsten mit seiner früheren blinden Offenheit hinzugefügt, daß er alles in der Welt für seinen Freund tun würde. »Ich liebe dich!« wiederholte er mit zusammengebissenen Zähnen und tauchte dann tief ins eiskalte Wasser des Sees.

Ich glaube, ich bin hungrig, meinte Ruth, während Jaxom gegen den Druck des Wassers und die Atemnot ankämpfte.

Jaxom tauchte prustend auf und holte tief Luft. »Ich kenne einen Hof im Süden von Ruatha, wo gerade eine Herde Wherhennen gemästet wird.«

Das klingt nicht schlecht.

Jaxom rubbelte sich schnell trocken, schlüpfte in seine Kleider und Schuhe und legte sich das feuchte Badetuch geistesabwesend über die Schultern, ehe er auf Ruths Rücken kletterte und den Freund ins *Dazwischen* führte. Als er die Eiseskälte des *Dazwischen* im Nacken spürte, wurde ihm sein leichtsinniges Handeln bewußt. Er konnte sich die schlimmste Erkältung holen.

Ruth stieß wie immer schnell auf seine Beute herab, ohne die übrigen Masthennen in Panik zu versetzen. Feuer-Echsen in den Farben von Ruatha tauchten auf und nahmen an dem Festmahl teil. Jaxom beobachtete die Szene. Er konnte freier denken, wenn Ruth damit beschäftigt war, seine Beute zu verzehren. Irgendwie empfand er Ekel vor sich selbst. Er hatte Corana ausgenutzt. Daß sie bereitwillig und gern auf seine sexuellen Wünsche eingegangen war, bedeutete ihm wenig Trost. Ihre bis dahin heitere Beziehung schien beschmutzt. Er war unschlüssig, ob er das Verhältnis überhaupt fortsetzen sollte – ein Gedanke, der neue Schuldgefühle in ihm weckte. Eines konnte er zu seinen Gunsten anführen: Er hatte den ganzen Acker gründlich gejätet. So bekam Corana wenigstens keine Vorwürfe von Fiello, daß sie ihre Arbeit vernachlässigte. Das junge Getreide war wichtig. Aber er hätte das Mädchen nicht auf diese Weise nehmen dürfen. Dafür gab es keine Entschuldigung.

Ihr hat es gefallen. Ruths Gedanken erreichten ihn so unerwartet, daß Jaxom sich kerzengerade aufsetzte.

»Woher weißt du das?«

Wenn du bei Corana bist, zeigt sie ebenso starke Gefühle wie du. Deshalb spüre ich auch sie. Sonst nicht. Es klang, als sei Ruth erleichtert, daß der Kontakt auf diese Ausnahmen beschränkt blieb.

Der weiße Drache kam langsam näher, satt und zufrieden.

»Und das, was du spürst, gefällt dir? Daß wir uns lieben, meine ich.« Jaxom hatte sich unvermittelt entschlossen, seine Besorgnis ehrlich zu äußern.

Ja. Dir macht es große Freude. Es ist gut für dich. Ich mag alles, was gut für dich ist.

Jaxom sprang auf, frustriert und zugleich erfüllt von Schuldgefühlen. »Aber du selbst möchtest dieses Gefühl nicht genießen? Warum kümmerst du dich immer nur um mich? Warum bist du nicht diesem grünen Drachenweibchen gefolgt?«

Weshalb beunruhigt dich das? Warum sollte ich das grüne Weibchen fliegen?

»Weil du ein Drache bist.«

Ich bein ein weißer Drache. Blaue und braune Drachen fliegen grüne Weibchen – auch mal ein Bronzedrache, wenn er sehr jung ist.

»Du hättest sie fliegen können, Ruth. Du hättest sie fliegen können.«

Ich wollte nicht. Du bist schon wieder erregt. Ich habe dich erregt. Ruth machte den Hals lang, und seine Nase stupste Jaxoms Wange an.

Jaxom warf die Arme um Ruth, preßte die Stirn gegen die glatte, duftende Haut und versicherte dem Freund immer wieder, wie sehr er ihn liebte, seinen außergewöhnlichen Drachen, den einzigen weißen Drachen von ganz Pern.

Ja, ich bin der einzige weiße Drache, den es je auf Pern gegeben hat, bestätigte Ruth. Er legte sich ein wenig zur Seite, so daß Jaxom sich in den Halbkreis seiner Pfoten schmiegen konnte. *Ich bin der weiße Drache. Du bist mein Reiter. Wir gehören zusammen.*

»Ja«, wiederholte Jaxom müde. »Wir gehören zusammen.«

Ein Frösteln überfiel ihn, und er nieste. Verdammt, wenn sie das auf der Burg merkten, mußte er eine dieser gräßlichen Medizinen schlucken, mit denen Deelan jeden belästigte. Er schloß die Reitjacke, wickelte sich das inzwischen trockene Badetuch um die Schultern und schlug Ruth vor, daß sie so rasch wie möglich nach Ruatha zurückkehren sollten.

Der Medizin entkam er nur, weil er Deelan aus dem Wege ging und sich mit der Entschuldigung, er habe etwas für Robinton zu erledigen, in seine eigenen Räume zurückzog. Er hoffte nur, daß sein Schnupfen nicht schlimmer wurde. Lytol stattete ihm abends sicher noch einen Besuch ab. Das brachte ihn auf den Gedanken, daß er auch irgend etwas vorweisen mußte, um den Vormund nicht mißtrauisch zu machen. Jaxom hatte in der Tat beabsichtigt, seine Eindrücke von jener herrlichen Bucht im Süden mit dem gewaltigen Bergkegel im Hintergrund auf einer Karte festzuhalten. Nun nahm er einen der weichen Kohlestifte, die Meister Bendarek für das neue Papier entwickelt hatte, und machte sich an die Arbeit. Viel einfacher, mit solchen Geräten zu arbeiten, fand er, als die Konturen mühsam in den Sand zu ritzen. Fehler konnte man mit einem Klumpen aus weichem Baumharz abradieren, solange man dabei nicht das dünne Papier selbst beschädigte.

Eine ordentliche Skizze von D'rams Bucht lag vor ihm auf dem Tisch, als ein Klopfen an der Tür seine Konzentration unterbrach. Er putzte sich noch einmal gründlich die Nase, ehe er »Herein« rief. Zumindest seine Stimme schien von dem Schnupfen und dem Druck in den Schläfen nicht beeinträchtigt.

Lytol trat ein, begrüßte ihn und trat an seinen Arbeitstisch, den Blick höflich von dem ausgebreiteten Material abgewandt.

»Hat Ruth heute gefressen?« fragte er. »N'ton schickte nämlich eine Botschaft, daß für morgen im Norden unseres Gebietes ein Sporenfall erwartet wird und du mit dem Geschwader ausrücken könntest. Glaubst du, daß Ruth genügend Zeit zur Verdauung bleibt?«

»Ganz sicher«, erwiderte Jaxom. Bei dem Gedanken, auf Ruths Rücken Fäden zu bekämpfen, spürte er Erregung. Nun würde sich endgültig erweisen, ob er zu den Drachenreitern gehörte oder nicht.

»Du hast deine Ausbildung bei den Jungreitern abgeschlossen?«

Lytol war also nicht entgangen, daß er sein Training am Vormittag geschwänzt hatte. Jaxom glaubte eine leise Überraschung im Tonfall seines Vormunds zu hören.

»Nun, man könnte sagen, daß ich das Notwendigste gelernt habe, da ich ja nicht regelmäßig mit den Geschwadern fliegen soll. Schau, ich habe hier eine Skizze von D'rams Bucht angefertigt. Ist sie nicht schön?« Er reichte Lytol das Blatt hin.

Zu Jaxoms Befriedigung ließ sich Lytol ablenken. Er betrachtete die Skizze mit zusammengekniffenen Augen.

»Wenn du diesen Bergkegel exakt wiedergegeben hast, dann muß es sich um den größten Vulkan handeln, den man je auf Pern entdeckt hat. Du bist sicher, daß die Perspektive stimmt?

Einfach prachtvoll! Und dieses Gebiet?« Lytol deutete auf die Zone jenseits der Bäume, die Jaxom in ihrem ganzen Artenreichtum eingetragen hatte.

»Der Wald erstreckt sich bis zum Vorgebirge hier, aber wir blieben natürlich am Strand . . .«

»Man kann verstehen, weshalb sich der Harfner so genau an diesen Ort erinnerte.«

Mit einem merklichen Zögern legte Lytol das Blatt wieder auf Jaxoms Arbeitstisch.

»Die Karte gibt nur die Lage wieder, nicht die Atmosphäre. Man muß die Stelle sehen, um sie in ihrer ganzen Schönheit zu begreifen.« Jaxom schaute seinen Vormund fragend an. Wie so oft bedauerte er, daß Lytol sich nur in den allerdringendsten Fällen dazu bereitfand, einen Drachenritt zu unternehmen.

Lytol warf Jaxom ein schwaches Lächeln zu und schüttelte den Kopf. »Die Zeichnung reicht aus, um einem Drachen den richtigen Eindruck zu vermitteln. Aber sag mir bitte Bescheid, falls du mal die Absicht hast, die Bucht wieder aufzusuchen.«

Damit verabschiedete sich Lytol von ihm. Jaxom war ein wenig verwirrt. Hatte ihm sein Vormund mit diesen Worten die Erlaubnis gegeben, in den Süden zurückzukehren? Warum? Kritisch betrachtete Jaxom die Skizze und überlegte, ob er die Bäume wirklich genau genug getroffen hatte. Es wäre schön, die Bucht wiederzusehen. Vielleicht nach dem Sporenregen, wenn der Flug Ruth nicht allzusehr anstrengte . . .

Ich könnte den Feuerstein-Gestank mit Meerwasser herunterspülen, meinte Ruth schläfrig.

Jaxom drehte sich halb herum. Ruth lag in seiner Schlafkuhle und hatte beide Liderpaare fest geschlossen.

Ich glaube, das würde mir sehr gefallen.

»Und vielleicht könnten wir von den Feuer-Echsen noch mehr über diese Menschen erfahren.« Ja, dachte Jaxom erleichtert, das war bestimmt nicht schlecht. Weder F'lar noch Lessa hatten ihm verboten, zur Bucht zurückzukehren. Sie befand sich so weit vom Süd-Weyr entfernt, daß es bestimmt keinen Ärger mit den Alten gab. Und wenn er mehr über die Menschen erfuhr, tat er Robinton einen Gefallen. Vielleicht fand er sogar ein Echsen-Gelege irgendwo an der Küste. Vielleicht hatte Lytol das im Sinn gehabt, als er ihm die Erlaubnis erteilte. Natürlich! Warum war ihm das nicht gleich eingefallen?

Man hatte errechnet, daß die Sporen am nächsten Morgen um die neunte Stunde niedergehen würden. Obwohl Jaxom nicht wie gewöhnlich mit der Flammenwerfer-Mannschaft losritt, weckte ihn in aller Frühe eine Magd, die ein Tablett mit Klah und gesüßtem Brot sowie ein Paket Dörrfleisch für unterwegs brachte.

Jaxom spürte einen dumpfen Druck im Kopf. Sein Hals schmerzte, und er fühlte sich nicht besonders wohl. Insgeheim ärgerte er sich, daß sein Leichtsinn tags zuvor diesen ersten Kampf gegen die Fäden zu einem unerfreulichen Ereignis machte. Was in aller Welt hatte ihn dazu gebracht, in den eiskalten See zu tauchen, um dann klitschnaß ins *Dazwischen* zu gehen? Ganz zu schweigen von seinem Abenteuer auf dem feuchten, frisch umgegrabenen Acker! Er nieste mehrmals heftig, als er sich ankleidete. Das machte zwar die Nase frei, aber die Kopfschmerzen wollten nicht schwinden. Er zog seine wärmsten Sachen an und knöpfte ein dickes Futter in die Reitstiefel. Als er mit Ruth seine Räume verließ, war er in Schweiß gebadet. Pächter strömten in den Hof, ihre Reittiere am Zügel und Flammenwerfer in den Händen. Der Wachdrache und die Echsen kauten bereits Feuerstein. Lytol stand auf der Treppe zur Burg und winkte ihm kurz zu, ehe er in seinen Anweisungen für das Gesinde fortfuhr. Jaxom nieste noch einmal mit Urgewalt.

Fühlst du dich nicht wohl? Ruths Augen kreisten schneller.

»Ich habe mir zwar eine idiotische Erkältung geholt, aber die stört nicht weiter. Komm, fliegen wir los! Ich ersticke sonst in dem warmen Zeug.«

Ruth kam seinem Wunsch nach, und Jaxom fühlte sich wohler, als eine Brise ihm den Schweiß von der Stirn trocknete. Da sie noch Zeit genug hatten, ließ er Ruth zum Weyr fliegen, ohne ins *Dazwischen* zu gehen. Nie wieder verschwitzt in diese Kälte tauchen! Das hatte er sich fest vorgenommen. Vielleicht sollte er im Weyr doch leichtere Sachen anziehen. Aber Fort lag höher in den Bergen als Ruatha, und bei seiner Ankunft war ihm nicht mehr zu heiß.

Jede einzelne Phase des Ernstfalls war hundertmal geprobt. Jaxom brachte seinem Drachen einen Sack, den sie mit Feuerstein aus dem Weyrkessel füllten. Ruth begann die harten Brocken zu kauen. Wenn sein zweiter Magen rechtzeitig mit dem Verdauen anfing, hauchte er im Flug eine schön gleichmäßige Flamme aus. Während Ruth den Feuerstein zerkleinerte, trank Jaxom einen Becher Klah, in der Hoffnung, daß das heiße Gebräu ihn beleben würde. Er fühlte sich elend. Die Nasenschleimhäute schwollen an, und er bekam kaum Luft.

Zum Glück war das Mahlen und Knirschen der Drachen ringsum so laut, daß niemand auf sein Niesen achtete. Wenn es nicht gerade sein erster Flug gegen die Fäden gewesen wäre, hätte Jaxom wohl auf den Einsatz verzichtet. Aber er sagte sich vor, daß die Jungreiter meist in den hinteren Geschwaderreihen eingesetzt wurden und er deshalb wohl selten, wenn überhaupt, ins *Dazwischen* gehen mußte, um den Fäden auszuweichen. Die Gefahr, daß er seine Erkältung verschlimmerte, schien gering.

N'ton und Lioth zeigten sich neben den Sternsteinen. Lioth stieß ein helles Trompeten aus, und der Weyrführer hob den Arm. Alles schwieg. Die vier Königinnen von Fort flankierten den großen Bronzedrachen. Die übrigen Drachen saßen auf den Weyrsimsen und hörten sich die Befehle an, die Lioth ihnen gab. Dann formierten sich die Geschwader. Jaxom prüfte noch einmal die Kampfriemen, die er um die Schenkel gezurrt hatte.

»Wir sollen im Königinnen-Geschwader mitreiten, erklärte ihm Ruth.

»Alle Jungreiter?« wollte Jaxom wissen, da er von K'nebel nichts über einen Positionswechsel gehört hatte.

Nein, nur wir. Das klang geschmeichelt, aber Jaxom war sich der Auszeichnung nicht so sicher.

Der Ausbilder der Jungreiter bemerkte sein Zögern und gab ihm mit einem kurzen Zeichen zu verstehen, daß er seinen Platz einnehmen solle. So lenkte Jaxom Ruth zu den Sternsteinen hinauf. Während Ruth dicht neben Selianth, der jüngsten Königin im Fort-Weyr, landete, überlegte Jaxom, ob er genauso lächerlich aussah, wie er sich fühlte – winzig klein neben den mächtigsten Drachen des Geschwaders.

Lioth stieß erneut einen hellen Schrei aus, und die Weyrführer verließen die Sternsteine. Die Drachen sackten ein Stück in die Tiefe, bis sie genug Raum hatten, um ihre breiten Schwingen zu entfalten, und stiegen dann mit kraftvollen Flügelschlägen auf. Ruth benötigte kaum Platz zum Start; er kreiste einfach einen Moment, bis Selianth nach oben kam und er seinen Platz neben ihr einnahm. Prilla, ihre Reiterin, winkte Jaxom ermutigend zu. Dann erhielt Ruth von Lioth den Befehl, ins *Dazwischen* zu gehen und den Ort des Sporeneinfalls anzusteuern.

Als sie über dem öden Bergland im Norden Ruathas auftauchten, spürte Jaxom eine Freude wie nie zuvor. Der Himmel schien erfüllt von Drachen, die mit mächtigen Schwingen nach Osten flogen, der Gefahr entgegen.

Jaxom schniefte, ein wenig verärgert, daß die Erkältung ihm

den Triumph verdarb. Jaxom, der Herr von Ruatha, flog mit seinem weißen Drachen gegen die Sporenplage! Er spürte ein schwaches Vibrieren an den Innenseiten der Schenkel; Ruth verdaute den Feuerstein, und die Gase in seinem Magen rumorten heftig. Ob er sich ähnlich elend fühlte wie sein Reiter?

Unvermittelt stürmte der Königinnen-Flügel vorwärts, und Jaxom blieb keine Zeit mehr zum Nachdenken; er sah den schwachen Schleier am Himmel, jenes vage Grau, das die näherrükkende Fädenfront ankündigte.

Selianth will, daß ich immer über ihr bleibe, damit ihre Flammen mich nicht versengen, erklärte Ruth und änderte seine Position. Auch die weiter unten fliegenden Drachen setzten sich nun in Bewegung.

Der graue Schleier verwandelte sich im Nu in silbernen Sporenregen. Flammenbälle zuckten durch den Himmel, als die ersten Drachen ihren uralten, verstandlosen Feind zu Staub verkohlten. Jaxoms Erregung legte sich rasch; er hatte zahllose Übungsflüge mit den Jungreitern absolviert, und so setzte sich die kühle Logik der Routine durch. Heute wollten er und Ruth ohne Brandwunden heimkehren!

Der Königinnen-Flügel schwenkte leicht nach Osten, unter der ersten Woge von Drachen hinweg, um die Fäden zu vernichten, die den Flammen der Frontkämpfer eventuell entwischt waren. Sie durchflogen dichte Staub-Barrieren – die Überreste versengter Sporen. Dann wendete der Flügel scharf, und Jaxom entdeckte in seiner Nähe ein silbernes Knäuel. Er lenkte den mehr als willigen Ruth hin, sein Drache scheuchte die Gefährten zur Seite und vernichtete die Sporen mit einem gutgezielten Flammenstoß.

Jaxom fragte sich, ob jemand gesehen hatte, wie geschickt Ruth zu Werke ging: der Strahl reichte gerade aus, um den Feind zu vernichten. Der kleine Drache beging nicht den Fehler des Anfängers, seinen Flammenatem zu verschwenden. Gleich darauf stürmte der Königinnen-Flügel erneut in eine andere Richtung, einer dichten Konzentration von Fäden entgegen.

Von diesem Moment an bis zum Ende des Sporenregens kam Jaxom nicht mehr zum Denken. Er begann den Angriffsrhythmus des Königinnen-Flügels in seinem Innern zu spüren. Margatta auf Luduth schien einen unheimlichen Instinkt für die Fädenklumpen zu besitzen, die selbst dicht gestaffelten Drachenreihen entkommen konnten. Jedesmal tauchten die Königinnen unter dem silbernen Regen auf und versengten ihn. Jaxom erkannte, daß seine Position im Königinnen-Flügel weder

Auszeichnung noch besonderen Schutz bedeutete. Die goldenen Drachen konnten ein größeres Gebiet überwachen, waren aber lange nicht so beweglich wie Ruth. Der weiße Drache jagte von einer Seite der V-Formation auf die andere, ohne an Höhe zu verlieren, und sprang überall dort ein, wo er benötigt wurde.

Unvermittelt hörte der Sporenregen auf. In den höheren Regionen waren keine grauen Schleier mehr zu sehen. Die Drachen begannen in langsamen Spiralen tiefer zu kreisen und formierten sich dann zur letzten Phase des Kampfes, einem Flug dicht über dem Erdboden, bei dem sie die Bodenmannschaften auf Spuren von Fädenknäueln aufmerksam machten, die sich ins Erdreich gegraben hatten.

Sobald das Kampffieber in Jaxom nachließ, machte sich sein körperliches Unbehagen wieder bemerkbar. Er hatte das Gefühl, als sei sein Kopf zur doppelten Größe aufgeschwollen, die Augen tränten, er hatte Halsschmerzen und einen starken Druck in der Brust. Idiotisch von ihm, in diesem Zustand die Fäden zu bekämpfen! Er dachte jetzt allen Ernstes daran, sich mit Ruth aus dem Geschehen zurückzuziehen, aber das ging nur mit Erlaubnis des Geschwaderführers. Pflichtbewußt behielt er seine Position oberhalb Selianth.

Die große Königin meint, wir sollen jetzt verschwinden, erklärte Ruth plötzlich, *bevor uns die Bodenmannschaften erkennen.*

Jaxom warf einen Blick zu Margatta hinüber, und sie winkte ihn zur Seite. Die Geste kränkte ihn irgendwie. Er hatte zwar nicht gerade mit einem Sonderlob gerechnet, aber Ruth und er hatten sich doch so gut geschlagen, daß sie seiner Meinung nach zumindest eine Spur von Anerkennung verdienten. Hatten sie etwas falsch gemacht? Er konnte mit seinem heißen, schmerzenden Kopf nicht denken. Aber er gehorchte. Als er Ruth in Richtung Ruatha lenkte, merkte er, daß Selianth höher stieg und neben ihm flog. Prilla hob kurz die Faust und schwenkte sie triumphierend hin und her. *Gut gemacht,* hieß das, *gut gemacht und vielen Dank!*

Jaxoms Kummer verschwand im Nu.

Wir haben gut gekämpft, erklärte Ruth triumphierend. *Kein Faden ist uns entwischt. Es fiel mir überhaupt nicht schwer, die Flamme in Gang zu halten.*

»Du warst wunderbar, Ruth. Du bist so klug ausgewichen, daß wir nicht ein einzigesmal ins *Dazwischen* mußten.« Jaxom tätschelte liebevoll den langgestreckten Hals seines Freundes. »Hast du noch Gas im Magen?«

Ruth hustete, und ein schwacher Flammenhauch wehte über Jaxom hinweg.

Nein, aber ich wäre froh, wenn ich irgendwo die Schlacke loswerden könnte. Soviel Feuerstein wie heute habe ich noch nie gekaut.

Das klang so stolz und selbstzufrieden, daß Jaxom trotz seiner elenden Verfassung lachen mußte.

Er fand es angenehm, daß nur ein Teil des Gesindes in der Burg war. Die Sporenkämpfer würden erst Stunden später zurückkommen. Während Ruth am Hofbrunnen haltmachte und Unmengen von Wasser trank, bat Jaxom einen Küchenhelfer, ihm einen Krug warmen Wein und etwas zu essen zu bringen.

Als Jaxom seine Räume betrat, um sich der stinkenden Kampfkluft zu entledigen, kam er an seinem Arbeitstisch vorbei. Beim Anblick der Skizze fiel ihm sein Versprechen vom Vorabend wieder ein. Er dachte mit Sehnsucht an die warme Sonne in der Bucht. Sie würde ihm die Erkältung aus den Knochen treiben und den Kopf wieder klarmachen.

Ich hätte nichts gegen ein gründliches Bad einzuwenden, pflichtete Ruth ihm bei.

»Bist du auch nicht zu müde?«

Ich bin müde, aber ich würde gern in der Bucht schwimmen und dann im Sand schlafen. Das wäre auch gut für dich.

»Da hast du allerdings recht.« Der Küchenhelfer kehrte mit einem Tablett zurück und klopfte an der halboffenen Tür.

Jaxom deutete auf den Arbeitstisch und bat dann den Mann, seine Reitkleider zum Waschen und Lüften fortzubringen. Er trank ein paar Züge von dem heißen Wein. Jetzt erst kam ihm zu Bewußtsein, daß Lytol bestimmt noch Stunden unterwegs war und er ihn gar nicht von seinem Vorhaben verständigen konnte. Aber er wollte nicht warten. Er konnte ja wieder da sein, ehe Lytol heimkehrte. Dann stöhnte er. Die Bucht lag auf der anderen Seite von Pern, und die Sonne, nach der er sich so sehnte, stand im Süden nun bestimmt schon am Horizont.

Es bleibt noch lange genug warm, meinte Ruth. *Ich brauche dieses Bad wirklich dringend.*

»Nun gut, dann fliegen wir eben los!« Jaxom nahm noch einen tiefen Schluck von seinem Wein und griff nach dem Käse und dem gerösteten Brot. Er hatte keinen Hunger. Im Gegenteil, der Essensgeruch drehte ihm beinahe den Magen um. Er rollte eine seiner Schlafdecken zusammen, damit er nicht auf dem blanken Sand liegen mußte, schlang sich das kleine Bündel über die Schulter und verließ den Weyr. Er überlegte, ob er dem Knecht

Bescheid sagen sollte. Aber das genügte nicht. Jaxom kehrte noch einmal um und schrieb Lytil ein paar Zeilen; dann stellte er den Zettel senkrecht zwischen Becher und Teller, damit der Vormund ihn nicht übersehen konnte.

Wann fliegen wir? fragte Ruth ungeduldig. Er wollte endlich den Schmutz und Gestank von seiner Haut spülen.

»Ich komme ja schon!« Jaxom machte noch einen kleinen Umweg durch die Küche und ließ sich etwas Fleisch und Käse zurechtmachen. Vielleicht bekam er später Hunger.

Der Koch goß gerade Fett über einen Braten. Wieder spürte Jaxom, wie Übelkeit in ihm aufstieg.

»Batunon, ich habe in meinem Zimmer eine Botschaft für Baron Lytol hinterlassen. Falls du ihn jedoch vorher siehst, sag ihm bitte, daß ich in die Bucht geflogen bin, um Ruth zu waschen.«

»Ist der Sporenregen vorbei?« fragte Batunon mit erhobenem Schöpflöffel.

»Alles in Staub zerfallen. Wir beide müssen uns jetzt von dem Schwefelgestank befreien.«

Ruths Augen hatten einen vorwurfsvollen gelben Schimmer, aber Jaxom achtete nicht darauf. Er schwang sich auf den Rücken des Freundes und schnallte locker die Kampfriemen um. Sie stanken ebenfalls nach Rauch; er mußte sie mit nassem Sand scheuern und dann trocknen lassen. Ruth flog so hastig los, daß Jaxom froh um die Gurte war. Kaum hatte der weiße Drache die nötige Höhe erreicht, da tauchte er auch schon ins *Dazwischen*.

XIII

Eine Bucht im Süden, 7. 7. 15–7. 8. 15

Beim Erwachen spürte Jaxom etwas Feuchtes auf Stirn und Nase. Verärgert tastete er danach.

Geht es dir besser? In Ruths Frage schwang solche Angst und Hoffnung mit, daß sein Reiter erstaunt blinzelte.

»Nun, wie fühlst du dich?« Jaxom war immer noch nicht ganz wach. Er versuchte sich auf einen Ellbogen zu stützen, aber er konnte den Kopf nicht heben.

Brekke sagt, daß du dich auf keinen Fall bewegen darfst.

»Bleib ganz ruhig liegen!« befahl Brekke im nächsten Moment. Er spürte ihre Hand auf seiner Brust.

Irgendwo in der Nähe tropfte Wasser. Dann legte sich erneut ein feuchtes Tuch über seine Stirn, kühl und nach Heilkräutern duftend. Er spürte zwei große, gepolsterte Keile an beiden Wangen; sie sollten wohl verhindern, daß er den Kopf hin und her drehte. Irgend etwas stimmte nicht. Weshalb war Brekke bei ihm?

Du warst sehr krank. Kummer prägte die Worte von Ruth. *Ich machte mir große Sorgen. Da rief ich Brekke. Ich weiß, daß sie Heilerin ist. Sie hat mich zum Glück gehört, denn allein konnte ich dich nicht lassen. Sie kam mit F'nor auf Canth her. Dann holte F'nor die andere.*

»Wie lange ist das her?« Der Gedanke, daß er gleich zwei Pflegerinnen beschäftigte, entsetzte Jaxom. Er hoffte nur, daß »die andere« nicht Deelan war.

»Ein paar Tage«, beruhigte ihn Brekke, aber Ruths Gedanken übermittelten eine längere Zeitspanne. »Jetzt wird es dir bald besser gehen. Das Fieber ist ausgebrochen.«

»Weiß Lytol, daß ich hier bin?« Jaxom öffnete die Augen und merkte, daß sie mit einer Binde abgedeckt waren. Er versuchte sie beiseite zu schieben. Aber noch ehe er das geschafft hatte, tanzten Flecken vor seinen Augen. Mit einem Stöhnen schloß er die Lider.

»Ich sagte dir doch ausdrücklich, daß du dich nicht rühren sollst! Und laß die Bandage über den Augen!« Brekke schob seine Hand energisch zur Seite. »Natürlich weiß Lytol, daß du hier bist. F'nor hat ihn sofort verständigt. Ich gab ihm Bescheid, als das Fieber ausbrach. Bei Menolly ist es auch soweit.«

»Menolly? Wie konnte sie meine Erkältung bekommen? Sie war doch mit Sebell zusammen.«

Es mußte noch jemand in der Nähe sein, denn Brekke konnte nicht gleichzeitig sprechen und lachen. Eine fremde Stimme erklärte ihm, daß er keine Erkältung habe, sondern die sogenannte Feuer-Krankheit, die allem Anschein nach nur im Süden auftrat und im Anfangsstadium ähnlich verlief wie eine Erkältung.

»Aber ich werde doch wieder gesund, oder?«

»Tun dir die Augen weh?«

»Ich habe eigentlich keine Lust, sie noch einmal zu öffnen.«

»Flecken? Als ob du zu lange in die Sonne geschaut hättest?«

»Genau.«

Brekke fuhr ihm sanft über den Arm. »Das ist normal, nicht wahr, Sharra? Wie lange hält das im allgemeinen an?«

»Ebenso lange wie die Kopfschmerzen. Deshalb müssen die Augen bedeckt bleiben, Jaxom.« Sharra sprach langsam, beinahe gedehnt, und sehr leise, aber die Worte klangen so melodisch, daß Jaxom sich zu fragen begann, ob das Äußere der jungen Frau ebenso angenehm war wie ihre Stimme. »Und dreh dich ja nicht herum! Du hast immer noch Kopfschmerzen, stimmt's? Laß die Lider geschlossen! Wir haben den Raum so gut wie möglich abgedunkelt, aber du könntest deinen Augen für immer schaden, wenn du jetzt leichtsinnig wirst.«

Jaxom spürte, wie Brekke die Binde zurechtrückte. »Menolly ist auch krank?«

»Ja, aber Meister Oldive hat uns wissen lassen, daß sie sehr gut auf die Medizin anspricht.« Brekke zögerte. »Natürlich hat sie weder Sporen bekämpft noch einen Ritt ins *Dazwischen* unternommen. Das dürfte die Sache bei dir verschlimmert haben.«

Jaxom stöhnte. »Ich bin schon hundertmal mit einer Erkältung ins *Dazwischen* gegangen, ohne daß es zu Komplikationen kam.«

»Mit einer Erkältung ja, aber nicht mit der Feuerkrankheit«, entgegnete Sharra. »Hier, Brekke, gib ihm das!«

Er spürte einen Halm an den Lippen. Brekke befahl ihm, daran zu saugen, da er den Kopf nicht heben konnte.

»Was ist das?« murmelte er schwach.

»Fruchtsaft«, entgegnete Sharra so prompt, daß Jaxom mißtrauisch wurde. »Reiner Fruchtsaft, Jaxom. Du brauchst jetzt sehr viel Flüssigkeit. Das Fieber hat deinen Körper ausgetrocknet.«

Der Saft schmeckte kühl und mild, daß er nicht erkennen konnte, von welcher Frucht er stammte. Aber er war genau das, wonach sich Jaxom gesehnt hatte, nicht zu scharf für seine ausgedörrte Mundhöhle und nicht zu süß für seinen leeren Magen. Er trank ausgiebig und bat um mehr, aber Brekke meinte, das sei genug für den Anfang, und er solle nun schlafen.

»Ruth? Geht es dir gut?«

Jetzt, da du wieder bei Bewußtsein bist, werde ich auf die Jagd gehen. Ich fliege nicht weit. Das ist hier nicht nötig.

»Ruth?« Beunruhigt von dem Gedanken, daß sein Drache womöglich nichts gefressen hatte, versuchte Jaxom den Kopf zu heben. Der Schmerz war unerträglich.

»Ruth geht es wirklich ausgezeichnet, Jaxom«, erklärte Brekke streng. Ihre Hände drückten seine Schultern gegen das Bett. »Er ist ständig von Feuer-Echsen umlagert, und er badet jeden Morgen und Abend. Aber er weigerte sich, weiter als zwei Drachenlängen von dir wegzufliegen. Ich habe ihn beruhigt.« Jaxom stöhnte. Er hatte völlig vergessen, daß Brekke mit jedem Drachen Kontakt aufnehmen konnte. »F'nor und Canth gingen für ihn auf die Jagd, weil er nicht von dir weichen wollte. Glaub also nicht, daß er nur noch aus Haut und Knochen besteht! Und wie du gehörst hast, geht er jetzt selbst auf Nahrungssuche. Du kannst wirklich unbesorgt schlafen.«

Ihm blieb gar keine andere Wahl. Während er in den Schlaf hinüberdämmerte, festigte sich sein Verdacht, daß dieses Getränk doch noch etwas anderes als Fruchtsaft enthalten hatte.

Als er diesmal aufwachte, ausgeruht und rastlos, dachte er daran, daß er den Kopf nicht bewegen durfte. Erinnerungen bestürmten ihn. Sie schienen weit weg zu liegen. Er wußte noch, daß er die Bucht im Süden erreicht hatte und in den Schatten am Waldrand gewankt war; unter einem Rotfruchtbaum hatten ihn dann die Kräfte verlassen. Er war zu schwach gewesen, die saftigen Früchte zu pflücken, obwohl sich seine Kehle völlig ausgedörrt angefühlt hatte. Zu diesem Zeitpunkt war Ruth wohl klar geworden, daß ihm etwas Ernstliches fehlte.

Jaxom konnte sich vage an Fieberträume erinnern, in denen Brekke und F'nor aufgetaucht waren, und er wußte auch noch, daß er sie angefleht hatte, Ruth zu ihm zu bringen. Offenbar hatten sie am Strand eine Art Schutzhütte errichtet – das glaubte er zumindest Sharras Worten zu entnehmen. Er streckte langsam den linken Arm aus, hob und senkte ihn, spürte aber nichts als den Bettrahmen. Er tastete mit dem rechten Arm umher.

»Jaxom?« Er hörte Sharras sanfte Stimme. »Und Ruth schläft so fest, daß er mich nicht warnen kann! Hast du Durst?« Sie schien selbst eben erst aufgewacht zu sein. Vorsichtig befühlte sie die trockene Kompresse und stieß einen bestürzten Laut aus. »Laß die Augen ganz fest geschlossen!«

Sie entfernte die Binde, und er hörte, wie sie den Stoff in eine Flüssigkeit tauchte und auswand. Er zuckte zusammen, als sich das nasse Zeug auf seine Haut legte. Dann hob er den Arm und drückte die Kompresse selbst gegen die Stirn, vorsichtig zuerst, dann kräftiger. »He, das schmerzt ja gar nicht mehr . . .«

»*Bsst!* Brekke ist eingeschlafen, und sie wacht so leicht wieder auf.« Sharras Stimme klang gedämpft.

»Warum kann ich den Kopf nicht zur Seite bewegen?« Jaxom versuchte seiner Stimme einen ruhigen Klang zu geben.

Sharras leises Lachen beruhigte ihn. »Weißt du nicht mehr? Wir haben deinen Kopf zwischen zwei Blöcke eingekeilt, damit du ganz ruhig liegenbleibst.« Sie nahm seine Hände, führte sie zu den Steinen und schob die Hindernisse dann beiseite. »Dreh jetzt den Kopf ganz leicht hin und her! Wenn deine Haut nicht mehr schmerzt, hast du vielleicht das Schlimmste hinter dir.«

Behutsam wandte er den Kopf ein wenig nach links und dann nach rechts. Als er nichts spürte, wurde er mutiger. »Es tut nicht weh. Es tut wirklich nicht weh.«

»Laß das! Bist du wahnsinnig?« Sharra packte sein Handgelenk, als er nach der Kompresse greifen wollte. »Ein Nachtlicht brennt. Warte, bis ich den Raum abgedunkelt habe! Je weniger Helligkeit, desto besser.« Er hörte, wie sie sich an einem Leuchtkorb zu schaffen machte. »Jetzt?«

»Ich erlaube dir einen ersten Versuch.« Sie betonte das letzte Wort, während sie seine Hand an die Bandage führte. »Wir haben eine mondlose Nacht, und dir kann nicht viel zustoßen. Wenn du aber nur einen einzigen Flecken siehst, mußt du die Augen auf der Stelle wieder schließen.«

»Ist die Sache so gefährlich?«

»Meistens.«

Sachte schob er die Bandage zurück.

»Ich sehe überhaupt nichts.«

»Keine hellen Flecken oder Kreise?«

»Nein – nichts. Oh . . .« Etwas hatte seine Sicht verdeckt, denn nun konnte er schwache Umrisse erkennen.

»Ich hatte meine Hand vor deiner Nase – für alle Fälle«, erklärte sie.

Er konnte sie vage neben sich ausmachen. Sie schien an seinem Lager zu knien. Allmählich verbesserte sich seine Sicht. Aber ein paar Sandkörner klebten ihm an den Wimpern.

»Meine Augen sind voll Sand.«

»Einen Moment.« Gleich darauf spürte er ein paar Wassertropfen in den Augen. Er blinzelte heftig und beschwerte sich laut. »Ich habe dir doch gesagt, du sollst leise sein, damit Brekke nicht aufwacht. Sie ist völlig erschöpft. So – ist der Sand jetzt weg?«

»Ja, jetzt geht es viel besser. Ich wollte euch wirklich nicht so viele Umstände bereiten.«

»Na sowas! Und ich dachte schon, du seist absichtlich krank geworden.«

Jaxom hielt eines ihrer Handgelenke fest und preßte die Lippen gegen ihre Fingerspitzen. Sie stieß einen leisen Schrei aus und zog die Hand zurück.

»Danke!«

»Ich lege dir jetzt wieder die Kompresse auf«, erklärte sie mit vorwurfsvollem Unterton.

Jaxom lachte leise, weil er sie aus dem Gleichgewicht gebracht hatte. Er bedauerte nur, daß Dunkelheit herrschte. Daß sie schlank war, konnte er erkennen. Ihre Stimme wirkte zwar entschieden, aber sehr jung. Ob die Gesichtszüge zu dem Bild paßten, daß er sich von ihr gemacht hatte?

»Bitte, trink jetzt den Saft!« Er spürte einen Halm an den Lippen. »Wenn du noch einmal tüchtig schläfst, hast du das Schlimmste überstanden.«

»Du bist – Heilerin?« Jaxom war enttäuscht. Ihre Stimme hatte so jung geklungen, daß er angenommen hatte, sie sei eine Pflegetochter von Brekke.

»Sicher. Du glaubst doch nicht, daß sie den Herrn von Ruatha einem Lehrling anvertrauen? Ich habe schon so manchem die Feuerkrankheit aus den Knochen vertrieben.«

Das Felliskraut, das sie in den Saft gemischt hatte, begann zu wirken. Er schien zu schweben und konnte ihr nicht mehr antworten.

Als er am nächsten Tag erwachte, sorgte zu seiner leisen Enttäuschung Brekke für ihn. Es erschien ihm unhöflich, nach Sharra zu fragen. Ebensowenig konnte er sich bei Ruth erkundigen, denn Brekke verstand die Gedanken des Drachen. Aber Sharra hatte Brekke offensichtlich davon erzählt, daß er nachts aufgewacht war, denn ihre Stimme klang erleichtert, als sie ihn begrüßte. Da sich sein Befinden gebessert hatte, erlaubte sie ihm, einen Becher schwach aufgebrühten Klah zu trinken, und reichte ihm dazu eine Schale mit aufgeweichtem Weißbrot.

Gegen Mittag durfte er sich aufsetzen und eine leichte Mahlzeit essen, aber schon diese Tätigkeit erschöpfte ihn. Dennoch beschwerte er sich bei Brekke, als sie ihm Fruchtsaft anbot.

»Mit Felliskraut gewürzt? Soll ich vielleicht bis an mein Lebensende schlafen?«

»Oh, du holst das Versäumte schon nach, davon bin ich überzeugt«, meinte sie trocken. Ihre Bemerkung verwirrte ihn, aber ehe er darüber nachdenken konnte, war er wieder eingeschlafen.

Am nächsten Tag schimpfte er von neuem über die Zwänge, die sie ihm auferlegten. Er schimpfte, aber als Sharra und Brekke ihn zu einer Bank führten und er dort abwartete, bis sie den Heusack seines Lagers mit frischen Kräutern gefüllt hatten, war er so schwach, daß er sich dankbar wieder hinlegte. Am gleichen Abend vernahm er zu seiner Überraschung N'tons Stimme im Nebenraum.

»Du siehst ja schon wieder prächtig aus, Jaxom«, meinte N'ton, als er an sein Bett trat. »Lytol wird sehr erleichtert sein. Aber falls du es noch einmal wagst . . .« – N'tons strenger Tonfall spiegelte seine Besorgnis wider – »Fäden zu bekämpfen, wenn du krank bist, dann . . . dann . . . liefere ich dich an Lessa persönlich aus.«

»Ich hatte doch nur Kopfschmerzen, N'ton«, entschuldigte sich Jaxom und zupfte nervös an ein paar Kräuterhalmen, die aus seinem Strohsack ragten. »Und es war doch mein *erster* Kampf gegen die Sporen . . .«

»Ich weiß, ich weiß.« Das klang bereits wesentlich milder gestimmt. »Du konntest nicht ahnen, was du dir zugezogen hattest. Ist dir übrigens klar, daß du Ruth dein Leben verdankst? F'nor meint, der Kleine besitzt mehr Verstand als die meisten Menschen. Und kaum ein anderer Drache hätte etwas mit einem Reiter im Fieber-Delirium anfangen können – im allgemeinen werden die Tiere von der Verwirrung ihres Gefährten angesteckt und handeln völlig konfus. Nein, du und Ruth, ihr habt euch einen guten Ruf auf Benden erworben. Einen ausgezeichneten Ruf! Sieh jetzt nur zu, daß du wieder zu Kräften kommst! Und sobald du dich einigermaßen erholt hast, möchte D'ram dir Gesellschaft leisten und dir ein paar merkwürdige Dinge zeigen, die er während seines Aufenthalts hier entdeckt hat.«

»Er ist nicht gekränkt, daß Ruth und ich ihn aufgespürt haben?«

»Aber nein.« N'ton zeigte sich verblüfft über die Frage. »Nein, mein Junge, er schien im Gegenteil überrascht, daß wir ihn vermißten – und dankbar, daß wir seine Erfahrung als Drachenreiter noch brauchen.«

»N'ton!« Brekkes Tonfall klang sehr energisch.

»Oh, die Besuchszeit ist um.« Jaxom hörte, wie N'ton hastig aufstand. »Aber ich komme bald wieder – großes Ehrenwort!« Tris zeterte vorwurfsvoll. Jaxom konnte sich denken, daß der Drachenreiter sie bei seinem Aufspringen aus dem Gleichgewicht gebracht hatte.

»Geht es Menolly schon besser? Und richten Sie bitte Lytol aus, daß mir die ganze Geschichte leid tut. Ich wollte ihm keine neuen Sorgen aufbürden.«

»Das weiß er doch, Jaxom. Und Menolly ist fast wieder auf der Höhe. Bei ihr verlief die Krankheit harmloser. Sebell erkannte die Symptome sofort und zog Oldive zu Rate. So – und du ruhst dich jetzt gründlich aus!«

So sehr Jaxom sich über den Besuch gefreut hatte, er war doch erleichtert, als der Drachenreiter ihn verließ. Er fühlte sich schlapp, und sein Kopf begann zu schmerzen.

»Brekke?« Hoffentlich war das kein Rückfall!

»Sie spricht noch mit N'ton, Jaxom.«

»Sharra! Ich habe Kopfschmerzen.« Er konnte ein leises Zittern in seiner Stimme nicht verbergen.

Ihre Hand legte sich kühl auf seine Wange. »Fieber hast du keines, Jaxom. Du ermüdest nur rasch, das ist alles. Schlaf jetzt!«

Die ruhigen Worte und ihre sanfte, melodische Stimme nahmen ihm die Furcht, und obwohl er gern noch eine Weile wachgeblieben wäre, fielen ihm die Augen zu. Ihre Finger massierten ihm die Schläfen und wanderten zum Nacken; sanft löste sie die Spannung aus seinen Muskeln. Er überließ sich ihrer Fürsorge.

Im Morgengrauen weckte ihn eine kühle, feuchte Brise, und er zog fröstelnd die leichte Decke über seine bloßen Beine. Danach versuchte er noch einmal einzuschlafen, aber es gelang ihm nicht, obwohl er die Augen fest geschlossen hielt. Also öffnete er sie wieder und starrte mißmutig durch die hochgeschlagenen Vorhänge des Lagers ins Freie. Unvermittelt stieß er einen Schrei aus, denn ihm kam erst jetzt zu Bewußtsein, daß sich keine Binde mehr vor seinen Augen befand. Er konnte ungehindert sehen.

»Jaxom?« Er drehte sich um. Sharra kletterte aus einer Hängematte, eine hochgewachsene Gestalt mit langem, dunklem Haar, das ihr im Moment wirr ins Gesicht hing.

»Sharra!«

»Was machen die Augen, Jaxom?« fragte sie leise und besorgt. Mit ein paar schnellen Schritten war sie neben seinem Lager.

»Alles in Ordnung, Sharra.« Er hielt ihre Hand fest und versuchte im Halbdunkel ihre Züge zu erkennen. »O nein!« sagte er mit einem leisen Lachen, als sie sich freizumachen versuchte. »Ich zerbreche mir seit Tagen den Kopf darüber, wie du aussiehst!« Mit der freien Hand schob er ihr dichtes Haar beiseite.

»Und?« Sie stellte die Frage trotzig und warf dabei den Kopf zurück, daß die dunkle Mähne flog.

Sharra war nicht schön. Das hatte er vermutet. Ihre Züge wirkten ein wenig hart und unregelmäßig. Die Nase war schmal und lang und das Kinn, wenngleich wohlgeformt, eine Spur zu kantig. Aber ihr Mund bildete weiche, volle Linien, und die etwas tiefliegenden Augen funkelten spöttisch. Sie zog die geschwungenen Brauen hoch, als er mit seiner Inspektion fertig war.

»Und?« wiederholte sie.

»Ich weiß, daß du meine Ansicht vermutlich nicht teilst, aber ich finde dich schön.« Er blieb zum zweitenmal Sieger, als sie versuchte, sich aus seinem Griff zu lösen. »Daß du eine herrliche Stimme besitzt, weißt du sicher selbst.«

»Als Heilerin brauche ich die«, meinte sie.

»Und du setzt sie so gekonnt ein, daß deine Kranken ganz zahm werden!« Er zog sie näher zu sich heran. Irgendwie war es ungeheuer wichtig für ihn, ihr Alter festzustellen.

Sie lachte leise und stemmte sich gegen seine Hand. »Komm, Jaxom, sei ein braves Kind und laß los!«

»Ich bin weder brav noch ein Kind.« Er hatte mit solchem Nachdruck gesprochen, daß der gutmütige Spott aus ihren Zügen verschwand. Sie begegnete seinem Blick mit einem ruhigen Lächeln.

»Nein, das stimmt, du bist kein Kind. Du bist ein schwerkranker Mann, und ich habe die Aufgabe . . .« – sie betonte das letzte Wort –, »dich zu heilen.« Er gab ihre Hand frei.

»Je eher ich gesund werde, desto besser.« Jaxom ließ sich zurücksinken und lächelte zu ihr auf. Sie war sicher fast genauso groß wie er, aber er fand es verlockend, in Augenhöhe mit ihr zu sein.

Sie warf ihm einen langen, etwas verwirrten Blick zu und wandte sich dann achselzuckend dem Ausgang zu. Im Gehen schlang sie das dichte schwarze Haar zu einem strengen Knoten.

Obwohl keiner von ihnen auf die Begegnung im Morgengrauen zurückkam, fand Jaxom es von da an leichter, sein Krankenlager und die damit verbundenen Einschränkungen zu ertragen. Er aß ohne Murren, was ihm vorgesetzt wurde, nahm seine Medizinen und hielt die Ruhezeiten ein, die sie ihm verordneten.

Eine Angst allerdings quälte ihn, bis er sich ein Herz faßte und Brekke darauf ansprach.

»Als ich im Fieber dalag, Brekke, habe ich da ... ich meine, habe ich im Schlaf laut geredet oder ...«

Brekke legte ihm lächelnd die Hand auf den Arm. »Wir achten nicht darauf, was einer völlig ohne Zusammenhang im Fieber stammelt ...«

Etwas in ihrer Stimme beunruhigte ihn. »Wirklich nicht?« Er hatte im Schlaf also doch sein Geheimnis preisgegeben! Bei Brekke störte ihn das weniger. Aber wenn Sharra nun mitgehört hatte? Sie stammte aus der Burg im Südkontinent. Würde sie seine Reden über das gestohlene Königin-Ei auch als »Gestammel« abtun? Mußte er ausgerechnet zu einem Zeitpunkt krank werden, da es galt, ein Geheimnis zu hüten! Die Unruhe verfolgte ihn bis in den Schlaf.

Am nächsten Morgen verdrängte er die düsteren Gedanken mit Gewalt und hörte Ruth zu, der mit den Echsen fröhlich im Wasser herumplanschte.

Er kommt, erklärte Ruth plötzlich erstaunt. *Und D'ram bringt ihn her.*

»D'ram bringt wen her?« erkundigte sich Jaxom.

»Sharra!« rief Brekke aus dem Nebenraum. »Unsere Gäste landen. Könntest du sie herholen?« Sie trat rasch in Jaxoms Raum, glättete die leichte Decke und musterte ihn durchdringend. »Ist dein Gesicht sauber? Und laß mal deine Hände sehen!«

»Bekommen wir denn so hohen Besuch? Ruth, wer ist gelandet?«

Er freut sich auch, mich wiederzusehen! Ruths Gedanken drückten Staunen und Begeisterung aus.

Jaxom war zwar durch diese Bemerkung vorgewarnt, aber er starrte dennoch wie betäubt zum Eingang, als plötzlich Lytol dort auftauchte. Sein Gesicht unter dem Helm war bleich und angespannt, und er hatte sich nicht die Mühe gemacht, auf dem Wege vom Strand zur Hütte die Jacke auszuziehen. Schweißtropfen standen ihm auf Stirn und Oberlippe. Er blieb im Eingang stehen, den Blick auf seinen Schützling geheftet, und rührte sich nicht.

Dann wirbelte er mit einer heftigen Bewegung herum, räusperte sich, streifte Helm, Handschuhe und Reitjacke ab und murmelte ein Danke, als Brekke neben ihn trat und ihm die Sachen abnahm.

Er weint, sagt Brekke, berichtete Ruht. *Du sollst so tun, als würdest du nichts merken.* Der weiße Drache machte eine Pause und fuhr dann verwundert fort: *Brekke findet außerdem, daß Lytol endlich geheilt ist. Warum? Er war doch gar nicht krank.*

Jaxom blieb keine Zeit, über diese merkwürdige Andeutung nachzudenken, denn sein Vormund hatte die Fassung wiedergewonnen und drehte sich um.

»Ziemlich heiß hier, wenn man von Ruatha kommt, was?« begann Jaxom ein wenig verkrampft.

»Der Berg sieht genauso aus, wie du ihn skizziert hast«, sagte Lytol fast in der gleichen Sekunde.

Wieder zögerten beide, und wieder fingen sie gemeinsam zu reden an.

Das war zuviel. Jaxom lachte los und winkte Lytol neben sich. Immer noch lachend umklammerte er den Arm des Vormunds, hielt ihn ganz fest und versuchte sich mit dieser wortlosen Geste für all den Kummer zu entschuldigen, den er ihm bereitet hatte. Im nächsten Moment schloß Lytol ihn rauh in die Arme, schlug ihm herzhaft auf die Schulter und gab ihn dann abrupt wieder frei. Diese unerwartete Geste der Zärtlichkeit trieb Jaxom die Tränen in die Augen. Lytol hatte zwar immer gewissenhaft für sein Wohl gesorgt, aber je älter Jaxom wurde, desto häufiger hatte er sich gefragt, ob Lytol ihn eigentlich mochte.

»Ich dachte schon, ich hätte dich für immer verloren.«

»So schnell wirst du mich nicht los.«

Jaxom grinste ganz dämlich, denn er hatte bemerkt, daß Lytol lächelte – das erste Lächeln, das er bei seinem Vormund je sah.

»Du bestehst ja nur noch aus Haut und Knochen«, fuhr Lytol in seiner gewohnt brummigen Art fort.

»Das vergeht schon wieder. Ich darf inzwischen alles essen, was mir schmeckt«, erklärte Jaxom. »Kann ich dir etwas anbieten?«

»Ich bin doch nicht zum Essen gekommen, sondern um zu sehen, wie es dir geht! Und ich sage dir eines, mein junger Freund! Die Zeichenstunden beim Meisterschmied nimmst du am besten wieder auf, wenn du daheim bist, denn die Bäume im Hintergrund der Bucht sind nicht exakt genug skizziert. Den Berg hast du gut getroffen, aber der Rest . . .«

»Ich wußte, daß die Bäume nicht ganz stimmten, Lytol – mit

ein Grund, weshalb ich diese Bucht noch einmal aufsuchen wollte. Nur, als ich hier ankam, war mir das glatt entfallen.«

»Kann ich mir denken.« Lytol lachte trocken.

»Wie geht es auf Ruatha?« Jaxom wollte mit einem Mal die kleinsten Einzelheiten wissen und fragte selbst nach Dingen, die ihn früher gelangweilt hatten.

Sie plauderten so angeregt miteinander, daß Jaxom immer wieder staunte. Jetzt erst kam ihm zu Bewußtsein, daß er seit damals, als er durch einen Zufall Ruth an sich gebunden hatte, in Lytols Gegenwart gehemmt gewesen war. Aber dieser Bann schien nun gebrochen. Zumindest einen Nutzen hatte seine Krankheit also: Sie führte ihn und Lytol näher zusammen, als er sich je in seiner Kindheit hätte träumen lassen.

Brekke trat mit einem entschuldigenden Lächeln näher. »Es tut mir leid, Baron Lytol, aber Jaxom ermüdet noch sehr rasch.«

Lytol erhob sich gehorsam und warf einen ängstlichen Blick auf seinen Schützling.

»Brekke, Lytol ist bis von Ruatha gekommen, um mich zu besuchen. Da muß man doch eine Ausnahme machen . . .«

»Laß nur, ich komme wieder.« Lytols Lächeln verwirrte Brekke. »Wir wollen nicht das geringste Risiko eingehen.« Er umarmte Jaxom ungeschickt und eilte dann ins Freie.

Brekke starrte den jungen Drachenreiter ungläubig an. Jaxom zuckte die Achseln, als wollte er sagen, sie müsse sich selbst einen Reim auf das Verhalten seines Vormunds machen. So verließ sie rasch den Raum, um die Besucher zum Strand hinunter zu begleiten.

Er hat sich sehr über das Wiedersehen gefreut, stellte Ruth fest.

Jaxom ließ sich entspannt zurückfallen und schloß die Augen. Nun hatte er Lytol also doch dazu gebracht, seinen herrlichen Berg zu besichtigen . . .

Lytol war nicht der einzige, der Jaxom besuchte und dabei die schöne Landschaft bewunderte. Einen Tag nach dem Burgverwalter von Ruatha traf Baron Groghe ein, schnaufend und halb aufgelöst von der ungewohnten Hitze. Er rief seiner kleinen Königin zu, daß sie sich ja nicht unter das fremde Echsenvolk mischen solle. Und er verbot ihr, zu lange im Meer zu baden, damit sie beim Rückflug das Schulterpolster nicht naßtropfte.

»Man hat mir schon berichtet, daß Sie die gleiche Krankheit aus dem Süden aufgeschnappt haben wie das Harfnermädchen!« Der Baron strahlte eine solche Vitalität aus, daß Jaxom sich unwillkürlich elend fühlte.

Baron Groghe musterte ihn lange und gründlich; Jaxom hatte das Gefühl, daß der Mann seine Rippen einzeln zählte. »Können Sie den Jungen nicht besser füttern, Brekke? Es heißt doch immer, Sie seien die beste Heilerin weit und breit! Dabei sieht der Junge aus wie ein Skelett. Schauderhaft! Hat sich allerdings ein hübsches Plätzchen zum Krankwerden ausgesucht! Ich will mir die Gegend mal näher betrachten, wenn ich schon hier bin. Jawohl, das werde ich - mir die Gegend ein wenig betrachten.« Groghe reckte Jaxom das Kinn entgegen und runzelte die Stirn. »Haben Sie sich schon umgesehen? Bevor Sie krank wurden, meine ich.«

Jaxom erkannte, daß Baron Groghes völlig unerwarteter Besuch mehrere Gründe hatte. Zum einen sollte er den Baronen wohl die Kunde bringen, daß der Herr von Ruatha allen Gerüchten zum Trotz noch unter den Lebenden weilte. Zum anderen . . . Jaxom wurde ein wenig unsicher. Er hatte noch deutlich Lessas Worte im Ohr, daß die Drachenreiter »das beste Stück« des Südens für sich beanspruchten.

Als Brekke den jovialen, etwas großspurigen Baron sanft daran erinnerte, daß sich Jaxom nicht überanstrengen dürfe, fühlte der sich beinahe erleichtert.

»Keine Sorge, mein Junge. Ich besuche Sie öfter - großes Ehrenwort.« Baron Groghe wandte sich zum Gehen und winkte ihm gutgelaunt zu. »Herrliches Fleckchen. Geradezu neidisch könnte man werden.«

»Weiß denn jeder im Norden, wo ich mich befinde?« stöhnte Jaxom, als Brekke zurückkehrte.

»D'ram hat ihn in der Bucht abgesetzt«, meinte sie seufzend.

»Eigentlich hätte ich D'ram mehr Verstand zugetraut.« Sharra ließ sich auf einen Hocker fallen und wedelte sich mit einem abgerissenen Zweig Kühlung zu. »Der Mann macht Gesunde fertig, ganz zu schweigen von Kranken.«

Brekke zuckte die Achseln. »Ich könnte mir denken, daß die Barone sich von Jaxoms Gesundheitszustand überzeugen wollten.«

»Aber wie der Kerl Jaxom gemustert hat! Als müßte er auf dem Markt um einen Renner feilschen! Hast du ihm dein Gebiß gezeigt?«

»Laß dich nicht von Baron Groghes Manieren täuschen, Sharra!« warnte Jaxom. »Der Mann nimmt es an Geistesschärfe selbst mit Meister Robinton auf! Und wenn D'ram ihn herbrachte, dann haben F'lar und Lessa von seiner Absicht gewußt.

Ich glaube aber nicht, daß sie begeistert sein werden, wenn er wiederkommt und hier herumschnüffelt.«

»Wenn Lessa Baron Groghe die Erlaubnis gab, Jaxom zu besuchen, dann kann sie etwas von mir hören!« fauchte Brekke. »Der Baron hat am Lager eines Schwerkranken einfach nichts zu suchen. Jetzt kann ich es dir ja sagen, Jaxom – du liegst seit sechzehn Tagen hier in der Bucht!«

»Was!« Jaxom schoß in die Höhe. »Aber ... aber ...«

»Die Feuerkrankheit ist bösartig«, warf Sharra ein. Sie schaute Brekke fragend an, und die nickte. »Dein Leben hing an einem dünnen Faden, Jaxom.«

»Ich ...« Jaxom preßte beide Hände gegen die Schläfen.

Wieder nickte Brekke. »Nun begreifst du vielleicht auch, daß wir allen Grund haben, dir dieses und jenes zu verbieten.«

»Es stand wirklich so schlimm um mich?« Jaxom konnte die Nachricht nicht fassen.

»Ja. Deshalb behandeln wir dich wie ein Königin-Ei. Wir wollen deine Genesung nicht wieder gefährden.« Brekke stand auf und ging zur Tür. »So, ich glaube, es wird Zeit, daß du etwas zu essen bekommst.«

Jaxom wandte sich an Sharra: »Ist das wahr, was Brekke da eben angedeutet hat?«

»Leider ja.« Sein Entsetzen schien sie zu belustigen. »Aber nun fang dich wieder – zum Glück lebst du noch!« Ihre Blicke wanderten zum Strand, und ein Schatten huschte über ihre Züge. In ihren Augen spiegelte sich ein tiefer Schmerz.

»Woran denkst du, Sharra, daß du so traurig bist?«

»Es war niemand, den du kanntest, und auch niemand, der mir besonders nahestand. Nur – keine Heilerin verliert gern den Kampf um ihre Kranken.«

Mehr konnte er ihr nicht entlocken, und er wollte es auch nicht, um ihr nicht wehzutun.

Am nächsten Morgen wankte Jaxom zum Strand, gestützt von den beiden jungen Frauen. Ruth stürzte begeistert herbei, aber Brekke befahl dem Drachen streng, sich ganz ruhig hinzukauern, damit er Jaxom nicht zu Boden fegte. Ruths Augen kreisten besorgt; er schob die Schnauze ganz zaghaft vor und ließ sich von Jaxom kraulen. Der junge Reiter vergrub sein Gesicht in der weichen Nackenhaut des Gefährten. *Lieber Ruth, wunderbarer Ruth! Wenn ich an dieser Krankheit gestorben wäre ...*

Bist du aber nicht, entgegnete Ruth. *Du bist bei mir geblieben. Ich wußte, daß du es schaffst. Und du bist schon viel kräftiger. Warte nur, bis du dich ganz erholt hast! Dann können wir gemeinsam schwimmen und in der Sonne liegen, und alles wird gut sein.*

Das klang so aufgeregt, daß Jaxom dem Freund gut zuredete und ihn streichelte. Schließlich drängte Brekke und Sharra ihn, sich hinzusetzen, ehe er umkippte. Sie hatten ein Stück vom Wasser entfernt, damit der Kranke nicht der Sonnenhitze ausgesetzt war, eine Matte aus geflochtenen Lianen gegen einen schrägen Baumstumpf gelehnt. Ruth streckte sich so aus, daß sein Kopf Jaxom von der Seite stützte. Violette Punkte tanzten in seinen Augen.

Mittags, nachdem Jaxom eine Weile geschlafen hatte, tauchten F'lar und Lessa auf. Lessa war eine angenehm ruhige und sanfte Besucherin, eine Tatsache, die Jaxom verwunderte, da er die Weyrherrin auch streng und höchst temperamentvoll kannte.

»Wir konnten nicht verhindern, daß Baron Groghe persönlich herkam, Jaxom, obwohl dir sein Besuch sicherlich nicht behagt hat. Aber es ging das Gerücht um, du seist tot und dein Drache ebenfalls.« Lessa zog die Schultern hoch. »Schlechte Nachrichten verbreiten sich auch ohne Harfner.«

»Baron Groghe schien mehr an meiner Umgebung als an mir interessiert«, meinte Jaxom ein wenig spitz.

F'lar nickte grinsend. »Deshalb schlugen wir auch vor, daß er mit D'ram herflog. Der Wachdrache von Fort ist zu alt, um eine Richtungsanweisung zu verstehen, die ihm Baron Groghe auf eigene Faust gibt.«

»Er hatte außerdem seine Feuer-Echse dabei«, fügte Jaxom hinzu.

»Diese lästigen Biester!« fauchte Lessa.

»Die gleichen lästigen Biester haben Jaxom das Leben gerettet, Lessa«, widersprach Brekke ruhig.

»Also schön, sie haben auch ihre guten Seiten, aber für mich überwiegen immer noch die schlechten.«

»Baron Groghes kleine Königin mag eine gewisse Intelligenz besitzen«, fuhr Brekke fort, »aber sie ist nicht klug genug, um ihm den Weg nach hierher zu zeigen.«

»Das ist nicht das eigentliche Problem.« F'lar schnitt eine Grimasse. »Er hat jetzt den Berg gesehen. Und die Weite des Landes.«

»Aber wir haben unsere Ansprüche zuerst angemeldet«, entgegnete Lessa entschlossen. »Es ist mir gleich, wie viele seiner mißratenen Söhne Groghe hier unterbringen will – die Drachenreiter von Pern haben die erste Wahl. Jaxom kann . . .«

»Jaxom wird noch eine Weile brauchen, bis er wieder auf den Beinen steht«, unterbrach Brekke sie mitten im Satz.

»Keine Sorge«, beschwichtigte F'lar. »Mir fällt schon etwas ein, um Baron Groghes Ehrgeiz zu bremsen.«

»Wenn einer hierherkommt, werden andere folgen«, sagte Brekke nachdenklich. »Und ich kann es den Leuten kaum verdenken. Diese Bucht ist viel schöner als unsere ursprüngliche Siedlung auf dem Südkontinent.«

»Mich zieht es vor allem zu dem Berg hin«, meinte F'lar und blickte nach Süden. »Jaxom, ich weiß, daß du noch nicht viel unternehmen konntest, aber hast du zufällig herausgefunden, wie viele von den Echsen, die Ruth umschwärmen, aus dieser Gegend kommen?«

»Sie stammen nicht aus dem Süd-Weyr – falls Ihnen das Kummer bereitet«, warf Sharra ein.

»Woher wissen Sie das?« erkundigte sich Lessa.

Sharra hob die Schultern. »Sie wirken ungezähmt. Sobald man ihnen zu nahe kommt, verschwinden sie im *Dazwischen.* Sie fühlen sich zu Ruth hingezogen – nicht zu uns.«

»Wir sind nicht *ihre* Menschen«, erlärte Jaxom. »Aber ich will versuchen, Ruth ein wenig über diese fremden Echsen auszuhorchen.«

»Dafür wäre ich dir dankbar«, sagte Lessa. »Und falls die eine oder andere aus dem Süd-Weyr dabei ist . . .« Sie sprach den Satz nicht zu Ende.

»Ich glaube, wir sollten Jaxom jetzt wieder ausruhen lassen«, meinte Brekke.

F'lar lachte leise und winkte Lessa zu sich. »Aufmerksame Besucher sind wir! Reden nur von unseren eigenen Problemen und lassen den Patienten nicht zu Wort kommen!«

»Es gibt wenig zu erzählen. Ich hatte in jüngster Zeit kaum Gelegenheit zu aufregenden Erlebnissen.« Jaxom warf Brekke und Sharra einen finsteren Blick zu. »Aber wenn ihr wiederkommt, wird sich das geändert haben.«

»Falls etwas Außergewöhnliches geschieht, soll Ruth sich mit Mnementh oder Ramoth in Verbindung setzen.«

Brekke und Sharra brachten die Weyrführer zum Strand, und Jaxom war froh, daß er die Augen schließen konnte. Er lachte vor sich hin, als Ruth den beiden Benden-Drachen energisch versicherte, daß keine Feuer-Echsen aus dem Süd-Weyr unter seinen neuen Freunden seien. Und er überlegte, weshalb er nicht von selbst auf den Gedanken gekommen war, Ruths Bekannte nach ihren Menschen zu befragen. Er seufzte. In den letzten Tagen hatte er sich wohl zu oft mit seinem knappen Entrinnen vor dem Tod beschäftigt. Wenn er diese morbiden Vorstellungen nicht verbannte, drehte er noch durch. Vielleicht sollte er sich zur Abwechslung einmal um andere Dinge kümmern.

Zu klären gab es nämlich genug. Am meisten bedrückte ihn die Frage, was er im Fieber alles erzählt haben mochte. Brekkes Antwort hatte äußerst vage geklungen. Er versuchte sich zurückzuerinnern, aber da waren nur verworrene Alpträume, die sein Inneres mit Kälte erfüllten, bis das Fieber wieder die Oberhand gewann.

Der Besuch seines Vormunds fiel ihm ein. Er hatte ganz vergessen, Lytol nach Corana zu fragen. Sicher hatte sie von seiner Krankheit gehört. Vielleicht sollte er ihr ein kleines Lebenszeichen schicken. Aber dann verwarf er die Idee. Eine längere Trennung half ihm am ehesten, das Verhältnis mit ihr zu beenden. Denn jetzt, da er Sharra gesehen hatte, konnte er nicht mehr bei Corana bleiben, ohne sie zu belügen. Wenn Lytol wiederkam, mußte er ihn um Rat fragen.

Daß Baron Groghe aufgetaucht war, um nach ihm zu sehen, paßte ihm ganz und gar nicht. Wäre er nicht krank geworden, so hätte der Baron nie von diesem Berg erfahren. Zumindest so lange nicht, bis die Drachenreiter es für richtig hielten, das Geheimnis preiszugeben. Ein Landschaftsmerkmal, das sich jeder Drache merken konnte. Wirklich? Wenn die Reiter kein klares Bild übermittelten, fand sich der Drache nicht im *Dazwischen* zurecht. Und ein Bild aus zweiter Hand? D'ram und Tiroth hatten die Bucht zwar nach Meister Robintons Schilderung gefunden, aber die beiden waren ein erfahrenes Gespann.

Jaxom wollte endlich gesund sein. Er wollte sich näher an den Berg heranpirschen. Er wollte als erster dort sein. Wie lange mochte es noch dauern, bis er sich erholt hatte?

Am nächsten Tag durfte er zum erstenmal schwimmen – um seine Muskeln zu stärken, wie Brekke sagte. Leider stellte sich dabei heraus, daß er überhaupt keine Muskeln mehr besaß. Erschöpft wankte er zu seinem Lager neben dem Baumstumpf und fiel sofort in einen tiefen Schlaf.

Er stieß einen Schrei aus, als er Sharras sanfte Berührung spürte, und setzte sich kerzengerade auf. Verwirrt schaute er umher.

»Was ist denn los, Jaxom?«

»Ein Traum. Ein Alptraum.« Er war sicher, daß etwas nicht stimmte. Dann sah er Ruth zu seinen Füßen zusammengerollt. Der Drache schlief fest, umgeben von einem halben Dutzend Feuer-Echsen, die sich an ihn geschmiegt hatten und ebenfalls dösten.

»Du bist jetzt wach – komm endlich zu dir!«

»Der Traum war so lebhaft – ich wollte ihn unbedingt festhalten. Und jetzt ist er mir doch entglitten.«

Sharras Hand legte sich kühl auf seine Stirn. Er schob sie zur Seite.

»Ich habe kein Fieber«, erklärte er ruhig.

»Nein, wirklich nicht. Kopfschmerzen? Ein Flimmern vor den Augen?«

Ärgerlich schüttelte er den Kopf, dann zuckte er die Achseln und lächelte sie an. »Du hast es nicht leicht mit mir, was?«

»Beklage ich mich?« Sie lachte und setzte sich neben ihn in den Sand.

»Wenn ich täglich etwas weiter schwimme, wie lange wird es dann dauern, bis ich meine alten Kräfte wiedergewonnen habe?«

»Weshalb die Eile?«

Jaxom lachte und deutete mit dem Daumen über die Schulter. »Ich möchte vor Baron Groghe dort sein.«

»Keine Sorge, das schaffst du schon.« In Sharras Augen blitzte leiser Spott. »Du wirst jetzt von einem Tag zum anderen kräftiger. Wir möchten dich nur nicht überanstrengen, sonst erleidest du einen Rückfall und mußt die ganze Prozedur noch einmal über dich ergehen lassen.«

»Einen Rückfall! Woran erkennt man den?«

»Ganz einfach. Du hast Kopfschmerzen und ein Flimmern vor den Augen. Jaxom – es ist fast geschafft! Bitte, verlier jetzt nicht die Geduld!«

Die Sorge in ihren blauen Augen war echt, und er hoffte, daß sie dem Menschen und nicht dem Patienten Jaxom galt. Zögernd nickte er, und sie lächelte ihm zu.

Am Spätnachmittag trafen F'nor und D'ram ein, ausgerüstet mit ihren Kampfanzügen und prall gefüllten Feuersteinsäcken.

»Für morgen ist ein Sporenregen vorausgesagt«, erklärte Sharra, als sie Jaxoms fragenden Blick bemerkte.

»Was?«

»Die Fäden fallen auf ganz Pern. Seit du hier bist, gab es bereits dreimal Sporenalarm in der Bucht. Den ersten gleich einen Tag nach deiner Ankunft.« Sie lachte, als sie sein Entsetzen bemerkte. »Ein seltener Anblick für uns, Drachen beim Kampf gegen die Fäden zu beobachten. Sie mußten nur die Fläche um die Schutzhütte freihalten. Alles andere übernahmen die Würmer.« Sharra deutete auf Ruth. »Dein kleiner weißer Held ließ sich absolut nicht davon abhalten, in das Geschehen einzugreifen. Tiroth und Canth leiteten ihn an, und Brekke half ihm ein wenig. Er war so stolz, daß er dich beschützen durfte.«

Jaxom schluckte und versuchte die Gefühle zu verdrängen, die ihn bestürmten.

»Du hast das Heraufziehen der Fäden übrigens gespürt. Offenbar entwickelt man dafür einen gewissen Instinkt, wenn man erst mal Drachenreiter ist. Du hast immer wieder gestöhnt, daß uns Sporen bedrohten und du nichts dagegen tun könntest.« Zum Glück beobachtete sie den Landeanflug der Drachen, während sie sprach, denn Jaxom war sicher, daß sein Gesichtsausdruck ihn verraten hätte. »Meister Oldive meint, in uns Menschen säßen tiefe Instinkte, auf die wir automatisch reagieren. Ich habe Ruth übrigens immer besonders gelobt und dafür gesorgt, daß die Feuer-Echsen seine Haut gründlich sauberschrubbten.«

Sharra winkte F'nor und D'ram zu, die über den Sand näherkamen. Canth und Tiroth hatten ihre Feuersteinsäcke abgeworfen und wateten freudig in das warme Wasser der Bucht. Ein gewaltiger Schwarm von Feuer-Echsen umflatterte die drei Drachen, sichtlich begeistert von dem hohen Besuch.

»Du hast schon wieder Farbe bekommen, Jaxom!« meinte F'nor, als er den jungen Drachenreiter mit einem kräftigen Händedruck begrüßte.

D'ram nickte zustimmend.

Jaxom wußte, daß er tief in der Schuld der beiden Reiter stand, und er suchte nach Dankesworten.

F'nor winkte nur ab. »Ich will dir mal was sagen«, meinte er und kauerte sich in den Sand. »Es war ein seltenes Schauspiel, deinen kleinen Drachen in der Luft zu beobachten. Die reinsten Kunststücke hat er vollführt und dreimal so viele Sporen erwischt wie unsere großen Drachen. Du hast ihn gut ausgebildet.«

»Ich schätze, daß ich morgen noch nicht mitfliegen darf, oder?«

»Weder morgen noch in näherer Zukunft«, entgegnete F'nor mit großer Entschiedenheit. Er warf dem jungen Mann einen Blick von der Seite zu. »Ich weiß, was in dir vorgeht. Ich fühlte mich ähnlich, als ich verwundet war und nicht mehr fliegen durfte. Aber im Moment hast du die Pflicht gegenüber Ruatha und deinem Weyr, daß du gesund wirst. Gesund genug, um dich hier gründlich umzusehen. Ich beneide dich um diese Aufgabe, Jaxom, ehrlich!« F'nor lachte. »Leider hatte ich bisher nie die Zeit für größere Ausflüge; ich habe aus der Luft nur gesehen, daß der Wald sich zu beiden Seiten ausdehnt.« F'nor beschrieb mit einem Arm einen großen Halbkreis. »Du wirst das alles selbst sehen. Soll ich dir bei meinem nächsten Besuch Zeichenmaterial mitbringen, damit du eine Karte anfertigen kannst? Auch wenn du eine Zeitlang keine Fäden bekämpfst – du wirst hier genug zu tun kriegen.«

»Das sagen Sie nur zum Trost ...« Jaxom unterbrach sich, selbst überrascht, daß seine Stimme so bitter klang.

»Das sage ich, weil du einen Ansporn brauchst.« F'nor legte ihm die Hand auf die Schulter. »Ich verstehe dich gut, Jaxom. Ruth hat Canth nämlich von deiner Niedergeschlagenheit erzählt.« Er zuckte die Achseln. »Tut mir leid, aber Ruth macht sich nun mal Sorgen, wenn du leidest. Hast du das nicht gewußt?« Er lachte leise.

»Ich danke Ihnen jedenfalls, daß Sie mich aufzuheitern versuchen, F'nor.«

In diesem Moment tauchten Brekke und Sharra vom Waldrand auf. Brekke trat auf ihren Weyrgefährten zu. Jaxom hatte erwartet, daß sie auf den Reiter losstürmen und ihn umarmen würde, aber sie legte ihm nur sacht die Hand auf den Arm und schaute ihm in die Augen. Die Zärtlichkeit dieser Geste sagte mehr über die Liebe zwischen den beiden aus, als es eine stürmische Begrüßung vermocht hätte. Ein wenig verlegen wandte Jaxom sich ab. Auch Sharra beobachtete Brekke und F'nor mit einem eigentümlichen Gesichtsausdruck. Ihre Miene verschloß sich jedoch sofort, als sie Jaxoms Blick bemerkte.

»So – erst mal ein kühler Schluck für alle!« sagte sie betont forsch und reichte D'ram einen Becher, während Brekke F'nor versorgte. Es war ein angenehmer Abend. Sie entfachten am Strand ein Feuer und aßen im Freien. Die drei Drachen hatten sich oberhalb der Flutgrenze Kuhlen in den warmen Sand gebuddelt, und ihre Augen blitzten wie Juwelen im Dunkel.

Brekke und Sharra sangen eine von Menollys Balladen, begleitet von D'rams rauhem Baß. Jaxoms Kopf sank immer tiefer, und er widersprach nicht, als Brekke ihm vorschlug, sein Lager in der Hütte aufzusuchen. Er nickte ein, in den Schlaf gewiegt vom leisen Gesang der anderen.

Ruths Erregung schreckte ihn auf, und er starrte verständnislos ins Dunkel. Erst nach einer Weile durchdrangen die Gedanken des Drachen seine Schlaftrunkenheit. *Fäden!* Natürlich – Ruth sollte an der Seite von D'rams Tiroth und F'nors Canth Fäden bekämpfen. Jaxom warf die Decke zur Seite, schlüpfte rasch in seine Hose und lief zum Strand hinunter. Brekke und Sharra halfen den beiden Drachenreitern, ihre Tiere mit Feuersteinsäkken zu beladen. Ruth lag im Sand und kaute fleißig Steinbrokken, kritisch beäugt von vier Echsen. Im Osten zog der erste helle Streifen herauf. Jaxom blinzelte ins Halbdunkel und hielt nach dem milchigen Grau Ausschau, das die Sporenfront ankündigte. Die Drei Schwestern standen hoch über ihm, unerwartet hell. Neben ihrem Glanz verblaßten die übrigen Sterne im Westen. Jaxom runzelte die Stirn. Ihm war bisher nicht aufgefallen, wie stark und nahe sie strahlten. Über Ruatha wirkten sie stumpfer, fahle Tupfen am südöstlichen Morgenhimmel. Vielleicht konnte F'nor ihm eines der neuen Fernrohre mitbringen. Und Lytol würde er um die Sterngleichungen und Karten bitten, die er auf Ruatha zurückgelassen hatte. Dann fiel Jaxom auf, daß die Schwärme von Feuer-Echsen, die Ruth Tag und Nacht heimsuchten, verschwunden waren.

»Jaxom!« Brekke hatte ihn entdeckt. Die beiden Reiter winkten ihm zur Begrüßung zu und schwangen sich auf ihre Drachen. Jaxom trat zu seinem Gefährten, streichelte ihn, untersuchte, ob er wirklich genug Feuerstein geschluckt hatte, und lobte ihn wegen seines tapferen Entschlusses, ohne Reiter aufzusteigen und die Fäden zu bekämpfen.

Ich kenne noch alle Flugmanöver, die wir im Fort-Weyr geübt haben. Außerdem helfen mir Canth und Tiroth. Und Brekke läßt mich nicht aus den Augen. Ich habe bisher nie die Anweisungen einer Frau befolgt. Bei Brekke macht mir das aber nichts aus. Sie ist manchmal noch traurig, doch Canth meint, es sei gut für sie, daß sie uns hören kann. So weiß sie, daß sie nie allein ist.

Sie wandten sich alle nach Osten, wo der Rote Stern am Himmel glomm. Ein Schleier schien sich vor ihn zu schieben. F'nor hob die Hand und gab Ruth das Zeichen zum Start. Canth und Tiroth arbeiteten sich mit mächtigen Schwingenschlägen in die Höhe, aber Ruth schoß mit Leichtigkeit an ihnen vorbei. Vier Feuer-Echsen tauchten neben ihm auf, winzige Silhouetten gegen den Morgenhimmel.

»Du sollst die Fäden nicht allein bekämpfen, Ruth!« rief Jaxom.

»Das tut er schon nicht.« Brekke lachte nachsichtig. »Er ist noch jung und will natürlich der erste sein. Außerdem erspart er den älteren Drachen echt eine Menge Arbeit. Komm, wir müssen jetzt nach drinnen!«

Die beiden jungen Frauen und Jaxom warfen noch einen Blick auf ihre Verteidiger und kehrten dann rasch in die Hütte zurück.

»Du wirst kaum etwas sehen«, sagte Sharra zu Jaxom, der am Eingang stehengeblieben war.

»Ich erkenne zumindest, ob sich Fädenknäuel ins Unterholz graben.«

»Bestimmt nicht. Wir haben geschickte Reiter.«

Jaxom spürte, wie seine Haut zu kribbeln begann, und er fuhr zusammen wie bei einem Schüttelfrost.

»Hol dir ja keine Erkältung!« Sharra lief in seinen Raum und kam mit einem Hemd wieder.

»Ich friere nicht. Ich denke nur daran, was die Sporen in diesem prächtigen Wald anrichten können.«

Sharra winkte ab. »Ich vergesse immer wieder, daß du aus dem Norden kommst. Bei uns reißt ein Fädenknäuel höchstens ein Loch ins Laub. Der Boden ist durchsetzt von Würmern. Das war das erste, was F'nor und D'ram nachprüften.«

Wir haben die Fädenfront erreicht, berichtete Ruth. *Mein Flammenatem kommt stark und gleichmäßig. Canth und Tiroth übernehmen den Osten und den Westen. Ich fliege ein Stück unter ihnen, so daß wir ein Dreieck bilden. Wir befinden uns in großer Höhe. Die Feuer-Echsen leisten gute Arbeit. Dorthin, Berd! Du bist dem Knäuel am nächsten. Meer, rechts von dir! Hilf ihm, Talla! Ich komme ja schon. Tiefer! Ich komme.*

Brekke warf Jaxom einen Blick zu und lächelte. »Er hält uns auf dem laufenden, nicht wahr?« Einen Moment lang wirkte sie geistesabwesend. »Manchmal sehe ich die Sporenfront durch drei Augenpaare. Ich weiß nicht, wohin ich zuerst schauen soll. Aber die Sache läuft gut.«

Jaxom horchte auf die Gedanken seines Freundes, so intensiv, daß er zusammenzuckte, als Ruth plötzlich verstummte.

»Keine Sorge, es ist alles in Ordnung. Sie verfolgen die Fädenfront nicht weiter«, erklärte Brekke. »Uns droht keine Gefahr mehr. Morgen abend kämpft Benden über Nerat gegen die Sporen. Deshalb sollen sich F'nor und Canth heute nicht überanstrengen.«

Jaxom erhob sich so hastig, daß die Bank umkippte. Er murmelte eine Entschuldigung, stellte sie wieder auf und lief dann zum Strand hinunter. Als er den Sandstreifen erreichte, starrte er angestrengt nach Westen. Wenn er die Augen zusammenkniff, konnte er den fernen Sporenschleier noch erkennen. Wieder erschauerte er. In der Bucht, die sonst so friedlich dalag, schäumte Wasser. Fische sprangen hoch und schnappten nach Fädenknäueln.

Sharra war neben ihn getreten. »Ein Fest für die Fische, nicht wahr? Im allgemeinen schaffen sie es, die Bucht von Fäden zu säubern, bis unsere Drachen zurückkehren und ein Bad nehmen. Da! Da sind sie schon.«

Eine Menge Sporen! Ruths Gedanken verrieten Triumph und gleich darauf eine Spur von Trotz. *Aber wir dürfen sie nicht weiter verfolgen. Canth und Tiroth sagen, daß sich jenseits des großen Flusses felsiges Ödland befindet und es deshalb dumm wäre, Feuer zu verschwenden. Oooh!*

Sharra und Jaxom lachten, als der kleine weiße Drache eine Flamme ausstieß und sich fast die Schnauze versengte, weil er den falschen Flugwinkel hatte. Er korrigierte den Fehler sofort und glitt der Küste entgegen.

Noch während die großen Drachen landeten, hatte sich das Wasser beruhigt. Ruth berichtete stolz, daß sein Feuersteinvorrat ganz genau gereicht habe. Canth drehte den mächtigen Kopf zur Seite und beobachtete den kleinen Drachen mit gutmütiger Toleranz.

Tiroth schnaubte nur kurz und watete ins Wasser, sobald D'ram ihm den Feuersteinsack abgenommen hatte. Gleich darauf kreiste ein Schwarm Echsen über dem alten Bronzedrachen, der sich prustend in die Fluten sinken ließ. Die Echsen übersprühten seine Haut mit Sand und bearbeiteten sie dann kräftig mit ihren Klauen. Tiroth hatte die inneren Lider geschlossen, wälzte sich von einer Seite auf die andere und stöhnte wohlig.

Canth stieß einen durchdringenden Schrei aus, und die Hälfte des Schwarms flatterte zu ihm herüber. Als Ruth sah, daß seine Freunde alle beschäftigt waren, ging er etwas abseits von den beiden großen Drachen ins Wasser und tauchte zögernd unter. Die vier Echsen mit den Farbmarkierungen des Nordkontinents lösten sich aus der Schar der übrigen und begannen den kleinen weißen Drachen abzurubbeln.

»Komm, Jaxom, wir helfen mit!« rief Sharra.

Einen Drachen vom Feuersteingestank zu befreien, war schon für einen gesunden Reiter eine anstrengende Arbeit. Und obwohl Jaxom in Sharra eine tüchtige Helferin hatte, fühlte er sich am Ende so schlapp, daß er kaum noch stehen konnte.

Sharra kniff die Augen zusammen, als sie sich aufrichtete und ihn ansah. »Habe ich dir nicht gesagt, daß du es langsam angehen sollst?« Ihre Stimme klang besorgt. »Los, aus dem Wasser mit dir! Du bist ja weißer als Ruth. Ich bringe dir etwas zu essen.«

»Ich werde nie wieder fit, wenn ich meine Muskeln nicht übe!«

»Hör auf zu meutern!«

»Ich weiß. Und sag jetzt bitte nicht, daß du es nur gut mit mir meinst!«

»Nein, ich habe eher an mich selbst gedacht. Glaubst du, ich möchte deine schlechte Laune noch einmal ertragen, wenn du einen Rückfall erleidest?«

Sie funkelte ihn so wütend an, daß er die Schultern straffte und hochaufgerichtet zum Strand ging. Obwohl es nicht weit bis zu seinem Lager neben dem Baumstumpf war, fühlten sich seine Beine wie Blei an, als er es endlich erreichte. Mit einem Seufzer der Erleichterung legte er sich hin und schloß die Augen.

Jemand rüttelte ihn wach. Er blinzelte und sah, daß Brekke sich über ihn beugte. »Wie fühlst du dich jetzt?«

»Habe ich wieder im Schlaf geredet?«

»Mhm. Alpträume?«

»Nein, aber ganz merkwürdiges Zeug. Leider sehr verschwommen.« Jaxom schüttelte den Kopf, um sich aus der Verworrenheit der Bilder zu lösen. Die Sonne stand im Mittag. Ruth lag neben ihm und schnarchte. Ein Stück zu seiner Rechten entdeckte er D'ram, der sich an Tiroth gelehnt hatte und ebenfalls ausruhte. Von F'nor und Canth war nichts zu sehen.

»Vielleicht hast du Hunger.« Brekke hielt ihm ein Tablett entgegen.

»Wie lange habe ich eigentlich geschlafen?« Jaxom streckte sich. Seine Muskeln waren steif von der ungewohnten Arbeit.

»Ein paar Stunden. Hat dir sicher gutgetan.«

»Komisch, ich träume in jüngster Zeit soviel. Ist das eine Nachwirkung der Krankheit?«

Brekke runzelte die Stirn und überlegte. »Wenn ich es recht bedenke, so muß ich zugeben, daß auch ich mehr als sonst träume. Zuviel Sonne vielleicht.«

In diesem Moment erwachte Tiroth mit lautem Trompeten und richtete sich so hastig auf, daß eine Sandfontäne über D'ram spritzte. Brekke stieß einen Schrei aus und erhob sich, die Augen auf den alten Bronzedrachen gerichtet. Er schüttelte sich und spannte die Flügel aus.

»Brekke, ich muß fort!« rief D'ram. »Hast du gehört?«

»Ja. Beeilt euch!« rief sie und winkte dem Bronzereiter zu. Was immer Tiroth geweckt hatte, es erregte auch die Feuer-Echsen, die unruhig zu kreisen begannen und schrill zirpten. Ruth hob den Kopf, warf ihnen einen schläfrigen Blick zu und ließ dann

die Schnauze wieder in den Sand sinken. Brekke betrachtete den weißen Drachen mit einem merkwürdigen Gesichtsausdruck.

»Was ist los, Brekke?«

»Die Bronzedrachen im Ista-Weyr trinken Blut.«

»Beim Ei!« Jaxoms anfängliche Überraschung wich Ärger über die eigene Schwäche. Er hatte gehofft, diesen Paarungsflug mitansehen zu können. Ihm lag sehr viel daran, daß G'dened und Barnath es schafften.

»Ich weiß«, meinte Brekke besänftigend. »Aber Canth wird ebenso dort sein wie Tiroth. Sie berichten mir alles. Iß jetzt!«

Jaxom gehorchte. Beim Essen fiel ihm wieder der seltsame Blick auf, mit dem Brekke seinen Drachen bedachte.

»Hast du etwas gegen Ruth?«

»Gegen Ruth? Aber nein, wie kommst du darauf? Der Ärmste war so stolz darauf, daß er für dich kämpfen durfte – und nun hat er sich so verausgabt, daß er seine Umwelt nicht mehr wahrnimmt!«

Sie erhob sich. Berd und Grall flatterten ihr auf die Schultern, als sie in den Schatten des Waldes zurückkehrte.

XIV

Morgen in der Harfnerhalle, Vormittag im Ista-Weyr, Nachmittag in Jaxoms Bucht, 28. 8. 15

Silvina rüttelte Robinton im Morgengrauen wach.

»Meister Robinton, eben hat uns vom Ista-Weyr die Nachricht erreicht, daß die Bronzedrachen Blut trinken. Caylieth wird in Kürze zum Paarungsflug aufsteigen. Man rechnet mit Ihrer Anwesenheit.«

»Danke, Silvina.« Er blinzelte gegen die Helligkeit der Leuchtkörbe, von denen sie die Tücher nahm. »Sie haben nicht zufällig . . .« Er sah den dampfenden Becher Klah neben seinem Bett. »Ah, wenn ich Sie nicht hätte, Silvina!«

»Das sagen Sie immer«, lachte Silvina und verließ seine Räume, damit er sich herrichten konnte.

Der Harfner fröstelte in der Morgenkühle. Er zog sich rasch an und eilte den Korridor entlang. Zair nahm unter leisem Protest seinen gewohnten Platz auf Robintons gut gepolsterter Schulter ein.

Silvina wartete bereits am großen Eisentor, eine Fackel in der Hand. Sie betätigte die Handkurbel, und die großen Querriegel lösten sich. Meister Robinton schob das schwere Portal auf. Ein Stich durchzuckte seine Brust, aber er achtete nicht weiter darauf, denn Silvina reichte ihm die Gitarre, die wegen der Eiseskälte im *Dazwischen* in einer dicken Hülle steckte.

»Hoffentlich schafft es Barnath«, sagte sie. »Ah – da ist Drenth schon.«

Der Harfner sah den braunen Drachen landen und lief die Stufen hinunter. Drenth war erregt. Seine Augen kreisten und glommen orangerot. Robinton begrüßte den Reiter, blieb kurz stehen, um den Gitarrenriemen über die Schulter zu streifen, und schwang sich dann, unterstützt von D'fio, auf den Rücken des Braunen.

»Wie stehen die Wetten?« fragte er den Reiter.

»Barnath ist ein prachtvoller Drache, Harfner. Er wird Caylith fliegen. Obwohl . . .« – ein leiser Zweifel schlich sich in seine Stimme – »die vier Bronzedrachen, die N'ton geschickt hat, sind kräftige junge Tiere und brennen darauf, eine Königin für sich zu gewinnen. Es könnte knapp ausgehen.«

Sie erhoben sich über die schwarze Silhouette der Burgfelsen von Fort, der sich nur vage gegen den Nachthimmel abhob. Robinton spürte die Anspannung in D'fios Rücken und atmete tief ein, ehe sie ins *Dazwischen* tauchten. Gleich darauf rief Drenth dem Wachdrachen vom Ista-Weyr seinen Namen zu.

Robinton legte eine Hand über die Augen. Grell spiegelte sich die Sonne auf dem Wasser. Als er in die Tiefe schaute, erkannte er die schroffen dunklen Klippen des Ista-Weyrs, die gleich Riesenfingern in den blauen Himmel ragten. Ista war der kleinste aller Weyr, und ein Teil der Drachen, die hier lebten, hatten sich ihre Schlafhöhlen im Wald am Fuße des Bergstocks gegraben. Aber die breite Hochfläche jenseits des Kegels war jetzt übersät von Bronzedrachen. Ihre Reiter scharten sich in einer dichten Traube um die Königin, die gerade über ihrer Beute kauerte und Blut trank. In sicherer Entfernung standen die Zuschauer. Dorthin glitt Drenth.

Zair verließ Robintons Schulter und gesellte sich zu den anderen Feuer-Echsen, die in einem aufgeregten Tanz durch die Luft wirbelten. Robinton fiel auf, daß die kleinen Geschöpfe einen Respektabstand zu den Drachen wahrten. Aber es war schon ein Fortschritt, daß sie überhaupt wieder in einem Weyr erschienen.

D'fio stieg ebenfalls ab und gab seinem Braunen die Erlaubnis, im warmen Wasser der Bucht unterhalb des Weyr-Plateaus zu baden. Andere Drachen, die nichts mit dem Wettflug zu tun hatten, nutzten bereits die herrliche Schwimmgelegenheit von Ista.

Caylith näherte sich der Herde des Ista-Weyrs, die auf einer eingezäunten Weide graste. Cosira folgte ihr und ließ sie nicht aus den Augen. Sie mußte dafür sorgen, daß die junge Königin kein Fleisch in sich hineinschlang, sonst war sie zu schwerfällig für diesen ungeheuer wichtigen Paarungsflug. Robinton zählte sechsundzwanzig Bronzedrachen, die sich um die Weide versammelt hatten. Ihre Augen funkelten rot vor Erregung, die Schwingen waren halb eingerollt und die Körper geduckt und sprungbereit. Sie waren alle jung, wie F'lar empfohlen hatte, und ungefähr gleich groß. Ihre Blicke hefteten sich starr auf Caylith.

Caylith ließ ein dumpfes Grollen vernehmen, während sie dem gerissenen Bock das Blut aus der Kehle sog. Sie hob den Kopf, betrachtete den Kreis der Bronzedrachen und fauchte verächtlich.

Plötzlich trompetete der Wachdrache unsicher. Selbst Caylith drehte sich um, einen Moment lang abgelenkt. Von Süden her kamen zwei Bronzereiter über das Meer näher.

In der gleichen Sekunde, da Robinton klar wurde, daß die Tiere dicht über dem Wasser geflogen sein mußten, um so lange unentdeckt zu bleiben, sah er auch, daß es sich um ältere Drachen handelte. Ihre Nackenwülste wirkten verhärtet, die Schnauzen grau. Tiere aus dem Süd-Weyr. Zwei Bronzedrachen der Alten. Der Harfner überlegte. T'kul auf Salth? Ja – und vermutlich B'zon auf Ranilth. Er rannte zur Weide hinunter, dem Ring der wartenden Bronzedrachen entgegen, denn dies war offensichtlich auch das Ziel der Bronzedrachen aus dem Süden.

Sie hatten den Zeitpunkt genau richtig gewählt, dachte Robinton; aus dem Augenwinkel sah er, daß zwei weitere Männer den Neuankömmlingen entgegeneilten – der untersetzte, ein wenig langsame D'ram und daneben F'lar, hager und sehnig. T'kul und B'zon sprangen von ihren Tieren. Die Drachen schoben sich in den Kreis der Wartenden, die sie mit einem feindseligen Zischen empfingen. Robinton hoffte aus ganzem Herzen, daß keiner der Bronzereiter sich zu einer unüberlegten Handlung hinreißen ließ. Die meisten waren so jung, daß sie T'kul und B'zon wohl gar nicht kannten. Aber D'ram und F'lar wußten Bescheid.

Robinton spürte, wie sein Herz zu hämmern begann; ein beängstigender Druck lastete auf seiner Brust. Er verzerrte das Gesicht zu einer Schmerzgrimasse und verlangsamte seine Schritte. B'zon stand ihm gegenüber, ein grimmiges Lächeln auf den Lippen. Der Alte stieß T'kul an, und der einstige Weyrführer vom Hochland warf dem Harfner einen flüchtigen Blick zu. Offenbar sah er in Robinton keine Gefahr, denn er wandte sich wieder an die beiden Weyrführer.

D'ram erreichte T'kul zuerst. »Bist du wahnsinnig? Dieser Flug ist nichts für alte Tiere! Du wirst Salth dabei umbringen.«

»Welche Wahl habt ihr uns denn gelassen?« fragte B'zon, als Robinton und F'lar neben die beiden Südländer traten. In der Stimme des Mannes schwang Hysterie mit. »Unsere Königinnen sind so alt, daß sie nicht mehr aufsteigen; und es gibt keine Grünen, die den männlichen Tieren Erleichterung verschaffen. Wir müssen . . .«

Mit einem hellen Aufschrei stürzte sich Caylith ein zweites Mal in die Herde, riß einem der fliehenden Böcke mit einem einzigen Schlag ihrer Vorderpranke die Flanke auf und zog ihn zu sich heran.

»D'ram, du hast diesen Paarungsflug für alle Weyr freigegeben, oder?« fragte T'kul hart. Trotz der Sonnenbräune wirkten seine Züge leidend. Er schaute von D'ram zu F'lar.

»Ja, aber eure Bronzedrachen sind zu alt, T'kul.« Er deutete auf die kraftvollen, sprungbereiten Drachen, die sich um Caylith scharten. Der Unterschied zwischen ihnen und den beiden Tieren aus dem Süden war nicht zu übersehen.

»Salth muß ohnehin bald sterben. Soll es meinetwegen während des Paarungsfluges geschehen! Ich habe diese Möglichkeit ins Auge gefaßt, D'ram, als ich ihn herbrachte.« T'kul ließ keinen Blick von F'lar; die Bitterkeit und der Haß gegenüber dem Benden-Führer waren so deutlich, daß Robinton den Atem anhielt. »*Warum* habt ihr das Ei zurückgeholt? Wie habt ihr es gefunden?« Verzweiflung brach einen Moment durch T'kuls stolze Kälte und Arroganz.

»Wärt ihr zu uns gekommen, wir hätten euch geholfen«, erklärte F'lar ruhig.

»Ich auch.« D'ram schien Mitleid für seinen einstigen Gefährten zu empfinden.

Ohne F'lar zu beachten, warf T'kul dem Weyrführer von Ista einen langen, verächtlichen Blick zu. Dann straffte er die Schultern und gab B'zon durch ein Kopfnicken zu verstehen, daß er seinen Weg fortsetzen solle. F'lar stand genau vor dem Bronzereiter aus dem Süden. Der Weyrführer von Benden wollte etwas sagen, doch dann schwieg er, zuckte bedauernd die Achseln und trat zur Seite. B'zon und T'kul nahmen ihre Plätze gerade noch rechtzeitig ein. Caylith hob den Kopf; ihre Haut glänzte tiefgolden, und ihre Augen loderten. Mit einem wilden Aufschrei schwang sie sich in die Luft. Barnath war der erste Bronzedrache, der ihr folgte, doch zu Robintons Überraschung brauchte T'kuls Salth kaum länger.

T'kul wandte sich zu F'lar um. Der Triumph in seinen Augen war fast eine Kriegserklärung. Dann trat er neben Cosira. Die junge Drachenreiterin schwankte, so sehr strengte sie der telepathische Kontakt mit ihrer Königin an. Sie bemerkte nicht einmal, daß G'dened und T'kul sie zu ihren Räumen führten, um dort den Ausgang des Paarungsfluges abzuwarten.

»Er wird Salth umbringen«, murmelte D'ram voller Angst.

Robinton spürte wieder den schmerzhaften Druck in der Brust.

»Das gleiche gilt für B'zon.« D'ram umklammerte F'lars Arm. »Können wir denn gar nichts dagegen tun? Zwei Drachen!«

»Wenn sie nur zu uns gekommen wären ...«, murmelte F'lar und legte seine Hand tröstend auf die von D'ram. »Aber sie haben immer nur mit Gewalt genommen. Das war von Anfang an ihr Fehler!« Seine Züge wurden hart.

»Und sie nehmen immer noch«, fügte Robinton hinzu. »Von Zeit zu Zeit kommen sie in den Norden und reißen an sich, was ihnen gefällt. Junge Mädchen, Stoffe, Steine, Eisen, Juwelen. Sie plündern mit System, seit wir sie ins Exil schickten. Die Gilden berichteten mir davon – und ich gab mein Wissen an F'lar weiter.«

F'lars Blicke folgten besorgt den fernen dunklen Punkten am Himmel.

»Was sollte das eigentlich?« Baron Warbret von Ista kam auf sie zugelaufen. »Diese beiden Nachzügler-Drachen waren uralt – oder ich muß mich sehr getäuscht haben.«

»Der Paarungsflug war für alle Drachen freigegeben«, entgegnete F'lar, aber Warbret beobachtete aufmerksam D'rams düstere Miene.

»Auch für alte Drachen? War nicht ausdrücklich von jungen Tieren die Rede, die bisher keine Chance hatten, eine Königin zu erobern? Ich begreife auch nicht, was wir mit einem weiteren alten Weyrführer anfangen sollen – womit ich Sie nicht kränken möchte, D'ram! Aber jeder Wechsel bringt mir die Pächter völlig durcheinander.« Er starrte zum Himmel. »Wie wollen sie mit den jungen Drachen konkurrieren? Das Tempo ist atemberaubend.«

»Sie haben das Recht, es zu versuchen«, sagte F'lar. »Kommen Sie, D'ram, trinken wir einen Schluck Wein, bis der Ausgang feststeht.«

»Ja, ein guter Gedanke! Baron Warbret . . .« D'ram faßte sich etwas und gab dem Baron zu verstehen, daß er ihn begleiten möge. Sein Schritt war schleppend.

»Machen Sie sich keine Sorgen, D'ram! Der andere Drache mag beim Start schnell gewesen sein – aber ich habe volles Vertrauen in G'dened und Barnath. Ein prächtiger junger Mann! Und ein ausgezeichneter Drache! Außerdem hat er Caylith bereits geflogen, oder? Ist das nicht ein Vorteil?«

Während Robinton mit Erleichterung feststellte, daß der Baron D'rams Ängste falsch auslegte, beantwortete F'lar die Fragen des Burgherrn.

»Caylith legte vierunddreißig Eier nach der ersten Paarung mit Barnath. Wir sehen es zwar nicht gern, wenn sich eine junge Königin übernimmt, aber die Jungen waren alle gesund und kräftig. Kein goldenes Ei dabei, doch das kommt oft vor, wenn sich in einem Weyr genug Königinnen befinden. Eine vorangegangene Paarung kann ein starker Faktor sein, das stimmt, aber genau läßt sich so etwas nicht vorhersagen.«

Robinton bemerkte eine gewisse Spannung unter den Weyrbewohnern, als man ihnen den Wein auftrug. Wie viele von ihnen mochten die Südländer als solche erkannt haben? Er hoffte nur, daß keiner seinen Verdacht in Gegenwart des Barons aussprach.

T'kuls Salth hatte seine Königin sicher Dutzende von Malen geflogen. Er besaß also Erfahrung und kannte alle Tricks, aber das nützte ihm nichts, wenn er die Königin nicht während der ersten Minuten des Fluges einfangen konnte. Er hatte einfach nicht die Ausdauer der jüngeren Drachen und vermutlich nicht einmal die Energie, sie einzuholen. Unter seinen Gegnern waren ein paar ausgezeichnete Drachen. Robinton wußte, wie sorgfältig N'ton die vier Bronzereiter von Fort ausgewählt hatte. Jeder war seit Planetenumläufen Geschwaderzweiter und hatte sich in vielen Fädeneinfällen als starker Kämpfer bewährt. Auch F'lar hatte bei den Männern, die Benden vertraten, darauf geachtet, daß sie Führer-Qualitäten besaßen. Und es war anzunehmen, daß Telgar, Igen und der Hochland-Weyr ebenfalls ihre tüchtigsten Leute geschickt hatten. Ista war der kleinste der sechs Weyr; hier mußten alle Bewohner Einigkeit zeigen, um überleben zu können.

Er nippte an seinem Glas und hoffte, daß der stechende Schmerz in seiner Brust nachlassen würde. Was mochte diesen Druck nur verursachen? Nun, der Wein heilte viele Leiden. Er wartete, bis sich D'ram kurz abwandte, und füllte dann den Becher des einstigen Weyrführers neu. F'lar nickte ihm unauffällig zu.

Immer wieder blieben Weyrbewohner am Tisch stehen, um Baron Warbret und D'ram zu begrüßten. D'ram spürte die echte Wiedersehensfreude der Leute und schien daraus neue Kraft zu schöpfen. Er begann mit ihnen zu plaudern, und des öfteren huschte ein Lächeln über seine Züge.

Robinton dagegen gingen T'kuls bittere Worte über das geraubte Ei nicht aus dem Sinn. Begriff der Führer des Süd-Weyrs denn nicht, daß einer von seinen eigenen Leuten das Ei zurückgebracht hatte? Dann versteifte sich der Harfner. Nein – es konnte niemand aus dem Süden gewesen sein; T'kul hätte den Schuldigen sicher längst gefunden.

Robinton hoffte mit ganzem Herzen, daß keiner der beiden alten Drachen bei dem Versuch, die junge Königin zu erobern, sein Leben lassen mußte. Typisch T'kul – einen Mißklang in dieses große, festliche Ereignis zu bringen! Bestimmt war das Leben im Süd-Weyr nicht so unerträglich, daß er seinen Drachen kaltblütig in den Tod schicken mußte, anstatt die Wärme und den Überfluß des Südens zu genießen. Robinton kannte den Weyr gut; er lag in einem fruchtbaren kleinen Tal und hatte ganz eindeutige Vorteile gegenüber dem öden, unfruchtbaren Hochland-Weyr. Ein mächtiger Bau, umgeben von einem gepflasterten, grasfreien Hof, bot dem Weyrführer bequem Unterkunft. Die Früchte wuchsen praktisch bis an den Weyr heran, es gab Wild in Hülle und Fülle, herrliches Wetter und keine Pflichten – wenn man Torics Gehöft an der Küste außer acht ließ.

Dann aber entsann sich Robinton der haßerfüllten Blicke, die T'kul dem Weyrführer von Benden zugeworfen hatte. Es war Bosheit und Rachedurst, die den einstigen Hochland-Führer anstachelte – Haß auf ein Exil, das er nicht selbst gewählt hatte.

Möglich, daß die Königinnen zu alt waren, um zum Paarungsflug aufzusteigen, aber diese Entwicklung hatte sich wohl erst in jüngster Zeit angebahnt; außerdem alterten die Bronzedrachen ebenfalls. So leicht geriet ihr Blut nicht mehr in Wallung, und der Geschlechtsdrang hielt sich sicher in Grenzen.

Was würde mit T'kul geschehen, wenn Salth den Flug nicht überlebte? Der Harfner seufzte tief. Es fiel ihm schwer, diese Möglichkeit ins Auge zu fassen, aber ihm blieb keine andere Wahl. Der Tod von Salth würde bedeuten, daß ...

Robintons Blicke schweiften zum Weyr der jungen Drachenreiterin. T'kul hatte ein Gürtelmesser getragen wie alle anderen Anwesenden. Robinton spürte, daß sein Herz schneller klopfte. Sollte er, obwohl es sich nicht ziemte, D'ram den Vorschlag machen, daß sich jemand zum Königinnen-Weyr begab – nur für den Fall, daß Probleme auftauchten? Jemand, dessen Drache am Paarungsflug nicht beteiligt war? Wenn ein Drache den Tod fand, kam es oft vor, daß sein Reiter dem Wahnsinn verfiel und nicht mehr wußte, was er tat. Die Vision von T'kuls Haß stand wieder klar vor den Augen des Harfners. Robinton besaß viele Privilegien, aber auch er durfte nicht die Räume einer Weyrherrin betreten, deren Königin zum Paarungsflug aufgestiegen war. Dennoch ...

Robinton riß die Augen auf. F'lar saß nicht mehr am Tisch. Der Harfner sah sich im Gewölbe um, konnte aber nirgends die hochgewachsene Gestalt des Benden-Führers erspähen. Er erhob sich betont lässig, nickte D'ram und Warbret freundlich zu und schlenderte zum Ausgang. Der Harfner von Ista schnitt ihm den Weg ab.

»F'lar hat zwei unserer kräftigsten Reiter mitgenommen, Meister Robinton.« Der Mann deutete unauffällig zum Quartier der Drachenreiterin. »Er fürchtet, daß es Schwierigkeiten geben könnte.«

Robinton nickte erleichtert und blieb dann stehen.

»Wie hat er das geschafft? Ich sah keine Menschenseele auf den Stufen.«

Baldor lachte. »Unser Weyr ist durchzogen von Tunnel- und Stollensystemen. Warum sollten wir das Problem an die große Glocke hängen?« Er deutete auf die Gäste, die sich im Gewölbe versammelt hatten.

»Das stimmt.«

»Wir werden früh genug erfahren, was sich abspielt.« Baldor stieß einen besorgten Seufzer aus. »Unsere Feuer-Echsen geben uns sicher Bescheid.«

Robinton war durch die Vorsichtsmaßnahmen ein wenig beruhigt und kehrte zurück an den Tisch. Er füllte von neuem seinen und D'rams Becher. Kein Benden-Wein, aber durchaus trinkbar, wenngleich ein wenig zu süß für seinen Geschmack. Wie kam es nur, daß fröhliche Feste so rasch verflogen und ein Ereignis wie dieses sich ewig hinzuschleppen schien?

Der Wachdrache stieß einen Schrei aus, angsterfüllt und dumpf. Aber es war nicht das langgezogene Wimmern, das den Tod eines anderen Drachen ankündigte! Robinton spürte, wie der Druck in seiner Brust nachließ. Seine Erleichterung kam zu früh, denn im Gewölbe machte sich ein beunruhigtes Wispern breit. Einige der Weyrbewohner liefen nach draußen und schauten hinauf zu dem blauen Wachdrachen, der die Schwingen gespreizt hatte. Zair stieß ein paar eigentümlich kehlige Laute aus, aber Robinton konnte von seiner Echse keine klaren Bilder erhalten.

»Einer der Bronzedrachen muß zurückgefallen sein.« D'ram schluckte nervös. Trotz der Sonnenbräune wirkte sein Gesicht aschgrau. Er starrte Robinton an.

»Wetten, daß es eines dieser alten Tiere war!« warf Warbret ein, erfreut, daß sich seine Zweifel als berechtigt erwiesen.

»Vermutlich«, sagte Robinton leichthin. »Aber der Flug war nun mal offen, und so mußte man sie zulassen.«

»Dauert das alles nicht viel zu lange?« Warbret schaute mit gerunzelter Stirn zum Himmel, von dem man nur einen winzigen Ausschnitt sah.

»Ach, das kommt einem nur so vor«, meinte Robinton. »Wahrscheinlich weil der Ausgang von so großer Wichtigkeit für den Weyr ist. Zumindest macht Caylith es ihren Anbetern nicht leicht.«

»Ob diesmal ein Königin-Ei dabei sein wird?« fragte Warbret eifrig.

»*So* früh wollen wir die Eier aber nicht zählen, Baron Warbret!« Der Harfner bemühte sich um einen lockeren Tonfall.

»Ja, da haben Sie natürlich recht. Ich meine nur – es wäre eine Riesenleistung von Barnath, oder?«

»Das wäre es in der Tat, aber nur, wenn Barnath es schafft, Caylith zu erobern!«

»Das steht doch außer Frage, Harfner! Wo bleibt denn Ihr Sinn für Gerechtigkeit?«

»Da, wo er immer ist. Ich kann mir vorstellen, daß Caylith im Moment an andere Dinge als Gerechtigkeit denkt.«

Kaum hatte er diese Worte ausgesprochen, da stieß Zair einen ängstlichen, fast entsetzten Schrei aus. Seine Augen flimmerten in einem grellen Gelb. Mnementh tauchte dicht über dem Weyrkessel auf und trompetete besorgt.

Robinton war aufgesprungen und rannte los. Unterwegs hielt er Ausschau nach Baldor. Der Harfner von Ista spürte die Gefahr ebenfalls. Er kam mit vier Reitern auf den Weyr zu.

»Was ist geschehen?« fragte Warbret.

»Bleiben Sie an Ihrem Platz!« rief Robinton ihm zu.

Mit einemmal wimmelte es in der Luft von Drachen, die schrill klagten und heulten, während sie in gewagten Flugmanövern ihren Gefährten auswichen. Robinton lief, so schnell er konnte, ungeachtet der stechenden Schmerzen in der Seite. Das Gewicht, das auf seiner Brust lag, schien immer stärker zu drükken; es nahm ihm den Atem, den er so dringend zum Laufen brauchte.

Zair begann über Robintons Kopf zu kreischen. Er übermittelte Bilder von einem stürzenden Drachen und von Männern, die kämpften. Leider konnte die kleine Bronzechse nicht die Informationen liefern, die Robinton am notwendigsten brauchte: *welcher Drache – und welche Männer?* Sicher hatte F'lar damit zu tun, sonst wäre Mnementh nicht aufgetaucht.

Der mächtige Bronzedrache landete auf dem Felsvorsprung des Königinnen-Weyrs und hinderte Baldors Leute, die Gemächer zu betreten. Sie preßten sich flach an die Felswand und versuchten den wilden Schlägen seiner breiten Schwingen auszuweichen.

Mnementh! Hör mir zu! Laß uns vorbei! Wir wollen F'lar helfen.

Robinton hastete die Stufen nach oben, vorbei an Baldor und den anderen Männern, und faßte Mnementh hart an der Flügelspitze. Er wurde beinahe zu Boden geschleudert, als der Drache sich losriß, den Kopf nach hinten drehte und laut zischte. In seinen Augen wirbelten grellgelbe Flecken.

»Hör mir zu, Mnementh!« schrie der Harfner. »Laß uns vorbei!«

Zair flog auf den Bronzedrachen zu und zeterte erregt.

Ich höre Salth ist nicht mehr. Helft F'lar!

Der Bronzedrache faltete seine Schwingen und hob den Kopf. Robinton winkte Baldor und seinen Leuten, vorauszugehen. Er benötigte etwas Zeit, um Atem zu schöpfen.

Als Robinton, die Hand gegen die Seite gepreßt, den Korridor betrat, flatterte Zair dicht vor ihm her und stieß ermutigende Schreie aus. Gleich darauf hörten sie aus der Schlafkammer der Weyrherrin Kampfeslärm. Der Vorhang am Eingang wurde von seiner Stange gerissen, und zwei Gestalten schwankten in den großen Vorraum. F'lar und T'kul! Baldor und zwei seiner Helfer standen dicht dahinter und versuchten die beiden Männer zu trennen. In der Kammer dahinter lagerten die übrigen Bronzereiter, in telepathischem Kontakt mit ihren Drachen gefangen, und die Weyrherrin, die nichts von ihrer Umgebung wahrnahm. Jemand war zusammengebrochen. B'zon vermutlich, dachte der Harfner, als er die Szene in Bruchteilen von Sekunden aufnahm.

Was Robintons Entsetzen auslöste, war die Tatsache, daß F'lar kein Messer hatte. Seine Linke umklammerte T'kuls rechtes Handgelenk und versuchte das Messer des Gegners – kein gewöhnliches Gürtelmesser, sondern eine lange Klinge zum Häuten der Jagdbeute – von seinem Hals wegzudrücken. Seine Finger gruben sich in die Sehnen von T'kuls Faust, wohl in der Absicht, den Griff des Gegners zu lockern oder die Nerven zu lähmen. Seine Rechte preßte T'kuls linken Arm nach unten. T'kul wand und drehte sich; das wirre Flackern in den Augen des Mannes verriet Robinton, daß der Weyrführer aus dem Süden nicht mehr bei Verstand war.

Einer von Baldors Leuten versuchte F'lar ein Messer in die Hand zu schieben, aber F'lar war ganz damit beschäftigt, die Faust des Gegners abzuwehren.

»Ich bringe dich um, F'lar«, stieß T'kul zwischen zusammengepreßten Zähnen hervor, und seine Rechte näherte sich gefährlich dem Hals des Benden-Führers. »Ich bringe dich um! So wie du

Salth umgebracht hast! Wie du uns alle umgebracht hast! Ich bringe dich um!« Das klang wie eine Beschwörungsformel, ein Rhythmus, mit dem T'kul die letzten Kräfte aus sich herauspeitschte.

F'lar erwiderte nichts, um seinen Atem zu sparen. Seine Nakken- und Armmuskeln waren hart, die Adern traten hervor, seine Beine stemmten sich in den Boden.

»Ich bringe dich um! Ich bringe dich um, wie es T'ron hätte tun sollen! Ich bringe dich um, F'lar!«

T'kuls Stimme glich einem rauhen Schluchzen. Die Messerspitze näherte sich unaufhaltsam dem Hals des Gegners.

Unvermittelt schwang F'lar das linke Bein vor, umklammerte damit T'kuls linken Fuß und riß den wutschnaubenden, halb wahnsinnigen Mann aus dem Gleichgewicht. Mit einem Aufschrei fiel T'kul gegen F'lar, der ihn zu Boden rollen ließ, ohne seine Hand mit dem Messer freizugeben. Mit einem bösartigen Tritt traf der Alte F'lar in die Magengrube. Einen Moment lang bekam der Weyrführer keine Luft und krümmte sich zusammen. T'kul wollte ihm das Meser in den Hals stoßen. F'lar rollte blitzschnell zur Seite und kam auf die Beine. Im nächsten Moment hielt er Baldors Messer in der Hand.

Die beiden Gegner standen sich erneut gegenüber. Robinton erkannte an F'lars entschlossener Miene, daß er T'kul diesmal nicht verschonen würde, besonders jetzt nicht, da der Drache des alten Weyrführers tot war.

Im Normalfall konnte es keinen Zweifel am Ausgang dieses Kampfes geben. F'lar war drahtig und stark und dazu weit jünger als sein Angreifer. Aber T'kul befand sich nach dem Tod seines Drachen in einem Ausnahmezustand. Außerdem besaß er die längere Klinge, so daß F'lar nicht nahe genug an ihn herankam.

Ein lauter Triumphschrei erklang aus dem Gemach der Weyrherrin. Das reichte, um T'kul für den Bruchteil einer Sekunde abzulenken. F'lar hatte auf dieses Nachlassen der Konzentration nur gewartet. Er warf sich gegen T'kul, senkte den Arm mit dem Messer und stieß dem Gegner, ehe der parieren konnte, die Waffe von unten her ins Herz. T'kul brach tot zusammen.

F'lar taumelte erschöpft. Er wischte sich mit dem linken Handrücken müde über die Stirn. Seine Schultern sanken nach vorn und drückten die Niedergeschlagenheit aus, die er fühlte.

»Sie hatten keine andere Wahl, F'lar«, murmelte Robinton. Er besaß nicht die Kraft, neben den Weyrführer zu treten.

Aus dem Gemach der Weyrherrin kamen die zurückgewiesenen Bewerber, noch ganz wirr von den Eindrücken der Paarungsjagd, die ihnen ihre Drachen übermittelt hatten. Da sie den Raum in einer dichten Traube verließen, konnte Robinton nicht erkennen, wer bei der Weyrherrin geblieben war – mit anderen Worten, wer der neue Führer von Ista sein würde.

Die unerklärliche Schwäche, die ihn befallen hatte, verwirrte den Harfner. Er bekam keine Luft, und er hatte nicht die Energie, Zair zu beruhigen, der ein schrilles, angsterfülltes Gezeter ausstieß. Der Schmerz war wieder von der Seite in die Brust gewandert und drückte ihn nieder wie ein schwerer Stein.

»Baldor!«

»Meister Robinton!« Der Harfner von Ista beugte sich über ihn. Seine Miene verriet Bestürzung, als er Robinton zu einer Bank führte. »Sie sehen ja ganz grau aus! Und Ihre Lippen sind blau verfärbt!«

»Grau – genauso fühle ich mich. Meine Brust! Wein! Ich brauche Wein!«

Der Raum begann sich immer enger um den Harfner zu schließen. Er konnte kaum atmen. Er vernahm Rufe, spürte Panik ringsum und versuchte sich aufzuraffen, um die Lage wieder unter Kontrolle zu bringen. Hände drängten ihn zurück, bis er flach dalag und überhaupt keine Luft mehr bekam. Er kämpfte sich hoch.

»Laßt ihn! So fällt ihm das Atmen leichter!«

Schwach erkannte Robinton Lessas Stimme. Wie kam sie hierher? Dann stützte ihn jemand, und die Angst vor dem Ersticken wich. Wenn er nur ausruhen könnte, ein wenig schlafen!

»Sorgt dafür, daß niemand den Raum betritt!« befahl Lessa.

Harfner, Harfner, hörst du uns? Hör uns zu! Harfner, du darfst jetzt nicht einschlafen! Bleib bei uns! Harfner, wir brauchen dich! Wir lieben dich. Hör uns zu!

Die Stimmen in seinem Kopf waren fremd. Warum schwiegen sie nicht endlich, damit er sich mit den Schmerzen in seiner Brust beschäftigen konnte, damit er die verzweifelt ersehnte Ruhe fand?

Harfner, du darfst uns nicht allein lassen! Du mußt bei uns bleiben! Harfner, wir lieben dich.

Die Stimmen verwirrten ihn. Er kannte sie nicht. Weder F'lar noch Lessa sprachen so. Es waren dunkle, beharrliche Stimmen, und er hörte sie in seinem Innern, wo er sie nicht verdrängen konnte. Er war so unsäglich müde. T'kul hatte es nicht mehr geschafft, seinen Drachen zum Paarungsflug zu zwingen. Und er hatte den Kampf gegen F'lar verloren. Dabei war er selbst viel älter als T'kul, der jetzt tot dalag. Wenn ihn die Stimmen nur schlafen ließen! Er war so müde.

Wir können dich noch nicht schlafen lassen, Harfner. Wir sind bei dir. Verlaß uns nicht! Harfner, du mußt am Leben bleiben! Wir lieben dich.

Am Leben bleiben? Aber sicher, was denn sonst! Alberne Stimmen! Er war nur müde. Er wollte schlafen.

Harfner, Harfner, verlaß uns nicht! Harfner, wir lieben dich. Geh nicht fort!

Die Stimmen waren nicht laut, aber sie blieben hartnäckig in ihm, in seiner Seele. Das war es. Sie ließen seine Seele nicht frei.

Aber auch von außen wurde er bedrängt. Jemand hielt ihm ein Glas an die Lippen.

»Meister Robinton, Sie müssen versuchen, die Medizin zu schlucken. Bitte, helfen Sie mit! Das lindert den Schmerz.« Diese Stimme kannte er. Lessa. Weshalb wirkte sie so bestürzt?

Aber natürlich! F'lar hatte einen Drachenreiter getötet. Und dann all der Wirbel um das geraubte Ei und die zornige Drachenkönigin ...

Harfner, du mußt Lessa gehorchen. Tu, was Lessa sagt! Öffne die Lippen! Du mußt es versuchen, Harfner!

Er konnte Lessa beiseiteschieben, er konnte den Becher zurückstoßen und versuchen, die bittere Medizin auszuspucken, aber er konnte sich nicht gegen diese eindringlichen Stimmen wehren. Er ließ es zu, daß sie ihm Wein einflößten, und schluckte die Pille herunter. Wenigstens gaben sie ihm Wein und kein Wasser. Wasser war so würdelos. Zu den Schmerzen in seiner Brust paßte Wein, kein Wasser.

Etwas in seinem Innern schien zu zerreißen. Ah, der Schmerz – er ließ nach, als sei das Band zerrissen, das sein Herz zusammengepreßt hatte.

Er seufzte erleichtert. Seltsam, daß man es immer als selbstverständlich betrachtete, keine Schmerzen zu haben. Das war ungerecht.

»Nehmen Sie noch einen Schluck, Meister!« Wieder spürte er den Becher an den Lippen.

Wein – ja, das würde sein Leiden kurieren. Wein hatte ihn stets auf die Beine gebracht. Aber er sehnte sich immer noch nach Schlaf. Er war so unendlich müde.

»Und noch einen Schluck!«

Schlafen kannst du später. Hör uns zu! Du mußt bei uns bleiben! Hör zu, Harfner! Wir lieben dich. Du mußt bleiben.

Der Harfner fand ihre Beharrlichkeit lästig.

»Wie lange dauert es denn noch, bis der Mann hier ist?« Das war Lessas Stimme, und sie klang heftiger denn je. Weshalb weinte sie denn? Lessa und Tränen?

Lesa weint um dich. Du willst doch nicht, daß sie weint! Bleib bei uns, Harfner! Du kannst nicht gehen. Wir lassen dich nicht fort. Lessa darf nicht weinen, oder?

Das stimmte. Lessa durfte nicht weinen. Robinton glaubte auch nicht, daß sie weinte. Er zwang sich, die Augen aufzuschlagen. Sie stand über ihn gebeugt – und sie weinte! Tränen rollten auf seine Hand, die schlaff über der Brust lag.

»Sie dürfen nicht weinen, Lessa!« Beim Ei, seine Stimme versagte schon wieder. Er räusperte sich. Aber er brachte keinen Ton heraus.

»Nicht sprechen, Robinton!« sagte Lessa und unterdrückte ihr Schluchzen. »Sie müssen ganz still liegenbleiben. Oldive ist bereits auf dem Weg hierher – per Zeitsprung, damit es schneller geht. Entspannen Sie sich! Noch etwas Wein?«

»Hätte ich so ein Angebot je ausgeschlagen?«

»Nein!« Und Lessa lachte und weinte gleichzeitig.

»Die Stimmen plagen mich – sie wollen mich nicht fortlassen. Sagen Sie ihnen, daß ich schlafen will, Lessa! Ich bin so müde.«

»Bitte, Meister Robinton!«

Bitte was?

Harfner, bleib bei uns! Lessa wäre untröstlich!

»Endlich, Meister Oldive! Hierher!« Das war Lessa. Sie entfernte sich von seinem Lager.

Robinton versuchte sie festzuhalten.

»Nicht anstrengen!« Sie kauerte wieder neben ihm. Liebe Lessa! Selbst wenn er wütend auf sie war, liebte er sie. Vielleicht um so mehr, denn ihre Schönheit kam erst voll zur Geltung, wenn sie wütend war.

»Nun, Meister Robinton?« Oldives sanfte Stimme erklang dicht neben seinem Ohr. »Wieder die Schmerzen in der Brust? Nicken Sie einfach! Mir ist es lieber, wenn Sie im Moment nicht sprechen.«

Ramoth erklärt, daß er große Schmerzen hat und sehr müde ist.

»Oh? Das ist ja prächtig, daß die Drachenkönigin seine Gedanken auffängt!«

Meister Oldive preßte kalte Instrumente auf seine Brust und gegen seinen Arm. Robinton hätte sich gern zur Wehr gesetzt.

»Ja, ich weiß, die Dinger sind kalt, mein lieber Harfner, aber das läßt sich nicht ändern. Nun hören Sie mir gut zu! Sie haben Ihrem Herzen eine Menge zugemutet. Das war der Druck in der Brust. Lessa hat Ihnen eine Pille gegeben, die den Schmerz im Moment etwas betäubt. Die akute Gefahr ist vorüber. Versuchen Sie jetzt zu schlafen! Sie werden in nächster Zeit sehr viel Ruhe brauchen, mein Lieber. Sehr viel Ruhe!«

»Dann sagen Sie ihnen, daß sie still sein sollen!«

»Wer soll still sein?« Oldives Stimme klang besänftigend, und Robinton war insgeheim verärgert, weil er das Gefühl hatte, der Heiler glaubte ihm nicht. »Hier nehmen Sie noch eine Pille und einen Schluck Wein! Ich weiß, daß Sie bei Wein nicht Nein sagen werden.«

Robinton lächelte schwach. Wie gut sie ihn kannten, Oldive und Lessa!

»Ramoth und Mnementh haben versucht, ihn zurückzuholen, Oldive. Sie erklärten, daß er um ein Haar gegangen wäre ...« Lessa konnte nicht weitersprechen.

Um ein Haar gegangen – tatsächlich? Fühlte man sich so, wenn man dem Tod nahe war? Als sei man einfach müde?

Jetzt bleibst du bei uns, Harfner. Jetzt können wir dich schlafen lassen. Aber wir werden auf dich achten. Wir lieben dich.

Drachen, die Kontakt mit mir aufnehmen? Drachen, die mich vor dem Tod bewahren? Wie schön! Denn sterben wollte ich wirklich noch nicht. Es gibt soviel zu tun. Probleme, die gelöst werden müssen. Da war doch die Sache mit dem Drachen ...

»Wer hat Caylith geflogen?«

Hatte er das laut genug gefragt? Er hörte seine eigene Stimme nicht mehr.

»Was meint er, Oldive?« erkundigte sich Lessa.

»Irgend etwas mit Caylith.«

»Fällt ihm das ausgerechnet jetzt ein?« Lessa schien wieder die Alte zu sein, energisch und ein wenig bissig. »Barnath hat Caylith erobert, Robinton. Werden Sie jetzt schlafen?«

Schlaf, Meister! Wir achten gut auf dich.

Der Harfner atmete tief durch, ließ sich zurücksinken und schlief ein.

XV

Abend in Jaxoms Bucht und später Abend im Ista–Weyr, 28. 8. 15

Sharra legte gerade mit Stöcken und Kieseln ein Spiel, das bei den Kindern im Süden sehr beliebt war, und versuchte Jaxom und Brekke die Regeln zu erklären, als sich Ruth, der gleich hinter ihnen schlief, plötzlich aufbäumte. Er reckte den Hals und stieß den langgezogenen, klagenden Laut aus, der den Tod eines Drachen verkündete.

»Das darf nicht wahr sein!« Brekke reagierte etwas schneller als Jaxom. »Salth lebt nicht mehr!«

»Salth?« Jaxom überlegte, zu welchem Reiter das Tier gehören mochte.

»Salth!« Sharra war mit einem Mal aschfahl. »Frag Ruth, wo er umkam!«

»Canth berichtet, daß er versuchte, Caylith zu erobern, und dabei sein Herz überanstrengte.« Brekke sagte es ganz leise. Sie war in sich zusammengesunken und durchlebte noch einmal die Trauer, die sie beim tragischen Tod ihrer eigenen Drachenkönigin empfunden hatte. »Der Narr! Er muß gewußt haben, daß die jüngeren Drachen kräftiger waren als der arme, alte Salth!«

»Das geschieht T'kul recht!« Sharras Augen blitzten, als Brekke herumwirbelte, um sie zu tadeln. »Bitte, Brekke, verschon mich mit deiner Predigt! Du mußtest nicht mit T'kul und seinen Leuten auskommen. Die sind ganz anders als die Drachenreiter im Norden. Sie – sie benehmen sich einfach unmöglich. Ich könnte euch Geschichten erzählen, die euch die Haare zu Berge stehen ließen! Wenn T'kul eigensinnig genug war, seinen Drachen zum Wettkampf gegen die kräftigsten Tiere von ganz Pern zu schicken, dann verdient er es nicht besser. Tut mir leid. Das mögen harte Worte in euren Ohren sein, aber ihr kennt die Drachenreiter des Südens nicht!«

»Ich wußte, daß es eines Tages Probleme geben würde«, meinte Brekke langsam. »Man durfte sie nicht einfach so ins Exil schicken. Aber . . .«

Jaxom sah Brekkes bekümmerten Gesichtsausdruck und versuchte sie zu trösten. »Wenn die Berichte stimmen, Brekke, dann gab es keine andere Möglichkeit, ihnen Einhalt zu gebieten. Sie dachten nicht daran, die Menschen in den Burgen und Höfen vor den Fäden zu beschützen. Und sie begnügten sich nicht mit den Abgaben, die sie ohnehin reichlich erhielten, sondern rissen alles an sich, was ihnen gefiel. Selbst Lytol . . .« – er machte eine bedeutungsvolle Pause – »kritisierte ihr Verhalten.«

»Das weiß ich alles, Jaxom, aber sie kamen immerhin aus der Vergangenheit zu uns, um Pern zu retten . . .« Ohne es zu merken, preßte Brekke die Fingerspitzen zusammen, bis die Knöchel weiß hervortraten.

»Um Pern zu retten, jawohl – und dann verlangten sie von uns, daß wir uns mit jedem Atemzug bei ihnen bedankten.« Jaxom hatte noch deutlich die Arroganz und Geringschätzung vor Augen, mit der T'ron seinen Vormund behandelt hatte.

»Wir beachten die Alten gar nicht«, sagte Sharra achselzukkend. »Wir gehen unserer Arbeit nach, halten die Höfe frei von Grün und treiben die Herden bei Fädeneinfall in die Ställe. Danach machen wir einen kurzen Rundgang mit den Flammenwerfern, um uns zu vergewissern, daß die Würmer kein Knäuel übersehen haben.«

»Kämpfen die Drachenreiter denn überhaupt nicht gegen den Sporenregen an?« fragte Brekke überrascht.

»O doch, hin und wieder. Wenn es ihnen gerade Spaß macht oder wenn sich ihre Drachen zu sehr aufregen . . .« Sharras Verachtung war abgrundtief. Dann bemerkte sie die Bestürzung auf den Zügen der beiden anderen und fügte hinzu: »Die Mehrzahl der Alten blieb ja im Norden. Es sind nur eine Handvoll Reiter, die ihren Stand in Verruf bringen. Immerhin – wenn sie uns auf halbem Wege entgegengekommen wären . . . wir hätten ihnen geholfen.«

»Ich glaube, ich muß zurück.« Brekke erhob sich und starrte nach Westen. »T'kul ist jetzt nur noch ein halber Mensch. Ich weiß, wie man sich fühlt, wenn . . .« Sie sprach nicht weiter, sondern starrte mit weitaufgerissenen Augen ins Leere. Unvermittelt stieß sie einen Entsetzensschrei aus. »O nein!« Sie fuhr sich mit einer Hand an die Kehle und machte mit der anderen eine abwehrende Geste.

»Brekke, was ist los?« Sharra war aufgesprungen.

Ruth schmiegte sich wimmernd gegen Jaxom.

Sie hat große Angst. Sie spricht mit Canth. Er ist unglücklich. Ein zweiter Drache ringt mit dem Tode. Canth befindet sich bei ihm. Jetzt hat sie Kontakt mit Mnementh. T'kul kämpft gegen F'lar!

»Was?« Jaxom umklammerte Ruths Schulter.

Die Feuer-Echsen begannen erregt zu kreisen und stießen schrille Schreie aus, bis Jaxom sie mit einer heftigen Geste zum Schweigen brachte.

»Das ist ja entsetzlich, Jaxom«, rief Brekke. »Ich muß fort. T'kul weiß im Moment nicht, was er tut. Warum überwältigen sie ihn denn nicht? Hat auf Ista niemand Ruhe und Besonnenheit bewahrt? Wo bleibt D'ram? Ich hole meine Reitkleider.« Sie rannte in die Hütte.

»Jaxom!« Sharra drehte sich hilfesuchend zu ihm um. »T'kul haßt F'lar! Ich habe oft genug seine Reden mitangehört. Er gibt F'lar die Schuld an jedem Mißgeschick im Süden. Wenn T'kul seinen Drachen verloren hat, ist er nicht mehr bei Sinnen. Er wird F'lar töten.«

Jaxom zog das Mädchen eng an sich. Er benötigte den Trost ebenso wie sie. T'kul im Kampf mit F'lar? Er bat Ruth, genau aufzupassen.

Ich höre nichts. Canth ist im Dazwischen. *Ich spüre nur eine große Hektik. Ramoth kommt . . .*

»Hierher?«

Nein, zu den anderen! In Ruths Augen zeigten sich Purpurflekken. *Mir gefällt das nicht.*

»Was, Ruth?«

»O bitte, Jaxom, was sagt er? Ich habe solche Angst!«

»Ich auch. Und Ruth ebenfalls.«

Brekke kam zurückgelaufen, ihre Reitjacke in einer Hand, einen Beutel mit Medikamenten in der anderen. Als sie den Sandstreifen betrat, blieb sie unvermittelt stehen und sah ratlos umher.

»Ich kann ja gar nicht weg! Canth muß bei B'zons Ranilth bleiben. Es geht nicht, daß wir an einem Tag gleich zwei Bronzedrachen verlieren.« Sie biß sich auf die Unterlippe. »Aber sie brauchen mich!«

Im nächsten Moment trompetete Ruth entsetzt los.

»Robinton!« Brekke schwankte und wäre wohl umgekippt, wenn Jaxom und Sharra sie nicht gestützt hätten. »O nein, nicht Robinton! Was ist geschehen?«

Dem Meisterharfner geht es sehr schlecht. Aber sie lassen ihn nicht fort. Sie halten ihn fest. Wie damals dich.

»Ich bringe dich hin, Brekke. Auf Ruth. Ich hole nur rasch meine Sachen.«

Beide Frauen schüttelten energisch den Kopf.

»Du darfst noch nicht fliegen, Jaxom. Die Kälte im *Dazwischen* würde einen Rückfall auslösen.« Sharra schaute ihn beschwörend an. »Bitte, Jaxom, sei vernünftig!«

Jetzt haben sie Angst um dich. Ruths Gedanken drückten Verwirrung aus. *Große Angst. Ich weiß nicht, warum, aber es ist lebensgefährlich, wenn ich dich ins* Dazwischen *bringe.*

»Er hat recht, Jaxom. Die Folgen wären nicht auszudenken.« Müde nahm Brekke den Reithelm ab. »Du mußt mindestens vier bis sechs Siebenspannen warten, sonst riskierst du Kopfschmerzen für den Rest deines Lebens oder gar Blindheit . . .«

»Woher wißt ihr das?« fragte Jaxom in hilflosem Zorn.

Sharra warf ihm einen ernsten Blick zu. »Ich habe das schon einmal erlebt. Ein Drachenreiter aus dem Süden ging ins *Dazwischen,* bald nachdem er die Feuerkrankheit überwunden hatte. Wir wußten damals nicht um die Gefahr. Zuerst wurde er blind, dann wahnsinnig vor Kopfschmerzen. Schließlich suchte er zusammen mit seinem Drachen den Tod. Es war eine Erlösung für ihn.« Ihre Stimme schwankte.

Jaxom starrte sie wie betäubt an.

»Und warum habt ihr mir das bisher verschwiegen?«

»Wir dachten, es sei vielleicht nicht nötig, dich zu beunruhigen.« Sharras Blicke waren bittend auf ihn gerichtet. »Du wirst mit jedem Tag kräftiger, und wir hofften, dir würde die Zeit hier schnell vergehen.«

»Also weitere sechs Siebenspannen hier?« Er ballte die Hände zu Fäusten.

Sharra nickte langsam, mit ausdrucksloser Miene. »Eine blöde Lage, nicht wahr, denn im Augenblick brauchen wir nun mal einen Drachenreiter.« Er schaute Brekke an. Sie hatte den Kopf nach Westen gewandt. Jaxom spürte den Widerstreit ihrer Empfindungen. Auf der einen Seite wußte sie, daß sie dringend gebraucht wurde, auf der anderen scheute sie davor zurück, Canth von Ranilth fortzuholen. Plötzlich schlug er sich mit der flachen Hand gegen die Stirn. »Aber Brekke könnte doch – Ruth, würdest du Brekke allein nach Ista bringen?«

Ich bringe Brekke an jeden Ort, den sie aufsuchen möchte! Der kleine weiße Drache hob den Kopf, und seine Augen kreisten, als er auf Brekke zutrat.

Von Brekkes Zügen waren der Kummer und die Hilflosigkeit wie weggewischt. »Jaxom – würdest du das wirklich zulassen?«

Die überwältigende Dankbarkeit, die aus ihrer Frage sprach, rührte ihn. Er nahm sie am Arm und führte sie zu Ruth.

»Du mußt nach Ista. Wenn Meister Robinton . . .« Jaxom schluckte. Die Angst schnürte ihm die Kehle zu.

»Vielen, vielen Dank, Jaxom! Und dir auch, Ruth – vielen Dank!« Brekke schloß mit zitternden Fingern den Helmriemen. Der weiße Drache duckte sich, damit sie sich auf seinen Rücken schwingen konnte.

»Ich schicke Ruth sofort zurück, Jaxom!« rief Brekke. Dann richtete sich ihr Blick in die Ferne. »Nein! Bitte nicht! Laßt ihn nicht einschlafen!«

Wir halten ihn fest! lautete Ruths ruhige Antwort. Er stupste Jaxom noch einmal mit der Nase an und stieß sich dann kräftig vom Boden ab. Eine Sandwolke hüllte Jaxom und Sharra ein. Sekunden später war Ruth im *Dazwischen* verschwunden.

»Jaxom?« Sharras Stimme klang so unsicher, daß er sich besorgt umdrehte. »Was kann geschehen sein? T'kul wird in seiner Raserei doch nicht etwa den Harfner angegriffen haben?«

»Vielleicht versuchte Robinton den Streit zu schlichten. Übrigens – kennst du ihn denn?«

»Ich habe viel über ihn gehört«, meinte sie und zupfte nachdenklich an einer Haarsträhne. »Von Piermur und Menolly. Und er war in unserer Burg. Ich hörte ihn singen. Ein wunderbarer Mann! Ach, Jaxom! Sämtliche Drachenreiter im Süden haben den Verstand verloren! Sie sind krank, wirr, verrückt!« Sie lehnte den Kopf an seine Schulter. Sanft zog er sie an sich.

Er lebt! Ruths Nachricht drang schwach, aber unverkennbar zu ihm durch.

»Ruth sagt, daß er lebt, Sharra.«

»Er muß weiterleben, Jaxom. Er muß! Er muß ganz einfach!« Sie trommelte mit den Fäusten gegen seine Brust.

Jaxom nahm ihre Hände, hielt sie fest und schaute ihr lächelnd in die großen, blitzenden Augen.

»Ich bin sicher, daß er es schafft.«

In diesem unpassendsten aller Augenblicke kam Jaxom Sharras Nähe quälend zu Bewußtsein. Er spürte ihren warmen, pulsierenden Körper durch den Stoff des dünnen Kittels, den sie trug, fühlte die weiche Linie ihrer Hüften, die sich an seine schmiegten, und den Sonnenduft ihrer Haare. Der verwirrte Blick, den sie ihm zuwarf, verriet ihm, daß der Funke auch auf sie übergesprungen war.

Er lockerte den Griff um ihre Handgelenke, bereit, sie jederzeit freizugeben. Sharra war nicht irgendein Mädchen. Sie bedeutete ihm soviel, daß er das zarte Band der Zuneigung nicht durch Hast und Ungestüm zerrreißen wollte. Und er hatte irgendwie den Verdacht, daß Sharra seine Gefühle als Dankbarkeit auslegte und nicht als Liebe. Er hatte selbst diese Möglichkeit in Betracht gezogen und war zu dem Schluß gelangt, daß sie sich täuschte. Er mochte alles an ihr – von der Stimme bis zu den ruhigen Händen, nach deren Berührung er sich sehnte. Er hatte sie in den letzten Tagen genau beobachtet, aber er brannte darauf, mehr, sehr viel mehr über sie zu erfahren. Ihr Zorn auf die Drachenreiter des Südens hatte ihn verblüfft; überhaupt verblüfften ihn ihre Reaktionen oft. Ein Teil ihrer Anziehungskraft rührte wohl daher, daß er nie wußte, was sie im nächsten Moment sagen – oder wie sie es sagen würde.

Unvermittelt ließ er sie los, legte ihr einen Arm leicht um die Schultern und führte sie zu den Flechtmatten, wo sie noch kurz zuvor ganz unbefangen ein Kinderspiel begonnen hatten. Er drückte sie sanft zu Boden.

»Es wird vermutlich eine ganze Weile dauern, Sharra, bis wir erfahren, wie es dem Harfner geht.«

»Wenn ich nur wüßte, was mit ihm los ist! Falls dieser T'kul unserem Harfner etwas angetan hat . . .«

»T'kuls Kampf gegen F'lar berührt dich gar nicht?«

»Ich kenne F'lar nicht, obwohl es mir natürlich sehr leid täte, wenn T'kul ihn verwundet hätte.« Sie schlang geistesabwesend die Arme um die Knie. »Und in gewisser Hinsicht ist es F'lars Aufgabe, T'kul zu bekämpfen. Schließlich hat *er* die Alten ins Exil geschickt – also muß er die Angelegenheit irgendwie zu einem Ende bringen.«

»Und das geschieht durch T'kuls Tod?«

»Oder durch seinen eigenen.«

»Das wäre der Zusammenbruch!« rief Jaxom mit mehr Nachdruck, als er beabsichtigt hatte. Ihre Gleichgültigkeit gegenüber F'lars Schicksal stachelte ihn auf. »Der Benden-Führer *ist* Pern – begreifst du das nicht?«

»Tatsächlich?« Sharra warf ihm einen neugierigen Blick zu. »Ich habe ihn noch nie gesehen . . .«

Es sind viele Drachen da und noch mehr Menschen, berichtete Ruth. Die Gedanken erreichten Jaxom immer noch aus weiter Ferne, aber er konnte sie klar verstehen. *Sebell kommt. Menolly darf noch nicht fliegen.*

»Spricht Ruth mit dir?« fragte Sharra. Sie umklammerte seinen Arm. Er legte ihr sachte die Finger auf die Hand. Sie beobachtete seine Züge so angespannt, daß er ihr beruhigend zunickte.

Aber ihre Feuer-Echsen sind da. Der Harfner schläft. Meister Oldive betreut ihn. Die anderen warten draußen. Wir lassen ihn nicht fort. Soll ich jetzt zu dir zurückkehren?

»Wen meinst du mit ›die anderen‹?« erkundigte sich Jaxom, obwohl er die Antwort zu kennen glaubte.

Lessa und F'lar. Der Mann, der F'lar angriff, ist tot.

»T'kul ist tot – und F'lar unverletzt?«

Genau.

»Frag ihn, was dem Harfner fehlt!« wisperte Sharra.

Jaxom mußte lange warten, bis der kleine Drache antwortete, ein wenig verwirrt, wie es schien.

Mnementh berichtet, daß Robinton Brustschmerzen bekam und einschlafen wollte. Ein Becher Wein hat ihn wieder aufgerichtet. Mnmenth und Ramoth wußten, daß er nicht einschlafen durfte, weil er dann für immer gegangen wäre. Kann ich jetzt wieder zurück?

»Braucht Brekke dich?«

Es sind viele, viele Drachen hier.

»Dann komm zu uns, mein Freund!«

Ich komme.

»Schmerzen in der Brust?« murmelte Sharra, als Jaxom Ruths Worte wiederholte. »Es könnte das Herz sein. Der Harfner ist nicht mehr der Jüngste, und er arbeitet zuviel.« Sie sah sich nach ihren Feuer-Echsen um. »Ich könnte Meer hinschicken . . .«

»Ruth erklärte, daß sich im Moment eine Unzahl von Menschen und Drachen im Ista-Weyr befinden. Es ist wohl besser, wenn wir noch warten.«

»Ich weiß.« Sharra stieß einen tiefen Seufzer aus. Sie nahm eine Handvoll Sand auf und ließ ihn durch die Finger rieseln. Dann lächelte sie Jaxom zu. »Ich habe warten gelernt – aber das heißt nicht, daß es mir leichtfällt.«

»Wir wissen, daß er lebt. Das gleiche gilt für F'lar – auch wenn dich das vielleicht weniger freut . . .« Jaxom sah sie von der Seite an.

»Ich hatte doch nicht die Absicht, deinen Weyrführer zu kränken, Jaxom. Ich kenne ihn nur nicht.«

Unvermittelt kreischten Meer und Talle los, reckten die Hälse und starrten zum Westausläufer der Bucht. Mit gespreizten Flügeln duckten sie sich in den Sand.

»Was ist los?«

Im nächsten Moment hatten sich die beiden Echsen wieder beruhigt. Meer begann einen Flügel zu putzen, als sei nichts gewesen.

»Kommt jemand zu uns?« fragte Sharra und sah Jaxom erstaunt an.

Jaxom war aufgestanden und suchte den Himmel ab. »Ich weiß nicht. Ruths Ankunft hätte sie sicher nicht erschreckt.«

»Es muß aber jemand sein, den sie kennen.« Sharra schüttelte den Kopf. Der Gedanke kam ihr ebenso unwahrscheinlich vor wie Jaxom.

In diesem Moment hörten sie ein Knacken im Wald. Ein unterdrückter Fluch deutete darauf hin, daß der Besucher ein Mensch war, aber was zuerst durch das dichte Laub brach, war eine Mähne - und sie gehörte zu dem kleinsten Renner, den Jaxom je gesehen hatte.

Die Flüche wurden allmählich verständlich. »He, paß doch auf, plattfüßiger roter Teufel! Stößt mit seinem dicken Schädel an die Äste, daß sie mir ins Gesicht peitschen! Irgendwann werfe ich deinen räudigen Kadaver den Drachen zum Fraß vor! Hallo, Sharra, ein lauschiges Plätzchen hast du dir ausgesucht! Ich wollte meinen Ohren nicht trauen, als ich von der Geschichte erfuhr. Na, Jaxom, das Schlimmste hast du wohl überstanden. Du siehst kerngesund aus.«

»Piemur?« Die kleine gedungene Gestalt mit dem wiegenden Gang war unverkennbar, obwohl sie sich nicht denken konnten, was der junge Harfner in dieser verlassenen Gegend machte. »Piemur! Was suchst du denn hier?«

»Dumme Frage! Euch natürlich! Wißt ihr eigentlich, wie viele Buchten es hier entlang der Küste gibt, auf die Meister Robintons Beschreibung zutrifft?«

»So im Weyr geht alles wieder seinen geregelten Gang«, sagte F'lar leise zu Lessa, als er den Vorraum zu Cosiras Gemächern betrat. Man hatte den Weyr der Drachenreiter kurzerhand für den Meisterharfner geräumt, denn Meister Oldive wollte nicht einmal erlauben, daß man ihn auf die Burg brachte. Im Moment betreuten ihn der Heiler und Brekke, mißtrauisch beobachtet von Zair, der sie keine Sekunde aus den Augen ließ.

Lessa streckte die Hand aus. Sie brauchte jetzt die Nähe ihres Weyrgefährten. F'lar legte den Arm um sie, küßte sie und schenkte sich dann einen Becher Wein ein.

»D'ram organisiert die Weyrbewohner. Er hat die älteren Bronzedrachen losgeschickt, damit sie zusammen mit Canth und F'nor Ranilth heimgeleiten. Der Ärmste lebt höchstens noch eine oder zwei Planetenumläufe - wenn B'zon so lange durchhält.«

»Nicht noch ein Toter heute!«

F'lar schüttelte den Kopf. »B'zon schläft wie ein Stein. Wir haben den enttäuschten Bronzereitern genug Wein vorgesetzt, daß sie ihren Kummer hinunterspülen können. Und Cosira und G'dened sind allem Anschein nach so – beschäftigt, daß sie von den Ereignissen auf Ista noch nichts mitbekommen haben.«

»Um so besser.« Lessa lachte.

F'lar fuhr ihr mit den Fingern sanft über die Wange. »Und wann steigt Ramoth wieder auf, Mädchen?«

»Ich werde es dir rechtzeitig sagen.« Sie bemerkte, daß sein Blick immer wieder zum Schlafgemach des Kranken wanderte, und setzte hinzu: »Er kommt ganz sicher durch!«

»Du glaubst nicht, daß Oldive uns etwas verschwiegen hat?«

»Wie könnte er? Sämtliche Drachen von Pern stehen mit Robinton in Verbindung.« Sie schüttelte nachdenklich den Kopf. »Also, das kam völlig unerwartet für mich. Ich weiß, daß die Drachen ihn mit Namen kennen, aber daß sie Kontakt aufnehmen würden . . .«

»Für mich war noch erstaunlicher, daß Brekke allein auf Ruth hierherkam.«

»Warum?« Lessa zuckte die Achseln. »Sie war schließlich Drachenreiterin. Und sie versteht es, mit diesen sensiblen Geschöpfen umzugehen.«

»Dennoch – es war eine schöne Geste von Jaxom. Er hatte, wie mir Brekke erzählte, bis dahin keine Ahnung, daß er noch nicht ins *Dazwischen* fliegen durfte. Es muß eine bittere Erkenntnis für ihn gewesen sein.«

Lessa nickte. »Es ist gut, daß sie gleich kam.« Lessa warf einen Blick in Richtung Vorhang. »Weißt du, wenn man so miterlebt, wie Grall und Berd ihr dieses und jenes bringen und ständig Aufträge für sie erledigen – man könnte sich fast an die kleinen Biester gewöhnen.«

»Was?« F'lar starrte sie fassunglos an.

»Ich habe *fast* gesagt! Und dann die kleine Bronze-Echse von Robinton! Kauerte einfach da und klagte zum Steinerweichen . . .« Lessa liefen Tränen über die Wangen.

»Ist ja gut, Liebes!« F'lar nahm sie in die Arme: »Zum Glück ist das Furchtbare nicht eingetreten.«

Sie nickte ernst. »Und was fangen wir jetzt mit dem verwaisten Süd-Weyr an?«

»Darum kümmere ich mich!« D'ram hatte unbemerkt den Raum betreten. »Ich bin einer der ihren . . .« Er seufzte tief. »Von mir werden sie Befehle annehmen, die sie von Ihnen nicht ertragen könnten, F'lar.«

Der Benden-Führer zögerte. Das Angebot war verlockend. »Ich erkenne Ihren guten Willen an, D'ram, aber Ihre Gesundheit geht vor . . .«

D'ram schnitt ihm mit einer raschen Geste das Wort ab. »Ich bin robuster, als ich dachte. Die Erholung im Süden hat mir gutgetan. Aber ich werde Unterstützung brauchen.«

»Mit uns können Sie jederzeit rechnen.«

»Gut, ich nehme Sie gleich beim Wort. Das Wichtigste für den Anfang sind wohl ein paar Grüne, am besten vom Telgar- oder Igen-Weyr, denn Ista besitzt im Moment selbst zu wenige. Die Südbwohner bevorzugen sicher die Drachen ihrer einstigen Gefährten. Dann brauche ich zwei jüngere Bronzedrachen und genug Blaue und Braune, um zwei Kampfgeschwader zu bilden.«

»Die Drachenreiter des Südens haben seit Planetendrehungen keine Fäden mehr bekämpft«, sagte F'lar verächtlich.

»Ich weiß. Aber es wird höchste Zeit, daß sie es wieder tun. Das würde den überlebenden Drachen ein Ziel geben. Und ihren Reitern eine Beschäftigung sowie neue Hoffnung.« D'rams Miene war düster. »Ich erfuhr heute von B'zon Dinge, die mich schmerzen. Ich war so blind . . .«

»Die Schuld liegt nicht bei Ihnen, D'ram. *Ich* faßte den Entschluß, sie in den Süden zu schicken.«

»Ich habe den Entschluß geachtet, weil er richtig war, F'lar. Aber . . . als Fanna starb . . .« – er stieß diese Worte hastig hervor –, »hätte ich mich zum Süd-Weyr begeben sollen. Es wäre kein Verrat gewesen, und ich hätte vielleicht verhindern können . . .«

»Das bezweifle ich«, warf Lessa ein. »Von dem Moment an, da T'kul geplant hatte, das Königin-Ei zu stehlen . . .«

»Warum ist er nicht gekommen und hat seine Probleme vorgebracht?«

Lessas Miene blieb hart. »Ich bezweifle, daß T'kul das konnte – andere um etwas bitten«, sagte sie und sah D'ram verlegen an. »Und ich muß gestehen, daß ich ihn wohl weggeschickt hätte. Sie wären in diesem Punkt sicher toleranter gewesen – ähnlich wie F'lar.« Sie bedachte ihren Weyrgefährten mit einem Lächeln und fuhr dann fort: »Es lag nicht in T'kuls Natur, um etwas zu bitten – und es liegt nicht in meiner Natur, ein Unrecht zu vergessen. Ich kann den Südländern nicht verzeihen, daß sie Ramoth das Königin-Ei raubten. Sie hätten mich um ein Haar dazu gebracht, Drachen gegen Drachen zu hetzen . . .«

D'ram richtete sich auf. »Dann sind Sie dagegen, daß ich in den Süden gehe, Weyrherrin?«

»Aber nein, im Gegenteil!« Sie schüttelte erstaunt den Kopf. »Ich finde, daß Sie weise und menschlich handeln – großmütiger, als ich es je geschafft hätte. Sie haben recht – die Alten werden Sie als Führer anerkennen. Ich habe mich wohl nie so recht um die Vorgänge im Süden gekümmert – ich wollte es nicht«, gestand sie freimütig.

»Dann darf ich andere Reiter einladen, mit mir zu kommen?« D'ram schaute erst sie und dann F'lar an.

»Nehmen Sie die Leute mit, die Sie für geeignet halten. Alle bis auf F'nor – denn Brekke kann man es nicht zumuten, in den Süden zurückzukehren.«

D'ram nickte.

»Ich glaube, die übrigen Weyrführer werden Ihnen zur Seite stehen. Diese Angelegenheit berührt die Ehre aller Drachenreiter. Und . . .« F'lar räusperte sich. »Und wir wollen nicht, daß sich die Nachkommen der Barone unter dem Vorwand, wir könnten die Weyr-Disziplin nicht mehr aufrechterhalten, das Land im Süden aneignen.«

»Das würden sie nicht wagen . . .«, begann D'ram entrüstet.

»Da bin ich gar nicht so sicher. Und sie haben durchaus Gründe, die man anerkennen muß«, entgegnete F'lar. »Torics Siedlung ist im Laufe der letzten Planetenumläufe stetig gewachsen, ein paar Leute hier und da, Handwerker, die Unzufriedenen, ein paar Jungbarone, die im Norden nicht die geringste Hoffnung auf eigenes Land hatten . . . Alles klammheimlich, um die Alten nicht zu beunruhigen. Diese Dinge sind der Allgemeinheit nicht bekannt . . .«

»Es gibt Händler, die aus dem Süden kommen«, meinte D'ram.

»Ja – ein Teil unseres Problems. Händler sind schwatzhaft, und es hat sich herumgesprochen, daß es im Süden viel Land gibt. Auch wenn manches übertrieben wurde, habe ich Grund zu der Annahme, daß der Südkontinent genauso groß wie der Norden ist – und durch die zahlreichen Würmer besser gegen Fäden geschützt als unsere Gebiete.« Er machte wieder eine Pause und fuhr mit Daumen und Zeigefinger geistesabwesend die scharfen Falten zwischen Nase und Kinn nach. »Diesmal, D'ram, werden die Drachenreiter als erste ihr Stück Land wählen. Während des kommenden Sporen-Intervalls soll kein Drachenreiter auf die Gnade der Burgherren angewiesen sein. Wir werden uns selbst versorgen und nie mehr um Wein oder Brot betteln!«

D'ram hatte genau zugehört, anfangs erstaunt, dann jedoch mit leuchtenden Augen. Er straffte die Schultern, nickte kurz und schaute den Weyr-Führer fest an.

»Sie können sich auf mich verlassen, F'lar. Ich werde den Süden zu diesem Zweck erschließen lassen. Ein großartiges Ziel! Beim Ersten Ei, der Gedanke gefällt mir! Dieses herrliche Land im Besitz der Drachenreiter!«

F'lar reichte D'ram ernst die Hand. Dann huschte ein Lächeln über seine Züge. »Wenn Sie nicht selbst angeboten hätten, im Süden nach dem Rechten zu sehen, so hätte *ich* Ihnen den Vorschlag gemacht. Sie sind der einzige, der mit der gegenwärtigen Situation fertig wird. Aber ich beneide Sie nicht um Ihre Aufgabe!«

D'ram erwiderte den Händedruck des Benden-Führers. Dann meinte er ruhig: »Ich habe um meine Gefährtin getrauert, wie es sich ziemt. Aber nun geht das Leben weiter. Die Ruhe in jener Bucht hat mir gutgetan, doch ich war nicht ausgelastet. Deshalb fühlte ich mich fast erleichtert, als Sie mich holten, F'lar. Es ist keine Lösung, das gewohnte Leben einfach aufzugeben. Das habe ich klar erkannt. *›Drachenreiter müssen streiten, wenn Silberfäden vom Himmel gleiten!‹*« Er seufzte noch einmal, verneigte sich vor Lessa und verließ dann hochaufgerichtet den Weyr.

»Glaubst du, er wird es schaffen, F'lar?«

»Er ist am besten dafür geeignet – mit Ausnahme von F'nor vielleicht. Und ihn kann ich nicht darum bitten. Es wäre eine Qual für Brekke.«

Lessa nickte. Nachdenklich betrachtete sie ihren Gefährten. Tiefe Falten, die ihr bis dahin nicht aufgefallen waren, hatten sich in sein Gesicht gegraben, die Lippen wirkten schmal, und der Augenausdruck war müde. Er hatte zwar einen Teil seiner Weyr-Pflichten an F'nor und T'gellan weitergegeben und auch R'mart und N'ton eingesetzt, wenn es Probleme auf Pern gab, aber die Hauptverantwortung lastete dennoch auf ihm. Lessa trat neben ihn und schloß ihn mit einer impulsiven Geste in die Arme.

Er lächelte, und die scharfen Linien verschwanden für einige Augenblicke.

Eilige Schritte vor dem Eingang ließen die beiden aufschauen. Lessa trat einen Schrit zurück. Sebell, das Gesicht vom Laufen gerötet, stürmte herein, ohne anzuklopfen. Er blieb erst stehen, als Lessa ihn mit einer energischen Geste zurückscheuchte.

»Wie geht es ihm?«

»Er schläft jetzt – aber werfen Sie selbst einen Blick auf ihn!« Lessa deutete auf den Vorhang, der das Schlafgemach vom Vorraum abtrennte.

Zwei Feuer-Echsen schossen in den Weyr, stießen ein erschrockenes Gezeter aus, als sie Lessa sahen, und tauchten wieder ins *Dazwischen*.

»Ich wußte gar nicht, daß Sie zwei Königinnen besitzen«, meinte Lessa.

»Die eine gehört Menolly. sie durfte mich noch nicht begleiten.« Sebells Gesichtsausdruck verriet den Weyrführern, wie die Harfnerin auf dieses Verbot reagiert hatte.

»Na, dann holen Sie die Kleinen zurück! Ich fresse keine Feuer-Echsen«, sagte Lessa mit unterdrücktem Ärger. Sie wußte nicht, was sie mehr störte, die Echsen selbst oder die Art und Weise, wie die anderen Leute das Thema in ihrer Gegenwart mieden. »Der kleine Braune von Robinton hat heute höchst vernünftig gehandelt. Nun lassen Sie Menollys Prinzeßchen schon herkommen! Wenn die Königin sieht, daß dem Meister nichts fehlt, wird Menolly beruhigt sein.«

Mit einem erleichterten Lächeln hob Sebell den Arm. Zwei Königinnen tauchten auf, mit angstvoll kreisenden Augen. Eine davon zirpte leise in Lessas Richtung, als wolle sie sich bei ihr bedanken. Dann ging Sebell auf Zehenspitzen zum Lager des Kranken.

»Übernimmt nun Sebell die Führung in der Harfner-Halle?« fragte Lessa.

»Er ist am besten geeignet dafür.«

»Hätte ihm nur der gute Robinton schon vorher einen Teil seiner Aufgaben übertragen!«

»Vielleicht lag es auch an mir, Lessa. Benden hat zuviel vom Meisterharfner verlangt.« F'lar schenkte zwei Becher Wein ein und reichte einen davon seiner Gefährtin. »Benden-Wein!«

»Der Wein, der ihm das Leben gerettet hat!«

»Und er wird zum Glück noch manchen Tropfen davon genießen können!« hörten sie die ruhige Stimme von Meister Oldive, der unbemerkt zu ihnen getreten war. Der bucklige Heiler mit dem gütigen, weisen Gesicht goß sich ebenfalls einen Becher Wein ein. Einen Moment lang betrachtete er das satte Rot, dann trank er Lessa zu. »Wie Sie ganz recht sagten – der Wein hat ihm das Leben gerettet. Es kommt selten genug vor, daß ein Laster so positive Folgen hat.«

»Glauben Sie, daß Meister Robinton wieder gesund wird?«

»Ja, wenn er sich sehr schont. Puls- und Herzschlag sind gleichmäßig, wenn auch etwas verlangsamt. Probleme darf man ihm im Augenblick aber nicht zumuten. Ich habe ihm wiederholt geraten, die Arbeit etwas einzuschränken – obwohl ich wußte, daß meine Worte in den Wind gesprochen waren. Sebell, Silvina und Menolly haben getan, was sie konnten, um ihn zu entlasten, aber dann wurde Menolly selbst krank ... Es gibt soviel in der Harfnerhalle zu tun – und nicht nur dort!« Oldive nahm mit einem Lächeln Lessas Hand und führte die Weyrherrin zu F'lar. »Sie können hier im Moment nichts tun. Sebell bleibt auf Ista, um Robinton zu berichten, daß in der Gildehalle alles in Ordnung ist. Brekke und ich werden den Kranken mit Unterstützung der Weyrbewohner hier pflegen. Ihr beide braucht jetzt auch Schlaf. Kehrt zurück nach Benden! Dieser Tag hat uns alle gefordert.« Er geleitete sie zum Korridor. Lessa war zu müde, um ihm zu widersprechen.

Wir lassen den Harfner nicht allein, erklärte Ramoth, als F'lar Lessa beim Aussteigen half. *Wir bleiben bei ihm. Alle Drachen sind bei ihm,* fügte Mnementh hinzu.

XVI

In der Bucht, 28 8. 15–7. 9. 15

Als Jaxom und Sharra Piemur berichteten, was im Ista-Weyr vorgefallen war, liefen dem jungen Harfner die Tränen über die Wangen, auch wenn er versuchte, seinen Kummer durch flapsige Sprüche zu überspielen.

Dann kehrte Ruth zurück, und Piemurs Renner floh entsetzt in den Wald. Piemur mußte seinen Freund, den er liebevoll *Dummkopf* nannte, mit vielen Überredungskünsten wieder hervorlocken.

»Er ist im Grunde gar nicht dumm«, meinte Piemur und wischte sich den Schweiß und die Tränen von den Wangen. »Er weiß ganz genau, daß der da ...« er deutete mit dem Daumen zu Ruth – »seine Artgenossen gern verspeist.« Er ruckte an dem Knoten des Seils, mit dem er Dummkopf festgebunden hatte.

Ich würde ihn niemals fressen, erklärte Ruth. *Er ist klein und nicht besonders saftig.*

Lachend gab Jaxom die Botschaft an Piemur weiter, der sich tief vor Ruth verneigte.

»Schade, daß ich das Dummkopf nicht klarmachen kann«, meinte er mit einem Seufzer, »aber es fällt ihm schwer, zwischen freundlichen und hungrigen Drachen zu unterscheiden. Auf der anderen Seite hat mir seine Eigenschaft, daß er sich in die Büsche schlägt, sobald er die Nähe eines Drachen spürt, mehr als einmal das Leben gerettet. Im Grunde genommen wandle ich nämlich auf verbotenen Pfaden und darf mich nicht erwischen lassen.« Nach diesen rätselhaften Worten schwieg er.

»Weiter!« forderte Jaxom ihn auf. »Erst alles mögliche andeuten und uns dann zappeln lassen, das gilt nicht. Du hast echt und ehrlich nach uns gesucht?«

Piemur grinste. »Unter anderem.« Er streckte sich gemächlich im Sand aus, nahm den Fruchtsaft, den Sharra ihm reichte, und trank ihn in langen Zügen leer.

Jaxom beobachtete den jungen Mann geduldig. Er kannte Piemurs Art noch aus den Tagen, da sie gemeinsam bei Meister Fandarel und in der Harfnerhalle Erfahrungen ausgetauscht hatten.

»Hat es dich nie gewundert, weshalb ich plötzlich nicht mehr im Unterricht erschien, Jaxom?«

»Menolly verbreitete, du hättest anderswo eine Stelle angetreten.«

»Anderswo!« Mit einer weitausholenden Geste umfaßte Piemur den ganzen Südkontinent. »Wetten, daß ich mehr von diesem Planeten gesehen habe als jeder andere Bewohner – einschließlich der Drachen?« Er nickte heftig, um noch mehr Eindruck zu schinden. »Ich habe zwar nicht den gesamten Südkontinent umrundet oder durchquert, aber die Stellen, an denen ich vorbeikam, kenne ich gründlich.« Er deutete auf seine durchgelaufenen Sohlen. »Die waren vor vier Siebenspannen neu. Also, was euch allein meine Stiefel erzählen könnten!« Er betrachtete Jaxom mit zusammengekniffenen Augen. »Es ist eine Sache, mein lieber Baron, auf Drachenschwingen über dem Land zu schweben und alles aus erhabenen Höhen zu betrachten – aber eine ganz andere, das Gelände mit eigener Kraft zu durchwandern. Da weiß man, wo man war!«

»Ist F'lar eingeweiht?«

»Mehr oder weniger«, entgegnete Piemur mit einem Grinsen. »Eher weniger als mehr. Seht ihr, vor etwa drei Planetenumläufen begann Toric einen Tauschhandel mit dem Norden. Hochwertiges Eisen, Kupfer und Zinn – alles Dinge, die Fandarel dringend benötigte, weil sie bei uns knapp geworden sind. Robinton hielt es für angebracht, die Ursprungsgebiete dieser Rohstoffe genauer zu erforschen. Und er war klug genug, mich mit dieser Aufgabe zu betrauen . . . Glaubt ihr wirklich, daß er wieder gesund wird? Ihr verschweigt mir doch nichts?« Piemurs Angst verdrängte seine Großspurigkeit.

»Du weißt ebensoviel wie wir und Ruth.« Jaxom warf seinem Drachen einen fragenden Blick zu. »Ruth sagt, daß er im Moment schläft. Er versichert auch, daß die Drachen ihn nie und nimmer fortlassen würden.«

»Die Drachen lassen ihn nicht fort! Hat man sowas schon gehört!« Piemur schüttelte langsam den Kopf. »Allerdings überrascht mich das gar nicht«, fuhr er in seiner gewohnten Munterkeit fort. »Die Drachen wissen, wer ihre Freunde sind. Aber wo war ich stehengeblieben? Ah ja. Meister Robinton fand, wir müßten mehr über diesen Südkontinent in Erfahrung bringen, vor allem, weil er das Gefühl hatte, F'lar wollte den Süden für das nächste Sporen-Intervall als Zuflucht für die Drachenreiter beanspruchen.«

»Du scheinst ja um Robintons und F'lars geheimste Gedanken zu wissen«, warf Sharra ein.

Piemur winkte ab. »Kleinigkeit. Aber ich habe doch recht, Jaxom, oder?«

»Ich kenne F'lars Pläne nicht, aber ich möchte wetten, daß er nicht der einzige ist, der sich lebhaft für den Süden interessiert.«

»Stimmt. Allerdings ist er der einzige, der zählt, versteht ihr das nicht?«

»Offen gestanden, nein«, meinte Sharra. »Mein Bruder ist Burgherr . . . O doch«, fügte sie mit Nachdruck hinzu, als Piemur ihr widersprechen wollte. »Er wäre es zumindest, wenn ihn die Barone des Nordens anerkennen würden. Er hat die erste Siedlung im Süden aufgebaut. Kein anderer wollte das wagen. Und obwohl er gegen die Alten zu kämpfen hatte, gelang es ihm, eine große, fädengeschützte Burg zu errichten. Niemand hat das Recht, ihm das wieder wegzunehmen, was er sich mit eigenen Händen geschaffen hat . . .«

»Das will doch auch keiner«, warf Piemur rasch ein. »Aber wenngleich Toric eine Menge Leute aus dem Norden geholt hat, so kann er doch nur ein begrenztes Gebiet kontrollieren. Und der Südkontinent ist sehr viel größer, als die meisten Leute ahnen.« Er schloß einen Moment lang die Augen. »Da war eine Bucht«, sagte er leise, »so groß, daß sich das Gegenufer im Dunst verlor. Dummkopf und ich hatten uns bereits zwei Tage lang durch Sanddünen gequält, und unser Wasser reichte nur noch für kurze Zeit. Ich ritt weiter, weil ich dachte, irgendwann müßte der Sand doch in normales Gelände übergehen . . . Farli flog uns voraus, zuerst zum Gegenufer, dann zur Mündung der Bucht, doch alle Bilder, die sie übermittelte, zeigten nur Sand. Schweren Herzens entschloß ich mich zur Umkehr. Aber . . .« – er schaute seine Zuhörer an – »jenseits dieser Bucht liegt vermutlich genausoviel Land, wie ich bereits auf meinem Hinweg von Torics Burg aus durchquert hatte – und dabei war der Kreis noch lange nicht geschlossen. Toric könnte nicht mal die Hälfte der Gebiete verwalten, die ich gesehen habe. Im Westen, wohlgemerkt. Nach Osten hin dauerte es von Torics Burg aus drei volle Siebenspannen, bis ich euch erreichte – und wir mußten viel Wasser durchqueren. Er ist ein prächtiger Schwimmer, mein Dummkopf! Der Kleine scheut vor keiner Mühe zurück. Wenn ich daran denke, wie mein Vater mit seiner Renner-Herde umging! Immer nur das beste Futter! Dummkopf dagegen frißt, was er unterwegs findet, und leistet die doppelte Arbeit!« Piemur schüttelte den Kopf, entrüstet über die Ungerechtigkeit der Welt.

»Ich habe also«, setzte er seinen Bericht fort, »den Süden erforscht, wie es mein Auftrag war, und mich zugleich in eure Richtung begeben. Allerdings hatte ich viel früher mit einem Zusammentreffen gerechnet. Ich bin todmüde, ehrlich, und ich habe keine Ahnung, wie lange ich noch reiten muß, um an mein Ziel zu gelangen.«

»Ich dachte, wir seien das Ziel!«

»Ja, auch, aber irgendwann muß ich weiter.« Er streckte mit schmerzverzerrter Miene das linke Bein aus und sah Sharra hilfesuchend an. »So schaffe ich allerdings keinen Schritt mehr.«

Besorgt beugte sich die Heilerin über das Bein. Er hatte einen Stoffstreifen um die Wade gewickelt. Darunter kam eine lange, aber durchaus verheilte Narbe zum Vorschein.

»Die Wunde da braucht Pflege, Sharra, findest du nicht auch?«

»Also, meiner Meinung nach hat er eine Ruhepause dringend nötig«, warf Jaxom ein und beäugte kritisch die Narbe. »Was denkst du, Sharra?«

»Unbedingt«, bestätigte sie. »Das Bein benötigt warmes Salzwasser und viel Sonnenschein!« Sie lachte. »Ein Glück, daß sie dich nicht als Harfner abgestellt haben, Piemur! Du wärst ein Schock für jeden anständigen Hof- oder Burgbesitzer.«

»Hast du eigentlich Aufzeichnungen über die Gebiete angefertigt, durch die du geritten bist?« fragte Jaxom neugierig.

»Das fragst du noch!« Piemur schaute ihn entrüstet an. »Was glaubst du, befindet sich wohl in Dummkopfs Packtaschen? *Nur* Aufzeichnungsmaterial! Weshalb komme ich in Lumpen daher? Weil ich keinen Platz für Ersatzkleidung habe!« Er rutschte etwas näher an Jaxom heran. »Du hast nicht zufällig eine Handvoll von Bendareks dünnen Schreibfolien bei dir?

»Jede Menge – samt Zeichenstiften! Komm!«

Jaxom lief zur Hütte, gefolgt von Piemur, der nur noch ganz leicht humpelte. Jaxom hatte nicht beabsichtigt, Piemur seine Skizzen von der Umgebung der Bucht zu zeigen, aber den scharfen Augen des jungen Harfners entging nichts. Im Nu hatte er die zusammengerollten Blätter in der Hand und breitete sie aus. Nach einer Weile nickte er anerkennend.

»Nicht schlecht!« meinte er, und von Piemur war das ein dikkes Kompliment. »Du hast Ruths Länge als Maßstab benutzt? Gute Idee! Ich habe Farli beigebracht, bestimmte Strecken, die ich messen will, in einem ganz gleichmäßigen Tempo abzufliegen. Dabei zähle ich die Sekunden bis zu ihrem Wiederauftauchen und rechne die Entfernung aus. N'ton hat die Abstände nachgeprüft, und sie stimmen einigermaßen, wenn ich den

Windfaktor in meine Überlegungen einbeziehe.« Er pfiff durch die Zähne, als er den Stapel blütenweißer Blätter entdeckte. »Die könnte ich brauchen, ehrlich, um all die Dinge aufzuzeichnen, die ich auf dem Herweg entdeckt habe. Wenn du mir ein wenig dabei hilfst . . .«

»Ich denke, du willst in erster Linie dein verletztes Bein pflegen?« fragte Jaxom mit ausdrucksloser Miene.

Piemur schaute ihn erstaunt an, und dann lachten sie beide laut los.

Die nächsten Tage verbrachten sie in schöner Eintracht, beruhigt durch Ruths Berichte, daß es Meister Robinton schon viel besser ginge. Gleich am ersten Morgen entdeckte Piemur, daß Dummkopf sämtliche Grasbüschel der Umgebung abgefressen hatte, und erkundigte sich, ob irgendwo in der Nähe ein Stück Wiese sei. So brachte Jaxom Piemur auf Ruth zu den Flußweiden, die etwa eine Stunde entfernt im Süden und Osten der Bucht lagen. Ruth half bereitwillig, die hohen Grasrispen einzusammeln, die Dummkopf nach Piemurs Worten besonders liebte. Ruth erklärte Jaxom, er habe noch nie einen Renner gesehen, der so ausgehungert wirkte wie Dummkopf.

»Wir mästen ihn aber nicht für dich!« meinte Jaxom lachend.

Er ist Piemurs Freund. Piemur ist mein Freund. Ich fresse nie die Freunde meiner Freunde.

Jaxom gab die Zusicherung an Piemur weiter. Der lachte dröhnend und tätschelte Ruth mit der gleichen rauhen Zärtlichkeit, mit der er auch Dummkopf bedachte.

Dann bepackten sie Ruth mit einem halben Dutzend Grasbündeln und flogen los. Piemur wollte wissen, ob Jaxom schon am Berg gewesen sei.

»Ich darf nicht ins *Dazwischen* fliegen.« Jaxom gelang es nicht ganz, seinen Ärger vor Piemur zu verbergen.

»Keine Sorge – du kommst schon noch früh genug hin!« Piemur starrte mit zusammengekniffenen Augen zu dem symmetrischen Bergkegel hinüber. »Das Ding sieht zum Greifen nahe aus, aber es liegt doch vier bis fünf Tagesreisen entfernt. Unwegsames Gelände, schätze ich. Aber du mußt dich erst richtig erholen.« Er versetzte Jaxom einen Rippenstoß, daß dem die Luft wegblieb. »Ich habe dich keuchen gehört, als wir das Gras schnitten. Mann, o Mann!«

»Wäre es nicht einfacher, Dummkopf auf die Weide hier zu bringen? Außer Ruth gibt es keine Drachen in der Nähe. Und Ruth hat versprochen, deinem kleinen Freund nichts zu tun.«

»Lieber nicht. Ich fürchte, Dummkopf würde nicht zurückkkommen, wenn er seinen wilden Artgenossen begegnete. Er ist zu dämlich, um zu erkennen, daß er es bei mir am besten hat.«

Dummkopf zeigte sich begeistert von der Bereicherung seines Speiseplans und schnaufte vergnügt, ehe er den Kopf in die Schwaden vergrub und zu fressen begann.

»Wie klug ist Dummkopf eigentlich?« fragte Sharra und strich dem Kleinen über den struppigen braunen Hals.

»Nicht ganz so klug wie Farli, aber alles andere als dumm. Innerhalb seiner Grenzen kann man ihn sogar als äußerst schlau bezeichnen.«

»Ja?« Jaxom hatte sich nie Gedanken über Renner gemacht.

»Seht ihr, ich kann Farli befehlen, sie solle so und so viele Stunden in eine bestimmte Richtung fliegen, dann landen und etwas aufnehmen, das am Boden liegt. Meist bringt sie Gräser oder Zweige, manchmal auch Steine und Sand. Ich kann sie auch nach Wasser Ausschau halten lassen. Damit hat sie mich bei der Großen Bucht übrigens reingelegt. Sie fand Wasser, sicher, denn ich hatte ihr nicht ausdrücklich befohlen, nach Trinkwasser zu suchen.« Piemur zuckte lachend mit den Schultern. »Dummkopf und ich dagegen müssen uns zu Fuß fortbewegen, und Dummkopf hat ein ausgezeichnetes Gespür für die Beschaffenheit des Geländes. Ich weiß nicht, wie oft er mich davor bewahrt hat, in einem Schlammloch oder Treibsand zu versinken. Er entdeckt instinktiv die einfachste Route durch unwegsame Gebiete. Außerdem wittert er Trinkwasser schon von weitem. Ich hätte also auf ihn hören sollen, als er den Sand zur Großen Bucht nicht überqueren wollte. Er wußte, daß kein Wasser dort zu finden war, obwohl Farli das Gegenteil versicherte. Damals verließ ich mich leider auf Farli. Aber ganz allgemein gesprochen, ergänzen sich die beiden wunderbar. Wir bilden ein gutes Team, Dummkopf, Farli und ich.

Oh – das Wichtigste hätte ich beinahe vergessen! Wir entdeckten unterwegs das Gelege einer Echsenkönigin, fünf . . .« Farli zeterte, und Piemur machte eine beruhigende Geste. »Also gut, vielleicht auch sechs oder sieben Buchten zurück. Irgendwie habe ich den Überblick verloren, aber Farli erinnert sich genau an die Stelle. Falls also noch jemand Echsen benötigt . . .«

Sharra lachte. »Ich erinnere mich noch genau, wie ich mein erstes Gelege im Sand entdeckte. Es waren die Eier eines grünen Weibchens, aber damals kannte ich den Unterschied nicht. Tagelang habe ich die Eier belauert und keiner Menschenseele ein Wort verraten. Ich wollte alle für mich behalten.«

»Vier oder fünf?« erkundigte sich Piemur lachend.

»Sogar sechs. Nur war mir entgangen, daß eine Sandnatter schon vor mir das Nest entdeckt und die Eier von unten her geöffnet hatte.«

»Wie kommt es eigentlich, daß Sandnattern nie an Königinnen-Gelege gehen?« wollte Jaxom wissen.

»Weil sich eine Königin selten weit von ihrem Nest entfernt«, sagte Sharra. »Sie hätte einen Schlangentunnel auf der Stelle entdeckt und den Räuber getötet. Grüne Echsen dagegen besitzen nicht die Spur von Intelligenz.« Sie schüttelte sich. »Schlangen – brr. Die hasse ich noch mehr als Sporen.«

»Nun ja, groß ist der Unterschied nicht«, meinte Piemur. »Die einen greifen von oben an und die anderen von unten.«

Während der größten Tageshitze zogen sich Jaxom, Sharra und Piemur in die Hütte zurück und legten von den Aufzeichnungen, die Piemur gemacht hatte, saubere Karten an. Piemur hatte die Absicht, seinen Reisebericht so rasch wie möglich an Sebell, Robinton oder F'lar weiterzuleiten.

In der Kühle des nächsten Morgens wanderten die drei Freunde am Küstenraum entlang zu der Bucht, in der Piemur das Königinnen-Gelege entdeckt hatte. Dummkopf kam als Packtier mit, und Ruth kreiste dicht über ihnen. Einundzwanzig Eier waren in dem Nest, alle bereits mit gehärteten Schalen; man konnte damit rechnen, daß die jungen Echsen in ein bis zwei Tagen schlüpfen würden. Die Echsenkönigin hatte bei ihrer Ankunft die Flucht ergriffen; sie buddelten die Eier aus, verpackten sie und schichteten sie in die Satteltaschen. Jaxom bat Ruth, Canth zu verständigen, daß sie Echsen-Eier gefunden hätten.

Canth sagt, daß sie morgen ohnehin hierherkommen, erwiderte Ruth. *Der Harfner hat heute tüchtig gegessen.*

Den Rückweg zu ihrer Bucht legten sie durch den Wald zurück. Da sie die Rotfrüchte nahe der Lichtung bereits abgeerntet hatten, wollten sie für F'nors Besuch ein wenig frisches Obst sammeln.

»Darf F'nor dich hier überhaupt sehen?« fragte Jaxom den jungen Harfner.

»Warum nicht? Er ist in den Plan eingeweiht.« Piemur machte eine Pause und fügte hinzu: »Wißt ihr, was mich immer wieder wundert, wenn ich diesen herrlichen Kontinent betrachte? Warum unsere Vorfahren eigentlich in den Norden zogen . . .«

»Vielleicht war der Süden so ausgedehnt, daß sie ihn nicht unter Kontrolle halten konnten, solange es noch zu wenige Würmer gab«, meinte Sharra.

»Guter Gedanke.« Dann seufzte Piemur. »Diese alten Überlieferungen sind schlimmer als nutzlos, weil sie die wesentlichen Dinge weglassen. Sie befehlen den Bauern zwar, auf die Würmer zu achten, erwähnen aber mit keinem Wort, warum. Sie warnen vor dem Süden, nennen aber keinen Grund. Obwohl – wenn es damals nur halb so viele Erdstöße gab wie heute, dann kann ich unsere Vorfahren fast begreifen. Auf meiner Wanderung zur Großen Bucht wäre ich um ein Haar bei einem Beben umgekommen. Und Dummkopf ergriff vor lauter Hysterie die Flucht. Ein Glück, daß Farli ihn im Auge behielt – ich hätte den kleinen Idioten nie mehr eingeholt.«

»Erdbeben gibt es auch im Norden«, widersprach Jaxom. »In Crom und im Hochland – gelegentlich sogar in Igen oder auf der Ebene von Telgar.«

»Nicht die Beben, die ich miterlebt habe«, meinte Piemur. »Da sackt einem plötzlich der Boden unter den Füßen weg, und Wälle von einer halben Drachenlänge schieben sich in die Höhe.«

»Wann war das?« fragte Sharra. »Vor drei, vier Monaten?«

»Genau.« – »Bei uns in der Burg zitterten nur die Mauern, aber das war schon gespenstisch genug.«

»Habt ihr je miterlebt, wie ein Vulkan aus dem Meer tauchte und glühendes Gestein oder Asche ausspie?« fragte Piemur.

»Nein, und ich bin auch sicher, daß du uns jetzt ein Märchen auftischst, Piemur!« entgegnete Sharra und warf ihm einen mißtrauischen Blick zu.

»N'ton war dabei – ihr könnt ihn fragen!«

»Verlaß dich drauf, das werden wir.«

»Wo war das, Piemur?« fragte Jaxom neugierig.

»Ich zeige euch den Fleck später auf der Karte. N'ton will die Stelle im Auge behalten. Als er das letztemal dort war, hatte sich der Vulkan beruhigt und eine Insel gebildet – so gleichmäßig wie euer Berg da drüben.«

»Trotzdem – ich würde ihn gern mit eigenen Augen sehen«, beharrte Sharra.

»Vielleicht läßt sich das arrangieren«, erwiderte der junge Harfner gutmütig. »Ah, das ist ein Baum, wie ich ihn brauche!« fügte er im gleichen Atemzug hinzu, packte den untersten Ast und schwang sich geschickt in die Krone. Er begann Rotfrüchte zu pflücken und warf sie Jaxom und Sharra zu.

Entlang der Küste hatten sie die Bucht mit dem Echsen-Gelege in zwei Stunden erreicht. Aber nun, da sie sich einen Weg durch das dichte Unterholz bahnen mußten, brauchten sie dreimal so lange. Jaxom bekam eine Vorstellung von Piemurs Wanderschaften, als er beobachtete, mit welchem Geschick der junge Harfner einen Pfad durch Schlinggewächse und harzige Sträucher hieb. Jaxoms Schultern schmerzten, und in seinen Armen und Beinen steckten Dornen und Schiefer, als sie endlich nahe der Hütte auftauchten. Er hatte längst die Orientierung verloren. Piemur dagegen fand sich mit unheimlicher Sicherheit zurecht und führte sie, unterstützt von Ruth und den Feuer-Echsen, auf einer schnurgeraden Linie heim.

Nur der Stolz hielt Jaxom davon ab, sich sofort auf sein Lager zu werfen und zu schlafen. Piemur plädierte für ein Bad in der Bucht, um den Schmutz der langen Expedition herunterzuspülen, und Sharra war sofort einverstanden, weil sie meinte, die Männer könnten nebenbei ein paar Fische zum Abendessen fangen. Also kämpfte sich Jaxom zur Bucht hinunter.

Vielleicht trug diese Überanstrengung die Schuld an seinem späteren unruhigen Schlaf. Der feuerspeiende Berg beherrschte seine Träume, durch die Scharen flüchtender Menschen strömten. Für Jaxom war das ganz folgerichtig, aber auch er gehörte zu den Fliehenden, und irgendwie hatte es den Anschein, als käme er nicht schnell genug vom Fleck. Der grellrot glühende Strom, der sich über den Rand des Gipfels in die Tiefe ergoß, drohte ihn zu verschlingen.

»Jaxom!« Piemur schüttelte ihn. »Du redest im Schlaf! Du wirst noch Sharra wecken!« Das erste Grau des Morgens zog herauf; sie hörten, wie nebenan Sharra stöhnte. »Vielleicht wäre das sogar besser«, fügte der Harfner hinzu. »Sie scheint auch schlecht zu träumen.«

Piemur schlug die Decke zurück, aber da seufzte Sharra noch einmal tief und schlief von da an ruhiger.

»Ich hätte wohl nichts von dem Vulkan erzählen sollen. Wenn ich mich recht erinnere, geisterte er durch meinen Traum. Vielleicht habe ich auch schlicht und einfach zuviel gegessen.« Mit einem Seufzer rollte er sich zusammen.

»Danke, Piemur!«

»Wofür?« fragte Piemur gähnend.

Jaxom drehte sich um, fand eine gute Lage und schlief ebenfalls wieder ein.

Ruths Trompeten weckte sie alle drei am nächsten Morgen.

»F'nor ist im Anflug!« erklärte Jaxom den anderen.

Und er kommt nicht allein, fügte Ruth hinzu.

Jaxom, Sharra und Piemur liefen zum Strand, da tauchten auch schon die Drachen in der Luft auf, drei jüngere Tiere, angeführt von Canth mit seinen mächtigen Schwingen. Mit lautem Gekreische flatterten die Feuer-Echsen auf, die sich um Ruth geschart hatten. Nur Meer, Talla und Farli blieben zurück.

Canth setzte seinen Reiter am Strand ab, dann watete er gutgelaunt in das warme Wasser der Bucht, gefolgt von Ruth.

»Ein schönes Zusammentreffen, Piemur!« rief F'nor und zog im Gehen seine Reitjacke aus. »Ich machte mir schon Sorgen um dich.«

»Sorgen?« Piemur schaute ihn gekränkt an. »Typisch Drachenreiter! Ihr habt einfach keinen Respekt vor Entfernungen. Für euch ist so etwas ganz einfach. Schwupp – und ihr seid am Ziel – ohne jede Mühe.« Er schüttelte abfällig den Kopf. »Ich dagegen *weiß,* wo ich mich aufgehalten habe. Ich kenne jeden Fingerbreit Land, durch den ich mich gequält habe.«

F'nor grinste und hieb dem jungen Harfner so kräftig auf die Schulter, daß Jaxom sich wunderte, weshalb Piemur nicht in die Knie ging. »Dann kannst du ja deinem Meister die Zeit mit herrlich ausgeschmückten Reiseberichten vertreiben . . .«

»Sie bringen mich zu Meister Robinton?«

»Nein. Er kommt hierher.« F'nor deutete auf die Bucht.

»Was?«

F'nor kramte in seiner Gürteltasche und zog ein gefaltetes Stück Papier hervor. »Das ist der Grund meines heutigen Besuches. Und die Echsen-Eier, versteht sich! Die darf ich auf keinen Fall vergessen.«

Jaxom, Sharra und Piemur drängten sich um den braunen Reiter, als er mit wichtiger Miene das Blatt entfaltete. »Was ist das?«

»Ein Entwurf für das Haus des Meisterharfners, das hier in der Bucht errichtet werden soll.«

»Hier?« fragten die drei im Chor.

»Aber wie soll er denn in den Süden gelangen?« erkundigte sich Jaxom. »Er darf doch sicher nicht ins *Dazwischen* fliegen, oder?« Seine Stimme nahm einen so gereizten Ton an, daß F'nor fragend die Augenbrauen hochzog.

»Meister Idarolan hat dem Harfner sein schnellstes und größtes Schiff zur Verfügung gestellt. Menolly und Brekke begleiten ihn. Auf See gibt es nichts, das Robinton in Unruhe oder Sorge versetzen könnte.«

»Er wird leicht seekrank«, gab Jaxom zu bedenken.

»Nur auf kleinen Booten.« F'nor sah sie der Reihe nach an und klatschte in die Hände. »Ich schlage vor, daß wir uns gleich an die Arbeit machen. Ich habe Werkzeug und Helfer mitgebracht.« Er deutete auf die drei Jungreiter, die zu ihnen getreten waren. »Wir vergrößern die Schutzhütte auf der Lichtung und machen ein richtig bequemes Haus daraus.« Er tippte mit dem Zeigefinger auf die Skizze. »Zuerst einmal wird das ganze Gelände dort drüben abgeholzt . . .«

»Dann schmort der gute Harfner in seinem eigenen Saft, und das kann sehr unangenehm sein«, warf Sharra kühl ein.

»Wie bitte?«

Sharra nahm ihm den Entwurf ab und betrachtete ihn mit kritisch gerunzelter Stirn. »Kleines Haus? Das ist ja die reinste Burg – und nicht im geringsten für unseren Kontinent geeignet.« Sie kauerte sich in den Sand, nahm ein Stück Muschel und begann damit eine neue Skizze. »Erstens würde ich nicht da bauen, wo unsere Unterkunft steht – der Platz liegt bei rauher See zu nahe an der Wellenfront. Und wir haben durchaus Zeiten mit rauher See. Dort drüben . . .« – sie deutete auf eine Stelle östlich der Hütte – »liegt eine Anhöhe mit Obstbäumen.«

»Mit Obstbäumen? Genau das Richtige für die Fäden!«

»Ach, ihr Drachenreiter! Wann merkt ihr euch endlich, daß wir im Süden leben! Der Boden ist durchsetzt von Würmern. Hin und wieder zerfrißt ein Sporenknäuel vielleicht ein Blatt oder zwei, aber die Pflanzen gehen davon nicht kaputt. Außerdem ist die heiße Jahreszeit nahe, und glauben Sie mir, da braucht man soviel Grün wie nur möglich, um die Sonne abzuschirmen. Am günstigsten wäre ein Haus auf Säulen. Wir haben genug Klippenfelsen für das Fundament. Außerdem benötigen wir breite Fenster, die jede noch so kleine Brise einfangen. Mit diesen winzigen Schlitzen da läßt sich nichts anfangen. Gut, wenn Sie unbedingt meinen, versehen wir sie eben mit Läden, aber ich habe mein ganzes Leben hier im Süden verbracht und mich nie vor den Fäden verbarrikadiert. Breite Fenster, jawohl, und Korridore, die quer durch das Haus laufen und für genügend Durchzug sorgen . . .« Während sie sprach, legte sie mit energischen Strichen im Sand die Umrisse eines neuen Gebäudes an. »Wichtig ist außerdem eine Kochstelle im Freien. Brekke und ich haben uns mit Steinmulden beholfen.« Sie deutete zum Strand. »Und ein Bad im Haus ist absolut unnötig, wenn Sie die Bucht mit warmem Wasser direkt vor der Nase haben.«

»Gegen Wasserleitungen haben Sie aber nichts einzuwenden, oder?«

»Nein, das ist praktischer, als wenn man ständig mit Eimern zum Bach laufen müßte. Wir könnten vielleicht eine Abzweigung zur Kochstelle führen. Vielleicht sogar mit einem Speichertank, damit wir ständig heißes Wasser haben . . .«

»Sonst noch etwas, Baumeisterin?« F'nor wirkte verblüfft, aber in seiner Stimme schwang Bewunderung mit.

»Ich sage Ihnen Bescheid, wenn mir noch etwas einfällt«, entgegnete sie mit Würde.

F'nor grinste sie an und zog dann die Stirn kraus, als er ihren Entwurf im Sand betrachtete. »Ich weiß nicht recht, ob der Meisterharfner mit soviel Grün rund um das Haus einverstanden sein wird. Sicher, ihr Südländer seid es gewohnt, während des Sporenregens im Freien zu sein . . .«

»Meister Robinton ebenfalls«, warf Piemur ein. »Sharra hat recht. Wir brauchen hier im Süden eine andere Bauweise als im Norden. Und ein paar Bäume kann man notfalls später immer noch fällen, F'nor. Das geht schneller, als neue anzupflanzen.«

»Ein Punkt für dich.« Er wandte sich an die Jungreiter. »B'refli, K'van, und M'tok, paßt auf! Eure Drachen können ruhig in der Bucht baden. Ihr benötigt sie erst wieder, wenn wir ein paar Stämme geschnitten haben. K'van, du hast die Äxte mitgebracht, oder?« F'nor verteilte das Werkzeug, ohne auf Piemurs Gemaule zu achten, wozu man sich eigentlich tagelang einen Weg durch den Wald kämpfe, wenn die Bäume letzten Endes doch kleingesägt wurden. »Sharra, zeigen Sie uns bitte den Fleck, den Sie vorhin erwähnt haben? Wir können gleich an Ort und Stelle ein paar Bäume fällen und als Stützen verwenden.«

»Hart genug sind sie«, meinte Sharra vielsagend und zeigte ihnen den Weg.

F'nor steckte das Gebiet ab, auf dem die Hütte errichtet werden sollte, und markierte die Bäume, die zu fällen waren. Das war weit leichter gesagt als getan. Die Axtschneiden schienen das Holz kaum zu ritzen und sprangen mehr als einmal ab. F'nor war überrascht, murmelte etwas von stumpfen Beilen und holte den Wetzstein hervor. Nachdem er das Werkzeug geschärft und sich empfindlich in den Finger geschnitten hatte, versuchte er es noch einmal. Doch der Erfolg war nicht wesentlich größer.

»Ich begreife das nicht«, meinte er und betrachtete kopfschüttelnd die Kerben im Stamm. »Das Holz dürfte eigentlich nicht so zäh sein. Das sind doch Obstbäume und keine Harthölzer wie bei uns im Norden. Nun, irgendwie müssen wir sie wegschaffen!«

Der einzige, der mittags keine Blasen an den Fingern hatte, war Piemur, der bei seinen Wanderungen gelernt hatte, mit Axt und Buschmesser umzugehen. Entmutigend war allerdings die Ausbeute – insgesamt hatten sie nicht mehr als sechs Bäume gefällt.

»Dabei schuften wir wie die Wilden«, seufzte F'nor und wischte sich den Schweiß von der Stirn. »Mal sehen, was Sharra für uns gekocht hat. Es riecht jedenfalls verlockend.«

Sie hatten Zeit für ein Bad im Meer, ehe Sharras Mittagessen fertig war. Das Salzwasser brannte in den Blasen, und sie stöhnten, bis Sharra ihre Finger mit Heilsalbe behandelte. Nach einer üppigen Mahlzeit aus Fisch und gebackenen Wurzelknollen schärften sie noch einmal die Axtschneiden und setzten ihre Arbeit fort. Den Rest des Nachmittags verbrachten sie damit, die gefällten Stämme von Astwerk und Rinde zu befreien. Sharra beseitigte das Unterholz und schleppte mit Ruths Hilfe von den Küstenklippen schwarze Felsbrocken herbei, mit denen sie die Ecken des Fundaments markierten.

Jaxom und Piemur sanken völlig erschöpft in den Sand, als F'nor mit seinen Helfern zum Weyr aufgebrochen war. Sie hielten sich gerade noch lange genug wach, um Sharras Abendessen zu verschlingen.

»Lieber wandere ich noch einmal um die Große Bucht«, murmelte Piemur und rieb sich die verkrampften Schultermuskeln.

»Es ist für Meister Robinton«, wandte Sharra ein.

Jaxom betrachtete nachdenklich seine Blasen und Schwielen. »Wenn wir weiter so vorankommen wie heute, dann können wir nur hoffen, daß es Monate dauert, bis er hier eintrifft.«

Sharra erbarmte sich ihres Muskelkaters und rieb sie mit einer Salbe ein, die aromatisch duftete und angenehm auf der Haut prickelte. Etwas erleichtert schliefen sie ein.

Am nächsten Morgen weckte Sharra sie in aller Frühe mit der Ankündigung, daß F'nor eingetroffen sei und weitere Helfer mitgebracht habe.

Ihr Tonfall, dazu die Rufe und Befehle, die vom Strand her kamen, hätten Jaxom warnen sollen. Aber er war völlig unvorbereitet auf den Anblick, der sich ihm bot, als er, steif von der Arbeit des Vortags, mit Piemur ins Freie trat.

Die Bucht, die Lichtung, der Himmel – überall wimmelte es von Drachen und Menschen. Ruth stand ganz am Rand des

Sandstreifens, hatte den Kopf erhoben und begrüßte jeden Neuankömmling mit einem freudigen Trompeten. Auf dem Dach der Hütte saßen Schwärme von Feuer-Echsen.

»Flammen und Schwefel, sieh dir das an!« murmelte Piemur. Dann lachte er und schüttelte die Arme. »Eines steht jedenfalls fest – wir beide müssen heute keine Bäume fällen!«

»Jaxom, Piemur!« Die beiden jungen Männer drehten sich um, als sie F'nors Stimme hörten. Der braune Reiter kam gutgelaunt auf sie zu, gefolgt von Meisterschmied Fandarel, Forstmeister Bendarek, N'ton und einem Geschwaderführer von Benden, den Jaxom nicht genau kannte.

»Habe ich dir gestern abend die beiden Skizzen gegeben, Jaxom? Ich kann sie nämlich nicht finden . . . Ach, da sind sie ja!« F'nor deutete auf den kleinen Tisch. Da lag Brekkes Zeichnung und daneben ein Blatt mit den Änderungen, die Sharra vorgeschlagen hatte. Der braune Reiter nahm beides und begann mit den Gildemeistern zu diskutieren.

Fandarel betrachtete die Skizzen genau. Dann schüttelte er mißbilligend den Kopf. »Gut gemeint«, murmelte er, »aber unzweckmäßig.«

»Weyrführer R'mart hat mir genügend Reiter zur Verfügung gestellt«, warf Bendarek ein. »Wir können gut durchgetrocknetes Hartholz für den Rahmenbau einfliegen.«

»Ich habe Rohre für die Wasserleitung und die sanitären Anlagen, dazu Metall für einen vernünftigen Herd, Küchengeräte, Fensterläden . . .«

»Baron Asgenar gab mir einige seiner Maurer mit. Das Fundament und die Böden sind seiner Ansicht nach das Wichtigste . . .«

»Erst müssen wir die Zeichnung hier ändern, Meister Bendarek . . .«

»Da bin ich ganz Ihrer Meinung. Eine hübsche kleine Hütte, durchaus, aber absolut nicht die geeignete Behausung für den Meisterharfner von Pern.«

Die beiden Gildemeister gingen daran, die Handskizzen zu verbessern und auszufeilen und vergaßen darüber die Umstehenden. Piemur konnte gerade noch den Blätterstapel retten, den er von Jaxom für seine Karten erhalten hatte.

F'nor kniff ein Auge zu und grinste. »Ehrlich, Jaxom«, flüsterte er, »ich bat F'lar und Lessa nur um *einige* Helfer. Im Morgengrauen standen dann auf Benden ganze Drachengeschwader und nahezu alle Gildemeister von Pern bereit. Ramoth hat offenbar die Kunde auf Lessas Geheiß hin verbreitet . . .«

»Das war *die* Gelegenheit, den Süden kennenzulernen«, meinte Piemur und betrachtete kopfschüttelnd das Gewimmel am Strand.

»Ja, ich weiß, aber mit einem solchen Andrang hatte ich wirklich nicht gerechnet. Und schließlich konnte ich die Leute kaum wieder heimschicken.«

»Ich glaube eher, sie wollen damit dem Meisterharfner ihre Achtung beweisen«, sagte Sharra, die sich zu ihnen gesellt hatte. Jaxom sah sie an und spürte, daß sie seine Gedanken teilte. Die stille, friedliche Bucht, die ihnen allein gehört hatte, war plötzlich erfüllt von Leben und Aktivität.

Dann merkte er, daß F'nor ihn musterte, und zwang sich zu einem Lächeln. »Nun, dann heilen unsere Wasserblasen vielleicht, ehe wir wieder gebraucht werden, was, Piemur?«

Piemur nickte und ließ seine Blicke über den Strand schweifen. »Ich mache mich am besten auf die Suche nach Dummkopf. Der Kerl ist in seiner Angst sicher in den Wald geflohen. Farli!« Er streckte den Arm aus, und seine Echsenkönigin kam vom Dach heruntergeflattert. »Such Dummkopf, Farli! Bring mich zu ihm!«

Die Echse schaute über ihre linke Schulter und zirpte leise. Piemur marschierte in diese Richtung los, ohne sich noch einmal umzudrehen.

»Der junge Mann hat zu lange in der Einsamkeit gelebt«, meinte F'nor.

»Stimmt.«

»Du kennst seine Gefühle?« fragte F'nor, belustigt über Jaxoms knappe Antwort. Er legte ihm eine Hand auf die Schulter. »Ich würde mich nicht darüber ärgern, mein Junge. Bei so vielen Helfern ist das Haus im Nu fertig, und du hast bald wieder deine gewohnte Ruhe.«

»Idioten!« fauchte Sharra plötzlich.

Jaxom, der F'nors fragendem Blick ausgewichen war, schaute sie an. Sie hatte nebenbei das Gespräch zwischen den beiden Gildemeistern mitverfolgt.

»Nun muß ich denen wieder alles von vorn erklären!« Die Hände in die Hüften gestemmt, trat sie mit entschlossenen Schritten auf die beiden Männer zu. »Ich glaube, ich muß Sie auf etwas hinweisen, werte Meister, das Sie eindeutig übersehen haben. Wir leben hier im heißen Süden. Sie sind beide an kalte Winter und eisige Regenfälle gewöhnt. Wenn Sie das Haus aufgrund dieser Erfahrungen bauen, ersticken seine Bewohner in der Bruthitze, die uns hier bald bevorsteht. Ich selbst stamme aus der Burg des Südens. Die Mauern dort sind dick – sie weisen die Hitze ab und halten die Kühle im Innern fest. Wir errichten unsere Häuser auf Säulen, damit die Böden Luft bekommen. Wir haben viele Fenster – breite Fenster, ohne Läden. Ja, ich weiß, aber die Fäden plagen uns selten, während wir die Hitze täglich spüren. Nun hören Sie gut zu . . .«

F'nor schnalzte mit der Zunge. »Den Ton kenne ich von Brekke – und mache mich dann meist aus dem Staub.« Er tippte Jaxom mit dem Zeigefinger auf die Brust. »Du könntest uns eigentlich zeigen, wo hier die günstigsten Jagdgründe liegen. Wir haben zwar einigen Proviant mitgebracht, aber als Herrscher über die Bucht hast du die Pflicht, deine Gäste mit einem ordentlichen Braten zu versorgen . . .«

»Einen Augenblick, ich hole nur meine Reitsachen.« In Jaxoms Stimme schwang ehrliche Erleichterung mit.

Sie kämpften sich durch ein Gewirr von Balken, Metallteilen und allen möglichen Packen und Ballen bis zur Bucht vor. Unterwegs hielten die Leute Jaxom immer wieder an und erkundigten sich nach seinem Befinden.

Er lebte nun seit vielen Siebenspannen in der Bucht, und so war ihm eigentlich nie der Gedanke gekommen, daß seine Krankheit ein Gesprächsthema in Weyr, Burg und Hof sein könnte. Er fühlte sich zugleich verlegen und dankbar, aber das linderte nicht seinen Kummer über das Eindringen der Nordbewohner in den Frieden und die Stille seiner Bucht.

Wie hatte F'nor ihn genannt? Herrscher über die Bucht? Er warf mit einem Lachen den Kopf zurück. Im gleichen Augenblick landete Ruth neben ihm, tropfnaß vom Baden.

So viele Menschen! So viele Drachen! Das macht Spaß! Ruths Augen wirbelten begeistert.

Jaxom tätschelte ihm liebevoll die Nase und schwang sich auf seinen Nacken. Die anderen Reiter warteten bereits, und so hob er die Hand zum Zeichen, daß alles startklar war. Ruth stieß sich vom Sand ab und schnellte senkrecht in die Luft. Die großen, schweren Drachen der übrigen Reiter blieben weit zurück, und Ruth zog eine Schleife, bis sie die Lücke geschlossen hatten. Dann führte er sie nach Südosten.

Jaxom brachte die Jäger zu einer weit entfernten Flußwiese, die sie bei ihrer Wanderung mit Piemur entdeckt hatten. Im allgemeinen suchten Wherhühner und Renner diese Gegend am späten Vormittag auf, um sich im Wasser und im kühlen

Schlamm zu wälzen. Außerdem hatten dort auch die größeren Drachen genügend Platz für Verfolgungsmanöver.

Wie er es erwartet hatte, weideten einige Herden und Wherhuhn-Schwärme auf dem schräg abfallenden Gelände zwischen dem Waldrand und dem Hochwasserbett des Flusses, das sich zu Regenzeiten füllte und den Wurzeln von Sträuchern und Bäumen kaum Halt bot. Im Moment gedieh hier hohes Sumpfgras, das in der sengenden Frühsommerhitze allmählich vergilbte.

Wir sollen einzeln jagen. F'nor schlägt vor, daß wir uns einen großen Wherhahn schnappen. Die anderen werden versuchen, je einen Bock zu erbeuten. Das müßte für heute reichen.

»Und wenn es nicht reicht«, meinte Jaxom, »angeln wir eben noch ein paar Fische.«

Wenn er ehrlich war, mußte Jaxom zugeben, daß er sich auf die Jagd freute. Er hatte zwar noch nie Gelegenheit gefunden, einen Speerlasso zu benutzen, aber ... Er entdeckte einen prächtigen Wherhahn, der die Schwanzstachel stolz aufrichtete und majestätisch hinter einer Hennenschar herstolzierte. Jaxom preßte die Schenkel gegen Ruths Nacken und wog den Lasso in der Hand. Er übermittelte Ruth ein Bild des Wherhahns, und der weiße Drache tauchte mit halb angewinkelten Schwingen, so daß Jaxom genug Raum zum Auswerfen der metallbeschwerten Schlinge hatte. Das Seil legte sich um den großen Kopf des Wherhahns – der bäumte sich erschrocken auf und wich zurück. Die Schlinge zog sich zu, Jaxom verstärkte den Schenkeldruck, Ruth stieg abrupt ein Stück in die Höhe, und mit einem schnellen Ruck brach Jaxom seiner Beute das Genick.

F'nor meint, wir haben einen guten Fang gemacht. Er hofft auf ein ähnliches Jagdglück.

Sie landeten am Rand der Weide, ein gutes Stück entfernt von den übrigen Jägern. Jaxom stieg ab, löste die Beute aus der Schlinge, verschnürte sie und befestigte sie auf Ruths Rücken. Als sie wieder aufstiegen, sahen sie, daß auch F'nor und N'ton erfolgreich gewesen waren. F'nor ballte triumphierend die Hand zur Faust und zeigte mit einer Geste an, daß sie zur Bucht zurückfliegen konnten. T'gellan hetzte gerade hinter einem Bock her, den er beim ersten Wurf verfehlt hatte. Kurz vor der Waldgrenze holte er ihn ein und brachte ihn zu Fall. Erleichtert folgte Jaxom dem Geschwaderführer. Es war eine gute, schnelle Jagd gewesen; sie mußten nicht befürchten, daß die Herden durch ihr Auftauchen scheu geworden waren und beim nächsten Mal in den Wald flohen. Jaxom rechnete nämlich damit, daß der Fleischvorrat nicht lange reichen würde. Die riesige Helferschar mußte verköstigt werden, und ein paar Tage dauerte es sicher noch, bis das Haus des Meisterharfners fertig dastand.

Sie waren nicht allzu lange fort gewesen, doch bei ihrer Rückkehr entdeckten sie eine breite Lichtung auf der Anhöhe im Wald. Verwundert starrte Jaxom in die Tiefe. Er wußte inzwischen, mit welcher Zähigkeit sich das Holz den Äxten widersetzte. Da sah er, wie ein Drache einen Baum mitsamt den Wurzeln aus dem Erdreich hob und ihn zur nächsten Bucht im Osten schleppte, wo bereits ein ganzer Stapel lag.

Als Ruth sich dem Bauplatz näherte, bemerkte Jaxom, daß die Eckpfeiler aus schwarzem Klippenstein bereits errichtet waren; die ersten Querbalken aus nordischem Hartholz wurden gerade befestigt. Ein breiter, geschwungener Weg führte zu der Anhöhe, aufgestreut mit Sand, den die Drachen in Feuersteinsäcken herbeischleppten. Am Rande der Lichtung wurde mit Feuereifer gesägt, gehobelt, genagelt und eingepaßt, während vom Strand her ein Helfertrupp die nächste Ladung schwarzer Felsbrocken heranschaffte.

Am Ostrand der Bucht hatte man Gruben ausgehoben, in denen Feuer flackerten. Bratspieße aus Metall warteten auf Arbeit. Im Schatten des Waldsaums standen Holztische, und Jaxom erkannte Körbe mit roten, gelben und grünen Früchten.

Ruth schwebte einen Moment lang über der Lichtung, ehe er sanft landete. Zwei Männer von den Feuergruben eilten herbei, nahmen die Jagdbeute in Empfang und brachten sie zu den Kochstellen. Ruth flog gleich wieder auf, um den anderen Drachen Platz zum Landen zu machen.

F'nor streifte seine Reitjacke ab und trat neben Jaxom. Er blinzelte in das grelle Licht, als er das geschäftige Treiben in der vorher so stillen Bucht beobachtete. Der Drachenreiter seufzte tief, doch mit einemmal nickte er, als sei ihm ein befriedigender Gedanke gekommen.

»Ja«, sagte er leise, »ja, ich bin sicher, daß sie den Übergang schaffen.«

»Welchen Übergang?« fragte Jaxom.

F'nor dachte nicht an den Hausbau, soviel stand fest.

»Von Drachenreitern zu Landbesitzern. Wieviel von der Gegend ringsum hast du bisher eigentlich erforscht?«

»Die Buchten bis zur Flußweide, an der wir heute waren, und ein Stück des Waldes dahinter.«

Wie auf einen geheimen Befehl drehten sich beide Männer zu dem Vulkankegel um, der wolkenverhüllt in der Ferne lag.

»Er zieht den Blick auf sich, nicht wahr?« F'nor lachte. »Du wirst als erster dorthin vorstoßen, Jaxom. Offen gestanden, mir wäre es sogar lieb, wenn du zusammen mit Piemur gezielte Vorbereitungen für eine Erforschung dieses Berges treffen würdest. Das ist Musik in deinen Ohren, nicht wahr? Es gibt euch beiden eine vernünftige Beschäftigung. Ach ja, und ehe ich es wieder vergesse – wo ist dieses Echsen-Gelege, das du uns versprochen hattest?«

»Es sind insgesamt einundzwanzig Eier. Wäre es vielleicht möglich, daß fünf davon . . .«

»Aber sicher!«

». . . nach Ruatha gebracht werden?«

»Heute abend sind sie dort.«

Jaxom schaute sich mit einemmal verwundert um und schüttelte den Kopf. »Also, das ist merkwürdig.«

»Was?«

»Sonst treiben sich hier Scharen von Feuer-Echsen herum. Im Moment zähle ich höchstens ein Dutzend. Und sie tragen alle die Farbmarkierungen des Nordens.«

XVII

Burg Fort, Benden-Weyr, in Jaxoms Bucht und an Bord der Morgenstern 1. 10. 15–2. 10. 15

Nachdem sich die drei Feuer-Echsen freudig begrüßt hatten, nahmen die drei Männer an einem Tisch im Kleinen Saal der Burg Fort Platz. Hier hielt Baron Groghe im allgemeinen seine privaten Besprechungen ab.

Sebell kannte den Raum gut, aber er war noch nie als Sprecher seiner Gilde hierhergekommen und noch nie gleichzeitig mit dem Weyrführer von Fort. Allem Anschein nach hatte Baron Groghe ein wichtiges Anliegen.

»Ich weiß nicht recht, wo ich anfangen soll«, meinte Baron Groghe und schenkte den Männern Wein ein. Sebell fand, das sei bereits ein ausgezeichneter Anfang, vor allem, da der Baron Benden-Wein auftischte. »Am besten ohne Umschweife . . . Die Sache ist die: Ich stand auf F'lars Seite, als er T'ron bekämpfte . . .« – Groghe nickte dem gegenwärtigen Weyrführer von Fort zu –, »weil ich wußte, daß er im Recht war. Ging völlig in Ordnung, diese Taugenichtse ins Exil zu schicken, wo sie keinen Schaden anrichten konnten. Und solange die Alten im Süden lebten, fand ich es auch richtig, sie in Ruhe zu lassen, solange sie uns in Ruhe ließen. Was sie meist auch taten . . .« Baron Groghes buschige Brauen zogen sich zusammen; er schaute erst N'ton und dann Sebell grimmig an.

Beide Männer wußten, daß es im Einflußbereich von Fort gelegentlich zu Raubüberfällen gekommen war, die eindeutig die Handschrift der verbannten Drachenreiter trugen, und sie nickten verständnisvoll. Baron Groghe räusperte sich und faltete die Hände vor dem stattlichen Bauch.

»Was ich sagen wollte, ist, daß die Kerle jetzt aber tot sind – oder doch allmählich wegsterben. Machen auch keine Scherereien mehr. D'ram hat sich sozusagen als Stellvertreter von F'lar ein paar Drachenreiter aus den Nord-Weyrn zusammengeholt und bringt den vergammelten Süd-Weyr wieder auf Zack. Bin ich völlig damit einverstanden.« Er warf dem Harfner und dem Weyrführer einen langen, bedeutungsvollen Blick zu. »Hmm. Eine prächtige Entwicklung, wenn die Weyrleute wieder gegen Fäden kämpfen, was? Mit anderen Worten, das Land da unten wird jetzt geschützt. Nun weiß ich, daß der junge Troic im Süden eine Burg errichtet hat. Will ihm auch keiner wegnehmen, beileibe nicht. Hat sich sein Land sauer genug verdient. Aber ein Weyr, in dem alles klappt, kann mehr als eine kleine Burg beschützen, oder?« Er schaute N'ton bohrend an. Der Weyrführer mimte höfliches Interesse, aber er schwieg und half Baron Groghe nicht weiter.

»Also dann – hmm. Das Problem sieht folgendermaßen aus: Da zieht man eine Schar Kinder groß und bringt ihnen bei, wie man das Land bebaut und sich um einen Hof kümmert. Und genau das wollen sie dann tun. Wenn man sie nicht läßt, stellen sie nur Blödsinn an. Fangen Raufhändel an und fechten Duelle aus! Hat auch wenig Sinn, sie in Pflege zu geben. Dafür kriegt man die Bälger der anderen Leute, und die benehmen sich nicht besser. Beim Ei! Land brauchen die Burschen alle, damit sie mal tüchtig arbeiten!« Baron Groghe schlug mit der flachen Hand auf den Tisch, um seine Worte zu unterstreichen. »Aber ich kann mein Land nicht noch mehr aufteilen! Nutze ohnehin jeden Fleck, der nicht gerade blanker Fels ist! Ich kann auch nicht Leute aus ihren Pachthöfen werfen, die schon seit Generationen da sitzen. Dagegen wehre ich mich, auch wenn das eigene Fleisch und Blut noch so drängelt!

Also, solange die Alten drunten im Süden lebten, hätte ich den Vorschlag nie gewagt. Aber jetzt führt D'ram den Weyr; er ist F'lars Mann, und er kriegt sicher alles so ins Lot, daß man mehr Burgen und Höfe anlegen könnte, oder?«

Baron Groghe ließ seine Blicke düster vom Harfner zum Weyrführer schweifen, als versuche er jeden Widerspruch im Keim zu ersticken. »Es gibt eine Menge freies Land im Süden, habe ich nicht recht? Niemand weiß genau, wie groß der Kontinent ist. Aber ich hörte Schiffsmeister Idarolan erzählen, daß eines seiner Boote mehrere Tage eine Küste entlangsegelte. Hmm. Tja – das wäre es also.« Er begann unvermittelt vor sich hinzukichern, ein glucksendes Lachen, das immer heftiger wurde, bis er keine Luft mehr bekam und mächtig schnaufen mußte. Halb erstickt deutete er mit seinem Zeigefinger erst auf den einen, dann auf den anderen Besucher, ohne ein Wort herauszubringen.

N'ton und Sebell zuckten hilflos die Achseln und lachten unsicher mit. Sie errieten weder den Anlaß der Heiterkeit noch was Baron Groghe ihnen sagen wollte. Erst nach geraumer Zeit fand der Baron seine Beherrschung wieder. Er wischte sich die Lachtränen aus den Augen.

»Fabelhaft auf Zack! Jawohl, das seid ihr beide. Fabelhaft auf Zack!« Er trommelte mit einer Faust gegen seine Brust, weil er immer noch Schwierigkeiten mit dem Atmen hatte. Nach einem langen Hustenanfall wurde er endlich wieder ernst. »Ich kann es euch nicht verübeln. Weyr-Geheimnisse darf man nicht ausplaudern. Verstehe ich sehr gut! Aber tut mir einen Gefallen! Redet mit F'lar! Sagt ihm, daß Angriff besser ist als Verteidigung! Aber das weiß er vermutlich selbst. Ich finde nur, er sollte vorbereitet sein – bald. Inzwischen weiß nämlich ganz Pern, daß sich der Meisterharfner in den Süden begibt, um wieder gesund zu werden. Alle wünschen Meister Robinton das Beste. Aber die Leute fangen natürlich an, Fragen über den Südkontinent zu stellen, besonders jetzt, da er frei zugänglich wird.«

»Der Süden ist so groß, daß man ihn nicht ausreichend gegen die Sporen schützen kann«, erklärte N'ton.

Baron Groghe nickte und murmelte, daß er sich über dieses Problem im klaren sei. »Nur – es hat sich herumgesprochen, daß man diese Fäden auch außerhalb der Burgmauern überleben kann.« Er starrte Sebell aus zusammengekniffenen Augen an. »Ihr Mädchen, diese Menolly, hat es bewiesen. Und wie man hört, bekam Toric drunten im Süden bei Fädeneinfall wenig Unterstützung von den Alten.«

»Sagen Sie mal, Baron Groghe«, warf Sebell in seiner ruhigen Art ein, »waren Sie je bei einem Sporenregen im Freien?«

Baron Groghe zuckte zusammen. »Ein einziges Mal. Ist ja gut, Harfner, ich verstehe, was Sie sagen wollen. Aber was soll's – gerade hier würde sich erweisen, wo die Männer sind und wo die Weichlinge!« Er nickte heftig. »Jawohl, das ist meine Ansicht. Wir müssen die Weichlinge aussondern.« Er starrte N'ton listig an. »Oder sind die Weyr da anderer Meinung?«

Zur Überraschung des Barons lachte N'ton. »Es wird Zeit, daß wir mehr als nur die Weichlinge aussondern, Baron Groghe!«

»Häh?«

»Jedenfalls werde ich Ihre Botschaft heute noch an F'lar weitergeben.« Der Weyrführer von Fort hob seinen Becher.

»Danke. Mehr kann ich nicht verlangen. Was hört man Neues von Meister Robinton, Sebell?«

Sebells Augen leuchteten auf. »Er ist vier Tagesreisen von Ista entfernt, und es geht ihm gut.«

»Auf dem Schiff? Na, ich weiß nicht . . .«

»Zumindest hörte ich, daß es ihm gut geht. Ob er der gleichen Ansicht ist, weiß ich nicht«, setzte Sebell hinzu.

»Sucht diese idyllische Bucht auf, in der Jaxom festgehalten wird, was?«

»Festgehalten?« Sebell schaute den Burgherrn mit gespieltem Entsetzen an. »Baron Jaxom wird nicht festgehalten, aber er muß noch eine Weile warten, ehe er wieder ins *Dazwischen* fliegen darf.«

»Ich habe ihn besucht. Sagen Sie, wo liegt diese Traumbucht eigentlich genau?«

»Im Süden«, entgegnete Sebell knapp.

»Hmm. Na schön, Sie wollen nicht raus mit der Sprache. Nehme ich Ihnen gar nicht übel. Herrlicher Fleck. Also dann, ihr beiden, richtet F'lar meine Worte aus! Ich glaube nicht, daß ich der einzige bleiben werde, der das Problem auf den Tisch bringt, aber ich dachte mir, es könnte nicht schaden, wenn ich der erste bin. Hilft vielleicht ihm und mir weiter. Meine Söhne, die verdammte Brut, treiben mich allmählich in den Suff!« Der Baron erhob sich, und seine beiden Besucher taten das gleiche. »Richten Sie Ihrem Meister meine besten Wünsche aus, Sebell, wenn Sie ihn das nächstemal sehen.«

»Danke, ich werde es nicht vergessen.«

Baron Groghes kleine Königin Merga verabschiedete sich mit fröhlichem Gezirpe von Kimi und Tris, als die drei Männer die Burg verließen. Sebell schloß daraus, daß der Baron zufrieden mit dem Verlauf des Gesprächs war.

Erst als die beiden Besucher die breite Auffahrt verlassen hatten, die vom Hof der Burg zur gepflasterten Straße hinunterführte, lachte Sebell leise vor sich hin. »Es hat geklappt, N'ton, es hat geklappt!«

»Was?«

»Der Baron bittet den Weyrführer von Benden um Erlaubnis, in den Süden zu gehen.«

»Ja und?« N'ton schaute ihn kopfschüttelnd an.

Sebell grinste breit. »Beim Ei, und Sie fallen auch darauf herein! Haben Sie Zeit, mich zum Benden-Weyr zu bringen? Baron Groghe hat recht. Andere werden das Problem ebenfalls zur Sprache bringen, und möglicherweise hat Baron Corman bereits den Anfang gemacht.«

»Worauf bin ich reingefallen, Sebell?«

Sebells Grinsen wurde noch breiter, und in seinen braunen Augen blitzte der Spott. »Ich habe es gelernt, Gildegeheimnisse zu hüten, mein Freund.«

N'ton fauchte ungeduldig. Dann blieb er mitten auf dem Pflaster stehen. »Erklären Sie mir die Zusammenhänge, Sebell, oder ich gehe keinen Schritt weiter!«

»Es ist doch so augenfällig, N'ton! Denken Sie selbst darüber nach! Wenn Sie das Rätsel auf dem Flug nach Benden nicht lösen, dann erkläre ich es Ihnen dort. Ich muß F'lar ohnehin einweihen.«

»Also auch Baron Groghe – sieh mal einer an!« F'lar warf den beiden jüngeren Männern einen müden Blick zu.

Er war eben von einem Sporenregen über Keroon zurückgekehrt und hatte sich nach dem Einsatz eine lange Rede von Baron Corman anhören müssen, oftmals unterbrochen von dem lauten Geschniefe des Burgherren, der an chronischem Schnupfen zu leiden schien.

»Fäden über Keroon?« fragte Sebell, und als F'lar säuerlich nickte, grinste der junge Gildemeister N'ton an. »Dann war Baron Groghe nicht der erste!«

Ärgerlich warf F'lar seine Reithandschuhe auf den Tisch.

»Entschuldigen Sie, daß ich gerade jetzt hereinplatze, wo Sie sicher todmüde sind«, meinte Sebell, »aber wenn Baron Groghe sich Gedanken über jene ungenutzten Gebiete im Süden machte, dann ist er sicher nicht der einzige. Er fand, daß man Sie warnen müßte.«

»Warnen – hmm.« F'lar schob sich eine widerspenstige Strähne aus der Stirn und trank einen Becher Wein leer. Dann erst kam ihm zu Bewußtsein, daß er unhöflich war. Er bot seinen Besuchern ebenfalls etwas zu trinken an.

»Noch haben wir die Sache in der Hand, Weyrführer.«

»So, finden Sie? Horden abenteuerlustiger junger Männer, die sich im Süden eigene Reiche aufbauen wollen . . .«

»Erst einmal müssen sie Benden um Erlaubnis bitten.«

F'lar verschluckte sich und begann zu husten. »Benden um Erlaubnis bitten? Wie das?«

N'ton grinste von einem Ohr zum anderen. »Das hat Meister Robinton eingefädelt.«

»Irgendwie kann ich dieser Logik nicht ganz folgen.« F'lar setzte sich und tupfte ein paar Tropfen Wein von seinem Kinn. »Was hat Meister Robinton, der im Moment friedlich in Richtung Süden segelt, mit Groghe, Corman und den anderen Burgherren zu tun?«

»F'lar, Sie wissen vielleicht, daß mich der Meisterharfner auf Wanderschaft durch ganz Pern geschickt hat. In jüngster Zeit hatte ich neben meinen gewohnten Aufgaben eine Mission zu erfüllen, die Meister Robinton für ungeheuer wichtig hielt. Erstens sollte ich jedem kleinen Pächter und Hofbesitzer seine Pflichten gegenüber Burg und Weyr eintrichtern. Und zweitens sollte ich den Glauben verbreiten, daß Benden in allen Dingen die letzte Instanz sei.«

F'lar riß die Augen auf, schüttelte den Kopf und beugte sich vor. »Fahren Sie fort! Das ist ja sehr interessant.«

»Nur der Benden-Weyr konnte die Veränderungen, die während des Langen Intervalls in Burgen und Gilden vorgegangen waren, richtig einschätzen, da Benden als einziger Weyr diese Veränderungen selbst mitgemacht hatte. Sie, F'lar, retteten Pern vor den Fäden, zu einem Zeitpunkt, da die meisten Bewohner gar nicht mehr an die Gefahr des Roten Sterns glaubten. Sie schützten später Ihr Volk vor den Übergriffen der Alten, die sich nicht an die neue Selbständigkeit der Burgen und Gilden gewöhnen konnten. Aber Sie verteidigten auch die Rechte von Burgen und Gilden gegen die Drachenreiter, denen Sie selbst angehören, und schickten jene ins Exil, die sich Ihrer Führung nicht unterstellen wollten.«

»Hmm.« F'lar schaute ihn ungläubig an. »Von der Seite habe ich die Zusammenhänge bisher nie betrachtet.« Er wand sich verlegen.

»Und seit damals ist der Süden verbotenes Territorium.«

»Also, nicht gerade verboten«, schränkte F'lar ein. »Torics Leute konnten stets gehen und kommen, wie sie wollten.«

»Sie kamen nach Norden, das stimmt, aber Händler und alle anderen, die in den Süden wollten, konnten das nur mit ausdrücklicher Erlaubnis von Benden tun.«

»Ich glaube nicht, daß ich das damals in Telgar forderte.« F'lar dachte an jenen Tag zurück, an die Hochzeit, den Zweikampf mit T'ron, den Fädeneinfall . . .

»Vielleicht nicht mit diesen Worten«, entgegnete Sebell. »Aber Sie baten drei Weyrführer und sämtliche Burgherren um Unterstützung – die Ihnen auch gewährt wurde . . .«

»Und Meister Robinton leitete daraus ab, daß Benden von nun an zu bestimmen hatte, was im Süden geschah und was nicht?«

»Mehr oder weniger«, sagte Sebell vorsichtig.

»Vielleicht nicht mit diesen Worten, was, Sebell?« fragte F'lar. Wieder einmal empfand er Bewunderung für die Weitsicht des Harfners.

»Ja, F'lar. Es schien der einzig mögliche Weg, nachdem Sie den

Wunsch geäußert hatten, einen Teil des Südkontinents als Zufluchtsort für die Drachenreiter während des nächsten Intervalls zu sichern.«

»Ich ahnte ja nicht, daß der Meisterharfner eine beiläufige Bemerkung von mir so ernst nahm.«

»Meister Robinton war immer bestrebt, die Weyr zu unterstützen.«

Beschämt dachte F'lar an die Spannungen, die es zwischen ihm und dem Harfner wegen des geraubten Königin-Eies gegeben hatte. Auch damals war es dem Harfner um Pern gegangen. Hätte sich Lessa mit ihrer Rache durchgesetzt ...

»Wir verdanken dem Harfner viel.«

»Ohne die Weyr ...« Sebell breitete die Hände aus und sprach nicht weiter.

»Nicht alle Burgen würden Ihnen da zustimmen«, meinte F'lar. »Im Untergrund schwelt immer noch der Verdacht, daß die Drachenreiter den Roten Stern nur deshalb in Ruhe lassen, weil sie ihre Vormachtstellung behalten wollen. Oder konnte Meister Robinton auch diese Meinung ausräumen?«

»Das war nicht nötig«, meinte Sebell lachend, »nachdem F'nor und Canth den Versuch gewagt hatten, zum Roten Stern zu gelangen. Heute glaubt ganz Pern an die Zeilen: *Drachenreiter müssen streiten, wenn Silberfäden vom Himmel gleiten.*«

»Leider hat sich herumgesprochen, daß die Drachenreiter im Süden kaum etwas gegen die Sporenplage taten«, wandte F'lar grimmig ein.

»Das stimmt. Aber Sie müssen zugeben, F'lar, daß ein Leben ohne den Schutz des Weyrs in der Theorie verlockender aussieht als in der Praxis.«

»Sie scheinen da Erfahrungen gesammelt zu haben ...«

»Allerdings.« Sebell zuckte die Achseln. »Und ich gestehe offen, daß ich Angst habe, wenn ich bei einem Sporenregen keine dicken Mauern um mich weiß. Sicher, man müßte nur mit den Gewohnheiten der frühen Jahre brechen, aber das schaffe ich nicht. Erst der Anblick von Drachenschwingen beruhigt mich.«

»Mit anderen Worten – das Problem mit dem Süden liegt jetzt wieder auf meinem Tisch.«

»Welches Problem mit dem Süden?« Lessa hatte unbemerkt den Weyr betreten. »Ich dachte, es sei ein für allemal vereinbart, daß wir die erste Wahl im Süden haben.«

F'lar lachte leise. »Das scheint zum Glück niemand anzuzweifeln – dank unserem guten Meister Robinton.«

»Worin liegt dann die Schwierigkeit?« Sie nickte Sebell und N'ton zu und wartete dann mit gerunzelter Stirn auf F'lars Antwort.

»Nur darin, welchen Teil des Südens wir für die jüngeren Söhne des Nordens öffnen sollen, ehe sie hier bei uns Ärger machen. Corman hat nach dem Sporeneinfall ein ernstes Gespräch mit mir geführt.«

»Ich habe euch beide beobachtet. Ehrlich gestanden, ich rechnete seit T'kuls Tod damit.« Lessa lockerte ihren Reitgürtel und seufzte. »Wenn wir nur mehr über den Süden wüßten! Hat Jaxom denn noch gar nichts in Erfahrung gebracht? Er weilt jetzt schon ziemlich lange dort unten.«

Sebell zog einen dicken Papierstapel aus seiner Tasche. »O doch – und nicht er allein. Vielleicht hilft Ihnen das weiter, Lessa!« Triumphierend entfaltete Sebell die sorgfältig aneinandergefügten Blätter einer großen Karte, von der allerdings noch viele Teile weiß waren. Eine deutliche Küstenlinie zeichnete sich ab, und hier und da reichten farbige Flächen ein Stück landeinwärts. An den Rändern befanden sich Daten und die Namen derer, welche die einzelnen Teile erforscht hatte. Nur der Landfinger, der in Richtung Nerat zeigte, war in allen Einzelheiten erforscht. Hier befanden sich der Weyr und die Burg des Südens. Zu beiden Seiten dieses Orientierungsmerkmals erstreckten sich weite Landgebiete, im Westen begrenzt von einer großen Sandwüste, die eine riesige Bucht säumte. Im Osten sah man eine lange Küstenlinie, die plötzlich scharf nach Süden abknickte; an ihrer äußersten Kante war ein hoher, symmetrischer Bergkegel eingetragen, dazu eine kleine, mit einem Stern versehene Bucht.

»Soviel wissen wir bis jetzt über den Südkontinent«, sagte Sebell nach einer langen Pause, während der die beiden Weyrführer die Karte studierten. »Wie Sie sehen, ist es uns bisher nicht gelungen, die ganze Küste zu erforschen, geschweige das Landesinnere. In dieser Karte stecken drei Planetenumläufe harte Arbeit.«

»Wer war daran beteiligt?« erkundigte sich Lessa.

»Viele Leute, N'ton, Torics Pächter, auch ich – vor allem aber ein junger Harfner namens Piemur.«

»Der kleine Sänger!« rief Lessa überrascht. »Das also wurde seine neue Aufgabe nach dem Stimmbruch.«

»Wenn man die Skizze betrachtet«, sagte F'lar langsam, »so könnte man den Norden Perns fast in die Westhälfte der Südküste schieben.«

Sebell legte den linken Daumen auf den Vorsprung des Süd-Weyrs und die restliche Hand mit gespreizten Fingern auf den Westen. »Dieses Gebiet würde die Söhne der Burgherren leicht aufnehmen.« Er hörte, wie Lessa scharf durchatmete, und lächelte sie an. Dann bedeckte er mit der rechten Hand das Land im Osten. »Aber das hier ist nach Piemurs Worten der schönste Teil des Südens.«

»In der Nähe jenes Bergkegels?« wollte Lessa wissen.

»In der Nähe jenes Bergkegels!«

Piemur kam erst bei Einbruch der Dunkelheit aus dem Wald, Dummkopf am Zügel und Farli auf der Schulter. Er legte Sharra ein großes, mit Lianen zusammengeflochtenes Bündel Obst vor die Füße.

»Da. Als Entschuldigung, weil ich euch heute im Stich gelassen habe.« Er kauerte sich nieder und grinste schuldbewußt. »Dummkopf war nicht der einzige, dem der Lärm hier zuviel wurde.« Er wischte sich den Schweiß von der Stirn. »So viele Leute auf einen Haufen habe ich das letztemal auf dem Singfest von Süd-Boll gesehen – und das liegt zwei Planetenumläufe zurück. Ich fürchtete schon, die würden nie mehr gehen. Kommen sie morgen noch einmal?«

Jaxom nickte lachend. »Mir ging es ähnlich, Piemur. Zum Glück bestand F'nor auf einem Jagdausflug. Den Rest des Nachmittags spannte ich Fischnetze aus.« Er deutete auf die Nachbarbucht.

»Komisch, wenn man plötzlich kein Gedränge mehr verträgt«, sagte Piemur langsam. »Ich hatte Angst, die würden mir die Luft zum Atmen wegnehmen. Und das ist echt albern.« Er warf einen Blick auf die dunklen Umrisse der Holz- und Werkzeugstapel, welche die Bucht säumten, und schüttelte den Kopf. »Dabei habe ich früher die Nase meist in den dicksten Trubel gesteckt . . .«

»Ich gebe zu, daß meine Nerven auch nicht mehr die besten sind«, meinte Sharra. »Vielen Dank für die Früchte, Piemur. Diese . . . diese Horde hat all unsere Vorräte aufgebraucht. Ein kleines Stück Wherbraten ist noch übrig und vielleicht eine Rippe vom Bock.«

Piemur seufzte erleichtert, als Sharra aufstand und ihm etwas zu essen holte. »Ich könnte Dummkopf fressen, wenn der Kerl nicht so zäh wäre!«

Jaxom und Piemur saßen am Strand, immer noch ein wenig erschöpft, als der junge Harfner plötzlich den Kopf hob und zum

Himmel deutete. »Da sind sie wieder! Wenn ich nur ein Fernrohr hier hätte!«

»Wer ist wo?« Jaxom drehte sich träge herum. Er rechnete damit, erneut ein Rudel Drachenreiter auftauchen zu sehen.

»Die Tag-Schwestern. Hier heißen sie Dämmer-Schwestern, weil man sie nur morgens und abends sieht. Sie stehen auch viel höher am Himmel. Da – die drei ganz hellen Punkte! Ich habe sie oft als Leitsterne benutzt.«

Jaxom betrachtete die drei gleißenden Sterne und fragte sich verwundert, weshalb er sie nicht schon früher bemerkt hatte.

Piemur stach mit dem Zeigefinger mehrmals in Richtung des Dreiergestirns. »Die meisten Sterne verändern ihre Position – die hier bleiben immer an der gleichen Stelle.«

»Von Ruatha aus sieht man sie ganz schwach über dem Horizont . . .«

»Siehst du? Genau das meine ich. Ganz gleich, wann ich im Süden unten bin, ob in der kalten oder warmen Zeit, sie stehen immer am gleichen Fleck.«

»Unmöglich. Das gibt es nicht. Wansor sagt, daß Sterne in bestimmten Bahnen über den Himmel ziehen wie . . .«

»Die Dämmer-Schwestern rühren sich aber nicht von der Stelle.«

»Und ich sage dir, das kann nicht sein!«

»He, nun faucht euch doch nicht so an! Was kann nicht sein?« Sharra kam mit einem schwerbeladenen Tablett und einem Weinschlauch zurück. Sie setzte das Essen vor Piemur ab und reichte dann gefüllte Becher herum.

Piemur zuckte lachend die Achseln. »Also, ich werde jedenfalls Wansor eine Botschaft schicken. Ich behaupte, daß das ein verdammt komisches Sternverhalten ist.«

Die leise Brise erschlaffte, und der Meisterharfner erwachte. Zair lag zusammengerollt neben seinem Kopf und stieß einen sanften Begrüßungsruf aus. Ein Sonnendach war über dem Kopf des Harfners errichtet, aber die flirrende Hitze machte ihm dennoch zu schaffen.

Ausnahmsweise saß niemand an seinem Lager. Robinton atmete erleichtert auf. Die Fürsorge der anderen hatte ihn gerührt, doch manchmal erdrückte sie ihn schier. Er bezähmte seine Ungeduld. Eine andere Wahl blieb ihm nicht; denn er war zu schwach und zu müde, um sich gegen die gutgemeinte Pflege zur Wehr zu setzen. Offenbar hatte sich sein Befinden leicht ge-

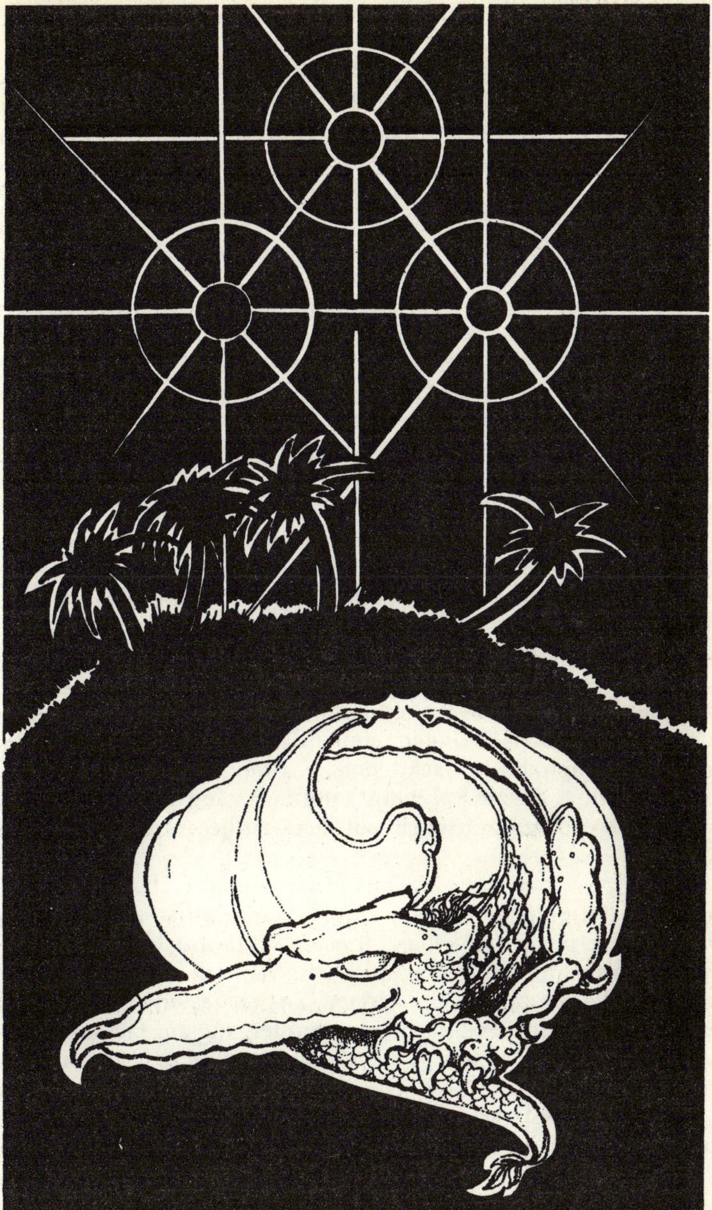

bessert, weil sie ihn heute in Ruhe ließen. Die Segel hingen schlaff herab. Einzig das sanfte Rollen der Wogen schien das Schiff langsam voranzutragen. Die Wellen mit ihren Schaumkronen besaßen einen magischen Rhythmus; er mußte den Kopf schütteln, um sich ihrem Bann zu entziehen. Robinton wußte, daß sie noch Tage unterwegs sein würden, ehe sie wieder Land zu Gesicht bekamen, obwohl Meister Idarolan erklärte, daß sie nun die Große Südströmung erreicht hätten und gute Fortschritte machten.

Der Schiffsmeister war über diese Reise ebenso begeistert wie alle anderen, die mit dem Vorhaben zu tun hatten. Robinton lachte vor sich hin. Allem Anschein nach profitierte jeder von seiner Krankheit.

Nur keine Bitterkeit, schalt er sich selbst. Weshalb hast du Sebell so gründlich und lange ausgebildet? Damit er eines Tages für dich einspringen kann! Nur, gestand sich Robinton ein, hatte er nie im Ernst damit gerechnet, daß es notwendig werden würde. Flüchtig dachte er darüber nach, ob Menolly ihm auch alle Botschaften von Sebell ausrichtete. Sie und Brekke waren sich darin einig, jede Aufregung von ihm fernzuhalten.

Zair rieb seinen weichen Kopf gegen Robintons Wange. Die Feuer-Echse erspürte mit untrüglichem Instinkt die Emotionen der Umgebung, und sie schien völlig ruhig und zufrieden.

Wenn er nur seine Müdigkeit abschütteln und die lange Reisezeit nutzbringend verwenden könnte – die Gildegeschäfte auf den neuesten Stand bringen, einige Balladen, die in seinem Innern herumspukten, aufschreiben, lang aufgeschobene Projekte abschließen . . . Aber Robinton hatte nicht den geringsten Ehrgeiz. Er war damit zufrieden, auf Deck zu liegen und nichts zu tun.

Die *Morgenstern* war Idarolans ganzer Stolz. Hübscher Name. Und erinnerte ihn an etwas. Er mußte den Schiffsmeister bitten, ihm ein Fernrohr zu leihen. Irgend etwas an den Dämmer-Schwestern kam ihm merkwürdig vor. Man sah das Gestirn, das man im Norden unter dem Namen Tag-Schwestern kannte, hier im Morgengrauen und nach Sonnenuntergang am Himmel, ungewöhnlich hoch, wie er fand. Vielleicht sollte er Wansor darüber berichten.

Er spürte, wie Zair das Köpfchen hob. Leichte Schritte näherten sich, und die Echse übermittelte ein Bild von Menolly.

»Immer auf leisen Sohlen!« sagte er verdrießlicher als beabsichtigt.

»Ich dachte, Sie würden schlafen.«

»Was sollte ich auch sonst den ganzen Tag tun?« Er lächelte, um seinen Worten die Schärfe zu nehmen.

Zu seiner Überraschung lachte sie und reichte ihm einen Becher Fruchtsaft, vermischt mit etwas Wein.

»Ihre Laune hat sich gebessert.«

»Findest du? Ich benehme mich die meiste Zeit wie ein grämlicher alter Mann. Ihr müßt mein Geschimpfe allmählich leid sein.«

Sie kauerte neben ihm nieder und legte ihm eine Hand auf den Arm. »Ich bin sogar über Ihre schlechte Laune froh«, sagte sie, und Tränen schimmerten in ihren Augen.

»Mein liebes Mädchen . . .« Er bedeckte ihre Hand mit der seinen.

Sie wandte den Kopf ab, und Zair begann unruhig zu zetern. Prinzeßchen tauchte auf und flatterte hysterisch umher. Robinton stützte sich auf einen Ellbogen und beugte sich über die Harfnerin.

»Menolly, es geht mir doch gut! Brekke meint, daß ich in den nächsten Tagen wieder aufstehen kann!« Der Harfner strich ihr über das Haar. »Wein doch nicht! Es ist alles vorbei.«

»Albern von mir, ich weiß. Denn Ihr Zustand bessert sich wirklich, und wir werden schon dafür sorgen, daß Sie sich nie mehr überanstrengen . . .« Menolly wischte sich ungeduldig mit dem Handrücken über die feuchten Augen.

Die Geste rührte ihn so, daß er Menolly sanft auf die Wange küßte. Er spürte, wie sie sich versteifte und dann an ihn schmiegte. Ihre beiden Feuer-Echsen begannen leise zu summen.

Vielleicht war es die Reaktion ihrer kleinen Freunde, vielleicht auch die eigene Verblüffung, die Robinton zusammenzucken ließ. Jedenfalls löste sich Menolly von ihm.

»Ich . . . ich wollte das nicht«, murmelte sie mit gesenktem Kopf.

»Ich auch nicht, Menolly«, entgegnete der Harfner leise. In diesem Moment verwünschte er sein Alter, ihre Jugend, die Zuneigung, mit der er das Mädchen betrachtete, und die Schwäche, die ihn verleitet hatte, seine Gefühle einzugestehen. Sie wandte sich wieder ihm zu, und ihr Blick war dunkel vor Schmerz.

Er hob die Hand und brachte sie mit einer behutsamen Geste zum Schweigen, noch ehe sie ein Wort sagen konnte. Seufzend schloß er die Augen. Er fühlte sich plötzlich erschöpft von diesem kurzen Moment, in dem sie beide ihre Empfindungen offen gezeigt hatten. Wie bei der Gegenüberstellung, dachte er, ein kurzer Eindruck, der sich für alle Ewigkeit einprägt. Vermutlich hatte er immer um die gefährliche Zwiespältigkeit seiner Gefühle für die Tochter des Seebarons gewußt, deren seltenes Musiktalent er selbst erschlossen hatte. Eine Ironie des Schicksals, daß er sich und ihr die Wahrheit ausgerechnet jetzt enthüllte, in diesem ungünstigsten Moment der Schwäche. Dennoch schien sie glücklich mit Sebell. Er war sicher, daß sich die beiden in jeder Hinsicht gut verstanden. Er selbst hatte getan, was in seiner Macht stand, um diese Bindung zu festigen, denn Sebell war der Sohn, den er sich immer gewünscht und nie bekommen hatte.

»Sebell . . .«, begann er und unterbrach sich, als er ihre Finger auf seinem Arm spürte.

»Ich habe Sie vor ihm geliebt.«

»Für mich warst du immer ein Kind, das ich gern hatte . . .« Er hoffte, daß es ihm gelang, sich das selbst einzureden. Einen Moment lang drückte er ihre Hand, dann setzte er sich auf und nahm einen tiefen Zug aus dem Becher, den sie gebracht hatte.

Als er aufschaute, lächelte er wieder.

Zair flatterte auf und kündigte die Nähe des Schiffsmeisters an.

»Ah, Sie sind wach, mein Freund. Fühlen Sie sich ausgeruht?« fragte Idarolan.

»O ja. Gut, daß Sie kommen. Ich habe eine Frage an Sie. Sagen Sie, haben Sie diese Dämmer-Schwestern abends schon einmal beobachtet? Ich werde den Verdacht nicht los, daß nicht nur mein Allgemeinbefinden schlechter geworden ist, sondern auch meine Sehkraft.«

»Keineswegs, mein Lieber, keineswegs. Ich habe wegen dieses Gestirns bereits Meister Wansor benachrichtigt. Mir war das Phänomen bisher nicht aufgefallen, weil ich noch nie so weit in den Osten dieses Kontinents vorgedrungen bin. Die Position dieser drei Sterne gibt in der Tat Rätsel auf.«

»Leihen Sie mir heute abend einmal Ihr Fernrohr?« fragte der Harfner. Er sah Menolly mit einem Lächeln an. »Falls ich ausnahmsweise die Erlaubnis bekomme, etwas länger aufzubleiben . . .«

»Aber sicher, Meister Robinton. Ihre Meinung interessiert mich sehr. Ich weiß, Sie hatten länger Zeit als ich, Wansors Gleichungen zu studieren. Vielleicht finden wir selbst heraus, wodurch das absonderliche Verhalten dieses Gestirns verursacht wird.«

»Sehr gut. Und um uns die Wartezeit zu verkürzen, setzen wir die Partie fort, die wir gestern angefangen haben, ja? Menolly, könntest du uns bitte das Spielbrett von dort drüben reichen?«

XVIII

Jaxoms Bucht, Ankunftstag des Meisterharfners, 14. 10. 15

Die Schar der fleißigen und fachkundigen Helfer benötigte nicht länger als elf Tage, um das Haus in der Bucht fertigzustellen, auch wenn sich die Maurer nicht gerade begeistert darüber zeigten, daß man den Mörtel nur so kurze Zeit trocknen ließ. Weitere drei Tage dauerte es, bis die Inneneinrichtung vollständig war. Lessa, Manora, Silvina und Sharra berieten sich lange Zeit, ehe sie die Möbel und anderen Haushaltsgegenstände, die als Geschenk von sämtlichen Burgen, Gildehallen und Höfen eintrafen, im Haus verteilten.

Abends schwankte Sharras Tonfall zwischen Selbstmitleid und Stolz. Sie hatte den ganzen Tag über Sachen ausgepackt, gewaschen und dekoriert. »Wo bist du denn hingeraten?« fragte sie Piemur und deutete auf ein paar böse Kratzer auf seinen Armen und im Gesicht.

»Er wollte sich und uns etwas beweisen«, grinste Jaxom, obwohl auch auf seiner Stirn ein Riß zu sehen war.

Da sich genügend eifrige Helfer um das Haus kümmerten, hatten N'ton, F'nor und F'lar die Zeit genützt und zusammen mit Piemur und Jaxom das Land rings um die Bucht zu Fuß erkundet.

Piemur hielt dabei F'lar einen hochmütigen Vortrag, daß Drachen bereits eine Vorstellung von einem bestimmten Ort besitzen mußten, um ihn mit einem Sprung ins *Dazwischen* aufsuchen zu können. Er habe zu Fuß die Pionierarbeit geleistet, prahlte er, damit ihm später die Drachenreiter folgen könnten. Die Weyrleute überhörten seine etwas anmaßenden Worte, aber Jaxom ging Piemurs Verhalten allmählich auf die Nerven.

Man hatte im übrigen damit begonnen, in einem weiten Bogen um die Bucht provisorische Lager zu errichten. Der Abstand zu Meister Robintons Haus war etwa so groß wie die Strecke, die ein Drache in einem Tag zurücklegen konnte. Jeder Unterschlupf bestand aus einer Hütte mit Ziegeldach und einem Steinbunker, in dem man Notvorräte und Schlafdecken unterbringen konnte. In stillschweigender Übereinkunft schoben sie von einem der Stützpunkte ein weiteres Lager vor – auf den Berg zu.

F'lar hatte Jaxom erklärt, daß er wieder ins *Dazwischen* gehen dürfe, sobald Meister Oldive ihn gründlich untersucht und seine Einwilligung gegeben habe. Und da der Heiler bestimmt in die Bucht kam, um Meister Robinton zu versorgen, war die lange Wartezeit sicher bald vorbei.

»Dann kann auch Menolly endlich herkommen«, sagte Maxom erleichtert.

»Wo liegt da der Zusammenhang?« fragte Sharra scharf. Jaxoms Herz schlug schneller. Er glaubte eine Spur von Eifersucht in ihrer Stimme zu erkennen.

»Sie und Meister Robinton haben diese Bucht immerhin entdeckt.» Sein Blick wanderte sehnsüchtig in Richtung des Bergkegels.

»Mit dem Boot«, warf Piemur geringschätzig ein.

Sharra musterte ihn lange. »Ich muß zugeben, Piemur«, sagte sie dann, »daß man die Füße als Fortbewegungsmittel benutzt hat, ehe man Boote und Drachen kannte. Aber ich bin dankbar, daß es auch andere Methoden gibt, und ich finde es keine Schande, sie zu benutzen.«

Damit drehte sie sich um und ging, und Piemur starrte ihr verblüfft nach.

Dieser Zwischenfall reinigte die Atmosphäre, und Jaxom stellte zu seiner Erleichterung fest, daß Piemur seine bissigen Bemerkungen über Drachenreiter und Segelboote von da an unterdrückte.

Es sprach für die Genauigkeit von Piemurs Karten, daß Meister Idarolan seine Position nach den Umrissen der Küste erkennen konnte, sobald sich die Große Südströmung dem Land näherte. Die *Morgenstern* war zweiundzwanzig Tage von Ista aus unterwegs, als sie eines strahlenden Vormittags die Westspitze der Bucht erreichte, ein Ereignis, das durch ein besonders ausgewähltes Begrüßungskomitee gebührend gewürdigt wurde.

Meister Oldive und Brekke hatten eine anstrengende Empfangsfeier verboten, um die Genesung des Kranken nicht zu gefährden. Meister Fandarel vertrat all die Handwerker und Gildemeister, die an dem prachtvollen Haus mitgebaut hatten. Lessa repräsentierte die Weyr, deren Drachen Menschen und Material transportiert hatten, und Jaxom war der Sprecher für die Barone, die ihre Leute und Vorräte zur Verfügung gestellt hatten.

Die letzten Minuten, als der elegante Dreimaster auf den steinernen Kai zuhielt, schienen am schwersten zu sein. Jaxom blinzelte in die grelle Sonne und stieß einen lauten Jubelschrei aus, als er die Gestalt des Harfners am Bug erkannte. Die Feuer-Echsen flogen auf und umwirbelten das Schiff.

»Seht mal, er ist richtig braungebrannt!« rief Lessa und packte Jaxom aufgeregt am Arm.

»Gut sieht er aus – gut«, murmelte Fandarel und grinste breit. Er freute sich schon auf das Gesicht seines alten Freundes, wenn der seinen neuen Wohnsitz sah.

Und dann schaukelte das Schiff neben dem Kai, und die Seeleute klappten eine Laufplanke herunter.

»Ich liefere ihn hiermit unversehrt ab!« rief der Schiffsmeister mit dröhnender Stimme und geleitete den immer noch geschwächten Meister Robinton an Land. Lessa umarmte den Harfner mit Tränen in den Augen, und Fandarel schlug ihm auf die Schulter, daß er beinahe in die Knie ging. Jaxom half inzwischen Brekke und Menolly ans Ufer. Alle redeten gleichzeitig los. Dann aber übernahm Brekke wie gewohnt das Kommando und drängte den Meisterharfner, den Schatten des Waldes aufzusuchen.

Die Heilerin wollte wie immer den Weg zur Hütte einschlagen, aber Fandarel nahm sie lachend am Arm und führte sie zu dem Sandpfad, der sich zwischen Bäumen und Sträuchern zur Anhöhe wand.

»Aber die Hütte liegt doch . . .«

»Stimmt«, entgegnete Fandarel, der neben Robinton ging. »Aber wir haben einen besser geeigneten Platz für unseren Meisterharfner gefunden.«

Brekke hatte die erste Wegbiegung erreicht und blieb wie angewurzelt stehen. Ungläubig starrte sie das neue Haus im Schatten der Baumkronen an. »Das darf nicht wahr sein!« wisperte sie. Ihre Blicke wanderten von Lessa zu Jaxom und weiter zu Fandarel. »Was – wie habt ihr das geschafft? Das gibt es doch gar nicht.«

Robinton und Fandarel hatten die beiden Frauen erreicht, und der Schmied lachte über das ganze Gesicht.

»Sagte Brekke nicht etwas von einer kleinen Hütte?« meinte Robinton und lächelte zögernd. »Das da . . .«

Lessa und Fandarel konnten die Spannung nicht mehr ertragen. Sie zerrten den Harfner zu den breiten Verandastufen.

»Warten Sie nur, bis Sie das Innere sehen!« rief Lessa.

»Ganz Pern hat bei dem Bau mitgeholfen«, erklärte Jaxom der völlig erstarrten Brekke. »Du ahnst ja nicht, wie es hier von

Handwerkern gewimmelt hat!« Er gab Menolly durch einen Wink zu verstehen, daß sie sich beeilen sollte.

Die junge Harfnerin musterte die friedliche Bucht, den sorgfältig geglätteten Sand, die Bäume und die blühenden Sträucher, die so unberührt aussahen wie an dem Tag, als sie mit Jaxom hier angekommen war. Nur das weiträumige Haus und der Weg, der zur Anhöhe führte, waren Zeugen dafür, daß hier eine Veränderung stattgefunden hatte. »Ich kann es nicht glauben.«

»Ich weiß, Menolly. Sie haben sich Mühe gegeben, die Natur nicht zu zerstören. Die Burg in der Süd-Bucht ist ein Meisterwerk geworden.«

»Was – einen Namen hat sie auch schon?« Das schien sie eher zu ärgern als zu freuen. Jaxom verstand ihre Reaktion. Er hegte ähnliche Gefühle wie sie.

Brekke schaute hierhin und dorthin und zeigte sich begeistert. »Komm, Menolly, hör auf zu schmollen! Wenn ich bedenke, wie das bei unserer Ankunft aussah .. Und du mußt zugeben, daß dieses Haus für unseren Meisterharfner wirklich besser geeignet ist als eine primitive Hütte.«

Sie hatten die Stufen aus schwarzem Klippstein erreicht. Weißer Mörtel füllte die Ritzen und bildete ein bizarres Muster. Das sattrote Ziegeldach war weit heruntergezogen und überdeckte die Veranda, die das Haus von allen Seiten umgab und fast bis zum Wald reichte. Die Metall-Jalousien der ungewöhnlich breiten Fenster standen offen. Drinnen hörten sie die Stimme des Harfners, der sich bereits im großen Wohnraum umsah. Als Brekke, Jaxom und Menolly eintraten, stand er gerade staunend in seinem neuen Arbeitszimmer. Kein Wunder, denn Silvina hatte dafür gesorgt, daß seine gesamten Habseligkeiten von der Harfnerhalle hierhergebracht und neu geordnet worden waren. Zair saß auf einem Deckenbalken und kreischte aufgeregt. Prinzeßchen und Berd gesellten sich zu ihm, und dann tauchten auch noch Meer und Farli auf.

»Aber das ist ja Farli!« rief Robinton. »Ich hatte schon gehört, daß Piemur in der Bucht sei. Aber gezeigt hat er sich bis jetzt nicht.« Die Stimme des Harfners klang überrascht und fast etwas gekränkt.

»Sharra und er kümmern sich um die Bratspieße. Wir wollten jeden Trubel vermeiden, damit Sie nicht gleich ermüden«, fügte Lessa besänftigend hinzu.

»Ich und ermüden? Ermüden! Im Gegenteil – ich brauche Arbeit! PIEMUR!«

Wäre nicht schon sein gesundes Aussehen Beweis genug gewesen – der dröhnende Ruf, den er ausstieß, ließ nicht den geringsten Zweifel an seiner Vitalität.

Deutlich hörte man aus der Ferne die verängstigte Antwort: »Meister Robinton?«

»KOMM SOFORT HIERHER, PIEMUR!«

»Ein Glück, daß wir ihm auf dem Schiff eine Zwangspause verordnen konnten«, sagte Brekke und lächelte der Weyrherrin zu. »Stellen Sie sich vor, welche Mühe wir an Land mit ihm gehabt hätten! Der Mann ist nicht zu bändigen.«

»Ihr beide wollt eben nicht einsehen, daß meine vorübergehende Schwäche einige äußerst wichtige Dinge . . .«

»Vorübergehende Schwäche?« Fandarels Augen schienen vorzuquellen. »Mein lieber Robinton . . .«

»Meister Robinton?« Menolly war an den gutgefüllten Geschirrschrank getreten und hielt dem Harfner nun einen Kelch entgegen, ein herrlich geformtes Trinkgefäß mit blau getöntem Fuß. Unter einer Harfe war der Name des Meisters eingeschliffen.

Robinton nahm das Glas vorsichtig in die Hand. »Harfnerblau!« murmelte er.

»Aus meiner Gildehalle!« Fandarel strahlte. »Mermal hatte vor, den ganzen Kelch blau einzufärben, aber ich riet ihm davon ab. Roter Benden-Wein leuchtet am schönsten aus klarem Glas.«

Die Bewunderung, die sich in Robintons Zügen gezeigt hatte, wich mit einem Mal Trauer.

»Nur schade, daß er leer ist«, meinte er mit einem dumpfen Seufzer.

In diesem Moment hörte man von den Wirtschaftsräumen her schnelle Schritte. Jemand riß den Vorhang zur Seite, und Piemur stolperte atemlos herein.

»Meister?« stieß er hervor.

»Sieh an, Piemur!« Der Harfner dehnte seine Worte und sah den jungen Gesellen an, als sei ihm einen Moment lang entfallen, weshalb er ihn gerufen hatte. Piemur wischte sich den Schweiß von der Stirn. »Piemur, du bist doch sicher schon lange genug hier, um zu wissen, wo sie den Wein verwahren. Sieh dir das an – ein wundervoller Kelch, aber er ist leer!«

Piemur schaute ihn einen Moment lang ungläubig an, dann schüttelte er langsam den Kopf und murmelte: »Ein Glück – er ist wieder gesund! Aber wenn mir jetzt dieser Wherhahn verkohlt . . .« Er wirbelte herum und rannte aus dem Zimmer.

Jaxom schaute Menolly fragend an. Sie blinzelte ihm zu. Piemur war es nicht gelungen, mit seinen schnoddrigen Worten die Rührung zu verbergen, die ihn erfaßt hatte. Er kam von neuem in den Wohnraum gestapft und schwenkte einen Weinschlauch, auf dem das Wachssiegel von Benden prangte.

»Nicht schütteln, Mann!« Der Harfner hob entsetzt beide Hände. »Wein will mit Respekt behandelt werden . . .« Er nahm Piemur den Schlauch ab und warf einen Blick auf das Siegel. »Hmm. Einer der besten Jahrgänge! Piemur, Piemur, hast du gar nichts bei mir gelernt?« Er entfernte mit geübtem Griff das Siegel und atmete erleichtert auf, als er sah, daß der Verschlußstopfen unversehrt geblieben war. Mit geschlossenen Augen roch er daran. »Ah! Wunderbar! Hat nicht im geringsten unter dem Transport gelitten! So, Piemur, und nun schenkst du eine Begrüßungsrunde ein, ja? Wie ich sehe, ist das neue Haus reichlich mit Weingläsern bestückt . . .«

Jaxom und Menolly verteilten sie bereits, und Piemur goß den Wein mit gebührender Ehrfurcht ein. Der Harfner beobachtete die Zeremonie mit wachsender Ungeduld.

»Damit Sie sich auch in Zukunft so wohl fühlen wie heute!« sagte Fandarel und hob das Glas. Die anderen nickten beifällig.

»Ihr beschämt mich.« Der Harfner nahm einen winzigen Schluck von dem Wein, sah sich in der Runde seiner Freunde um und schüttelte den Kopf. »Wirklich, ihr beschämt mich!«

»Sie haben noch längst nicht alles gesehen, Robinton«, sagte Lesa und nahm ihn am Arm. »Brekke, komm, für dich ist das Haus auch neu. Piemur, Jaxom, bringt bitte das Gepäck herein!«

»Nicht so schnell, Lessa! Ich verschütte noch den Wein.« Der Harfner hielt sein Glas mit übertriebener Vorsicht hoch, während die Weyrherrin ihn weiterzerrte.

Sie führten ihn durch eine Schiebetür in den schmalen Korridor, der den Wohnbereich von den Schlafräumen trennte. Brekke folgte neugierig.

Das Schlafzimmer des Harfners war der größte Raum und lag gegenüber seinem Arbeitsstudio. Vier weitere Räume waren als Gästezimmer ausgestattet, aber allein die Veranda bot, wie Lessa feststellte, einem Dutzend Besuchern Platz zum Schlafen. Robinton zeigte sich begeistert von dem Bad und der großen Küche und lobte auch die zusätzliche Kochstelle im Freien. Die Meerbrise trug den Duft von gebratenem Fleisch heran. Der Harfner sog prüfend die Luft ein.

»Woher kommt das?«

»Wir haben es uns angewöhnt, am Strand unten zu kochen, wenn wir viele Gäste haben«, erklärte Jaxom.

»Probieren Sie mal Ihren neuen Arbeitsstuhl aus!« forderte Fandarel ungeduldig, als sie in den Wohnraum zurückkehrten. »Bendarek hat ihn nach Maß angefertigt.«

Der Harfner betrachtete eingehend den schön geschnitzten Stuhl mit der hohen Lehne, der mit dunkelblau gefärbtem Wherleder bespannt war. Er setzte sich, legte die Arme bequem auf die Seitenlehnen und schloß die Augen.

»Ein Prachtstück - richten Sie das Meister Bendarek aus! Und wirklich perfekt auf meine Größe abgestimmt. Ich weiß gar nicht, wie ich euch allen danken soll. Ich bin überwältigt - sprachlos. All die Mühe, die in diesem Haus steckt! Ich hätte nie mit soviel Luxus und Behaglichkeit hier draußen in der Wildnis gerechnet.«

»Für einen Sprachlosen war das eine ganz schön lange Rede«, sagte jemand trocken. Sie drehten sich um. Der Schiffsmeister stand lachend in der offenen Tür. Lessa winkte Idarolan näher und reichte ihm ein Glas Wein.

»Da draußen ist noch eine Menge Gepäck für Sie«, sagte der Seemann zu Robinton und deutete auf die Bündel, die sich neben der Veranda stapelten.

»Sie und Ihre Mannschaft sind heute unsere Gäste, Meister Idarolan!« rief Lessa.

»Ich hatte heimlich darauf gehofft. Sagen Sie es nicht weiter, aber manchmal hängen mir die Fischgerichte zum Hals heraus, und ich sehne mich nach einem herzhaften Stück Fleisch.«

»Meister Robinton! Sehen Sie sich das an!« Menollys Stimme klang verblüfft. Sie starrte in eines der Regale, die zwischen den Fenstern entlang der Wände standen. »Ich möchte schwören, daß daran Dermently persönlich gearbeitet hat! Jede Ballade, jeder der alten Lehrgesänge auf Papier geschrieben und in blaues Wherleder gebunden! Wie lange hatten Sie Arnor schon darum gebeten!«

Meister Robinton konnte nicht widerstehen; er setzte sich und blätterte jeden der Bände einzeln durch. Danach wanderte er im Haus umher und inspizierte sämtliche Schränke, Kommoden und Truhen, bis die Nachmittagshitze sie alle an den Strand trieb, wo sie ein ausgiebiges Bad nahmen. Brekke jammerte, daß der Harfner eigentlich schlafen müsse, aber Fandarel winkte ab und deutete auf Robinton, der ausgelassen mit den anderen ins Meer hinausschwamm.

»Das hier ist genauso erholsam für ihn. Schlafen kann er nachts immer noch.«

Die Sonne neigte sich dem Horizont entgegen, und eine Abendbrise kam auf. Stapel von Flechtmatten wurden ausgebreitet, und die Gäste nahmen darauf Platz. Als F'lar und F'nor auftauchten, wollte Robinton sie unbedingt ins Haus schleppen und ihnen seine neuen Schätze vorführen. Er war fast enttäuscht, daß sie alles schon kannten.

»Sie vergessen, wie viele Menschen daran mitgearbeitet haben«, sagte F'lar. »Ich glaube, Robinton, ganz Pern kennt Ihr Heim bis in den kleinsten Winkel.«

In diesem Moment kamen Sharra und der Schiffskoch und erklärten, das Festessen sei fertig. Sie wurden von der hungrigen Meute fast überrannt.

Später, als alle mehr als satt waren und der Harfner ein letztes Glas Wein genoß, bildeten sich drei Gruppen: die Seeleute, die Drachenreiter und die Gildemeister und schließlich Jaxom, Piemur, Menolly und Sharra.

»Ich frage mich, welche Arbeit sie jetzt schon wieder für uns aushecken«, wisperte Piemur und starrte die ernsten Mienen der Drachenreiter und Handwerksmeister an.

Menolly lachte. »Vermutlich die gleiche wie bisher. Du kannst dir gar nicht vorstellen, wie gründlich Meister Robinton an Bord der *Morgenstern* deine Karten studiert hat!« Sie zog die Knie hoch, und ein schwaches Lächeln huschte über ihre Züge. »Morgen kommt Sebell mit N'ton und Meister Oldive hier an.« Und rasch, ehe die anderen sie necken konnten, fuhr sie fort: »Soviel ich erfahren habe, liefern Sebell, N'ton und F'lar eine ganze Horde junger Männer aus dem Norden bei Toric ab. Sie sollen den westlichen Teil des Südkontinents erforschen . . . die Grenzlinie ist jener Fluß mit den schwarzen Felsen, den du in die Karte eingezeichnet hast, Piemur.«

Piemur stöhnte und wand sich dramatisch im Sand. »Puh! Nie wieder möchte ich da herumkrebsen! Hat Tage gedauert, bis ich einen Spalt zwischen den Klippen fand. Und Dummkopf mußte den Fluß durchschwimmen, umlauert von Raubfischen.«

»Wir«, fuhr Menolly fort, »werden uns zusammen mit F'nor und dem Harfner den Osten ansehen.«

»Landeinwärts, hoffe ich?« fragte Piemur angespannt.

Sie nickte. »Soviel ich weiß, soll Idarolan die Küste entlang segeln . . .«

»Das ist natürlich einfacher als zu Fuß«, warf Piemur ein.

»Komm, Piemur, nicht wieder das alte Lied!« unterbrach ihn Jaxom. »Wir dringen also ins Landesinnere vor?« Menolly nickte.

Jaxom grinste sie an. »Morgen kommt Meister Oldive, und ich darf endlich wieder ins *Dazwischen* fliegen.«

»Das wird dir schon was nützen!« meinte Piemur geringschätzig. »Erst mußt du dein Ziel mal direkt anfliegen.«

»Na und?«

Feuerechsen-Gekreisch in den Bäumen schreckte sie auf und lenkte Piemur von seinem Lieblingsthema ab. Man sah zwei Gold-Echsen gegen das schwärzliche Grün der Baumkronen.

»Prinzeßchen und Farli hassen Streit«, meinte Menolly. Dann sah sie neugierig umher. »Komisch, ich kann nur unsere Echsen sehen, Jaxom. Hat der Wirbel hier in der Bucht die einheimischen Tiere verscheucht?«

»Ich bezweifle es. Sie kommen und gehen. Ich habe den Verdacht, daß einige von ihnen in den Bäumen sitzen und sich ärgern, weil sie nicht in Ruths Nähe können.«

»Hast du inzwischen Näheres über diese Menschen herausgefunden, deren Bilder sie übermittelt?«

Jaxom mußte gestehen, daß er sich nicht weiter darum gekümmert hatte. »Aber es gab auch jeden Tag ein neues Ereignis hier.«

»Versuchen hättest du es wenigstens können.« Menollys Stimme klang verärgert.

»Was? Und dich um das Vergnügen bringen?« Jaxom spielte den Gekränkten. »Nicht im Traum würde ich das wagen . . .« Er unterbrach sich unvermittelt und dachte zurück an seine sonderbaren Träume, in denen er stets glaubte, Bilder und Ereignisse durch Hunderte von Augen zu sehen. Konnte es sein, daß die Echsen ihm diese Szenen übermittelten?

»Was ist los mit dir, Jaxom?«

»Ach was, es war sicher nur ein Traum«, sagte er und lachte unsicher. »Paß auf, Menolly, wenn du heute nacht träumst, dann versuch dich daran zu erinnern.«

»Träume?« Sharra hob den Kopf und musterte ihn. »Was für Träume?«

»Hattest du auch welche?« Jaxom wandte sich ihr zu. Sharra saß gelassen am Boden, mit locker überkreuzten Beinen, und schaute ihn prüfend an.

»Sicher. Nur fallen sie mir nicht mehr ein. Ich weiß noch, daß ich die Bilder irgendwie unscharf sah. Als sei mein Traumauge getrübt.«

»Ein schönes Bild«, meinte Menolly. »Ein Traumauge – getrübt.«

Piemur stöhnte und warf sich in den Sand. »Verlaßt euch drauf, da ist eine neue Ballade im Busch!«

»Ach, komm, halt den Mund!« entgegnete Menolly scharf. »Die langen, einsamen Wanderungen haben dich irgendwie verändert, Piemur. Und diese Veränderung gefällt mir gar nicht!«

»Muß sie auch nicht!« fauchte Piemur. Mit einer geschmeidigen Bewegung sprang er auf und lief in den Wald, wo er zornig das Unterholz zur Seite schlug.

»Seit wann ist der denn so eklig?« wollte Menolly von Jaxom und Sharra wissen.

»Seit er hier ankam«, entgegnete Jaxom und zuckte die Achseln.

»Ich denke, er macht sich große Sorgen um Meister Robinton«, verteidigte ihn Sharra.

»Wir alle machen uns große Sorgen um Meister Robinton«, sagte Menolly. »Aber das ist doch kein Grund, seinen Charakter zu ändern.«

Es entstand ein peinliches Schweigen. Sharra erhob sich unvermittelt. »Ich will mal nach Dummkopf sehen. Vermutlich hat den heute noch keiner gefüttert.« Sie ging los, in eine etwas andere Richtung als Piemur.

Menolly schaute ihr lange nach. Dann wandte sie sich wieder Jaxom zu, und in ihren Augen blitzte der Schalk. »Wenn wir schon mal unter uns sind, Jaxom«, flüsterte sie und schaute vorsichtig über die Schulter nach hinten, »kann ich dir eines verraten. Es steht inzwischen so gut wie fest, daß niemand aus dem Süd-Weyr Ramoths Ei zurückgebracht hat.«

»Tatsächlich?«

»Tatsächlich!«

Damit stand sie auf und ging zu dem Weinschlauch, der von einem Ast in der Nähe hing.

Wollte sie ihn warnen? Weshalb? Nun, da der Süd-Weyr wieder unter Bendens Führung stand, war es unnötiger denn je, seine Rolle in dieser Angelegenheit zu enthüllen.

Menolly holte ihre Gitarre, setzte sich an einen der Tische und begann leise zu spielen. Ein neues Lied, dachte Jaxom. Über Traumaugen. Dann schaute er zum Wald hinüber. Sharra war verschwunden. Ob es dumm aussah, wenn er ihr folgte? Er seufzte. Eigentlich mochte er Piemur gern, trotz seiner boshaften Zunge. Er hatte sich gefreut, den jungen Harfner wiederzusehen, und er war dankbar für seine Gesellschaft und seine Hilfe. Er wünschte nur, er wäre einen Tag später in der Bucht aufgetaucht. Seit seiner Ankunft hatte Jaxom keine Sekunde mehr allein mit Sharra verbracht. Mied sie ihn absichtlich? Oder waren es nur die Umstände, die sie trennten? Er mußte endlich einmal unter vier Augen mit ihr sprechen! Oder Corana aufsuchen!

XIX

Vormittag in Jaxoms Bucht, Sternbeobachtungen am späten Abend, der Morgen danach, Entdeckung am Bergkegel, 15. 10. 15–16. 10. 15

Als Jaxom und Piemur endlich aus ihren Schlafdecken krochen, berichtete ihnen Sharra, daß der Harfner mit den ersten Sonnenstrahlen aufgestanden und weit ins Meer hinausgeschwommen sei. Nach einem selbst zubereiteten Frühstück und einem eingehenden Studium der neuen Karten wünschte er nun Jaxom und Piemur zu sprechen – falls sie dazu schon in der Lage seien.

Meister Robinton lachte mitfühlend, als die beiden eintraten, noch schlapp und träge vom Fest des Vorabends. Nachdem sie ein paar Einzelheiten der neuesten Karten besprochen hatten, lehnte sich der Harfner in seinem Sessel zurück, spielte mit dem Stift und setzte eine so undurchdringliche Miene auf, daß Jaxom überlegte, was Robinton wohl jetzt wieder plante.

»Hat einer von euch zufällig schon mal dieses Dreiergestirn beobachtet, das wir unter der Bezeichnung Tag-Schwestern kennen? Die Bewohner des Südens nennen es die ›Dämmer-Schwestern‹.«

Jaxom und Piemur tauschten einen langen Blick.

»Besitzen Sie zufällig ein Fernrohr, Meister?« fragte Jaxom.

»Meister Idarolan hat eines an Bord seines Schiffes. Ich entnehme eurer Frage, daß – ihr euch bereits mit der Sache beschäftigt habt?«

Piemur nickte. »Man sieht diese Sterne morgens und abends – und wann immer genügend Mondlicht herrscht ...«

»Und ständig am gleichen Fleck.«

»Sehr schön. Ihr habt bei Meister Wansor nicht geschlafen. Der Harfner strahlte. »Fandarel und ich haben die Absicht, Wansor zu einem mehrtägigen Besuch hier im Süden zu überreden. Aber darf ich fragen, weshalb ihr beide da so satt grinst?«

Piemur räusperte sich. »Ich kann mir denken, daß Sie dafür keine großen Überredungskünste brauchen. Die Bucht im Süden scheint sämtliche Nordbewohner wie ein Magnet anzuziehen.«

»Hat Meister Wansor eigentlich sein neues Fernrohr schon fertig entwickelt?« erkundigte sich Jaxom.

»Das hoffe ich doch sehr ...«

»Meister Robinton ...« Brekke stand im Eingang.

Der Harfner hob abwehrend die Hände. »Brekke, wenn Sie gekommen sind, um mich ins Bett zu schicken oder mir einen Ihrer abscheulichen Gesundheitstees einzuflößen, dann ergreife ich auf der Stelle die Flucht. Ich habe genug Schlaf und mehr als genug Medizinen.«

»Ich wollte Ihnen eigentlich nur eine Nachricht übergeben, die Kimi eben von Sebell brachte«, sagte sie und reichte ihm eine längliche Kapsel.

»Ach so!«

»Und was Ihren Gesundheitszustand betrifft, so wacht Zair vortrefflich darüber. Er weiß genau, wann Sie eine Ruhepause nötig haben.« Sie verließ das Arbeitszimmer, aber nicht, ehe sie Piemur und Jaxom mit einem warnenden Blick bedacht hatte. Überanstrengt mir den Harfner nicht! hieß die stumme Botschaft.

Meister Robinton zog erstaunt die Brauen hoch, als er die Nachricht las. »Ach, du liebe Güte! Gestern abend kam eine Schiffsladung junger Nordländer auf Torics Besitz an. Sebell hält es für besser, wenigstens noch so lange zu bleiben, bis die Söhne der Burgherren und Pächter sich notdürftig eingerichtet haben.« Er lachte leise, als er die Mienen von Jaxom und Piemur bemerkte, und fügte dann hinzu: »Ich nehme an, daß die Dinge nicht ganz so glatt verlaufen, wie es die jungen Herrschaften erwartet hatten.«

Piemur schnitt eine verächtliche Grimasse. Zum einen kannte er die einfachen Unterkünfte bei Toric, und zum anderen wußte er durch seine langen Wanderschaften, was es bedeutete, den Süden zu erforschen.

»Sobald du wieder ins *Dazwischen* darfst, Jaxom«, fuhr Robinton fort, »kommen wir mit unserer Suche bestimmt schneller voran. Ich habe mir gedacht, daß ihr in Zweiergruppen arbeitet.«

»Harfner und Burgleute?« warf Jaxom schnell ein. Er sah endlich eine Gelegenheit, allein mit Sharra zu sein.

»Ja, warum nicht? Piemur, du verstehst dich gut mit Menolly, nicht wahr? Dann kann Sharra Jaxom begleiten.« Piemur warf Jaxom einen durchdringenden Blick zu, aber der junge Baron achtete nicht darauf. »Aus der Luft sieht man die Dinge in einer Perspektive, wie das vom Boden aus gar nicht möglich ist«, fuhr Robinton fort. »Umgekehrt gilt natürlich das gleiche. Deshalb brauchen wir für eine Erforschung des Südens beide Methoden.

Jaxom, hör zu: Piemur weiß bereits, wonach ich vor allem suche . . .«

»Ja?«

»Nach Spuren der Urbewohner auf diesem Kontinent. Ich kann mir nicht um alles in der Welt vorstellen, warum unsere einstigen Vorfahren diese schöne, fruchtbare Gegend verließen und in den rauhen, öden Norden zogen. Aber ich nehme doch an, daß sie ihre guten Gründe dafür hatten. In einer unserer ältesten Schriften steht: *Als die Menschen nach Pern kamen, errichteten sie eine Feste im Süden.* Wir dachten immer, daß damit Burg Fort gemeint sei, weil sie am weitesten südlich auf unserem Nordkontinent liegt.« Der Harfner hob die Schultern und lächelte entschuldigend. »Dann geht der Text aber äußerst vieldeutig weiter: *Doch es erwies sich als notwendig, daß sie nach Norden zogen und dort Schutz suchten.* Das ergab nie einen Sinn – aber so viele der alten Schriften waren kaum lesbar und erschienen uns ohne Zusammenhang.

Und dann entdeckte Toric eines Tages eine Erzmine, in der man das Eisen im Tagebau gefördert hatte. Und N'ton und ich fanden an einem Berghang einige merkwürdige Formationen, die sich aus der Nähe eindeutig als Bergwerksstollen entpuppten.

Wenn unsere Vorfahren lange genug im Süden gelebt hatten, um Erz abzubauen, dann muß es noch mehr Spuren von ihrem Wirken hier unten geben.«

»Bei der Hitze und den feuchten Wäldern verfällt alles viel schneller als bei uns«, gab Jaxom zu bedenken. »D'ram baute vor knapp fünfundzwanzig Planetenumläufen in dieser Bucht eine Hütte, aber heute kann man kaum noch Überreste davon erkennen. Die Dinge, auf die F'lessan und ich damals im Benden-Weyr stießen, waren gut versiegelt und vor Witterungseinflüssen geschützt.«

Piemur meldete sich zu Wort, seine Stimme klang begeistert. »Die Stützpfeiler, die wir in jener Erzgrube fanden«, sagte er, »waren aus einem so harten Material, daß weder Messer noch Steinkanten auch nur einen Kratzer hinterließen. Und unsere tüchtigsten Steinbrucharbeiter stehen hilflos vor den glatten Stollen, die mitten durch den Fels führen. Unsere Ahnen hatten allem Anschein nach eine Technik, die der unseren weit überlegen ist.«

»Wir haben jedenfalls die ersten Spuren entdeckt. Es muß noch mehr geben.«

Jaxom hatte den Harfner noch nie so energisch erlebt. Dennoch stieß er unwillkürlich einen Seufzer aus, als er den Umfang der Karte betrachtete.

»Ich weiß, Jaxom, das Ausmaß des Unternehmens ist entmutigend, aber stell dir den Triumph vor, wenn wir den Ort finden! Oder die Orte . . .« Meister Robintons Augen leuchteten. »Also«, fuhr er entschlossen fort, »sobald Jaxom die Erlaubnis erhält, wieder ins *Dazwischen* zu fliegen, dringen wir nach Süden vor. Der symmetrische Bergkegel soll uns dabei als Orientierung dienen. Irgendwelche Einwände?« Ohne eine Antwort abzuwarten, setzte er hinzu: »Piemur wird auf dem Landweg folgen. Menolly kann ihn begleiten, wenn sie will, oder sich von Jaxom in eines der vorgeschobenen Lager bringen lassen, wo sie dann mit Sharra auf seine Ankunft wartet. Während die Mädchen die unmittelbare Umgebung des Stützpunkts erforschen, was bisher ja noch nicht geschehen ist, kann Jaxom mit Ruth vorausfliegen und eine neue Unterkunft errichten – und so fort.«

Der Harfner warf Jaxom einen prüfenden Blick zu. »Ich hoffe, man hat dir im Fort-Weyr beigebracht, Bodenformationen aus größerer Höhe zu erkennen. Und noch eines: Obwohl das Ganze ein Gemeinschaftsunternehmen ist, muß ich betonen, daß Piemur die weitaus größte Erfahrung im Erkunden von Neuland besitzt. Denk bitte daran, Jaxom, falls Probleme auftauchen! Ich erwarte, daß ihr mich ständig auf dem laufenden haltet!« Er deutete auf die Karte. »So, ab jetzt mit euch! Seht zu, daß ihr eure Ausrüstung und Proviant herrichtet! Und unterrichtet die Mädchen!«

Obwohl es nicht lange dauerte, bis sie Menolly und Sharra in die Pläne eingeweiht und ihre Reisevorbereitungen getroffen hatten, verließen die jungen Entdecker die Bucht an diesem Tag noch nicht.

N'ton und Lioth brachten nämlich Meister Oldive. Der Harfner begrüßte den Besucher überschwenglich, und auch Brekke und Sharra freuten sich über seine Ankunft. Nur Jaxom hielt sich mit gemischten Gefühlen im Hintergrund. Robinton bestand darauf, daß der Heiler sich zuerst das neue Haus ansah, ehe er – wie der Harfner sich ausdrückte – seinen alten Kadaver begutachtete.

»Meister Oldive kann er nicht beeindrucken, wenn er den Kraftprotz spielt«, flüsterte Sharra Jaxom zu, als sie den beiden nachsahen. »Der durchschaut ihn bis in den kleinsten Winkel seiner Seele.«

»Das erleichtert mich«, meinte Jaxom. »Ich weiß, daß Meister Robinton uns am liebsten begleiten würde.«

»Er kann doch nicht ins *Dazwischen*!«

»Der reitet notfalls auch auf Dummkopf mit!«

Sharra lachte, aber dann wurde sie wieder ernst, als der Heiler Meister Robinton mit großer Bestimmtheit ins Schlafzimmer geleitete und ruhig die Tür hinter sich schloß.

»Nein«, sagte sie und schüttelte langsam den Kopf. »Oldive kann man nichts vormachen.«

Jaxom war froh, daß es für ihn keinen Grund gab, dem Meisterheiler etwas vorzuspielen. Die Untersuchung verlief kurz: ein paar Fragen, ein Sehtest, ein Abhorchen des Herzens – und dann lächelte Meister Oldive zufrieden.

»Meister Robinton wird doch wieder gesund, nicht wahr?« fragte Jaxom beunruhigt, nachdem ihm Oldive die Erlaubnis erteilt hatte, wieder ins *Dazwischen* zu fliegen.

Der Harfner war ihm allzu still und nachdenklich erschienen, als er wieder aus dem Schlafzimmer auftauchte, und seine Schritte wirkten irgendwie weniger elastisch als zuvor. Menolly hatte ihm ein Glas Wein eingeschenkt, das er mit einem wehmütigen Lächeln entgegennahm.

»Natürlich wird Meister Robinton wieder gesund«, entgegnete Oldive. »Es geht ihm schon sehr viel besser. Aber . . .« – der Heiler hob warnend den Zeigefinger – »er muß lernen, sich rechtzeitig zu bremsen, mit seiner Energie sparsam umzugehen und seine Kräfte einzuteilen, sonst besteht die Gefahr eines neuen Herzanfalls. Ihr jungen Leute könnt ihn ein wenig entlasten.«

»Das werden wir – verlassen Sie sich darauf!«

»Gut. Wenn er sich schont, ist er bald wieder in Ordnung. Ich hoffe, er hat eine Lehre aus dem Zusammenbruch gezogen.« Meister Oldive warf einen Blick aus dem Fenster und tupfte sich den Schweiß von der Stirn. »Ein herrlicher Fleck, das muß ich sagen.« Er bedachte Jaxom mit einem schwachen Lächeln. »Die Hitze macht den Harfner mittags schläfrig und zwingt ihn zum Ausruhen. Die reizvolle Landschaft ringsum erfreut das Auge, und der Blütenduft weckt angenehme Gedanken. Wie ich Sie um diese Bucht beneide, Baron Jaxom!«

Die Schönheit der Bucht hatte offensichtlich auch ihre Wirkung auf den Meisterharfner, denn er fand seine gute Laune wieder, noch ehe Meister Fandarel und Meister Wansor von Telgar eintrafen. Robintons Begeisterung stieg, als ihm Wansor und Fandarel stolz das neue Fernrohr vorführten, an dem der Meisterschmied während des vergangenen halben Planetenumlaufs in jedem freien Moment gebastelt hatte. Das Instrument, ein

Rohr von der Länge eines Männerarms und so dick, daß man zwei Hände brauchte, um es zu umspannen, war sorgfältig in Leder gehüllt und besaß ein Okular, das seitlich angebracht war und nicht unten, wo es nach Jaxoms Meinung sein mußte.

Meister Robinton wunderte sich ebenfalls über die Neuerung, und er sagte das auch. Wansor murmelte etwas von Spiegeln, Refraktoren, Linsen und Abbildungen und daß dies die günstigste Anordnung für das Betrachten weit entfernter Gegenstände sei. Das Instrument, das Jaxom im Benden-Weyr entdeckt habe, setzte er hinzu, diene zwar zur Vergrößerung kleiner Gegenstände, sei aber im Prinzip ganz ähnlich gebaut.

»Aber darum geht es im Moment gar nicht«, meinte Wansor und wischte sich den Schweiß von der Stirn. Er hatte so eifrig sein neues Gerät erklärt, daß er gar nicht daran dachte, seine Reitkleider abzustreifen. »Ich freue mich jedenfalls, daß wir das neue Fernrohr erstmals hier im Süden einsetzen können.«

Meister Robinton blinzelte Menolly und Sharra zu, und die beiden Mädchen halfen dem Stern-Schmied, sich aus seinen Kleidern zu schälen, während er geistesabwesend weiterredete. Auch er hatte schon vom abweichenden Verhalten der drei Sterne gehört, die man die Dämmer-Schwestern nannte. Bis vor kurzem hatte er die Anomalie der Unerfahrenheit der Beobachter zugeschrieben. Aber nun, da auch Meister Robinton von einer Eigentümlichkeit berichtete, fand er es gerechtfertigt, die Angelegenheit mit seinem kostbaren Instrument persönlich zu untersuchen. Sterne besaßen nun einmal keine festen Positionen am Himmel. All seine Gleichungen, dazu so erfahrene Beobachter wie N'ton und Baron Larad, bestätigten diesen Lehrsatz. Außerdem hieß es in den alten, wenngleich unvollständigen Schriften, daß die Sterne bestimmten Bahnen folgten und festen Naturgesetzen gehorchten. Wenn man nun auf Himmelskörper stieß, die gegen die Regel verstießen, mußte man eine Erklärung suchen. Wansor rechnete damit, sie noch an diesem Abend zu finden.

Es folgte eine lange Diskussion über den günstigsten Standort des Instruments. Man entschied sich für die leichte Anhöhe bei der felsigen Ostspitze der Bucht, ein Stück jenseits der Stelle, wo man die Kochgruben ausgehoben hatte. Meister Fandarel errichtete mit Jaxoms und Piemurs Hilfe eine Plattform, auf der das dreh- und schwenkbare Untergestell des Fernrohrs montiert wurde. Wansor überwachte diese Tätigkeit, bis er dem Meisterschmied so im Wege stand, daß der ihm einen Platz nahe dem Waldsaum zuwies, wo er die Vorbereitungen mitverfolgen konnte, ohne zu stören. Als die Plattform fertig war, lag der Stern-Schmied im Sand, hatte den Kopf in beide Arme gestützt und schnarchte leise.

Fandarel legte grinsend den Finger auf die Lippen und kehrte mit Jaxom und Piemur an den Strand zurück. Sie nahmen alle ein erfrischendes Bad, ehe sie sich zu den anderen gesellten und eine kurze Nachmittagsruhe hielten. Um nur ja das Auftauchen der Dämmer-Schwestern nicht zu versäumen, verlegte man das Abendessen auf den Felsvorsprung, wo das Instrument aufgebaut war. Meister Idarolan holte vom Schiff das zweite Fernrohr, und man errichtete rasch eine zweite provisorische Plattform.

Endlich ging die Sonne unter und färbte den Himmel im Westen mit ihren leuchtenden Farben. Sobald sich vom Osten her die Abenddämmerung ausbreitete, warf Wansor einen Blick durch das Instrument. Er stieß einen verblüfften Schrei aus.

»Das kann nicht sein! Dafür gibt es keine logische Erklärung!« Er richtete sich auf und korrigierte die Feineinstellung.

Meister Idarolan hatte ebenfalls einen Blick durch sein eigenes Instrument geworfen. Er zuckte die Achseln. »Ich sehe die Dämmer-Schwestern in ihrer gewohnten Anordnung – so wie sie immer am Horizont stehen.«

»Aber diese Anordnung stimmt nicht. Die Abstände sind viel zu gering. Zwischen den einzelnen Sternen klaffen im allgemeinen Riesenentfernungen.«

»Darf ich?« Der Meisterschmied schob sich ungeduldig an das Fernrohr. Wansor machte nur zögernd Platz und wiederholte ein um das andere Mal, daß diese Anordnung nicht stimmen könne.

»N'ton, kommen Sie, Ihre Augen sind jünger als meine!« Idarolan winkte den Bronzereiter zu sich.

»Ich erkenne drei runde Objekte«, verkündete Fandarel mit dröhnender Stimme. »Runde, metallische Körper. Das sind keine Sterne, Wansor«, wandte er sich an den aufgeregten Stern-Schmied. »Das sind *Dinge,* von Menschenhand gefertigt!«

Robinton drängelte den hünenhaften Schmied vom Fernrohr weg und warf einen Blick durch das Okular. Er keuchte.

»Sie sind rund! Und sie schimmern! Wie Metall – nicht wie Sterne.«

»Eines steht jedenfalls fest«, sagte Piemur respektlos in das ehrfürchtige Schweigen, »wir haben wieder eine Spur unserer Vorfahren im Süden entdeckt, Meister Robinton.«

»Deine Bemerkung ist absolut zutreffend«, sagte der Harfner. Seine Stimme klang unterdrückt, und Jaxom wußte nicht genau, ob er gegen ein Lachen oder gegen Zorn ankämpfte, »obwohl du genau weißt, daß ich andere Spuren im Sinn hatte.«

Jeder durfte einen Blick durch Wansors Instrument werfen, da Meister Idarolans Gerät offensichtlich nicht stark genug war, um das Phänomen zu zeigen. Alle bestätigten Fandarels Aussage: Die sogenannten Dämmer-Schwestern waren keine Sterne, Ebenso unbestreitbar war, daß es sich um runde, metallische Objekte handelte, die allem Anschein nach am Himmel schwebten, ohne ihre Position zu verändern.

Man verständigte F'lar, Lessa und F'nor und forderte sie auf, unverzüglich in den Süden zu kommen, ehe das abendliche Schauspiel vorbei war. Lessas Ärger über den drängenden Tonfall der Botschaft schwand, als sie das Phänomen selbst beobachtete. Nach ihr traten F'lar und F'nor an das Instrument und gaben es nicht mehr frei, bis die Dunkelheit die sonderbaren Himmelsobjekte unsichtbar machte.

Jaxom sah, daß Wansor ein paar Gleichungen in den Sand kritzelte; er winkte Piemur, und gemeinsam trugen sie einen Tisch und Schreibmaterial ins Freie. Der Stern-Schmied schrieb und schrieb und betrachtete dann das Ergebnis, als sei das Rätsel noch größer geworden. Verwirrt bat er Fandarel und N'ton, seine Zahlen nachzurechnen.

»Welcher Schluß ergibt sich denn, wenn die Gleichungen keinen Fehler enthalten, Meister Wansor?« fragte ihn F'lar.

»Diese . . . diese Objekte sind in der Tat unbewegt. Sie schweben ständig in der gleichen Position über Pern. Als ob sie dem Planeten folgten . . .«

»Das würde beweisen, daß sie von Menschenhand angefertigt wurden, nicht wahr?« fragte Robinton ruhig.

»Das ist zumindest mein Schluß«, meinte Wansor nachdenklich. »Man hat sie so konstruiert, daß sie stets am gleichen Fleck bleiben.«

»Und wir können sie nicht aufsuchen«, murmelte F'nor.

»Komm mir ja nicht wieder auf die Idee . . .!« fauchte Brekke so heftig, daß F'lar und der Harfner loslachten.

»Man hat sie so konstruiert, daß sie stets am gleichen Fleck bleiben«, wiederholte Piemur. »Aber man hat sie nicht hier konstruiert, Meister Fandarel, oder?«

»Ich bezweifle es. In den alten Schriften gibt es Hinweise auf viele Wunderdinge, welche unsere Vorfahren auf Pern benutzten, aber nirgends sind Sterne erwähnt, die am Himmel schweben.«

»In den Schriften steht aber, daß die Menschen *nach Pern kamen* . . .« Piemur warf dem Harfner einen fragenden Blick zu, und der nickte. »Vielleicht benutzten sie diese Objekte, um von einem anderen Ort – einer anderen Welt – hierher zu gelangen. Nach Pern.«

Brekke unterbrach das nachdenkliche Schweigen, das Piemurs Worten folgte. »Weshalb hätten sie ausgerechnet Pern wählen sollen?«

»Gar so schlecht ist es hier auch wieder nicht«, widersprach Piemur, »wenn man die Fäden außer acht läßt, versteht sich . . .«

»Manche von uns dürfen das nicht«, warf F'lar trocken ein.

Menolly versetzte Piemur einen Rippenstoß, um ihn daran zu erinnern, daß er mit den Führern von Pern sprach, aber F'lar lachte nur.

»Das ist ja eine verblüffende Entwicklung«, meinte Robinton, und seine Blicke schweiften über den Nachthimmel, als könne der noch weitere Geheimnisse enthüllen. »Sphären, in denen unsere Vorfahren hierherkamen . . .«

»Ein gutes Thema für ein paar Stunden Nachdenken in aller Ruhe, nicht wahr, Meister Robinton?« fragte Oldive lächelnd.

Der Harfner winkte ungeduldig ab.

»Also, hinfliegen können Sie im Moment ohnehin nicht«, gab der Heiler zu bedenken.

»Ich nicht.« Meister Robinton nickte. Dann deutete er zur Verblüffung der Umstehenden zu den Drei Schwestern hinauf. »Zair, siehst du die drei Lichter am Himmel? Kannst du sie erreichen?«

Jaxom hielt den Atem an und spürte, wie sich auch Menolly neben ihm versteifte. Brekke stieß einen leisen Schrei aus. Alle beobachteten Zair.

Die kleine Bronze-Echse neigte das Köpfchen und zirpte fragend.

»Zair! Die Dämmer-Schwestern!« Robinton wiederholte seine Worte. »Kannst du sie erreichen?«

Die Bronze-Echse hielt den Kopf schräg. Sie verstand nicht, was er von ihr verlangte.

»Zair! Ein Flug zu einem anderen Objekt am Himmel, wie damals auf den Roten Stern!«

Mit einem angsterfüllten Schrei verschwand Zair, und die Feuer-Echsen, die sich um Ruth geschart hatten, folgten ihm.

»Das scheint beide Fragen zu beantworten«, meinte F'lar.

»Was hält Ruth davon?« flüsterte Menolly Jaxom zu.

»Von den Dämmer-Schwestern? Oder von Zair?«

»Sowohl als auch . . .«

»Er hat geschlafen«, erklärte Jaxom nach einem kurzen Gedankenaustausch mit seinem Drachen.

»Das sieht ihm ähnlich!«

»Pah! Welche Bilder hat denn Prinzeßchen übermittelt, ehe sie verschwand?«

»Gar keine.«

Obwohl die Besucher bis in den späten Abend hinein debattierten, fanden sie keine Lösung. Robinton und Wansor hätten am liebsten die Nacht durchgemacht, aber Meister Robinton mischte unbemerkt ein Schlafmittel in den Wein des Harfners. Niemand sah ihn dabei, aber Meister Robinton befand sich mitten in einem heftigen Wortgefecht mit Wansor, als sein Kopf plötzlich gegen die Tischplatte sank und er zu schnarchen begann.

»Er darf den Genesungsprozeß nicht gefährden«, stellte Meister Oldive ruhig fest. Die Drachenreiter halfen ihm, den Harfner zu Bett zu bringen.

Damit fand der lange Abend ein Ende. Lessa, F'lar und F'nor kehrten in ihre Weyr, Oldive und Fandarel in ihre jeweiligen Gildehallen zurück. Wansor dagegen blieb im Süden. Ihn hätte kein Drachengeschwader aus Jaxoms Bucht wegholen können.

Man hatte beschlossen, das neue Wissen über die Dämmer-Schwestern geheimzuhalten, bis Wansor und andere Sternkundige Zeit gefunden hatten, das Phänomen genau zu studieren. Man wollte nicht, daß sich im Volk die Idee breitmachte, von den drei runden Himmelskörpern könnte eine ähnliche Gefahr drohen wie vom Roten Stern.

»Unsinn!« hatte Fandarel ausgerufen. »Wenn von diesen Sphären eine Gefahr ausginge, hätten wir das schon vor vielen Planetenumläufen bemerkt.«

F'lar pflichtete ihm bei, fügte aber hinzu, man müsse vorsichtig sein, denn das Volk sei daran gewöhnt, daß alles Schlechte vom Himmel komme.

Der Weyrführer versprach darüberhinaus, ein paar Drachenreiter von Benden zu schicken, damit sie bei der Erforschung des Südkontinents mithalfen. F'lar fand, es sei wichtiger denn je, herauszubringen, welche Geheimnisse dieses Land noch barg.

Als Jaxom in seine Schlafdecken kroch, nagte ein leiser Ärger in seinem Innern. Er hatte so gehofft, endlich eine Weile allein mit

Sharra zu sein, aber nun stand eine neue Invasion von Fremden bevor.

Hatte sie ihn in letzter Zeit bewußt gemieden? Oder waren es die Umstände, die ihm immer wieder einen Strich durch die Rechnung machten? So wie Piemurs verfrühte Ankunft in der Bucht, die Sorge um Robinton, der Hausbau, das Eintreffen des Meisterharfners – und nun dies! Nein, Sharra hatte ihn nicht gemieden. Sie schien ... nahe. Ihr weiches, dunkles Lachen, ihr schwarzes Haar, das sich nicht bändigen ließ und ihr immer wieder ins Gesicht fiel ...

Jaxom seufzte. Meister Oldive hatte ihm erlaubt, wieder ins *Dazwischen* zu gehen. Das bedeutete, daß er und Ruth nach Ruatha zurückkehren konnten. Aber er wollte nicht – und das keineswegs nur wegen Sharra.

Lytol brauchte ihn nicht auf Ruatha. Er würde die Geschäfte der Burg so umsichtig führen wie immer. Und Ruth mußte keine Fäden bekämpfen. F'lar hatte klargestellt, daß weder der weiße Drache noch der Burgherr von Ruatha ein unnötiges Risiko eingehen durften.

Jaxom atmete tief durch und verscheuchte sein schlechtes Gewissen. Eigentlich hatte ihm niemand verboten, den Süden zu erforschen. Und niemand hatte ihm befohlen, nach Ruatha zurückzukehren.

Der Gedanke tröstete ihn etwas; aber der Ärger über F'lars Drachenreiter blieb – Reiter, deren Drachen sicher schneller und weiter flogen als Ruth, Reiter, die den Berg vor ihm erreichen konnten ... Reiter, die vielleicht jene Spuren entdeckten, auf deren Fährte er sich begab. Reiter, die Sharras innere Wärme und Schönheit schätzen lernten ...

Er wälzte sich herum und fand keinen Schlaf. Vielleicht änderte sich gar nichts an Meister Robintons Plan, ihn, Sharra, Menolly und Piemur auf Entdeckungsreise zu schicken. Sagte Piemur nicht ständig, daß man das Land zu Fuß durchstreifen mußte, um es gründlich kennenzulernen? F'lar und Robinton planten vielleicht, die Drachenreiter so zu verteilen, daß sie ein möglichst großes Terrain von oben her erkundeten, während ihre Vierergruppe zum Berg vorstieß.

Erst als er bei diesem Gedankengang angelangt war, gestand sich Jaxom den wahren Grund seiner Mißstimmung ein: Er wollte unbedingt als erster am Berg sein! Der Kegel, der Anmut und Vollkommenheit ausstrahlte, hatte ihn mit unwiderstehlicher Macht in die Bucht zurückgelockt, obwohl er krank war, vom Fieber geschüttelt, und ließ ihn selbst in seinen Träumen nicht mehr los. Jaxom wollte ihn als erster erreichen, so verrückt der Gedanke auch scheinen mochte.

Irgendwann schlief er dann doch ein. Wieder tauchten die ineinander verwobenen Traumbilder auf. Wieder explodierte der Berg, und eine seiner Flanken stürzte ein. Wieder floß rotglühende Lava den Berg herab, und flammendes Gestein jagte durch die Luft. Wieder war Jaxom zugleich verängstigter Flüchtling und nüchterner Beobachter. Dann schob sich der Glutstrom auf ihn zu, drohte ihn mit seinem heißen Atem zu verschlingen ...

Er setzte sich auf und öffnete verwirrt die Augen. Die ersten Sonnenstrahlen fielen schräg durch die Baumkronen und zeichneten Kringel auf seine nackten Beine. Es war Morgen!

Jaxoms Gedanken tasteten nach Ruth. Sein Drache schlief noch in der Lichtung der alten Hütte, wo er sich eine bequeme Kuhle ins Erdreich gebuddelt hatte.

Jaxom warf einen Blick zu Piemur hinüber. Der Harfner lag zusammengerollt auf seinem Bett, beide Hände unter die Wange geschoben. Lautlos öffnete Jaxom die Tür und schlich, die Sandalen in der Hand, durch die Küchenräume ins Freie. Ruth warf sich unruhig hin und her, als Jaxom an ihm vorbeikam, und zwei Feuer-Echsen begannen leise zu schimpfen. Keines der Tierchen, die Ruths Schlaflager teilten, trug eine Farbmarkierung. Er nahm sich vor, Ruth später zu fragen, ob die Echsen immer bei ihm schliefen. Wenn ja, dann waren seine Träume vielleicht Bilder, welche die Feuer-Echsen übermittelten – Erinnerungen, neu erweckt durch die Ankunft der Menschen in der Bucht. Der Berg! Von dieser Seite erschien er vollkommen ebenmäßig. Keine der Flanken wies auch nur die Spur einer Eruption auf.

Sobald er den Strand erreichte. warf Jaxom einen Blick zum Himmel und hielt Ausschau nach den Dämmer-Schwestern. Aber es war bereits zu spät. Man konnte sie nicht mehr erkennen.

Die beiden Fernrohre standen noch auf ihren Plattformen, mit Wherleder-Hüllen gegen den Morgentau geschützt. Jaxom konnte nicht widerstehen. Er deckte Wansors Instrument ab und warf einen Blick durch das Rohr, obwohl er wußte, daß es sinnlos war. Dann hüllte er es sorgfältig wieder ein und wandte sich nach Südosten, dem Berg zu.

In seinem Traum war der Kegel explodiert. Und es ließ sich nicht leugnen, daß er nur die eine Seite des Berges sah. Entschlossen deckte der Idarolans Fernrohr ab. Er wußte, daß er mit

Wansors Gerät mehr gesehen hätte, aber er wagte nicht, die Einstellung zu verändern. Außerdem reichte Idarolans Instrument für seinen Zweck völlig aus. Nicht daß es den Krater zeigen konnte, den Jaxom zu sehen gehofft hatte ...

Nachdenklich senkte er das Fernrohr. Er durfte wieder ins *Dazwischen* gehen. Und er hatte von Meister Robinton den Befehl erhalten, das Landesinnere zu erforschen. Außerdem – und das zählte stärker als alles andere – er wollte als erster am Berg sein!

Er lachte. Dieses Wagnis war sicher weit harmloser als das Zurückholen des Königin-Eies. Er konnte mit Ruth ins *Dazwischen* tauchen und wiederkehren, ehe in der Bucht jemand bemerkte, was sie vorhatten. Jaxom schraubte das Fernrohr von seiner Halterung. Er brauchte es für sein Unternehmen. Sobald er und Ruth sich in der Luft befanden, mußte er den Berg eingehend studieren und eine Stelle ausfindig machen, wo Ruth nach dem Sprung ins *Dazwischen* landen konnte.

Er drehte sich um und blieb wie angewurzelt stehen. Piemur, Sharra und Menolly standen in einer Reihe hinter ihm und beobachteten ihn.

»Nun, Baron Jaxom, was hat das Fernrohr des Schiffsmeisters uns denn gezeigt?« grinste Piemur. »Einen Berg vielleicht?«

Prinzeßchen saß auf Menollys Schulter und schimpfte.

»Hat er genug gesehen?« wandte sich Menolly an Piemur, ohne Jaxom zu beachten.

»Ich denke schon. Als Orientierungshilfe reicht es sicher.«

»Er wird doch nicht etwa geplant haben, ohne uns aufzubrechen?« fragte Sharra.

Sie musterten ihn spöttisch.

»Ruth kann doch nicht vier Leute tragen!«

Ich würde es schaffen, widersprach Ruth. *Keiner von euch ist schwer!*

Sharra lachte und deutete dann anklagend auf Jaxom.

»Wetten, daß Ruth eben heftig protestiert hat?« meinte sie.

»Die Wette gewinnst du!«Menollys Blicke wichen keine Sekunde von Jaxoms Gesicht. »Aber nun mal im Ernst – ich halte es für besser, wenn du bei *diesem* Abenteuer nicht allein bist.«

»Bei *diesem* Abenteuer?« Piemur, hellhörig wie immer, schaute erst Menolly und dann Jaxom an.

Jaxom schluckte und setzte eine undurchdringliche Miene auf. »Bist du sicher, daß du uns alle tragen kannst?« fragte er Ruth.

Ich mußte in letzter Zeit lange Strecken fliegen, weil wir nicht ins Dazwischen *durften. Das hat meine Muskeln gekräftigt. Keiner von euch ist schwer. Die Entfernung schaffe ich ohne weiteres. Werden wir den Berg sehen?*

»Ruth ist offensichtlich einverstanden«, stellte Menolly fest. »Aber wenn wir uns nicht beeilen . . .« Sie deutete zum Haus hinüber. »Komm, Sharra, wir holen die Reitausrüstung!«

»Ich muß erst noch zusätzliche Riemen für euch alle anbringen.«

»Dann mach rasch!« Menolly und Sharra liefen bereits über den Sand.

Jagd-Lassos waren zur Hand, und Jaxom fertigte mit Piemurs Hilfe Halteriemen daraus. Eben als sie die letzten Schlingen festzurrten, kamen die Mädchen mit Wherleder-Jacken und Helmen zurück. Jaxom nahm das Fernrohr des Schiffsmeisters an sich und gelobte insgeheim feierlich, daß sie wieder in der Bucht sein würden, ehe Idarolan das Verschwinden seines kostbaren Instruments bemerkte.

Ruth brauchte viel Kraft, um sich vom Boden abzustoßen, aber sobald er seine Kreise in der Luft zog, versicherte er Jaxom, daß er keinerlei Probleme mit dem Fliegen habe. Er wandte sich nach Südosten, während Jaxom das Instrument auf den fernen Gipfel einstellte. Selbst aus dieser Höhe konnte er nicht die Spur einer Eruption erkennen. Er senkte das Fernrohr ein wenig, bis er im Vordergrund des Bergkegels einen klar gegliederten Kamm entdeckte.

Jaxom fragte Ruth, ob das Ziel für ihn klar erkennbar sei. Der Drache bejahte, und ehe Jaxom Zeit fand, die Konsequenzen des Abenteuers noch einmal zu überdenken, waren sie im *Dazwischen.* Unvermittelt tauchten sie über dem Grat auf, atemlos durch den Kälteschock nach so langer Zeit in der tropischen Sonne, aber auch atemlos wegen des großartigen Panoramas, das sich vor ihnen ausbreitete.

Zum erstenmal begriffen sie, was Piemur meinte, wenn er von trügerischen Entfernungen sprach. Der Berg erhob sich auf der Schräge eines Hochplateaus, das selbst Tausende von Drachenlängen über den Ozean aufragte. Weit unter ihnen zerschnitt ein breiter, schimmernder Meeresarm die Klippen: Gras bedeckte die unteren Hänge des Vulkankegels, dichter Wald den Höhenzug, über dem sie schwebten. Weiter im Süden riegelte eine hohe, dunstverschleierte Felsenbarriere das Land nach Osten und Westen hin ab.

Der symmetrische Kegel, der immer noch ein gutes Stück von ihnen entfernt lag, beherrschte das Bild.

»Da!« Sharra deutete plötzlich nach links, in Richtung des Meeres. »Es gibt noch mehr Vulkane. Und einige stoßen Rauch aus.«

Aus der offenen See erstreckte sich in einem langgezogenen Bogen eine Kette von Vulkanen in Richtung Nordosten, manche von größeren Inseln umgeben, während andere nur knapp aus dem Wasser ragten.

»Leihst du mir bitte das Fernrohr, Jaxom?« Piemur richtete das Instrument aufs Meer. »Ja«, sagte er ruhig, nachdem er die Vulkanspitzen lange Zeit betrachtet hatte, »zwei davon sind aktiv. Aber weit, weit draußen. Keinerlei Gefahr für uns.« Damit schwenkte er das Fernrohr in Richtung der Gebirgsbarriere. Nach einer Weile schüttelte er langsam den Kopf. »Es könnte sich um die gleichen Berge handeln, die ich im Westen sah.« Seine Stimme klang zweifelnd. »Eine kalte Gegend – und man braucht Monate, bis man dorthin gelangt.« Er beschrieb mit dem Sucher einen kurzen Bogen. »Der Meeresarm reicht weit landeinwärts. Idarolan könnte ihn vielleicht mit einem Segelschiff befahren.« Er gab das Fernrohr zurück und betrachtete den Bergkegel, der vor ihnen lag.

»Ein herrlicher Anblick«, meinte Sharra mit einem langen Seufzer.

»Es muß doch die verdeckte Flanke sein, die bei der Eruption einbrach«, murmelte Jaxom vor sich hin.

»Die verdeckte Flanke?« wiederholten Sharra und Menolly wie aus einem Mund. Jaxom hob mit einem Ruck den Kopf.

»Habt ihr letzte Nacht etwa auch geträumt?« wollte Jaxom wissen.

»Was mag uns wohl heute aus den Betten getrieben haben, ehe du heimlich davonschleichen konntest?« entgegnete Menolly ein wenig bissig.

»Also schön, dann sehen wir uns die andere Seite eben an«, sagte Piemur, und das klang, als fordere er die anderen vergnügt auf, mit ihm schwimmen zu gehen.

»Warum nicht?« unterstützte ihn Sharra mit der gleichen Sorglosigkeit.

Ich würde auch gern den Ort meiner Träume sehen, erklärte Ruth und ließ sich ohne Warnung vom Grat aus ein Stück in die Tiefe fallen.

Menolly und Sharra schrien auf, und Jaxom war froh, daß er auf Halteriemen für alle bestanden hatte. Ruth entschuldigte sich, aber Jaxom kam nicht dazu, die Entschuldigung weiterzugeben, da der weiße Drache im gleichen Moment einen warmen Aufwind erwischte und sie hoch über den Meeresarm hinaustrug. Sobald sie wieder ruhig dahinglitten, warf Jaxom einen Blick durch das Fernrohr und entdeckte eine Felsformation mit ausgeprägten Merkmalen an der Nordschulter des Berges. Er übermittelte Ruth das Bild.

Sie waren im *Dazwischen.* Dann schwebten sie über den Felsen, und ein paar Atemzüge lang schien ihnen der Berg bedrohlich entgegenzukippen. Ruth fing sich ab und bog mit kräftigen Schwingenschlägen zur Ostflanke hinüber.

Einen Moment lang waren sie alle geblendet vom gleißenden Licht der Morgensonne, die bis dahin der Gipfel verdeckt hatte. Ruth wandte sich ein Stück nach Süden. Vor ihnen lag unendlich weites Land – ausgedehnter noch als die Tiefebenen von Telgar oder die Wüste von Igen. Aber Jaxoms Blicke lösten sich rasch von diesem eindrucksvollen Bild und wandten sich dem Berg zu.

Die Gegend war ihm mehr als vertraut – er kannte sie aus seinen unruhigen Nächten und verworrenen Träumen. In der Ostseite des Berges klaffte ein Loch. Das aufgerissene Maul schien bösartig zu fauchen, und dabei einen Mundwinkel weit herunterzuziehen. Jaxoms Blicke folgten der Linie, und er entdeckte entlang der Südostflanke drei weitere Vulkanspalten, häßliche Abkömmlinge der großen Vertiefung. Ein Lavastrom wies nach Süden, der weiten Ebene zu.

Ruth flog instinktiv ein Stück vom Berg weg, dem freundlicheren Tal entgegen.

Hatte das herrliche Nordpanorama des Vulkankegels Jaxom ganz in seinen Bann gezogen, so wandte er sich nun schaudernd von dem verzerrten Maul der eingesunkenen Flanke ab, die ihn nachts in seinen Träumen verfolgt hatte.

Diesen Ort kenne ich, berichtete Ruth. *Sie sagen, daß ihre Menschen von hier kamen.*

Schwärme von Feuer-Echsen wirbelten in der Morgensonne. Prinzeßchen, Meer, Talla und Farli lösten sich von Ruth und gesellten sich zu den Neuankömmlingen.

»Schau doch, Jaxom! Da unten!« schrie ihm Piemur plötzlich ins Ohr und deutete aufgeregt zu einem Punkt neben Ruths linker Vorderpfote. Das helle Licht ließ die Umrisse klar hervortreten. Gerade Linien zerschnitten den Fels, kreuzten sich und bildeten Quadrate – unnatürliche Formationen in dieser Berglandschaft.

»Meister Robintons Spuren der Vergangenheit!« Er drehte

sich um und grinste Piemur an, der seinerseits versuchte, die Mädchen auf seine Entdeckung aufmerksam zu machen.

Dann aber keuchte Jaxom und lenkte Ruth mit einem Schenkeldruck nach Nordosten. Piemurs Hand krallte sich in seine Schulter. Der Harfner sah die gleiche Gefahr wie er. Die Rauchsäulen der fernen Vulkane verschwanden in einer grauen Wand, die sich vom Himmel senkte – Fäden!

»Fäden!«

Fäden! Ehe Jaxom Ruth einen Befehl erteilen konnte, war der Drache ins *Dazwischen* vorgestoßen. Im nächsten Moment schwebten sie über der Bucht. Die mächtigen Umrisse von fünf Drachen waren am Strand zu erkennen. Meister Idarolans Matrosen legten in aller Hast Platten auf Gerüste, um die hölzernen Decks der *Morgenstern* vor den Sporen zu schützen.

Canth fragt, wo wir waren. Ich muß sofort Feuerstein kauen. Die Feuer-Echsen sollen mithelfen, das Schiff von Fäden freizuhalten. Alle sind wütend auf uns. Warum?

Jaxom bat Ruth, in der Nähe des Feuersteinvorrats am Strand zu landen und sich sofort auf den Kampf gegen die Sporen vorzubereiten.

»Ich muß Dummkopf suchen!« murmelte Piemur und lief zum Wald hinüber.

Sharra legte Jaxom beruhigend die Hand auf den Arm. »Ich will versuchen, da drinnen die Wogen zu glätten«, meinte sie und wies zum Haus hinüber. »Das ist mir der Ausflug wert.«

Wir haben den Süden erforscht, wie es uns der Meisterharfner befahl, verkündete Ruth plötzlich und starrte die anderen Drachen trotzig an. *Und wir kommen rechtzeitig zum Kampf gegen die Fäden zurück. Was wollt ihr mehr?*

Jaxom war verblüfft über den entschiedenen Tonfall seines Drachen, und er faßte wieder Mut. Ruth hatte recht. Dennoch war er ganz froh, daß ihm das Heraufziehen der Sporen eine Konfrontation mit F'nor oder N'ton ersparte.

Ich habe genug Feuerstein geschluckt, erlärte Ruth seinem Reiter. *Komm – die Fäden haben die Bucht fast erreicht!* Und erstaunt fügte er hinzu: *Brekke befürchtet, du könntest noch nicht kräftig genug sein, den Kampf durchzustehen. Du sollst mir sofort Bescheid sagen, wenn du dich erschöpft fühlst.*

Selbst wenn er volle vier Stunden im Einsatz gewesen wäre – nichts hätte Jaxom dazu bringen können, eine Ermüdung einzugestehen. Sie stießen drei Buchten weiter im Osten auf die Fäden – und begegneten ihnen mit einem Flammenangriff. Jaxom hoffte nur, daß Piemur seinen kleinen Renner rechtzeitig in Sicherheit gebracht hatte. Ruth erklärte gelassen, daß Dummkopf auf der Veranda des Harfnerhauses stünde, beaufsichtigt von Farli.

Auf dem Rückflug zur Bucht bemerkte Jaxom lohende Fackeln über den Masten der *Morgenstern.* Erst dachte er, das Schiff sei in Brand geraten, aber dann erkannte er, daß dichte Schwärme von Echsen über den Decks flatterten und die herabsinkenden Sporen mit ihrem Feueratem zerstörten.

Jaxom fühlte sich todmüde, als Canth endlich das Zeichen zum Rückzug gab. Ruth flog in einem weiten Bogen nach Osten, und F'nor gab ihm durch eine Geste zu verstehen, daß er seine Sache gut gemacht habe.

Ruth und Jaxom begaben sich zu dem schmalen Weststreifen des Sandstrandes, weil die größeren Drachen mehr Platz zum Landen brauchten. Jaxom nieste, als ihm der Feueratem von Ruth in die Nase stieg.

Es fällt mir immer leichter, die Feuersteinmenge, die ich schlucken muß, richtig abzuschätzen. Heute habe ich alles verbraucht. Ruth hob den Kopf und schaute zu Canth hinüber, der neben ihnen gelandet war. *Warum ist F'nor wütend? Uns ist kein einziger Faden entwischt.* Ruths Augen wirbelten schneller, und er warf seinem Reiter einen hilflosen Blick zu. *Ich verstehe das nicht.*

»Jaxom! Ich habe ein Wörtchen mit dir zu reden!«

F'nor kam über den Sand auf ihn zu. Er nahm seinen Helm mit einer heftigen Bewegung ab.

»Ja?«

»Wo wart ihr vier heute morgen? Warum habt ihr keine Nachricht hinterlassen? Und was soll das heißen, so spät zu einem Sporeneinsatz zu erscheinen? Hattest du vergessen, daß für heute Fäden angesagt waren?«

Jaxom beobachtete F'nor. Ärger und Erschöpfung spiegelten sich in den Zügen des braunen Reiters. Und plötzlich spürte der junge Baron den gleichen kalten Zorn, der ihn damals, vor langer Zeit, auf Ruatha erfaßt hatte. Er straffte die Schultern und warf den Kopf zurück. Seine Augen waren in gleicher Höhe mit F'nors Augen, eine Tatsache, die ihm bis jetzt entgangen war. Er konnte und würde nicht zulassen, daß er die Selbstbeherrschung verlor wie an jenem Morgen auf der Burg.

»Wir waren rechtzeitig zur Stelle, F'nor«, entgegnete er ruhig. »Meine Pflicht als Drachenreiter bestand darin, die Bucht vor dem Sporenregen zu schützen. Diese Pflicht habe ich erfüllt.« Er

verneigte sich leicht und sah befriedigt, daß der Ärger in F'nors Zügen einem sprachlosen Staunen wich. »Die anderen haben Meister Robinton inzwischen sicher von der Entdeckung berichtet, die wir heute morgen machten. Los, geh schon voraus ins Wasser, Ruth! Ich bin gern bereit, all Ihre Fragen zu beantworten, F'nor, sobald ich meinen Drachen von den Spuren des Kampfes gesäubert habe.« Damit verneigte er sich ein zweites Mal vor F'nor, der ihn verblüfft anstarrte, streifte seinen verschwitzten Wherlederanzug ab und schwamm zu Ruth hinaus.

Ruth blies ihm eine mächtige Wasserfontäne entgegen und tauchte unter.

Canth meint, daß F'nor verwirrt ist. Gibt es Dinge, die einen braunen Reiter verwirren?

»Es gibt Dinge, die er von einem weißen Reiter wohl nicht erwartet hat. Aber ich kann dich nicht waschen, wenn du dich ständig auf die Seite rollst.«

Du bist wütend. Du schürfst mir noch die Haut auf, wenn du so heftig schrubbst!

»Ich bin wütend – aber nicht deinetwegen.«

Sollen wir nicht lieber zu unserem See fliegen? fragte Ruth vorsichtig.

»Wozu brauchen wir einen eiskalten See, wenn wir hier genug warmes Meerwasser haben? Ich ärgere mich über F'nor. Er tut, als sei ich schwer krank oder ein Kind, das einen Aufpasser braucht. Ich habe mit dir die Fäden bekämpft. Wer das schafft, muß nicht für jeden seiner Schritte Rechenschaft ablegen!«

Ich hatte vergessen, daß für heute Fäden angesagt waren.

»Ich auch – aber das verraten wir keinem, einverstanden?«

Es fiel Jaxom schwer, seinen Freund gründlich zu waschen, aber er biß die Zähne zusammen und sagte sich vor, daß er später eine lange Ruhepause einlegen konnte.

Zum Glück erhielt er bald Unterstützung. Sharra kam zu ihnen herausgewatet und schwenkte zwei langstielige Bürsten. »Sieh mal, was Brekke mitgebracht hat! Damit sparen wir uns die Hälfte der Arbeit. Schöne, starre Borsten. Das wird dir Spaß machen, Ruth!«

Sie hob vom Grund eine Handvoll nassen Sand auf, verteilte ihn auf Ruths Rücken und begann kräftig zu scheuern. Ruth schnaufte wohlig.

»Haben sie dich in die Zange genommen, während wir die Fäden bekämpften?« fragte Jaxom und sah einen Moment von seiner Arbeit auf.

»Menolly beantwortet immer noch Fragen.« Sharra lachte ihn an. »Sie redete so schnell, daß der Harfner sie kein einziges Mal unterbrechen konnte, und als ich mich aus dem Haus schlich, war sie immer noch nicht fertig. Ich hätte nie geglaubt, daß jemand den Meisterharfner niederreden könnte. Aber ich muß sagen, daß sich sein Zorn bereits nach den ersten Sätzen legte. Hat F'nor Schwefel und Flammen gespuckt?«

»Nun ja ... es gab einen Meinungsaustausch.«

»Das hatte ich mir fast gedacht. Brekke ist nicht ganz unschuldig daran. Sie führte sich auf, als seist du vom Sterbelager aufgestanden, um Fäden zu bekämpfen.« Sharra stand da, auf Ruths Schulter gestützt, und musterte ihn aufmerksam.

Wassertropfen schimmerten in ihrem Haar, ihre Haut war tief gebräunt, und ihre Augen blitzten belustigt. Jaxom starrte sie unverwandt an.

Meine Haut juckt! beschwerte sich Ruth. *Genau an der Stelle, wo du deine Hand hast!*

»Siehst du?« lachte Sharra und fuchtelte mit der Bürste vor seinem Gesicht herum. »Du vernachlässigst Ruth.«

»Woher weißt du, daß Ruth Kontakt mit mir hatte?«

»Das erkenne ich immer an deinem Blick.«

»Sag mal, wohin fährt eigentlich die *Morgenstern*?« Jaxom sah zu seiner Verwunderung, daß Idarolans schnelles Schiff mit geblähten Segeln aus der Bucht fuhr.

»Zum Fischfang natürlich. Der Fädeneinfall zieht immer ganze Schwärme an. Und unser Ausflug von heute morgen lockt garantiert Scharen von Neugierigen in die Bucht. Wie sollen wir die durchfüttern, wenn nicht mit Fisch?«

Jaxom stöhnte und schloß die Augen.

»Das ist die Strafe für unser unerlaubtes Entfernen von den anderen!« lachte Sharra.

Sie plumpsten beide ins Wasser, als Ruth aufsprang.

»Ruth!«

Meine Freunde kommen! Der weiße Drache trompetete los, und Jaxom sah ein halbes Drachengeschwader am Himmel, als er sich das Wasser aus den Augen wischte.

Ich erkenne Ramoth und Mnementh, Tiroth, Gyamath, Branth, Orth ...

»Sämtliche Weyrführer, Sharra!«

Sie hatte Wasser geschluckt und rang nach Luft.

»Großartig!« Das klang alles andere als begeistert. »Wo ist meine Bürste?« Sie begann im Wasser zu suchen.

Dazu Golanth, Path, Drenth – und er kommt auch. Auf unserem Wachdrachen!

»Lytol besucht uns! Halt still, Ruth, wir bürsten noch rasch deinen Schwanz!«

Ich muß doch meine Freunde willkommen heißen, wie es sich gehört! Ruth bäumte sich erneut auf und schmetterte der zweiten Gruppe von Neuankömmlingen seinen Gruß entgegen.

»Wenigstens bin ich jetzt sauber«, meinte Sharra und wand ihr triefnasses Haar aus.

Ich bin auch sauber genug. Und meine Freunde wollen sicher noch mit mir schwimmen.

»Damit würde ich gar nicht rechnen, Ruth. Du bekommst heute sicher noch eine Menge Arbeit.«

Sharra winkte Jaxom zu sich. »Hast du heute morgen schon etwas gegessen?« Er schüttelte den Kopf, und sie faßte ihn an der Hand. »Dann los, verschwinden wir auf Schleichpfaden, ehe sie uns entdecken!«

Am Ufer sammelte er rasch seine Reitkleider auf, und dann rannten sie beide über den alten Weg zum Kücheneingang des Harfnerhauses. Sharra seufzte erleichtert, als sie sah, daß die Wirtschaftsräume leer waren. Sie tranken warmen Klah und aßen jeder eine Schüssel Frühstücksbrei mit Fruchtstücken.

Draußen hörten sie Stimmen. Robintons voller Bariton beherrschte die Unterhaltung. Jaxom wollte aufstehen und zu ihm auf die Veranda gehen, aber Sharra hielt ihn fest.

»Iß jetzt! Die finden uns noch früh genug.«

»Ruth hat mich am Strand drunten begrüßt«, sagte Lytol gerade. »Aber Jaxom kann ich nirgends sehen . . .«

»Weit weg ist er bestimmt nicht . . .«, begann Robinton.

Ein Bronzepfeil schwirrte in die Küche, stieß ein Triumphgezeter aus und verschwand wieder.

»Werfen Sie mal einen Blick in die Küche, Lytol!« sagte Der Harfner lachend.

»Manchmal verstehe ich Lessa«, murmelte Jaxom mißbilligend und schluckte hastig noch einen großen Löffel Brei, ehe Lytol auf der Schwelle stand.

»Entschuldigung«, sagte er mit vollem Mund, »Ich bin heute ohne Frühstück losgeflogen, Lytol.«

Der Burgverwalter musterte ihn so gründlich, daß Jaxom ganz nervös wurde.

»Prächtig siehst du aus, Junge, sehr viel besser als das letztemal. Guten Tag, Sharra.« Lytol nickte ihr geistesabwesend zu, stürmte auf Jaxom los und hielt seine Hände ganz fest. Ein Lächeln huschte über seine Züge. »Braungebrannt und gesund! Das freut mich. So – und nun zu dem Wirbel, den du heute morgen angerichtet hast. Was war los?«

»Ich? Ich habe gar nichts angerichtet.« Gegen seinen Willen mußte Jaxom grinsen. Lytol war gar nicht verärgert! »Der Berg ist an allem schuld. Mein Fehler war nur, daß ich ihn als erster aus der Nähe betrachten wollte.«

»Jaxom!« Den sonoren Ruf des Harfners konnte er nicht gut überhören.

»Meister Robinton?«

»Komm hierher, Jaxom!«

Während der nächsten Stunden war Jaxom dankbar, daß Sharra ans Essen gedacht hatte. Denn als er den großen Saal betrat, bestürmten ihn sämtliche Anwesenden mit ihren Fragen. Piemur hatte sich offenbar während des Sporenregens mächtig angestrengt, denn Meister Robinton konnte seinen ungläubigen Besuchern bereits eine Skizze von der Südostflanke des Bergkegels sowie eine grobe Umrißkarte der ganzen Gegend zeigen. Und der Rhythmus, mit dem Menolly ihre Erlebnisse vortrug, verriet Jaxom, daß sie an diesem Tag schon mehr als einen Bericht hinter sich hatte.

Was Jaxom am schärfsten in Erinnerung blieb, war seine Trauer darüber, daß Robinton nicht selbst zum Hochplateau fliegen und die Spuren der Vergangenheit untersuchen konnte. Aber wenn sie gewartet hätten, bis Oldive dem Harfner einen Flug ins *Dazwischen* erlaubte . . .

»Jaxom, ich weiß, daß du eben erst vom Fädenkampf zurückkommst, aber es reicht ja, wenn du Mnementh die Zielkoordinaten gibst . . .« F'lar unterbrach sich, weil N'ton laut auflachte und auf Jaxom deutete. »Wenn du jetzt dein Gesicht sehen könntest, Junge! F'lar, Sie glauben doch nicht im Ernst, daß Jaxom diese Gelegenheit ausläßt! Er wird uns zu seinem Bergkegel führen.«

So schlüpfte Jaxom noch einmal in seine Reitsachen, obwohl sie ein wenig feucht waren, und weckte Ruth, der im Sand döste. Sein Gefährte verriet Stolz und Freude, daß er den mächtigsten Drachen von Pern den Weg weisen durfte.

Jaxom hätte Ruth bitten können, direkt zur Südostflanke des Berges zu fliegen. Aber er wollte auch den anderen den krassen Gegensatz zwischen den beiden Seiten des geheimnisvollen Berges vor Augen führen.

In den Mienen der Reiter las er, daß er sein Ziel erreicht hatte. Er ließ ihnen Zeit, die Gebirgsbarriere zu betrachten, die in der Sonne glitzerte – weiße hohe Zacken am Horizont. Er deutete zum Meer hinüber, das jetzt nicht mehr vom Morgendunst verschleiert war, und sie erblickten die Kette aus Vulkaninseln, die nach Nordosten vorstieß, sahen die fernen Rauchsäulen aufsteigen ...

Auf seine Bitte hin flog Ruth über den Meeresarm und schraubte sich in schwindelnde Höhen, ehe Jaxom die Koordinaten für den nächsten Sprung ins *Dazwischen* gab. Sie tauchten über der Südostflanke des doppelgesichtigen Berges auf, die sich vor ihnen ausbreitete wie die Kulisse zu einem düsteren Drama.

Mnementh schoß plötzlich nach vorn, und Ruth übermittelte Jaxom, daß F'lar landen wolle. Höflich warteten sie, bis der große Bronzedrache einen geeigneten Platz gefunden hatte, in der Nähe der merkwürdigen Linien und so weit entfernt wie möglich von den düsteren drei Nebenkegeln. Nacheinander landeten die großen Bronzedrachen von Pern im Gras, die Reiter stiegen ab und gingen durch die hohen, wogenden Halme zu F'lar, der sich neben einer der merkwürdigen Linien niedergekauert hatte und mit dem Gürtelmesser am Rand herumkratzte.

»Überweht von dicken Staubschichten, auf denen Gras wächst«, sagte er schließlich mit einem Seufzer und erhob sich.

»Vulkane stoßen oft gewaltige Aschemengen aus«, gab T'bor vom Hochland zu bedenken. Er mußte es wissen, denn auf Tillek, das zu seinem Weyr gehörte, befanden sich einige erloschene Vulkane. »Wenn dieser Berg da tatsächlich einen Ausbruch hatte, dann müssen Sie sich durch eine halbe Drachenlänge Asche wühlen, ehe Sie auf irgend etwas stoßen.«

Eine Sekunde lang befürchtete Jaxom, daß sich eine Aschewolke auf sie niedersenken würde. Eine dunkle, unruhige Masse verdrängte das Sonnenlicht und stieß in die Tiefe. Dann stob sie dicht vor Mnementh auseinander – Hunderte von Feuer-Echsen, die wild durcheinanderkreischten.

Während die Drachenreiter verwirrt aufschauten, verkündete Ruth gelassen:

Sie sind glücklich, weil die Menschen zu ihnen zurückkehren.

»Frag sie nach den drei Kegeln, Ruth! Erinnern sie sich an irgendwelche Eruptionen?«

Das taten sie zweifellos, denn plötzlich war keine einzige Echse des Südens mehr am Himmel zu sehen.

Sie erinnern sich an die Kegel, sagte Ruth. *Sie erinnern sich an Flam-*

men in der Luft und Feuer, das die Hänge herabfloß. Sie haben Angst vor den Bergen. Ihre Menschen hatten auch Angst vor den Bergen.

Menolly kam mit besorgter Miene zu Jaxom gelaufen. »Hat Ruth die Feuer-Echsen gefragt? Prinzeßchen und die anderen spielen verrückt.«

Auch F'lar trat jetzt zu ihnen. »Was soll dieser Unsinn? Selbstverständlich waren hier einmal Menschen. Damit sagen uns die Echsen nichts Neues. Aber daß sie sich an Menschen erinnern?« F'lars Stimme klang geringschätzig. »Ich war froh, daß sie uns bei der Suche nach D'ram halfen – aber da betrug die Spanne fünfundzwanzig Planetenumläufe. Dies hier ist weit älter . . .« Wortlos deutete F'lar auf die erloschenen Vulkane und die überwehten Spuren der alten Siedlung.

»Dagegen läßt sich zweierlei anführen, F'lar.« Menolly schaute den Weyrführer von Benden furchtlos an. »Zum einen kannte keine unserer Feuer-Echsen die Gefahr des Roten Sterns aus eigener Erfahrung – und doch fürchteten sie ihn alle. Außerdem . . .« Unvermittelt stockte Menolly. Jaxom war sicher, daß sie um ein Haar das Geheimnis um Ramoths Ei verraten hätte. Hastig warf er ein: »Die Feuer-Echsen besitzen eine Art Kollektiv-Erinnerung, F'lar, daran gibt es keinen Zweifel. Seit ich hier in der Bucht bin, quälen mich Alpträume. Anfangs dachte ich, das seien Nachwirkungen des Fiebers. Erst gestern abend fand ich heraus, daß Sharra und Piemur ähnliche Träume hatten . . . Wir sahen verschwommene Bilder von diesem Berg. Und zwar Bilder von der Flanke hier, obwohl man sie von der Bucht aus gar nicht erkennen kann.«

»Ruth ist nachts immer von einer Schar Feuer-Echsen umringt«, erklärte Menolly. »Vielleicht übermittelt der Drache Jaxom die Eindrücke, die er von ihnen erhält. Und wir bekommen die Bilder durch unsere Echsen.«

F'lar nickte zögernd.

»Und – letzte Nacht waren eure Träume lebhafter als zuvor?«

»Genau.«

Der Weyrführer begann leise zu lachen, und seine Blicke wanderten von Menolly zu Jaxom. »Und da wolltet ihr heute morgen nachprüfen, ob diese Träume etwas zu bedeuten hatten?«

»Ja.«

»Also schön.« F'lar hieb Jaxom gutmütig auf die Schulter. »Ich kann dir den Flug nicht verübeln. Ich hätte in deinem Fall wohl nicht anders gehandelt. Aber was meinen eure Echsen jetzt? Wie sollen wir weitermachen?«

»Ich bin zwar keine Feuer-Echse, F'lar, aber ich würde graben«, sagte der Meisterschmied, der sich zu ihnen gesellt hatte. Sein Gesicht glänzte schweißnaß, und seine Hände waren fleckig von Gras und Erde. »Wir müssen zuerst die Grasnarbe und das Erdreich abheben. Es ist wichtig, daß wir herausbringen, wie sie diese schnurgeraden Wege anlegten, die all die Planetenumläufe überdauert haben. Und wie sahen ihre Häuser aus? Ich bin nämlich sicher, daß sich unter den Hügeln da Häuser verbergen. Graben, graben – das ist die einzige Möglichkeit.« Er drehte sich langsam um und beobachtete die mühseligen Versuche der Drachenreiter, Rasenstücke abzuheben. »Wenn Sie nichts dagegen haben, werde ich Bergwerksmeister Nicat um einige seiner Leute bitten. Wir brauchen Männer, die mit Schaufel und Spaten umzugehen wissen. Außerdem habe ich Robinton versprochen, daß ich sofort zurückkehre und ihm berichte, was ich gesehen habe.«

»Ich würde auch gern zurückfligen, F'lar«, warf Menolly ein. »Meister Robinton erwartet uns sicher voller Ungeduld, denn Zair war schon zweimal hier. Wir sollten ihn nicht unnötig aufregen.«

»Ich bringe die beiden in die Bucht, F'lar«, erklärte Jaxom. Plötzlich war er von dem unerklärlichen Wunsch besessen, diesen Ort zu verlassen, der ihn noch am Morgen so sehr angezogen hatte.

F'lar aber fand, daß man Ruth nach dem Ausflug am Morgen und dem anschließenden Fädenkampf nicht überanstrengen durfte, und schickte Meister Fandarel und Menolly auf F'lessans Golanth zurück. Der junge Bronzereiter erhielt Anweisung, sich zur Verfügung des Meisterschmieds zu halten. Wenn sich F'lar darüber wunderte, daß Jaxom fort wollte, so ließ er sich jedenfalls nichts anmerken.

Ruth flog los, noch ehe der Schmied und Menolly Golanth bestiegen hatten. Als sie in der Bucht anlangten, herrschte dort eine wohltuende Stille. Die warme, träge Luft war nach der kühlen, frischen Atmosphäre auf dem Hochplateau wie eine Decke, die alles einhüllte. Jaxom nutzte die Gelegenheit der unbemerkten Ankunft und bat Ruth, in ihrer Lichtung zu landen. Es war kühler dort, und sobald Ruth es sich in seiner Kuhle bequem gemacht hatte, streckte sich Jaxom neben ihm aus. Er war im Nu eingeschlafen.

Eine Hand rüttelte ihn unsanft wach. Er fröstelte.

»Ich sagte doch, daß *ich* ihn wecken würde, Mirrim«, hörte er Sharra verärgert sagen.

»Ist doch egal, wer ihn weckt! Hier, Jaxom, ich habe dir einen Krug Klah mitgebracht. Meister Robinton will dich sprechen. Du hast den ganzen Nachmittag verschlafen. Wir konnten dich nirgends finden.«

Jaxom murmelte etwas vor sich hin. Es wäre ihm lieber gewesen, wenn Mirrim sich zurückgezogen hätte. Ihre Stimme enthielt meist einen unausgesprochenen Vorwurf.

»Los, Jaxom! Ich weiß, daß du wach bist.«

»Du täuschst dich. Ich schlafe noch halb.« Jaxom gähnte ihr ins Gesicht. »Geh zu Meister Robinton, Mirrim, und sag ihm bitte, daß ich gleich komme!«

»Er will, daß du *sofort* kommst.«

»Ich bin schneller bei ihm, wenn du nicht drängelst.«

Mirrim warf ihm einen durchdringenden Blick zu, schob sich gekränkt an Sharra vorbei und verschwand in den Küchenräumen.

»Mirrim macht mich ganz fertig«, seufzte Jaxom. »Menolly meinte, daß sich ihre Reizbarkeit legen würde, wenn Path erst mal zum Paarungsflug aufgestiegen sei, aber davon merke ich nicht das geringste.«

Sharra lächelte ihm zu. »Kein schlechter Gedanke, daß du dich hierher zum Schlafen zurückgezogen hast. Im Harfnerhaus wuselt es von Menschen und Echsen. Die Biester sind total hysterisch. Man wird nicht klug aus den Bildern, die sie übermitteln.«

»Und Meister Robinton meint, daß Ruth sie beruhigen könnte?«

Wenn einer es schafft, dann Ruth.« Sie betrachtete den schlafenden weißen Drachen. »Armer Kerl, er ist völlig erschöpft.« Ihre Stimme klang so zärtlich, daß Jaxom wünschte, sie hätte ihn gemeint. Sharra bemerkte seinen Blick und wurde rot. »Und trotzdem – ich bin froh, daß wir als erste auf dem Hochplateau waren!«

»Ich auch.«

»Jaxom!«

Sharra, die eben einen Schritt auf ihn zugekommen war, zuckte zusammen, als sie Mirrims Ruf hörte.

»Lästiges Frauenzimmer!« fluchte Jaxom leise.

Er nahm Sharra an der Hand und lief mit ihr zum Harfnerhaus hinüber.

»Habe ich nur einen Nachmittag oder den ganzen Tag verschlafen?« fragte Jaxom kopfschüttelnd, als er die Karten, Skizzen und Diagramme an den Wänden und auf den Tischen sah.

Der Harfner saß mit dem Rücken zu ihnen über den langgestreckten Eßtisch gebeugt. Piemur zeichnete eifrig, Menolly schaute dem Harfner über die Schulter, und Mirrim stand etwas abseits, gelangweilt und schlecht gelaunt. Feuer-Echsen spähten von den Deckenbalken herab. Hin und wieder verschwand eine aus dem Saal, und eine andere nahm ihren Platz ein. Vom Meer wehte eine leichte Brise und trug den Geruch von gebratenem Fisch herein.

»Brekke wird wütend auf uns sein«, sagte Jaxom zu Sharra.

»Warum? Wir halten ihn hier im Haus fest, und das ist gar nicht leicht.«

»Hört auf zu tuscheln, ihr beiden! Kommt hierher und helft mir bei den Details!« Der Harfner drehte sich um und schaute sie mit gerunzelter Stirn an. »Jaxom, glaubst du, daß Ruth aus dem Unsinn klug wird, den die Feuer-Echsen übermitteln?«

»Ich bin gern bereit, einen Versuch zu wagen, Meister Robinton«, erwiderte Jaxom. »Aber ich fürchte, Sie verlangen mehr von Ruth und den Feuer-Echsen, als sie geben können.«

Meister Robinton setzte sich kerzengerade auf. »Wie meinst du das?«

»Es scheint in der Tat so, daß die Feuer-Echsen eine Kollektiv-Erinnerung an besonders schlimme Erlebnisse besitzen – etwa wie . . .« Jaxom deutete stumm in Richtung des Roten Sterns. »Oder an Canths Sturz – und nun an diesen Berg. Aber das sind alles Einzelereignisse, keine Alltagsdinge.«

»Du hast mit ihrer Hilfe immerhin D'ram in der Süd-Bucht aufgestöbert.«

»Da war eine Menge Glück im Spiel. Hätte ich die Echsen zuerst nach Menschen gefragt, wäre die richtige Antwort nie gekommen«, entgegnete Jaxom lachend.

»Und bei deinem *ersten* Abenteuer hattest du kaum mehr Anhaltspunkte.«

»Wie bitte?« Jaxom starrte den Harfner verwirrt an. Ihm war die Betonung nicht entgangen, auch wenn Robinton trügerisch sanft sprach. Irgendwie wußte der Harfner, daß Jaxom das Ei gerettet hatte. Jaxom warf Menolly einen anklagenden Blick zu, doch die wirkte ebenso verblüfft wie er.

»Genau genommen erhielt ich die gleichen Informationen wie du, und zwar von Zair, aber ich deutete sie nicht richtig. Mein Kompliment, auch wenn es reichlich spät kommt.« Er verbeugte sich und wechselte dann das Thema, als sei es eine Nebensache. »Falls es dir und Ruth gelingen würde, unser neues Problem zu lösen, blieben uns viele Stunden mühevoller – und vielleicht vergeblicher – Arbeit erspart. Wie immer ist die Zeit gegen uns, Jaxom. Dieses Hochplateau . . .« – Robinton deutete auf die Skizze – »können wir den anderen nicht verheimlichen. Es ist das Erbe von allen Bewohnern Perns . . .«

»Aber es liegt im Osten, Meister Robinton«, sagte Mirrim beinahe feindselig. »Und der Osten soll Drachenreiter-Land werden.«

»Gewiß, mein liebes Kind«, erwiderte der Harfner besänftigend. »Wenn nun Ruth die Feuer-Echsen überreden könnte, ihre Erinnerungen auf einen bestimmten Punkt zu konzentrieren . . .«

»Probieren kann ich es«, meinte Jaxom, als der Harfner ihn erwartungsvoll anschaute, »aber Sie wissen selbst, wie die Kleinen reagieren . . .« Wieder deutete er in Richtung des Roten Sterns. »Was die Eruptionen angeht, scheinen sie sich ganz ähnlich zu verhalten.« Er machte eine Pause. »Warum benötigen wir die Bilder eigentlich? Wir wissen, daß der Vulkan explodierte. Wir wissen, daß die Siedler vom Hochplateau fliehen mußten und die Überlebenden in den Norden zogen . . .«

»Es gibt aber noch eine Menge Dinge, von denen wir keine Ahnung haben. Vielleicht finden wir einige wichtige Antworten – vielleicht sogar einige Relikte wie jenes Vergrößerungs-Instrument, das in den verlassenen Räumen des Benden-Weyrs auftauchte. Überleg doch, in welchem Ausmaß allein dieses Gerät unser Wissen über Pern erweitert hat! Es wäre durchaus denkbar, daß noch das eine oder andere Modell jener faszinierenden Maschinen existiert, von denen in den alten Schriften die Rede ist.« Er hob eine der Skizzen hoch. »Hier haben wir eine ganze Reihe von Hügeln in allen Größen und Formen. Sicher befinden sich unter den meisten die Überreste von Wohnhäusern, aber vielleicht stoßen wir auch auf Lagerräume und Werkhallen . . .«

»Woher wissen wir denn, daß unsere Vorfahren so lebten wie wir?« fragte Mirrim. »Ich meine, daß sie Nahrungsmittel speicherten, in Hallen arbeiteten und so fort?«

»Weil sich in der langen Zeit, die zwischen dem Heute und den ältesten Aufzeichnungen liegt, weder die menschliche Natur noch die menschlichen Bedürfnisse geändert haben«, erklärte der Harfner.

»Das heißt nicht, daß sie bei ihrem Aufbruch vom Hochplateau etwas zurückließen«, beharrte Mirrim.

»Die Traumbilder stimmen in manchen Einzelheiten völlig überein.« Meister Robinton zeigte mehr Geduld mit Mirrims

Sturheit und Besserwisserei, als die anderen erwartet hätten. »Der Berg, der in Flammen stand, die Lavaströme, die fliehenden Menschen . . .«

»Menschen in Panik!« ergänzte Sharra. »Sie hatten sicher nicht die Zeit, all ihre Habseligkeiten mitzuschleppen. Das Notwendigste vielleicht, aber mehr nicht.«

»Vielleicht kamen sie zurück, nachdem die Eruption vorüber war«, gab Menolly zu bedenken. »Und erinnert euch nur an den Vulkanausbruch im Westen von Tillek . . .«

»Genau den hatte ich im Sinn«, meinte der Harfner und nickte zustimmend.

»Aber, Meister«, fuhr Menolly verwirrt fort, »der Vulkan spie damals wochenlang Asche. Am Ende bedeckte sie das ganze Tal.«

»Auf dem Plateau bläst ständig ein scharfer Südostwind«, warf Piemur ein und durchschnitt mit der Handkante die Luft. »Ist euch das nicht aufgefallen?«

»Genau aus diesem Grund konntet ihr aus der Luft die Überreste der Siedlung erkennen«, meinte der Harfner. »Ich weiß, Jaxom, es ist nur eine winzige Chance, aber ein Gefühl sagt mir, daß die Katastrophe völlig unerwartet über unsere Vorfahren hereinbrach. Warum, das begreife ich nicht. Menschen, die Himmelskörper wie die Dämmer-Schwestern bauen konnten, mußten doch in der Lage sein, einen aktiven Vulkan zu erkennen. Deshalb neige ich zu der Annahme, daß die Eruption plötzlich erfolgte, ohne jede Vorwarnung. Die Menschen wurden mitten in ihrer gewohnten Arbeit überrascht. Wenn es Ruth gelingt, einige der Echsen-Bilder scharf wiederzugeben, erkennen wir womöglich aus der Menge der Flüchtlinge oder anderen Hinweisen, welche Bauwerke wichtig waren und welche nicht.

Ich selbst kann das Plateau nicht besichtigen, aber ich will wenigstens aus der Ferne meinen Beitrag leisten, so gut es geht.«

»Wann sollen wir beginnen?« fragte Jaxom.

»Äh – ginge es vielleicht schon morgen?« strahlte der Harfner. »Bei mir bestimmt. Piemur, Menolly, Sharra – ich werde euch und eure Echsen brauchen . . .«

»Ich könnte euch ebenfalls begleiten«, erklärte Mirrim.

Jaxom bemerkte Sharras verschlossene Miene und folgerte daraus, daß ihr Mirrims Anwesenheit ebenso lästig war wie ihm selbst.

»Lieber nicht, Mirrim. Path würde die einheimischen Feuer-Echsen vergraulen.«

»Mann, das ist doch lächerlich!« Mirrim wischte den Einwand mit einer zornigen Geste beiseite.

»Ich glaube, Jaxom hat recht, Mirrim«, kam Menolly ihm zu Hilfe. »Schau dich in der Bucht um! Nur die Markierten Feuer-Echsen aus dem Norden sind in der Nähe. Alle anderen verschwinden, sobald sie einen Drachen außer Ruth sehen.«

»So ein Quatsch! Ich habe drei der bestabgerichteten Feuer-Echsen von ganz Pern und . . .«

»Darum geht es doch nicht, Mirrim«, vermittelte Robinton. »Wir alle wissen, wie gut deine Echsen gehorchen, aber die hier heimischen Geschöpfe lassen sich in der kurzen Zeit einfach nicht an Path gewöhnen.«

»Path muß gar nicht in Erscheinung treten . . .«

»Mirrim, die Sache ist entschieden«, unterbrach Robinton sie ruhig. Das Lächeln aus seinen Zügen war gewichen.

»Danke, ich habe verstanden. Da ich hier nicht mehr gebraucht werde . . .« Sie rauschte beleidigt ab.

Jaxom bemerkte, daß der Blick des Harfners ihr folgte, und irgendwie genierte er sich für Mirrims schlechtes Benehmen. Auch Menolly wirkte beunruhigt.

»Ist Path in Hitze?« erkundigte sich der Harfner.

»Nein, ich glaube nicht, Meister Robinton«, sagte Menolly.

In diesem Moment zeterte Zair auf Robintons Schulter los, und der Harfner setzte eine bekümmerte Miene auf. »Brekke ist wieder da. Und sie hatte mir einen Ruhetag verordnet.«

Er legte einen Finger auf die Lippen und floh in sein Schlafzimmer. Piemur trat einen Schritt zur Seite, um die plötzlich entstandene Lücke zu füllen. Eine Sekunde später flatterten Berd und Grall in den Raum.

»Meister Robinton brauchte wirklich viel mehr Ruhe«, meinte Menolly und strich nervös die Skizzen glatt.

»Er hat sich eigentlich nicht überanstrengt«, widersprach Piemur. »Diese Entdeckung am Berg weckt seine Lebensgeister sogar. Merkt ihr denn nicht, wie es ihm auf die Nerven geht, ständig gegängelt und umsorgt zu werden? Er gräbt die alte Siedlung schließlich nicht eigenhändig aus . . .«

Brekke betrat den Raum, gefolgt von F'nor, und trat ohne Umschweife an den Tisch. »Menolly, seit wann schläft Meister Robinton?«

Piemur deutete grinsend auf einen halbleeren Weinschlauch. »Er hat seine Medizin genommen und ist brav zu Bett gegangen.«

Brekke musterte den jungen Harfner durchdringend. »Ihnen traue ich keine Sekunde, Harfner Piemur!« Dann schaute sie Jaxom an. »Warst du den ganzen Nachmittag hier?«

»Ich? Aber nein. Ruth und ich haben geschlafen, bis uns Mirrim weckte.«

»Wo ist denn Mirrim?« F'nor schaute sich um.

»Irgendwo draußen«, erklärte Menolly betont gleichgültig. Brekke schaute sie an.

»Hat Mirrim etwa wieder . . .?« Brekke preßte die Lippen zu einem schmalen Strich zusammen. »Verflixtes Mädchen!« Sie schaute Bernd an, und der schoß wie ein Pfeil ins Freie.

F'nor beugte sich über die Karten und lobte sie.

»Ihr arbeitet ja für zwanzig!« meinte er.

Piemur streckte sich, daß seine Gelenke knackten. »Also, ein Teil der zwanzig hat für heute genug getan«, meinte er. »Ich brauche ein ausgiebiges Bad, um mir den Schweiß von der Stirn und die Tinte von den Fingern zu waschen. Wer kommt mit zur Bucht hinunter?«

Die anderen pflichteten ihm begeistert bei und rannten los. F'nors Beschwerde, was er denn ganz allein anfangen solle, hörten sie gar nicht mehr. Jaxom hielt Menolly einen Moment lang fest, während Piemur und Sharra vorausliefen.

»Menolly, woher wußte Meister Robinton, daß . . .«

»Ich hab's ihm nicht verraten, Jaxom. Das war aber auch nicht nötig. Alle Spuren weisen inzwischen auf dich.« Sie zählte die einzelnen Punkte an den Fingern ab. »Ein Drache brachte das Ei zurück. Vorzugsweise ein Drache, der sich in der Benden-Brutstätte genau auskannte. Und der Drachenreiter mußte jemand sein, dem viel daran lag, das Ei zurückzubringen, außerdem jemand, der es auch finden konnte.« Sie machte eine Pause. »Ich denke, daß immer mehr erkennen werden, wer der ›Täter‹ war.«

»Warum gerade jetzt?«

»Weil jetzt feststeht, daß kein Reiter aus dem Süd-Weyr Ramoths Ei zurückbrachte.« Menolly legte ihm eine Hand auf den Arm. »Ich war so stolz auf dich, Jaxom, als ich merkte, welche Leistung du vollbracht hattest. Und noch stolzer, weil du deine Heldentat mit keinem Ton erwähntest! Damals war es ungeheuer wichtig, daß die Weyrführer von Benden glaubten, ein Süd-Reiter habe das Ei gebracht . . .«

»He, Jaxom, Menolly – wo bleibt ihr denn?« rief Piemur.

»Willst du mal sehen, wer von uns beiden schneller am Strand ist?« Menolly rannte los, und die anderen blieben weit zurück.

Viel Zeit zum Schwimmen bekamen sie allerdings nicht. Meister Idarolans Schiff kehrte in die Bucht zurück, und am Bug wehte der blaue Wimpel zum Zeichen dafür, daß die Laderäume bis oben mit Fischen gefüllt waren. Brekke bat sie, beim Säubern und Ausnehmen des Fangs zu helfen. Sie wußte nicht, wie viele der Männer am Hochplateau zum Abendessen bleiben würden, aber gekochten Fisch konnte man auch noch am nächsten Tag servieren. Mirrim bekam den Auftrag, Meister Wansor und N'ton mit Proviant zu versorgen. Die beiden wollten die Nacht am Fernrohr verbringen und die Dämmer-Schwestern beobachten – oder die Tag-und-Nacht-Schwestern, wie Piemur respektlos sagte.

»Wetten, daß Mirrim versuchen wird, im Freien zu übernachten, damit sie sieht, ob ihr Path wirklich die Echsen aus dem Süden verscheucht!« meinte Piemur mit einem boshaften Grinsen.

»Ihre Echsen sind aber wirklich gut abgerichtet«, hielt ihm Menolly entgegen.

»Und keifen genauso wie sie!« ergänzte Piemur.

»Also, das ist unfair«, nahm Menolly sie in Schutz. »Sie ist immerhin eine meiner besten Freundinnen . . .«

»Dann erklär ihr mal in aller Freundschaft, daß sie nicht ganz Pern herumkommandieren kann!«

Menolly hatte schon eine scharfe Antwort auf den Lippen, aber in diesem Moment tauchten Drachen über der Bucht auf und landeten mit lautem Begrüßungsgeschrei.

Die Drachen waren nicht die einzigen, die gute Laune ausstrahlten. Eine Atmosphäre der freudigen Erwartung hatte alle Anwesenden erfaßt.

Jaxom war froh, daß er nachmittags etwas Schlaf gefunden hatte, denn der Abend wurde lang. Alle sieben Weyrführer hatten sich eingefunden, D'ram mit Nachrichten aus dem Süden, die er F'lar unter vier Augen mitteilte. N'ton blieb nur eine Weile, weil er den Rest der Nacht mit Wansor am Fernrohr verbringen wollte. Außerdem waren die Gildemeister Nicat, Fandarel, Idarolan und Robinton da, ganz zu schweigen von seinem Vormund Lytol.

Zu Jaxoms Überraschung zeigten die drei Weyrführer aus der alten Zeit weniger Interesse an den Geheimnissen der Siedlung auf dem Hochplateau als etwa N'ton, T'bor, G'dened und F'lar. Sie wollten nicht »in der Vergangenheit herumstochern«, wie sie sagten, sondern die weiten Ebenen jenseits des Vulkans und die ferne Gebirgskette erforschen.

»Was vorbei ist, sollte vorbei bleiben«, erklärte R'mart von Telgar. »Tot und begraben. *Wir* müssen uns mit der Gegenwart auseinandersetzen, eine Kunst, wohlgemerkt, die Sie uns gepredigt haben, F'lar!« Er lachte, um seinen Worten die Schärfe zu nehmen. »Sagten Sie nicht, daß es wenig Zweck habe, sich an die Lösungen der Alten zu klammern . . . daß es besser sei, mit eigenen Händen aufzubauen, was uns heute nützt?«

F'lar grinste breit, als er das Echo seiner eigenen Lehrsätze vernahm. »Nun ja, insgeheim spukt da wohl die Hoffnung herum, daß wir irgendwo auf unversehrte Aufzeichnungen stoßen könnten, welche die Lücken in unserer Vergangenheit schließen. Vielleicht sogar auf das eine oder andere nützliche Instrument wie jenes Vergrößerungsgerät, das wir in Benden entdeckten.«

»Sie sehen ja selbst, wohin uns das gebracht hat!« meinte R'mart mit einer Geste, die den gesamten Süden umfaßte.

»Maschinen und Instrumente wären von unschätzbarem Wert für uns«, meinte Fandarel sehr ernst.

»Ich halte es durchaus für möglich, daß wir den einen oder anderen Fund machen«, erklärte Nicat nachdenklich, »denn im Grunde wurde nur ein kleiner Teil der Siedlung beschädigt.« Die Aufmerksamkeit der anderen wandte sich ihm zu. Er holte eine Skizze des Hochplateaus zu sich heran. »Da – der Lavastrom des Hauptkegels führte südlich der Anlage vorbei. Hier, hier und hier brachen die Nebenkrater aus; ihr Lava folgte der Hangschräge und kann die Siedlung höchstens gestreift haben. Und der starke Wind, der dort oben ständig weht, blies die Asche weg von den Häusern. Ich habe zwar erst mit dem Graben begonnen, aber ich fand nur eine dünne Schicht Vulkanasche.«

»Gab es eigentlich nur diese eine Siedlung?« fragte R'mart. »Unsere Vorfahren hatten immerhin eine ganze Welt zur Verfügung.«

»Wir werden die anderen morgen finden, nicht wahr, Jaxom?« warf der Harfner ein.

»Meister?« Jaxom schaute auf, überrascht, daß Robinton ihn in die Diskussion einbezog.

»Ganz im Ernst, R'mart, Sie könnten durchaus recht haben«, meinte F'lar und beugte sich über den Tisch. »Und wir wissen auch nicht, ob die Eruption unsere Vorfahren zur sofortigen Flucht zwang.«

»Wir wissen überhaupt nichts, solange wir nicht einen dieser Hügel geöffnet haben«, sagte N'ton.

»Aber Vorsicht, Weyrführer!« warnte Meister Nicat. Er

schaute N'ton an, aber die anderen spürten, daß er sie alle meinte. »Ich halte es für das Beste, wenn ich einen meiner Meister und ein paar tüchtige Gesellen auf das Plateau schicke, damit sie die Ausgrabungsarbeiten leiten.«

»Es wird höchste Zeit, daß die Drachenreiter etwas von Ihrer Gilde lernen, was?« meinte R'mart.

»Drachenreiter, die Stollen anlegen?« Nicats Stimme klang entsetzt.

»Warum nicht?« fragte F'lar. »Die Fädeneinfälle werden eines Tages aufhören. Das nächste Intervall rückt näher. Und nun, da uns der Süden offensteht, verspreche ich euch eines: Während der kommenden Sporenpause werden die Drachenreiter weder von Burg noch von Gilde abhängig sein.«

»Ein vernünftiger Gedanke, Weyrführer, sehr vernünftig!« murmelte Meister Nicat, aber man merkte, daß er Zeit brauchen würde, um diese revolutionäre Idee zu verarbeiten.

Die Drachen am Strand draußen schienen einen Neuankömmling zu begrüßen.

N'ton erhob sich plötzlich. »Ich muß zu Wansor, sonst hält er ganz allein Sternenwache. Ich nehme an, daß Path und Mirrim vom anderen Ende der Bucht zurückgekehrt sind. Guten Abend.«

»Ich begleite Sie und zeige Ihnen den Weg, N'ton«, erklärte Jaxom. Er nahm einen Leuchtkorb und deckte ihn ab.

Als sie außer Hörweite der anderen waren, wandte sich N'ton dem jungen Baron zu. »Nun, Jaxom, das hier ist sicher mehr nach Ihrem Geschmack, als brav in einem Königinnen-Geschwader mitzufliegen?«

»Ich wollte wirklich keinen Wirbel veranstalten, N'ton«, entgegnete Jaxom lachend. »Ich war rein von dem Gedanken besessen, den Berg vor allen anderen zu besichtigen.«

Sie sahen die dunklen Umrisse eines Drachen, der eben am Strand landete, und dann zwei große, leuchtende Augen, als Lioth sich ihnen zuwandte.

»Ein weißer Drache hat nachts seine Vorteile«, meinte N'ton und deutete auf Ruth, der gut sichtbar neben seinem Bronzegefährten lag.

Ich bin froh, daß du kommst. Meine Haut juckt – an einer Stelle, die ich nicht erreichen kann, begrüßte ihn Ruth.

»Ruth braucht meine Pflege, N'ton.«

»Dann nehme ich den Leuchtkorb und gebe ihn an Mirrim weiter, damit sie den Weg zum Haus findet.«

Sie trennten sich, und Jaxom kümmerte sich um seinen Freund. Er hörte, wie N'ton Mirrim begrüßte. In der Nachtstille waren ihre Stimmen deutlich zu verstehen.

»Natürlich geht es Wansor gut«, sagte Mirrim ein wenig verdrießlich. »Er klebt an diesem Fernrohr und schaut keine Sekunde auf. Er bemerkte meine Ankunft nicht einmal und rührte keinen Bissen von dem Zeug an, das ich brachte.« Sie machte eine Pause und holte tief Luft. »Außerdem hat Path die Echsen aus dem Süden *nicht* verscheucht!«

»Warum auch?«

»Jaxom und die anderen wollen mich nicht dabei haben, wenn Ruth versucht, den Süd-Echsen ein paar vernünftige Bilder zu entlocken.«

»Wie? Ach so, Ruth soll die verschwommenen Eindrücke der einheimischen Echsen klarer herausarbeiten? Nun, darüber würde ich mir nicht den Kopf zerbrechen, Mirrim. Es gibt so viele andere nützliche Dinge, die du erledigen kannst.«

»Allerdings. Mein Drache ist jedenfalls kein albernes Neutrum, das sich nur zum Aushorchen von Feuer-Echsen gebrauchen läßt!«

»Mirrim!«

Jaxom hörte den kühlen Tadel in N'tons Stimme; das paßte zu der Kälte, die sich in seinem Innern ausbreitete. Mirrims boshafte Bemerkung schien endlos in seinem Gehirn widerzuhallen.

»Sie wissen genau, was ich meine, N'ton . . .

Echt Mirrim, dachte Jaxom. Sie begriff nicht, daß der Weyrführer sie warnen wollte.

»Schließlich haben Sie selbst F'nor und Brekke gegenüber geäußert, daß es zweifelhaft sei, ob Ruth je zu einem Paarungsflug aufsteigen würde. Wohin gehen Sie denn jetzt, N'ton? Ich dachte . . .«

»Du denkst zu wenig, Mirrim!«

»Was ist denn los, N'ton?« Das plötzliche Entsetzen in ihrer Stimme tröstete Jaxom ein wenig.

Mach weiter! befahl Ruth. *Es juckt immer noch.*

»Jaxom!« N'tons Ruf war nicht laut, aber Mirrim hörte ihn.

»Jaxom?« Das Mädchen stieß einen Schrei aus. »O nein!« Dann hörte Jaxom sie schluchzend davonrennen; der Leuchtkorb in ihrer Hand wippte heftig auf und ab. Das sah ihr ähnlich: Erst teilte sie taktlose Hiebe aus, und dann bereute sie ihre Worte tagelang. Vermutlich hing sie jetzt wieder eine Ewigkeit in seiner Nähe herum und bat ihn um Verzeihung.

»Jaxom!« N'tons Stimme klang beunruhigt.

»Ja, N'ton?« Jaxom bearbeitete Ruths Rücken und fragte sich, weshalb ihn Mirrims häßliche Anspielung nicht mehr aufregte. *Albernes Neutrum!* Während N'ton auf ihn zukam, spürte er sogar eine seltsame Gelassenheit. Flüchtig tauchte die Erinnerung an jene Reiter auf, die fiebrig und verkrampft der Paarung des grünen Weibchens entgegengelechzt hatten. Ja, er war damals froh gewesen, daß Ruth sich gleichgültig gezeigt hatte. Er bedauerte zwar, daß seinem Drachen dieses Erleben nicht gegönnt sein sollte; aber er war zugleich erleichtert, daß er nicht daran teilnehmen mußte.

»Du hast sicher mitbekommen, was sie sagte!« Eine vage Hoffnung schwang in N'tons Worten mit.

»Ja. In der Nähe des Wassers pflanzt sich der Schall besonders gut fort.«

»Wir wollten schon einmal mit dir darüber sprechen, aber dann kam das Fieber dazwischen. Bis jetzt war einfach keine Gelegenheit . . .« N'ton verhaspelte sich nervös.

»Ich kann damit leben. Es gibt genügend andere Beschäftigungen.«

»Jaxom – es tut mir so leid!«

»Es war doch nicht Ihre Schuld, N'ton!«

»Versteht Ruth, was sie gesagt hat?«

»Ruth will im Moment nur, daß ich ihm den Rücken kraule.« Noch während er das sagte, wunderte sich Jaxom, daß Ruth nicht den geringsten Ärger zeigte.

Da, das ist genau die Stelle! Etwas stärker, bitte!

»Damals im Fort-Weyr ahnte ich wohl bereits, daß etwas nicht stimmte«, fuhr Jaxom fort. »K'nebel rechnete ganz fest damit, daß Ruth das grüne Weibchen verfolgen würde. Ich nahm an, daß Ruth eine längere Reifeperiode als die anderen Drachen hatte, weil er so klein war.«

»Er ist völlig erwachsen, Jaxom.«

In der Stimme des Bronzereiters klang Bedauern mit.

»Und? Er ist mein Drache, und ich bin sein Reiter. Wir sind zusammen.«

»Er ist jedenfalls einmalig!« N'ton sagte es mit Nachdruck und strich liebevoll über Ruths Nacken. »Genau wie du, mein junger Freund!« Lioth summte im Hintergrund, und Ruth wandte ihm den Kopf zu.

Lioth ist ein feiner Kerl. Und sein Reiter ist ein guter Mensch. Ich mag sie beide.

N'ton legte Jaxom einen Moment lang den Arm um die Schultern. »Ich muß jetzt zu Wansor. Glaubst du, daß du allein zurechtkommst?«

»Aber ja, N'ton. Ich möchte nur noch Ruth versorgen.«

Einen Moment zögerte der Weyrführer von Fort, dann drehte er sich um und ging rasch auf seinen Bronzedrachen zu.

»Ich glaube, wir ölen die Haut besser ein, Ruth«, meinte Jaxom. »Ich habe dich in letzter Zeit arg vernachlässigt.«

Ruth hob den Kopf, und in seinen Augen schimmerten blaue Punkte. *Du vernachlässigst mich nie!*

»Dann wäre deine Haut nicht so rissig.«

Du hattest eine Menge zu tun.

»Warte, ich hole etwas Öl aus der Küche!«

Jaxoms Augen waren an die tropische Nacht gewöhnt. Er fand den Weg zum Haus, besorgte sich in der Küche ein Gefäß mit Öl und lief zurück. Müdigkeit setzte sich in seinem Innern fest. Mirrim war eine eklige Person. Nur weil er es abgelehnt hatte, sie und Path mitzunehmen . . . Aber das Urteil der Drachenreiter über Ruth hätte er früher oder später ohnehin erfahren. Warum blieb Ruth so völlig gelassen? Ob der weiße Drache eher gereift wäre, wenn er selbst sich bereit gezeigt hätte, die Paarung mitzumachen? Ruth war durchaus nicht immun gegen sexuelle Erregung, das wußte er. Immer, wenn Jaxom Corana in den Armen gehalten hatte, war der Drache in Gedanken bei ihm gewesen.

Ich liebe mit dir, und ich liebe dich. Aber mein Rücken ist mir im Moment wichtiger.

Jemand stand neben Ruth und kraulte ihn. Wenn diese Mirrim es wagte . . . Wütend trat Jaxom einen Schritt vor.

Sharra ist bei mir, erklärte Ruth in aller Ruhe.

»Sharra?« Er schluckte seinen Ärger herunter. »Ich habe Öl mitgebracht. Ruths Haut ist ganz rissig, so sehr habe ich ihn vernachlässigt.«

»Du hast Ruth nie vernachlässigt«, erklärte Sharra mit solchem Nachdruck, daß Jaxom erstaunt lächelte.

»Hat Mirrim . . .?« begann er und hielt ihr das Öl entgegen, so daß sie die Finger eintauchen konnte.

»Ja, und du darfst sicher sein, daß sie auf wenig Mitgefühl bei uns stieß!« Sie rieb das Öl so heftig in Ruths Haut, daß der Drache sich beschwerte. »Entschuldige, Ruth! Der Harfner schickte Mirrim nach Benden zurück.«

Jaxom warf einen Blick zum Strand, und Mirrims Path war tatsächlich verschwunden.

»Und dich schickte er zu mir?« fragte er vorsichtig.

»Nun – eigentlich nicht.« Sharra zögerte. »Ich wurde hergerufen.«

»Gerufen?« Jaxom hörte auf, Ruths Haut zu massieren, und starrte sie an.

»Von Ruth. Er sagte, daß Mirrim . . .«

Jaxom unterbrach sie mitten im Satz. »Du kannst Ruth verstehen?«

Sie mußte mich doch verstehen, als du schwerkrank warst, Jaxom, erklärte Ruth im gleichen Moment, als Sharra laut sagte: »Ja, seit deiner Krankheit.«

»Ruth, warum hast du Sharra gerufen?«

Sie ist gut für dich. Du brauchst sie. Mirrims und N'tons Worte haben dich so verärgert, daß ich deine Gedanken nicht mehr fühlen kann. Ich mag das nicht. Sharra wird dich lockern.

»Willst du das wirklich für uns tun, Sharra?«

Diesmal zögerte Jaxom nicht. Er nahm Sharras Hände, ölverschmiert, wie sie waren, und zog sie an sich, beglückt, daß sie fast so groß war wie er und er nur leicht den Kopf neigen mußte, um sie zu küssen.

»Ich würde alles für dich tun, Jaxom, für dich und für Ruth.«

Eine Wärme stieg in seinem Innern auf und vertrieb die Barriere, die seinen Drachen beunruhigt hatte – eine Wärme, die mit Sharras geschmeidigem Körper zusammenhing, mit dem Duft ihrer langen, dunklen Haare, dem Druck ihrer Hände . . . Es waren nicht die Hände der Heilerin, die auf seinen Hüften lagen, sonden die Hände einer leidenschaftlichen Frau.

Sie liebten sich in der weichen, warmen Dunkelheit und wußten, daß Ruth mit ihnen liebte und ihre Ekstase teilte.

XX

Am Vulkankegel und auf Ruatha, 18. 10. 15–20. 10. 15

Jaxom empfand eine seltsame Unruhe, wenn er die Ostflanke des Berges betrachtete, und so wählte er für Sharra, Ruth und sich einen Platz, an dem sie die Wand nicht im Blickfeld hatten. Die anderen fünf lagerten in einem lockeren Halbkreis um Ruth.

Die siebzehn Echsen aus dem Norden – im letzten Moment hatten sich Sebell und Brekke der Gruppe angeschlossen – saßen auf Ruths Rücken. Je mehr abgerichtete Echsen, desto besser, hatte Meister Robinton erklärt, und ihnen auch noch Zair mitgegeben.

Die Nachricht von dem archäologischen Fund auf dem Hochplateau hatte sich so blitzschnell über Pern verbreitet, daß selbst der Harfner verblüfft war. Jeder drängte danach, den Ort zu besichtigen. F'lar ließ dem Such-Team ausrichten, daß sie sich beeilen sollten, um nicht von einer Neugierigen-Schar überrollt zu werden.

Sobald Ruth sich niedergelassen hatte, kamen die einheimischen Echsen in Schwärmen, angeführt von ihren Königinnen, und umflatterten den weißen Drachen, der sie mit einem leisen Summen begrüßte.

Sie freuen sich über mein Kommen, erklärte Ruth. *Und sie sind glücklich, daß wieder Menschen hier landen.*

»Frag sie, wann sie zum ersten Mal Menschen sahen!«

Jaxom fing das Bild von vielen Drachen auf, die über der Bergschulter erschienen.

»Das hatte ich nicht gemeint.«

Ich weiß, entgegnete Ruth bedauernd. *Ich versuche es noch einmal. Nicht die Zeit der Drachen, sondern lange vorher, ehe der Berg in Flammen aufging.*

Die Reaktion der Feuer-Echsen war vorhersehbar – und entmutigend. Sie stoben hoch und vollführten wilde Lufttänze.

Enttäuscht wandte sich Jaxom ab, doch im gleichen Moment hob Brekke die Hand. Ihre Miene verriet äußerste Konzentration. Er wartete, an Ruths Flanke gelehnt. Was mochte ihre Aufmerksamkeit geweckt haben? Auch Menolly, die dicht neben Jaxom saß, hatte mit einem Mal einen völlig starren Blick, der in weite Fernen gerichtet schien. Prinzeßchen auf ihrer Schulter hielt den Kopf schräg; in den Augen der Echse glommen rote Funken. Die fremden Feuer-Echsen über ihnen vollführten wilde Kapriolen.

Sie sehen den brennenden Berg, erklärte Ruth. *Sie sehen Menschen auf der Flucht. Das Feuer verfolgt sie. Sie empfinden die gleiche Angst, die vor langer, langer Zeit herrschte. Es ist der Traum, der uns oft quälte . . .*

»Kannst du die Hügel erkennen – ehe sie von Asche überdeckt wurden?« In seiner Erregung sprach Jaxom laut.

Ich sehe nur Menschen, die hierhin und dorthin fliehen. Nein, sie laufen auf . . . uns zu? Ruth hob den Kopf, als erwartete er, jeden Moment von einer Woge der Flüchtenden überrannt zu werden.

»Auf uns zu – und wohin dann?«

Zum Wasser hinunter? Ruth wirkte unsicher. Sein Blick schweifte zum fernen, unsichtbaren Meer.

Sie erinnern sich nicht gern an den Berg.

»Er flößt ihnen Angst ein wie der Rote Stern«, sagte Jaxom unbedacht. Im nächsten Moment stoben sämtliche Echsen ins *Dazwischen.*

»Jetzt hast du's geschafft, Jaxom!« meinte Piemur seufzend. »Man darf ihn nicht einmal erwähnen. Den Berg gerade noch, nicht aber den Roten Stern!«

»Zweifelsohne gibt es Momente, die für immer im Gedächtnis unserer kleinen Freunde eingeprägt sind«, warf Sebell mit seiner dunklen, ruhigen Stimme ein. »Sobald sie sich daran erinnern, ist alles andere ausgelöscht.«

»Gedanken-Assoziation«, meinte Brekke.

»Was wir brauchen, ist ein Ort, der weniger schmerzhafte Erinnerungen weckt«, meinte Piemur.

»Wichtiger ist wohl noch, daß wir versuchen, ihre Bilder richtig zu deuten.« Menolly wägte ihre Worte sorgfältig ab. »Ich habe etwas gesehen. Ja, das stimmt – es war nicht der Hauptkrater, der ausbrach, sondern . . .« Sie drehte sich um und deutete auf den kleinsten der drei Nebenkrater. »Der hier ist in unseren Träumen explodiert.«

»Nein, es war der große Kegel«, widersprach Piemur und zeigte nach oben.

»Du täuschst dich, Piemur«, erklärte Brekke ruhig, aber bestimmt. »Es muß der kleinste gewesen sein – in meinen Traumbildern ist die gesamte Ansicht des Berges nach links verschoben. Der große Krater liegt viel höher als der, von dem die Lava kam.«

»Ja, genau!« rief Menolly aufgeregt. »Der Winkel ist wichtig.

Die Feuer-Echsen besitzen nicht unser Gesichtsfeld. Den großen Krater hätten sie von hier aus kaum erblickt.« Sie sprang auf und deutete umher. »Von da kamen die Menschen, hier entlang flohen sie – weg von dem kleinsten Vulkan! Sie kamen von jenen Hügeln – den größeren.«

»So habe ich es auch gesehen«, pflichtete Brekke ihr bei. »Von jenen Hügeln . . .«

»Hier fangen wir also an?« fragte F'lar am nächsten Morgen mit einem Stoßseufzer. Lessa stand neben ihm und schaute über die stummen Hügel hinweg. Der Meisterschmied, Bergwerksmeister Nicat, F'nor und N'ton hatten sie begleitet. Jaxom, Piemur, Sharra und Menolly hielten sich ehrerbietig abseits.

»Da können wir graben bis zum nächsten Intervall!« meinte Lessa resigniert und schlug sich mit den Reithandschuhen auf die Schenkel.

»Eine große Fläche«, pflichtete Fandarel ihr bei. »Größer als die Burganlagen von Fort und Telgar zusammen.« Er warf einen Blick zu den Dämmer-Schwestern. »Ob all die Menschen von dort oben kamen?«

In diesem Moment tauchte über dem Berg ein Bronzedrache auf. »Ganz Pern scheint sich hier ein Stelldichein zu geben.« Lessa kniff die Augen zusammen. »D'rams Tiroth! Mit Toric?«

»Wir können ihn nicht gut ausschließen«, sagte F'lar, aber seine Stimme klang wenig erfreut.

»Das stimmt.« Sie lächelte ihren Weyrgefährten an und setzte hinzu: »Im Grunde finde ich ihn ganz nett.«

»Mein Bruder versteht es, sich beliebt zu machen«, flüsterte Sharra Jaxom zu. Ein seltsames Lächeln spielte um ihre Lippen. »Aber trauen darf man ihm nicht.« Sie schüttelte langsam den Kopf. »Er ist ein sehr ehrgeiziger Mann.«

»Nun, er sieht sich genau um, was?« stellte N'ton fest, als der Drache in langsamen Spiralen zur Landung ansetzte.

»Der Anblick lohnt sich aber auch«, entgegnete F'nor.

»Ist das Toric?« wollte Nicat wissen. »Schön, daß er kommt! Er hat mich damals rufen lassen, als er die Stollen in den Westbergen entdeckte.«

»Ich vergaß, daß er bereits Erfahrung mit Spuren der Vergangenheit besitzt«, sagte F'lar.

»Und er kann uns tüchtige Leute zur Verfügung stellen«, grinste N'ton.

Als D'ram und Toric abgestiegen waren, glitt Tiroth die Grasebene entlang zu einem Felsensims, wo sich bereits die anderen Drachen sonnten. Jaxom betrachtete den Burgherrn aus dem Süden näher. Toric war ein hochgewachsener, kräftiger Mann – beinahe so hünenhaft wie Meister Fandarel. Das sonnengebleichte Haar betonte noch die tiefe Bräune seiner Haut, und das breite Lachen, mit dem er auf die Wartenden zutrat, verriet Selbstbewußtsein – ja, fast eine Spur von Arroganz. Jaxom fragte sich,wie die Weyrführer von Benden seine Haltung aufnehmen würden.

»Nun, Benden, Ihr seid ein schönes Stück in den Süden vorgedrungen!« Er schüttelte F'lar die Hand und verneigte sich mit einem Lächeln vor Lessa. Dann nickte er den übrigen Weyrführern und Gildemeistern zu, ehe seine Blicke zu den jungen Leuten schweiften. Jaxom versteifte sich, als Sharras Bruder ihn hochmütig musterte und sich gleich darauf betont lässig abwandte. Da spürte er Sharras Hand auf seinem Arm.

»Er macht das, um andere Leute zu reizen«, flüsterte sie mit einem dunklen Lachen. »Meist hat er damit Erfolg.«

»Schade nur, daß unsere Vorfahren so wenig Brauchbares zurückließen«, fuhr Toric fort. »Scheinen sparsame Leute gewesen zu sein, die alles mitnahmen und wiederverwendeten.«

»Tatsächlich?« F'lar schaute den Südländer fragend an.

Toric hob die Schultern. »Wir haben uns die Stollen, die sie gruben, genau angesehen. Sogar die Schienen für ihre Erzwagen rissen sie heraus und die eisernen Fackelhalter. Gleich neben dem Eingang des einen Stollen befand sich eine geräumige Hütte – etwa so groß!« Er deutete auf einen der kleineren Hügel. »Sie stand völlig leer. Dabei sah man noch genau, wo sie die Möbel im Boden verankert hatten. Sogar die Bolzen waren verschwunden.«

»Wenn das auch für diesen Ort zutrifft«, meinte Fandarel, »dann finden wir am ehesten etwas in den Hügeln dort drüben.« Er deutete auf eine kleine Gruppe von Erhebungen dicht neben dem einstigen Lavastrom. »Die Hitze an dieser Stelle war vermutlich so stark, daß man sich ihnen lange Zeit nicht nähern konnte.«

»Könnte die gleiche Hitze nicht auch die Häuser und ihren Inhalt zerstört haben?« warf Toric ein.

»Dann wären keine Hügel zu sehen«, entgegnete Fandarel.

Der Südländer schlug ihm jovial auf die Schulter; Fandarel, der im allgemeinen besonderen Respekt gewohnt war, schaute ihn verwirrt an. »Ein Punkt für Sie, Meisterschmied«, lachte Toric. »Ich helfe Ihnen gern beim Graben.«

»Ich würde gern sehen, was sich in den kleineren Buckeln da befindet«, erklärte Lessa. »Es gibt so viele davon. Katen oder Hütten vielleicht – und ich bin sicher, daß die Bewohner bei ihrer eiligen Flucht einige Dinge zurückließen.«

»Ich habe dieses Ding im Auge.« F'lar stieß mit der Stiefelspitze gegen einen mächtigen, grasbewachsenen Hügel.

»Es sind genug Helfer da . . .« Toric war mit drei langen Schritten bei dem Werkzeug-Stapel, wählte eine Schaufel und drückte dem verblüfften Meisterschmied eine zweite in die Hand. Dann wandte er sich den Hügeln zu, die Fandarel zuvor erwähnt hatte.

»Wenn Torics Überlegungen stimmen – lohnt es sich dann überhaupt, hier zu graben?« fragte F'lar seine Weyrgefährtin.

»Ich weiß es nicht«, entgegnete Lessa mit großer Entschiedenheit. »Aber ich möchte *sehen*, was sich im Innern dieser Buckel verbirgt.«

F'lar lachte. »Du hast recht. Mein Hügel könnte ein Drachen-Weyr gewesen sein . . .«

»Wir helfen Ihnen, Lessa«, erklärte Sharra, und Jaxom holte zwei Schaufeln.

»Menolly, sollen wir mit F'lar zusammenarbeiten?« F'nor brachte der Harfnerin einen leichten Spaten.

»Und Sie, Meister Nicat, wo graben Sie am liebsten?« erkundigte sich N'ton.

Der Bergwerksmeister ließ seine Blicke skeptisch über den Ausgrabungsort wandern. »Ich glaube, unser Schmied hat tatsächlich die größten Erfolgsaussichten. Aber wir sollten uns möglichst weit verteilen. Deshalb schlage ich vor, daß wir hier anfangen.« Er deutete auf die Seite des Plateaus, die dem Meer zugewandt war. Dort bildeten sechs kleinere Hügel einen lockeren Kreis.

Keiner von ihnen war diese Art von Arbeit gewöhnt. Jaxom stand bald der Schweiß am ganzen Körper, und er hatte obendrein das unangenehme Gefühl, daß ihn ständig jemand beobachtete. Doch obwohl er sich des öfteren umdrehte, sah er nichts.

Der Große achtet auf jede deiner Bewegungen, meinte Ruth plötzlich.

Jaxom wandte sich unvermittelt dem Hügel zu, an dem Fandarel und Toric arbeiteten – und tatsächlich, Toric starrte zu ihm herüber. Lessa hörte plötzlich mit einem leisen Stöhnen zu graben auf und betrachtete die Blasen an ihren Händen. »Es ist lange her, seit ich so schwer geschuftet habe«, seufzte sie.

»Und wenn Sie Ihre Reithandschuhe anziehen?« schlug Sharra vor.

»Dann sind meine Hände im Nu klitschnaß vom Schwitzen«, entgegnete Lessa mit einer Grimasse. Sie warf einen Blick auf die anderen Arbeitsgruppen und ließ sich dann lachend im Gras nieder. »So sehr ich den Gedanken hasse, wir werden noch mehr Leute in den Süden holen müssen. Allein schaffen wir das nie.« Sie zerrieb einen Brocken dunkler Erde zwischen den Fingern. »Wie Asche. Körnig. Dabei hatte ich mir geschworen, nie wieder Asche anzurühren. Wußtest du eigentlich, Jaxom, daß ich gerade die Asche vor dem Kamin zusammenkehrte, als damals deine Mutter auf Ruatha eintraf?«

»Nein.« Jaxom war erstaunt über dieses unerwartete Geständnis. »Aber die meisten Leute vermeiden es, mit mir über jene Zeit zu sprechen.«

Lessas Miene wurde düster. »Ich frage mich, weshalb ich ausgerechnet jetzt an Fax denke . . .« Sie warf einen Blick zu Toric und zuckte die Achseln. »Nun, Fax war auch sehr ehrgeizig. Aber er beging Fehler.«

»Er raubte dem Geschlecht von Ruatha die Stammburg«, sagte Jaxom und rammte den Spaten hart in das Erdreich.

»Das war sein schlimmster Frevel«, erklärte Lessa grimmig. Dann bemerkte sie Sharras Blick und lächelte. »Nun, ich habe die Angelegenheit wieder in Ordnung gebracht. Hör doch einen Moment zu buddeln auf, Jaxom! Deine Begeisterung macht mich ganz schlapp.« Sie wischte sich den Schweiß von der Stirn. »Ja, ich glaube, wir brauchen noch ein paar kräftige Helfer. Zumindest für meinen Hügel!« Sie schlug mit der Hand gegen die Grasnarbe. »Man kann nicht mal sagen, wie hoch die Asche liegt. Vielleicht befindet sich gar nichts Besonderes darunter . . .« Der Gedanke schien sie zu belustigen.

Jaxom, der sich immer noch von Toric beobachtet fühlte, grub verbissen weiter, obwohl seine Arme und Schultern wie verrückt schmerzten. In diesem Moment tauchten Sharras Feuer-Echsen auf und tschilpten ratlos, als verstünden sie nicht, was ihre Freundin da tat. Sie ließen sich an der Stelle nieder, wo Sharra eben den Spaten einstecken wollte, und wirbelten mit ihren schafen Klauen das Erdreich beiseite, daß der Staub nur so flog. Ehe sich Lessa, Sharra und Jaxom von ihrem Staunen erholten, hatten sie einen armlangen Tunnel gegraben.

»Ruth? Könntest du uns vielleicht auch helfen?« rief Jaxom.

Der weiße Drache verließ gehorsam seinen Platz in der Sonne

und glitt zu Jaxom herüber. In seinen Augen war Neugier zu lesen.

»Würde es dir etwas ausmachen, Löcher für uns zu graben, Ruth?«

Wo? Hier? Ruth begab sich an eine Stelle links von den Echsen, die unbeirrt weiterbuddelten.

»Das ist egal. Wir wollen nur sehen, was sich unter dem Grashügel verbirgt.«

Kaum hatten die anderen Drachenreiter gesehen, was Ruth machte, da riefen auch sie ihre Freunde zu Hilfe. Selbst Ramoth erklärte sich bereit, die Erde beiseitezuscharren.

»Das gibt es doch nicht!« meinte Sharra kopfschüttelnd. »Drachen, die eine alte Siedlung ausgraben!«

»Lessa war schließlich auch nicht zu stolz, eine Schaufel in die Hand zu nehmen.«

»Aber wir sind Menschen . . .«

Jaxom lachte über ihren ungläubigen Tonfall. »Du kennst eben nur die trägen Drachen aus dem Süden!« Er schlang ihr den Arm um die Taille und zog sie an sich. Sharra versteifte sich, und Jaxom schaute in Torics Richtung. »Er beobachtet uns gerade nicht – falls dir das Sorgen bereitet.«

»*Er* nicht, aber seine Echsen!« Sie deutete zum Himmel. »Ich hatte mich schon gewundert, wo sie eigentlich waren.«

Drei Feuer-Echsen, eine Königin und zwei Bronzetiere, kreisten in langsamen Spiralen über Jaxom und Sharra.

»Und wenn schon! Ich werde Meister Robinton persönlich zu unserem Fürsprecher machen . . .«

»Toric hat andere Pläne für mich.«

»Und *du*?« Plötzlich hatte er ein eiskaltes Gefühl im Magen.

»Du weißt, was ich für dich empfinde. Deshalb kam ich nachts auch zum Strand herunter. Ich wollte dir meine Liebe beweisen, solange das möglich war . . .« Sharras Blick wirkte traurig.

»Weshalb sollte er diese Verbindung denn ablehnen? Ruatha ist ein großer Besitz . . .« Jaxom ließ ihre Hände nicht los, obwohl er Sharras Widerstand spürte.

»Er hält nicht viel von den jungen Männern aus dem Norden, Jaxom. Immerhin mußte er sich in den letzten drei Planetenumläufen mit Scharen von Jungbaronen herumplagen, die wirklich allerhand Geduld forderten.« Sharra seufzte. »Ich weiß, daß du nicht wie sie bist, aber Toric . . .«

»Ich werde Toric beweisen, daß ich deiner würdig bin«, erklärte Jaxom mit Nachdruck. Er zog ihre Hände an seine Lippen.

»Und ich werde offiziell um dich anhalten, über Lytol und Meister Robinton. Wenn du meine Gefährtin sein willst, Sharra . . .«

»Das weißt du! Solange es mir möglich ist . . .«

»Solange wir leben«, verbesserte er sie und umklammerte ihre Handgelenke so hart, daß sie zusammenzuckte.

»Jaxom! Sharra!« Lessa war so beschäftigt gewesen, daß sie den leisen Wortwechsel gar nicht mitverfolgt hatte.

Jaxom merkte, daß Sharra sich von ihm lösen wollte, aber er hatte beschlossen, Torics Arroganz zu trotzen. Er hielt Sharras Hand fest in seiner, als er sich der Weyrherrin von Benden zuwandte. »Kommt doch her! Ramoth ist auf etwas Hartes gestoßen. Stein scheint das nicht zu sein . . .«

Sie erklommen den kleinen Erdhügel. Ramoth saß vor einem Graben und blinzelte in die Tiefe.

»Dreh den Kopf etwas zur Seite, Ramoth, du verdeckst mir die Sicht!« sagte Lessa. »Hier, nimm meine Schaufel, Jaxom, und räume bitte das lose Erdreich weg!«

Jaxom sprang in den Graben, der ihm bis über die Hüften reichte. »Harter Untergrund!« Er schlug mit dem Werkzeugstiel dagegen, und das Material hallte dumpf wider. Jaxom schaufelte die Erdbrocken beiseite und kletterte dann nach oben, damit die anderen etwas sehen konnten.

»F'lar, hierher! Wir haben etwas entdeckt!«

»Wir auch!« hörten sie die triumphierende Antwort des Weyrführers.

Eine gegenseitige Inspektion ergab, daß unter F'lars Hügel die gleiche harte Substanz zum Vorschein kam, nur daß sie ein bernsteinfarbenes Rechteck enthielt, das in die Wölbung eingepaßt war. Schließlich hob der Meisterschmied die muskelbepackten Arme und forderte mit seinem mächtigen Baß Ruhe. Das aufgeregte Durcheinander verstummte.

»So verschwenden wir nur Zeit und Energie!« Toric klatschte herablassend Beifall und lachte. »Die Sache ist alles andere als komisch«, setzte der Schmied ernst hinzu. »Ich schlage vor, wir kümmern uns erst einmal um Lessas Hügel, weil er der kleinste ist. Dann arbeiten wir bei Meister Nicat weiter und anschließend . . .«

»Alles an einem Tag?« fragte Toric mit spöttisch hochgezogenen Augenbrauen.

»Wir wollen sehen, was wir schaffen. Fangen wir an!«

Jaxom fiel auf, daß der Schmied Torics aggressives Verhalten überging, und er beschloß, das gleiche zu tun.

Es zeigte sich bald, daß an Lessas kleinem Hügel nicht mehr als zwei Drachen gleichzeitig graben konnten, da sie sich sonst gegenseitig im Weg standen. So baten F'lar und N'ton ihre Bronzedrachen, Meister Nicat zu helfen.

Am Nachmittag hatten sie die gewölbten Seiten von Lessas Bauwerk bis zum Talboden freigelegt. Sechs in die Mauern eingesetzte Paneele, drei davon in der Dachkuppel, stachelten die Neugier an, aber ihre Oberfläche, in alter Zeit sicher transparent, war nun stark zerkratzt und undurchsichtig. Zu ihrer Enttäuschung fanden sie keine Öffnung an den Längsseiten der Kuppel, und so machten sie sich daran, eine Stirnwand auszugraben. Die Drachen zeigten nicht die Spur von Ermüdung; im Gegenteil, die ungewohnte Arbeit schien sie anzuspornen. Und kurz darauf schaufelten sie tatsächlich den Eingang frei: eine Schiebetür auf dem gleichen Material wie die Dachpaneele.

Doch die verstopften Laufschienen mußten erst gereinigt und die Rollen geölt werden, ehe man die Tür einen Spalt öffnen konnte. Lessa wollte sich durchzwängen, aber der Schmied hielt sie zurück.

»Warten Sie! Die Luft da drinnen ist abgestanden und faulig. Zuerst müssen die schädlichen Gase entweichen. Dieses Bauwerk war ganze Äonen von der Außenwelt abgeschlossen.«

Der Schmied, Toric und N'ton stemmten sich gegen die Tür und schoben sie schließlich ganz zur Seite. Die ausströmende Luft roch in der Tat faulig, und Lessa wich keuchend zurück. Vage Vierecke bräunlichen Lichts fielen auf einen staubigen Boden und erhellten gesprungene, fleckige Wände. Als Lessa und F'lar, gefolgt von den anderen, den Innenraum betraten, wirbelte der Staub unter ihren Füßen hoch.

»Wozu diente das Haus?« fragte Lessa mit unterdrückter Stimme.

Toric zog den Kopf ein, unnötigerweise, wie sich zeigte, denn auch er konnte aufrecht stehen. Er deutete auf die Überreste eines breiten Holzgestells, das sich in einer Ecke des Raumes befand.

»Darauf könnte jemand geschlafen haben.« Er inspizierte die andere Ecke. Plötzlich bückte er sich, hob etwas auf und überreichte es Lessa mit einer tiefen Verbeugung. »Ein Schatz aus der Vergangenheit!«

»Ein Löffel!« Lessa hielt den Fund hoch, damit ihn alle sehen konnten, dann fuhr sie mit den Fingern vorsichtig die Konturen entlang. »Aber woraus besteht er? Das hier ist kein Metall, das ich kenne. Und ganz bestimmt kein Holz. Es fühlt sich eher an wie – die Fensterscheiben und die Tür.« Sie versuchte den Löffel zu biegen. »Und obwohl er transparent ist, zerbricht er nicht.«

Der Schmied bat, den Löffel aus der Nähe betrachten zu dürfen. »Es scheint tatsächlich das gleiche Material zu sein. Löffel und Fenster – komisch, was?«

Nachdem die erste Scheu verflogen war, begannen alle das Innere des Bauwerks zu untersuchen. An der Wandfarbe sah man, wo einst Regale und Schränke gestanden hatten. Das Haus war früher in mehrere Räume unterteilt gewesen, und es gab Dellen im widerstandsfähigen Boden, die darauf hinwiesen, daß hier und da große, schwere Dinge gestanden hatten. In einer Ecke entdeckte Fandarel runde Abflußöffnungen. Als er die Außenmauern betrachtete, kam er zu dem Schluß, daß die Rohre durch die Wand in die Tiefe führten. Eines der Systeme war zweifellos eine Wasserleitung, aber die vier übrigen gaben ihm Rätsel auf.

»Ich kann nicht glauben, daß all diese Häuser leer sind!« Lessa kämpfte gegen die Enttäuschung an, die wohl jeder von ihnen fühlte.

»Man darf wohl vermuten«, sagte Fandarel energisch, als sie Lessas Ausgrabungsstätte verlassen hatten, »daß die meisten Hügel ähnlicher Größe und Form die Wohnhäuser unserer Vorfahren beherbergen. Sie nahmen bei der Flucht ihre persönliche Habe mit. Deshalb schlage ich vor, daß wir uns bei den größeren oder kleineren Strukturen umschauen.«

Ohne abzuwarten, ob die anderen ihm zustimmten, ging der Schmied mit festen Schritten auf Nicats Hügel zu. Das Gebäude, das sie hier freilegten, war viereckig. Als sie die gleichen Dachpaneele entdeckten wie bei Lessas Kuppel, konzentrierten sie ihre Anstrengungen gleich auf die Stirnfläche. Die tropische Nacht brach herein, als sie schließlich den Eingang freigeschaufelt hatten, aber es gelang ihnen nicht, die Schiebetür weiter als einen Spalt zu öffnen. Im Dämmerlicht erkannten sie eine Art Wanddekoration. Niemand hatte daran gedacht, Leuchtkörbe mitzubringen, und diese zweite Enttäuschung nahm ihnen vollends den Schwung. Auf die Idee, die Feuer-Echsen mit einer Botschaft loszuschicken, kamen sie nicht.

Lessa lehnte an der halboffenen Tür und schaute an sich herunter. Sie machte einen erschöpften Eindruck.

»Ramoth ist müde und schmutzig und verlangt nach einem ausgiebigen Bad – wie ich!«

»Ein guter Vorschlag!« F'lar nickte begeistert. Er versuchte die

Tür zu schließen, gab aber achselzuckend auf, als sie sich nicht von der Stelle rührte. »Ach was – bis morgen wird schon nichts passieren. Fliegen wir zurück in die Bucht!«

»Begleiten Sie uns, Toric?« fragte Lessa und schaute zu dem hochgewachsenen Südländer auf.

»Heute abend lieber nicht, Lessa. Die Verwaltung meiner Ländereien kostet viel Kraft und Zeit. Ich kann nicht immer das tun, was mir Spaß macht.« Jaxom sah Torics Blicke auf sich gerichtet und verstand die Anspielung. »Wenn alles glatt läuft, schaue ich morgen mal vorbei, um mich nach dem Fortgang der Ausgrabungen zu erkundigen. Soll ich ein paar kräftige Männer herschikken, damit eure Drachen verschnaufen können?«

»Die Drachen? Denen macht die Arbeit Spaß!« meinte Lessa. »*Ich* brauche eine Pause, nicht die Drachen. Was meinst du, F'lar? Nehmen wir das Angebot an, oder holen wir noch ein paar Reiter von Benden hierher?«

»Natürlich, wenn ihr den Stand der Dinge vorerst geheimhalten wollt . . .«, fuhr Toric glatt fort und schaute F'lar dabei an.

»Das Plateau ist für alle zugänglich«, erklärte F'lar, ohne auf Torics Worte näher einzugehen. »Und da es den Drachen Spaß macht, die alten Bauwerke auszugraben . . .«

»Darf ich morgen Benelek mitbringen, F'lar?« warf der Meisterschmied ein und rieb sich die Erde von den Fingern. »Und vielleicht den einen oder anderen Gesellen mit Verstand und Phantasie?«

»Verstand und Phantasie? Das werdet ihr wohl brauchen, um etwas aus dem Vermächtnis der Alten zu machen«, meinte Toric mit einer Spur von Verachtung. »Wann könnten wir aufbrechen, D'ram?«

Aus irgendeinem Grund behandelte Toric den alten Weyrführer mit größerem Respekt als die anderen. Zumindest kam es Jaxom, der auf jedes Wort seines künftigen Schwagers achtete, so vor. Innerlich kochte er wegen Torics Unverschämtheit. Der Kerl deutete an, daß er sich hier vergnügte, anstatt auf Ruatha nach dem Rechten zu sehen. Er kochte vor allem deshalb, weil der Vorwurf nicht ganz ungerechtfertigt war. Aber warum sollte er brav auf Ruatha sitzen, wo Lytol ohnehin alles fest im Griff hatte, wenn hier die aufregendsten Dinge der Welt geschahen? Er spürte Sharras Hand auf seinem Arm.

»Ich muß Ruth baden«, sagte er mit einem Seufzer, nahm Sharras Hand fest in die seine und ging mit ihr zu seinem Drachen.

Noch ehe die Gruppe über der Bucht auftauchte, stand der

Harfner hochaufgerichtet am Strand und erwartete sie ungeduldig. Die Feuer-Echsen umflatterten ihn in hektischen Spiralen. Als er jedoch sah, wie abgekämpft Menschen und Tiere waren und wie sehr sie sich nach einem Bad sehnten, entledigte er sich ganz einfach seiner Kleider und schwamm von einem zum anderen, um sie auszufragen.

Es war ein völlig ausgepumptes Häuflein, das an diesem Abend um das Feuer saß.

»Es gibt also keine Garantie«, faßte der Harfner zusammen, »daß wir etwas von Wert finden, selbst wenn wir die Energie aufbringen, Hunderte von Hügeln auszugraben?«

Lessa hielt lachend ihren Löffel hoch. »Nichts von echtem Wert vielleicht, aber ich muß sagen, daß mich der Gedanke, eine meiner Urahnen könnte dieses Ding benutzt haben, mit einem ehrfürchtigen Schauer erfüllt.«

Fandarel nahm den kleinen Gegenstand noch einmal in die Hand und untersuchte ihn von allen Seiten. »Das Material fasziniert mich.« Er hielt den Löffel über die Flamme und griff nach seinem Gürtelmesser. »Wenn ich nur . . .«

»O nein, kommt nicht in Frage, Fandarel!« rief Lessa erschrokken und nahm ihm das kostbare Relikt wieder ab. »Es gab in dem freigelegten Haus genug Splitter und Scherben von diesem Material. Mit denen dürfen Sie herumexperimentieren!«

»Splitter und Scherben!« seufzte der Harfner. »Ist das alles, was uns die Alten hinterließen?«

»Wir stehen doch erst am Anfang, Freund«, sagte Nicat, dessen Begeisterung ungebrochen geblieben war. »Und ich glaube, wir können sogar aus den Scherben unserer Vorfahren lernen. Ich schlage vor, daß wir die Ausgrabungen systematisch fortführen. Vielleicht gab es gute Gründe für die Reihen-Struktur der Siedlung. Vielleicht gehörte jedes Quadrat einer anderen Gilde oder . . .«

»Sind Sie auch wie Toric der Meinung, daß unsere Vorfahren ihre gesamte Habe mitnahmen?« fragte F'lar.

»Nein!« Nicat hob abwehrend die Hand. »Das Bett beispielsweise brauchten sie nicht, weil sie wußten, daß sie auch anderswo Holz finden und einen neuen Raum bauen konnten. Ich bin überzeugt davon, daß es noch mehr Dinge dieser Art gab, die für sie vielleicht unwichtig waren, uns aber manche Ungereimtheit in den alten Schriften erklären könnten. Die Siedlung ist sehr groß. Irgendwo stoßen wir bestimmt auf Spuren.«

»Sie müssen gewaltige Lasten aus diesen Häusern geschleppt

haben«, murmelte Fandarel. Das Kinn war ihm auf die Brust gesunken, und er schien angestrengt nachzudenken. »Wohin brachten sie all das Zeug? Doch sicher nicht gleich in den Norden, um in Fort ein neues Leben anzufangen?«

»Ja – wohin begaben sie sich?« fragte F'lar. »Das bleibt ein großes Rätsel.«

»Die Bilder der Echsen deuten darauf hin, daß sie zum Meer liefen«, meinte Jaxom.

»Aber das Meer bot keine Sicherheit«, widersprach Menolly.

»Das Meer nicht«, sagte F'lar langsam. »Doch es liegt eine Menge Land zwischen dem Hochplateau und dem Meer.« Er starrte Jaxom einen Moment lang an. »Glaubst du, Ruth kann von den Feuer-Echsen erfragen, wohin die Flüchtlinge zogen?«

»Heißt das etwa, daß ich die Ausgrabungen am Hochplateau nicht weiterführen soll?« erkundigte sich Nicat verärgert.

»O doch, warum nicht – falls Sie genug Leute zur Verfügung haben . . .«

»Mehr als genug!« entgegnete Nicat grimmig. »Bei drei Bergwerken, die kein Erz mehr hergeben . . .«

»Wollten Sie nicht die Stollen erkunden, die Toric in den Westbergen entdeckt hat?«

»Wir haben sie bereits untersucht, das stimmt, aber bis jetzt gelang es uns nicht, von Toric die Schürfrechte zu erlangen.«

»Von Toric? Besitzt er denn dieses Land? Es liegt weit im Südosten, eine gewaltige Strecke von seinen Ländereien entfernt.« F'lar warf dem Bergwerksmeister einen aufmerksamen Blick zu.

»Es war immerhin eine Forschergruppe von Torics Burg, die diese Stollen entdeckte.« Nicats Blicke wanderten zwischen F'lar und dem Meisterharfner hin und her.

»Ich sagte dir doch, daß mein Bruder ehrgeizig ist!« flüsterte Sharra Jaxom zu.

»Eine Forschergruppe?« F'lar schien sich zu entspannen. »Die gibt ihm noch lange kein Besitzrecht. Sämtliche Bergwerke von Pern fallen unter Ihre Zuständigkeit, Meister Nicat, und Benden wird Ihre Ansprüche voll unterstützen. Ich muß mich morgen einmal ernsthaft mit Toric unterhalten.«

»Höchste Zeit«, murmelte Lessa und erhob sich.

»Ich hatte gehofft, daß Sie hinter meiner Gilde stehen würden, Weyrführer!« Der Bergwerksmeister verbeugte sich.

Bald darauf verabschiedeten sich die Drachenreiter. N'ton versprach, Meister Nicat nach Crom zu bringen und ihn am nächsten Tag dort wieder abzuholen. Meister Fandarel übernachtete in Robintons Haus. Piemur und Menolly wollten noch Dummkopf suchen und ihn füttern, und so blieben Jaxom und Sharra allein am Feuer zurück.

»Dein Bruder kann doch nicht den ganzen Südwesten für sich beanspruchen«, meinte Jaxom, sobald die anderen sich zurückgezogen hatten. »Wie will er so ein Riesengebiet verwalten?«

»Nun, vielleicht nicht den ganzen Südwesten, aber doch ein möglichst großes Stück.« Sharra lachte. »Ich glaube nicht, daß ich einen Verrat begehe, wenn ich dir das erzähle. Du besitzt selbst eine Burg und die dazugehörigen Ländereien und brauchst kein Land im Süden, oder?« Sie warf ihm einen scharfen Blick zu.

»Nein.« Er schüttelte den Kopf. »So sehr ich unsere Bucht hier liebe, besitzen möchte ich sie nicht. Heute vormittag auf dem Hochplateau habe ich mich nach einer Brise von Ruathas Bergen und einem Bad in meinem kühlen Gebirgsee gesehnt. Ruth und ich bringen dich einmal dorthin – es ist ein herrlicher Fleck, den nur ein Drache erreichen kann.« Er nahm einen flachen Stein und ließ ihn über die Wellenkämme hüpfen. »Nein, ich brauche keine Ländereien im Süden, Sharra. Ich bin auf Ruatha geboren und aufgewachsen. Lessa hat mich übrigens heute nachmittag versteckt daran erinnert. Sie rief mir die Umstände meiner Geburt ins Gedächtnis. Weißt du eigentlich, daß ihr leiblicher Sohn F'lessan mehr Ruatha-Blut in den Adern hat als ich?«

»Aber er ist Drachenreiter.«

»Ja – auf Lessas Wunsch im Weyr aufgewachsen, damit ich der unbestrittene Herr von Ruatha bleiben konnte. Ich glaube, allmählich wird es Zeit, daß ich mich auf meine Pflichten besinne.«

»Jaxom?« fragte Sharra mißtrauisch. »Hast du etwas Bestimmtes vor?«

Er nahm ihre Hände und schaute ihr einen Moment lang ernst in die Augen. »Ich muß mich um die Burg-Angelegenheiten kümmern, damit mir dein Bruder keine Vorwürfe machen kann.«

»Aber du und Ruth – ihr werdet *hier* gebraucht! Ruth ist der einzige Drache, der mit den Feuer-Echsen umgehen kann.«

»Und mit Ruths Unterstützung kann ich der Burg *und* dem Weyr dienen – du wirst schon sehen!« Er wollte sie an sich ziehen, aber sie wandte sich ab und wies über seine Schultern. In ihren Zügen spiegelten sich Ärger und Empörung. »Was ist denn los, Sharra? Was habe ich nun wieder verbrochen?«

Sie deutete auf einen Baum am Waldsaum, in dem zwei Feuer-Echsen kauerten. »Die gehören Toric. Er läßt mich beobachten. *Uns!*«

»Großartig! Dann soll er nicht im Zweifel über meine Absichten bleiben!« Er küßte sie, bis ihre Abwehr nachließ und sie sich an ihn schmiegte. »Ich würde ihm am liebsten noch mehr zeigen, aber heute abend muß ich leider nach Ruatha.« Er streifte mit raschen Bewegungen seine Reitsachen über und rief Ruth zu sich. »Morgen früh bin ich wieder hier, Sharra. Könntest du das den anderen ausrichten?«

Müssen wir fort? fragte Ruth, während er sich niederbeugte, um Jaxom beim Aufsteigen zu helfen.

»Wir kommen bald zurück, Ruth.« Jaxom winkte Sharra zu, die ein wenig verloren im Dunkel stand und ihm nachstarrte.

Sein plötzlicher Drang, nach Ruatha zurückzukehren und die Formalitäten einzuleiten, die ihn als Herrscher von Ruatha bestätigten, war nicht nur die Folge von Torics Anspielungen. Er hatte seit geraumer Zeit ein schlechtes Gewissen, wenn er an Ruatha dachte, und Lessas wehmütiger Rückblick hatte dieses Gefühl nicht verstärkt. Außerdem war ihm der Gedanke gekommen, daß ein Mann von Lytols Umsicht und Erfahrung hier oben am Hochplateau eine wunderbare neue Aufgabe finden konnte.

Er gab Ruth die Koordinaten seines Geburtsortes. Die klirrende Kälte im *Dazwischen* wich einer klammen Nässe, sobald sie über Ruatha auftauchten. Der Himmel war bleigrau, und dünne Schneeflocken sanken zu Boden. In den Südostnischen des Innenhofes hatte sich eine wässerige weiße Schicht gebildet.

Früher mochte ich Schnee sehr gern, meinte Ruth, als wolle er sich selbst Mut zusprechen.

Wilth begrüßte sie mit einem erstaunten Trompetenstoß. Gleich darauf wirbelten die Feuer-Echsen der Burg herbei und kreischten aufgeregt.

»Wir bleiben nicht lange, mein Freund«, beruhigte Jaxom den Drachen. Er fröstelte trotz seiner dicken Wherlederjacke. An den Winter in Ruatha hatte er überhaupt nicht gedacht.

Ruth landete im Hof, und im gleichen Moment kamen Lytol, Finder und Brand die Treppe heruntergestürzt.

»Ist etwas vorgefallen, Jaxom?« fragte Lytol besorgt.

»Aber nein, überhaupt nichts, Lytol. Wäre es möglich, daß der Weyr geheizt wird? Ich vergaß die kalte Jahreszeit. Ruth friert ganz erbärmlich.«

»Sofort«, rief Brand. Er lief über den Hof zum Küchentrakt und befahl den Mägden, Kohlebecken in Jaxoms Räume zu schaffen, während Lytol und Finder den Besucher die Stufen hinaufgeleiteten. Ruth folgte dem Verwalter.

»Du wirst dich noch erkälten, wenn du so unvermittelt von einer Klimazone in die andere wechselst«, meinte Lytol besorgt. »Warum hast du nicht vorher Kontakt mit mir aufgenommen? Und was führt dich so plötzlich hierher?«

»Wird es nicht höchste Zeit, daß ich heimkehre?« fragte Jaxom. Er ging mit langen Schritten zum Kamin, streifte die Reithandschuhe ab und hielt die erstarrten Finger über die Flammen. »Genau an dieser Stelle . . .«, murmelte er.

»Was meinst du?« fragte Lytol, während er seinem Mündel einen Becher Wein einschenkte.

»Als wir heute in der Sonnenhitze des Plateaus einen der Hügel öffneten, erzählte mir Lessa, daß sie gerade die Kaminasche zusammenkehrte, als mein ungeliebter Erzeuger Fax mit meiner armen Mutter diesen Saal betrat.«

»Und das erinnerte dich daran, daß du eigentlich Herr von Ruatha bist?« Lytols Mundwinkel zuckten leicht, und in seinen Augen stand ein Lächeln.

»Ja.«. Jaxom nickte. »Zugleich wurde mir klar, daß dein Organisationstalent im Moment anderswo dringend gebraucht wird.«

»Ich höre.« Lytol deutete auf den reichgeschnitzten Stuhl, der nahe am Feuer stand.

»Aber, Lytol – das ist dein Platz!« wehrte Jaxom verlegen ab.

»Es wird bald deiner sein.«

»Heißt das, daß meiner Herrschaft auf Ruatha nichts mehr im Wege steht?«

»Du meinst, ob deine Ausbildung abgeschlossen ist?«

»Das auch – aber ich dachte eher an die äußeren Umstände, die es bis jetzt ratsam erscheinen ließen, Ruatha in deine Obhut zu geben.«

»Ach so.« Lytol machte eine kleine Pause. »Nun, die Umstände haben sich in den letzten zwei Planetenumläufen in der Tat grundlegend geändert – was wir größtenteils dir verdanken.«

»Mir? Ach, die verdammte Krankheit! Es gibt also keine echten Schranken gegen meine Ernennung zum Baron von Ruatha?«

»Ich sehe keine.«

Jaxom hörte, wie der Harfner tief durchatmete, aber seine ganze Aufmerksamkeit galt Lytol.

»Darf ich wissen, was deinen Entschluß so beschleunigt hat?« fragte Lytol mit einem Lächeln. »Doch sicher nicht nur die Erkenntnis, daß das Gedränge im Norden ein wenig nachgelassen hat? Vielleicht dieses hübsche junge Mädchen – Sharra heißt sie, nicht wahr?«

Jaxom nickte. »Sie hat nichts mit meinem Entschluß, aber eine Menge mit meiner Eile zu tun.«

»Eine Schwester von Toric, dem Landbesitzer im Süden, habe ich recht?« Lytol schien abzuwägen, ob die Verbindung standesgemäß war.

»Ja. Weißt du übrigens etwas von Bestrebungen, Toric den Erbtitel eines Barons zu verleihen?«

»Nein – und ich glaube auch nicht, daß er den Antrag gestellt hat.« Lytol dachte angestrengt nach.

»Was hältst du von Toric, Lytol?«

»Weshalb fragst du? Ich denke, die Braut ist deiner ebenbürtig, auch wenn der Mann nicht deinen Rang besitzt.«

»Er braucht den Rang nicht – er hat den nötigen Ehrgeiz.« Das klang so bitter, daß sowohl Vormund wie Harfner aufhorchten.

In der Stille, die seinen Worten folgte, meinte Finder nachdenklich: »Seit D'ram den Süd-Weyr führt, wird angeblich kein Landbewerber mehr abgewiesen ...«

»Verspricht Toric den Leuten, daß die Gebiete, die sie bewirtschaften, in ihren Besitz übergehen?« fragte Jaxom scharf. Der Harfner warf ihm einen erstaunten Blick zu.

»Ich weiß es nicht.«

»Baron Groghe hat zwei seiner Söhne in den Süden geschickt.« Lytol kaute nachdenklich an seiner Unterlippe. »Und soviel ich von ihm erfuhr, besitzen sie Land dort unten. Auch ihren Erbtitel durften sie behalten.« In diesem Moment kam der Hausverwalter zurück, und Lytol wandte sich an ihn: »Brand, was hat man Dorse versprochen?«

»Dorse? Ist der etwa in den Süden gegangen, um Land zu erwerben?« Jaxom wirkte zugleich verblüfft und erleichtert.

»Ich sah keinen Grund, ihm die Chance zu verwehren«, meinte Lytol trocken. »Nun, Brand?«

»Man stellte ihm in Aussicht, daß er soviel Land bebauen konnte, wie er nur wollte. Von Besitz war nicht die Rede. Vermittelt hatte das Angebot allerdings ein Händler aus dem Süden und nicht Toric persönlich.«

»Immerhin – man empfindet Dankbarkeit gegenüber einem Menschen, der sich so großzügig zeigt, nicht wahr?« sagte Jaxom. »Und man würde ihn gegen jene unterstützen, die einem früher Land verweigerten ...«

Lytol nickte. »Dankbarkeit und Loyalität sind eng verwandt. Doch es hieß ausdrücklich, daß gutes Ackerland nur weit außerhalb des Weyr-Gebietes zu finden sei. Ich gab Dorse einen gut erhaltenen Flammenwerfer mit – samt Ersatzdüsen.«

»Das möchte ich sehen – Dorse im Freien, wenn Sporen fallen und kein Drachenreiter in der Nähe ist!« spottete Jaxom.

»Wenn Toric so schlau ist, wie es scheint«, meinte Lytol, »dann verläßt er sich auf das Prinzip der natürlichen Auslese. Wer mit den Fäden fertig wird, erwirbt ein Anrecht auf eigenes Land ...«

Jaxom trank seinen Wein leer und erhob sich dann. »Lytol, wenn es dich nicht stört, kehren wir heute noch in den Süden zurück. Mein Körper ist an die Schneekälte des Nordens nicht mehr gewöhnt. Außerdem haben Ruth und ich morgen einen Auftrag zu erledigen. Glaubst du, daß Brand eine Zeitlang ohne dich zurechtkommt? Wir brauchen dich bald im Süden ...«

»Zu dieser Jahreszeit sehne ich mich manchmal nach Sonnenwärme«, erklärte Lytol, und Brand murmelte, daß er die Arbeit bestimmt allein schaffen würde, weil im Winter nicht so viel zu tun sei.

Als Jaxom mit Ruth über der Bucht des Südens auftauchte, dankbar für die Milde der sternklaren Nacht, war der junge Baron mehr denn je überzeugt, daß Lytol der Wechsel des Aufgabengebietes keine Schwierigkeiten machen würde. Ganz allmählich entspannte er sich. Auf Ruatha war er zu verkrampft gewesen. Er hatte gefürchtet, Lytol mit seinem Ansinnen zu kränken. Und die Erkenntnis, daß Toric ein äußerst raffinierter Gegner war, hatte ihn zusätzlich beunruhigt.

Jaxom glitt von Ruths Schultern. Hier am Strand hatte er noch vor kurzem Sharra in den Armen gehalten. Der Gedanke an sie war tröstlich. Er wartete, bis sich Ruth im warmen Sand zusammegerollt hatte, dann begab er sich leise zum Haus. Überrascht sellte er fest, daß hinter Robintons Fenster kein Licht mehr brannte. Offenbar war es doch später, als er gedacht hatte.

Er kroch in sein Bett, ohne Piemur zu wecken. Farli, die sich an ihren Gefährten gekuschelt hatte, blinzelte verschlafen, schloß aber gleich wieder die Augen. Jaxom zog die leichte Decke über sich, dachte fröstelnd an den Schnee in Ruatha und war im nächsten Moment eingeschlafen.

Im Morgengrauen wachte er unvermittelt auf. Hatte jemand seinen Namen gerufen? Piemur und Farli atmeten tief und gleichmäßig. Draußen herrschte der erste trübe Schimmer des heraufziehenden Tages. Jaxom lag angespannt da unhd horchte. Der Harfner? Jaxom bezweifelte das, denn Menolly sprang beim leisesten Geräusch aus Robintons Zimmer auf. Er drang vorsichtig in Ruths Gedanken ein. Der Drache schlief ebenfalls.

Jaxom hatte Muskelkater von der ungewohnten Arbeit des Vortags. Es war noch zu früh, etwas zu unternehmen, aber schlafen konnte er auch nicht mehr. So erhob er sich ganz leise, um weder Piemur noch Sharra zu wecken, und schlüpfte ins Freie. Wenn er ein Stück ins Meer hinausschwamm, lockerten sich seine Muskeln vielleicht. Als er an Ruth vorbeikam, erhob sich der Drache eben mit viel Geächze. Er war begeistert von der Idee eines Morgenbades, da er sich vom Vortag her immer noch staubig fühlte. Die Dämmer-Schwestern schimmerten im Licht der Sonne, die noch nicht über den Horizont gestiegen war. Konnte es sein, daß die Siedler nach der Eruption dort Zuflucht gefunden hatten? Aber auf welche Weise?

Jaxom watete in die Bucht hinaus, tauchte und schwamm ein Stück unter Wasser, das in der Frühdämmerung geheimnisvoll dunkel wirkte. Dann schoß er an die Oberfläche. Nein, es mußte zwischen der Siedlung und dem Meer einen weiteren Zufluchtsort gegeben haben. Die Flucht hatte in eine bestimmte Richtung geführt.

Er rief Ruth zu sich und tröstete den enttäuschten Freund mit dem Hinweis, daß auf dem Hochplateau bereits die Sonne schien. In aller Eile zog er seine Reitsachen an und holte ein wenig Proviant aus der Speisekammer. Er hielt es für das beste, seine Theorie sofort zu überprüfen.

Sie starteten, als die Sonne eben über den Horizont stieg und den klaren, wolkenlosen Himmel gelb tönte. Die unversehrte Flanke des fernen Bergkegels begann sich zu vergolden.

Ruth tauchte ins *Dazwischen* und kreiste dann auf Jaxoms Wunsch in weiten, lässigen Kreisen über dem Plateau. Jaxom stellte lächelnd fest, daß sie durch ihre Ausgrabungen neue Hügel aufgeworfen hatten. Er ließ Ruth von der Siedlung aus in Richtung des Ozeans fliegen. Bis dort war es bestimmt ein langer Marsch für die verängstigten Menschen gewesen. Jaxom hatte beschlossen, vorerst auf die Echsen zu verzichten; sie regten sich bei der Erinnerung an die Eruption zu stark auf. Er mußte sie an einen Ort lenken, wo ihr Rassen-Gedächtnis weniger kritische Assoziationen hervorrief. Sicher entsannen sie sich noch an alle Einzelheiten der Flucht.

Hatten die Ahnen der heutigen Pern-Bewohner vielleicht abseits der Wohnanlage Ställe für Reit- und Herdentiere errichtet? Wenn man die Größe der Siedlung zum Maßstab nahm, dann war so ein Stall sicher groß genug, um Hunderte von Menschen vor dem Glutregen zu schützen.

Er bat Ruth, etwa den Weg einzuschlagen, den auch der Flüchtlingsstrom genommen hatte. Jenseits der Grasebene ragten vereinzelte Sträucher aus dem Ascheboden; nach und nach wurde die Vegetation dichter und ging in Wald über. Man brauchte schon eine Menge Glück, wenn man in diesem grünen Gewirr etwas Außergewöhnliches entdecken wollte. Jaxom überlegte eben, ob sie umkehren und die Strecke noch einmal abfliegen sollten, als ihm eine Bresche im Dschungel auffiel – ein Grasstreifen, nur einige Drachenlängen breit, aber sehr langgestreckt. Die Bäume und Sträucher zu beiden Seiten wuchsen spärlich, als könnten sie nicht recht Wurzeln fassen. Am Ende der seltsamen Narbe glitzerte Wasser, kleine, flache Tümpel, die miteinander in Verbindung zu stehen schienen.

In diesem Moment stieg die Sonne über den Rand des Plateaus, und als Jaxom den Kopf nach links wandte, um dem grellen Glanz auszuweichen, bemerkte er die drei Schatten am Anfang der Schneise. Aufgeregt lenkte er Ruth zu der Stelle. Sie kreisten lange, bis Jaxom sicher war, daß diese Hügel keine natürliche Formation sein konnten. Allerdings hatten sie weder in der Struktur noch in der Anordnung Ähnlichkeit mit den Hügeln der Siedlung. Einer befand sich etwa sieben Drachenlängen vor den beiden anderen, die parallel, aber weit auseinander standen.

Er bat Ruth, niedrig über die Hügel hinwegzufliegen, und studierte die merkwürdigen Umrisse: vorne eine mächtige Wölbung, die zum hinteren Ende hin schräg abflachte und sich verjüngte – eine Kontur, die man trotz der darübergewehten Erdschichten und der Vegetation gut erkennen konnte.

Ruth setzte zur Landung an. Im Gelände wirkten die Hügel zwar nicht ganz so unnatürlich wie aus der Luft, aber sie hätten wohl auch die Aufmerksamkeit eines Beobachters erregt, der die Gegend zu Fuß durchstreifte. Kaum hatte Ruth am Boden aufgesetzt, da schwirrte es ringsum von aufgeregten und hocherfreuten Feuer-Echsen. »Was wollen sie, Ruth? Wir müssen versuchen, sie so zu beruhigen, daß die Bilder, die sie ausstrahlen, einen Sinn ergeben. Wissen sie etwas über diese Hügel?«

Zuviel. Ruth hob den Kopf und begann leise zu summen. Die Echsen wirbelten so wild durcheinander, daß Jaxom nicht erkennen konnte, ob sie Farbmarkierungen trugen oder nicht. *Sie sind glücklich. Sie freuen sich, daß du zurückgekommen bist. Sie warten schon so lange ...*

Jaxom hatte inzwischen gelernt, daß man die Feuer-Echsen nicht durch Generationen-Denken durcheinanderbringen durfte. »Wann war ich das erstemal hier? Erinnern sie sich noch?«

Als du in langen grauen Maschinen vom Himmel kamst? Ruth übermittelte die Eindrücke einigermaßen verwirrt. Jaxom achtete kaum auf die Antwort. Er lehnte sich an Ruths Flanke und sagte: »Zeig mir, was sie meinen!«

Grelle, widersprüchliche Bilder betäubten ihn. Es dauerte eine Zeitlang, bis Ruth die zahllosen Eindrücke zu einer zusammenhängenden Ansicht geordnet hatte.

Die Zylinder waren grau, mit Stummelflügeln, die wie armselige Imitationen der weitgespannten Drachenschwingen aussahen. Am Heck trugen die Zylinder einen Kranz aus kleineren Rohren, während das vordere Ende stumpf abgeschnitten war. Plötzlich zeigte sich eine Öffnung, etwa ein Drittel vom Heck des ersten Schiffes entfernt. Männer und Frauen kamen eine Rampe herunter. Es folgte ein Wirrwarr von Bildern. Menschen liefen umher, umarmten sich, sprangen jubelnd hoch. Und von da an herrschte Chaos – so, als habe sich jede Feuer-Echse einen bestimmten Menschen ausgesucht, dessen Eindrücke sie nun wiedergab.

Jaxom war jetzt überzeugt davon, daß die Vorfahren der Menschen hier Zuflucht vor der Wut des Vulkans gesucht hatten, in diesen Himmelsschiffen, die sie von den Dämmer-Schwestern nach Pern gebracht hatten. Und die Schiffe standen immer noch hier, weil sie aus irgendeinem Grund nicht zu den drei schimmernden Sphären zurückkehren konnten. Die Öffnung war im hinteren Drittel des Schiffes zu sehen gewesen? Umringt von ekstatischen Echsen, ging Jaxom den Hügel entlang, bis er glaubte, ungefähr die richtige Stelle gefunden zu haben.

Hier ist es, sagen sie. In Ruths Augen brannte ein gelbes Feuer.

Dutzende von Feuer-Echsen ließen sich zu seinen Füßen nieder und begannen mit ihren Klauen an den niedrigen Sträuchern und Gräsern zu rupfen.

»Ich müßte eigentlich zurück in die Bucht und den anderen Bescheid sagen«, murmelte Jaxom.

Alles schläft. Auch auf Benden.

Jaxom mußte zugeben, daß Ruth recht hatte.

Ich weiß, wie man gräbt. Ich habe schon gestern gegraben. Wir fangen einfach an, bis die anderen wach sind – dann können sie uns helfen.

»Du hast Krallen, ich nicht. Holen wir ein paar Schaufeln vom Plateau!«

Aufgeregte, glückliche Echsen begleiteten sie auf ihrem Flug. Mit einem Spaten umstach Jaxom das Gebiet, in dem er den Schiffseingang vermutete. Danach mußte er nur noch Ruth und die etwas hektischen Echsen überwachen. Zuerst deckten sie die verfilzte Grasnarbe ab und legten die Stücke beiseite. Die Erdschicht, die sich im Laufe der vielen Planetenumläufe angesammelt hatte, war durch Regen und Sonne fest und hart geworden, und Jaxoms Muskeln begannen bald wieder zu schmerzen. Er machte eine Pause, aß eine Kleinigkeit und zeigte den Echsen, an welchen Stellen sie graben sollten.

Ruths Klauen stießen gegen etwas Hartes. *Es ist kein Stein!* Jaxom eilte zu ihm und trieb den Spaten durch das Erdreich. Die Kante traf auf eine harte, unnachgiebige Fläche. Jaxom stieß ein so lautes Triumphgeheul aus, daß die Echsen aufstoben.

Mit vorsichtigen Fingern berührte er das seltsame Material. Kein Metall und auch nicht der Werkstoff, aus dem Häuser bestanden, eher wie – so merkwürdig das schien – trübes Glas. Aber Glas konnte nie und nimmer so hart sein!

»Ruth, ist Canth schon wach?«

Nein, aber Menolly und Piemur. Sie überlegen gerade, wo wir sein könnten.

»Ich glaube, wir sagen ihnen Bescheid!« rief Jaxom freudig.

Als Ruth in der Bucht auftauchte, standen der Harfner, Piemur und Menolly bereits am Strand und warteten. Menolly und Piemur bestürmten Jaxom so mit Fragen, daß Robinton die jungen Leute schließlich mit einem mächtigen: »Halt!« zum Schweigen brachte. Die Feuer-Echsen stoben verängstigt ins *Dazwischen*. Sobald völlige Stille herrschte, holte der Harfner tief Luft.

»Wer kann denn bei diesem Lärm einen klaren Gedanken fassen? Menolly, hol uns erst mal ein ordentliches Frühstück! Piemur, du besorgst Zeichenmaterial! Zair, komm her, mein kleiner Teufel! Du mußt eine Botschaft nach Benden bringen. Beiß Mnementh notfalls in die Nase, wenn er nicht aufwacht! Ja, ich weiß, du bist tapfer genug, um mit dem Großen zu kämpfen. Aber du sollst nicht mit ihm kämpfen, du sollst ihn aufwecken! Wird ohnehin Zeit, daß die Faulpelze von Benden aus ihren Betten kriechen!« Der Harfner war glänzend gelaunt. Er trug den Kopf hoch, seine Augen blitzten, und seine Gesten waren weit ausladend. »Beim Ei, Jaxom, dieser Tag hat langweilig begonnen, aber du gibst ihm Würze. Ich wollte erst gar nicht aufstehen, weil ich Angst vor der nächsten Enttäuschung hatte.«

»Diese Zylinder sind vielleicht ebenso leer wie . . .«

»Pah! Sie können so leer sein wie erpreßtes Versprechen, sehenswert bleiben sie dennoch! Die Schiffe, die unsere Vorfahren von den Dämmer-Schwestern nach Pern brachten!« Der Harfner atmete tief durch.

»Ich hoffe, die Aufregung schadet Ihnen nicht, Meister Robinton«, sagte Jaxom und schaute sich besorgt um. »Wo ist denn Sharra?« Er sah nur Menolly und Piemur umherflitzen. Sharra schlief doch nicht etwa? Auch Meer und Talle entdeckte er nirgends.

»Ein Drachenreiter aus dem Süden hat sie gestern abend geholt. Zu einem Kranken, wie es hieß. Ich glaube, es war ganz schön egoistisch von mir, gleich zwei Heilerinnen zu beanspruchen, obwohl ich mich schon wieder völlig gesund fühle. Und überhaupt – warum bist du nicht in Ruatha geblieben?« Robinton zog die Brauen hoch.

Jaxoms Stimme klang zerknirscht. »Es schneite bei meiner Ankunft, und ich fror ganz erbärmlich. Aber Lytol und ich führten ein langes Gespräch.«

»Inzwischen gibt es sicher keine Einwände mehr gegen deinen Herrschaftsanspruch auf Ruatha«, meinte der Harfner mit einem Lachen. »Die neiderfüllten Jungbarone, die dich am liebsten ganz zu den Drachenreitern abgeschoben hätten, befinden sich jetzt im Süden.« Dann wurde er ernst und legte Jaxom die Hand auf die Schulter. »Wie reagierte Lytol?«

»Er schien nicht überrascht.« In Jaxoms Worten schwang Erleichterung mit. »Und ich dachte mir, wenn Meister Nicat die Ausgrabungen am Hochplateau wirklich fortsetzen will, dann brauchen wir hier jemanden mit Lytols Organisationstalent . . .«

»Du sprichst mir aus der Seele, mein Junge«, sagte Robinton begeistert. »Die Vergangenheit ist eine gute Beschäftigung für zwei alte Männer . . .«

»Meister Robinton!« rief Jaxom empört. »Weder Sie noch Lytol werden je alt werden!«

»Danke für das Kompliment, Jaxom, aber die erste Warnung habe ich bereits bekommen. Ah, ein Drache – Canth, wenn ich mich nicht täusche!« Robinton blinzelte in die grelle Sonne.

F'nors Miene wirkte verwirrt, als er den Strand betrat. Zair hatte ihm die sonderbarsten Bilder übermittelt und die übrigen Echsen im Weyr so aufgeregt, daß Lessa die ganze Schar durch Ramoth verscheuchen ließ. Zum Beweis dafür wimmelte es nun in der Bucht von Echsenschwärmen, die einen fürchterlichen Radau veranstalteten.

»Ruth, bring sie zur Vernunft!« meinte Jaxom. »Sonst verstehen wir unser eigenes Wort nicht mehr.«

Ruth stieß ein solches Gebrüll aus, daß er selbst erschrak. Canth betrachtete den kleinen weißen Drachen mit neuem Respekt. Die Echsen flatterten eingeschüchtert auf die Bäume, die den Strand säumten, und wagten nur noch ganz leise zu tschilpen.

Sie haben mir gehorcht! Das klang erstaunt und nicht wenig geschmeichelt.

»Also, mein Freund«, begann F'nor, »was hast du da mitten in der Nacht entdeckt?« Er hieb Jaxom so kräftig auf die Schulter, daß der in die Knie ging.

Nicht ohne Stolz berichtete Jaxom von seinem morgendlichen Ausflug zum Hochplateau, und F'nors Augen begannen zu leuchten.

»Die Schiffe, mit denen sie landeten? Los, fliegen wir hin!« Er schnallte Gürtel und Helm fest und gab Jaxom durch eine ungeduldige Geste zu verstehen, daß er rasch in seine Reitsachen schlüpfen solle. »Für morgen ist zwar ein Sporenregen über Benden angesagt, aber wenn es stimmt, was du sagst ...«

»Ich komme auch mit«, erklärte der Harfner.

Nicht einmal die vorwitzigste Echse wagte es, in das Schweigen hineinzupiepsen, das seinen Worten folgte.

»Ich komme auch mit«, wiederholte Meister Robinton in einem Ton, der keinen Widerspruch duldete. »Was mir bis jetzt alles entgangen ist! Die ständige Anspannung schadet mir!« Er preßte eine Hand dramatisch gegen sein Herz. »Wenn ich allein hierbleiben und warten muß, bringt mich die Aufregung noch um!« Er hielt die Hand hoch, als er sah, daß sich Menolly von ihrem Schock erholt hatte und etwas einwenden wollte. »Ich verspreche euch, daß ich keinen Spaten anrühre. Ich möchte nur dabei sein und alles beobachten. Stellt euch vor, ich erleide einen Herzanfall, während ihr alle fort seid!«

»Meister Robinton, wenn das Brekke erfährt ...« Menollys Widerstand war schwach.

F'nor schüttelte den Kopf. »Gib dem Mann den kleinen Finger, und er nimmt die ganze Hand! Gemeine Taktik, die Sie da anwenden, Harfner! Sie sollten sich schämen.«

»Keine Sorge!« warf Menolly grimmig ein. »Wenn er nicht stillhält, feßle ich ihn an einen Baum!«

»Hol lieber meine Reitsachen, Mädchen!« sagte der Meisterharfner und gab ihr einen liebevollen Schubs. »Und mein

Schreibzeug vom Arbeitstisch! Ich werde euch wirklich keinen Kummer machen. Der Aufenthalt im *Dazwischen* ist so kurz, daß er mir nicht schaden kann.« Er hob die Stimme. »Menolly! Vergiß den Wein nicht!«

Sobald Menolly mit seiner Ausrüstung zurückkehrte, gab es keine Diskussion mehr. F'nor ließ den Harfner und Piemur bei sich aufsteigen, während Menolly hinter Jaxom auf Ruth Platz fand. Flüchtig wünschte Jaxom, daß Sharra dabei wäre. Er überlegte, ob Ruths Gedanken bis zu ihr vordringen würden, aber dann verdrängte er den Impuls. In der Süd-Burg zog eben erst der Tag herauf. Die beiden Drachen flogen los, begleitet von dichten Feuerechsen-Schwärmen. Ruth wies Canth den Weg, und noch während Jaxom überlegte, ob der Harfner nicht vorschnell gehandelt habe, glitten sie auf die drei merkwürdigen Hügel zu.

Jaxom grinste über die Begeisterung der anderen. Menolly boxte ungestüm auf ihn ein und jubelte laut, während Robinton auf F'nors Canth heftig gestikulierte. Der große Bronzedrache steuerte die Fundstelle genau an und landete dicht neben dem Fleck, wo Ruth zu graben begonnen hatte. Der Meisterharfner erhielt einen schattigen Platz am Waldrand.

Umflattert von aufgeregt kreischenden Echsen, setzten die anderen ihre Arbeit fort. Der Bronzedrache konnte weit mehr Erdreich wegschaffen als Ruth, und da nur Platz für einen von ihnen war, überließ Jaxoms Gefährte dem Neuankömmling das Graben. Jaxom spürte eine innere Erregung, die er am Hochplateau nicht empfunden hatte.

Sie gruben jetzt senkrecht in die Tiefe, da Jaxom die Oberseite der Maschine freigelegt hatte. Canth schaufelte so begeistert, daß die Erdbrocken manchmal bis zu Meister Robinton flogen, und es dauerte nicht lange, bis sie einen feinen Schlitz in dem sonst völlig nahtlosen Material entdeckten.

Die Feuer-Echsen gesellten sich zu Canth und halfen ihm, den Eingang ganz freizulegen. Dabei kam der Ansatz eines Stummelflügels zum Vorschein, ein Beweis dafür, daß die Erinnerungen den Feuer-Echsen sehr exakt überliefert waren.

Alle traten beiseite, damit der Harfner als erster das Schiffsinnere besichtigen konnte. Aber er zögerte.

»Ich finde, wir sollten erst Lessa und F'lar herholen. Und es wäre höchst unpassend, Meister Fandarel auszuschließen. Er kann uns vielleicht sogar sagen, aus welchem Material dieses Schiff besteht.«

»Gut – aber das reicht für den Anfang«, warf F'nor ein, ehe Robinton noch mehr Namen nennen konnte. »Ich hole den Meisterschmied persönlich her. Damit sparen wir Zeit und ersticken Gerüchte im Keim. Canth verständigt inzwischen Ramoth.« Er rieb sich den Schweiß von der Stirn und säuberte seine schmutzigen Hände, so gut es ging, ehe er seine Reitjacke wieder anzog. »Laßt alles stehen und liegen, bis ich wiederkomme!« fügte er hinzu und bedachte ganz besonders den Harfner mit einem strengen Blick.

»Was dachten Sie denn!« entgegnete Robinton vorwurfsvoll. »Wir nehmen eine kleine Stärkung zu uns.« Er griff nach dem Weinschlauch und winkte den anderen, neben ihm Platz zu nehmen.

Die Ausgräber konnten eine Verschnaufpause gebrauchen. Immer wieder betrachteten sie das Wunderding, das da aus der Erde zum Vorschein kam.

»Falls unsere Vorfahren mit diesen Dingern fliegen konnten . . .«

»*Falls,* Piemur?« unterbrach Robinton. »Du zweifelst doch nicht daran? Sie *sind* damit geflogen! Die Feuer-Echsen sahen sie landen.«

»Ich wollte sagen, falls unsere Vorfahren mit diesen Dingern fliegen konnten, weshalb brachten sie dann die Maschinen nach der Eruption nicht fort von hier? Mit anderen Worten – weshalb stehen die Zylinder hier?«

»Ein ausgezeichneter Gedanke! Vielleicht kann uns Meister Fandarel die Antwort geben.« Meister Robinton betrachtete bekümmert den Eingang. »Ich weiß es nicht.«

»Möglicherweise brauchten sie eine gewisse Starthöhe – wie manche Jungdrachen«, sagte Menolly.

Der Harfner seufzte. »Wie lange läßt uns denn F'nor noch warten? So ein Sprung ins *Dazwischen* ist doch im Nu geschafft.«

»Nun ja, starten und landen muß er schließlich auch.«

Die Weyrführer von Benden trafen zuerst ein, dicht gefolgt von Canth mit F'nor und Fandarel. Der Meisterschmied stürmte sofort zum Ausgrabungsplatz und fuhr mit den Fingerspitzen ehrfürchtig über die glatte Oberfläche dieses neuen Wunders. F'lar und Lessa erklommen die frisch aufgeworfenen Erdwälle und wandten sich dem matt glänzenden Eingang zu.

»Aha!« rief der Schmied plötzlich triumphierend. Er hatte die Türritze genau untersucht. »Das hier bewegt sich vielleicht.« Er ging in die Knie und betrachtete die rechte untere Ecke. »Ja. So-

bald wir das ganze Schiff freilegen, ist diese Stelle hier etwa mannshoch. Wenn ich da draufdrücke . . .« Er ließ seinen Worten die Tat folgen, und neben der Tür sprang ein Rechteck auf. Dahinter zeigte sich eine Nische mit Farbpunkten.

Alle umdrängten Fandarel, dessen Finger unschlüssig über der obersten Reihe aus grünen Kreisen verharrte. Die unteren Kreise waren rot.

»Rot hat stets Gefahr bedeutet – eine Übereinkunft, die wir wohl von den Alten übernommen haben«, meinte er. »Deshalb schlage ich vor, daß wir es zuerst mit Grün versuchen.« Entschlossen tippte er auf den grünen Knopf.

Zuerst geschah gar nichts. Jaxom spürte eine sonderbare Kälte in seinem Innern, wie das erste Ahnen einer schlimmen Enttäuschung.

»Seht doch, sie öffnet sich!« Piemurs scharfe Augen entdeckten zuerst, daß sich der Türspalt verbreiterte.

»Ein uralter Mechanismus«, sagte der Schmied bewundernd. »Und immer noch funktionstüchtig!« Sie alle vernahmen das schwache Knirschen und Reiben.

Langsam glitt die Tür ein Stück nach innen und schob sich dann zu ihrer Verblüffung seitlich in den Rumpf des Schiffes. Pfeifend entwich ein Schwall fauliger Luft. Sie begannen zu husten und traten zurück. Als sie den Eingang wieder betrachteten, war die Tür ganz verschwunden. Sonnenlicht fiel auf den Boden, der etwas dunkler wirkte als der Schiffsrumpf selbst, aber offensichtlich aus dem gleichen Material bestand.

»Moment!« Fandarel hielt die anderen zurück. »Warten wir, bis das Innere gut durchlüftet ist!«

Robinton griff als erster entschlossen nach einem Leuchtkorb und deckte ihn ab. »Wir erfahren bestimmt nichts, wenn wir hier draußen herumstehen!« Damit betrat er das Schiff.

Fandarel, F'lar, F'nor und Lessa folgten ihm, während die drei jungen Leute den Schluß bildeten.

Eine zweite Tür, versehen mit einem Handrad, mit dessen Hilfe man Riegel in Decken- und Bodenschlitze schieben konnte, stand einladend offen. Meister Fandarel konnte sich kaum fassen. Er berührte die Wände und begutachtete verschiedene Hebel. Überall waren die roten und grünen Kreise zu sehen. Weiter vorn stießen sie erneut auf zwei Türen; die linke stand offen, die rechte dagegen, die wohl zum Schiffsheck mit seinem Kranz von Zylindern führte, war verschlossen.

Sie wandten sich alle nach links und kamen in einen langen,

schmalen Korridor. Ihre Stiefel klangen gedämpft auf dem nichtmetallischen Boden.

»Das gleiche Material wie die Bergwerkspfeiler«, meinte Fandarel, der sich gebückt hatte und mit den Fingern über die Substanz fuhr. »Ah, was hatten die hier für einen Sinn?« Er betrachtete einige leere Halterungen. »Faszinierend. Und überhaupt nicht eingestaubt.«

»Weder Wind noch Regen konnte hier eindringen – und das seit vielen Äonen«, stellte F'lar ruhig fest. »Wie in den Räumen, die wir im Benden-Weyr entdeckten.«

Sie wanderten durch einen Gang mit vielen Türen, manche offen, andere geschlossen, aber keine zugesperrt. Piemur und Jaxom warfen einen Blick in die leeren Kabinen. Löcher im Boden und an den Innenwänden verrieten die Anschlußstellen von Armaturen.

»He, kommt einmal alle hierher!« hörten sie die aufgeregte Stimme des Harfners, der ein Stück vorausgegangen war.

»Nein, zu mir!« rief F'nor von noch weiter vorn. »Hier befand sich vermutlich der Steuerraum!«

»Später, F'nor – das hier ist für uns ungeheuer wichtig!« unterstützte F'lar den Harfner.

Im Schein der Leuchtkörbe sahen die anderen dann, was die Aufmerksamkeit von Robinton geweckt hatte. Die Wände waren mit Karten bedeckt. In allen Einzelheiten hatten ihre Vorfahren die vertrauten Umrisse von Nord-Pern und den weniger vertrauten Süd-Kontinent in seiner gewaltigen Ausdehnung an die Wand gezeichnet.

Mit einem erstickten Aufschrei berührte Piemur die Karte und fuhr mit dem Zeigefinger das Gebiet nach, das er so mühsam durchwandert hatte: es stellte nur einen kleinen Teil der gesamten Küstenlinie dar.

»Da, Meister Idarolan könnte bis fast zur östlichen Barriere segeln ... und es ist nicht der gleiche Gebirgszug, den ich im Westen sah. Außerdem ...«

»Was könnte diese Karte denn bedeuten?« unterbrach F'nor Piemurs aufgeregte Erläuterungen. Er stand vor einer Seitenwand und studierte ebenfalls eine Karte von Pern. Die Umrisse waren die gleichen, aber ein Gewirr von Farben überzog die Landgebiete, während die Meere in verschiedenen Blaustufen leuchteten.

»Das könnte die Wassertiefe bedeuten«, meinte Menolly und zeigte auf die Straße von Nerat, die dunkelblau eingetragen war.

»Seht doch, und die Pfeile da folgen dem Verlauf der Großen Südströmung. Das hier ist der Weststrom.«

»Vielleicht geben dann die verschiedenen Farben der Landgebiete die jeweilige Höhe wieder?« überlegte Robinton. Dann schüttelte er den Kopf. »Nein – denn in Crom, Fort, Benden und Telgar haben wir Berge, die Farbe auf der Karte ist aber die gleiche wie für die Ebenen von Telgar. Rätselhaft. Was könnten die Alten gemeint haben?« Sein Blick wanderte zum Süd-Kontinent. »Und von dieser Schraffur gibt es nur einen winzigen Fleck ganz unten. Ich durchschaue das nicht. Da steht uns noch eine Menge Arbeit bevor.« Er versuchte die Ränder der Karte zu ertasten, aber sie war offensichtlich an die Wand selbst gemalt.

»Hier haben wir etwas für Meister Wansor.« Fandarel war so vertieft in das Studium einer anderen Karte, daß er gar nicht auf Meister Robintons Worte geachtet hatte.

Piemur und Jaxom traten neben den Schmied und hielten ihre Leuchtkörbe hoch.

»Eine Sternenkarte!« rief der junge Harfner.

»Nicht ganz«, widersprach der Schmied.

»Eine ... eine Karte *unserer* Sterne?« fragte Jaxom.

Die kräftige Hand des Meisterschmieds berührte den größten Punkt. Er war grellorange und von züngelnden Flammen umgeben.

»Dies ist unsere Sonne. Und das dort muß der Rote Stern sein.« Sein Finger folgte der Bahn um die Sonne, die für den Wanderstern ermittelt worden war. Dann tippte er auf einen dritten winzigen Punkt. »Pern!«

»Und was hat das zu bedeuten?« fragte Piemur. Er wies auf eine dunkle Welt hinter der Sonne, weit entfernt von den übrigen Planeten und ihren Bahnen.

»Ich weiß es nicht. Sie müßte sich eigentlich auf dieser Seite befinden wie alle Planeten.«

»Und diese Linien?« Jaxom fuhr die mit Pfeilen versehenen Striche nach, die vom unteren Rand der Karte zum Roten Stern und von da bis hin zur rechten Kante führten.

»Faszinierend!« murmelte der Meisterschmied immer wieder und rieb sich das Kinn, während er die geheimnisvollen Skizzen betrachtete.

»Mir gefällt *diese* Karte am besten«, erklärte Lessa und musterte zufrieden die Darstellung der beiden großen Kontinente.

»Warum?« F'lar wandte sich einen Moment lang von dem Sternen-Diagramm ab. »Ach so, ich verstehe«, lachte er, als sie auf den westlichen Teil des Süd-Kontinents wies. »Du hast recht, Lessa. Sie ist sehr aufschlußreich.«

»Aber sie stimmt nicht!« warf Piemur geringschätzig ein. »Da – die Vulkane, die jenseits des Hochplateaus aus dem Meer ragen, sind überhaupt nicht eingezeichnet. Und die Uferlinie ist durchgezogen, obwohl sich an dieser Stelle die Große Bucht befindet. Ich weiß es – ich war schließlich da!«

Lessas Augen blitzten gefährlich, aber F'lar hob beruhigend die Hand. »Piemur hat recht – die Karte stimmt nicht. Sieh dir nur Tillek an! Die Halbinsel ist in Wirklichkeit wesentlich kleiner. Und von dem Vulkan an ihrem Südrand sieht man auch nichts.« Er lächelte. »Allerdings glaube ich, daß die Karte ganz genau stimmte, als sie angefertigt wurde.«

»Natürlich!« rief Lessa triumphierend. »Die vielen Passagen des Roten Sterns haben das Land im Laufe der Zeit verändert und zerstört . . .«

»Da – die Landspitze, wo heute die Drachensteine aus dem Wasser ragen!« rief Menolly. »Mein Urgroßvater wußte zu erzählen, daß hier ein Stück Land ins Meer gesunken war!«

Fandarel winkte ab. »Auch wenn sich hier und da etwas verändert hat«, meinte er, »diese Karten sind ein kostbarer Fund.« Er betrachtete von neuem aufmerksam die farbige Skizze. »Die Brauntöne kennzeichnen unsere ersten Siedlungen im Norden. Paßt auf – Fort, Ruatha, Benden, Telgar – und die Weyr! Sie alle sind in Gebieten der gleichen Farbe untergebracht. Ist das vielleicht die Lösung? Daß alle Orte, an denen sich Menschen niederlassen konnten, braun schraffiert wurden?«

»Aber zuerst siedelten sie doch auf dem Hochplateau, und das besitzt eine völlig andere Farbstufe«, widersprach Piemur.

»Wir müssen Meister Wansor nach seiner Meinung fragen. Und Meister Nicat.«

»Und ich hätte gern, daß sich Benelek mal die Türmechanismen ansieht und das Schiffsheck untersucht«, setzte F'nor hinzu.

»Mein lieber F'nor«, widersprach der Schmied, »Benelek hat eine geschickte Hand, aber das hier . . .« – er schüttelte den Kopf – »das hier ist ein paar Nummern zu groß für uns alle.«

»Vielleicht wissen wir eines Tages genug, um sämtliche Geheimnisse dieser Schiffe zu ergründen«, meinte F'lar lächelnd und studierte wieder versonnen die Karten. »Aber die hier sind schon heute von unschätzbarem Wert für Pern.« Er blinzelte Lessa und Meister Robinton zu. »Und ich schlage vor, daß wir im Moment noch nichts von diesem Fund verraten.« Seine Stimme klang mit einemmal ernst, und er hob die Hand, als Fandarel ihm widersprechen wollte. »Nur für kurze Zeit, Fandarel! Ich habe gute Gründe für meinen Wunsch. Sicher, Wansor muß die Skizzen und Gleichungen sehen. Und Benelek kann sich mit der Technik der Schiffe auseinandersetzen. Aber die beiden sind schweigsame Leute und werden das Geheimnis wahren. Menolly und Piemur unterstehen ohnehin dem Redeverbot ihrer Gilde, und Jaxom hat wiederholt bewiesen, daß er diskret sein kann . . .« Er schaute dem jungen Baron in die Augen, und Jaxom erkannte, daß auch der Weyrführer von Benden wußte, wer Ramoths Ei aus dem Süden zurückgeholt hatte. »Die Siedlung auf dem Hochplateau ist Sensation genug. Sie wird die Bewohner von Pern eine Zeitlang in Atem halten.« Er betrachtete noch einmal die gewaltige Ausdehnung des Süd-Kontinents und hob dann ruckartig den Kopf. »Toric! Er wollte heute herkommen und bei den Ausgrabungen helfen!«

»Ja, und N'ton hatte versprochen, mich abzuholen«, sagte der Meisterschmied. »Aber erst in einer Stunde oder so. F'nor hat mich praktisch aus dem Bett gezerrt.«

»Die Südburg liegt in der gleichen Zeitzone wie Telgar. Gut – dann ist dieses Problem gelöst. Aber ich brauche so schnell wie möglich eine Kopie dieser Karte. Wen von den drei jungen Leuten können wir heute am ehesten entbehren?«

»Jaxom!« entgegnete Meister Robinton. »Er zeichnet sauber, und ich halte es für klug, Ruth ein wenig aus dem Verkehr zu ziehen. Die einheimischen Echsen können ihm hier Gesellschaft leisten und bekommen keine Gelegenheit, mit Torics kleinen Spionen zu plaudern.«

So blieb Jaxom mit Zeichenmaterial und Leuchtkörben zurück. Man errichtete einen Schirm aus Laub und Ästen, um die Schiffsöffnung vor einer zufälligen Entdeckung zu schützen. Ruth erhielt den Auftrag, die einheimischen Echsen in seine Nähe zu locken und sich mit ihnen irgendwo in der Sonne niederzulassen. Alle anderen kehrten in die Bucht zurück, während Jaxom die große Karte zu kopieren begann.

Er überlegte, weshalb die Weyrführer gerade von dieser Karte so begeistert gewesen waren. Und dann ging ihm mit einemmal ein Licht auf. Toric hatte keine Ahnung, wie groß der Süd-Kontinent war. Aber die Weyrführer kannten jetzt seine Ausdehnung. Jaxom betrachtete die winzige Halbinsel, auf der sich die Süd-Burg befand. Selbst wenn Sharras Bruder sämtliche besitzhungrigen jungen Leute aus dem Norden holte – er würde es nie und nimmer schaffen, diesen gewaltigen Kontinent zu erforschen. Bis zur Westkette im Süden vielleicht und der Großen Bucht im Westen . . . Sollte er die Große Bucht in die Karte eintragen? Nein, er durfte nichts verändern. Und er freute sich schon auf Torics Gesicht, wenn der die Karte zum erstenmal erblickte.

XXI

Tags darauf am Berg, in Jaxoms Bucht und an der Brutstätte im Süden, 21. 10. 15

»Ich weiß, was wir Toric zugesagt hatten«, erklärte Robinton den Weyrführern von Benden. Sie saßen an einem Tisch in seinem neuen Haus und tranken Klah.

»Daß er alles Land, das er bis zum Abzug der Alten verwaltete, in seinen Besitz nehmen könne«, führte F'lar noch einmal aus. »Genau genommen leben noch eine Handvoll Drachenreiter aus der Vergangenheit im Süden. Toric darf seinen Besitz also immer noch ausdehnen.«

»Oder sich zumindest die Loyalität der anderen Landnehmer sichern!« warf Robinton ein.

Lessa starrte ihn an und nickte langsam. »Hat er deshalb so viele Männer aus dem Norden bereitwilligst aufgenommen?« Einen Moment lang wirkte sie entrüstet, aber dann lachte sie. »Auf diesen Toric werden wir im Laufe der nächsten Planetenumläufe gut achten müssen. Ich hatte keine Ahnung, daß er einen so starken Ehrgeiz entwickeln würde.«

»Und so große Weitsicht«, setzte Robinton trocken hinzu. »Er plant die Dankbarkeit der neuen Siedler voll mit ein.«

»Wir haben am eigenen Leib erfahren, wie lange Dankbarkeit währt!« meinte F'lar.

Lessa winkte ab. »So wie ich den Mann einschätze, verläßt er sich nicht auf Dankbarkeit allein.« Sie schaute sich um. »Wo bleibt eigentlich Sharra? Ich habe sie den ganzen Vormittag nicht zu Gesicht bekommen.«

»Ein Reiter holte sie gestern abend heim. Ein Krankheitsfall in . . .« Der Harfner unterbrach sich und sah die anderen erschrocken an. »Ach, ich alter Narr! Mir kam nicht eine Sekunde in den Sinn, den Wahrheitsgehalt dieser Botschaft anzuzweifeln! Natürlich! Seine Schwestern und Töchter spielen wichtige Rollen bei seinen Zukunftsplänen. Wenn er sie mit den richtigen Männern verheiratet . . . Ich vermute, daß Jaxom sich das nicht bieten lassen wird.«

»Ich hoffe es sehr!« erklärte Lessa mit Nachdruck. »Die beiden passen gut zusammen, obwohl ich bei Jaxom nicht recht weiß, ob er Liebe mit Dankbarkeit verwechselt . . .«

»Schon wieder diese Dankbarkeit!« Robinton lachte. »Brekke und Menolly sind überzeugt davon, daß die beiden eine tiefe Zuneigung verbindet. Eigentlich hatte ich seit Tagen damit gerechnet, daß Jaxom mich bitten würde, die Heirat in die Wege zu leiten. Gestern war er übrigens im Norden und bat Lytol, ihn als Herrscher und Erbbaron von Ruatha zu bestätigen.«

»Tatsächlich?« F'lar nickte seiner Weyrgefährtin erfreut zu. »Ob das Sharras Einfluß war? Ich tippe eher auf Torics bissige Anspielungen.«

»Offensichtlich habe ich gestern auf dem Hochplateau allerhand versäumt«, sagte der Harfner verärgert. »Was für Anspielungen?«

Draußen trompeteten Ramoth und Mnementh los, und das Gespräch stockte.

»N'ton ist hier, mit Meister Nicat und Wansor«, sagte F'lar. Er stand auf und wandte sich noch einmal Robinton und Lessa zu: »Sollen wir den Dingen einfach ihren Lauf lassen?«

»Das ist für gewöhnlich das beste«, sagte Robinton.

Lessa lächelte geheimnisvoll und wandte sich zum Gehen.

N'ton hatte außer Meister Nicat drei Bergwerksgesellen mitgebracht. Kurz darauf traf F'nor mit Wansor, Benelek und zwei Lehrlingen ein, die man offensichtlich ihrer kräftigen Statur wegen ausgewählt hatte. Ohne die Ankunft von D'ram und Toric abzuwarten, flogen sie alle zum Hochplateau und landeten so dicht wie möglich an Meister Nicats kleinem Hügel. Im Tageslicht erkannten sie auch rasch die Funktion des freigelegten Bauwerks. Zahlen und Buchstaben waren groß an die Stirnflächen gemalt, während große und kleine Tiere, wie man sie noch nie auf Pern gesehen hatte, die Seitenwände schmückten.

»Ein Harfnerraum, wo man den ganz Kleinen ihre ersten Balladen und Lehrgesänge beibrachte«, erklärte Meister Robinton. Er war längst nicht so enttäuscht wie die anderen, denn schließlich hing der Fund eng mit der Tradition seiner Gilde zusammen.

»Hmm.« Benelek drehte sich auf dem Absatz herum und deutete auf den Hügel gleich links neben der Ausgrabungsstätte. »Dies dürfte dann der Bau sein, in dem die älteren Schüler unterrichtet wurden. Natürlich nur, wenn unsere Vorfahren einem logischen Schema folgten und bei allen Kreisformationen die gleiche Richtung einschlugen.« Er verneigte sich knapp vor den Weyrführern und Gildemeistern, winkte einen der Lehrlinge zu sich, wählte eine Schaufel aus dem Werkzeugstapel und begann zu graben.

Lessa wartete, bis Benelek sie nicht mehr hören konnte, dann lachte sie los. »Wehe, wenn die Alten seinen Sinn für Logik enttäuschen!«

»Ich mache heute jedenfalls an meinem großen Hügel weiter.« F'lar hatte sich von Beneleks Eifer anstecken lassen. Da sie nun wußten, daß sich die Eingänge meist an den Schmalseiten der Hügel befanden, kümmerten sie sich nicht mehr um den Graben vom Vortag, der den Kamm entlangführte. Ramoth und Mnementh räumten gehorsam Riesenmengen der merkwürdigen grauschwarzen Erde beiseite, und nach kurzer Zeit standen sie vor einer Tür, die auf Schienen glitt und groß genug war, einen grünen Drachen einzulassen. In der unteren Ecke befand sich eine kleinere Tür. »Mannshoch«, stellte F'lar fest. Die kleine Tür besaß Scharniere, die nicht aus Metall bestanden – eine Tatsache, die bei Nicat und Fandarel neue Begeisterung und neue Fragen hervorrief.

Eben als sie die kleine Tür öffnen wollten, landete Ruth mit Jaxom, und gleich darauf tauchten drei weitere Drachen am Himmel auf.

»D'ram«, stellte Lessa fest. »Und die beiden Braunen von Benden, die wir als Aushilfe in den Süden schickten.«

»Tut mir leid, daß es so lange gedauert hat, Meister Robinton«, sagte Jaxom und drückte dem Harfner eine Rolle in die Hand. »Guten Morgen, Lessa. Was war in Meister Nicats Bau?«

Der Harfner klemmte sich die Rolle unter den Arm, erfreut über Jaxoms Diskretion. »Ein Unterrichtsraum für kleine Kinder. Sieh ihn dir ruhig an!«

»Könnte ich Sie vorher einen Moment sprechen, Meister Robinton. Außer . . .« Jaxom deutete auf den Hügel und die Tür, die einladend offenstand.

»Ich muß ohnehin warten, bis alles durchgelüftet ist«, erklärte Robinton. Ihm war weder die Bitte in Jaxoms Augen noch sein angespannter Gesichtsausdruck entgangen. »Nun?« fragte er, als sie sich ein paar Schritte von den anderen entfernt hatten.

»Sharra wird von ihrem Bruder im Süden festgehalten«, erklärte Jaxom mit leiser, aber ruhiger Stimme.

»Woher weißt du das?« fragte Robinton nach einem Blick auf D'rams Bronzedrachen, der in weiten Spiralen zur Landung ansetzte.

»Sie hat es Ruth mitgeteilt. Toric will sie mit einem seiner neuen Pächter verheiraten. Er hält die Barone aus dem Norden für Taugenichtse.«

Jaxoms Augen blitzten gefährlich, und zum ersten Mal fiel Robinton die Ähnlichkeit mit Baron Fax, dem Vater des jungen Mannes, auf.

»Auf einige trifft das ganz sicher zu«, entgegnete Robinton belustigt, aber Jaxom blieb ernst, und der Harfner wunderte sich, wie erwachsen der junge Baron in den letzten zwei Planetenumläufen geworden war. »Was hast du vor?« fragte er besorgt.

»Ich werde Sharra zurückholen«, erklärte Jaxom ruhig, aber mit großer Entschiedenheit. Er deutete auf seinen Drachen. »Toric hat nicht mit Ruth gerechnet.«

»Du willst zu Torics Burg fliegen und sie entführen?«

»Warum nicht?« Unvermittelt huschte ein Lächeln über Jaxoms Züge. »Ich bezweifle, daß Toric mit einem schnellen Gegenschlag rechnet. So etwas traut er den Schwächlingen aus dem Norden nicht zu.«

»Du wirst deine Pläne ein wenig aufschieben müssen«, murmelte Robinton. »Toric hat dich erspäht.«

Toric und seine Leute waren in der freien Gasse zwichen zwei Hügelreihen abgestiegen. Der Landbesitzer aus dem Süden hatte Lessa begrüßt, hielt sich aber nicht lange bei den Weyrführern und Gildemeistern auf. Sein Ziel war unverkennbar Jaxom.

»Harfner!« Er verneigte sich höflich vor Robinton und schaute dann Jaxom an.

»Toric!« Jaxom nickte ihm kühl und gleichgültig zu. Er sah, wie der hochgewachsene Mann zusammenzuckte. Toric betrachtete sich den Baronen als gleichgestellt, auch wenn er den Erbtitel nie offiziell erhalten hatte. Nun musterte er Jaxom mit zornglitzernden Augen.

»*Baron* Jaxom?« Er betonte spöttisch den Titel.

Jaxom drehte sich langsam um. »Wie ich von Sharra höre, halten Sie nichts von verwandschaftlichen Beziehungen zu Ruatha.« Toric blieb ruhig, aber seine Blicke streiften die Feuer-Echsen, die sich wie immer um Ruth scharten.

»Was höre ich da, Toric?« Lessa war neben Jaxom getreten. Sie lächelte, aber ihre Augen waren hart wie Stahl.

»Toric hat große Pläne mit Sharra«, erklärte Jaxom eher belustigt als verärgert. »Ein so armseliger Besitz wie Ruatha kommt für sie nicht in Frage.«

»Ich wollte nichts gegen Ruatha sagen«, warf Toric hastig ein, als er Lessas düstere Miene bemerkte.

»Das wäre auch höchst unklug. Sie wissen, wie stolz ich auf

das Geschlecht von Ruatha und den jetzigen Träger des Erbtitels bin«, sagte sie sanft.

»Vielleicht sollten Sie die Sache noch einmal überdenken, Toric«, warf jetzt der Harfner ein. »Die Verbindung, die obendrein von beiden jungen Leuten gewünscht wird, hätte beträchtliche Vorteile für Sie. Sie wären verwandt mit einem der ältesten und edelsten Geschlechter von ganz Pern, das enge Bande zu Benden besitzt.«

Toric stand da und kratzte sich geistesabwesend im Nacken. Sein Lächeln war verschwunden.

»Kommen Sie, wir erörtern die Sache in aller Ruhe!« Lessa nahm Toric am Arm und führte ihn weg. »Leisten Sie uns Gesellschaft, Meister Robinton? Ich meine, der kleine Hügel da ist ein ausgezeichneter Ort für ein ungestörtes Gespräch.«

»Sind wir nicht hier, um Perns glorreiche Vergangenheit freizulegen?« fragte Toric mit gutmütigem Spott, aber er schüttelte Lessas Arm nicht ab.

»Die Gegenwart ist wichtiger«, erklärte Lessa und blickte ihn lächelnd an. »In der Gegenwart stellen wir die Weichen für die Zukunft. Ihre Zukunft!«

F'lar hatte sich zu ihnen gesellt. Der Meisterharfner warf einen Blick über die Schulter; er wollte Jaxom mit einer Geste beruhigen, aber der junge Mann hatte sich seinem Drachen zugewandt.

»Ja«, begann F'lar gewandt, »nun, da so viele Menschen in den Süden strömen, müssen wir allmählich festlegen, welche Ländereien Sie in Besitz nehmen möchten, Toric. Ich halte nichts von Blutfehden im Süden. Und sie sind auch unnötig, denn es gibt Raum genug für diese Generation – und so manche danach.«

Torics Antwort war ein herzhaftes Lachen. Robinton fand, daß der Mann eine unerschütterliche Selbstsicherheit ausstrahlte.

»Eben. Und wenn uns soviel Land zu Füßen liegt – soll ich da nicht auch für meine Schwester Ehrgeiz entwickeln?«

»Sie haben mehr Schwestern als die eine. Außerdem sprechen wir im Moment nicht von Jaxom und Sharra.« Lessa machte eine kleine Pause. »Eigentlich hätte ich mir einen festlicheren Rahmen gewünscht, um Ihre Besitzansprüche zu legalisieren . . .« – sie deutete auf die Ruinen aus der Vergangenheit –, »aber Meister Nicat möchte unbedingt die Bestätigung, daß alle Bergwerke ihm unterstehen, und Baron Groghe legt Wert darauf, daß seine beiden Söhne keine benachbarten Ländereien bekommen – und so fort. In den letzten Tagen häufen sich die Probleme, die eine rasche Lösung erfordern.«

»Welche Probleme?« fragte Toric höflich. Er lehnte sich an das Mauerwerk und verschränkte die Arme.

Robinton überlegte, ob seine Haltung gespielt oder echt war. Ging Torics Ehrgeiz etwa so weit, daß er die Vernunft ausschaltete?

»Eine wichtige Frage ist die, wieviel Land der Einzelne im Süden besitzen soll.« F'lar kratzte lässig mit der Messerspitze ein paar schwarze Erdkrümel aus seinem Fingernagel.

»War denn nicht vereinbart, daß ich alles Land in Besitz nehmen könnte, das ich bis zum Abzug der Alten erworben hatte?«

»Noch leben einige der Alten im Süden«, sagte Robinton.

Toric nickte. »Keine Sorge – ich bin kein Wortklauber! Ich weiß, daß sich die Lage geändert hat. Aber ich höre, daß nicht nur mein Besitz von hoffnungsvollen Jünglingen aus dem Norden überschwemmt wird. Andere schlagen meine Hilfe aus und landen, wo immer ihre Schiffe vor Anker gehen.«

»Um so wichtiger, daß man Sie nicht um die Früchte Ihrer Arbeit bringt!« sagte F'lar. »Ich weiß, daß Sie Gruppen ausgesandt haben, die den Süden erforschen. Wie weit sind sie vorgedrungen?«

»Mit Unterstützung von D'rams Drachenreitern . . .« – Toric versuchte in F'lars Miene zu lesen, ob der Weyrführer davon gewußt hatte – »kennen wir nun das Gelände bis hin zu den Westbergen.«

»So weit?« Der Bronzereiter tat überrascht und eine Spur beunruhigt.

Das Gebiet vom Meer bis zu den Westbergen war zwar gewaltig, stellte aber doch nur einen winzigen Teil des Süd-Kontinents dar. Robinton bewunderte F'lars Taktik.

»Und im Westen ist Piemur, wie Sie wissen, bis an die Bucht der Großen Wüste vorgestoßen«, ergänzte Toric.

»Mein lieber Toric, glauben Sie wirklich, daß Sie bei soviel Land den Überblick behalten können?« fragte F'lar besorgt.

»Ich habe Kleinpächter entlang der Küste und an strategisch wichtigen Punkten im Landesinnern angesiedelt. Die meisten von ihnen besitzen eine Schar Kinder. Ich bin froh, daß Sie mir vor einigen Planetenumläufen so viele fleißige Leute schickten.« Torics Lächeln verriet Selbstsicherheit.

»Ich nehme an, daß die Neusiedler Ihre Großzügigkeit zu schätzen wissen und Ihnen treu ergeben sind?« fragte F'lar.

»Selbstverständlich.«

Lessa lachte. »Als ich Sie damals in Benden kennenlernte,

hatte ich sofort das Gefühl, einem tatkräftigen Mann gegenüberzustehen. Sie wußten von Anfang an, was Sie wollten, ja?«

»Es ist doch genug Land da, meine liebe Weyrherrin. Und mancher kleine Besitz scheint sich als wertvoller zu erweisen als die großen Ländereien – zumindest für jene, die echte Werte zu schätzen wissen.«

»Dann würde ich meinen«, fuhr Lessa fort, ohne Torics Anspielung auf Ruatha zu beachten, »daß Sie eine Menge zu tun haben, wenn Sie alles Land vom Meer bis zu den Westbergen und bis zur Großen Bucht verwalten . . .«

Unvermittelt spannte sich Toric an. Lessa hatte F'lar einen Blick zugeworfen, um zu sehen, ob er mit ihrem Vorgehen einverstanden war, und so fiel nur Robinton Torics plötzlicher Argwohn auf. Der Südländer hatte sich aber sofort wieder in der Gewalt.

»Bis zur Großen Bucht im Westen – ja, das hatte ich gehofft. Aber ich besitze genaue Karten in der Burg. Wenn ich die rasch holen darf . . .«

Er hatte einen Schritt zur Tür getan, als Ramoths lautes Trompeten ihn zurückhielt. Mnementh stimmte ein, und F'lar schob sich lässig zwischen ihn und den Ausgang.

»Es ist bereits zu spät, Toric.«

Als Jaxom sah, daß die Weyrführer und Robinton mit Toric zu dem halb ausgegrabenen Bauwerk schlenderten, atmete er tief durch. Ruatha, ein armseliger Besitz? Ruatha, die zweitälteste Burg von ganz Pern! Wenn Lessa nicht dazwischengetreten wäre, hätte er es diesem Kerl gezeigt . . .

Jaxom schluckte. Toric war größer und bestimmt kräftiger als er. Vermutlich hatte der Südländer auf ein Duell nur gewartet. Jaxom war wie betäubt gewesen, als Ruth ihm von seinem Kontakt mit Sharra erzähte: Man hatte sie in den Süden gelockt, wo Toric ihr eröffnete, daß er die Heirat mit einem Nordländer auf keinen Fall dulden würde. Ihr Geständnis, daß sie Jaxom ehrlich liebte, hatte er mit einer unwirschen Geste abgetan. Und er hatte seine Königin auf ihre Echsen angesetzt, damit sie Jaxom keine Botschaft schicken konnte. Toric hatte nicht gewußt, daß Sharra mit Ruth Verbindung aufnehmen konnte, und das hatte sie genutzt.

Jaxom wartete, bis die vier das niedrige Bauwerk betreten hatten, ehe er sich zu Ruth begab. »Du willst zu Torics Burg fliegen und sie entführen?« hatte der Harfner im Spaß gefragt. Aber genau das war es, was Jaxom beabsichtigte.

»Ruth?« fragte er, als er sich seinem Freund näherte. »Sind Torics Echsen bei dir?«

Nein! Fliegen wir los, um Sharra zu retten? Welchen Treffpunkt soll ich mit ihr vereinbaren? Wir kennen nur die Brutstätte des Süd-Weyrs. Ramoth wüßte vielleicht einen besseren Ort . . .

»Ich möchte die Drachen von Benden nicht in diese Geschichte verwickeln. Wir fliegen zur Brutstätte. Dieses geraubte Ei erweist sich letzten Endes noch als Vorteil für uns.« Er schwang sich auf Ruths Rücken. »Übermittle ihr das Bild, Ruth, und frag sie, ob sie den Ort erreichen kann!«

Sie sagt ja.

»Dann nichts wie hin!«

Jaxom stieß einen herausfordernden Schrei aus, ehe Ruth ins *Dazwischen* tauchte.

Sie flogen tief vom Osten herein, wie sie es einen knappen Planetenumlauf zuvor getan hatten. Nun jedoch war das Oval aus heißem Sand leer. Allerdings nur kurz, denn sofort flatterten Feuer-Echsen herbei und begrüßten Ruth.

»Torics Biester?« fragte Jaxom. Er überlegte, ob er absteigen und nach Sharra suchen sollte.

Sie kommt. Torics Königin ist bei ihr. Schsch! Fort! Ich mag keine Echsen, die meine Freunde belauern!

Jaxom wunderte sich nicht wenig über die Heftigkeit seines Drachen, aber dann kam Sharra schon quer über die Brutstätte gelaufen. Sie schleifte eine Decke hinter sich her. Immer wieder schaute sie ängstlich zurück.

Sie sagt, daß zwei von Torics Leuten sie verfolgen. Ruth glitt auf Sharra zu, Jaxom beugte sich herunter, packte sie an den Schultern und half ihr beim Aufsteigen. Zwei Männer mit gezückten Schwertern kamen in die Brutstätte gestürmt. Aber Ruth hatte bereits Höhe gewonnen, und die beiden fluchten hilflos.

»Ich glaube, dein Bruder hat sich verrechnet, Sharra«, sagte Jaxom, als Ruth in die sonnigen Höhen aufstieg.

»Bring mich weg von hier, Jaxom! Bring mich nach Ruatha! Ich war noch nie im Leben so wütend. Ich möchte meinen Bruder nicht wiedersehen, solange ich lebe. Dieser hinterhältige, raffinierte . . .«

»Wir müssen deinen Bruder wiedersehen«, unterbrach Jaxom sie. »Ich habe nicht die Absicht, mich vor ihm zu verstecken. Wir tragen die Sache heute aus.«

»Jaxom!« Sharra umklammerte ihn voller Angst. »Er wird dich töten, wenn es zu einem Kampf kommt.«

»Unsere Angelegenheit erfordert kein Duell, Sharra«, beruhigte Jaxom sie lachend. »Wickle dich gut in die Decke ein! Ruth geht ins *Dazwischen*, aber nur für einen Augenblick.«

»Jaxom, ich hoffe, du weißt, was du tust.«

Ruth tauchte mit einem hellen Begrüßungsschrei über dem Plateau auf.

»Puh, ich bin halb erfroren, aber sie hatten meine Reitsachen versteckt!« Sharra deutete auf ihre Beine, die blau vor Kälte waren. »Und da ist Toric! Mit Lessa, F'lar und Robinton.«

»Und den größten Benden-Drachen!«

»Jaxom . . .«

»Dein Bruder löst die Probleme auf seine Weise – und ich auf die meine.«

Sie klammerte sich fest an ihn, aber er spürte, daß ihre Angst allmählich wich.

Ruth landete und begleitete die jungen Leute, als sie Toric entgegengingen. Das Lächeln des Südländers war verschwunden.

»Toric, es wird Ihnen nicht glücken, Sharra festzuhalten. Ruth und ich spüren sie überall auf«, sagte Jaxom, nachdem er den Weyrführern und Meister Robinton kurz zugenickt hatte. In Torics harten Zügen war keine Spur von Kompromißbereitschaft zu erkennen. Der Baron von Ruatha hatte auch nicht damit gerechnet.

Eine kleine Echsen-Königin umflatterte Toric mit jämmerlichem Kreischen, aber der Mann vertrieb sie zornig.

»Noch eines – sämtliche Feuer-Echsen von Pern gehorchen Ruth!« Jaxom strich sanft über den Nackenwulst seines Drachen. »Befiehl den Echsen auf dem Plateau, von hier zu verschwinden!«

Ruth tat es, und im nächsten Moment war die weite Fläche wie leergefegt.

Torics Augen verengten sich. Die Echsen kehrten zurück, und diesmal erlaubte er der kleinen Königin, auf seiner Schulter zu landen. Seine Blicke ließen Jaxom keine Sekunde los.

»Sie scheinen sich im Süd-Weyr auszukennen. Soviel ich weiß, waren Sie noch nie dort.« Er wirbelte halb herum und musterte F'lar und Lessa, als wolle er sie einer Verschwörung bezichtigen.

»Sie wissen eben nicht alles«, entgegnete Jaxom ruhig. »Ich habe heute nicht zum erstenmal eine Kostbarkeit aus dem Süden geholt, die eigentlich in den Norden gehört.« Er legte den Arm besitzergreifend um Sharra.

Um Torics Fassung war es geschehen. *»Sie!«* Er deutete mit ausgestrecktem Finger auf Jaxom. In seinen Zügen wechselten Entrüstung, Zorn, Frustration und widerwilliger Respekt. »*Sie* haben das Ei zurückgeholt? Sie und Ihr weißer Drache . . . Aber die Echsen übermittelten Bilder von einem dunklen Drachen!«

»Es wäre schwachsinnig gewesen, Ruth für das nächtliche Abenteuer nicht zu tarnen!« In Jaxoms Stimme schwang Herablassung mit.

»Ich wußte, daß es keiner von T'rons Reitern war.« Toric ballte die Hände zu Fäusten ur.d öffnete sie wieder. »Aber ausgerechnet Sie . . . nun ja!« Mit einemmal begann Toric zu grinsen. Er sah die Weyrführer und Meister Robinton an, warf den Kopf zurück und lachte schallend los. »Wenn Sie wüßten, junger Mann! Welche Pläne Sie kaputtgemacht haben . . .!« Er wandte sich anklagend an die anderen. »War Ihnen bekannt, daß er . . .?«

»Wir ahnten es«, gab Robinton zu.

»Brekke und ich wußten Bescheid«, erklärte Sharra. »Aber nur, weil Jaxom sich in seinen Fieberträumen verriet.« Sie schaute ihren Bruder stolz an.

»Aber darum geht es im Moment nicht«, fuhr Jaxom fort. »Die Frage ist, ob ich Ihre Einwilligung erhalte, Sharra zur Herrin von Ruatha zu machen!«

»Ich glaube nicht, daß ich Sie daran hindern kann.« Toric deutete achselzuckend auf die Weyrführer und ihre Drachen.

»Allerdings«, meinte F'lar. »Denn was Jaxom über Ruths Fähigkeiten gesagt hat, stimmt in der Tat. Drachenreiter sollte man nicht unterschätzen, Toric.« Dann lächelte er und setzte hinzu: »Ganz besonders nicht Drachenreiter aus dem Norden.«

»Ich werde es mir merken.« Torik hatte seine kühle Selbstsicherheit wiedergefunden. »Hatten wir nicht, ehe diese stürmischen jungen Leute uns unterbrachen, über die künfigen Grenzen meines Besitzes gesprochen?«

Er kehrte Jaxom und Sharra den Rücken zu und ging mit den anderen zurück in ihren provisorischen Beratungsraum.

Nachwort

Frühling herrschte im Norden von Pern. Sobald die schlimmsten Schäden des Winters beseitigt und die ersten Felder bestellt waren, hatte auf Ruatha eine große Geschäftigkeit eingesetzt, mit dem Ziel, die alte Burganlage wieder auf Hochglanz zu bringen.

Die Mauern Ruathas strahlten, das Pflaster der Innenhöfe war frisch verfugt, und Banner flatterten aus allen Fenstern, während im Großen Saal farbenprächtige Blumenbuketts prangten. In der Nacht hatte man Lianen aus dem Süden eingeflogen, um die Feuerhöhen mit Girlanden zu schmücken. Die großen Wiesen unterhalb der Burg waren mit bunten Zelten übersät; auf einer eingezäunten Koppel weideten die Renner der Gäste. Die ersten Drachen trafen ein und wurden von Wilth begrüßt; der alte Wachdrache war sicher heiser, noch ehe die Festlichkeiten begannen.

Feuer-Echsen schwirrten überall umher und mußten von Drachen und Menschen ständig zur Ordnung ermahnt werden. Aber die Atmosphäre war so entspannt, so heiter, daß man ihre Streiche gern übersah.

Es schien, als hätten sich die Köche sämtlicher Burgen und Weyr zusammengetan, um für das leibliche Wohl der Besucher zu sorgen. Toric hatte von den Weiden und Wäldern im Süden ganze Drachenladungen von Obst und wilden Wherhühnern geschickt, die viel zarter schmeckten als die gemästeten Tiere des Nordens. Schon am Vorabend hatte man Bratspieße und Kochstellen im Freien errichtet, und die Düfte, die seit dem frühen Morgen von dort aufstiegen, ließen allen Gästen das Wasser im Mund zusammenlaufen.

Bis tief in die Nacht hinein war bereits getanzt und gefeiert worden, denn die Händler waren zum Teil schon vor den Gästen eingetroffen und nützten die Gelegenheit zu Wiedersehens-Gelagen. Nun füllten sich auch die Straßen und Plätze, denn der Augenblick rückte näher, da man dem jungen Baron von Ruatha offiziell seinen Erbtitel verleihen wollte.

Der Harfner kommt, berichtete Ruth Jaxom und Sharra. Er schob das Tor seines Weyrs auf und trat in den Hof hinaus.

Jaxom und Sharra, die im Wohnraum ihrer ebenerdigen Suite standen, hörten Ruth freudig trompeten, als habe er den Harfner eine Ewigkeit nicht wiedergesehen.

Lioth läßt ausrichten, daß ihr hier warten sollt! Der Harfner und N'ton möchten euch einen Moment allein sprechen.

Jaxom warf Sharra einen erstaunten Blick zu.

»Sicher nichts Schlimmes, Jaxom«, meinte sie mit einem Lächeln. »Sonst hätte uns Meister Robinton schon gestern abend Bescheid gesagt.«

Ramoth und Mnementh sind eingetroffen! Ruth richtete sich auf und trompetete von neuem los.

»Man könnte denken, es sei sein Ehrentag!« lachte Sharra.

»Nun, er hat daran ebenso einen Anteil wie du.« Jaxom zog sie rasch noch einmal an sich, froh darüber, daß sie endlich ihm gehörte und die Zeit der Ungewißheit vorbei war.

Er hatte selten mehr zu tun gehabt als in den letzten Monaten. Wann immer die Geschäfte der Burg ihm ein paar freie Stunden ließen, hatte er sich auf das Hochplateau oder zu den drei Schiffen begeben und die rätselhaften Funde der Vergangenheit studiert. Lytol verbrachte immer mehr Zeit im Haus des Harfners und organisierte von dort aus die Ausgrabungen. Und seit feststand, daß Jaxom die Herrschaft über Ruatha antreten würde, lud man ihn zu den Ratsversammlungen der Barone ein, zum einen seines Ranges wegen, zum anderen aber auch, weil er mit Toric verwandt war. Jaxom bezweifelte allerdings, daß Toric die konservativen Ansichten der Barone teilen würde. Lediglich Larad von Telgar, Asgenar von Lemos, Begamon und Sigomel schienen ein wenig fortschrittlicher, und der junge Herrscher von Ruatha schloß sich vor allem ihnen an. Groghe, Sangel und die übrigen begriffen einfach nicht, daß sich die Zeiten gewandelt hatten – daß der weite, unbesiedelte Süden eine Herausforderung für die Jugend darstellte.

Die Bestätigung seines Erbtitels war im Grunde nur eine Formsache – ein Vorwand für ein großes Fest, mit dem man den Winter endgültig vertreiben wollte.

Lioth landete im kleinen gepflasterten Hof neben der Küche, und Ruth zog sich in seinen Weyr zurück, damit der Bronzedrache Platz genug fand. Der Harfner glitt zu Boden und schwenkte triumphierend eine große Rolle. N'ton grinste von einem Ohr zum anderen. Allem Anschein nach hatten sie eine wichtige Neuigkeit.

»Warten wir noch, bis F'lar und Lessa hier sind«, erklärte N'ton, nachdem er und der Harfner das junge Paar begrüßt hatten. »Sie landen gerade.«

Die beiden Männer zogen ihre Reitjacken aus, und Lioth flog

hinauf zu den Feuerhöhen. Robinton gab die Rolle keine Sekunde aus der Hand. Sie beobachteten mit wachsender Ungeduld, wie erst Ramoth und dann Mnementh ihre Reiter absetzten und zu Lioth hinaufflogen, um ihm Gesellschaft zu leisten.

»Nun, Harfner, Mnementh sagt mir, daß Sie vor Neuigkeiten schier platzen!« meinte F'lar, während Jaxom ihm Reitjacke und Helm abnahm. Sharra war unterdessen Lessa behilflich.

»Und ob, Benden, und ob!« Der Harfner schwenkte nun triumphierend seine Rolle.

»Also – heraus mit der Sprache!« forderte Lessa ihn auf. »Was haben Sie hier?«

»Nicht mehr und nicht weniger als den Schlüssel zu der farbigen Karte aus dem Schiff!« strahlte der Harfner. »Piemur arbeitete die Lösung gemeinsam mit Meister Nicat aus. Wir vermuteten von Anfang an, daß sie etwas mit der Beschaffenheit des Geländes zu tun hatte. Das stimmt in der Tat. Sie zeigt die Verteilung der verschiedenen Gesteinstypen.« Er glättete die Karte, und F'lar und Lessa hielten sie an den Ecken fest. »Diese dunkelbraunen Flecken bedeuten sehr altes Gestein; Erdbeben oder Vulkantätigkeit kamen in solchen Gebieten praktisch nicht vor. Das Plateau, das hier gelb eingetragen ist, mußte eindeutig der Eruption wegen geräumt werden. Seht – hier und hier im Süden von Tillek haben wir die gleiche Farbe. Meine lieben Freunde, unsere Vorfahren kamen in den Norden, nach Fort, Ruatha, Benden und Telgar, weil das Land weniger anfällig für Naturkatastrophen war als der Süden.«

»Ah – dann sind Fäden keine Naturkatastrophe?« fragte Lessa.

»Das schon«, gab F'lar zu bedenken. »Aber wenn man gleichzeitig gegen Sporen *und* Vulkane kämpfen muß, ist man vielleicht etwas überfordert.«

»Außerdem fanden Nicat und Piemur heraus, in welchen Zonen die Alten Metalle, Schwarzes Wasser und Schwarzen Stein entdeckt hatten. Die Vorkommen sind gut gekennzeichnet, sowohl im Norden wie im Süden. Die meisten Minen im Norden haben wir allerdings schon erschöpft.«

»Gibt es auch einige im Süden?« fragte F'lar angespannt.

Robinton deutete auf ein halbes Dutzend kleinerer Flächen. »Wie reich die Lagerstätten sind, wissen wir noch nicht, aber Nicat kann es uns sicher in Kürze sagen. Er und Priemur geben ein tüchtiges Gespann ab.«

»Wie viele davon befinden sich in Torics Besitz?« erkundigte sich F'lar.

N'ton lachte leise. »Nur diejenigen, die wir bereits kennen. Dagegen gibt es im Drachenreiter-Land einige, die bis jetzt nicht erschlossen wurden.« Er deutete nach Südosten. »Wenn uns der Rote Stern erst wieder in Ruhe läßt, werde ich Erzsucher!«

Jaxom nickte eifrig. »Wenn uns der Rote Stern erst wieder in Ruhe läßt, können wir uns eingehend mit dem Hochplateau beschäftigen. Wir werden den Süden neu erforschen und vielleicht das Geheimnis der alten Schiffe lösen. Und eines Tages gelangen wir zu den Dämmer-Schwestern ...« Jaxoms Blicke wanderten nach Südosten, aber das Dreiergestirn war im Moment nicht zu sehen.

»Und wir werden die Gefahr des Roten Sterns für immer bannen«, fügte Sharra leise hinzu.

F'lar lachte trocken und schob sich eine Haarsträhne aus der Stirn. »Früher einmal brannte ich darauf, den Roten Stern zu erreichen. Vielleicht schafft es die Jugend – mit dem Wissen der Vorfahren ...«

»BARON JAXOM!« dröhnte Lytols Stimme von einem der oberen Burgfenster.

»Ja, Lytol?«

»Benden? Fort? Die übrigen Weyrführer und die Barone von Pern haben sich versammelt!«

Jaxom winkte seinem Vormund zu, während F'lar rasch die Karte zusammenrollte und sie dem Harfner zurückgab.

»Ich sehe sie mir später genau an, Robinton.«

Jaxom bot seiner Gefährtin Sharra den Arm und wartete einen Augenblick, um dem Meisterharfner den Vortritt zu geben.

»Aber nein, Baron Jaxom von Ruatha, heute ist Ihr großer Tag!« erklärte der alte Harfner und verneigte sich tief.

Lachend traten Jaxom und Sharra ins Freie, gefolgt von N'ton und Robinton. F'lar wandte sich an Lessa, die verträumt den engen Küchenhof betrachtete. Es fiel dem Bronzereiter nicht schwer, ihre Gedanken zu lesen.

»Es ist auch dein großer Tag, Lessa«, sagte er leise und führte ihre Hand an seine Lippen. »Ein Tag, den nur deine Entschlossenheit und dein Mut ermöglicht hat!« Er nahm sie in die Arme und zwang sie, zu ihm aufzuschauen. »Die Ruatha herrschen wieder über Ruatha-Land.«

Sie schmiegte sich an ihn, machte jedoch ein ernstes Gesicht. »Was nur beweist, daß man alles erreichen kann, wenn man es nur ehrlich will!«

»Hoffentlich hast du recht«, meinte F'lar, und sein Blick wanderte einen Moment lang zum Roten Stern. »Eines Tages werden Drachenreiter dieses Gestirn besiegen.«

»BENDEN!« Die Stimme des Harfners riß sie aus ihren Gedanken.

Lachend liefen Lessa und F'lar durch den kleinen Hof zur Außentreppe des Großen Saales. Die Drachen auf den Feuerhöhen richteten sich auf und stießen ein mächtiges Trompeten aus, während Feuer-Echsen ihre Kreise am sporenfreien Himmel zogen.

Drachen-Index

DIE WEYR

In der Reihenfolge ihrer Gründung

Fort-Weyr
Benden-Weyr
Hochland-Weyr
Igen-Weyr
Ista-Weyr
Telgar-Weyr
Süd- oder Südkontinent-Weyr

DIE WICHTIGSTEN BURGEN UND IHRE WEYR-ZUGEHÖRIGKEIT:

Fort-Weyr
Burg Fort (älteste Burg), Erb-Baron Groghe
Ruatha (zweitälteste Burg), Erb-Baron Jaxom, Burgverwalter Lytol
Süd-Boll, Erb-Baron Sangel

Benden-Weyr
Burg Benden, Erb-Barone Raid und Toronas
Bitra, Erb-Barone Sifer und Sigonal
Lemos, Erb-Baron Asgenar

Hochland-Weyr
Burg Hochland, Erb-Baron Bargen
Nabol, Erb-Barone Fax, Meron, Deckter
Tillek, Erb-Baron Oterel

Igen-Weyr
Keroon, Erb-Baron Corman
Teile von Ober-Igen
Burg Süd-Telgar

Ista-Weyr
Burg Ista, Erb-Baron Warbret
Burg Igen, Erb-Baron Laudey
Nerat, Erb-Barone Vincet und Begamon

Telgar-Weyr
Burg Telgar, Erb-Baron Larad
Crom, Erb-Baron Nessel

Süd-Weyr
Burg des Südens, Burgherr Toric

DIE EINFLUSSREICHSTEN BURGHERREN
(Und ihre Stammsitze)

Asgenar (Lemos)
Banger (Ebenen von Igen)
Bargen (Hochland)
Begamon (Nerat, 2)
Corman (Keroon)
Deckter (Nabol, 3)
Fax (Nabol, 1)
Groghe (Fort)
Jaxom (Ruatha)
Larad (Telgar)
Laudey (Igen)
Lytol (Verwalter von Ruatha, Vormund von Jaxom)
Meron (Nabol, 2)
Nessel (Crom)
Oterel (Tillek)
Raid (Benden)
Sangel (Boll)
Sifer (Bitra, 1)
Sigomal (Bitra, 2)
Toric (Burg des Südens)
Toronas (Benden, 2)
Vincet (Nerat, 1)
Warbret (Ista)

HANDWERKS- UND GILDEMEISTER VON PERN

Name	*Rang/Gilde*	*Ort*
Andemon	Saatmeister	Burg Nerat
Arnor	Handwerksmeister, Archivar	Harfnerhalle, Burg Fort
Baldor	Weyr-Harfner	Ista-Weyr
Belesdan	Gerbermeister	Burg Igen
Bendarek	Handwerksmeister, Forstangelegenheiten	Lemos
Benelek	Geselle, Metallschmied	Schmiedehalle
Briaret	Herdenmeister	Keroon
Brudegan	Harfner-Geselle	Harfnerhalle, Burg Fort
Chad	Harfner	Telgar-Weyr
Domick	Handwerksmeister, Komponist	Harfnerhalle, Burg Fort
Elgin	Harfner	Meeresburg in der Halbkreis-Bucht
Facenden	Handwerksmeister, Schmied	Schmiedehalle,
Fandarel	Meisterschmied	Burg Telgar
Idarolan	Schiffsmeister	Tillek
Jerint	Handwerksmeister, Instrumentenbauer	Harfnerhalle, Burg Fort
Ligand	Gerbergeselle	Burg Fort
Menolly	Harfnergesellin	Harfnerhalle, Burg Fort
Morshall	Handwerksmeister, Musiktheorie	Harfnerhalle, Burg Fort
Nicat	Bergwerksmeister	Crom
Oharan	Weyr-Harfner	Benden-Weyr
Oldive	Meisterheiler	Harfnerhalle, Burg Fort
Palim	Bäckergeselle	Schmiedehalle
Petiron	Harfner	Meeresburg in der Halbkreis-Bucht

Piemur	Lehrling/Geselle	Harfnerhalle, Burg Fort
Robinton	Meisterharfner	Harfnerhalle, Burg Fort
Sebell	Geselle/Meister	Harfnerhalle, Burg Fort
Sharra	Heiler-Gesellin	Burg des Südens
Shonegar	Handwerksmeister, Stimmausbildung	Harfnerhalle, Burg Fort
Sograny	Herdenmeister	Keroon
Tagetarl	Harfnergeselle	Harfnerhalle, Burg Fort
Talmor	Harfnergeselle	Harfnerhalle, Burg Fort
Terry	Handwerksmeister, Schmied	Schmiedehalle, Burg Telgar
Timareen	Handwerksmeister, Weber	Burg Telgar
Wansor	Handwerksmeister, Glasschleifer	Schmiedehalle, Burg Telgar
Yanis	Handwerksmeister	Meeresburg in der Halbkreis-Bucht
Zurg	Meisterweber	Süd-Boll

BESITZER VON FEUER-ECHSEN

Besitzer	*Echse(n)*
Asgenar	Rial (braun)
Baner	–
Bargen	–
Brand	blau
Brekke	Berd (Bronze)
Corman	–
Deelan	grün
Famira	grün
F'nor	Grall (Königin)
Groghe	Merga (Königin)
G'sel	Bronze
Kylara	Königin
Larad	grün
Menolly	Prinzeßchen (Königin); Rocky, Taucher, Poll (Bronze); Faulpelz, Spiegel, Brownie (braun); Tantchen Eins und Zwei (grün); Onkelchen (blau)
Meron	Bronze
Mirrim	Reppa, Lok (grün); Tolly (braun)
Nessel	–
Nicat	–
N'ton	Tris (braun)
Oterel	–
Piemur	Farli (Königin)
Robinton	Zair (Bronze)
Sangel	–
Sebell	Kimi (Königin)
Sharra	Meer (Bronze), Talla (braun)
Sifer	–
Toric	Königin, zwei Bronze-Echsen
Vincet	–

WORTERKLÄRUNGEN

Alten, die: Angehörige der fünf Weyr, die von Lessa vierhundert Planetenumläufe in die Zukunft geholt wurden; später abwertender Ausdruck für die in den Südkontinent verbannten Drachenreiter.

Dämmer-Schwestern: ein von Pern aus sichtbares Dreier-Gestirn.

Dazwischen, das: ein Kontinuum, das Drachen durchqueren, um von einem Ort zum anderen zu gelangen; ein eiskaltes Nichts.

Fäden: pilzgeflechtartige Sporen vom Roten Stern, die über Pern niedergehen und sich ins Erdreich graben, wo sie jegliche organische Materie zersetzen.

Fellis-Saft: Schlaftrunk, der aus den Früchten des Fellis-Strauches gewonnen wird.

Feuerstein: phosphinhaltiges Gestein, das die Drachen kauen, um Flammen ausatmen zu können.

Gegenüberstellung: die telepathische Kontaktaufnahme zwischen einem neugeborenen Drachen und seinem künftigen Reiter.

Hochland: bergiges Gebiet auf dem Nordkontinent von Pern (siehe Karte)

Intervall: die Zeit zwischen zwei Annäherungen des Roten Sterns, im allgemeinen 200 Planetenumläufe, bei einem Großen Intervall meist doppelt so lang.

Klah: ein heißes, anregendes Getränk, das aus Baumrinde gebraut wird und schwach nach Zimt schmeckt.

Pern: der dritte von Rubkats fünf Planeten; er besitzt zwei natürliche Monde.

Planetenumlauf: ein Jahr auf Pern.

Roter Stern: Perns Schwesterplanet; besitzt eine sehr exzentrische Bahnellipse.

Rubkat: ein gelber Stern im Sagittarius-Sektor, besitzt fünf Planeten und zwei Asteroidengürtel.

Salbe: eine aus Heilkräutern zusammengebraute Tinktur, die eine schmerzbetäubende Wirkung besitzt.

Schwarzer Stein: Kohle.

Siebenspanne: das Äquivalent einer Woche auf Pern.

Tag-Schwestern: Synonym von Dämmer-Schwestern.

Wachwher: ein Nachtreptil, entfernt verwandt mit den Drachen.

Weyr: Heimstatt der Drachen und ihrer Reiter, auch Schlaflager der Drachen.

Wherhühner: eine Art Geflügel, die Ähnlichkeit mit den Truthühnern auf der Erde haben, aber so groß wie Straußvögel werden können.

DIE MENSCHEN AUF PERN

Abuna:	Wirtschafterin in der Harfnerhalle
Alemi:	der dritte von den sechs Söhnen des Meeres-Barons in der Halbkreis-Bucht
Andemon	Saatmeister, Burg Nerat
Arnor:	Archivar in der Harfnerhalle
Balder:	Harfner im Ista-Weyr
B'dor:	Reiter vom Ista-Weyr
Bedella:	Weyrführerin der Alten vom Telgar-Weyr; Drachenkönigin Solth
Belesdan:	Gerbermeister, Igen
Bendarek:	Handwerksmeister, Forstangelegenheiten, Lemos
Benelek:	Geselle, Metallschmied, Schmiedehalle
Benis:	einer von Baron Groghes siebzehn Söhnen
B'fol:	Reiter von Benden; grüner Drache Gereth
B'irto:	Reiter von Benden; Bronzedrache Cabenth
B'naj:	Reiter von Fort; grüner Drache Beth
Brand:	Gesindeaufseher in Ruatha; blaue Echse
B'rant:	Reiter von Benden; brauner Drache Fanth
B'refli:	Reiter von Benden; brauner Drache Joruth
Brekke:	Weyrherrin im Süd-Weyr; Drachenkönigin Wirenth; Bronze-Echse Berd
Briala:	Schülerin in der Harfnerhalle
Briaret:	Herdenmeister (ersetzt Sograny), Keroon
Brudegan:	Geselle für Gesang, Harfnerhalle
Camo:	schwachsinniger Knecht in der Harfnerhalle
Celina:	Königin-Reiterin von Benden; Drachenkönigin Lamanth
C'gan:	Weyrsänger von Benden; blauer Drache Tegath
Corana:	Schwester von Fidello, einem Ruatha-Pächter
Cosira:	Reiter von Ista; Drachenkönigin Caylith
Dellan:	Amme und Ziehmutter von Jaxom, Ruatha
Dorse:	Sohn Deelans, Ruatha
D'nek:	Reiter von Fort; Bronzedrache Zagenth
D'nol:	Reiter von Benden; Bronzedrache Valenth
Domick:	Handwerksmeister und Komponist, Harfnerhalle
D'ram:	Weyrführer von Ista; Bronzedrache Tiroth
Dunca:	Pensionswirtin und Aufsicht der Schülerinnen in der Harfnerhalle
D'wer:	Reiter von Benden; blauer Drache Trebeth

Elgion:	der neue Harfner in der Meeresburg der Halbkreis-Bucht
Fandarel:	Meisterschmied, Schmiedehalle
Fanna:	Weyrherrin der Alten von Ista; Drachenkönigin Miranth
Fax:	Herrscher über sieben Burgen, Jaxoms Vater
Felena:	Stellvertreterin der Küchenaufseherin Manora im Benden-Weyr
Fidello:	Pächter auf der Hochfläche von Ruatha
Finder:	Harfner auf Ruatha
F'lar:	Weyrführer von Benden; Bronzedrache Mnementh
F'lessan:	Reiter von Benden, Sohn von Lessa und F'lar; Bronzedrache Golanth
F'lon:	Weyrführer von Benden, Vater von F'nor und F'lar
F'nor:	Geschwader-Zweiter von Benden; Bronzedrache Canth, goldene Feuer-Echse Grall
F'rad:	Reiter von Benden; grüner Drache Telorth
Gandidan:	Kind im Benden-Weyr
Gemma:	Gemahlin von Fax und Mutter von Jaxom
G'dened:	künftiger Weyrführer von Ista, Sohn von D'ram; Bronzedrache Baranth
G'nag:	Reiter im Süd-Weyr, blauer Drache Nelanth
G'narisch:	Weyrführer der Alten in Igen; Bronzedrache Gyamath
G'sel:	Reiter im Süd-Weyr; grüner Drache Roth, Bronze-Echse
Groghe:	Erb-Baron von Fort; Echsenkönigin Merga
H'ages:	Geschwader-Zweiter von Telgar; Bronzedrache Kerth
Horon:	Sohn von Baron Groghe
Idarolan:	Schiffsmeister von Tillek
Jaxom:	Erb-Baron (unmündig) auf Ruatha; weißer Drache Ruth
Jerint:	Handwerksmeister, Instrumentenbauer, Harfnerhalle
Jora:	Weyrherrin vor Lessa auf Benden; Drachenkönigin Nemorth
J'ralt:	Reiter von Benden; grüner Drache Palanth
Kayla:	Magd in der Harfnerhalle
K'der:	Reiter von Ista; blauer Drache Warth
Kenelas:	eine Frau der Unteren Höhlen von Benden

Kern:	ältester Sohn von Baron Nessel, Crom
Kirnety:	Junge von Burg Telgar; gewinnt bei der Gegenüberstellung den Bronzedrachen Fidirth
K'nebel:	Ausbilder der Jungreiter in Fort; Bronzedrache Firth
K'net:	Reiter von Benden; Bronzedrache Pianth
K'van:	Reiter von Benden; Bronzedrache Hetz
Kylara:	Schwester von Baron Larad und Weyrherrin im Süd-Weyr, die in den Hochland-Weyr zog, als die Alten ins Exil geschickt wurden; Drachenkönigin Prideth
Lessa:	Weyrherrin von Benden; Drachenkönigin Ramoth
Lidith:	Drachenkönigin vor Nemorth, Reiterin unbekannt
Ligand:	Gerbergeselle von Fort
L'tol:	Reiter von Benden; nach dem Tod des braunen Drachen Larth, Verwalter von Ruatha, nun Lytol
L'trel:	Vater von Mirrim, Süd-Weyr; blauer Drache Falgrenth
Lytol:	vormaliger Drachenreiter L'tol, Vormund des minderjährigen Baron Jaxom und Verwalter auf Ruatha
Manora:	Wirtschafterin im Benden-Weyr
Mardra:	Weyrführerin der Alten in Fort, später ins Exil des Süd-Weyrs gebracht; Drachenkönigin Lorant
Margatta:	Weyrherrin von Fort; Drachenkönigin Ludeth
Mavi:	Gemahlin des Seebarons Yanis in der Halbkreis-Bucht
Menolly:	jüngste Tochter des Seebarons Yanis von der Halbkreisbucht, später Gesellin in der Harfnerhalle, zehn Feuer-Echsen: Prinzeßchen (Königin), Rocky, Taucher und Poll (Bronze), Faulpelz, Spiegel, Brownie (braun); Tantchen Eins und Zwei
Merelan:	Mutter von Robinton, dem Meisterharfner
Merika:	Weyrherrin der Alten im Hochland-Weyer: in den Süd-Weyr verbannt; Drachenkönigin
Mirrim:	Reiterin eines grünen Drachens, Pflegetochter von Brekke im Benden-Weyr; grüner Drache Path; Feuer-Echsen: Reppa, Lok (grün), Tolly (braun)
Moreta:	einstige Weyrherrin von Benden; Drachenkönigin Orlith
Morshall:	Handwerksmeister, Musiktheorie, Harfnerhalle
M'rek:	Geschwader-Zweiter von Telgar; Bronzedrache Zigith

M'tok:	Reiter von Benden; Bronzedrache Litorth
Nadira:	Weyrherrin von Igen
Nicat:	Bergwerksmeister, Crom
N'ton:	Geschwaderführer von Benden, später Weyrführer von Fort; Bronzedrache Lioth, braune Echse Tris
Oharan:	Harfnergeselle im Benden-Weyr
Oldive:	Meisterheiler, Harfnerhalle
Palim:	Bäckergeselle der Burg Fort
Petiron:	der alte Harfner in der Halbkreis-Bucht
Piemur:	Lehrling/Geselle in der Harfnerhalle; Echsenkönigin Farli, Renner Dummkopf
Pilgra:	Weyrherrin vom Hochland; Drachenkönigin Selgrith
P'llomar:	Reiter von Benden; grüner Drache Ladrarth
Pona:	Enkelin von Baron Sangel, Süd-Boll
P'ratan:	Reiter von Benden; grüner Drache Poranth
Prilla:	jüngste Weyrherrin von Fort; Drachenkönigin Selianth
Rannelly:	Amme und Dienerin von Kylara
R'gul:	Weyrführer von Benden vor F'lar; Bronzedrache Hath
R'mart:	Weyrführer der Alten in Telgar; Bronzedrache Branth
R'mel:	Reiter von Benden; Drache Sorenth
R'nor:	Reiter von Benden; brauner Drache Virianth
Robinton:	Meisterharfner in der Harfnerhalle; Bronze-Echse Zair
Sanra:	Erzieherin im Benden-Weyr
Sebell:	Geselle/Meisterharfner, Robintons Stellvertreter in der Harfnerhalle; Echsenkönigin Kimi
Sella:	ältere Schwester von Menolly in der Halbkreis-Bucht
S'goral:	Reiter im Süd-Weyr; grüner Drache Betunth
Sharra:	Heiler-Gesellin in der Burg des Südens; Feuer-Echsen Meer (Bronze) und Talla (braun)
Shonagar:	Handwerksmeister für Stimmausbildung in der Harfnerhalle
Silon:	ein Kind im Benden-Weyr
Silvina:	Gesinde-Aufseherin in der Harfnerhalle
S'lan:	Reiter von Benden; Bronzedrache Binth
S'lel:	Reiter von Benden; Bronzedrache Tuenth

Sograny:	Herdenmeister, Keroon
Soreel:	Gattin des ersten Burgherrn in der Halbkreis-Bucht
Tagetarl:	Geselle in der Harfnerhalle
Talina:	Königin-Reiterin von Benden
Talmor:	Geselle und Lehrer in der Harfnerhalle
T'bor:	Weyrführer im Süd-Weyr, zieht später in den Hochland-Weyr, als die Alten ins Exil geschickt werden; Bronzedrache Orth
Tegger:	Pächter von Ruatha
Tela:	eine der Nebenfrauen von Fax
Terry:	Schmiedemeister, Schmiedehalle
T'gran:	Reiter von Benden; brauner Drache Branth
T'gellan:	Geschwaderführer von Benden; Bronzedrache Monarth
T'gor:	Reiter von Benden; blauer Drache Relth
T'kul:	vom Hochland-Weyr ins Exil vertriebener Alter; Bronzedrache Salth
T'ledon:	Wachdrachenreiter auf der Burg Fort; blauer Drache Serith
Tordril:	Pflegesohn auf Ruatha; voraussichtlicher Baron von Igen
Torene:	frühere Weyrherrin im Benden-Weyr
Toric:	Landbesitzer auf dem Süd-Kontinent
T'ran:	Reiter von Igen; Bronzedrache Redreth
T'reb:	Reiter von Fort; grüner Drache Beth
T'ron:	Weyrführer der Alten im Fort-Weyr, später in den Süd-Weyr verbannt; Bronzedrache Fidranth; auch T'ton genannt
T'sel:	Drachenreiter von Benden; grüner Drache Trenth, Feuer-Echse Rill (Bronze)
Varena:	auch Vanira genannt, Reiterin im Süd-Weyr; Drachenkönigin Ralenth
Viderian:	Pflegesohn auf der Burg Fort
Wansor:	Handwerksmeister und Glasschleifer in der Schmiedehalle
Yanis:	Handwerksmeister und Baron in der Meeresburg der Halbkreis-Bucht
Zurg:	Meisterweber, Süd-Boll